19,90 €

Querverlag

Axel Schock & Karen-Susan Fessel

OUT!

800 berühmte Lesben, Schwule und Bisexuelle

Erste Auflage September 1997
Zweite Auflage März 1998
Dritte Auflage September 2000
Vierte Auflage August 2002
Fünfte Auflage September 2004

Umschlag und grafische Realisierung von Sergio Vitale.

Druck und Weiterverarbeitung: Druckhaus Köthen
ISBN 3-89656-111-1
Printed in Germany

Bitte fordern Sie unser Gesamtverzeichnis an:
Querverlag GmbH, Akazienstraße 25, D-10823 Berlin
http://www.querverlag.de

Vorwort zur Neuausgabe

Dass dieses Projekt auf ein so großes und nachhaltiges Interesse stoßen, Diskussionen auslösen und breiten Zuspruch erfahren würde, damit hatte zu Anfang niemand gerechnet. Mittlerweile hat sich *Out!* erfreulicherweise zu einem Standardwerk entwickelt und damit auch jene Funktion eingenommen, die wir uns erhofft hatten und die auch die Motivation zu diesem Lexikon gab (und weiterhin gibt): ein verlässliches Nachschlagewerk und zugleich unterhaltsames und immer wieder überraschendes Lesebuch zu sein, das über außergewöhnliche Lesben, Schwule und Bisexuelle, quer durch alle Länder, Zeiten und Bevölkerungsschichten und deren Anteil am gesellschaftlichen und kulturellen Leben, informiert.

Die Erstausgabe von 1997, die noch zusammen mit Karen-Susan Fessel entstanden ist, beschränkte sich noch auf 500 ausgewählte Persönlichkeiten, und schweren Herzens musste auf so manches wichtige Porträt verzichtet werden. Die Auswahl ist auch für diese erweiterte Neuausgabe nicht leicht gewesen, schließlich kann *Out!* keinen Anspruch auf Vollständigkeit erheben (allein mit lesbischen Schauspielerinnen oder schwulen Autoren ließen sich Bände füllen). Doch mit der nunmehr auf 800 Porträts angewachsenen Sammlung, die damit das größte Nachschlagewerk dieser Art in Europa darstellt, ist *Out!* dem Ziel, eine möglichst breite, repräsentative Auswahl von Personen aus möglichst vielen Epochen, Lebens- und Schaffensbereichen und von unterschiedlich wichtiger Bedeutung zusammenzustellen, ein entscheidendes Stück näher gekommen. An der Seite legendärer Persönlichkeiten, die zum allgemeinen Kulturkanon gehören – wie etwa Sappho, Thomas Mann, Oscar Wilde und Gertrude Stein –, finden sich verstärkt auch jüngere Zeitgenossinnen und -genossen. Der erweiterte Umfang ermöglichte es mir, weniger bekannte Menschen, deren Leben bisweilen aber umso erstaunlicher und überraschender war und nachhaltige Wirkung bis heute zeitigt, vorzustellen. Für die Neuausgabe wurden zudem die 600 bereits zuvor publizierten Porträts komplett überarbeitet, aktualisiert und zum Teil sehr umfangreich erweitert.

Ein bisexueller, schwuler oder lesbischer Mensch definiert sich selbstverständlich nicht allein über seine Sexualität; die homosexuelle Orientierung jedoch, das Privatleben, die Erfahrungen als Lesbe oder Schwuler, der besondere Blick auf die Gesellschaft, beeinflussen – mal mehr, mal weniger deutlich oder intensiv – das Schaffen und die Biografie. Und was allein die vielen Querverweise (☞) deutlich machen: Lesben, Schwule und Bisexuelle haben sich ihre eigene, stark vernetzte Kultur erschaffen, die sich über die Generationen hinweg tradiert, und stehen in enger Wechselwirkung untereinander.

Biografische Kurzporträts, wie sie in *Out!* gesammelt vorliegen, können dennoch keine tiefer gehende Auseinandersetzung mit Leben und Werk eines Menschen leisten. In der Regel aber sind zumindest die

Hauptwerke, z.B. von Regisseuren, Autorinnen, genannt bzw. die im lesbisch-schwulen Kontext interessanten Arbeiten angeführt. Die bibliografischen Angaben am Ende der Porträts sollen die Suche nach weiterführender Literatur erleichtern (● Primärquellen: z.B. Buchveröffentlichungen, Autobiografien, Plattenaufnahmen, bei Schauspielerinnen oder Regisseuren z.B. Inszenierungen und Filmrollen; ● Sekundärliteratur: z.B. Biografien, wissenschaftliche Arbeiten).

Die umfangreiche und langwierige Recherche zu diesem Buch hat sich teilweise äußerst schwierig gestaltet – nicht nur aufgrund der zuweilen widersprüchlichen Angaben zu Lebensdaten (Diven!), sondern insbesondere, weil die Bedeutung und Existenz der Homosexualität im Laufe der patriarchalen Geschichte immer wieder negiert worden ist. Vor allem das Liebensleben der Frauen hat in der offiziellen Geschichtsschreibung ohnehin nie sonderlich interessiert, die Frau an sich auch nur minder. So war es ungleich schwerer, an entsprechende Informationen heranzukommen und dieses Material auch eindeutig verifizieren zu können. In Biografien etwa werden selbst heute noch lesbische Beziehungen gerne mit dem verschleiernden und neutralisierenden Begriff „Frauenfreundschaften" umschrieben. Und dass Frauen es immer noch schwerer als Männer haben, sich in unser männerdominierten Gesellschaft zu ihrer Homo- oder Bisexualität zu bekennen, zeigt nicht zuletzt die große Zahl der Frauen, die auf eigenen Wunsch nicht in dieses Buch aufgenommen wurden. In der Absicht, nicht zu outen, haben wir nur Persönlichkeiten berücksichtigt, die bereits out sind, d.h. deren gleichgeschlechtliches Empfinden bereits dokumentiert oder von ihnen selbst postuliert worden ist. In Zweifelsfällen haben wir bei lebenden Zeitgenossinnen und -genossen nachgefragt – und hin und wieder auch Absagen erhalten. Besonders erfreulich ist es, dass einige, die bei den vorherigen Ausgaben noch nicht aufgenommen zu werden wünschten, mittlerweile ganz offiziell ihr Coming-out geschafft und der neuerlichen Anfrage ohne Einschränkung zugestimmt haben.

Ob versteckt oder offen homo- und bisexuell, ob das ganze Leben über konstant, nur zeitweise oder gar nie ausgelebt – die Vielfalt der Möglichkeiten und Lebensweisen ist unbegrenzt und alles andere als eindeutig kategorisierbar. Auch das mag die Auswahl der 800 schwulen, lesbischen und bisexuellen Persönlichkeiten zeigen.

Die Arbeit an diesem Lexikon hat über die Jahre hinweg Unterstützung in vielfältiger Weise erhalten. Dafür ganz herzlichen Dank all jenen, die mir mit Auskünften, Rat und Quellenmaterial weitergeholfen haben, aber auch all jenen Leserinnen und Lesern, die mit ihrer Kritik, ihren Anregungen und Vorschlägen für neue Porträts gleichermaßen Anteil am Zustandekommen dieses Buches haben.

Axel Schock
Berlin im August 2004

A

Abbott, Berenice

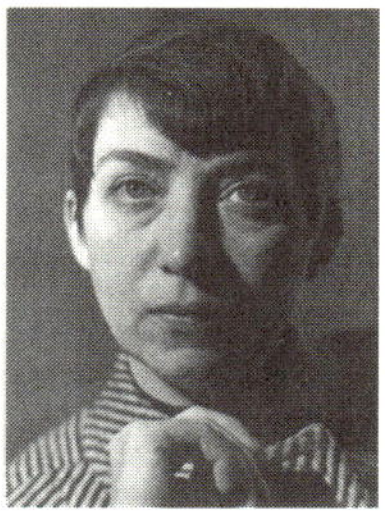

US-amerikanische Fotografin
17.7.1898 Springfield/Ohio – 9.12.1991 Maine

Abbott gehört zu den Pionierinnen der Dokumentarfotografie. Die ausgebildete Bildhauerin kommt 1923 über New York und Berlin nach Paris, wo sie zunächst als Assistentin Man Rays arbeitet, bis sie mit Unterstützung der reichen Erbinnen ☞Bryher und Peggy Guggenheim ihr eigenes Studio eröffnet. Abbott spezialisiert sich auf Künstlerporträts – u.a. fotografiert sie James Joyce, ☞Thelma Wood und ☞Jean Cocteau. „Ihr ist es wichtig, ihren feinfühligen Eindruck von der Person darzustellen, ohne zu analysieren oder Charakterstudien zu betreiben. Ihre Porträts zeichnen sich durch große Einfachheit und Vernachlässigung des Details aus", schreibt die *Paris Tribune* 1927. Nach ihrer Rückkehr nach New York 1930 schafft Abbott unter dem Eindruck von J. Atgets Aufnahmen des alten Paris eine weltberühmte Fotoserie, welche die Veränderungen des New Yorker Stadtbildes in den 30er Jahren dokumentiert. In späteren Jahren unterrichtet sie Fotografie an der New School of Social Research in New York und konzentriert sich auf Wissenschaftsfotografie. Von 1966 an bis zu ihrem Tod 1991 lebt sie in Maine. Über die Liebesbeziehungen der als verschwiegen und introvertiert geltenden Abbott ist nicht allzuviel bekannt. Neben ihrer längeren Liaison mit der Autorin Elizabeth McCausland ist vor allem ihre Verhaftung aufgrund eines Aufenthaltes mit ihrer Freundin Gwen LeGallienne in einer Pariser Lesbenbar in der Öffentlichkeit bekannt geworden.

- *Changing New York*, 1939
- E. Vestal: *Berenice Abbott's Photographs*, 1970

Achtenberg, Roberta

US-amerikanische Politikerin
20.7.1950 Los Angeles

1993 sorgt die Frau mit der Ponyfrisur für Schlagzeilen, als sie als erste Lesbe, die sich auch öffentlich dazu bekennt, von Bill Clinton in einen hohen Regierungsposten berufen wird. Die von den konservativen Senatoren argwöhnisch beobachtete Abteilungsleiterin im Washingtoner Ministerium für Wohnungsbau und Stadtentwicklung wird seit Beginn ihrer politischen

Karriere in den 80er Jahren als unermüdliche Kämpferin gegen Diskriminierung zur Hoffnungsträgerin der US-amerikanischen Minoritäten. Bevor Achtenberg 1990 in den Stadtrat von San Francisco gewählt wird, ist sie 15 Jahre lang als Rechtsanwältin tätig und leitet das Nationale Zentrum für die Rechte der Lesben. Ihre Nominierung zur Unterstaatssekretärin gilt als Tribut Clintons an die Schwulen- und Lesbenbewegung, die seinen Wahlkampf aktiv unterstützt hatte. Achtenberg lebt seit Jahren mit der ehemaligen San Franciscoer Richterin Mary C. Morgan und dem gemeinsamen Sohn Benjamin zusammen.

Ackland, Valentine

britische Lyrikerin und Antiquitätenhändlerin
20.5.1906 London – 9.11.1969 Dorset

Bereits als Jugendliche entdeckt die aus wohlhabenden Verhältnissen stammende Ackland ihre Neigung zum eigenen Geschlecht. Mit 18 lernt sie Bo Foster, die damalige Sprecherin der Tory-Partei kennen, die Ackland in die Welt der modernen Lyrik einführt und ihre erste feste Beziehung wird, bis 1930 die Schriftstellerin ☞Sylvia Townsend Warner auf der Bildfläche erscheint. Gemeinsam mit Warner, mit der Ackland bis zu ihrem Tode zusammenbleibt, ohne die eine oder andere Affäre nebenher zu verschmähen, gibt sie 1934 ihren ersten Gedichtband *Whether a Dove or a Seagull* heraus. 1952 eröffnet sie ihr eigenes Antiquitätengeschäft, das ihr weitaus mehr Erfolg einbringt als ihre weiteren lyrischen Werke, die erst posthum – Ackland erliegt einem Krebsleiden – veröffentlicht werden.

de Acosta, Mercedes

US-amerikanische Dichterin und Dramatikerin kastilischer Herkunft
4.3.1893 New York City – 10.5.1968 ebd.

Die in New York aufgewachsene und für ihre extravagante Kleidung bekannte de Acosta zählt zu den erfolgreichsten Dramatikerinnen und Drehbuchschreiberinnen der Gegenwart. Nach Erscheinen ihres ersten Romans und mehrerer Gedichtbände beginnt sie um 1920 ihre Karriere als Dramatikerin, zunächst mit Theaterstücken, die erfolgreich von der Theateragentin ☞Bessie Marbury vermarktet und in den USA und Europa aufgeführt werden. Auf Marburys Vermittlung hin kommt de Acosta mit Hollywood-Agenten in Kontakt und beginnt daraufhin, Drehbücher für die bekanntesten Studios – z.B. RKO und MGM – und die berühmtesten Filmstars, u.a. Pola Negri, ☞Greta Garbo und ☞Marlene Dietrich, zu verfassen. *Queen Christina*

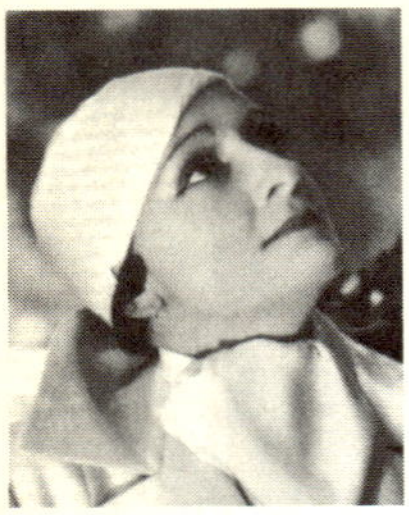

(1933, dt. *Königin Christina*) und zahlreiche weitere Filme werden zu Welterfolgen. De Acostas unglückliche Hochzeit mit dem Maler Abram Poole markiert zugleich den Beginn einer lebenslangen, überzeugten lesbischen Identität – denn kurz vorher hatte sie die Schauspielerin ☞Eva LeGallienne kennen gelernt, mit der sie eine stürmische Liebesbeziehung eingeht. Nicht minder leidenschaftliche Liaisons mit vielen anderen Berühmtheiten – Marlene Dietrich, Greta Garbo, ☞Isadora Duncan, ☞Joe Carstairs – folgen, von de Acosta in ihrer vielbeachteten, 1960 erschienenen Biografie *Here Lies the Heart* (dt. *Hier liegt das Herz*) ausführlich beschrieben. 55 Liebesbriefe von Greta Garbo, die de Acosta dem Rosenbach Museum and Library in Philadelphia hinterlassen hat, werden im April 2000, wie im Vermächtnis bestimmt, zehn Jahre nach dem Tod beider Frauen, der Öffentlichkeit zugänglich gemacht. De Acosta, die mehrfach ausgedehnte Europa- und Indienreisen unternimmt, arbeitet während des Zweiten Weltkrieges als Kriegsberichterstatterin in Frankreich, wo sie sich später zusammen mit ihrer Lebensgefährtin Poppy Kirk niederlässt. Ihr gemeinsames Haus in der Normandie wird ein ebenso häufig frequentierter Treffpunkt von Künstlerinnen aus aller Welt, wie es bereits de Acostas an Garbos Haus angrenzendes Heim in Hollywood gewesen ist.

Addams, Jane

US-amerikanische Sozialreformerin und Frauenrechtlerin
6.9.1860 Cedarville/Illinois – 21.5.1935 Chicago/Illinois

Als junges Mädchen widersetzt sich Jane Addams erfolgreich den Versuchen ihrer Familie, sie als Debütantin einzuführen und mit ihrem Stiefbruder zu verheiraten. Nach Abschluss des Colleges beginnt sie, in Philadelphia Medizin zu studieren, muss ihre Ausbildung jedoch aus Krankheitsgründen zwei Jahre lang unterbrechen. In dieser Zeit bereist sie mit ihrer Freundin Ellen Gates Starr Europa, wo sie um 1887/88 in England das erste Mal mit den medizinischen und sozialen Missständen in den europäischen Großstadtslums konfrontiert wird. Zusammen besichtigen die beiden jungen Frauen das Toynbee Hall Settlement House in London, wo junge, gebildete und sozial engagierte Frauen sich in verschiedenster Weise für die Bedürfnisse der Armen einsetzen. Nachhaltig beeindruckt gründen Addams und Starr nach ihrer Rückkehr in die Staaten 1889 in Chicago eine ähnliche Einrichtung: das Hull House, welches in der Folge wegweisend für weitere Fürsorgehäuser in den gesamten USA wird. Neben ihrem Einsatz für soziale Reformen – 1910 wird sie zur ersten weiblichen Präsidentin der Nationalkonferenz für Soziale Arbeit berufen – betätigt sich Addams verstärkt im Kampf um Jugendschutz und Frauen(wahl)recht. Von 1919 bis1935 amtiert sie als erste Präsidentin der Internationalen Frauenliga für Frieden und Freiheit. 1931 erhält Addams als erste Amerikanerin den Friedensnobelpreis. Eine der jungen Frauen, die Hull House besuchen, um dort vorübergehend zu leben und zu arbeiten, ist Mary Rozet Smith. Sie kommt 1890, bleibt allerdings für immer – als Addams' Lebensgefährtin. Über 40 Jahre verbringen die beiden zusammen. Sie betrachten sich als verheiratet, und wann immer Smith Addams auf ihren zahlreichen Vortragsreisen begleitet, vergewissern sie sich, dass im jeweiligen Hotel ein gemeinsames Bett bereitsteht.

- *Democracy and Social Ethics*, 1902; *Newer Ideals of Peace*, 1907; *Twenty Years of Hull House*, 1910

Adrian, Gilbert (eigentlich Adolph Greenberg)

US-amerikanischer Filmdesigner
1903 Naugatuck/Connecticut – 1959

In den 30er und 40er Jahren ist Adrian, der meist nur mit seinem Nachnamen genannt wird, als Chefdesigner maßgeblich für die Ausstattung der großen MGM-Filmproduktionen verantwortlich. Er steckt ☞Greta Garbo in Anzüge und erfindet für Joan Crawford die inzwischen klassisch gewordenen Schulterpolster, um von ihren Hüften abzulenken. Zu seinen wichtigsten Ausstattungen gehören jene für *The Wizard of Oz* (1939, dt. *Das zauberhafte Land*) mit ☞Judy Garland, *Ninotchka* (1939), ☞George Cukors *Women* (1939, dt. *Die Frauen*) und Hitchcocks *Rope* (1948, dt. *Cocktail für eine Leiche*). Adrian ist eine Hollywood-typische Scheinehe mit der lesbischen Schauspielerin ☞Janet Gaynor (*Sunrise* von ☞Friedrich Wilhelm Murnau) eingegangen. Nach Adrians Tod heiratet sie einen Freund ☞Charles Laughtons: Paul Gregory.

Aeschbacher, Kurt

Schweizer Fernsehmoderator
24.10.1948 Bern

1977 macht Aeschbacher zum ersten Mal im journalistischen Bereich auf sich aufmerksam: als Presseverantwortlicher der Schweizer Gartenbauausstellung. Zuvor hatte der studierte Nationalökonom in einem Architekturbüro gearbeitet. 1981 wechselt er zum Schweizer Fernsehen DRS und ist zunächst Redakteur und Moderator der Magazinsendung *Karussell*. Ab 1986 gehört er der Unterhaltungsredaktion des Senders an und moderiert zwei eigene TV-Shows: *Mode, Macher und Musik* und *Party*. Für seine ausgefallene und mutige Unterhaltungsshow *grell-pastell* (1987-1994), eine der erfolgreichsten und zugleich kontrovers diskutiertesten des Schweizer Fernsehens, die auf seinem eigenen Konzept basiert, wird er mit verschiedenen Fernsehpreisen ausgezeichnet. Es folgt *City Trends* (1989-1999), eine Sendereihe mit Städteporträts, und ab 1995 seine Unterhaltungs- und Talkshow *Casa Nostra – Kurt Aeschbacher's Gästehaus*. 1997 bekennt er sich öffentlich zu seinem Schwulsein und fordert im Dezember des gleichen Jahres in einem Interview mit der Boulevardzeitung *Blick* das Recht auf eine eingetragene Lebensgemeinschaft für gleichgeschlechtliche Paare und gelangt damit auf die Titelseite des Blattes. Sein Lebensgefährte Andrin Schweizer, ausgebildeter Architekt, moderiert mit *Felix* im Mai 2000 das erste schwule Fernsehmagazin im Schweizer Fernsehen. Aeschbacher ist Mitinhaber der Modezeitschrift *Bolero*, einer Modeboutique in Basel und der *Labor Bar* in Zürich. „Ich bin der Überzeugung, dass jeder Mensch ein authentisches Leben führen muss. Das heißt, zu seinen Neigungen stehen und sie konsequent leben."

Ai di

chinesischer Herrscher
ca. 23 v. Chr. – 1 n. Chr.

Ai di (zu deutsch: der Jammervolle) übernimmt 6 v. Chr. während der Han-Dynastie den Thron seines Onkels Tscheng di. Schon während der Pubertät fühlt sich Ai di sowohl zu Männern wie Frauen hingezogen. Er ist im Land weithin als großer Lüstling bekannt. Als er 24-jährig stirbt, ist man sich sicher, dass es aufgrund der Folgen seiner maßlosen Ausschweifungen sei. Gleichwohl hatte Ai di eine große Liebe: Dong Xian, den er zum Marschall ernennt. Nur wenige Tage nach dem Tod Ai dis nimmt sich Dong Xian das Leben. Überliefert ist die Anekdote, dass der Herrscher eines Morgens neben seinem noch schlafenden Geliebten erwacht. Weil dieser aber auf dem Ärmel von Ai dis Nachtgewand liegt und er ihn nicht wecken will, schneidet er kurzerhand den Ärmel ab. Die Schneider am Hofe übernehmen die abgeschnittenen Ärmel als modischen Einfall und als Zeichen des Respekts gegenüber der Liebe des Kaisers zu Dong Xian. Außerdem etabliert sich die Bezeichnung *tuan hsiu* (die Leidenschaft abgeschnittener Ärmel) als Synonym für die Liebe zwischen Männern.

Akerman, Chantal

belgische Filmemacherin
6.6.1950 Brüssel

Sie wird die Filmemacherin der Filmemacher genannt. Die Tochter polnisch-jüdischer Emigranten will ursprünglich Schriftstellerin werden, doch nach einem Jahr an der Filmschule in Brüssel wird ihr zukünftiger Weg offensichtlich. Sie geht schon bald nach Paris und macht ihren ersten kurzen Film – *Blow*

Up My Town. Akerman ist innovativ, anspruchsvoll, provokativ. Bevorzugte Themen ihrer Filme sind Einsamkeit und Isolation, Kommunikation zwischen Mutter und erwachsener Tochter, Antworten (oder Nichtantworten) auf die Frage nach der Bedeutung des Lebens – in späteren Filmen: nach der Natur der Liebe. Interessanterweise bricht Akerman bisweilen aus diesem Themenkreis aus und macht leichte Komödien. Zur Zeit lehrt sie an der Harvard University. Obgleich Lesbe, die sich in ihren Filmen auf weibliche Sexualität und Feminismus konzentriert (und mit beidem identifiziert werden will), will sie nicht, dass ihre Filme auf lesbisch-schwulen Filmfestivals gezeigt werden, denn sie verwahrt sich dagegen, „ghettoisiert" zu werden. Immerhin: In *Je tu il elle* (1974) zeigt sich Akerman selbst in einer lesbischen Liebesbeziehung.

- Filme (Auswahl): *Je tu il elle*, 1974; *News from Home*, 1976; *Toute une nuit*, 1982; *Un jour Pina a demandé*, 1983; *Portrait of a Young Girl at the End of the 1960's in Brussels*, 1994; *Letters Home*, 1986; *Histories d'Amerique*, 1989; *D'Est*, 1993; *A Couch in New York* (*Un divan à New York*), 1996; *Sud*, 1999; *La captive*, 2000; *De l'autre côté*, 2002; *Demain on déménage*, 2004

Albee, Edward

US-amerikanischer Dramatiker
12.3.1928 Washington/DC

Albees Karriere als Dramatiker beginnt durch einen Zufall in Berlin. Sein Einakter *The Zoo Story* (1959) gelangt über den Schweizer Schauspieler und Regisseur Pinkas Braun in die Hände von Boleslaw Barlog, der ihn am Schiller-Theater, zusammen mit einem Einakter Samuel Becketts, uraufführt. Erst ein Jahr später hat das Stück über eine Zufallsbekanntschaft zweier Männer im Park in New York Premiere und wird ein *long run*-Hit. Ebenfalls in Berlin uraufgeführt wird sein Stück über Rassismus und Konformismus, *The Death of Bessie Smith* (1960).

Als einer der wichtigsten US-Dramatiker des 20. Jhs. etabliert er sich 1962 mit *Who's Afraid of Virginia Woolf?* (1963, dt. *Wer hat Angst vor Virginia Woolf?*, verfilmt mit Elizabeth Taylor und Richard Burton). Konservative Theaterkritiker und -produzenten vermuten Mitte der 60er Jahre sogar eine Verschwörung und systematische Unterwanderung des US-Theaters mit „krypto-homosexuellen" Stücken, wie sie von Albee oder auch ☞Tennessee Williams geschrieben werden. In dem Ehedrama *Virginia Woolf* erkennen Kritiker, dass es sich letztlich nicht um zwei Ehepaare, sondern um zwei schwule Paare handelt. Als man später jedoch das Stück entsprechend konsequent nur mit Männern besetzen will, untersagt Albee diese Inszenierung. Direkte homosexuelle Themen hat Albee in seinen Dramen nie bearbeitet, immer wieder jedoch lassen sich homoerotische Momente, besonders in den Männerbeziehungen, feststellen. Albees Homosexualität war recht früh öffentlich bekannt – mit der Folge, dass das Dramatikerdebüt seines damaligen Lebensgefährten ☞Terrence McNally von den Kritikern als epigonenhaft abgewertet wird. Albee selbst lehnt es jedoch ab, als schwuler Autor bezeichnet zu werden, und spricht sich sogar dezidiert dagegen aus, dass sich schwule Autoren organisieren oder entsprechende Konferenzen und Tagungen veranstalten. Mit seinen Dramatisierungen von ☞Carson McCullers' *The Ballad of the Sad Café* (1963, dt. *Die Ballade vom traurigen Café*) und *Malcolm* (1966) von James Purdy schafft Albee weitere Stücke mit homoerotischer Thematik. Die meisten seiner späteren Dramen (u.a. *Everything in the Garden*, 1967; *All over*, 1971 oder seine *Lolita*-Bearbeitung, 1982) kommen über Achtungserfolge nicht hinaus, ähnlich verhält es sich mit seinem Stück *Three Tall Women*, das 1991 in Wien uraufgeführt wurde. Für *Die Ziege oder Wer ist Sylvia* über einen Fall von Sodomie erhält er allerdings 2002 einen Tony Award als bestes Stück am Broadway.

● Mel Gussow: *Edward Albee: A Singular Journey*, 1999

Alexander der Große

makedonischer König
Herbst 356 v. Chr. Pella – 13.6.323 v. Chr.

Alexander, Sohn des Makedonierkönigs Philipp II. und der Olympia, Tochter des Molosserfürsten Neoptolemos, wird maßgeblich vom Philosophen Aristoteles (384-322 v. Chr.) erzogen und ausgebildet. Bereits mit 18 Jahren führt er als Feldherr eine Schlacht an. Als 336 v. Chr. sein Vater ermordet wird, lässt er alle Mitbewerber um den Thron beseitigen und tritt die Herrschaft an. Als Haupt der Korinthischen Liga setzt er die vom Vater begonnenen Vorbereitungen für einen Krieg gegen die Perser fort und erweitert in den Folgejahren das Reich bis nach Asien. Er unterwirft Thessalien und zerstört Theben. Mit seinem 40.000 Mann starken Heer führt er Krieg gegen die Thraker und nimmt die Ergebenheitserklärung Athens an. Damit übernimmt er auch den Oberbefehl im Korinthischen Bund. Ägypten gibt sich 331 kampflos geschlagen, und Alexander lässt sich zum Pharao krönen und zum Gott erklären. Zu seinen eigenen Ehren gründet er die Stadt Alexandria. Im Oktober 334 beginnt er einen Feldzug gegen die Perser und marschiert in Mesopotamien ein, schlägt den persischen König Darius III. in der Schlacht von Gaugamela, erobert Babylon und die persischen Hauptstädte Susa und Persepolis. Beim Indien-Feldzug 327 werden erstmals Elefanten eingesetzt. Aus machtpolitischen Gründen heiratet er die Tochter von Darius und andere Königstöchter. Seine Zuneigung zu dem Eunuchen Bagoas und seinem langjährigen Geliebten, dem Kavallerie-Kommandeur Hephaistion, hält er keineswegs im Verborgenen, vielmehr küsst er sie sogar in Anwesenheit seiner Feldherren. Als der Freund stirbt, verfällt Alexander dem Wahnsinn, lässt den behandelnden Arzt kreuzigen, den Feldherren als Zeichen der Trauer die Haare schneiden und die einfachen Soldaten sogar kahlrasieren. Nach der würdevollen und opulenten Begräbnisfeier lässt er sämtliche Kossäer niedermetzeln. Unmittelbar nach Alexanders Tod zerfällt das Reich. Die angestrebte Völker- und Länderverschmelzung kommt nicht zustande. Mit der Gründung von mehr als 70 Städten in den eroberten Ländern sorgt Alexander für eine weite Verbreitung der griechischen Sprache und Kultur und leitet mit der Vermischung hellenischer und orientalischer Elemente die Entwicklung einer neuen Kultur ein. Sein Leben ist Stoff für zahlreiche Romane gerade auch homosexueller Autoren gewesen, u.a. ☞Roger Peyrefitte, ☞Klaus Mann und ☞Mary Renault, die in *The Persian Boy* (1972) seine Liebe zu Bagoas erzählt.

● Peter Green: *Alexander of Macedon. A Historical Biography*, 1992;
Siegfried Lauffer: *Alexander der Große*, 1993

Alger, Jr., Horatio

US-amerikanischer Jugendbuchautor
13.1.1832 Revere/Massachusetts – 18.7.1899 Natick/Massachusetts

Im März 1866 lässt sich der weltfremde Horatio Alger, Jr., Sohn eines Unitarier-Predigers aus Brewster bei Boston, in einem möblierten Zimmer in New York nieder, um ein neues Leben zu beginnen. Er hat soeben nach langen inneren Kämpfen seinen Beruf als protestantischer Geistlicher aufgegeben und will sich nun eine andere Tätigkeit suchen. Er entdeckt ein neues Talent: als Verfasser von Erzählungen, in denen arme Schuhputzer oder Streichholzverkäufer dank Ausdauer, Ehrlichkeit und glücklicher Zufälle zu Wohlstand und Ansehen kommen. Horatio Alger versinnbildlicht in seinen Geschichten den amerikanischen Traum, demzufolge jeder zu Reichtum und Glück gelangen kann. Sein Name wird dadurch zum Synonym für Aufsteigergeschichten. Zu seinen berühmtesten Veröffentlichungen gehören *Ragged Dick* (1868) und *Tattered Tom* (1871). Die Groschenhefte entsprechen dem damaligen Glauben an den *self-made man* und finden jahrzehntelang reißenden Absatz, so dass der enorm produktive und erfolgreiche Alger es sich leisten kann, in einem Heim für Zeitungsjungen und anderswo unbezahlt nützliche Fürsorgearbeit zu tun, manchmal auch verwahrlosten Kindern als stellvertretender Vater zur Seite zu stehen. Dieses Engagement erscheint nach seinem Tod in einem anderen Licht, als bei Recherchen für eine Biografie über den Autor eine Gerichtsakte entdeckt wird, in der Alger beschuldigt wird, sich als damals 34-Jähriger auf „unmoralische Weise Knaben genähert zu haben". Deshalb habe er seine Heimatstadt Brewster verlassen müssen. Seinem nachhaltigen Erfolg jedoch tut diese Entdeckung keinen Abbruch. So wird beispielsweise 2002 *Shine! The Horatio Alger Musical* von Roger Anderson uraufgeführt, in dem Alger als amerikanischer Held gefeiert wird. Insgesamt verkaufen sich seine Werke – darunter 118 Romane, die meist zuerst als Zeitungs- und Zeitschriftenromane erscheinen, sowie Erzählungen und Gedichte – mehrere 100 Millionen Mal.

- weitere Romane (Auswahl): *An Autumn Sheaf*, 1856; *The Telegraph Boy*, 1879; *Dan, the Detective*, 1884; *Tom Tracy*, 1888; *The Young Salesman*, 1896; *Making His Mark*, 1901
- Ralph D. Gardner: *Horatio Alger, or the American Hero Era*, 1988; Gary Scharnhorst/Jack Bales: *The Lost Life of Horatio Alger, Jr.*, 1995

Aliti, Angelika

österreichische Autorin und Therapeutin
26.5.1946 Hamburg

Die Tochter griechischer Eltern wächst in Hamburg auf und geht 1988 nach Österreich. Nach einem Studium der Sozialpädagogik macht sie eine Ausbildung zur Journalistin und wechselt noch einmal den Beruf: Mit der von ihr gegründeten Comedy-Truppe tingelt sie einige Jahre durchs Land. Danach findet sie zum sozialen und psychologischen Engagement zurück und eröffnet in der Südoststeiermark mit Temenos ein Zentrum zur seelischen Stärkung von Frauen, assistiert von einem Hund, fünf Katzen, acht Ziegen und einer 350-Kilo-schweren Sau namens Lupita. 1991 erscheint ihr erstes Buch *Die Sucht, unsterblich zu sein. Warum wir den Tod fürchten und darüber das Leben versäumen*. Es folgen weitere Sachbücher zu Frauenthemen (u.a. *Die wilde Frau. Rückkehr zu den Quellen weiblicher Macht und Energie*, 1993; *Der weise Leichtsinn*, 1996) sowie ab 1997 Kriminalromane, in deren Mittelpunkt die Schwarze Witwe, eine scharfsinnige und witzige Lesbe mit einer großen Liebe zu gutem Essen und schönen Frauen, steht (*Die Sau ruft*, 1997; *Kein Bock auf Ziegen*, 1998; *Heißes Herz*, 2000).

- weitere Publikationen: *Mama ante portas!*, 1997; *Macht und Magie. Der weibliche Weg, die Welt zu verändern*, 1998; *Die sinnliche Frau*, 1999; *Das Maß aller Dinge*, 2000; *Der Kreis in der Wüste*, 2001

Allison, Dorothy

US-amerikanische Schriftstellerin
11.4.1949 Greenville/South Carolina

Für *Bastard Out of Carolina* (dt. *Die Angst in mir ist wie ein großer Fluß*) erhält Dorothy Allison 1992 den National Book Award und verschafft sich damit einen gebührenden Platz in der US-amerikanischen Main-stream-Literatur – trotz ihrer als dafür ungeeignet erscheinenden Thematiken. Sexueller Missbrauch, die Sprachlosigkeit und brutale Gewalt innerhalb der weißen Unterschicht, des *White Trash* – Allison, in einer armen Südstaatenfamilie aufgewachsen, weiß, wovon sie redet. Bei ihr sind die Opfer allerdings keine gebrochenen Gestalten, sondern mutige Frauen, die das Leben als Herausforderung begreifen: „Ich hasse Opferporträts, und ich hasse die Pornografie der Opferdarstellung." Auch in ihrem Erzählband *Trash* (1988) vermeidet die in San Francisco lebende Autorin jegliche Sentimentalität; ihr offensiver Umgang mit Gewalt und lesbischer Sexualität haben ihr bislang empörte Kritik seitens der Frauenbewegung eingetragen – und eine stetig wachsende LeserInnenschaft.

- *The Women Who Hate Me: Poetry 1980-1990*, 1991; *Skin: Talking about Sex, Class, and Literature*, 1994; *Two or Three Things I Know for Sure*, 1995; *Cavedweller*, 1998

Almodóvar, Pedro

spanischer Filmemacher und Autor
25.9.1946 Caluada de Calatrava

Stipendiat einer Klosterschule. Mit 16 Jahren geht er nach Madrid und wird Verwaltungsangestellter bei einer spanischen Telefongesellschaft, wo er die nächsten zehn Jahre arbeitet. Parallel dazu betätigt er sich als Autor, schreibt die Storys für Comicstrips, Reportagen für Undergroundmagazine, Erzählungen (z.T. gesammelt in *Patty Diphusa y otros textos*, 1991).

1974 erster Super8-Film und Auftritte mit der eigenen Rock-Pop-Band, *Almodóvar and Namara*, die u.a. *Suck It to Me* und *Gran Ganga* auf Platte einspielt. Mitglied der unabhängigen Theatergruppe *Los Galiardos*. Die Erlebnisse und Beobachtungen innerhalb der schwulen Subkultur mit ihrer ausgeprägten Drag Queen- und Transvestitenszene sowie des kulturellen Undergrounds verarbeitet er in seinen späteren Spielfilmen, wie *Folle … Folle … Fólleme … Tim* (1978, engl. *Fuck me, Fuck me, Fuck me, Tim.*), *Pepi, Luci, Bom y otras chicas del mundo* (1980) und *Laberinto de pasiones* (1982, dt. *Labyrinth der Leidenschaften*). Mit *La ley del deseo* (1986, dt. *Gesetz der Begierde*) gelingt ihm der internationale Durchbruch. Bei den Berliner Filmfestspielen erhält er für den Film den Gay Teddy Award. Antonio Banderas begründet mit seinen Hauptrollen in *Matador* (1986) und in *Gesetz der Begierde* seine Weltkarriere als Schauspieler. 1987 Gründung der eigenen Filmfirma El Deseo S.A., gemeinsam mit seinem Bruder Augustín. *Mujeres al borde de un ataque de nervios* (1987, dt. *Frauen am Rande des Nervenzusammenbruchs*) mit Carmen Maura festigt seinen Ruf als Anführer des Neuen Spanischen Films, der sich nach den ersten wirtschaftlich schwachen Jahren seit Francos Tod entwickelt hatte. Allein für diesen Film erhält Almodóvar mehr als 50 Preise. Sexuell und psychisch verstörte Menschen, grelle Figuren, groteske Handlungsverläufe und Anleihen an Soap-Operas sowie kunterbunte, exzentrische Ausstattungen prägen auch seine weiteren Filme, die längst mit sehr hohem Etat produziert werden (*Átame*, dt. *Fessle mich!*, 1989; *High Heels*, 1991; *Kika*, 1993; *Hable con ella*, 2002; *La mala educación*, 2004). 1997 erhält er durch den französischen Außenminister Hervé de Charette den Ritterschlag des französischen Staates für sein filmisches Lebenswerk. Für seinen bislang größten Erfolg *Todo sobre mi madre* (dt. *Alles über meine Mutter*, 1999) erhält er u.a. den Oscar für den besten ausländischen Film.

- Nuria Vidal: *The Films of Almodóvar*, 1988; Paul Julian Smith: *Desire Unlimited – The Cinema of Pedro Almodóvar*, 1994; Frédéric Strauss: *Pedro Almodóvar nema of P*, 1995 (engl. *Almodóvar*, 1996)

Almond, Marc

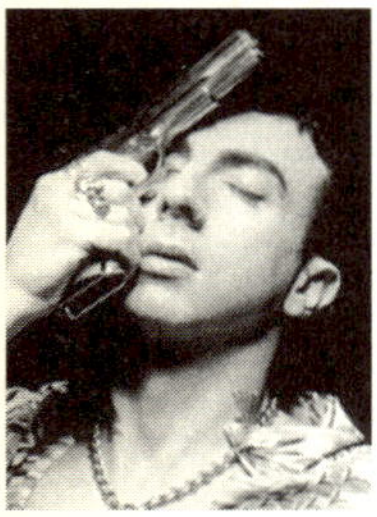

britischer Popmusiker
9.7.1957 Southport

Gemeinsam mit seinem Studienkollegen vom College of Art in Leeds, David Ball, gründet Marc Almond 1979 die Formation *Soft Cell*. Beeinflusst von *Kraftwerk*, US-amerikanischem Motown-Soul und Brian Eno versuchen sie, der elektronischen Musik mehr Leben und Wärme zu verleihen. Die lasziven Texte und der leichte Hauch erotischer Nachtclub-Atmosphäre ergeben eine kühne Synthese aus Emotion und Elektronik und verhelfen *Soft Cell* schnell zu kommerziellem Erfolg. *Tainted Love* (1981) wird zum ersten weltweiten Hit. Die Presse bezeichnet ihn als „Judy Garland des Müllhaufens", „The Acid House Aznavour" und „The Black Leather Sinatra". Mit dem Album *The Last Night in Sodom* verabschieden sich Ball und Almond als Duo. Mit *Bronski Beat* nimmt Almond das Remake des Donna Summer-Songs *I Feel Love* auf und bildet kurzzeitig die Band *Marc & The Mambas* (1982). In seiner Solokarriere verstärkt der Tattoo-Fan Almond seinen Hang zur Selbstinszenierung und musikalischen Schwülstigkeit. Das Album *Jacques* (1989) widmet er ganz seinen Neuinterpretationen von Brel-Songs. Bei *Tenement Symphony* (1991) arbeitet er mit einem großen Streichorchester zusammen. 2001 kommt es zu einer Wiedervereinigung von *Soft Cell*.

- Soft Cell: *Non Stop Erotic Cabaret*, 1981
- Marc Almond: *Soul Inside*, 1983; *Fantastic Star*, 1996; *Night Music*, 1996; *Virgin's Tale*, 1998; *Tragedy*, 1999; *Stranger Things*, 2001; *Cruelty without Beauty*, 2002; *Heart on Snow*, 2003
- *The Angel of Death in the Adonis Lounge. Poems*, 1988
- Jeremy Reed: *Marc Almond – The Last Star*, 1995

Amendt, Günter

deutscher Sozialwissenschaftler und Publizist
8.6.1939 Frankfurt/Main

Der Sohn eines Angestellten absolviert zunächst eine kaufmännische Lehre in Frankfurt/Main. Später studiert er Soziologie in Frankfurt und Gießen. Während seines Studiums wird Amendt Mitglied des Sozialistischen Deutschen Studentenbunds (SDS). Nach einer Anti-Springer-Demonstration Ostern 1968 wird er vom Springer-Konzern als einziger Demonstrationsteilnehmer auf fast 72.000 Mark Schadenersatz verklagt. Der Rechtsstreit endet 1973 mit einem Vergleich. Amendt muss 30.000 DM bezahlen, die durch eine Spendenaktion unter linken Gruppen und Persönlichkeiten aufgebracht werden. Sein erstes Buch *Sexfront* (1970) avanciert zur Aufklärungsfibel der 68er-Generation und wird ein Bestseller. 1979 erscheint *Das Sex-Buch*, das in Bayern mehrere Male beschlagnahmt wird. 1989 erscheint *Natürlich anders. Homosexuelle in der DDR*. Neben Fragen der Sexualität widmet sich Amendt in seinen Aufsätzen, Zeitungsartikeln und Büchern vor allem dem Thema Drogen.

- weitere Veröffentlichungen (Auswahl): *Kinderkreuzzug oder Beginnt die Revolution in den Schulen?*, 1968; *Haschisch und Sexualität*, 1974; *Reunion Sundown. Bob Dylan in Europa*, 1985; *Die Droge – Der Staat – Der Tod. Auf dem Weg in die Drogengesellschaft*, 1987; *Ecstasy & Co. Alles über Partydrogen*, 1997; *No Drugs. No Future. Drogen im Zeitalter der Globalisierung*, 2003

Andersen, Hans Christian

dänischer Schriftsteller
2.4.1805 Odense – 4.8.1875 Kopenhagen

Das häßliche Entlein, *Des Kaisers neue Kleider*, *Der Schweinehirt*, *Die Prinzessin auf der Erbse* – diese und noch ein gutes Dutzend weiterer Märchen machen Andersen zu einem weltbekannten Schriftsteller, obgleich ihm durch den Ruf, lediglich „Kindergeschichten" geschrieben zu haben, lange Zeit die literarische und literaturwissenschaftliche Anerkennung versagt bleibt. Der in ärmlichen Verhältnissen aufgewachsene Sohn eines Schuhmachers und einer Trinkerin wird dank seiner insgesamt 156 Märchen vom Hochadel hofiert und in den Herrscherhäusern Europas mit offenen Armen empfangen. Schriftstellerkollegen wie Victor Hugo, Heinrich Heine, Hendrik Ibsen, Honoré de Balzac und Charles Dickens achten ihn und pflegen Kontakt mit ihm. Während er im Ausland gefeiert wird, bleibt er zu Hause in Kopenhagen der zwar eitle, aber leider auch hässliche Schwan: mit übergroßer Nase, Schweinsäuglein, viel zu langen, schlacksigen Armen. Die Menschen drehen sich lachend nach ihm um und nennen ihn Orang-Utan. Als Kind arbeitet er in einer Tuchfabrik, mit 14 Jahren geht er nach Kopenhagen, wo er einen italienischen Opernsänger als Gönner findet. Er nimmt Gesangs- und Schauspielunterricht am Königlichen Theater. Der dortige Direktor Jonas Collins wird sein lebenslanger Freund und Unterstützer. Mit 17 erste literarische Veröffentlichungen, 1835 erscheint die erste Auswahl seiner *Märchen, erzählt für Kinder*. In ihnen versteckt Andersen die Gründe seiner Melancholie und Hypochondrie; sie offen auszusprechen, wagt er nicht. Auch in seiner Autobiografie *Märchen meines Lebens* (1846) verhüllt er sein wahres – homosexuelles – Begehren, soweit es möglich ist. Er ist ein „Anderer" von Kindheit an. Die Straßenjungen sprechen von seinem „eigentümlichen Wesen"; wegen seiner „weichen Art" und „weichen Natur" wird er oft für ein Mädchen gehalten. In seinen Märchen riskiert er, sein Seelenleben weitaus deutlicher zu formulieren, kann er sich doch hier hinter den Masken dieser Fabelgestalten verbergen. Andersens große Liebe gilt – neben dem dänischen Balletttänzer Harald Scharff – Edvard Collins (dem Sohn des Theaterdirektors), mit dem ihn eine enge Freundschaft verbindet, die jedoch nie über ein platonisches Verhältnis hinauswächst. Als Collins sich verlobt, schreibt Andersen verzweifelt: „Wie Moses stehe ich am Berge und blicke ins gelobte Land, wohin ich nie gelangen werde." Als schließlich die Hochzeit ansteht, flieht Andersen vor der Hochzeit und schreibt sein erstes Märchen: *Die kleine Meerjungfrau*. Ihre Liebe bleibt aufgrund ihres Andersseins unerfüllt. Andersen pflegt zwar verschiedene Freundschaften zu Frauen, doch sind sie rein platonischer Natur. Wahrscheinlich ist sogar, dass Andersen auch mit Männern zeitlebens niemals sexuelle Erfahrungen macht. Die Hoffnung, sich bis über den Tod hinaus in diesen Märchen verbergen zu können, erfüllt sich jedoch nicht. Recht bald wird in Aufsätzen über ihn die „weibliche" und „weiche" Natur hervorgehoben, und 1901 reiht ihn Albert Hansen mit seinem expliziten Aufsatz *H.C. Andersen. Beweis seiner Homosexualität* im *Jahrbuch für sexuelle Zwischenstufen* in die Reihe berühmter Homosexueller ein.

- *Märchen meines Lebens*, 1982; *Schräge Märchen*, 1997
- Elias Bredsdorff: *Hans Christian Andersen. Eine Biographie*, 1993; Paul Raabe/Erik Dal (Hg.): *H.C. Andersen/Lina von Eisendecher – Briefwechsel*, 2003

Anderson, Dame Judith

australische Schauspielerin
10.2.1898 Adelaide – 3.1.1992 Santa Barbara/Kalifornien

Anderson, Abkömmling britischstämmigen Adels, beginnt ihre Schauspielkarriere mit 17 in Sydney. Nach der Übersiedlung in die USA arbeitet sie ab 1920 zunächst ausschließlich am Theater, bevor ihr der Einstieg ins Filmgeschäft gelingt. Ihr Debüt gibt sie bezeichnenderweise als undurchsichtige Nachtclubbesitzerin in *Blood Money* (1933, dt. *In meiner Wut wieg ich vier Zentner*). Von da an ist sie, die aufgrund ihrer androgynen Schönheit und ihres extrem männlichen Gehabes die Hassliebe des Publikums auf sich zieht, auf dunkel-entrückte Charakterrollen festgelegt – u.a. als Mrs. Danvers in Hitchcocks *Rebecca* (1940). Die Hochphase ihrer Bühnenkarriere beginnt 1936, als sie am Broadway die Gertrude in John Gielguds *Hamlet* spielt. Anderson, die ihr Lesbischsein nie sonderlich verhehlt – und ohnehin aufgrund ihres Äußeren von aller Welt dafür gehalten wird –, steht als rüstige Stammesmutter der Lesbengemeinde Hollywoods noch im Alter von 86 Jahren in *Star Trek II* (1984) vor der Kamera und anschließend weitere drei Jahre in der Komödie *Santa Barbara* auf der Bühne.

Anderson, Margaret
(eigentlich Frances Margaret Anderson)
US-amerikanische Verlegerin
24.11.1886 Indianapolis – 29.10.1973 Cannes

Nach ihrer Ausbildung als Pianistin arbeitet Anderson zunächst als Angestellte in einer Buchhandlung, bevor sie aus einem Impuls heraus ihre eigene Literaturzeitschrift *The Little Review* gründet. Anderson, laut der Journalistin ☞Janet Flanner „der geborene Feind von Konventionen und Disziplin, eine feministische und romantische Rebellin", gibt ihrer Zeitschrift den Untertitel *Eine Kunstzeitschrift ohne Zugeständnisse an den öffentlichen Geschmack*, ein Zusatz, dem sie und ihre spätere Lebensgefährtin und Co-Herausgeberin ☞Jane Heap konsequent Rechnung tragen. Binnen kurzer Zeit etabliert sich *The Little Review* als Sprachrohr der Moderne, leidet aber zeit ihres Erscheinens unter finanziellen Nöten. Ihre freigeistige Einstellung bringt die beiden Herausgeberinnen vor Gericht, als in *The Little Review* zwischen 1918 und 1920 in 23 monatlichen Fortsetzungen James Joyces *Ulysses* erscheint. Mehrere Ausgaben werden beschlagnahmt und Anderson und Heap wegen „Verbreitung von Obszönitäten" zu einer Geldstrafe von 100 Dollar verurteilt. Von New York siedeln Anderson und Heap 1922 nach Paris über, wo Anderson sich sowohl aus der Beziehung als auch von *The Little Review* zu lösen beginnt. Während Heap die Zeitschrift als alleinige Herausgeberin bis zur Einstellung im Jahre 1929 weiterführt, widmet Anderson sich gemeinsam mit ihrer neuen Lebensgefährtin, der Sängerin Georgette Leblanc, vorrangig den Lehren des russischen Gurus Gurdjeff. Nach dem Tod Leblancs lebt Anderson bis 1955 in New York und Frankreich mit der Witwe des Sängers Enrico Caruso, Dorothy, und bis 1961 mit Monique Serrure zusammen, einer früheren Begleiterin Leblancs. Ihre letzten Lebensjahre verbringt sie äußerst zurückgezogen in Cannes.

Anger, Kenneth
US-amerikanischer Regisseur
3.2.1930 Santa Monica/Kalifornien

Als Kind nimmt er Ballettunterricht, angeblich gemeinsam mit Shirley Temple. Erster Filmauftritt als Inder in Max Reinhardts *A Midsummer Night's Dream* (1935). Bereits jetzt erste eigene Super8-Filme, während der Studienzeit arbeitet er mit 16mm-Film. Durchbruch als Experimentalfilmer mit *Fireworks* (1947), einer surrealen Folge von – z.T. homosexuellen – Träumen und Wunschfantasien. ☞Jean Cocteau wird einer seiner Bewunderer und vermittelt ihm einen Aufenthalt in Paris, wo er *Eaux d'artifice* (1953) fertigstellt. *Fireworks* ist einer der ersten Filme mit explizit homoerotischem Thema, der international von der Kritik gefeiert wird. Gleichwohl wird der Film 1960 in San Francisco wegen des Verdachts der Obszönität beschlagnahmt. Spätere Filme zeigen eine wachsende Beschäftigung mit dem Okkulten in der Form von Aleister Crowleys Verständnis von Magie (etwa *Invocation of My Demon Brother*, 1969 und *Lucifer Rising*, 1970-80). In *Scorpio Rising* (1964), einem Film über eine Motorrad-Gang in Brooklyn, tauchen auch magische Symbole und Rituale auf, hier jedoch angesiedelt innerhalb der schwulen Leder- und Bikerszene. Auch dieser Film wird durch ein Gericht in Los Angeles als obszön eingestuft, nur kurz nachdem Anger von der Ford Foundation für seine Leistung in diesem Film einen Förderpreis in Höhe von 10 000 Dollar verliehen bekommen hatte. Die Kritik bescheinigt seinen Arbeiten, trotz der durchgängigen Rätselhaftigkeit und der nur für Eingeweihte (sprich Schwule) zu entschlüsselnden Bedeutungsebenen, eine große optische Schönheit durch die vielschichtigen und heftigen Bilder, wie auch eine großartige Montage, für die ☞Sergej Eisenstein sein Vorbild ist. Amerikanische Neo-Nazis verklagen Anger wegen „Verunglimpfung des Hakenkreuzes". Danach dreht er nur noch wenige Filme, und 1967 erscheint in der *Village Voice* seine eigene Todesanzeige als Filmemacher. Aufsehen erregt Anger mit seinem zweiteiligen Klatschbuch über Skandale in Hollywood, (*Hollywood Babylon*, 1959 und 1976). Die Originalausgaben der beiden Bücher erscheinen zunächst in Paris, die US-Ausgaben erst jeweils zehn Jahre später. Anger lebt heute in Palm Springs.

- *Icons*, 1995
- Jayne Pilling/Mike O'Pray: *The Pleasure Dome. The Films of Kenneth Anger*, 1989; Bill Landis: *Anger – The Unauthorized Biography of Kenneth Anger*, 1996

Anne
englische Königin
6.2.1665 Wickenham – 1.8.1714 Kensington

Als 18-Jährige mit einem dänischen Adeligen verheiratet, bringt die spätere englische Monarchin 17 (!) Kinder zur Welt, von denen keines das Säuglingsalter überlebt. In dieser schweren Zeit entsteht eine enge Beziehung zu Sarah Churchill, der Herzogin von Marlborough. Die Korrespondenz zwischen den beiden Frauen weist auf eine leidenschaftliche Romanze hin. Als Anne 1702 nach ihrem Vater James II. und ihrem Schwager William III. den Thron besteigt, beweist sie Sarah – die sie liebkosend „Mrs. Freeman" nennt – ihre Treue, indem sie ihr höchste höfische Aufgaben überträgt. Aufgrund ihrer fürsorglichen und gerechten Haltung dem Volk gegenüber ist Anne bei ihren UntertanInnen äußerst beliebt, was durch ihre Entscheidung im Jahre 1711, den Krieg mit Frankreich zu beenden, nur noch verstärkt wird. Anne ist die letzte englische Monarchin, die einen derart starken Einfluss auf das Kabinett und die Fähigkeit, das Parlament zu überstimmen, besitzt. Anne leidet zeitlebens unter einer angeschlagenen Gesundheit und in späteren Jahren unter extremem Übergewicht. Doch das hindert die lebenslustige Königin nicht daran, sich ausgiebig diversen Zerstreuungen zu widmen – z.B. Klatsch und Tratsch und Kartenspiel.

Anthony, Susan B.
US-amerikanische Frauenrechtlerin und Sozialreformerin
15.2.1820 Adams/Massachusetts – 13.3.1906 Rochester/New York

Die Quäkerstochter aus Massachusetts arbeitet zunächst als Lehrerin, bevor sie sich aktiv in der Politik zu engagieren beginnt. Die Begegnung mit der Frauenrechtlerin Elizabeth Cady Stanton, mit der sie eine über 50 Jahre währende enge politische und persönliche Verbindung eingeht, hat großen Einfluss auf Anthonys Entwicklung zur herausragenden Vorkämpferin der Frauenbewegung. Gemeinsam gründen die beiden Frauen 1866 die American Equal Rights Association und drei Jahre später die National Woman Suffrage Association, beides Organisationen, die sich intensiv für die Gleichberechtigung und das Stimmrecht für Frauen einsetzen. Daneben ist Anthony in der Bewegung zur Abschaffung der Sklaverei aktiv. Von 1868 bis1870 geben Anthony und Stanton die wöchentlich erscheinende Suffragettenzeitschrift *The Revolution* heraus. Zur gleichen Zeit lernt Anthony die Feministin Anna Dickinson kennen, mit der sie eine leidenschaftliche Liebschaft verbindet. 1872 wird Anthony beim Versuch, bei einer öffentlichen Wahl ihre Stimme abzugeben, vorübergehend verhaftet. Gemeinsam mit Stanton, Mathilda Gage und Ida Harper veröffentlicht sie später die ersten vier Bände des Standardwerkes *The History of Woman Suffrage* (1881-1902). Von 1892 an steht Anthony der Nordamerikanischen Suffragetten-Vereinigung als Präsidentin vor. 1920, vierzehn Jahre nach Anthonys Tod, erhalten die Amerikanerinnen mit dem Anthony-Amendment, dem 19. Zusatzartikel zur Verfassung der USA, das volle Wahlrecht.

Arden, Elizabeth (eigentlich Florence Nightingale Graham)
US-amerikanische Krankenschwester und
Kosmetikerin kanadischer Herkunft
31.12.1884 Woodbridge – 18.10.1966 New York City

Die ausgebildete Krankenschwester kommt 1908 nach New York, wo sie zwei Jahre später ihren ersten Schönheitssalon eröffnet. Arden erweist sich als äußerst fähige Geschäftsfrau, der es gelingt, ihre eigenen Kosmetikprodukte binnen kürzester Zeit zu einem Synonym für Schönheit und Gesundheit in aller Welt zu machen. Weniger bekannt ist Elizabeth Ardens aktive Teilnahme am homosexuellen Gesellschaftsleben New Yorks in den 20er Jahren. Die Kosmetikkönigin, die mit ihrer Nichte zusammenwohnt, zunächst in New York, später auf einem Landhaus in Maine, pflegt eine innige Freundschaft zu ihrer Nachbarin ☞Bessie Marbury und widmet sich mit Hingabe dem Sammeln von Gemälden. Arden ist zweimal verheiratet – die erste Ehe bringt ihr die amerikanische Staatsbürgerschaft ein, die zweite einen aristokratischen Titel.

Ardolino, Emile

US-amerikanischer Filmregisseur
9.5.1943 Maspeth/New York-20.11.1993 Bel Air/Kalifornien

Seine entscheidenden Erfolge verbucht Ardolino mit Musik- und Tanzfilmen. Für *Jesus Christ Superstar* (1972) entwirft er das Multi-Media-Konzept. In seiner eigenen Produktionsfirma Compton-Ardolino Films, die sich auf Dokumentarfilme aus dem Tanzbereich spezialisiert hat, produziert er gemeinsam mit Merrill Brockway die 28teilige TV-Serie *Dance in America*, außerdem Features und Porträts u.a. mit und über ☞Rudolf Nurejew, Jerome Robbins und Jacques d'Amboise. Seine erste große Regiearbeit für eine Major Company macht aus einem Low Budget-Projekt einen internationalen Kassenerfolg: *Dirty Dancing* (1987) ist auch Patrick Swayzes Sprungbrett zum Weltruhm. Es folgen u.a. *Three Men and a Little Lady* (1990), *Sister Act* (1992) mit Whoopie Goldberg, George Balanchines *The Nutcracker* (1993) mit McCauley Culkin und die Musicalverfilmung *Gypsy* (1993) mit Bette Midler, uraufgeführt unmittelbar nach seinem Tod. Dreimal inszeniert er auch fürs Theater: David Henry Hwangs *The Dance and the Railroad*, ☞Shakespeares *Midsummer Night's Dream* (mit William Hurt) und *Alice at the Palace* (mit Meryl Streep). Bis zu seinem Tod infolge von Aids lebt Ardolino gemeinsam mit seinem Lebensgefährten Luis Rodriguez-Dilla in der Nähe von Hollywood.

Arenas, Reinaldo
kubanischer Schriftsteller
16.7.1943 Provinz Oriente/Kuba – 7.12.1990 Manhattan/New York

Arenas, aufgewachsen in bitterer Armut in der Provinz Oriente, folgt bereits früh den beiden entscheidenden inneren Impulsen, die ihn zeitlebens treiben werden: Männer und Literatur. Bereits als Knabe schreibt er Gedichte und beobachtet Männer beim Baden im Fluss. Bereits als Teenager engagiert sich Arenas politisch und befürwortet Castros Pläne zum Umsturz der Batista-Diktatur. Mit dem Sieg der Revolution wird es ihm möglich, am ehrgeizigen Regierungsprogramm zur Erziehung und Ausbildung der Jugend teilzunehmen. 1962 beginnt er ein Studium an der Universität von Havanna. Die Metropole gibt ihm die Möglichkeit, sich sexuell auszuleben. Sein literarisches Talent wird bei einem Schreibwettbewerb entdeckt. Eine Anstellung an der prestigeträchtigen Nationalbibliothek sichert ihm den Lebensunterhalt. Kubas bekannteste Schriftsteller wie die ebenfalls homosexuellen Virgilio Piñera und José Lezama Lima gehören zu seinem Freundeskreis. 20-jährig veröffentlicht er seinen ersten Roman *Celestino antes del alba*, sein einziges Buch, das in seinem Heimatland veröffentlicht wird. Ab den späten 60er Jahren setzt der Druck auf Künstler und Homosexuelle ein, Schriftsteller werden zur öffentlichen Verleugnung ihrer Werke gezwungen und Homosexuelle in Arbeitslager gesteckt. Arenas' zweiter Roman *El mundo alucinante* wird aus Kuba herausgeschmuggelt und in Frankreich publiziert, was ihm die Feindschaft der Regierung einbringt. In der Folge wird immer wieder seine Wohnung durchsucht, werden seine Manuskripte konfisziert und seine Freunde bedroht. 1973 wird Arenas zu Unrecht wegen sexueller Belästigung angeklagt und verurteilt. Er flieht aus der Haftanstalt, wird aber gefasst und ins berüchtigte Gefängnis El Morro gebracht, wo er die nächsten zwei Jahre unter Schwerverbrechern verbringt. Weil er für Mitgefangene Briefe an deren Frauen und Geliebte schreibt, erhält er Papier und Schreibzeug, das er aber auch für eigene literarische Texte verwendet. Beim Versuch, diese aus dem Gefängnis zu schmuggeln, wird er erwischt und gezwungen, sein Werk zu verleugnen, um dem Tod zu entgehen. Dennoch ist Arenas nach seiner Entlassung bereits ein bekannter Autor. Als Fidel Castro 1980 Homosexuellen, Geisteskranken und Verbrechern erlaubt, Kuba zu verlassen, gelingt Arenas die Übersiedlung in die USA. Sein Leben im Exil in Miami und später in New York ist geprägt von Armut und ungebändigtem Kampfgeist. Als er an Aids erkrankt, bemüht er sich, im Wettlauf mit dem Tod seine literarischen Arbeiten zu beenden. Insgesamt veröffentlicht er zehn Romane sowie Essays, Erzählungen und Gedichte. Eine Sammlung der Originalmanuskripte wird in der Princeton University archiviert. Seine Autobiografie *Antes que anochezca* (1993, dt. *Bevor es Nacht wird*) wird Grundlage für den biografischen Spielfilm *Before Night Falls* von Julian Schnabel.

- weitere Veröffentlichungen (Auswahl): *Celestino antes del alba*,1967; *El Mundo alucinante, una novela de aventuras*, 1966; *Hallucinations: Being an Account of the Life and Adventures of Friar Servando Teresa de Mier*, 1971; *El palacio de las blanquísimas mofetas*, 1983; *El Central, 1981; Termina el desfile*, 1981; *Otra vez el mar*, 1982; *Arturo, la estrella más brillante*, 1984; *Necesidad de libertad*, 1986; *Graveyard of the Angels*, 1987; *Voluntad de vivir manifestándose*, 1989
- Adolfo Cacheiro: *Reinaldo Arenas*, 2000; Rafael Ocasio: *Cuba's Political and Sexual Outlaw: Reinaldo Arenas*, 2003

Arnold, Monty

deutscher Kabarettist
26.6.1967 Mönchengladbach

Aufgewachsen im Saarland; Ausbildung zum Druckformenhersteller. Unterdessen erste Auftritte mit Kabarettsolos in der freien Theaterszene Saarbrücken (u.a. mit *Der Cabajazzo, All That Arnold*). Mit seinem Theater Vorläufige Idealbesetzung produziert er die Revue *Die Hölle unter Saarbrücken*. Ab 1987 regelmäßige Mitarbeit beim Saarländischen Rundfunk, vor allem für die Sendung *Auf in den Keller*. Ab 1989 in Hamburg, dort zunächst als Moderator in *Schmidts Mitternachtsshow*. Mitarbeit beim NDR (u.a. programmverantwortlich für die *Filmharmonischen Konzerte*) und Veröffentlichung seines Comicromans *Das Gespenst von St. Pauli*. Mitbegründer von Thomas Hermanns' *Quatsch Comedy Club*. Hörspiel- und Synchronsprecher, vor allem für Trickfilme (u.a. *Haiopeis*, 1995; *Werner – Das muß kesseln*, 1996; *Das kleine Arschloch*, 1997). Es entstehen weitere Soloprogramme (u.a. *Orpheus in der Einbauküche; Der Rest ist für Sie ...; His Monster's Voice*). Kurzauftritt in *Der bewegte Mann* (1995), Stammmitglied der TV-Sendung *Comedy Factory* (1996-1998).

Arquette, Alexis

US-amerikanischer Schauspieler
1969 Los Angeles

„Ich bin Underground-Schauspieler, Drag Queen, sexueller Abweichler und Drogendeponie", so der Bruder der weitaus erfolgreicheren Geschwister Rosanna und Patricia über sich selbst. Bislang ist sein Rollenspektrum zunächst weitgehend auf kleine Tunten festgelegt. In *Last Exit to Brooklyn* (1989, nach dem Roman von Hubert Selby, Jr.) spielt er den Strichjungen Georgette, in *Threesome* (1994, dt. *Einsam, zweisam, dreisam*) einen jungen Schwulen mit Mundgeruch und in *Grief* (1993) den zickigen Bill. 1997 übernimmt er eine Rolle in der schwulen Komödie *I Think I Do*. Auch wenn es sich mancher anders gewünscht hat: Mit seinem Ex-Mitbewohner Luke Perry (aus der TV-Serie *Beverly Hills 90210*) verbindet ihn nur eine platonische Freundschaft. Wesentlich enger verbunden ist er mit Eva Destruction; dies ist nämlich sein Alter ego auf Stöckeln, das für einige Jahre für die Organisation des alljährlichen *Wigstock*-Festivals mitverantwortlich war. 1998 spielt Arquette in *Picadilly Pickups*, einem britischen Drag-Queen-Pornospielfilm. 2000 veröffentlicht er mit seiner Band *World Dominatrix* die erste CD *Sell It 'til It Stinks*.

- weitere Filme (Auswahl): *Frisk*, 1995; *Wigstock: The Movie*, 1996; *I Think I Do*, 1887; *Pulp Fiction*, 1994; *Bride of Chucky* (1998, dt. *Chucky und seine Braut*, 1999); *The Wedding Singer* (1998, dt. *Eine Hochzeit zum Verlieben*); *Clubland*, 1999; *She's All That*, 1999; *Spun*, 2002; *The Trip*, 2002; *Killer Drag Queens on Dope*, 2003; *The Movie Hero*, 2003

Arzner, Dorothy

US-amerikanische Regisseurin
3.1.1897 (a.Q. 1900) San Francisco – 1.10.1979 La Quinta

Als Tochter eines bekannten Restaurantbesitzers am Hollywood Boulevard in Los Angeles ist Arzner von Kindheit an im Umgang mit den wichtigsten Größen des Filmgeschäfts vertraut. Nach einem abgebrochenen Medizinstudium fängt sie in Hollywood zunächst als Schreibkraft an, wird dann Cutterin und schließlich Stummfilmassistentin, bevor sie in *Fashions for Women* (1927, dt. *Frauenmoden*) zum ersten Mal die Regie übernimmt. In der Folgezeit enwickelt sie sich zur einzigen Regisseurin, die sich im Hollywood der 30er und 40er Jahre durchsetzen kann. Frauen bevorzugt Arner nicht nur als Mitarbeiterinnen. Mit der Tänzerin Marian Morgan führt sie eine lebenslange Beziehung. Arzner, die sich betont männlich kleidet und in der Öffentlichkeit nie über ihre sexuellen Präferenzen spricht, führt in den Jahren zwischen 1927 und 1943 bei 18 Filmen Regie und arbeitet dabei mit nahezu allen Berühmtheiten jener Zeit – u.a. Joan Crawford, Katherine Hepburn und Ginger Rogers – zusammen. In späteren Jahren dreht sie Werbespots für Pepsi und unterrichtet an der Filmschule in Los Angeles. Zu ihren Schülern gehört u.a. Francis Ford Coppola. Sie stirbt infolge eines Autounfalls.

- *The Wild Party*, 1929 (dt. *Wilde Party*); *Christopher Strong*, 1933

Ashman, Howard Elliott
US-amerikanischer Musicaltexter
17.5.1950 Baltimore/Maryland – 14.3.1991 New York City

Für die Filmmusik zu *Aladdin* (1992) bekommen er und sein langjährige Kollege, dem Komponisten Alan Menken, einen Oscar. Dieser wird Ashman – bislang einmalig in der Geschichte der Academy Awards – posthum verliehen. Er war wenige Monate vor Vollendung des Soundtracks an den Folgen von Aids verstorben. Seine Arbeit an den noch fehlenden Songs ist von Tim Rice übernommen worden. Sein Lebensgefährte, der Filmarchitekt Bill Lauch, nimmt an seiner statt den Preis entgegen. „So sehr ich öffentliche Auftritte auch möglichst meide, wusste ich, dass ich dies für Howard tun musste. Für Howard und all die schwulen Paare und Hinterbliebenen, die von der Gesellschaft ansonsten ignoriert werden", erklärt er nach der Verleihung. Gemeinsam mit Alan Menken hat Ashman auch die Lieder zu den Disney-Zeichentrick-Produktionen *The Beauty and the Beast* (1991, dt. *Die Schöne und das Biest*), *Newsboys* (1991, dt. *Die Zeitungsjungen*) und *The Little Mermaid* (1989, dt. *Arielle – Die Meerjungfrau*) geschrieben. Ihr Musical *Little Shop of Horror* (1982, dt. *Der Kleine Horrorladen*) ist weltweit zu einem Dauererfolg avanciert.

Ataman, Kutlug
türkischer Filmregisseur
16.10.1961 Istanbul

Film- und Theaterstudium in Paris und an der University of California in Los Angeles. 1988 Abschluss als Master of Fine Arts mit seinem ersten Kurzfilm *La Fuga*. Seitdem dreht er Filme und Videos und lebt bis Ende der 90er Jahre abwechselnd in Los Angeles, Istanbul, danach in Barcelona und London. Sein erster Langfilm *Karanlik Sular* (1993, internationaler Titel *The Serpent's Tale*) gilt in der Filmwissenschaft als Beginn des jungen türkischen Kinos. Ab Mitte der 90er Jahre beschäftigt sich Ataman zunehmend und international erfolgreich als Videokünstler. Unter anderem wird er mit seinen Arbeiten zu den Biennalen von Istanbul (1997), Venedig (1999) und Berlin (2000) sowie zur documenta 11 eingeladen. 1998 dreht er in Berlin *Lola und Bilidikid*, den ersten Spielfilm, der sich mit dem Leben türkischstämmiger Schwuler in Deutschland auseinandersetzt. Ataman engagiert sich Mitte der 80er Jahre bisweilen in der noch in der Entstehung begriffenen Schwulenbewegung der Türkei. Als einer der wenigen Aktivisten bekennt er sich auch öffentlich zu seiner Homosexualität. Durch seine Arbeit als Regisseur, aber auch durch eine regelmäßige Kolumne in der türkischen Wochenzeitung *Hürriyet*, in der er sich auch mit schwulen Themen auseinandersetzt, ist er einer der wenigen prominenten Schwulen des Landes. „Ich habe meine aktivistische Energie inzwischen verloren und mich entschieden, in meiner Arbeit schwulenpolitisch zu wirken. Mit meiner Kolumne erreiche ich wesentlich mehr Menschen, als wenn ich noch so brillante Artikel in einer Schwulenzeitschrift veröffentlichen würde, die ohnehin nur Schwule lesen. Mir ist es wichtiger, ein Interview in diesen Frauenmagazinen wie der türkischen *Amica* zu machen und Fragen wie ‚Warum lieben Frauen Schwule?' zu beantworten. Ich weiß, das ist alles ziemlich trashig, aber die türkischen Mädchen werden damit konfrontiert, dass es uns Schwule gibt."

- weitere Filme: *Spikes and Heels*, 1994; *Memleketimi Seviyorum*, 1995; *Kutlug Ataman's Semiha B. Unplugged*, 1997

Atatürk, Kemal Mustafa (eigentlich Mustafa)

türkischer Militär und Staatsgründer
19.5.1881 Thessaloniki – 10.11.1938 Istanbul

Sein tatsächlicher Geburtstag ist unbekannt. Den 19. Mai wählt Atatürk später, weil es der Tag des türkischen Aufstandes gegen die Besatzungsmächte 1919 ist. Sein zweiter Vorname Kemal wird ihm 1899 auf der Militärakademie Istanbul von seinem gleichnamigen Lehrer Mustafa Atatürk verliehen, um eine Unterscheidung zu ermöglichen. Bereits zu Studienzeiten engagiert sich Atatürk politisch und wird Mitglied der Jung-Türken, einer Gruppierung von Offizieren und Offiziersanwärtern, die mit der aktuellen Situation im Osmanischen Reich nicht zufrieden gewesen waren. Ausgelöst wird diese Politisierung durch die französische Sprache, die neu als Unterrichtsfach in der Militärschule eingeführt wird und den Schülern auch Einblicke in die Geschichte Frankreichs und der Französischen Revolution ermöglicht. Aufgrund seiner politischen Aktivitäten kommt Atatürk kurzzeitig in Arrest. Nach Abschluss der Schule als einer der Besten wird er zur Armee nach Damaskus an die Front strafversetzt. Während der Revolution der Jung-Türken 1908/09 ist er einer der Anführer und Kommandeure der aufständischen Truppen, die Sultan Abdülhamid II. zur Abdankung zwingen. 1911 kämpft er in Tripolis gegen die italienische Invasion. Im Ersten Weltkrieg erlangt er militärische Verdienste bei den Dardanellenkämpfen 1915, wofür ihm der Titel „Pascha" verliehen wird. Nach Kriegsende wird er Militärinspekteur in Samsun, von wo aus er am 19. Mai 1919 zum Aufstand gegen die Besatzer aufruft. In Proklamationen an das Volk wirbt er um die Zustimmung zu einer neuen Türkei und lässt sich zum Vorsitzenden der Repräsentantenversammlung und später des Exekutivrats wählen. 1920 erklärt er den Unabhängigkeitskrieg, um die Teilung des Landes durch die Besatzer zu verhindern. Als Kommandeur der türkischen Streitkräfte erreicht er am 30. August 1922 nach zwei Jahren Krieg die Flucht der feindlichen Armeen und leitet damit das Ende des Sultanats und die Ausrufung der Republik Türkei ein, deren erster Ministerpräsident er wird. Ziel seiner zahlreichen Reformen ist es, das Land zum Westen hin zu orientieren. So werden Kalender und Uhrzeit nach westlichem Standard geändert sowie der Familienname eingeführt, das arabische durch das lateinische Alphabet ersetzt und 1924 das Kalifat abgeschafft. Frauen erhalten das Wahlrecht. 1934 verleiht ihm die Große Nationalversammlung den Titel „Atatürk" (Vater der Türken). Er stirbt an den Folgen einer Leberzirrhose, das Resultat eines lebenslangen starken Alkoholkonsums. Atatürk hat zeitlebens keine Beziehungen zu Frauen, besucht aber hin und wieder Prostituierte. Gleichzeitig aber hat er auch intime Beziehungen zu jungen Männern, die weit über die beim Militär übliche Kameraderie hinausgehen.

Auden, Wystan Hughes

britisch-amerikanischer Schriftsteller
21.2.1907 York/England – 28.9.1973 Kirchstetten

Während seiner Studienzeit am Christ College in Oxford stößt Auden auf die linksgerichtete akademische Intellektuellengruppe Pylon Poets, zu der u.a. auch Louis McNeice und ☞Stephen Spender gehören. Gemeinsam mit Spender und ☞Christopher Isherwood verbringt Auden auch einige Zeit in Deutschland, insbesondere in Berlin. Dort übersetzt er u.a. Bertolt Brecht ins Englische. 1935 heiratet er ☞Erika Mann, um ihr damit die britische Staatsangehörigkeit zu verschaffen. 1937 nimmt er am Spanischen Bürgerkrieg auf der Seite der Republikaner teil. Seine Erfahrungen dort finden Niederschlag u.a. in *Spain* (1937) und *Journey to a War* (1939) und lassen ihn sich vom Kommunismus abwenden, ohne jedoch sein soziales Interesse zu verlieren. 1938 reist er gemeinsam mit Christopher Isherwood nach China. 1939 geht er in die USA und erwirbt die amerikanische Staatsangehörigkeit. Eine Affäre mit dem Schriftsteller ☞Gore Vidal ist nur von kurzer Dauer. In New York lernt er seinen Lebensgefährten, den Autor Chester Kallman, kennen, mit dem er verschiedene Libretti schreibt (u.a. für Strawinskys *The Rake's Progress*). Kallman zieht sich in späteren Jahren von der schriftstellerischen Arbeit zurück und übernimmt die haushaltlichen Pflichten des Paares, das trotz Kallmans Promiskuität bis zum Tode zusammenbleibt. Audens Werk umfasst Romane, philosophische Schriften, Libretti (zu ☞Benjamin Brittens *Paul Bunyan*, ☞Hans Werner Henzes *Elegie für junge Liebende* und *Die Bassariden*) und Lyrik in sehr unterschiedlichen Formen, von der Klassik im Sinne des 18. Jhs. bis zu religiösen Hymnen und Bänkelliedern mit zweideutig-ordinären Versen. Referenzen zur Homosexualität lassen sich explizit nur in wenigen Gedichten finden, u.a. *The Common Life* (1965), einer Art Hymne auf seinen Lebensgefährten Kallman. Zu seinen wichtigsten Gedichtbänden gehört *The Age of Anxiety* (1947, dt. *Das Zeitalter der Angst*), der mit dem Pulitzer-Preis ausgezeichnet und von ☞Bernstein als Vorlage für seine Zweite Symphonie verwendet wird. Ab 1957 wohnen Auden und Kallman sommers in ihrem Haus im niederösterreichischen Dorf Kirchstetten, wo Auden auch beigesetzt wird.

- *Selected Poems*, 1940; *The Sea and the Mirror*, 1944; *The Dyer's Hand*, 1963; mit Chester Kallman: *Libretti and Other Dramatic Writings 1939-1973*, 1993

- Edward Callan: *Auden. A Carnival of Intellect*, 1983; Humphrey Carpenter: *W.H. Auden. A Biography*, 1981; Charles H. Miller: *Auden. An American Friendship*, 1989; Thekla Clark: *Wystan and Chester. A Personal Memoir of W.H. Auden and Chester Kallman*, 1996

Augspurg, Anita

deutsche Juristin und Frauenrechtlerin
22.9.1857 Verden – 20.12.1943 Zürich

Die ausgebildete Lehrerin schließt 1897 ihr Jurastudium an der Zürcher Universität, der einzigen in Europa, an der Frauen damals zugelassen waren, mit dem Doktortitel ab. Zurück in Deutschland engagiert sie sich in der Frauenbewegung und wird Mitglied des Berliner Verbandes fortschrittlicher Frauen. Zusammen mit ihrer Lebensgefährtin und Mitstreiterin ☞Lida

Heymann gründet sie 1902 den Deutschen Verein für das Frauenstimmrecht. Während des Ersten Weltkrieges vertreten die beiden Frauen offen pazifistische Positionen und gründen 1919 die feministische Zeitschrift *Die Frau im Staat*. In den folgenden Jahren, bis zur erzwungenen Emigration in die Schweiz 1933, reisen Augspurg und Heymann zu Frauenkongressen in der ganzen Welt. Dank zahlreicher Spenden können sie ihre engagierte Arbeit auch später bis zu ihrem Tode im Zürcher Exil fortsetzen.

- mit Lida G. Heymann: *Erlebtes, Erschautes. Deutsche Frauen kämpfen für Freiheit, Recht und Freiden 1850-1940*, 1992
- Anna Dünnebier/Ursula Scheu: *Die Rebellion ist eine Frau. Anita Augspurg und Lida G. Heymann. Das schillerndste Paar der Frauenbewegung*, 2002

Axgil, Axel

dänischer Schwulenaktivist
1915

Axel Axgil gilt neben Helmer Fogedgaard als der zentrale Pionier der homosexuellen Emanzipation in Skandinavien. 1948 ist er Mitbegründer des Kredsen af 1948 (Kreis von 1948), später umbenannt in Forbundet af 1948 (Verband von 1948). Durch einen Pressebericht wird bekannt, dass das Postfach der Organisation Axgil gehört (der damals noch Axel Lundahl Madsen hieß). Binnen kürzester Zeit nach der Veröffentlichung seines Namens hat er seine Arbeit, die Wohnung und seinen Sitz im Jugendausschuss des Stadtrates von Ålborg verloren. 1950 verlobt er sich mit seinem Freund Eigil Eskildsen (1922-22.9.1995);1956 nehmen sie den gemeinsam Nachnamen Axgil an, die Zusammensetzung von zwei Silben ihrer Vornamen. Die Namensänderung ist amtlich möglich und kostet lediglich einen Verwaltungsaufwand in Höhe von DKR 35,-. 1989 werden sie als erstes schwules Paar im Rathaus von Kopenhagen getraut. 1950 gründen sie zwei gemeinsame Firmen, den International Modelphoto Service (DFT) und Dansk Forretnings Tjeneste (DFT) und werden damit bald zu den führenden Porno-Produzenten Skandinaviens. Viele ihrer Produkte werden auch nach Deutschland geschmuggelt, wo zu diesem Zeitpunkt der Verkauf von Pornografie noch verboten ist. Einer ihrer besten Kunden ist der bereits betagte Toni Simon, der behördlich die Erlaubnis bekommen hat, sich in Frauenkleidern zu zeigen und auch den Namen im Pass entsprechend geändert hat. Als alte, seriöse Dame verkleidet und mit schwer mit Pornos bepackten Reisekoffern pendelt Simon zwischen Dänemark und Deutschland hin und her, um sich mit der Schmuggelware seine Rente aufzubessern. 1955/56 werden Axel und Eigil Axgil im Zuge einer landesweiten Pornografie-Affäre zu einem Jahr strenger Isolationshaft verurteilt, weil sie, wie es in der Urteilsbegründung heißt, „Spekulation mit der Sinnlichkeit anderer Leute betrieben" hätten. Der Forbundet af 1948 schließt sie daraufhin aus der Vereinigung aus; erst in den 70er Jahren wird ihnen von einer jüngeren Generation Schwulenbewegter eine erneute Mitgliedschaft angeboten. 1974 wird Axel Axgil sogar zum Ehrenmitglied ernannt. 1956 gründet das Paar die International Homosexual World Organisation (IHWO), die sich insbesondere zwischen 1968 und 1972 zu einer politisch sehr aktiven Gruppe mit einer in sieben Sprachen publizierten, weltweit vertriebenen Mitgliederzeitschrift *UNI* entwickelt.

B

Bach, Dirk

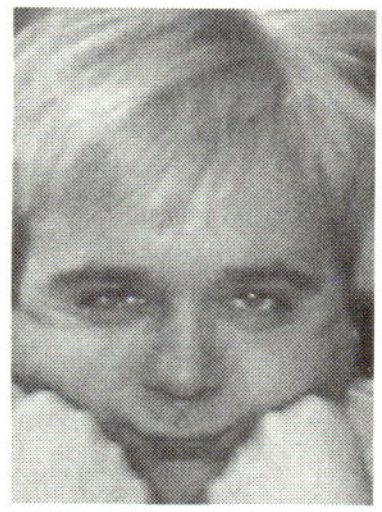

deutscher Schauspieler
23.4.1961 Köln

1980 geht er nach der Mittleren Reife von der Schule ab, mit dem festen Entschluss, Schauspieler zu werden. Im Jugendklub Kritisches Theater am Kölner Schauspielhaus hat Bach den Einstieg gefunden und in Hans Günther Heymes Inszenierung von Heiner Müllers *Prometheus* mitgewirkt. Bach besucht keine Schauspielschule, sondern entwickelt sich innerhalb der freien Theaterszene weiter und spielt u.a. auch in Amsterdam, Brüssel, New York, Wien und London. 1982-84 Zivildienst. Danach gelingt ihm der Durchbruch in ☞Walter Bockmayers Inszenierung der Trashkomödie *Geierwally* im Kölner Theater in der Filmdose, die er mehr als 330mal spielt. Es folgen u.a. Peter Radtkes *Nachricht vom Grottenolm* im Theater 68, Köln und 1988 die Rolle des Puck im *Sommernachtstraum* von ☞Benjamin Britten an der Kölner Oper. Zu einem Dauererfolg entwickelt sich sein Soloabend *Edgar* (1989-92) und der *Rotkäppchen Report* (1989-91). Sein Förderer ☞Alfred Biolek verschafft ihm erste Rollen beim Film und Fernsehen. Helmer von Lützelburgs Komödie *Im Himmel ist die Hölle los* (1985) mit Dirk Bach in einer Hauptrolle entwickelt sich zu einem Kultfilm. In ☞Hape Kerkelings *Kein Pardon* (1992) übernimmt er eine Gastrolle. Ab 1992 ist er festes Ensemblemitglied am Kölner Schauspielhaus, wo er u.a. in den Uraufführungsproduktionen von Franz Xaver Kroetz' *Bauerntheater* und Marlene Streeruwitz' *Waikiki Beach.* spielt. Seine Comedy-Sendung bei RTL *Dirk-Bach-Show* (1992-94) erreicht mit bis zu 3,21 Mio. Zuschauern Einschaltrekorde. Eine ähnliche Zuschauerquote erzielt er mit seiner Sitcom *Lukas* (ab 1996), die das ZDF ausstrahlt. Dirk Bach lebt einige Jahre in Köln in einer Wohngemeinschaft mit ☞Hella von Sinnen und hat nun mit seinem Lebensgefährten den Hauptwohnsitz in Brüssel, den er mit einer rund Tausend Exemplare umfassenden Plüschtiersammlung teilt. 1995 veröffentlicht er seine erste CD *Egostar*, mit Songs aus der *Dirk-Bach-Show*, 1996 eine Single mit einer Cover-Version von *Ich will keine Schokolade* von Trude Herr, die er als sein komödiantisches Vorbild bezeichnet. Ab 2001 spielt er in der deutschen Version der Kinderserie *Sesamstraße* den Zauberer Pepe. 2002 wird die erste Staffel seiner Krimiserie *Der Kleine Mönch* ausgestrahlt. 2004 startet die Sketchserie *Hella & Dirk* mit Hella von Sinnen als Partnerin.

Bachmann, Guido
Schweizer Schriftsteller, Pianist und Schauspieler
28.1.1940 Luzern – 19.10.2003 St. Gallen

Bachmann ist gerade 20 Jahre alt, als er beschließt, nicht nur Musiker und Schauspieler, sondern auch Schriftsteller zu werden. Über 20 Jahre arbeitet er an seiner 1500 Seiten umfassenden Romantrilogie *Zeit und Ewigkeit* mit den Teilen *Gilgamesch* (1966), *Die Parabel* (1978) und *Echnaton* (1982). Seine literarische Karriere beginnt mit einem Skandal. Strenge Sittenwächter protestieren beim Erscheinen von *Gilgamesch* gegen die offenherzige Darstellung der Homosexualität. Als Reaktion darauf wird das im Münchner Limes Verlag erschienene Buch vom Schweizer Buchhandel boykottiert und ist nur unter dem Ladentisch zu kaufen. 1967 kommt es zum Burgdorfer Skandal, an dessen Ende einige Schüler und ein Bibliothekar suspendiert werden, weil sie sich mit der vermeintlich pornografischen homosexuellen Schülergeschichte des Roland Steinmann in *Gilgamesch* beschäftigt haben. 1971 erhält Bachmann den Großen Literaturpreis des Kantons Bern. Für den zweiten Teil seiner Trilogie findet er zunächst keinen Verlag. Erst 1978 widmet sich der Zürcher Lenos Verlag dem Werk Bachmanns, der neben seiner schriftstellerischen Tätigkeit auch weiterhin als Schauspieler in Basel tätig ist. Neben weiteren Prosatexten, etwa *Dionysos* (1990), entstehen auch verschiedene Theaterstücke *(Das Messopfer, Die Klarinette, David und Jonathan)*. Nach *lebenslänglich* (1998) entsteht mit *bedingt entlassen* ein weiteres Stück seines autobiografischen Berichts in Fortsetzung.

● *Der Basilisk*, 1989; *Die Kriminalnovelle*, 1998; *Sommerweide*, 2002

Bacon, Francis
irischer Maler
28.10.1909 Dublin – 28.4.1992 Madrid

Der Sohn eines englischen Pferdetrainers leidet in seiner Kindheit an Asthma und wird deshalb fast nur von Privatlehrern unterrichtet. Als er 16 Jahre alt ist, müssen die Eltern erfahren, dass ihr Sohn sexuelle Verhältnisse mit den Stallburschen pflegt, zudem erwischen sie ihn, als er Mutters Unterwäsche anprobiert. Er wird verstoßen und entflieht 1925 der Familie und dem Katholizismus nach England. Dort begegnet er dem 15 Jahre älteren australischen Maler Roy de Maistre, der sein künstlerischer Mentor und Liebhaber wird. Bacon, der nie eine Kunsthochschule besucht hat, lässt sich in seiner Malerei zunächst von den Neuromantikern beeinflussen. Anfang der 30er Jahre verlässt er England, lebt in Berlin, Paris und London und arbeitet

als Dekorateur, Möbeldesigner und Kellner. Es entstehen nun abstrahierende und surrealistische Arbeiten. 1941-44 zerstört er fast alle diese Frühwerke. Gelten lässt er hingegen seine danach entstehenden Hauptwerke, eine Mischung aus Realismus und abstraktem Realismus. Es sind immer wieder Kreuzigungsszenen und Motive der christlichen Ikonografie, Bilder der Verzweiflung, Porträts von Menschen in ihrer nackten Existenz als schmerzverzerrte Fleischklumpen. Diese Gemälde, wie seine Porträts schreiender Päpste, machen ihn zu einem der bedeutendsten und bestbezahlten Künstler der modernen Malerei. Er lebt allerdings keineswegs feudal, sondern in einer heruntergekommenen Wohnung. Nach seinen regelmäßigen alkoholischen und sexuellen Exzessen kehrt er immer wieder in die Einsamkeit seines Ateliers zurück, wo er sich ähnlich exzessiv in die Arbeit stürzt. Begleiter bei den Sauftouren durch Transvestiten- und Stricherlokale ist häufig der Fotograf John Deakin (1912-1972). Mindestens 40 von Deakins Fotos dienen Bacon als Vorlage für Gemälde. Bacon wird die Ritterwürde durch die englische Königin angeboten, er lehnt jedoch ab. Von 1964 bis zu seinem Tod 1971 lebt Bacon mit George Dyer zusammen. Dessen Krankheit und Tod verarbeitet Bacon in allen physischen Aspekten im *Triptychon. Mai-Juni* (1973). John Maybury nimmt ihre Liebesbeziehung zum Thema seines Spielfilms *Love is the Devil – Study for a Portrait of Francis Bacon* (1998). Seinen Nachlass – Gemälde, Immobilien, Wertpapiere – im Wert von über 27 Millionen DM hinterlässt Bacon seinem späteren, 39 Jahre jüngeren Lebensgefährten, dem Gastwirt John Edwards, mit dem er 15 Jahre zusammenlebt. Er war sein ständiger Begleiter und hat ihm auch als Modell für zwölf Gemälde gedient. Bacon vermacht ihm seine Bilder und 18 Millionen Pfund.

● *Portraits und Selbstportraits*, 1996

● David Sylvester: *Gespräche mit Francis Bacon*, 1982; Daniel Farson: *The Gilded Gutter Life of Francis Bacon*, 1994; Gilles Deleuze: *Francis Bacon – Logik der Sensation*, 1995; Wieland Schmied: *Francis Bacon – Das Bewußtsein der Gewalt*, 1996; Michael Peppiatt: *Francis Bacon. Anatomy of an Enigma*, 1997 (dt. 2000)

Bacon, Sir Francis
englischer Philosoph, Politiker und Schriftsteller
22.1.1561 London – 9.4.1626 Highgate bei London

Der Sohn einer alten Adelsfamilie übernimmt zunächst eine Anwaltspraxis in London und wird unbesoldeter Rat Elizabeths I. Unter König Jakob I. macht er eine steile Karriere: 1607 wird er

Generalstaatsanwalt, 1613 erster Thronanwalt, 1617 Lordsiegelbewahrer und 1618 schließlich Lordkanzler mit dem Titel Baron Verulam. 1620 wird er jedoch aufgrund eines Bestechungsskandals und ohne eigenes Verschulden des Amtes enthoben. Er zieht sich danach nach Gorhambury zurück und betreibt philosophische und literarische Studien. Eine politische Rehabilitierung durch König Karl I. lehnt er ab. Bacons Bedeutung beruht auf der Begründung der modernen Erfahrungsphilosophie, des Empirismus, die er in *The Advancement of Learning* (1605) niederlegt. Damit gilt er als der philosophische Wegbereiter des naturwissenschaftlichen Denkens. Bacon heiratete im Alter von 46 Jahren, vermutlich um von den Gerüchten um seine Homosexualität abzulenken. Die Ehe bleibt kinderlos. Deutliche Hinweise auf seine Homosexualität sind nicht nur bei zwei zeitgenössischen Autoren, John Aubrey und Sir Simonds d'Ewes, zu finden, sondern auch durch überlieferte Briefe der Mutter, die sich wegen Bacons Vorliebe für walisische Jungs Sorgen macht. Aber auch zwei seiner Essays ermöglichen Rückschlüsse auf seine sexuelle Orientierung: *Of Friendship* über die – platonische – Freundschaft unter Männern und *Of Beauty* über die männliche Schönheit.

- *The Essays of Counsels, Civil and Moral. 1597-1625* (dt. 1927); *New Atlantis*, 1660
- Fulton Henry Anderson: *Francis Bacon. His Career and His Thought*, 1962

Baden-Powell, Robert Stephenson Smyth

britischer General und Gründer der Pfadfinderbewegung
22.2.1857 London – 8.1.1941 Nyeri/Kenia

Baron Sir Robert Stephenson Smyth Baden-Powell, sechster Sohn eines Hochschulprofessors in Oxford, tritt 1876 als Offizier in ein Husarenregiment ein und kämpft von 1899-1902 als General der britischen Armee in Afghanistan und im Burenkrieg. Während einer Belagerung macht er gute Erfahrungen mit halbwüchsigen einheimischen „Scouts", während die zivilisierten Weißen aus der trägen und auf Befehl und blindem Gehorsam basierenden englischen Militärmaschinerie in der Wildnis völlig hilflos sind. Er veröffentlicht *Aids to Scouting* (dt. *Handbuch zur Pfadfinderei für Soldaten*, 1900), welches bald als Erziehungsmittel in Knaben- und Mädchenschulen Verbreitung findet. Wieder in der Heimat zurück sieht er arbeitslose Jugendliche auf den Straßen rauchend und Alkohol trinkend herumlungern. Um die Jugend wieder in die Natur, aber auch um sie zu selbständigem Denken und Handeln zu führen und ihnen beizubringen, mit außergewöhnlichen Situationen besser fertig zu werden, gründet er 1907 die „Boy Scouts" und die „Girl Scouts", zu deutsch „Pfadfinder". Über das ursprüngliche Ziel (Überleben in der Natur) hinaus steht das Pfadfindertum für Hilfsbereitschaft und soziales Engagement. Sein zunächst lediglich für den militärischen Bereich gedachtes Projekt hat breiten Erfolg. Seine *Hilfen für Kundschafter* werden auszugsweise in der Tagespresse veröffentlicht und von den Jugendlichen verschlungen. Anfang 1908 erscheint *Scouting for Boys* und wird zum Bestseller. Im gleichen Jahr erscheint die erste Ausgabe der Zeitschrift *The Scout*. Ende 1908 sind bereits über 60.000 Jungen in der Boy Scouts-Bewegung engagiert, die sich zur international größten Jugendorganisation weiterentwickelt. 1912 heiratet er Olave St. Clair Soames. Aus der Ehe gehen drei Kinder hervor. 1938 übersiedelt die Familie nach Kenia. Seine erotische Faszination für Jungen und junge Männer beschreibt Baden-Powell in seinen Tagebüchern, aber auch in Briefen. Er liebt es, junge Männer nackt beim Schwimmen zu beobachten, sammelt Männeraktfotos und äußerst sein Unbehagen gegenüber weiblicher Nacktheit. Ob er seine homosexuellen Neigungen jemals auslebt, ist unklar, insbesondere wie intim seine jahrzehntelange Freundschaft zu Kenneth McLaren war, den er während seiner Militärzeit kennen gelernt hat.

- Michael Rosenthal: *The Character Factory: Baden-Powell*, 1986; Tim Jeal: *The Life of Baden-Powell*, 1990

Bäumer, Gertrud

deutsche Schriftstellerin und Frauenrechtlerin
12.9.1873 Hohenlimburg – 25.3.1954 Gadderbaum bei Bielefeld

Nach ihrem Lehrerinnenexamen und anschließender Promotion in Berlin ist Bäumer von 1910 bis1919 Vorsitzende des Bundes Deutscher Frauenvereine. Zusammen mit ihrer Lebensgefährtin, der 25 Jahre älteren Frauenrechtlerin Helene Lange, die sie 1898 kennen lernt und mit der sie über 30 Jahre lang zusammenlebt, gibt Bäumer ab 1901 das fünfbändige *Handbuch der Frauenbewegung* und ab 1916 die Zeitschrift *Die Frau* heraus. Gemeinsam mit Lange gilt Bäumer als eine der engagiertesten Aktivistinnen der deutschen Frauenbewegung. Als Gründungsmitglied der Deutschen Demokratischen Partei (DDP) ist sie ab 1919 bis zu ihrer Amtsenthebung durch die Nazis als erste Frau Ministerialrätin im Reichsinnenministerium und Delegierte beim Völkerbund.

- *Im Licht der Erinnerung – Autobiographie*, 1953; *Gestalt und Wandel. Frauenbildnisse*, 1939; *Ricarda Huch – Biographie*, 1949

Baker, Dr. Sara Josephine

US-amerikanische Ärztin
15.11.1873 Poughkeepsie/New York – 22.2.1945 New York City

Alarmiert durch die hohen Mortalitätsraten bei Säuglingen verschreibt die engagierte Ärztin mit dem strengen, maskulinen Auftreten ihr Leben dem Kampf um verbesserte Hygienebedingungen – mit ungeheurem Erfolg. Baker, die nach ihrem Medizinstudium in New York vorübergehend in Boston arbeitet, beginnt um 1900 für das New York City Health Department zu arbeiten, wo sie umgehend ein Kinderhygieneprojekt einführt. Um zu verschleiern, dass es sich bei ihr um eine Frau handelt, wird Baker seitens ihrer Vorgesetzten gebeten, männliche Kleidung zu tragen und ihren Vornamen mit den Anfangsbuchstaben abzukürzen – eine Vorsichtsmaßnahme, die die erfolgreiche Ärztin selbst als eine bittere Notwendigkeit empfindet. In den ersten fünf Jahren nach Einführung ihres Projekts sinkt die Mortalitätsrate von 144 auf 105 je 1000 Geburten, bis 1923 fällt sie weiter auf 66 je 1000. Ab 1916 unterrichtet Baker an der New Yorker Universität, im Jahr darauf erhält sie als erste Frau die Doktorwürde im Bereich Öffentliche Gesundheit. Baker, die ausschließlich Frauenbeziehungen unterhält – u.a. mit der Schriftstellerin I.A.R. Wylie – publiziert Hunderte von Artikeln und mehrere Bücher zu ihrem Spezialgebiet.

- *Fighting for Life*, 1939

Baldiga, Jürgen

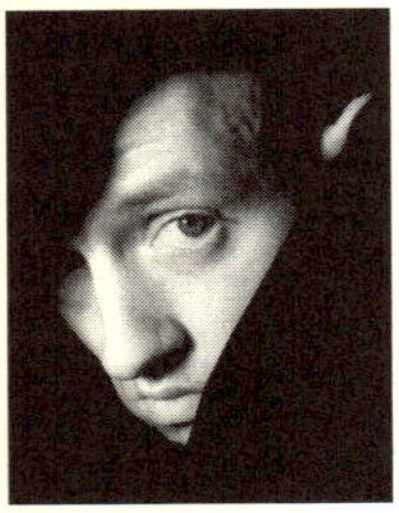

deutscher Fotograf
1959 Essen – 4.12.1993 Berlin

Außenseiter der Gesellschaft – Alte, Penner, Krüppel, Aidskranke, Schwule, Tunten und Transvestiten – sind immer wieder seine Motive und Modelle. Der gelernte Koch beginnt 1983 als Autodidakt mit der Fotografie – als Reaktion auf sein HIV-positives Testergebnis. Seine ersten Arbeiten (u.a. veröffentlicht im Band *Bambule*, 1985) sind Momentaufnahmen von der Straße. Das so genannte Hässliche und Alltägliche, spielende Kinder, Penner und Krüppel werden mit dokumentarischem, unvoreingenommenem Blick festgehalten. In den folgenden Jahren geht er mehr und mehr zur inszenierten Fotografie über. Gleichzeitig wird er mit seinen Schwarz/Weiß-Fotografien zum Chronisten und Porträtisten der Schwulen- und Tuntenszene, ebenso aber auch Aktivist und Symbolfigur innerhalb der Aidsbewegung. 1996 stellt ☞Michael Brynntrup seinen Interviewfilm *Aide Mémoire* fertig, in dem Baldiga über seine fotografische Arbeit, sein Leben und Umgang mit Aids und die Erfahrungen von Diskriminierung und Ausgrenzung erzählt. 1997 widmet sich eine Retrospektive in Berlin erstmals seinem fotografischen Gesamtwerk.

- *Jünglinge*, 1987; *Etwas Besseres als den Tod finden wir allemal*, 1992; Ulman Hakert und Aron Neubert (Hg.): *Photographien*, 1997
- Aron Neubert: *Wärme, die nur Feuer uns geben kann*, 1996

Baldwin, James

US-amerikanischer Schriftsteller und Bürgerrechtler
2.8.1924 New York City – 1.12.1987 St. Paul de Vence/Frankreich

Der aus armen Verhältnissen stammende James Arthur Baldwin fühlt sich zeitlebens als doppelter Außenseiter: als Schwarzer und Homosexueller. Der tyrannische Vater, ein baptistischer Laienprediger, will den Sohn ebenfalls in einem geistlichen Amt sehen. Baldwin weigert sich jedoch und geht nach New York, wo er sich zunächst mit Gelegenheitsjobs (wie Portier, Fahrstuhlführer, Laufbursche) und als Literaturkritiker durchschlägt. 24-jährig zieht er 1948 nach Paris. Dort entsteht u.a. der schwule Beziehungsroman *Giovanni's Room* (1956, dt. *Giovannis Zimmer*, 1963). 1962 kehrt er in die USA zurück, um die Menschenrechtsbewegung zu unterstützen. Immer wieder setzt er sich in seinen Essays und stark autobiografischen und von moralischem Engagement getragenen Romanen mit dem US-amerikanischen Rassenkonflikt und gemischtrassigen Beziehungen, homo- wie heterosexuellen, auseinander. Im Gegensatz zur Black Power-Bewegung ist Baldwin jedoch ein Verfechter der friedlichen Integration. Inzwischen gehört Baldwin zu den wichtigsten Gegenwartsautoren der USA. Regelmäßig kehrt er jedoch zu seinem zweiten Wohnsitz nach Südfrankreich zurück. Dort erliegt er auch seiner Krebserkrankung.

- *Go Tell It on the Mountain*, 1953 (dt. *Gehe hin und verkünde es vom Berge*, 1966); *Another Country*, 1962; (dt. *Eine andere Welt*, 1977); *The Fire Next Time, Essays*, 1963 (dt. *Hundert Jahre Freiheit ohne Gleichberechtigung*, 1964)
- Randall Kenan: *James Baldwin*, 1994; David Leeming: *James Baldwin. A Biography*, 1995

Balz, Bruno

deutscher Schlagertexter
6.10.1902 Berlin – 14.3.1988 Bad Wiessee

Mit seinen Liedtexten für mehr als 170 deutsche Filme (bereits für den ersten deutschen Tonfilm, *Dich hab ich geliebt*, 1929) sowie Schlager für mehrere Generationen deutscher Unterhaltungskünstler gehört Balz zu den erfolgreichsten und produktivsten Autoren populärer Lieder im deutschsprachigen Raum. Balz liefert Lieder für Udo Jürgens, Heintje (*Mama*), Heidi Brühl (*Wir wollen niemals auseinandergeh'n*), Heinz Rühmann und Rosita Serrano. Sein gesamtes Lebenswerk zählt 1037 Titel. Bereits als 17-Jähriger ist sich Balz seiner Homosexualität bewusst und kommt zu ☞Magnus Hirschfeld, der ihn einen „Psychologischen Fragebogen" ausfüllen lässt. Als so junger und selbstbewusster schwuler Mann ist Balz zu dieser Zeit eine Besonderheit und daher innerhalb der damaligen Schwulenbewegung entsprechend hofiert. Er lernt dabei auch ☞Adolf Brand kennen, der ihn als Aktmodell für seine homoerotischen Zeitschriften gewinnt. Nachdem Balz eine kaufmännische Ausbildung abgeschlossen hat, arbeitet er ab 1926 auch selbst aktiv in der Schwulenbewegung mit. In den Schwulenzeitschriften des Verlegers Radszuweit veröffentlicht er Gedichte, Aufsätze und Kurzgeschichten. Mit seinen Liebesgeschichten von einer heilen schwulen Welt befriedigt er ein entscheidendes Bedürfnis der Leser dieser Zeitschriften. *Bubi, lass uns Freunde sein* wird einer seiner ersten, erfolgreichen Schlagertexte; die Noten dazu werden auch vom Radszuweit-Verlag vertrieben. In den 30er Jahren beginnt seine steile Karriere als Schlagertexter (*Ich brech' die Herzen der stolzesten Frau'n*, *Roter Mohn*) u.a. für zahlreiche UFA-Filmproduktionen. Besonders eng und erfolgreich ist seine Zusammenarbeit mit Zarah Leander, für die er u.a. *Kann denn Liebe Sünde sein?* schreibt. 1936 geht er eine Scheinehe mit seiner Cousine ein. Nach Ende des Zweiten Weltkrieges wirft man ihm vor, mit seinen Liedern, etwa Leanders *Ich weiß, es wird einmal ein Wunder gescheh'n,* als Teil des Propaganda-Apparates den Durchhaltewillen im Volk gestärkt zu haben. Die Idee zu diesem Lied sei ihm, so Balz, jedoch gekommen, als er 1941 nach dreiwöchiger Haft in der Berliner Gestapo-Sammelstelle in der Prinz-Albrecht-Straße auf freien Fuß gesetzt und nicht, wie seine Leidensgenossen, ins KZ weitergeleitet worden war. Balz war als Homosexueller denunziert und deshalb verhaftet worden. Der Filmkomponist Michael Jary erreicht die Freilassung mit der Begründung, er benötige Balz für den nächsten Zarah-Leander-Film. 57-jährig lernt Bruno Balz den 19 Jahre jüngeren Schauspieler Jürgen Draeger kennen, der sein Lebensgefährte und schließlich Erbe wird.

Bang, Herman

dänischer Schriftsteller
20.4.1857 Adserballe/Insel Alsen – 29.1.1912 Ogden/USA

Mit seinem Novellenband *Am Wege* (1886, dt. 1898) leitet Bang den literarischen Impressionismus in Dänemark ein. Seine früheren Arbeiten (z.B. der Roman *Hoffnungslose Geschlechter*, 1880, dt. 1900) stehen noch ganz im Zeichen des Naturalismus und unter dem Eindruck von Darwin, Ibsen und Zola. Bang gilt als Einzelgänger und modebewusster Dandy. Bereits nach Veröffentlichung von *Hoffnungslose Geschlechter* erkennen aufmerksame Leser literarische Indizien für seine Homosexualität. Die satirische Presse betitelt ihn „Jungfer Hermine Bang". Je größer sein Erfolg wird (wie mit seinem Roman *Das weiße Haus*, 1898), desto mehr sieht er sich dem Rummel um seine Person und Schnüffeleien um seine Sexualität ausgesetzt. Homoerotische Deutungen lässt auch sein Roman *Die Vaterlandslosen* (1905, dt. 1912) zu. In einem anderen Spätwerk, dem Künstlerroman *Michael*, beschreibt er dezidiert eine (unglückliche) homoerotische Liebe eines Malers zu seinem jüngeren Modell. Der Roman wird Vorlage für Mauritz Stillers Film *Vingarna* (1916, dt. *Flügel*), dem wahrscheinlich ältesten Spielfilm mit homoerotischem Thema sowie für Carl Theodor Dreyers *Michael* (1924). Obgleich Bangs Homosexualität ein offenes Geheimnis ist, leidet er zeitlebens unter dem Zwang zur Verstellung und Camouflage und flüchtet sich in Krankheit, Verschwendungssucht und Alkoholismus. 1909 verfasst er gemeinsam mit dem Berliner Arzt Max Wasbutzki den Aufsatz Gedanken zum Sexualitätsproblem mit grundsätzlichen Informationen zur Homosexualität und den Homosexuellen. Bang versteht diesen Essay als eine Art Vermächtnis und posthumes Coming-out. Es sollte nach seinem Tode in einer ärztlichen Zeitschrift veröffentlicht werden und helfen, die Sicht von Staat, Behörden und Polizei auf die Homosexualität zu ändern. Die Nachlassverwalter unterdrücken jedoch zunächst die Publizierung, um Schaden für den Namen des Autors zu verhindern. Der Text erscheint somit erst zehn Jahre nach Bangs Tod parallel als Buchausgabe und in der *Zeitschrift für Sexualwissenschaft*. 1996 erscheint der biografische Roman *Bang* (dt. 1998) der Dänin Dorrit Willumsen, der auch die Homosexualität des Autors behandelt.

Bankhead, Tallulah

US-amerikanische Schauspielerin
31.1.1902 Huntsville/Alabama -12.12.1968 New York City

Die Tochter eines berühmten Kongressabgeordneten gibt mit fünfzehn Jahren gegen den erbitterten Widerstand ihrer Familie in New York ihr Schauspieldebüt und geht 1923 nach London, um im Dauerbrenner *Dancers* (dt. *Nacht der wilden Ladies*) zu brillieren. 1930, zurück in Amerika, gibt sie ihren Einstand als Filmschauspielerin in *Tarnished Lady* (dt. *Eine Lady mit schlechtem Ruf*, Regie ☞George Cukor). Nach weiteren, weniger erfolgreichen Filmen arbeitet Bankhead hauptsächlich wieder am Broadway, u.a. in *The Little Foxes* (dt. *Die kleinen Füchse*; ab 1939, 408 Vorstellungen). Für ihre Rolle in Hitchcocks *Lifeboat (1943, dt. Das Rettungsboot*) erhält sie den New York Screen Critics Award als beste Schauspielerin des Jahres. Mit ihrer Darbietung als Blanche in ☞Tennessee Williams' *A Streetcar Named Desire* (dt. *Endstation Sehnsucht*) wird Bankhead zur gefeierten Komödiantin der Homosexuellenszene. Bankhead, deren lebenslange Vorliebe für Alkohol und Barbiturate ihr letztendlich zum Verhängnis wird, gibt sich recht offenherzig, was ihre Sexualität angeht. *„In my lifetime I've been to bed with men, women, and odd pieces of furniture."* ☞Katharine Cornell, ☞Gladys Bentley und Mae West zählen zu ihren zahlreichen Liebschaften. Bankhead nimmt es mit Humor: „Daddy hat mich immer vor Männern und Alkohol gewarnt, aber nie etwas von Frauen und Kokain gesagt." Und: „Ich wurde lesbisch, weil ich die Publicity brauchte – ich musste einen Job finden. In den 20er und 30er Jahren stand eine Lesbe an erster Stelle der Begehrenswertigkeit, vor allem mit einer Freundin an ihrer Seite." Der US-Autor George Baxt porträtiert sie in seinem Kriminalroman *Ein Mordfall für Tallulah Bankhead* als zungenfertige, intelligent-bösartige und schwulenfreundliche Hobby-Detektivin.

● Bryony Lavery: *Tallulah Bankhead*, 1998

Bannon, Ann (eigentlich Ann Thayer)

US-amerikanische Schriftstellerin

1932 Joliet/Illinois

Unter dem Pseudonym Ann Bannon veröffentlicht Thayer in den späten 50er und frühen 60er Jahren populäre lesbische Unterhaltungs- und Liebesromane, die im Gegensatz zur gängigen Tendenz nicht zwangsläufig tragisch enden. *Odd Girl Out* (1957) erzählt die Geschichte einer knospenden lesbischen Liebschaft zwischen zwei Collegegirls; in *I Am a Woman* (1959) findet eine der beiden Hauptpersonen aus *Odd Girl Out* endlich zu ihrer lesbischen Identität und großen Liebe: „Gott, ich liebe sie, dachte sie, vage überrascht. Ich liebe sie einfach. [...] Ich weiß, ich bin verrückt, aber ich liebe sie." Als kenntnisreiche und detailgetreue Studien über die *gay community* im New Yorker Greenwich Village der 50er sind die Bannon-Romane heute nahezu von historischem Wert. Erst 1980, als ihre Werke neu aufgelegt werden, lüftet Thayer, die lange Zeit ein Doppelleben als verheiratete Frau führt, die an den Wochenenden die lesbische Subkultur aufsucht, ihr Pseudonym.

Barber, Samuel

US-amerikanischer Komponist

9.3.1910 West Chester/Pennsylvania – 23.1.1981 New York City

Barber macht die typische Karriere eines Wunderkindes: Mit sieben Jahren schreibt er seine erste Komposition, mit zwölf beherrscht er Orgel und Klavier und bekleidet ganz offiziell die Organistenstelle der Kirche von West Chester. Er erhält ein Stipendium des Curtis Institute of Music in Philadelphia, wo er nicht nur das nötige kompositorische Handwerkszeug, sondern auch seinen Lebensgefährten, den Komponisten Gian-Carlo

Menotti kennen lernt. Mit ihm lebt er bis zu seinem Tod zusammen. Mit 18 Jahren erhält Barber den Bearns-Preis der Columbia University, mit 23 den ersten Pulitzer-Preis. 1963 kommt noch ein weiterer für seine Oper *Vanessa* hinzu. Während eines Stipendiums in Wien lernt er den italienischen Dirigenten Arturo Toscanini kennen, der zahlreiche seiner Werke uraufführt und fördert. Während Barbers Opern (*Vanessa*, 1958, Libretto von Gian-Carlo Menotti, und *Antonius and Cleopatra*, 1966; ein Auftragswerk zur Eröffnung der neuen Metropolitan Opera im New Yorker Lincoln Center) nur zurückhaltend aufgenommen werden, findet seine eingängige, allen radikalen oder experimentellen Schreibweisen abgewandte Instrumentalmusik weitaus größeren Beifall. Zu einem Klassikhit hat sich beispielsweise sein *Adagio for Strings*, *Opus 11* (1936) entwickelt. In seinem Spätwerk lassen sich zwar auch Einflüsse des Jazz, der Zwölftontechnik und der Polytonalität erkennen, seine Musik bleibt jedoch traditionsgebunden und melodienreich.

Bard, Alexander

schwedischer Popmusiker

17.3.1961 Bloemfontein/Südafrika

Entscheidend für seine Karriere als Popmusiker und Exzentriker wird für den in Västanvik aufgewachsenen Künstler ein mehrmonatiger Aufenthalt 1978 in New York, wo er eine Schauspielschule besucht. Der Auftritt des Entertainers ☞ Liberace ermutigt ihn, ähnlich glamourös im Showbusiness Karriere zu machen. Er beginnt danach zwar in Stockholm ein Studium, gibt es jedoch bald wieder auf und arbeitet als Travestiekünstler. Als Kunstfigur „Barbie", die zum Szenestar avanciert, nimmt er mehrere Singles und eine LP auf. 1986 formiert sich aus drei weiteren Subkultur-Größen (Jasmin Chantal, Camilla Maria Skog Henemark und Jean-Pierre Barda) die Dance-Pop-Band *Army of Lovers*: trashige, eintönige Ohrwurm-Disco-Songs, grelle Kostüme. Der internationale Durchbruch gelingt 1991 mit dem Album *Massive Luxury Overdose* und der Single *Crucified*. 1995 versuchte die Band erfolglos, durch eine großangelegte Promotionskampagne zur schwulen Ehe erneut ins Gespräch zu kommen. Das Album *Glory, Glamour and Gold* findet trotz all dieser Bemühungen nicht mehr den Weg in die Charts. 2000 meldet sich Bard mit seinem neuen Projekt *Alcazar (Crying at the Discotheque)* im Musikgeschehen zurück. Diesmal jedoch bleibt er diskret im Hintergrund und überlässt dem ebenfalls offen schwulen Sänger der Band, Andreas Lundstedt, die Show.

Barker, Clive

US-amerikanischer Schrifsteller, Maler und Regisseur
5.10.1952 Liverpool

Mit seinem Science-Fiction-Horror-Film *Hellraiser*, dem bislang zwei Fortsetzungen folgten, findet Clive Barker Einzug in die oberste Klasse dieses Genres und wird nun in einem Atemzug mit Stephen King und James Herbert genannt. Barker selbst sieht als entscheidenden Unterschied zu diesen Kollegen, dass er in seinen Horrorgeschichten weniger todes- und blutfixiert, sondern vielmehr am Leben und speziell am Sex interessiert sei. Erotik, nackte Körper und Sex in allen Ausrichtungen und Varianten sind daher immer wieder Themen seiner Erzählungen (insbesondere in den sechsbändigen *Clive Barker's Books of Blood*, 1984-89). Barker versteht sich lange Zeit lediglich als Autor und ist erst über Umwege zum Filmregisseur und Produzenten geworden, der seine eigenen Stoffe verfilmt wie *Hellraiser* (1986, dt. *Hellraiser – Das Tor zur Hölle*), *Nightbreed* (1990, dt. *Cabal – Brut der Nacht*) und *Lord of Illusions* (1995). Inzwischen geht er auch dazu über, Originalstoffe für seine Kinoproduktionen zu entwickeln. Seine Versuche, in Hollywood Drehbücher für Horrorfilme mit schwulen Hauptfiguren zu produzieren, sind bislang jedoch gescheitert. Der Wahl-Kalifornier Barker hat an der Liverpool University Philosophie und Englisch studiert. Er schreibt zunächst Theaterstücke, die er mit seiner eigenen Schauspieltruppe produziert (*Dog*; *Night Lives*; *The History of the Devil*). Als der Erfolg jedoch ausbleibt, verlegt sich Barker auf das Illustrieren pornografischer Texte. In mehreren seiner Romane tauchen regelmäßig lesbische und schwule Charaktere auf, sowohl als Opfer wie als Bösewichte: In *In the Hills, the Cities* (1984) beteiligt sich ein schwules Paar an einem heiligen Ritual, in *Human Remains* (1984) umfasst das Personal auch bisexuelle Figuren und einen jungen Stricher; in *Age of Desire* (1986) sind Schwule Opfer von sexuellen Attentaten. In seinen jüngsten Werken (*The Great and Secret Show; Everwille*) tendiert Barker zu episch-ausufernden, modernen Mythen, die von Homers *Ilias* und *Odyssee* inspiriert sind. In seiner Malerei, die er erst seit den 80er Jahren für sich entdeckt hat, entwickelt Barker einen an Grand Guignol erinnernden Stil mit vielfach erotischen Motiven. Sein öffentliches Coming-out hatte Barker nach der Premiere seines Films *Lord of Illusions* 1995: „Es scheint wichtiger denn je, dass wir uns bekennen, denn der Feind – das sind all die Leute, die uns für eine ‚Risikogruppe' halten – ist lauter denn je zuvor. Die Menschen sollen wissen, dass meine Geschichten ein Schwuler geschrieben hat, einer, der froh ist, schwul zu sein." Clive Barker lebt zusammen mit dem Fotografen David Armstrong.

Barnes, Djuna

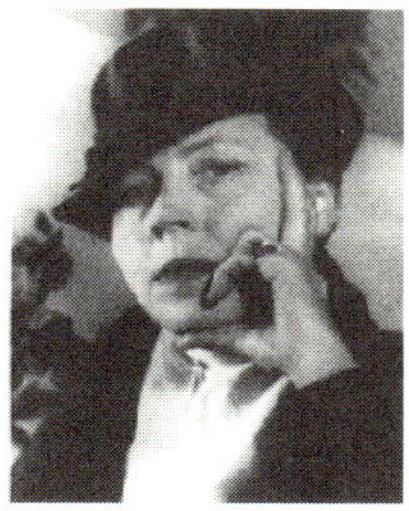

US-amerikanische Schriftstellerin
12.6.1892 Cornwall-on-Hudson/New York – 19.5.1982 New York City

Aufgewachsen im Staat New York in schwierigen Familienverhältnissen, veröffentlicht Barnes bereits mit 18 Jahren erste Gedichte und Zeichnungen, bevor sie 1912 eine Stelle als Reporterin beim *Brooklyn Eagle* annimmt. Mit ihrer journalistischen Tätigkeit finanziert sie sich in den folgenden Jahren ihr Kunststudium und ihre spätere kreative Arbeit. 1919 siedelt sie nach kurzer Ehe nach Paris über, wo auch ihre Hauptwerke – *Ryder* (1929) und *Nightwood* (1936, dt. *Nachtgewächs*) – sowie die parodistische lesbische Schöpfungsgeschichte *Ladies' Almanac* (1928, dt. *Ladies Almanach*) entstehen. In Paris arbeitet sie als freie Journalistin und bekommt Kontakt zu dem lesbischen Literaturzirkel um ☞Natalie Barney. Diese urteilt über Djuna Barnes: „Ich habe niemals zuvor eine so linkische Autorin vorgestellt, eine, die weniger fähig war, ihrer eigenen Sache zu dienen." Barnes, die in ihren kontrovers debattierten Werken auch ihre traumatischen Missbrauchserfahrungen verarbeitet, leidet mit den Jahren immer stärker unter psychischen Problemen, Alkohol- und Drogenabhängigkeit – und Liebeskummer. In einem Brief an ihre langjährige Freundin Emma Coleman, Sekretärin der Revolutionärin Emma Goldmann, schreibt sie: „Eine dicke Melancholie lastet auf mir, schwer wie der Arsch eines Bullen." Barnes exzessives, mythenumranktes Leben ist entscheidend von Frauenbeziehungen und -freundschaften geprägt, auch wenn sie selbst sich zu ihrer Homosexualität unterschiedlich äußert: „Ich war nicht im Geringsten böse, als Lesbe bezeichnet zu werden – ich bin nur sehr zurückhaltend" (1936) im Gegensatz zu *„I'm not a lesbian – I just loved Thelma"* (70er Jahre). Nachdem die jahrelange Beziehung mit der besagten Bildhauerin ☞Thelma Wood aufgrund deren Untreue und Alkoholkrankheit zerbricht, zieht die kränkelnde Schriftstellerin rastlos von einem Ort zum anderen. Über Tanger, London und erneut Paris kommt sie 1939 nach New York, wo sie, äußerst zurückgezogen lebend, ihr letztes Stück *Antiphon* (1959) schreibt. Ihre letzten 41 Jahre lebt sie in einem 1-Zimmer-Apartment in Greenwich Village als „berühmteste Unbekannte ihrer Zeit" von $ 115 Sozialhilfe und einer spärlichen, aber regelmäßigen finanziellen Unterstützung durch die Mäzenin Peggy Guggenheim.

- Mary Lynn Broc (Hg.): *Im Dunkeln gehen. Briefe an Emily Coleman*, 2002
- Kyra Stromberg: *Djuna Barnes. Leben und Werk einer Extravaganten*, 1989

Barney, Natalie Clifford

US-amerikanische Schriftstellerin
31.10.1876 Dayton/Ohio – 2.2.1972 Paris

Die überaus produktive Schriftstellerin und famose Gastgeberin gilt als die berühmteste lesbische Schürzenjägerin der Geschichte. Barney, die mit ihrem ausschweifenden Sexualleben und ihrem von lesbischen Thematiken durchsetzten Werk in Künstler- und Literatenkreisen gleichermaßen auf Ablehnung wie Bewunderung stößt, kommt 1902 aus Washington nach Paris, wo sie nach einer Reihe leidenschaftlicher Affären die Dichterin ☞Renée Vivien kennen lernt. 1904 versuchen die beiden Frauen auf der griechischen Insel Lesbos sapphische Traditionen wiederzubeleben, kehren aber bald nach Paris zurück. 1909, ihre ersten skandalösen Werke waren bereits erschienen, zieht Barney in die Rue Jacob, wo sie bald darauf ihren literarischen Salon etabliert, in dem sich die gesamte lesbische Kulturszene jener Zeit versammelt. 1915 lernt Barney die Malerin ☞Romaine Brooks kennen, mit der sie fast 50 Jahre lang zusammenbleibt, ohne auf ihre zahlreichen anderen Geliebten und Affären zu verzichten. Barney, deren bekanntestes Werk *Nouvelles pensées d'une amazone* 1939 erscheint, sympathisiert mit dem Faschismus und verbringt die Kriegsjahre zusammen mit Brooks in Italien. Nach ihrer Rückkehr führt sie ihre herausragende gesellschaftliche Rolle als Gastgeberin und Herzensbrecherin unvermindert fort. Nachdem nahezu alle lesbischen Künstlerinnen ihrer Zeit zu ihren Liebhaberinnen gezählt haben, zerbricht die Beziehung mit Brooks erst 1965 – die beiden Frauen waren fast 90 Jahre alt –, als Barneys seit sieben Jahren bestehende Liebschaft mit der 64-jährigen Janine Lahovary ans Tageslicht kommt.

- *The One Who Is Legion or A.D.'s After-Life*, 1930; *Indiskrete Erinnerungen*, 1945

Barry, James Miranda

britische Ärztin
1795 – 9.5.1860 Kirriemuir/Forfarshire Schottland

Erst bei der Autopsie wird aufgedeckt, was der erfolgreiche Arzt ein Leben lang ebenso erfolgreich verborgen hatte: Der Doktor ist eine Frau. So erwirbt Barry sich posthum den Ruf als erste weibliche Medizinerin der britischen Geschichte. Unter ihrem männlichen Pseudonym studiert sie in Rekordzeit und arbeitet später über 40 Jahre lang in den britischen Kolonien. Barry gilt als eine der ersten westlichen VerfechterInnen der Präventivmedizin.

- J. Rose: *The Perfect Gentleman – The Remarkable Life of Dr. James Miranda Barry*, 1977; Patricia Duncker: *The Doctor* (dt. *James Miranda Barry*, 1999)

Barron, Thom (Pseudonym)

deutscher Pornodarsteller
27.03.1971 Stuttgart

1996 wirkt der Elektroingenieur erstmals in einem Pornofilm mit; drei Jahre später ist er bereits bei den großen amerikanischen Studios ein gefragter Darsteller und hat in dieser Zeit in rund 30 Produktionen mitgespielt. Falcon Studios, die ihn u.a. in *Fever* und *French Connections 1 + 2* besetzen, nehmen sein Porträt in ihrem Fotoband *Legends* (1999) mit auf. Außerdem plant man bei Falcon, den Abguss von Barrons Schwanz als Dildo auf den Markt zu bringen. Der blonde Deutsche hat es damit bis an die Spitze der Branche geschafft. Nach ersten Drehs für FoersterMedia hat Thom Barron dank der Videos der Berliner Cazzo Film seinen Durchbruch. Für die Berliner Firma wirkt er ab 1996 u.a. in *Berlin Techno Dreams*, *Berlin Army Dreams*, *Kraftsport*, *Frankfurt Stories*, *Authentic Adventures* und in *Berlin Sex Life* mit.

- weitere Filme: *Hart on Site, Guarding the Jewels* (Xtc Studios), *Wet Warehouse 3, A Love Story* (Forum Studios), *Tourist Trade, Fluid* (Titan Media), *Stock – Sentenced, Stock – Released* (Jocks Studios)

Barrymore, Drew

US-amerikanische Schauspielerin und Produzentin
22.2.1975 Culver City/Kalifornien

Als Siebenjährige hat sie ihre erste Filmhauptrolle und wird gleich weltberühmt. Steven Spielberg besetzt sie als naseweise Freundin in *E.T.* (1982). Zuvor war sie schon in Ken Russells *Der Höllentrip* (1980) in Erscheinung getreten. Ihren ersten Auftritt hat sie jedoch bereits als elf Monate altes Baby in einem Werbespot für Hundefutter. Drew Barrymore wird zu einem viel beschäftigten Kinderstar in Hollywood und spielt beispielsweise in den Stephen-King-Verfilmungen *Der Feuerteufel* (1984) und *Katzenauge* (1985). Mit 14 Jahren veröffentlicht der Spross einer berühmten (aber auch kaputten) Schauspielerfamilie ihre Memoiren (*Little Girl Lost*, 1989). Der Ruhm bereitet Barrymore Probleme. Sie wird alkoholkrank, hat reichlich Drogenerfahrungen, kommt durch wüste Eskapaden in die Schlagzeilen. In der Filmindustrie gilt sie mittlerweile als unzuverlässig und unberechenbar. Sie verordnet sich eine berufliche Pause. Anfang der 90er Jahre startet sie mit *Poison Ivy* und *Guncrazy* (beide 1992) erfolgreich ein Comeback und gehört bald zu den gefragtesten Hollywood-Schauspielerinnen ihrer Generation und spielt u.a. in *Kaffee, Milch und Zucker*, *Batman Forever* (beide 1995), in Woody Allens *Alle sagen: I Love You* (1996), *Scream* (1996) und *Drei Engel für Charlie* (2000). Mit ihrem dreißigsten Film, der Romanze *Ungeküsst* (1999), startet Drew Barrymore ihre zweite Karriere als Produzentin. Ihre Produktionsfirma Flower Films ist u.a. für *Donnie Darko* (2001), *Drei Engel für Charlie – Volle Power*, *So Love Returns* und *Duplex* (alle 2003) verantwortlich. Mit 19 Jahren heiratet sie Jeremy Thomas und wird nach fünf Wochen bereits wieder geschieden. Die Ehe mit Tom Green 2001 hält immerhin 15 Monate. 2003 lernt sie den Schlagzeuger der Band *The Strokes* Fabrizio Moretti kennen. „Ich habe mich immer als bisexuell betrachtet. Als ich jünger war, hatte ich viele Affären mit Frauen. (…) Wenn man mit einer Frau zusammen ist, ist es so, als wenn man seinen eigenen Körper erkundet, aber durch jemand anders." Im Falle ihres Todes möchte Drew Barrymore verbrannt und die Asche soll in das Futter ihrer Katze gemischt werden. „Dann lebe ich in ihr weiter."

Barthes, Roland

französischer Literaturwissenschaftler, Soziologe und Linguist
12.11.1915 Bayonne – 26.3.1980 Paris

Kurz vor seinem Abitur erkrankt Roland Barthes an der Tuberkulose und verbringt zehn Jahre in Sanatorien. Erst nach Ende des Zweiten Weltkrieges kann er sich seiner Wissenschaftskarriere widmen, und diese verläuft geradezu ideal und steil nach oben: Von 1960 bis 1962 ist Barthes Mitarbeiter an der École Pratique des Hautes Études in Paris, deren Direktor er 1962 wird. Ab 1977 lehrt er am Collège de France. Während dieser Zeit entstehen die wichtigsten Schriften Barthes'. Barthes beweist sich als der große Systematiker der Wissenschaft von den Zeichen. Er verfolgt das Projekt einer allgemeinen Zeichentheorie, die formal ebenso entwickelt ist wie die Linguistik, in ihrem Wissensgebiet aber weit über sie hinausgreift. Seine Bücher werden, obgleich wissenschaftlichen Anspruchs, zu Bestsellern. Neben *Fragmentes d'un discours amoureux* (1977, dt. *Fragmente einer Sprache der Liebe*, 1984), eine Art Glossar zu den Topoi der Liebesbeziehung, wird *Mythologies* (1957, dt. *Mythen des Alltags*, 1964) zu einem überwältigenden Erfolg. Barthes untersucht Gewohnheiten und Leitbilder menschlichen Zusammenlebens, das Funktionieren sozialer Symbole, Sprache und Mythen des Alltags – vom Design des neuen Citroën über die „Sandalenfilme" bis zum Ritual des Essens von blutigem Beefsteak. Anders als ☞Foucault nimmt Barthes nie an Demonstrationen teil und unterschreibt keine Petitionen. Seine Homosexualität, über die seine Freunde zwar Bescheid wussten, spricht er nicht öffentlich aus. Tagebuchaufzeichnungen, unter dem Titel *Incidents* (1987, dt. *Begebenheiten*) veröffentlicht, sind seine einzigen schriftlichen Äußerungen zu seiner Homosexualität. In seinem autobiografischen Werk *Roland Barthes par Roland Barthes* (1975, dt. *Über mich selbst*, 1978) findet sich jedoch eine Notiz über ein geplantes Buchprojekt: *Der Diskurs der Homosexualität* (oder: *Redeweisen der Homosexualität* oder auch: *Der Diskurs der Homosexualitäten*). Es bleibt allerdings ein Projekt. 65-jährig kommt er bei einem Autounfall ums Leben.

- *Literatur und Geschichte*, 1967; *Sade Fourier Loyola*, 1974; *Die Sprache der Mode*, 1985; *Die helle Kammer. Bemerkung zur Photographie*, 1989; *Die Lust am Text*, 1990; *„Ich habe das Theater immer sehr geliebt, und dennoch gehe ich fast nie mehr hin."*, 2002
- D.A. Miller: *Bringing Out Roland Barthes*, 1992; Louis-Jean Calvet: *Roland Barthes. Eine Biographie*, 1993

Bartsch, Jürgen

deutscher Mörder und Metzgergeselle
6.11.1946 Essen – 28.4.1976 Eickelborn

Im Juni 1966 berichten alle deutschen Zeitungen und Zeitschriften auf Seite 1 über die Verhaftung eines 19-jährigen Metzgergesellen, der in den Jahren 1962-1966 auf grausamste Weise vier Schuljungen sexuell missbraucht und zu Tode gequält hatte. In einer Umfrage einer deutschen Illustrierten wird Bartsch zum „zweitschlimmsten Verbrecher des Jahrhunderts" gewählt – gleich nach Adolf Hitler. Der Prozess 1967 in Wuppertal wird zu einem Medienereignis. Er wird als „gefährlicher Gewohnheitsverbrecher" zu fünfmal lebenslänglich verurteilt. Im April 1971 wird das Urteil revidiert: zehn Jahre Jugendstrafe und Unterbringung

in einer Heil- und Pflegeanstalt. Erst in diesem Revisionsverfahren ist die Justiz in der Lage, anzuerkennen, dass hinter dem sadistischen Lustmörder ein seelisch krankes, sexuell missbrauchtes, ungeliebtes Kind steckt, das an anderen Kindern exerziert, was ihm selbst angetan worden ist. Bartsch ist als uneheliches Kind unter dem Namen Karl-Heinz Sadrozinski geboren worden und im Alter von etwa einem Jahr als Pflege- und später Adoptivkind zur Familie Bartsch nach Langenberg (Rheinland) gekommen. Mit zehn Jahren wird er in ein Kinderheim geschickt, später in ein Knabeninternat in Marienhausen. Nachdem er mehrfach aus dem Internat zu fliehen versucht, darf er das letzte Schuljahr an einer Schule in der Nähe des Elternhauses verbringen und wird danach Metzgergeselle im elterlichen Betrieb. 1974 heiratet Jürgen Bartsch in der Anstalt Eickelborn eine junge Frau. Die Ehe soll demonstrieren, dass er auf dem Wege der Besserung und hin zu einem bürgerlichen Leben ist. Doch wird ihm die Therapie, um die er immer wieder gekämpft hat, nicht gewährt. Als letzten Ausweg, seinen „Trieb" endgültig loszuwerden, stimmt er einer Kastration zu. Er stirbt bei der Operation, angeblich aufgrund eines Narkosefehlers. Die Lebensgeschichte Bartschs wurde bereits mehrfach für Bühnenproduktionen bearbeitet und auch verfilmt (*Ein Leben lang kurze Hosen tragen*, 2002; Regie: Kai S. Pieck).

- Paul Moor: *Jürgen Bartsch. Opfer und Täter. Das Selbstbildnis eines Kindermörders in Briefen*, 1991

Bates, Katharine Lee

US-amerikanische Lehrerin und Autorin
12.8.1859 Falmouth/Massachusetts – 28.3.1929 Wellesley/Massachusetts

Als Neunjährige schreibt Katherine Lee Bates in ihr Tagebuch „I like women better than men" und: „I like fat women better than lean ones." Sich zu jener Zeit als unverheiratete Frau den Lebensunterhalt selbst finanzieren zu können war schwer. Deshalb erscheint es ihr wie ein Glücksfall, als ihr 1885 nach Abschluss des Studiums am Wellesley College angeboten wird, fortan dort als Lehrerin zu arbeiten. Das karge Gehalt kann sie als Autorin von Gedichten, Kinderbüchern und Theaterstücken etwas aufstocken. 1893 arbeitet sie zusätzlich in den Sommerferien am Colorado College in Colorado Springs. Dort schreibt sie ein Gedicht mit dem Titel *America the Beautiful*, mit dem sie aber nicht ganz zufrieden ist. 1895 bietet sie es dennoch der Zeitschrift *The Congregationalist* zum Abdruck an und löst Begeisterung aus. Später wird es von Samuel Ward vertont – und entwickelt sich zu einem populären Volkslied, das beinahe zur Nationalhymne geworden wäre. 1931 entscheidet man sich aber für *The Star-Spangled Banner*. Die Tantiemen für *America the Beautiful* sichern Bates jedoch bis zum Lebensende ein gutes Einkommen, und so kann sie sich mit ihrer Lebensgefährtin Katharine Coman auch ein eigenes Haus leisten. Coman hatte sie bereits 1887 als Kollegin am College kennen gelernt, erst drei Jahre später aber wagen sie eine Beziehung einzugehen. 1915 stirbt Coman 57-jährig an Brustkrebs. Um ihre Trauer zu verarbeiten, schreibt Bates eine Sammlung mit Gedichten über ihr „Joy of Life", wie sie die Geliebte stets nannte. 1922 erscheint der Band *Yellow Clover: A Book of Remembrance* in einer limitierten Auflage von 750 Exemplaren. Der Titel bezieht sich auf die Blumen, welche sich die beiden Frauen in ihre Briefe legen, die sie bei getrennten Reisen sich gegenseitig geschrieben hatten.

- weitere Veröffentlichungen (Auswahl): *The College Beautiful and Other Poems* ,1887; *From Gretna Green to Land's End – A Literary Journey in England*, 1907; *America the Beautiful and Other Poems*, 1911; *In Sunny Spain with Pilarica and Rafael*, 1913; *Little Robin Stay-Behind and Other Plays in Verse for Children, 1923; The Pilgrim Ship*, 1926
- Dorothy Whittemore Burgess: *Dream and Deed: The Story of Katharine Lee Bates*, 1952; Elisabeth P. Myers: *Katharine Lee Bates: Girl Poet*, 1961

Baumann, Helmut

deutscher Tänzer, Theaterintendant, Musicaldarsteller und -regisseur
31.1.1939 Berlin

Bereits als Kind nimmt er Tanzunterricht bei Tatjana Gsovsky, danach setzt er seine Tanzausbildung an der Hamburger Staatsoper fort, wo er mit 23 Jahren als Solotänzer debütiert. 1968 lernt er während eines Gastspiels in Köln seinen Schweizer Kollegen Jürg Burth kennen, mit dem ihn bis heute eine Lebens- und Arbeitsgemeinschaft verbindet. 1970 gehören sie zu den Mitbegründern der Tanzkompanie Tanzforum Köln. Neben choreografischen Arbeiten widmet sich Baumann nun auch der Theaterregie. Am Hamburger Thalia Theater unter ☞Boy Gobert entdeckt er das Musical für sich. 1979 wird er als Musicalregisseur am Residenztheater München engagiert, später am Opernhaus Zürich. 1984 kommt er als künstlerischer Direktor zum Theater des Westens Berlin, dem er bis 1999 verbunden bleibt und innerhalb weniger Jahre zu internationalem Ruf verhilft. Den spektakulären Auftakt bildet die deutschsprachige

Erstaufführung von *La Cage aux Folles* (1985), in der er kurzfristig für die Rolle des Albin/Zaza eingesprungen ist. Er entdeckt damit nicht nur sein Talent als Musicaldarsteller, sondern feiert zudem auch einen phänomenalen Triumph. Die Produktion bleibt über zehn Jahre im Repertoire. Zu seinen weiteren Inszenierungen in Berlin gehören u.a. *Sweet Charity, Follies, Das weiße Rössl* und *Zustände wie im alten Rom*. Baumann wird zum Intendanten des Theaters ernannt, führt aber weiterhin Regie (meist in Zusammenarbeit mit seinem Lebensgefährten als Choreografen) und steht in einigen Produktionen auch selbst auf der Bühne (etwa in der Musicalfassung des Billy Wilder-Films *Eins, zwei, drei*). Darüber hinaus engagiert sich Baumann mit den Künstlern seiner Bühne regelmäßig für Projekte der Berliner Schwulenszene und bei Benefizveranstaltungen zugunsten der AIDS-Hilfe.

Beach, Sylvia

US-amerikanische Buchhändlerin und Verlegerin
14.3.1887 Baltimore – 6.10.1962 Paris

Die Pfarrerstochter aus New Jersey kommt 1917 erstmalig nach Paris. Begeistert vom Flair der Stadt und der französischen Sprache und Literatur kehrt sie nach einem zweijährigen Arbeitseinsatz als Kriegshelferin zurück und eröffnet mit Unterstützung ihrer Mutter in der Rue de l'Odéon die legendäre Buchhandlung Shakespeare and Company, die ausschließlich englischsprachige Literatur führt. Zusammen mit ihrer Kollegin und jahrzehntelangen Lebensgefährtin ☞Adrienne Monnier, die schräg gegenüber ihre eigene, nicht minder bekannte Buchhandlung, La maison des amis des livres, führt, engagiert sich Beach stark für die kulturellen, vorrangig literarischen Beziehungen zwischen Franzosen und Ausländern. Als kulturelle Botschafterin fördert sie zudem Kontakte zwischen KünstlerInnen der unterschiedlichen Sparten. ☞Gisèle Freund, ☞Gertrude Stein, Ernest Hemingway, James Joyce u.v.a. sind regelmäßige BesucherInnen der schwesterlichen Buchhandlungen im Zentrum von Paris. Mehr noch als die Bücher sind es die Schriftsteller selbst, denen Beach sich mit Hingabe widmet, wovon nicht nur die zahlreichen in ihrer Buchhandlung aufgehängten Porträts zeugen. 1922 wagt sie die Veröffentlichung von James Joyces *Ulysses*, ein riskantes und mutiges Unternehmen, da kein Verlag Joyces „obszöne Schriften" auch nur anrühren will. Joyce dankt Beach ihren unermüdlichen jahrelangen Einsatz mit zermürbenden emotionalen Ansprüchen, materiellen Forderungen und Vertragsbrüchen. Nach dem endgültigen Bruch mit Joyce kann Shakespeare and Company nur dank der Unterstützung zahlreicher Gönnerinnen wie ☞Bryher überleben, bis Beach 1941 durch die deutsche Besatzung zur Geschäftsaufgabe gezwungen wird. Während Beach für sechs Monate in ein südfranzösisches Internierungslager deportiert wird, überleben die Bestände die Besatzungszeit gut versteckt in einem leeren Appartement. Beach gelingt es jedoch nicht, die Buchhandlung nach ihrer Rückkehr wiederzueröffnen.

● *Shakespeare and Company. Ein Buchladen in Paris*, 1982

Bearse, Amanda

US-amerikanische Schauspielerin und Regisseurin
9.8.1958 Winter Park/Florida

Als eine der wenigen US-amerikanischen TV-Größen outet sich die Starschauspielerin der Fernsehserie *Married ... With Children* (dt. *Eine schrecklich nette Familie*) im Jahre 1993 selbst: „Ich glaube, dass jeder von uns, der sich outet, hilft, den Weg frei und die Dinge einfacher und sicherer zu machen für jene, die nach uns kommen." Ihre Mutter wollte die 15-Jährige wegen ihres Lesbischseins durch eine Psychotherapie „heilen". *Married ... with Children* wird 1987 gestartet und ist nicht nur eine der erfolgreichsten Sitcoms des US-amerikanischen Fernsehens, sondern auch eine satirische Abfuhr an die heile Familienwelt. Bearse, die in der Serie die Yuppie-Nachbarin Marcy verkörpert und deren Konterfei bereits auf den Titelblättern der größten Klatschblätter wie *National Enquirer* sowie dem Lesben- und Schwulenmagazin *Advocate* zu sehen war, nutzt ihren enormen Bekanntheitsgrad seit ihrem Coming-out aktiv für ihr Engagement in der Schwulen- und Lesbenbewegung. „Man kann nicht bestimmen, was eine Lesbe ist. Wir sind alles und jedes. Das einzige, was wir gemeinsam haben, ist, dass wir andere Frauen lieben. Hört also auf, uns festlegen zu wollen." Mehr als zwei Jahre ist sie mit der Schauspielerin ☞Sandra Bernhard liiert, eine Zeitlang mit der Fernsehproduzentin Amy Shomer. Danach lernt sie ihre Lebengefährtin Dell Pierce kennen, mit der sie gemeinsam The Cherokee Coffee & Trading Company in Young Harris/Georgia betreibt. Mit ihnen lebt Tochter Zoe, die Bearse gleich nach der Geburt 1993 adoptiert. Ab 1997 bestreitet Amanda Bearse eine eigene TV-Talkshow im US-amerikanischen Fernsehen. Außerdem betätigt sich Bearse verstärkt als Regisseurin von TV-Serien, u.a. inszeniert sie Episoden von *Married ... with Children*, *Dharma & Greg*, *Veronica's Closet*, *Sabrina, the Teenage Witch* und *Mad TV*.

Beaton, Cecil (eigentlich Cecil Walter Hardy Beaton)
englischer Fotograf, Kostüm- und Bühnenbildner und Designer
14.1.1904 London – 18.1.1980 Broadchalke bei Salisbury/Wiltshire

Beaton, Sohn eines reichen Londoner Holzhändlers, gibt sich gerne als der letzte Dandy des Britischen Empire: mondän, extravagant und feinsinnig. Eleganz und Stil sind ihm genauso wichtig wie die vollendet zur Schau getragene Pose des Müßiggängers. In seiner Karriere vereinigt er so unterschiedliche Tätigkeiten wie die des Theaterdesigners (*Gigi*, 1957) und Filmausstatters (*Anna Karenina*, 1947), des Schriftstellers, Mode- und Gesellschaftsfotografen, Zeremonienmeisters der High Society der Londoner Boheme und passionierten Gärtners auf dem eigenen Landsitz. Erste Gelegenheit als Designer für Dekors und Kostüme findet Beaton am Theater seiner Studienstadt Cambridge, allerdings werden sie nicht umgesetzt: zu eigenwillig und aufwändig. Mit seinen Porträts der exzentrischen Schriftstellerin ☞Edith Sitwell findet Beaton Zugang zur britischen High Society und die Aufmerksamkeit der US-Zeitschrift *Vogue*. Seine Aufnahmen von Joan Crawford, ☞Marlene Dietrich und Gloria Swanson machen ihn zu dem gefragtesten Porträtisten. Seinen Durchbruch als Bühnendesigner erzielt er mit der Ausstattung von ☞Oscar Wildes *Lady Windermeres Fächer* (1956) in London, mit der er gleichzeitig auch Wildes Rehabilitierung in England wesentlich beeinflusst. Glanzvolle Höhepunkte seiner Karriere als Ausstatter wird das Musical *My Fair Lady*, für das er 1956 für die Broadway-Inszenierung, 1958 für die Londoner Produktion und 1963 für ☞George Cukors Verfilmung die Ausstattung bzw. Kostüme liefert. Für eine Galavorstellung von *My Fair Lady* 1960 in London aus Anlass des Staatsbesuchs von Präsident de Gaulle schmückt Beaton den Covent Garden mit 25 000 rosa Nelken und 6000 Meter Seide. Während des Krieges ist Beaton als Kriegsberichterstatter eingesetzt und fliegt mit der Royal Air Force zu den Kriegsschauplätzen in Afrika, Asien und Europa. Nach Ende des Krieges hat Beaton sogar den Zugang zum englischen Hof. 1952 darf er das offizielle Krönungsfoto Elizabeths II. machen. Die Queen revanchiert sich, indem sie ihn 1972 in den Adelsstand erhebt. Beaton hatte sich auch regelmäßig als Schriftsteller versucht, u.a. mit dem erfolglosen Theaterstück *The Gainsborough Girls* sowie mehreren Büchern mit autobiografischen Aufzeichnungen (*The Book of Beauty*, 1930 und *The Wandering Years*, 1961). Gemeinsam mit Gail Buckland verfasst er *The Magic of Image* (1973), eine umfassende Geschichte der Fotografie. Seine letzten Lebensjahre verbringt Beaton, durch einen Schlaganfall teilweise gelähmt, auf seinem Landsitz in der Grafschaft Wiltshire.

- *Self Portrait with Friends. The Selected Diaries of Cecil Beaton*, 1991; *Photographien 1920-1970*, 1994

de Beauvoir, Simone
französische Schriftstellerin
9.1.1908 Paris – 14.4.1986 ebd.

De Beauvoir, die von 1931 bis 1943 in verschiedenen Städten Frankreichs als Gymnasiallehrerin tätig ist und gemeinsam mit ihrem Lebensgefährten Jean-Paul Sartre von 1946 an die existentialistische Zeitschrift *Temps Modernes* herausgibt, erhält 1954 für ihren Roman *Les mandarins* (dt. *Die Mandarins von Paris*) den renommierten Prix Goncourt. Ungleich mehr Aufsehen erregen jedoch ihre radikalfeministischen Werke *Le deuxième sexe* (1949, dt. *Das andere Geschlecht*) und *La vieillesse* (1970, dt. *Das Alter*) sowie ihre vierbändige Autobiografie, darunter *Memoires d'une jeune fille rangée* (1958, dt. *Memoiren einer Tochter aus gutem Hause*). De Beauvoir hat ihre lesbischen Neigungen schon 1918 mit ihrer Jugendliebe Zaza entdeckt, später versucht sie sich eine Zeitlang an einer Dreiecksbeziehung mit Sartre und einer ihrer Schülerinnen. Ihrer großen weiblichen Liebe begegnet sie jedoch 1960 in Gestalt der 18-jährigen Philosophiestudentin Sylvie Le Bon, mit der sie ab 1963 bis zu ihrem Tod zusammenlebt. Nach 1970 nimmt de Beauvoir eine führende Rolle innerhalb der internationalen Frauenbewegung ein und reist zu zahlreichen Vorträgen und Lesungen durch die ganze Welt, immer begleitet von Le Bon, die 1980 von ihr adoptiert wird.

Beck, Volker

deutscher Politiker
12.12.1960 Stuttgart-Bad Cannstatt

Als überaus medienpräsenter Sprecher des Lesben- und Schwulenverbandes in Deutschland (LSVD), vor allem im Rahmen der „Aktion Standesamt" 1992, und offen schwuler Abgeordneter der Fraktion Bündnis 90/Die Grünen (seit 1994) avanciert Beck zum prominentesten schwulen Politiker des Bundestags und profiliert sich als rechtspolitischer Sprecher seiner Partei, Mitglied im Fraktionsvorstand und politischer Koordinator des Arbeitskreises Innen, Recht, Frauen, Jugend und Petitionen. Nach einem Studium der Kunstgeschichte, Geschichte und Germanistik beginnt Beck seine politische Karriere innerhalb der Grünen 1985 im Kreisvorstand Stuttgart; 1987-1990 ist er der erste Schwulenreferent der Bundestagsfraktion der Grünen, 1990 Kandidat der Kölner Grünen für den Bundestag mit dem landesweit besten Direktwahlergebnis der nordrhein-westfälischen Grünen und auf Platz 6 der Landesliste. Der Einzug ins Parlament scheitert jedoch an der 5%-Hürde. Sein 1991 im Auftrag des LSVD verfasster Entwurf für die EG-Richtlinien wird 1994 Grundlage für den Beschluss des Europäischen Parlaments zur Gleichberechtigung von Lesben und Schwulen in der EG. 1993 ist er Mitglied der Bundestagswahlprogramm-Kommission von Bündnis 90/Die Grünen. Mitglied u.a. im Kuratorium Stiftung Deutsches Holocaust-Museum, der Stiftung Denkmal für die ermordeten Juden Europas und Sprecher des Beirates des Härtefonds zur Entschädigung für NS-Verfolgte der Hessischen Landesregierung. 2003 erhält Beck das Bundesverdienstkreuz. Sein Lebenspartner ist der Belgier Jacques Teyssier, Schatzmeister des LSVD. 2004 kandidiert Beck nicht wieder für den LSVD-Vorstand.

Becker, Albrecht

deutscher Filmarchitekt und Fotograf
14.11.1906 Thale/Harz – 22.4.2002 Hamburg

Auf Betreiben einer verwitweten Handarbeitslehrerin, die im Hause Becker wohnt und den Knaben Albrecht praktisch erzieht, wird er zur Ausbildung ans Technikum für Textilkunst nach Reutlingen geschickt, das Schneiderhandwerk zu erlernen. Dort lernt Albrecht Becker den 26 Jahre älteren Josef Friedrich Abert kennen, der wenig später Direktor des Bayrischen Staatsarchivs wird. Er vermittelt Becker als Textilwarenhändler und Schneider an ein Würzburger Modekaufhaus. Hier entdeckt er sein zeichnerisches Talent und erhält durch Heiner Dikreiter, dem späteren Gründer der Städtischen Galerie Würzburg, drei Jahre lang eine künstlerische Ausbildung. Dass er sowohl in der Turngemeinde als auch beim heimischen Ruderverein engagiert ist, hat weniger mit seiner sportlichen Begeisterung, denn mit seinem Interesse für die Sportler zu tun. Er fotografiert seine Liebhaber, hält seine Reisen in Bildern fest, und so entsteht über die Jahre ein immenses Fotoarchiv. Am 2.1.1935 wird er wegen Verstoßes gegen den §175 verhaftet und zu drei Jahren Gefängnis verurteilt. 1940 meldet er sich freiwillig zur Wehrmacht, „weil mir Würzburg so ganz ohne Männer einfach zu langweilig war". Er wird als Funker beim Russland-Feldzug eingesetzt. Durch einen Granatsplitter verletzt, kehrt er 1944 in die Heimat zurück und lernt in einer Kneipe den fünf Jahre jüngeren Filmarchitekten Herbert Kirchhoff kennen, der gerade in Würzburg an dem – nie vollendeten – Durchhaltefilm *Kamerad Hedwig* arbeitet. 1947 geht das Paar nach Hamburg und arbeitet die nächsten 15 Jahre als Filmarchitektenteam zusammen. Unter anderem erhalten sie für ihre Bauten für *Der Hauptmann von Köpenick* (1957) und *Das Glas Wasser* (1961), beide in der Regie von Helmut Käutner, den Deutschen Filmpreis. Insgesamt statten sie über 60 Spielfilme aus, u.a. *Des Teufels General*, *Zürcher Verlobung* und *Der Rest ist Schweigen*. Ab 1962 gehen sie beruflich getrennte Wege, bleiben aber eng befreundet. Auf einer gemeinsamen Reise 1988 stirbt Kirchhoff am Lago Maggiore. In dem Dokumentarfilm *Mond im Skorpion* (1997, Regie Emil Hye-Knudsen & Ileana Cosmovici) arbeitet Becker seine Erlebnisse als schwuler Mann auf und ist auch Zeitzeuge im Film *Paragraph 175* (1999) der Regisseure ☞Robert Epstein und Jeffrey Friedman. Becker hinterlässt seinen und Kirchhoffs künstlerischen Nachlass der Stiftung Deutsche Kinemathek in Berlin. Den privaten Nachlass, Beckers erotische Fotos, Briefe und Privatdokumente stiftet er dem Schwulen Museum Berlin.

- Andreas Sternweiler (Hg.): *Fotos sind mein Leben: Albrecht Becker*, 1993; Christoph Winkler und Johanna von Rauch (Hg.): *Tanzende Sterne und nasser Asphalt. Die Filmarchitekten Herbert Kirchhoff und Albrecht Becker*, 2001

Beckford, William

englischer Autor und Kunstsammler
29.9.1759 (a.Q. 1.10.) Fonthill/Wiltshire – 2.5.1844 Bath

Beckford entstammt einer der reichsten Familien Englands. Er gilt als frühreif und überaus begabt und wird entsprechend gefördert. So erhält er beispielsweise mit fünf Jahren gemeinsam mit dem achtjährigen Wolfgang Amadeus Mozart Cembalo-Unterricht. Ab 1777 lebt er bei seinem Onkel Oberst Hamilton in Genf. Zurück in England verliebt sich der 20-jährige Beckford in den acht Jahre jüngeren Adligen William Courtenay. Um Beckford von seiner Leidenschaft zu heilen, wird er auf eine ausgedehnte Europareise (1780-82) geschickt. In Venedig verliebt er sich in den Kastraten Gaspare Pacchierotti, den er später nach England kommen lässt, und in den Sohn der angesehenen venezianischen Familie Vendramin. Beckford muss, um einen Skandal zu vermeiden, Italien verlassen. Zu Hause setzt er seine Affäre mit Courtenay fort. Sie dauert auch weiterhin an, nachdem Beckford sich 1783 mit Lady Margaret Gordon verheiratet. Erst 1784 kommt die Liaison zu Courtenay an die Öffentlichkeit und führt zu einem öffentlichen Eklat. Beckford muss samt Gemahlin England verlassen und lässt sich zunächst in Frankreich nieder, wo sie im Kindbett stirbt. Eine geplante Übersiedlung nach Jamaika bricht er ab und wohnt stattdessen zeitweilig in Portugal. Am Hof von Lissabon wird er begeistert aufgenommen. Noch während der mit Unterbrechungen bis 1819 andauernden Beziehung zu einem 13-jährigen Sohn des Marquis von Marialva trifft Beckford auf den zehn Jahre jüngeren neapolitanischen Musiker Gregorio Fellipe Franchi, der ihm bis zum eigenen Tod 1828 sklavisch dient und treu bleibt. Für Beckford verlässt er Ehefrau und Kind in Portugal, um seinem Geliebten nach England zu folgen. Beckford war durch Erbschaft zu großem Vermögen gekommen, das er nun ganz in seinen exzentrischen Lebensstil investiert. Seinen Landsitz in Fonthill lässt er zu einem orientalischen Palast ausbauen, vollgestopft mit Kunstschätzen aus aller Welt. Bereits zu Weihnachten 1781 hatte Beckford seine ausufernden Fantasien Wirklichkeit werden lassen und ein mehrtägiges, rauschhaftes Fest mit orientalischem Pomp und schwarzen Messen in märchenhafter Kulisse veranstaltet, bei dem sich die Gäste ganz der Wollust und dem Genuss in dem zum „Palast der fünf Sinne" verwandelten Landsitz Fonthill hingeben sollten. Unmittelbar danach schreibt Beckford, noch ganz unter Eindruck des Gelages und angeblich innerhalb dreier Tage, seinen Roman *Vathek* (1787) nieder, eine *gothic novel* mit satirisch-ironischen Untertönen und philosophischen Einschüben. Das Buch erweist sich im Zuge der vorherrschenden literarischen Vorliebe für orientalische Stoffe als großer Erfolg und gilt als Vorläufer der literarischen Romantik.

- Brian Fothergill: *Beckford of Fonthill*, 1979

Behn, Aphra
britische Autorin
10.4.1640 Wye – 16.4.1689 London

Aphra Behn gilt als die erste Frau Englands, die allein vom Schreiben lebte. Über ihr Leben ist nur wenig bekannt, Dokumente darüber sind kaum vorhanden. So ist auch unsicher, ob sie nun die Tochter eines Barbiers oder doch die uneheliche Nachkommin eines Adligen ist. Da sie belesen und auch des Französischen mächtig ist, muss sie zumindest eine gute Erziehung genossen haben. Sicher ist, dass sie 1663/1664 mit den Eltern und Geschwistern nach Indien reist, wo der Vater eine Stellung in der Kolonialverwaltung antreten soll, unterwegs aber verstirbt. Zurück in London heiratet sie einen deutschen oder holländischen Kaufmann, der aber vermutlich 1665 Opfer der Pestepidemie wird. Die nun mittelose Frau nimmt ein Angebot an, für Karl II. in den Niederlanden zu spionieren, berichtet u.a. von feindlichen Schiffsbewegungen, erhält aber nie den zugesagten Lohn. Von Schulden erdrückt, versucht sie mit schreiben ihren Lebensunterhalt zu verdienen. Eine finanzielle Absicherung durch eine erneute Ehe scheint sie abgelehnt zu haben. Ihr erstes Stück *The Forced Marriage* wird ein Erfolg. Bis 1682 gelangen mindestens zehn ihrer Werke zur Aufführung. Immer wieder sind ihre Heldinnen Frauen, die gegen ihren Willen verheiratet werden oder in Männerkleider schlüpfen, um die Vorzüge des anderen Geschlechts auszukosten. Weil sie Frauen auch sexuelle Freiheit in Bordellen finden lässt, sieht sich die Autorin mit dem Ruf konfrontiert, auch selbst unanständig und zotig zu sein. Ab 1682 gehen ihre Geschäfte schlechter. Sie arbeitet deshalb als Übersetzerin und beginnt Gedichte zu schreiben. Dies erlaube ihr, „meine maskuline Seite auszuleben". In ihrer Lyrik thematisiert sie ihre Beziehungen zu Männern wie zu Frauen, aber auch Vergewaltigung, Homoerotik zwischen Männern und Impotenz. Sie formuliert das Recht der Frau auf sexuelle Lust. Ihr finanzielles Auskommen sichern ihr vor allem aber ihre Romane, u.a. *The Fair Jilt* (1688). Ihr berühmtester ist *Oroonoko, or The Royal Slave* (1688), eine tragische Liebesgeschichte zwischen dem schwarzen Prinzen Oroonoko und seiner Braut, die in die Sklaverei verschleppt wird. Das Buch, ein Stück zivilisationskritischer Literatur, wird bereits zu Lebzeiten Behns zu einem Bestseller.

- weitere Theaterstücke: *The Dutch Lover*, 1673; *The Town Fop*, 1676; *The Rover*, 1677; *The City Heiress*, 1682
- Janet Todd: *The Secret Life of Aphra Behn*, 2000

Beinstein, Krista
österreichische Fotografin und Performance-Künstlerin
3.7.1955 Wien

Mit ihren fotografischen Arbeiten, in denen sich die zwischen Hamburg, Wien und Berlin pendelnde Künstlerin auf schonungslose und eindrucksvolle Art mit dem Überschreiten von Grenzen innerhalb der weiblichen Sexualität auseinandersetzt, gilt Beinstein seit Mitte der 80er Jahre als heftig umstrittener Geheimtip unter deutschen Lesben. Wegen ihrer radikalen, oft auch blutrünstigen S/M-Inszenierungen bewundert und angefeindet, arbeitet Beinstein in ihren Videofilmen (*Bad Girls*, 1990) und Performances vielfach mit anderen Künstlerinnen zusammen.

- *Kabinett Vagina dentata*, 1988; *Im Rausch der Triebe*, 1989; *Rituale der Begierde*, 1993; *Isaac and Pascal*, 2002; *Klitoride Extravaganz*, 2004

Béjart, Maurice (eigentlich Maurice Berger)
französischer Choreograf und Tänzer
1.1.1927 (n.a.A. 1924) Marseille

Der Sohn des Philosophen Gaston Berger beginnt in Paris nacheinander zwei Karrieren: zunächst als Tänzer und später – weit erfolgreicher – als Choreograf. 1949 während einer Tournee mit dem schwedischen Cullberg Ballett entdeckt er sein Talent für den choreografischen Expressionismus. 1953 gründet er Les Ballets de l'Étoile, deren künstlerischer Leiter und Starsolist er wird. Sein triumphaler Erfolg mit seiner monumentalen Inszenierung von *Sacre du printemps* führt 1960 zur Gründung der Company Ballet du XXième Siècle in Brüssel, mit der er 25 Jahre später nach Lausanne umzieht. Mit dieser Truppe entwickelt er u.a. seine durch klassische Meisterwerke wie *Boléro* (1960) und *Damnation of Faust* (1964) inspirierten Ballette. Sein wichtigster Starsolist ist ☞Jorge Donn. Als künstlerisches Gespann mit selbst entwickelten Choreografien wie ☞*Nijinsky, Clown de Dieu* (1971) und *Adagietto* (1981) unternehmen sie triumphale Tourneen durch die ganze Welt. Als Donn 1992 an den Folgen von Aids stirbt, ehrt Béjart seinen Freund sowie den fast zeitgleich verstorbenen ☞Freddie Mercury mit der Produktion *Ballet for Life* (1996). In den 90er Jahren kreiert er für seine Compagnie Produktionen wie *Ring um den Ring*, *King Lear-Prospero*, *À Propos de Shéhérasade*. Béjart inszeniert parallel zu seiner Tanzarbeit immer wieder auch am Theater und an der Oper und realisiert Filme. 1994 erscheint sein Gedichtband *Les ballets des mots*; 1996 seine Autobiografie *La vie de qui?*. 1986 wird er auf Veranlassung des japanischen Kaisers Hirohito in den „Orden der Aufgehenden Sonne" aufgenommen. 1994 wird er Ehrenmitglied der Académie des Beaux Arts de l'Institut de France. 2004 wird Béjart in Wolfsburg mit dem 1. Movimentos-Tanz-Preis für sein Lebenswerk geehrt.

Bell, Andy
britischer Popmusiker
25.4.1964 Petersborough

Bis sich sein Kindheitstraum verwirklicht, Popstar zu werden, verdingt sich Bell zunächst in Gelegenheitsjobs, steht am Fließband, arbeitet als Milchmann und Fensterputzer. In seiner Freizeit ist er in der Londoner Schwulenbewegung aktiv. Eine Kleinanzeige des Musikers Vince Clark 1985 bringt schließlich die entscheidende Veränderung. Clark sucht für seine neue Band – aus *Depeche Mode* war er ausgestiegen, *Yazoo* mit Alison Moyet hatte er aufgelöst – einen neuen Mitstreiter. Bell wird unter 80 Bewerbern der Mann seiner Wahl. Die ersten Singles floppen,

das Debütalbum *Wonderful* jedoch kann sich behaupten. Ab dem zweiten Album *Circus* (u.a. mit *Sometimes, It Doesn't Have To Be, Oh L'amour*) sind *Erasure* regelmäßig in den europäischen, zudem auch in den US-Charts vertreten. Die gefällige Elektro-Popmusik ist dominiert von Bells unverwechselbarer Stimme und seinen z.T. mit grellen Kostümen gestalteten Auftritten. Mit dem Mini-Album *ABBAesque* (1992), mit Cover-Versionen des schwedischen Quartetts, lösen Bell und Clarke das Main-stream-Revival von *ABBA* aus. Die Singleauskoppelung *Take A Chance On Me* erreicht in Großbritannien Platz 1, in Deutschland Platz 2 der Verkaufscharts. Bell, der seit 1985 mit seinem Lebensgefährten Paul Hickey zusammenlebt, geht offen mit seinem Schwulsein um und engagiert sich weiterhin schwulenpolitisch, etwa gegen die schwulenfeindliche Gesetzgebung in seiner britischen Heimat.

- CDs (Auswahl): Erasure: *The Innocents*, 1988; *Chorus*, 1991; *I Say I Say I Say*, 1994; *Erasure*, 1995; *Cowboy*, 1997; *Loveboat*, 2000; *The (Two Ring) Circus*, 2001; *Other People's Songs*, 2003

Benavente, Jacinto
spanischer Dramatiker
12.8.1866 Madrid – 14.7.1954 ebd.

Sohn eines Kinderarztes, Studium der Rechte (ohne Abschluss), ausgedehnte Reisen durch Europa, wo er mit den modernen literarischen Strömungen in Berührung kommt. Er kann sich ohne materielle Sorgen seinen literarischen Interessen widmen und übernimmt 1899 die Leitung der bedeutenden Literaturzeitschrift *Vida literaria*, später der satirisch-politischen *Madrid Cómico*. Für kurze Zeit ist er Direktor des spanischen Nationaltheaters in Madrid. Er gilt als einer der populärsten spanischen Dramatiker der Jahrhundertwende – und einer der produktivsten. Mehr als 170 Stücke, zumeist geistreiche, ironische Komödien, in denen er die zeitgenössische Gesellschaft ins Lächerliche zieht, werden ihm zugeordnet. Sie verstehen sich nicht als Spiegel der Wirklichkeit, sondern vielmehr als eine Art kritische Philosophie, weshalb es häufig an echten Figuren und Dramatik mangelt. 1922 wird ihm für sein Werk der Nobelpreis für Literatur verliehen. Obgleich seine Stücke immer wieder von der Liebe handeln: Über seine eigene Homosexualität, die ein offenes Geheimnis war, wagte er nicht zu schreiben.

- Stücke (Auswahl): *Los intereses creados*, 1908 (dt. *Der tugendhafte Ritter*, 1917); *La ciudad alegre y confiada*, 1916 (dt. *Die frohe Stadt des Leichtsinns*, 1919)

Bendow, Wilhelm (eigentlich Wilhelm Emil Boden)

deutscher Schauspieler und Kabarettist
29.9.1884 Einbeck – 29.5.1950 ebd.

Max Reinhardt entdeckt den jungen Schauspieler bei einem Engagement in Hamburg und holt das komische Talent an seine Berliner Bühnen. 1932 eröffnet Bendow sein eigenes Theater, *Bendows Bunte Bühne* (*BBB*) am Kottbusser Tor; ein Tingel-Tangel-Theater mit Chanson, Kabarett und Komik. Zu seinem Ensemble gehören Grethe Weiser, Loni Heuser und Jupp Hussels. Bendows beliebteste Kabarettrolle ist die der „Dame ohne Unterleib", die ihm ermöglicht, mit seiner quäkigen Knabenstimme auch tagespolitisch zu werden. Als begriffsstutzige Töle spielt er mit schwulen Andeutungen und zweideutigen Witzen seine Bühnennummern. Bereits 1933 muss er jedoch sein Theater auf Druck der neuen Machthaber wieder schließen. Er spielt aber auch weiterhin auf fast allen Berliner Operetten-, Varieté- und Kabarettbühnen. In Filmen wird er meist für kleine Klamaukrollen eingesetzt (u.a. *Der schüchterne Casanova*, 1936; *Die göttliche Jette*, 1937; *Meine Freundin Josefine*, 1942). Trotz seiner auffallend tuntigen Art und kaum zu verheimlichenden Homosexualität übersteht er den Nationalsozialismus fast unbeschadet, was er wohl zu einem Großteil seiner großen Popularität durch seine Rundfunksketche zu verdanken hat. Hingegen hätte ihn sein nicht gerade zurückhaltender Spott 1944 fast den Kopf gekostet, als man ihn wegen eines politischen Witzes für einige Zeit im KZ verschwinden lässt. Nach dem Krieg fasst er als Komiker kaum mehr richtig Fuß. Der Bierbrauersohn Bendow verfällt mehr und mehr dem Alkohol, wird geistig wirr und gegen seinen Willen von seinen Familienangehörigen zurück in seine Heimatstadt Einbeck geholt. Dort will ihm die Stadt die Ehrenbürgerschaft zuteil werden lassen, beim Festakt gelingt dem betrunkenen Bendow ein Skandal. Seine Dankesrede umfasst lediglich ein Wort, das ihm nach einem langen, angewiderten Blick in die versammelte Stadtprominenz entfährt: „Igitt!" Loriot trägt in den 70er Jahren zur Wiederentdeckung von Bendow und seinen Rundfunksketchen bei, als er den Sketch *Auf der Rennbahn* („Ja, wo laufen sie denn?") als Grundlage für einen Zeichentrickfilm verwendet.

Benedict, Ruth (eigentlich Ruth Fulton)
US-amerikanische Ethnologin
5.6.1887 New York City – 17.9.1948 ebd.

Nach einigen unbefriedigenden Jahren des Daseins als Ehe- und Hausfrau beginnt Benedict 1919 mit ihrem Studium der Anthropologie in New York und steigt innerhalb weniger Jahre zur Professorin auf. Zusammen mit ihrer Kollegin und Partnerin ☞Margaret Mead gehört Benedict zu den GestalterInnen der in den 20er Jahren von F. Boas begründeten Kultur- und Verhaltensforschung und zählt zu den bedeutendsten Ethnologinnen der Geschichte. In ihrem Hauptwerk *Patterns of Culture* (1934, dt. *Urformen der Kultur*) schildert sie die kulturbedingten Grundmuster menschlichen Verhaltens, die jeweils einem psychologischen Grundzug unterliegen. Benedict beschäftigt sich u.a. auch mit der Frage nach der Normalität und deren unterschiedlicher kultureller Definition; ein Aspekt, der das Thema Homosexualität ausführlich mit einschließt. Ihre enge Beziehung und kurzfristige Affäre mit ☞Margaret Mead verändert Benedicts Leben. Nach ihrer Scheidung im Jahre 1931 lebt sie, die sich zeitlebens gerne mit Jüngeren umgibt, ausschließlich mit Frauen zusammen.

- *Race, Science and Politics*, 1945 (dt. *Die Rassenfrage in Wissenschaft und Politik*); *The Chrysanthenum and the Sword*, 1946
- Margaret Mead: *Ruth Benedict*, 1974

Bennett, Michael (eigentlich Michael Bennett DiFiglia)

US-amerikanischer Musicalregisseur und Choreograf

8.4.1943 Buffalo/New York – 2.6.1987 Tuscon/Arizona

Mit drei Jahren besucht er seine erste Tanzschule, mit zwölf beherrscht er Stepp- und Volkstanz und hat profunde Kenntnis im Ballett. Als Schüler wirkt er in ersten Shows mit, inszeniert und choreografiert Schulproduktionen. Jerome Robbins bietet ihm überraschend an, auf der Europa-Tournee seiner Broadway-*West Side Story*-Inszenierung die Rolle des Babe Johns zu übernehmen. Bennett ergreift die Chance und bricht die Schule wenige Monate vor der Abschlussprüfung ab. Für seine erste eigene Choreografie – für das Musical *A Joyful Noise* – wird er gleich für einen Tony nominiert. Den Durchbruch schafft er mit der Musical-Version des Neil Simon-Stückes *Promises, Promises* (1968). Für seine Choreografie und Regie des ☞Stephen-Sondheim-Musical *Follies* erhält er nach drei Nominierungen infolge nun tatsächlich zwei Tony-Awards überreicht. Fünf Jahre lang arbeitet er als Autor, Regisseur, Choreograf und Koproduzent am Musical *A Chorus Line* (1976) – einem der größten Musicalerfolge aller Zeiten. Dort taucht auch ganz selbstverständlich ein schwuler Tänzer als Figur auf, was Mitte der 70er Jahre noch einigermaßen aufsehenerregend ist. Die Show, ausgezeichnet mit neun Tonys und dem Pulitzer-Preis, läuft nonstop bis 1994 am Broadway. Die Regie an der Verfilmung des Stoffes lehnt Bennett ab, damit sein Leben nicht nur aus *A Chorus Line* bestehe. Sein Nachfolgemusical *Ballroom* wird jedoch ein kommerzieller Fehlschlag. 1976 heiratet er die Schauspielerin Donna McKechnie, die Ehe besteht jedoch nur wenige Monate. Bennett stirbt 1987 an den Folgen von Aids.

- Kevin Kelly: *One Singular Sensation – The Michael Bennett Story*, 1991

Bensemann, Walther

deutscher Fußballpionier und Journalist

1873 Berlin – 1934 Montreux

Er sei der Mann, „der den Fußball nach Deutschland brachte", schreibt 40 Jahre nach Bensemanns Tod der renommierte Sport-Feuilletonist Richard Kirn. Diese Pionierrolle trifft auf Bensemann zwar nur für Süddeutschland zu, er hat jedoch auch als einer der Ersten die klare Vision vom Fußballspiel, dass dieser Sport nicht nur ein Freizeitvergnügen privilegierter Jugendlicher, sondern ein klassenübergreifendes Massenereignis werden könne. Mit 14 Jahren gründet der Sohn jüdischer Eltern im Schweizer Montreux den ersten Fußballclub. Bis zur Jahrhundertwende initiiert „Benses", wie er von Freunden genannt wird, in Süddeutschland rund ein Dutzend Vereine, so 1889 den International Footballclub Karlsruhe, worauf er wegen „Verführung von Schülern zu Fußball und Alkohol" vom Studium ausgeschlossen wurde. 1899 lädt der in Karlsruhe lebende Walther Bensemann die Mannheimer Kicker in die lokale Gaststätte Liedertafel ein, um auf seine Anregung hin den Mannheimer Fußballbund ins Leben zu rufen. 1900 ist er Mitbegründer des Deutschen Fußball-Bundes (DFB). „Mir geht es in erster Linie um Wettspiele als Mittel der Begegnung zwischen Städten, zwischen Regionen und zwischen Ländern. […] Sozusagen ein Kulturaustausch, an dem möglichst viele teilhaben sollen, sei es als Spieler, sei es als Zuschauer", formuliert er seine Beweggründe. Die politischen Konflikte zwischen dem Deutschen Reich mit Frankreich (um das Elsass) und mit England (um Kolonien) versucht der Sozialutopist Bensemann mit der Organisation von Länderspielen zwischen den verfeindeten Staaten zu entschärfen. Seinen Ideen und Idealen bleibt Bensemann auch als Journalist des von ihm am 14. Juli 1920 gegründeten Fachblattes *Der Kicker* treu. In den 13 Jahren seiner Herausgeberschaft schreibt er weit über 2000 Beiträge. Finanzielle Nöte auf der einen, der Machtzuwachs der Nationalsozialisten auf der anderen Seite zwingen den *Kicker* zu schmerzlichen Kompromissen. Der gesundheitlich angeschlagene Bensemann geht ins Exil in die Schweiz, wo er krank und gebrochen stirbt. Seine Homosexualität hat Bensemann stets äußerst diskret gelebt, ist zugleich aber auch niemals Scheinbeziehungen mit Frauen eingegangen.

- Bernd-M. Beyer: *Der Mann, der den Fußball nach Deutschland brachte. Das Leben des Walther Bensemann*, 2003

Bentley, Gladys
US-amerikanische Entertainerin
12.1.1907 Philadelphia/Pennsylvania – 18.1.1960 New York City

Bentley, drei Zentner schwer und angetan mit Frack und Zylinder, ein unübersehbarer Blickfang, ist eine der bekanntesten schwarzen Entertainerinnen Harlems in den 30er Jahren. Mit selbstkomponierten und am Klavier vorgetragenen Songs (*Boogie Blues*, *Mean Mothers*) begeistert sie ihr Publikum, das sich besonders an den anrüchigen Anspielungen ergötzt. Mitte der 20er sorgt Bentley, die eine Weile mit der Schauspielerin ☞Tallulah Bankhead liiert ist, für Aufruhr, als sie im Rahmen einer standesamtlichen Trauung eine Frau heiratet, ohne ihr wahres Geschlecht preiszugeben. Zunehmende Repressionen in den Kriegsjahren machen Bentley ihr gewohntes Auftreten unmöglich, in den 50er Jahren gibt sie sich zunehmend zahmer und, soweit möglich, femininer, um ihr Überleben als Entertainerin zu sichern.

Berber, Anita
deutsche Tänzerin
10.6.1899 Leipzig – 10.11.1928 Berlin

Die Königin der Berliner Boheme nimmt mit 16 Jahren erstmals Tanzstunden, um schon bald darauf im Berliner Wintergarten rauschende Erfolge mit ihrer sinnlich-radikalen Kunst zu feiern. Zusammen mit ☞Conradt Veidt spielt sie im ersten Film über Homosexualität *Anders als die anderen* (1919) sowie in Fritz Langs *Dr. Mabuse*, bevor sie als Nackttänzerin in verschiedenen Revuen auftritt und so zum mystischen Vamp der *roaring twenties* aufsteigt. Sie tanzt in der Nachtrevue der lesbischen Celly de Rheidt, trägt Monokol und Männerkleidung und lebt in einer Beziehung mit Barbesitzerin Susi Wannowsky. Mit ihrem schwulen Ehemann Sebastian Droste entwickelt Berber das Tanzprogramm *Tänze des Lasters, des Grauens und der Extase*, mit dem die beiden Anfang der 20er Jahre in Deutschland und Österreich einen Skandal sondergleichen verursachen, der schließlich zum Ende ihrer Partnerschaft führt. Mit ihrem neuen Tanzpartner Henri Chatwin-Hoffman, der vermutlich ebenfalls schwul war, setzt die Tänzerin, die für ihren Hang zu Luxus, Dekadenz und schönen Frauen berüchtigt ist, ihre Auftritte fort. Berber stirbt im Alter von 29 Jahren an Lungentuberkulose. Otto Dix verewigt sie in seinem Gemälde *Portrait einer Dame in Rot*, und die Porzellan-Firma Rosenthal stellt drei Miniaturen nach ihrem Abbild her. Ihr turbulentes Leben wird 1988 von ☞Rosa von Praunheim unter dem Titel *Anita. Tänze des Lasters* verfilmt.

Bergen, Ingrid van
deutsche Schauspielerin
15.6.1931 Danzig-Langfuhr

Im Jahre 1997 sitzt Ingrid van Bergen, tief gebräunt und angetan mit einer Schmetterlingssonnenbrille, auf Mallorca und freut sich des Lebens als offen bekennende Lesbe. „Mit Frauen ist es einfacher", sagt sie und lächelt. Ihr Leben gefällt der ehemaligen Schauspielerin ganz ausgezeichnet. Das war nicht immer so. 1977 sorgt die blonde Actrice für Schlagzeilen, weil sie ihren damaligen Geliebten erschossen hatte – aus Eifersucht, wie sie sagt. Van Bergen wird nach einem von der Sensationspresse genüsslich ausgeschlachteten Prozess wegen Totschlags im Affekt zu sieben Jahren Gefängnis verurteilt, kommt jedoch bereits nach viereinhalb Jahren frei. Und weiter geht die Hexenjagd: Hinter den „schwedischen Gardinen" hat van Bergen ihre Liebe zu Frauen entdeckt. Nachdem die Schauspielerin, die nach ihrer Freilassung wieder in ihrem alten Beruf Fuß fassen kann (u.a. in dem Stück *Drogenstation*, 1984, Regie ☞Alexander Ziegler), die Schmutzkampagnen erfolgreich mit Hilfe eines Anwalts niedergeschlagen hat, kehrt endlich Ruhe ein. Im Fernsehen feiert sie ein Comeback in der ARD-Sitcom *Mobbing Girls* (1998). 2003 spielt sie in der TV-Serie *Bewegte Männer* basiernd auf Comics von ☞Ralf König.

- Filme (Auswahl): *Rosen für den Staatsanwalt*, 1955; *Wir Kellerkinder*, 1960; *Escape from East Berlin*, 1962; *Katz und Maus*, 1967; *Auf Scheißer schießt man nicht*, 1969; *Grimms Märchen vom lüsternen Pärchen*, 1969; *Horror Vacuii*, 1984 (Regie: Rosa von Praunheim); *Jenseits von Blau*, 1989 (Regie: ☞Christoph Eichhorn); *Barmherzige Schwestern*, 1993; *Eine fast perfekte Scheidung*, 1997; *Der alte Affe Angst*, 2003
- *Autobiographie*, 1994

Berger, Helmut (eigentlich Helmut Steinberger)

österreichischer Schauspieler
29.5.1944 Bad Ischl

Statt dem Wunsch des Vaters, eines Hoteliers, nachzukommen und eine Ausbildung an einer Hotelfachschule zu absolvieren, flieht Helmut Berger nach London und arbeitet sich vom Fotomodell zum Darsteller in Werbespots hoch. Den Traum vom Schauspielerberuf erfüllt er sich schließlich erstmals als Statist in der Cinecittà in Rom. 1966 begegnet er dem 32 Jahre älteren Regisseur ☞Luchino Visconti, der ihn in seinem Episodenfilm *Le streghe* (dt. *Hexen von heute*) einsetzt. Es beginnt eine leidenschaftliche Beziehung, die zwölf Jahre hält. „In der Öffentlichkeit war Luchino nie zärtlich zu mir. Er hat nie meine Hand gehalten", schreibt Berger in seiner Autobiografie *Ich* (1998). „Unser Liebesleben war sehr … diskret." Berger hat allerdings nebenbei immer wieder Affären auch mit Frauen. Visconti baut Berger systematisch zum Star auf und schickt ihn auf

Sprach- und Schauspielschulen. Mit ihm dreht er eine Vielzahl seiner wichtigsten Filme: *Die Verdammten* (1969) mit seiner für Furore sorgenden ☞Marlene-Dietrich-Parodie, ☞*Ludwig II.* (1970) und *Gewalt und Leidenschaft* (1974). Zeitweilig gilt er als „schönster Mann der Welt", die Besetzung als ewigjunger Dandy in Massimo Dallamanos Verfilmung von *Das Bildnis des Dorian Gray* (1969/70) ist da nur naheliegend. Nach Viscontis Tod 1976 stürzt Berger in eine Krise. Sein Alkoholismus macht ihn als Schauspieler unzuverlässig; er begeht einen Freitodversuch. Sein Spätwerk besteht weitgehend aus B-Movies, die zu einem großen Teil in Deutschland nicht einmal in die Kinos kommen. Stattdessen wird Berger eine Berühmtheit aufgrund seiner Drogenexzesse und peinlichen öffentlichen Auftritte. Neben Gastrollen in den TV-Serien *Denver Clan* und *Simon Templar*, in *Der Pate III* sowie in Claude Chabrols *Fantomas* sticht der Kinofilm *Ludwig 1881* (1993) der Brüder Fosco hervor, der zugleich eine Reminiszenz an Bergers großen Erfolg seiner ersten Ludwig II.-Darstellung ist.

Bergner, Elisabeth (eigentlich Elisabeth Ettel)
österreichische Schauspielerin
22.8.1897 Drogobytsch/Galizien – 12.5.1986 London

Mit 15 Jahren nimmt die knabenhaft und zierlich wirkende Bergner in Wien erstmals Schauspielunterricht, um 1915 mit der Rolle der Ophelia in *Hamlet* den Grundstein zu ihrer Theaterkarriere zu legen. Über Theaterengagements in Zürich und München kommt sie 1921 nach Berlin, wo sie zunächst am Deutschen Theater, später auf weiteren Bühnen der Stadt zu sehen ist, u.a. in George Bernard Shaws *Die heilige Johanna*. Kurz darauf folgen die ersten Filmrollen, vorrangig unter der Regie von Paul Czinner, Bergners späterem Ehemann. Als junge Frau wird Bergner von Frauen wie Mädchen gleichermaßen umworben. Ein indischer Fürst, der Schauspieler Alexander Moissi und der Bildhauer Wilhelm Lehmbruck gehören ebenso zu den VerehrerInnen wie die reiche Amerikanerin Muriel McClormik, die ihr feurige Liebesbriefe schreibt. Um ihrem Gefühlsleben Herr zu werden, nimmt Bergner die Hilfe des Psychiaters Alfred Adler in Anspruch. Schließlich schenkt sie 1922 Viola Bosshard ihr Herz, mit der sie 1926 in Berlin-Dahlem eine Villa kauft. Wegen des Faschismus in Deutschland entschließen sich die beiden Frauen zu heiraten. Bergner ehelicht Czinner, Bosshardt den Zürcher Anwalt Dr. Otto Irminger. Bergner, die Anfang der 30er Jahre eine sich jahrelang hinziehende Affäre mit der Schriftstellerin ☞Bryher beginnt, emigriert 1932 zusammen mit Czinner nach London, wo sie an der Seite von Douglas Fairbanks, Jr. in *Katharina the Great* (1933, dt. *Katharina die Große*) und mit Laurence Olivier in *As you like it* (1936, dt. *Wie es euch gefällt*) auch in den USA bekannt wird. 1942 siedelt Bergner nach Hollywood über, kehrt nach dem Ende des Zweiten Weltkrieges nach Europa zurück und nimmt festen Wohnsitz in London. Von dort aus reist sie zu zahlreichen Gastspielen nach Deutschland und in die USA, ab 1975 ist sie auch im deutschen Fernsehen zu sehen (*Nachtdienst*).

- *Bewundert viel und viel gescholten. Elisabeth Bergners unordentliche Erinnerungen*, 1978
- Klaus Völker: *Elisabeth Bergner: Das Leben einer Schauspielerin, ganz und doch immer unvollendet*, 1990

Berkes, Ulrich

deutscher Schriftsteller
11.5.1936 Halle/Saale

Aufgewachsen in Thüringen, 1960 Lehrerexamen, 1967-1970 Studium am Institut für Literatur Johannes R. Becher in Leipzig; seitdem freier Schriftsteller. Nach zwei Lyrikbänden (*Ikarus über der Stadt*, 1976; *Tandem*, 1984) veröffentlicht Berkes 1987 im Aufbau Verlag *Eine schlimme Liebe*, sein Tagebuch der Jahre 1984-1985. Was er zu berichten weiß, ist zumeist unspektakulärer, ja geradezu banaler Alltag, jedoch konterkariert mit eigenen Übersetzungsversuchen und Leseerfahrungen des Werks von Comte de Lautréamont. Berkes' Buch erlangt dennoch eine überaus große Beachtung und erzielt eine vergleichsweise große Auflage in der DDR. Der Grund: Es ist die erste Prosaveröffentlichung eines DDR-Autors, in der offen, wenn auch noch etwas verklemmt von einer schwulen Beziehung und dem Alltag der Schwulen erzählt wird. Das Manuskript eines weiteren Tagebuchbandes (diesmal mit der Auseinandersetzung mit dem Werk ☞August von Platens) wird nicht mehr veröffentlicht, wie überhaupt Berkes nach der Vereinigung beider deutschen Staaten kein eigenständiges Buch mehr publiziert.

Bernhard, Sandra (eigentlich Cicely Yasmin Bernhard)
US-amerikanische Schauspielerin, Autorin und Stand-Up-Komikerin
6.6.1955 Flint/Missouri

Die in den verschiedensten Medien ungeheuer präsente Künstlerin, die in Los Angeles lebt, beginnt ihre Karriere als Schauspielerin 1979 mit *The House of God*. 1983 steht sie in Martin Scorseses *King of Comedy* vor der Kamera, 1991 für Madonna – mit der sie eine Affäre gehabt haben soll – in *Truth or Dare*, für Joel Silver in *Hudson Hawk* sowie *I Woke Up Early the Day I Died* (1998, Regie Aris Ilopulos). 1990 erscheint *Without You I'm Nothing* über ihre New Yorker Ein-Frau-Show. In dem Dokumentarspielfilm *Unzipped!* über den Modeschöpfer ☞Isaac Mizrahi spielt sie sich 1995 selbst. Ihre 1995 erschienene CD *Excuses for Bad Behavior, Part 1* enthält u.a. den Titelsong aus *Unzipped!* sowie eine Cover-Version der *Stones*

(Sympathy for the Devil). In ihrem Buch *Confessions of a Pretty Lady* (1988) offenbart die 1,78m große Stand-Up-Komikerin ihren subversiven Humor. Madonna bekennt, dass ihr dieses Werk das Leben „gerettet" habe. Angesichts des wachsenden Einflusses der christlich-fundamentalistischen Rechten in den USA erhebt Bernhard, die sich trotz allem als Optimistin bezeichnet, immer wieder ihre Stimme gegen Ausgrenzung und Doppelmoral. Ihr Credo ist das Recht auf Individualität – nicht ohne Bereitschaft zur Selbstkritik – und Gefühle als Voraussetzung für das Zusammenleben in einer komplizierter werdenden Welt: „Die wahren ‚family values' sind für mich, dass man sich gegenseitig beschützt und liebt und einander zuhört." Über ihre polymorphe Sexualität sagt sie: „Ich habe schon mit Männern und Frauen Beziehungen gehabt. Wenn das heißt, dass ich bisexuell bin, dann bin ich eben bi." Im Juli 1998 bringt sie eine Tochter, Cicely Yasin, zur Welt.

- *Confessions of a Pretty Lady*, 1988; *Love, Love and Love*, 1997; *I Woke up Early the Day I Died*, 1998; *Wrongfully Accused*, 1998; *Exposé* (dt. *Bedrohliche Begierde*, 1998); *Dinner Rush*, 2000; *Searching for Bobby D*, 2004

Bernstein, Leonard (eigentlich Louis Bernstein)

US-amerikanischer Dirigent und Komponist
25.8.1918 Lawrence/Massachusetts – 15.10.1990 New York City

Er gilt als der Dirigent, der mit wilden Gesten und akrobatischen Verrenkungen vor seinem Orchester für Show sorgt. Neben Herbert von Karajan gehört Bernstein zu den bekanntesten und erfolgreichsten Dirigenten seiner Generation. 1958 wird er Nachfolger von Dimitri Mitropoulos an der New Yorker Philharmonie und erreicht mit diesem Orchester Weltgeltung. Der homosexuelle Mitropoulos hat Bernstein 1937 kennen gelernt und beruflich gefördert. Seinen Durchbruch als Dirigent verdankt Bernstein aber einem Glücksfall. 1943 erkrankt unerwartet der Stardirigent Bruno Walter, und Bernstein darf, ohne vorherige Orchesterprobe, die New Yorker Symphoniker dirigieren. Das landesweit live übertragene Konzert macht ihn über Nacht zum Star, und die New York Times reagiert sogar mit einem Artikel auf Seite 1. Bernstein betätigt sich auch sehr erfolgreich als Musikpädagoge und als Komponist. Zu seinem Werk zählen mehr als 50 eigene Kompositionen, Filmmusiken (*On the Waterfront*, 1954), Orchesterstücke (2. Symphonie *The Age of Anxiety* nach einem Gedicht von ☞W.H. Auden, 1949); Ballette (*Dybbuk*, 1974; *Fancy Free*, 1943), Opern (*A Quiet Place*, 1983) und Musicals (*On the Town*, 1945; *Candide*, 1956). Sein bekanntestes und erfolgreichstes Werk ist jedoch die *West Side Story* (1957, 1961 verfilmt von Robert Wise), für den ☞Stephen Sondheim die Songtexte und der ebenfalls schwule Dramatiker Arthur Laurents das Libretto verfasst. Bernstein heiratet 1951 die chilenische Schauspielerin Felicia Montealegre, mit der er drei Kinder zeugt. Er unterhält jedoch auch nach der Hochzeit weiterhin sexuelle Beziehungen zu Männern, wie u.a. zu dem Hollywood-Schauspieler Farley Granger (*Rope*, dt. *Cocktail für eine Leiche*).

- mit Enrico Castiglione: *Ein Leben für die Musik*, 1993
- P. Gradenwitz: *Leonard Bernstein. Eine Biographie*, 1990; Joan Persey: *Leonard Bernstein*, 1991; Jane Fluegel (ed.): *Bernstein Remembered – A Life in Pictures*, 1991; Humphrey Burton: *Leonard Bernstein*, 1994

Berr, Annette

deutsche Schriftstellerin und Musikerin
7.6.1963 Berlin

Ihre erste Veröffentlichung ist eine Kurzgeschichte in der linken *tageszeitung* – kurz darauf hat die junge Autorin ihren ersten Buchvertrag auch schon in der Tasche. Der Kurzgeschichtenband *Nachts sind alle Katzen breit* wird einer der Renner der Buchsaison 1989, die beiden folgenden Bücher *Flamingos und andere schwarze Vögel* sowie *Orpheus und Sibirien* können diesen Erfolg leider nicht mehr erreichen. Das äußerst agile Multitalent verlegt sich aufs Singen, die melancholisch-schnodderigen Chansons der Annette Berr-Band sind auf diversen CDs verewigt. Während Berr in ihren Büchern auch explizit lesbische Themen verarbeitet, sind die Songtexte ihrer Balladen von Liebe und Sehnsucht eher unverfänglich gehalten. Seit 1996 ist die „Hildegard Knef der 90er" auch mit sehr erfolgreichen Soloprogrammen (*... Und decke mich mit Sehnsucht zu*) auf Tour.

- CDs (Auswahl): *Blaue Krokodile*, 1991; *Haus mit 13 Zimmern*, 1993; *Schlaflos*, 1994; *Und decke mich mit Sehnsucht zu*, 1997; *Máscarà*, 2000
- *Die Orgasmusmaschine*, 2000; *Ein Wimpernschlag, der Fallbeil ist*, 2004

Best, Mireille

französische Schriftstellerin
4.6.1943 Le Havre

Weil sie als Kind aus Gesundheitsgründen häufig in der Schule fehlt, wird sie von ihrer Großmutter zu Hause unterrichtet und früh mit der Weltliteratur vertraut gemacht. Die höhere Schule bricht Mireille Best ab, einige Zeit arbeitet sie in einer Fabrik, dann lässt sie sich mit ihrer Freundin Jocelyne Crampon in Südfrankreich nieder und arbeitet als Bürokraft. Nebenbei schreibt sie für sich Kurzgeschichten, die sie eines Tages mutig an den großen Verlag Gallimard schickt. Sie werden tatsächlich 1980 veröffentlicht. *Les mots de hasard* über die Verständigungsschwierigkeiten zwischen zwei Frauen ist der Beginn ihrer literarischen Karriere. Immer wieder behandelt sie in ihren Texten Beziehungen zwischen Frauen, Gesten des Verlangens, die Sprachen der Liebe. 1983 erscheint *Le méchant petit jeune homme*, 1986 ihr Roman *L'hymne aux murènes*, 1988 *Camille en octobre* (dt. *Camille im Oktober*, 2000), 1995 *Il n'y a pas d'hommes au paradis* (dt. *Es gibt keine Menschen im Paradies*, 1998). Wegen ihrer Krankheit bezieht Mireille Best ab 1990 vorzeitig Rente und widmet sich ausschließlich ihrer literarischen Arbeit. Gemeinsam mit Jocelyne Crampon und einer Boxerhündin lebt sie in dem kleinen Dorf Roquebrune-sur-Argens. Übersetzungen ins Englische, Deutsche und Niederländische haben ihr inzwischen einen über Frankreich hinausreichenden Ruf eingebracht. So sind ihre Werke Studiengrundlage in Fakultäten für französische Literatur an US-amerikanischen Universitäten geworden.

Beust, Ole von
(eigentlich Carl-Friedrich Arp Freiherr von Beust)

deutscher Politiker und Jurist
13.4.1955 Hamburg

Bereits mit 16 Jahren ist Ole von Beust Mitglied der CDU und früh auch schon selbst politisch engagiert: zunächst als Assistent der CDU-Bürgerschaftsfraktion, als Landesvorsitzender der Jungen Union in Hamburg (1977-1983), ab 1978 schließlich als damals jüngster Abgeordneter der Hamburgischen Bürgerschaft. Der Jurist ist am 31.10.2001 auf einem Höhepunkt seiner Karriere, als es dem CDU-Politiker gelingt, nach 44 Jahren die SPD-Regierung abzulösen und sein neues Amt als Erster Bürgermeister der Freien Hansestadt anzutreten. Der Regierungswechsel ist jedoch nur durch eine Koalition mit der rechtskonservativen „Partei rechtsstaatlicher Offensive" (PRO) von Ronald Schill möglich, der zum Innensenator wird. Als es im August 2003 zu einem Machtkampf zwischen Schill und von Beust kommt, droht Schill in einer persönlichen Unterredung mit dem Ersten Bürgermeister, diesen zu outen. Schill wirft ihm vor, mit dem offen schwulen Roger Kusch seinen Lebensgefährten zum Justizsenator gemacht zu haben. Von Beust kommt dem zuvor und macht in einer spektakulären Pressekonferenz die Erpressung durch Schill und damit zugleich auch seine eigene Homosexualität öffentlich. Die vorgezogene Wiederwahl 2004 gewinnt Ole von Beust mit deutlichem Vorsprung vor der SPD.

Bielfeldt, Rainer

deutscher Komponist, Sänger und Pianist
28.5.1964 Hamburg

Mit acht Jahren Klavier- und Harmonielehreunterricht, später zusätzlich Klarinette und Saxophon, mit 15 Jahren erste eigene Band. 1984 Teilnehmer am „Modellversuch Popularmusik" an der Musikhochschule Hamburg, Bühnenmusik für das Deutsche Theater in Göttingen. Ab 1985 Studium der Popularmusik an der Musikhochschule Hamburg. 1987 2. Ralph Benatzky-Preisträger und Komponist des Siegertitels. 1988-1991 musikalische Leitung an der Landesbühne Niedersachsen Nord. 1991 Uraufführung seiner Musicals *Eine Woche voller Samstage* und *Kennwort: Einsames Herz*; 1997 *Die Teufelin* nach Fay Weldons gleichnamigem Roman. Es folgen zahlreiche, sehr erfolgreiche Kindermusicals,u.a. *Am Samstag kommt das Sams zurück* (1997); *Fritz der Kaktus* (1997); *Pipi in Taka-Tuka-Land* (1998). Zur erfolgreichen Kinderbuchserie *Conni* produziert er 2004 die CD *Conni – Ich mach so gern Musik*. Chansonprogramme mit ☞Georgette Dee, seinem zeitweiligen Lebensgefährten ☞Tim Fischer, Nana Gualdi und Gayle Tufts. Eigene Soloprogramme mit Kompositionen eingängiger Lieder mit schwulen Texten im Grenzbereich zwischen Chanson und Schlager.

- CDs: *Nachtzug*, 1992; *Herzen mit Koffer*, 1993; *Alles nur ein Traum*, 2003

Bienek, Horst

deutscher Schriftsteller

7.5.1939 Gleiwitz/Schlesien – 7.12.1990 München

Der in Schlesien geborene und aufgewachsene Schriftsteller ist von 1951 bis1955 in Sibirien inhaftiert. Beides werden wichtige Motive in seinem Romanwerk. In *Die Zelle* (1968) verarbeitet er seine Haftzeit, in *Birken und Hochöfen. Eine Kindheit in Oberschlesien* (1990), *Erde und Feuer* (1982) und *Zeit ohne Glocken* (1979) beschwört er die verlorengegangenen Landschaften seiner Kindheit herauf. Zu seinem Vermächtnis wurde ein nach seinem Tod infolge von Aids veröffentlichter Gedichtband *Wer antwortet wem* (1991), in dem sich erstmals (in dem Gedicht *In den Kaschemmen*) Spuren seiner Homosexualität literarisch auffinden lassen: „Und schon vor Mitternacht/bin ich wieder unterwegs/zu den Kaschemmen auf der Suche/nach dem andern Gesicht/dem andern Körper dem anderen Geruch/den andern Augen den andern Lippen/auf der Suche nach der Exstase/dieses Labyrinth aus Schönheit und Schmutz/aus Lust und Gier und Verlorenheit".

- *Die erste Polka*, 1975; *Septemberlicht*, 1977; *Das allmähliche Ersticken von Schreien. Münchner Poetik-Vorlesungen*, 1987

Biolek, Alfred (eigentlich Alfred Franz Maria Biolek)

deutscher TV-Moderator, Talkmaster und Produzent

10.7.1934 Freistadt/Mährisch-Ostrau (heute Karviná/Tschechien)

Aufgewachsen in einer strenggläubigen katholischen Familie. Der Vater muss nach dem Einmarsch der Russen anderthalb Jahre im Gefängnis verbringen. Nach der Aussiedlung aus der ehemaligen deutschen Kolonie findet die Familie in Waiblingen/Baden-Württemberg eine neue Heimat, wo der Vater zeitweilig als CDU-Stadtrat wirkt. Nach dem Abitur 1954 studiert Alfred Biolek Jura in Freiburg, München und Wien und schließt mit dem drittbesten Examen seines Jahrgangs in Baden-Württemberg ab. Er promoviert mit einer Arbeit über *Die Schadensersatzpflicht des Herstellers mangelhafter Ware nach englischem Recht*. Ab 1963 ist er Justitiar in der Rechtsabteilung des Zweiten Deutschen Fernsehens (ZDF), wendet sich jedoch auch bald der redaktionellen Tätigkeit zu und wird schließlich stellvertretender ZDF-Unterhaltungschef. Er entscheidet sich gegen eine reine Verwaltungskarriere und wechselt 1970 als Hauptabteilungsleiter zur Münchner Film- und Fernsehproduktionsgesellschaft Bavaria. Hier produziert er Programme vor allem für den Westdeutschen Rundfunk (WDR). Der entscheidende Coup gelingt ihm mit der Spielshow *Am laufenden Band* mit Rudi Carrell. Ab 1975 Projektgruppenleiter im Bereich Spiel und Unterhaltung beim WDR-Fernsehen in Köln. Parallel dazu startet Biolek seine Karriere als Talkmaster mit der Talkshow *Kölner Treff* im Kölner Kabarettheater Senftöpfchen. 1978 folgt die erste eigene TV-Show, *Bios Bahnhof*, eine Mischung aus Talk- und Unterhaltungsshow, die live aus einem stillgelegten Straßenbahndepot gesendet wird. Im gleichen Jahr gründet er seine eigene Produktionsfirma, die Pro GmbH, an der auch der Schauspieler ☞Dirk Bach beteiligt ist. Mit ihr produziert er nicht nur Bachs Sitcom *Lukas* und Ralph Morgensterns *Kaffeeklatsch*, sondern vor allem auch seine eigenen Sendungen, wie die 1983 gestartete Talkshow *Bei Bio*, der Nachfolge-Show *Boulevard Bio* (1991-2003) sowie die Spielshow *Mensch Meier* (1985-91) und die Kochsendung *Alfredissimo* (seit 1994). Das zur Sendung erschienene Kochbuch *Meine Rezepte* (1995) entwickelt sich zu einem Longseller. Gewissermaßen als Nebenprodukt der Sendung entwirft Biolek für einen Küchenhersteller die „Alfred-Biolek-Küche" mit „kommunikativer Kochfläche", extratiefem Spülbecken und Backofen in Sichthöhe. Für seine Fernseharbeit wird Biolek u.a. 1983 mit dem Adolf-Grimme-Preis in Gold, mit der Goldenen Europa, 1995 mit der Goldenen Kamera der Publikumszeitschrift *Hörzu* und dem Bambi ausgezeichnet. Seit 1990 ist Biolek Professor an der Kölner Kunsthochschule für Medien. ☞Rosa von Praunheim outet Biolek 1990 zusammen mit ☞Hape Kerkeling in der RTL-Sendung *Der heiße Stuhl*. Bioleks Homosexualität ist zu diesem Zeitpunkt jedoch längst kein Geheimnis mehr, sondern vielfach Thema verschiedener Boulevardzeitungen. „In den 60er Jahren wurde mir klar, dass ich das falsche Leben lebe, mit meinen Krawatten und mit all den inneren Konflikten, die ich nicht gelöst hatte. [...] Die Öffnung der Gesellschaft in den 60ern hat mich mitbefreit. Es spielte eine große Rolle, dass der § 175 aufgehoben wurde."

- *Boulevard-Bio – Die ersten zehn Jahre*, 2001
- Lukas Bernhardt: *Alfred Biolek Szenenwechsel: Vom Fernsehmacher zum Fernsehrstar*, 2000

Bishop, Elizabeth

US-amerikanische Lyrikerin

8.2.1911 Worcester/Massachusetts – 6.10.1979 Boston/Massachusetts

Elizabeth Bishop durchlebt eine von schweren Erschütterungen gekennzeichnete Kindheit. Der Vater stirbt, als sie kaum ein Jahr alt ist. Die Mutter verkraftet den Verlust nicht und wird sechs Jahre später in ein Sanatorium für Geisteskranke eingeliefert. Das Kind, von diesem doppelten Verlust lebenslang traumatisiert, wächst deshalb bei den Großeltern auf und wird die Mutter niemals in der Anstalt besuchen. Nach dem Universitätsabschluss 1934 unternimmt sie regelmäßig ausgedehnte Reisen nach Europa, Marokko, Mexiko und Brasilien. Abgesehen von den Jahren 1971-1979 als Dozentin an der Harvard University bleibt Bishop ihr ganzes Leben Nomadin. Ihre Sinneserfahrungen und Natureindrücke verarbeitet sie zu liedhaften Erzählgedichten, die sie literaturgeschichtlich zu einer der großen nordamerikanischen Lyrikerinnen macht. 1956 erhält sie für den Gedichtband *A Cold Spring* den Pulitzerpreis, 1969 den National Book Award für *The Complete Poems*. 1951 erleidet Bishop bei einer Reise durch Brasilien eine allergische Reaktion und muss behandelt werden. Die Krankenschwester Lota de Macedo Soares wird die Liebe ihres Lebens. Bishop bleibt bei ihr in Brasilien; in Petrópolis bei Rio de Janeiro und später in Ouro Prêto bauen sie sich ein gemeinsames Zuhause. Als sich die politischen Umstände verschlechtern, fühlt sich Bishop immer unwohler im Land. Nach 17 Jahren verlässt sie mit ihrer Gefährtin Brasilien und geht nach New York. Soares, psychisch und körperlich angriffen, nimmt sich bald nach dem Umzug im September 1967 das Leben. 1976 erscheint Bishops letzte Veröffentlichung, der Gedichtband *Geography III*, durch den sich die Themen Verlust, Einsamkeit und Schmerz wie ein roter Faden ziehen. Den Verlust ihrer Geliebten hat sie auch zehn Jahre nach deren Freitod nicht verkraftet. Während ihrer Zeit in Harvard lernt Bishop Alice Methfessel kennen, die ihr bis zu ihrem Tod engste Freundin wird.

- weitere Veröffentlichungen (Auswahl): *North & South. Poems*, 1946; *Questions of Travel. Poems*, 1965
- Candace W. MacMahon: *Elizabeth Bishop: A Bibliography, 1927-1979*, 1980; David Kalstone: *Becoming a Poet*, 1989; Bonnie Costello: *Elizabeth Bishop: Questions of Mastery*, 1991; Brett C. Millier: *Elizabeth Bishop: Life and the Memory of It*, 1993; Carmen L. Oliveira: *Rare and Commonplace Flowers: The Story of Elizabeth Bishop and Lota de Macedo Soares*, 2002

Blaman, Anna (eigentlich Johanna Petronella Vrugt)
niederländische Schriftstellerin
3.1.1905 Rotterdam – 13.7.1960 ebd.

Als Lehrerin hat sie wenig Glück. Eine feste Anstellung findet sie nicht, so wechselt sie von einer Aushilfsstelle zur anderen und wird schließlich Beamtin in der Stadtverwaltung. In den Kriegsjahren lernt sie Französisch und entdeckt für sich die Werke Camus' und Sartres, die sie anfangs stark beeinflussen und ihr später das Attribut „existentialistische Schriftstellerin" einhandeln. Im Alter von 34 Jahren veröffentlicht sie ihre erste Erzählung *Romance*. Im gleichen Jahr erscheint auch ein Beitrag von ihr für den Band *Die Homosexuellen: 33 Autobiographien*, allerdings ohne Namensnennung. Ihr Lesbischsein hat Anna Blaman seit ihrem 17. Lebensjahr offen gelebt, und anders als viele ihrer Freundinnen und lesbischen Kolleginnen – wie die Schriftstellerinnen Dola de Jong, A.H. Njihoff und Louise de la Grée – ist ihre Homosexualität für sie kaum ein Problem. In ihrem umfangreichen literarischen Lebenswerk ist die lesbische Liebe zwar nicht das Hauptthema, doch wird sie nie negativ oder als etwas Unglückliches dargestellt. Mit ihrem zweiten Roman *Einsames Abenteuer* (1948, dt. 1988), den sie nach ihrer Trennung von der Krankenschwester Alie Bosch schreibt, wird sie wegen der darin geschilderten Frauenbeziehung schlagartig berühmt. Die Kritik verhönt das Buch als „schädlich für die Volksgesundheit", „pervers" und „wertlos". 1957 wird ihr mit dem P.C.-Hooft-Preis der angesehenste Literaturpreis ihres Landes zuerkannt.

- *Vrouw en vriend*, 1941; *De verliezers*, 1960

Blüher, Hans (eigentlich Hans Karl Albert Hermann Blüher)
deutscher Schriftsteller
17.2.1888 Freiberg/Schlesien – 4.2.1955 Berlin

Die Ausflüge mit dem im Jahre 1901 gegründeten „Wandervogel – Ausschuß für Schülerfahrten" verschaffen Blüher die einschneidenden und entscheidenden Erlebnisse seines Lebens. Als Mitglied Nr. 33 beteiligt sich Blüher voll jugendlicher Schwärmerei an den Aktivitiäten und ist verschiedenen Gruppenleitern erotisch verfallen. Nach dem Abitur studiert er in Basel und Berlin Philosophie und Altertumskunde, ohne jedoch das Studium abzuschließen. Bereits 1912 erscheint seine umstrittene Schrift *Die deutsche Wandervogelbewegung als erotisches Phänomen*, mit einem Vorwort von ☞Magnus Hirschfeld. Es folgt 1917/1919 die umfassende zweibändige Theorie der geschichtlichen Bedeutung der mann-männlichen Erotik und der Männerbünde: *Die Rolle der Erotik in der männlichen Gesellschaft*. Blüher übernimmt Sigmund Freuds These von der grundsätzlichen Bisexualität des Menschen, lehnt allerdings die Erklärung der Homosexualität als Folge von Mutterbindung und Inzestflucht ab. Sein Werk versteht Blüher als Ausdruck des Kampfes gegen die „pathografische Auffassung der Inversion". Der „echte Päderast" bzw. „Vollinvertierte" ist „keine gespaltene Persönlichkeit. Er ist nicht ein Produkt der Kultur, ein Anhängsel, sondern er geht unmittelbar aus der Natur hervor und hat eine ihm typische Funktion. Diese liegt in der Gründung der ‚männlichen Gesellschaft', die wiederum die Gründungsinstanz der Männerbünde ist." Das Jahr 1922 wird für Blüher ein Jahr des Umbruchs und der Zäsur. Nicht nur, dass er mit der Heirat der Ärztin Else Hebner unter sein bisheriges homosexuelles Leben einen Schlussstrich zieht; in seinem Buch *Der Judas wider sich selbst*, veröffentlicht unter dem Pseudonym Artur Zelvenkamp, distanziert er sich ironisch von seiner früheren Radikalität. Er verfasst nun antisemitische, antifeministische und religiöse Schriften, die auch von Adolf Hitler rezipiert werden. In seiner Autobiografie *Werke und Tage. Geschichte eines Denkers* (1953) verkündet Blüher stolz, Hitler geistig beeinflusst zu haben. Von 1933 bis 1945 steht Blüher jedoch unter Rede- und Schreibverbot, wird ansonsten nicht weiter behelligt. In Berlin-Hermsdorf lässt er sich als „behandelnder Psychologe" nieder und wird 1936 als außerordentliches Mitglied in die Deutsche Ärztliche Gesellschaft für Psychotherapie aufgenommen. 1949 erscheint schließlich seine philosophische Schrift *Die Achse der Natur*.

- *Die deutsche Wandervogelbewegung als erotisches Phänomen. Ein Beitrag zur Erkenntnis der sexuellen Inversion*, 1912; *Die Rolle der Erotik in der männlichen Gesellschaft*. Bd. 1, 1919, Bd. 2, 1920; *Werke und Tage. Geschichte eines Denkers*, 1953
- Ulfried Geuter: *Homosexualität in der deutschen Jugendbewegung*, 1994

Bockmayer, Walter

deutscher Regisseur, Schauspieler und Theaterbesitzer
4.7.1951 Pirmasens

Eine Lehre zum Großhandelskaufmann bricht Bockmayer ab und reist stattdessen in die USA, wo er als Kantinenarbeiter jobbt. Danach arbeitet er in Deutschland als Krankenpfleger. 1967 lernt er seinen Lebensgefährten Rolf Bührmann kennen. Sie arbeiten beide als Garderobiers an den Bühnen der Stadt Köln und beginnen 1970 ihre künstlerische Zusammenarbeit mit dem Super8-Film *Nymphomanie*. Auch die nachfolgenden Filme ihrer Firma Entenproduktion – u.a. *Traumvisionen, Carmen, Gay West, Rivalinnen unter griechischer Sonne* und *Salzstangengeflüster* – behalten das Flair des charmanten Dilettantismus, des Undergrounds und der Liebe zum Trash. Mit seinem Fernsehspiel *Jane bleibt Jane* (1977) erhält er bundesweit Anerkennung. Seine Kinofilme *Flammende Herzen* (1978) und *Looping* (1980) werden mit Bundesfilmpreisen ausgezeichnet. 1975 eröffnet Bockmayer gemeinsam mit Bührmann das Kneipentheater Filmdose in Köln, wo er auf kleinster Bühne trashige Theaterspektakel inszeniert, u.a. *Geierwally* (Filmfassung 1987 u.a. mit ☞Christoph Eichhorn, ☞Ralph Morgenstern und Elisabeth Volkmann), *Sissi – Beuteljahre einer Kaiserin* und *Kleopatra oder Der Fluch der Tempelhure*. Schauspieler der lesbisch-schwulen Kölner Szene wie Ralph Morgenstern, ☞Dirk Bach und ☞Hella von Sinnen haben vor ihrem Durchbruch in diesen Produktionen mitgespielt. 1995 wechseln Bockmayer und Bührmann zu einem Spielort mit zwei parallelen Bühnen, dem Theater Kaiserhof und dem Theater in der Kaiserdose, wo u.a. *Tarzan – Wo die Datteln ratteln* herauskommt. Seit den 80er Jahren inszeniert Bockmayer vereinzelt auch an Staatstheatern, zumeist am Kölner Schauspielhaus, u.a. Brendan Behans *Die Geisel* und Edward Bonds *Trauer zu früh*. 2004 veröffentlicht er seine Autobiografie *Flammende Herzen*.

Böttinger, Bettina

deutsche Fernsehmoderatorin
4.7.1956 Düsseldorf

Böttinger wächst als Einzelkind bei ihrer Mutter auf. Sie studiert in Bonn Germanistik und Geschichte, um Lehrerin zu werden. Bereits während des Studiums hat sie erste Berührungen mit journalistischer Arbeit. Nach dem Ersten Staatsexamen (Note: eins) entschließt sie sich endgültig zum Beruf der Journalistin. Nach einer einjährigen Tätigkeit als freie Mitarbeiterin für die *Bonner Rundschau* wechselt sie im Frühjahr 1985 zum WDR und arbeitet parallel für Radio und Fernsehen. Ab 1986 moderiert sie die Hörfunk-Magazine *Zwischen Rhein und Weser* und *Echo West*, ab 1991 Fernsehsendungen wie *Hier und Heute* und *Parlazzo*. 1993 startet ihr erfolgreichstes TV-Projekt, die Talkshow *B.trifft… – Begegnungen bei Böttinger*, für die sie eine Nominierung für den Adolf-Grimme-Preis erhält. Mit dem zehnjährigen Jubiläum 2004 ist Böttinger die dienstälteste Talkshow-Moderatorin im deutschen Fernsehen. 1994 gründet die passionierte Marathonläuferin und Autorennfahrerin (C-Lizenz) ihre eigene Produktionsfirma Encanto, die u.a. auch die Dokusoaps *Der Baumarkt*, *Ein Heim für alle Felle*, *Eine Couch für alle Felle* und *Ein Doc für alle Felle* produziert. 2002 ist Encanto auch verantwortlich für die Liveberichterstattung von der Kölner Christopher-Street-Day-Parade. Obgleich ihre Liebe zu Frauen ein offenes Geheimnis ist, nimmt sie bis 1994 nicht öffentlich Stellung dazu. Erst als Harald Schmidt sich mehrfach in seiner *Late Night Show* abschätzig über ihre sexuelle Orientierung äußert („Kein Mann würde sie anfassen"), nimmt sie eine Einladung in seine Sendung am 1. Februar 1994 wahr, bekennt sich zu ihrer „Bisexualität", beendet aber ihren Auftritt überraschend frühzeitig mit den Worten: „Ich bin jetzt weg – da haben Sie mal fünf Minuten länger Zeit, über alles nachzudenken." Später erläutert sie in einem Interview: „Das war damals nicht wirklich komisch, zumal ich tatsächlich nie ein Geheimnis daraus gemacht habe, dass ich zu der Zeit mit Frauen gelebt habe. Man hat mir hinterher vorgeworfen, dass ich erst mal gesagt habe, ich wäre bisexuell. Lesben und Schwule sind genauso nur ein Teil dieser Gesellschaft und insofern genauso spießig oder nicht spießig."

Bogarde, Dirk (eigentlich Derek van den Bogaerde)

britischer Schauspieler
18.3.1921 Hampstead/London – 8.5.1999 London

Sohn eines Feuilletonredakteurs von *The Times* und einer ehemaligen Schauspielerin. Besuch des Allan Glens College in Glasgow, später der Londoner University College School, wo er seine Begabung auf dem Gebiet der Malerei entdeckt. Danach Ausbildung an der Chelsea Polytechnic School of Art und am Royal College of Arts (u.a. bei Henry Moore). Arbeitet mit 14 Jahren zunächst als Bühnenmaler und Bühnenbildner am Theater; sein Schauspieldebüt hat er 1939 in J.B. Priestleys *When*

We Are Married, wo er die Rolle eines erkrankten Darstellers spontan übernimmt. 1941-1945 Armeedienst beim Intelligence Service. Aus dieser Zeit stammen einige Zeichnungen über die Landung in der Normandie (heute im Besitz des British War Museum) und Gedichte. Nach Kriegsende in Europa Einsatz in Burma, Singapur und Java, wo er bei der Evakuierung der Kriegsgefangenen mithilft. Filmdebüt in *Esther Waters* (1947). Die ersten Jahre seiner Filmkarriere wird er vor allem für romantische Rollen eingesetzt und zum Teenie-Idol aufgebaut. Zwischen 1955 und 1965 zählt er zu den populärsten Schauspielern Englands. 1961 spielt Bogarde die Hauptrolle in Basil Deardens Erpresserthriller *Victim* (dt. *Der Teufelskreis*), dem ersten kommerziellen britischen Film, der für Toleranz gegenüber Homosexuellen plädiert. Seine internationale Karriere setzt mit Filmen von ☞John Schlesinger und ☞George Cukor ein. Unter der Regie von Joseph Losey entwickelt Bogarde seine schauspielerische Vielseitigkeit und Brillanz, wie in der homoerotischen Herr- und Knecht-Geschichte *The Servant* (1963), *King and Country* (1964) oder *Accident* (1967). Mit ☞Visconti entstehen *La caduta degli dei* (1970) und die ☞Thomas Mann-Verfilmung *Morte a Venezia* (1971, dt. *Tod in Venedig*). Weitere wichtige künstlerische Arbeiten sind *Providence* (1977, Regie Alain Resnais), *Il portiere di notte* (1973, dt. *Der Nachtportier*, Regie Liliana Cavani), *A Bridge Too Far* (1977, Regie Richard Attenborough) und *Despair* (1978, Regie ☞Rainer Werner Fassbinder). Insgesamt spielte er in mehr als 65 Filmen. 1968 Übersiedlung in die Provence/Südfrankreich. Abgesehen von wenigen TV-Rollen widmet sich Bogarde seit den 80er Jahren ausschließlich der Schriftstellerei. Es erscheinen sieben Bände Autobiografie, in denen er auch offen über seine Homosexualität spricht (u.a. *A Postillon Struck by Lightning*, 1977; *Snakes & Ladders*, 1978; *An Orderly Man*, 1988; *Backcloth, Cleared for Take-Off*, 1995). Außerdem veröffentlicht er drei künstlerisch wie kommerziell erfolgreiche Romane (*A Gentle Occupation, Voices in the Garden, West of Sunset*) sowie einen Band gesammelter Briefe (*A Particular Friendship*). Nach zwölfjähriger Leinwandabstinenz 1990 Rückkehr zum Kinofilm in *Daddy Nostalgia* von Bertrand Tavernier. Bogarde lebt über 50 Jahre mit seinem Partner und Manager Tony Forwood zusammen.

Bohlen und Halbach, Arndt von

deutscher Industriellensohn

24.1.1938 Berlin -8.5.1986 München

Zwei Ereignisse beschäftigen 1969 die Medien: die erste Mondlandung und die Hochzeit eines gewissen Arndt von Bohlen und Halbach. Als er seine Vermählung mit Prinzessin Henriette von Auersperg bekannt gibt, halten das die meisten für einen üblen Scherz. Denn Arndt, das gehört zum Allgemeinwissen der Klatschspalten, ist so schwul wie schon sein Großvater ☞Friedrich Krupp, dessen Eskapaden auf Capri 1892 Wilhelm II. in eine politische Krise gestürzt hatten. Bohlen und Halbach gilt als reichster Erbe der Welt. Er hat zwar nie die Verantwortung für das Kruppsche Imperium, leidet aber doch unter der Bürde des Namens. Er ist der letzte Spross dieser einflussreichsten

und vermögendsten deutschen Industriellendynastie. Der Krupp-Konzern liefert über Jahrhunderte nicht nur für Deutschland Kanonen und Stahl und macht so Kriege und den Wiederaufbau danach möglich. 1966 verzichtet Bohlen und Halbach auf seinen auf dreieinhalb Milliarden Mark geschätzten Erbteil und muss sich so nicht um die geschäftlichen Belange kümmern. Der Konzern wird in eine Stiftung überführt. Im Gegenzug erhält er eine jährliche Apanage in Höhe von zwei Millionen Mark. Mit Orgien in seinen palastartigen Domizilen in Marrakesch, Florida und Thailand, einem eigenen Hofstaat und seinem exaltierten Lebensstil sorgt er regelmäßig für Schlagzeilen. Der exzentrische und „reichste Frührentner Deutschlands“ wird jedoch nicht wirklich glücklich. Verarmt und vereinsamt stirbt er 48-jährig an Krebs.

- Hanns-Bruno Kammertöns: *Der letzte Krupp. Arndt von Bohlen und Halbach. Das Ende einer Dynastie*, 1998

Bonheur, Rosa (eigentlich Marie-Rosalie Bonheur)

französische Malerin

16.3.1822 Bordeaux – 25.5.1899 Melun

Mit 19 stellt Bonheur, die aus einem sehr aufgeklärten Elternhaus – beide Eltern sind Künstler – kommt, erstmals in Paris öffentlich aus. Bereits in dieser Zeit spezialisiert sie sich auf Tier- und Landschaftsbilder und stimmungsvolle Darstellungen von Herden, Pferdemärkten und Heuernten. Bonheur, deren Werke heute u.a. im Louvre und im New Yorker Museum of Metropolitan Art zu sehen sind, kann schon in jungen Jahren den großen Erfolg ihrer Bilder genießen. Ihr weltbekanntes, 2,5 x 5 Meter großes Gemälde *The Horse Fair* (dt. *Der Pferdemarkt*) von 1853 wird 1887 für die damalige Rekordsumme von 4.200 englischen Pfund an den Sammler Vanderbilt verkauft. 1865 erhält die Malerin das große Kreuz der französischen Ehrenlegion. Durch den Einfluss ihrer Bewundererin Königin Victoria gelangt die Französin auch in der englischen Aristokratie zu hohem Ansehen. Bonheur ist seit ihrem 14. Lebensjahr mit der zwei Jahre jüngeren Malerin Nathalie Micas befreundet; als Erwachsene entwickelt sich daraus eine Liebesbeziehung, die bis zu Micas Tod 1889 halten wird. 1860 beziehen die beiden Frauen zusammen mit Micas Mutter das Schloss nahe Fontainebleau, nach Micas Tod lebt Bonheur dort mit der Malerin Anna Elizabeth Klumpke. Sie porträtiert Bonheur, schreibt eine Biografie und wird – zum Entsetzen der Verwandten – als Alleinerbin eingesetzt. Die drei Frauen liegen heute nebeneinander auf dem Pariser Père-Lachaise-Friedhof begraben.

● D. Ashton und D. Browne Hare: *Rosa Bonheur: A Life and a Legend*, 1981

Bono, Chastity
US-amerikanische Journalistin und Aktivistin
4.3.1969 Los Angeles/Kalifornien

1971 steht sie zum ersten Mal auf der Bühne, nämlich in der Show ihrer Eltern *The Sonny and Cher Comedy Hour*. 1987 offenbart sie ihrem Vater ihr Lesbischsein. Inzwischen ist Chastity Bono auch Musikerin geworden, ihre Band *Ceremony* bekommt 1989 einen Plattenvertrag bei Geffen Records (den sie 1994 wieder verlieren). 1990 ist Chastity Bono eine US-weite Berühmtheit, jedoch nicht wegen ihrer Musik, sondern weil sie von der Klatschpresse geoutet wird. Erst fünf Jahre später gibt sie dem lesbisch-schwulen Magazin *The Advocate* ihr offizielles Coming-out-Interview. Nachdem ihre Band von der Plattenfirma fallengelassen wurde, lässt sich Bono als feste Autorin von *The Advocate* engagieren und interviewt u.a. auch ihre Eltern Cher und Sonny Bono. Schließlich entscheidet sie sich, hauptberuflich für die *gay community* zu arbeiten. 1996 wird sie Sprecherin der Human Rights Campaign, 1996-1998 arbeitet sie in der Gay and Lesbian Alliance against Defamation. 1998 erscheint ihr Coming-out-Ratgeber *Family Outing*.
● *The End of Innocence, A Memoir*, 2002

Botticelli, Sandro (eigentlich Alessandro di Mariano Filipepi)
italienischer Maler
ca. 1445 Florenz – 17.5.1510 ebd.

Botticelli wird als jüngster Sohn des Florentiner Lohgerbers Mariano di Vanni Filipepi geboren und erlernt zunächst die Goldschmiedekunst, dann Malerei. Er ist gemeinsam mit ☞Leonardo da Vinci Lehrling bei Andrea del Verrocchio. 1470 eröffnet er eine eigene Künstlerwerkstatt. Nach einem Aufenthalt in Rom 1481/1482, wo er für den Papst in der Sixtinischen Kapelle arbeitet, steigt er in Florenz zu einem der gefragtesten Maler auf. In jenen Jahren entstehen die Gemälde, die ihn berühmt machen, darunter die *Geburt der Venus* (um 1485 bis 1486) und *Der Frühling* (um 1478). Die erhaltenen Bilder des Renaissance-Malers aus Florenz sind nicht nur religiösen Inhalts, seine Arbeiten umfassen auch Porträts und allegorisch-mythologische Darstellungen, die auf antiken Quellen und zeitgenössischer Literatur beruhen. Zu seinen Auftraggebern zählen auch die Medici, die seit einigen Jahrzehnten die Geschicke der Stadt bestimmen. Für den jungen Lorenzo di Pierfrancesco de Medici schafft Botticelli den Zyklus zu Dantes *Göttlicher Komödie*. Charakteristisch für seine Gemälde ist die betonte Körperlichkeit, die er durch eine kraftvolle Linienführung erwirkt. Mit politisch-religiösen Änderungen in Florenz vollzieht sich auch ein Stilwechsel. Botticelli realisiert ab diesem Zeitpunkt seine Bildkonturen in einem einfachen, rhythmisch gebrochenen Stil. Der Maler steht der neo-platonischen Bewegung um Marsilio Ficino nahe, der das Konzept der „Sokratischen Liebe" vertritt, ein rationaler Überbau für die eigenen homosexuellen Neigungen. Beeinflusst wird der niemals verheiratete Botticelli auch von dem homosexuellen Poeten Angelo Poliziano. Als Lorenzo de'Medici 1491 stirbt, hinterlässt er mit Lorenzo di Pierfrancesco de'Medici einen Sohn, der keinerlei politisches Talent hat, so dass der Prior der Stadt, Savonarola, schließlich die ‚Gottherrschaft' anstrebt. Botticelli wendet sich daher unterwürfig von den als heidnisch verdammten klassischen Sujets ab. 1497 muss sein Mäzen Lorenzo di Pierfrancesco, der ihm viele Aufträge gegeben hatte, aus politischen Gründen die Stadt verlassen. 1498 wird Savonarola vom Papst exkommuniziert und schließlich hingerichtet. Seine Anhänger, zu denen auch Botticelli zählt, können sich nur noch heimlich treffen. Botticellis Karriere ist auf dem Tiefpunkt. Am 16.11.1502 wird er zudem der Homosexualität angeklagt. Man hatte ihn anonym beim Uffiziali di Notte, einem städtischen Ausschuss für Moralfragen, denunziert und wirft ihm sexuelle Beziehungen zu seinen jungen Assistenten und Schülern vor. Die Klage wird jedoch, wohl aus Respekt vor seinem hohen Alter und seiner künstlerischen Reputation später fallen gelassen. Er stirbt als verarmter, behinderter und arbeitsunfähiger alter Mann. Erst im 19. Jh. findet seine Arbeit wieder Anerkennung. Seine Grabstätte liegt heute in der Kapelle von San Pietro in Alcantara.

Boulanger, Nadia
französische Komponistin und Musiktheoretikerin
16.9.1887 Paris – 22.10.1979 ebd.

Die Musikpädagogin, Theoretikerin, Komponistin und Dirigentin bricht 1938 in eine traditionsgemäß männliche Domäne ein, als sie erstmals das *Boston Symphony Orchestra* dirigiert. Es ist ihr erster Auftritt außerhalb Frankreichs und für die Musiker des Orchesters das erste Mal, dass sie unter Stabführung einer Frau spielen. Als Dirigentin macht sich Nadia Boulanger einen Ruf mit Werken zeitgenössischer Musik. Obgleich sie auch selbst komponiert, ist sie wahrscheinlich weit mehr als Kompositionslehrerin bekannt. Sie lehrt u.a. am Pariser Konservatorium und am Conservatoire Américain in Fontainebleau, dessen Leiterin sie 1950 wird. Während des Zweiten Weltkrieges arbeitet sie in den USA. Mehrere Generationen zeitgenössischer, vor allem US-amerikanischer Komponistinnen und Komponisten werden von der leidenschaftlichen, aber durch ihr Monokel und ihre dunklen, strengen Kostüme zugleich sehr sinnenfeindlich wirkenden Frau unterrichtet, darunter Daniel Barenboim, Elliott Carter, Aaron Copland, Jean Françaix, Thea Musgrave, Astor Piazolla und Pierre Schaeffer. Ihre musikalische Ausbildung beginnt sie im Alter von neun Jahren bei ihrem Vater, dem Komponisten, Dirigenten und Gesangslehrer Ernest Boulanger. Später geht sie ans Pariser Konservatorium. Im Alter von 16 Jahren erhält sie die ersten Preise in Orgel, Begleitung und Komposition. 1908 gewinnt sie für ihre Kantate *La Siréna* einen zweiten großen Prix de Rome in Komposition. In ihrem Werkkatalog finden sich Liederzyklen, Kammermusik, Orgelmusik, Kantaten sowie eine (unvollendete) Antikriegsoper. Ab 1914 komponiert Nadia Boulanger immer weniger und widmet sich der Pädagogik, Orchesterleitung und der Verbreitung des Werks ihrer Schwester Lili

(1893-1913). Während ihrer Pariser Jahre meidet sie wegen „der offenkundigen Homosexualität" den Salon von ☞Gertrude Stein, stattdessen besucht sie die diskreteren Damenrunden der ebenfalls offen lesbischen Mäzenin Winnaretta Singer, Prinzessin de Polignac. Nadia Boulanger bleibt unverheiratet. Zu ihren Erbinnen erklärt sie ihre frühere Studentin Cécile Armagnac und ihre langjährige Assistentin Annette Dieudonné.

Bowles, Jane

US-amerikanische Autorin

22.2.1917 New York City – 4.5.1973 Malaga

Zeitlebens im Schatten ihres berühmten Mannes, des Schriftstellerkollegen ☞Paul Bowles, stehend, gilt Jane Bowles noch heute als Geheimtip für Kenner der amerikanischen Gegenwartsliteratur. Während der 50er Jahre leben Jane und Paul Bowles in Tanger, das sich zu jener Zeit zu einem Mekka amerikanischer Schriftsteller etabliert hatte. Ihr Haus stellt deren gesellschaftliches Zentrum dar. Mit Wissen ihres Ehemannes, der ihren lesbischen Vorlieben mit höflichem Desinteresse begegnet, selbst jedoch durchaus auch am eigenen Geschlecht interessiert ist, verzehrt Jane Bowles sich über viele Jahre hinweg in einer abgrundtiefen Leidenschaft für eine Marokkanerin namens Cherifa: „Zuweilen ist sie herrlich zärtlich, und Küssen ist das Paradies. Ich weiß aber nicht genau, wie schnell oder ob ich überhaupt hart zupacken soll. Sämtliche Spielregeln sind mir von Paul oder von Temsamany gegeben worden. Beides Männer ..." 1967 wirft Paul Bowles Cherifa aus dem Haus, weil er sie der schwarzen Magie verdächtigt. Bei gelegentlichen Aufenthalten in den USA wohnen Jane und Paul Bowles bei Janes Liebhaberin, der Schauspielerin ☞Libby Holman. Jane, die mit den Jahren zunehmend geistig verwirrt ist, nennt sich selbst scherzhaft aufgrund eines durch eine Tuberkolose-Erkrankung versteiften Knies „crippie, the kike dyke", zu deutsch: „Krüppie, die jüdische Lesbe".

- *Two Serious Ladies*, 1943 (dt. *Zwei sehr ernsthafte Damen*); *Plain Pleasures*, 1976 (dt. *Einfache Freuden*); *Eine richtige kleine Sünde – Prosa*, 1988

Bowles, Paul

US-amerikanischer Schriftsteller und Komponist

30.12.1910 New York City – 18.11.1999 Tanger

Als Ende der 20er Jahre Bowles einige surrealistisch beeinflusste Gedichte in der französischen Avantgarde-Zeitschrift *transition* veröffentlichen kann, entscheidet er sich dafür, das begonnene Universitätsstudium abzubrechen und eine Schriftstellerkarriere zu versuchen. Neue Anregungen holt er sich in seiner ersten Wahlheimat Paris, wo er durch ☞André Gide, Paul Valéry und Raymond Roussell beeinflusst wird, als auch durch Reisen nach Nordafrika, Lateinamerika und Asien. ☞Gertrude Stein jedoch bescheinigt dem 19-jährigen nur mäßiges Talent und rät ihm davon ab, es weiterhin mit der Literatur zu versuchen. In der Tat widmet sich Bowles nun verstärkt der Musik. Er ist einige Jahre Kompositionsschüler des homosexuellen

Komponisten Aaron Copland, komponiert für Orson Welles und Elia Kazan, schreibt Bühnenmusik für verschiedene Theaterstücke, u.a. für *The Glass Menagerie* seines Freundes ☞Tennessee Williams sowie die Oper *Yerma* nach dem Drama von ☞García Lorca, Sonaten und Concertos. Von 1942 bis 1945 ist er Musikkritiker der *New York Herald Tribune*. Durch seine Ehefrau, die Schriftstellerin ☞Jane Bowles, und Übersetzungsaufträge findet er wieder Interesse an der Literatur. 1947 zieht das Paar nach Tanger, wo Bowles die nordafrikanische Kultur, Literatur und Musik studiert und Romane und Erzählungen über den nordafrikanischen Kulturraum zu schreiben beginnt. Außerdem verfasst er Erzählbände gemeinsam mit einheimischen Geschichtenerzählern, die selbst des Schreibens unkundig sind (u.a. Mohammed Mrabet). In Tanger ist Bowles Teil der internationalen schwulen Literaten- und Künstlerszene, die sich zeitweilig dort niederlässt. ☞William S. Burroughs, ☞Gore Vidal, ☞Allen Ginsberg, ☞Truman Capote pflegen eine enge Freundschaft zu ihm. Anders als sie bleibt Bowles jedoch in Nordafrika und wird ein geachteter Vermittler zwischen den Kulturen. Seine Romane finden bei der Ersterscheinung in den 50er Jahren im deutschsprachigen Raum kaum Resonanz; erst ab den 80er Jahren wird Bowles als Schriftsteller auch hierzulande erfolgreich. Seine Entdeckung als Komponist steht noch aus. Sein erster und zugleich weltweit erfolgreichster Roman, *The Sheltering Sky* (1948, dt. *Himmel über der Wüste*) wurde 1990 von Bernardo Bertolucci verfilmt. Obgleich Bowles Homosexualität kein Geheimnis ist und er sich immer wieder auch mit seinem marokkanischen Lebensgefährten fotografieren lässt, hat er sich weder in seinen Romanen noch in der Autobiografie *Without Stopping* (1998, dt. *Rastlos. Erinnerungen eines Nomaden*) ausführlicher dazu geäußert.

- *Das Haus der Spinne. Roman*, 1988; *Gesang der Insekten. Roman*, 1988; *Mitternachtsmesse. Erzählungen*, 1989; *Tagebuch Tanger 1987-1989*, 1991; *In Touch – The Letters of Paul Bowles*, 1995
- Chr. Sawyer-Lauçanno: *An Invisible Spectator – Paul Bowles. A Biography*, 1989

Boy George (eigentlich George Alan O'Dowd)

britischer Popmusiker

14.6.1961 Eltham/Kent

Als Heranwachsender ist Boy George, das dritte von sechs Kindern, fasziniert von androgynen Popstars wie David Bowie und Marc Boland und eifert ihnen nach. Sein exzentrisches Outfit macht ihn zu einer bekannten Größe der Londoner

Clubszene und verschafft ihm sogar einen Job bei der Royal Shakespeare Company, für die er die Kostüme zu einem Punk-Theaterprojekt entwerfen darf. 1980 holt ihn Malcolm McLaren als Background-Sänger für sein Projekt *BowWowWow*. Boy George nennt sich hier „Lieutenant Lush". Anschließend gründet er seine eigene Band, *Sex Gang Children*, die sich später in *Culture Club* umbenennt. Der Start wird hart. Bei ihren ersten Auftritten wird Boy George vom Publikum als Schwuchtel beschimpft. Er soll gekontert haben: „Nennt mich, wie ihr wollt. Ich habe jetzt euer Geld und werde mir jede Menge Lidschatten kaufen!" Mit ihrer dritten Single *Do You Really Want to Hurt Me?* landen *Culture Club* 1982 ihren ersten weltweiten Hit. Musikalisch vermischen sich sanfter Reggae und gängiger Pop. Nicht minder entscheidend für die Popularität und Aufmerksamkeit, die man der Band widmet, sind Boy Georges Geschlechtergrenzen sprengende Kleidung und Make-up. Zu ihren weiteren Hits gehören *Church of the Poisoned Mind* (1983), *Karma Chameleon* (1983) und *Miss Me Blind* (1984). Das Debütalbum *Kissing to Be Clever* (1982) wird mit einem Grammy ausgezeichnet; das zweite Album *Colour by Numbers* wird weltweit mehr als sechs Millionen Mal verkauft. Im Herbst 1986 trennt sich die Band. Der Drummer und zeitweilige Liebhaber Boy Georges, Jon Moss, gründet *Heartbeat UK*, Boy George beginnt eine Solokarriere. Seine erste Single *Everything I Own* (1987) erreicht auf Anhieb den Platz 1 der UK-Charts. In den USA zieht er erst mit seinem Titelsong für den Soundtrack zu *Crying Game* 1993 wieder in die *Billboard Top 20* ein. 1986 gerät er wegen seiner Heroinabhängigkeit in die Schlagzeilen. Nach einer Entziehungskur beginnt er sich verstärkt als DJ zu betätigen. Als Reaktion auf die Antischwulengesetzgebung seines Landes veröffentlicht er 1988 den Protestsong *No Clause 28*. Wenig erfolgreich ist sein Bandprojekt *Jesus Loves Me*, für das er sich den Namen Angela Dust gibt. 1995 erscheint parallel zum Soloalbum *Cheapness and Beauty* seine Autobiografie *Take It Like a Man*, die in Großbritannien 14 Wochen lang in der Bestsellerliste rangiert. Seine Behauptung darin, er habe 1980/81 eine sexuelle Beziehung mit dem Rocksänger Kirk Brandon von *Spear of Destiny* gehabt, führt 1997 zu einem Verleumdungsprozess, den Boy George gewinnt. Der Richter befindet, dass es umfangreiche Beweise für eine „kurze, leidenschaftliche und turbulente körperliche Beziehung" gebe. 2001 veröffentlicht er das makrobiotische Kochbuch *The Karma Cookbook*, 2004 die autobiografischen Aufzeichnungen *Straight*. 2002 wird in London sein Musical *Taboo* uraufgeführt, in dem er seine Karriere und die sexuelle wie musikalsiche Aufbruchsstimmung der 80er Jahre thematisiert.

- Culture Club: *From Luxury to Heartache*, 1986; *Don't Mind If I Do*, 1999
- Boy George: *Sold*, 1987; *Tense Nervous Headache*, 1988; *High Hat*, 1989; *Cheapness and Beauty*, 1995; *The Unrecoupable One-Man Bandit*, 1999; *DJ. Com*, 2001; *U Can Never B Straight*, 2002

Boye, Karin Maria

schwedische Lyrikerin
26.10.1900 Göteborg – 24.4.1941 Alingsås

Boyes frühe Gedichte zeigen noch eine klassische Regelmäßigkeit und gewisse Verwandtschaft zum Symbolismus (*Moln*, 1922), während die späteren Arbeiten eher zum Surrealismus neigen. Boye, die sich intensiv mit den geistigen Strömungen und Einflüssen der Moderne auseinandersetzt, verarbeitet in ihren lyrischen Werken auch immer wieder ihre eigene Homosexualität, eine Tatsache, die von der ansonsten sehr anerkennenden Kritik meist stillschweigend übersehen wird. Boye, die von 1932 bis 1933 in Berlin lebt, macht in dieser Zeit ihre ersten lesbischen Erfahrungen und ist eine Zeitlang mit der Grafikerin Gerda Rotermund liiert. Sie lässt sich von ihrem Ehemann scheiden und geht eine Beziehung mit Gunnel Bergström, der Ehefrau des renommierten schwedischen Lyrikers Gunnar Ekelöf, ein. Die Romane *Kris* (1934, dt. *Krisis*) und *Kallocain* (1940) sind von Boyes sensiblen Beobachtungen weiblicher und lesbischer Gefühlswelten geprägt. Ihr utopischer Roman *Kallocain* über einen Überwachungsstaat wird ein internationaler Erfolg. Boye nimmt sich im Alter von 41 Jahren aus Verzweiflung über den Aufstieg des Faschismus und Nationalsozialismus das Leben.

- *Brennendes Silber*, 1963
- Pia Garde: „Karin Boye in Berlin, oder: Versuch der Neubewertung einer zur Heiligen stilisierten lesbischen Schriftstellerin", in: *Eldorado*, Ausstellungskatalog, 1984

Brand, Adolf

deutscher Verleger und Autor
14.11.1874 Berlin – 26.2.1945 ebd.

1896 entdeckt Brand ☞Magnus Hirschfelds Schrift ☞*Sappho und* ☞*Sokrates*, die unter dem Pseudonym Th. Ramien erschienen war, und sucht begeistert den Kontakt zum Autor. Gemeinsam mit ihm entwickelt er den Plan zu einer Petition gegen den §175 und zur Gründung des Wissenschaftlich-humanitären Komitees. Als 22-Jähriger beginnt er in seinem eigenen Verlag die Zeitschrift *Der Eigene* herauszugeben. 1896 erscheint die erste Ausgabe der damals noch diffus-anarchistisch und literarisch-künstlerisch ambitionierten Zeitschrift, die als die weltweit erste Schwulenzeitschrift gilt. Die ersten Nummern haben jedoch mit der Männerliebe und Schwulenbewegung noch nicht viel zu tun. Nach neun Ausgaben wird sie im März 1897 wieder eingestellt, allerdings auch immer wieder neu belebt und aus finanziellen Gründen regelmäßig erneut eingestellt. 1900 werden Verleger Brand und die Autoren Paul Lehmann und Hans Heinz Ewers (der spätere Erfolgsschriftsteller der *Alraune*) wegen „Verbreitung unzüchtiger Schriften" zu Geldstrafen verurteilt. Daraufhin wird 1903 ein Verein, Die Gemeinschaft der Eigenen, gegründet, dem die Mitarbeiter und Leser der Zeitschrift angehören und der die Existenz des Blattes sichern soll, sich aber auch als eine rivalisierende Organisation zu Hirschfelds WhK versteht. In strategischen wie politischen Fragen herrschen nämlich konträre Vorstellungen, sowohl was die Überbetonung der weiblichen Züge im Habitus schwuler Männer betrifft als auch in der Frage nach der Denunziation prominenter homosexueller Männer als politische Waffe. Hirschfeld und das WhK hatten sich dagegen ausgesprochen, Brand wagt 1905 den Alleingang und bezichtigt den Zentrumspolitiker Kaplan Dasbach der Männerliebe. Der darauf folgende Beleidigungsprozess wird mit einem Vergleich beendet. 1907 jedoch, als Brand in seiner Flugschrift *Fürst Bülow und die Abschaffung des §175* den Reichskanzler Bernhard von Bülow als homosexuell bezeichnet und keinerlei Beweise vorlegen kann, wird er zu eineinhalb Jahren Gefängnis verurteilt. *Der Eigene* erscheint 1906 nur als Jahresband, als ein Buch für Kunst und männliche Kultur, danach wird die Publikation erneut eingestellt und erst 1919-1931 wieder neu herausgebracht. Währenddessen publiziert Brand weiterhin Traktate und Flugschriften, die sich meist in polemischem Ton gegen das WhK und seine Arbeit richten. Außerdem produziert er Bildpostkarten mit Männerfotografien mit Serientiteln wie *Rasse und Schönheit* oder *Deutsche Rasse*. 1916 wird ihm wegen dieser Fotografien erneut der Prozess gemacht, diesmal jedoch endet er mit einem Freispruch, da die beanstandete Bildserie „lediglich künstlerische, wissenschaftliche und rassehygienische Zwecke, nicht aber homosexuelle Zwecke" verfolge, heißt es in der Urteilsbegründung. Während des Ersten Weltkrieges veröffentlicht Brand vor allem Erbauungsschriften, welche die Kriegsbegeisterung und die Vaterlandsliebe stärken sollen. Zuletzt ist Brand völlig verarmt und kommt kurz vor Kriegsende bei einem Bombenangriff ums Leben.

Braun, Sabine

deutsche Sportlerin
19.6.1965 Essen

1991 hat die gelernte Industriekauffrau einen ihrer größten sportlichen Triumphe: Die Siebenkämpferin des Turnverein Wattenscheid erringt nach einer Bronzemedaille bei den Olympischen Spielen in Barcelona nun den Weltmeistertitel. 1997 kann sie in Athen diesen Titel verteidigen. Es ist zu diesem Zeitpunkt ihr 50. Wettkampf in dieser Disziplin; ihren ersten absolviert sie als 17-Jährige 1982 in Düsseldorf. Ein Jahr später ist sie schon Vize-Junioren-Europameisterin. 1990 und 1994 wird sie Europameisterin im Siebenkampf, 1997 Hallen-Weltmeisterin im Fünfkampf. Sie ist zwar eine gefeierte Sportlerin, doch zum Idol und Star lässt sie sich nicht aufbauen. Stattdessen wagt sie es, die Medien und die Werbebranche kritisch zu hinterfragen. Aufgrund ihrer feministischen Äußerungen verpasst man ihr den Titel „Alice Schwarzer der Sportarena". Der Firma Vita-Malz sind Brauns Haare zu kurz und das Erscheinungsbild zu burschikos. Deshalb stornieren sie einen Werbevertrag; der geht stattdessen an die Sportskollegin Heike Drechsler.

Breitbach, Joseph

deutscher Schriftsteller
2.9.1903 Ehrenbreitstein – 9.5.1980 München

Das schriftstellerische Werk Breitbachs ist vergleichsweise schmal, wenn man bedenkt, dass es in einem Zeitraum von rund 50 Jahren entstanden ist. Es umfasst drei Romane, etwa zehn Erzählungen, vier Theaterstücke, dazu Feuilletons und Kritiken. Seine schriftstellerische Existenz äußert sich nicht nur in seinen eigenen Werken; Breitbach ist zeitlebens zudem ein Botschafter der französischen Literatur und unermüdlicher Vermittler zwischen beiden Kulturen, in denen er gleichermaßen gelebt hat. Rund 40 000 Briefe, die im Literaturarchiv Marburg aufbewahrt werden, zeugen von diesem Engagement. Es gibt kaum einen Autor seiner Zeit, der nicht unter seinen Briefpartnern ist. Sein Hang zur Exzentrik, die vielseitige Bildung, aber auch seine offen gelebte Homosexualität ermöglichen ihm in jungen Jahren den Zugang zu Intellektuellenzirkeln, u.a. in Paris. Zu seinen Freunden gehören u.a. ☞André Gide, ☞Klaus Mann, ☞Marguerite Yourcenar, ☞Julien Green und ☞Jean Genet. Besonders prägend ist die Beziehung zu dem älteren Schriftstellerkollegen Jean Schlumberger, der Breitbach wie einen Sohn aufnimmt. Nach der Veröffentlichung seines ersten Buches, des Erzähbandes *Rot gegen Rot* (1928), wird Breitbach von Hermann Kesten in der *Weltbühne* und von Gerhart Pohl in der *Neuen Bücherschau* als einer der maßgeblichen Autoren der damals vieldiskutierten „jungen Generation" von Schriftstellern vorgestellt. Die Veröffentlichung des Erzählbandes führt zu seiner Entlassung im Warenhaus Landauer, wo Breitbach bis dahin als Angestellter beschäftigt gewesen war. Die Direktoren des Kaufhauses hatten sich in Breitbachs Buch zu deutlich porträtiert wiedergefunden. Sein erster Roman *Die Wandlung der Susanne Dasseldorf* (1932) wird kurz nach Erscheinen wegen „widerlicher Erotik und kommunistischer Tendenz" von den Nationalsozialisten verboten. Sein wohl größtes schriftstellerisches Unternehmen, der Roman *Clemens*, fällt vor der Veröffentlichung der Gestapo in die Hände und ist nur noch als Rudiment vorhanden. 1937 gibt er seinen deutschen Pass zurück und lebt als Staatenloser in Paris. Für kurze Zeit wird er nach Kriegsausbruch interniert und arbeitet für den französischen Geheimdienst. 1942 flieht er aus Marseille und lebt unter falschem Namen im Vichy-Frankreich. Nach Ende des Krieges wird er französischer Staatsbürger und ist bis 1951 Frankreich-Korrespondent der *Zeit*. Während der Zeit des Zweiten Weltkrieges und noch viele Jahre darüber hinaus kommt Breitbachs schriftstellerische Tätigkeit fast vollständig zum Erliegen. Ende der 50er Jahre wendet er sich dem Drama zu (*Genosse Veygond*, 1968; *Requiem für die Kirche*, 1969). Sein größter Erfolg, der Bestseller *Bericht über Bruno* (1962), ist mehr ein schriftstellerisches Zufallsprodukt. Mit seinem letzten Roman, *Das blaue Bidet* (1978), kann Breitbach den Erfolg nicht mehr wiederholen. Als Breitbach 1980 stirbt, hinterlässt er ein nicht unbeträchtliches Vermögen, das vermutlich aus Börsenspekulationen und aus Zuwendungen wohlwollender Förderer stammt. Breitbach verfügt testamentarisch die Gründung einer nach ihm benannten Stiftung, die seit 1998 den Joseph-Breitbach-Preis vergibt. Er ist mit 120 000 Euro der höchstdotierte Literaturpreis in Deutschland.

Bright, Susie

US-amerikanische Publizistin
25.3.1958 Arlington/Virginia

1984 schreibt Bright ihre erste *Toys for Us*-Kolumne für die Nullnummer von *On Our Backs*, der mittlerweile legendär gewordenen US-amerikanischen *Zeitschrift für die abenteuerlustige Lesbe*. Seither feilt die Nr. 23 unter den „62 Gründen, Amerika zu lieben" (*Minneapolis Weekly*) mit zahlreichen Artikeln, Anthologien und wachsendem Erfolg an ihrem Ruf als bekannteste Erotik-Expertin und lesbische Sexualerzieherin. Brights unermüdlicher Einsatz für eine enthemmte und genussvolle lesbische Sexualität gipfelt bislang in dem lesbischen Bestseller *Susie Sexperts Sexwelt für Lesben* (1993), einer Sammlung ihrer Kolumnen aus *On Our Backs*. Die Brüder Andy und Larry Wachowski engagieren Susie Bright 1996 als Beraterin für die lesbischen Sexszenen in ihrem Mafiathriller *Bound*.

- *Susie Sexperts liederliche Lesbenwelten*, 1995; *Susie Bright's Sexual State of the Union*, 1997; *Full Explosive: Opening up to Sexual Creativity and Erotic Expression*, 2000; *Mommy's Little Girl: On Sex, Motherhood, Porn, and Cherry Pie*, 2004

Britten, Sir Benjamin

britischer Komponist
22.11.1913 Lowestoft/Suffolk – 4.12.1976 Aldeburgh

Edward Benjamin Britten beginnt bereits als Neunjähriger zu komponieren. Während der Schulzeit Veröffentlichung der ersten Werke wie der *Sinfonietta für Kammerorchester*. Studium am Royal College of Music in London. 1941 entsteht für ein amerikanisches College die „Operetta" *Paul Bunyan* (Libretto von ☞W.H. Auden), die er jedoch später wieder zurückzieht und 1976 überarbeitet. 1945 wird seine erste Oper *Peter Grimes* in London uraufgeführt, und Britten wird sofort vielbeachteter neuer Fixstern der britischen Musiktheaterszene. Neben vielen kammermusikalischen Kompositionen und geistlichen wie weltlichen Chorwerken (u.a. das *War Requiem* mit Texten von Wilfried Owens, das 1962 zur Wiedereinweihung der kriegszerstörten Kathedrale von Coventry uraufgeführt wurde) folgen 13 weitere Bühnenwerke, die sich häufig mit dem Schicksal gesellschaftlicher Außenseiter beschäftigen (u.a. *The Rape of Lucretia*, 1946; *Albert Herring*, 1947; *Owen Wingrave*, 1971). Musikalisch kennzeichnen sich die Opern durch changierende Vielfalt. Homoerotische Momente finden sich in *Billy Budd* (1951) nach Herman Melville (Libretto von ☞E.M. Forster und Eric Crozier), *Turn of the Screw* (1954, dt. *Die Drehung der Schraube*) nach Henry James. Das Libretto zur ☞Shakespeare-Adaption *A Midsummer Night's Dream* (1960) fertigt Britten zusammen mit seinem Lebensgefährten, dem Tenor Peter Pears, für den er seine wichtigsten Opernpartien schreibt, u.a. die Rolle des Aschenbach in *Death in Venice* (1973) nach ☞Thomas Manns Novelle. 1953 wird Britten von der englischen Königin in den Adelsstand erhoben und 1976 zum Lord ernannt. Er stirbt überraschend an den Folgen einer Herzoperation. Die Queen, die zu feierlichen Anlässen selbstverständlich auch immer seinen Lebenspartner Pears eingeladen hatte, sendet diesem nach dem Tod des Komponisten ein Beileidsschreiben, mit dem sie erneut die homosexuelle Beziehung des Musikerpaares als Selbstverständlichkeit behandelt.

- Donald Mitchell/Philip Reed (ed.): *Letters From a Life: Selected Letters and Diaries from Benjamin Britten*, 1994
- E.H. White: *Benjamin Britten. His Life And His Operas*, 1981; A. Blyth: *Remembering Britten*, 1981; Henry Carpenter: *Britten – A Biography*, 1992

Bronnen, Arnolt

österreichischer Schriftsteller
19.8.1895 Wien – 12.10.1959 Berlin/DDR

In der Zeit nach dem Ersten Weltkrieg zählt Bronnen zu den erfolgreichsten oder zumindest spektakulärsten Dramatikern in Deutschland. Der Ausdruck „episches Theater" wird von einem Kritiker zuerst für die Stücke von Bronnen geprägt. Seine Dramen sorgen regelmäßig für Provokation: Zu seinen bekanntesten und den wenigen, die noch regelmäßig Inszenierungen erleben, gehört *Vatermord*, 1922 in Frankfurt/Main uraufgeführt. Es ist die Geschichte eines tyrannischen Kleinbürgers, seines homosexuellen Sohnes, der vom freien Leben außerhalb der bürgerlichen Gesellschaft träumt, und der Ehefrau, die den Sohn begehrt und sich zuletzt von ihm verführen lässt. Es folgen fünf weitere Dramen, die nicht weniger an Effekten und grellen Einfällen sparen. Der Kritiker Alfred Kerr urteilt harsch: „Bumms ohne Inhalt. Knall an sich. Leere mit Tempo." Bereits vor den großen Wahlerfolgen der NSDAP sympathisiert Bronnen überdeutlich mit den neuen Machthabern. Sein Roman *O.S.* (1927) über die Aufstände und Kämpfe in Oberschlesien gerät zu einem peinlich-primitiven Stück Propagandaliteratur, das die Feinde des deutschen Vaterlandes bei den Polen, Franzosen, bei bürgerlichen Politikern und sexuell freizügigen Frauen sieht. Goebbels ist begeistert, die erhoffte große Parteikarriere macht Bronnen nach 1933 dennoch nicht. Nach der Ermordung des SA-Chefs ☞Ernst Röhm, zu dessen homosexuellen Freunden Karl Ernst und Edmund Heines Bronnen enge Kontakte pflegt, geht er auf Distanz zu den Nazis. Seine erste Ehefrau Olga begeht 1935 Selbstmord. 1936 verliert Bronnen seinen Posten beim Rundfunk, den ihm Goebbels verschafft hatte. 1939 wird er aus der Reichsschrifttumskammer ausgeschlossen. Als man ihm 1943 mit „Schutzhaft" droht, geht er mit seiner zweiten Frau Hildegard von Lossow und seinen Kindern nach Österreich. Nach Kriegsende macht Bronnen erneut einen deutlichen politischen Schwenk. Er tritt in die kommunistische Partei ein, übersiedelt auf Einladung des Kultusministers Johannes R. Becher nach Ost-Berlin, wo er bis zu seinem Tod als Kritiker für die *Berliner Zeitung* tätig ist. In seiner literarisierten Autobiografie *arnolt bronnen gibt zu protokoll* (1954) stellt er zwar eine homosexuelle „Anlage" fest und berichtet von entsprechenden Erlebnissen in der Schulzeit und während der Kriegsgefangenschaft auf Sizilien, betont jedoch mehrfach den Triebverzicht dieser gleichgeschlechtlichen Empfindungen und seinen Erfolg als Frauenheld. Auch von seinem 1921 veröffentlichten Prosatext *Septembernovelle* über das leidenschaftliche Verhältnis eines Lehrers zu seinem Schüler distanziert sich Bronnen in der Autobiografie. Sie sei „pervers", „chauvinistisch" und „das früheste Zeugnis faschistischen Geistes in Deutschland".

- Friedbert Aspetsberger (Hg.): *Arnolt Bronnen. Werke in 5 Bänden*, 1988
- Friedbert Aspetsberger: *Arnolt Bronnen. Biographie*, 1995

Brontë, Charlotte

englische Schriftstellerin
21.4.1816 Thornton/Yorkshire – 31.3.1855 Haworth/Yorkshire

Charlotte, die älteste der legendären Brontë-Schwestern, deren feinfühlige Liebes- und Gesellschaftsromane allesamt zu Klassikern der englischen Literatur aufsteigen, arbeitet u.a. in Brüssel als Internatslehrerin und Gouvernante, bevor sie mit dem z.T. autobiografischen Roman *Jane Eyre* (1847) weltberühmt wird. Charlotte Brontë, die auch in ihren weiteren Romanen (*Shirley*, 1849) zeitgenössische Frauen, insbesondere deren Kampf gegen die vorherrschende Konvention, einer psychologischen Analyse unterzieht, veröffentlicht unter dem Pseudonym Currer Bell einen Gedichtband, der neben ihren eigenen Arbeiten auch Lyrik ihrer Schwestern Anne und Emily enthält (*Poems by Currer, Ellis and Acton Bell*, 1846). Charlottes eigener Kampf gegen die Konventionen bleibt in ihren Werken ausgespart – Charlotte liebt Frauen, vor allem ihre langjährige Freundin Ellen Nussey, die sie 1835 in Miss Woolers Schule in Roe Head kennen lernt und an die sie schreibt: „Ellen, ich wünschte, ich könnte für immer mit dir leben ..." ☞Vita Sackville-West schreibt, dass die Briefe Charlottes an Ellen „schlicht und einfach Liebesbriefe" seien. Sie lassen „wenig Zweifel, wohin Charlotte wirklich tendierte."

- *Villette*, 1853; *Legends of Angria*, 1933
- M. Peters: *Unquiet Soul: A Biography of Charlotte Brontë*, 1975; Elaine Miller: „Mag kommen, was kommen will und soll: Die Beziehung zwischen Ellen Nussey und Charlotte Brontë". in: *Und sie liebten sich doch*, 1991

Brooks, Romaine **(eigentlich Beatrice Romaine Goddard)**

US-amerikanische Malerin
1.5.1874 Rom – 7.12.1970 Nizza

Die Tochter einer US-amerikanischen Millionärin wächst in New York auf und geht 1883 zunächst zum Musikstudium nach Paris, dann nach Rom, wo sie Malerei studiert. Im Sommerurlaub auf Capri lernt sie ihren zukünftigen Ehemann, den schwulen englischen Dichter John Brooks, kennen. Aus dieser nur kurz währenden Ehe stammt ein ungewolltes, zur Adoption freigegebenes Kind. 1905 zieht Romaine Brooks zurück nach Paris, wo sie, obwohl von Natur aus eher introvertiert und nicht sonderlich gesellig veranlagt, bald Anschluss an die überwiegend lesbische Künstlerinnenszene findet. Nach mehreren Liebschaften – u.a. mit der russischen Tänzerin Ida Rubinstein, die auf unzähligen Bildern Brooks' verewigt ist – begegnet Brooks 1915 der amerikanischen Schriftstellerin ☞Natalie Barney, mit der sie eine fast 50 Jahre andauernde Liebesbeziehung eingeht. Nach der Trennung von Barney bricht Brooks ab 1967 jeden Kontakt zur Außenwelt ab und zieht sich in ihre Wohnung in Nizza zurück, wo sie 1970 stirbt. Brooks' künstlerische Karriere entwickelt sich nur sehr langsam. Erst 1913 erregt ihre Teilnahme am Salon des Artistes Decorateurs die Aufmerksamkeit und Anerkennung von Kritikern und Kunstsammlern. Dennoch ist die rastlose Künstlerin nie in der Lage, sich in ihrem Beruf durchzusetzen. Nach dem Tod des geisteskranken Bruders und der völlig überdrehten Mutter erbt Brooks das Familienvermögen und ist nun in der Lage, frei von materiellen Ängsten arbeiten zu können. Obwohl Brooks' Werke zwar leichte Einflüsse des Symbolismus erkennen lassen, kümmert sie sich nicht im Geringsten um die vielen künstlerischen Trends ihrer Zeit und arbeitet unbeirrbar an ihrem eigenen Stil, der zuweilen als überholt und unmodern kritisiert wird. Zu nachhaltigem Ruhm verhelfen Brooks ihre zahlreichen Porträts bekannter und bedeutender Zeitgenossinnen wie ☞Gertrude Stein, Lily de Clermont-Tonnerre u.a., welche mit beeindruckender Prägnanz das künstlerische und gesellschaftliche Leben der Literatinnen und Malerinnen im Paris der 20er Jahre dokumentieren.

- Meryle Secrest: *Between Me and Life: A Biography of Romaine Brooks*, 1974

Brown, Rita Mae

US-amerikanische Schriftstellerin
28.11.1944 Hanover/Pennsylvania

Rita Mae Brown ist vermutlich die bekannteste offen lesbische Gegenwartsautorin. Aufgewachsen bei Adoptiveltern in Pennsylvania und Florida, geht sie 1964 nach New York, wo sie gleichzeitig Englisch, Klassische Literatur, Kameratechnik und Filmregie studiert. Mit Anfang 20 beginnt Brown erfolgreiche Drehbücher, Skripte für Fernsehserien und Erzählungen zu schreiben. Der literarische Durchbruch gelingt ihr 1977 mit dem vier Jahre zuvor erstmalig beim Frauenverlag Daughters Inc. erschienenen, dann international erfolgreichen Bestseller *Rubyfruit Jungle* (dt. *Rubinroter Dschungel*), in dem sie die autobiografisch eingefärbte Geschichte der jungen Molly Bolt erzählt, die ihren bigotten Heimatort in den Südstaaten verlässt, um in New York Filmemacherin zu werden – und endlich lesbisch leben zu können. Ist Molly Bolt noch eine der ersten lesbischen Charaktere in der Mainstreamliteratur, die nicht an Depressionen und fortgesetztem Pech leiden, so wendet sich Brown nach mehreren weiteren Bestsellern mit zumindest teilweise lesbischen Protagonistinnen hauptsächlich dem Schreiben von „Katzen-Krimis" zu, in denen Katzen die Heldinnen darstellen (u.a. *Schade, dass Du nicht tot bist*). Als Co-Autor wird hier gleichberechtigt stets Kater Sneaky Pie genannt. Daneben ist sie weiterhin als Drehbuchautorin erfolgreich. Bereits als Schülerin engagiert sich Brown für die zivile Bürgerrechtsbewegung, später verstärkt in radikalfeministischen und -lesbischen Organisationen (National Organisation of Women, der Furien sowie Mitbegründerin der Rotstrümpfe und Radicalesbians). Brown, die, wie sie gerne betont, mit mehreren Katzen auf einer Farm in Charlotte/Virginia lebt, ist jahrelang mit anderen bekannten lesbischen Persönlichkeiten liiert gewesen, so u.a. mit ☞Martina Navratilova, deren ehemaliger Lebensgefährtin Judy Nelson und der Musikerin ☞k.d. lang. Ihre Beziehung zu Navratilova verarbeitet sie zu dem Roman *Die Tennisspielerin*. 1998 erscheint ihre Autobiografie *Rubinrote Rita*. *„My lesbianism is an act of Christian charity. All those women out there are praying for a man, and I'm giving them my share."*

- (Auswahl): *In Her Day*, 1976 (dt. *Goldene Zeiten*, 1992); *Southern Discomfort*, 1982 (dt. *Wie du mir, so ich dir*); *Venus Envy*, 1993 (dt. *Venusneid*); *Dolly. A Novel of Dolly Madison in Love and War*, 1993; *Alma Mater*, 2002

Brûlé, Tyler

kanadischer Journalist und Stilguru
1969 Winnipeg

Tyler Brûlé will zunächst Architekt oder Designer werden, schlägt dann aber eine Laufbahn als Journalist ein. Er studiert Publizistik und Politikwissenschaft, wird 1988 Fernsehreporter bei der BBC, wechselt dann bald zu den Printmedien und schreibt für verschiedene renommierte Zeitschriften und Zeitungen wie *Vanity Fair* und *Vogue*. 1994 wird er bei einem Einsatz als Reporter in Afghanistan verwundet und beginnt daraufhin in London das Projekt zu entwickeln, mit dem er international bekannt wird: das Design- und Lifestylemagazin *Wallpaper*, das er 1996 gründet. Nach einem Jahr und lediglich vier Ausgaben verkauft er das Magazin für 1,6 Millionen Dollar an den Medienkonzern Time Warner. Das als Trendbibel gehandelte Magazin erreicht zu diesem Zeitpunkt eine Auflage von rund 134 000 Exemplaren und wird in 60 Ländern verkauft. Ein Drittel der Leserschaft, so wird geschätzt, ist schwul wie der Chefredakteur selbst. In einem Interview erklärt Tyler Brûlé, dass er sich bereits mit zehn Jahren seines Schwulseins sicher gewesen sei. Und ebenso lange pflege er seine Obsession für Mode. Die Beziehung zum Vater, einem Profi-Footballspieler, der deshalb ständig den Wohnort wechseln muss, ist zeitlebens schwierig. Nach Tylers Coming-out spricht der Vater kein Wort mehr mit dem Sohn. Auch nach dem Verkauf von *Wallpaper* bleibt Brûlé weiterhin Chefredakteur des Magazins und hält 17,5 Prozent der Aktien. 2001 startet er zudem mit der halbjährlich erscheinenden Modezeitschrift *Spruce*, die sich ebenfalls an ein urbanes, stilbewusstes Publikum über 30 richtet, und entwickelt außerdem das Sportmagazin *Line – Cross it*, das jedoch floppt. Daneben leitet Tyler Brûlé die Werbeagentur Wink Media mit Büros in London, New York und Zürich. Seine Agentur erhält 2002 den spektakulären Auftrag, das komplette Design samt Logo für die neu gegründete Schweizer Airline Swiss zu gestalten.

Bruns, Manfred
deutscher Jurist
1934 Linz

Am 27.10.1994 wird Bruns vom Bundespräsidenten das Bundesverdienstkreuz für sein „gesellschaftspolitisches Engagement für die Emanzipation und Anerkennung Homosexueller, für den Schutz ihrer Rechte und für die Wahrung der Würde von Menschen, die HIV-positiv oder an Aids erkrankt sind" verliehen. Die Auszeichnung gilt Bruns' Engagement innerhalb der Arbeitsgruppe Homosexuelle und Kirche und bei den Schwulen Juristen. Bruns prägt Mitte der 80er Jahre die juristische Debatte über HIV, Aids und Testpolitik entscheidend mit, steuert sie in eine liberale Richtung und setzt sich für die Abschaffung des §175 ein. Von 1987 bis 1991 gehört er als Rechtsexperte der Aids-Enquete-Kommision des Deutschen Bundestages an. Bemerkenswert ist diese staatliche Auszeichnung auch deshalb, weil Bruns der Bundesanwaltschaft nicht immer genehm war. Bruns hatte 1961 geheiratet und sich stets bemüht, seine homosexuellen Neigungen zu verdrängen. Anfang der 80er Jahre vertraut er sich der HuK an und schafft sein Coming-out. Als sich Bruns, inzwischen Bundesanwalt in Karlsruhe, auch seinem Arbeitgeber, Generalbundesanwalt Rebmann, gegenüber zu seiner Homosexualität bekennt, wird er als „Sicherheitsrisiko" eingestuft und muss die Schutzabteilung verlassen. Dem behördlichen Spießrutenlauf setzt Bruns schließlich mit seiner Kündigung ein Ende. Er engagiert sich im Lesben- und Schwulenverband e.V. (LSVD) und bei der Bundesarbeitsgemeinschaft Schwule Juristen und der Bundesarbeitsgemeinschaft Schwule und Lesbische Paare.

Brunst, Klaudia
deutsche Journalistin
7.4.1964

Von 1979 bis 1981 ist Klaudia Brunst aktiv in einer lesbisch-feministischen Frauengruppe in Düsseldorf. Das Studium der Film-, Fernseh-, und Theaterwissenschaften führt sie zunächst nach Köln und schließlich nach Berlin, wo sie mit einer Arbeit zum aktuellen TV-Gameshow-Angebot abschließt. 1992 wird sie Redakteurin der *tageszeitung (taz)*, zunächst in der Kultur-, danach in der Medienredaktion. 1996-1999 ist sie Chefredakteurin der *taz*, 1997 Mitglied der Jury des Alfred-Grimme-Preises. 1996 erscheinen ihre in der *taz* publizierten autobiografischen Kolumnen zum lesbischen Leben, Lieben und Alltag: *Spätere Heirat ausgeschlossen. Geschichten aus einem gleichgeschlechtlichen Paradies*. Eine Sammlung mit Interviews, Reportagen und Essays zum Unterhaltungsfernsehen erscheint 2003 unter dem Titel *Leben und leben lassen*.

Bryher (eigentlich Annie Winifred Ellermann)

britische Schriftstellerin
2.9.1894 Margate – 28.1.1983 Waadt/Schweiz

Als Kind träumt die Reeder-Tochter davon, ein Junge zu sein und wie der Vater um die Welt zu segeln. John Reeves Ellerman überlegt ernsthaft, der Tochter die Firma zu übergeben, schreckt aber wegen der befürchteten Reaktionen der Finanzwelt davor zurück. Als Tochter einer der reichsten britischen Familien ist Bryher zeitlebens äußerst wohlhabend. Ihr umfangreiches Vermögen nutzt sie vorrangig, um die Welt zu bereisen und zahlreiche notleidende KünstlerInnen (wie ☞Djuna Barnes und James Joyce), deutsche EmigrantInnen und FreundInnen sowie interessante Projekte, z.B. den Pariser Buchladen Shakespeare and Company oder die Literaturzeitschrift *The Little Review*, äußerst freigiebig zu unterstützen. Bryher, die 1918 die Lyrikerin ☞Hilda Doolittle (die sich H.D. nennt) kennen lernt, mit der sie eine lebenslange enge Beziehung verbindet, verlegt Anfang der 20er Jahre ihren Wohnsitz in die Schweiz. Zusammen mit ihrem zweiten Ehemann Kenneth MacPherson – die Scheinehe geht sie aus Rücksichtnahme auf die Familie und ihre Freundin ein – gibt sie von dort aus die Zeitschrift *Close-up* heraus, die sich als erste ihrer Art mit Filmkunst beschäftigt. H.D. und Bryher treten als Paar in dem surrealistischen Avantgardefilm *Borderline* (1930, Regie Kenneth MacPherson) auf. Der literarische Erfolg Bryhers lässt lange Zeit auf sich warten. Nachdem ihr erster Roman bereits 1920 erschienen war, erlangt sie erst mit ihren späteren historischen Romanen, insbesondere mit *Beowulf* (1956), eine gewisse Bekanntheit.

Brynntrup, Michael

deutscher Filmemacher
7.2.1959 Münster/Westfalen

Autobiografische Spurensuche, schwule Erotik, selbstreferenzielle Beschäftigung mit dem Filmemachen an sich und die Faszination von Tod und Zerfall sind die immer wiederkehrenden Motive und Themen der Experimentalfilme des in Berlin lebenden Brynntrup. In seinen Kurzfilmen auf Super8- und 16mm-Material (u.a. *Statik der Eselsbrücken*, 1991; *Plötzlich und unerwartet*, 1992; *Kain und Abel*, 1994; *TABU V*, 1999; *Kein Film*, 2000; *Achtung – Die Achtung (concentration chair)*, 2001) durchforstet er, mit zuweilen narzistischer Ich-Perspektive, seine Familiengeschichte nach Auswirkungen des Deutsch-Seins, der Religion und der gesellschaftlichen Zwänge. Detailverliebte Bildexperimente verknüpfen sich mit skurrilem Humor, eitler Selbstbespiegelung und Reminiszenzen an die schwule Subkultur samt Pornos und Tuntenszene. Brynntrup studiert zunächst von 1979 bis 1982 Jura und Kunstgeschichte und von 1987 bis 1991 Freie Kunst und Film an der Hochschule für Bildende Künste in Braunschweig. Werkschauen werden Brynntrup u.a.1987 und 1992 im Museum of Modern Art New York, 1988 beim NoBudget-Festival Hamburg sowie bei dem AudioVisuellExperimenteel Festival Arnhem gewidmet. Mit *E.K.G. Expositus (die öffentlichen und die künsterischen Medien)* (2004) produziert Brynntrup seinen ersten abendfüllenden Kinofilm.

- *Lebende Bilder – Still Lives*, 1992

Buchholz, Horst (eigentlich Horst Werner Buchholz)
deutscher Schauspieler
4.12.1933 Berlin -3.3.2003 ebd.

Der Sohn eines Schuhmachers wächst im klassischen Berliner Arbeiterviertel Prenzlauer Berg auf. Infolge der ersten Bombenangriffe auf die Reichshauptstadt wird Buchholz 1943 in ein Kinder-Landverschickungsheim in Schlesien gebracht. Nach Kriegsende schlägt er sich nach Berlin durch, wo er für sich selbst sorgen muss. 1948 arbeitet er als Statist am Metropoltheater,

ein Jahr später übernimmt er seine erste kleinere Bühnenrolle in *Emil und die Detektive*. Er finanziert sich mit weiteren kleineren Rollen und als Synchronsprecher, wo er erstmals Kontakt zum Film bekommt. 1950 beendet er vorzeitig die Schule, nimmt Schauspielunterricht und erhält seine ersten Theaterengagements in Berlin. Ab 1952 übernimmt er erste Filmrollen – als Statist in *Die Spur führt nach Berlin* (1952), *Schmerzliches Arkadien* (1954) und Helmut Käutners *Himmel ohne Sterne* (1955). Als rebellischer Teenager in Georg Tresslers *Die Halbstarken* (1956) und mit seinem Auftritt in *Endstation Liebe* (1957) schafft Buchholz den Durchbruch, wird salopp Hotte genannt und als „der ☞James Dean des deutschen Kinos" bezeichnet. Mit der Titelrolle in der ☞Thomas-Mann-Verfilmung *Bekenntnisse des Hochstaplers Felix Krull* (1957) wird er international bekannt. Er verlässt Deutschland und dreht nun in vielen internationalen Produktionen, eine Vielzahl jedoch von eher zweitrangiger künstlerischer Bedeutung. Tragisch und peinlich zugleich ist sein Flop als Moderator der *Astro-Show* 1981, die nach fünf Folgen abgesetzt wird. Jahrzehntelang führt Buchholz ein Doppelleben. Im Alter von 66 Jahren spricht er in einem Interview mit der Zeitschrift *Bunte* erstmals offiziell über seine Homosexualität. Er habe seine Sexualität immer ausgelebt, wenn auch im Verborgenen. Mit seiner von ihm getrennt lebenden Ehefrau, mit der er zwei Kinder hat, habe er sich in den 42 Ehejahren arrangiert.

- weitere Filme (Auswahl): *Das Totenschiff*, 1959; *Die glorreichen Sieben*, 1960; *Eins, zwei, drei*, 1961; *Der Callboy*, 1972; *Mörderbienen greifen an*, 1976; *Lawinenexpress*, 1978; *Das Leben ist schön*, 1997
- Myriam Bru, Beatrice und Christopher Buchholz: *Horst Buchholz – sein Leben in Bildern*, 2003

Bührmann, Traude
deutsche Autorin und Übersetzerin
26.11.1942 Essen

Die in Berlin und Paris lebende Autorin, Übersetzerin, Fotografin und Organisatorin literarischer Salons debütiert 1981 mit dem Essay *Gen-Manipulation und Retortenbaby. Männliche TAG-TRÄUME eine perfekte y-Welt zu schaffen*. Ihre erste größere Veröffentlichung als Literatin hat sie 1987 mit der Erzählung *Flüge über Moabiter Mauern*, die Geschichte zweier leidenschaftlicher Frauen vor dem Hintergrund der politischen Repressionen der 70er Jahre. Neben Gedichten und Kurzgeschichten erscheinen 1994 ihre Reiseerzählungen *Die Staubstraße nach Matala*. Ihr Roman *Mohnrot*, der sich um den

Prozess des Schreibens und Vermarktens dreht, wird 1997 unter dem Namen Olga Linz publiziert. Es folgen im Jahr 2000 die Porträts *Faltenweise – Lesben und Alter.* Mit lesbischen Lebenswelten beschäftigt sich Traude Bührmann auch als Herausgeberin, etwa in der Anthologie *Sie ist gegangen. Geschichten vom Abschied für immer* (1997), die sich mit dem Trauern auseinandersetzt, sowie in den Stadtbegleiterinnen *Lesbisches Berlin* (1999) und *Lesbisches Paris* (2002, mit Suzette Robichon). 2004 erscheint ihr Roman *Die Straßensängerin*. Zu ihren literarischen und fotografischen Arbeiten sagt Traude Bührmann: „Ich schreibe in Bildern, in Bildern erzähle ich Geschichten, rücke dabei den poetischen Blickwinkel in den Mittelpunkt."

Bulthaupt, Axel

deutscher Fernsehjournalist und Moderator
21.2.1966 Melle

Seine ersten journalistischen Erfahrungen sammelt er bei der *Neuen Osnabrücker Zeitung*, ab 1990 moderiert er verschiedene Programme des NDR-Hörfunks. Seine erste TV-Sendung ist das Jugendmagazin *Jetzt kommt's* (1991-1992). Nach der Talksendung *LebensArt* (1993) geht Bulthaupt zum Team des Boulevardmagazins *Brisant* beim MDR und schafft damit den Durchbruch. Parallel moderiert er sein eigenes Reisemagazin *Bulthaupt in ...* (ab 1996) sowie das VIP-Magazin *Brisant privat* (bis 2003), außerdem Musikshows wie die Echo-Preisverleihung und die Vorentscheidung zum Grand Prix d'Eurovision. „Ich bin schwul. Ich bin es gern, aber ich mag mir keinen Stempel aufdrücken und mich in der öffentlichen Wahrnehmung auf meine Liebe zu einem Mann reduzieren lassen."

Burchill, Julie
britische Journalistin und Autorin
7.4.1960 (n.a.A. 1959) Bristol

Mit 16 Jahren bricht sie aus ihrer proletarischen Heimatstadt auf ins ereignisreichere London. Dort beginnt sie eine rasante journalistische Karriere. Mit 17 schreibt sie für das Kultblatt ihrer Generation, den *New Musical Express*, mit 20 für *The Face*, mit 23 für *Sunday Times*, mit 26 für *Mail on Sunday*. Ende der 80er Jahre ist sie die höchstbezahlte Journalistin ihres Landes. Ihr Markenzeichen: Sie sagt einfach nur die Wahrheit mit sehr deutlichen Worten. Ob über Sex, Medien, Promis oder Skandale: Burchill schreibt scharfzüngig, witzig und provokant über ihr Thema. Schonung verdient bei ihr weder Prince Charles noch Salman Rushdie. Sie verfasst mehrere Dramen und Sachbücher sowie drei Romane. Ihr erfolgreichster *Die Waffen der Susan Hill*, eine postfeministische Kampfansage gepaart mit Kolportage- und Trashelementen, verkauft sich allein in Großbritannien über eine Million Mal. Zweimal heiratet sie („Es passierte einfach. Wie Kontoüberziehen."), dann aber lernt sie Charlotte Raven kennen, die bei ihrer ersten Begegnung 25 Jahre jung ist, eine Marxistin und Millionärstochter dazu. („Kann es eine herrlichere Berufsbezeichnung für den geliebten Menschen geben?"). Als ihre Beziehung bekannt wird, landen sie auf den Titelblättern der Boulevardpresse. „Miss Raven und ich sind keine Lesben; wir sind einfach nur verliebt", schrieb sie zornig an den *Evening Standard*. Mittlerweile haben sich Burchill und Raven in ein Haus in Brighton zurückgezogen.

- *Ambition*, 1989; *Sex and Sensibility*, 1992 (dt. *Sex und andere Laster*, 1994); *Married Alive*, 1998; *Diana*, 1998; *I Knew I Was Right*, 1998 (dt. *Verdammt – ich hatte recht. Eine Autobiographie*, 2000); *Scheide sich, wer kann*, 2000

Burgess, Guy (eigentlich Guy Francis de Moncy Burgess)
britischer Journalist, TV-Produzent und Agent
1910 Devonport/Devon – 1963 Moskau

Das Cambridge der 30er Jahre ist für den britischen Geheimdienst ein idealer Ort, um Spione anzuwerben. Vielen jungen Intellektuellen erscheint die Sowjetunion damals als einziges Bollwerk gegen den Faschismus in Europa. So werden nicht nur Kim Philby, Donald MacLean und der Topagent Sir Anthony Blunt als Kundschafter Moskaus angeworben. Zu dem Freundeszirkel gehört auch Guy Burgess. Von 1936 bis 1944 arbeitet er bei der BBC, 1939-41 ist er mit der Produktion von Kriegspropaganda im Auftrag des MI5 betraut. 1950 geht er als Sekretär der Britischen Botschaft nach Washington DC, ein Jahr später muss er wegen Schlampigkeit im Umgang mit Geheimpapieren den Dienst quittieren. Als er erfährt, dass Donald MacLean wegen Spionageverdachts observiert wird, bekommt auch Burgess Angst, enttarnt zu werden. Gemeinsam mit MacLean setzt er sich am 23. Juni 1951 nach Moskau ab. Für die Öffentlichkeit sind sie jahrelang spurlos verschwunden. 1956 verlesen sie in einem Moskauer Hotel vor wenigen geladenen Korrespondenten eine vorbereitete Erklärung, in der sie sich als Spione der Sowjetunion zu erkennen geben. Der Dramatiker Julian Mitchell verarbeitet in seinem Bühnenstück *Another Country* (1984 von Marek Kanievska mit ☞Rupert Everett in der Hauptrolle verfilmt) Burgess' Jahre und Männerlieben in Cambridge. Alan Bennett wiederum behandelt in seinem Fernsehspiel *An Englishman Abroad* Burgess' Leben in Moskau.

Burke, Phyllis
US-amerikanische Schriftstellerin und Lesbenrechtlerin
1951 Boston/Massachusetts

Mit ihrem Debütroman *Atomic Candy* (1989, dt. *Ich bin ein Marilyn*), einer spritzigen Parodie auf moderne Geschlechterverhältnisse, macht sich Burke in Deutschland als Schriftstellerin einen Namen. Die streitbare Universitätsdozentin und Journalistin ist in den USA aber vor allem für ihren engagierten Einsatz für die Lesben- und Schwulenbewegung bekannt. Mit *Family Values* (1993, dt. *Eine Familie ist eine Familie ist eine Familie*), einem autobiografischen Bericht über ihren Kampf um die Adoptionsrechte lesbischer Co-Mütter, der den Begriff „Familie" von Grund auf in Frage stellt, legt sie zugleich eine spannende bewegende Geschichte der US-amerikanischen lesbisch-schwulen Bürgerrechtsbewegung vor. Burke lebt mit ihrer Familie in San Francisco.

Burroughs, William S.
(eigentlich William Seward Burroughs)

US-amerikanischer Schriftsteller
5.2.1914 St. Louis – 2.8.1997 Lawrence/Kansas

Seine Familie, Erben der Burroughs Adding Machine Company, lebt dank der Lizenz für Büromaschinen in gesicherten Verhältnissen. 1931 macht Burroughs während eines Landschulaufenthalts in Los Alamos, New Mexico seine ersten homosexuellen Erfahrungen. 1936 legt Burroughs das Examen für Englische Literatur an der Harvard Universität ab, im Jahr darauf unternimmt er eine in seiner gesellschaftlichen Klasse obligatorische Reise durch Europa. Er bleibt in Wien und studiert ein Semester Medizin. Einer deutschen Jüdin in Dubrovnik ermöglicht er durch eine Zweckheirat die Einreise in die USA. 1938-1939 studiert er Anthropologie an der Harvard Universität. Danach arbeitet er als Barkeeper, Kammerjäger, Privatdetektiv sowie als Redakteur in einer Nachrichtenagentur in Chicago und New York. 1943 lernt er in New York ☞Allen Ginsberg und Jack Kerouac kennen, die an der Columbia Universität studieren. Zusammen werden sie später als Gründungsväter der Beatliteratur in die Literaturgeschichte eingehen. Gemeinsam probieren sie sämtliche greifbaren Drogen aus. Burroughs wird opiatsüchtig und verdient sich seinen Stoff als Heroindealer und Kleinkrimineller. 1946 heiratet er trotz seiner Homosexualität Joan Adams und versucht sich in Rio Grande Valley/Texas als Farmer (Luzernen, Zitrusfrüchte und Marihuana). Als er 1949 wegen Besitzes von Marihuana angeklagt wird, setzt er sich nach Mexiko ab. Dort beginnt er als Teil eines Briefwechsels mit Allen Ginsberg mit der Niederschrift seines ersten, stark autobiografisch gefärbten Romans *Junkie* (1953).
Am 6. September 1951 erschießt Burroughs im angetrunkenen Zustand aus Versehen seine Frau in Mexico City, als er die Apfelszene Willhelm Tells nachstellen will. Als Folge der daraufhin eingeleiteten Gerichtsverhandlung muss er das Land verlassen. Danach bereist er mehrere Länder Südamerikas, um sich schließlich in Tanger niederzulassen. Eine neuerliche Entziehungskur hat 1956 Erfolg. Im Beat Hotel in Paris erstellt er eine umfangreiche Sammlung mit Notizen, die er mit Hilfe von Ginsberg und Kerouac bearbeitet und unter dem Titel *Naked Lunch* (1959) an den vor allem für pornografische Literatur berüchtigten Verlag *Olympia Press* verkauft. Das literarische Verfahren wird später als Cut-Up-Literatur bezeichnet. Der Rest der Schriften wird später zur *Nova-Trilogie* (1961-64): *The Soft Machine*, *The Ticket That Exploded* und *Nova Express*. 1961 siedelt Burroughs nach London über, wo er für kleine Untergrundmagazine schreibt. Daneben arbeitet er an einem Manuskript, das später in zwei Teilen als *The Wild Boys* (1971) und *Port of Saints* (1975) erscheint. Er zieht nach New York, wo er bald Einlass in die aktuelle Kulturszene, z.B. um ☞Andy Warhol und Mick Jagger, findet. Ein Jahrzehnt später gilt Burroughs bereits als Ikone der Popkultur; er arbeitet u.a. mit der Performance-Künstlerin Laurie Anderson zusammen, übernimmt Gastrollen in Filmen wie ☞Gus van Sants *Drugstore Cowboy* und schreibt das Libretto für das Musical *The Black Rider* von Tom Waits und ☞Robert Wilson.

- weitere Veröffentlichungen (Auswahl): *Minutes to Go*, 1950; *The Last Words of Dutch Schultz*, 1970; *The Job*, 1970; *Exterminator*, 1973; *The Place of Dead Roads*, 1983; *Queer*, 1985; *The Western Lands*, 1987; *Interzone*, 1990; *The Adding Machine: Selected Essays*, 1993; *The Ghost of Chance, 1997*

Burton, Sir Richard Francis
britischer Geograf, Sexualwissenschaftler, Ethnologe und Autor
13.3.1821 (n.a.A. 19.3.1821) Galway/Irland – 20.10.1890 Trieste

Fast den gesamten Erdball bereist Burton im Lauf seines Lebens: An vielen Punkten seiner Expeditionen ist er der erste

Weiße, der diese Regionen erkundet. Seine Forschungsergebnisse als Geograf, Ethnologe, aber auch als Sexualwissenschaftler erfasst Burton in einer Vielzahl z.T. sehr umfangreicher Bücher. Nicht nur diese Veröffentlichungen, sondern auch sein exzentrisches und abenteuerliches Leben machen ihn über Forscherkreise hinaus berühmt. Burton ist zwar verheiratet, aber seine Ehe mit der Gattin Isabelle bleibt kinderlos und auch intellektuell für ihn nicht sonderlich fruchtbar. Unsicher ist überhaupt, ob er zeitlebens Sex mit Isabelle oder irgendeiner anderen Frau hat. Anders verhält es sich mit seinen homosexuellen Erfahrungen. Zwar sind Besuche in einem Knabenbordell in Karachi belegt, ob er dort jedoch nur Voyeur oder auch Kunde war, ist unbekannt. In seinen Tagebüchern hingegen schreibt er ausführlich über seine homosexuellen Fantasien und Erlebnisse. In der zweiten Hälfte seines Lebens gibt Burton das Reisen auf und widmet sich vor allem Übersetzungen. Eines der Hauptwerke ist die Übertragung der erotischen *Geschichten aus 1001 Nacht*, denen er einen damals als skandalös aufgefassten Essay über die Knabenliebe anfügt. Darin wirft Burton die heute merkwürdig erscheinende Theorie auf, dass sich die Welt in zwei, durch den Äquator bestimmte Zonen einteile, in denen – bedingt durch das heiße Klima – die Knabenliebe entweder toleriert und entsprechend verbreitet oder aber verboten und nur einer Minderheit vorbehalten sei. Dieser Aufsatz ist eine der ersten Auseinandersetzungen mit dem Thema Pädophilie in England und wird häufig als frühes Manifest der homosexuellen Emanzipation gedeutet. Burton, der sich u.a. mit dem Werk von ☞Karl Heinrich Ulrichs und ☞John Addington Symonds auseinandersetzt, lässt jedoch keinen Zweifel daran, dass er die Knabenliebe weder für erstrebenswert noch für moralisch vertretbar hält. Seine letzte große Anstrengung gilt der Übersetzung einer arabischen Anleitung zum Sex, *The Secret Garden* von Sheikh Nafzawi, die sich auch ausführlich homosexuellen Beziehungen widmet und die Burton durch einen umfangreichen Anhang ergänzen wollte. „Ich habe mein ganzes Leben und Herzblut in diesen *Secret Garden* gesteckt. Diese Arbeit ist die Krone meines Lebens", schreibt er einem Freund. Seine Witwe jedoch vernichtet nach seinem Tode nicht nur das unvollendete Manuskript, sondern auch die kompletten Tagebuchaufzeichnungen und Briefe, um die skandalöse Seite seines Lebens zu tilgen. Um sicherzugehen, dass seine Seele tatsächlich von allem Übel gereinigt in den Himmel auffährt, lässt sie für den Leichnam gleich zwei katholische Trauermessen feiern.

- Byron Farwell: *Burton. A Biography of Sir Richard Francis Burton*, 1963

Busch, Eva

deutsche Sängerin
22.5.1912 Berlin – 20.7.2001 München

Die Tochter einer Opernsängerin und eines Dirigenten studiert in den 20er Jahren Musik und Schauspielerei am Berliner Konservatorium und an der Reinhardt-Schule, bevor sie ihr erstes Engagement an der Volksbühne erhält. 1933 emigriert sie gemeinsam mit ihrem Mann, dem Schauspieler und Sänger Ernst Busch, zunächst in die Niederlande, Belgien, die USA und die Schweiz, bis sie sich schließlich in Paris niederlässt, wo ihr der Durchbruch als Chanson-Interpretin gelingt. Doch nach der Besetzung Frankreichs wird sie dort von der Gestapo aufgespürt und ins Lager deportiert. Fast vier Jahre verbringt sie in Gefangenschaft, zunächst in Gurs, dann in Ravensbrück. Nach dem Krieg findet sie in Frankreich eine neue Heimat und knüpft an der vor Kriegsbeginn im legendären Berliner Kabarett von Rudolf Nelson begonnenen Karriere als Chansonette mit Liedern von Nelson, George Brassens, Hanns Eisler und André Grassi an. Paris feiert die beeindruckend schöne Diva mit der mondänen, etwas kühlen Ausstrahlung und der kräftigen, doch weichen Stimme und begrüßt sie mit offenen Armen. Eva Busch wird Teil der Künstlerboheme um Max Ernst, Pablo Picasso und Louis Aragon. Ihr größtes Glück jedoch, wie sie sagt, ereignet sich 1946, als sie der Journalistin und Schriftstellerin George Sinclair begegnet. „Wir wussten beide, dass es diese rare große Liebe war. Ich habe zu George gesagt: Unsere Kinder werden Bücher sein und Chansons." – Und fügt kokett hinzu: „Wir beide mochten wirkliche Kinder nicht. Wir liebten Hunde, auch hässliche. Wir liebten Blumen, die Sonne, den Regen." George Sinclair schreibt zahlreiche Chansontexte für ihre Lebensgefährtin. Nach deren Tod 1984 nimmt sich Busch einen Wohnsitz in München, bleibt ihrer Wahlheimat aber aufs engste verbunden. Das genaue Geburtsjahr verrät die Diva nicht; sogar in ihrer Autobiografie macht sie falsche Angaben.

- *Und trotzdem – Autobiographie*, 1991; *Eva Busch und ihre Lieder* (CD), 1991

Busi, Aldo

italienischer Schriftsteller
25.2.1948 Montichiari/Brescia

Bereits mit 14 Jahren verlässt Busi die Schule und sein Heimatdorf, um sich als Kellner in Hotels und Restaurants durch die

Welt zu schlagen und Sprachen zu lernen. Sein Studium finanziert er schließlich mit Gelegenheitsjobs, mal Tellerwäscher in einer Pizzeria, mal Nachtportier in München. 1981 beendet er sein Studium mit einer Arbeit über den US-Lyriker John Ashbery an der Universität von Verona. Busi übersetzt zahlreiche Autoren ins Italienische, u.a. Johann Wolfgang von Goethe, Lewis Carroll und Gustave Flaubert, zum anderen überträgt er klassische italienische Werke wie Boccaccios *Decamerone* in ein modernes Italienisch. Sein erster, stark autobiografisch gefärbter Roman *Seminario sulla gioventù* (1984, dt. *Seminar über die Jugend*, 1990) erzählt die Lebensgeschichte eines Bauernjungen, der als Gigolo und Stricher den seltsamsten erotischen Begegnungen ausgesetzt ist. Der Roman macht Busi über Nacht zu einem erfolgreichen und umstrittenen Autor. Wegen seines vierten Romans *Sodomie in Corpo 11* (*Sodomie in Schriftgröße 11*, 1988) steht Busi vor Gericht. Die Staatsanwaltschaft befindet, dass dieses Schriftwerk „höchst obszönen Inhalts" sei, vor allem durch die „Beschreibungen von analem und oralem homosexuellen Verkehr". Busi gilt als einer der erfolgreichsten – und exzentrischsten – italienischen Gegenwartsautoren, der sich selbst in die Reihe der größten Literaten seines Landes stellt, „weit über ☞Pasolini".

- *La Delfina Bizantina*, 1986; *Sentire le donne*, 1991; *Il Manuale del perfetto Gentilomo*, 1993 (dt. *Handbuch für den perfekten Gentleman*, 1994); *Il Manuale della perfetta Gentildonna*, 1994; *Suicidi dovuti*, 1996 (dt. *Selbstverständlich Selbstmord*, 1997); *Pate d'homme, La Vergine Alatiel*, 2000; *Un cuore die troppo*, 2001; *Manuale del perfetto papà*, 2001; *Casanova di se stessi*, 2004

Butler, Judith

US-amerikanische Philosophin
25.9.1956 Cleveland/Ohio

Mit ihren umstrittenen Büchern *Gender Trouble* (1989, dt. *Das Unbehagen der Geschlechter*) und *Bodies That Matter* (1993, dt. *Körper von Gewicht*) löst Butler heftige Debatten innerhalb der internationalen Geschlechterforschung aus. Entgegen der landläufigen feministischen Theorie, die zwischen dem biologischen Geschlecht (sex) und der kulturellen Geschlechtsidentität (gender) unterscheidet, vertritt Butler u.a. die These, dass nicht nur die Geschlechtsidentität, sondern auch der Körper selbst kulturell konstruiert ist. Butler, die sich als eine der wichtigsten Denkerinnen in den Bereichen „gender studies" und „queer theory" etabliert hat und in den USA nahezu Kultstatus besitzt, hat an verschiedenen amerikanischen Universitäten gelehrt und

lebt zur Zeit als Professorin für Rhetorik im kalifornischen Berkeley, zusammen mit ihrer Lebensgefährtin und dem gemeinsamen Sohn.

- *Hate Speech*, 1997 (dt. *Haß spricht*, 1998); *Verwandtschaft zwischen Leben und Tod*, 2000; *Psyche der Macht*, 2001; *Antigones Verlangen: Verwandtschaft zwischen Leben und Tod*, 2001; *Precarious Life: The Powers of Mourning and Violence*, 2004

- Christine Hauskeller: *Das paradoxe Subjekt. Unterwerfung und Widerstand bei Judith Butler und Michel Foucault*, 1999; Hannelore Bublitz: *Judith Butler zur Einführung*, 2002; Sara Salih: *Judith Butler*, 2003

Butler, Lady Eleanor

irisches Original
11.5.1739-1829

Sie tut eigentlich nichts außer lesen, studieren und Briefe schreiben – und doch wird sie genau dafür berühmt: Unzählige Poeten und Denker verewigen sie in ihren Werken. Denn Butler ist nicht allein; gemeinsam mit ihrer Lebensgefährtin Sarah Ponsonby, mit der sie sich 1778 zum Entsetzen ihrer noblen, katholischen Familie öffentlich verlobt hatte, zieht Butler um 1780 in ein kleines Cottage nahe dem walisischen Llangollen, um sich fortan dem Studium der Rousseauschen Schriften zu widmen. Neben ausgiebiger Gartenarbeit pflegen die beiden Frauen mit der Vorliebe für männliche Kleidung hochgeistige Korrespondenz mit den wichtigsten zeitgenössischen Denkern wie Sir Walter Scott oder Edmund Burke. „Die Ladies von Llangollen" avancieren zu hochangesehenen Berühmtheiten, die schließlich vom schwer beeindruckten König mit einer Pension bedacht werden.

- E. Mavor: *A Year With the Ladies of Llangollen*, 1984

Button, Dick (eigentlich Richard T. Button)

US-amerikanischer Sportler
18.7.1929 Englewood/New Jersey

Button ist zweimaliger Goldmedaillen-Gewinner der Winterolympiaden von 1948 und 1952 und gewinnt außerdem fünf Jahre infolge, von 1948 bis 1952, die Weltmeisterschaft im Eiskunstlauf. Er geht damit in die Geschichte dieser Sportart ein. 1948 gelingt ihm ein bislang nicht überbotener Erfolg: Er hält gleichzeitig den Olympiasieg, den Europatitel und jenen der US- wie der Nordamerikanischen Meisterschaften. Nach Beendigung seiner aktiven Sportlerkarriere arbeitet Button als Kommentator beim US-Sender ABC und gründete eine eigene Fernsehproduktionsfirma. 1978 wird Button gemeinsam mit fünf anderen schwulen Männern Opfer eines aufsehenerregenden Überfalls durch eine Jugendgang im New Yorker Central Park, die mit Baseballschlägern und einem Hammer auf die Männer einschlagen. Button kommt zwar mit dem Leben davon, verliert jedoch aufgrund der Verletzungen sein Gehör.

Byington, Spring
US-amerikanische Schauspielerin
17.10.1886 Colorado Springs/Colorado – 7.9.1971 Hollywood Hills/Kalifornien

Bis zu ihrer ersten bedeutenden Filmrolle in *Little Women* (1933, Regie ☞George Cukor, dt. *Kleine Frauen*), wo sie die Mutter der vier wilden Schwestern spielt, hält sich die zu diesem Zeitpunkt 47-Jährige mit kleineren Rollen und Gelegenheitsarbeiten über Wasser. In der Folge spezialisiert sich Byington auf die Rolle der junggebliebenen, leicht überkandidelten Mutter und landet damit in *Meet John Doe* (1941, dt. *Hier ist John Doe*) und *You Can't Take It with You* (1938, dt. *Lebenskünstler*) ihre größten Erfolge. Byington, die in über 100 Kinofilmen mitwirkt, lebt in Hollywood viele Jahre lang mit ihrer Kollegin Marjorie Main zusammen.

Byron, Lord **(eigentlich George Gordon Noel Byron)**

englischer Dichter
22.1.1788 London – 19.4.1824 Missolonghi/Griechenland

Byron gilt als *enfant terrible* und Mensch mit zerrissener Persönlichkeit. In ihm verbinden sich männliche Kraft und weibliche Eitelkeit, hingebende Liebe und ausschweifende Sinnlichkeit, weltschmerzliche Pose und echtes Leid, demokratische Gesinnung und aristokratischer Dünkel. Der sechste Lord Byron und Baron von Rochdale verlässt 1814 seine englische Heimat, nachdem er sich dort wiederholt der Kritik und den Anfeindungen der Gesellschaft ausgesetzt sieht. Er lässt sich in Venedig nieder und verkauft 1817 den Familienstammsitz Newstead Abbey. Nach sexuell sehr ausschweifenden Jahren – er schätzt, dass er die Hälfte seiner jährlichen Unkosten für die käufliche Liebe, verteilt auf ca. 200 Frauen pro Jahr, ausgegeben hatte –, geht Byron 1819 eine Vernunftehe mit der 19-jährigen Gräfin Teresa Guiccioli ein. Da diese aber der italienischen Separatistenorganisation der Carbonari angehört, gerät er in Konflikt mit der italienischen Krone und wird zusammen mit Guiccioli nach Pisa verbannt, wo sie bis 1823 leben. Als Dichter ist Lord Byron äußerst vielseitig und zählt zu den führenden Vertretern der englischen Romantik. Berühmt wird er mit seiner epischen Versdichtung *Childe Harold's Pilgrimage* (1812-1818). Viele seiner Werke, wie das zeitkritische Epos *Don Juan*, sind geprägt von Ablehnung gegenüber althergebrachten Strukturen. Seine Helden sind, vielleicht als Projektionen seiner selbst, intelligent, mutig und leidenschaftlich, jedoch gleichermaßen rastlos, verletzlich und einsam, so dass ihnen letztlich Zufriedenheit und Glück versagt bleiben. Obgleich Lord Byron im öffentlichen Bild vor allem als Frauenheld gesehen wird – er ist Vater von drei Kindern von drei verschiedenen Frauen, darunter die als Mathematikerin bekannt gewordene Ada Lovelace, feiert Sex- und Opiumorgien –, interessieren ihn auch Männer bzw. Jünglinge. Der sexuelle Umgang mit erwachsenen Männern stößt ihn teilweise ab. Als ihn während der Ferien der 23-jährige Lord Grey de Ruthyn von Harrow besucht und ihm einen eindeutigen Antrag macht, flieht Byron entsetzt. 1805 verliebt er sich beim Aufenthalt im Trinity College Cambridge in den Chorknaben John Edleston. Auf seinen Reisen durch die Türkei, Albanien und Griechenland findet Byron Gefallen an dem „einheimischen Brauch der Knabenliebe". In Missolonghi, dem Hauptquartier der griechischen Freiheitskämpfer, begegnet Byron dem jungen Offizier Lukas Chalanaruzanos, in den er sich leidenschaftlich verliebt. An ihn sind seine beiden letzten Gedichte, offenherzige Liebeserklärungen, gerichtet. Sie werden erst sehr lange nach Byrons Tod und dann auch nur außerhalb der Gesamtausgaben veröffentlicht. 1823 nimmt Byron das ihm angebotene Kommando über die freien griechischen Streitkräfte an, stirbt jedoch wenig später in Griechenland nach ärztlichem Befund an „rheumatischem Fieber".

● Hartmut Müller: *Lord Byron*, 1981; Louis Crompton: *Byron and Greek Love, Homophobia in the 19th Century*, 1984; Benita Eisler: *Byron. Der Held im Kostüm*, 1999

C

Cadinot, Jean Daniel
französischer Pornoregisseur
10.2.1944 Paris

Eigentlich will Cadinot Maler werden; seine Eltern (der Vater Kostümschneider, die Mutter Hausfrau) sind jedoch für einen weniger brotlosen Beruf: das Elektrohandwerk. Mit 17 reißt Cadinot von zu Hause aus und lebt mit einem 30-jährigen Lehrer zusammen. Mit 19 beginnt er zu fotografieren und besucht eine entsprechende Schule. Zehn Jahre lang lebt er von Porträtaufnahmen, dann veröffentlicht er in der deutschen Schwulenzeitschrift *Him* die ersten Aktaufnahmen. 1978 erscheint der erste von 20 Bildbänden *Tendres adolescents*. Weltweit werden insgesamt 250.000 Exemplare verkauft. 1980 beginnt er schließlich mit der Produktion von Pornovideos. „Ich wollte der Homo

sexualität das Tuntenhafte nehmen. Die Bilder in den Magazinen konnte ich zu wenig formen; ich habe darunter gelitten. Erst die Handlung im Video hat mir das volle Ausleben meiner Fantasie erlaubt." Anders als die US-Pornoindustrie wählt Cadinot nicht Muskelprotze und Sexmaschinen, sondern jungenhafte, eher gewöhnliche Darsteller. Außerdem bemüht er sich um narrative Rahmenhandlungen für seine Videos. Mit diesem Konzept avanciert er seit Anfang der 80er Jahre zu einem der erfolgreichsten schwulen Pornoproduzenten mit mehr als 80 Filmen; u.a. *Harem* (1984) und *Le jeu de piste* (dt. *Schnitzeljagd*, 1984). Beide werden in den USA als bester ausländischer Pornofilm des Jahres ausgezeichnet. 2001 wird sein Video *C'est la vie* bei der Venus Gala in Berlin als bester schwuler Porno des Jahrs prämiert, und Antoine Mallet erhält den Darstellerpreis für seine Performance in *Double Enjen*.

- Filme (Auswahl): *Garçon de plage*, 1983 (dt. *Boys von St. Tropez*); *Deuxième sous-sol*, 1987 (dt. *Tiefgarage*); *Service actif*, 1990 (dt. *Aktiver Dienst*); *Tequila*, 1993; *En Tournage*, 2002; *Cours privés*, 2002; *Crescendo*, 2003; *Hamman*, 2004

Calamity Jane (eigentlich Martha Jane Canary)

US-amerikanische Entertainerin
1.5.1852 Princeton/Missouri – 1903 Terry/South Dakota

Calamity Jane ist eine der bekanntesten amerikanischen Unterhaltungsgrößen des 19. Jhs. Sie verdient sich zunächst ihren Lebensunterhalt als Köchin, Kürschnerin, Postreiterin, Scout und Tanzhallen-Girl, bis sie als Zirkuskünstlerin und Kunstschützin zu Pferde eine Berühmtheit wird. Als Mann verkleidet, macht sie sich einen Spaß daraus, in den Saloons in Dakota als einer der *tough guys* durchzugehen. Calamity Jane, die sich mit unwahrscheinlicher Geschicklichkeit aufs Reiten und Schießen – vorzugsweise aus einer sechsschüssigen Pistole – versteht, ist eng mit ihrem Kollegen Wild Bill Hickok befreundet und tritt gemeinsam mit ihm in zahlreichen seiner legendären Wildwest-Shows auf. Dennoch – Calamity Janes romantische Zielscheiben sind in der Regel Frauen. Calamity Jane und Hickok heiraten, er verlässt sie jedoch 1873, gleich nach der Geburt der gemeinsamen Tochter. Später treffen sie jedoch erneut zusammen und leben kurzzeitig, bis zu Hickoks Tod, miteinander. 1891 heiratet Calamity Jane aus einer Laune heraus erneut, lässt den frischgebackenen Ehemann Clinton Burke bald darauf sitzen und erlebt den Höhepunkt ihrer künstlerischen Karriere als *„The Famous Woman-Scout of the Wild West"*. 1898 lässt sie sich, müde und krank, endgültig in Deadwood nieder und arbeitet als Krankenschwester. Ihr letzter Auftritt findet 1901 in Buffalo/New York anlässlich der Pan-America-Ausstellung statt und wird wegen Trunkenheit und launenhaften Benehmens der Künstlerin vorzeitig abgebrochen. Calamity Jane stirbt fast erblindet und wird neben Hickok in Deadwood Town, Dakota begraben. „Ich nehme viele Geheimnisse mit mir", schreibt sie im Juni 1902 in ihrem letzten Brief. Die biografischen Angaben über sie sind z.T. widersprüchlich und basieren auf Briefen, die sie ihrer Tochter schreibt. Allerdings schickt sie diese nie ab, um ihrer Tochter die wahre Herkunft nicht zu offenbaren. Calamity Jane hatte nämlich das Kind gleich nach der Geburt zur Adoption freigegeben. Sammy Fain und Paul Francis Webster verewigen sie in ihrem Musical *Calamity Jane* (1961, dt. *Pistolen-Jenny*), ohne natürlich ihre Vorliebe für Frauen darin zu berücksichtigen. Das Stück basiert auf dem gleichnamigen Filmmusical von 1953. 1963 dreht David Butler ein Remake, das den schönen deutschen Titel *Schwere Colts in zarter Hand* trägt. Die Titelrolle spielt Doris Day. Insgesamt existieren mehr als ein Dutzend Filme, in denen Calamity Janes und Wild Bill Hickoks Leben als Grundlage dienen.

Califia-Rice, Patrick

US-amerikanische Autorin
8.3.1954 Corpus Christi/Texas

Als Pat Califia sich 1971 in eine Mitbewohnerin ihres Studentenwohnheims in Salt Lake City verliebt, ist das der Auslöser für ihr Coming-out, gleichwohl aber auch für einen Nervenzusammenbruch. Die Liebe wird nicht erwidert, und ihre mormonische Familie reagiert ablehnend auf Califias Bekenntnis. Das Studium bricht sie ab. Als Reaktion auf diese Erfahrung wird Califia politisch aktiv. Sie engagiert sich bei Selbsthilfegruppen und Antikriegskampagnen und ist Mitbegründerin eines Frauenzentrums. 1973 geht sie nach San Francisco und schließt sich der Lesbengruppe *Daughters of Bilitis* an. Sie arbeitet beim Telefondienst für Sexinformation der Stadt und entdeckt dabei ihr Interesse für Sexualerziehung. Mit einer Freundin organisiert sie Gruppen über lesbische Sexualität. Daraus entwickelt sie *Sapphistry. The Book of Lesbian Sexuality* (1980, dt. *Wie Frauen es tun*). „Dieses Buch ist ein Angriff auf die Unterdrückung und Kolonialisierung weiblicher Sexualität. Es soll uns stärken und uns auf den langen, schwierigen Kampf um unsere Befreiung vorbereiten", erklärt Califia, die fortan eine gefragte Autorin zu feministischer Politik, Frauenkultur und Erotika wird. 1978 gehört sie zu den Initiatorinnen von *Samois*, einer Gruppe S/M-interessierter lesbischer Feministinnen. Zu diesem Thema veröffentlicht sie verschiedene Bücher, u.a. *Lesbian S/M-Safety Manual* (dt. *SM-Sicherheitshandbuch*), *Macho Sluts* und *Coming to Power*. Nach der Geschlechtsumwandlung 2000 nennt er sich Patrick Califia-Rice.

● *Sex Changes. The Politics of Transgenderism*, 1997; *No Mercy*, 2000

Cammermeyer, Margarethe

US-amerikanische Ärztin

März 1942 Oslo/Norwegen

Colonel Margarethe „Grethe" Cammermeyer wird zwar 1985 von der US-amerikanischen Veterans Administration von über 34.000 KandidatInnen zur „Krankenschwester des Jahres" gewählt, nichtsdestotrotz vier Jahre später unverzüglich aus der Army entlassen, nachdem sie in einem Interview mit Geheimdienstlern ihre Homosexualität offenbart hatte. Ihr beharrlicher Kampf um Wiedereinstellung macht sie zu einer engagierten Streiterin um die Menschenrechte. „Ich weiß, dass homosexuell zu sein nicht eine Sache der Wahl ist. Ich weiß das, und ich werde es Senator Thurmond, Pat Buchanan und jedem Menschen erzählen, den ich treffe." Cammermeyers Lebensgeschichte wird 1995 mit Glenn Close in der Hauptrolle von Barbra Streisand für das US-amerikanische Fernsehen verfilmt (*Serving in Silence: The Margarethe Cammermeyer Story*).

Capote, Truman (eigentlich Truman Steckfus Persons)

US-amerikanischer Schriftsteller

30.9.1924 New Orleans – 25.8.1984 Los Angeles

Capote beschreibt in seinen von Faulkner und Joyce beeinflussten Werken meist exzentrische Menschen aus dem Süden der USA, wie z.B. in *The Grass Harp*, (1951, dt. *Die Grasharfe*) und *Breakfast at Tiffany* (1958, verfilmt 1967 mit Audrey Hepburn). Für seine Erzählungen und Essays kreiert er einen eigenen Stil, bei dem sich Reportagen und Prosa vermischen. Aufsehen erregt er mit *In Cold Blood* (1965, dt. *Kaltblütig*), einem dokumentarischen Roman über einen spektakulären Mordfall 1959 in Kansas, den er in jahrelanger Recherchearbeit lückenlos rekonstruiert. Seinen Erstlingsroman *Other Voices, Other Rooms* (1948, dt. *Andere Stimmen, andere Räume*) veröffentlicht er mit 24 Jahren und steigt damit sofort zum literarischen Jungstar und Mittelpunkt der New Yorker Gesellschaft auf. Für sein Autorenfoto hat sich Capote eine besonders laszive Pose – er räkelt sich auf einem Sofa – ausgedacht. Die Rechnung geht auf: Das Bild wird heftig diskutiert und macht den Jungautor berühmt-berüchtigt. Außerdem verschafft es ihm eine Einladung bei Denham Fouts, einem berühmten Lustknaben von Prinzen, Lords und Milliardären, gebürtigen Amerikaner und legendären Figur des internationalen schwulen Jet-sets. Er soll so von Capotes Foto beeindruckt gewesen sein, dass er ihm einen Blankoscheck zugeschickt habe, lediglich mit der handschriftlichen Anmerkung: „*Come*". In Großbritannien wird Capote in der Intellektuellenszene herumgereicht, von ☞Cecil Beaton zu ☞E.M. Forster. In Paris empfangen ihn ☞Colette, Christian Dior, ☞Jean Cocteau und ☞Natalie Barney. Capote ist *everybody's darling* und begehrt von Männern wie Frauen. „Es ist wirklich schade, dass ich mit Frauen nicht gerne ins Bett gehe. Ich hätte jede Frau in der Welt von der ☞Garbo bis zur ☞Dietrich haben können. Die Frauen lieben mich immer, und ich liebe attraktive und schöne Frauen, aber als Freundin, nicht als Geliebte. Ich kann nicht verstehen, warum jemand mit einer Frau schlafen möchte. Es ist langweilig, langweilig, langweilig!" Zeitlebens sucht der kleinwüchsige Capote mit seiner quiekigen Piepsstimme den Umgang und die Freundschaft mit den Superreichen und Mächtigen, den Stars und den Schönen, deren Entertainer und Klatschtante er auf Partys und bei Empfängen abgibt. Ihm gelingt es, sein Leben, seine zur Schau getragene Homosexualität zu stilisieren und bereits zu Lebzeiten die Mythenbildung um seine Person zu fördern. Zeitweilig richtet eine New Yorker Zeitung eine eigene Klatschkolumne speziell für Neuigkeiten aus Capotes Leben ein. Als er den Spieß umdreht und den scharfzüngigen Klatsch über die High Society hinausträgt in die Welt, erntet er boshafte Angriffe und wird von New Yorks besserer Gesellschaft ausgestoßen. Mit *Answered Prayers* versucht Capote noch einmal, an die stilistischen Hochzeiten seiner literarischen Karriere anzuknüpfen, und kündigt einen enthüllenden Gesellschaftsroman in Nachfolge von ☞Marcel Proust an. Die ersten drei Kapitel werden im *Esquire*-Magazin veröffentlicht und führen zu Beleidigungsklagen. Er verfällt mehr und mehr dem Alkohol und den Tabletten. Kurz vor seinem 60. Geburtstag stirbt er an einer Überdosis, ob aus Versehen oder beabsichtigt, bleibt ungeklärt.

● Lawrence Grobel: *„Ich bin schwul, ich bin süchtig, ich bin ein Genie". Ein intimes Gespräch mit Truman Capote*, 1986; John Malcolm Brinnin: *Truman Capote – Dear Heart, Old Buddy*, 1988; Gerald Clarke: *Truman Capote*, 1989

Capucine (eigentlich Germaine Lefebvre)

französische Schauspielerin

6.1.1931 Toulon – 17.3.1990 Lausanne

Das Pariser Model mit klassischem Aussehen und einer klassischen Figur beginnt ihre Karriere in dem Film über das Leben Franz Liszts *Song Without End* (1960, dt. *Nur wenige sind auserwählt*, Regie ☞George Cukor) an der Seite des schwulen

Schauspielers ☞Dirk Bogarde. Ihre letzte Rolle ist die einer Lesbe in *Las Crueles* (1971) – eine Rolle, die sie im wirklichen Leben auch einnimmt. Nach einer kurzen Ehe ist sie mit William Holden und später mit dem Produzenten Charles Feldman offiziell liiert. „Ich habe immer geglaubt, ich bräuchte einen Mann, um mich selbst zu definieren", erklärt sie in einem Interview von 1982. Unter schweren Depressionen leidend, springt die Schauspielerin im Alter von 57 Jahren aus ihrem Penthouse in den Tod.

- *Walk on the Wild Side*, 1962 (dt. *Auf glühendem Pflaster*)

Carangi, Gia Marie
US-amerikanisches Model
29.1.1960 Philadelphia/Pennsylvania – 18.11.1986 ebd.

Sie ist eines der ersten so genannten Supermodels. Gia Marie Carangis steile Karriere allerdings währt gerade einmal drei Jahre. Danach beginnt der rasante Abstieg aufgrund ihrer Drogenabhängigkeit. Entdeckt wird sie als 17-Jährige mit Punkerfrisur, als sie im Imbiss ihres Vaters arbeitet. Carangi wird durch ihre kraftvoll-aggressive Erscheinung zum Gegenbild zu den damals bevorzugten dünnen, blonden, puppenhaften Models. Auf Anhieb bekommt sie von Wilhelmina Models, einer der weltweit größten Agenturen, einen Vertrag und ziert innerhalb von zwei Jahren u.a. die Cover von *Vogue, Harper's Bazaar* und *Cosmopolitan*. Anfänglich glaubt Carangi, in ihrem neuen Beruf jene Anerkennung und Liebe zu finden, die sie in ihrer Familie immer vermisst hatte. Doch sie muss erkennen, dass die Branche sich nur für ihr Gesicht und ihren Körper interessiert. Sie betäubt sich mit Kokain, bald schon mit Heroin. Ihre Geliebte, die bisexuelle Starvisagistin Sandy Linter kann sich nicht zwischen ihrem Freund und Carangi entscheiden und wird durch deren Drogenabhängigkeit immer wieder abgeschreckt – was Carangi um so mehr zu Drogen greifen lässt. 1985 gilt Carangi in der Modebranche als unvermittelbar. Nachdem sie völlig verarmt ist, bezahlt ihr das Sozialamt eine Entziehungskur, und sie bekommt einen Job als Jeansverkäuferin bei *The Gap*. Doch Carangi wird rückfällig. 1986 wird bei ihr HIV diagnostiziert. Sie stirbt als eine der ersten Frauen in den USA an den Folgen von Aids. Zu ihrer Beisetzung erscheint keine einzige Person aus der Modebranche. Die Biografie von Stephen Fried *Thing of Beauty. The Tragedy of Supermodel Gia* (1994) dient als Vorlage für den US-amerikanischen Fernsehfilm *Gia* mit Angelina Jolie in der Hauptrolle.

Caravaggio, Michelangelo da
(eigentlich Michelangelo Merisi)
italienischer Maler
28.9.1573 Caravaggio/Bergamo – 18.7.1609 Porto Ercole

Caravaggio studiert wahrscheinlich in Venedig und Mailand, bevor er sich ab 1590 in Rom niederlässt. Als Maler zeichnet er sich durch seine extremen naturalistischen Darstellungen aus. Sowohl im Auftrag der Kirche als auch für den Adel malt er vornehmlich biblische Szenen im effektvollen, dynamischen Hell-Dunkel, wie die Berufung des Matthäus, die Grablegung Christi, außerdem zahlreiche Porträts, meist von Jünglingen. Besonders seine plastische Durchbildung der Figuren ist neben der Lichtgestaltung in seinen Gemälden stilbildend für die europäische Malerei des 17. Jhs. In Rom lebt er im Haus des homosexuellen Kardinals del Monte, der ihn protegiert. Zwischen 1600 und 1605 ist Caravaggio immer wieder Anfeindungen seiner Kollegen ausgesetzt und in Schlägereien und Prozesse verwickelt. Mehrfach wird er verurteilt und eingekerkert. 1603 schlägt er in Rom bei einem Ballspiel einen Gegener zu Tode. Nach einem Mord 1606 flieht er über Neapel nach Malta, wo man ihn zunächst als Ritter aufnimmt, ihm dann aber den Prozess macht. Erneut Flucht über Sizilien nach Neapel, wo er bei einem Überfall schwer verletzt wird. In Rom begnadigt man ihn. Er reist nach Porto Ercole, wo er durch ein Missverständnis verhaftet wird. ☞Derek Jarman hat das Leben des Malers in sehr freier Form in *Caravaggio* (1986) verfilmt, ☞Christoph Geiser reflektiert Leben und Werk in dem Roman *Das geheime Fieber* (1987).

- Howard Hibbard: *Caravaggio*, 1983; Daniel Kupper: *Michelangelo*, 2005

Carow, Heiner
deutscher Filmregisseur
19.9.1929 Rostock – 31.1.1997 Berlin

Seinen Durchbruch als Regisseur schafft Carow mit einem Film, den die Zensoren in der DDR aufgrund seines großen Erfolges nicht mehr stoppen können, so gerne sie es auch getan hätten: *Die Legende von Paul und Paula* (1972), der Liebesgeschichte zwischen einer unverheirateten Mutter und Verkäuferin und einem Ministerialbeamten und SED-Funktionär. Eine unmögliche Liebe und ein Kultfilm der DDR, durch den Carow fortan unverzichtbar wird für die Filmindustrie seines Landes. Kritisch bleiben seine Arbeiten weiterhin, ob er Filme über die Kindheit dreht (*Ikarus*, 1974), über die Ehe (*Bis daß der Tod euch scheidet*, 1978). Sein Film über das Kriegsende und zugleich ein differenziertes Porträt über einen Hitlerjungen, *Die Russen kommen*, gedreht im Jahr des Einmarsches in Prag 1968, kann erst 1988 unzensiert in die DDR-Kinos kommen. Gerade sein Sinn für den populären Erfolg macht Carow für die Filmfunktionäre unheimlich. Deshalb wohl auch ist seine Filmografie recht kurz. Zum großen Spielfilm kommt Carow, der von 1950 bis 1952 eine Regieklasse bei Gerhard Klein und Slatan Dudow besucht, über Kurz- und populärwissenschaftliche Filme sowie Filme für Kinder und Jugendliche (*Sheriff Teddy*, 1957; *Sie nannten ihn Amigo*, 1958). Seinen persönlichen Triumph feiert er mit *Coming out* (1989), dem ersten schwulen Film der DDR, für dessen Verwirklichung er viele Jahre hatte kämpfen müssen. Die Uraufführung fällt ausgerechnet in die Nacht des Mauerfalls. Nach der Vereinigung beider deutscher Staaten hat Carow wie viele seiner DDR-Kollegen Schwierigkeiten, im harten Konkurrenzkampf zu bestehen. Außer zweier Brotarbeiten fürs Fernsehen kann er lediglich den Kinofilm *Die Verfehlung* (1992) realisieren, in dem er seine Erfahrungen in der DDR reflektiert.

Carpenter, Edward

englischer Schriftsteller
29.8.1844 Brighton/Sussex – 28.6.1929 Guilford

Carpenter entstammt einer wohlhabenden Familie der englischen Mittelschicht und erfährt eine umfangreiche Ausbildung. Er besucht die Cambridge Divinity School und studiert Theologie. Er hat erste homosexuelle Erfahrungen und erlebt den Zwiespalt seiner Gefühle angesichts der herrschenden Doppelmoral. Ein Lichtblick sind ihm die Gedichte ☞Walt Whitmans. Ab 1874 beginnt Carpenter einen Briefwechsel mit dem US-amerikanischen Dichter und besucht ihn auch 1877 und 1887. 1870 empfängt Carpenter die Priesterweihe. Eine Reise nach Italien und die Begegnung mit der griechischen Kultur bringen ihn zu dem Entschluss, ganz mit seiner bisherigen Existenz zu brechen. Er gibt sein Priesteramt auf, verzichtet auf sein *Clerical Fellowship* und qualifiziert sich für eine Vorlesungsreihe über Astronomie in den industrialisierten Städten Nordenglands. Gleichzeitig will er bewusst seiner bisherigen Klasse den Rücken kehren und Teil des Proletariats werden. Er setzt sich für eine neugegründete Bewegung ein, deren Ziel es ist, die Universitäten für Menschen zu öffnen, denen eine reguläre Universitätsbildung bisher versagt geblieben war. Er orientiert sich politisch an sozialistischen Ideen und wird Anhänger von William Morris' antiindustrieller „arts-and-crafts movement" sowie der New-Thought Bewegung, einer Mischung aus den Lehren Whitmans, Morris', Tolstois und des Hinduismus (verstärkt durch die Reisen nach Indien und Ceylon 1890). Seine sexuellen Partner entstammen fast ausschließlich der Arbeiterklasse. 1886 etwa lernt er in der neugegründeten Sheffield Socalist Society den Messerschleifer George Hukin kennen. Als dieser heiratet, entwickelt sich daraus eine komplizierte Dreierbeziehung. Eine vergleichbare Konstellation herrscht in der Beziehung zu George Adams und dessen Ehefrau, die er 1887 kennen lernt. 1890 gerät Carpenter in eine Dreiecksbeziehung mit zwei Männern, dem Schneider James Brown und dem Mathematiklehrer Bob Muirhead. Als 1883 Carpenters Vater stirbt, erwirbt er mit dem Erbe eine Farm in Millthorpe nahe Sheffield. 1890 lernt er den gerade erst 20-jährigen Arbeiter George Merril kennen. Zum ersten Male steht keine Ehefrau oder ein dritter Mann im Wege. Ihre Beziehung, die Carpenter als einen Idealfall der Überwindung von Klassengrenzen versteht, hält bis zu Merrils Tod 1928. Zu Carpenters wichtigsten sozialreformerischen Schriften gehören *England's Ideal* (1887), *Towards Democracy* (1883, dt. *Demokratie. Vorgesänge der Freiheit*, 1995) und *Civilization: Its Cause and Cure* (1889). Seine Freundschaft zu Whitman beschreibt er in *Days with Walt Whitman* (1906). 1894 veröffentlicht er im Berliner Verlag Max Spohr die Abhandlung zur sexuellen Frage *Das Weib und seine Stellung in der freien Gesellschaft*. Er wird gleich nach Gründung des Wissenschaftlich-humanitären Komitees Mitglied und ist mit ☞Magnus Hirschfeld und dem sexualwissenschaftlich-reformatorischen Arzt und Schriftsteller Albert Moll befreundet. Seine Autobiografie veröffentlicht Carpenter unter dem Titel *My Days and My Dreams* (1916). Seine wichtigsten Schriften zur Homosexualität sind *Love's Coming-of-Age* (1896, dt. *Wenn die Menschen reif zur Liebe werden*, 1902), *Homogenic Love, and its Place in a Free Society* (1894, dt. *Die Homogene Liebe und deren Bedeutung in der freien Gesellschaft*, 1895, Nachdruck 1979). Carpenter betätigt sich auch als Komponist, u.a. stammt das Arbeiterlied *England, Arise* aus seiner Feder.

• Chushichi Tsuzuki: *Edward Carpenter (1844-1929). Prophet of Human Fellowship*, 1980; Rainer Guldin: *Verbrüderung. J. A. Symonds, E. Carpenter, E.M. Forster*, 1991

Carrington, Dora

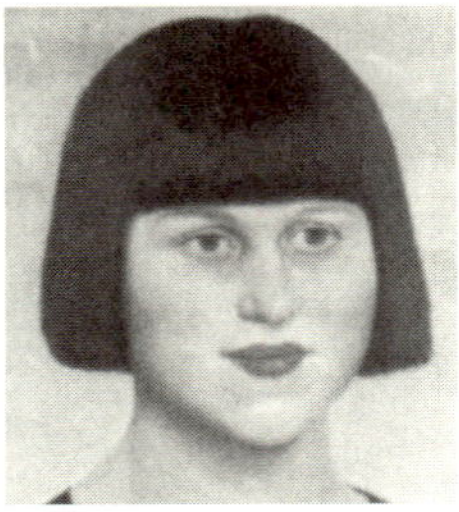

englische Malerin
29.3.1893 Hereford – 11.3.1932 Wiltshire

Dora de Houghton Carrington wird als viertes Kind von Samuel und Charlotte Carrington geboren. Schon in der Schulzeit fällt ihr zeichnerisches Talent auf. 1910 beginnt sie ein Kunststudium an der Slade School of Fine Art, London. Ihre Modell-Skizzen gehören später zu den besten der Slade-Sammlung. Carrington fällt auch sonst auf: Sie stutzt sich die Haare, läuft ohne Hut herum (dafür mit einem roten und einem blauen Schuh); sie entwirft Kleider, die ihr Bewegungsfreiheit erlauben, und legt ihren Vornamen ab. Carrington lernt beim Studium Künstler kennen, mit denen sie ein Leben lang befreundet sein wird. 1915 begegnet sie in Ashehame House, dem Wohnsitz von ☞Virginia und Leonard Woolf, dem dreizehn Jahre älteren homosexuellen Schriftsteller Lytton Strachey – und verliebt sich in ihn. Die Faszination beruht auf Gegenseitigkeit. Lytton wird nach ihrem Vater der wohl wichtigste Mensch in Carringtons Leben. 1917 wird sie Gründungsmitglied der Omega-Werkstätten um Roger Fry. Bereits die dritte Ausgabe des *Lucretus on Death* enthält als Deckblatt einen Holzschnitt von Carrington. Sie illustriert, malt Landschaften – und immer wieder Porträts. Ihre Arbeiten wirken naiv, oft dekorativ. Nebenher schreibt sie zahllose Briefe, die fast lückenlos Auskunft über ihr Leben geben. Um den Status quo aufrechtzuerhalten, heiratet Carrington 1921 gegen ihren Willen Ralph Patridge. Sie behält ihren Mädchennamen und liebt weiterhin Lytton Strachey. 1919 mischt sich in die *ménage à trois* Gerald Brenan, mit dem Carrington einen intensiven Briefwechsel führt, ehe sie auch mit ihm ein Verhältnis beginnt. Erst Mitte der 20er Jahre hat sie weniger Scheu, ihren gleichgeschlechtlichen Neigungen zu folgen. Sie macht sich Vorwürfe, die Begierde, die sie schon als 17-Jährige für Frauen empfunden hatte, unterdrückt zu haben.

Zumindest mit Henriette Bigham erlebt sie nun wahre Gefühlsausbrüche. Ihr Atelier wird zu einer „Zufluchtsstätte für blonde Frauen und Siamkatzen". Zweideutige erotisch-sinnliche Zeichnungen von Frauen entstehen. Bernhard „Beakus" Penrose wird 1928 Carringtons letzter Liebhaber. Das Kind, das sie von ihm erwartet, treibt sie ab. Am 21.1.1932, dem Tag, an dem Lytton Strachey an Magenkrebs stirbt, begeht Carrington ihren ersten Suizidversuch. Zwei Monate später, am 11.3.1932, gelingt ihr der Suizid. Carrington ist 38 Jahre alt. Ihr Leichnam wird verbrannt; der Verbleib ihrer Asche ist unbekannt. 1995 verfilmt der schwule Regisseur Christopher Hampton mit *Carrington* die ungewöhnliche Liebesgeschichte zwischen der Künstlerin und Strachey mit Emma Thompson in der Titelrolle.

- Jane Hill: *Dora Carrington – Leben zwischen Kunst und Liebe. Eine Biographie*, 1995; Pamela Todd: *Die Welt von Bloomsbury*, 1999

Carson, Rachel

US-amerikanische Ökologin und Meeresbiologin
27.5.1907 Springdale/Pennsylvania – 14.4.1964 Silver Springs/Maryland

Bei der Wahl ihres Studienfachs hat Rachel Carson sich zwischen ihrer Liebe zur Natur und ihrer Liebe zur Literatur zu entscheiden. Sie wendet sich zunächst der Schriftstellerei zu, doch unter dem Einfluss einer inspirierenden Professorin findet sie zur Biologie. Für anderthalb Jahrzehnte wird sie so beim Fish and Wildlife Service in Washington DC Wissenschaftlerin im Staatsdienst. Dort sammelt sie Erfahrung darin, in welcher Gestalt Wissenschaft von politischem Einfluss zu sein vermag. Nebenbei schreibt sie aber Sachbücher, die so erfolgreich sind, dass sie sich bald ganz darauf konzentrieren kann. *The Sea around Us* (1951) beispielsweise hält sich fast zwei Jahre in der Bestsellerliste der *New York Times* und wird in 30 Sprachen übersetzt. Ihr Hauptwerk *Silent Spring* (1962, dt. *Der stumme Frühling*) wird zum Manifest für die beginnende Umweltbewegung und hat bis heute nachhaltige Wirkung. In aufwändigen Recherchen dokumentiert und belegt Carson die folgenschweren Auswirkungen der Pestizide auf die Umwelt, insbesondere des seinerzeit gepriesenen Pflanzenschutzmittels DDT. Im Alleingang macht sie sich nicht nur die chemische Industrie Amerikas, sondern auch die anderer westlicher Staaten zum Feind. In ihrem Kampf wird sie lediglich von ihrem Verlag und ihrer Lebensgefährtin Dorothy Freemann unterstützt. Doch ihr Buch zeitigt Erfolge. US-Präsident John F. Kennedy ruft noch im gleichen Jahr nach Carsons Veröffentlichung einen wissenschaftlichen Beratungsausschuss ein, der die Richtigkeit von Carsons Thesen bestätigt. Aber erst als im Mississippi-Delta mehrere Millionen Fische nach einem übermäßigen Einsatz von DDT-Pestiziden zugrunde gehen, werden konkrete Maßnahmen beschlossen. Am 25. April 1964 treten in den USA strengere Kontrollmaßnahmen gegen DDT in Kraft. Am Tag zuvor ist Rachel Carson einem Krebsleiden erlegen. Sie gilt heute als die erste kämpferische Umweltschützerin des 20. Jhs.

- weitere Veröffentlichungen: *Under the Sea-Wind*, 1941; *The Edge of the Sea*, 1955; *The Sense of Wonder*, 1965
- Ginger Wadsworth: *Rachel Carson: Voice for the Earth*, 1992; Martha Freeman (ed.): *Always, Rachel: The Letters of Rachel Carson and Dorothy Freeman, 1952-1964*, 1995; Linda Lear: *Rachel Carson: Witness for Nature. The Definitive Biography*, 1997; Linda Lear: *Lost Woods: The Discovered Writing of Rachel Carson*, 1998

Carstairs, Joe (eigentlich Marion Barbara Carstairs)

britische Rennfahrerin
1.2.1900 London – 18.12.1993 Whale Cay

Um Geld muss sich Joe Carstairs zeitlebens nie Sorgen machen. Ihr in den USA lebender Großvater hatte Mitte des 19. Jhs in eine Ölfirma investiert und das Vermögen kontinuierlich zu vergrößern gewusst. Als Carstairs Großmutter 1921 stirbt, erhält die Enkelin eine jährliche Apanage von 350.000 Dollar. Drei Jahre später wird ihr das komplette Erbe ausgezahlt: rund 30 Millionen Dollar. Das Geld ermöglicht ihr zwar einen exzentrischen Lebenswandel. Unangepasst ist die Tochter eines britischen Offiziers, der kurz vor ihrer Geburt bei einem Militäreinsatz spurlos verschwindet, allerdings schon als Kind. Spannender als Puppen findet sie Autos, Baumhäuser und Prügeleien mit Jungs. Dem neuen Ehemann der Mutter ist das Kind zu rebellisch: elf-jährig wird es in ein Internat nach Conneticut abgeschoben. Dort trifft Carstairs auf ähnlich burschikose Mädchen, die wie sie lieber Männerpyjamas und Herrenschuhe tragen. Der Erste Weltkrieg eröffnet ihr Möglichkeiten, ihre Abenteuerlust auszuleben. Sie wird Sanitätsfahrerin des Roten Kreuzes in Frankreich – und gerät in Paris in den lesbischen Kreis um ☞Natalie Clifford Barney. Mittlerweile hatte Carstairs ihren Vornamen abgelegt und nennt sich Joe. Nach Kriegsende findet sie einen neuen Abenteuerspielplatz in Irland, wo die britischen Besatzer gegen die IRA kämpfen und Carstairs als Fahrerin eines Offizierskorps arbeitet. Während dieser Zeit lernt sie die Schwestern Bardie und Molly Coleclough kennen. Gemeinsam gründen sie in London einen Chauffeurservice und kutschieren ihre vermögenden Kunden durch ganz Europa, aber auch durch Nordafrika und Arabien. 1924 entdeckt Joe Carstairs eine neue Leidenschaft: Motorboote. Sie entwirft eigene Modelle, lässt sich das bis dahin schnellste Motorboot der Welt bauen und nimmt erfolgreich an Rennen teil. Zu dieser Zeit lernt sie auch ihre Lebensgefährtin der nächsten Jahre kennen, die US-Amerikanerin Ruth Baldwin. Von ihr erhält sie zu Weihnachten eine 30 Zentimeter große Puppe geschenkt, die Joe Carstairs auf den Namen Lord Tod Wadley tauft, sein Name wird auch auf allen Klingelschildern in den Häusern Carstairs angebracht. Die Puppe wird zu ihrem wichtigsten Begleiter bis an ihr Lebensende. „Ich bin ganz sicher, dass ich ein anderer Mensch wäre, wenn es ihn nicht gäbe. (...) Er ist ich, und ich bin er. Ist das nicht toll?" Lord Wadley wird nach ihrem Tod gemeinsam mit ihr verbrannt und in der Urne beigesetzt. Als in den 30er Jahren das Klima für solch offensiv butche und lesbische Frauen wieder härter wird, zieht sich Carstairs aus dem Motorsport zurück, unternimmt eine Weltreise, sucht nach Piratenschätzen und kauft sich schließlich 1934 eine bis dahin unbewohnte Insel auf den Bahamas. Hier errichtet sie ihr Domizil und baut eine komplette Infrastruktur auf. Die Nähe zur US-amerikanischen Küste ermöglicht eine schnelle Anbindung ans Festland, und bald sind ihre wilden Partys in paradiesischer Umgebung Ziel der High Society wie etwa ☞Mercedes de Acosta und Carstairs ehemaliger Affäre ☞Tallulah Bankhead. Die Zahl der Liebhaberinnen ist groß: Ihre Sammlung, die die Wände der Villa ziert, umfasst mehr als 120 Fotos ihrer Geliebten. Eine der prominentesten ist ☞Marlene Dietrich, die sie 1937 an der französischen Küste kennen lernt. 1976 verlässt Joe Carstairs aus gesundheitlichen Gründen die Insel und zieht nach Florida, wo sie bis zu ihrem Tod lebt. Stets treu an ihrer Seite: Lord Tod Wadley.

● Kate Summerscale: *The Queen of Whale Cay. The Eccentric Story of „Joe" Carstairs, 1997 (dt. Kerle wie wir. Das exzentrische Leben der Joe Carstairs*, 1998)

Casement, Sir Roger

britischer Konsul und irischer Freiheitskämpfer
1.9.1864 Sandycove/Irland – 3.8.1916 London

Der Sohn aus gutsituierter, protestantischer Familie führt zunächst ein abenteuerliches Leben. Bevor er in den Dienst der britischen Regierung eintritt, betätigt er sich als Landvermesser in Afrika, jagt Elefanten und unternimmt Forschungsreisen in den tiefsten Urwald. Als Konsulatsbeamter im Kongo gelingt ihm eine steile Karriere; für seine Verdienste wird er zu seiner Überraschung sogar geadelt. Schließlich hatte er sich nicht gescheut, die Schattenseiten englischer Kolonialpolitik öffentlich zu machen und zum Beispiel über die Misshandlung und Ausbeutung afrikanischer Arbeiter in den Gummiplantagen zu berichten. 1913 wird er dazu gedrängt, den Dienst zu quittieren. Zurück in Irland muss er feststellen, dass seine Heimat letztlich auch nur eine Kolonie der Engländer geworden ist. Er engagiert sich bei der Freiwilligenmiliz Irish Volunteers und kommt so in Kontakt mit der Irisch-Republikanischen Bruderschaft (IRB), einer Geheimorganisation, deren Ziel ein militärischer Befreiungsschlag ist. Während des Oster-Aufstandes 1916 versucht Casement, eine deutsche Waffenlieferung nach Irland zu schmuggeln, wird aber von den Engländern gefasst und wegen Hochverrats zum Tod am Galgen verurteilt. Um den prominenten Freiheitskämpfer auch in seiner Ehre zu verletzen, werden während der Verhandlungen seine *Black Diaries* veröffentlicht, um damit seine Homosexualität und seinen promisken Lebenswandel zu beweisen. In Irland hält sich über Jahrzehnte die Überzeugung, dass die Tagebücher eine Fälschung der Engländer sind. 2002 wird durch eine kriminaltechnische Untersuchung die Authentizität der Aufzeichnungen festgestellt. Der Beweis der Echtheit dürfte das Ansehen des Verurteilten jedoch kaum mehr mindern. In ihren Gebetbüchern heben junge Iren bis heute die Namensliste der 16 Rebellen auf, die beim gescheiterten Aufstand gegen die britische Armee ihr Leben verloren. Auf der frommen Liste steht auch Roger Casement.

● Roger Sawyer: *Casement: The Flawed Hero*, 1984; Brian Inglis: *Roger Casement*, 1993; Roger Sawyer (ed.): *Roger Casement's Diaries 1910: The Black and the White*, 1997

Cather, Willa

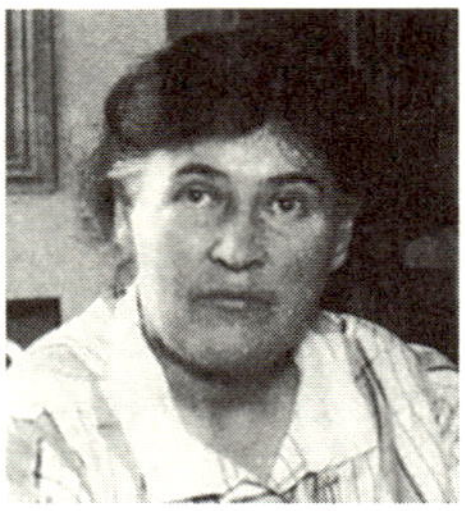

US-amerikanische Schriftstellerin
7.12.1873 Winchester/Virginia – 24.4.1947 New York City

Die Farmerstochter aus Virginia absolviert an der Universität von Nebraska ein Literaturstudium, zunächst unter dem Namen ihres imaginären Zwillingsbruders William. Danach unterrichtet sie Latein und Griechisch in Pittsburgh und arbeitet dann als Chefredakteurin des Nachrichtenmagazins *McClure's* und Zeitschriftenverlegerin, bevor sie sich ganz dem Schreiben widmet. 1905 erscheint Cathers erstes Buch *The Troll Garden*, eine Sammlung von Erzählungen, die ob ihrer sensibel-realistischen Darstellung der Lebensverhältnisse großes Aufsehen erregt. In der Folge entstehen zahlreiche weitere Romane und Erzählungen über das Leben der Menschen im amerikanischen Westen, u.a. *O Pioneers!* (1913), *My Antoniá (1918) und Death Comes for the Archbishop* (1927, dt. *Der Tod kommt zum Erzbischof*). Für *One of Ours* (dt. *Einer von uns*) erhält Cather 1922 den Pulitzer-Preis. Die Autorin, die das Thema Homosexualität in ihren Texten nur verschlüsselt verarbeitet, bezeichnet die herausragende Qualität ihres Werkes als „die unerklärbare Anwesenheit von Dingen, die nicht beim Namen benannt werden." Cather schreibt ihre Werke alle mit der Hand. Als sie 1935 eine

Entzündung des Handgelenks verschleppt, wird sie nahezu arbeitsunfähig. In den zwölf Jahren bis zu ihrem Tod durch eine Gehirnblutung kann sie nur noch einige kürzere Prosatexte und einen Roman veröffentlichen. Cathers Leben ist von mehreren stürmischen, oftmals unglücklichen Liebschaften geprägt, bevor sie mit der Lektorin Edith Lewis eine mehr als 40 Jahre andauernde Partnerschaft eingeht. Beide liegen heute nebeneinander begraben.

- *A Lost Lady*, 1923; *Lucy Gayheart*, 1935
- Ph. Gerber: *Willa Cather*, 1975

Cernuda, Luis
spanischer Schriftsteller und Lyriker
21.9.1904 Sevilla – 6.11.1963 Mexico City

Nach dem Jurastudium in Sevilla lebt Cernuda als Literat in Madrid; nach dem Spanischen Bürgerkrieg geht er ins europäische, amerikanische und zuletzt mexikanische Exil. Seine teilweise an dem Spätromantiker Gustavo Adolfo Bécquer orientierte Lyrik thematisiert in schlichter Sprache aus der Position des Außenseiters insbesondere die schmerzvollen Erfahrungen als Homosexueller und später Exilant. Sehnsucht und Wirklichkeit, wie es der Titel seines Hauptwerks, die Lyriksammlung *Reliadad y deseo* (1936, dt. *Die Wirklichkeit und das Verlangen*) erwarten lässt, kommen in diesen Texten allerdings nicht zur Deckung. Dass Cernuda diese offenherzigen Gedichte über sein Leiden an der unerfüllten Liebe zu Männern keineswegs geheim hält, sondern bereits in der Ära Franco veröffentlicht, beweist seinen Mut und sein Selbstbewusstsein und macht ihn zu dem bekanntesten homosexuellen Poeten des Landes. Neben seinem lyrischen Werk veröffentlicht er Übersetzungen von Hölderlin und Shakespeare ins Spanische, schreibt auch Prosagedichte (u.a. *Ocnos*, 1942) und Essays vor allem zur modernen spanischen und englischen Lyrik. 2002 wird in Spanien eine 10-Euro-Gedenkmünze herausgegeben, die das Konterfei Cernudas trägt.

- Salvador Jimenez-Fajardo: *The Word and the Mirror: Critical Essays on the Poetry of Luis Cernuda*, 1989

Chamberlain, Richard (eigentlich George Chamberlain)
US-amerikanischer Schauspieler
31.3.1935 Los Angeles

Chamberlain wächst in einer wohlhabenden Familie in Beverly Hills auf, der Vater ist Fabrikant, die Mutter Konzertsängerin. Er beginnt ein Designstudium in Claremont/Kalifornien und macht erste schauspielerische Erfahrungen in Aufführungen der Studentenbühne. Nach Ableistung seines Militärdienstes in Korea nimmt er Gesangs- und Schauspielunterricht. Nach ersten kleineren TV- und Filmrollen (wie in der Westernserie *Gunsmoke*) schafft er 1961 den Durchbruch mit der Titelrolle in der Fernsehserie *Dr. Kildare* (1961-66) und spielt auch einige Schallplatten ein. Ab 1967 lebt und arbeitet er in England, nimmt ein Theaterengagement in Birmingham an und arbeitet für die BBC. 1971 Rückkehr in die USA, Engagements in Seattle und Los Angeles. Ab 1975 ist er auf dem Höhepunkt seiner Laufbahn. Er spielt unter Ken Russells Regie ☞Tschaikowski in *The Music Lover* (1970, dt. *Tschaikowsky – Genie und Wahnsinn*) und in einigen Musketier-Filmen von Richard Lester und wird mit TV-Produktionen wie *The Count of Monte Cristo* (1974, dt. *Der Graf von Monte Christo*) oder *Shogun* (1980) einem Millionenpublikum bekannt. Vor allem aber bestimmt die Rolle des Pater Ralph in *The Thorn Birds* (1983, dt. *Die Dornenvögel*) sein weiteres, internationales Image. In den 90er Jahren übernimmt er nur noch sporadisch Rollen in TV-Filmen; 1996 tourt er als Mr. Higgins in einer deutschen Produktion von *My Fair Lady*. „Ich kann die Lüge nicht mehr ertragen", sagt er 1991 in einem Interview und bekennt sich erstmals öffentlich zu seiner Homosexualität. „Ich habe das Versteckspiel satt." 1985 stirbt sein erster Lebensgefährte John Allison an den Folgen von Aids. Heute lebt er zusammen mit seinem Freund, dem TV-Produzenten Martin Rabbett, auf Hawaii, mit dem er seit 1977 liiert ist. In seiner Autobiografie *Shattered Love* (2003) schildert er ausführlich auch sein schwules Leben und erklärt sein jahrelanges Doppelleben: „Ich hatte Angst davor, die Nachricht könnte meine Fans abschrecken und meine Karriere zum Stürzen bringen, was mir eine Arbeit weggenommen hätte, die ich gern mache und die meine einzige Einnahmequelle ist. [...] Ich musste mir selbst gegenüber gestehen, dass ich mich genauso homophob verhielt wie das Publikum, dem ich gefallen wollte."

Chanel, Coco (eigentlich Gabrielle Chanel)

französische Modedesignerin
19.8.1883 Saumur – 10.1.1971 Paris

Sie hat die Mode des 20. Jhs. entscheidend beeinflusst: Coco Chanel steht für Eleganz, Individualität und Unabhängigkeit. Die uneheliche Tochter eines Hausierers verdient ihr erstes Geld als Hutmacherin, bevor ihr ein reicher Engländer 1910 die erste eigene Boutique in der Pariser Rue Cambon finanziert. Von da an geht es Schlag auf Schlag: 1918 entwirft sie Pyjamas für Frauen, 1920 lässt sie von dem russischen Exilanten Ernst Beaux den absoluten Parfüm-Klassiker „Chanel No. 5" kreieren – das erste Parfüm übrigens, das nicht nach einer Blume riecht, sondern nach der Essenz eines tropischen Baumes –, 1926 erfindet sie das „Kleine Schwarze". Während des Zweiten Weltkrieges schließt sie ihr Modehaus, um es 1954 mit der Präsentation ihres Spätwerkes, des weltberühmten paspelierten Tweedkostüms, wiederzueröffnen. Chanels Mode, die bevorzugt in

Schwarz oder Grau gehalten und auf Funktionalität und Geradlinigkeit ausgerichtet ist, gilt auch heute noch als der Inbegriff klassischen Chics. Chanels Liebesleben ist eine einzige Abfolge von teils kürzeren, teils länger andauernden Beziehungen zu wohlhabenden Männern und immer wieder auch zu Frauen, u.a. Nikki Arrivabene, der Pro-forma-Gattin des Regisseurs ☞Luchino Visconti.

- M. Haedrich: *Coco Chanel*, 1989; A. Madsen: *Chanel – A Woman of Her Own*, 1990 (dt. *Chanel – Die Geschichte einer emanzipierten Frau*)

Chapman, Tracy

US-amerikanische Musikerin
30.3.1964 Cleveland/Ohio

Tracy Chapman, die sich bis dahin hauptsächlich durch Bostoner Cafés gesungen hatte, gelingt 1988 der Aufstieg in die internationalen Charts mit ihrem Auftritt im Londoner Wembley-Stadion anlässlich der weltweit übertragenen Feier zu Nelson Mandelas 70. Geburtstag. Da Stevie Wonder unvorhergesehenerweise absagen muss, wird Chapmans Auftritt kurzfristig ausgeweitet. Millionen in aller Welt verfolgen hingerissen, wie die junge, schüchterne Folk-Sängerin ihre selbstkomponierten Lieder vorträgt und sich dabei souverän auf der Gitarre begleitet. Kurz darauf landet sie mit ihrer ersten Single *Fast Car*, für die sie den Grammy erhält, einen internationalen Hit. Chapman, die ihre Liebeslieder hinsichtlich der sexuellen Orientierung bewusst offenlässt, hat sich bislang noch nicht öffentlich zu dem Vorwurf, sie würde nicht zu ihrer Homosexualität stehen, geäußert. „Manche Leute machen Karriere, weil sie ihr Privatleben verkaufen. Für mich kommt das nicht in Frage. Was ich zu bieten habe, ist meine Musik."

- CDs: *Crossroads*, 1989; *Matters of the Heart*, 1992; *New Beginning*, 1997; *Telling Stories*, 2000

Chatwin, Bruce
britischer Reiseschriftsteller
13.5.1940 Sheffield – 18.1.1989 Nizza

Aufgewachsen in der Moorlandschaft um Birmingham macht Chatwin zunächst Karriere als Kunsthändler und Spezialist für Antiquitäten und impressionistische Gemälde beim Auktionshaus Sotheby's. Angeblich weil ihm ein Augenleiden seine Arbeit zunehmend unmöglich macht, verordnet er sich selbst ausgedehnte Reisen, die ihn u.a. nach Patagonien, Australien, Afghanistan, Tunesien, Botswana und Haiti führen und die er in Reportagen für die *Sunday Times* und in Büchern beschreibt. Aber auch als Romancier (*On the Black Hill*, 1982; *Utz*, 1989) ist Chatwin erfolgreich. Er ist in der High Society ebenso zu Hause wie in archaischen Landstrichen; er weiß die moderne Kunst genauso zu schätzen wie die primitive der Urvölker, und er liebt Frauen genauso wie Männer. Am 21.8.1965 heiratet er die US-Amerikanerin Elizabeth Chanler, hat aber weiterhin wechselnde Affären, teils mit prominenten Liebhabern. Mitte der 80er Jahre erkrankt der rastlose Chatwin und ist gezwungen, im Rollstuhl zu sitzen. Um die Krankheit macht Chatwin ein Geheimnis, nennt mal einen gefährlichen Pilz als Ursache, den er sich auf dem Vogelmarkt in Hongkong eingefangen habe, mal macht er den Biss einer chinesischen Fledermaus dafür verantwortlich. Tatsächlich aber stirbt Bruce Chatwin an den Folgen von Aids.

- weitere Veröffentlichungen (Auswahl): *The Songlines*, 1987; *What Am I Doing Here*, 1989; *Anatomy of Restlessness*, 1996
- Susannah Clapp: *Mit Chatwin*, 1997; Nicholas Shakespeare: *Bruce Chatwin – Eine Biographie*, 2000

Cheney, Mary
US-amerikanische PR-Beraterin
1969

Den Collegeabschluss nutzt die 20-jährige Mary Cheney, Tochter des damaligen US-Verteidigungsministers und späteren republikanischen Vize-Präsidenten Dick Cheney, zugleich als Zeitpunkt für ihr öffentliches Coming-out. Dadurch wird sie ungewollt zur Hoffnungsträgerin der US-amerikanischen Lesben- und Schwulenbewegung. Politische Ambitionen hat die konservative Cheney eigentlich nicht; sie unterstützt allerdings als Beraterin ihren Vater im Wahlkampf. Erste Erfahrungen in Sachen PR macht sie 1994. Die Bierbrauerei Coors, die wegen Äußerungen ihres Gründers Adolph Coors als rechtsextrem und homophob eingestuft und deshalb von lesbischen und schwulen Konsumenten konsequent boykottiert wird, holt Mary Cheney zu Hilfe. Sie tourt mit dem Gewinner des „Mr. Leather"-Titels in der schwulen Lederszene durch die USA und überzeugt schwule Bars, Coors auszuschenken. Danach studiert sie an der University of Colorado. Als ihr Vater 2000 zum ersten Mal für das Amt des Vize-Präsidenten kandidiert, tritt Mary Cheney der Republican Unity Coalition (RUC), einer schwulen- und lesbenfreundlichen Gruppe der Republikaner, bei und unterstützt ihn beim Wahlkampf. In einer Rede sagt Mary: „Wir können mithelfen, die Gleichstellung aller lesbischen und schwulen Amerikaner zu erreichen." Nach der Wahl sehen sich aber viele Homosexuelle getäuscht. Dick Cheney lehnt eine Erweiterung des Fonds zur Aidsbekämpfung ebenso ab wie ein Gesetz, das sich speziell gegen Verbrechen an Minderheiten wendet. Im Wahljahr 2004 spricht sich ihr Vater unmissverständlich gegen die Homo-Ehe aus, und Mary Cheney wird von Schwulen und Lesben des Landes aufgefordert, ihren Vater umzustimmen, doch sie zieht es vor, sich aus der Öffentlichkeit zurückzuziehen.

Cheney lebt mit ihrer Partnerin Heather Poe in einem Landhaus in Conifer/Colorado, in der Nähe von Denver.

Chéreau, Patrice

französischer Regisseur
2.11.1944 Lézigné

Seine künstlerische Heimat findet er zunächst im Theater. Als 20-Jähriger inszeniert er erstmals Victor Hugos *L'Intervention*. Ab1996 leitet er für drei Jahre das Théâtre de Sartrouville, von 1971-1977 übernimmt er gemeinsam mit Roger Planchon die Leitung des T.N.P. und inszeniert selbst beispielsweise auch am Piccolo Teatro in Mailand. 1982 wird ihm die Leitung des Théâtre des Amandiers in Nanterre übertragen, wo er das Gesamtwerk seines Freundes ☞Bernard Marie Koltès herausbringt. In der angeschlossenen Schauspielschule unterrichtet er spätere französische Stars wie Dominique Blanc und Vincent Pérez. Parallel beginnt Chéreau auch an Opernhäusern zu arbeiten, 1976-1980 inszeniert er in Bayreuth Wagners *Ring*. Seinen ersten Kinofilm *La chair de l'orchidée* (dt. *Das Fleisch der Orchidee*) realisiert er 1974 mit Charlotte Rampling in der Hauptrolle. Wie in seinem Filmerstling tritt er meist auch als Co-Autor in Erscheinung und übernimmt gelegentlich selbst Rollen, etwa in Andrzej Wajdas *Danton* (1982). 1983 realisiert er das schwule Drama *L'homme blessé* (dt. *Der verführte Mann*) nach einem Drehbuch von Hervé Guibert; eine Liebesgeschichte zwischen Männern steht auch im Mittelpunkt von *Ceux qui m'aiment prendont le train* (dt. *Wer mich liebt, nimmt den Zug*, 1997). Für *Intimacy* erhält er 2001 den Goldenen Bären der Berliner Filmfestspiele. „Homosexuell zu sein bedeutet viel", sagt Chéreau in einem Interview, „aber es bedeutet nicht alles. Es wäre ein Fehler, die Inhalte meiner Arbeit darauf zurückzuführen."

- *Hôtel de France*, 1987; *Le temps et la chambre*, 1992; *La reine Margot* (dt. *Die Bartholomäusnacht*), 1994; *Son frère*, 2003

Cheung, Leslie
chinesischer Schauspieler und Sänger
12.9.1956 Hongkong – 1.4.2003 ebd.

Leslie Cheung wächst als jüngstes von zehn Kindern in Hongkong auf. Die Eltern lassen sich früh scheiden, und Cheung besucht die Schule im britischen Leeds. Nach seiner Rückkehr nach Hongkong nimmt er 1976 am ATV Asian Music Contest teil und und belegt den zweiten Platz. Mit seinem

Canto-Pop begeistert er Fans in ganz Südostasien. Daneben ergeben sich erste Bühnen- und Fernsehauftritte sowie Rollen in Teenie-Spielfilmen. Erst als ihn John Woo für *A Better Tomorrow* (1986) engagiert, bekommt Cheungs Karriere die entscheidende Wendung, und er wird innerhalb weniger Jahre zu einem der wichtigsten und international anerkanntesten Schauspieler Hongkongs seiner Dekade und der erste, der es wagt, auch schwule Rollen zu übernehmen. So spielt er in Chen Kaiges Drama *Farewell My Concubine* (1993, dt. *Lebewohl, meine Konkubine*) die Hauptrolle eines schwulen Stars der Peking-Oper und wirkt in Tsui Harks *A Chinese Ghost Story* mit. Wong Kar Wai besetzt ihn nicht nur in seinem schwulen Beziehungsdrama *Happy Together* (1997), sondern auch in *Days of Being Wild* (1991) und *Ashes of Time* (1994). Cheung emigriert nach Kanada, kehrt aber 1992 nach Hongkong zurück und eröffnet einen Coffee Shop. Seit 1997 ist er offen schwul, seine Karriere als Schauspieler jedoch stagniert. Am 1. April 2003 stürzt er sich aus dem 25. Stock des Hotels Mandarin in Hongkong. In seinem Abschiedsbrief gibt er „seelische Probleme" und eine unglückliche Liebesbeziehung als Gründe an. Ingesamt wirkt Cheung in mehr als 60 Kino- und Fernsehproduktionen mit.

Chevalier, Maurice
(eigentlich Maurice Edouard Saint-Léon Chevalier)
französischer Sänger und Schauspieler
12.9.1888 Ménilmontant bei Paris – 1.1.1972 Paris

Mit zwölf Jahren bereits gilt er als Wunderkind. In den 20er Jahren beginnt er in den Pariser Musikhallen seine steile Karriere als Entertainer, Chansonnier und Schauspieler. Zusammen mit seiner Filmpartnerin Jeanette MacDonald verleiht er frühen Hollywood-Komödien und Filmoperetten Charme und Individualität, etwa in Lubitschs *The Love Parade* (1930) und Mamoulians *Love Me Tonight* (1932). Das im letzten Film von ihm gesungene Lied *Mimi* wird zu seinem Markenzeichen. 1957 Comeback auf der Leinwand mit Billy Wilders *Love in the Afternoon*. Ob *The Merry Widow* (1934), *Gigi* (1958) oder *Can-Can* (1960) – Chevaliers Leinwand-Image ist das des Charmeurs und Frauenhelden. Im wahren Leben jedoch ist er mehr den Männern zugetan, zudem, wenn es noch Jünglinge sind. Besonderen Gefallen soll ☞Marcel Prousts Geliebter Felix Mayol an dem jungen Chevalier gefunden haben. Er bietet ihm 100 Franc und ein Fahrrad für eine gemeinsame Liebesnacht. 1944 wird Chevalier der Kollaboration bezichtigt, weil er vor deutschen Soldaten aufgetreten ist. Kurzzeitig werden seine Filme in den USA nicht mehr vorgeführt. 1951 wird ihm die Einreise in die USA untersagt, weil er den Stockholmer Appell zur Ächtung der Atomwaffen unterschrieben hat. 1958 erhält er einen Ehren-Oscar für seinen „über ein halbes Jahrhundert währenden Beitrag zur Welt der Unterhaltung".

- *Mein glückliches Leben*, 1972
- Bravo Maurice (Hg.): *A Compilation from the Biographical Writings*, 1973; Gene Ringgold/DeWitt Bodeen: *The Films and Career of Maurice Chevalier*, 1973

Chicherin, Georgi Vasilyevich
(auch Georgi Wassiljewitsch Tschitscherin)
russischer Diplomat und Außenminister
2.12.1872 Karaul/Tombow – 7.7.1936

Chicherin entstammt einer wohlhabenden, aristokratischen Familie und schlägt eine diplomatische Karriere ein. 1904 tritt er der sozialistischen Partei bei und gibt seine Stellung im Auswärtigen Amt auf. Während der Oktoberrevolution 1917 hält er sich in London auf und wird nach dem Waffenstillstand zwischen Russland und Deutschland verhaftet, bald aber wieder entlassen. Seine erste Liebe noch zu Schulzeiten ist ein Freund aus seiner Kindheit, der Schriftsteller ☞Michail Kuzmin, den er 1904 nach seiner Ankunft in Moskau in den stark von Schwulen und Dandys besuchten Künstlerkreis um Sergej Diaghilew einführt. Auf Betreiben seiner religiösen Mutter reist Chicherin Jahre später nach Berlin, um dort einen Arzt zu konsultieren, der ihn von seinen homosexuellen Neigungen heilen soll. Die Behandlung bleibt ohne Erfolg, dafür lernt er aber bei der Reise Trotzki kennen und folgt ihm nach Russland. Von 1918 bis 1930 ist Chicherin Minister für Auswärtige Angelegenheiten der UdSSR. Zu seinen wichtigsten Handlungen gehört der 1922 unterzeichnete Vertrag von Rapallo mit den Deutschen. Aus gesundheitlichen Gründen scheidet er 1928 aus dem Amt, tritt jedoch noch einmal als respektierter Biograf von Wolfgang Amadeus Mozart an die Öffentlichkeit.

Child, Desmond (eigentlich John Charles Barrett)
US-amerikanischer Songwriter
1944 Gainsville/Florida

Mehr als 40-mal steht Child in den Top 40 Billboard Charts, dreimal hat er einen weltweiten Nummer-1-Hit – und trotzdem kennt kaum jemand seinen Namen. Die öffentliche Ehre erhalten immer die Sänger und Bands, für die der Songwriter und Produzent die Hits geschrieben hat. *Kiss* liefert er 1979 *I Was Made for Lovin' You*, Bon Jovi 1986 *You Give Love a Bad Name*, für Cher schreibt er *We All Sleep Alone* (1988) und *Just Like Jesse James* (1990). Alice Cooper singt sein *Poison* (1989) und Joan Jett *I Hate Myself For Loving You* (1988). Seinen wohl größten Erfolg hat er allerdings mit Ricky Martin. Dessen Hits *La Copa de la Vida* (1996) und *Livin' la Vida Loca* (1999), die in mehr als 20 Ländern fast gleichzeitig auf Platz 1 der Charts stehen, sind beides Werke von Desmond Child. Ursprünglich hat Child selbst versucht, als Sänger Karriere zu machen. 1973 gründet er mit seiner Lebensgefährtin Maria Vidal das androgyne Art-Rockduo *Desmond Child and Rouge* und nimmt zwei Alben auf. Die Beziehung hält knapp sechs Jahre, dann ist sich Child bewusst, dass seine androgynen Anwandlungen mehr mit seiner verdrängten Homosexualität, denn mit Glam Rock-Allüren zu tun haben. Er schreibt u.a. Songs für die Hardrock-Band *Kiss* und versucht erfolglos eine Solokarriere. Um aus seinem psychischen Tief herauszukommen, schließt er sich einer Sekte namens Akwenasa an, nach fünf Jahren befreit er sich jedoch daraus. Sein Vermögen aus den nicht unerheblichen Autorentantiemen allerdings hat er an die Sekte verloren. Mit dem Album *Discipline* (1991) meldet er sich als Solokünstler zurück, um sich danach – inzwischen offen schwul auch innerhalb der ganzen Rockszene – ganz und gar auf das Schreiben für andere zu konzentrieren: für Iggy Pop, *Hanson*, *Aerosmith* und Garth Brooks.

Christina von Schweden
schwedische Königin
8.12.1626 Stockholm – 19.4.1689 Rom

Die zukünftige Königin sorgt schon bei ihrer Geburt für Verwirrung am Hofe: Ihr biologisches Geschlecht ist nicht eindeutig zu bestimmen. Die einzige Tochter Gustaf Adolf von Schwedens wird nach dem Tod des Vaters 1633 vom schwedischen Reichskanzler erzogen. Mit 18 Jahren übernimmt sie die Regierung, erweist sich als energische, die Künste und die Wissenschaften fördernde Herrscherin. Sie schließt drei Friedensverträge ab und beendet so den Dreißigjährigen Krieg. 1654, nach zehn Jahren Regentschaft, dankt sie aufgrund innerpolitischer Querelen – die zeitlebens Unverheiratete hatte nicht den gewünschten Thronfolger geliefert – zum Erstaunen Europas ab und verlässt Schweden, um sich in Rom niederzulassen, wo sie in der Folgezeit aktiv das politische Leben beeinflusst. Insbesondere ist sie bekannt für ihre schützende Haltung gegenüber den Juden. Nach dem Tode von Karl X. kehrt sie nach Schweden zurück und versucht erfolglos 1660 und 1667, erneut den Thron zu besteigen. Ihre letzten Lebensjahre verbringt sie in Italien. Ihr Leichnam befindet sich noch heute in der St. Peters Basilika in Rom.
Christina kleidet sich gerne männlich und interessiert sich zeitlebens sowohl für Männer als für Frauen. Mit ihrer Hofdame Countess Ebba Sparre verbindet sie eine mehr oder minder offene, durch zahlreiche Briefe belegte Liebschaft: „Wenn du dich an die Macht erinnerst, welche du über mich hast, wirst du dich auch daran erinnern, dass ich seit zwölf Jahren das Pfand deiner Liebe besitze; ich gehöre dir so endgültig, dass du mich nie wirst verlieren können; und erst wenn ich sterbe, werde ich aufhören, dich zu lieben." Gemunkelt wird, dass Christina aufgrund der Liebe zu dieser Edelfrau abdanken muss. Aufgrund ihres männlichen Habitus und ihrer tiefen Stimme entstehen Gerüchte, sie sei Hermaphrodit. Nach ihrem Tod wird ihr Leichnam deshalb gleich zweimal obduziert, um sicherzustellen, dass „keinerlei Abnormitäten" zu finden sind. ☞Greta Garbo verkör-

pert Christina im Film *Queen Christina* (1933, dt. *Königin Christina*).

- Verena von der Heyden-Rynsch: *Christina von Schweden. Die rätselhafte Monarchin*, 2002

Ciccone, Christopher
US-amerikanischer Tänzer, Filmregisseur, Maler, Innenausstatter
1961 Bay City/Michigan

Obgleich der vielseitig talentierte Ciccone unter einer großen Menge Berufsbezeichnungen wählen kann, ist er für die meisten in erster Linie immer noch der Bruder von Madonna. Immer wieder hat Christopher Ciccone auch für sie gearbeitet. Zunächst studiert er an der Western Michigan University Modern Dance, nach zwei Jahren bricht er die Ausbildung jedoch ab und wird als 19-jähriger Mitglied einer kanadischen Tanztruppe, mit der er zwei Jahre lang auf Welttournee geht. Mit dieser Erfahrung im Rücken ist er gut genug für Schwester Madonna, um 1984 an ihrer Seite im Video *Lucky Star* zu tanzen. Für ihre *Blond Ambition*-Tour 1989 entwirft er die aufwändige Bühnenausstattung, und auch bei ihrem Film *Truth or Dare* (1991) ist er für das Setdesign zuständig. Madonnas *Girlie-Show* inszeniert er dann auch gleich selbst. Nach einigen Regiearbeiten für Videoclips (u.a. für Dolly Partons *Peace Train*, 1997) sind 1997 gleich zwei Spielfilme in Vorbereitung: die Verfilmung der Lebensgeschichte der legendären Drag Queen Holly Woodlawn, *A Low Life in High Heels* sowie *Blade to the Heat*, die Filmversion eines Theaterstückes über einen schwulen Boxer in den 50er Jahren. Immer wieder gibt Madonna ihrem Bruder durch Aufträge entscheidende Hilfestellungen für seinen Weg ins Showbusiness. Nachdem er ihr Apartment im New Yorker Upper West Side innenarchitektonisch gestaltet, wird ihm u.a. die Ausstattung des Filmschickeria-Restaurants *Atlantic* in Los Angeles und der *Liquid Lounge* am South Beach angeboten. Im Gegenzug profitiert die Sängerin und Schauspielerin durch Christopher Ciccone, indem er sie ständig mit der schwulen Szene und Kultur in Kontakt bringt, die sie letztlich sehr gewinnbringend und effektiv in ihre eigene Arbeit einfließen lässt. 2004 führt er mit *Playing Dead* erstmals Regie bei einem Kinofilm.

Clift, Montgomery **(eigentlich Edward Montgomery Clift)**
US-amerikanischer Schauspieler
17.10.1920 Omaha/Nebraska – 24.7.1966 New York City

Theaterdebüt als 14-Jähriger im Amateurtheater von Sarasota/Florida, Broadway-Debüt 1935 in *Fly Away Home*, danach umfangreiche Theaterarbeit in New York und in Tourneeproduktionen. Ab 1942 Mitglied des Group Theatre, 1945 Star der Broadway-Inszenierung von *Foxhole in the Parlor*, 1947 Mitbegründer des Actors Studio. Clift verweigert sich zunächst dem Film und debütiert 1948 in Howard Hawks' Western *Red River* (dt. *Panik am roten Fluß*) als introvertierter Cowboy. Oscar-Nominierung für seine Rolle in *The Search* (dt. *Die Gezeichneten*, 1948). Clift, der privat als eigenbrötlerisch und schwierig bezeichnet wird, verkörpert auch im Film den Typus des nonkonformistischen jugendlichen Rebellen. Sein gutes Aussehen macht ihn kurzzeitig zu einem gefragten romantischen Helden. Trotz der breiten Anerkennung seiner schauspielerischen Leistungen halten sich später die Filmangebote in Grenzen. 1957 wird sein Gesicht durch einen Autounfall entstellt. Die anschließende chirurgische Behandlung ist nur bedingt erfolgreich. Clift leidet zeitlebens unter seiner Homosexualität und wird von Selbsthass und Selbstverachtung geplagt. Seine Homosexualität spricht sich auch in Hollywood herum, John Wayne und Frank Sinatra gehören zu seinen Kollegen, die ihn deshalb verspotten. Der als homophob bekannte Regisseur John Huston engagiert ihn für *Freud* (1963), erfährt allerdings erst während der Dreharbeiten von Clifts sexuellen Neigungen – angeblich, als er ihn im Bett mit einem Mann erwischt. Huston bedauerte öffentlich seinen Missgriff bei der Besetzung. Clift wird alkohol- und drogenabängig. Zwar versucht er verkrampft Beziehungen zu Frauen zu führen, letztlich aber kehrt er immer wieder zu seinen flüchtigen homosexuellen Begegnungen, meist mit Strichern, zurück. Der prominente homosexuelle New Yorker Psychiater William Silverberg versucht, ihm mit einer Therapie zu einem schwulen Selbstbewusstsein zu verhelfen, jedoch mit der Folge einer völligen psychischen Abhängigkeit von seinem Arzt. Zu seinen wenigen Freunden, die auch in den Jahren seines psychischen wie physischen Niedergangs zu ihm halten, gehört Elizabeth Taylor, mit der er in *A Place in the Sun* (1951, dt. *Ein Platz in der Sonne*) und *Suddenly Last Summer* (1959, dt. *Plötzlich letzten Sommer*) nach ☞Tennessee Williams' Stück gemeinsam vor der Kamera steht.

- Filmrollen (Auswahl): *From Here to Eternity*, 1953 (dt. *Verdammt in alle Ewigkeit*); *Wild River*, 1960/61 (dt. *Wilder Strom*); *Judgement at Nuremberg*, 1962 (dt. *Urteil von Nürnberg*)
- Patricia Bosworth: *Montgomery Clift. A Biography*, 1978

Cocteau, Jean
französischer Schriftsteller, Zeichner, Filmregisseur, Choreograf
5.9.1889 Masons-Lafitte – 11.10.1963 Milly-la-Forêt

Cocteau gehört zu den vielseitigsten und originellsten europäischen Künstlern des 20. Jhs. Er ist außerordentlich experimentierfreudig und sympathisiert mit modernen, radikalen Bestrebungen innerhalb der Kunst. Aus klassischen Anfängen entwickelt er sich zum Kubisten, Futuristen, Dadaisten und Surrealisten. Leitmotivisch beschäftigt er sich in seinem vielfältigen Werk (Ballett, Malerei, Zeichnungen, Plastik, Grafik, Literatur, Theater, Film, Design) immer wieder mit dem Tod, dem Irrealen

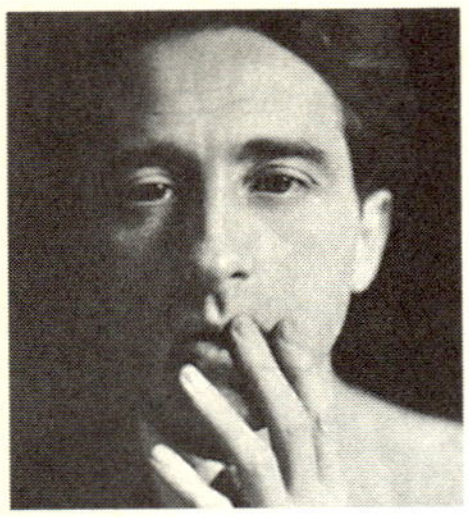

und den Mythen. Seinen ersten Lyrikband *La Lampe d'Aladin* (1909) veröffentlicht Cocteau noch auf eigene Kosten. Noch im gleichen Jahr wird er Redakteur des Luxusmagazins *Schéhérazade*. 1910 lernt er den Choreografen Sergej Diaghilew und den Tänzer ☞Nijinski kennen. Er entwirft für deren Produktionen Plakate und schreibt 1912 zusammen mit ☞Prousts Lebensgefährten Reynaldo Hahn das Ballettlibretto *Le Dieu bleu* für Diaghilew und Nijinski. Weitere Libretti folgen, u.a. *Parade* (1917) für Erik Satie und *Le Train bleu* (1924) für Darius Milhaud. 1914 Gründung der Zeitschrift *Le Mot*, von der bis 1915 20 Ausgaben erscheinen. 1920 gründet er – gemeinsam mit seinem zeitweiligen Liebhaber, dem Schriftsteller Raymond Radiguet (*Le Diable au corps*, 1925, dt. *Der Teufel im Leib*) – das Magazin *Le Coq*. 1921 entsteht das erste Theaterstück, *Le Gendarme incompris*, gemeinsam mit Radiguet. Zu Cocteaus bekanntesten und erfolgreichsten Dramen gehören *Orphée* (1925), *La voix humaine* (1930, dt. *Die geliebte Stimme*), *La machine infernale* (1932, dt. *Die Höllenmaschine*) und *Les parents terribles* (1938, dt. *Die schrecklichen Eltern*). 1930 dreht er seinen ersten Film, *Le sang d'un poète* (dt. *Das Blut des Dichters*). Für seinen Lebensgefährten, den Schauspieler ☞Jean Marais, schreibt er eigens Theater- und vor allem Filmrollen, die ihm den Weg zur Weltkarriere ebnen, etwa *La belle et la bête* (1946, dt. *Die Schöne und das Biest*) und *Orphée* (1950), der als filmisches Hauptwerk Cocteaus gilt. Seine erste, tragische Liebe zu dem Mitschüler Dargelos schildert Cocteau u.a. in seinem Roman *Les enfants terribles* (1929, dt. *Kinder der Nacht*; dramatisiert von ☞Klaus Mann), als auch in dem zunächst anonym erschienenen und mit homoerotischen Zeichnungen illustrierten Bekenntnisbuch *Le livre blanc* (1928, dt. *Das Weißbuch*). Mit 15 Jahren hat er ein kurzes Verhältnis mit dem Schauspieler Edouard de Max, der ihm den Weg in die Pariser Künstlerszene eröffnet, wo Cocteau im Laufe der Zeit so gut wie jeden wichtigen Künstler seiner Zeit – von ☞Gide über Proust bis Picasso und Strawinsky – kennen lernt. 1933 begegnet er dem Schriftsteller Marcel Khill, der zeitweilig sein Liebhaber wird und mit dem er eine Reise um die Welt in 80 Tagen unternimmt. Einen späteren Lebensgefährten, den Maler Edouard Dermit, den Cocteau 1947 kennen lernt, macht er zu seinem Adoptivsohn. Cocteau stirbt nur wenige Stunden nach ☞Edith Piaf, einer seiner besten Freundinnen.

- *Die große Kluft*, 1988; *Thomas der Schwindler*, 1988; *Ich war im Paradies. Liebesgedichte an Jean Marais*, 1988
- Frederick Brown: *Jean Cocteau. Eine Biographie*, 1985; Monique Lange: *Jean Cocteau. Prinz ohne Reich*, 1991

Cohn, Roy

US-amerikanischer Jurist und Politiker
20.2.1927 New York City – 1986 ebd.

Cohn macht als New Yorker Prominentenanwalt (u.a. für Norman Mailer, Frank Sinatra, FBI-Chef ☞J. Edgar Hoover, Milliardär Donald Trump und Ronald Reagan) eine rasche Karriere, indem er skrupellos Gebrauch von Beziehungen und Selbstdarstellung macht. Als rechte Hand des Senators McCarthy wirkt er maßgeblich an der Verfolgung von Intellektuellen und Kommunisten mit. Besonders energisch setzt er sich für die Hinrichtung des der Spionage verdächtigen Ehepaares Ethel und Julius Rosenberg ein. Dreimal wird Cohn wegen illegaler Methoden gerichtlich verurteilt, kann sich jedoch stets aus der Affäre ziehen. Privat lebt Cohn seine homosexuellen Neigungen aus, als öffentliche, politische Figur jedoch verfolgt er Homosexuelle und kämpft gegen die Gleichstellung der Homosexuellen in den USA. So verhindert er ein Antidiskriminierungsgesetz für Schwule im Staat New York. Das doppelte Spiel macht ihm scheinbar keinerlei Probleme: „Jeder, der mich kennt, wird es unheimlich schwer haben, mich mit irgendeiner Art von Homosexualität in Verbindung zu bringen. Jeder Aspekt meiner Persönlichkeit, meine Aggressivität, meine Härte ist völlig unvereinbar mit so etwas." Die Angst vor der öffentlichen Enttarnung seiner sexuellen Orientierung hindert ihn dennoch daran, für den Senat zu kandidieren. Stattdessen sabotiert er durch politische Juristerei mehrere Kampagnen demokratischer Präsidenten. Als er schließlich von der Anwaltskammer ausgeschlossen wird, weil er Geld von Klienten geliehen hatte, leidet er bereits im fortgeschrittenen Stadium an den Folgen von Aids. Der Dramatiker ☞Tony Kushner setzt Cohn mit *Angels in America* (1990) ein literarisches Denkmal.

- Nicholas von Hoffman: *Citizen Cohn*, 1988

Colbert, Claudette (eigentlich Lily Claudette Chauchoin)

US-amerikanische Schauspielerin französischer Herkunft
13.9.1903 (a.Q. 1905) Saint Mandé bei Paris – 30.7.1996 Barbados

Nach kleineren Rollen in Stummfilmen und am Theater entwickelt sich Colbert durch zahlreiche Auftritte in heiteren Screwballkomödien zu einer der beliebtesten Filmschauspielerinnen der 30er und 40er Jahre. Für ihre Rolle als Partnerin von Clark Gable in *It Happened One Night* (1934, dt. *Es geschah in einer Nacht*, Regie Frank Capra) erhält Colbert den Oscar als beste Hauptdarstellerin. 1961 verabschiedet sie sich mit *Parrish* (dt. *Sein Name war Parrish*) vom Filmgeschäft, tritt aber weiterhin in zahlreichen Theaterinszenierungen am Broadway auf. Die Diva lebt bis zu ihrem Tod auf Barbados. Colbert, die in ihrer aktiven Zeit als Filmschauspielerin den Ruf hatte, schwierig und unberechenbar bei der Arbeit zu sein, legt großen Wert darauf, grundsätzlich von der richtigen Seite fotografiert zu werden, was manchmal zu recht seltsamen Kameraeinstellungen führt. Der Star aus *No Time for Love* (1943, dt. *Keine Zeit zur Liebe*) hat, so munkelt Hollywood, in Wirklichkeit wohl eher keine Zeit für Männer – stattdessen für Frauen wie ☞Marlene Dietrich.

- Filmrollen (Auswahl): *Cleopatra*, 1934; *Bluebeard's Eighth Wife*, 1938 (dt. *Blaubarts achte Frau*); *Palm Beach Story*, 1942 (dt. *Atemlos nach Florida*)

Colette, Sidonie-Gabrielle

französische Schriftstellerin
28.1.1873 Saint-Sauveur-en-Puisaye/Yvonne – 3.8.1954 Paris

Die erfolgreiche Schriftstellerin und Dramatikerin erregt bereits mit ihren früheren, leicht erotisch eingefärbten Romanen – der so genannten *Claudine*-Serie – großes Aufsehen. Colette, die ab 1906 als Sängerin, Kabarettistin und Tänzerin in Pariser Variétés aufgetreten war, besitzt laut der Journalistin ☞Janet Flanner „dieses doppelte Verständnis, das es ihr erlaubt, die Natürlichkeit der Sexualität zu verstehen und zu akzeptieren". Dieses Verständnis drückt sich auch in Colettes unkonventioneller Lebensform aus. Obgleich dreimal verheiratet, hat sie mehrere z.T. längere Liebschaften mit Frauen, u.a. mit „Missy" de Belboeuf, die sich gerne betont maskulin gibt und mit Max anreden lässt, während Colette mit Begeisterung den femininen Part spielt. Colette verarbeitet in ihren Werken vielfach unverschlüsselt autobiografische Erfahrungen und reale Personen, weshalb ihr Roman *Le pur et l'impur* (1930, dt. *Diese Freuden*) bei den porträtierten Pariser Lesben auf große Empörung stößt. Colette, die als erstes weibliches Mitglied 1944 in die Académie Goncourt aufgenommen wird, erhält für ihr Werk mehrere bedeutende Auszeichnungen, u.a. das Große Kreuz der Ehrenlegion. Sie wird als erste Frau mit einem französischen Staatsbegräbnis gewürdigt.

- *Claudine à l'école*, 1900 (dt. *Claudine erwacht*); *Mitsou*, 1919; *Gigi*, 1945
- H. Lottmann: *Colette*, 1991; Claude Francis/Fernande Gontier: *Ich habe das Glück, nur zur Hälfte Frau zu sein – Colette*, 2000

Commerçon, Markus

deutscher Aids-Aktivist
13.11.1963 Neunkirchen/Saar – 29.3.1996 Kempten/Allgäu

Nach jahrelangem Ringen um seine sexuelle Identität und nach Abschluss seiner Berufsausbildung als Bäckermeister gründet Commerçon gemeinsam mit seinem Lebensgefährten ein eigenes Bäckereifachgeschäft. Dann jedoch stirbt der Freund an den Folgen von Aids. Für Commerçon ist dies der Auslöser, seine Homosexualität nicht mehr zu verleugnen. Seine Bäckerei gibt er auf und widmet sich, als Mitarbeiter der AIDS-Hilfe Ulm, ganz der Aids-Prävention. Mit zahllosen Vorträgen, Diskussionsveranstaltungen und Auftritten in Fernsehsendungen will Commerçon gegen die Diskriminierung Aids-Erkrankter und Homosexueller kämpfen. 1994 entsteht ein Fernsehdokumentarfilm über sein Leben und seinen Aktivismus (*Für mich soll's rote Rosen regnen*, Regie Michael Steinbrecher). Im gleichen Jahr erscheint sein Buch *Aids – Mein Weg ins Leben*, das sich zu einem Bestseller entwickelt. Für sein Engagement wurde er 1994 mit dem Bundesverdienstkreuz ausgezeichnet.

- *Mein Gott Aids*, 1995

Compton-Burnett, Dame Ivy

britische Schriftstellerin
5.6.1884 Pinner/Middlesex – 27.8.1969 London

Sie gilt als „Erfinderin" des Dialogromans. In einer Reihe von anspruchsvollen, ironischen Romanen untersucht Compton-Burnett kritisch das Familienleben der Oberschicht im Edwardianischen England des ausgehenden 19. Jhs. Ihre Besonderheit: Sie sind fast vollständig in knappen, ausgefeilten Dialogen geschrieben und reich an melodramatischen Elementen. 1967 wird ihr in Anerkennung ihres literarischen Werkes der Titel Dame verliehen. Ihre Beziehung zu Margaret Jourdain, Sachbuchautorin und eine britische Autorität im Bereich Innenarchitektur und Möbel, währt über 30 Jahre. Die Frauen leben bis zu Jourdains Tod 1951 zusammen. Dennoch ist selbst ihr engster Freundeskreis sich nicht sicher, ob diese Beziehung auch sexuell ist. Ivy Compton-Burnett bezeichnet sich selbst und ihre Geliebte als *„neutrals"*.

- weitere Veröffentlichungen (Auswahl): *Pastors and Masters*, 1925; *Brother and Sister*, 1929; *More Women than Men*, 1933; *A House and Its Head*, 1935; *A Family and a Fortune*, 1939; *Manservant and Maidservant*, 1947; *Mother and Son*, 1955; *The Mighty and Their Falls*, 1961
- Hilary Spurling: *Ivy: The Life of I. Compton-Burnett*, 1990

Copi (eigentlich Raul Damonta)

argentinischer Dramatiker und Comiczeichner
1939 Barcelona – 14.12.1987 Paris

Bereits mit 16 Jahren schreibt Copi sein erstes Theaterstück. Zehn weitere folgen, darunter einige Solostücke, die er oft selbst auf der Bühne interpretiert. 1962 zieht er nach Paris. Dort löst er 1969 mit *Eva Peron* einen Theaterskandal aus; die Uraufführung wird von einem rechtsradikalen Schlägertrupp gestört. In seinen Romanen (u.a. *Le bal des folles*, 1977, dt. *Die Schlange von New York* und *La guerre de pédés*, 1982, dt. *Der Krieg der Samba*) persifliert er selbstironisch und scharfzüngig den Mief des Schwulenmilieus der 70er Jahre und verschont dabei auch die einsetzende Emanzipationsbewegung nicht. Außerdem betätigt sich Copi erfolgreich als Comiczeichner und veröffentlicht zehn Bände mit sarkastischen, teilweise sexuell sehr deutlichen Zeichnungen. Er stirbt zwei Monate vor der Uraufführung seines letzten Stückes, der Aids-Farce *Ein ungelegener Besuch*, an den Folgen von Aids.

Corigliano, John

US-amerikanischer Komponist
16.2.1938 New York City

Corigliano gehört zu den etablierten zeitgenössischen Komponisten in den USA. 1990 wird seine *Symphony No. 1*, ein Auftragswerk des Chicago Symphony Orchestra zu dessen 100-jährigem Bestehen, unter Leitung von Daniel Barenboim uraufgeführt. Das Werk wird angeregt durch den Aids-Quilt und „entstand aus Gefühlen von Verlust, Wut und Frustration heraus" (Corigliano). Programmatisch heißt auch der erste der vier Sätze *Apologue: of Rage and Rememberance*. Seine zweite Symphonie wird 2001 mit dem Pulitzer-Preis ausgezeichnet. Seine erste Oper *A Figaro for Antonia* (1991) ist ein Auftragswerk der Metropolitan Opera New York und spielt mit Motiven aus Mozarts *Figaros Hochzeit*. Das Libretto entsteht in Zusammenarbeit mit dem schwulen Dramatiker William M. Hoffman, der vor allem durch sein Aids-Drama *As is* (1985, dt. *Wie du*) bekannt ist. 1981 schreibt er die Filmmusik zu *Altered States* (dt. *Der Höllentrip*, 1985, für das Bürgerkriegsdrama *Revolution)*. Für seine Musik zu *The Red Violine* (1998) erhält er 1999 einen Oscar. 1991 wird Corigliano in die American Academy and Institute of Arts and Letters aufgenommen, der die 250 prominentesten amerikanischen Künstler, Architekten, Schriftsteller und Komponisten angehören.

Cornell, Katharine
US-amerikanische Schauspielerin
16.2.1893 Berlin – 9.6.1974 Vineyard Haven/Massachusetts

Die große, dunkelhaarige Theaterschauspielerin mit der geheimnisvollen Aura ist für zahllose junge Kolleginnen *das* Vorbild der 20er und 30er Jahre. Cornell, die ihre Vorliebe für Frauen, u.a. ☞Mercedes de Acosta und ☞Beatrice Lillie, hinter einer Scheinehe mit dem bisexuellen Broadway-Regisseur Guthrie McClintic versteckt, feiert Mitte der 30er Jahre mit *A Bill of Divorcement* (dt. *Eine Scheidung*) und *The Green Hat* (dt. *Der grüne Hut*) ihre größten Broadwayerfolge, hält sich aber zeitlebens vom Filmgeschäft fern.

Cornwell, Patricia (eigentlich Patricia Daniels Cornwell)
US-amerikanische Autorin
9.6.1956 Miami/Florida

Patricia Cornwell ist zunächst Polizeireporterin in ihrer Heimatstadt Charlotte/North Carolina und später Computerspezialistin in der Gerichtsmedizin, bevor sie Schriftstellerin wird. Entscheidende Hilfe bei diesem Berufswechsel ist ihre lebenslange Freundschaft zu Ruth Bell Graham, der Witwe des berühmten Predigers Billy Graham. Sie beauftragt Cornwell mit ihrer Autobiografie. *A Time for Rembering* erscheint 1983 und verschafft Cornwell weitere Angebote für religiöse Biografien. Stattdessen aber schreibt sie künftig Kriminalromane und kreiert dazu die Serienheldin Dr. Kay Scarpetta, eine toughe Gerichtsmedizinerin. *Der Spiegel* bezeichnet sie 1999 als „die erfolgreichste Thrillerautorin der Welt". Gleich in ihrem ersten Band mit dem Titel *Postmortem* (1990; dt. *Die Tote ohne Namen*, 1996) führt sie als Nebenfigur Scarpettas Nichte ein, die in späteren Bänden erwachsen ist und lesbisch wird. Dass die Autorin selbst eher Frauen zugeneigt sei, ist lange ein Gerücht, bis Cornwell es 1998 in einem Interview mit *Vanity Fair* zugibt. Später gesteht sie auch ihre zweijährige Affäre mit der früheren FBI-Agentin Margo Bennett. Deren Ehemann wurde im Februar 2000 wegen versuchten Mordes an seiner Frau verurteilt – Gerüchten zufolge, weil er die Affäre seiner Frau entdeckt hatte. Patricia Cornwell selbst, aufgewachsen in Montreat/North Carolina, lässt sich 1988 nach achtjähriger Ehe von ihrem Mann Charles, einem Anglistik-Professor, scheiden. Beinahe hätte Patricia Cornwells berufliche Laufbahn einen ganz anderen Weg genommen. Ursprünglich wollte sie eine Profi-Tenniskarriere einschlagen. An der Highschool spielt sie im Männer-Tennisteam und wechselt später mit einem Tennis-Stipendium für einige Zeit an das Davidson College. Ihre erste literarische Arbeit liegt allerdings noch weiter zurück: Als Neunjährige verfasst sie ein Gedicht über die Kopfwunde Abraham Lincolns. 2002 sorgt sie für Aufsehen, da sie nach eigenen jahrelangen Ermittlungen die wahre Identität Jack the Rippers beweisen zu können glaubt: der in München geborene, impressionistische Maler Walter Sickert.

- *Trübe Wasser sind kalt*, 1997; *Das geheime ABC der Toten*, 1997; *Der Keim des Verderbens*, 1998; *Die Hornisse*, 2000; *Brandherd*, 2001; *Kreuz des Südens*, 2002; *Wer war Jack the Ripper?*, 2002

Coward, Noël
britischer Komponist, Schauspieler, Entertainer und Regisseur
16.12.1899 Teddington bei London – 26.3.1973 Port Maria/Jamaica

Coward ist ein Kind armer Leute und einfacher Herkunft; am Ende seines Lebens ist er nicht nur in den Adelsstand erhoben, zu seinem engen Freundeskreis gehören sowohl

Schauspielerinnen wie ☞Marlene Dietrich, Kim Novak und ☞Tallulah Bankhead, als auch Prinzessin Margaret und die britische Königin. Im Alter von zwölf Jahren Bühnendebüt als Kinderdarsteller 1911 als Prinz Mussel in Lila Fields *The Goldfish*. 1920 spielt er in seiner ersten selbstverfassten Komödie *I'll Leave It to You*. Mit *The Vortex* (1924) gelingt ihm der erste große Erfolg. Seine Stücke stehen in der Tradition ☞Oscar Wildes wie des *Camp*-Humors und spielen – mit großem Wortwitz und kultivierter Eleganz – mit dem Interesse des Publikums an frivolen Späßen und sexuellem Skandal. Zu den wichtigsten und auch in Deutschland zu Klassikern avancierten Komödien gehören *Private Lies* (1930), *Design for Living* (1933) und *Blithe Spirit* (1941). Viele Stücke werden zu Filmen adaptiert (u.a. *The Queen was in the Parlour*, 1927; *Tonight at 8:30*, 1952). In den 50er Jahren lässt der Publikumserfolg seiner Dramen nach, und Coward beginnt eine zweite Karriere als Entertainer und Sänger. Seine Homosexualität ist ein offenes Geheimnis, in seiner Arbeit als Autor thematisiert er sie jedoch nicht (mit Ausnahme der Dreiecksbeziehung in *Design for Living*, im autobiografischen Outing-Drama *Songs at Twilight* und in einigen bewusst zweideutigen Versionen mancher Songs). Einer seiner Partner ist sein Geschäftsführer Jack Wilson, der allerdings in seinem Job versagt und Coward durch die aufgelaufenen Steuerschulden beinahe ins Gefängnis bringt. Nachdem Coward die Beziehung beendet hat, schreibt er den Song *Never Again*. Der Zeit seines Lebens charmante, mit bissigem Humor begabte und von unerschütterlichem Selbstbewusstsein geprägte Schöngeist schreibt vor allem über sich und jene Reichen, Schönen und Berühmten, mit denen er verkehrt. „Auch wenn er eine offensichtliche Begabung für die Freundschaft hatte", schreibt der schwule Komponist Ned Rorem über Coward, „schien er kein Privatleben zu haben, keine innigen Beziehungen, keinen Sex." 1970 wird er von der Queen geadelt.

● Sheridan Morley: *A Talent to Amuse. A Biography of Noël Coward*, 1969; Cole Lesley: *Remembered Laughter. The Life of Noël Coward*, 1977; John Lahr: *Coward, the Playwright*, 1982; Richard Briers: *Coward & Company*, 1989; Joseph Morella/George Mazzei: *Genius and Lust. The Creativity and Sexuality of Cole Porter and Noël Coward*, 1995

Cramm, Gottfried Freiherr von

deutscher Tennisspieler

7.7.1909 Nettlingen – 7.1.1976 Gizeh bei Kairo

Der Sohn eines Gutsbesitzers will vom väterlichen Landwirtschaftsbetrieb nichts wissen und verlässt die niedersächsische Provinz, um beim Berliner Tennisclub Rot-Weiß Sportkarriere zu machen. Mit 21 Jahren heiratet er Lisa von Dobenbeck; die Ehe wird – nach seinen Angaben – jedoch nie vollzogen. Zu diesem Zeitpunkt gehört von Cramm bereits zur Welttennis-Elite und reist von Turnier zu Turnier. Von 1933 bis 1953 ist er Nummer eins der deutschen Rangliste, 1937 auf Platz zwei der Weltrangliste, zweimal steht er im Finale in Wimbledon. 1931 lernt er den damals 18-jährigen Schauspieler Manasse Herbst in einer Schwulenbar kennen. Weil dieser Jude ist, wird ihm 1933 das Engagement am Großen Schauspielhaus Berlin gekündigt, und Herbst geht nach Paris. Von Cramm besucht ihn dort so oft wie möglich und unterstützt ihn finanziell. 1938 wird von Cramm von der Gestapo wegen Devisenvergehens und Verstoßes gegen den §175 verhaftet und zu zwei Jahren Gefängnis verurteilt. Selbst die Fürsprache des schwedischen Königs Gustaf V. Adolf kann ihn davor nicht bewahren. Nach der Entlassung wird von Cramm als Soldat an die Ostfront geschickt.

Seine Tenniskarriere nimmt er gleich nach dem Krieg erfolgreich wieder auf. Lediglich Turniere in den USA kann er nicht besuchen: Seine Verurteilung nach §175 gilt als „unmoralisches Verhalten" und verbietet ihm als Ausländer die Einreise. Auch die überraschende Heirat mit der US-amerikanischen Woolworth-Erbin Barbara Hutton nutzt nichts. Die 1955 geschlossene Ehe wird 1961 wegen „seelischer Grausamkeit" geschieden. Ihre Bemühungen, ihn zur Heterosexualität zu bewegen, bleiben erfolglos. Als Abfindung erhält er ca. eine Million Dollar, die er erfolgreich in ein eigenes Unternehmen zum Bau von Tennishallen investiert. Bei einer Geschäftsreise in Ägypten kommt er bei einem Autounfall ums Leben.

● Egon Steinkamp: *Gottfried von Cramm, der Tennisbaron*, 1990

Crisp, Quentin (eigentlich Dennis Charles Pratt)

britischer Exzentriker, Autor und Schauspieler

25.12.1908 Sutton – 21.11.1999 New York City

Im puritanischen England kann aus ihm, der „ohne jegliches Talent" und dafür auffallend und selbstbewusst feminin und exzentrisch ist, nichts werden. Er versucht es als Illustrator, Werbemann und Modell. Seine Berufung allerdings ist es, Lebenskünstler zu sein, sich selbst zum Kunstwerk zu machen. Seinen Lebensunterhalt verdient er bis Mitte der 70er Jahre insbesondere als Akt- und Porträtmodell an Kunstschulen in London und dem Umland. Er sieht sich selbstironisch als „naked civil servant", als „nackter Staatsdiener". Im April 1981 wird New

York schließlich seine Wahlheimat. Für die Zeitschriften *Christopher Street* und *Home & Garden* schreibt er regelmäßig Kolumnen und liefert bonmot-durchsetzte Beiträge zu Film, Etikette und dem „richtig Leben" für zahlreiche große US-Zeitungen. In One-Man-Shows doziert er seine Lebensweisheiten zu Liebe, Sex und Selbstverwirklichung. Innerhalb der Schwulenszene ist Crisp jedoch aufgrund seiner recht wertkonservativen Ansichten umstritten. Dennoch fungiert er weltweit als schwule Ikone, die trotzig das „Anderssein" gegen alle Widrigkeiten der Gesellschaft und des Lebens behauptet. Mit 60 Jahren schreibt er seine Autobiografie *The Naked Civil Servant* (1968, dt. *Crisperanto*, 1988), die 1975 mit John Hurt in der Hauptrolle verfilmt wird. Mit *Resident Alien* liefert er 1996 eine Art Fortsetzung über sein Leben in New York. Er agiert als Nebendarsteller u.a. in *Philadelphia*, *Too Wong Foo* und *The Bride*, Seite an Seite mit dem Popmusiker Sting, der ihn musikalisch in dem Lied *An Englishman in New York* verewigt. In *Orlando* übernimmt er die Rolle der Königin Elizabeth. 1996 kommt ein „Quentin Crisp Scotch Whiskey" auf den Markt, der zugunsten eines schottischen Aids-Hospizes verkauft wird.
Immer wieder für Anstoß sorgt Crisp mit seinen im hohen Alter zunehmend geäußerten Statements, die Welt sei ohne Homosexuelle schöner und besser, die Homosexualität selbst schrecklich und erbärmlich. Er wünsche sich, die Homosexualität könne bereits bei Föten im Mutterleib festgestellt werden, um sie rechtzeitig abtreiben zu können.

- *How To Go To The Movies. A Guide for the Perplexed*, 1991; *How To Become a Virgin*, 1996
- Paul Bailey (ed.): *The Stately Homo: A Celebration of the Life of Quentin Crisp*, 2001; Andrew Barrow: *Quentin und Philip: A Double Portrait*, 2002

Cruse, Howard

US-amerikanischer Comiczeichner
2.5.1945 Birmingham/Alabama

Der Sohn eines Pastors beginnt in den 70er Jahren mit dem Zeichnen von Comics. 1980 gibt er den Band *Gay Comix* heraus. Von 1983 bis 1989 zeichnet er für das US-amerikanische lesbisch-schwule Magazin *The Advocate* die humoristische Serie *Wendel*, Geschichten aus dem gewöhnlichen Alltag seines schwulen Titelhelden und dessen Freundes Ollie. 1993 wid Cruse für seinen Beitrag zur Homosexuellenemanzipation und -kultur mit dem mit 25.000 $ dotierten Stonewall Award ausgezeichnet. Gleich mehrfach prämiert, u.a. mit dem Don Thompson Memorial Award und dem UK Comic Award für den besten *graphic novel*, wird sein Comicroman *Stuck Rubber Baby* (1995, dt. *Am Rande des Himmels*). In diesem stark autobiografischen Werk erzählt Cruse die Geschichte einer Gruppe von Freunden in den USA der 60er Jahre und des jungen Helden Toland Polk, der sich im Jahr der Ermordung Kennedys und der berühmten „I Have a Dream"-Rede Martin Luther Kings zu seinem Coming-out und der Liebe zu einem schwarzen Mann entschließt. Mehr als vier Jahre arbeitet Cruse an diesem Buch. Möglich wird dies nur durch ein Sponsorenmodell, das u.a. ☞Tony Kushner, ☞Armistead Maupin, ☞Randy Shilts, ☞Harvey Fierstein und Martin Duberman unterstützen.

Csillag, Sidonie

österreichische Weltbürgerin
1900 Wien – 1999 ebd.

Mit 17 Jahren verliebt sich die Tochter einer jüdischen großbürgerlichen Wiener Familie ausgerechnet in eine aus dem preußischen Hochadel stammende stadtbekannte Edelprostituierte. Sidonies Vater hofft auf Heilung seiner Tochter bei Sigmund Freud, der ihren Fall später auch dokumentiert. Die Aufregungen in ihrem Leben nehmen allerdings nicht ab. Sie wird in einen Giftmord verwickelt und gerät unverhofft in rechte Politikerkreise. Sie geht nach Berlin und lernt dort die lesbische Szene kennen. Gleichwohl verliebt sie sich hier erstmals in einen Mann, doch der stirbt sehr früh. Später wird sie einen anderen Mann heiraten, nicht aus Liebe, sondern um sich dem gesellschaftlichen Druck zu beugen. Ihre wahre Zuneigung gilt ihr Leben lang wechselnden, stets sehr schönen Frauen. Der Verfolgung durch die Nationalsozialisten entgeht sie durch ihre Emigration nach Kuba. Nach dem Krieg kehrt sie nach Wien zurück, doch die zerstörte Stadt bietet ihr keine wirkliche Heimat, und Sidonie Csillag, die von Zeitzeugen als exzentrisch und anarchisch, aber auch naiv und arrogant bezeichnet wird, unternimmt immer wieder lange Auslandsreisen.

- Ines Rieder/Diana Voigt: *Heimliches Begehren. Die Geschichte der Sidonie C.*, 2000

Cukor, George Dewey

US-amerikanischer Filmregisseur
7.7.1899 New York City – 24.1.1983 Los Angeles

Cukor arbeitete anfangs als Inspizient und Bühnenregisseur am Broadway. Er wird in Hollywood zunächst als Dialogregisseur engagiert (*All Quiet on the Western Front*, 1930), bevor er seinen ersten, vielversprechenden Film (*Tarnished Lady*, 1931) mit ☞Tallulah Bankhead inszeniert. Innerhalb weniger Jahre wird Cukor zu einem der erfolgreichsten und produktivsten Regisseure Hollywoods. Seine Regiearbeiten, die auf fremden Stoffen basieren (*Dinner At Eight*, 1933; *David Copperfield*, 1934; *Romeo and Juliet*, 1936) zeichnen sich durch Originaltreue aus, während sie zugleich alle vorhandenen Möglichkeiten des Films ausschöpfen. Vor allem seine Schauspielerinnen weiß er in

seinen Filmen zu Glanzleistungen zu führen. Höhepunkt: *The Women* (1939, dt. *Die Frauen*) mit rein weiblichem Ensemble. Aus seiner Homosexualität macht Cukor nie ein Geheimnis; er versucht sogar im Rahmen seiner Möglichkeiten gegen die Homophobie seines Studios, der MGM, vorzugehen. Andererseits vertuscht das Studio einen möglichen Skandal, als Cukor beim Cruisen von Seemännern überfallen wird. Das Regieangebot für die Verfilmung von ☞Tennessee Williams' *Cat on a Hot Tin Roof* (dt. *Die Katze auf dem heißen Blechdach*) lehnt er ab, als im Drehbuch alle Hinweise auf die Homosexualität der Hauptfigur eliminiert werden. Berühmt-berüchtigt sind die privaten Pool-Partys in Cukors Villa, die regelmäßig sonntags (mit ausschließlich männlichen Gästen) stattfinden. 1939 soll Cukor Regie bei *Gone With The Wind* führen; die Vorbereitungen hat er bereits abgeschlossen, als Clark Gable beim Studiochef David O. Selznick gegen Cukor protestiert: „Wenn eine Schwuchtel Regie führt, mache ich nicht mit." Hintergrund ist ein viele Jahre zurückliegender Vorfall auf einer Party, bei der Gable von einem engen Freund Cukors, dem Schauspieler ☞William Haines, verführt worden war. Erst mit *A Star Is Born* (1954) hat Cukor wieder die Gelegenheit, einen Film mit größerem Aufwand zu produzieren. An den Erfolg dieses Musicals knüpft er mit *Les Girls* (1957) und *My Fair Lady* (1964) an.

● Patrick McGillian: *George Cukor. A Double Life*, 1993; Emanuel Levy: *George Cukor, Master of Elegance*, 1994

Cunningham, Michael

US-amerikanischer Schriftsteller
6.11.1952 Cincinnati/Ohio

Aufgewachsen in Pasadena/Kalifornien, Studium der englischen Literatur an der Stanford University. Zeitweilig spielt er mit dem Gedanken, Maler zu werden, besucht dann aber den Writer's Workshop der Universität Iowa. Nach der Veröffentlichung einiger Kurzgeschichten erscheint 1984 sein erster Roman *Golden States*. In den nächsten Jahren jobbt Cunningham als Kellner und Barkeeper, lebt eine Zeit lang in Griechenland und arbeitet in New York bei der Carnegie Corporation. Seine Erzählung *White Angel* wird 1989 für die Anthologie *Best American Short Stories* ausgewählt. Sein zweiter Roman *A Home at the End of the World* (1990, dt. *Fünf Meilen von Woodstock*) über eine Dreiecksbeziehung zweier schwuler Männer und einer Frau verhilft ihm zum Durchbruch und wird gleich in mehrere Sprachen übersetzt. 1995 folgt *Flesh and Blood* (dt. *Fleisch und Blut*) über eine griechische Immigrantenfamilie und deren schwulen Sohn. Mit *Land's End* (2003) liefert er einen literarischen Essay über Provincetown, ein beliebtes Reiseziel von amerikanischen Künstlern, aber auch von Lesben und Schwulen. Darüber hinaus arbeitet der Wahl-New Yorker als Essayist und Autor u.a. für *The Atlantic Monthly, Redbook, Esquire, The Paris Review, The New Yorker, Vogue* und *Metropolitan Home*. Sein Roman *The Hours* (dt. *Die Stunden*), eine Hommage an ☞Virginia Woolfs *Mrs. Dalloway,* wird 1999 mit dem Pulitzer Preis und dem PEN/ Faulkner Award ausgezeichet, in 22 Sprachen übersetzt und 2002 von ☞Stephen Daldry verfilmt. 2004 entsteht eine Adaption von *A Home at the End of the World* mit Sissy Spacek und Colin Farrell in den Hauptrollen, Regie führt Michael Mayer. Zu beiden Filmen schreibt Cunningham auch das Drehbuch. Er lebt seit 1989 zusammen mit seinem Lebensgefährten, dem Psychologen Ken Korbett, in New York City und unterrichtet Creative Writing an der Columbia University und dem Brooklyn College English Department. Von schwuler Literatur einzig für die *gay community* hält Cunningham nichts. „Es ist an der Zeit, dass Lesben und Schwule als ein Teil dieser Welt akzeptiert und integriert werden. Ich freue mich auf den Tag, an dem die Buchhandlungen ihre schwulen und lesbischen Abteilungen auflösen und diese Bücher ganz normal unter die andere Literatur einsortieren. Und darauf vertrauen, uns allen vertrauen, gleich ob schwul, lesbisch oder hetero, dass wir jene Bücher finden werden, die uns ansprechen."

D

Dahmer, Jeffrey

US-amerikanischer Massenmörder
21.5.1960 Milwaukee/Wisconsin –
28.11.1994 Columbia Gefängnis/Wisconsin

Am 22. Juli 1991 bringt der Zufall Streifenpolizisten in die Wohnung von Jeffrey Dahmer, die so einen sadistischen Massenmörder überführen. In seinem Kühlschrank und seiner Gefriertruhe finden sie Leichenteile von 17 zwischen 1978 und 1991 ermordeten, zumeist farbigen, jungen Männern, allesamt, wie sich später herausstellt, Sexpartner des bei der Verhaftung 31-jährigen Dahmers. Der Prozess wegen Mordes und Kannibalismus wird zu einem der aufsehenerregendsten der US-Geschichte. 1994 wird der zwei Jahre zuvor zu 15facher lebenslanger Haftstrafe verurteilte Dahmer von einem Mitgefangenen zu Tode geprügelt. 1996 sollten die Mordwerkzeuge und Möbel aus dem Nachlass Dahmers versteigert werden, was zuletzt jedoch gerichtlich verhindert wird.

- Don Davis: *The Milwaukee Murders*, 1991 (dt. *Jeffrey Dahmer*, 1992); Brian Masters: *The Shrine of Jeffrey Dahmer*, 1993 (dt. *Todeskult. Der Fall Jeffrey Dahmer*, 1995); Lionel Dahmer: *Mein Sohn ist ein Mörder. Geschichte eines Vaters*, 1995

Daldry, Stephen

britischer Filmregisseur

2.5.1960 Dorest

Nach dem Studium an der Universität von Sheffield absolviert Daldry eine Ausbildung am dortigen Crucible Theatre. 1990-1992 ist er am Gate Theatre in London engagiert. In seiner Funktion als Director des Royal Court Theatre London (1992-1997), aber auch am National Theatre und am Broadway inszeniert und produziert Daldry über 100 Theaterinszenierungen – u.a. David Hares *Via Dolorosa*, Ron Hutchinsons *Rat in the Skull*, Caryl Churchills *This Is a Chair* und Arnold Weskers *The Kitchen*. 1988 dreht er im Auftrag der BBC seinen ersten Kurzfilm *Eight*. 2000 gibt er sein Spielfilmdebüt mit *Billy Elliot – I Will Dance* über einen Jungen aus proletarischem Elternhaus und dessen Kampf, Tänzer zu werden. Der Film wird für drei Oscars nominiert, darunter für die beste Regie. Zusammen mit ☞Elton John entwickelt er aus dem Stoff ein Musical. 2002 folgt die Verfilmung von ☞Michael Cunninghams Roman *The Hours*, einer Variation von ☞Virginia Woolfs *Mrs. Dalloway*. Diesmal wird er für zehn Oscars nominiert, Nicole Kidman erhält einen Oscar als beste Darstellerin. Auf den Berliner Filmfestspielen 2003 erhalten alle drei Hauptdarstellerinnen gemeinsam den Silbernen Bären. 2004 verfilmt Daldry Michael Chabons Roman *The Amazing Adventures of Kavalier & Clay*. Obgleich offen schwul hat Daldry die Schauspielerin Lucy Sexton geheiratet. *„I refuse to be boxed in to the idea that ‚Oh, no, I can't have kids because I'm gay.' I can have kids if I'm gay."* 2003 kommt ihr gemeinsames Kind Annabel Clare zur Welt.

Dallesandro, Joe

US-amerikanischer Schauspieler

31.12.1948 Pensacola/Florida

Entdeckt von ☞Andy Warhol spielt er zunächst in von Warhol produzierten und Paul Morrissey inszenierten Filmen, nicht selten spärlich oder gar nicht bekleidet. Besonders wenig Kostüm benötigt er in *Flesh* (1968) als Callboy. Dieser Film lässt ihn zum schwulen Kultstar und Objekt erotischer Begierden werden. Es folgen *Trash* (1970), *Heat* (1972) und *Andy Warhol's Frankenstein* (1973) – und dann ganz lange nichts mehr. Dallesandro wird Taxifahrer. ☞John Waters entdeckt ihn neu für *Cry Baby* (1990). Der bisexuelle Dallesandro war lange Zeit mit einer Drag Queen und einem Hairstylisten in Hollywood liiert, aber später auch mit einer Frau verheiratet. Er ist Vater von sieben Kindern. 1998 spricht er in einem Interview für☞Thom Fitzgeralds halbdokumentarischen Spielfilm *Beefcake* über seine Erlebnisse als Aktmodell in Bob Mizers *Athletic Model Guild*.

- weitere Filme (Auswahl): *Emmanuelle ,72*, 1976; *Almost an Angel*, 1990; *Gun Crazy*, 1992; *T. Rex*, 1995; *The Limey*, 1999; *Pacino Is Missing*, 2002; *Loving Annabelle*, 2004

Daly, Mary

US-amerikanische Theologin und Philosophin

16.10.1928 Schenectady/New York

Als Dalys radikalfeministisches Werk *The Church and the Second Sex* (dt. *Kirche, Frau und Sexus*) 1968 erscheint, wird die angesehene Theologiedozentin umgehend mit dem Verlust ihrer Stelle am Boston College bestraft. Dalys harsche Kritik an den patriarchalischen Strukturen innerhalb der katholischen Kirche macht sie zur bis heute bekanntesten radikal-feministischen Theologin. Mit *Gyn/Ecology: The Metaethics of Radical Feminism* (1978, dt. *Gyn-Ökologie: eine Metaethik des radikalen Feminismus*) und *Pure Lust: Elemental Feminist Philosophy* (1984, dt. *Reine Lust: elemental-feministische Philosophie*) geht Daly, die mit 26 Jahren bereits zu unterrichten begonnen hatte, noch weiter, indem sie den Zusammenhang zwischen Patriarchat und Sprache einer fundierten Analyse unterzieht und in eine eigene feministische Terminologie übersetzt.

Daniels, Laurent (eigentlich Laurent Holzamer)

deutscher Schauspieler, Regisseur und Sänger

31.3.1965 Mainz

Während der Schulzeit arbeitet er bereits als Kleindarsteller und Requisiteur am Mainzer Stadttheater, in Salzburg studiert er später Bühnen- und Kostümbild und übernimmt in diesem Beruf an verschiedenen Bühnen in Berlin, Salzburg, Wien und Schwerin Aufträge. Parallel dazu beginnt er eine Karriere als Bühnen- und Filmschauspieler. Um nicht immer mit seinem Großvater, einem ehemaligen ZDF-Intendanten, in Verbindung gebracht zu werden, gibt er sich den Künstlernamen Daniels. Erste Engagements an kleineren Stadttheatern und Off-Produktionen. In Berlin inszeniert er die Tuntenproduktion *Frauen schlafen nie* nach ☞George Cukors Film *Die Frauen*. TV-Rollen u.a. in den Serien *Stadtklinik, Unser Mann, SK-Babies, Unter uns* und *Verbotene Liebe*. Das Multitalent Daniels versucht sich nun auch selbst als Filmregisseur und dreht seinen ersten Kurzfilm *Der Tag des Hundes*. Das Projekt eines künstlerisch ambitionierten, schwulen Pornofilms wird jedoch nie fertiggestellt, da der Produzent kein Geld mehr zuschießt. 1995 moderiert Daniels auf Viva die Clipsendung *Haushaltshilfe*. Der große Durchbruch kommt schließlich 1997, als er die Rolle des schwulen DJs und Journalisten Philip Krüger in der RTL-Soap *Gute Zeiten – schlechte Zeiten* (*GZSZ*) übernimmt. Seine Popularität als Seriendarsteller verhilft ihm auch zu einem Charterfolg mit seinen Singles *Cry on My Shoulder* und *Show Me* (1998) aus dem Album *All Said and Done* (1999). 2002 musikalischer Comeback-Versuch mit dem Album *In Progress*. 2000 startet *Großstadtträume*, das wenig erfolgreiche Spin-off zur Serie *GZSZ*. Die Serie wird nach der Ausstrahlung der siebten Episode bereits eingestellt, obgleich 26 gedreht worden waren. Daniels wechselt als einziger aus der aktuellen *GZSZ*-Staffel in die neue Serie.

Dannecker, Martin

deutscher Sexualwissenschaftler

1942

Privatdozent am Institut für Sexualwissenschaft des Klinikums der Universität Frankfurt/Main. Nach einer Ausbildung zum Industriekaufmann arbeitet Dannecker zunächst als Schauspieler und studiert schließlich an der Universität Frankfurt/Main Philosophie und Soziologie. Mitarbeit am Drehbuch zu ☞Rosa von Praunheims *Nicht der Homosexuelle ist pervers, sondern die Situation, in der er lebt* (1971). 1974 erscheint die gemeinsam mit Reimut Reiche 1971 durchgeführte empirische Studie *Der gewöhnliche Homosexuelle*, die erste und immer noch als Standardwerk geltende Untersuchung dieser Art über Schwule in Deutschland. Engagement in der Schwulenbewegung und kontinuierliche Auseinandersetzung zu Fragen homosexuellen Lebens und der Homosexualität im Rahmen seiner sexualwissenschaftlichen Arbeit. Er beschäftigt sich dabei kritisch mit dem Konstruktivismus und bestimmt eine eigene Position zwischen Sigmund Freud und ☞Michel Foucault. Seit den 80er Jahren widmet sich Dannecker verstärkt dem veränderten Sexualverhalten der Schwulen unter dem Einfluss von Aids. Direkt an die Studie *Der gewöhnliche Homosexuelle* schließt seine Untersuchung *Homosexuelle Männer und Aids. Eine sexualwissenschaftliche Studie zu Sexualverhalten und Lebensstil* (1990) an. Eine essayistische Zusammenfassung der Ergebnisse erscheint 1991 (*Der homosexuelle Mann im Zeichen von Aids*). Weil durch das Bundesministerium für Jugend, Frauen und Familie finanziert, wird 1987 beim Beginn der Fragebogenaktion zu dieser Untersuchung zu einem Boykott innerhalb der Schwulenszene aufgerufen (u.a. durch ☞Günter Amendt in der Mai-Ausgabe von *Konkret* und am 27. August auf einer Pressekonferenz des Bundesverbandes Homosexualität). Befürchtet wird eine gezielt falsche Interpretation des Datenmaterials zugunsten einer restriktiven Aidspolitik. Der Boykott bleibt weitgehend ohne Wirkung.

- *Der Homosexuelle und die Homosexualität*, 1978; *Das Drama der Sexualität*, 1987; *Vorwiegend homosexuell*, 1997; mit Reimut Reiche: *Sexualität und Gesellschaft*, 2003

Davies, Terence

britischer Filmregisseur

1946 Liverpool

Wie kaum ein anderer Regisseur seiner Generation verarbeitet Davies seine eigene Lebensgeschichte in seinem filmischen Werk, angefangen bei den Kurzfilmen, die zu der *Terence Davies Trilogy* zusammengefasst sind. Schon mit dem 1976 an der Coventry Drama School entstandenen 45-minütigen Spielfilm *Childhood* zeichnet er eindringlich seine frühe Kindheit und Schulzeit inmitten der Liverpooler Backsteinhäuser im Schatten eines tyrannischen, brutalen Vaters nach. Terence Davies wird als jüngstes von zehn Kindern einer Arbeiterfamilie in Liverpool geboren. „Ich bin in einem Haus mit vielen Frauen aufgewachsen und schätze sie als gute Freundinnen und Kameradinnen. Unser gegenseitiges Verhältnis untereinander war so gut, weil ich schon damals nie einer Frau an die Wäsche wollte. Kein Wunder. Ich bin katholisch, komme aus der Arbeiterklasse und bin schwul. Drei Dinge, wie sie zusammen schlimmer nicht sein können." Zu seinen glücklichsten Erinnerungen zählt Davies die Kinofilme, die in den 50er Jahren den Stoff für eskapistische Reisen in imaginäre Welten, fernab der harschen Wirklichkeit, ermöglichen. Er arbeitet zwölf Jahre in einer Steuerkanzlei. 1972 tritt er in die Coventry Drama School ein, wo er das Drehbuch zu *Children*, dem ersten Teil der *Terence Davies Trilogy*, schreibt. Anschließend besucht er die National Film School, wo der zweite Teil *Madonna and Child* entsteht. Auch in seinem ersten abendfüllenden Spielfilm *Distant Voices, Still Lives*, der 1988 den Kritikerpreis bei den Filmfestspielen in Cannes erhält, verarbeitet er in der Kindheit verwurzelte Konflikte. Die wiederkehrenden Themen sind die Sehnsucht nach Geborgenheit in der Familie und eine traumatische Beziehung zur schwulen Sexualität. „Ich praktiziere meine Homosexualität nicht. Und das aus zwei Gründen: wegen des Schuldgefühls und weil man, wenn man nicht gut aussieht, in der Welt der Schwulen keine Chance hat. Manchmal wünsche ich mir, ich wäre heterosexuell, gut aussehend und dumm. Ich glaube, dann lebt es sich gut." Der autobiografische Zyklus findet mit *The Long Day Closes* (1992, dt. *Am Ende eines langen Tages*) seinen Abschluss. Mit der Verfilmung des Romans von John Kennedy Toole *The Neon Bible* (1995) geht Davies erstmals den Weg einer literarischen Adaption. 2000 folgt *The House of Mirth* (dt. *Das Haus Bellomont*) nach Edith Wharton, 2004 *Sunset Song* nach einem Roman von Lewis Grassic Gibbon.

Dean, James (eigentlich James Byron Dean)

US-amerikanischer Filmschauspieler

8.2.1931 Fairmont/Indiana – 30.9.1955 Salinas/Kalifornien

Abgebrochenes Jurastudium an der University of California, Schauspielunterricht in New York am Actors Studio bei Lee Strasberg und Elia Kazan. 1950 erster Werbespot, 1951 erste kleine Filmrolle als Soldat in Samuel Fullers *Fixed Bayonets*. Erster Bühnenerfolg 1953 am Broadway bei *The Immoralist* (nach ☞André Gide), verschiedene TV-Filme. Durch drei Kinofilme

wird Dean zum Symbol einer innerlich zerrissenen und aufsässigen Jugend und zum idolhaften Prototyp des jugendlichen Rebellen und neben Marilyn Monroe und Elvis Presley zur Ikone dieser Epoche: *East of Eden* (1955, dt. *Jenseits von Eden*), *Rebel without a Cause* (1955, dt. *Denn sie wissen nicht, was sie tun*), *Giant* (1956, dt. *Giganten*). Oscar-Nominierung für seine erste große Filmrolle, Cal Trask in *East of Eden*, posthum für seine letzte Rolle in *Giant*. Der gerade erst 24 Jahre junge, begeisterte Autofahrer verunglückt mit seinem Porsche 550 Spyder. Ironie des Schicksals: 13 Tage vor seinem Autounfall dreht Dean für das Highway Safety Committee einen Werbespot, in dem er die Zuschauer bittet, vorsichtig zu fahren. Zwar war innerhalb Hollywoods James Deans Homo- bzw. Bisexualität weitgehend ein offenes Geheimnis, doch noch viele Jahre nach seinem Tod versuchen Fans und Filmstudios die sexuelle Orientierung des Stars zu kaschieren und zu negieren. Schon zu Lebzeiten sieht sich Dean gezwungen, sich mit Schauspielerinnen wie Pier Angeli und Ursula Andress fotografieren zu lassen, um ein heterosexuelles Image zu fundamentieren. Er selbst baut seine Karriere ganz gezielt über homosexuelle Verbindungen und sexuelle Gefälligkeiten mit Entscheidungsträgern in den Filmstudios auf. Sein Sexualleben ist vor allem während seiner New Yorker Zeit ausschweifend und rastlos; Versuche eines ruhigen Lebens in romantischer Zweisamkeit scheitern. Seine große Liebe, Jonathan Gilmore, ist leider heterosexuell. Der Kult um James Dean hält auch Jahrzehnte nach seinem Tod ungebrochen an. 1995 werden durch die Vermarktung von ca. 350 James-Dean-Lizenzen (u.a. Turnschuhe, Jeans, Parfüm) über 30 Millionen Dollar umgesetzt.

● Paul Alexander: *Boulevard of Broken Dreams. The Life, Times, and Legend of James Dean*, 1995; John Gilmore: *Live Fast – Die Young*, 1997

Deckers, Jeanine

belgische Nonne und Sängerin
17.10.1933 – 30.3.1985 Wavre/Belgien

Zunächst schreibt Ordensschwester Luc-Gabrielle ihre religiösen Lieder für den Hausgebrauch in ihrem belgischen Dominikanerkloster Fichermont, die schließlich zu Missionszwecken veröffentlicht werden. Als schließlich 1963 *Dominique* unter dem Namen Soeur Sourire auf Platte erscheint, entwickelt sich das Lied über den Heiligen Dominikus zu einem Welterfolg. Ihr Ruhm reicht bis in die USA, wo Showmaster Ed Sullivan sie – vergeblich – in seine Sendung einlädt. In der Jahresbestsellerliste von Media Control Deutschland landet *Dominique* 1964 auf Platz 9. Die Ordensschwester verlässt das Kloster, um unter ihrem bürgerlichen Namen Jeanine Deckers eine Karriere als Popsängerin zu versuchen – und um mit ihrer Gefährtin Annie Pecher zusammenzuleben. Doch aus der Karriere wird nichts. Ohne Ordenskleidung ist sie schlicht nur eine unspektakuläre Schlagersängerin im Tweedrock mit moralisch-christlichem Liedgut, obleich sie sich auch progressiven Themen widmet, etwa mit *La Pulle d'Or*, einem Loblied auf die gerade erfundene Antibabypille. Ab 1970 finden sich infolge des 2. Vatikanischen Konzils auch kirchenkritische Lieder in ihrem Repertoire. Auch das Remake von *Dominique* in den 80er Jahren floppt. Gemeinsam mit Pecher leitet sie ein Heim für autistische Kinder, das sie jedoch aufgrund der aufgelaufenen Steuerschulden bereits nach kurzer Zeit schließen muss. Die Einnahmen aus *Dominique* waren fast gänzlich in die Kassen des Klosters geflossen. Deckers musste allerdings die kompleten Tantiemen versteuern. In seiner Aussichtslosigkeit nimmt sich das Paar mit in Cognac aufgelösten Schlaftabletten in seinem Haus in Wavre das Leben. Sie werden in einem Doppelgrab beigesetzt.

● Florence Delaporte: *Sœur Sourire. Brulée aux fleux de la rampe*, 1996

Dee, Georgette (Pseudonym)

deutsche Diseuse
9.9.1958 Bergen bei Celle

Ihren bürgerlichen Namen will Georgette Dee für sich behalten, und darum soll er auch an dieser Stelle nicht verraten werden. Auf der Bühne erscheint sie/er als ein sexuelles Zwischenwesen, das weder mit Travestie, schon gar nicht mit Transvestismus etwas zu tun hat. Viele Jahre sind Georgette Dee und ihr Pianist ☞Terry Truck (der ihre selbstverfassten Chansontexte auch vertont) ein Geheimtip vor allem in der schwulen Szene, seit Anfang der 90er Jahre wird Dee einhellig als „Deutschlands größte lebende" und auch beste Diseuse gefeiert. Nach dem Abschluss einer Ausbildung zum Krankenpfleger 1979 in Hamburg ist Dee mit der schwulen Kultur in Person von ☞Corny Littmann und ☞Ernie Reinhardt in Berührung gekommen. Erste Auftritte mit klassischen Chansons von Bertolt Brecht, Hildegard Knef und Hana Hegerova. Bei einer Reise nach London 1981 lernt Dee den britischen Komponisten und Pianisten Terry Truck kennen; es entwickelt sich eine ideale künstlerische Liaison. Erste wichtige Produktionen entstehen im Theater am Turm in Frankfurt/Main (u.a. *Nachts – Lieder zur Zigarette*, 1984). 1988 ist Dee als erster West-Berliner Künstler offiziell zu einem Gastspiel in Ost-Berlin (in die kleine Bühne Das Ei des Friedrichstadtpalastes) eingeladen. Mit einem Konzert im Berliner Schillertheater schafft Dee 1992 endgültig den Schritt vom Off-Theater auf die großen Bühnen und damit zum allseits gefeierten Chanson-Star. Weitere Auftritte wie im Hamburger Schauspielhaus und in den Münchner Kammerspielen folgen. Lediglich die Wiener Presse versucht 1993 aus Anlass eines Gastspiels mit der Schlagzeile „Ein Transvestit im Burgtheater" und der Bemerkung die „Burg" sei ein „repräsentatives Repertoiretheater für die dramatische Weltliteratur" und „kein Sammelbecken für Männer in Frauenkleidern und Perverse" am Ruf und Ruhm Dees zu kratzen – erfolglos. Im gleichen Jahr wird Dee mit dem Deutschen Kleinkunstpreis ausgezeichnet. Zum 20-jährigen gemeinsamen Bühnenjubiläum 2001 erscheint von Dee und Truck der Bild- und Textband *Das Album*. 2002 beendet das Duo Dee/Truck die künstlerische Zusammenarbeit. Dee widmet sich nun neuen musikalischen Projekten.

- Filmrollen: *Verführung: Die Grausame Frau*, 1984, Regie ☞Elfi Mikesch und ☞Monika Treut; *All of Me*, 1989, Regie Bettina Wilhelm, Drehbuch Georgette Dee
- Theaterarbeiten u.a.: Salomé in *Gesang der Salomé*, Mannheim 1985; Graf Charme in ☞Witold Gombrowicz' *Operette*, Regie Henryk Baranowski, Hebbel-Theater Berlin, 1987; *Amok ... oder mich?*, Buch Georgette Dee, Regie Emmanuelle Weisz, Künstlerhaus Mousonturm Frankfurt/Main, 1989
- CDs (Auswahl): *Mehr verliebte Lieder*, 1991; *Live im Schillertheater*, 1992; *Schon schön*, 1997; *Myschtisch Klaschisch Muschisch*, 1995; *Na also! – Goodbye*, 1998; *Live in der Deutschen Oper*, 2000; *Kupfermond*, 2000; *Drachenland*, 2001; *Einfach so? Genau!*, 2002; *Just Lovesongs*, 2002; *Voice & Bass*, 2003
- *Gib mir Liebeslied. Chansons, Geschichten, Aphorismen*, 1992

DeGeneres, Ellen
US-amerikanische TV-Komikerin
26.1.1958 Jefferson Parish/Louisiana

Am Flughafen von Los Angeles drückt Ellen versehentlich einen falschen Knopf, aktiviert so die Mikrophonanlage und teilt schließlich auf diese Weise den versammelten Passagieren, die auf den Flug nach Pittsburgh warten, versehentlich mit, dass sie lesbisch ist. Und bald darauf weiß es die ganze Nation. So geschehen am 30.4.1997 – zwar im Rahmen einer Fernsehserie, aber dennoch die Wahrheit. Denn Ellen DeGeneres, die Hauptdarstellerin in der gleichnamigen Serie, hatte schlichtweg keine Lust mehr, sich zu verstecken. Und als die populäre Blondine von der Titelseite des Magazins *Time* herunterlächelt, gekrönt von der knalligen Überschrift: *„Yes, I'm gay!"*, erhebt sich ein Sturm des Aufruhrs in den Vereinigten Staaten. Der Autokonzern Chrysler und die Fast-Food-Kette Wendy's ziehen prompt ihre Werbefilme aus Ellen zurück, ein Sender aus Alabama schaltet ab, als die Folge gesendet wird, in der die Komikerin sich outet, und christliche Fundamentalisten laufen Amok. Bill Clinton lädt sie gemeinsam mit ihrer Lebensgefährtin ☞Anne Heche zum Presseball ins Weiße Haus. Nach dem Coming-out bröckelt die Quote, und ihre Serie wird 1998 abgesetzt. Danach übernimmt sie Rollen in TV- und Kinoproduktionen, u.a. *ED TV, If These Walls Could Talk II, Goodbye Loves*. 1997 veröffentlicht sie ihre erste CD *Taste This*; 1998 ihr erstes Buch *My Point ... And I Do Have One*. 2000 trennt sich Heche von ihr. Mit der *Ellen Show* versucht DeGeneres 2001 ein Comeback als Serienstar. DeGeneres ist danach mit der TV-Schauspielerin (*L.A. Firefighter*) und Fotografin Alexandra Hedison liiert. „Sie hat mir geholfen, ein besserer Mensch zu sein", sagt DeGeneres über ihre Lebensgefährtin.

Deitch, Donna
US-amerikanische Regisseurin
8.6.1945 San Francisco/Kalifornien

Deitch beginnt als Fotografin, studiert Kunst in Berkeley und Film an der UCLA in Los Angeles. Ab 1969 dreht sie erste Experimentalfilme, für *Portrait* wird sie 1971 ausgezeichnet. Im gleichen Jahr gründet sie eine Firma für Special Effects mit dem Namen Latent Image. Es entstehen Dokumentarfilme, außerdem arbeitet sie als Kamerafrau bei anderen Produktionen. Auf der Suche nach einem lesbischen Liebesroman mit optimistischem Ende stößt sie auf ☞Jane Rules *Desert Hearts*. Um die Finanzierung zuwege zu bringen, gründet sie die Produktionsgesellschaft limited partnership und verkauft Anteile zu je 15.000 Dollar. Potentielle Investoren wirbt sie auf Partys, die ihr u.a. Judy Collins, Stockard Channing und ☞Lily Tomlin organisieren. Um den Film letztlich fertigstellen zu können, muss Donna Deitch ihr Haus verkaufen. Obgleich *Desert Hearts* zu einem Meilenstein des lesbischen Films wird und vergleichsweise erfolgreich in den Kinos läuft, bekommt sie danach keine attraktiven Regieangebote und wechselt zum Fernsehen. 1989 dreht sie für die Fernsehanstalt ABC die Miniserie *The Women of Brewster Place*, eine Verfilmung des lesbischen Romans von Gloria Naylor, aber auch Folgen für die TV-Serien *NYPD Blue* und *Emergency Room*.

Delanoë, Bertrand
französischer Politiker
30.5.1950 Tunis

Delanoë hat gleich doppelt Geschichte geschrieben: Er ist der erste sozialistische Bürgermeister von Paris seit 130 Jahren und auch der erste offen schwule Bürgermeister einer europäischen Metropole. „Ich werde Bürgermeister aller Pariser sein", sagt Delanoë 2001 nach seiner Wahl in einer vom Fernsehen übertragenen Rede. „Es ist vor allem anderen eine Wahl, deren Ausgang mich zur Erneuerung der Kultur und demokratischen Praxis verpflichtet, wie auch zu einem grundlegenden Wechsel im kommunalen Management." Der ehemalige Parteisekretär im Département Aveyron wird von François Mitterand als politisches Talent entdeckt und in die nationale Parteileitung geholt.

1993 wird Delanoë, der 1986 im Zuge eines geplanten Ausstiegs aus der Politik eine PR-Firma gründet, Oppositionsführer im Stadtrat von Paris. Zwei Jahre später wählt man ihn in den Senat. Bereits seit Anfang der 80er Jahre ist er im Vorstand der Sozialistischen Partei Frankreichs. Als Fraktionschef der sozialistischen Minderheit im Pariser Gemeinderat steht er nur selten im Rampenlicht der Medien. Die meisten Spitzenpolitiker seiner Partei halten seinen Job in der gaullistischen Hochburg wohl für einen aussichtslosen Posten ohne Zukunft, umso überraschender ist der Wahlsieg. Delanoë gilt als uncharismatisch und wenig spektakulär. Dem entspricht auch sein öffentliches Coming-out. Als er 1998 in einer Talkshow gefragt wird, ob er homosexuell sei, antwortet Delanoë: „Natürlich bin ich homosexuell, sonst hätten Sie mich nicht in diese Show eingeladen." Er nimmt zwar regelmäßig an der CSD-Parade in Paris teil, äußerst sich darüber hinaus aber kaum zu homosexuellen Fragen. Politisch engagiert er sich für die Aids-Forschung und die Legalisierung von Lebensgemeinschaften gleichgeschlechtlicher Paare. Umfragen zufolge unterstützen 1998 61 Prozent der Schwulen und Lesben der französischen Metropole Delanoë bei der Bürgermeister-Wahl, jedoch nur 29 Prozent allein wegen seiner Homosexualität.

DeLaria, Lea
US-amerikanische Entertainerin
23.5.1958 Belleville/Illinois

Lea DeLaria ist die erste offen lesbische Komödiantin („Ich bin nur eine Vagina mit Beinen."), die 1993 zur legendären *Arsenio Hall Show* eingeladen wird. Über eine Million begeisterte Lesben und Schwule quittieren ihren Auftritt auf dem Washington March 1993 mit ohrenbetäubendem Beifall. Kurz darauf tritt sie erstmalig im US-amerikanischen Fernsehen auf. Die rundliche Komödiantin mit dem unwiderstehlichen Lachen und der kräftigen Stimme verfügt über ein schier unglaubliches Reservoir an Mimik und Gesten, vor allem, wenn sie sich mit anzüglichen Bemerkungen ins Zeug legt – zuletzt hinsichtlich ☞Jodie Foster in ☞Pratibha Parmars Film *Jodie – An Icon* (1996): „Wenn ich Hannibal Lector wäre", grinst sie genüsslich, „würde ich mehr als ihre Leber essen." Über Hilary Clinton sagt sie: „Endlich haben wir eine First Lady, die man ficken kann." Statt sich für diese Bemerkung zu entschuldigen, fügt DeLaria hinzu: „Aber die Tochter würde ich auch nehmen." 1999 spielt sie in dem britischen Coming-out-Film *The Edge of Seventeen*.

- weitere Filme (Auswahl): *Club der Teufelinnen*, 1992; *Box Lunch*, 1997; *Plump Fiction*, 1997; *Tales of the City*, 2001; *Mercury in Retrograde*, 2002

Deppe, Hans
deutscher Schauspieler, Regisseur und Kabarettist
12.11.1897 Berlin – 23.9.1969 ebd.

Als Hans Deppe 1950 mit *Schwarzwaldmädel* die Welle des deutschen Heimatfilmes anstößt, zu der er selbst ein gutes Dutzend beisteuert, lockt er mit seiner eigentlich handlungstechnisch gesehen recht dürftigen Liebesschmonzette um Rudolf Prack und Sonja Ziemann nicht weniger als 16 Millionen Zuschauer ins Kino. Das war ein Drittel der bundesrepublikanischen Bevölkerung – inklusive Säuglinge und Blinde. Diesem Kassenschlager schließen sich in schneller Folge u.a. *Wenn der weiße Flieder wieder blüht* (1952), *Das Land des Lächelns* (1954) und *Die sieben Kleider der Katrin* (1954) an. Wie kaum ein anderer seiner Zeit erfasst Hans Deppe, der Entdecker von Romy Schneider und Götz George, den Massengeschmack. Doch trotz seiner Emsigkeit gilt er als einer der faulsten Regisseure. Für anstrengende Drehtage müssen bisweilen Freunde wie beispielsweise Erik Ode als Ersatz einspringen. Größte Aufmerksamkeit widmet er hingegen seiner Leidenschaft fürs Marionettentheater. In seiner Villa in Zehlendorf richtet er sich ein eigenes Theater ein, in dem er für Freunde mit Hingabe und größter Professionalität Klassiker wie den *Faust* aufführt. Bereits vor dem Krieg war er im Filmgeschäft erfolgreich, z.B. in kleineren Rollen in Filmen wie *Berlin Alexanderplatz* (1931) und in der Hollaender-Filmrevue *Ich und die Kaiserin*. Bei der Storm-Verfilmung *Der Schimmelreiter* (1934) führt er Regie, schreibt das Drehbuch und ist als Schauspieler beteiligt. Bereits mit 16 Jahren legt er seine Schauspielprüfung ab, studiert am Max-Reinhard-Seminar in Berlin und ist von 1921-1928 als Charakterdarsteller und Komiker am Deutschen Theater Berlin engagiert. Mit Gerhard Bienert hatte er 1928 die *Gruppe junger Schauspieler* gegründet, die als erstes deutsches Ensemble die Sowjetunion bereist. Gemeinsam mit Werner Finck und Rudolph Platte gründet er 1928 das Kabarett *Die Katakombe*, wo er auch als Travestiekünstler auftritt. Deppe wirkt auch bei zahlreichen TV- und Theaterproduktionen mit, etwa in der Erstaufführung von ☞Joe Ortons *Seid nett zu Mr. Sloane*. *Robert und Bertram* (1961) mit Willy Millowitsch und Vico Torriani wird sein letzter Kinofilm. Unter Kollegen ist Deppes Schwulsein kein Geheimnis und spätestens seit 1944 aktenkundig, wie eine Notiz des Reichssicherheitshauptamtes belegt. Als sich Deppe 1944 für einen Einsatz bei der Truppenbetreuung bewirbt, wird er abgelehnt. Der Grund: Deppes Homosexualität, wegen der er offensichtlich in den Vorjahren schon polizeidienstlich erfasst worden ist.

Desgouttes, Johann Franz Niklaus
Schweizer Advokat
1785 Bern – 30.9.1817 ebd.

Weil er seinen jungen Schreiber Daniel Hemmeler erstochen hat, wird der spielsüchtige und alkoholkranke Anwalt Desgouttes vom Berner Oberappelationsgericht zum Tode verurteilt und am 30. September 1817 im Berner Aarwangen stranguliert und aufs Rad geflochten. Er ist damit einer der letzten Straftäter in Europa, der öffentlich gerädert wird. Als Tatmotiv wird von Raubmord ausgegangen. Tatsächlich handelt es sich aber um einen Mord aus verschmähter Liebe und Leidenschaft. Dies geht aus Desgouttes' Tagebüchern und seiner Autobiografie hervor, die durch Zufall dem Winterthurer Hutmacher, Tuchhändler (und selbst ebenfalls männerliebenden) Autodidakten ☞Heinrich Hössli in die Hände fällt. Sein Entsetzen über die grausame Hinrichtung bewegt ihn dazu, den Schriftsteller Heinrich Zschokke von dem Fall zu informieren. Er hofft, dass dieser mit einer Veröffentlichung auf das Schicksal der gleichgeschlechtlich liebenden Männer hinweist. Tatsächlich schreibt Zschokke daraufhin die Novelle *Eros – oder über die Liebe* (1821): „In Griechenland wäre er vielleicht der großen Künstler, der Weisen oder Vaterlandshelden einer geworden, durch die Freundschaft der Seelen, bei uns ward er dadurch Mörder und die Gesetze führten ihn zum Rabenstein." Zschokkes Veröffentlichung enttäuscht Hössli. Deshalb macht er sich selbst an die Arbeit und schreibt eine der weltweit ersten großen Monografien über die Homosexualität: *Eros. Die Männerliebe der Griechen, ihre Beziehungen zur Geschichte, Erziehung, Literatur und Gesetzgebung aller Zeiten* (1836). Pirmin Meier schildert das Schicksal von Desgouttes und Hössli in seinem Roman *Mord, Philosophie und die Liebe der Männer* (2003).

Diakovska, Lucy

deutsch-bulgarische Sängerin
2.4.1976 Pleven/Bulgarien

Lucy entstammt einer Künstlerfamilie – der Vater ist Opernsänger, die Mutter Konzertpianistin. Die Ausbildung an der Stage School of Dance & Drama in Hamburg bricht sie ab und wird Ensemblemitglied des Musicals *Buddy*, ebenfalls in Hamburg. 2000 beteiligt sie sich an einem deutschen TV-Casting für Popnachwuchstalente. Zusammen mit vier anderen Bewerberinnen wird im Rahmen der Show *Popstars* Lucy Diakovska ausgewählt und ist nunmehr Mitglied der Girlgroup *No Angels*. Ihre erste Single *Daylight in your Eyes* erlangt auf Anhieb Platz 1 der Verkaufscharts, ebenso ihr Debütabum *Elle'ments* (2001). Im September 2003 gibt die Band ihre Auflösung bekannt. Lucy Diakovska kündigt eine Solokarriere an. In einem Interview bezeichnet sie sich selbst als bisexuell. „Ich möchte mich auf kein Geschlecht festlegen. Ich habe Augen für alle. Wenn der richtige Mensch kommt, kann es ein Mann oder eine Frau sein. Es zählt das Menschliche. Ich sage es ganz offen: Ich habe gemerkt, dass es so unterschiedlich gar nicht ist. Es muss einfach vom Herzen und Verstand her stimmen. Wenn man sich versteht, ist das alles, was zählt."

- weitere Alben der *No Angels*: *Now… Us!*, 2002; *When Angels Swing*, 2002; *Pure*, 2003

Dickinson, Emily

US-amerikanische Lyrikerin
10.12.1830 Amherst/Massachusetts – 15.5.1886 ebd.

1852 schreibt die sensible Lyrikerin ihrer Freundin Susan Gilbert einen Liebesbrief: „Susie, verzeih mir, für jedes Wort, das ich sage – mein Herz ist voll von dir, niemand anders als du bist in meinen Gedanken." Die Liebe zu Gilbert inspiriert zahlreiche der fast 1200 Gedichte Dickinsons, die sämtlich erst nach ihrem Tod veröffentlicht werden (*Der Engel in Grau*, 1956). Ihre kühnen Metaphern und ihre ironische, antithetische Ausdrucksform weisen Dickinson heute als eine der genialsten Lyrikerinnen Amerikas aus. Ihre letzten 20 Lebensjahre verbringt die verkannte Dichterin in vollkommener Abgeschiedenheit. In ihrem Nachlass werden zahlreiche an einen mysteriösen Meister gerichtete Liebesgedichte und Briefe gefunden.

- R. Patterson: *The Riddle of Emily Dickinson*, 1951

Diepman, Inge
niederländische Radiomoderatorin und Talkshowgastgeberin
19.9.1963 Zutphen

Durch ihre Fernsehshows wie *Buitengewoon gezelschap*, *B & W* und *Het zwarte schaap* gehört Inge Diepman zu den bekanntesten Fernsehpersönlichkeiten der Niederlande. Ihre Lebensgefährtin ist die biologische Mutter ihrer gemeinsamen Tochter Dagmar. Diepman wird 2001 ebenfalls durch Samenspende Mutter, ihr nach nur 26 Schwangerschaftswochen geborener Sohn David wird jedoch nur fünf Wochen alt.

Dietrich, Marlene (eigentlich Maria Magdalena Dietrich)
US-amerikanische Schauspielerin deutscher Herkunft
27.12.1901 Berlin – 6.5.1992 Paris

Von Beginn an spielt die in Berlin aufgewachsene Tochter einer Leutnantswitwe bei ihren Auftritten im Kabarett, auf der Bühne und im Film mit einer aufreizenden Kühle und unverhohlenen Sinnlichkeit, die ihr Publikum zugleich provoziert und fesselt. Als junge Mutter und vielbeschäftigter Star schafft sie 1930 mit *Der blaue Engel* den Grundstein zu ihrem Image als mondäner Vamp, das schon zu Lebzeiten zur Legende werden sollte. Im gleichen Jahr geht sie nach Hollywood, wo sie sechs weitere Filme mit dem Regisseur Josef von Sternberg dreht, in denen jeweils eine Szene enthalten ist, die sie in Männerkleidung zeigt (u.a. *Marokko*, 1930, dt. *Herzen in Flammen* und *Blonde Venus*, 1932, dt. *Die blonde Venus*). Dietrich liebt das ausschweifende Nachtleben und pflegt häufig wechselnde Liebschaften mit Männern und Frauen, von denen sie ihrem Ehemann Rudolf Sieber in langen Briefen berichtet: „Papilein, ich habe ☞Mercedes de Acosta wiedergesehen." Die ☞Garbo macht ihr offensichtlich das Leben schwer, nicht nur, weil sie sich mit anderen abgibt, – „deshalb liegt sie übrigens mit Tripper im Krankenhaus ..." (1932). Dietrich wirbt um die Gunst de Acostas, wohl auch, um ihrer beruflichen Rivalin Garbo die Liebhaberin auszuspannen, und schickt der Angebeteten täglich mehrere Dutzend Blumen. Schließlich schreibt sie: „Du bist der erste Mensch hier [in Hollywood, d.A.], zu dem ich mich hingezogen fühle. Ich möchte Dich fragen, ob ich für Dich kochen darf?" 1939 nimmt Dietrich die US-amerikanische Staatsbürgerschaft an und tritt 1944/45 bei der Truppenbetreuung amerikanischer Soldaten in Europa auf. Als sie 1960 zum ersten Mal wieder im Rahmen einer Tournee nach Deutschland kommt, wird sie daher von Demonstranten als „Vaterlandsverräterin" beschimpft. 1947 lernt Dietrich in New York die französische Sängerin ☞Edith Piaf kennen, mit der sie mehrere Jahre lang eine stürmische Liebschaft unterhält. Dietrich, die ihre berühmten Beine hoch versichern lässt, tritt bis zu einem Oberschenkelhalsbruch, der 1975 ihre Bühnenkarriere beendet, mit einer eigenen Show als Sängerin auf. Danach lebt sie bis zu ihrem Tod äußerst zurückgezogen in Paris. Sie wird auf ihren Wunsch hin in Berlin beigesetzt. Ihre Tochter Maria Riva veräußert den Nachlass der sammelwütigen Dietrich 1993 dem Land Berlin. Er umfasst u.a. 3.000 Kleidungsstücke, 15.000 Fotos, 400 Hüte, rund 300.000 Blatt Papier, zumeist Briefe, 80 Koffer und 300 Plakate, Zeichnungen und Gemälde, bis hin zum ramponierten Telefon aus ihrer Pariser Wohnung. Die Lebensgeschichte Marlene Dietrichs ist Grundlage einer großen Zahl von Musicals und One-Woman-Shows, wobei die lesbische Seite der Künstlerin im Allgemeinen völlig ausgespart bleibt. Ihr letztes großes Interview gibt Dietrich 1984 dem Filmregisseur Maximilian Schell, der sie sechs Tage lang befragen, aber nicht filmen darf. Aus dem Material entsteht der international beachtete Dokumentarfilm *Marlene*. Ihr wird u.a. der Titel Ritter der Ehrenlegion vom französischen Staat verliehen, später wird sie durch den Staatspräsidenten Pompidou zum Offizier und durch Mitterand zum Kommandeur ernannt. 2000 kommt Joseph Vilsmaiers Filmbiografie *Marlene* mit Katja Flint in der Hauptrolle in die Kinos. 2002 wird sie zur Ehrenbürgerin Berlins ernannt.

- *Ich bin, Gott sei Dank, Berlinerin – Autobiographie*, 1987
- F. Ostrowski: *Adieu Marlene. Nachrufe aus Deutschland*, 1992; Maria Riva: *Meine Mutter Marlene*, 1992; D. Spoto: *Marlene Dietrich*, 1992; R. Mentele: *Auf Liebe eingestellt. Marlene Dietrich's schöne Kunst*, 1993; W.K. Martin: *Marlene Dietrich*, 1995; Helga Bemmann: *Marlene Dietrich. Im Frack zum Ruhm*, 2000; Erich Maria Remarque/ Marlene Dietrich: *„Sag mir, daß Du mich liebst ..." Zeugnisse einer Leidenschaft*, 2001; Christine Fischer-Defoy: *Marlene Dietrich Adressbuch*, 2003

DiFranco, Ani

US-amerikanische Musikerin
23.9.1970 Buffalo/New York

Mit 20 Jahren gründet sie, als einen Akt demonstrativer Unabhängigkeit, ihre eigene Plattenfirma, Righteous Babe, ein Label für „Feministinnen zwischen 20 und 30", und veröffentlicht *Dirty Linen* mit ausschließlich eigenen Songs. Die rebellische Riot Girl-Attitüde hat sich die Independant-Musikerin auch in den Folgejahren bewahrt und Angeboten großer Musikkonzerne getrotzt. Leben, Kunst und Politik, sagt DiFranco, gehören für sie zusammen. So singt die Folkpunk-Diva gegen militante christliche Abtreibungsgegner und beschreibt den waffenstrotzenden Alltag in den USA. Ihr Coming-out als Bisexuelle hatte sie 1991 auf ihrem zweiten Album *Not So Soft*.

- CDs (Auswahl): *Dilate*, 1996; *Living in Clip*, 1997; *Little Plastic Castle*, 1998; *To the Teeth*, 1999; *Revelling/Reckoning*, 2001; *Evolve*, 2003

Dijk, Lutz van

deutscher Schriftsteller und Fotograf
7.8.1955 Berlin

Van Dijk arbeitet ab 1979 als Sonderschullehrer in Hamburg, 1987 promoviert er mit einer Arbeit über *Oppositionelles Lehrerverhalten 1933-1945* und ist engagiert in der Initiative

„Pädagoginnen und Pädagogen für den Frieden". 1992 Übersiedlung nach Amsterdam, wo er pädagogischer Mitarbeiter des Anne Frank Hauses wird. Er ändert seinen Familiennamen van Dick in die ursprüngliche Schreibweise van Dijk um. Neben Sachbüchern aus dem pädagogischen Bereich (u.a. *Als Nazi geboren wird keiner. Gegen Fremdenhaß und Gewalt in Schule und Elternhaus*, 1993) veröffentlicht er vor allem Bücher für Jugendliche zum Nahostkonflikt (*Feuer über Kurdistan*, 1991), zu Rassismus und Ausländerhass (*Von Skinheads keine Spur*, 1995) und den Themenbereichen Homosexualität und Faschismus, meist in der Form dokumentarischer Romane. U.a. *Der Partisan* (1993), *Der Attentäter. Herschel Grynszpan und die Vorgänge um die „Kristallnacht"* (1988; 1994 von van Dijk auch zu einem Dokumentarfilm verarbeitet) und *Verdammt starke Liebe. Eine wahre Geschichte* (1991) über die Liebe eines polnischen Jugendlichen zu einem deutschen Soldaten während des Zweiten Weltkrieges. 1992 erscheint der Band *„Ein erfülltes Leben – trotzdem ..."* mit den Erinnerungen Homosexueller 1933-1945; 2002 werden die Berichte von schwulen und lesbischen Jugendlichen aus aller Welt, *Überall auf der Welt*, publiziert. 2001 erhält er den Gustav-Heinemann-Friedenspreis, 2004 den Rosa-Courage-Preis. 2001 geht er nach Südafrika, um sich dort der Aids-Aufklärung an Schulen zu widmen und die Stiftung HOKISA (Home for Kids in South Africa) mitzubegründen, die sich besonders um HIV/Aids-betroffene Kinder kümmert. Seine Erfahrungen dort hat er in dem Roman *Der Traum vom Regenbogen* (1999) verarbeitet.

- weitere Veröffentlichungen (Auswahl): *Am Ende der Nacht. Abschied von Bob*. Roman, 1994; *Anders als du denkst. Geschichten über das erste Mal*, 1996; *Haut hat viele Farben*, 1996; *Niemand stirbt für sich allein*, 1997; *Hartes Pflaster*, 1998; *Township Blues*, 2000; *Homosexualität und Emanzipation*, 2001; *Lutz van Dijk erzählt die Geschichte der Juden*, 2001; *Zu keinem ein Wort!*, 2002; *Von Skinheads keine Spur*, 2002; *Einsam war ich nie – Schwule unter dem Hakenkreuz 1933-1945*, 2003; *Der Partisan*, 2003; *Die Geschichte Afrikas*, 2004

Divine (eigentlich Harris Glenn Milstead)

US-amerikanischer Sänger und Schauspieler
19.10.1945 Baltimore – 7.3.1988 Los Angeles

Seine Eltern verschaffen ihm eine Ausbildung in einer Friseurschule. Doch Harris Glenn Milstead kann sich dafür nur wenig begeistern, obgleich er später ausgefallenste hochtoupierte Perücken zu lieben beginnt. Er zieht nach Provincetown und

arbeitet in einem Feinkostladen. Später eröffnet er ein eigenes Geschäft: Divine Trash. In den 60er Jahren dreht er mit einem Nachbarjungen, ☞John Waters, Super8-Filme, die sich in San Francisco als Underground-Hits entpuppen. Waters, Student der Filmakademie in Maryland, holt Milstead zu sich und besetzt ihn erstmals als Fummeltrine: Er spielt Jackie Kennedy. Mit den folgenden abendfüllenden Produktionen beginnt Waters und Divines Karriere. *Pink Flamingos* (1971/72) sollte der ekelerregendste Film aller Zeiten werden, und so frisst Divine frische Pudelscheiße vor der Kamera. Scham- und geschmacklos schlüpft Divine immer wieder in die Rolle verkommener Schlampen, etwa in *Polyester* (1981). Als Gangster Hilly Blue spielt er in *Trouble in Mind* (1985) seine erste Männerrolle. Parallel zu seiner Filmkarriere beginnt Divine Mitte der 80er Jahre mit einer Musikkarriere. Mit rauchig-schreiender Stimme, unterlegt mit HiNRG-Rhythmen, singt der angeblich 150 Kilo schwere Divine 1985 *I'm So Beautiful* und *Shoot Your Shot*. Das John Waters-Filmmusical *Hairspray* (1988) wird zu seinem Vermächtnis. Mit 42 Jahren erstickt Divine infolge seines Übergewichtes in einem Hotel in Los Angeles.

- Bernard Jay: *Not Simply Divine. Beneath the Make-up, Above the Heels and Behind the Scenes with a Cult Superstar*, 1994

Dohnal, Johanna

österreichische Politikerin und Frauenministerin
14.2.1939 Wien

Nach ihrer Ausbildung zur Industriekauffrau arbeitet Johanna Dohnal zunächst in einer Wiener Kunstharzspritzerei. Sie wird Betriebsrätin und engagiert sich zunehmend in der Politik. Parteimitglied in der SPÖ ist sie seit ihrem 16. Lebensjahr. Von 1972 bis 1979 ist sie Frauensekretärin der SPÖ Wien, 1973-1979 Abgeordnete im Wiener Landtag und Mitglied des Wiener Gemeinderats, 1987-1995 Bundesfrauenvorsitzende der SPÖ. Die als uneheliche Tochter einer Fabrikarbeiterin geborene Johanna Dohnal schreibt 1979 österreichische Geschichte, als sie unter Bundeskanzler Bruno Kreisky mit dem Amt der Staatssekretärin für Frauenfragen betraut wird, aus dem 1990 das Frauenministerium entsteht. Im internationalen Vergleich ist bis dahin keine Frau so lange in Regierungsfunktionen tätig wie sie. In Österreich initiiert sie Gesetzesänderungen für Frauen, führt zahlreiche Kampagnen durch, um die Diskriminierung der Frau öffentlich bewusst zu machen, setzt Gleichbehandlung und Frauenförderung im öffentlichen Dienst durch und engagiert sich in vielen Bereichen für die Anerkennung von Frauen. Mit

der Regierungsumbildung im April 1995 scheidet Johanna Dohnal aus der Bundesregierung aus.
Im Alter von 18 Jahren hatte Johanna Dohnal geheiratet. 20 Jahre später wird die Ehe, aus der zwei Kinder hervorgegangen waren, geschieden. Später bezeichnet sie diese Heirat als pragmatischen Schritt, um „ein Stück Freiheit" vom Elternhaus zu erlangen. „Ich habe geglaubt, ich muss heiraten und zwei Kinder kriegen. Ich wollte so sein wie die anderen." Das Lesbischsein der prominenten Politikerin ist zwar ein offenes Geheimnis, doch erst 2004 anlässlich eines Interviews mit dem Nachrichtenmagazin *profil* zu ihrem 65. Geburtstag spricht sie erstmals öffentlich darüber und über ihre seit 20 Jahren bestehende Lebensgemeinschaft mit einer Frau. Freundinnen hätten sie zwar „immer wieder gebeten, diesbezüglich die Fahne in die Hand zu nehmen", doch habe sie es vorgezogen, ihre privaten Lebensumstände nicht zum Gegenstand öffentlicher Diskussionen zu machen. „Ich kenne die Gesellschaft und wollte nach dem beurteilt werden, was ich durchsetzen kann."

- Eva Kreisky/Margit Niederhuber (Hg.): *Johanna Dohnal. Eine andere Festschrift*, 1990; Susanne Feigl: *Was gehen mich seine Knöpfe an? Johanna Dohnal. Eine Biografie*, 2003

Dolce, Domenico
italienischer Modedesigner
13.9.1958 Polizzi Generosa

Seit seiner Kindheit arbeitet Dolce mit seinem Vater Saverio in der kleinen Bekleidungsfirma der Familie. Bereits mit sieben Jahren schneidert er seine ersten Jacken. Als er alt genug ist, entflieht er der Provinz und geht nach Mailand. Dort lernt er 1980 in einem Modeatelier, in dem sie beide als Assistenten arbeiten, den venezianischen Grafikdesigner Stefano Gabbana (geb. 14. November 1962) kennen. Sie werden beruflich, aber auch privat ein Paar. 1982 gründen sie ihre eigene Firma, 1986 präsentieren sie ihre erste gemeinsame Kollektion als Dolce & Gabbana. Dolces Heimat Sizilien prägt stark die Ästhetik des Labels: Sie zitieren die Trauerkleidung katholischer Witwen mit ihrer schwarzen Spitze und ihren Fransentüchern, aber auch den Schick der Mafia-Gangster, ebenso Filmlegenden wie Fellini und ☞Visconti sowie mit ihren sexy Korsagen, Raubtierdrucken, Dessous und Stöckelschuhen den Stil italienischer Filmdiven wie Sophia Loren und Anna Magnani. Neben Accessoires entwerfen Dolce & Gabbana regelmäßig exklusive Garderobe für männliche wie weibliche Stars bzw. die Kostüme für Bühnenshows, u.a. für Madonnas *Girlie Show*-Tournee und Kylie Minogues *Fever*-Tour.

Domian, Jürgen
deutscher Moderator
21.12.1958 Gummersbach

Der ehemalige Mitschüler von ☞Hella von Sinnen in Gummersbach studiert in Köln Philosophie und Politikwissenschaft. Durch Nebenjobs beim WDR, u.a. als Kabelträger, kommt er schließlich zu seiner ersten Radiomoderation. Er arbeitet als

Reporter, organisiert Talkshows und bekommt ab 1995 seine eigene Radiosendung *Domian*, die parallel im Fernsehen übertragen wird. Diese Nighttalkshow, in der Anrufer über ihre Probleme, Erfahrungen und Erlebnisse berichten, erzielt für die späte Sendezeit ungewöhnlich hohe Einschaltquoten. Eine wachsende Fangemeinde folgt den Gesprächen Domians. Eine Auswahl davon erscheint mit *Extreme Leben* (1999) in Buchform und wird ein Bestseller. Domian bezeichnet sich selbst als bisexuell; sich dies einzugestehen ist ihm zunächst schwer gefallen. „Es war eine der Ursachen für meine Bulimie. In dieser Zeit löste ich mich vom Christentum, meine ganze Lebensstruktur änderte sich. Ich merkte, dass ich irgendwie nicht normal war, aber absolut schwul war ich auch nicht. Bisexualität war damals nur als wissenschaftlicher Begriff bekannt. Ich eierte rum und wusste überhaupt nicht mehr, wer ich eigentlich war."
2002 erhält Domian das Bundesverdienstkreuz.

- mit Hella von Sinnen: *Jenseits der Scham*, 1999
- Wolfram Zbikowski: *Domian*, 2000

Donn, Jorge
argentinischer Tänzer und Choreograf
25.2.1947 Buenos Aires – 30.11.1992 Lausanne

Donn entstammt einer russischen Familie, ist aber in Buenos Aires geboren und aufgewachsen. Dort wurde er auch an der Schule des Teatro Colón ausgebildet. Aufgrund seiner extravaganten Persönlichkeit und außergewöhnlichen Darstellungskraft wird er zum erotischen Idol der Tanzwelt und einem der weltweit populärsten Tänzer seiner Generation. Mitentscheidend für seine Karriere ist seine Arbeit in ☞Maurice Béjarts *Ballet du XXième Siècle*, dessen künstlerische Leitung er später übernimmt. Viele von Béjarts bedeutenden Choreografien entwickelt er speziell für Donn (u.a. *Romeo & Julia*, 1966; ☞*Nijinsky, Clown de Dieu*, 1971; *Léda*, 1978). 1979 tanzt Donn zum ersten Mal den ursprünglich für eine Frau gedachten Part in *Boléro*: Claude Lelouch baut ihn mit dem Tanz in seinen Spielfilm *Les uns et les autres* ein. Nach der Auflösung des *Ballet du XXiéme Siècle* gründet Donn 1988 seine eigene *Compagnie de Vichy* (später umbenannt in *Europa Ballet*). Béjart hingegen übernimmt das *Ballet Lausanne* und inszeniert dort mit Donn eine Neuversion von *Nijinsky, Clown de Dieu*. 1989 wird er von der Stichting Konex als einer der besten Tänzer der Welt nominiert. Nach seinem Tod infolge von Aids widmet ihm eine ganze Reihe internationaler Tänzer Choreografien, u.a. Maurice Béjart (*Ballet for Life*), Carolyn Carlson (*Hommage for Jorge Donn*),

Grazia Galante (*Masticando Sueños*) und Denys Ganio (*Tango … A Rose for Jorge Donn*).

Doolittle, Hilda

US-amerikanische Dichterin
10.9.1886 Bethlehem/Pennsylvania – 28.9.1961 Küsnacht/Schweiz

Doolittle, die aus Philadelphia über New York nach London gekommen war, veröffentlicht dort 1919 ihren ersten Gedichtband *Sea Garden*, der ihre Karriere als innovative Lyrikerin begründet. Nach einer ersten Ehe lernt Doolittle, die sich stets H.D. nennt und unter diesem Namen auch veröffentlicht, 1918 die Schriftstellerin ☞Bryher kennen, mit der sie eine lebenslange Beziehung eingeht, unbeeinflusst von mehreren weiteren heterosexuellen Beziehungen. In den folgenden Jahren lebt H.D., die 1919 ihre Tochter Perdita zur Welt gebracht hatte, zusammen mit Bryher abwechselnd in London und in der Schweiz, bis sie 1933 nach Wien geht, wo sie sich einer Analyse bei Sigmund Freud unterzieht. Nach Kriegsende lässt sich H.D., die zunehmend unter psychischen Problemen leidet, in der Schweiz nieder, wo sie unermüdlich an ihrem bereits beträchtlich umfangreichen Werk weiterarbeitet. Ihre letzten, dort entstandenen Werke *Tribute to Freud* (1956, dt. *Huldigung an Freud: Rückblick auf eine Analyse*) und *Helen in Egypt* (1961) zählen heute zu ihren erfolgreichsten Werken.

Dreher, Sarah

US-amerikanische Krimiautorin und Dramatikerin
26.3.1937 Hanover/Pennsylvania

Bereits vor ihrer Promotion zum Doktor der Psychologie schreibt sie ihre ersten Kurzgeschichten und wird mit dem Reisner Award für Short Story Writing der Purdue University ausgezeichnet. Auch als Dramatikerin wird sie sehr bald mit Preisen bedacht. Ihr erstes Theaterstück überhaupt wird auch gleich in der ersten Anthologie mit Stücken von lesbischen Frauen (*Places, Please*, hg. von Kate McDermott, 1985) aufgenommen. 1988 wird ihr Stück *Lesbian Stages* in Buchform veröffentlicht. Berühmt wird Sarah Dreher jedoch als Krimiautorin. Mit ihrer Figur der widerwillig-chaotischen lesbischen Detektivin Stoner McTavish schafft sie eine Serienheldin, die von einem wachsenden Fankreis geliebt wird. Der erste Band *Stoner McTavish* erscheint 1985 (dt. 1990), 1995 mit *Bad Company* bereits der sechste (dt. *Stoner verkehrt in schlechten Kreisen*, 1997). Sie erhält den Media Award der Alliance of Gay and Lesbian Artists in the Entertainment Industry und gewinnt mehrere Dramatikerwettbewerbe, darunter den First Annual National Lesbian Playwriting Contest und das Massachusetts Playwriting Festival. Sie ist Mitorganisatorin des Lesbian/Gay Pride March von Northhampton und Mitbegründerin des Women's Community Theatres in Massachusetts. Mit ihrer Lebensgefährtin hat sie sich in der Kleinstadt Amherst/Massachusetts an der Ostküste der USA niedergelassen, wo sie auch als Mitglied einer Bürgerrechtskommission und als gewähltes Mitglied des Stadtrates tätig ist.

- *Shaman's Moon*, 1998 (dt. *Stoner McTavish. Der Rat der Schamanin*, 1999)

Drops, Charla (Pseudonym)

deutsche Tänzerin
13.12.1957 Köln

Im Jahre 1980 findet im Berliner Orlanda, Europas erstem „Kultur-Café nur für Frauen", eine schicksalshafte Begegnung statt: Die diplomierte Gymnastiklehrerin Charla Drops stößt auf die studierte Psychologin Eva Hass. Oder war's andersrum? Sie beide jedenfalls sind's, und sie machen was aus ihrem Glück: 1983 gründen sie das Berliner Off-Theater Unart, um von da an 13 Jahre lang regelmäßig ihre eigenen, höchst erfolgreichen Tanztheaterproduktionen zur Aufführung zu bringen. *Die Kunsthure im Einsatz*, *Tarnung vor dem Hunde*, *Hals über Kopf*, *Rühr meine Urne um* heißen ihre in Eigenregie konzipierten und inszenierten expressionistischen Minidramen. Charla Drops' tänzerische, komödiantische und mimische Kapriolen, meist begleitet von einer nicht minder umwerfenden Eva Hass unter wechselndem Namen, ziehen das Publikum von einer surrealen Identität in die nächste. Die beiden ausdrucksstarken Künstlerinnen, würdevolle und moderne Nachfolgerinnen der großen Grotesktänzerinnen Valeska Gert und ☞Anita Berber, touren seit der Schließung des Unart im Jahr 1996 mit ihren Programmen durch ganz Europa. In ihrer zeitweiligen Wahlheimat Köln bringt Drops mit Eva Hass, Sia Korthaus und Kara Pientka *Sappho lacht* auf die Bühne. 2002 schließt sie sich der ältesten deutschen Frauen-Kabarettgruppe *Mamma Grappa* an.

Duncan, Isadora
US-amerikanische Tänzerin
27.7.1878 San Francisco – 13.9.1927 Nizza

Die begnadete Tänzerin ist eine der schillerndsten Persönlichkeiten der 20er Jahre – nicht nur in den Staaten, wo sie als das Sexsymbol der Intellektuellen schlechthin gilt, sondern auch in Europa. Duncan, auch im Privatleben kein Kind von Traurigkeit, fasziniert MalerInnen, LiteratInnen und vor allem auch reiche Mäzene jedweden Alters. Ihre Leidenschaft gilt jedoch Frauen, u.a. ☞Mercedes de Acosta, mit der sie auch nach Ausklang ihrer Affäre im Jahre 1917 eine innige Freundschaft verbindet. De Acosta ist es dann auch, die Duncan zehn Jahre später in einem heruntergekommenen Pariser Hotel aufspürt und unter die Arme greift. Duncans Tod ein paar Monate später ist ebenso spektakulär wie ihr Leben: Während sie einem neuen Liebesabenteuer entgegeneilt, wird sie von ihrem eigenen Schal erdrosselt, der sich um die Achse des Bugatti gewunden hatte.

- *Memoires*, 1988 (dt. *Memoiren*)
- Mary Desti: *The Untold Story. The Life of Isadora Duncan*, 1981

Duncker, Patricia

britische Autorin
1951 Jamaika

Ihre Kindheit verbringt sie bis zu ihrem 13. Lebensjahr in Jamaika, dann übersiedelt sie mit ihrer Familie nach England. Studium der Philosophie, Literaturwissenschaft und Feministische Theorie an den Universitäten Oxford und Cambridge. Sie lehrt an der University of Wales Literaturwissenschaft und Creative Writing und lebt abwechselnd in London und Südfrankreich. Ihr literarisches Debüt hat sie 1996 mit dem Roman *Hallucinating Foucault* (dt. *Die Germanistin*, 1997), einem intelligenten Unterhaltungsroman, der eine fiktive Briefbeziehung zwischen dem (erfundenen) schwulen Schriftsteller Paul Michel und dem französischen Philosophen ☞Michel Foucault zum Ausgang hat. In *The Doctor* (dt. ☞*James Miranda Barry*, 1999) erzählt sie in freier Form die Lebensgeschichte einer authentischen Gestalt, eines Mädchens Anfang des 19. Jhs., das als Junge erzogen und zu einem angesehenen Mediziner wird.

- *The Deadly Space Between*, 2002 (dt. *Der tödliche Zwischenraum*, 2003)

Dunye, Cheryl
US-amerikanische Filmemacherin
13.5.1966 Monrovia/Liberia

Studium an der Temple University und der Mason Gross School of Arts der Rutgers University. Es entstehen erste Experimental-, Kurz- und Videofilme, in denen sie sich mit den Zusammenhängen von Hautfarbe, Sexualität und Klassenzugehörigkeit im Leben schwarzer Lesben auseinandersetzt. Mit ihrem ersten Kinospielfilm *The Watermelon Woman* (1995), einer lesbischen Liebesgeschichte verschränkt mit Fragen nach der Identität schwarzer Darstellerinnen im US-Kino, gelingt der in Philadelphia lebenden Afroamerikanerin ein internationaler Festivalerfolg. 2004 dreht sie mit *My Baby's Daddy* ihren ersten großen Spielfilm mit heterosexuellem Thema für ein Mainstream-Publikum: die Geschichte dreier jugendlicher Männer, die sich ans Erwachsensein gewöhnen müssen, da ihre Freundinnen schwanger sind.

- weitere Filme (Auswahl): *She Don't Fade*, 1991; *Vanilla Sex*, 1992; *The Potluck & The Passion*, 1993; *Greetings from Africa*, 1994

Dworak, Ferry (eigentlich Fritz Heilscher)
Balletttänzer und Choreograf
2.10.1898 Berlin – 21.7.1942 KZ Sachsenhausen

Nach einer kaufmännischen Lehre beginnt Fritz Heilscher 1920 eine tänzerische Ausbildung am Deutschen Opernhaus in Berlin und wird 1923 Solotänzer am Opernhaus in Breslau. Von nun an nennt er sich Ferry Dworak. Von 1926 bis 1930 ist er Ballettmeister am Städtischen Theater in Chemnitz, 1931 Solotänzer am Stadttheater Dortmund. Im Jahr darauf wechselt er als Choreograf ans Badische Landestheater Karlsruhe und wird trotz eines ersten Strafverfahrens wegen homosexueller Beziehungen weiterbeschäftigt. Ab 1933 wirkt er am Schlesischen Oberlandestheater in Beuthen (Bytom), wo er erneut mit § 175 in Konflikt gerät. Im April 1935 wird er deshalb zu zwei Jahren Gefängnis verurteilt. Gleichzeitig erfolgt sein Ausschluss aus dem Künstlerverband, was einem Berufsverbot gleichkommt. Nach seiner Entlassung geht er zurück nach Berlin und wird Lagerarbeiter in einer Firma für Reitstiefel. Ende 1941 kommt es wegen seiner Beziehung zu einem Mann zu einer neuerlichen Verurteilung, und Dworak wird dem KZ Sachsenhausen bei Oranienburg überstellt. Nach zwei Monaten Haft kommt er dort im Rahmen einer Mordaktion an Homosexuellen ums Leben. Er ist einer von über 800 schwulen Männern, die im KZ Sachsenhausen zu Tode kommen.

Dworkin, Andrea
US-amerikanische Publizistin
26.9.1946 Camden

Als die junge Studentin während einer Demonstration gegen den Vietnamkrieg verhaftet wird, bekommt sie erstmalig die brutalen Auswirkungen der herrschenden Männergewalt zu spüren. Die Erfahrung, im Gefängnis geschlagen und gedemütigt zu werden, bringt Dworkin dazu, sich intensiv mit der Struktur der männerdominierten Gesellschaft auseinanderzusetzen – drei Jahre später veröffentlicht sie ihr erstes Buch mit dem einprägsamen Titel *Woman Hating: A Radical Look at Sexuality* (1974). Dworkins radikale Sicht auf frauenverachtende Institutionen und Umgangsformen prädestinieren sie zu einer der führenden Persönlichkeiten der Frauenbewegung. Als Sprecherin der National Organization for Women tritt sie mit zahlreichen Reden und Vorträgen an die (akademische) Öffentlichkeit, u.a. auch während der Lesbian Pride Week in New York City 1975. Ab 1976 engagiert sich Dworkin vorrangig in der US-amerikanischen Pornografie-Debatte (*Pornography: Men Possessing Women*, 1981; dt. *Pornographie: Männer beherrschen Frauen*). Neben ihren theoretischen Arbeiten ist die streitbare Publizistin ab 1980 auch mit literarischen Werken bekannt geworden (*Ice and Fire*, 1986, dt. *Eis und Feuer*). 2002 veröffentlicht sie ihre Autobiografie *Heartbreak: The Political Memoirs of a Feminist Militant*.

- weitere Veröffentlichungen (Auswahl): *The New Woman's Broken Heart. Short Stories*, 1980; *Rightwing Women*, 1983; *Intercourse*, 1987; *Mercy*, 1991; *Scapegoat*, 2000; *Life and Death: Unapologetic Writings on the Continuing War against Women*, 2002

E

Eckert, Albert

deutscher Politiker
2.11.1960 München-Pasing

Studium der Germanistik, Psychologie und Politikwissenschaft in Berlin. Diplomarbeit gemeinsam mit Andreas Salmen über die deutsche Schwulenbewegung. Von 1989 bis 1995 parteiloses Mitglied der Fraktion der Alternativen Liste (nach der deutschen Vereinigung: Fraktion Bündnis 90/Die Grünen) mit Schwerpunkt Rechts- und Kulturpolitik. Das Treffen Berliner Schwulengruppen (TBS) schlägt ihn gemeinsam mit Dieter Telge der AL als Schwulenpolitiker vor. Unter seiner Mitwirkung wird das Referat für gleichgeschlechtliche Lebensweisen eingerichtet, das erste dieser Art in Deutschland. 1990 wird Eckert zum (bis dato jüngsten) Vizepräsidenten des Berliner Abgeordnetenhauses gewählt. Seine Amtszeit währt jedoch nur vom 22.3. bis 3.4.1990. In einer Schmutzkampagne, die von der Berliner Boulevardzeitung *B.Z.* losgetreten worden ist, wird Eckerts frühere Tätigkeit als Masseur als die Tätigkeit eines Strichers gewertet und zu einem Skandal hochgeschaukelt. Eckert tritt, von der Medienschlammschlacht frustriert, von seinem Amt zurück. Er ist weiterhin u.a. aktiv in der Humanistischen Union, beim Verein Kunst im Knast und in der Initiative Homo-Monument Berlin. Ab 1997 ist er Leiter der Öffentlichkeitsarbeit der Heinrich-Böll-Stiftung.

- mit Andreas Salmen: *20 Jahre bundesdeutsche Schwulenbewegung 1969-1989*, 1989

Edson, Margaret

US-amerikanische Dramatikerin und Lehrerin
1961 Washington DC

Mit Theater hat Margaret Edson eigentlich lediglich während ihres Geschichts- und Literaturstudiums zu tun. Da wirkt sie in verschiedenen Laienaufführungen mit. Nach der Universität arbeitet sie eine Zeitlang als Schwesternhelferin in einer Forschungsstation für Aids und Krebs. In diesem Rahmen ist sie beispielsweise mit den ersten AZT-Tests betraut und schreibt den Ratgeber *Living with AIDS: Perspectives for Caregivers*. 1991 setzt sie diese Erfahrungen aus dem amerikanischen Krankenhausbetrieb in ihrem Theaterstück *Wit* (dt. *Geist*) um, schickt den Text aber erst einige Zeit später an verschiedene Bühnen, die zu ihrer Überraschung sehr positiv reagieren. Tatsächlich wird *Wit*, die Geschichte einer Literaturprofessorin und ihres Sterbens an ihrem Krebsleiden, 1995 in Costa Mesa/Kalifornien uraufgeführt und mit sechs Los Angeles Drama Critics Awards als beste Uraufführung prämiert. Damit wird eine ganze Serie an Preisverleihungen eingeleitet. Unter anderem wird Edson 1999 mit dem Pulitzerpreis ausgezeichnet und ist damit in Gesellschaft von ☞Tony Kushner, ☞Tennessee Williams und ☞Edward Albee. In kürzester Zeit wird das Stück u.a. in Finnland, Frankreich, Österreich und Japan aufgeführt. 2001 wird das Drama von Mike Nichols mit Emma Thompson in der Hauptrolle verfilmt. Trotz ihres Erfolges als Dramatikerin gibt Edson ihre Stelle an einer Grundschule in Atlanta/Georgia nicht auf. Ihre Lebensgefährtin ist Linda Merrill, Kuratorin am High Museum für amerikanische Kunst.

Edward II.

englischer König
25.4.1284 Caernarvon – 21.9.1327 London

Sohn Edwards I., einem bedeutenden Herrscher der englischen Geschichte, der Wales erobert und seinen Anspruch auf die Krone Schottlands durchsetzt. Um seinem etwas effeminierten Sohn Edward II., Prince of Wales, Härte und Männlichkeit beizubringen und so auf sein späteres Königsamt vorzubereiten, weist er ihm als Lehrer den jungen Ritter Piers Gaveston aus der damals zu England gehörenden Gascogne zu. Ironie des Schicksals: Edward II. und Piers Gaveston werden ein Liebespaar. Edward I. verbannt Gaveston des Landes. Aber kaum ist der Vater verstorben und hat sein Sohn den Thron bestiegen, lässt Edward II. seinen Geliebten aus Irland zurückrufen und macht ihn zum Earl of Cornwall. Unfähig, das politische Erbe seines Vaters zu verwalten, vertraut Edward II. bei seinen Regierungsgeschäften immer mehr seinem Geliebten.
Doch auch seine Heirat mit Isabella, der Tochter Philipps IV. („der Schöne") von Frankreich, verbessert nicht die grundsätzlichen Beziehungen zum Königreich Frankreich. 1312 findet die Verärgerung des englischen Hochadels über Edwards Ent-

schlusslosigkeit vor allem im Kampf um die schottische Krone, aber auch über seine Günstlingswirtschaft einen Höhepunkt. Er wird gezwungen, ein Beratergremium von 21 Lords zu akzeptieren. Gaveston wird von den Baronen gefangengenommen und ermordet. 1314 verliert Edward bei Banockbourn die Schlacht und damit die Macht über Schottland. 1322 hält sich Edward erneut Günstlinge für die politischen Geschäfte, und erneut rebellieren die Barone. Dieses Mal jedoch wehrt sich der König mit Waffengewalt, schlägt deren Heer und lässt die Anführer enthaupten. Der Versuch, seine Ehefrau Isabella bei ihrem Bruder in Frankreich über die Zukunft der Gascogne verhandeln zu lassen, führt zu einem Komplott. Sie beginnt dort ein Verhältnis mit Roger Mortimer, einem exilierten Vertreter der Barone und rüstet ein Invasionsheer aus, das 1326 in England einfällt und König Edward II. stürzt. 1327 dankt er ab und wird ermordet. Mortimer übernimmt kurzzeitig die Regentschaft, bis Edward III. den Thron besteigt. Der englische Dramatiker ☞Christopher Marlowe (1564-1593) stellt das Schicksal des Königs in seinem Drama *Edward II.* dar und deutet die Ermordung als Rache für seine offen gelebte Homosexualität. Dies ist historisch auch belegt – im Gegensatz zur Hinrichtungsart. Bei Marlowe wird dem gestürzten König ein glühender Eisenstab als symbolischer, pervertierter analer Sexualakt in den Hintern gestoßen. ☞Derek Jarman nimmt die Lebensgeschichte zur Grundlage seines Spielfilms *Edward II.* (1991).

● Hilda Johnstone: *Edward of Carnvarvon, 1284-1307*, 1946; Natalie Fryde: *The Tyranny and Fall of Edward II. 1321-1326*, 1979

Eggert, Heinz
deutscher Politiker und Theologe
6.5.1946 Rostock

Der Einmarsch der Warschauer-Pakt-Staaten in die Tschechoslowakei 1968 soll sein Weltbild entscheidend erschüttert haben. Eggert verlässt alle „Massenorganisationen" – der SED hatte er nie angehört –, studiert in Rostock evangelische Theologie und ist als Gemeindeseelsorger bzw. Studentenpfarrer u.a. in Oybin/Oberlausitz und Zittau tätig. Während dieser Zeit sind bis zu zehn Mitarbeiter der Staatssicherheit zur Bespitzelung auf ihn angesetzt. In der Endphase des SED-Regimes ist Eggert als Mitglied des Neuen Forums engagiert und am „Runden Tisch" beteiligt. 1990 wird er CDU-Mitglied und 1991 in der sächsischen Landesregierung unter Führung von Ministerpräsident Kurt Biedenkopf zum Staatsminister des Innern ernannt, wo er sich insbesondere in Fragen rechtsextremistischer Gewalt engagiert. 1992 wird er als einer von vier stellvertretenden Parteivorsitzenden der CDU gewählt und 1994 im Amt bestätigt. Bei der Landtagswahl in Sachsen 1994 erzielt Eggert in seinem Wahlkreis Sächsische Oberlausitz 2 das beste Erststimmenergebnis. Am 19. Juni 1995 wird Eggert auf eigenen Wunsch beurlaubt, nachdem männliche Mitarbeiter in seinem Büro Vorwürfe wegen sexueller Belästigung erhoben hatten. Eggert, der alle Vorwürfe zurückweist und eine Überprüfung der Anschuldigungen beantragt, kann jedoch nicht die breite Medienschlammschlacht verhindern. Eggert, verheiratet und Vater von vier Kindern, wird in den Presseberichten stets als bisexuell bezeichnet. Am 10. Juli 1995 erklärt er seinen Rücktritt als sächsischer Innenminister, behält aber zunächst sein Mandat im Landtag. Er arbeitet danach bei der Treuhand-Liegenschaftsgesellschaft und moderiert von 1996 bis Oktober 2002 zunächst gemeinsam mit Erich Böhme, später mit Andrea Fischer den *Grünen Salon* bei n-tv.

Eichhorn, Christoph
deutscher Schauspieler und Regisseur
8.9.1957 Kassel

Durch seinen Vater, der als Schauspieler am Bochumer Schauspielhaus engagiert ist, wo seine Mutter zudem als Souffleuse arbeitet, hat Eichhorn bereits als Kind Kontakt zum Theater und agiert als Statist und in Kinderrollen. Nach seiner Mittleren Reife tritt er in Bochum unter der Ära Peter Zadeks ein Anfängerengagement an. In ☞Rosa von Praunheims Inszenierung von *Menschen im Hotel* (u.a. mit Evelyn Künneke) übernimmt er sechs Statistenrollen. ☞Werner Schroeter besetzt ihn in seiner *Lucretia*-Produktion. In Ulli Lommels Spielfilm *Zärtlichkeit der Wölfe* spielt Eichhorn 1972 zum ersten Mal eine Filmrolle: als junges Opfer des Massenmörders ☞Fritz Haarmann. Schlagartig berühmt wird Eichhorn durch Hans W. Geißendörfers Verfilmung von ☞Thomas Manns Roman *Der Zauberberg*, die parallel als Kinoproduktion und TV-Serie gedreht wird und in der Eichhorn die Hauptrolle des Hans Castorp übernimmt. Der große Durchbruch jedoch bleibt aus. Zu sehr hat die Rolle sein Image geprägt. Eichhorn spielt nun vor allem in TV-Serien wie *Derrick*, *Der Fahnder*, *Praxis Bülowbogen* und zumeist auch schwule Rollen, aber auch in der internationalen TV-Großproduktion *Peter der Große*. Außerdem wirkt er in Lowbudget-Filmen schwuler Kollegen, etwa *Geierwally* von ☞Walter Bockmayer und *Westler* von ☞Wieland Speck mit. Nach einigen Kurzfilmen (u.a. *Freia und Ferry*, *Der Weg zum Ruhm*) führt er 1989 bei *Jenseits von Blau* erstmals Regie in einer abendfüllenden Kinoproduktion. Es folgen Regieaufträge für Fernsehserien wie *Balko* (1995), *SOKO Leipzig* (2001) und *Denninger* (2002).

Eisenstein, Sergej Michailowitsch
russischer Filmregisseur
23.1.1898 Riga – 11.2.1948 Moskau

Seine Laufbahn beginnt Eisenstein als Theaterregisseur und Theoretiker der Filmkunst. Erste Filme entstehen 1925: *Statschka* (dt. *Streik*) und *Bronenosez Potjemkin* (dt. *Panzerkreuzer Potemkin*), der seinen Ruf als Meister der Montage begründet. Legendär ist die so genannte Treppenszene, in der herab marschierende Kosaken in eine fliehende Menge schießen. Besonderen Wert legt Eisenstein in seinen ersten Filmen auf Kontraste, die den Zuschauer wachrütteln sollten. Weitere Filme im Dienste der Revolution waren *Oktjabr* (1927, dt. *Oktober*) und *Generalnaja linija* (1929, dt. *Die Generallinie*). In den 30er Jahren scheitern zwei große Projekte: sein Film über Mexiko, den der US-Schriftsteller Upton Sinclair finanzieren will, und *Beshin lig*

(dt. *Die Beshin-Wiese*). 1938 entsteht mit *Alexander Newski* ein Film, der vor allem den deutschen Faschismus treffen sollte. Eisenstein bemüht sich hier verstärkt um einen architektonischen Bildaufbau und ein abgestimmtes Verhältnis von Bild und Ton. Ein Hauptwerk wird der zweiteilige Film *Iwan Grosnyi* (1944-1946, dt. *Iwan der Schreckliche*). Der zweite Teil wird als Kritik an Stalin angesehen und daher erst 1958 uraufgeführt. Sergej Eisenstein thematisiert seine homosexuellen Neigungen niemals direkt in seinen Filmen, erst in jüngster Zeit werden seine Arbeiten auf homoerotische Konnotationen und insbesondere auf seine Darstellung von Männlichkeit hin untersucht. Auf dem Weg nach Mexiko 1929 macht Eisenstein Zwischenstop in Berlin, wo er u.a. auch das legendäre schwule Kabarettlokal *Eldorado* besucht. Die dort auftretenden geschminkten und effeminierten jungen Männer bestärken seine Haltung, dass er seinen homosexuellen Wünschen nicht nachgeben dürfe. Er besucht auch das sexualwissenschaftliche Institut ☞Magnus Hirschfelds, angeblich nur aus rein wissenschaftlichem Interesse. „Meine Beobachtungen führen mich zu dem Schluss, dass die Homosexualität in jeder Hinsicht ein Rückschritt ist, eine Rückkehr zum Zustand vor der Zellteilung und vor der Fortpflanzung. Sie ist eine Sackgasse", erklärt er später seiner Biografin Marie Seton.

- *Ich selbst. Memoiren*, 1988
- E. Weise: *Eisenstein*, 1988

Eisermann, André

deutscher Schauspieler
28.10.1968 Worms

Eisermann entstammt einer alten Schaustellerfamilie (die Großmutter ist eine Kautschukakrobatin, der Ur-Opa einer „der stärksten Männer der Welt") und wächst weitgehend im Wohnwagen auf. Für drei Jahre wird er in einem Internat erstmals „sesshaft". 1998 zollt er mit seiner Theaterrevue *Hommage an das fahrende Volk* Tribut an die aussterbende Schaustellerkunst. 1986-1987 spielt er Straßen- und Clowntheater in Mannheim, danach Schauspielausbildung an der Münchner Otto-Falckenberg-Schule. 1989-1991 Engagements am Bayrischen Staatsschauspiel und den Kammerspielen. 1989 erste Fernsehrolle in der TV-Serie *Sag mal, aah…*, erste Kinorollen in *Go Trabbi Go* (1990) und Martin Weinharts schwuler Liebesgeschichte *Durst* (1991). 1992/93 spielt er den Titelhelden in Peter Sehrs *Kaspar Hauser* und wird dafür u.a. beim Festival Locarno ausgezeichnet. 1995 übernimmt er die Titelrolle in Joseph Vilsmaiers Verfilmung von *Schlafes Bruder*, in Michael Hanekes Verfilmung von Kafkas *Das Schloß* (1991) in Percy Adlons *Dog $hit* (2001) und *Yu* (2003). George Tabori besetzt ihn in der Opernproduktion *Zirkus um Zauberflöte* (1998). 2000 spielt er die Titelrolle in der Wiener Musicaluraufführung *F@lco – A Cyber Show*. Bereits 1996 verrät Eisermann in einem Interview, dass er auch auf Männer steht. Später erläutert er sein Verständnis von Sexualität so: „Ich werde mich nie auf einen Begriff reduzieren oder degradieren. Ich bin mehr als schwul. Ich bin mehr als hetero. Ich bin mehr als bi. Ich bin ich." 2002 erscheint die Autobiografie *1. Reihe Mitte. Ein Schaustellerleben*.

Elberskirchen, Johanna Carolina

deutsche Aktivistin und Schriftstellerin
11.4.1864 Bonn – 17.5.1943 Rüdersdorf

Zunächst als Buchhalterin tätig, studierte sie – wie viele Frauen, denen nicht nur in Deutschland der Zugang zu den Universitäten verwehrt wurde – ab 1891 in der Schweiz und zwar zunächst Medizin, später Jura. 1920 zieht sie mit ihrer Lebensgefährtin, der Lehrerin Hildegard Moniac, nach Rüdersdorf bei Berlin und eröffnet in ihrem gemeinsam gekauften Haus eine Praxis für homöopathische Heilbehandlungen, die sie trotz Berufseinschränkungen durch die Nazis bis zu ihrem Tod führen kann. 1914 ist sie eine der wenigen aktiven Frauen in der wissenschaftspolitischen Vereinigung Wissenschaftlich-humanitäres Komitee (WhK). Als aktive Feministin und offen lesbische Frau ist die engagierte Sozialdemokratin eine außergewöhnliche Brückenfigur zwischen Homosexuellenbewegung und dem radikalen Flügel der Frauenbewegung. Sie erlangt überregionale und zeitgenössisch internationale Bedeutung als politische Rednerin und Schriftstellerin, publiziert und engagiert sich für viele feministische Themen: Wahlrecht, geschlechtsspezifische Erziehung und Bildung, Frauenstudium, Gewalt gegen Mädchen und Frauen, Mutterschaft und Kinderheilkunde. Sexualreformerisch und sexualwissenschaftlich setzt sie sich intensiv mit Ehe, Prostitution, Heterosexualität und Homosexualität auseinander. Insgesamt sind neben zahlreichen Aufsätzen und Zeitungsartikeln bis 1933 mindestens ein Dutzend Bücher in mehreren Auflagen von ihr erschienen, anfänglich noch unter dem Pseudonym Hans Carolan. Ihre Urne wird im Juni 1975 heimlich in der Grabstätte ihrer Lebensgefährtin Hildegard Moniac (29.3.1891 Friedenau/Kreis Teltow – 3.8.1967 Rüdersdorf) beigesetzt.

Eller, Cássia

brasilianische Rockmusikerin
12.10.1962 Rio de Janeiro – 29.12.2001 ebd.

Mit 14 Jahren beschließt sie für sich, Sängerin zu werden, und widmet sich fortan konsequent ihrer Karriere. Sie singt zunächst in Chören und in Karnevalbands und veröffentlicht 1990 ihr erstes, schlicht *Cássia Eller* betiteltes Album. Innerhalb weniger Jahre wird Eller mit ihrer tiefen, rauchigen Stimme zu einer der führenden Frauen der brasilianischen Rockszene. Als sie am 29. Dezember 2001 völlig überraschend einem Herz- und Kreislaufversagen erliegt, steht sie auf dem Höhepunkt ihrer Karriere. Ihr gerade erschienenes, achtes Album *Acústico MTV* ist ihr bis dahin erfolgreichstes und gerade für einen Grammy nominiert. Der internationale Durchbruch steht damit bevor. Zwei Tage später hätte sie in einer der größten Konzerthallen Rio de Janeiros ein Silvesterkonzert bestreiten sollen. Die Hintergründe ihres Todes sind ungeklärt. Ihr Vater streut Gerüchte, wonach Eller die Strapazen einer Dreiecksbeziehung nicht mehr ertragen habe. Vermutlich aber hat die völlig überarbeitete, alkohol- und kokainabhängige Sängerin schlicht Beruhigungsmedikamente falsch dosiert. Sie hinterlässt nicht nur einen achtjährigen Sohn, sondern auch die Lebensgefährtin Eugenia Martins, mit der sie 14 Jahre zusammenlebte. Im Streit um das Sorgerecht für den Sohn kann Martins sich gegen Ellers Vater vor Gericht durchsetzen. Der Fall wird öffentlich heftig diskutiert, die Sympathien liegen aber deutlich bei Eugenia Martins. Eller hatte zeitlebens weder ihr Lesbischsein noch ihre Beziehung verheimlicht, sondern sie von sich aus immer wieder thematisiert und sich demonstrativ als „sapatao" (der negativ besetzte Ausdruck für Lesbe) bezeichnet. Sie wird dadurch eine der wichtigsten homosexuellen Persönlichkeiten Brasiliens. Auf dem Album *Veneno AntiMonotonia* (1997) interpretiert sie ausschließlich Lieder des populären an Aids verstorbenen Sängers Cazuza, des ersten offen schwulen Stars des Landes.

- weitere Alben (Auswahl): *O Marginal*, 1992; *Cássia Eller ao Vivo*, 1996; *Veneno Vivo*, 1998; *Com Você ... Meu Mundo Ficaria Completo*, 1999

Empl, Haymo

Schweizer TV-Moderator und Autor
1971 Winterthur

Gerade 18 Jahre alt, wird Haymo Empl 1989 Coverboy des Schweizer Schwulenmagazins *a/k – anderschume/Kontiki*. Nach diversen Journalistenjobs und Besuch der Höheren Wirtschafts- und Verwaltungsschule wird Empl überraschend Moderator einer Sex-Radiotalkshow bei Radio Z, arbeitet für Tele 24 und TV 3 und wird schließlich Moderator und Redakteur beim Privatsender Star TV. Zeitweilig ist er mit seinem Kollegen ☞Patrick Rohr, Moderator beim Schweizer Fernsehen DRS, liiert. Nebst seiner Moderationstätigkeit schreibt Haymo Empl für diverse Zeitschriften und Zeitungen. 2001 erscheint sein erster schwuler Krimi *Milzbrand*; es folgen *Belladonna* und *Atilla* (beide 2002).

Epiney, Sven

Schweizer Fernseh- und Radiomoderator
14.1.1972 Brig

Mit 13 Jahren gelingt es Sven Epiney, seinen Teenager-Traum vom Radiomoderator bei der Kindersendung *Periskop* des damaligen Radios Förderband in Bern tatsächlich zu verwirklichen. Nach seiner Schulzeit absolviert der gebürtige Walliser das Lehrerseminar in Bern, welches er mit einem Diplom abschließt, und beginnt, Jura zu studieren. Auch während seiner Ausbildung bleibt er dem Medium Rundfunk treu und moderiert weiterhin am Mikrofon, inzwischen jedoch bereits die *Förderband-Morgenshow*. 1993 wird er zu einem Casting des Schweizer Fernsehens für *Tagesformat* eingeladen und erhält so den Einstieg in die Fernseharbeit. Innerhalb weniger Jahre etabliert er sich als einer der bekanntesten Moderatoren des Schweizer Fernsehens. Bereits nach kurzer Zeit konzipiert er seine eigene Nachmittagssendung *TAF-Star* und wirkt in der Comedysendung *Feinheiten* mit. 1997 wird ihm die tägliche Quizshow *Blockbusters* übertragen, die er bis ins Jahr 2000 über 500 Mal moderiert. Ab 1999 arbeitet er zeitweilig parallel auch als Moderator für das französischsprachige Westschweizer Fernsehen TSR in Genf sowie für RTL/Pro 7 (*Konkret Live* und *Konkret Magazin*). Seiner beruflichen Herkunft und seinem Jugendtraum bleibt er treu. So ist er neben seiner Tätigkeit beim Fernsehen weiterhin beim Rundfunk zu hören, zuerst in Basel bei Radio 105, ab 2001 bei DRS 3, wo er die *Offizielle Schweizer Hitparade* moderiert. 2000 schickt ihn das Schweizer Fernsehen als Außenreporter der Quizsendung *Eiger, Mönch und Kunz* in die Stuben der Schweizer Promis, eine Moderatoren-Tätigkeit, die er bis ins Frühjahr 2004 ausüben wird. 2001 dann der eigentliche Durchbruch: Sven Epiney erhält mit der Quizshow *al dente* seine erste regelmäßige Sendung im Abendprogramm des Schweizer Fernsehens, die sich zum Quotenrenner entwickelt. Ab 2003 ist auch als Moderator für die Reise-Sendung *Fensterplatz* in der Schweiz unterwegs. Ab 2004 kommt mit *VIParade* die erste große Samstag-Abend-Show hinzu. 2004 erhält Sven Epiney den Prix Walo, die wichtigste Auszeichnung im Schweizer Showbusiness, in der Sparte „Publikumsliebling 2003".

Eppendorfer, Hans (eigentlich Hans-Peter Reichelt)

deutscher Schriftsteller
10.6.1942 Lütjenburg – 23.1.1999 Hamburg

Drei Gespräche, geführt im Abstand von jeweils drei Jahren zwischen 1970 und 1976, machen Hans Eppendorfer berühmt. Sein Interviewpartner ist nämlich der Schriftsteller ☞Hubert Fichte. 1977 erscheint *Der Ledermann spricht mit Hubert Fichte* bei Suhrkamp, es folgen Inszenierungen dieses Dialogs von Amsterdam bis Paris. Eppendorfer berichtet dort von seiner unglücklichen Kindheit, der Suche nach Anerkennung und schließlich dem Tag, da er den Hass auf seine Mutter an einer Bekannten entlädt. Er erschlägt eine Frau, die sich um den damals 17-Jährigen kümmert, brutal mit einer Vase. Die Jahre im Gefängnis werden zu einer Initiation in Sachen Gewalt, schwulem Sex und S/M-Fantasien. Nach der Haft findet er in der Lederszene die gesuchte Solidarität und Geborgenheit. Eppendorfer gibt nach dem Tode Fichtes zu verstehen, dass diese Gespräche alles andere als authentisch seien. Seine folgenden Veröffentlichungen bewegen sich stets zwischen Reportage und Literatur: Erlebnisberichte aus dem Knast (*Barmbecker Kuss*), Reportagen aus dem Kiez (*Szenen aus St. Pauli*, 1982), Porträts und Reportagen (*Gesichtslandschaften*, 1989), von denen einige in den späten 70er Jahren in der Schwulenzeitschrift *Him applaus* erscheinen, der er zeitweilig als Chefredakteur vorsteht. Zuletzt betätigt sich der schwergewichtige Eppendorfer gelegentlich auch als Drehbuchautor. Er ist an einem Film über die Hure Domenica sowie auch als Co-Autor an Dieter Wedels Fernseh-Epos *Der König von St. Pauli* beteiligt. Eppendorfer, der 1971 eine 25 Jahre ältere Design-Professorin geheiratet hat, stirbt an den Folgen eines Krebsleidens. Der Düsseldorfer Filmemacher ☞Peter Kern, der mit Eppendorfer eng befreundet war, hatte die letzten Lebensmonate in dem Dokumentarfilm *Suche nach Leben* (1999) festgehalten.

Epstein, Brian

britischer Musikmanager

19.9.1934 Liverpool – 2.8.1967 London

Fast wäre Brian Epstein ein Leben lang Möbelverkäufer geblieben. Kurzzeitig studiert er an der Royal Academy for Dramatic Arts, muss aber feststellen, dass er zum Schauspieler nicht geboren ist. Dann expandiert der Betrieb seiner streng jüdischen Familie, Clarendon Furnishing, und er übernimmt die Musikalienhandlung North End Road Music Stores in Liverpool. Nun kümmert sich Epstein um Pianos und Plattenspieler, erweitert das Geschäft recht schnell um eine Schallplattenabteilung und eröffnet einen eigenen Laden in der Nähe des Cavern Clubs, dem Treffpunkt der Beatszene. 1961 beginnt er eine regelmäßige Plattenkolumne für das Magazin *Mersey Beat* zu schreiben. Von der damals noch recht unbekannten Gruppe *The Beatles* hat er in seinem Geschäft bereits einige Platten verkauft. Als diese nebenan im Cavern Club auftreten, bietet er ihnen an, das Management zu übernehmen. Am 24. Januar 1962 wird der Vertrag unterzeichnet. Als eine seiner ersten Amtshandlungen ersetzt er den Drummer Pete Best durch Ringo Starr und verschafft der Band einen Plattenvertrag mit EMI. Er bleibt Manager der *Beatles* bis zu seinem Tod. Während er maßgeblich zu ihrer Weltkarriere beiträgt, sind die anderen von ihm gemanagten Künstler (u.a. *Gerry & The Pacemakers*, *Billy J. Kramer & The Dakotas*, *The Fourmost*, Cilla Black) nicht annähernd so erfolgreich. Zeitweilig ist Epstein London-Korrespondent der US-amerikanischen TV-Show *Hullabaloo*. Epstein stirbt an einer Überdosis Schlaftabletten. Unklar ist, ob es sich um einen Unfall oder Freitod handelt. Der psychisch labile und depressive Mann hatte über Jahre hinweg große Mengen Psychopharmaka und Aufputschmittel zu sich genommen. In seinen Tagebüchern, die nach seinem Tod versteigert werden, schreibt er ausführlich über seine Probleme, mit seinem Schwulsein zurechtzukommen. Bis 1967 bleibt Homosexualität in Großbritannien verboten. Im Alter von 20 Jahren war er von einem Geliebten zusammengeschlagen worden, mehrfach hat er Probleme mit Erpressungen wegen seiner Homosexualität. Er plagt sich mit Schuldgefühlen und leidet darunter, keine langfristige Beziehung aufbauen zu können. Für die *Beatles* bedeutet der Verlust Epsteins nicht nur einfach den Verlust eines Mitarbeiters. Er hat nicht nur die finanziellen Dinge bestens geregelt, sondern auch für die Harmonie innerhalb der Band gesorgt. Dies wird nach seinem Tod umso deutlicher. Die Folge: Nach zwei Jahren ohne Epstein haben sich die *Beatles* heillos zerstritten und lösen sich 1970 auf. 1964 veröffentlicht Epstein 29-jährig seine Autobiografie *A Cellarful of Noise*. Seine unerfüllte Liebe zu John Lennon ist Thema des Spielfilms *The Hours and Times* (USA 1991) von Christopher Münch. Während Lennon bestreitet, jemals mit Epstein Sex gehabt zu haben, behauptet der Beatles-Biograf Hunter Davies in seinem Buch *The Quarrymen* (2001) das Gegenteil. Debbie Gellers Dokumenarfilm *The Brian Epstein Story* (2000) geht ausführlich auf Epsteins geheimes schwules Leben ein. Die Interviews für ihre Dokumentation erscheinen in Buchform unter dem Titel *In My Life: The Brian Epstein Story* (2000).

Epstein, Rob **(eigentlich Robert Epstein)**

US-amerikanischer Dokumentarfilmer

6.4.1955 New Jersey

Bislang zweimal hat Rob Epstein den Oscar für den besten Dokumentarfilm erhalten: 1989 gemeinsam mit Jeffrey Friedman, mit dem er seit Ende der 80er Jahre zusammenarbeitet, für *Common Threads: Stories from the Quilt* und 1984 (gemeinsam mit Richard Schmiechen) für *The Times of ☞Harvey Milk* über den ermordeten ersten offen schwulen Stadtverordneten von San Francisco. Bei der Verleihung dankt Epstein seinem Lebenspartner John Wright für die Unterstützung während der sechsjährigen Arbeit an diesem Film. Wie auch Friedman hatte Epstein seine Karriere zunächst als Cutter begonnen. Sein Debüt als Dokumentarfilmer gibt er 1975 mit *Word Is out*, 26 Porträts von Schwulen und Lesben quer durch die USA. Seine wichtigsten Projekte sind meist auch ein Stück lesbisch-schwuler Geschichtsschreibung. So widmet er sich mit *Paragraph 175* (1999) der Verfolgung Homosexueller in Nazi-Deutschland und in *The Celluloid Closet* (1995), basierend auf dem gleichnamigen Buch von ☞Vito Russo, der Darstellung von Schwulen und Lesben im Kino. Gemeinsam mit Friedman gründet er 1987 die gemeinsame Produktionsfirma Telling Pictures. Ihre Büros richten sie in einer ehemaligen katholischen Mädchenschule in San Francisco ein.

- weitere Filme: *The Aids Show: Artists Involved with Death and Survival*, 1987; *Where Are We? Our Trip through America*, 1993; *Xtreme: Sports to Die for*, 2000; *Save Me*, 2002; *Crime & Punishment* (TV-Serie), ab 2002

Erasmus von Rotterdam, Desiderius (eigentlich Gerhard Gerhards bzw. Geert Geert's)

holländischer Philologe und Philosoph
28.10.1467 (n.a.A. 1466 bzw. 1469) Rotterdam – 12.7.1536 Basel

Der Priestersohn Erasmus von Rotterdam tritt 1486 nach Schulabschluss für drei Jahre in das Kloster Augustinerchorherrenstift Steyn bei Gouda ein. Dort beschäftigt er sich mit Schriften aus dem klassischen Altertum und mit der Patristik und wird 1492 zum Priester geweiht. Ab 1496 lebt er im Kloster Steyn. Hier entstehen auch Liebesbriefe und -gedichte an den Mitbruder Servais Roger: „Brannte – ach weh! – in der Brust eines anderen Menschen – ach weh mir! -/ so furchtbar je die Liebesglut?" Die Leidenschaft wird jedoch von dem Angebeteten nicht geteilt. Erasmus entschließt sich zur Askese und zwingt sich zur Selbstdisziplin. Seiner europaweiten Karriere als Gelehrter ist diese Entscheidung dienlich: Im italienischen Turin promoviert er zum Doktor der Theologie. Im Jahr 1500 entsteht seine Sprichwörtersammlung *Adagiorum Collectanea*. 1511 veröffentlicht er seine berühmt gewordene Satireschrift *Encomion Moriae* (dt. *Lob der Torheit*), in der er die engstirnige Denkweise in der Scholastik ironisiert und kirchliche Missstände anklagt. Er widmet das Buch dem englischen Lordkanzler, Staatstheoretiker und Humanisten Sir Thomas Morus, den er bei einem Aufenthalt in England kennen gelernt hatte und mit dem er freundschaftlich verbunden geblieben war. Erasmus gilt als die führende Gestalt des europäischen Humanismus und als Vorreiter der Reformation, die er als Theologe durch seine kirchenkritische Haltung vorbereitet. Unter Anwendung philologisch-kritischer Methoden gibt der Verfechter religiöser Toleranz u.a. eine kritische Ausgabe des griechischen Neuen Testaments mit einer Lateinübersetzung und Anmerkungen heraus (*Novum Instrumentum omne, diligenter ab Erasmo Rot. Recognitum et Emendatum*, 1516). Er widmet sie Papst Leo X. und nutzt hierzu neue, wiederentdeckte Manuskripte. In der zweiten Auflage führt er erstmals den Terminus *Testamentum* statt *Instrumentum* ein. Diese Auflage wird später Arbeitsgrundlage der englischen Übersetzer der King-James-Bibel.

Etheridge, Melissa

US-amerikanische Musikerin
29.5.1961 Leavenworth/Kansas

Die amerikanische Rockmusikerin und Grammy-Gewinnerin ist einer der wenigen internationalen Stars, die sich offen zu ihrer Homosexualität bekannt haben: „Es war wunderbar. Es war ein wunderbares Jahr. Ich glaube, wenn jemand aufsteht und sagt: He, so bin ich, dann wissen die Leute das zu schätzen." Die Rockröhre mit der wirren Lockenmähne beginnt ihre Karriere 1988 mit dem Album *Melissa Etheridge*, ihre weltweit rund 25 Millionen Mal verkauften Alben tragen z.T. Namen, die sich auf deutlich mehr als nur Songtexte beziehen: *Yes I Am* (1993) genauso wie *Your Little Secret* (1995). Seit 1989 lebt Etheridge mit der Ex-Frau des Schauspielers Lou Diamond Phillips, der Drehbuchautorin und Regisseurin Julie Cypher, in Long Beach, Kalifornien, zusammen – und seit dem 10.2.1997 ist die Familie komplett: Julie bringt eine gesunde Tochter, Bailey Jean, zur Welt. 1999 folgt das zweite Kind Becket. 2000 gibt der Musiker David Cosby bekannt, Samenspender für die beiden Kinder gewesen zu sein. Im gleichen Jahr trennt sich das Paar Etheridge/Cypher nach zwölf Jahren Beziehung. Julie Cypher verlässt Etheridge wegen eines Mannes. Die Erfahrungen verarbeitet Etheridge auf ihrem Album *Skin* (2001). 2004 heiratet Etheridge in einer privaten Zeremonie ihre neue Lebensgefährtin Tammy Lynn Michaels (*The L Word*). „Wir sind so dankbar für die vielen Glückwünsche von unseren Familien und Freunden, während wir einander unser Ja-Wort geben. Jetzt fängt unser neues, gemeinsames Leben an", ließ das Paar nach der Trauung verlautbaren.

- *Breakdown*, 2000; *Skin*, 2001; *Lucky*, 2004

Eugen von Savoyen

österreichischer Prinz und General
18.10.1663 Paris – 20.4.1736 Wien

Der schmächtige und nicht besonders hübsche Knabe Eugen wird zunächst dafür bestimmt, in den geistlichen Stand zu treten. Die geringschätzige Behandlung durch Ludwig XIV. – mit dessen transvestitischem homosexuellen Bruder Philippe, Herzog von Orléans, er eng befreundet ist – veranlasst ihn jedoch,

1683 nach Wien zu fliehen und in österreichische Dienste zu treten. Dort entwickelt sich Eugen von Savoyen zu einem der erfolgreichsten Feldherrn und Diplomaten seiner Zeit. Er befehligt im Türkenkrieg 1683-1699 und in der Schlacht von Zenta in Ungarn 1697 und führt im Spanischen Erbfolgekrieg die erfolgreichen Anfangsgefechte. Inzwischen zum Hofkriegsrat ernannt besiegt er gemeinsam mit dem Herzog von Marlborough das bayrisch-französische Heer bei Höchststädt (1704). Weitere Siege feiert er in Turin (1706), in Oudenaarde (1708) und Malplaquet (1709). Er führt die Friedensverhandlungen in Rastatt und Baden (1714) und beteiligt sich zwei Jahre später in dem neu aufgeflammten Krieg gegen die Türken. Als 71-Jähriger zieht er noch einmal bei Ausbruch des Polnischen Erbfolgekrieges (1734) als Führer des Reichsheeres in die Schlacht. Insgesamt dient er drei Kaisern. Seine lebenslange enge Beziehung zur Gräfin Elenore Batthyány hat keinerlei sexuelle Züge; über das gemeinsame Kartenspiel reichen die Intimitäten nicht hinaus. Eugen von Savoyen bleibt unverheiratet. Einer seiner engsten Freunde ist der ebenfalls homosexuelle Prinz von Turenne am Hofe Ludwigs XIV., der ihn auf seiner Flucht nach Wien begleitet. Nicht nur innerhalb des Militärs ist Eugens Vorliebe für Männer ein offenes Geheimnis und daher Anlass für verschiedene Spottlieder und Spitznamen wie „Mars ohne Venus".

- Derek McKay: *Prince Eugene of Savoy*, 1977; Nicholas Hendersen: *Prinz Eugen*, 1986

Eulenburg und Hertefeld, Fürst Philipp zu (eigentlich Phillip Friedrich Karl Alexander Botho Fürst zu Eulenburg und Hertefeld)

deutscher Adliger und Politiker
12.2.1847 Königsberg – 17.9.1921 Liebenberg bei Templin

Eulenburg, ehemaliger Gardeoffizier, Jurist und Erbe eines beträchtlichen Vermögens, tritt 1877 in den deutschen Diplomatischen Dienst ein. Als persönlicher Freund des zukünftigen deutschen Kaisers, dessen Interesse für Spiritismus er teilt, macht er eine steile politische Karriere und wird zum kaiserlichen Botschafter in Wien ernannt. 1900 wird er in den erblichen Fürstenstand erhoben. Als engster und mächtigster Vertrauter Seiner Majestät nimmt er eine dem Kanzler nicht unähnliche Funktion ein, kann Diplomaten- und Ministerkarrieren fördern oder aber enden lassen und wird zuletzt selbst Opfer intriganter Politik. Im Mai 1908 wird Eulenburg wegen des Verdachts homosexueller Betätigung verhaftet. Ausgelöst wird sie durch Beschuldigungen des Journalisten Maximilian Harden in der politischen Wochenzeitschrift *Die Zukunft*, der sich auf Äußerungen des aus dem Auswärtigen Amt geschassten Grafen Holstein stützt. Holstein hatte bei seiner Entlassung eine Machenschaft Eulenburgs vermutet und sich rächen wollen. Harden beschreibt den Fürsten, Ehemann und Vater von acht Kindern, als Kopf einer „Kamarilla von sexuell abnormen Männern", die schädlichen Einfluss auf die deutsche Außenpolitik ausüben. Die „Liebenberger Tafelrunde" (benannt nach Eulenburgs Schloss Liebenberg in der Uckermark), zu der auch der als homosexuell bereits bekannte französische Botschaftssekretär Raymond Lecomte gehöre, bilde einen festen, verschwörerischen „weibischen" Kreis Seiner Majestät und bestimme die Weltpolitik. Eulenburg stellt daraufhin Strafantrag gegen sich selbst. Der Skandal wird international von der Presse verfolgt und mit Häme und Schadenfreude kommentiert. Da Harden keine Beweise erbringen kann, wird er wegen Verleumdung zu vier Monaten Gefängnis verurteilt; das Verfahren wird eingestellt. Zwei Jahre später jedoch ist Harden in der Lage, zwei Zeugen zu präsentieren, die gegen Eulenburg aussagen: Fischer vom Starnberger See, die in den 80er und 90er Jahren mit Eulenburg intimen Verkehr gehabt haben wollen. Nun stellt sich Kaiser Wilhelm II. gegen seinen ehemaligen Berater und dessen Freundeskreis: „Eulenburg, Hohenau, Kuno Moltke habe ich jetzt als pervers erkannt. Sie sind für mich erledigt. Hier muss vor aller Welt und unnachsichtig ein moralisches Exempel statuiert werden." Das Verfahren gegen Eulenburg wegen Verstoßes gegen den §175 und wegen Meineids wird bereits am 29.6.1908 eröffnet, aber nach drei Wochen wegen des schlechten Gesundheitszustandes des Beklagten vertagt und schließlich nie wieder aufgenommen. Die letzten Jahre seines Lebens verbringt er gesellschaftlich ruiniert auf einem Landsitz, muss sich allerdings alle sechs Monate einer gesundheitlichen Untersuchung unterziehen. Der Skandal schlägt in der Öffentlichkeit große Wellen und macht auch alle Bemühungen, den §175 abzuschaffen, zunichte. Bereits 1907 macht die SPD in ihrem Parteiorgan *Vorwärts* einen Rückzieher und versagt ihre Unterstützung. Der Petitionsausschuss spricht sich im Januar 1908 in seinem Bericht sogar für eine Verschärfung des Antihomosexuellenparagrafen aus. Sein literarisches Schaffen ist weitgehend in Vergessenheit geraten. Neben Dramen, wie *Der Seestern* (1887) und den *Skaldengesängen* (1892), betätigt sich Eulenburg auch als Lyriker. Seine *Rosenlieder* werden von Richard Strauß vertont.

- Isabell V. Hull: *The Entourage of Kaiser Wilhelm II. 1888-1918*, 1982; Peter Jungblut: *Famose Kerle. Eulenburg – Eine Wilhelminische Affäre*, 2003

Everett, Rupert
britischer Schauspieler
29.5.1959 Norfolk/Schottland

Der Vater ist hochrangiger Armeeoffizier und Diplomat, weswegen während Rupert Everetts Kindheit die Wohnorte sehr häufig wechseln. Mit 15 Jahren verlässt er die Schule, verweigert

sich den väterlichen Karriereplänen, ebenfalls in den diplomatischen Dienst einzutreten, und geht nach Paris und London, wo er auch Erfahrungen als Stricher sammelt. Er arbeitet als Bühnenarbeiter bei der Royal Shakespeare Company. Speech and Drama in London. „Ich ging auf die Schauspielschule und konnte endlich zu meinem Schwulsein stehen. Ich hatte Erfolge als Theaterschauspieler, mein Gesicht war auf jedem Bus zu sehen. Ich feierte jede Nacht, die Jungs mochten mich. So Anfang der 80er begann ich, mich zu mögen." Beginn der professionellen Theaterkarriere in London, zunächst am Citizens Theatre, Glasgow, danach in der Uraufführungs-Produktion von Julian Mitchells *Another Country* als homosexueller Spion Guy Bennett im Londoner West End. Die Inszenierung wird ein Überraschungserfolg, und Everett übernimmt auch die Rolle in der Verfilmung des Stoffes 1984. Es folgen mehrere internationale Großproduktionen, u.a. *Dance with a Stranger* (1985, Regie Mike Newell), *Gli Occhiali d'oro* (1987, Regie Guilano Montaldo, dt. *Brille mit Goldrand*), *Cronaca di un amore* (1986, Regie Francesco Rosi, dt. *Chronik eines angekündigten Todes*), *The Comfort of Strangers* (1991, Regie Paul Schrader). 1992 erscheint sein erster, autobiografisch gefärbter Roman *Hello Darling, Are You Working* (dt. *Wildes Weekend in Tanger*) – die mit britischem Witz erzählte Geschichte eines bisexuellen Gigolos in Paris. 1999 übernimmt er die Hauptrolle in der Verfilmung von ☞Oscar Wildes *The Ideal Husband*. In ☞John Schlesingers *The Next Best Thing* (2000) spielt er einen schwulen Vater. Weniger erfolgreich ist sein Versuch, auch als Sänger zu reüssieren. Der ausgebildete Pianist Everett gibt mit der „housey acid dance music"-Single *Generation of Solitude* sein Debüt als Popstar.

- weitere Filme: *The Madness of King George*, 1995; *B. Monkey*, 1998; *Shakespeare in Love*, 1999; *A Midsummer Night's Dream*, 1999; *Inspector Gadget*, 1999, *Who Shot Victor Fox*, 2002; *Cromwell & Fairfax*, 2002; *Unconditional Love*, 2003; *To Kill a King*, 2003; *Stage Beauty*, 2004; *People*, 2004; *Valiant*, 2004

Evers, Susanne

deutsche Schauspielerin
6.1.1970 Dessau

Ihre damalige Lebensgefährtin ☞Maren Kroymann steht an einem Karrieregipfel, Susanne Evers gerade am Anfang, da lassen sie sich im September 1993 als Liebespaar für den *Stern* ablichten und geben auch *Emma* ein offenes Interview. Ein mutiges, doppeltes Coming-out. Susanne Evers stammt aus einer Künstlerfamilie. Die Mutter ist Opernsängerin, der Vater Schauspieler. 1985 reist sie aus der DDR aus. Sie besucht die Schauspielschulen in Zürich und Berlin und bekommt 1991 an der Schaubühne ihren ersten Gastvertrag. Danach folgen Bühnenengagements u.a. im Anhaltinischen Theater Dessau, dem Stadttheater Trier und den Berliner Kammerspielen. Außerdem ist sie regelmäßig in Fernsehserien zu sehen, u.a. *Ein besonderes Paar* und *Lukas*. In *Gute Zeiten – schlechte Zeiten* spielt sie die Freundin des bisexuellen Fabian. 2000 übernimmt sie in der Serie *Die Lindenstraße* eine feste Rolle, die in einer Dresdner WG lebende bisexuelle Universitätsmitarbeiterin Suzanne Richter.

F

Fabergé, Peter Carl (eigentlich Karl Gustawowitsch Fabergé)

russischer Goldschmied und Juwelier
30.5.1846 St. Petersburg – 24.9.1920 Lausanne

Nach seinen Schul- und Ausbildungsjahren in Dresden und Frankfurt/Main übernimmt Peter Carl Fabergé 1870 das Juweliergeschäft seines Vaters in St. Petersburg. Bedeutende Arbeitstechniken, die von ihm entwickelt werden, sind bis heute aktuell. Ruhm erlangt er vor allem durch seine ausgefallenen und aufwändigen Schmuckkreationen, die ihn zum Lieferanten zahlreicher europäischer Herrscherhäuser machen. Er eröffnet Werkstätten in Moskau, Kiew und London. 1917 verkauft er seine Firmenanteile an die Angestellten und flieht vor der Oktoberrevolution über Riga und Berlin nach Wiesbaden. Bis dahin sind in seinen Werkstätten rund 150 000 Objekte gefertigt worden. Zu seinen bedeutendsten und bekanntesten Werken zählen seine Ostereier aus Edelmetall. Die kostbaren, emaillierten

Schmuckeier, die bis heute die Manufaktur Fabergé weltweit als unverwechselbares Markenzeichen repräsentieren, wurden ursprünglich exklusiv für den russischen Zaren angefertigt. Oft verbergen sie winzige Miniaturen historischer Objekte zur Erinnerung an bestimmte Anlässe wie Krönungen oder Hochzeiten. Für den Eigenbedarf fertigt Fabergé kleinere Versionen der Eier in Form seiner Hoden als Geschenk für ausgewählte männliche Hausangestellte, die zugleich auch seine Liebhaber sind.

- Charles Bainbridge: *Peter Carl Fabergé: Goldsmith and Jeweller to the Russian Imperial Court. His Life and Work*, 1949; Abraham Kenneth Snowman: *Carl Fabergé: Goldsmith to the Imperial Court of Russia*, 1988; Alexander von Solodkoff: *Fabergé. Juwelier des Zarenhofes*, 1995

Fairbrass, Richard

britischer Popmusiker
22.9.1953 East Grinstead/Surrey

Nach einem gemeinsam besuchten *Roxy-Music*-Konzert Anfang der 70er ist den Brüdern Fred und Richard Fairbrass klar, dass sie Musiker werden wollen. Bassist Richard schafft es immerhin als Gastmusiker in die Bands von Mick Jagger, David Bowie und ☞Boy George. In den späten 80ern kommen die Brüder auf die Idee, eine eigene Band zu gründen. Den Bandnamen *Right Said Fred* entlehnen sie dem gleichnamigen Roman von Bernard Cribbins aus dem Jahre 1962. Ihre Debüt-Single, die ironische Model-Kult-Satire *I'm Too Sexy* (1992), wird gleich zu einem weltweiten Hit und macht sie zum erfolgreichsten Duo der Popgeschichte. Der Song schafft es in 43 Ländern auf Platz 1 der Hitparaden. Als erste Band aus England nach den *Beatles* behaupten sie sich drei Wochen lang an der Spitze der US-Charts. Richard Fairbrass ahnt bereits im Vorfeld, welche Veränderungen diese erste Plattenveröffentlichung in ihrem Leben mit sich bringen würde. Noch während der Zeit der Studioaufnahmen informiert er seine Mutter über seine Homosexualität und schließlich die Öffentlichkeit durch ein Interview mit *The Sun*. Den glatzköpfigen, muskelbepackten Brüdern gelingen noch eine ganze Reihe partytauglicher Hits, darunter *Don't Talk Just Kiss* (1992) und *Bumped* (1993). Zwischenzeitlich versucht sich Richard Fairbrass als Moderator der britischen schwulen Fernsehhow *Gaytime TV* (1997); 2001 moderiert er die Wüsten-Abenteuer-Show *Desert Forges*. Richard Fairbrass bezeichnet sich zwar als bisexuell, lebt aber seit 1983 mit dem gleichen Mann in einer festen Partnerschaft.

- Alben von *Right Said Fred*: *Up*, 1992; *Sex and Travel*, 1994; *Smashing*, 1996; *Fredhead*, 2001; *Stand Up*, 2002

Fancy (eigentlich Manfred Alois Segieth)

deutscher Sänger und Musikproduzent
7.7.1946 München

Als Jugendlicher imitiert er mit seiner Band *Mountin Shadows* den Sound der Beatgruppe *The Shadows*, später tritt er als Zauberer und Travestiekünstler auf und versucht unter dem Künstlernamen Tess Teiges mäßig erfolgreich eine Karriere als Schlagersänger (*Ich komm' wieder*, *Kleine Geisha*, *Flower Girl*, *Sie nannten ihn Taugenichts*). Auch mit diversen anderen Musikprojekten wie *Leonardo and Planetary Vision*, *Kess & Tess*, *Ringo*, *Timerider*, *The Hurricanes*, *Zabadac Band* und *Coconut Boys* gelingt ihm nicht der Durchbruch. Erst als er mit simplen Synthesizer-Arrangements eingängige Discopopmelodien zu ebenso schlichten englischen Texten kreiert, gelingen ihm beginnend mit *Slice Me Nice* (1984) europaweit respektable Charterfolge. Weitere Hits sind *Flames of Love*, *Lady of Ice* und *Chinese Eyes*. Mit diesen drei Songs schafft es Fancy sogar in die Top 10 der US *Billboard*-Dance-Charts. Weltweit verkaufte Fancy über 15 Millionen Tonträger. Daneben ist er auch als Produzent (*Die Jacob Sisters*, Eartha Kitt, *Saragossa Band*, Dean Harrow, Dorkas Kiefer) und Remixer für andere Künstler tätig, u.a. remixt er *West End Girls* der *Pet Shop Boys* und produziert für ☞Siegfried & Roy die Compilation *Dreams & Illusions* mit der Musik aus ihrer Las Vegas-Show. Mit Siegfried & Roy verbindet ihn auch eine Liebe zu Großwildkatzen als Haustieren. Fancy ist Besitzer von drei ausgewachsenen Raubkatzen sibirischer Art, die er in seiner Funktion als Gründungsmitglied der Gewerkschaft für Tiere e.V. einem Zirkus abringt, um für eine artgerechtere Haltung zu sorgen. 2000 versucht Fancy mit seiner Teilnahme am Vorentscheid zum Eurovision Song Contest ein Comeback. Sein Titel *We Can Move a Mountain* kommt auf Platz 5, aber nicht in die Charts.

Fashanu, Justin (eigentlich Justinus Soni Fashanu)

britischer Fußballspieler
19.2.1961 Shoreditch/London – 2.5.1998 ebd.

Justin Fashanu, Sohn eines nigerianischen Rechtsanwalts, spielt zunächst im englischen *Under 21*-Team: 1979 hat er in Norwich City seinen ersten Vertrag als Profifußballspieler. In den Folgejahren wechselt er mehrfach die Mannschaften, geht u.a. nach Southhampton, Manchester City, zu West Ham United, Torquay United und landet zuletzt 1993 bei Heart of Midlothian. Er ist der erste britische schwarzafrikanische Spieler, der für den Verein eine Ablösesumme von einer Million britischer Pfund wert ist. Nottingham Forest investiert diese Summe in ihn 1980. Zu dieser Zeit lebt Fashanu in einer heterosexuellen Beziehung, wird aber auch in der Schwulenszene von Nottingham gesehen. Als sein Trainer Brian Clough davon erfährt, wird Fashanu entlassen, kommt aber unbeirrt zum Training. Clough lässt ihn daraufhin von der Polizei vom Spielfeld eskortieren. Fashanu wird 1982 von Notts County engagiert, doch eine Infektion aufgrund einer Knieverletzung schränkt seine sportlichen Möglichkeiten auf Dauer ein. Er geht in die USA, versucht ein Comeback in Kanada und betreibt parallel eine schwule Bar, doch ohne Erfolg. 1989 kehrt er nach Großbritannien zurück. 1990 titelt die Boulevardzeitung *The Sun „I'm gay"*. Fashanu, mit allen Mitteln um Aufmerksamkeit buhlend, bekennt sich in einem Interview öffentlich zu seiner Homosexualität und behauptet u.a. auch Liebhaber unter Tory-Angehörigen des House of Commons gehabt zu haben. Vier Jahre später wird er per Gericht gezwungen, diese Behauptung zurückzunehmen. Er gibt zu, dies erfunden zu haben, um den Preis für die Geschichte hochzutreiben. Die Redaktion hatte ihm 80 000 £ gezahlt. Am 25. 3. 1998 behauptet ein 17-Jähriger in Maryland/USA gegenüber der Polizei, er sei von Fashanu im betrunkenen Zustand vergewaltigt worden. Der Beschuldigte wird verhört, aber nicht in Gewahrsam genommen. In der Presse jedoch wird er bereits vorverurteilt. Er sieht keinen anderen Ausweg und erhängt sich in einer Garage.

Fassbinder, Egmont

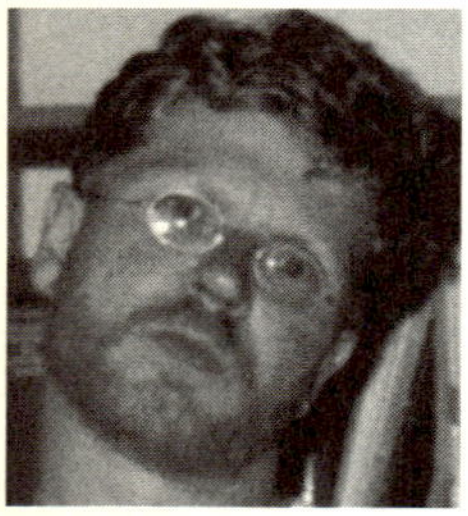

deutscher Verleger
26.7.1945 Kippenheim/Lahr

Gymnasium und Coming-out in Heidelberg, Aktivist der Studentenbewegung und Gründungsmitglied zahlreicher Schwulengruppen und -vereine. 1978 kommt Fassbinder zum Kollektiv des ersten schwulen Verlags der neuen deutschen Schwulenbewegung, dem Verlag rosa Winkel; ab 1981 ist er der einzige Beschäftigte dieses „autonomen Projekts". Neben Romanen deutsch- und fremdsprachiger Autoren und Sachbüchern verlegt Fassbinder vor allem Buchreihen, die in rein kommerziellen Verlagen keine Chance hätten: Reprints grundlegender Werke der schwulen Geschichte (wie die Schriften von ☞Karl Heinrich Ulrichs, ☞Magnus Hirschfeld und ☞Heinrich Hössli) sowie Trouvaillen homosexueller Literatur, literaturwissenschaftliche und soziologische Arbeiten zur Homosexualität.

Fassbinder, Rainer Werner

deutscher Filmemacher, Schauspieler und Dramatiker
31.5.1946 Bad Wörishofen – 10.6.1982 München

Zwischen 1966 und 1982 dreht er 44 Filme, tritt in 19 eigenen sowie in 21 Filmen anderer Regisseure als Darsteller auf, schreibt 14 Theaterstücke, sechs Stückbearbeitungen, vier Hörspiele, inszeniert 25 Theaterstücke und verfasst 33 Drehbücher, darunter die achtteilige Familienserie *Acht Stunden sind kein Tag* (1972) und die 14teilige TV-Verfilmung *Berlin Alexanderplatz* (1979-1980). Wie kein anderer Regisseur des Nachkriegsfilms beeinflusst Fassbinder nachhaltig das Filmschaffen und das Bild des deutschen Films im Ausland. 1964-1966 Schauspielschule in München. Erste Schauspielertätigkeit, erstes Stück *Nur eine Scheibe Brot*, erster Kurzfilm *This Night* (verschollen). Er fällt sowohl 1966 als auch 1967 durch die Aufnahmeprüfung der Filmhochschule Berlin. Mitarbeit und Regie beim Münchner Action-Theater (u.a. *Der amerikanische Soldat*). 1968 Gründung des *antitheaters* in München, u.a. mit Irm Hermann, Peer Raben, Kurt Raab und Hanna Schygulla. Es entstehen die Stücke *Preparadise sorry now*, *Anarchie in Bayern* (beide 1969), parallel dazu verstärkt die Arbeit als Filmregisseur (*Liebe ist kälter als der Tod*, *Götter der Pest*, *Katzelmacher*, alle 1969). Erste Erfolge bei den Berliner Filmfestspielen, beim *antitheater*-Festival am Theater am Goetheplatz, Bremen. Beginn der einjährigen Beziehung mit dem Schauspieler Günther Kaufmann. 1970 Heirat mit der Schauspielerin und Sängerin Ingrid Caven (Scheidung 1972), 1971-1973 Beziehung mit El Hedi ben Salem M'Barek Mohammed Mustafa, ab 1974 mit Armin Meier (stirbt 1978 vermutlich an einer Überdosis Tabletten). Zentrale Themen von Fassbinders Arbeiten ist immer wieder die vergebliche Suche nach Liebe und Geborgenheit in einer anonymen Gesellschaft, in der die Realisierung dieser Sehnsucht unmöglich ist. Kontinuierlich erarbeitet sich Fassbinder einen Zyklus zur deutschen Geschichte (von den 20er Jahren – *Berlin Alexanderplatz* – über die 40er – *Lili Marleen* – bis zu *Lola*, *Die Ehe der Maria Braun*). Homosexualität wird immer wieder in seinen Stücken (*Blut am Hals der Katze*, 1965/66; *Die bitteren Tränen der Petra von Kant*, 1971, verfilmt 1972) und am Rande auch in den Filmen behandelt. Zentrales Thema ist sie in *Faustrecht der Freiheit* (1974) mit Peter Chatel und Karl-Heinz Böhm – die Geschichte von Franz, der sich durch einen Lottogewinn den Aufstieg ins gutbürgerliche neureich-schwule Leben erhofft und dabei zugrunde geht sowie in Fassbinders letztem beendeten Film *Querelle* nach ☞Jean Genets Roman.

- *Sämtliche Stücke*, 1991; Michael Töteberg (Hg.), *Filme befreien den Kopf. Essays und Arbeitsnotizen*, 1984
- Peter W. Janssen/Wolfram Schütte (Hg.): *Rainer Werner Fassbinder*, 1992; Herbert Spaich: *Rainer Werner Fassbinder. Leben und Werk*, 1992; Juliane Lorenz (Hg.): *Das ganz normale Chaos. Gespräche über Rainer Werner Fassbinder*, 1995

Fassie, Brenda

südafrikanische Sängerin

3.11.1964 Langa Township/Kapstadt – 9.5.2004 Johannesburg

Mit ihrem eingängigen „Bubble Gum Pop" wird sie Mitte der 80er Jahre nicht nur zur erfolgreichsten Sängerin und zum ersten schwarzen Popstar Südafrikas, für Schlagzeilen sorgt Brenda Fassie auch durch ihren Drogenkonsum und ihre lesbischen Beziehungen. Die Musikpresse verpasst ihr deshalb sowohl den Beinamen „Madonna der Townships" als auch „Bad Girl of South African Pop". Gleichwohl besuchen sie an ihrem Sterbebett sowohl Nelson Mandela als auch sein Nachfolger Präsident Thabo Mbeki, nachdem Brenda Fassie nach einem Asthma-Anfall ins Koma gefallen war.

Zur Welt gekommen ist Brenda Fassie in Langa, einem Township von Kapstadt, als jüngstes von neun Kindern. Der Vater stirbt kurz nach Brendas Geburt, die Mutter kann mit ihrem Verdienst als Putzfrau und als Pianistin in der Kirche kaum die Familie ernähren. Mit 16 Jahren geht Brenda Fassie nach Soweto und wird Sängerin der Township-Gruppe *Brenda and the Big Dudes*. Mit 19 nimmt sie ihre erste Schallplatte *Weekend Spezial* auf, die ein grandioser weltweiter Erfolg wird. Das Geld, das sie auf Tourneen durch die USA, Europa, Südamerika und Australien sowie durch die Plattenverkäufe verdient, gibt sie für Häuser, Autos und wüste Partys aus. Aus einer kurzen Affäre mit einem Musiker geht ihr Sohn Bongani hervor, danach heiratet sie 25-jährig einen Geschäftsmann, von dem sie sich ein Jahr später wieder scheiden lässt. Ihr Leben bekommt sie nicht mehr in den Griff. Sie nimmt Drogen, erscheint nicht zu Konzertauftritten, verprügelt Journalisten. Die Folge: Ihr Vermögen zerrinnt ihr unter den Händen, ihr Haus wird gepfändet. Ihr Sohn muss schließlich die Privatschule verlassen. Ihr Versuch eines Comebacks anlässlich der ersten demokratischen Wahlen in Südafrika 1994 scheitert. Sie stürzt nunmehr völlig in die Drogensucht ab und vegetiert mit ihrer ebenfalls drogenabhängigen Geliebten in dem Zimmer einer heruntergekommenen Johannisburger Absteige vor sich hin. 1995 wird Brenda Fassie dort bewusstlos mit einer Injektionsnadel in der Hand aufgefunden. Neben ihr liegt die Lebensgefährtin: Tod durch Überdosis. Drei Jahre benötigt Brenda Fassie, um wieder Boden unter den Füßen zu bekommen: Sie bekennt sich zu ihrer überwundenen Sucht, zu ihrer Liebe zu Frauen und feiert auch als Künstlerin mit dem Album *Memeza* (1997, dt.: Schrei) eine triumphale Rückkehr. 2001 unternimmt sie eine Tournee durch die USA. Ihren plötzlichen neuen Reichtum verkraftet sie jedoch auch diesmal nicht. Sie beginnt, das Geld erneut zu verschwenden, und wird wieder drogensüchtig. Als sie stirbt, ist sie 39 Jahre alt.

Feinberg, Leslie

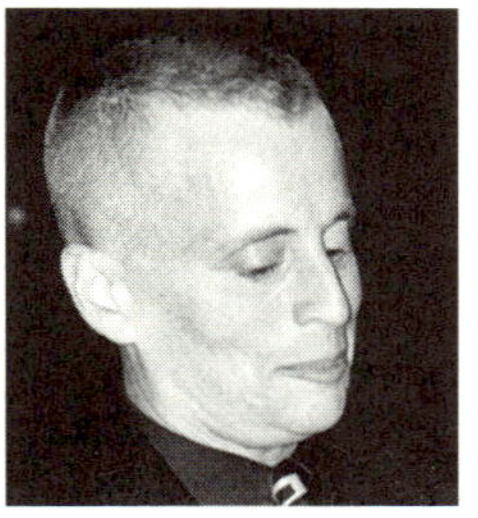

US-amerikanische/r Autor/in und Aktivist/in

1.9.1949 St. Louis/Missouri

Feinberg, aufgewachsen in einer jüdischen Arbeiterfamilie, hat ihr Coming-out als Butch in den Schwulenbars von Bufffalo/New York in den 60er Jahren. Seit dieser Zeit engagiert sie sich als Aktivistin der lesbisch-schwulen und Transgender-Bewegung der USA. Beim Stonewall-Jubiläum 1994 gehört Feinberg zu den EröffnungsrednerInnen der Großveranstaltung in New York City vor mehr als einer Million ZuschauerInnen. Der weltweite Ruhm Feinbergs basiert zu einem großen Teil auf dem Erfolg des Romandebüts *Stone Butch Blues* (1993, dt. *Träume in den erwachenden Morgen*, 1996), in dem sie anhand der Geschichte einer jungen Butch das Lebensgefühl der amerikanischen *gay community* in den bedrückenden 50er und 60er Jahren beschreibt. Der Roman wird 1994 mit dem Lambda Literary Award und dem Lesbian/Gay Book Award der American Library Association ausgezeichnet. In ihrem Sachbuch *Transgender Warriors: Making History from Joan of Arc to RuPaul* (1996) befasst sich Feinberg, die ihre sexuelle Identität fern der starren Mann-Frau-Kategorien sieht, mit den historischen Wurzeln der Transgender-Unterdrückung und dem Umgang mit Geschlechterrollen in anderen Kulturen. 1998 erscheint *Trans Liberation: Beyond Pink or Blue*. Die aktive Marxistin – sie ist Mitglied der Worker's World Party und Redakteurin von deren Wochenzeitung – lebt mit ihrer Partnerin, der Feministin und Lyrikerin Minnie Bruce Pratt, in New York. Ein Teil ihrer bisherigen Lebensgeschichte wird in dem Videofilm *Outlaw* (1994, Regie Alisa S. Lebow) dokumentiert.

Fetting, Rainer

deutscher Künstler

31.12.1949 Wilhelmshaven

1972-1978 Studium der Malerei an der Hochschule der Künste Berlin, Mitbegründer der Galerie am Moritzplatz in Berlin zusammen mit Helmut Middendorf, seinem zeitweiligen

Lebensgefährten ☞Salomé, Luciano Castelli und Bernd Zimmermann. 1978 DAAD-Stipendium in New York, 1989 IG Metall-Kunstpreis. Erste Einzelausstellung 1977 in Berlin, erste Retrospektive 1985 in der Galerie Raab, Berlin. Weitere umfangreichere Einzelausstellungen mit Malerei, Zeichnungen und Skulpturen: 1989 Barcelona (Museo di Barcelona), 1990 Weimar und Berlin/DDR (Nationalgalerie), 1993 Buenos Aires (Museo des Bellas Artes), 1995 St. Petersburg (Staatliches Russisches Museum). Vertreter der neoexpressionistischen, gegenständlichen Malerei, die zu Beginn der 80er Jahre unter dem Schlagwort der „Jungen Wilden" weltweit für Aufsehen und kommerziellen Erfolg sorgt. Zu seinen Motiven gehören zunächst vor allem Berliner Stadtszenen und die Mauer, später auch Straßenszenen aus New York und Stilleben. Nach Öffnung der Mauer malt er große Bilderzyklen von Rapsfeldern und Landschaften aus dem (Ost)Berliner Umland. Seit Ende der 80er Jahre entstehen immer wieder Aktbilder sowie -plastiken, als Modell fungiert zumeist sein Lebensgefährte Desmond Cadogan. 1976-1988 verschiedene Super8-Experimentalfilme (*A Room Full of Mirrors*, 1981; *Hawaii*, 1986). Für den Innenhof der neuen SPD-Parteizentrale in Berlin entwirft Fetting 1996 eine Bronzeplastik Willy Brandts. Lebt und arbeitet in Berlin und New York.

- *Berlin New York. Gemälde und Skulpturen*, 1990; *Fetting 1990-1991. Bilder, Skulpturen, Aquarelle*, 1991; *Selbstporträts 1979-1998*, 1999; *Landschaften*, 2001

Fichte, Hubert

deutscher Schriftsteller
21.5.1935 Perleberg/Brandenburg – 8.3.1986 Hamburg

Fichte, Halbjude und Halbwaise, wächst bei seiner Großmutter in Hamburg auf. Kinderdarsteller an Hamburger Theatern, wo die Mutter als Souffleuse arbeitet. Er lebt als Knecht und Schafhirt in Südfrankreich, beginnt in Deutschland eine Ausbildung zum Landwirt. Erste literarische Veröffentlichungen (*Aufbruch nach Turku, Erzählungen*, 1963). Freundschaft mit ☞Hans Henny Jahnn und mit der Fotografin Leonore Mau, die seine Lebensgefährtin und Begleiterin auf seinen ausgedehnten ethnografischen Reisen durch die Karibik, den Persischen Golf, Chile, Westafrika und Südamerika wird. Seine Aufzeichnungen und Beobachtungen etwa über Voodoozeremonien in Haiti, afroamerikanische Religionen und Schamanenkulte bezeichnet er als „Ethnopoesie" (u.a. *Xango*, 1976; *Petersilie*, 1980; *Lazarus und die Waschmaschine*, 1985). Erster literarischer Erfolg mit seinem Roman *Die Palette* (1968) über eine Szenekneipe in Hamburg, der als Beginn der deutschen Popliteratur gefeiert wird. Weitere autobiografische Romane über seine Kindheit und Jugend (*Das Waisenhaus*, 1965; *Detlevs Imitationen ‚Grünspan'*, 1971; *Versuch über die Pubertät*, 1974). Letztlich sind alle seine literarischen Arbeiten deutlich autobiografisch gekennzeichnet. Die Romanfigur Jäcki wird zu seinem literarischen Alter ego. Seine bisherigen Veröffentlichungen – Hörspiele, Theaterstücke, Essays, Interviews, Prosa – versteht Fichte als Grundlage für sein auf 19 Bände angelegtes monumentales Hauptwerk *Die Geschichte der Empfindlichkeit*, das er erst nach Abschluss vollständig veröffentlichen will und sich an ☞Marcel Prousts *Auf der Suche nach der verlorenen Zeit* messen lassen sollte. In der Struktur ähnlich assoziativ und collageartig wie seine Prosa selbst, besteht der Zyklus aus Romanen, Tagebuchnotizen, Interviews, Essays (zur Homosexualität und Literatur). Grundlage für das Projekt bildet die eigene Lebensgeschichte, die Auseinandersetzung mit der Bi- bzw. Homosexualität sowie die gemeinsamen Reisen mit Leonore Mau. Der Zyklus bleibt unvollendet und wird von 1987 bis 1993 posthum herausgegeben. Der Band *Die zweite Schuld* bleibt bis 2006 durch Hubert Fichte für die Veröffentlichung gesperrt.

- Hartmut Böhme: *Hubert Fichte. Riten des Autors und Leben der Literatur*, 1992; Michael Fisch: *Personalbibliographie zu Leben und Werk von Hubert Fichte. Unter Berücksichtigung des Werkes von Leonore Mau*, 1994; Johann Nikolaus Tilling: *Hauchbilder der Erinnerung. Biographische Spuren und die Entwicklung literarischer Motive im Werk Hubert Fichtes*, 1996; Silke Cramer: *Reisen und Identität im Werk Hubert Fichtes*, 1998

Fierstein, Harvey

US-amerikanischer Dramatiker und Schauspieler
6.6.1954 Bensonhurst/Brooklyn, New York

Mit 18 Jahren kommt Fierstein nach New York und macht dort eine umfangreiche Schauspielausbildung. Erste Versuche als Autor und Darsteller. Bei seinem Debüt steht er gemeinsam mit ☞Andy Warhol auf der Bühne. Sein erstes eigenes Stück *In Search of the Cobra Jewels* wird 1973 in New York uraufgeführt; es folgen *Freaky Pussy* und *Flatbush Tosca*. Den Durchbruch als Dramatiker schafft er mit seinen drei Einaktern *Torch Song Trilogy*. Als komplettes, vierstündiges Bühnenwerk ab 1982 über tausendmal am Broadway mit ihm selbst in der Hauptrolle des Travestiedarstellers Arnold Beckoff. Fierstein wird mit zwei Tony-Awards – als bester Autor und bester Hauptdarsteller – ausgezeichnet. Einen weiteren gibt es für seine Hauptrolle in ☞Marc Shaimans Musical *Hairspray* (2002), basiernd auf ☞John Waters' Film. Er spielt auch 1988 die Hauptrolle in der Verfilmung von Paul Bogart. Auch für sein Libretto für das Musical *La Cage aux Folles* (1983) wird Fierstein mit einem Tony ausgezeichnet. 1987 Uraufführung seiner Einakter-Trilogie *Safe Sex* über das veränderte Sexualverhalten schwuler Männer im Zeitalter von Aids. Neben zahlreichen Bühnenarbeiten seit 1984 verstärkt Kino- und TV-Rollen. Filmdebüt in Sidney Lumets *Die Göttliche* (1984). Weitere Rollen: als schwuler Maskenbildner in *Mrs. Doubtfire* (1993), *Bullets over Broadway* (1994), *Independence Day* (1996), *Kull the Conqueror* (1997), *White Luis* (1997) und *Safe Men* (1998). Sein Markenzeichen, die raue, tiefe Stimme, leiht er 1984 dem Oscar-prämierten Dokumentarfilm *The Times of ☞Harvey Milk*. Fierstein kreiert 1999 den Zeichentrickfilm *The Sissy Duckling* über eine tuntige Ente und spricht auch die Rolle. 2002 erscheint die Geschichte auch als Kinderbuch.

● weitere Filme (Auswahl): *Garbo Talks*, 1984; *In the Shadow of Love: A Teen AIDS Story*, 1992; *White Lies*, 1996; *Common Ground*, 2000; *Duplex*, 2003

Finland, Tom of (eigentlich Touko Laaksonen)
finnischer Zeichner
6.5.1920 Kaarina – 7.11.1991 Helsinki

Nach seinem Kunststudium arbeitet Laaksonen als Pianist, Mode- und Werbezeichner. Als die Nazis sich mit Finnland verbünden, ist er von den Soldaten und ihren SS-Uniformen fasziniert und verwendet sie unbedarft in seinen erotischen Zeichnungen. 1956 schickt er einige Arbeiten an das US-amerikanische Schwulenmagazin *Physical Pictorial*, das ihm den Künstlernamen Tom of Finland verleiht. 1960 wird Tom of Finland Art-Director einer schwedischen Werbeagentur, daneben entstehen jedoch seine comicartigen zeichnerischen Fantasien von „glücklichen schwulen Männern, die glücklichen schwulen Sex" haben. Mit seinen mehr als 3500 ausgearbeiteten Zeichnungen und ca. 2000 Grobskizzen, die sein Werk umfassen, schafft Tom of Finland Ikonen des super-virilen schwulen Machos, die allesamt in einer in sich geschlossenen, rein schwulen Welt erscheinen. Er hat damit wie kein zweiter Künstler die Bilderwelt schwuler Subkultur (vor allem innerhalb der Lederszene) der 70er und 80er Jahre beeinflusst und dominiert. Es sind stets Muskelmänner – Holzfäller, Matrosen, Polizisten, Cowboys, Motorradfahrer in Leder und Jeans – mit Schnauzbart und stiefelbewehrt mit ausladenden Oberkörpern, überdimensionierten Geschlechtsteilen und Hintern wie Bowlingkugeln. Kurz vor seinem Tod ehrt ihn sein Heimatland offiziell für sein künstlerisches Werk, das inzwischen von einer Stiftung verwaltet wird. 1992 entsteht, ebenfalls dank offizieller staatlicher Unterstützung, Ilppo Pohjolas Dokumentation *Daddy and the Muscle Academy* über Leben und Werk Tom of Finlands.

● F. Valentine Hooven III.: *Tom of Finland – Sein Leben, seine Kunst*, 1992

Fischbacher, Siegfried

deutscher Schiffssteward und Zauberkünstler
13.6.1938 Rosenheim

Nach dem Abschluss der Hauptschule beginnt Siegfried Fischbacher zunächst eine Lehre als Teppichweber, bricht diese aber mit 17 Jahren ab, verlässt das Elternhaus, um am Gardasee seine berufliche Laufbahn als Zauberkünstler zu beginnen. 1959 heuert er als Schiffssteward auf der TS Bremen an und wird dort bald zum Entertainer. Hier lernt er Roy Uwe Ludwig Horn (geb. 3.10.1944 Nordenham) kennen, der ebenfalls als Steward arbeitet und gemeinsam mit seinem Geparden Chico reist. Horn und Fischbacher werden ein Paar; ihre Beziehung hält bis 1998. Auch beruflich gehen sie fortan gemeinsame Wege: als Magierduo Siegfried & Roy. Bis 1964 arbeiten sie auf Schiffen, danach in Theatern in Europa, Puerto Rico, und schließlich bekommen sie das lang ersehnte Engagement in Las Vegas. 1972 wird ihre dortige Show im eigens für sie im Luxushotel Mirage erbauten Theater mit 1500 Plätzen zur besten des Jahres ausgezeichnet. 1976 werden Siegfried & Roy zu den besten Magiern des Jahres, 2000 zu den besten Magiern des Jahrzehnts gekürt und gelten als die kommerziell erfolgreichsten und reichsten Vertreter ihres Metiers. Das Künstlerpaar hat es sich zur Aufgabe gemacht, die weißen Königstiger und die weißen Löwen aus Südafrika der Nachwelt zu erhalten und sie in Kooperation mit Zoos zu züchten. Die Tiere werden aber auch in ihren Shows eingesetzt. Am 3. Oktober 2003 wird Horn während der Vorstellung von dem weißen Tiger Montecort angegriffen und schwer verletzt. Die bis dahin erfolgreichste Show in Las Vegas findet damit ein unerwartetes Ende. Die Lebensgeschichte der beiden Illusionisten wird 1995 unter dem Titel *Siegfried & Roy – Die Meister der Illusion* im IMAX-Format verfilmt.

● Siegfried & Roy: *Mastering the Impossible* (Autobiografie), 2002

Fischer, Tim
deutscher Chansonnier
12.3.1973 Delmenhorst

Noch während seiner Schulzeit in Oldenburg an der Freien Waldorfschule hat Fischer als 15-Jähriger bereits seine ersten Auftritte mit Liedern von Kurt Weill, Friedrich Hollaender und Robert Gilbert in Nachtlokalen. Fischer hat das Chanson für sich nach eigenem Bekunden entdeckt durch ☞Rainer Werner

Fassbinders Film *Lili Marleen* und die dort verwandten Songs aus den 30er und 40er Jahren. Mit 17 Jahren tritt er in der *Schmidt Mitternachts-Show* am Hamburger Schmidt-Theater auf. 1989 lernt er den Pianisten und Komponisten ☞Rainer Bielfeldt, seinen zeitweiligen Lebensgefährten, kennen. Mit ihm erarbeitet er den Chansonabend *Zarah ohne Kleid* mit Liedern von Zarah Leander, jedoch fernab von purer Imitation oder gar Travestie. 1991 übernimmt Fischer eine Rolle in der Wilhelmshavener Uraufführungsproduktion von Bielfeldts Musical *Kennwort: Einsames Herz*. Das daraus stammende Stück *Die Rinnsteinprinzessin* wird neben seiner Interpretation des Hollaender-Chansons *Stroganoff* zu Fischers Erkennungsliedern. Umzug nach Berlin. Es folgen Solo-Programme (u.a. *Wenn die Liebe ausgeht*, 1993; *Weil mir so ist*, 1993; *„... und habt mich gern"*, 1994) und ein Duett-Programm gemeinsam mit ☞Cora Frost. Zahlreiche CD-Einspielungen, u.a. *„... und habt mich gern"* (1994), *Na so was* (1994), *Baby Blue* (1999) und das Doppelalbum *Chanson live* zusammen mit dem Hollaender-Zyklus *Lieder eines armen Mädchens* (1996) sowie *Baby Boy* (1999), *Romeo's Seance* und *Walzerdelirum* (beide 2001) und *Tim Fischer singt Kreisler* (2004). 2004 erhält Tim Fischer in Bremerhaven den Lale-Andersen-Preis für besondere Leistungen in der gehobenen deutschen Unterhaltungsmusik.

Fitzgerald, Thom
US-amerikanischer Filmregisseur
8.7.1968 New Rochelle/New York

Aufgewachsen in New York. Kunststudium an der Cooper-Union-Hochschule. Seit 1988 lebt er im kanadischen Nova Scotia. Sein Filmdebüt *The Hanging Garden* (1997) über die Rückkehr eines verstoßenen schwulen Sohnes zu seiner Familie wird mehrfach ausgezeichnet. 1998 folgt *Beefcake*, eine Spielfilm-Dokumentation über die schwule Körperkultfotografie der 50er Jahre. In seinem Spielfilmdrama *The Event* (2002) beschäftigt er sich mit dem Freitod und der Tötung auf Verlangen bei Aids-Kranken.

- weitere Filme: *Wolf Girl*, 2001; *The Wild Dogs*, 2002; *The Perjury Case*, 2003

Flanner, Janet
US-amerikanische Journalistin
13.3.1892 Indianapolis – 7.11.1978 New York City

Auf dem Umweg über New York kommt Flanner 1922 zusammen mit ihrer Lebensgefährtin, der Dichterin ☞Solita Solano, nach Paris. Flanner, die 1925 einen Roman über New York – *The Cubicle City* – veröffentlicht hatte, will eigentlich Schriftstellerin werden, entwickelt sich dann jedoch zu einer der bedeutendsten und bekanntesten Kolumnistinnen des 20. Jhs. Unter dem Künstlernamen „Genêt" schreibt sie für die zweiwöchentlich erscheinende Zeitung *New Yorker* über fünf Jahrzehnte hinweg die legendären *Letters from Paris*, in denen sie zunächst die kulturelle und soziale, später auch die politische Entwicklung Frankreichs kommentiert. Ihre Kolumne, in der sie aus einem sehr persönlichen Blickwinkel berichtet, wird zu einer eigenständigen Institution, in der nahezu alle Pariser KünstlerInnen und SchriftstellerInnnen verewigt werden. Für ihre Arbeit wird Flanner mehrfach ausgezeichnet, u.a. 1947 mit der Aufnahme in die französische Ehrenlegion. Flanner, die während des Zweiten Weltkrieges als Kriegskorrespondentin arbeitet, verbringt die zweite Hälfte ihres Lebens abwechselnd in Frankreich und den USA. Neben ihrer lebenslangen Beziehung mit Solano ist sie auch mit der amerikanischen Sängerin und Schauspielerin Noel Murphy und der italienisch-stämmigen Radiojournalistin und Verlegerin ☞Natalia Danesi Murray liiert.

- *Pariser Tagebuch 1945-1965*, 1967; *Darlinghissima – Letters to a Friend*, 1985 (dt. *Darlinghissima, Briefe an eine Freundin*); *Paris-Germany, Europäische Reportagen, 1931-1950*, 1992; *Legendäre Frauen*, 1993

Flickenschildt, Elisabeth Ida Marie
deutsche Schauspielerin
16.3.1905 Blankenese bei Hamburg – 26.10.1977 Stade

Tochter eines Kapitäns. Nach der Volks- und Realschule arbeitet sie in einem Hamburger Modesalon und nimmt nebenbei Schauspielunterricht. Erste Engagements in Hannover und Hamburg. 1933 entdeckt sie Otto Falckenberg und holt sie an die Münchner Kammerspiele, 1936 geht sie ans Deutsche Theater nach Berlin. Ihre erste Filmrolle hat sie in Carl Lamacs *Großreinemachen* (1935), größere Bekanntheit erlangt sie mit der UFA-Produktion *Ein Mädchen geht an Land* (1938). Sie entspricht zwar keineswegs den üblichen Standards der Leinwandschönheiten und Glamourstars, sie erarbeitet sich jedoch mit teilweise nur recht kurzen, aber sehr prägnanten Auftritten (etwa in der Fontane-Verfilmung *Der Schritt vom Weg* (1938/39) oder als Concierge in Käutners *Romanze in Moll* (1943) Respekt und Anerkennung für ihre schauspielerischen Fähigkeiten. Auch nach dem Krieg arbeitet Flickenschildt parallel für Theater und Film. 1955 geht sie ans Hamburger

Schauspielhaus zu ☞Gustaf Gründgens, mit dem sie sehr eng befreundet ist und der wohl einer der wenigen Kollegen ist, mit dem sie auch über ihr Lesbischsein spricht. Mit dem Tode Gründgens' 1963 kündigt sie auch ihr Engagement in Hamburg. In den 60er Jahren ist sie vor allem als skurrile Alte oder liebenswürdig-schroffe Haushälterin in Ludwig-Thoma- und Edgar-Wallace-Verfilmungen zu sehen. Zu ihren letzten großen Bühnenrollen gehört die Claire Zachanassian in Friedrich Dürrenmatts *Der Besuch der alten Dame*. Seit 1940 bewirtschaftet Flickenschildt neben ihrer Schauspielerei einen Bauernhof, zunächst im Chiemgau, später in der Nähe von Stade. Sie kommt bei einem Autounfall ums Leben.

Folkerts, Ulrike

deutsche Schauspielerin
14.5.1961 Kassel

Mit ihren Fernsehauftritten als lässig-kühle Kommissarin Lena Odenthal in der Krimi-Reihe *Tatort* sorgt die Berliner Schauspielerin Ende der 80er Jahre für hohe Einschaltquoten. Aber auch die sorgfältig eingeflochtenen Liebschaften der Kommissarin mit jungen, muskulösen Männern können die eingeschworene Fangemeinde nicht von der Heterosexualität der Kommissarin überzeugen. Mit ihren offenen Auftritten bei den Gay Games in New York 1994 und den Euro Games in Berlin 1996 hat die engagierte Sportlerin Selbstbewusstsein gezeigt. Bei den Gay Games 2002 in Sydney holt die Hobbysportlerin mit der Schwimmstaffel eine Silber- und eine Bronzemedaille. 1999 nimmt sie als Jurymitglied am lesbisch-schwulen Grad Prix teil, der vom WDR-Fernsehem übertragen wird. Die *Bild*-Zeitung nimmt dieses Ereignis als Anlass zu einer Coming-out-Story auf der Titelseite. Den Zuschauerzahlen tut das keinen Abbruch: Der herbe Charme Ulrike Folkerts' ist mittlerweile nicht nur in diversen Fernsehserien, sondern auch auf der Kinoleinwand (*Nur über meine Leiche*, 1995; *Mutti – Der Film*, 2003) zu bewundern.
2004 trennt sich Ulrike Folkerts wegen einer neuen Geliebten nach 15-jähriger Beziehung von der Berliner Schmuckdesignerin Astrid Stenzel. In einem Fragebogen gibt Folkerts zu Protokoll, wie sie gerne in Erinnerung bleiben möchte: als „eine Schauspielerin, die uns in ihren Rollen neue Frauentypen beschert hat und die als bekennende Lesbe vielen Frauen Mut gemacht hat, zu ihrer Homosexualität ja zu sagen, sie zu leben …"

Forbes, Malcolm

US-amerikanischer Verleger
19.8.1919 New York City – 24.2.1990 ebd.

Nach seinem Studium der politischen Wissenschaften an der Princeton University wird Forbes 1946 Mitherausgeber und Vizepräsident bei Forbes Inc., dem Verlagskonzern seines Vaters. 1957 ist er Alleininhaber und auch Chefredakteur des *Forbes Business Magazine*, das unter seiner Führung an Auflage und Renommee gewinnt. Ab 1980 übernimmt er den Vorsitz im Verwaltungsrat seines weitverzweigten Verlags- und Wirtschaftsunternehmens. Als Privatmann posiert er gerne für Fotos vor seiner großen Motorrad-Kollektion oder in Heißluftballons, seiner zweiten sportlichen Leidenschaft. Sein Versuch, 1985 den Atlantik mit einer Stratosphärengondel zu überqueren, scheitert jedoch. Im gleichen Jahr wird seine Ehe mit Roberta Laidlaw geschieden. Vier Söhne und eine Tochter entstammen dieser Beziehung. Als Forbes 1989 seinen 70. Geburtstag feiert, gehört er dank seinem wachsenden Imperium zu den reichsten Männern der Welt. Zu der Party in seinem Palast in der marokkanischen Hafenstadt Tanger kommen 800 ausgewählte prominente Gäste aus Kultur, Politik und Gesellschaft. Drei Wochen nach seinem Tod ist Forbes Titelthema des New Yorker Lesben- und Schwulenmagazins *Outweek*, das sich den prominenten Industriellen als einen der ersten versteckten Homosexuellen für die beginnende Outing-Debatte gewählt hatte. In der Reportage über „Das geheime schwule Leben des Malcolm Forbes" wird von einem *headhunter* berichtet, der eigens dafür eingestellt gewesen sei, attraktive Männer für Forbes als Leibwächter, Kellner oder Chauffeur zu engagieren.

- Christopher Winans: *Malcolm Forbes. The Man Who Had Everything. A Candid Biography*, 1990

Ford, Tom

US-amerikanischer Modedesigner
1962 Austin/Texas

Wenn ein Junge bereits als Dreijähriger mit einem gefalteten Jackett über dem Arm herumläuft und das Haus neu dekoriert, sobald die Eltern mal nicht da sind, muss aus ihm fast folgerichtig ein Designer werden. Tom Ford wächst in Santa Fe/Mexiko auf und zieht als Teenager nach New York. Dort studiert er an der New York University Kunstgeschichte und wechselt später an die Parsons School, um Architektur zu studieren. Nebenbei arbeitet er als Model für Shampoo und Zahncreme. 1986 orientiert er sich abermals neu und macht eine Ausbildung zum Modedesigner. Sein Name steht für Luxus und schlichte Eleganz. Nichts ist ihm mehr zuwider als die Pseudo-Lässigkeit, wie sie zu jener Zeit von Designerkollegen propagiert wird. „Ich mag die Grandezza der Cowboys. Wenn sie sich fein machen, muss alles sauber und frisch gebügelt sein."
Bereits 1988 arbeitet Ford als Design-Direktor bei Perry Ellis. 1990 zieht er nach Mailand und steigt bei der heruntergewirtschafteten Luxusmarke Gucci ein. Zwei Jahre später ist er bereits Chefdesigner, 1994 Kreativdirektor und kümmert sich zudem

um betriebswirtschaftliche Fragen wie Werbung und Firmenimage. Innerhalb von sechs Jahren steigert Ford den Umsatz bei Gucci von 263 Millionen auf über zwei Milliarden Dollar. Für seine Arbeit als Designer erhält er zahlreiche Auszeichnungen, u a. den Fashion's Future Best New Designer Prize, den Elle Style Icon Award und mehrere VH-1 Fashion & Music Awards. Mit der Übernahme des Hauses ☞Yves Saint-Laurent wird Ford zum mächtigsten Modedesigner der Welt. 2003 trennt er sich überraschend von Gucci. Er lebt mit dem Modejournalisten Richard Buckley, Herausgeber von *Vogue-Homme* zusammen. In Interviews spricht Ford offen über seine Beziehung wie über Sex: „Ich denke, viele Hetero-Männer könnten problemlos Sex mit einem anderen Mann haben. Das Problem ist emotional, nicht körperlich."

Forrest, Katherine V.

kanadische Schriftstellerin
20.4.1939 Windsor/Ontario

Der erste Roman der damals noch nahezu unbekannten Autorin, *Curious Wine*, erscheint 1983 und ist für manch eine Amerikanerin ein Pfeiler auf dem Weg zum Coming-out. Inzwischen sind Forrests Krimis mit der charismatischen Kommissarin Kate Delafield in mehrere Sprachen übersetzt, und die Schriftstellerin, die sich stark in der Lesben- und Schwulenbewegung engagiert, hat bislang zweimal den Lambda-Literatur-Preis „Lammy" für lesbische Krimis gewonnen: *The Beverly Malibu* (1991, dt. *Beverly Malibu*) und *Murder by Tradition* (1991, dt. *Tradition*). „Für mich war immer klar, dass ich eine lesbische Schriftstellerin bin, die für ein lesbisches und schwules Publikum schreibt." Die gebürtige Kanadierin lebt heute in Los Angeles.

- *An Emergence of Green*, 1986; *Liberty Square*, 1996; *Sleeping Bones*, 2000; *Amateur City*, 2003; *Hancock Park*, 2004

Forster, Edward Morgan
englischer Schriftsteller
1.1.1879 London – 8.6.1970 Coventry

Da der Vater bereits verstirbt, als E.M. Forster erst zwei Jahre alt ist, wird er nur von weiblichen Verwandten, die einer evangelischen Sekte angehören, aufgezogen. Studium am King's College in Cambridge. Dort erlebt er seine erste homoerotische Erfahrung in einer jedoch weitgehend platonischen Beziehung mit seinem Mitstudenten H.O. Meredith, dem er später im Roman *Maurice* in der Figur des Clive ein literarisches Denkmal setzt. 1901 wird Forster in die Geheimgesellschaft der Universität, The Apostels, aufgenommen, wo er u.a. ☞John Maynard Keynes und dem Schriftsteller Lytton Strachey begegnet. Forsters erotische Vorliebe für Männer aus dem einfachen Volk beeinflusst im entscheidenden Maße seine politische wie auch literarische Entwicklung. Nach einem Jahr Aufenthalt in Italien, gemeinsam mit seiner Mutter, beginnt Forster 1902 Unterricht an einem Arbeiter-College zu geben; für ihn ist dies ein Beitrag, die Barrieren zwischen den Klassen aufzuheben. In seinem Roman *Maurice*, den er im Juli 1914 fertigstellt, entwirft er eine idealisierte Beziehung zwischen einem Adligen und einem einfachen Jagdgehilfen. Forsters Liebhaber entstammen stets einfachen Verhältnissen und unteren Gesellschaftsschichten. Bis ins Alter von 40 Jahren ist er zu länger andauernden Beziehungen jedoch nicht fähig. 1915 kommt er durch das Rote Kreuz nach Ägypten, wo er den griechischen Lyriker ☞Konstantinos Kavafis kennen lernt und diesem bei der Publizierung seines Werkes behilflich ist. Dort trifft er auch auf den Straßenbahnschaffner Mohammed ed Ald, seine erste Beziehung. Ed Ald stirbt 1922; Forster kehrt nach England zurück. Mehrfach besucht Forster Indien (1912-13 sowie 1921-22) als Privatsekretär eines jungen Maharadschas. Seine Erlebnisse verarbeitet er später in dem Roman *A Passage to India* (1924). Sein Interesse am Land wird durch den jungen Inder Syed Ross geweckt, den er 1906 in England kennen lernt. Mit seinen Romanen *Where Angels Fear to Tread* (1905), *The Longest Journey* (1907), *A Room with a View* (1908) und *Howards End* (1910) macht sich Forster als Romancier einen Namen und sichert seinen Platz in der englischen Literatur. Bereits mit seinem Debüt erlangt Forster die Anerkennung der Bloomsbury Gruppe, deren Mitglied er wird. Nach seiner Rückkehr aus Indien betätigt er sich nur noch als Essayist, Rezensent und Professor am Trinity College in Cambridge. Seine Vorträge dort werden unter dem Titel *Aspects of the Novel* (1927) veröffentlicht. Er setzt sich auch gegen das Verbot des lesbischen Romans *The Well of Loneliness* von ☞Radclyffe Hall ein. Sein Roman *Maurice*, der einem homosexuellen Selbstbekenntnis gleichkommt, gibt er auf Anraten seiner Freunde, aber auch aus Angst vor möglichen juristischen wie gesellschaftlich negativen Folgen, erst für die Veröffentlichung nach seinem Tode frei. Zu Lebzeiten ist der Roman lediglich einigen Freunden bekannt. D.H. Lawrence verwendet Forster als Modell für seinen Roman *Lady Chatterley's Lover*. 1960 überarbeitet Forster noch einmal *Maurice*, 1971 wird das Buch aus dem Nachlass publiziert. Forsters Bedenken, die Zeit könnte für einen solchen Roman noch nicht reif sein, scheinen sich zu bestätigen. Das Buch verursacht in Großbritannien großes Aufsehen, und einige renommierte Kritiker sehen sich bemüßigt, Forster die literarische Größe abzusprechen. Sein Romanwerk erhält durch die kontinuierlichen Verfilmungen durch ☞James Ivory und Ismail Merchant (u.a. *Room with a View*, 1985; *Maurice*, 1987; *Howards End*, 1992) eine neuerliche große Aufmerksamkeit.

- P.M. Furbank: *E.M. Forster. A Life*, 1978; Claude J. Summers: *E.M. Forster*, 1983; *E.M. Forster: A Guide to Research*, 1991; Nicola Bauman: *Morgan. A Biography of E.M. Forster*, 1994

Forster, Jakob Rudolf

Schweizer Händler und Vorkämpfer der Schwulenbewegung

1853 – 8.10.1926 Zürich

Der Sohn eines Hausierers wächst in einem kleinen Bauerndorf in den Ostschweizer Voralpen auf. Nach dem Tod des Vaters übernimmt er den Honig- und Marmeladenhandel, verschuldet sich und wird wegen Betruges angeklagt. Er verlässt danach die Schweiz in Richtung Deutschland („zumal meine Liebesrichtung ruchbar geworden und ich dadurch seelisch viel zu leiden hatte"). In Friedrichshafen am Bodensee erhält er von einem bayrischen Beamten die Schriften von ☞Karl Heinrich Ulrichs, der Forster zum Vorbild wird. „Diesen Mann muss man lieben, wenn man weiß, was er schon für uns Urninge getan hat." Er lässt diese aufklärerischen Traktate über „mannmännlich Liebende" neu drucken, verteilt sie und wird deshalb von den Behörden über Jahre verfolgt. Seine Autobiografie betitelt er deshalb später auch mit „Die Justizmorde im Kanton St. Gallen" (1897). Juristische Schwierigkeiten hat Forster nach seiner Rückkehr in die Schweiz aber auch durch seine diversen Geschäfte. Er eröffnet in Zürich das „Deutsch-schweizerische Vermittlungscontor" und vermittelt Ehen und Arbeitsverhältnisse, auch versucht er die Rezepte seines Vaters für die heimischen Latweg-Spezialitäten (eine Art Obstgelee) zu Geld zu machen. Die Interessenten zahlen zwei Franken, erhalten dafür aber nur Grundinformationen. Für das vollständige Rezept müssen sie weitere sieben Franken berappen. Wieder ist ihm die Justiz auf den Fersen, und der nunmehr 25-Jährige muss mit seinem Lebensgefährten Gustav Edwin Boller Zürich verlassen. Die Polizei beschlagnahmt Geld und Fotos des „hochverehrten" Bayernkönigs Ludwig II., sind aber vor allem an den Broschüren von Ulrichs interessiert. Den Beamten fällt Forsters blaues Quartheft mit dem Titel *Meine Geliebten* in die Hände, das ihm zum Verhängnis werden sollte. Über zwei Jahre hat er darin genauestens über seine Affären Buch geführt: „Diejenigen, welche mit einem ‚X' bezeichnet sind, habe ich leider nur durch Küssen und Umarmungen lieben dürfen." Sein Heft verzeichnet 146 Liebhaber, weitere 100 habe er vor Beginn der Aufzeichnungen gehabt. Forster, ursprünglich wegen Betruges angeklagt, wird nun wegen widernatürlicher Unzucht in St. Gallen der Prozess gemacht. Anfang 1880 wird er zu eineinhalb Jahren Zuchthaus verurteilt. Mitangeklagt sind fünf seiner „Genossen". Während der Haftzeit eröffnet auch Zürich einen Prozess gegen ihn. Forster zeigt sich aber ohne Reue und selbstbewusst: „Ich war, bin und bleibe Urning." Man verurteilt ihn zu weiteren sechs Monaten wegen Betrugs und Erregung öffentlichen Ärgernisses, was ihn dazu antreibt, mit der heimischen Justiz abzurechnen. Die Zahl der Urninge in Zürich beziffert er mit 500, „solche, die sich denselben hergeben" auf „über 2000". Forster macht den inzwischen in Neapel lebenden Ulrichs auf sein Schicksal aufmerksam. Dieser reagiert mit einem Gnadengesuch und dem Aufruf, in St. Gallen dem Beispiel der französisch sprechenden Kantone sowie Holland und Frankreich zu folgen und den Paragrafen über die widernatürliche Unzucht zu streichen. Erfolglos. Nach der Haftentlassung gründet Forster mit Gustav Edwin Boller in Zürich die *Welt-Heirats-Zeitung*. Neben heterosexueller Partnerschaftsanbahnung dient diese auch der Propagierung der „urnischen Liebe". Erneut wird er angeklagt, diesmal wegen „Erregung öffentlichen Ärgernisses durch die Presse" und zu einem Jahr Arbeitshaus verurteilt, die er in Einzelhaft verbringt. Boller kommt mit drei Monaten Gefängnis davon. Als Forster 1885 frei kommt, darf er sich weder in Zürich noch in Bern niederlassen. Er schickt „ziemlich scharfe Schreiben" an die Regierung und den Bundesrat, was ihm letztlich eine Einweisung in die Psychiatrie und Zwangsarbeit beschert.

- René Hornung: „Jakob Rudolf Forster (1853-1926) oder Wie Ulrichs ein Leben prägte". In: Wolfram Setz (Hg.): *Karl Heinrich Ulrichs zu Ehren*, 2000

Fortuyn, Pim (eigentlich Wilhelmus Simon Petrus Fortuyn)

niederländischer Politiker

19.2.1948 Velsen – 6.5.2002 Hilversum

Der Soziologe, ehemalige Universitätsprofessor und Unternehmer wechselt in den 90er Jahren von der marxistischen Sozialdemokratie ins konträre politische Lager. Nachdem die Bürgerbewegung Leefbaar Nederland ihn Ende 2001 mit großer Mehrheit zum Spitzenkandidaten gemacht hatte, lässt sie ihn im Februar 2002 bereits wieder fallen. Anlass ist Fortuyns Interview in der linken Tageszeitung *De Volkskrant*, in dem er den Islam eine rückständige Religion nennt und sich einen Zuwanderungsstopp für Asylanten wünscht. Statt seine politische Laufbahn zu beenden, stellt Pim eine eigene Liste auf. Der rhetorisch begnadete Pim erlangt mit seinen rechtspopulistischen Forderungen in kürzester Zeit enorme Popularität. Sein Buch *De puinhopen van acht jaar Paars*, in dem er die „Schutthaufen" der sozialliberalen Regierung anprangert, ist zugleich auch sein Wahlprogramm und wird ein Bestseller. Sein Bekenntnis zur Homosexualität schadet ihm bei den Wählern kaum. Auch das auffällige Auftreten des elegant gekleideten Politikers und seine griffigen Slogans machen ihn populär. Insbesondere seine häufig vorgetragene Erklärung „Ich sage, was ich meine und ich tue, was ich sage", bringt ihm viel Sympathie. Die Umfrageergebnisse sehen seine Partei als drittstärkste im Lande. Wenige Tage vor der Wahl wird Pim von einem Attentäter mit fünf Schüssen ermordet. Der Täter, der radikaleTierschützer Volkert van der Graaf, gibt die ausländerfeindlichen Parolen als Beweggrund für den Mord zu Protokoll. Er habe damit die verletzlichsten sozialen Gruppen verteidigen wollen. Bei den Parlamentswahlen, neun Tage nach Fortuyns Tod, gewinnt dessen Partei auf Anhieb 26 Mandate und wird damit zweitstärkste Kraft. Fortuyn wird zunächst in Amsterdam beigesetzt. Im Juli 2002 wird die Leiche exhumiert, um in die italienische Gemeinde Provesano di San Giorgio della Richinvelda, dem früheren Urlaubsort des Politikers, überführt zu werden. Fortuyns Familie verkauft die Fernsehrechte für die Liveübertragung des makabren Ereignisses an den Privatsender *SBS 6*.

- *Sociaal-economische politiek in Nederland 1945-1949*, 1981; *Stakingsrecht in Nederland: Theorie en praktijk 1872-1986*, 1985; *De zestiger jaren: Een wonderkind of een total loss?*, 1988

- Frank Eckardt: *Pim Fortuyn und die Niederlande. Populismus als Reaktion auf die Globalisierung*, 2003; Bob Smalhout: *De erfenis van Pim*, 2003

Foster, Jodie (eigentlich Alicia Christian Foster)

US-amerikanische Schauspielerin und Regisseurin
19.11.1962 Los Angeles

Jodie Foster steht bereits als Dreijährige in Werbespots vor der Kamera und wird 1976 durch ihre Rolle als frühreife Prostituierte an der Seite von Robert de Niro in *Taxi Driver* (Regie Martin Scorsese) weltbekannt. 1988 erhält sie den Oscar als beste Hauptdarstellerin in *Accused* (dt. *Angeklagt*); 1992 bekommt sie die gleiche Auszeichnung für ihre Rolle als junge FBI-Agentin in *The Silence of the Lambs* (dt. *Das Schweigen der Lämmer*, Regie Jonathan Demme). Ohne ihre Karriere als Filmschauspielerin zu vernachlässigen, absolviert Foster in den 80er Jahren ein erfolgreiches Literaturstudium an der renommierten Yale-Universität. 1991 debütiert sie als Regisseurin mit *Little Man Tate* (dt. *Das Wunderkind Tate*). 1991 bezeichnet OutPost, eine New Yorker Organisation, die es sich zur Aufgabe gemacht hat, homosexuelle Prominente zu outen, Jodie Foster auf einem Flugblatt als „absolute Lesbe". In einer Umfrage nimmt Foster bei der Frage, welche prominente Persönlichkeit sich endlich zu ihrer Homosexualität bekennen sollte, mit Abstand den ersten Platz ein. Trotz der heftigen und zwiespältigen Reaktionen der Öffentlichkeit auf diese bedrängenden Versuche, Foster zu einem Coming-out zu bewegen, hat sie selbst sich zu diesem Thema weder dementierend noch bestätigend geäußert. Das tut stattdessen ihr Bruder Buddy: In seiner 1997 erscheinenden Autobiografie *Foster Child* gibt er nicht nur intime Details über sein Leben und das seiner Schwester preis, sondern erklärt auch: „Ich habe immer angenommen, dass Jodie lesbisch oder bisexuell ist." Jodie Foster, die sich in ihrer Filmkarriere nicht zu einer einzigen Romanze – weder hetero- noch homosexuell – bekennt, erhält indessen im Mai desselben Jahres die Ehrendoktorwürde der amerikanischen Elite-Universität Yale dafür, dass sie mit ihrer Arbeit als Schauspielerin, Regisseurin und Produzentin Frauen neue Wege beim Film geebnet hat. 1998 bringt sie ihren Sohn Charles zur Welt. Der Vater bleibt unbekannt, wie auch der vom Sohn Kit, der 2001 geboren wird. Seit Mitte 1999 ist ihre Beziehung zu Cydney Bernard ein offenes Geheimnis. Sie hatte die Produzentin und Produktionsmanagerin 1993 am Set von *Sommersby* kennen gelernt. 2001 schließt sie ihre Filmproduktionsfirma Egg Pictures, um mehr Zeit für ihre Kinder zu haben. Zweimal wurde ihr die Hauptrolle in einer Filmadaption von ☞Rita Mae Browns Lesbenklassiker *Rubyfruit Jungle* angeboten; beide Male hat Jodie Foster die Rolle abgelehnt.

- weitere Filme (Auswahl): *Alice Doesn't Live Here Anymore*, 1975 (dt. *Alice lebt hier nicht mehr*); *Nell*, 1995 (Hauptrolle und Regie); *Shoemaker*, 1996; *Contact*, 1997; *Anna and the King*, 1999; *Panic Room*, 2002; *Lost Heaven*, 2003; *Un long dimanche de fiançailles*, 2004; *Flight Plan*, 2005

Foucault, Michel

französischer Philosoph, Historiker und Schriftsteller
15.10.1926 Poitiers – 25.6.1984 Paris

Foucault beginnt seine Hochschullaufbahn 1960 in Clermont-Ferrand, wo er von 1968 bis 1970 als Professor für Philosophie tätig ist. 1970 übernimmt er diese Funktion am Collège de France. Ab 1973 leitet er zudem die Monatszeitschrift *Zone des tempêtes*. Im Zentrum seiner Arbeit steht die Auseinandersetzung mit dem wissenschaftlichen Diskurs. Seine sehr verschiedenen Projekte fasst er einmal folgendermaßen zusammen: „Wie ist in den abendländischen Gesellschaften die Produktion von Diskursen, die (zumindest für eine bestimmte Zeit) mit einem Wahrheitswert geladen sind, an die unterschiedlichen Machtmechanismen und -institutionen gebunden?" Foucault exponiert sich als einer der wichtigsten Initiatoren des Strukturalismus und macht mit kulturhistorischen und soziologischen Studien auf sich aufmerksam. Als der 35-Jährige 1961 mit seiner Untersuchung der Geschichte der Psychiatrie, *L'Historie de la folie à l'âge classique*, an die Öffentlichkeit tritt, ist diese Verbindung von Philosophie, Gegenwartskritik, literarischer Sprache und Geschichte ein Novum. Die Überschreitung disziplinärer Grenzen löst Irritationen aus und wird zu seinem Markenzeichen. Auch die weiteren Arbeiten folgen diesem Prinzip, etwa über die Geschichte von Verbrechen und Strafvollzug (*Surveiller et punir: naissance de la prison*, 1975, dt. *Überwachen und Strafe*) oder *Sexualität und Wahrheit*, seine 1976 begonnene, auf sechs angelegte und in drei Bänden fertiggestellte Untersuchung zur Geschichte der Sexualität, in der er sich u.a. ausführlich mit der Rolle der Homosexualität in der Antike auseinandersetzt. Seine eigene Homosexualität, sein damit verbundenes Anderssein, beschäftigt ihn zwar zeitlebens, darüber öffentlich zu reden, sie dezidiert auch zum Thema seiner Forschung zu machen, gelingt ihm erst gegen Ende seines

Lebens. Dennoch wird seine Homosexualität weitgehend diskret behandelt, ebenso sein Tod infolge von Aids. Die Familie gibt als offizielle Todesursache Krebs an und bemüht sich sogar, dass die entsprechenden Hinweise in den Krankenhausunterlagen vernichtet werden. Hervé Guibert war es schließlich, der in seinem autobiografischen Roman *Á l'ami qui ne m'a pas sauvé la vie* (1990, dt. *Dem Freund, der mir das Leben nicht gerettet hat*, 1991) in der leicht zu entschlüsselnden Figur des Muzil die letzten Monate des Philosophen und dessen Umgang mit der Aids-Erkrankung beschreibt und damit allen weiteren Gerüchten um die Todesursache ein Ende setzt. Wie sehr jedoch hat Foucaults eigene Homosexualität, haben seine sexuellen Interessen seine Philosophie beeinflusst? Sein französischer Kollege Marcel Gauchet ist der Ansicht, dass Foucaults gesamtes Werk „ein Plädoyer *pro domo* für seine Homosexualität" sei. James Miller geht in seinem umstrittenen und skandalisierenden Buch *The Passion of Michel Foucault* (1995) soweit zu behaupten, Foucault habe absichtlich „die Umarmung mit dem Tod" gesucht und ganz bewusst bei seinen sexuellen Eskapaden in der New Yorker S/M-Szene auf Safer-Sex verzichtet. ☞Patricia Duncker liefert 1996 mit ihrem Roman *Hallucinating Foucault* (dt. *Die Germanistin*, 1997) eine Hommage auf den Philosophen und berücksichtigt dabei insbesondere auch seine Homosexualität.

- *Von der Freundschaft. Michel Foucault im Gespräch*, 1984; *Schriften zur Literatur*, 1988; *Die Ordnung der Dinge. Eine Archäologie der Humanwissenschaften*, 1989
- Didier Eribon: *Michel Foucault. Eine Biographie*, 1993; Wilhelm Schmid: *Die Geburt der Philosophie im Garten der Lüste. Michel Foucaults Archäologie des platonischen Eros*, 1994; David Macey: *The Lives of Michel Foucault*, 1994

Fox, Samantha (eigentlich Samantha Karen Fox)

britisches Fotomodel und Popsängerin
15.4.1966 Mile End/London

Beim Oben-Ohne-Contest der britischen Zeitung *The Sunday People* kommt 1983 die 16-jährige Samantha Fox zwar nur auf den zweiten Platz, wird aber dank ihrer Oberweite dennoch landesweit berühmt und posiert immer wieder als „Mädchen von Seite 3". Mitte der 80er Jahre beginnt Fox eine kurzlebige Gesangskarriere und landet mit der von Peter Waterman produzierten Disconummer *Touch Me* 1986 ihren ersten Hit. Zwar hat sie immer wieder kurz- wie langlebige Affären mit Männern, u.a. mit Paul Stanley, dem Gitarristen der Hardrock-Band *Kiss*, Mitte der 90er Jahre hingegen häufen sich die Vermutungen, Samantha Fox sei lesbisch. 2003 schließlich macht sie selbst den Gerüchten ein Ende. „Ich war eines der größten Sexsymbole Englands. Wenn Männer gefragt wurden, mit wem sie am liebsten ins Bett gehen würden, wurde immer wieder mein Name genannt. Da konnte ich nicht sagen, dass ich mit Frauen schlafe." Seit 1999 lebt sie mit ihrer Managerin Myra Stratton zusammen. In einem Interview verkündet sie 2004 ihr Vorhaben, sie auf Hawaii heiraten zu wollen.

- weitere CD-Veröffentlichungen (Auswahl): *Rocking with My Radio*, 1987; *I Wanna Have Some Fun*, 1989; *Just One Night*, 1991; *21st Century Fox*, 1998

Franck, Katharina

deutsche Musikerin
28.7.1963 Düsseldorf

Die damals spektakuläre Hitsingle *Blueprint* schallt heute noch nahezu täglich aus deutschen Radios. Katharina Francks sanftgroovige Stimme ist 1987 die Grundlage für den internationalen Höhenflug der Berliner *Rainbirds*. Zwei Jahre später bricht die Stammbesetzung der Band wegen musikalischer Differenzen auseinander. Ein vielversprechendes, aber nicht ganz so erfolgreiches Duo bleibt übrig: Die Sängerin, Songwriterin und Gitarristin Franck nimmt zusammen mit ihrer Partnerin, der avantgardistischen Komponistin und Keyboarderin Ulrike Haage, zwei weitere Platten auf, die ein gänzlich anderes Konzept als ihre Vorgängerin zeigen. Gefällige Melodien sind auch auf der 1996 erschienenen CD *Making Memory* nicht mehr zu finden, minimalistisch arrangierte Klangverbindungen stehen in eigenwilligem Kontrast zu den literarisch ambitionierten Texten. „Ich setze mich mit meinem Lesbischsein nicht so rund um die Uhr auseinander, weil das für mich absolute Normalität ist. Ich bin keine Berufslesbe. Für mich ist das ein Teil des Ganzen." Mit *Zeitlupen Kino* (2002) wagt sich Katharina Franck erstmals an deutsche Texte und kreiert eine Fusion aus Elektropop, Folk und Spoken Poetry, in der sie auch Frauenbeziehungen thematisiert: „Es ist für mich selbstverständlich, diese Geschichte zu erzählen wie andere Geschichten auch, in denen es nicht explizit um lesbische Liebe geht. Es ist einfach ein Teil von mir."

- CDs (Solo): *Hunger*, 1998; *Zeitlupen Kino*, 2002
- CDs (mit den *Rainbirds*): *Forever*, 1997; *Live 3000*, 1998

Frank, Martin

Schweizer Schriftsteller
26.9.1950 Bern

Zwei Romane sichern ihm seinen Platz in der Schweizer Literaturgeschichte: *ter fögi ische souhung* (1979) über die exzessive und schwierige Liebe eines Teenagers zu einem drogenabhängigen Rockmusiker (1998 von Marcel Gisler als *F. est un salaud* verfilmt) ist der erste schwule Roman in schweizerdeutscher Mundart. Erst 2000 greift Frank den Stoff noch einmal auf und verfasst ihn in hochdeutscher Sprache. Sein Roman *La Mort de Chevrolet* (1984) über einen labilen Angestellten einer Scooterbahn und sein Verhältnis zu einem anderen Halbwüchsigen gilt als Eckstein der neueren schweizerdeutschen Literatur, der die Möglichkeiten gesprochener Sprache auslotet. Aufgewachsen ist Martin Frank in Bern. Als die Familie 1956 nach Zürich zieht, fühlt sich der Sechsjährige entwurzelt und klammert sich an die berndeutsche Sprache. Die Schulzeit wird zu einem Alptraum, immer wieder wechselt er die Schulen und Internate. Zuflucht findet er vor allem in der Literatur. ☞Genet, ☞Burroughs, Beckett, Sartre und ☞Proust sind seine Autoren in diesen Jahren. Zwar macht er ein eidgenössisches Diplom in Reiten, Fahren und Pferdepflege, versucht aber später – mit geringem Erfolg – sich als Berufsmusiker zu behaupten und beginnt eine Karriere in der Datenverarbeitung; seine literarische Produktion ruht vorläufig. Erst Ende der 90er Jahre meldet sich Martin Frank mit Erzählungen (*Sechs Liebesgeschichten*, 1999; *Blinde Brüder*, 2000) als Autor zurück. Waren seine früheren Veröffentlichungen ausschließlich in seiner Schweizer Heimat verortet, so finden sich in den neueren Arbeiten verstärkt die Ziele seiner zahlreichen Auslandsreisen, u.a. in die USA, nach Südostasien und insbesondere Indien (wie im Roman *Ozean der Liebe*, 2000) als literarische Schauplätze wieder. 2000 erscheint *rose x rikki*, ein Manga-Roman in hochdeutscher Sprache über die Grausamkeit der Liebe und der Welt. Er ist verheiratet und Vater von drei leiblichen Kindern und sechs Stiefkindern.

- weitere Veröffentlichungen: *Spannteppichjunge*, 1980; *Lobo*, 1981; *ä schöne buep seit adjö* (Hörspiel), 1982; *Ein kleines Totenbuch*, 2000

Freihof, Matthias

deutscher Schauspieler und Sänger
25.11.1961 Plauen

Mit seiner ersten großen Kinorolle, in ☞Heiner Carows DEFA-Produktion *Coming out* (1989), wird Freihof schlagartig bekannt und für viele Schwule, gerade auch in der DDR, zu einer Identifikationsfigur. Nach seiner Ausbildung an der Berliner Hochschule für Schauspielkunst Ernst Busch arbeitet Freihof zunächst am Theater, u.a. am Maxim-Gorki-Theater und an der Volksbühne in Berlin, später auch am Schauspielhaus Hamburg und dem Theater am Turm Frankfurt/Main. Der Meisterschüler der Diseuse Gisela May spielt in Musicals (*My Fair Lady*, *Die Fantastics*) und entwickelt zusammen mit der Band *l'art de passage* eigene Chansonprogramme (u.a. *Leidenschaften*, 1991). Ab 1991 übernimmt er verstärkt Rollen in Fernsehserien (*Marienhof*, *Ein Fall für Zwei*, *Die Männer vom K3*, *Der Alte*) sowie in Fernsehspielen (*Hamburger Gift*, 1992; *Todesspiel*, 1996). Von 1998-2004 spielt er in der ZDF-Krimiserie *Siska* den Oberkommissar Lorenz Wiegand. Gewissermaßen ein Film unter und mit Freunden wird ☞Pierre Sanoussi-Bliss' schwule Kiezkomödie *Zurück auf Los* (2000), in der Freihof neben Sanoussi-Bliss und Dieter Bach in einer der Hauptrollen spielt.

Freitag, Thomas

deutscher Kabarettist
17.6.1950 Alsfeld

Erst nach einer ordentlich abgeschlossenen Lehre zum Bankkaufmann erfüllt sich Freitag seinen eigentlichen Berufswunsch und nimmt ab 1974 in Stuttgart bei Carlo Fuß Schauspielunterricht. Erstes Engagement beim Renitenz-Theater Stuttgart, danach am Stadttheater Gießen (1975-1977). Als Solokabarettist tritt er erstmals 1976 auf, im Jahr darauf bereits wird er Ensemblemitglied im Düsseldorfer *Kom(m)ödchen*. Freitag versteht sich vor allem als Satiriker und politischer Kabarettist denn Alleinunterhalter oder Spaßmacher. Sein besonderes Talent für die stimmliche und mimische Parodie von Politikern wie Helmut Kohl oder Franz Josef Strauß macht ihn ab Mitte der 80er Jahre zu einem der gefragtesten Kabarettisten in Deutschland. Neben seinen Bühnenprogrammen gestaltet er regelmäßig eigene Kabarettsendungen im Fernsehen. 1995 spricht er in einem Interview mit dem Schwulenmagazin *magnus* über seine Homosexualität.

Freud, Anna

britische Kinderpsychologin österreichischer Herkunft
3.12.1895 Wien – 8.10.1982 London

Die jüngste Tochter des Psychoanalytikers Sigmund Freud spezialisiert sich nach der Lehranalyse bei ihrem Vater auf Kinderpsychoanalyse und entwickelt noch vor ihrer Emigration nach Großbritannien im Jahr 1938 die Theorie der Abwehrmechanismen, mit denen das Ich Angstzustände und unerträgliche Erlebnisse verdrängen kann. Freud gründet 1947 die Hampstead Child-Therapy Course and Clinic und schafft während ihrer Leitung derselben in den Jahren 1952-82 das therapeutische und wissenschaftliche Fundament der Kinderpsychologie. Auf ihrer Arbeit basieren die Grundlagen der heutigen Kinderpsychotherapie. Von 1925 bis 1979 lebt Anna Freud mit der amerikanischen Kinderpsychologin und Millionerbin ☞Dorothy Tiffany-Burlingham zusammen, eine symbiotische Beziehung, die erst mit dem Tod Burlinghams endet. 1938 geht Anna Freud mit ihrer Familie und der Geliebten ins Exil nach London. Gemeinsam mit Tiffany-Burlingham gründet sie die Hampstead Nurseries, eine Institution für Kriegskinder und -waisen, aus der nach Kriegsende die bedeutende Hampstead-Klinik für Kinder und das Lehrinstitut für Kindertherapie wird. Freud stirbt drei Jahre nach Tiffany-Burlingham an den Folgen eines Schlaganfalls. Zeitlebens weist Freud alle Verdächtigungen aus psychoanalytischen Zirkeln, dass sie lesbisch sei, entschieden zurück. Offiziell definieren sie und Burlingham sich als Freundinnenpaar mit den Ähnlichkeiten eineiiger Zwillinge. Kaum verwunderlich – bis heute ist die überwiegende Mehrheit der Fachwelt der Meinung, dass Homosexuelle nicht als Analytiker zugelassen werden dürfen.

- *Technique of Child Psychoanalysis*, 1927; *The Ego and the Mechanisms of Defense*, 1936 (dt. *Das Ego und die Abwehrmechanismen*); Lou Andreas-Salomé: *Anna Freud: „... als käme ich heim zu Vater und Schwester". Briefwechsel 1919-1937*, 2001
- U.H. Peters: *Anna Freud. Ein Leben für das Kind*, 1979

Freund, Gisèle (eigentlich Gisela Freund)

französische Fotografin
19.12.1908 (n.a.A. 1912) Berlin – 31.3.2000 Paris

Durch ihren Vater, der Kunst sammelt und seine Tochter häufig in Museen mitnimmt, wird Gisèle Freund bereits in frühen Jahren mit der Welt der Kunst vertraut. Gleichwohl muss sie sich später ihr Studium der Soziologie und Kunstgeschichte (u.a. bei Norbert Elias und Theodor W. Adorno) hart erkämpfen, denn die Eltern möchten sie viel lieber in eine Haushaltsschule stecken, um sie auf ihre Rolle als Mutter und Hausfrau vorzubereiten. Die Familie emigriert 1933 nach Frankreich. In Paris kann Gisèle Freund das Studium fortsetzen und verdient sich den Lebensunterhalt als Zeitungsfotografin. Die Fotografie wird zu ihrem Hauptberuf. Als 1936 das Magazin *Life* gegründet wird, veröffentlicht sie dort ihre ersten großen Reportagen und wichtigen Porträts von Künstlern aus ihrem Freundeskreis, u.a. von James Joyce, ☞Virginia Woolf, ☞Simone de Beauvoir, ☞Colette, Jean-Paul Sartre, Bernhard Shaw, ☞Marguerite Yourcenar, Henri Matisse und ☞Adrienne Monnier, mit der sie lange Zeit eine Beziehung hat. 1936 promoviert Freund an der Sorbonne. Adrienne Monnier hilft ihr dabei, indem sie, wie es Vorschrift ist, ihre Doktorarbeit *La photographie en France au XIXe siècle* publiziert. Durch ihre Heirat mit Pierre Blum wird Gisèle Freund französische Staatsbürgerin. Sicher vor den Nazis ist sie dennoch nicht. 1940 muss die Jüdin Freund erneut vor den deutschen Nationalsozialisten fliehen. Victoria Ocampo, Herausgeberin der Literaturzeitschrift *Sur* in Buenos Aires, lädt sie zu sich ein. Es entsteht u.a. Freunds berühmte *Life*-Reportage über Evita Perón, die zu diplomatischen Verwicklungen zwischen den USA und Argentinien führt, außerdem arbeitet sie auch als Kulturbotschafterin des freien Frankreich. Reportageaufträge bringen sie nach Mexiko, wo sie auch ☞Frida Kahlo porträtiert. Zeitweilig lebt sie in den USA. Gleich nach der Gründung 1947 arbeitet sie für die Fotoagentur Magnum, die sie 1954 aus Protest verlässt, nachdem sie das FBI wegen angeblicher kommunistischer Verbindungen zur unerwünschten Person erklärt hatte und damit eine geplante Reportage über die USA für die Agentur verhindert wird. Ab 1953 lebt Gisèle Freund wieder in Paris, wo sie sich zusammen mit einer Freundin je eine der kleinen Wohnungen im Haus Nr. 12 der Rue Lalande gekauft hatte, die bis zu ihrem Tod ihr ständiger Wohnsitz bleibt. 1970 veröffentlicht sie ihre Autobiografie *Le monde et ma caméra*. Ihre politische Geschichte der Fotografie (deutsch *Photographie und Gesellschaft*, 1979) wird zu einem wissenschaftlichen Standardwerk. Für ihre Arbeit wird Freund mehrfach ausgezeichnet, so mit dem Kulturpreis der Deutschen Gesellschaft für Fotographie, dem französischen Grand Prix National des Arts. Außerdem wird sie zum Officier des Arts et Lettres und Chevalier de la Légion d'Honneur ernannt.

Frick, Grace

US-amerikanische Übersetzerin
12.1.1903 Toledo/Ohio – 18.11.1979 Mount Desert Island/Maine

Nach dem Studium der englischen Literatur unterrichtet Frick zunächst an einem College, um danach als Lektorin zu arbeiten. 1937 lernt sie in einem Pariser Hotel die Schriftstellerin ☞Marguerite Yourcenar kennen, die ihr ein Jahr später nach New York folgt. Eine lebenslange Beziehung beginnt – Frick und Yourcenar ziehen zunächst nach Connecticut, wo Frick am Hartford College unterrichtet, 1949 dann auf Mount Desert Island in Maine. Frick gibt ihre Lehrerinnentätigkeit auf, um Yourcenar in ihrer Arbeit zu unterstützen und ihre Werke zu übersetzen – so arbeitet sie über zehn Jahre an Yourcenars wichtigstem Werk *Memoires d'Hadrian* (1951, dt. *Ich zähmte die Wölfin*). Frick stirbt nach jahrzehntelanger Krankheit im Alter von 76 Jahren an Krebs.

Friedlaender, Benedict
(eigentlich Adolph Nathan Carl Benedict Friedlaender)

deutscher Naturwissenschaftler
18.7.1866 Berlin – 20.6.1908 ebd.

Nach ausgedehnten Studien promoviert der Sohn des Professors für Nationalökonomie Carl Jacob Friedlaender 1888 mit einer Arbeit über das Zentralnervensystem des Regenwurms. Fortsetzung der Studien zur Wurmforschung. Parallel Studien zur Philosophie und Nationalökonomie (Schopenhauer, Darwin, Eugen Dühring, Jacques Loeb). Zweijähriger Aufenthalt an der Zoologischen Station Neapel, 1893-1900 Weltreise und vulkanologische Studien. Ab 1902 Mitarbeit im Wissenschaftlich-humanitären Komitee unter ☞Magnus Hirschfeld. Führt hier u.a. die Auswertung einer selbst entworfenen Statistik durch. In seinem Hauptwerk *Die Renaissance des Eros Uranios. Die physiologische Freundschaft, ein normaler Grundtrieb des Menschen und eine Frage der männlichen Gesellungsfreiheit* (1904) entwickelt Friedlaender die Vision einer Wiederherstellung der griechischen Gesellschaft der Lieblingsminne mit ihrem Verständnis der platonischen Liebe ohne „Pfaffentrug" und „Weiberherrschaft". Ausgehend von einer Abhandlung Gustav Jägers über die Bedeutung von Duftstoffen für das Liebesleben verfolgt Friedlaender die Theorie, dass sich die Anziehungskraft zwischen Männern durch Gestalt, Stimme und Berührung, aber vor allem Seele, Verstand und Intellekt bestimmt, letztlich also auf ein physikalisch-chemisches Geschehen zurückzuführen sei. Die von Hirschfeld und ☞Karl Heinrich Ulrichs propagierten Begriffe wie „Urning", „Drittes Geschlecht" und „sexuelle Zwischenstufen" lehnt er energisch ab und glaubt, „dass die meisten Menschen von Natur mehr oder minder bisexuell sind – dass sie sozusagen eine homosexuelle Ader haben." Außerdem verbindet Friedlaender in seinen Schriften Sexual- und Sozialtheorie und entwickelt die Ansicht, dass die gleichgeschlechtliche Liebe eng mit dem „sozialen Instinct" verknüpft sei und die Entwicklung von Staat und Kultur nur auf dieser Basis der „physiologischen Freundschaft" möglich sei. Friedlaender überwirft sich mit Hirschfeld und Max Spohr, verlässt das WhK und gründet die „Sezession des WhK", den „Bund für männliche Kultur", der jedoch kaum nennenswerte Aktivitäten entwickelt, zumal Friedlaender im Herbst 1907 unheilbar an einem Darmleiden erkrankt und kaum mehr handlungsfähig ist. Am 20. Juni 1908 wählt er den Freitod. Seine Schriften und Theorien werden auch nach seinem Tod nur wenig rezipiert. Zustimmung findet er u.a. bei ☞Hans Blüher, ☞John Henry Mackay und Elisar von Kupffer.

Friedrich II. von Preußen

preußischer König
24.1.1712 Schloß zu Berlin – 17.8.1786 Sanssouci

Sein Vater, der tyrannische König Friedrich Wilhelm I. (der „Soldatenkönig"), versucht dem an den Künsten und insbesondere der Musik interessierten Sohn die „weibischen" Vorlieben abzugewöhnen und erzieht ihn mit aller Strenge zum Soldaten – bis hin zur öffentlichen Züchtigung. Als der Vater stirbt, übernimmt Friedrich II. mit 28 Jahren den Thron und geht als Friedrich der Große in die Geschichte ein. Er widmet sich nun den Künsten, der Literatur und Philosophie und wird ein ausgezeichneter Komponist und Flötist. In seinem ersten Amtsjahr als aufgeklärter Monarch lädt er zahlreiche Künstler zu seinem Amtssitz nach Berlin, verkündet die Pressefreiheit, veröffentlicht die Abhandlung *Antimachiavell* über die Pflichten eines Monarchen – und marschiert ins benachbarte Schlesien ein, der erste von vielen Kriegen, die er im Laufe seiner Regierungszeit führt. Trotz aller Vorlieben für das Französische und seine aufklärerische, humanistische Grundhaltung, lässt er beispielsweise Fahnenflüchtigen dennoch auf grausame Weise Ohren und Nasen abschneiden. Seine aufwändige Hofhaltung verschlingt große Summen. Ein besonders teures Hobby ist seine Sammlung von Tabak- und anderen brillantenverzierten Döschen.
Mit 18 Jahren versucht Friedrich II., damals Offizier in der Armee, gemeinsam mit seinem Freund Hans Hermann von Katte in das aufgeschlossenere England zu fliehen. Die beiden werden jedoch gefangen, von Katte vor Augen des Geliebten enthauptet und Friedrich II. von seinem Vater gezwungen, in die Ehe mit Elisabeth-Christine von Braunschweig-Bevern einzuwilligen. Gleich nach des Vaters Tod verbannt er seine Ehefrau auf ein anderes Schloss, künftig sind Frauen an seinem Wohn- und Arbeitssitz kaum geduldet. Sowohl seine wie die Homosexualität des Bruders Heinrich ist am Hofe ein offenes Geheimnis. Ein zumindest platonisches, vielleicht auch sexuelles Verhältnis hat Friedrich der Große zu seinem Vorleser, Sekretär und literarischen Gehilfen Claude Etienne Darget, den er in seinem gotteslästerlichen und frivol-homosexuellen Poem *Palladion* (1749) zum Helden macht. Voltaire, häufiger Gast am Hofe, beschreibt ein morgendliches Ritual, bei dem sich der König stets einen Kadetten, Pagen oder Leutnant zur sexuellen Befriedigung in

sein Schlafzimmer beordert. Einem Neffen rät Friedrich II. in einem Brief, „griechische Vergnügungen" (sprich: passiven Analverkehr) zu meiden, da sie wenig angenehm seien, wie er aus „persönlicher Erfahrung" bezeugen könne.

- Hans Pleschinski (Hg.): *Voltaire – Friedrich der Große. Briefwechsel*, 1992; Christian Graf von Krockow: *Friedrich der Große. Ein Lebensbild*, 1993; Nancy Mitford: *Frederick the Great*, 1995

Friedrich, Su

US-amerikanische Regisseurin
12.12.1954 New Haven/Connecticut

Nach dem Studium der Kunst und Kunstgeschichte beginnt Friedrich 1978 Filme, fast ausschließlich in schwarz-weiß, zu drehen. Viele ihrer Arbeiten entstehen in Personalunion, fast alle bewegen sich als Dokumentarfilme auf dem schmalen Grat zwischen einer poetischen und einer nüchternen Darstellung der gewählten Themen mit oftmals homosexuellem Bezug: *Hide and Seek* (1996) untersucht die Kindheitserfahrungen lesbischer Frauen im Hinblick auf ihre spätere sexuelle Präferenz. Friedrich, die für ihre Filme zahlreiche Auszeichnungen und Stipendien erhält, lebt seit 1976 in New York.

- *Rules of the Road*, 1993; *Sink or Swim*, 1990

Frings, Matthias

deutscher Publizist und Moderator
14.4.1953 Aachen

Während des Studiums der Anglistik und Germanistik in seiner Heimatstadt Aachen ist Frings in der Schwulengruppe, den Printenschwestern, engagiert. Neben ersten Erfahrungen im Fernsehbereich (mit Beiträgen für das ZDF-Kulturmagazin *Aspekte*) ist Frings auch als Schauspieler in freien Theatergruppen tätig. Ab 1980 lebt und arbeitet er als Journalist für Zeitungen, Zeitschriften und den Rundfunk. Daneben veröffentlicht er verschiedene Bücher, u.a. *Männer. Liebe* (1982) und *Heiße Jahre* (1983, beide zusammen mit ☞Elmar Kraushaar), *Liebesdinge – Bemerkungen zur Sexualität des Mannes* (1984), *Ein Bild vom Mann* (1986). 1992 entwickelt er in Köln im neugegründeten privaten Fernsehsender VOX das wöchentliche Magazin zur Sexualität, *Liebe. Sünde*. Die Sendung ist die erste dieser Art im deutschen Fernsehen und ist sowohl beim Publikum als auch in der Kritik erfolgreich. Später verlegt er den Sitz seiner TV-Produktionsfirma *mea culpa* nach Berlin und gibt die Moderation 1995 an Andrea Thilo ab. Er bleibt weiterhin als Produzent der Sendung aktiv, betätigt sich aber wieder verstärkt als Moderator von Talkshows, Podiumsgesprächen etc., zumeist in schwulenpolitischen und Aids-Zusammenhängen.

Frost, Cora

deutsche Chansonette, Schauspielerin und Regisseurin
5.7.1963 München

„Das Größte und Gefährlichste, was der deutschen Kleinkunst zustoßen konnte", urteilt die *FAZ* wohlig schaudernd über die dunkelhaarige Sängerin und Alleinunterhalterin mit der eindringlichen Stimme. Entdeckt und gefördert von der Schauspielerin Marianne Sägebrecht und vom Theaterregisseur Johann Kresnik als Tänzerin engagiert, steigt die ehemalige Stripperin aus München 1994 zum neuen deutschen Stern am Varietéhimmel auf – mit ihren Soloprogrammen *Starimbiß* (1994), *So blau* (1996) und *Fugu* (1997) genauso wie mit ihren Duettvorstellungen an der Seite ☞Tim Fischers (*Niemand liebt dich so wie ich*, 1994). Wie kaum eine andere beherrscht Frost, die seit 1981 eigene Lieder präsentiert, den Wechsel zwischen Introvertiertheit und Aggression. Mal singt sie mit sanfter Stimme selbstgetextete Liebesballaden, in denen – wie sie selbst auch – eine Frau eine andere liebt (*Dicke Marie*, *Die Ballade von Paula Maus*), mal rückt Frost ihrem verblüfften Publikum mit sadistischen Späßen auf die Pelle. Frost erhält 1996 den höchst angesehenen Deutschen Kleinkunstpreis. 1998 erscheint ihr Buch *Mein Körper ist ein Hotel* mit autobiografischen Texten. Ihr Kinodebüt als Schauspielerin gibt sie in Rudolph Thomes *Tigerstreifenbaby* (1998), danach spielt sie in seinem Film *Paradiso – Sieben Tage mit sieben Frauen* (2000).

- CDs: *Starimbiß*, 1995; *So blau*, 1997; *Fugen*, 2000; *Nexte Lied*, 2002

Fry, Stephen (eigentlich Stephen John Fry)

britischer Schauspieler und Schriftsteller
24.8.1957 Hampstead

In Großbritanniens Kulturleben ist er omnipräsent als Schauspieler, Komiker, Kolumnist, Entertainer, Librettist, Romancier – und in gewisser Weise auch als Selbstdarsteller. In der Rolle des bissigen und zugleich charmanten Bohemiens und Gesellschaftslöwen gefällt Stephen Fry sich und seinem Publikum. Dass er eine besondere Nähe zu ☞Oscar Wilde verspürt, verwundert da nicht. Deshalb war die Titelrolle in dem biografischen Film *Oscar Wilde* (1997) von Brian Gilbert auch die für ihn bislang wichtigste Kinorolle. Bereits in Kenneth Branaghs *Peter's Friends* hatte er eine schwule Hauptrolle übernommen. Fast all seine Auftritte – ob nun im Kino oder in TV-Produktionen (*Black Addar*, *A Bit of Fry & Laurie*, *Jeeves & Wooster*) haben diese gewisse Portion schwarzen britischen Humors und eine bemerkenswert leichtfüßige Intelligenz. Sein komödiantisches Talent als Darsteller und Autor setzt der 1,95-Meter-Hüne bereits als Student ein. Gemeinsam mit seinen Kommilitonen Emma Thompson, Hugh Laurie und Martin Bergman wird ihr Cambridge Footlight Dramatic Club mit seinen Revuen sogar nach Australien eingeladen. Der Film *Peter's Friends* ist eine Hommage an diese gemeinsame Zeit. Im Alter von 27 Jahren schreibt er das Libretto zu dem erfolgreichen Musical *Me and My Girl* und ist zugleich für verschiedene Comedy-Serien der BBC als Autor unter Vertrag. Besondere Popularität erhält er als Sprecher der Hörbücher von J.K. Rowlings *Harry Potter*-Romanen. Seine autobiografisch gefärbten Romane *The Liar* (1991, dt. *Der Lügner*, 1994) und *The Hippopotamus* (1993, dt. *Das Nilpferd*) werden Besteller. Eine Auswahl seiner Kolumnen für den *Daily Telegraph* und das Satiremagazin *Tatler* erscheinen im Band *Paperweight* (1992), 1996 veröffentlicht er seine Satire *Making History* (dt. *Geschichte machen*, 1997) über ein Deutschland ohne Hitler. Wie sehr sich seine Romane an sein eigenes Leben anlehnen, ist im ersten bislang erschienenen Band seiner offenherzigen Autobiografie (*Moab Is My Washpot*, 1997, dt. *Columbus war ein Engländer*, 1998) nachzulesen, die mit seinem 18. Lebensjahr endet. Den zweiten Teil möchte er zu Lebzeiten allerdings nicht veröffentlichen, weil er über Freunde keinen Klatsch verbreiten wolle. 2003 gibt er sein Debüt als Filmregisseur mit *Bright Young Things*, eine Adaption des Romans von Evelyn Waugh.

- weitere Veröffentlichungen (Auswahl): *The Stars' Tennis Balls*, 2000; *Rescuing the Spectacled Bear*, 2002

G

Gagarin, Juri Alexejewitsch

sowjetischer Kosmonaut und Luftwaffenoffizier
9.3.1934 Kluschino bei Gschatsk – 27.3.1968 bei Nowosolowo

Gagarin, der 1955 den sowjetischen Luftstreitkräften beigetreten ist, wird 1959 zum Kosmonauten ausgebildet und umkreist in seinem Raumschiff *Vostok1* am 12. April 1961 als erster Mensch die Erde. Noch während des Raumfluges wird Gagarin vom Oberleutnant zum Major befördert. Der Flug dauert zwar nur 108 Minuten, macht ihn aber zum Volkshelden und zum Leitbild in der sozialistischen Erziehung. Bis zu seinem Tod bereist er als propagandistischer „Botschafter des Friedens" die Welt und wird in zahlreichen Ländern – auch außerhalb des Ostblocks – mit allen Ehren empfangen. Am 27. März 1968 stirbt er bei einem rätselhaften Flugzeugabsturz. Die Umstände seines Todes sind mysteriös. Vermutet wird eine Sabotage oder Intrige

aufgrund seiner Homosexualität. In Würdigung seiner Leistung für die Raumfahrt wird auf der Rückseite des Mondes ein Krater nach ihm benannt. Der Tag seiner Erdumrundung wird zum Tag der Raumfahrt erklärt. Von der Internationalen Raumfahrt-Föderation wird 1968 die Juri-Gagarin-Medaille gestiftet, die am 12. April an den erfolgreichsten Raumfahrer als Auszeichnung vergeben wird. 1968 wird die Stadt Gschatsk in Gagarin umbenannt. Als Mythos wirkt Gagarin auch nach der Auflösung der UdSSR weiter. Als in den frühen 90er Jahren die russische Techno-Bewegung aufkommt, greift diese auf Gagarin zurück. Denn „als die Perestrojka begann und alle Helden vergangener Jahre zu Staub wurden", so der bekannte Petersburger DJ Alexei Haas, „war Gagarin der einzige echte, wirkliche Held". Kanonisiert wird diese Gagarin-Verehrung mit dem Gründungsevent der russischen Technobewegung: der ersten, mittlerweile legendären „Gagarin-Party" am Tag des Kosmonauten 1992 im Pavillon Kosmos des Moskauer Ausstellungszentrums WDNCh.

- mit Wladimir I. Lebedew: *Der Sprung ins Weltall*, 1970

Gajdusek, Daniel Carleton

US-amerikanischer Mediziner und Biophysiker
9.9.1923 Yonkers/New York

Gajdusek, Sohn eines slowakischen Metzgers und einer ungarischen Mutter, studiert ab 1939 Physik, Mathematik, Chemie und Medizin an der Universität von Rochester. 1946 promoviert er an der Harvard-Universität in Medizin. Nach ersten Praktika folgt ein Studium der physikalischen Chemie. Zunächst arbeitet er in Boston und Washington, später in Teheran und Melbourne. Hier befasst er sich vor allem mit typischen Krankheitsbildern der australischen Ureinwohner. Ein Jahr verbringt er mit Forschungsarbeiten bei einem steinzeitlichen Stamm im Hochland von Neuguinea. 1958 wechselt er an das National Institute of Health in Bethesda/Maryland, an dem er 1971 Leiter des Forschungslaboratoriums „Zentralnervensystem" wird. Bekannt wird Gajdusek durch seine Arbeiten über die Creutzfeldt-Jakob-Krankheit. 1976 wird ihm zusammen mit Roger Guillemin der Nobelpreis für Medizin für „ihre Entdeckungen von neuen Mechanismen bei der Entstehung und Verbreitung von Infektionskrankheiten" zugesprochen. 1996 wird Gajdusek in Middletown bei Washington wegen Verdachts auf „sexuellen Missbrauch von Kindern" verhaftet. Ein 23-jähriger Student hatte ihn angezeigt, weil Gajdusek ihn als 15-jährigen sexuell missbraucht haben soll. Bei seinen Vernehmungen durch das FBI bekennt Gajdusek, pädophil zu sein. Er berichtet von 54 Minderjährigen, die er von seinen Reisen aus Mikronesien und Neuguinea in die USA gebracht und adoptiert habe.

Galindo, Rudy
US-amerikanischer Eiskunstläufer
7.9.1969 San Jose/Kalifornien

Kindheit und Jugend von Rudy Galindo sind geprägt durch schwere familiäre Probleme. Die Eltern stammen aus Mexiko und sind einfache Arbeiter. Ihr Zuhause ist ein Wohnwagenpark außerhalb von San Jose. Die Mutter ist schwer depressiv, der Vater stirbt früh durch einen Herzinfarkt, zwei seiner Trainer sowie seine beiden Brüder sterben an den Folgen von Aids. Sein ältester Bruder George war von den Eltern verstoßen worden, nachdem er ihnen von seinem Schwulsein erzählt hatte. Der Eiskunstlauf wird für Galindo zur Fluchtmöglichkeit. Gleichwohl bleibt er der Familie immer eng verbunden: Seine Schwester Laura Galindo-Black wird seine Trainerin, die Mutter schneidert die Kostüme, die Galindo für sich entwirft. Gemeinsam mit Kristi Yamaguchi gewinnt er 1989 und 1990 den US-amerikanischen Paarlauf und beginnt damit seine steile internationale Karriere. Ab 1996 ist er Profi-Sportler. Aufsehen erregt er jedoch nicht allein durch sein Können. Er ist der erste offen schwule Eiskunstläufer aller Zeiten und tanzt bei Wettbewerben selbstironische Kürläufe zur Musik der *Village People* und zu *Sweet Transvestite* aus der *Rocky Horror Picture Show*. 2000 macht er nach einem positiven Testergebnis auch seine HIV-Infektion öffentlich. Galindo engagiert sich in der Aids-Prävention und verschiedenen Aids- und HIV-Projekten. Bei Wettkämpfen trägt er bisweilen eine überdimensionale Aids-Schleife und eine Regenbogenfahne. 1999 hat er einen Gastauftritt in der Sitcom *Will and Grace*.

- *Icebreaker: The Autobiography*, 1997

Garbo, Greta (eigentlich Greta Gustafsson)

US-amerikanische Schauspielerin schwedischer Herkunft
18.9.1905 Stockholm – 15.4.1990 New York City

„Alles, was sie tat, hatte mich erregt" – so spricht die „Göttliche" nach ihrer ersten Liebesnacht mit der Dramatikerin ☞Mercedes de Acosta. Es sollte nicht bei dieser einen Nacht bleiben – mehr als dreißig Jahre dauert die stürmische Beziehung zwischen den beiden prominenten Frauen, und sie endet erst 1960, als Garbo mit de Acosta bricht, nachdem diese in ihrer Biografie Intimes ausgeplaudert hatte. Am zehnten Todestag der Garbo werden – wie von de Acosta verfügt – die Briefe Garbos an ihre Geliebte veröffentlicht. Als drittes Kind einer armen schwedischen Arbeiterfamilie aufgewachsen, beginnt Garbo mit 16 Jahren als Hutverkäuferin in einem schicken Stockholmer Kaufhaus zu arbeiten. Ihre Abende verbringt sie in Theatern, wo sie emsig Kontakte zu Regisseuren und Darstellern knüpft. Schließlich gelingt es ihr, ein Stipendium an der Königlichen Schauspielschule zu bekommen. Weniger aufgrund ihres Talents als vielmehr ihrer erotischen Ausstrahlung wegen wird sie 1923 von Mauritz Stiller für die Hauptrolle in seiner Verfilmung von ☞Selma Lagerlöfs *Gösta Berling*, Garbos Lieblingsbuch aus Kinderzeiten, engagiert. Zwei Jahre später ruft Hollywood – und Garbos Aufstieg zum absoluten Superstar beginnt mit *The Torrent* (1926, dt. *Fluten der Leidenschaften*). Nach 13 Stummfilmen dreht Garbo 1930 ihren ersten Tonfilm *Anna Christie*, in dieser Zeit beginnt ihre Beziehung mit de Acosta und später auch anderen Frauen. Garbo, die sich nach außen hin gerne den Anschein gibt, mit niemandem liiert zu sein, feiert als *Mata Hari (1931) und Königin* ☞*Christina* (1933, *Queen Christina*) ihre größten Erfolge. Ihre gefühlvolle Darstellung großer historischer und mythenumwobener Frauengestalten animiert zahllose Schauspielerinnen in aller Welt zur Nachahmung. 1951, zehn Jahre nach ihrem letzten Film *The Two-Faced Woman* (1941, dt. *Die Frau mit den zwei Gesichtern*), zieht Garbo nach New York, wo sie den Rest ihres Lebens äußerst zurückgezogen verbringt.

- R. Payne: *The Great Garbo*, 1976 (dt. *Greta Garbo*); A. Walker: *Greta Garbo, ein Porträt*, 1983

García Lorca, Federico

spanischer Schriftsteller
5. (a.Q. 15.) 6.1898 Fuentaqueros/Granada – 19.8.1936 Víznar/Granada

García Lorca studiert Philosophie, Jura und Literatur in Granada und Madrid, zeichnet, komponiert und schreibt, und leitet eine studentische Wanderbühne. Mit seinen Theaterstücken wie *Bluthochzeit*, *Yerma* oder *Bernarda Albas Haus* hat sich García Lorca einen festen Platz in der spanischen Literatur und weltweit in den Spielplänen der Theater gesichert. Seine frühe Lyrik macht ihn zum bekanntesten Dichter der „Generation von 1927". Bald befreit er sich jedoch von seinen Vorbildern und findet eine eigene, hochmusikalische und dennoch der traditionellen Volksdichtung verhaftete Sprache. Mit seinen Theaterstücken, in denen immer wieder starke Frauen im Mittelpunkt stehen, die allerdings an der konservativ-patriarchalen Gesellschaft scheitern, verhilft er dem spanischen Drama zu einer grundsätzlichen Erneuerung. Viele seiner Stücke lassen sich heute auch als Umsetzung seiner eigenen unterdrückten Sexualität lesen. García Lorca gehört zwar nie einer Partei an, doch ist sein Engagement für die Republikaner kein Geheimnis. Als Kommunist und Homosexueller ist er den Anhängern Francos aus zweierlei Gründen ein Dorn im Auge und wird schließlich von Falangisten ermordet. Einer der Mörder prahlt später damit, dem Dichter, der nicht sofort tot ist, noch zwei Schüsse in den Unterleib verpasst zu haben, weil García Lorca schwul ist.

Seine Homosexualität wagt García Lorca erst als 30-Jähriger auf einer Reise nach New York und Kuba auszuleben. Als während seines Studiums erste Gerüchte auftauchen, zwingen ihn seine Freunde Luis Buñuel und Salvador Dalí, die „Anschuldigung" zu dementieren, um damit seine Ehre zu retten. Dalí und Lorca verbindet später eine uneingestandene, ungleiche Liebe zueinander.

- Ian Gibson: *Federico García Lorca*, 1991; Christoph Klimke: *Federico García Lorca oder Honig ist süßer als Blut*, 1998; Ian Gibson: *Lorca-Dalí. Die Liebe, die nicht sein konnte*, 1999; Werner Altmann: *er Schmetterling, der nicht fliegen konnte. Federico García Lorca*, 2002; David Johnston: *Federico García Lorca. Leben hinter der Maske*, 2003

Gardell, Jonas (eigentlich Lars Jonas Holger Gardell)

schwedischer Schriftsteller und Stand-Up-Comedien

2.11.1963 Täbyssä

Gardell zählt zu den bekanntesten Autoren und Entertainern Schwedens. Mit seinen Soloshows als Anarcho-Komiker füllt er ohne Probleme größte Hallen. Zu seinen literarischen Arbeiten gehören Theaterstücke, Drehbücher sowie Romane, die in acht Sprachen übersetzt sind. Sein hoch gelobtes Debüt legt er 1985 mit *Passionsspelet* (dt. *Das Passionsspiel*) vor. *En komikers uppväxt*, 1992 (dt. 1995 als *Die lustige Stunde* und 2003 als *Ein Komiker wächst heran* erschienen), ist ein autobiografisches Buch über seine Kindheit. 1995 lässt Gardell offiziell seine Partnerschaft mit dem schwedischen Fernsehstar und Sänger Mark Levengood (geb. 1966) eintragen. Seitdem sind sie das wohl bekannteste schwule Paar Schwedens, nicht zuletzt, da sie gemeinsam ein Kind adoptieren, was in den heimischen Medien heftig debattiert wird.

- weitere Veröffentlichungen (Auswahl): *Odjurets tid*, 1986; *Präriehundarna*, 1987; *Vill gå hem*, 1988; *Fru Björks öden och äventyr*, 1990; *Mormor gråter och andra texter*, 1993; *Frestelsernas Berg*, 1995; *Så går en dag ifrån vårt liv och kommer aldrig åter*, 1998; *Om Gud*, 2003

Garland, Judy (eigentlich Frances Gumm)

US-amerikanische Schauspielerin

10.6.1922 Grand Rapids/Minnesota – 22.6.1969 London

Die Tochter eines schwulen Filmmanagers tanzt und singt bereits als Zweieinhalbjährige mit ihren beiden Schwestern auf öffentlichen Bühnen. Mit 13 wird sie für ihre erste Filmrolle engagiert, um sich von da an zum beliebtesten Musical-Kinderstar der 30er und 40er Jahre zu entwickeln. Schon als Teenager wird Garland von ihrer Werbeagentin Betty Asher nicht nur in den Alkohol- und Drogenkonsum, sondern auch in die Freuden der lesbischen Liebe eingeweiht. Um den ewigen Gerüchten ein Ende zu machen, heiratet Garland, die mit ihrer Rolle als Dorothy in dem Märchenfilm *The Wizard of Oz (1939, dt. Das zauberhafte Land*) ihren größten Erfolg feiert, 1945 in zweiter Ehe den homosexuellen Regisseur Vincente Minnelli. Ein Jahr später wird Tochter Liza geboren. Ab 1950 besteht Garlands Leben aus einer Aneinanderreihung von Nervenzusammenbrüchen, gescheiterten Ehen und Beziehungen, Drogenentzügen und Comebacks auf der Bühne und im Film. Bis zu ihrem Selbstmord fast 20 Jahre später kann sie sich durch ihre Konzerttourneen ihre Popularität erhalten. Für viele Schwule in den 60er Jahren ist Garland die Ikone schlechthin, denn sie verkörpert eine einzigartige Mischung aus Wunder und Leid, überwindet alle Hindernisse, steht nach jeder Niederlage immer wieder auf. Als sie im Juni 1969 stirbt, stehen über 20.000 Menschen Schlange, um vor ihrem aufgebahrten Sarg Abschied zu nehmen. Einige schwule Kneipen schmücken sich sogar mit schwarzem Crêpe-Papier zur Trauer. Viele behaupten, Garlands Tod habe entscheidend dazu beigetragen, dass es zu den Stonewall-Krawallen in New York City kam.

- J. Juneau: *Judy Garland. Ihre Filme – ihr Leben*, 1980; Joe Morella/ Edward Z. Epstein: *Judy – The Complete Films and Career of Judy Garland*, 1990

Gateley, Stephen (eigentlich Stephen Patrick David Gately)

irischer Popsänger

17.3.1976 Dublin

Der frühere Barkeeper und Verkäufer wird 1993 ebenso wie seine vier Kollegen vom Club-Besitzer und Manager Louis Walsh aus einer Gruppe von 300 Bewerbern für die neue Boyband *Boyzone* ausgewählt. Nachdem sie Irland im Sturm erobern, machen sie sich auch in den britischen Charts heimisch. Die Band, bestehend aus Gateley, Ronan Keating, Keith Duffy, Shane Lynch und Mikey Graham, hat zahlreiche Nummer Eins-Hits, darunter *Words*, *All That I Need* und *No Matter What*. Darüber hinaus stellen sie mit 14 Top 3-Singles in Großbritannien einen Rekord auf. Sie sind auch die erste Band seit den *Beatles*, die mit vier Alben Platz 1 der Charts erklimmen. Gateley macht im Juni 1999 sein Schwulsein in einem Interview mit der britischen Boulevardzeitung *The Mirror* öffentlich, um einem angedrohten Outing zuvorzukommen. Zwar hatte es immer wieder entsprechende Gerüchte gegeben, doch bis dahin hat Gateley aus seinem Schwulsein ein Geheimnis gemacht – aus Angst, seine Sängerkarriere könnte mit seinem Coming-out ein jähes Ende erleben. Seinen Lebensgefährten lernt Stephen Gateley 1994 bei einer Promotiontour mit seiner Band kennen, denn Eloy de Jong ist in der Musikbranche ebenfalls kein Unbekannter. Er war Sänger der inzwischen aufgelösten niederländischen Boyband *Caught in the Act*. Sie leben gemeinsam in ihrem Haus am Rande von Amsterdam. Von den Lesern der Popzeitung *Smash Hits* wird Gateley zum „Hero of 1999" gewählt. In seiner kurzen Dankesansprache sagt er: „Es bewegt mich zutiefst, diese Auszeichnung zu gewinnen. Für mich war es ein sehr schwieriges und schmerzhaftes Jahr, um es vorsichtig auszudrücken. Wie es aussieht, hat sich aber letztlich alles gelohnt." 2002 geben de Jong und Gately das Ende ihrer Beziehung bekannt. Im gleichen Jahr lernt Gately auf einer Party bei ☞Sir Elton John den Londoner Betreiber einer Internet-Dating-Line Andrew Cowles kennen. 2003 geben sie sich in einer inoffiziellen Zeremonie in Las Vegas das Ja-Wort.

Gaultier, Jean-Paul

französischer Modemacher
24.4.1952 Arcueil/Paris

Bereits als Kind entwirft er für seine Puppen neue Kleider, als Schüler frisiert und schminkt er in der Wohnung der Großmutter – einer Kartenlegerin und Kosmetikerin – deren Kundinnen. Mit 18 Jahren wird er von Pierre Cardin als Assistent engagiert, wechselt frustriert zu Jacques Esterel, dann zu Jean Patou und wieder zu Cardin. Eine eigene Schmuckkollektion floppt. 1976 folgt die erste eigene Modekollektion, die wie die beiden nachfolgenden ein Misserfolg wird. Verschuldet zieht er sich in die elterliche Wohnung zurück. Durch einen glücklichen Zufall entdeckt ihn der japanische Textilkonzern Kashiyama, der in Europa Fuß fassen will, und Gaultier wird sofort engagiert. In seinen Kollektionen greift er auf Fundstücke vom Flohmarkt und auf Inspirationen aus dem Fernsehen sowie der Popkultur zurück, zitiert schwule Männerideale wie die Figuren ☞Tom of Finlands, Cops und Gladiatoren, vermischt Trends, Tradition und Humor. Er selbst gibt sich stets jugendlich-lausbubenhaft mit Matrosen-Ringelhemd. 1985 erregt er Aufsehen mit seinen Röcken für Männer, im gleichen Jahr eröffnet die erste eigene Boutique in Paris. Mit seinen Models begeht er, wie auch bei den Kollektionen, mehrfachen Stil- und Tabubruch. Als einer der ersten setzt er farbige Models ein und lässt Profis und Laien, androgyne Frauen neben übergewichtigen Walkürengestalten, knabenhafte Jünglinge neben grauhaarigen älteren Damen auf den Laufsteg gehen. 1990 modelt für ihn eine seiner prominentesten Kundinnen, Madonna, für die er die aufsehenerregende, spitzbusige Korsage entwirft. 1989 nimmt Gaultier seine erste Schallplatte *House Couture* auf. Ab 1992 betätigt er sich auch als Möbeldesigner. Für Peter Greenaway stattet er den Film *The Cook, The Thief, His Wife and Her Lover* (1989) aus, für Luc Besson *Das Fünfte Element* (1997), für ☞Pedro Almodóvar *Kika* (1993). 1983 wählen ihn führende internationale Modejournalisten zum besten Designer. 1987 erhält er den Mode-Oscar als bester Designer des Jahres. 1990 veröffentlicht er seine Autobiografie *A nous deux, la mode* in Form eines Comicbuches. Als „große Liebe meines Lebens" bezeichnet Gaultier Francis Menuge, den er Mitte der 70er Jahre kennen lernt und der an den Folgen von Aids stirbt. „Als schwuler Mann habe ich Unterschiede immer intensiver wahrgenommen, aber Francis verstärkte diese Wahrnehmung. Er half mir dabei, nicht nur die ‚Unterschiede' eines Menschen zu verstehen, der sich wunderschön anzog, der immer auffiel, sondern auch die ‚Unterschiede' eines Menschen, der unterdrückt wurde und litt – unter Aids, unter Diskriminierung – und der deswegen von mir Hilfe und Schutz brauchte."

Gaynor, Janet (eigentlich Laura Gainor)

US-amerikanische Schauspielerin
6.10.1906 Philadelphia/Pennsylvania – 14.9.1984 Palm Springs/Kalifornien

Für ihre frische, unschuldige Darstellung der weiblichen Hauptrolle in *Sunrise* (1927, dt. *Sonnenaufgang*) erhält Gaynor den ersten Oscar, der für die beste Schauspielerin vergeben wird.

Obwohl sie den Übergang zum Tonfilm im Gegensatz zu vielen Kolleginnen mühelos schafft, gelingt es ihr in der Folge jahrelang nicht, die schablonenhafte Rolle als „America's Sweetheart" abzuschütteln. Erst mit *A Star Is Born* (1937, dt. *Ein Stern ist erschienen*) emanzipiert sie sich als ernsthafte Charakterdarstellerin. Gaynor, Mitglied des lesbischen Hollywooder „Nähkreises", leidet dennoch weiterhin unter dem Auseinanderklaffen von Sein und Schein: Für Frauen wie sie, erklärt sie in den 30er Jahren etwas verschlüsselt, sei „es mehr oder weniger zur Gewohnheit geworden, dass wir unsere wahren Gefühle verbergen." Die Schauspielerin, die eine Scheinehe mit ☞Gilbert Adrian, dem führenden Kostümdesigner von MGM, eingegangen war, stirbt 1982 an den Folgen eines Autounfalls.

Geffen, David

US-amerikanischer Musik- und Filmproduzent
21.2.1943 Brooklyn/New York

Geffen, der von einer ärmlichen Familie russischer Einwanderer abstammt – die Mutter hat einen kleinen Laden für Damenkorsettagen –, soll sich angeblich als Kind bereits vorgenommen haben, eine amerika-typische Karriere vom Tellerwäscher zum Millionär zu machen. Dieses Ziel hat er weit übertroffen: Er gehört zu den bestverdienenden Männern der USA. Eine geplante Karriere im Showbusiness scheitert an seinen mäßigen Schulzeugnissen: Er wird zur Universität gar nicht erst zugelassen. Mit einem gefälschten College-Abschluss erschleicht er sich eine Anstellung in der Versandabteilung der William Morris Agency. Nach eineinhalb Jahren ist er bereits Junior Manager dieser Musikagentur. 1966 gründet er eine eigene Plattenfirma, Tunafish Music, die er 1969 für 4,5 Millionen Dollar an CBS verkauft. Bei seinen neuen Unternehmen Asylum Records und der Musikagentur Geffen-Roberts hat er Künstler wie Joni Mitchell, Linda Ronstadt und Jackson Browne unter Vertrag. Anfang der 70er Jahre ist Geffen bereits einer der einfluss- und erfolgreichsten Unternehmer im Musikbereich. 1971 verkauft er Asylum Records an den Medien-Mogul Warner, bleibt aber Präsident der Plattenfirma. 1976 zieht er sich als vermeintlich krebserkrankt aus dem Management zurück und beschränkt sich auf Lehraufträge an den Universitäten Yale und UCLA. Als sich vier Jahre später die Fehldiagnose herausstellt, steigt er erneut in das Musikbusiness ein und gründet Geffen Records. Auch hier hat Geffen sehr schnell wieder Popgrößen unter Vertrag, u.a. ☞Elton John, Donna Summer, John Lennon, später kommen *Guns N'Roses*, *Whitesnake* und *Aerosmith* dazu. Als er auch diese Firma wieder veräußert, ist sie 700 Millionen Dollar wert. Ab 1982 beginnt er auch Filme zu produzieren (*Personal Best*, 1982; *Risky Business*, 1983; *Beetlejuice*, 1988), ab 1981 auch Musical- und Theaterinszenierungen wie *Cats* (1982) und *Miss Saigon* (1991). 1990 gründet er erneut eine Plattenfirma: DGC. 1994 gründet er zusammen mit Steven Spielberg und Jeffrey Katzenberg die Filmproduktionsfirma *DreamWorks SKG*, die u.a. *The Lost World* und *Interview with a Vampire* produziert. Seit Anfang der 90er Jahre äußert sich Geffen selbstbewusst und offen zu seiner Homosexualität und engagiert sich in der Aids-Arbeit persönlich wie finanziell durch hohe Spenden. 1994 vermeldet eine französische Zeitschrift Geffens Verlobung mit dem Star aus einem seiner Filme, Keanu Reeves. Die Nachricht erweist sich jedoch als Zeitungsente und Wunschdenken manches schwulen Reeves-Fans.

- Tom King: *The Operator – David Geffen Builds, Buys and Sells the New Hollywood*, 2000

Gehrke, Claudia

deutsche Verlegerin
1.6.1953 Berlin

Noch als Studentin der Germanistik, Philosophie und Mathematik gründet sie 1978 gemeinsam mit einem Freund im idyllischen Tübingen den linken konkursbuchverlag, der zunächst mit politischen Schriften von sich reden macht. Mit der regelmäßigen Herausgabe des Jahrbuchs für Erotik *Mein heimliches Auge* wandelt sich das Profil des erfolgreichen Verlags – und die umtriebige Verlegerin wird zu einer der umstrittensten und bekanntesten Figuren in der deutschen Literaturszene. Gehrke, die wegen ihres couragierten Engagements für die Freiheit der sexuellen Orientierung und der erotischen Künste vor allem von Seiten der Frauenbewegung heftig angefeindet und von vielen Frauenbuchläden boykottiert wird, hat mit schöner Regelmäßigkeit Prozesse wegen des Verdachts auf Verbreitung pornografischer Schriften am Hals. Zum Programm der bekennenden Bisexuellen, die im Privatleben allerdings seit Jahren ausschließlich Frauen zugetan ist, zählen neben erotischen Büchern und Fotobänden mit oftmals lesbischen Thematiken auch Werke renommierter AutorInnen wie ☞Yoko Tawada und ☞Regina Nössler.

Genet, Jean

französischer Schriftsteller
19.12.1910 Paris – 15.4.1986 ebd.

Jean Genet umgibt sich zeitlebens mit der Aura von Gewalt und Verbrechen und kreiert einen eigenen Mythos um seine Person: der schreibende Dieb und Strichjunge, der „poète maudit". Wieviel davon Dichtung, und was Wahrheit ist, lässt sich auch heute nicht eindeutig auseinanderdividieren. Weitgehend gelungen ist dies ☞Edmund White in seiner monumentalen Biografie *Jean Genet* (1993). So kriminell und fern jeglicher bürgerlicher Erziehung, wie sich Genet gerne gibt, ist er dennoch nicht. Zwar wird er insgesamt 13mal verurteilt zu zusammengerechnet 44 Monaten Haft, doch zumeist wegen recht banaler Kleinstdiebstähle, meist von Büchern. Der 1910 bei Zieheltern aufgewachsene Genet flieht bald aus der dörflichen Enge, landet in Erziehungsanstalten und schließlich im Gefängnis. In der Hölle der Anstalt von Mettray, berichtet Genet, habe er gelernt, sich zu seinen drei Grundwerten zu bekennen: zur Homosexualität, zum Diebstahl und zum Verrat. „Ich erschuf in mir selbst, im Alter von 12 oder 15 Jahren, den Beobachter, der ich sein wollte und somit den Schriftsteller, der ich werden wollte." Genet bleibt heimatlos, ohne festen Wohnsitz, sogar noch, als er längst ein berühmter, reicher und selbst von konservativen Kreisen geehrter Schriftsteller wird. Die Faszination des Verbrechens und die zelebrierte eigene Homosexualität werden zu Leitthemen seiner Romane, vom *Le journal du voleur* (1949, dt. *Tagebuch eines Diebes*) bis zu *Pompes funèbres* (1947, dt. *Das Totenfest*), der literarischen Verarbeitung seiner Liebe zu einem deutschen Nazi während des Zweiten Weltkieges. Er selbst hat von seiner Homosexualität ein sehr eigenes Verständnis: „Was ist ein Homosexueller? Ein Mann, ... der sich weigert, in jenes System einzutreten, nach dem sich die ganze Welt organisiert. Der Homosexuelle lehnt es ab, verneint es, zerstört es, ob er will oder nicht ... Es ist das Gegenteil des gesellschaftlichen Zwanges, der Gesellschaftskomödie. Daraus folgt, dass der Homosexuelle, wenn er mehr oder weniger darauf eingeht, eine Rolle in dieser Komödie zu spielen wie ☞Proust oder wie ☞Gide, betrügt, er lügt: Alles, was er sagt, wird suspekt. Meine Fantasie ist in Verworfenheit getaucht, doch zumindest in dieser Hinsicht ist sie edel, ist sie rein. Ich lehne Irreführung ab." Genets Werke sind in Frankreich lange Zeit als pornografisch verboten, namhafte französische Schriftsteller wie Albert Camus, Paul Eluard, ☞Jean Cocteau und André Malraux setzen sich für ihn ein. Auch in Deutschland können die Romane Genets zunächst nicht frei verkauft werden. Insbesondere die Romane *Notre-Dame-de-Fleurs* (1948) und *Querelle de Brest* (1947, 1982 verfilmt von ☞Rainer Werner Fassbinder) erregen durch die Darstellung homosexueller Beziehungen den Unmut der Bundesprüfstelle für jugendgefährdende Schriften. Ähnlich ergeht es ihm in den USA, wo ihm sogar 1965 die Einreise wegen „sexueller Abweichung" verweigert wird. Die Außenseiter, die Verachteten der Gesellschaft macht Genet zu Helden in der Literatur und er sich zu ihrem Verbündeten im politischen Kampf. In seinen letzten Lebensjahren, als er als Dramatiker (*L'arbalète*, 1963, dt. *Die Zofen; Les nègres*, 1958, dt. *Die Neger*) und Romancier bereits verstummt war, engagiert er sich bei der Black Panther-Bewegung, setzt sich für die deutschen Angehörigen der RAF ein und besucht zuletzt 1983 ein Palästinenser-Lager im Libanon. Seine Erfahrungen dort beschreibt er in seinem letzten, posthum 1986 erschienenen Buch *Un captif amoureux* (dt. *Ein verliebter Gefangener*). Genet erhält nur wenige Literaturpreise, z.T. weil er sie selbst ablehnt, z.T. weil er als ihrer nicht würdig empfunden wird. Um so überraschender ist es, als ihm 1983 der Grand Prix National, der höchste französische Ehrenpreis, zuerkannt wird. Neben seinen Arbeiten als Dichter, Romancier und Dramatiker schreibt Genet auch Drehbücher und dreht auch selbst einen Film, *Un chant d'amour* (1950) – homosexuelle Fantasien von Wärtern und Häftlingen in einem Gefängnis –, der zu den Klassikern des schwulen Films gehört. Eine seiner wichtigsten Liebesbeziehungen ist jene zu dem Akrobaten Abdallah Bentaga, den er 1957 als 18-Jährigen kennen lernt. Um dessen Hochseilunterricht finanzieren zu können, verkauft er u.a. die Rechte an seinem Drehbuch *Verbotene Träume*, das ☞Tony Richardson 1966 mit Jeanne Moreau unter dem Titel *Mademoiselle* umsetzt. Als Bentaga, der als Seiltänzer immer wieder scheitert, sich 1964 das Leben nimmt, vernichtet Genet all seine Manuskripte und will nie wieder schreiben. Tatsächlich veröffentlicht Genet weitgehend nur noch Aufsätze, engagiert sich aber politisch. 1974 lernt er in Tanger seinen letzten Lebensgefährten, Mohammed el Katrani, kennen. 1975 gewährt der pressescheue Genet ☞Hubert Fichte ein dreitägiges Interview, das 1976 zunächst in der Wochenzeitung *Die Zeit* und später auch in Buchform erscheint. Genet, der lange Zeit schon an Kehlkopfkrebs erkrankt ist, stirbt in einem kleinen Hotelzimmer. Genet hat zeitlebens nie einen festen Wohnsitz. Sein Leichnam wird in Marokko auf dem alten spanischen Friedhof über Larache beigesetzt, nur wenig entfernt vom Wohnhaus seines Lebensgefährten el Katrani.

● Edmund White: *Jean Genet. Biographie*, 1993; Albert Dichy/Pascal Fouché: *Jean Genet. Versuch einer Chronologie 1910-1944*, 1993

Giacobino, Margherita

italienische Schriftstellerin

1952 Turin

Ursprünglich sollte es ein Gag sein. Nur so zum Spaß verfasst Giacobino, im Hauptberuf als Versicherungs-Sachbearbeiterin tätig und nebenbei mit Übersetzungen der Werke Emily Brontës und Margaret Atwoods beschäftigt, für ein feministisches Regionalblättchen die erfundene Biografie der Schriftstellerin Elinor Rigby. Doch die Leserinnen rennen den Buchhandlungen auf der Suche nach Rigbys Werken die Türen ein. Nun sind sie zu haben: Giacobino gibt ihren Brotberuf auf und schreibt unter dem Pseudonym den Erzählband *Eine Amerikanerin in Paris (1993) und Le Pioniere del sesso* (2000) sowie unter ihrem bürgerlichen Namen den Roman *Casalingha all'inferno* (1996, dt. *Hausfrauen in der Hölle*), worin aus einem Gerangel unter lauter Paaren nur ein einziges unbeschadet hervorgeht: ein lesbisches Paar übrigens. Damit hat sich Giacobino zur einzigen zeitgenössischen italienischen Autorin von Rang gemausert, die nicht nur über lesbisches Leben und Lieben schreibt, sondern sich auch offen dazu bekennt.

● *Marina, Marina, Marina*, 2000

Gide, André

französischer Schriftsteller

22.11.1896 Paris – 19.2.1951 ebd.

Sohn einer wohlhabenden, angesehenen Familie. Der Vater, Professor für Rechtswissenschaften, verstirbt früh; die übervorsichtige, puritanische Mutter erzieht den Sohn zu einem verschüchterten Neurotiker. 1916 Promotion, danach widmet

er sich dem Reisen, der Literatur und Musik und gesellschaftlichen Fragen. Bekennt sich mit seiner 1911 zunächst anonym erschienenen Streitschrift *Corydon* als homosexueller Päderast, heiratet jedoch nach dem Tod seiner Mutter die Cousine Madeleine, in die er sich bereits als 13-Jähriger verliebt hatte und mit der er eine nicht-sexuelle Bindung eingeht. Bei einer Reise nach Tunis 1893 macht Gide seine erste homosexuelle Erfahrung mit einem 14-jährigen Araber. Ein Jahr später begegnet er in Algier Lord Alfred Douglas und ☞Oscar Wilde, der ihn mit dem jungen Musiker Mohammed verkuppelt. Eine engere Bindung erlebt Gide mit dem 15-jährigen Diener Athman, den er nach Paris mitnehmen will, Gides Mutter sträubt sich jedoch dagegen. Gide leidet unter der Trennung und holt Athman vier Jahre später dann doch noch nach. Élizabeth van Rysselberghe, die Tochter eines langjährigen Freundes, bittet er, mit ihm ein Kind zu zeugen. Sie erklärt sich dazu bereit; 1923 kommt die gemeinsame Tochter Cathérine zur Welt, und er erklärt öffentlich seine Vaterschaft. Mit 47 Jahren verliebt er sich in den 16-jährigen Sohn seines Trauzeugen, Marc Allégret (1900-1973). Die flüchtige Affäre mit dem späteren Filmregisseur (*Le Bal du Comte d'Orgel*, 1969; *L'Amant de Lady Chatterley*, 1955) entwickelt sich zu einer intensiven Freundschaft. Ehefrau Madeleine rächt sich am Gatten für die „geistige Untreue", indem sie alle Briefe Gides an sie verbrennt. Er beteuert jedoch immer wieder, dass sie die einzige Liebe seines Lebens sei. Mit seinen autobiografisch gefärbten Romanen *L'immoraliste* (1902, dt. *Der Immoralist*) und *Les Faux-Monnayeurs* (1925, dt. *Die Falschmünzer*) begründet Gide seinen literarischen Ruhm und formuliert seine Haltung für eine tolerante, humane Moral. Weder Kirche noch gesellschaftliche Konventionen dürften die Verwirklichung des Individuums behindern. Seine Autobiografie *Si le grain ne meurt* (1924, dt. *Stirb und werde*) ist zugleich ein unspektakuläres, homosexuelles Bekenntnis. Die intellektuelle Rechte beginnt bereits 1921, als die ersten Auszüge aus *Stirb und werde* erscheinen, heftig zu polemisieren. Als dann, trotz eindringlicher Warnungen enger Freunde, *Corydon* unter Gides Namen erscheint und bald darauf *Die Falschmünzer*, überschlagen sich die Reaktionen. Die katholische Kirche setzt 1951 sein Gesamtwerk auf den Index; 1947 erhält er den Nobelpreis für Literatur.

- *Les caves du Vatican*, 1914 (dt. *Die Verliesse des Vatikans*); *La symphonie pastorale*, 1919 (dt. *Pastoral-Symphonie*); *L'école des femmes*, 1929 (dt. *Schule der Frauen*)
- Klaus Mann: *André Gide und die Krise des modernen Denkens*, 1966; Claude Martin: *André Gide*, 1963; Michael Lucey: *Gide's Bent. Sexuality, Politics, Writing*, 1995

Giehse, Therese (eigentlich Therese Gift)

deutsche Schauspielerin
6.3.1898 München – 3.3.1975 ebd.

Das Leben und Werk der großen Charakterdarstellerin und einzigartigen Brecht-Interpretin ist von einem konsequenten Eintreten für eine menschlichere Welt geprägt. Die überzeugte Sozialistin und Antifaschistin tritt erstmals 1920, nach ihrer Schauspielausbildung, auf einer Bühne in das Licht der Öffentlichkeit. Engagements bei mehreren bayrischen Bühnen folgen, bis sie eine feste Anstellung bei den Münchner Kammerspielen erhält. 1933 emigriert die aus einer jüdischen Familie stammende Giehse in die Schweiz, wo sie gemeinsam mit ihrer Freundin und Geliebten ☞Erika Mann in Zürich das politische Kabarett Die Pfeffermühle betreibt. 1936 heiratet Giehse den schwulen Schriftsteller John Hampson-Simpson, um einen britischen Pass zu erhalten, da sie als Emigrantin von Nazideutschland ausgebürgert wird und somit staatenlos ist. Nach einem kurzen Aufenthalt in den USA kehrt sie nach Zürich zurück, wo sie 1941 zum ersten Mal als „Mutter Courage" in dem gleichnamigen Stück von Bertolt Brecht auftritt. In den folgenden Jahren etabliert Giehse sich auf deutschen und Schweizer Bühnen in zahlreichen Brecht- und später auch Dürrenmatt-Inszenierungen (*Die Physiker*, 1962) als eine der größten und kraftvollsten Schauspielerinnen dieses Jahrhunderts. Giehse, die sich zeitlebens entschieden gegen Kapitalismus und Profitdenken wendet, ist mit vielen bedeutenden, politisch aktiven Schriftstellerinnen und Künstlerinnen, darunter Marieluise Fleißer und Helene Weigel, befreundet. Kurz nach Fertigstellung der Dreharbeiten zu *Black Moon* (1974, Regie Louis Malle) stirbt Giehse nach einer Augenoperation an Nierenversagen.

- Monika Sperr: *Therese Giehse – Ich hab nichts zum Sagen, Gespräche*, 1973

Gielgud, Sir John (eigentlich Artur John Gielgud)

britischer Schauspieler
14.4.1904 London – 20.5.2000 Aylesbury

Großneffe der Schauspielerin Ellen Terry und Bruder des Schriftstellers Val Gielgud. Schauspielausbildung an der Lady Benson's Acting School und an der Royal Academy of Dramatic Art. Ab 1921 Statist, 1922-24 in einer Theatergruppe. 1924 einziger Auftritt in einem Stummfilm (*Who Is the Man?*). 1928 Bühnendebüt in New York, 1930 erstmals als Hamlet am Old Vic in

London. Ab 1932 Arbeit auch als Regisseur, zeitweilig zudem als Theaterleiter. Neben Laurence Olivier zählt Gielgud zu den besten Schauspielern seiner Generation, einen Ruf, den er sich vor allem als ☞Shakespeare-Darsteller – auf der Bühne, wie im Film – erwirbt. Zu seinen Rollen in Shakespeare-Adaptionen gehören sein Clarence in *Richard III.* (1955, Regie Laurence Olivier), Henry IV. in Orson Welles' *Chimes at Midnight* (1966) und in Peter Greenaways *Prospero's Books* (1990/91). Für seinen König Louis VII. in Peter Glenvilles *Becket* wird er 1965 für den Oscar nominiert, für seine Rolle in *Arthur* (1980) erhält er den Oscar als bester Nebendarsteller. 1953 wird er für seine schauspielerischen Leistungen von Queen Elizabeth in den Adelsstand erhoben. Von 1945 bis 1953 zieht er sich aus dem Filmgeschäft zurück und spielt und inszeniert an Londoner und New Yorker Theatern. Gielgud betätigt sich auch als Schriftsteller, u.a. *Early Stages* (1939), *Stage Directions* (1963), *Distinguished Company* (1972) und seine Autobiografie *An Actor and His Times* (1979). Sir John Gielgud gehört lange Zeit zu den wenigen offen schwulen Schauspielern seines Landes und engagiert sich mit seiner prominenten Stimme immer wieder zu Fragen der *gay rights*. Als öffentlich wird, dass er einmal wegen Sex in einer öffentlichen Toilette verhaftet worden war, wird ihm daraufhin kurzzeitig die Einreise in die USA verweigert. Vom Kriegsende bis zu seinem Tod lebt er mit seinem Partner Martin Hensler auf dem gemeinsamen Landsitz Aylesbury bei Oxford.

Giese, Hans (eigentlich Hans-Ernst Friedrich Giese)
deutscher Sexualwissenschaftler
26.6.1920 Frankfurt/Main –
21. (a.Q. 22.) 7.1970 St. Paul de Vence/Frankreich

Der Sohn eines Juraprofessors studiert zunächst Theologie, wechselt auf Drängen des Vaters dann aber zu Medizin und Philosophie. 1941 wird er als Mitglied in der NSDAP aufgenommen, obgleich seine Homosexualität bereits seit seiner Schulzeit bekannt ist. Nach Kriegsende promoviert er mit einer Arbeit über *Die Formen der männlichen Sexualität* und hat damit sein lebenslanges Thema gefunden. 1949 gründet er in Kronberg im Taunus ein Institut für Sexualforschung und setzt sich als Mitglied des neubegründeten „Wissenschaftlich-Humanitären Komitees" für die Abschaffung des § 175 ein. Der Verein wird jedoch vom Frankfurter Gesundheitsamt verboten, da man die Volksgesundheit gefährdet sieht. Am 1. November 1950 erfolgt Gieses erste Eingabe bei der Bonner Regierung, in der er zwischen monogamen beziehungsfähigen und promisken gesellschaftsgefährdenden Homosexuellen unterscheidet. Die Justiz fordert er zu Milde bei angeklagten homosexuellen Paaren auf. Ab 1952 Mitherausgeber der *Beiträge zur Sexualforschung*, von 1955 bis 1957 der *Beiträge zur Sexualpädagogik*. Mitte der 50er Jahre lernt er seinen Lebensgefährten August Engert kennen, mit dem er bis zu dessen Tod 1969 zusammenlebt. 1956 arbeitet er als wissenschaftlicher Berater für Veit Harlans umstrittenen Film *Anders als Du und Ich (§ 175)*. 1959 wird das Institut, das einzige seiner Art in Deutschland, nach Hamburg verlegt. 1959 Habilitation in Hamburg mit der empirisch-psychopathologischen Studie *Der homosexuelle Mann in der Welt*. An der Frankfurter Medizinischen Fakultät wird seine Habilitation aufgrund seiner Homosexualität verhindert. Verlegung des Instituts für Sexualforschung nach Hamburg zur dortigen Universität. 1968 Veröffentlichung der gemeinsam mit Gunter Schmidt verfassten empirischen Studie *Studenten-Sexualität*. 1970 Gutachter im Prozess gegen den Mörder ☞Jürgen Bartsch. Giese versucht mit seiner sexualwissenschaftlichen Arbeit die Homosexualität aus dem Bereich des Perversen, Krankhaften und Kriminellen zu befreien. Er selbst wird in seiner Jugend wegen seiner Homosexualität mehrfach angezeigt und gemaßregelt, muss die Schule wechseln und wird vom Vater zu einem Psychiater geschickt. Giese versucht das Tabu Homosexualität zu entschärfen, indem er die Homosexuellen in moralisch Akzeptable, in die Gesellschaft Eingliederungsfähige und eindeutig Kranke, sozial Unangepasste aufteilt. ☞Martin Dannecker sieht darin 1978 ein „getreues Spiegelbild der von Ambivalenz gekennzeichneten Toleranz". Gleichwohl gilt Gieses Position in seiner Zeit als fortschrittlich und wegweisend. Maßgeblichen Einfluss hat er mit der Erweiterung des juristischen Krankheitsbegriffes bei den Reformen des Sexualstrafrechtes 1969 und 1973. Der Sexualwissenschaftler Volkmar Sigusch bezeichnet Gieses Lehre als triebfeindlich, da sie Beziehung und Treue zu Werten an sich hochstilisiere und alles Flüchtige, Ungebundene als apersonal und süchtig abwerte. „Dem verheerenden Binarismus erlag Giese, indem er die ‚disziplinierten' Homosexuellen dem Griff von Medizin, Recht und Moral zu entwinden suchte, die ‚undisziplinierten' Homosexuellen aber weiterhin medizinischen Eingriffen, rechtlichen Sanktionen und allgemeiner Verachtung überließ. Damit aber hat er an dem Tabu, das auf der Homosexualität liegt, nicht wirklich gerührt." (Sigusch) 1970 kommt Giese bei einem Sturz von einem Felsen ums Leben. Ob es sich um einen Unfall oder Suizid des an Depressionen leidenden Giese handelt, bleibt ungeklärt. Der Nachlass befindet sich im Bundesarchiv Koblenz, der Zugriff wurde aber von Gieses Schwester für 50 Jahre gesperrt.

- *Mensch, Geschlecht, Gesellschaft*, 1954, mit A. Willy; *Die Sexualität des Menschen. Handbuch der medizinischen Sexualforschung*, 1955 (Hg.); *Psychopathologie der Sexualität*, 1962

- Volkmar Sigusch: *Hans Giese. In: Homosexualiät* (Hg. Rüdiger Lautmann), 1993; Barbara Zeh: *Der Sexualforscher Hans Giese. Leben und Werk*. Diss., 1988

Gildo, Rex (eigentlich Ludwig Alexander Hirtreiter)

deutscher Schlagersänger
2.7.1936 München – 26.10.1999 ebd.

Am 23. Oktober 1999 springt Rex Gildo aus dem Fenster seiner Münchner Apartmentwohnung und erliegt drei Tage später seinen Verletzungen, ohne wieder aus dem Koma erwacht zu sein. Die Motive seines Freitodes sind unklar und provozieren die Medien zu Spekulationen. Ist es die enttäuschte Liebe zu seinem zu diesem Zeitpunkt 26 Jahre alten Liebhaber Dave Klingeberg? Ist es die Angst vor dem Altwerden? Die Schmach, nur noch als Parodie seiner selbst bei Auftritten ausgelacht zu werden? Von seinem Image des sonnengebräunten, ewig jugendlichen Strahlemanns kommt und will Rex Gildo nicht weg. Seinen Durchbruch hat das ehemalige Mitglied der Regensburger Domspatzen und der ausgebildete Tänzer mit dem Lied *Speedy Gonzales* (1962). Sein Hit *Fiesta Mexikana* (1972) mit den einprägsamen „Hossa Hossa!"-Rufen hängt ihm zeitlebens an und versorgt ihn zugleich auch mit Auftritten. Er verkauft rund 39 Millionen Platten, produziert insgesamt 60 verschiedene Alben und gehört damit zu den erfolgreichsten deutschen Schlagerstars der 70er Jahre. Er spielt in rund 30 Filmen mit sowie in einigen Musicalinszenierungen wie der deutschen Erstaufführung von *My Fair Lady* in Berlin. In seinen besten Zeiten sind seine Verehrer in 289 Fanclubs organisiert, die Stadt Graz ehrt ihn 1973 als „Leitbild der Jugend". Nicht in dieses Image des charmanten Frauenschwarms und idealen Schwiegersohns passen die aufkommenden Gerüchte über seine Homosexualität. Er heiratet daher 1975 seine Cousine Marion, die über sein Doppelleben informiert ist. In seinem Testament bedenkt er seinen Lebensgefährten Dave Klingeberg mit 50 Prozent seines Vermögens. Die Ehefrau ficht diesen letzten Willen juristisch an – ohne Erfolg.

Ginsberg, Allen

US-amerikanischer Dichter
3.6.1926 Newmark/New York – 5.4.1997 New York City

Ginsberg gehört zu den herausragenden Vertretern der avantgardistischen Literatur in den USA. „Ich sah die besten Köpfe meiner Generation vom Wahn zerstört / hungrig hysterisch nackt" – so beginnt sein umstrittener, programmatischer Gedichtband *Howl and other Poems* (1956, dt. *Geheul*), mit dem er Mitte der 50er Jahre gemeinsam mit seinen Freunden

und Kollegen Jack Kerouac und ☞William S. Burroughs die literarische Bewegung der Beatniks mitbegründet. Diese Autorengruppe lehnt alle tradierten Werte der amerikanischen Gesellschaft radikal ab. Ginsberg gilt als unerbittlicher Kritiker des bürgerlichen Amerikas, engagierter Gegner des Vietnamkrieges und Vorkämpfer für die Rechte der Homosexuellen. Im *Who's Who* hat er sich als verheiratet mit seinem Lebensgefährten Peter Orlovsky eintragen lassen. Ginsbergs Texte sind Gesänge, Litaneien, form- und traditionslos wirkende ekstatische Verse mit feinem Gespür für Rhythmik und Metrum, die Ginsberg bei seinem Vorbild ☞Walt Whitman gelernt hatte. Visionäre Prophetien, endlose Kaskaden von Reflexionen und Blasphemien. Eine wahre Bilderflut hektischer Impressionen und Momentaufnahmen voll konkreter Details, Zitate und Anspielungen. Seine Inhalte sind die Schönheit des Alltäglichen, seine Erfahrungen aus sexuellen Erkundungen und politisch wachem Aufbegehren. Privates, Intimes ist eins mit der kritischen Auseinandersetzung mit der US-amerikanischen Wirklichkeit. „Es sollte", so erklärt er, „keinen Unterschied geben zwischen dem, was wir niederschreiben, und dem, was wir wirklich wissen, so wie wir es jeden Tag miteinander erfahren. Und die Heuchelei der Literatur hat ein Ende." Ginsberg studiert zunächst Jura, dann aber an der Columbia University in New York Literatur und erhält schon während des Studiums einen angesehenen Lyrikpreis.

- *Kaddish*, 1960; *Planet News*, 1968; *Indian Journals*, 1970; *Notizbücher 1952-1962*, 1980; *Reality Sandwiches. Photographien*, 1989
- Barry Miller: *Ginsberg – A Biography*, 1990; Michael Schumacher: *Dharma Lion – A Critical Biography of Allen Ginsberg*, 1994 (dt. *Allen Ginsberg. Eine kritische Biographie*, 1999)

Gittings, Barbara

US-amerikanische Lesbenaktivistin
31.7.1932 Wien

Die Tochter eines US-amerikanischen Diplomaten gilt als eine der führenden Aktivistinnen der Lesbenbewegung in den 50er und 60er Jahren. Aufgewachsen in Wien und Montreal, wird sie sich während ihres Studiums ihrer Homosexualität bewusst. Unzufrieden mit den Erklärungen, die Gesellschaft und Psychologie bieten, bricht Gittings ihr Studium ab und zieht nach Philadelphia, wo sie beginnt, sich intensiv mit Literatur zu diesem Thema auseinanderzusetzen. In San Francisco hört sie 1956 von der kurz zuvor entstandenen Lesbenorganisation Daughters of Bilitis und gründet 1958 in New York den dortigen Ableger. Als deren Präsidentin beginnt Gittings, radikal an deren

Umstrukturierung, vor allem der Sichtbarmachung von Lesben in der Öffentlichkeit, zu arbeiten. Mit der Gründung der Zeitschrift *The Ladder*, die als erste das bislang vermiedene Wort „lesbisch" im Namen führt, beginnen die Differenzen mit der eher konservativen Leitung der nationalen „DOB", die schließlich zum Ausscheiden Gittings' führen. Gittings, die weiterhin in verschiedenen Lesben- und Schwulenorganisationen tätig ist, richtet ihr Augenmerk in der Folge vorrangig darauf, schwul-lesbische Literatur in die Bibliotheken und damit in die Hände der Öffentlichkeit zu bringen. Sie ist Vorstandsmitglied bei der National Gay Task Force und der Gay Rights National Lobby: „Dazu gehe ich noch auf Demos, setze mich für die Bewegung ein, gebe praktische Ratschläge und feuere andere AktivistInnen an." Gittings lebt heute gemeinsam mit ihrer Freundin und Mitstreiterin Kay Lahusen in Wilmington/Delaware.

Glanville-Hicks, Peggy

australische Komponistin

29.12.1912 Melbourne – 25.6.1990 ebd.

Peggy Glanville-Hicks ist eine der wenigen Komponistinnen der zeitgenössischen Musik des 20. Jhs., die große Reputation erlangen. Ihren Ruhm verdankt sie neben ihren Ballett- und Filmmusiken, Kammermusik- und Orchesterkompositionen insbesondere ihren Opern wie *The Glittering Gate* (1957), *Nausicaa* (1960) und ☞*Sappho* (1965). Bereits ihre erste aufgeführte Oper *The Transposed Heads. A Legend of India* (1953) nach der Erzählung *Die vertauschten Köpfe* von ☞Thomas Mann wird mehrfach nachgespielt. Als erste Komponistin verwendet sie elektronische Musik in der Oper sowie zweisprachige Libretti. Bereits mit 15 Jahren hat Glanville-Hicks ein Kompositionsstudium begonnen, mit 19 Jahren gewinnt sie ein Stipendium des Royal College of Music in London. Der britische Komponist Ralph Vaughan Williams wird einer ihrer wichtigsten Lehrer während des Studiums. 1942 geht sie in die USA, wo der größte Teil ihrer Werke entsteht. 1959 zieht sie nach Athen, reist nach Indien und Asien. Die neuen musikalischen Erfahrungen fließen in ihre jeweils neuen Arbeiten ein. Sie ist eng mit ☞Paul Bowles befreundet; ihre Korrespondenz mit ihm inspiriert sie zu ihrem Orchesterwerk *Letters from Morocco* (1952). Mitte der 80er Jahre kehrt sie in ihr Heimatland Australien zurück, wo sie als einer der großen Namen der heimischen Musikkultur gilt. 1939 heiratet sie den britischen schwulen Komponisten und Pianisten Stanley Bate. Sie selbst kleidet sich betont männlich, schämt sich immer wieder ihres weiblichen Geschlechts, das sie gegenüber Männern minderwertiger erscheinen lässt. Vor allem ist sie darüber verzweifelt, dass die Kunstproduktion von Frauen stets mit anderen Maßstäben gemessen wird als jene von Männern. Zu ihren wichtigen Freundinnen (und wahrscheinlich auch Geliebten) gehören die Komponistin Lili Boulanger und die Autorin ☞Anaïs Nin. Als diese ihre Tagebücher veröffentlicht, besteht Glanville-Hicks darauf, dass alle Hinweise auf ihre Person gestrichen werden. Zeitlebens hadert sie mit ihren sexuellen Gefühlen und hat auch immer wieder Beziehungen zu Männern, u.a. zum Vater von Errol Flynn.

● James Murdoc: *Peggy Glanville-Hicks, A Transposed Life*, 2001

Glen, Marla

US-amerikanische Musikerin

3.1.1960 Chicago/Illinois

Glens rauchig-tiefe Stimme mit dem unvergleichlich kehligen Timbre lässt 1994 bei Erscheinen ihres ersten Albums *This Is Marla Glen* Lesben weltweit die Ohren spitzen. Kann so eine Traumfrau lesbisch sein? Sie kann. Um ihre Homosexualität weiß die Tochter einer Künstlerin und eines Ingenieurs, die bereits mit fünf Jahren von Muddy Waters eine Mundharmonika geschenkt bekommt, schon von frühester Jugend an. Die heute in der Nähe von Köln lebende Glen nimmt's gelassen, wie auch ihren gesamten Werdegang, der wie eine unglaubliche Mischung aus schicksalshaften Fügungen und purem Zufall klingt. Glen, schon als Kind überaus musikbegeistert, schlägt sich nach dem Abitur zunächst in New York und dann in Los Angeles mit verschiedenen Gelegenheitsjobs durch. Während sie gerade als Sicherheitskraft ein Bürogebäude in L.A. bewacht, kommt die Blueslegende Nina Simone vorbei und fragt nach der Toilette. Kurz darauf ist Glen als ihre Leibwächterin, Köchin, Putzfrau und Begleiterin engagiert. Und dann gewinnt sie auch noch einen Musikwettbewerb in New Orleans, was ihr ein Ticket nach Paris beschert, wo die ersten öffentlichen Auftritte als Sängerin ihr sogleich einen Plattenvertrag einbringen. Glens selbstkomponierte Songs erzählen von Sehnsucht und der Härte des Lebens: „eine Art protestierende Gospelmusik", wie die bibelfeste Christin erklärt. Die androgyn wirkende Sängerin mit den kurzgeschorenen Haaren, die ausschließlich elegante Anzüge und weiße Hemden trägt, wehrt sich vehement dagegen, als Paradepferd vereinnahmt zu werden: „Die organisierte Lesbenbewegung kann mich mal. [...] Ich bin ein menschliches Wesen." 1999 wird Glen von der Luzerner Polizei verhaftet, nachem sie mit einer Toilettenfrau Streit bekommen hatte. Verwirrend kommt hinzu, dass in ihrem Pass versehentlich „männlich" als Geschlecht angegeben ist. Nach einer privat wie künstlerisch schwierigen Phase meldet sie sich 2003 mit dem Album *Friends* zurück und sieht sich gar als lesbisches „role model": „Ich verkörpere Power, Willensstärke, lasse mich nicht unterkiegen. Und ich liebe die Frauen: blond, schwarz, braun – no matter." Im Juli 2004 heiratet sie ihre 20 Jahre jüngere Lebensgefährtin Sabrina Conley in ihrer neuen Wahlheimat Heilbronn.

● weitere Alben: *Love & Respect*, 1996; *Friends*, 2003

Gloeden, Baron Wilhelm von

deutscher Fotograf
18.9.1856 Schloss Volkshagen bei Wismar – 16.2.1931 Taormina/Sizilien

Sohn eines Forstmeisters. Studium der Kunstgeschichte und Malerei in Rostock und Weimar. 1877 Übersiedlung nach Taormina/Sizilien, wo er erste fotografische Versuche unternimmt. Freundschaft zum Maler Francesco Paolo Michetti und zum Schriftsteller Gabriele d'Annunzio. 1893 erste Austellungsbeteiligung in London. Großherzog Friedrich II. von Mecklenburg-Schwerin schenkt ihm 1895 eine Plattenkamera. In den folgenden Jahren professionalisiert Gloeden seine fotografische Tätigkeit und bereist Sizilien, Deutschland und Tunesien. Taormina entwickelt sich indessen zu einem internationalen Treffpunkt des europäischen Hochadels, Industrieller und Künstler, insbesondere von Homosexuellen, die in Sizilien – ähnlich wie in Nordafrika – ihre sexuellen Leidenschaften eher ausleben können als zu Hause. Zu Gloedens Gästen gehören u.a. ☞Oscar Wilde, Kronprinz August und der Industrielle ☞Friedrich Alfred Krupp. Ab 1897 finden Gloedens Arbeiten zunehmend internationale Anerkennung und werden vielfach ausgezeichnet – vor allem für seine Landschaftsaufnahmen, Porträts und dokumentarischen Fotos, wie jene vom Erdbeben 1908 in Reggio Calabria und Messina sowie des Ausbruchs des Vulkans Ätna. 1911 beteiligt er sich an der Weltausstellung in Rom. 1915-1918 verlässt er wegen der drohenden Internierung als unerwünschter Ausländer das Land. 1930 beendet er seine fotografische Arbeit, verkauft sein Anwesen für Wohnrecht und Leibrente. Im gleichen Jahr stirbt seine Halbschwester Sofia Raab, mit der er seit 1895 zusammengelebt hatte. 1933 konfiszieren und zerstören die italienischen Faschisten ca. 1000 Glasnegative und 2000 Abzüge seiner Arbeiten. 1939 wird erneut das von seinem ehemaligen Freund, Modell und Erben Pancrazio Bucini verwaltete Archiv beschlagnahmt. In einem daran anschließenden Prozess wird Bucini jedoch vom Vorwurf der Verbreitung pornografischer Akte freigesprochen. Stein des Anstoßes bilden die Männer- und Jünglingsakte, die Gloeden meist nach griechisch-klassischen Vorbildern inszeniert. Es sind mit die ersten Aktaufnahmen in der Geschichte der Fotografie. Noch lange nach seinem Tod beeinflusst Gloeden die Männeraktfotografie. In den 20er Jahren sind seine Fotos längst zu begehrten Sammlerobjekten geworden und in Homosexuellenzeitschriften veröffentlicht. Seine Fotografien werden vielfach von anderen Künstlern zitiert bzw. bearbeitet (u.a. von ☞Andy Warhol, ☞Salomé und Josef Beuys); ☞Roger Peyrefitte schreibt mit *Les amours singulières* (1950) eine fiktive Biografie Gloedens.

● Hans-Joachim Schickedanz: *Wilhelm von Gloeden – Akte in Arkadien*, 1987; Ulrich Pohlmann: *Wilhelm von Gloeden – Sehnsucht nach Arkadien*, 1988

Gluck (eigentlich Hannah Gluckstein)

britische Malerin
13.8.1895 London – 10.1.1978 ebd.

Die Tochter aus einer reichen jüdischen Familie – ihr gehört die Lyons Coffee House-Kette – entdeckt zunächst ihr musikalisches Talent, das sie mit ihrer amerikanischen Mutter, der Opernsängerin Francesca Halle Gluckstein, gemein hat. Sie verlässt früh das Elternhaus und geht von 1913 bis 1916 auf die St. John's Wood School of Art in London, allerdings ohne großes Interesse an der Kunst zu haben. Vielmehr sieht sie die Ausbildung dort als eine Art Zeitvertreib. Finanziell ist sie durch das Familienvermögen unabhängig. Die Begegnung mit Porträts von John Singer Sargent weckt in ihr die Lust, selbst zu malen. Sie verbringt einige Wochen in der Nähe der Künstlerkolonie in Newlyn/Cornwall, wo sie u.a. Alfred Munnings, Dod und Ernest Proctor, Harold und Laura Knight und Lamorna Birch kennen lernt, die sie bei ihren ersten Malversuchen unterstützen. Zurück in London richtet sie ihr eigenes Studio ein, 1924 hat sie ihre erste Einzelausstellung. Zu dieser Zeit lernt sie ☞Romaine Brooks kennen, und sie fertigen gegenseitig Porträts an. Romaine Brooks' Porträt der berüchtigten Herzensbrecherin (*Peter, A Young English Girl*, 1924) zeigt die Künstlerin in ihrer Lieblingspose – in Anzug, mit Pfeife und sinnlichem Blick. Eine ihrer berühmtesten Arbeiten ist das Doppelporträt *Medaillon*, das Gluck zusammen mit ihrer Geliebten Nesta Obermer zeigt. Es wird als Coverabbildung für eine britische Ausgabe von ☞Radclyffe Halls Roman *The Well of Loneliness* verwendet. 1951 wird Gluck die lebenslange Mitgliedschaft in der Royal Society of Arts für ihr Werk zugesprochen. Ihren Familiennamen und Vornamen ersetzt sie bereits in jungen Jahren gegen den geschlechtslosen Namen Gluck. Auch in ihrem Auftreten – sie trägt ausschließlich Männerkleidung – zelebriert sie eine androgyne, geschlechtsneutrale Erscheinung. Von Jugendlieben abgesehen hat Gluck zeitlebens Frauen als Partnerinnen, zuletzt die Journalistin Edith Shakleton Heald, mit der sie von 1944 bis zu deren Tod 1976 zusammenlebt.

● Diana Souhami: *Gluck, 1895-1978. Her Biography*, 2001

Gmünder, Bruno

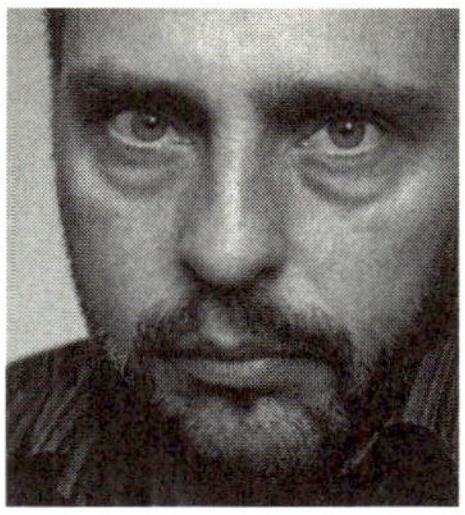

deutscher Verleger
29.6.1956 Spaichingen

Der Internatsschüler und Chefredakteur der Schülerzeitung *Intern* absolviert in München ein Jurastudium. Politisches Engagement bei amnesty international und später in der Gefangenenhilfe. 1978 zieht Bruno Gmünder gemeinsam mit seinem Lebensgefährten Gerd-Christian Freiherr von Maltzahn (geb. 28.1.1956 Buenos Aires) nach Berlin. Er ist beim Aufbau des ersten deutschen schwulen Buchladens „Prinz Eisenherz" und 1988 bei der Gründung der Deutschen Aids-Hilfe e.V. beteiligt. Zusammen mit Christian von Maltzahn und Andreas Maydorn gründet er 1981 den Bruno Gmünder Verlag, dessen geschäftsführender Gesellschafter er wird. Als erste Publikation erscheint der Stadtführer *Berlin von hinten*. Erstes belletristisches Werk ist die Wiederveröffentlichung von ☞Klaus Manns Erstlingsroman *Der fromme Tanz*. 1986 übernimmt Bruno Gmünder den Reiseführer *Spartacus*, 1989 erscheint die erste Ausgabe der Zeitschrift *Männer aktuell*. Der Verlag expandiert und wird zu einem der größten schwulen Medienunternehmen der Welt. 1988 werden die verschiedenen Geschäftsbereiche in der Bruno Gmünder Handelsgesellschaft zusammengefasst. Nach Christian von Maltzahns Tod infolge von Aids am 3.4.1997 in Kremmen bei Berlin ist Gmünder alleiniger Gesellschafter aller Firmen der Bruno Gmünder Gruppe. Er lebt gemeinsam mit Mann, Hund und Fischen in Berlin, engagiert sich in verschiedenen Vereinen und Initiativen innerhalb der schwulen Community sowie bei Tierzucht und Gartenbau.

Gobert, Boy (eigentlich Christian Gobert)

deutsch-österreichischer Schauspieler und Regisseur
5.6.1925 Hamburg – 30.5.1986 Wien

Gobert, Sohn eines hanseatischen Senators, kommt nach einigen Theaterengagements 1955 zum Film, wo er insbesondere Rollen als Dandy, Snob und Bonvivant bekommt, u.a. in *Der Mustergatte* (1956), *Monpti* (1957), *Viktor und Viktoria* (1957), *Peter Voss, der Millionendieb* (1959), *Kamikaze 1989* (1982). Insgesamt wirkt er an 55 Spielfilmen sowie in Fernsehproduktionen (*Kir Royal*, 1986) mit. Gobert führt zunehmend auch selbst Regie, bleibt aber weiterhin dem Theater treu. 1960-69 ist er Ensemblemitglied des Wiener Burgtheaters; 1969-80 Direktor des Hamburger Thalia-Theaters; 1980-85 Generalintendant der Staatlichen Schaubühnen Berlin. 1986 wird Gobert, inzwischen österreichischer Staatsbürger, zum Direktor des Theaters in der Josefstadt berufen, stirbt jedoch kurz vor Amtsantritt in seinem Haus an einem Herzinfarkt. Seit 1981 werden mit dem Boy-Gobert-Preis junge Hamburger Schauspielerinnen und Schauspieler für besondere künstlerische Leistungen ausgezeichnet.

Goethe, Walther von

Kammerherr und Komponist
9.4.1818 Weimar – 15.4.1885 Leipzig

Der letzte Enkel Johann Wolfgang von Goethes, ein Großherzoglich Sächsischer Kammerherr, hat sich insbesondere als Komponist hervorgetan. Gefördert wird sein musikalisches Talent insbesondere durch Carl Loewe, der ihn auch zu seiner ersten Oper animiert. *Anselmo Lancia* wird in Stettin uraufgeführt, das Nachfolgewerk *Alessandro Stradella* hingegen bleibt ungespielt. Während des Philosophiestudiums ab 1836 in Leipzig lernt er Robert Schumann kennen, mit dem ihn eine innige und langjährige Freundschaft verbindet. Schumann widmet Goethe die *Davidsbündler Tänze* (1837). Einige Jahre reist Goethe rastlos zwischen Wien, Dresden, Nessenheide bei Stettin und Berlin hin und her. Seine Mutter Ottilie versucht ihn zur Heirat zu bewegen, um damit auch sein Leben in geordnete Bahnen zu lenken. In einem Brief wirft sie ihm offensichtlich ahnungslos vor, dass er die Frauen anschaue, „als wäre es eine Sorte Geschöpfe, die Dich nichts angingen". Er selbst wagt 1841 ihr in einem Brief zaghaft anzudeuten, für wen sein Herz schlägt. Anlass ist die Trennung von seinem Freund Romeo Seligmann: „Zerbrich Dir nicht den Kopf über eine Sache, die Du doch nie erraten kannst, über die Seligmann nicht sprechen darf und über die ich nicht sprechen kann." Goethe bricht mit der Mutter und wendet sich auch von der Musik ab. Stattdessen widmet er sich als „letzter Goethe" ganz der Nachlassverwaltung seines berühmten Großvaters und bezieht ab 1847 Privaträume im Goethehaus zu Weimar. 1853 wird er von seinem Jugendfreund, dem Großherzog Karl Alexander, zum Kammerherrn und 1859 zum Freiherrn ernannt. Nach der durch Sparmaßnahmen beschlossenen Schließung des Goethe-Instituts in Rejikavik eröffnet 1998 der schwule Berliner Künstler, Autor und Islandexperte Wolfgang Müller (geb. 24.10.1957 Wolfsburg) dort das erste private Goethe-Institut. Nach einem Rechtsstreit nennt er es 2001 um in „Walther von Goethe Foundation Reykjavík".

Goldin, Nan

US-amerikanische Fotografin
12.9.1953 Washington DC

Aufgewachsen in Boston, wo sie in einer WG mit Drag Queens lebt. 1978 zieht sie nach New York. Bereits mit 18 Jahren hat sie begonnen ihren weltweiten Freundeskreis, ihre selbstgewählte Familie zu fotografieren und in Form eines visuellen Tagebuches festzuhalten. Es ist zugleich eine Chronik der kulturellen, sozialen und sexuellen Veränderungen in der amerikanischen Gesellschaft seit den 70er Jahren. So hat sie ab Mitte

der 80er Jahre mit einer Vielzahl von Porträts den Krankheitsverlauf von engen, an Aids erkrankten Freunden – Transsexuelle, Transvestiten, Drogenabhängige und Schwule – dokumentiert. „Ich fotografiere aus Liebe, aus meiner Vorstellung von Schönheit und Sehnsucht heraus." Sie erforscht dabei in ihrem Werk die Bandbreite menschlicher Beziehungen. Ihre Bilder erzählen von Freundschaft und Sexualität, von Nähe und Verlust, Autonomie und Abhängigkeit, von Geschlechterrollen und der Liebe in all ihren Facetten. Mehrere hundert ihrer zahllosen Fotografien stellt sie ab 1981 zu einer multimedialen Live-Präsentation zusammen. Die rund einstündige *The Ballad of Sexual Dependancy* ist zunächst in New Yorker Clubs zu sehen und wird später weltweit zu Festivals eingeladen und in Museen ausgestellt. Gemeinsam mit Edmund Coulthard dreht sie 1995 die autobiografische Dokumentation *I'll Be Your Mirror*. Seit 1989 lebt sie in Frauenbeziehungen. „Am liebsten reden Männer über Fakten und Wissen. Und Fakten sind nicht meine große Leidenschaft."

- *The Ballad of Sexual Dependancy*, 1986; *Desire by Numbers*, 1994; *The Other Side 1972-1992*, 1992; (mit David Armstrong): *Ein doppeltes Leben*, 1994; *I'll Be Your Mirror. Photographien 1972-1996*, 1997; (mit Guido Costa): *Ten Years After*, 1998

Goldt, Max (eigentlich Matthias Ernst)

deutscher Autor, Musiker und Sänger
1958 Göttingen

Gemeinsam mit Gerd Pasemann gründet Goldt Mitte der 80er Jahre die Berliner Band *Foyer des Arts*. Im Fahrtwind der Neuen Deutschen Welle gelangen sie mit *Wissenswertes über Erlangen* und *Die Königin mit Rädern untendran* (1982) unverhofft in die Charts. In der ZDF-Hitparade landet *Erlangen* hingegen mit 5,7 Prozentpunkten aller Stimmen auf dem letzten Platz. Gleichwohl produziert die Band bis in die 90er Jahre verschiedene LPs mit deutschsprachiger Popmusik zwischen Elektro-Avantgarde und Dada. Die skurril-absurden Texte erscheinen 1984 gesammelt in *Mein äußerst schwer erziehbarer schwuler Schwager aus der Schweiz*. Erste Bühnenerfahrungen als Sänger will Goldt bereits im Alter von 12 Jahren, leicht zugekifft, in der Aula seines Göttinger Gymnasiums mit seiner Eigenkomposition *Mein Asthma bringt mich noch mal um* gemacht haben. Lange Zeit gilt Goldt als Geheimtipp. Bis zum (finanziell einträglichen) Durchbruch arbeitet Goldt u.a. als Reisebegleiter bei Berliner Stadtrundfahrten. Mit seiner Kolumne *Onkel Max' Kulturtagebuch*, später mit dem Titel *Informationen für Erwachsene* bzw. *Manfred Meyer berichtet aus Stuttgart* in der Satirezeitschrift *Titanic* wird Goldt und seine feinsinnige Beobachtungsgabe für das Banale des Alltags bekannt. Neben seiner schriftstellerischen Tätigkeit veröffentlicht er weiterhin CDs als Sänger bzw. mit Lesungen seiner eigenen Texte (*Die CD mit dem Kaffeeringcover*, 1994; *Die sonderbare Zwitter-CD*, 1995; *Weihnachten im Bordell*, 1996). Gemeinsam mit dem Zeichner Katz schreibt Goldt ab 1996 eine in der Titanic veröffentlichte Comicserie über die „zwei netten Homos" (gesammelt u.a. in *Wenn Adoptierte den Tod ins Haus bringen*, 1997; *Oh Schlagsahne. Hier müssen Menschen sein*, 2001; *Ich Ratten*, 2001; *Koksen, um die Mäuse zu vergessen*, 2001).

- *Ungeduscht, geduzt und ausgebuht*, 1988; *Die Radiotrinkerin*, 1991; *Quitten für die Menschen zwischen Emden und Zittau*, 1993; *Schließ einfach die Augen und stell dir vor, ich wäre Heinz Kluncker*, 1994; *Die Kugeln in unseren Köpfen*, 1995; *Ä*, 1997, *‚Mind-boggling'- Evening Post*, 1998; *Okay Mutter, ich nehme die Mittagsmaschine*; 1999; *Der Krapfen auf dem Sims*, 2001; *Wenn man einen weißen Anzug anhat*, 2002; *Für Nächte an offenem Fenster*, 2003; *Vom Zauber des seitlich dran Vorbeigehens*, 2005

Gombrowicz, Witold

polnischer Schriftsteller
4.8.1904 Malozyce – 25.7.1969 St.Paul-de-Vence/Frankreich

„Sie müssen wissen, ich bin kein und war nie ein Homosexueller, sondern betreibe das nur hin und wieder, wenn mich die Lust ankommt, denn es gibt nichts Schlimmeres, als dem heiligen Ruf des Leibes nicht zu folgen." Dieses Selbstbekenntnis des Witold Gombrowicz findet sich in einem Brief an den argentinischen Schriftsteller Juan Carlos Gómez von 1963. Wie sehr sich seine Scham über die eigene Homosexualität in seiner Literatur widerspiegelt, ist seit kurzem erst Thema der Literaturwissenschaft geworden. Von 1928 bis 1934 arbeitet der Jurist Gombrowicz an einem Warschauer Gericht, danach widmet er sich ganz der Literatur, die sich vor allem durch eine groteske Fantastik und satirische Elemente und Experimentierfreudigkeit auszeichnet. Es erscheinen u.a. 1933 der Erzählband *Memoiren aus der Epoche des Reifens* und 1938 der Antibildungsroman *Ferdydurke*, der ihn schlagartig berühmt macht. Im Sommer 1939 wird er auf einer Reise in Buenos Aires vom Ausbruch des Krieges überrascht und bleibt 24 Jahre in Argentinien, das für ihn zur zweiten Heimat wird. Zu seinen Hauptwerken zählen die Romane *Trans-Atlantik* (1953) und *Verführung* (1963) und das Drama *Yvonne, die Burgunderprinzessin* (1938). Erst 1963 kehrt er nach Europa zurück und lebt bis zu seinem Tode, mit einem Jahr Unterbrechung in Berlin, in Südfrankreich.

Gomez, Jewelle
US-amerikanische Schriftstellerin
11.9.1948 Boston

Nach ihrem Journalistik-Studium arbeitet Gomez zunächst bei verschiedenen Fernsehsendern, bevor sie Ende der 70er Jahre beginnt, Kreatives Schreiben und Frauenstudien zu unterrichten. Gomez, die sich seit ihrer Studienzeit intensiv für Frauen- und Lesbenrechte engagiert, ist seit 1980 mit Gedichten (u.a. *Oral Tradition*, 1995), Romanen und Erzählungen an die Öffentlichkeit getreten, in denen sie einerseits in klarer Sprache über lesbisches Leben und lesbische Sexualität berichtet, andererseits eine fundierte Analyse der schwul-lesbischen Kultur bietet. Gomez' äußerst konstruktive Kritik an den z.T. destruktiven Mechanismen innerhalb der *gay community* verweist auf erfrischende Weise immer wieder auf die ihr innewohnenden Kräfte, die genutzt werden wollen und sollten.

- *The Gilda Stories*, 1991; *Forty-Three Septembers*, 1993; *Don't Explain*, 1998

Gorman, Greg
US-amerikanischer Fotograf
1949 Kansas City/Missouri

Jimi Hendrix ist sein erstes prominentes Model. Gorman ist 18 Jahre alt, und mit der geliehenen Kamera eines Freundes fotografiert er bei einem Konzert das Rockidol. Von 1967 bis 1969 studiert er an der Universität von Kansas Fotojournalismus und beendet sein Studium an der Universität von Southern California 1972 mit einem Master of Fine Arts in Cinematography. Innerhalb eines Jahrzehnts entwickelt sich Gorman zu einem der gefragtesten Prominentenfotografen der USA. Als Produktionsfotograf begleitet er u.a. die Filmproduktion von *Terminator II*, *Dances with Wolves* (dt. *Der mit dem Wolf tanzt*) und *Total Recall*. Mit den Tantiemen für seinen ersten großen Auftrag, die Fotos für die Werbekampagne zu *Tootsie*, verdient sich Gorman angeblich sein luxuriöses Haus in Los Angeles. Zu den Popstars und Hollywood-Idolen, die er regelmäßig für die großen Magazine (u.a. *Rolling Stone*, *Vogue*, *Vanity Fair*) fotografiert, gehören u.a. Michael Jackson, Bette Davis, Bette Midler, Barbra Streisand und Dustin Hoffman. Seine Männerakte inszeniert er wie Skulpturen, arrangiert sie wie Stilleben und stellt sich dabei stilistisch in eine Reihe mit seinen Kollegen ☞Herb Ritts und ☞Bruce Weber.

- *Greg Gorman. Volume I*, 1991; *Inside Life*, 1997; *No Excuses*, 1999; *Perspectives*, 2000; *As I See It*, 2000

Gorris, Marleen
niederländische Filmemacherin
9.12.1948 Roermond

Studium der Anglistik und Theaterwissenschaften in Groningen und Amsterdam, Studienabschluss 1976 in Birmingham. Die Autodidaktin macht bei ihrem preisgekrönten Debütfilm *Die Stille um Christine M.* (1982) die Not zur Tugend. Eigentlich soll nach Wunsch von Gorris die Regisseurin ☞Chantal Akermann das Drehbuch verfilmen, die aber aus Zeitgründen ablehnen muss. Marleen Gorris übernimmt selbst die Regie. Auch bei ihrem zweiten Film *Die gekaufte Frau* (1984) zeichnet sie für Drehbuch und Regie verantwortlich und findet international Anerkennung. 1990 dreht sie mit *Die letzte Insel* ihren ersten englischsprachigen Film; fürs dänische Fernsehen dreht sie 1992 die Serie *Tales from the Street*. Ihre Familiensaga *Antonias Welt*, mit einer unspektakulär erzählten lesbischen Liebesgeschichte wird 1995 mit dem Oscar für den besten ausländischen Film prämiert und Gorris erhält nun großzügige Regieangebote. Sie entscheidet sich für die Verfilmung von ☞Virginia Woolfs *Mrs. Dalloway* mit Vanessa Redgrave in der Titelrolle.

- weitere Filme (Auswahl): *Gebroken spiegels*, 1984; *Carolina*, 2003; *Barry*, 2004

Gould, Jason
US-amerikanischer Filmemacher und Schauspieler
29.12.1966 New York City

Als Sohn von Barbra Streisand (aus der Ehe mit Elliott Gould) hat man es vielleicht leichter, den Einstieg ins Filmgeschäft zu bekommen, steht dafür aber umso mehr im Rampenlicht. Bereits als Sechsjähriger hat Gould seine erste Filmrolle in *Up the Sandbox* (dt. *Sandkastenspiele*, 1972), auch wenn er im Abspann nicht genannt wird. 1989 wirkt er bereits in drei kleineren Filmproduktionen mit; im Film seiner Mutter *Prince of Tides* (dt. *Herr der Gezeiten*, 1991) mimt er auch vor der Kamera ihren Sohn. In London spielt er in einer Inszenierung von Jonathan Tolins *The Twilight of the Golds*. 1997 präsentiert er mit *Inside Out* (u.a. mit ☞Alexis Arquette und Elliott Gould) sein Debüt als Filmemacher. Er selbst übernimmt auch die autobiografisch angelegte Hauptrolle: Ein junger schwuler Mann, Sohn berühmter Eltern, versucht, fern des Ruhms der Eltern, ein eigenes Leben aufzubauen, und wird dabei ständig von Paparazzi beobachtet. 2003 wird durch einen Krankenhausaufenthalt öffentlich, dass Gould an Aids erkrankt ist.

Grahn, Judy (eigentlich Judith Rae Grahn)
US-amerikanische Lyrikerin und Publizistin
28.7.1940 Chicago/Illinois

Mit ihrer fundierten Analyse der Sprache, Zeichen und Kodes der lesbisch-schwulen Kultur (*Another Mother Tongue: Gay Words, Gay Worlds*, 1984) liefert Grahn eine wegweisende Neudefinition homosexuellen Selbstverständnisses. Mit 21 aufgrund ihres Lesbischseins unehrenhaft aus der Air Force entlassen, beginnt sie sich aktiv in der Lesben- und Schwulenbewegung zu engagieren. Zeitgleich mit ihren ersten lyrischen Veröffentlichungen (u.a. *She Who*, 1972) richtet sie ihr Augenmerk auf die Entstehungsbedingungen der von ihr postulierten homosexuellen Kultur. Grahns These, dass die homosexuelle Kultur auf lange gewachsenen Traditionen aufbaut und eine wichtige spirituelle Funktion für jedwede Gesellschaft besitzt, führt zu einem radikalen Umdenken und erstarkten Selbstbewusstsein nicht nur innerhalb der Schwulen- und Lesbenbewegung.

● *Work of a Common Woman*, 1975; *The Highest Apple*, 1985

Grant, Duncan

englischer Maler
21.1.1885 Inverness – 9.5.1979 Aldermaston

Als junger Mann ist Grant zunächst Liebhaber des Schriftstellers Lytton Strachey, später des Wirtschaftstheoretikers ☞John Maynard Keynes. Sie alle zusammen gehören zum engeren Kreis der Bloomsbury Group, einer Gemeinschaft von (zumeist homosexuellen) Schriftstellern, Malern, Künstlern und Intellektuellen um ☞Virginia Woolf und ihre Schwester, die Malerin Vanessa Bell. Grant studiert in Italien und Frankreich Malerei, bevor er nach Ende des Ersten Weltkrieges gemeinsam mit Vanessa Bell Omega Workshops gründet und von 1913 bis 1919 leitet. In diesem modernen Designstudio, das für die britische Kunstwelt bahnbrechend ist, widmet man sich der Keramikkunst, Malerei, Textilgestaltung und Innenausstattung. 1916 gehen Grant, Vanessa Bell und der Schriftsteller David Garnett eine *ménage à trois* ein. Bell bekommt 1918 eine Tochter, Angelica, von Grant. In den späteren Jahren lebt Grant ausschließlich homosexuell. Anders als die Literaten des Bloomsbury Kreises sind die Maler innerhalb dieser Gruppe nur bedingt erfolgreich. Für Grant kommt hinzu, dass seine Bilder – zumeist Männerakte – zu offensichtlich homosexuell, bisweilen bis zur Grenze des Pornografischen, und damit im Kunstmarkt kaum unterzubringen sind. Die Kritik und die Kunstwissenschaft wertet ihn, sofern sie ihn überhaupt wahrnimmt, als Epigonen von Henri Matisse ab.

● Douglas Blair Turnbaugh: *Duncan Grant and the Bloomsbury Group*, 1987; ders.: *Private. The Erotic Art of Duncan Grant 1885-1978*, 1989

Gray, Eileen

irische Designerin und Architektin
9.8.1878 Brownswood – 31.10.1976 Paris

Gray, die seit 1902 in Paris Kunst studiert hatte, beginnt ihre designerische Laufbahn zunächst mit dem Entwerfen von Teppichmustern und Möbeln. Vom Kubismus und der niederländischen De-Stijl-Gruppe beeinflusst, fängt sie in den 20er Jahren an, sich mit architektonischen Entwürfen und sozialverträglichen städtebaulichen Planungen zu beschäftigen. 1919 eröffnet sie in Paris ein eigenes Atelier. Während sie mit diesen revolutionären Konzepten auf Ablehnung stößt, erhält ihr 1926 nach eigenen Plänen erbautes Haus in Architektenkreisen große Anerkennung und geht später in den Besitz Le Corbusiers über. Finanziell unabhängig, widmet Gray sich weiterhin der Architektur von Wohnhäusern. In Castellar an der Riviera baut sie von 1932-1934 ihr zweites eigenes Haus. Ihre Möbel, z.B. Glas/Metall-Tische, gelten als Klassiker des Designs und werden auch heute noch produziert. 1972 wird sie von der London Royal Society of Art zum Royal Designer of Industry ernannt. 1978 nimmt das New York Museum of Modern Art ihren „Adjustable Table" in die Sammlung auf. Ihre letzten Lebensjahre verbringt sie, die u.a. eine Weile mit der beliebten Chansonniere Damia liiert war, in Gesellschaft ihrer Hausangestellten Louise Dany und ihrer Nichte, der Malerin Prunella Clough.

Green, Julien

französischer Schriftsteller
6.9.1900 Paris – 13.8.1998 ebd.

Julien Green offenbart seine homosexuellen Empfindungen bereits in seinem 1931 veröffentlichten Roman *L'autre sommeil* (dt. *Der andere Schlaf*), die Geschichte einer zarten Jugendliebe, und später auch in seiner Autobiografie *Jeunesse* (1974). Doch wie sein Protagonist Jean in *Le malfaiteur* (1956, dt. *Der Übeltäter*) ist Green immer von Selbstzweifeln und vor allem auch religiösen Bedenken geplagt. „Zu welchem Glauben hätte ich konvertieren sollen", legt er Jean in den Mund, „nachdem ich in keiner Kirche mehr Hilfe fand, nach der ich suchte?" Zweimal konvertiert Green – seines Zeichens Mitglied der ehrwürdigen Académie francaise und Kommandeur der französischen Ehrenlegion – vom Protestantismus zum Katholizismus. Zeitweilig lebt er in den USA, wo er an der Universität von Virginia in Charlotteville u.a. auch Latein und Griechisch lernt, um die Bibel besser verstehen zu können. Falsche Moral und die engen religiösen wie gesellschaftlichen Konventionen sind es, die in seinen Romanen, wie in *Léviathan* (1929) oder *Epaves* (1932, dt. *Treibgut*), eine Art seelischen Kessel erzeugen, dem niemand mehr entrinnt, dessen Druck jedoch irgendwann nicht mehr zu ertragen ist. Die Folge ist dann mal Mord, wie im Falle des in einen Mitstudenten verliebten John Day in *Moira* (1950), oder der Freitod, wie in *Der Übeltäter*. Zu seinem Hauptwerk gehört das seit 1928 konsequent und detailliert geführte Tagebuch. Seine Dramen werden seit Mitte der 80er Jahre, parallel zu seiner Wiederentdeckung als Romancier, vielfach neu inszeniert, z.T. sogar jetzt erst uraufgeführt u.a. *Sud* (1953, dt. *Der Süden*), *Demain n'existe pas* (1979, dt. *Einen Morgen gibt es nicht*). 1987 erscheint mit *Les Pays lointains* (dt. *Von fernen Ländern*) der erste von bislang drei sehr voluminösen und kommerziell erfolgreichen Romanen aus der Zeit des amerikanischen Bürgerkriegs. Green, der sowohl die französische als auch die US-amerikanische Staatsangehörigkeit hat, lebt in Paris mit seinem ebenfalls offen homosexuellen Adoptivsohn, dem

Dramatiker und Romancier Eric Jourdan (geb. 1940). Von ihm ist bislang lediglich der Roman *Charité* (1991, dt. *Das Brot der Liebe*, 1993) auf deutsch erschienen, der in seiner kafkaesken Stimmung sehr an die frühen Werke Greens erinnert.

Grimké, Angelina Weld

US-amerikanische Dichterin und Schriftstellerin
1880 Boston – 10.6.1958 New York City

Schon als Kind hört Angelina Grimké – die prominente weiße Führerin der Bewegung zur Abschaffung der Sklaverei – von einem schwarzen Mitstreiter gleichen Namens. Wie sich herausstellt, ist Archibald Henry Grimké ihr Neffe, der Sohn ihres Bruders John, eines Sklavenhalters, und einer seiner Sklavinnen. Angelina und Archibald, der seine Tochter nach seiner Tante benennt, kämpfen fortan Seite an Seite. Angelina Grimké jun. wird eine angesehene Lyrikerin und Schriftstellerin; gemeinsam mit ihren schwarzen, lesbischen Kolleginnen Georgia Johnson und Alice Dunbar-Nelson führt sie den Kampf ihrer Ahnen weiter. Viele ihrer Gedichte sind ihrer langjährigen Partnerin Mamie Burrill gewidmet.

Gründgens, Gustaf (eigentlich Gustav Gründgens)

deutscher Schauspieler, Regisseur und Intendant
22.12.1899 Düsseldorf-Oberkassel – 7.10.1963 Manila/Philippinen

Gründgens besucht ein Gymnasium in Düsseldorf und ein katholisches Internat in Mayen. Nach dem Abitur meldet er sich 1916 als Kriegsfreiwilliger an die Westfront, wird 1917 Mitglied und bald darauf Leiter des Fronttheaters Saarbrückens. 1918 übernimmt er die Leitung der Theaterkanzlei des Soldatentheaters Thale/Harz. Nach Kriegsende Schauspielunterricht an der Hochschule für Bühnenkunst in Düsseldorf, und 1920-22 erste Engagements in Halberstadt, Kiel und Berlin. Ab 1923 ist er an den Hamburger Kammerspielen engagiert, wo er auch als Regisseur tätig wird. Er lernt das Geschwisterpaar ☞ Erika und Klaus Mann kennen, dessen Dramenerstling *Anja und Esther* über ein „Erholungsheim für gefallene Kinder" er auf die Bühne bringt. Die Inszenierung geht mit großem Erfolg auf Tournee – nicht jedoch, weil der Text oder die schauspielerischen Leistungen so grandios wären. Das Ereignis sind die berühmten Dichterkinder als Schauspieler; neben Erika und Klaus auch Pamela Wedekind (Tochter von Frank Wedekind). Gründgens hingegen wird zu seinem Ärger von der Presse weitgehend ignoriert. Ab 1927 ist er als Schauspieler und Regisseur in Berlin tätig; außerdem macht er gemeinsam mit Erika Mann, die inzwischen seine Ehefrau geworden ist, Kabarett. 1936 geht er eine zweite Ehe mit der Schauspielerin ☞Marianne Hoppe ein, die 1946 ebenfalls geschieden wird. Die Homosexualität Gründgens' ist in der Öffentlichkeit kein Geheimnis. „Hoppe, Hoppe, Gründgens, wo bleiben denn die Kindgens" lautet ein spöttelnder Abzählreim aus jener Zeit. Später erklärt Hoppe in einem Interview, die Ehe sei sexuell niemals vollzogen worden und habe Gründgens zum Schutz vor Verfolgung als Homosexueller und ihrer Karriere dienen sollen. Mit seiner Darstellung des Mephisto in Goethes *Faust* (1932) wird Gründgens zum unübertroffenen Theaterstar und das Stück zu einem Leitfaden durch seine Karriere. 1941/1942 inszeniert er beide Teile des *Faust* in Berlin, 1952 in Düsseldorf, 1957/58 und 1961 in Hamburg und übernimmt zumeist auch selbst die Rolle des Mephistopheles. Die Hamburger Inszenierung wird 1963 zudem Grundlage für eine filmische Dokumentation, die mit dem Bundesfilmpreis ausgezeichnet wird. 1934 wird Gründgens Intendant des Staatlichen Schauspielhauses und zum Staatsschauspieler ernannt. Ab 1929 ist er auch im Film erfolgreich und vor allem auf Rollen von Bonvivants und Hochstaplern spezialisiert (u.a. in *M*, 1931 von Fritz Lang; *Liebelei*, 1932/34 von Max Ophüls und *Tanz auf dem Vulkan*, 1938 von Hans Steinhoff). Am Tag der Verhaftung des homosexuellen SA-Führers ☞Ernst Röhm wendet sich Gründgens an seinen obersten Dienstherren, den preußischen Ministerpräsidenten und damit Chef der Staatstheater, Hermann Göring, mit der Bitte um Entlassung als Leiter des Schauspielhauses. Gründgens verweist dabei auf seine eigene Homosexualität. Göring nimmt das Rücktrittsgesuch jedoch nicht an. Im Gegenteil: 1937 wird Gründgens Generalintendant der Preußischen Staatstheater und übernimmt 1938 außerdem bei der UFA-Tochter *Terra* die Leitung einer eigenen Herstellungsgruppe. Hier entstehen u.a. die Filme *Zwei Welten* (1939) und *Friedemann Bach* (1941). Die ursprünglich sehr enge, fast geschwisterliche Freundschaft zwischen Klaus Mann und Gründgens hat sich 1935 bereits in Befremden und schließlich sogar Hass gewandelt. In seinem Schlüsselroman *Mephisto. Roman einer Karriere* (1936) zeichnet Mann das Bild eines opportunistischen Künstlers im Dritten Reich, angelehnt an die Lebensgeschichte seines Ex-Schwagers Gründgens. Dessen Adoptivsohn Peter Gründgens-Gorski erreicht 1965, dass die Neuausgabe des Romans wegen „Beleidigung, Verächtlichmachung und Verunglimpfung" innerhalb der Bundesrepublik Deutschland nicht mehr vertrieben werden darf. 1945/46 befindet sich Gründgens neun Monate in sowjetischer Internierungshaft und wird beim Entnazifizierungsverfahren freigesprochen. Ehemalige Kollegen, meist Schauspieler mit jüdischen Ehepartnern, die Gründgens vor der Deportation bewahrt hatte, verbürgen sich für ihn. Auch jetzt ist Gründgens wieder einer der bedeutendsten deutschen Theaterschauspieler und -regisseure. 1947 bis 1951 ist er Generalintendant der Städtischen Bühnen Düsseldorf sowie bis 1955 Geschäftsführer des Düsseldorfer Schauspielhauses. Danach wechselt er als Intendant des Deutschen Schauspielhauses nach Hamburg. Kurz nachdem Gründgens seinen geplanten Rücktritt vom Intendantenposten erklärt hat, wird er in einem Hotelzimmer in Manila mit einer Tablettenvergiftung tot aufgefunden. Ob er durch einen Unfall, Selbstmord oder Mord ums Leben kommt, bleibt ungeklärt.

- *Wirklichkeit des Theaters*, 1953; Rolf Badenhausen/Peter Gründgens-Gorski (Hg.): *Briefe, Aufsätze, Reden*, 1967; *Wie sind wir vornehm. Lyrik und Prosa*, 1993
- Rolf Badenhausen (Hg.): *Gustaf Gründgens – „Laß mich ausschlafen". Lebensbilder*, 1982; Peter Michaelzik: *Gustaf Gründgens. Der Schauspieler und die Macht*, 1999

Günderode, Karoline von

deutsche Schriftstellerin
11.2.1780 Karlsruhe – 26.7.1806 Winkel/Rhein

Von Günderode, die mehrere Jahre ihres Lebens in einem evangelischen Damenstift in Frankfurt/Main verbracht hatte und als die „Sappho der Romantik" gilt, entbrennt um die Jahrhundertwende in heftiger Liebe zu ihrer Dichterkollegin Bettina Brentano, die sich ihrerseits eher für den Dichter – und ihren späteren Ehemann – Achim von Arnim interessiert. In vielen der empfindsamen Gedichte von Günderodes ist diese unglückliche Liebe mehr oder weniger verschlüsselt dokumentiert. Christa Wolf schreibt: „Redlich ist sie die Möglichkeiten durchgegangen, die ihr gegeben sind, in immer neue Rollen fliehend, die ihr wenigstens teilweise erlauben, ihr wahres Gesicht zu zeigen." Bekannt und viel gelesen werden seinerzeit ihre Hauptwerke *Gedichte und Phantasien* (1804) und *Melete von Ion*, das 1906, kurz bevor von Günderode sich im Alter von 26 Jahren aus Liebeskummer das Leben nimmt, veröffentlicht wird.

- Bettina von Arnim: *Die Günderode*, 1804

Guinness, Sir Alec

britischer Theater- und Filmschauspieler
2.4.1914 London – 5.8.2000 Midhurst/Sussex

Sein Bühnendebüt hat der unehelich geborene Guinness in einer kleinen Rolle als Bote in einer Schulaufführung von *Macbeth*. Um die körperliche Erschöpfung seiner Figur möglichst authentisch wirken zu lassen, sprintet er über den Sportplatz, durch das Theater und schließlich auf die Bühne. Mit achtzehn Jahren verlässt Guinness die Schule und arbeitet für eine Werbeagentur. Seine Begeisterung für das Theater bleibt allerdings bestehen. Ein Stipendium für eine Schauspielschule ebnet ihm 1933 den Weg zum Wunschberuf. Er wird für 18 Monate Mitglied im Ensemble um ☞Sir John Gielgud am New Theatre London. Während des Zweiten Weltkrieges dient Guinness in der Royal Navy. Nach dem Krieg wendet er sich hauptsächlich dem Film zu. Er steigt zum bedeutendsten Charakterdarsteller Großbritanniens seiner Zeit auf und profiliert sich als äußerst wandelbarer Darsteller. Paradebeispiel ist die Komödie *Kind Hearts and Coronets* (1949, dt. *Adel verpflichtet*), in der er überzeugend acht verschiedene Figuren spielt. Während der Dreharbeiten zu *Father Brown* 1954 konvertiert Guinness zum Katholizismus. 1959 erhält er einen Oscar für *The Bridge on the River Kwai* (dt. *Die Brücke am Kwai*) und wird mit dem Adelstitel geehrt. 1980 erhält er einen Ehrenoscar für sein Lebenswerk. 1985 veröffentlicht er seine Autobiografie *Blessings in Disguise*. 1938 heiratet er die Dramatikerin und Schauspielerin Merula Salaman. Bis zu seinem Tod gelingt es Guinness, seine Bisexualität vor der Öffentlichkeit geheim zu halten. Die Familie und enge Freunde sollen hingegen davon gewusst haben. Erst danach wird dieses Geheimnis gleich in drei parallel erscheinenden Biografien gelüftet, darunter das von der Familie autorisierte Buch von Sheridan Morley. 1946, als Guinness wegen einer „homosexuellen Handlung" in einer öffentlichen Toilette verhaftet wird, vertuscht er seine wahre Identität und gibt als Namen Herbert Pocket an – eine Figur aus Charles Dickens' Roman *Great Expectations*, in dessen Theaterfassung und in David Leans Verfilmung Guinness diese Rolle 1939 gespielt hatte. Sieben Jahre später wird ☞Sir John Gielgud ebenfalls auf einer Klappe erwischt, hat aber weniger Glück. Seine Verhaftung löst einen Pressewirbel aus. In einem Gespräch mit ☞Sir Ian McKellen äußerst Guinness die Ansicht, es sei für Homosexuelle nicht schicklich, öffentlich über ihre Sexualität zu sprechen oder offen eine Gesetzesreformierung einzufordern.

- weitere Filme (Auswahl): *Ladykillers*, 1955; *Our Man in Havana*, 1960; *Lawrence of Arabia*, 1962; *Doctor Zhivago*, 1965; *Cromwell*, 1970; *Smiley's People*, 1982; *Star Wars*-Trilogie, 1977-1983; *Passage to India*, 1984; *Kafka*, 1991

H

Haan, Jacob Israel de

niederländischer Schriftsteller
31.12.1881 Smilde – 30.6.1924 Jerusalem

Sohn eines Rabbi. Nach einer Ausbildung zum Lehrer folgt der Umzug nach Amsterdam und das Studium der Rechtswissenschaft. Er lernt den Schriftsteller und Gerichtspsychologen Arnold Aletrino kennen, der, obgleich selbst nicht homosexuell, sich in verschiedenen Schriften gegen die Pathologisierung der Homosexualität einsetzt. Die Begegnung mit Aletrino gibt de Haan den Anstoß zu seinem ersten stark autobiografischen wie sexuellen Roman, *Pijpelijntjes* (1904). Die Veröffentlichung, die einem Bekenntnis gleichkommt, hat Folgen. De Haan, aktives Mitglied der sozialistischen Arbeiterpartei, verliert seine tägliche Kinderkolumne in *Het Volk* wie auch seine Lehrerstelle. Ungeachtet dessen veröffentlicht er seinen zweiten, stilistisch der literarischen Decadènce verpflichteten Roman *Pathologieën* (1908), eine explizit geschilderte, sadomasochistische Beziehung zweier schwuler Männer mit tödlichem Ausgang. De Haan heiratet, schließt 1915 sein Jurastudium ab und veröffentlicht künftig nur noch Lyrik (*Libertijnsche liederen*, 1914; *Het Joodsche lied*, 1915; *Kwatrijnen*, 1924), von denen einige homoerotische Themen aufweisen. Noch vor Ausbruch des Zweiten Weltkrieges wird er orthodoxer Jude und wandert nach Palästina aus. Kurzzeitig schließt er sich den Zionisten an und unterstützt schließlich Agudat Yisrael, einen der bedeutendsten Orthodoxen dieser Zeit und Führer der Antizionistischen Bewegung. De Haan wird einer ihrer wichtigsten Sprecher. Als Korrespondent für das niederländische *Algemeen Handelsblad* und die englische *Daily Press* verbreitet er ihre Meinungen in Europa; für die holländische Tageszeitung schildert er gleichzeitig aber auch seine erotische Faszination für arabische Jungs. Als bekennender Päderast mit sozialistischer und dekadenter Vergangenheit, wie als orthodoxer, antizionistischer Jude nimmt de Haan in der angespannten politischen Situation in Palästina eine recht schwierige Position ein. Er wird schließlich von extremen Zionisten der Hagana-Bewegung ermordet. Die Zionisten selbst streuen das Gerücht, er sei Opfer eines arabischen Strichjungen. Arnold Zweig verarbeitet das Schicksal de Haans in seinem Roman *De Vriendt kehrt heim* (1932). De Haan zählt in den Niederlanden heute zu den bedeutendsten Lyrikern des Landes.

- Jaap Meijer: *De zoon van een gazzen*, 1967

Haarmann, Fritz

deutscher Altkleider- und Fleischhändler, Massenmörder
20.10.1879 Hannover – 15.4.1925 ebd.

Bereits auf der Unteroffiziersschule, in die Friedrich Heinrich Karl Haarmann 16-jährig eintritt, machen sich „Anzeichen geistiger Störung“ bemerkbar. 1896 wird das erste Strafverfahren wegen „unzüchtiger Handlungen“ an Knaben gegen ihn eingeleitet. 1897 wird er aus dem Gefängnis entlassen und als „gemeingefährlicher Geisteskranker“ ins Irrenhaus Hildesheim überwiesen, aus dem ihm nach einem halben Jahr die Flucht gelingt. Im Oktober 1900 wird er erneut Soldat. 1902 wird er ins Garnisonslazarett auf die Station für Nervenkranke eingeliefert und wenig später aus dem Militärdienst entlassen. Wegen Eigentums- und Sexualdelikten wird er in den kommenden Jahren immer wieder verhaftet und verurteilt. Mehr als ein Drittel der kommenden 20 Jahre verbringt er in U-Haft, Gefängnis und Zuchthaus. Nach einer fünfjährigen Zuchthausstrafe wird er 1918 erneut entlassen und nun von der hannoverschen Polizei als Spitzel im Verbrechermilieu eingesetzt. Daneben verdingt er sich als Altkleider- und Fleischhändler. 1918 begeht er nachweislich seinen ersten Mord – an einem 17-jährigen Jungen. Zwischen Februar 1923 und Juni 1924 ermordet er mindestens 23 weitere junge Männer, die er meist am Bahnhof kennen gelernt und zu sich mit nach Hause genommen hatte. Im Liebesrausch durchbeißt er seinen Opfern die Halsschlagader und zerlegt die Leichen anschließend fachmännisch. Knochen und Fleisch versenkt er in der Leine. Auch soll er das Fleisch selbst verzehrt bzw. als Freibankfleisch verkauft und verschenkt haben. Am 22. Juni 1924 wird Haarmann verhaftet, etwas später auch sein Freund Hans Grans, der mit den Kleidern der Ermordeten handelt. In einem spektakulären Prozess wird Haarmann wegen 24fachen Mordes 24mal zum Tode verurteilt und schließlich hingerichtet. Hans Grans kommt wegen Beihilfe und Anstiftung zum Mord für 12 Jahre ins Zuchthaus. Ulli Lommel verarbeitet 1973 den Fall Haarmann zu dem Spielfilm *Die Zärtlichkeit der Wölfe*; 1995 dreht Romuald Karmakar den Spielfilm *Der Totmacher*, der auf den Verhörprotokollen basiert.

- Christine Pozsár/Michael Farin (Hg): *Die Haarmann-Protokolle*, 1995; Theodor Lessing: *Haarmann. Geschichte eines Werwolfs*, 1989

Hadrian (eigentlich Publius Aelius Hadrianus)

römischer Kaiser
24.1.76 Italica/Spanien – 10.7.138 Baiae/Kampagnien

Der Nachfahre italienischer Söldner (der Name Hadrian von „adriatisch“ abgeleitet) entstammt einer Senatorenfamilie und ist entfernt mit dem späteren Kaiser Trajan verwandt, der im Jahre 85 nach dem Tod des Vaters sein Vormund wird. Als Trajan im Jahr 97 von Kaiser Nerva adoptiert wird und im Jahr darauf den Thron übernimmt, findet sich auch Hadrian plötzlich im innersten Kreis der Macht. Im Jahr 100 heiratet er Trajans Großnichte Vibia Sabina, um seine Stellung innerhalb der Kaiserfamilie zu stabilisieren. Hadrian wird in Rom erzogen und durchläuft die übliche Ämterkarriere eines Senators. Er nimmt an den Drakerkriegen Trajans teil und erlebt ab 114 den Partherkrieg im kaiserlichen Generalstab. Wenige Tage vor Trajans Tod wird Hadrian von ihm adoptiert. Als ihn die Nachricht erreicht, ist Hadrian gerade als Gouverneur in Syrien und wird schließlich in Antiochia zum Kaiser ausgerufen. Er gibt sofort die imperialistischen Osteroberungen (Assyrien, Mesopotamien, Armenien) auf und zerschlägt den Widerstand trajanischer Generäle durch ihre Hinrichtung. Die finanzielle und militärische Kraft des Reiches scheint ihn zu überfordern. Die meiste Zeit seiner Regierung reist er durch das Imperium, inspiziert Truppen und stärkt die Grenzzonen. Er verbessert die Verwaltung und Rechtsprechung, gründet Städte in den Provinzen, organisiert ein Postsystem für das Römische Reich und entwickelt eine rege Bautätigkeit. Auf einer seiner ausgedehnten Reisen lernt er 123 den etwa 15-jährigen Antinous kennen, von dem er sich in den folgenden sieben Jahren nicht mehr trennen wird. In zahlreichen Büsten, Reliefen und Gemälden lässt Hadrian die Schönheit seines Geliebten verewigen. Unter ungeklärten Umständen ertrinkt Antinous 130 bei einer Reise auf dem Nil. Die Spekulationen reichen vom Mord bis zum Freitod, man spricht aber auch von einem Selbstopfer Antinous', um den schwer an einer unbekannten Krankheit leidenden Hadrian davon zu befreien. In seiner Trauer verordnet Hadrian, Antinous künftig als Helden und Gott zu verehren. Zu seinen Ehren gründet er in Ägypten die Stadt Antinopolis, überall im Reich wird dem Verstorbenen mit kultischen Handlungen, Festen und Statuen gehuldigt. Mehr als 500 dieser Plastiken existieren noch. 2003 wird 30 km vor Rom auf Hadrians ehemaligem Wohn- und Regierungssitz ein zu Ehren des jungen Liebhabers erbauter Tempel entdeckt. Die Dichter Pancrates und Nicomedes schreiben Lobgesänge auf ihn. Auch Hadrian wird nach seinem qualvollen Tod infolge seiner Erkrankung von seinem Nachfolger, seinem Adoptivsohn Antonius Pius, und vom Senat zum Gott erklärt. ☞Marguerite Yourcenar macht Hadrians Liebe zu Antinous zum Thema ihres Romans *Mémoires d'Hadrian* (1951, dt. *Ich zähmte die Wölfin*, 1961). Hadrians Grabstätte befindet sich in einem prächtigen Mausoleum, der heutigen Engelsburg am Ufer des Tibers.

● Royston Lambert: *Beloved and God. The Story of Hadrian and Antinous*, 1984

Hafis (eigentlich Schamsûddîn Mohammad)
persischer Dichter
ca. 1320 Schiras – ca. 1389 ebd.

Im Bereich der Dichtung Persiens gilt Hafis (dessen Name in etwa bedeutet „der den Koran auswendig weiß") als Lyriker von Weltrang. Der aus bescheidenen Verhältnissen stammende, schiitische Hafis ist Derwisch, Lehrer des Korans und der Rechtskunde an der Moscheehochschule in Schiras. Er ist stark interessiert an anderen Glaubensrichtungen, wie dem Sufismus und der islamisch-mystischen Bewegung. In seinen Gedichten besingt er die heimischen Gärten, die Liebe, den Wein als Führer in die Welt des Unbewussten wie auch beschaulichen Lebensgenuss. Darüber hinaus verfasst er Satiren auf heuchlerisches Philistertum. Immer wieder widmet er sich auch der (göttlichen) Schönheit der Natur, vor allem jener der Jugend und der Männer, und seiner Liebe zu Knaben. Insbesondere die Form der Ghasele, einer arabischen Versgestaltung mit besonderer Folge der Reimpaare, findet in Hafis' Dichtung höchste Vollendung. Nach seinem Tod werden die Gedichte durch einen Freund gesammelt und im *Dîvân* (dt. Sammlung) herausgebracht. Sie erreichen insbesondere durch den mystisch-philosophischen Grundgehalt weite Verbreitung. Eine erste deutsche Übertragung wird 1812-13 von Joseph von Hammer in zwei Bänden veröffentlicht. 1822 folgt eine weitere durch Friedrich Rückert. Beide wahren die homoerotischen Aspekte dieser Lyrik. ☞August von Platen greift in seiner eigenen Dichtung auf das Werk Hafis' zurück; Johann Wolfgang von Goethe findet in zeitgenössischen Übersetzungen der Ghaselen entscheidende Anregungen für seinen eigenen *Westöstlichen Divan*. Der iranische Ajatollah Khomeini äußert sich verärgert gegen die westliche Sichtweise Hafis' als Säufer, Päderast und Wüstling.

Hagedorn, Erwin

deutscher Koch und Mörder
30.1.1952 – 15.9.1972 Leipzig

1969 werden zwei Jungen in Eberswalde sowie 1971 ein weiterer 12-Jähriger Opfer von sadistischen Gewaltverbrechen. Die grausamen Morde gehören zu den spektakulärsten Straftaten der DDR-Kriminalgeschichte und erinnern an die von ☞Jürgen Bartsch in der Bundesrepublik begangenen Sexualmorde. Über die Stasi werden die Ermittler umgehend mit dem entsprechenden Material der westdeutschen Behörden versorgt. Man kommt schließlich zu dem Schluss, dass nach einem sadistisch veranlagten jüngeren männlichen Triebtäter aus Eberswalde, der homosexuell-pädophil fixiert sei, gesucht werden muss. Am 11. November 1971 berichtet bei einer Befragung im Rahmen einer groß angelegten Fahndung ein Junge von einem sexuellen Übergriff durch den vermutlichen Mörder im Jahre 1968. Durch diesen entscheidenden Hinweis und eine Täterbeschreibung wird tags darauf der 19-jährige Koch Erwin Hagedorn gefasst, der die Morde sofort gesteht. Er habe sich in der Nähe seines Wohngebietes aus einem Bretterverschlag eine Bude gebaut, welche er als seine „Folterkammer" bezeichnet habe. Hierhin hatte er mehrfach Jungen gelockt, sie sexuell belästigt und wiederholt auch mit seinem Messer geritzt. Bereits längere Zeit vor den Morden an den Kindern hatte Hagedorn Befriedigung seiner sadistisch-sexuellen Fantasien durch und während des Tötens von Tieren gesucht. Hagedorn wird am 15. Mai 1972 zum Tode verurteilt und vier Monate später durch einen „unerwarteten Nahschuss" hingerichtet. Staatschef Ulbricht soll sich im Fall Hagedorns zunächst für eine Freiheitsstrafe entschieden haben. Er verändert aber das bereits feststehende Urteil, nachdem er Filmaufnahmen gesehen hatte, in denen Hagedorn seine Morde plastisch nachstellt.

Hahnemann, Helga

deutsche Entertainerin
8.9.1938 Berlin – 20.11.1991 ebd.

Hahnemann beginnt ihre Karriere als Schauspielerin in zahlreichen DDR-Fernsehserien. Der Durchbruch gelingt ihr jedoch als Sängerin in Unterhaltungssendungen wie *Ein Kessel Buntes*, wo ihre unverwechselbare kräftige Stimme und ihre nicht minder kräftige Statur ihr den einprägsamen Spitznamen „Big Helga" oder auch „Henne" und eine ganze Anzahl von Schallplatten-, Rundfunk- und TV-Produktionen eintragen. Hahnemanns Mutterwitz und Kodderschnauze machen sie zu einem der beliebtesten Berliner Originale. Eigens für *Ein Kessel Buntes* zieht die Frau mit dem unverwechselbaren Humor Spitzenschuhe an und tanzt mit Bravour Sequenzen aus dem *Schwanensee* – eine Sensation im DDR-Fernsehen. Dass die fröhliche Entertainerin, die 53-jährig einem Krebsleiden erliegt, eine besondere Vorliebe für das eigene Geschlecht besitzt, gilt in der DDR-Homoszene als ein offenes Geheimnis. Als eine der wenigen weiblichen DDR-Unterhaltungsgrößen ist sie ständiger Gast bei schwulen Events und Benefizveranstaltungen. Ihre letzten Lebensjahre verbringt Hahnemann zurückgezogen mit ihrer Freundin, die zahlreiche Texte für Hahnemann geschrieben hat, in Ost-Berlin. Ihr zu Ehren wird alljährlich an ihrer alten Wirkungsstätte, dem Friedrichstadtpalast, der Unterhaltungspreis „Die goldene Henne" verliehen. 2003 wird unweit des Revuetheaters eine Straße nach ihr benannt.

- *Big Helga* (CD), 1989; *... unsre Helga: die besten Sketsche* (Video), 1992; H. Hahnemann u. A. Wolf: *Mensch, wo sind wir bloß hinjeraten! Erinnerungen*, 1994

Haider, Alfons

österreichischer Schauspieler und Sänger
24.11.1954 Wien

Haider gehört durch seine zahlreichen Theater-, Film- und Fernsehproduktionen zu den bekanntesten Schauspielern in Österreich. Nach ersten Erfahrungen am Wiener Theater der Jugend beginnt er mit 17 Jahren eine Elevenausbildung am Raimund-Theater. Daneben besucht er das Konservatorium der Stadt Wien und das Lee Strasberg Institut in Los Angeles. Er spielt u.a. bei den Salzburger Festspielen, den Kammerspielen, am Wiener Volkstheater und dem Theater in der Josefstadt in Musicals und Theaterproduktionen. 1980 dreht er seine ersten internationalen TV-Serien *Das Licht der Gerechten* sowie *Wirbelwind* über das Leben von ☞Coco Chanel. Im selben Jahr beginnt Alfons Haiders Moderatorentätigkeit beim *ORF* mit Sendungen wie *Tier x 4*, *Made in Austria*, *Gut gebrüllt, Löwe*, *Wurlitzer* und *Opernball*. 1998 übernimmt er die künstlerische Leitung des Open Air Festivals Stockerau. 1996 startet er als Kabarettist seine erfolgreiche Laufbahn als politischer Entertainer und Chansonnier mit eigenen CD-Veröffentlichungen (u.a. *Ich bin du*, 2000). 2003 wird er zum bestgekleideten Österreicher des Jahres gewählt. „Ein Promi hat's immer schlecht. Und ein schwuler Promi hat's noch schlechter. Ich habe aus diesem Grund eigentlich sehr selten österreichische Liebhaber oder Lebenspartner gehabt. [....] Das war ein innerer Schutzmechanismus. Weil man da die Annahme hat: Da möchte mich jemand kennen lernen, wie ich wirklich bin, aber nicht, was ich bin. Deshalb habe ich auch in der österreichischen Schwulenszene irrsinnig lange den Beinamen ‚der Arrogante' gehabt."

Haines, William

US-amerikanischer Schauspieler und Innenausstatter
1.1.1900 Staunton/Virginia – 26.12.1973 Santa Monica/Kalifornien

Haines besucht die Militärakademie, studiert Theaterwissenschaft und nimmt nach dem Examen einen Job als Laufbursche an der Wallstreet an. 1922 gewinnt er einen New-Face-Wettbewerb der Filmproduktionsfirma von Samuel Goldwyn. 1923 hat er in *Three Wise Fools* seinen ersten Filmauftritt. Die nächsten sechs Jahre dreht er für MGM durchschnittlich sechs Filme pro Jahr, u.a. *Tower of Lies* (1924), *Tell It to the Marines* (1927) und *Show People* (1928). Er arbeitet u.a. unter der Regie von Victor Seastrom, Clarence Brown und King Vidor und wird zu einem der meistbeschäftigten Schauspieler Hollywoods. 1928 ist er einer der ersten MGM-Stars, der sich in *Alias Jimmy Valentine* im Zuge des aufkommenden Tonfilms dem Mikrophon stellen muss. 1933 erscheinen die ersten Klatschmeldungen in den Zeitungen, dass Haines schwul sei. MGM reagiert mit einer PR-Kampagne, in der behauptet wird, Haines habe sich gerade in Pola Negri verliebt. Es kommt jedoch noch schlimmer. Nicht nur, dass Haines in einer zwar diskreten, aber keineswegs verschwiegenen Beziehung mit seinem ehemaligen Filmdouble Jimmy Shields lebt. Haines, der ein ausgesprochenes Faible für Uniformen hat, wird bei einer Razzia in einem YMCA beim *tête-à-tête* mit einem Matrosen erwischt. Haines, der eng mit ☞George Cukor befreundet ist, wird gefeuert, spielt noch einige kleine schlechtbezahlte Rollen bei Kleinstfirmen und sattelt beruflich um zum Innenarchitekten. Schon 1930 kauft er seinem Lebensgefährten ein Einrichtungsgeschäft, dessen stiller Teilhaber er ist. In kurzer Zeit wird Haines auch in diesem Beruf ein vielbeschäftigter, erfolgreicher Mann. Zu seinen ersten Kunden gehören seine beste Freundin Joan Crawford sowie Lucille Ball, Norma Shearer und Walter Annenberg. Später ist er sogar für die Innenausstattung der US-amerikanischen Botschaft in London verantwortlich. Das Paar lebt wie fast alle Schwulen in Hollywood zurückgezogen. Regelmäßig werden jedoch Partys in einem gemieteten Haus am entlegeneren Strand des kleinen Städtchens El Porto gefeiert. Im Juni 1936 färbt Haines im Übermut seinen Pudel Lord Peter Whimsy rosarot und macht ihn zur Attraktion des Strandes. In der Nacht des 3. Juni werden Haines und Shields von Männern der Weißen Legion (der südkalifornischen Variante des Ku-Klux-Klan) überfallen und niedergeschlagen. Als Haines 1973 an Krebs stirbt, vererbt er sein Vermögen seinen zwei Schwestern und seinem Lebensgefährten. Dieser jedoch wählt ein Jahr später den Freitod. In seinem Abschiedsbrief heißt es: „Ohne Billy ist alles sinnlos."

- William H. Man: *Wisecracker. The Life and Tiems of William Haines, Hollywood's First Openly Gay Star*, 1998

Hajduk, Anja
deutsche Politikerin und Juristin
8.6.1963 Duisburg

Nach dem Studium der Psychologie (Schwerpunkte Kommunikation und Organisationsentwicklung) arbeitet Anja Hajduk zunächst in einem interkulturellen Jugendaustauschprojekt. 1995 Eintritt in die Partei Bündnis 90/Die Grünen/GAL und Mitarbeit im Landesverband Hamburg im Bereich Gesundheitspolitik und Kultur. Sie ist 1996-1997 Mitglied im Schul-, Kultur- und Sportausschuss des Bezirks Hamburg-Mitte und wird 1997 in die Hamburgische Bürgerschaft gewählt. Von 1998-2001 Parlamentarische Geschäftsführerin der GAL-Fraktion und Mitglied des Fraktionsvorstands sowie haushaltspolitische und kulturpolitische Sprecherin der GAL. 2002 wird sie Landesvorsitzende der GAL Hamburg und zieht im gleichen Jahr in den Bundestag ein. Dort ist die offen lesbisch lebende Juristin u.a. als stellvertretende Vorsitzende des Haushaltsausschusses und als Mitglied des Rechnungsprüfungsausschusses tätig.

Halford, Rob
britischer Rockmusiker
25.8.1951 Birmingham

Das Heavy Metal-Genre in der Rockmusik ist fest in heterosexueller Macho-Hand. Um so überraschender ist es für viele, als in einem Interview bei MTV 1998 der Leadsänger von *Judas Priest* erstmals öffentlich von seinem Schwulsein erzählt. Die

Bandkollegen wissen allerdings schon seit vielen Jahre von Halfords Liebe zu Männern. Sein Lebensgefährte hat ihn seit 1995 bei den Tourneen begleitet. Zu dem spektakulären Coming-out wird Halford insbesondere durch den Sänger Jon Ginoli der schwulen Rockband *Pansy Division* bewegt. Außerdem hat er sich zum Zeitpunkt des Coming-outs von *Judas Priest* bereits getrennt und seine neue Band *Two* gegründet, deren erstes Album *Voyeurs* 1998 erscheint. Pornoregisseur Chi Chi LaRue dreht das Video zur ersten Single *I Am a Pig*. 2000 folgt das Album *Ressurection*. In einem Interview mit The Advocate erzählt Halford, dass er sein Bühnenoutfit – Leder, Ketten, Motorradkluft –, mit dem er die Heavy Metal-Ästhetik bereichert hat, aus der schwulen Leder- und S/M-Szene übernommen habe. 1971 hat Halford die Stelle des ehemaligen Leadsängers Alan Atkins in der 1969 gegründeten, nach einem Song von Bob Dylan benannten Band übernommen. Mit ihrem hämmernden Schlagzeug und heftigen Gitarrenduellen inspirierten sie Generationen von Rockmusikern.

- Wichtigste Alben mit *Judas Priest*: *Rocka Rolla*, 1974; *British Steel*, 1980; *Screaming for Venegance*, 1982; *Painkiller*, 1990

Hall, Radclyffe (eigentlich Margaret Hall)
britische Schriftstellerin
12.8.1880 Bournemouth – 7.10.1943 Pimlico

Mit ihrem 1928 erschienenen und zeitweilig verbotenen Lesbenroman *The Well of Loneliness* (dt. *Quell der Einsamkeit*) entfacht Hall einen Skandal sondergleichen, der ihren Ruf als bekannteste lesbische Autorin bis heute begründet. Das Buch wird nach Erscheinen wegen „Obszönität" beschlagnahmt, bei dem spektakulären Prozess sagen angesehene Autorinnen und Autoren für das „verdienstvolle, langweilige Buch" (Virginia Woolf) aus.
Hall, in wohlhabenden Verhältnissen aufgewachsen und von Privatlehrern erzogen, erbt 1921 das beträchtliche Vermögen ihres Großvaters und kann sich aufgrunddessen zeitlebens ungestört ausgiebigen Weltreisen, der Jagd und ihrer schriftstellerischen Arbeit widmen. Nach mehreren Frauenbeziehungen, etwa mit Mabel Batten, lernt sie 1915 die Schriftstellerin ☞Una Troubridge kennen, mit der sie bis an ihr Lebensende zusammenbleibt. Troubridge erträgt in den 18 Jahren ihrer Beziehung Radclyffe Halls Versuche, mit der verstorbenen Mabel Batten Kontakt im Jenseits aufzunehmen, und auch eine mehrere Jahre andauernde Affäre mit einer russischen Krankenschwester. Durch ihren Kontakt mit anderen Schriftstellerinnen

beginnt Hall selbst zu schreiben und veröffentlicht insgesamt sieben Bücher. Hall, die sich selbst als Angehörige des „Dritten Geschlechts" begreift und sich seit ihrer Kindheit „John" nennt, stößt mit ihrem Skandalroman auf vielfachen Ärger und Unverständnis bei zeitgenössischen Lesben, die ihr die bedrückende und deprimierende Darstellung der lesbischen Liebe äußerst übelnehmen.

- *Deine John. Die Liebesbriefe der Radclyffe Hall*, 1999
- M. Bates: *Our Three Selves – A Life of Radclyffe Hall*, 1985

Hammarskjöld, Dag
(eigentlich Dag Hjalmar Agne Carl Hammarskjöld)

schwedischer Politiker und UN-Generalsekretär
29.7.1905 Jönköping – 18.9.1961 Sambia

Hammarskjöld ist von 1936-1945 Staatssekretär im schwedischen Finanzministerium und von 1941-1948 Präsident des schwedischen Reichsbankdirektoriums. 1949 wird er zum Staatssekretär im Außenministerium ernannt, erlangt alsbald internationale Anerkennung und gehört ab 1951 der schwedischen Delegation der Vereinten Nationen (UN) an. 1953 wählt ihn die Vollversammlung der UN zu ihrem Generalsekretär und bestätigt ihn 1957 einstimmig in seinem Amt. Zu seinen besonderen Verdiensten zählt sein Engagement beim Ungarnaufstand 1956 sowie in der Suezkrise 1956 und 1960 bis zur Krise im Kongo. Er kommt bei dem ungeklärten Absturz seines UN-Flugzeuges an der Grenze von Katanga nach Sambia ums Leben. Posthum wird ihm 1961 der Friedensnobelpreis verliehen. Ebenfalls posthum erscheint 1964 unter dem Titel *Markings* (dt. *Zeichen am Weg. Das spirituelle Tagebuch des UN-Generalsekretärs*, 2001) eine Sammlung mit sehr persönlichen Reflexionen und Gedichten des an Literatur und Philosophie interessierten Hammarskjöld. Seine Homosexualität thematisiert er darin allerdings lediglich in vagen Andeutungen. Wissend, dass in seiner Position zu jener Zeit ein Coming-out seine politischen Möglichkeiten einschränken und seine Reputation verletzen würde, hatte er sich zeitlebens nie öffentlich zu seiner Homosexualität geäußert. Dennoch ist sie sowohl in seinem privaten Umfeld, als auch unter seinen Kollegen in der Politik ein offenes Geheimnis. Biografen betonen Hammarskjölds enge Bindung an seine Mutter, neben der es keine andere Frau in seinem Leben gegeben habe.

- Brian Urquhart: *Hammarskjöld*, 1972; Robert S. Jordan (ed.): *Dag Hammarskjöld Revisited, 1983*

Hanau, Marthe
französische Bankerin und Hochstaplerin
1885 – 1935

Die Elsässerin Marthe Hanau schockiert Anfang der 20er Jahre die Pariser Gesellschaft zum einen mit ihren riskanten Bankgeschäften, zum anderen mit ihrem freizügigen Lebenswandel, der damals für eine Frau noch als unziemlich gilt. Selbstbewusst kokettiert sie in der Öffentlichkeit mit ihren zahlreichen lesbischen Affären. Berühmt-berüchtigt wird Marthe Hanau jedoch als Hochstaplerin. Sie erschwindelt sich innerhalb weniger Jahre ein großes Finanzimperium und wird Präsidentin ihrer eigenen Bank. Die Kunden lockt sie mit Höchstzinsen, Aktienkurse werden manipuliert, bis zuletzt die kriminellen Geschäftspraktiken auffliegen und die Bank 1928 durch einen Richter geschlossen wird. Marthe Hanau wird zu einer Gefängnisstrafe verurteilt. Ihre Lebensgeschichte wird von Dieter Kühn zu *Die Präsidentin. Roman eines Verbrechens* (1973) verarbeitet und dient als Vorlage für *La Banquiere des Années Folles* (dt. *Die Bankiersfrau*, 1980) mit Romy Schneider. Der opulente Film von Francis Girod, der mehr als sechs Jahre für die Fertigstellung benötigt, ist mit 1,5 Milliarden (alten) Francs einer der teuersten seiner Zeit. Während sich die wahre Marthe Hanau im Gefängnis das Leben nimmt, fällt die Filmfigur Emma Eckhert einem Mordanschlag zum Opfer.

- Dominique Desanti: *Marthe Hanau*, 1968

Hansberry, Lorraine (eigentlich Vivian Hansberry)
US-amerikanische Dramatikerin
19.5.1930 Chicago/Illinois – 12.1.1965 New York City

Als einziges schwarzes Kind in einer weißen Nachbarschaft bekommt Hansberry früh die subtile und offene Feindseligkeit der US-amerikanischen Mittelschicht zu spüren. Ihr offensiver Umgang mit diesen Erfahrungen prägen Hansberrys kurzes Leben – nach ihrem Umzug nach New York im Jahre 1950 engagiert sie sich in der schwarzen Bürgerrechts- sowie der Lesben- und Schwulenbewegung, zeitgleich beginnt sie, als Dramatikerin auch das Thema Homosexualität offen zur Disposition zu stellen. *A Raisin in The Sun* (dt. *Eine Rosine in der Sonne*), das 1959 den New York Drama Critics' Circle Award gewinnt, ist das erste von einer schwarzen Frau geschriebene Theaterstück, das jemals am Broadway aufgeführt wird. Hansberrys vielversprechende Karriere wird durch ihre Krebserkrankung, der sie im Alter von 35 Jahren erliegt, jäh beendet.

- *The Sign in Sidney Brustein's Window*, 1965; *Stücke*, 1976

Hansen, Joseph
US-amerikanischer Kriminalautor
19.7.1923 Aberdeen/South Dakota

Viele Jahre schlägt sich Joseph Hansen mit den unterschiedlichsten Jobs durch, ist Vertreter, Buchhändler, Sekretär, singt Folksongs bei einer lokalen Radiostation und gibt als Ein-Mann-Redaktion zwei schwule Magazine heraus. 1960 beginnt er, zunächst noch unter dem Pseudonym James Coltron, Romane mit schwuler Thematik und schwulen Charakteren in einem kleinen, auf Erotika spezialisierten Verlag zu veröffentlichen. 1970 schließlich erscheint mit *Fadeout* sein erster Krimi mit dem schwulen Detektiv Dave Brandstetter als Helden. Zum ersten Mal gibt es damit in der Literatur eine schwule Krimifigur, die nicht die allseits bekannten Stereotypen und Vorurteile transportiert, sondern selbstbewusst schwul dargestellt wird. Joseph Hansen liefert in seiner zwölf Bände umfassenden Brandstetter-Serie ein genaues Porträt der politischen Entwicklung des Südens von Kalifornien sowie der gay community in den gesamten USA. Die *Los Angeles Times* bezeichnet ihn als einen der besten „Private-Eye Novel"-Autoren der Gegenwart und stellt ihn in eine Reihe mit Dashiell Hammett und Raymond Chandler. 1992 erhält er den Lifetime Achievement Award der Private Eye Writers of America. Insgesamt veröffentlicht er rund 30 Romane sowie Kurzgeschichten und Gedichte. Seiner Autobiografie zufolge prägen ihn schon als Kind die Schriftsteller Carl Sandburg, Mark Twain und später ☞Walt Whitman. 1943 heiratet Hansen, der sich bereits als Teenager seiner Homosexualität bewusst wird, die lesbische Jane Bancroft. Aus der Ehe geht eine Tochter hervor. Er lebt mit seiner Ehefrau in der Nähe von Los Angeles.

Haring, Keith

US-amerikanischer Künstler
4.5.1958 Kutztown/Pennsylvania – 16.2.1990 New York City

Mit 16 Jahren entscheidet sich Keith Haring für ein Leben als Künstler – als abstrakter Künstler. Es ist seine Form der Rebellion gegen den Vater, der als Cartoonist arbeitet. Die Designer-Schule – ein Wunsch der Eltern – verlässt er bald. 1979 geht er mit dem Bewusstsein, schwul zu sein und nicht das gesicherte Middle-Class-Leben der Eltern führen zu wollen, nach East Village in New York und studiert dort an der School of Visual Arts. 1981 entstehen die ersten Kreidezeichnungen, die er mit Vorliebe auf freie Flächen in der Subway zeichnet. Er entwickelt die für ihn typische Graffiti-Zeichensprache: International verständlich, leicht reproduzierbar mit Kürzeln und Symbolen, die poetisch der nüchtern-technologischen Welt begegnen. Die U-Bahn-Bilder werden zu einem Medienereignis, so dass bereits 1982 die erste Einzelausstellung in der Galerie Tony Shafrazi folgt. Als jüngster Künstler wird er im gleichen Jahr zur documenta 7 nach Kassel eingeladen. Haring beginnt sich umfassend zu vermarkten. Er eröffnet in New York (später auch in anderen Großstädten der Welt) den „Pop Shop", wo es T-Shirts, Postkarten, Poster und andere Gebrauchsgegenstände mit Haring-Motiven zu kaufen gibt. Es ist sein Versuch, dem Kunstmarkt, der seine Bilder immer höher dotiert und konsumiert, Produkte entgegenzusetzen, die für jeden zu erwerben sind. Gleichzeitig will er die Vermarktung seiner Motive selbst kontrollieren können. Als offen schwuler und offen HIV-positiver Künstler setzt er sich mit seiner Kunst immer wieder engagiert für Außenseiter der Gesellschaft, gegen die Apartheid in Südafrika und gegen Kernkraft ein. Mit seinen Arbeiten unterstützt er auch ACT UP und Safer-Sex-Kampagnen und entwirft Embleme u.a. für den New York Gay Pride. 2003 wird in New York Stuart Ross' Musical *Radiant Baby* über das Leben Keith Harings uraufgeführt.

- *Tagebücher*, 1997
- John Gruen: *Keith Haring. Die autorisierte Biographie*, 1992; Germant Celant (Hg.): *Keith Haring*, 1992; Klaus Littmann (Hg.): *Keith Haring. Das druckgraphische Werk 1982-1990*, 1993

Hark, Sabine

Soziologin und politische Interventionistin
7.8.1962 Otzenhausen/Saarland

Schon früh ist das eigentliche Berufsziel von Hark klar. Unter Bundeskanzler – das wusste sie schon im Alter von drei – würde sie es nicht machen. Die Wege dahin sind allerdings meist gewunden und unvorhersehbar. So verlässt sie 1981 zunächst ihr heimatliches 1000-Seelen-Dorf, um in Mainz Politikwissenschaft und Soziologie zu studieren. Dort ereilt sie sogleich ihr Coming-out, von dem sie mit drei noch nichts geahnt hatte. Allerdings ist es der Fingerzeig dafür, dass es Hark vor allem um eins geht: nämlich, anders als die anderen zu sein. 1984 wechselt sie an die Universität Frankfurt/Main, an der sie 1988 mit einer Arbeit zu „Lesbische Frauen in der Heterozentrischen Ordnung" das Diplomstudium in Soziologie abschließt. Der Grundstein für eine weitere Schleife in ihrem Werdegang ist gelegt. „Dekonstruiert hauptberuflich lesbische Identitäten" schreibt 1996 der Berliner Querverlag über sie. Die Liebe führt sie 1988 zunächst nach Berlin, um von 1988 bis 1989 gemeinsam mit der Liebsten im lesbisch-schwulen Mekka San Francisco, USA, zu leben. Für die Identität als lesbische Wissenschaftlerin ein Segen, vom Ziel Bundeskanzler ist sie dort allerdings nicht nur geografisch weit entfernt. 1989, pünktlich zum Mauerfall, kehrt sie nach Berlin zurück. 1990 tritt sie eine Stelle als Wissenschaftliche Mitarbeiterin in der Soziologie an der Freien Universität Berlin an. 1991 organisiert Hark zusammen mit der Wienerin Hanna Hacker das erste deutschsprachige Lesbenforschungssymposium in Berlin. Mit einer Arbeit zu Paradoxen lesbischer Identitätspolitik dissertiert sie 1995 an der Freien Universität. 1995-1997 ist Hark als freiberufliche akademische Wanderarbeiterin in Sachen lesbischer Theorie bundesweit unterwegs. Seit 1997 an der Universität Potsdam im Bereich Soziologie der Geschlechterverhältnisse. Seit 15 Jahren lebt sie in der gleichen, immer wieder anderen Beziehung und ist eine leidenschaftliche Verfechterin der Abschaffung von Sonderrechten für Heterosexuelle. Ob sie damit allerdings Bundeskanzlerin werden wird, scheint ungewiss.

- *deviante Subjekte. Die paradoxe Politik der Identität*, 1999 [1996]; (Hg.): *Grenzen lesbischer Identitäten*, 1996; mit Stefan Etgeton (Hg.): *Freundschaft unter Vorbehalt. Chancen und Grenzen lesbisch-schwuler Bündnisse*, 1997; mit polymorph (Hg.) *Queering Demokratie – Sexuelle Politiken*, 2000; *Dis/Kontinuitäten: Feministische Theorie*, 2001

Hartley, Marsden

US-amerikanischer Künstler
4.1.1877 Lewiston/Maine – 2.9.1943 Ellsworth/Maine

Seine ersten Gemälde sind dem Postimpressionismus verhaftet, ab ca. 1909 stehen sie stark unter dem Einfluss von Cézanne, Matisse und Picasso. 1912 geht er nach Paris, wo er Stammgast in ☞Gertrude Steins Salon wird; im gleichen Jahr reist er für einige Monate nach Deutschland, wo er Wassily Kandinsky, Franz Marc und Gabriele Münter begegnet und 1913 am ersten Deutschen Herbstsalon teilnimmt. In seinen Bildern strebt er nun eine Synthese aus Fauvismus, Kubismus und Expressionismus an. Von Mai bis November 1913 lebt er in Berlin und ist von der schwulen Subkultur als auch von den in der Stadt stationierten Soldaten begeistert. Er verliebt sich in den Leutnant Karl von Freyburg, der jedoch gleich zu Beginn des Ersten Weltkrieges im Oktober 1914 fällt. Er verewigt diese Liebe in dem verschlüsselten, ikonenartigen Gemälde *Portrait of a German Officer* (1914), auf dem er Orden und Flaggen sowie die Initialen des Geliebten miteinander collagiert. Als er es 1916 in den USA ausstellen will, wird es als zu germanophil abgelehnt. In seinen weiteren Lebensjahren kehrt Hartley noch mehrere Male nach Berlin zurück, zeitweilig lebt er auch in Garmisch-Partenkirchen, wo er vor allem Berge als Symbol für Beständigkeit und feierlichen Ernst malt. Seine expressionistisch-ausdrucksstarken Landschaftsbilder, die u.a. in den USA, Mexiko und Europa entstehen, finden jedoch kaum ihren Markt. 1935 muss der kranke und niedergeschlagene Hartley hundert Werke vernichten, weil er die Lagerkosten nicht mehr bezahlen kann. Ab 1937 entsteht eine ganze Reihe explizit homoerotischer Bilder. Erst die Beteiligung an einer Gemeinschaftsausstellung mit Stuart Davids bringt ihm die lebenslang erhoffte Anerkennung durch die Kritik; der eigentliche Erfolg seiner Werke stellt sich jedoch erst nach seinem Tode ein. Auch seine Gedichte finden erst posthum größere Beachtung. Insgesamt hat er zeitlebens vier Bücher verfasst.

- *Collected Poems*, 1945
- Gail Scott: *Marsden Hartley*, 1988: Townsend Ludington: *Marsden Hartley. The Biography of an American Artist*, 1992; Elisabeth M. Kornhauser (ed.): *Marsden Hartley*, 2003

Hasse, O.E. (eigentlich Otto Eduard Hasse)

deutscher Schauspieler
11.7.1903 Obersitzko/Posen – 12.9.1978 Berlin

Während der Schulzeit in Posen erste Theatererfahrungen als Laiendarsteller bei einem deutschen Theaterverein. In Berlin studiert er drei Semester Jura, danach wechselt er in die Schauspielschule von Max Reinhardt. 1924 ist er Statist in Friedrich Wilhelm Murnaus *Der letzte Mann*. Erste Bühnenrollen in Thale/Harz und an der Jungen Bühne, Berlin. 1926-29 ist er in Breslau, danach in München und Prag engagiert. Ab 1944 arbeitet er in der Hauptfilmstelle der Reichsluftwaffe und fungiert als Sprecher des Dokumentarfilms *Rettet den deutschen Wald*. Nach dem Krieg ist er vor allem an Berliner Theatern engagiert, arbeitet als Synchronsprecher (u.a. für ☞Charles Laughton, Humphrey Bogart und Spencer Tracy). Vor dem Krieg wird er beim Film lediglich in Nebenrollen eingesetzt (u.a. *Stukas*, 1941); in den 50er Jahren erarbeitet er sich internationalen Ruf, insbesondere in Uniformrollen und als Darsteller durchsetzungsfähiger, doch nie skrupelloser Charaktere (u.a. *The Big Lift*, 1959, dt. *Es begann mit einem Kuß*; *Decision Before Dawn*, 1951, dt. *Entscheidung vor Morgengrauen*; Hitchcocks I Confess, 1952/53, dt. *Ich beichte*). 1958 wird er für seine Rolle in *Der Arzt von Stalingrad* auf den Filmfestspielen von Brüssel und Vichy ausgezeichnet. Peter Zadek besetzt ihn 1975 in seinem spektakulären TV-Film *Die Geisel* nach Brendan Behan. Seinen letzten Auftritt hat er 1977 in einer Folge der TV-Krimiserie *Der Alte*.

1939 wird Hasse in München nach §175 zu zwei Monaten Gefängnis verurteilt, allerdings nicht gleich aus der Reichskünstlerkammer ausgeschlossen. Im Jahr darauf, bei einem Engagement im Deutschen Theater Prag, wird er wegen §175 fristlos entlassen. Seine Hauptrolle in *Kabale und Liebe* wird umbesetzt, seine geplante Regie von Hauptmanns *Schluck und Jau* abgesetzt. 1941 ergeht eine Verfügung, dass er in der Reichstheaterkammer verbleiben darf, aber künftig nicht mehr an großen Reichs- und Staatsbühnen auftreten und nicht in Kriegsfilmen mitwirken darf. 1943 wird Hasse erneut wegen eines Vergehens gegen den §175 belangt. In Paris erreicht den Jagdflieger Hasse ein Brief aus Berlin, der ihm den Ausschluss aus der Reichsfilmkammer mitteilt und eine „spätere Begnadigung bei Frontbewährung" in Aussicht stellt. „Durch Feldurteil des Feldgerichts [...] sind Sie wegen widernatürlicher Unzucht mit einer Gefängnisstrafe von 3 Monaten bestraft worden, weil Sie am 31.1.1943 im Stadtbahnzug Berlin-Spandau sich an einen Unteroffizier heranmachten, Ihren Finger in seinen Hosenschlitz steckten. Dieses Verhalten verstößt in jeder Beziehung gegen Ihre Pflichten als Kulturschaffender." Seit Mitte der 50er Jahre ist Hasse mit dem Schweizer Max Wiener befreundet. „Hätte meine Freundschaft zu Max Wiener nach einem Vierteljahrhundert noch einer Bewährungsprobe bedurft", schreibt Hasse in *O. E. Unvollendete Memoiren* (1979), so sei es der Sommer 1976 gewesen, als er mit einem chronischen Bronchialkatarrh auf offener Bühne in Düsseldorf zusammenbricht. Wiener bringt ihn in eine Spezialklinik nach Basel und bleibt bei ihm bis zu seiner Genesung. Auch die letzte Zeit vor Hasses Tod weicht er nicht vom Krankenbett. „Seine letzten Jahre waren schwer, trotz aller Liebe, mit der ihn der Freund Max Wiener umhegte und fürstlich verwöhnte", bemerkt der Regisseur H.H. Stuckenschmidt bei seiner Grabrede auf Hasse. Er ist auf dem Waldfriedhof in Berlin-Dahlem beigesetzt.

Hawkins, Sophie B.

US-amerikanische Songwriterin
1.11.1967 New York City

1994 hat Sophie B. Hawkins, die sich selbst als „omnisexuell" bezeichnet, mit *As I Lay Me Down* einen schleichenden, aber sich stetig entwickelnden Verkaufserfolg in den USA. Ihr erster Single-Hit ist bezeichnenderweise ein Liebeslied auf eine Frau: *Damn, I Wish I Was Your Lover*. Erst 1999 veröffentlicht sie mit *Whaler* ihr zweites Album, auf dem sie sich musikalisch hin zum Modern Rock mit Jazz-Elementen entwickelt. Parallel zu ihrer Gesangskarriere arbeitet sie als Schauspielerin, u.a. in der TV-Serie *Party of Five* und dem Lowbudget-Film *Beyond City Limits*. „Omnisexuell passt zu verschiedenen Aspekten meiner Persönlichkeit. Ich habe meine Spiritualität, meine Intellektualität, meine Sexualität, meine Emotionalität. Wenn ich mit einer Frau schlafe, die ich liebe, muss ich nicht unbedingt eine Lesbe sein, nur weil sie sich vielleicht so bezeichnet. Meine Sexualität ist so individuell wie meine Seele." Sie engagiert sich u.a. im Kampf gegen Brustkrebs, Tierschutz und für die Rettung von Meeresschildkröten.

- weitere CDs: *Tongues and Tails*, 1992; *Timbre*, 2001; *Wilderness*, 2004

Haynes, Todd

US-amerikanischer Filmemacher
2.1.1961 Los Angeles

Sein Filmdebüt ist der 43-minütige Animationsfilm *Superstar: The Karen Carpenter Story*, in dem ausschließlich Barbie-Puppen auftreten. Richard Carpenter lässt jedoch öffentliche Aufführungen des Films untersagen. 1991 entsteht mit *Poison* der erste abendfüllende Film basierend auf Motiven aus dem Werk von ☞Jean Genet und wird zu einem exemplarischen Werk des New Queer Cinema. 1992 verfilmt er mit *Swoon* das Schicksal des schwulen Mörderpaares Leopold und Loeb, das bereits für Hitchcocks *The Rope* (1948, dt. *Cocktail für eine Leiche*) als Vorlage gedient hatte. Sein Glam-Rock-Spielfilm *Velvet Goldmine* um einen bisexuellen Rockstar ist sein erstes Großprojekt. 2002 entsteht *Far from Heaven* (dt. *Dem Himmel so fern*), ein Melodram im Stil der 50er Jahre über eine Musterfamilie, die an der Homosexualität des Ehemannes zerbricht. 2004 erhält Haynes die Erlaubnis Bob Dylans zu *I'm Not There: Suppositions on a Film Concerning Dylan*, einer Filmbiografie der Folklegende.

- weitere Filme: *Assassins: A Film Concerning Rimbaud*, 1985; *Dottie Gets Spanked* (TV), 1993; *Safe*, 1995

Heap, Jane

US-amerikanische Verlegerin
1.11.1883 Topeka/Kansas – 22.6.1964 London

Jane Heap wächst im mittleren Westen der USA unter den Patienten ihres Vaters auf, der eine psychiatrische Klinik leitet. Um 1915 macht sie in Chicago die Bekanntschaft von ☞Margaret Anderson, die gerade die erste Nummer ihrer Literaturzeitschrift *The Little Review* herausgegeben hatte, welche sich binnen kurzer Zeit als bedeutendes Forum der zeitgenössischen Literatur etabliert. Zwischen den beiden ungleichen Frauen – der dominanten, maskulin auftretenden Heap und der femininen Anderson – entwickelt sich eine dauerhafte Liebesbeziehung, trotz gelegentlicher Affären Heaps (z.B. 1918 mit ☞Djuna Barnes). 1918 siedeln Anderson und Heap, die mittlerweile Co-Herausgeberin geworden ist, nach New York über. Nachdem in mehreren Ausgaben der *Review* Auszüge aus James Joyces *Ulysses* erscheinen, werden die entsprechenden Nummern beschlagnahmt und die beiden Herausgeberinnen zu einer Geldstrafe von 100 Dollar wegen „Verbreitung von Obszönitäten" verurteilt. 1922 ziehen Heap und Anderson nach Paris, wo Anderson sich sowohl aus ihrer beider Beziehung als auch von der *Little Review* löst. Heap kehrt vorübergehend (1924-27) nach New York zurück, wo sie auf der Fifth Avenue eine eigene Galerie eröffnet, in der äußerst unkonventionelle Arbeiten gezeigt werden, z.B. Bühnenbilder aus der Sowjetunion (1926) oder eine Ausstellung zum Maschinenzeitalter (1927). Zugleich arbeitet Heap als alleinige Herausgeberin der *Little Review* bis zu deren Einstellung im Jahr 1929 weiter. Heap, die selbst ebenfalls schreibt und malt, nutzt ihre Position, um talentierten SchriftstellerInnnen, wie z.B. ☞Gertrude Stein, mit der sie eng befreundet ist, zu helfen und deren Arbeit Verlegern und Herausgebern bekannt zu machen – trotz der Tatsache, dass ihre unverblümte Art, ihre Homosexualität offen zu demonstrieren und auszuleben, in den vorwiegend männlichen Literatenkreisen oftmals auf große Ablehnung stößt.

Heche, Anne

US-amerikanische Schauspielerin
25.5.1969 Aurora/Ohio

Als 1998 ihr Film *Six Days, Seven Nights* in die Kinos kommt, wird die Zuschauerzahl von den Hollywood-Bossen und von Journalisten ganz besonders ins Auge genommen. Anne Heche, mit Harrison Ford allein auf eine einsamen Insel verbannt, erlebt mit dem Schwarm vieler Frauen ein erotisches Abenteuer. Aber nehmen ihr das die Zuschauer noch ab? Das ist die Hauptsorge der Studiomanager. Schließlich hat sich Heche gemeinsam mit ihrer Lebensgefährtin ☞Ellen DeGeneres zu ihrer Liebe und ihrem Lesbischsein bekannt. In der Tat strömt das Publikum, und das Vorurteil, eine lesbische Schauspielerin könne keine heterosexuelle Rolle übernehmen, wird widerlegt. Ihr Platz in der oberen Riege der Hollywoodschauspielerinnen, den sie sich seit 1993 mit selbstbewussten, Stärke und Sinnlichkeit ausstrahlenden Frauenrollen erarbeitet hat (u.a. *Donnie Brasco*, 1997; *Wag the Dog*, 1997; *I Know What You Did Last Summer*, 1997, *John Q.*, 2002) bleibt ihr nun sicher. Noch im gleichen Jahr spielt sie in ☞Gus van Sants Remake von *Psycho*, 1999 in Alan Rudolphs *Trixi* und in *The Third Miracle* von Agnieszka Holland. Ihr Regiedebüt gibt sie 1999 mit *Stripping for Jesus*. Aufgewachsen ist Anne Heche in Ohio und New Jersey. Ihr Vater ist ein schwuler Baptistenprediger, der die größte Zeit seines Lebens seine Homosexualität versteckt lebt und 1983 an den Folgen von Aids verstirbt. „Von diesem Zeitpunkt an", sagt Anne Heche, „konzentrierte sich mein Leben auf die Wahrheit." „Beim ersten Mal Sex mit Ellen war mein Orgasmus großartig. Es war wunderschön. Ich dachte, ich erforsche neues Terrain, was fantastisch war. Es war nicht, wie ich es mir vorgestellt hatte, nämlich zarte, kuschelige Liebe, sondern maskulin und feminin zugleich. Es war allumfassend." 2000 trennt sie sich von ihrer Lebensgefährtin, um bald darauf den Kameramann Coleman Laffoon zu heiraten. Sie hatte ihn bei den Dreharbeiten zu einem Dokumentarfilm über eine Tournee von DeGeneres kennen gelernt. In einem Interview erklärt Heche, sie sei als Kind von ihrem Vater sexuell missbraucht worden und habe als Folge davon an einer gespaltenen Persönlichkeit gelitten. So erklärt sie sich auch ihre lesbische Phase mit Ellen DeGeneres. 2001 erscheint die Autobiografie *Call Me Crazy*.

Heide, Michael von der

Schweizer Sänger
16.10.1971 Amden

Als Kind prägen die heimische Schlagersängerin Paola und Schweizer Ländler-Musik seine Vorstellung von Musik, der Grand Prix d'Eurovision gilt als jene Plattform, von der aus man Karriere macht. 1999 nimmt er mit dem Lied *Bye Bye Bar* an der deutschen Vorentscheidung zum Eurovision Song Contest teil. Mit 16 Jahren verlässt Michael von der Heide die Berge und geht als Au Pair nach Genf, lernt französisch, beginnt eine Krankenpflegerausbildung – und entdeckt das Chanson für sich. Bei der Opernsängerin Ginette Giradier nimmt er Gesangsstunden. Die ersten Schritte auf einer Bühne macht er über einen Umweg: als Babysitter der Schweizer Rocksängerin Vera Kaa, die ihn dafür für ihre Tournee engagiert. Mit seiner Musik sitzt von der Heide zwischen allen Stühlen: kabarettistisches Chanson, folkloristisches Liedgut, Schlagerkitsch und Popballaden musikalisch auf dem neuesten Stand, TripHop-Rhythmen und Easy-Listening-Sound, Disco-Grooves und kühle Elektronik. Die markanten Texte schreibt er zum Teil selbst bzw. bekommt Unterstützung von Schweizer Literaten wie Milena Moser und Martin Suter. Sein Debütalbum *Michael von der Heide* erscheint 1996. Mit seiner Single *Jeudi d'amour* aus dem Album *30°* (1998) schiebt er Madonna auf den 2. Platz der Schweizer Charts. „Wohnt mit seinem Partner in einer WG im Zürcher Kreis 10." Der lapidare Satz auf seiner Internet-Homepage ist eindeutig. Viel mehr aber will er über sein Privatleben nicht preisgeben. Dass er von Anfang seiner Karriere offen schwul ist, findet er selbstverständlich. „Etwas anderes wäre für mich gar nicht in Frage gekommen."

● *Tourist* (CD), 2000; *Hildegard*, 2001; *Frisch*, 2002; *Helvetia*, 2003

Prinz Heinrich von Preußen

preußischer Prinz und Feldherr
18.1.1726 Berlin – 3.8.1802 Rheinsberg

Von den Söhnen des Soldatenkönigs Friedrich Wilhelm I. ist Prinz Heinrich der auf politischem, militärischem und musischem Gebiet mit der gebildetste und talentierteste. Obwohl

sein Wirkungsfeld als rangniederes, weil nachgeborenes Mitglied der Königsfamilie eingeschränkt bleiben muss, zählt er zu den bedeutendsten preußischen Feldherrn und Politikern des 18. Jhs. Seine intensiven Kontakte zu ausländischen Fürstenhöfen beispielsweise in Paris, Sankt Petersburg und Stockholm sowie seine Beziehungen zu Vertretern der europäischen Aufklärung machen ihn zu einer international anerkannten Persönlichkeit im Zeitalter der Französischen Revolution. Zeit seines Lebens steht er im Schatten seines 14 Jahre älteren Bruders und Thronfolgers Friedrich des Großen. Um sich von ihm abzunabeln, nimmt Heinrich sogar die Ehe in Kauf. „Ich habe mir die Ketten der Ehe anlegen lassen, um meine Freiheit zu gewinnen." Die Ehe mit Wilhelmine von Hessen-Kassel wurde vermutlich nie vollzogen. Die Gemahlin wohnt in einem stattlichen Palais Unter den Linden in Berlin (der heutigen Humboldt-Universität), Prinz Heinrich baut sich das Schloss Rheinsberg aus, wo er seine musischen Neigungen, aber auch ungestörter seine Beziehungen zu Männern pflegen kann. Doch auch in diesem Bereich kommt ihm sein ebenfalls männerliebender Bruder ins Gehege. In den 1740er Jahren verlieben sich beide in denselben Pagen. Friedrich, offenbar chancenlos, macht dem Bruder daher den Geliebten madig und warnt Heinrich in einem Brief höhnisch vor dessen „Tripper und fleischigen Schultern". Eine Affäre mit Christian Ludwig von Kaphengst, der vom Adjutanten bis zum Major befördert wird, muss Heinrich auf Geheiß Friedrichs beenden. Seine letzte Liebe gilt 1794 dem gerade 17 Jahre alten französischen Emigranten Charles Graf von La Roche-Aymon, dem in Heinrichs Testament für „die zärtliche Anhänglichkeit" gedankt wird. Die letzten Lebensjahre hatte sich Heinrich, dessen politische Ambitionen immer wieder enttäuscht wurden, ganz nach Rheinsberg zurückgezogen und sich den Künsten, der Lektüre und den Männern gewidmet. Im dortigen Schlosspark steht auch sein Grabmal, eine Pyramide mit abgebrochener Spitze als Sinnbild vergeblicher Hoffnungen.

- Eva Ziebura: *Prinz Heinrich von Preußen*, 1999; Generaldirektion der Stiftung Schlösser und Gärten Berlin-Brandenburg (Hg.): *Prinz Heinrich von Preußen – Ein Europäer in Rheinsberg*, 2002; Christian Graf von Krockow: *Die preußischen Brüder. Prinz Heinrich von Preußen und Friedrich der Große. Ein Doppelporträt*, 2002

Heldt, Werner
deutscher Künstler und Lyriker
17.11.1904 Berlin – 3.10.1954 Ischia

Heldts künstlerische Anfänge in den 20er Jahren stehen im Zeichen einer berlinerischen Milieu- und Genremalerei, Heinrich Zille ist dabei sein Vorbild. Zum Ende des Jahrzehnts ist die menschliche Figur fast gänzlich aus Heldts Straßenszenerien verschwunden. Die Melancholie und Tristesse seiner Bilder spiegelt auch seinen inneren Seelenzustand wider. Seine als quälend empfundene Auseinandersetzung mit der eigenen Homosexualität stürzt ihn immer wieder in Depression und exzessiven Alkoholkonsum. Nach einer mehrwöchigen Reise nach Paris 1930 entwickelt sich seine Malerei weiter zu hellerer Farbigkeit und ausgeprägterer abstrahierender Flächenhaftigkeit. 1933 mit dem Machtantritt der Nationalsozialisten Emigration nach Mallorca. Dort lebt er drei Jahre unter Bauern und Fischern im Dorf Andraix. Der Spanische Bürgerkrieg zwingt ihn zur Rückkehr nach Deutschland, wo er Unterschlupf in der Berliner Ateliergemeinschaft Klosterstraße findet (gemeinsam mit ☞Käthe Kollwitz, Werner Gilles, Ludwig Kasper). Heldt leidet unter der allgemeinen Bedrohung und fürchtet als Homosexueller die Verfolgung und Ermordung. Erst nach Ende des Krieges findet er aus der Lethargie zu seiner Schaffenskraft zurück. Im poetischen Bild „Berlin am Meer" verbindet er sein melancholisches Erlebnis der Metropole mit der Sehnsucht nach Meer und Ferne. Die Ruinen der Stadt werden in seinen Arbeiten nun zu Chiffren der Vergänglichkeit. Die Stadtlandschaft ist in stillebenartiger Inszenierung mit symbolischen Requisiten ausgestattet und ins Lyrische übertragen. Seine Arbeiten sind nun geprägt vom Kubismus und beeinflusst von Künstlern wie Georges Braque und Juan Gris.

- Wieland Schmied: *Werner Heldt*, 1976; Lucius Griesebach (Hg.): *Werner Heldt*, 1989

Heliogabal (eigentlich Varius Avitus Elagabalus)
römischer Kaiser
204 – 222 Rom

Nachdem am 8. April 217 der römische Kaiser Caracalla erdolcht worden ist, wird ein Jahr darauf dessen angeblicher Sohn Heliogabal (andere Schreibweise: Elagabal) am 16. April 218 von den Truppen zum Kaiser erhoben, nachdem der Caracalla-Verschwörer Macrinus dies Amt kurz bekleidet hatte. Heliogabal, der sich nach dem Sonnengott benennt und später die Verehrung des Baal als Staatsreligion einführt, ist zu diesem Zeitpunkt 14 Jahre alt. In seinen ersten Jahren als Kaiser ist der Knabe wenig an den Regierungsgeschäften interessiert. Stattdessen wächst das Interesse an Männern. An seine Liebhaber vergibt er hochrangige Ämter. So kommt es, dass ein Tänzer zum Gardekommandant ernannt und ein Friseur für die Kornversorgung der Stadt zuständig wird. Sein Verschleiß an Männern ist groß. Der Einfachheit halber baut er direkt an den Palast eine öffentliche Therme an, um sich dort gutgebaute Männer auszusuchen. Die Exzentrik des jungen Kaisers bekommt absurde Züge. Wenn er mit seinen Geliebten ausfährt, lässt er nicht Pferde, sondern nackte Frauen vor den Wagen spannen. Weil er im Frühling Lust auf eine Schneeballschlacht bekommt, muss Schnee aus den Hochalpen herangeschafft werden. Bei seinen wilden Orgien werden Storchenköpfe und Flamingozungen serviert. Seinen Favoriten, den Gladiator Aurelius Zoticos – dem wir übrigens das Wort „Zote" verdanken und dem Heliogabal sexuell hörig ist – nimmt er offiziell mit einer Heiratszeremonie zum Gatten. Die Verschwendungssucht und Zügellosigkeit Heliogabals sorgt für Unmut im Volk und im Palast. Am 11. März 222 schlägt die Stimmung endgültig um. Die Garde rebelliert und ermordet die Gefolgschaft des Kaisers. Heliogabal flieht zu seiner Mutter, hat aber keinen Mut zum Freitod. Die beiden werden in einer Latrine versteckt aufgespürt und nackt durch die Stadt gezerrt, um schließlich in den Tiber geworfen zu werden. Nach seiner Ermordung verhängt der römische Senat die „damnatio memoriae" über den Toten, also die Auslöschung des Andenkens, die Tilgung aller Inschriften mit seinem Namen und die Zerstörung seiner Statuen. Das ausschweifende, wenn auch kurze Leben Heliogabals wird immer wieder literarisch aufgegriffen, u.a. durch Antonin Artaud (*Heliogabal oder Der Anarchist auf dem Thron*) und Louis Couperus (*Heliogabal der Sonnenkaiser*). Im Werk des Dichters ☞Stefan George findet Heliogabal Eingang unter dem abgewandelten Namen Algabal. ☞Thomas Jonigk macht ihn zur Titelfigur der 2003 uraufgeführten Rockoper *Heliogabal*.

Hellman, Lilian Florence

US-amerikanische Dramatikerin

20.6.1905 New Orleans – 30.6.1984 Boston

Hellman erregte mit ihren sozialkritischen und heftig umstrittenen Dramen (*The Children's Hour*, 1934, dt. *Die Stunde der Kinder*) und Drehbüchern ihrerzeit großes Aufsehen. Das Drehbuch zu *The Little Foxes* (1939, dt. *Die kleinen Füchse*) beschrieb den moralischen Niedergang einer reichen Südstaaten-Familie; der Film zählt heute zu den Klassikern des lesbischen Kinos. Ihre Drehbuchfassung zu *The Children's Hour* wird 1936 von William Wyler unter dem Titel *These Three* verfilmt – allerdings inhaltlich völlig entstellt: Aus der Geschichte der zwei Lehrerinnen, die von einem boshaften Kind der lesbischen Liebe beschuldigt werden, macht Wyler eine heterosexuelle Dreiecksgeschichte, in der eine Lehrerin bezichtigt wird, mit dem Verlobten der Freundin ein Verhältnis zu haben. 1962 wird der Stoff noch einmal (nun mit Audrey Hepburn und Shirley McLaine) verfilmt (dt. *Infam*). Hellman, die neben ihrer fast dreißig Jahre währenden Liaison mit dem Krimiautor Dashiell Hammett auch dem eigenen Geschlecht zugetan ist, wird in der McCarthy-Ära wegen ihrer politischen Aktivitäten verfolgt, ohne sich davon einschüchtern zu lassen. Ihr umfangreiches dramatisches und literarisches Werk wird vielfach ausgezeichnet.

- *An Unfinished Woman*, 1969 (dt. *Eine unfertige Frau*)

Henn, Boris Constantin

deutscher Journalist und Fernsehmoderator

24.5.1967 Pinneberg bei Hamburg

Nach seinem Abitur sammelt er erste Erfahrungen als Moderator und Reporter beim Rundfunk; bei RTL beginnt er 1990 sowohl vor als auch hinter der Kamera zu arbeiten: als Moderator und Korrespondent für die Nachrichten und die Wettervorhersage sowie als Chef vom Dienst des Boulevardmagazins *Explosiv*. 1995-1998 übernimmt er die Moderation des Fernsehmagazins *RTL Explosiv Weekend* und wird damit erstmals einem größeren Publikum bekannt. 1999 allerdings kommen sein Durchbruch und sein öffentliches Coming-out: als Moderator der beiden Schwulenmagazine *andersTrend* (RTL) und *gay watch* (Vox). Zum ersten Mal gibt es im deutschen Fernsehen – wenn auch nur sporadisch – eine bundesweit ausgestrahlte Sendung für Schwule und Lesben, was für einiges Aufsehen in der Öffentlichkeit sorgt. „Natürlich ist die Situation noch nicht so einfach, offen schwul zu sein, wenn man in einer Nachrichten- oder Informationssendung arbeitet. Im Unterhaltungsbereich ist das etwas anderes. Ich möchte auch in Zukunft nicht von Beruf schwul sein und darauf reduziert werden, sondern weiter journalistisch im Fernsehen arbeiten."

Henze, Hans Werner

deutscher Komponist

1.7.1926 Gütersloh

Studium an der Musikschule Braunschweig. Einberufung zum Militär. Fortsetzung der Musikausbildung ab 1946 in Heidelberg bei Wolfgang Fortner. Ab 1949 in Paris bei René Leibowitz, Auseinandersetzung mit der Zwölftonmusik. Musikalischer Mitarbeiter am Deutschen Theater Konstanz unter Heinz Hilpert, 1950-53 Ballettdirigent am Staatstheater Wiesbaden. Erste Erfolge als Opernkomponist mit *Der Landarzt* nach Franz Kafka (1951) und *Boulevard Solitude* (1952). Er entflieht schließlich dem Theaterbetrieb, lässt sich in Forio d'Ischia nieder und schließt sich der dortigen Intellektuellenkolonie an (☞W.H. Auden, ☞Golo Mann, William Walton). Später Umzug nach Neapel, dann Castel Gandolfo, zuletzt Marino in den Albaner Bergen.

Es entstehen die Opern *Der Prinz von Homburg* (1960) und *Der junge Lord* (1965), beide Libretti sind von Ingeborg Bachmann. W.H. Auden und sein Lebensgefährte Chester Kallman, die bereits für ☞Benjamin Britten als Texter gearbeitet hatten, verfassen *Elegy for Young Lovers* (1961) und *The Bassarids* (1966). 1967 Professur in den USA. Nach der Rückkehr nach Europa im Zuge der Studentenrevolte politisches Engagement und Versuche, Musik als politisches Ausdrucksmittel zu gestalten. Die Uraufführung des Oratoriums *Das Floß der Medusa* in Hamburg 1968 verursacht einen Skandal und wird abgebrochen. Der Rhythmus des Schlusses, der Ho-Chi-Minh-Marsch, wird gar nicht erst gespielt. Seine Sechste Sinfonie widmet er der kubanischen Revolution. Als Komponist versteht sich Henze als Eklektiker, der „Stil" als Kategorie kompositorischer Reinheit stets ablehnt und vielmehr polystilistische Fraktur anstrebt. Seit den 80er Jahren Betätigung als Pädagoge und Festivalleiter. 1988-97 Leitung der von ihm ins Leben gerufenen Münchner Biennale für Neues Musiktheater; als Auftragsarbeiten entstehen u.a. Adriana Hölszkys *Bremer Freiheit* (1988) nach ☞Rainer Werner Fassbinder und *63: Dream Palace* (1990) von Hans-Jürgen von Bose nach James Purdys Romanvorlage. Henzes letzte große Kompositionen: *Requiem* (1993) als Hommage an einen befreundeten, an den Folgen von Aids verstorbenen Musiker, und die Opern *Das verratene Meer* (1990) nach ☞Yukio Mishima sowie *Venus und Adonis* (1996) nach ☞William Shakespeare. Zu seinem 70. Geburtstag 1996 ehrt ihn die Stadt München mit dem Kulturellen Ehrenpreis. Zeitgleich erscheint seine Autobiografie *Reiselieder mit böhmischen Quinten. Autobiographische Mitteilungen 1925-1995*, in der er auch offen über seine Homosexualität und seinen Lebensgefährten und Adoptivsohn Fausto Moroni schreibt, mit dem er seit 1964 zusammenlebt. 2000 erhält er den japanischen Kunstpreis Praemium Imperiale für sein musikalisches Lebenswerk. Für die Salzburger Festspiele 2003 schreibt er die Oper *L'Upupa und der Triumph der Sohnesliebe* basierend auf einer arabischen Märchenparabel.

- *Musik und Politik. Schriften und Gespräche* 1955-1984, 1984
- P. Petersen: *Hans Werner Henze. Ein politischer Musiker*, 1988; D. Rexroth (Hg.): *Hans Werner Henze*, 1986

Hermanns, Thomas

deutscher Regisseur, Autor, Entertainer
5.3.1963 Bochum

Ende der 70er Jahre steht er mit einer schwulen Theatergruppe aus Nürnberg erstmals auf der Bühne und klappert die Schwulenzentren der Region ab. 1983 hat er bereits sein erstes eigenes Stück – und seine eigene fünfköpfige Truppe: *Die Frontbetreuung*, eine Mischung aus Trash, Revue und Soap Opera. Die Form und die Mischung behält er auch in den nächsten Jahren bei seinen „Trashicals" bei. Sieben Stück entwickelt er in zehn Jahren in Personalunion als Autor, Darsteller und Regisseur mit so schönen Titeln wie *Gertrud – wenn Lockenwickler seufzen könnten* (1987) und *Weine nicht, Covergirl (1989).* Die Christian-Anders-Revue *Es fährt ein Zug nach Nirgendwo* (1993) tourte zwei Jahre durch die Lande. In seinen Münchner Jahren inszenierte er Modenrevuen (u.a. für Bogner, Boss und Eric Gaskins) und 1993 in London *The Eyes of Laura Mars*, eine „Alternative Hair Show". 1991 verlegte Hermanns seinen Wohnsitz nach Hamburg und gründet mit seinem „Quatsch Comedy Club" das erste (und bislang noch einzige) Stand-up-Comedy-Theater Deutschlands. Ab 1997 geht das Konzept bei Pro7 auf Sendung. 2002 startet er die TV-Show *popclub* und eröffnet seinen neuen „Quatsch Comedy Club" in Berlin. Daneben schreibt Hermanns Drehbücher (u.a. für ☞Dirk Bachs Sitcom *Lukas*), inszeniert Comedyprogramme u.a. von Emmi Hempel-Bertie, Gayle Tufts, ☞Cora Frost und Michael Mittermeier.

Heymann, Lida Gustava

deutsche Frauenrechtlerin
15.3.1868 Hamburg – 31.7.1943 Zürich

Aufgewachsen als Tochter einer wohlhabenden hanseatischen Kaufmannsfamilie, absolviert Heymann die übliche Ausbildung für höhere Töchter und beginnt sich mit Mitte 30 für Frauenfragen zu interessieren. Gleichzeitig übernimmt sie die finanzielle Verwaltung des Familienvermögens und fängt an, mit den Erträgen innovative Projekte aufzubauen, u.a. eine Reformschule. 1896 lernt sie während eines internationalen Frauenkongresses in Berlin ☞Anita Augspurg kennen, mit der sie bis zu ihrem Tod zusammenlebt und -arbeitet. Gemeinsam engagieren sie sich in der Frauenstimmrechts- und PazifistInnenbewegung und gehören zu den führenden Frauenrechtlerinnen Deutschlands. 1917 wird Heymann wegen ihrer pazifistischen Agitation aus Bayern ausgewiesen. Zwei Jahre später gründen sie und Augspurg die feministische Frauenzeitschrift *Die Frau im Staat*. Bis zu ihrer erzwungenen Emigration in die Schweiz organisieren und besuchen Heymann und Augspurg feministische Kongresse in der ganzen Welt. Dank zahlreicher Spenden gelingt es ihnen, ihre politische Arbeit bis zu ihrem Tod fortzusetzen.

- (mit Anita Augspurg); *Erlebtes, Erschautes. Deutsche Frauen kämpfen für Freiheit, Recht und Frieden 1850-1940*, 1992
- Anna Dünnebier/Ursula Scheu: *Die Rebellion ist eine Frau. Anita Augspurg und Lida G. Heymann. Das schillerndste Paar der Frauenbewegung*, 2002

Highsmith, Patricia

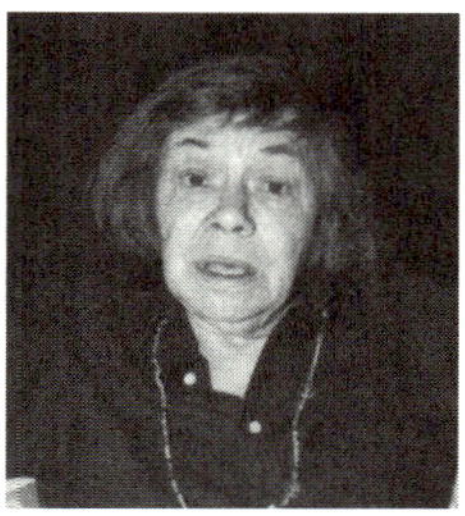

US-amerikanische Schriftstellerin
19.1.1921 Fort Worth/Texas – 4.2.1995 Locarno/Schweiz

Highsmiths psychologisch ausgefeilte Kriminalromane und -erzählungen gehören zu den literarisch anspruchsvollsten Klassikern ihres Genres. Ausgehend von der Erkenntnis, dass Täter zugleich auch Opfer sind, beschreiben ihre Werke detailliert und einfühlsam die durch ein einschneidendes Erlebnis hervorgerufenen, langsamen Veränderungen ihrer ganz normalen Helden, welche zwangsläufig in Gewalttätigkeit münden. Nach ihrem Examen in Literatur und Zoologie in New York widmet sich die gebürtige Texanerin ab 1950 – auf Wunsch ihres Verlages hin – ganz der Schriftstellerei. Zuvor hatte sie als Texterin der Superman-Comics gearbeitet und mit Gelegenheitsjobs durchgeschlagen. So arbeitet sie etwa 1948 in der Spielwarenabteilung des Kaufhauses Bloomingdale's, wo eine „blonde Frau in einem Pelzmantel in diesem lauten Verkehrsrummel" auftritt und Highsmith mit ihrer Erscheinung überwältigt. „Ich fühlte mich merkwürdig benommen, wie knapp vor einer Ohnmacht." Diese Liebesaffäre wird Stoff ihres Romans *Carol*, der 1952 unter Pseudonym erscheint und in der Taschenbuchausgabe eine Auflage von fast einer Million erreicht. Bereits mit ihrem im gleichen Jahr erschienenen Roman *Strangers on a Train* (dt. *Zwei Fremde im Zug*) gelingt Highsmith der Aufstieg in die erste Garde der KriminalautorInnen – nur zehn Tage nach Erscheinen von *Strangers on a Train* erwirbt Alfred Hitchcock die Filmrechte. Mit der „Ripley"-Serie und einer ganzen Reihe weiterer Romane setzt sie ihren Erfolg ungebrochen fort. Die Katzenliebhaberin Highsmith, die zeitlebens ausgedehnte Europareisen unternimmt, siedelt 1983 in den Tessin über. Die in ihrem letzten Lebensjahrzehnt entstandenen Werke zeigen eine allmähliche Abkehr der Autorin vom Kriminalroman und ihre weitere Öffnung gegenüber der literarischen Verarbeitung der eigenen Lebensform: in *Found in the Street* (1986, dt. *Elsies Lebenslust*) geht es wie in ihrem Frühwerk *Carol* vorrangig um weibliche Homosexualität. Der letzte Roman *Small g – A Summer Idyll* (1995) spielt in der Zürcher Schwulenszene.
Die Einzelgängerin lebt den größten Teil ihres Lebens in ihrem Schweizer Domizil. Ihr Privatleben schottet sie gegenüber der Öffentlichkeit ab. Aus dem umfangreichen Nachlass – ihren Notiz- und Tagebüchern sowie Briefen – zeichnet sich das Bild einer unglücklichen, zerrissenen Persönlichkeit. Obgleich sie sich zu Frauen hingezogen fühlt, spricht sie zugleich vom eigenen Geschlecht mit Verachtung. Ihre zahlreichen Liebeaffären sind meist nur von kurzer Dauer und enden oft in Streit und Hass.

- *The Price of Salt*, 1952/1984; *Ediths Tagebuch*, 1978; *Der Geschichtenerzähler*, 1974; *Der Schrei der Eule*, 1976
- F. Cavigelli u. F. Senn: *Über Patricia Highsmith*, 1980; Andrew Wilson: *Schöner Schatten. Das Leben von Patricia Highsmith*, 2003

Hiller, Kurt

deutscher Publizist
17.8.1885 Berlin – 1.10.1972 Hamburg

Der promovierte Jurist, Publizist und Jude ist ein streitbarer Pazifist und gehört ab 1908 zu den engsten Mitarbeitern ☞Magnus Hirschfelds. Seine Publikationsliste umfasst 33 Bücher und Broschüren wie auch ca. 1500 Zeitungs- und Rundfunkbeiträge zu Literatur, Philosophie, Außenpolitik und Strafrecht – schlagkräftig und ironisch formulierte, provozierende Aufrufe, Manifeste, Pamphlete und Polemiken. 1905 verliebt er sich in den 16-jährigen Franz-Robert Georgy. Zwei Jahre später fallen die Liebesbriefe in die Hände von dessen Vater, der die Beziehung fortan untersagt. Für Hiller ist dies der Auslöser für seine Dissertation: *Das Recht über sich selbst*. Von 1916 bis 1924 gibt Hiller das Jahrbuch *Das Ziel* heraus und ist darüber hinaus Autor verschiedener Zeitschriften der expressionistischen Bewegung. 1920 wird er Mitglied der Deutschen Friedensgesellschaft und 1926 Präsident der Gruppe revolutionärer Pazifisten. Aufgrund seines engagierten Eintretens für einen radikalen Pazifismus und für den Sozialismus wird er 1933 verhaftet und schließlich zu KZ-Haft verurteilt. 1934 gelingt ihm die Flucht nach Prag und 1938 nach London. Von 1939 bis 1946 ist er Vorsitzender der Gruppe unabhängiger Autoren. 1955 Rückkehr nach Deutschland; in Hamburg gründet er 1956 den Neusozialistischen Bund. Veröffentlichung kleinerer Beiträge in der Schwulenzeitschrift *Der Kreis*. 1962 initiiert er die Neugründung des WhK, um mit einer Neufassung der Petition Hirschfelds nunmehr an den Deutschen Bundestag für eine Streichung des §175 zu appellieren. Die „Erklärung" wird zwar gedruckt, jedoch nicht nach Bonn weitergeleitet. Die Aktion versandet. 1965 erscheint als

Privatdruck die Gedichtsammlung *Archangelos*, 40 Liebesgedichte über die (unerwiderte) Liebe seines Lebens, Walter D. Schultz (1910-1964), der sich nach einer anfänglichen Romanze dann doch eher der Frauenwelt zugeneigt sieht. Auch eine andere Liebe bleibt unerfüllt, die zu dem homosexuellen kommunistischen Politiker Richard Linsert (1899-1933), dem Hiller eine Position im Wissenschaftlich-humanitären Komittee verschafft hatte.

- *Leben gegen die Zeit. Erinnerungen. Band 1: Logos*, 1969; *Band 2: Eros*, 1973
- Horst H.W. Müller: *Kurt Hiller*, 1969; Rolf von Bockel (Hg.): *Kurt Hiller – Ein Leben in Hamburg nach den Jahren des Exils*, 1990

Hirschfeld, Magnus

deutscher Sexualwissenschaftler
14.5.1868 Kolberg/Pommern – 14.5.1935 Nizza

Hirschfeld gilt als einer der entscheidenden Mitbegründer der deutschen Sexualwissenschaft und der deutschen Schwulenbewegung. Gleich drei diskriminierte Minderheiten kreuzen sich in der Person Hirschfelds: Er ist Jude, Homosexueller und Sozialist. Als Student engagiert er sich in der Arbeiterpartei. 1888-92 Studium der Medizin in Straßburg, München, Heidelberg und Berlin, mit Unterbrechung durch seinen Militärdienst. 1896 Übersiedlung nach Berlin-Charlottenburg, Eröffnung einer Arztpraxis. Am 15. Mai 1897 gründet er in seiner Wohnung gemeinsam mit Eduard Oberg, dem Leipziger Verleger Max Spohr und Franz Josef von Bülow das Wissenschaftlich-humanitäre Komitee (WhK). „Auf Grund sichergestellter Forschungsergebnisse und der Selbsterfahrung vieler Tausender endlich Klarheit darüber verschaffen, dass es sich bei der Liebe zu Personen des gleichen Geschlechts, der so genannten Homosexualität, um kein Laster und kein Verbrechen, sondern um eine von der Natur tief in einer Anzahl von Menschen wurzelnden Gefühlsrichtung handelt", heißt es in der Gründungserklärung. Im Dezember 1897 wird bereits eine Petition gegen den Antihomosexuellenparagrafen 175 beim Reichstag und beim Bundesrat eingereicht. Hirschfeld gibt eine Neuausgabe der Schriften ☞Karl Heinrich Ulrichs' heraus; 1899 erscheint der erste Band des *Jahrbuchs für sexuelle Zwischenstufen*, darin die erste Fassung des *Psychobiologischen Fragebogens*. 1901 erscheint die Aufklärungsbroschüre *Was soll das Volk vom dritten Geschlecht wissen?* 1903 Fragebogenaktion unter 3000 Berliner Studenten zu deren sexueller Orientierung. Fünf Studenten zeigen Hirschfeld an, weil sie sich durch seine Umfrage beleidigt fühlen. Hirschfeld wird zu 200 Mark Strafe verurteilt. 1904 Befragungsaktion unter ca. 5700 Berliner Metallarbeitern. 1905/06 Auseinandersetzung mit Wilhelm Fleiß und Sigmund Freud über die Urheberschaft der Idee von der Bisexualität. Hirschfeld ist 1908 als Gutachter im Prozess gegen Maximilian Harden beteiligt; er wird Herausgeber der *Zeitschrift für Sexualwissenschaft*. 1910 eröffnet er eine Spezialpraxis „für nervöse und seelische Leiden". Als Reaktion auf einen Angriff C.G. Jungs während des dritten Internationalen Psychoanalytiker-Kongresses in Weimar 1911 tritt Hirschfeld aus der Berufsvereinigung aus. Hirschfeld ist an der Konzeption des Homosexuellenfilms *Anders als die Anderen* (1919) beteiligt und spielt dort in einem Auftritt sich selbst als Sexualwissenschaftler. Im gleichen Jahr Eröffnung des Instituts für Sexualwissenschaft in Berlin. Internationale Anerkennung seiner wissenschaftlichen wie homosexuellenemanzipatorischen Leistungen, u.a. wird er Ehrenmitglied der British Society for the Study of Sex Psychology, dem englischen Pendant des WhK, und von der UdSSR-Regierung nach Moskau und Leningrad eingeladen. Eine 1930 begonnene Weltreise wird unerwartet zu einer Reise ins Exil. 1932 aus Asien und den USA in Europa zurück, bereitet er von Wien aus seine Übersiedlung, gemeinsam mit seinem chinesischen Lebensgefährten Tao Li, in die Schweiz vor. Von dort aus erlebt Hirschfeld die Zerstörung seines Lebenswerkes. Am 6. Mai 1933 wird das Institut für Sexualwissenschaft von NS-Studenten geplündert. SA-Trupps holen die Bibliotheksbestände ab, die zusammen mit anderen Büchern „undeutschen Geistes" am 10. Mai auf dem Berliner Opernplatz verbrannt werden. In die Flammen wird auch eine Büste Hirschfelds geworfen. Weiterreise nach Paris. Am 8. Juni 1933 löst sich das WhK auf. Hirschfeld stirbt an seinem 67. Geburtstag in Nizza. ☞Rosa von Praunheim macht Hirschfelds Leben zum Thema seines Spielfilms *Der Einstein des Sex* (1999).

- *Die Homosexualität des Mannes und des Weibes*, 1914; *Sittengeschichte des Weltkrieges* (mit Andreas Gaspar), 1930; *Geschlechtskunde. 5 Bände*, 1926-30; *Von einst bis jetzt*, 1986; *Berlins Drittes Geschlecht. Schwule und Lesben um 1900*, 1991
- Manfred Herzer: *Magnus Hirschfeld*, 1992

Hockney, David

britischer Künstler
9.7.1937 Bradford/England

1953-57 Studium an der Bradford School of Art. Erste Gemälde. 1957-59 als Kriegsdienstverweigerer Arbeit in Krankenhäusern. 1959-62 Studium am Royal College of Art in London. Mitbegründer der englischen Pop Art. 1964 Übersiedlung in die USA. Beginnt seine Reihe der *Swimming Pool*-Gemälde, die zu seinen bekanntesten Arbeiten werden. 1966 erste Bühnenausstattung für Alfred Jarrys *Ubu Roi* am Royal Court Theatre, London. Lehrauftrag an der University of California, Los Angeles. 1968 Umzug nach London, 1973-74 nach Paris, ab 1976 wieder in Los Angeles. 1978-81 umfangreiche Tätigkeit für Bühnendekorationen in Glyndebourne und New York (u.a. *Zauberflöte* und

Le sacre du printemps). 1981 gemeinsame Reise mit ☞Stephen Spender nach China. 1982 erste Fotocollagen, 1986 erste Arbeiten mit Farbfotokopierer, 1990 erste Experimente mit Faxkunst. Hockney, der zu den bedeutendsten, bekanntesten und auch vielseitigsten zeitgenössischen Künstlern Großbritanniens zählt, bekennt sich bereits in den frühen 60er Jahren öffentlich zu seiner Homosexualität und verarbeitet sie in seinen Bildern. Die Titel seiner frühen Arbeiten – *Queer* (1960), *Going to Be a Queen for Tonight* (1960) und *Doll Boy* (1960/61) – sind deutliche Interpretationssignale. Seine Lebensgefährten, etwa Peter Schlesinger und Gregory Evans, werden vielfach, z.T. mit erotischen Aktzeichnungen, porträtiert. 1974 dreht Jack Hazan den semidokumentarischen Film *A Bigger Splash*, in dem Hockney und seine Freunde sich selbst spielen. Zentral werden darin seine Beziehungen und das schwule Leben behandelt, u.a. die Trennung von seinem langjährigen Lebenspartner Peter Schlesinger. Zu seinen bekanntesten deutlich homosexuellen Motiven gehören auch die Radierungen zu Liebesgedichten von ☞Konstantinos Kavafis. Zu Hockneys berühmtesten Gemäldeporträts zählt das Doppelbildnis ☞Christopher Isherwoods mit seinem Lebensgefährten Don Bachardy. Auf dem Höhepunkt der britischen Debatte um das Antihomosexuellengesetz Clause 28 sagt Hockney eine bereits vorbereitete Retrospektive in der Londoner Tate Gallery ab; die Ausstellung war schon in Los Angeles und New York gezeigt worden.

- *Die Welt in meinen Augen. Autobiographie*,1993; *Geheimes Wissen*, 2001
- *Eine Retrospektive*, 1988; Paul Melia/Ulrich Luckhardt: *David Hockney. Gemälde*, 1994; Ulrich Luckhardt: *„Doll Boy" von David Hockney*, 1991

Hocquenghem, Guy

französischer Soziologe und Schriftsteller
10.12.1946 Boulogne-Billancourt – 28.8.1988 Paris

Dozent für Philosophie an der Universität Vincennes, Mitstreiter und später Kritiker der französischen Linken des Mai '68. Mitbegründer der militanten Schwulenbewegung in Frankreich, der Front homosexuel de l'action revolutionnaire (F.H.A.R), die den Wunsch nach einer sozial gerechteren Welt mit der Forderung nach freier Entfaltung der (Homo)sexualität zu verbinden sucht. 1972 Veröffentlichung des ersten Buches *Le désir homosexuel* (dt. *Das homosexuelle Verlangen*, 1974), eine radikale Kritik der Freudschen Theorie aus einer marxistischen Perspektive. Unter Bezug von Deleuze/Guattaris *Anti-Ödipus* analysiert er die Herkunft der Begriffe Hetero- und Homosexualität, deckt die dahinterstehenden Ideologien auf und fragt, warum die Gesellschaft Interesse daran hat, dieses Geschlechterverständnis aufrechtzuerhalten – auch in Form liberaler Duldung der Homosexualität. Sein Schluss: „Nicht das homosexuelle Verlangen ist problematisch, sondern die Angst vor der Homosexualität." Entgegen der vorsichtigen, bedachtsamen Haltung bürgerlicherer Schwulengruppen und vieler prominenter Homosexueller schockiert Hocquenghem die Öffentlichkeit mit dem selbstbewussten Bekenntnis „Je suis homosexuel", zu einem Zeitpunkt, als dieser Begriff allenfalls als denunziatorisches Mittel gebraucht worden war. Ein Doppelleben, ein Sich-Anpassen an die heterosexuelle Gesellschaft, um lediglich nachts kleine sexuelle Freiheiten erleben zu können, lehnt er ab. In späteren Jahren äußert sich Hocquenghem besorgt über den zunehmenden Fremdenhass in Frankreich und kritisiert den Rechtsruck vieler ehemaliger, prominenter Mitstreiter aus der französischen Linken. Ab Mitte der 70er Jahre beginnt sich Hocquenghem auch als Schriftsteller zu etablieren. 1976 erscheint die erste Erzählungssammlung *Fin de section*, 1982 der erste Roman *L'Amour en relief*. In *Eve* (1987, dt. *Eva* 1991) findet sich eine seiner wenigen öffentlichen Auseinandersetzungen mit der Krankheit Aids, der er schließlich erliegt. Sein letzter Roman, *Les Voyages et aventures extraordinaires du frère Angelo* (1988) erscheint einen Tag nach seinem Tod. Bereits in *La colère de l'agneau* (dt. *Der Zorn des Lammes*) hatte er mit der Geschichte des Evangelisten Johannes ein religiöses Thema angeschnitten. Weitgehend unbeachtet und unbekannt bleibt sein Dokumentarfilm zur schwulen Geschichte, *Race d'Ep! Un siècle d'image de l'homosexualité*.

- In: *Elemente einer homosexuellen Kritik. Französische Texte 1971-1977*, 1979; mit René Schérer: *Co-ire – Album systématique de l'enfant*, 1976 (dt. *Co-ire. Kindheitsmythen*, 1977); In: *Drei Milliarden Perverse*. Bernhard Dieckmann und François Pescatore (Hg.), 1980

Höch, Hannah

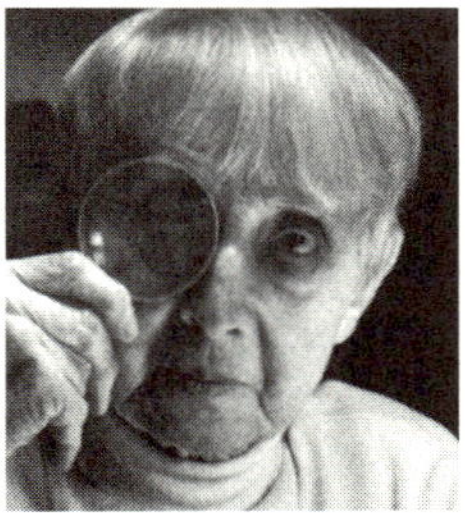

deutsche Malerin und Grafikerin
1.11.1889 Gotha – 31.5.1978 Berlin

Als die Dadaisten in den Goldenen Zwanzigern zum Angriff auf die bürgerliche Kultur rufen, ist unter den zahlreichen „Antikünstlern" nur eine einzige Frau von Rang – Hannah Höch. Sie ist fester Bestandteil des Kreises um John Heartfield, George Grosz und vor allem Kurt Schwitters, dessen „Merzbau" in Hannover sie mitgestaltet. Ihre Dada-Puppen und Montagen, dichte Klebebilder mit einer fast kinematografischen Schnitttechnik, sind heute noch aktuell, denn wie in den nachfolgenden und gegenwärtigen Antikunstbewegungen geht es den Dadaisten nicht um das abstrakt „Künstlerische", sondern um die soziale und politische Verantwortlichkeit der Künstler. Ein großes Thema Höchs ist die „Neue Frau", ihre Rolle innerhalb der Gesellschaft und das Verhältnis zwischen den Geschlechtern, aber auch zwischen gleichgeschlechtlichen PartnerInnen. Als ihr berühmtes Gemälde *Die Braut* (1927) entsteht, ist Höch, die sich ihren Lebensunterhalt lange Zeit als Grafikerin für den Ullstein Verlag verdient, schon ein Jahr mit der niederländischen Schriftstellerin Til Brugmann liiert. Das Paar wohnt zusammen in Den Haag bis 1929, dann ziehen sie nach Berlin. Neun Jahre hält die Beziehung – eine der längsten und stabilsten in Höchs Leben. Ihr vielfältiges künstlerisches Schaffen erstreckt sich bis in die 60er Jahre. Höch, die zeitlebens im Schatten ihres ungleich berühmteren Kollegen Raoul Hausmann steht, wird 1997 mit einer großen Wanderretrospektive in den USA geehrt.

- Berlinische Galerie: *Hannah Höch 1889-1978, ihr Werk, ihr Leben, ihre Freunde*, 1989; Künstlerarchiv der Berlinischen Galerie: *Hannah Höch, eine Lebenscollage*, 1995; H. Höch/E. Maurer: *Hannah Höch, jenseits fester Grenzen; das malerische Werk bis 1945*, 1995

Hössli, Heinrich (andere Schreibweise Heinrich Hößli)

Schweizer Hutmacher und Autor
6.8.1784 Glarus – 24.12.1864 Winterthur

Hössli, der in den Glarner Hungerjahren aufgewachsen ist, leidet trotz seines kaufmännischen Erfolges an einem intellektuellen Minderwertigkeitsgefühl, das er durch enormen Lesehunger stillt und dazu auch männerbündischen Lesegesellschaften beitritt. Er sucht Freundschaft mit Pfarrern, Lehrern und Akademikern, denen er höchsten Respekt zollt. Sicherlich ein Höhepunkt seines Lebens ist für ihn ein Besuch 1819 in Aarau, wo er auf Vermittlung des Arztes und späteren Philosophieprofessors Ignaz Paul Vital Troxler dem Schriftsteller Heinrich Zschokke begegnet und mit ihm den Fall Desgouttes diskutiert. 1817 wird in Bern ☞Franz Desgouttes wegen Mordes an seinem Geliebten Daniel Hemmeler öffentlich der Prozess gemacht. Hössli hat die Hoffnung, dieser möge das Thema literarisch aufgreifen und sich für die seiner Meinung nach zu Unrecht verdammten „Männlichliebenden" einsetzen. Zschokke verarbeitet den Stoff tatsächlich und veröffentlicht 1821 die Novelle *Eros, oder über die Liebe* in Form eines Streitgespräches (hinter dem Desgouttes, Hemmeler und Zschokke zu erkennen sind) über das Wesen des antiken (also mann-männlichen) Eros. Hössli sieht seine aufklärerischen Absichten durch Zschokke jedoch verraten, da dieser jener Form der Liebe alle Natürlichkeit abspricht. So macht sich Hössli autodidaktisch daran, eine kulturhistorische Rechtfertigung der Männerliebe abzufassen. Auf drei Bände legt er *Eros. Die Männerliebe der Griechen, ihre Beziehungen zur Geschichte, Erziehung, Literatur und Gesetzgebung aller Zeiten* an; 17 Jahre arbeitet er an dem Werk. Als der erste, mit feurigem Pathos und Herzblut geschriebene Band 1836 erscheint, meldet sich der Evangelische Rat der Regierung in Glarus. Der Band muss zwar nicht gleich wieder eingestampft werden, darf jedoch im Kanton nicht vertrieben werden; für den zweiten Band erhält Hössli ein Druckverbot und muss ihn deshalb in St. Gallen publizieren. Der abschließende dritte Teil, der „vor schamloser Frechheit und unzüchtiger Rede erbebend" sich dem fleischlichen Teil der Männerliebe widmen soll, wird nie veröffentlicht. Wahrscheinlich wirken nicht allein die Zensurmaßnahmen hemmend. Für Hössli ist es zunächst wichtig, die Folgen der Hetze auf „Sodomiter" darzustellen, deren Leben in Angst, Verstellung und Verzweiflung. Dass diese Liebe „natürlich" ist, steht für ihn außer Zweifel. Deshalb prangert er es als unmenschlich an, wenn entsprechend veranlagte Menschen „in innern und äußern Lebenswiderspruch" gedrängt werden. „Des Menschen Wesen" nämlich „ändert sich nie, die Natur keines ihrer ewigen Gesetze (...). Nur der Wahnmensch sagt zum Bruder: ‚Das ist nicht deine Natur, weil sie die meine ist – Sünde ist die deinige, weil sie wie meine nicht ist.'" Um seine Anschauung zu untermauern, stellt Hössli eine Anthologie mit 42 literarischen Zeugnissen zur Männerliebe zusammen – aus der klassischen Antike (Horaz, Anakreon, Plutarch) und, überraschenderweise, auch viele aus dem türkischen, persischen und arabischen Sprachraum. Hössli lässt ein umfassendes Kompendium von literarischen Äußerungen zur „griechischen Liebe" folgen. *Schriften und Schriftsteller über die Liebe des Plato* betitelt er dieses Kapitel und führt Zitate von Lessing, ☞Byron, Klopstock, ☞Winckelmann, Johannes von Müller und Herder an. Auch wenn die Schriften des Einzelkämpfers und wissenschaftlichen Laien über Strecken verworren und redundant sind, so stellt sein *Eros* dennoch einen mutigen Kraftakt und einen Grundstein für die Emanzipation der Homosexuellen dar, lange bevor es dieses Wort überhaupt gegeben hatte. Bedingt durch die geografische Abgeschiedenheit und die fehlenden intellektuellen Kontakte findet Hösslis Werk nur langsam Verbreitung. 1866, zwei Jahre nach seinem Tod, stößt der deutsche Jurist ☞Karl Heinrich Ulrichs auf die Schriften und setzt sich mit den Ideen seines „Vorgängers im Kampfe" (Ferdinand Karsch) kritisch auseinander.

- Materialien zu Heinrich Hösslis *Eros. Die Männerliebe der Griechen, ihre Beziehungen zur Geschichte, Erziehung, Literatur und Gesetzgebung aller Zeiten*, 1996

Holiday, Billie (eigentlich Eleanora Gough MacKay)

US-amerikanische Sängerin
7.4.1915 Baltimore – 17.7.1959 New York City

Die legendäre Sängerin mit der tragischen Ausstrahlung beherrscht wie kaum eine andere Jazz-Interpretin die enorme Modulationsfähigkeit ihrer kindlich-herben Stimme. Nach den Anfängen als Nachtclubsängerin in Harlem wird Holiday 1933 mit den ersten Plattenaufnahmen mit Benny Goodman quasi über Nacht berühmt. Auf eine überaus erfolgreiche Tournee mit Count Basie von 1937 bis 1939 folgen die Alben *Fine and Mellow* (1939) und *Lover Man* (1944); 1944 tritt Holiday als erste Jazz-Sängerin im Metropolitan Opera House in New York auf. Danach ist der Stern der „Lady Day" im Sinken begriffen – private Probleme, unglückliche Beziehungen zu Männern und Frauen und berufliche Rückschläge führen zu starkem Drogen- und Alkoholmissbrauch.

● F. Witzel: *Schwarze Lady*, 1983

Holiday, Tony (eigentlich Rolf-Peter Knigge)

deutscher Schlagersänger, Texter und Komponist
24.12.1948 (a.Q. 24.2.1951) Hamburg – 14.2.1990 ebd.

Nach dem Abitur beginnt er zunächst eine Ausbildung als Textilvolontär und strebt eine Karriere als Modedesigner an. Eine Freundin seiner Eltern, die Opernsängerin Anneliese Rothenberger, bestärkt ihn in seinem sängerischen und tänzerischen Talent. Gleich mit *Tanze Samba mit mir* (1977) landet er einen der größten deutschen Schlagerhits der 70er Jahre. Das südamerikanisch angehauchte Lied prägt auch sein Image als strahlender Frauenschwarm und Verführertyp. Musikalisch bleibt er auf der Samba-Rumba-Welle festgelegt, und so versprühen all seine Nachfolgehits, ob *Nie mehr allein sein*, *Rio de Janeiro* oder *Copacabana*, brasilianisches Flair. Neue musikalische Wege, wie die in Eigenregie getextete, komponierte und produzierte Single *Die Karawane von Marrakesch*, werden finanzielle Misserfolge. Er zieht sich mehr und mehr aus der aktiven Sängertätigkeit zurück und wird lediglich noch mit seinen alten Hits für Oldie-Shows und Stimmungssendungen eingeladen. Inzwischen betätigt er sich als Maler und gründet einen eigenen Musikverlag, die Palace Edition sowie eine Firma für Ledermoden. Im Sommer 1989 hat er, durch seine Aids-Erkrankung bereits sichtlich gezeichnet, in der Sendung *Schlager-Souvenirs* seinen letzten TV-Auftritt.

Holman, Libby (eigentlich Elspeth Holzman)

US-amerikanische Schauspielerin und Sängerin
23.5.1904 Cincinnati/Ohio – 23.6.1971 Stamford/Connecticut

Nach einem abgebrochenen Jurastudium in New York gibt Holman 1924 ihr Broadway-Debüt als Schauspielerin und kann sich in den nächsten Jahren als Jazzsängerin etablieren. Gemeinsam mit ihrer Geliebten, der reichen DuPont-Erbin Louisa Carpenter, besucht Holman, angetan mit Anzug und Melone, die Harlemer Nachtclubs, wo sie 1931 den Erben des Camel-Zigaretten-Vermögens, Zachary Smith Reynolds, kennen lernt, den sie kurz darauf heiratet. Acht Monate danach wird Reynolds mit einer tödlichen Schussverletzung aufgefunden, die schwangere Holman des Mordes angeklagt, aus Mangel an Beweisen jedoch freigesprochen. Gemeinsam mit Carpenter zieht sie ihren kurze Zeit später geborenen Sohn auf, der 1950 beim Bergsteigen ums Leben kommt. Nach einem misslungenen Comeback 1938 kann Holman vier Jahre später an der Seite des schwarzen Pianisten Josh White als Jazzsängerin wieder Fuß fassen (*Blues till Dawn*); die rassistischen Vorurteile, mit denen das Duo bei seinen Auftritten konfrontiert wird, führen dazu, dass Holman sich für den Rest ihres Lebens aktiv gegen Rassismus und in der Bürgerrechtsbewegung engagiert. Mit der 1953 im Andenken an ihren Sohn gegründeten Christopher Reynolds Foundation unterstützt sie Menschenrechtler in aller Welt, u.a. Martin Luther King. Holman, die ab 1946 mit der Schriftstellerin ☞Jane Bowles befreundet ist, leidet in ihren letzten 15 Lebensjahren zunehmend unter psychischen und physischen Problemen und stirbt unter ungeklärten Umständen.

Holt, Anne

norwegische Justizministerin und Schriftstellerin
16.1.1958 Larvik

Anne Holt arbeitet nach ihrem Jurastudium als Journalistin sowie als Polizistin und ist zeitweise stellvertretende Polizeichefin von Oslo. 1996 wird sie Justizministerin Norwegens. Sie kehrt den öffentlichen Ämtern den Rücken, eröffnet eine Anwaltskanzlei und widmet sich hauptsächlich dem Schreiben. Insbesondere ihre psychologischen Kriminalromane um die lesbische Kommissarin Hanne Wilhelmsen sind weltweit erfolgreich und werden auch verfilmt. Mit *Mea Culpa* veröffentlicht sie 1997 erstmals einen explizit lesbischen Liebesroman. Ihre Homosexualität ist zwar kein Geheimnis, jedoch verweigert sie dieses Thema in Interviews. 1999 heiratet sie die Publizistin und Verlegerin Tine Kjaer. Um einen Presserummel zu vermeiden, geben sie sich ihr Ja-Wort in der norwegischen Botschaft Schwedens.

- weitere Veröffentlichungen (Auswahl): *Blind gudinne* (dt. *Blinde Göttin*), 1993; *Demonens død* (dt. *Das einzige Kind*) ,1995; *Løvens gap* (dt. *Im Zeichen des Löwen*), 1997; *Død Joker* (dt. *Das achte Gebot*, 1999

Hoover, J. Edgar

US-amerikanischer FBI-Chef
1.1.1895 Washington DC – 2.5.1972 ebd.

Spitzenstrümpfe und Stilettabsätze entfachen angeblich seine Leidenschaft, und beim Sex lässt der von intimen Freunden liebevoll „Mary“ Genannte sich gerne aus der Bibel vorlesen. Das Bild, das posthum von J. Edgar Hoover gezeichnet wird, will so gar nicht zu jenem FBI-Chef passen, der während seiner Amtszeit von 1924 bis 1972 vor keiner Schnüffelei zurückschreckt und während der McCarthy-Ära die ausgedehnte Kommunistenverfolgung mit zu verantworten hat. Auch politische Gegner wie die Kennedys lässt er bespitzeln und selbst ihre sexuellen Gewohnheiten in Dossiers festhalten. Schwule werden als „sexuell Abartige“ bezeichnet und hartnäckigst verfolgt. Seine engen Kontakte zur Mafia gehen wahrscheinlich auf seine eigenen homosexuellen und transvestitischen Vorlieben zurück, die ihn zu einem Epressungsopfer haben werden lassen, mutmaßt sein Biograf Anthony Summers. So soll es kompromittierende Fotos Hoovers zusammen mit seinem Lebensgefährten, dem FBI Special Agent Clyde Edgar Tolson, gegeben haben, die Hoover dazu bringen, über hochrangige Vertreter des organisierten Verbrechens schützend die Hand zu halten. Als Hoover 1972 stirbt, ist er der erste Zivilist, dem in der Rotunde des Capitols ein großes Staatsbegräbnis zuteil wird.

- Curt Gentry: J. Edgar Hoover. The Man and the Secrets, 1992; Anthony Summers: *Official and Confidential. The Secret Life of J. Edgar Hoover*, 1993 (dt. Edgar J. Hoover. *Der Pate im FBI*, 1993)

Hoppe, Marianne
(eigentlich Stefanie Paula Henni Gertrud Hoppe)
deutsche Schauspielerin
26.4.1911 Rostock – 23.10.2002 Siegsdorf

Die Schulzeit verbringt sie in Weimar und Berlin, ausgebildet wird sie an der Schauspielschule des deutschen Theaters in Berlin. Von 1928 bis 1939 spielt sie unter Max Reinhardt am Deutschen Theater, danach am Neuen Theater in Frankfurt/Main und an den Münchner Kammerspielen. 1933 wird sie mit

Franz Ostens *Der Judas von Tirol* für den Film entdeckt. In der UFA-Produktion *Heideschulmeister Uwe Karsten* (1933) hat sie ihre erste Hauptrolle. In ihren frühen Filmen werden besonders ihre herbe Erotik und knabenhafte Figur hervorgehoben. Später spielt sie mit der ihr eigenen spröden, maskulinen Art insbesondere Rollen, in denen Frauen ihren Mann stehen müssen. In *Schwarzer Jäger Johanna* (1934) verkleidet sie sich als Junge und schmuggelt sich so beim preußischen Freikorps ein. In *Capriolen* (1937) ist sie eine Ozeanfliegerin auf Alleinflug, in *Kongo-Express* (1939) eine tropen-geprüfte Abenteuerin. 1936 heiratet sie den ebenfalls homosexuellen ☞Gustaf Gründgens – eine Zweckehe, wie sie selbst später erklärt. Gleich nach dem Krieg lassen sie sich wieder scheiden, sie bleibt Gründgens, inzwischen Intendant am Düsseldorfer Schauspielhaus, jedoch als Schauspielerin bis 1955 erhalten. Ab den 60er Jahren spielt sie fast ausschließlich in Fernsehserien (u.a. *Der Alte*, *Der Kommissar* und *Kir Royal*) sowie in wenigen Fernsehfilmen (u.a. *Bei Thea*, 1992 von Dominik Graf und *Ich bin Elsa*, 1989 von Richard Blank). 1995 steht sie noch einmal auf der Bühne, in Heiner Müllers Inszenierung seines eigenen Stücks *Quartett* am Berliner Ensemble. Sie lebt in Berlin und Siegdorf/Oberbayern, wo sie einen Bauernhof betreibt. 1999 dreht ☞Werner Schroeter mit *Die Königin* ein intimes Porträt der Schauspielerin.

- Petra Kohse: Marianne Hoppe. Ein Schritt vom Wege, 2001

Horowitz, Vladimir **(eigentlich Vladimir Gorowitz)**

ukrainischer Pianist
1.10.1903 Berditschew – 5.11.1989 New York City

Horowitz wird ab dem sechsten Lebensjahr von der Mutter, einer Musikerin, im Klavierspiel unterrichtet. Mit 15 Jahren nimmt er sein Studium am Musikkonservatorium auf, das er zwei Jahre später abschließt. Er beginnt eine steile Karriere als Solist, spielt als 21-Jähriger in der Saison 1924/25 über 70

Konzerte. Seine Einnahmen nutzt er, um 1925 vor der Russischen Revolution fliehen zu können. Nach Konzerten in Paris, Hamburg und Berlin ist Horowitz auch im westlichen Ausland ein gefeierter Virtuose, der sich 1926 erstmals auf eine ausgedehnte, zwei Jahre andauernde Welttournee begibt. Er feiert sein Debüt in New York 1928 in der Carnegie Hall. 1933 lernt er während der Zusammenarbeit mit Arturo Toscanini dessen Tochter Wanda kennen, die er noch im gleichen Jahr heiratet. Allen Zerwürfnissen und seiner unleugbaren Vorliebe für junge Männer zum Trotz bleibt er bei ihr. „Frauen sind wie unnötiges Gepäck", erklärt er ein Jahr nach der Hochzeit. Er liebt sie zwar nicht, aber ist von ihr abhängig. Sie schirmt ihn gegen Aufdringlichkeiten ab und kümmert sich bisweilen furienhaft um sämtliche Belange seine Karriere betreffend. Erst in späteren Jahren findet er einen offeneren Umgang mit seiner Homosexualität, besucht Schwulenbars und umgibt sich mit gut aussehenden jungen Männern. Zeitweilig ist er mit Francesco von Mendelssohn, Nachkomme des Philosophen Moses Mendelssohn und Mitinhaber des Bankhauses Mendelssohn, liiert. 1942 wird Horowitz US-amerikanischer Staatsbürger. 1953 zieht er sich für zwölf Jahre von der Konzertbühne zurück und widmet sich ausschließlich der Produktion von Schallplattenaufnahmen, insbesondere mit Werken von Schumann, Chopin, Liszt, ☞Tschaikowski und Rachmaninoff. 1965 feiert er sein Comeback in der Carnegie Hall. Viermal in seiner Karriere zieht er sich für mehrere Jahre von der Öffentlichkeit zurück, verfällt in lähmende Depressionen, tritt dann doch wieder auf. Das schürt nicht nur entsprechend hohe Erwartungen, sondern treibt auch die Kartenpreise in die Höhe: Er erhält die höchsten Gagen, die je ein Pianist im 20. Jh. bekommen hat. 1986 tritt er erstmals nach über 60 Jahren wieder in Russland auf. In den letzten Jahren seines Lebens stilisiert sich Horowitz zunehmend als stiller Exzentriker. Auf seinen Reisen wird er von seinem eigenen Koch begleitet. Die Konzerte finden nur sonntags um 16 Uhr statt und ab 1953 trägt er stets ein Hemd mit Fliege, die er aus einer Sammlung von 600 Exemplaren auswählen kann.

Hudson, Rock (eigentlich Roy Scherer Fitzgerald)

US-amerikanischer Schauspieler
17.11.1925 Winnetka/Illinois – 2.10.1985 Los Angeles

Besuch der New Trier High School, Winnetka. 1944-45 bei der US-Navy auf den Philippinen eingesetzt. 1948 Filmdebüt in *Fighter Squadron*. Ab 1949 Schauspielunterricht und Vertrag mit Universal, die ihn zunächst in Abenteuer- und Westernfilmen besetzt (*Iron Man*, 1950; *Tomahawk*, 1950; *The Desert Hawk*, 1950). Sein Agent Henry Wilson kreiert sein Image als Frauenheld und gibt ihm den Künstlernamen Rock Hudson. Ab 1951 Zusammenarbeit mit dem Regisseur Douglas Sirk, der mit *Magnificent Obsession* (1954) Hudsons Weltkarriere einleitet. 1956 Oscar-Nominierung für seine Rolle in *Giant*. Im gleichen Jahr Gründung der eigenen Filmfirma 7 Pictures. Mit *Pillow Talk* (1959, dt. *Bettgeflüster*) beginnt eine Reihe Liebeskomödien mit Filmpartnerin Doris Day, u.a. *Lover Come Back* (1961, dt. *Ein Pyjama für zwei*), *Man's Favorite Sport?* (1961, dt. *Ein Goldfisch an der Angel*), die zu den erfolgreichsten Filmen der 60er Jahre avancieren. In den 70er Jahren nur noch wenige Filmauftritte, Beginn umfangreicher TV-Arbeit u.a. 1971-77 Krimiserie *McMillan and Wife*, 1984/85 Gastrolle in *Dynasty* (dt. *Denver Clan*). 1973 Bühnendebüt im Musical *I do! I do!*. Als 1954 die ersten Gerüchte um seine Homosexualität in der Klatschpresse auftauchen, arrangiert Hudsons Agent Wilson 1955 die Ehe mit seiner Sekretärin Phyllis Gates. Drei Jahre später wird die Ehe geschieden. Danach mehrere Beziehungen mit Männern, u.a. mit dem *Jerry-Cotton*-Darsteller ☞George Nader; zuletzt mit Marc Christian. 1984 wird bei Hudson Aids diagnostiziert. Seine Filmpartnerinnen wie seinen Lebensgefährten lässt er uninformiert. Kurz vor seinem Tod gibt Hudson 1985 auf einer Pressekonferenz – begleitet von Doris Day – seine Erkrankung und Homosexualität bekannt. Dieser bis dato einmalige Fall eines prominenten Aidskranken ist eine publizistische Sensation. Selbst Ronald Reagan, ehemaliger Filmpartner Hudsons und nunmehr US-Präsident, muss auf diese Meldung reagieren und sagt infolge dieses Bekenntnisses erstmals in der Öffentlichkeit das Wort Aids. 1989 spricht ein Richter in Los Angeles Marc Christian – obwohl er nicht infiziert wird und somit keinen gesundheitlichen Schaden davonträgt – eine Entschädigung in Höhe von 5,5 Millionen Dollar für den seelischen Schmerz und die Angst zu, die der Lebensgefährte Hudsons erleiden musste, nachdem er erfahren hatte, dass sein Liebhaber an Aids erkrankt ist. Die Festsetzung der Entschädigung, obwohl kein direkter körperlicher Schaden eingetreten war, wird als Mahnung an HIV-Infizierte angesehen, ihre Partner vor dem Geschlechtsverkehr über den Immunstatus aufzuklären. Neben Joan Collins („Aids ist die gerechte Strafe Gottes für die Sünden Hollywoods") ist es zunächst Hudsons Filmpartnerin aus *Denver Clan*, Linda Evans, die Hudsons Verhalten als unverantwortlich bezeichnet und aufgrund eines Filmkusses mit ihm sich in Todesgefahr fürchtet. Einzig Elizabeth Taylor stellt sich auf die Seite ihres Kollegen. Sie nimmt seinen Tod zum Anlass, eine eigene Aids-Stiftung zu gründen. Hudson vermacht ihr seinen gesamten Nachlass, den Erlös aus der Versteigerung lässt sie der Aids-Arbeit zufließen. ☞Armistead Maupin, zeitweilig Geliebter Hudsons, schildert sowohl in seinem Schlüsselroman *Maybe the Moon* (1992, dt. *Die Kleine*) als auch in *Further Tales of the City* (1982, dt. *Noch mehr Stadtgeschichten*, 1993) die Verlogenheit des Doppellebens des Hollywood-Schauspielers. Marc Christians Erinnerungen an sein Leben mit Hudson werden 1990 fürs Fernsehen verfilmt.

- mit Sara Davidson: *Rock Hudson: His Story*, 1986
- Michael Althen: *Rock Hudson. Sein Leben, seine Filme*, 1986

Hunter, Alberta (eigentlich Josephine Beatty)

US-amerikanische Sängerin
1.4.1895 Memphis/Tennessee – 17.10.1984 New York City

Die legendäre afro-amerikanische Bluessängerin läuft mit zwölf Jahren von zu Hause weg und tritt bereits drei Jahre später als Sängerin auf. Ab 1921, in Zusammenarbeit mit Louis Armstrong, beginnt der glanzvolle Aufstieg ihrer Karriere (*Downhearted Blues*). Ab 1956 legt Hunter eine 20-jährige Pause ein, um in einem Krankenhaus zu arbeiten. Das Personal ist zutiefst erstaunt, als sich später herausstellt, welche Berühmtheit da als Hilfskrankenschwester unter ihnen weilt. Als Hunters körperliche Kräfte nachlassen, wendet sie sich wieder dem Gesang zu und feiert 1977, im Alter von 82 Jahren, ein rauschendes Comeback (*The Glory of Alberta Hunter*, 1982; *Amtrak Blues*, 1985). Hunter, die mehrmals im Weißen Haus vor Präsident Carter auftritt, ist eng befreundet mit anderen Bluesgrößen wie ☞Ma Rainey und ☞Bessie Smith; ihre Beziehung mit Lottie Tyler beginnt 1919 und hält über mehrere Jahre.

- Frank C. Taylor & Gerald Cook: *Alberta Hunter: A Celebration in Blues*, 1987

Hytner, Nicholas
britischer Theater- und Filmregisseur
7.5.1956 Manchester

Bevor Hytner 1994 mit *The Madness of King George* (dt. *King George – Ein Königreich für mehr Verstand*, u.a. mit Rupert Graves und ☞Rupert Everett) sein Filmdebüt gibt, zählt er schon zu den angesehensten Theaterregisseuren Großbritanniens. Hytner, aufgewachsenen in einer jüdischen Mittelklasse-Familie in Manchester, inszeniert für die Royal Shakespeare Company u.a. *Maß für Maß*, *Der Sturm* und *König Lear*, am Londoner National Theater Joshua Sobols Ghetto. 1989 versucht er sich erstmals an einem Musical. Seine *Miss Saigon*-Inszenierung in London und am Broadway wird mehrfach ausgezeichnet, Carousel erhält fünf Tony Awards. Darüber hinaus inszeniert er auch Opern in den großen Häusern von London, Paris, Amsterdam, Genf, Moskau und München. Nach *King George* (nominiert für vier Oscars) adaptiert er 1996 Arthur Millers *The Crucible* (dt. *Hexenjagd*) und verfilmt 1998 Stephen McCauleys schwule Beziehungskomödie *The Object of My Affection* (dt. *Liebe in jeder Beziehung*). Seine Erfahrungen mit Musicals bringt er 2000 in sein Ballettschulendrama *Center Stage* ein.

I

Ian, Janis

US-amerikanische Musikerin
7.4.1951 Farmingdale/New York

Bereits mit ihrem ersten Song *Society's Child*, der von den Schwierigkeiten einer schwarz-weißen Teenagerliebe handelt, gerät Ian Mitte der 60er Jahre, damals selbst noch ein Teenager, in die Schlagzeilen. Der Intervention des Meisterdirigenten ☞Leonard Bernstein ist es zu verdanken, dass der Song dennoch zu einem nationalen Mega-Hit wird – gleichwohl muss Ian noch jahrelang damit rechnen, bei Auftritten bespuckt und als „Niggerliebchen" beschimpft zu werden. Nach ihrem Umzug nach Los Angeles lässt der Teenagerstar seine Folk-Wurzeln hinter sich und gerät allmählich ins Vergessen, um 1973 mit einem Schlag wieder berühmt zu werden: Mit dem von Ian komponierten Song *Jesse* landet Roberta Flack unter den Top Ten – und Ian mit einem Vertrag bei Columbia Records. Ihr 1976 – im selben Jahr, in dem sie von *Village Voice* als Lesbe geoutet wird – erschienenes Album *Between the Lines* wird mit zwei Grammys ausgezeichnet, zahlreiche ihrer von namhaften Künstlern wie Bette Midler und John Cougar interpretierten Songs steigen in die Spitze der Charts auf. Seit 1986 lebt Ian mit ihrer Lebensgefährtin, der Rechtsanwältin Patricia Snyder, und zwei Hunden in Nashville, Tennessee. 2003 heiratet Ian nach 14 Jahren Partnerschaft ihre Geliebte in Toronto.

- *Breaking the Silence*, 1993; *Revenge*, 1995; *Hunger*, 1997; *God & the FBI*, 2000; *Billie's Bones*, 2004

Isherwood, Christopher William Bradshaw
englisch-amerikanischer Schriftsteller
26.8.1904 Disley/Cheshire – 4.1.1986 Santa Monica/Kalifornien

Während des Studiums Freundschaft mit ☞W.H. Auden und ☞Stephen Spender und Mitglied der linksextremen Gruppe Pylon Poets in Oxford. 1929 Reise nach Deutschland, lebt

von 1929 bis 1933 in Berlin. Sowohl seine Beobachtungen und Erlebnisse des politischen Umbruchs von der Weimarer Republik zum Nationalsozialismus, als auch seine Erfahrungen in der (homosexuellen) Subkultur verarbeitet er in seinen stark autobiografisch gefärbten Romanen *Goodbye to Berlin* (1939, dt. *Leb wohl, Berlin*, 1949) und *Mr. Norris Changes Trains* (1935, dt. *Mr. Norris steigt um*). 1977 folgt seine Autobiografie *Christopher and His Kind* (dt. *Christopher und die Seinen*), in der er die literarisierten Figuren der Romane entschlüsselt. *Leb wohl, Berlin* wird Vorlage für das Theaterstück *Ich bin eine Kamera* (1951) von John van Druiten wie auch für das Musical *Cabaret*. 1946 wird Isherwood US-amerikanischer Staatsbürger. Er setzt sich intensiv mit dem Hinduismus auseinander, übersetzt Klassiker der Hindu-Philosophie und schildert in *My Guru and His Disciple* (1980) seine Konvertierung zur Vendata-Lehre und seine Freundschaft zum Swami Prabhavananda. Im Roman *A Meeting by the River* (1976, dt. *Treffen am Fluß*) verbindet er die Themen Homosexualität und Hinduismus. Seit den 70er Jahren ist Isherwood stark an der US-amerikanischen Gay Liberation Movement beteiligt und wird zu einem prominenten Vertreter der schwulen Kultur. *A Single Man* (1964, dt. *Einzelgänger*) gehört zu den wichtigsten schwulen Romanen der Vor-Stonewall-Ära. Von 1953 bis zu seinem Tode lebt Isherwood mit seinem Lebensgefährten, dem Maler Don Bachardy, zusammen.

- *Diaries volume one – 1939-1960*, 1996
- Claude J. Summers: *Christopher Isherwood*, 1980; Brian Finney: *Christopher Isherwood. A Critical Biography*, 1978; Jonathan Fryer: *Eye of the Camera. A Life of Christopher Isherwood*, 1993

Ivory, James

US-amerikanischer Filmregisseur
7.7.1928 Berkeley/Kalifornien

Sohn einer wohlhabenden Holzhändler-Familie, aufgewachsen in Oregon. Ausbildung an der USC Film School. Dort entsteht 1957 sein erster, durch ein Geldgeschenk des Vaters finanzierter Dokumentarfilm. Bei einer Vorführung eines Dokumentarfilms über indische Miniaturmalerei lernt Ivory auf dem Indischen Konsulat von New York Ismail Merchant (geb. 1937 in Bombay) kennen. Merchant hatte bereits erste Erfahrungen und Erfolge als Filmemacher (Oscar-Nominierung als bester Kurzfilm 1961 für *The Creation of Women*). Merchant und Ivory werden beruflich wie privat ein Paar. Bei bislang über 20 Filmen ist Merchant als Produzent, Ivory als Regisseur beteiligt.

Bereits beim ersten gemeinsamen Projekt, *The Householder* (1962), stammt das Drehbuch von Ruth Prawer Jhabvala, die für fast alle großen Merchant/Ivory-Filme als Autorin verantwortlich zeichnet. Mit wenigen Ausnahmen handelt es sich um aufwändige, stilsichere Verfilmungen (britischer) SchriftstellerInnen. U.a. *Quartet* (1981, nach Jean Rhys), *The Europeans* und *The Bostonians* (1979 und 1984, nach ☞Henry James), *The Remains of the Day* (1993, nach Kazuo Ishiguro, dt. *Was vom Tage übrigblieb*). Ihr Interesse gilt dabei vor allem den interkulturellen Konflikten, Unterdrückungen von Individuen und Klassenunterschieden. Besondere Aufmerksamkeit widmet das Trio ab Mitte der 80er Jahre dem Werk ☞E.M. Forsters. Die Verfilmung von *Room with a View* (1985) wird ihr erster Kassenerfolg. Es folgen die homosexuelle Liebesgeschichte *Maurice und Howards End*. Sieht man von Vanessa Redgraves Rolle in *The Bostonians* (1984) und der *Maurice*-Adaption ab, spielen homosexuelle Figuren und Themen in den Merchant/Ivory-Produktionen keine besondere Rolle. 1996 tritt auch Merchant wieder als Regisseur hervor, seine Großproduktion *Jefferson in Paris* (mit Nick Nolte und Greta Scacchi) wird jedoch ein künstlerischer wie finanzieller Misserfolg.

- *Surviving Picasso*, 1996 (dt. *Mein Mann Picasso*); *A Soldier's Story* (dt. *Die Zeit der Jugend*); *The Golden Bowl*, 2000; *Le Divorce*, 2003; *The White Countess*, 2004; *The City of Your Final Destination*, 2005

J

Jahnn, Hans Henny

deutscher Schriftsteller, Hormonforscher und Orgelbauer
17.12.1894 Stellingen bei Hamburg – 29.11.1959 Hamburg

Jahnn wächst in bürgerlichen, geordneten Verhältnissen auf. Mit 14 Jahren entstehen die ersten literarischen Versuche. Während der Oberrealschulzeit 1911 lernt er seinen Freund und späteren Lebensgefährten Gottlieb Harms kennen. Nach Ausbruch des Ersten Weltkrieges emigrieren die beiden erklärten Pazifisten nach Norwegen. Dort entsteht das Drama *Pastor Ephraim Magnus* (1919), für das er den renommierten Kleist-Preis erhält und das ihn über Nacht bekannt macht. Harms und Jahnn wenden sich vehement gegen die christlichen Glaubens- und Moralvorstellungen und gründen als Folge daraus gemeinsam mit Franz Buse die Lebens- und Glaubensgemeinschaft Ugrino. Auf einem eigens dafür gekauften Areal in der Lüneburger

Heide sollte die archaische Utopie gemeinsamen Lebens und Arbeitens, wie die Schöpfung von kanonisierten, zeitlos-gültigen Kunstwerken verwirklicht werden. Jahnn entwirft dafür Kult- und Profanbauten. Doch die immensen Summen für die Umsetzung können selbst potente Mäzene nicht aufbringen. Geblieben ist der Ugrino-Verlag, in dem einige Werke Jahnns sowie Kompositionen aus dem Frühbarock (wie Buxtehude und Scheidt) veröffentlicht werden. 1926 heiraten Harms und Jahnn das Schwesternpaar Ellinor und Monna Phillips, die mit ihnen zusammen in einer bohemehaften Künstlerclique leben. Als Autodidakt entwickelt sich Jahnn, neben seiner schriftstellerischen Tätigkeit, zum Orgelfachmann. Seine Restaurierung der Arp-Schnittger-Orgel in der Jakobikirche zu Hamburg wird weltweit beachtet. Im Februar 1931 stirbt Gottlieb Harms. 1934 verlässt Jahnn Deutschland und geht ins Exil. Auf Bornholm kauft er sich einen Bauernhof und widmet sich Hormonforschungen. 1950 kehrt er nach Hamburg zurück und wird Mitbegründer der Freien Akademie der Künste, deren erster Präsident er wird. 1956 wird er mit dem Lessing-Preis der Stadt Hamburg geehrt. Als Generalsekretär des PEN-Clubs setzt er sich leidenschaftlich für eine Verhinderung der sich abzeichnenden Spaltung zwischen Ost und West ein und engagiert sich bis zu seinem Tode gegen die Wiederbewaffnung Deutschlands und gegen die atomare Rüstung. Auf eigene testamentarische Verfügung hin wird er im Doppelgrab neben seinem Lebensgefährten Gottlieb Harms bestattet. Ihm hat Jahnn in der monumentalen Romantrilogie *Fluß ohne Ufer* (1948-1961) ein literarisches Denkmal gesetzt.

- *Die Nacht aus Blei*, 1956; *Armut, Reichtum, Mensch und Tier* (Uraufführung Hamburg 1948); *Thomas Chatterton* (Uraufführung Hamburg 1956)

- Dietrich Molitor/Wolfgang Popp (Hg.): *Siegener Hans Henny Jahnn Kolloquium. Homosexualität und Literatur*, 1986; Thomas Freeman: *Hans Henny Jahnn. Eine Biographie*, 1986; Friedhelm Krey: *Hans Henny Jahnn und die mann-männliche Liebe*, 1987; Elsbeth Wolffheim: *Hans Henny Jahnn*, 1989; Reiner Niehoff: *Hans Henny Jahnn. Die Kunst der Überschreitung*, 2001; Jan Bürger: *Der gestrandete Wal. Das maßlose Leben des Hans Henny Jahnn*, 2003

James, Henry

US-amerikanischer Schriftsteller
15.4.1843 New York – 28.2.1916 London

Henry James, Jr. entstammt einer wohlhabenden Familie schottisch-irischer Abstammung und wird in Amerika und Europa zum Weltbürger erzogen. Sein Vater Henry James, Sr. ist ein etablierter Autor von vornehmlich theologischen Schriften. Nach einem erfolglosen Jurastudium beginnt James, Jr. 1864, Kritiken und Kurzgeschichten für verschiedene Zeitschriften wie *The Nation* und *Atlantic Monthly* zu schreiben. Zwischenzeitlich ist er Paris-Korrespondent für die *New York Tribune*. 1875 debütiert er mit *Roderick Hudson* als Romancier. Mit seinen nachfolgenden Werken – 20 Romanen, sowie Theaterstücken, Essays, Reisebüchern und rund 120 Erzählungen, darunter die 1954 von ☞Benjamin Britten veroperte Erzählung *The Turn of the Screw* (dt. *Das Durchdrehen der Schraube*, 1897) – untermauert er seinen Ruf als Meister der psychologischen Erzählkunst. 1915 wird er britischer Staatsbürger und lässt sich in London nieder. Auf seinem Landsitz Rye in Essex versammelt er in seinen späteren Jahren vornehmlich jüngere männliche Künstler, die ihn ehrfurchtsvoll mit „Master" oder „Maître" ansprechen. Seine Schwester Alice ist ein psychisch und physisch sehr labiler Mensch, zeitlebens bleiben sie eng verbunden. Sie ist Vorbild für viele seiner literarischen Figuren. Seine literarischen Werke sind durchdrungen von homoerotischen Motiven, insbesondere im Debüt *Roderick Hudson* und in *The Turn of the Screw*. Benjamin Britten hat diese Untertöne in seinem darauf basierenden Opernlibretto noch deutlicher herausgehoben. Im Gegensatz zu Alice, die in fortgeschrittenem Alter eine Beziehung zu einer Frau eingeht, sind bei Henry keinerlei engere Bindungen bekannt. Wahrscheinlich hat er seine Homosexualität niemals ausgelebt. Der irische, offen schwule Autor Colm Tóibín liefert 2004 mit *The Master* einen biografischen Roman über Henry James, in dem er auch dessen homosexuelle Identitätssuche thematisiert.

- weitere Werke (Auswahl): *The American*, 1877; *Daisy Miller*, 1879; *Washington Square*, 1888; *Portrait of a Lady*, 1881; *The Princess Casamasima*, 1886; *The Spoils of Poynton*, 1897; *The Awkward Age*, 1889; *The Wings of a Dove*, 1902; *The Golden Bowl*, 1904

Jarman, Derek

britischer Filmemacher, Maler, Autor und Schwulenaktivist
31.1.1942 Northwood/Middlesex – 20.2.1994 London

Studium der Malerei am King's College in London; erste Ausstellung 1969. Lernt Ken Russell und ☞David Hockney kennen. Weil der kommerzielle Erfolg als Maler ausbleibt, arbeitet er als Bühnenbildner beim Royal Ballet und 1970 als Ausstatter für Ken Russells *The Devils* sowie 1972 für *Savage Mes-*

siah. 1970/71 erste Super8-Experimentalfilme; 1975 der erste eigene, bildhaft homoerotische Spielfilm *Sebastiane*, gedreht in lateinischer Sprache und mit nackten Darstellern, den David Hockney finanziert. Ab Mitte der 70er Jahre Engagement in der Schwulenbewegung, später bei ACT UP. 1986 die erste große Produktion, *Caravaggio* (1986), ausgezeichnet mit dem Silbernen Bären bei den Berliner Filmfestspielen, in der er wie bereits mit *Sebastiane* und später mit *Edward II.* (1991) und ☞*Wittgenstein* (1992) sich auf seine spezielle Art künstlerisch frei mit homosexuellen Heroen auseinandersetzt. *The Tempest* (1979) und *The Angelic Conversation* (1985) hingegen basieren auf Vorlagen ☞Shakespeares. In *The Garden* (1990) und am radikalsten in *Blue* (1993) beschäftigt er sich mit seiner eigenen Aids-Erkrankung. *Blue* entsteht als Reflex auf eine HIV-bedingte Augenkrankheit und die drohende Erblindung. Zu sehen ist nichts weiter als eine monochrom Yves Klein-blaue Leinwand, der eine Tonspur aus Worten, Geräuschen, Stimmen und Musik beigegeben ist – eine poetische Assoziation zur Farbe Blau und zugleich Konfrontation mit der Krankheit und dem drohenden Tod. In all seinen Arbeiten präsentiert sich Jarman als vehement (schwulen)politischer Künstler, der sich mit seinen zumeist geringen Budgets um so mehr mit kreativen Lösungen behilft. Nicht zuletzt durch seine konsequent politisch-ästhetischen Provokationen zählt er zu den wichtigsten britischen Filmemachern der 80er und 90er Jahre und zu den Mitbegründern des Queer Cinema. Insgesamt dreht er dreizehn abendfüllende Spiel- und Experimentalfilme, über 60 Kurzfilme sowie Videoclips für *The Pet Shop Boys* und *The Smiths*. Parallel zum Film Veröffentlichung mehrerer autobiografischer Bücher über seine Aids-Erkrankung und sein Selbstverständnis als schwuler Mann (u.a. *Dancing Ledge*, 1984; *At Your Own Risk. A Saint's Testament*, 1992, dt. *Auf eigene Gefahr*, 1996). Seit Mitte der 80er Jahre Rückkehr zur Malerei; es entstehen expressive Bilder mit agitatorischen Aussagen zur Aids- und Schwulenpolitik Großbritanniens. 1991 Heiligsprechung durch den schwulen Nonnenorden Sisters of Perpetual Indulgence. 1993 Verleihung des ersten ☞Rainer Werner Fassbinder-Preises in Berlin.

Johannes XII.

Papst
um 937 Rom – 14.5.964 ebd.

Seine Mutter ist fünfzehn Jahre alt, als sie die Mätresse von Papst Sergius III. wird. Mit 18 Jahren empfängt ihr Sohn Octavian die heilige Weihe. Allerdings ist Johannes XII. beim Volke ebenso unbeliebt wie die Mutter, die die Geschichtsschreibung als „äußerst dreiste und unverschämte Hure" kennzeichnet. An seinen päpstlichen Aufgaben hat der bisexuelle Johannes XII. während seiner Amtszeit ab 955 wenig Interesse, vielmehr aber an Sexorgien und anderen exzentrischen Lustbarkeiten. Einen zehnjährigen Jungen macht er aus Spaß zum Bischof; er unterhält ein Gestüt mit über 2000 Pferden, die er mit in Wein eingelegten Mandeln und Feigen füttert. Er schart für seine Vergnügungen junge Adlige und Edelfräulein um sich, belohnt seine Liebhaber mit goldenen Kelchen aus der Peterskirche und plündert die päpstliche Kasse, um seine Spielschulden zu begleichen. Pilgerinnen trauen sich nicht mehr nach Rom, weil sie fürchten müssen, von der Beichte weg von Johannes entführt zu werden, weil er „gerne mehrere Frauen zur Auswahl hat", schreibt der Chronist Benedikt von Socrate. Als ein Kardinal den Papst sanft zur Raison ruft, wird er kurzerhand kastriert. Als Politiker verhält sich Johannes XII. ungeschickt. Er unterstützt König Otto I. von Sachsen im Machtstreit gegen Berengar, den Herrscher über Norditalien, indem er ihn in der Peterskirche zum Kaiser über das Heilige Römische Reich krönt. Doch bald darauf nimmt Johannes Verhandlungen mit Berengar auf und zieht sich so den Zorn Ottos I. zu. Der ruft ein Tribunal an und beschuldigt Johannes XII. u.a. der Jungfrauenschändung, der Teufelsbeschwörung, der Blutschande, der Brandschatzung, des Mordes und der Blasphemie. Er wird in Abwesenheit für schuldig befunden und abgesetzt, nach einer blutigen Schlacht um die Stadt Rom jedoch wieder eingesetzt. Dann aber wird Johannes von einem Gatten einer seiner Mätressen in flagranti erwischt und kurzum erstochen, nach anderen Quellen mit dem Hammer erschlagen.

John, Sir Elton (eigentlich Reginald Kenneth Dwight)

britischer Popmusiker
25.3.1947 Pinner/Middlesex

Als Kind Besuch der Royal Academy of Music, als Jugendlicher Barpianist. 1964 erste Band, *Bluesology*. Ändert seinen Namen in Elton John um. Seine Versuche, bei Plattenfirmen oder Bands unterzukommen, scheitern. Lernt den noch unbekannten Lyriker Bernie Taupin kennen, mit dem er fast alle seine Hits zusammen schreibt und schwülstige Balladen und Rock ,n' Roll-inspirierte Songs wie am Fließband produziert. Bis zur Veröffentlichung der Debütsingle *Lady Samantha* und dem ersten Album *Empty Sky* (1969) Auftragskompositionen u.a. für Engelbert Humperdinck. Mit *Your Song* ist Elton John erstmals in den britischen Charts. Innerhalb eines Jahres kann er in den USA fünf Alben in den Hitlisten plazieren. Seine Bühnenshows, mit denen er sich 1970 auch erstmals in den USA präsentiert, werden schriller und exzentrischer: Überdimensionierte Brillen, verrückte Frisuren und Perücken bzw. Kostüme werden zu seinem Markenzeichen. Nach dem Erfolg der Alben *Honky Chateau* (1972) und *Goodbye Yellow Brick Road* (1973) kommen Schminke und Federboa dazu. „Die Phase, in der Glitter und Maskeraden mein Markenzeichen wurden, hatte einen sehr persönlichen, fast psychologischen Hintergrund. Als Kind war ich unansehnlich und fett; egal, was ich anhatte – es sah furchtbar aus! Die 70er Jahre waren für mich so etwas wie eine Rebellion gegen die deprimierenden Erfahrungen meiner Kindheit." John trennt sich vorübergehend von seinem Autoren Taupin und verabschiedet sich im November 1977 mit einem Livekonzert im Londoner Wembley Stadion, um sein Image als Show-Clown zu überdenken. Als Konsequenz löst er sich bei einer spektakulären Versteigerungsaktion bei Sotheby's von seinen Glitterkostümen, der Art-nouveau- und der Brillensammlung. Die immer wieder in der Boulevardpresse aufgeworfenen Gerüchte um seine Homosexualität beantwortet er 1984 mit der Heirat der Münchner Toningenieurin Renate Blauel, von der er sich jedoch 1987 wieder trennt, um sich öffentlich zu seiner Homosexualität zu bekennen. „Ich habe nie aus meinem Toupet ein Geheimnis gemacht – genausowenig wie aus meiner Homosexualität." Sein *Elton's Song* wird zum schwulen Bekenntnislied. 1988 gewinnt er eine Verleumdungsklage gegen das Boulevardblatt *The Sun*, das ihm sexuelle Exzesse mit Strichjungen unterstellt. Sein zeitweiliger Lebensgefährte Gary Clarke veröffentlicht 1994 seine Erinnerungen an diese Beziehung (*Elton, My Elton*). Heute lebt Elton John mit seinem Partner David Furnish. Die Einnahmen des Aids-Liedes *The Last Song* (1992) widmet er der von ihm gegründeten Aids-Hilfsorganisation. Die New Yorker Gay and Lesbian Association Against Diffamation zeichnet ihn 2000 für seine Errungenschaften aus. Zur Trauerfeier seiner Freundin Prinzessin Diana 1997 singt Elton John eine neu getextete Version von *Candle in the Wind. Goodbye, English Rose* wird mit 31,8 Millionen verkauften Exemplaren (innerhalb von 37 Tagen!) die meistverkaufte Single der Welt und überrundet den bisherigen Weltbestseller *White Christmas*. Queen Elizabeth II. bedankt sich, indem sie ihn in den Adelsstand erhebt. 1973-87 Chairman des Watford Football Club. 1979 tritt er als erster westlicher Popstar in der UdSSR auf. Mit einem Jahresgesamteinkommen von knapp 100 Millionen Mark ist Elton John 1997 der meistverdienende britische Popmusiker. 2000 wird sein Disney-Musical *Aida* in New York uraufgeführt.

- Alben (Auswahl): *A Single Man*, 1978; *The Fox*, 1981; *Too Low for Zero*, 1983; *Duets* 1993; (Duette u.a. mit ☞RuPaul, ☞Little Richard, ☞George Michael); *The Lion King* (Soundtrack), 1996; *The Road to El Dorado*, 2000; *Songs from the West Coast*, 2001
- Philip Norman: *Elton. The Definitive Biography*, 1988; Susan Crimp/Patricia Burstein: *Elton John – Rocket Man*, 1996

Johns, Jasper

US-amerikanischer Künstler

15.5.1930 Augusta/Georgia

Ausbildung zum Gebrauchsgrafiker an der School for Commercial Art in New York, danach Militärdienst. 1954 lernt er den Künstler ☞Robert Rauschenberg kennen, der ihn in die Kunstszene einführt und mit dem er eine sechs Jahre währende Beziehung führt. Im ersten Jahr ihrer Begegnung entwerfen sie gemeinsam noch Schaufensterdekorationen (u.a. für *Tiffany's*), bald schon aber entstehen collagierte Kunstobjekte, die Johns später wieder zerstört. Inspiriert von einem Traum, malt Johns 1950 die amerikanische Flagge als die erste einer Werkreihe, deren Ziel es ist, die Bildsprache jener Dinge zu erforschen, „die in der Vorstellung bereits vertraut sind" – Zahlen, Zielscheiben, Flaggen und Buchstaben. Später beschäftigt er sich verstärkt mit hermetischeren Themen und der Verbindung von Sprache, Denken und Sehen und baut beispielsweise Bilderrätsel und Wortspiele in seine Arbeiten ein. Johns eigenes Kunstverständnis: „Ich möchte nicht, dass meine Kunst einen Ausdruck meiner Gefühle darstellt." Verweise auf seine Homosexualität lassen sich in seinen Arbeiten daher auch nur indirekt finden, etwa durch Widmungen und die genannten Inspirationen, wie die schwulen US-Dichter ☞Walt Whitman, Hart Crane und Frank O'Hara (*In Memory of My Feelings – Frank O'Hara*, 1961), oder der ebenfalls schwule Choreograf und enge Freund Johns, Merce Cunningham (*Dancers on a Plane, Merce Cunningham*, 1980).

- Richard Francis: *Jasper Johns*, 1984; *The Drawings of Jasper Johns*, 1990; Georges Boudaille: *Jasper Johns*, 1991

Johnson, Holly

britischer Popmusiker

2.2.1960 Liverpool

Als Schüler steht er noch mehr auf Punk und nennt sich Joyful Johnson; mit 17 hat er seine ersten Soloauftritte und ist Mitglied der New Wave-Band *Big In Japan*. 1979 veröffentlicht er aber auch seine ersten eigenen Singles (*Yankee Rose* und *Hobo Joe*), parallel dazu gibt's eine erste Mini-LP von *Big In Japan*, doch damit nicht genug, Johnson gründet noch eine weitere Band: *Frankie Goes to Hollywood*. Drei Monate versucht man es miteinander, dann lässt man es sein. Johnson gibt die Musik zunächst ganz auf, jobbt als Bauarbeiter, reist nach Paris, arbeitet als Schauspieler an der Londoner Oper und unternimmt 1982 einen neuen Versuch mit *Frankie Goes To Hollywood*. Zwei Jahre später haben sie mit *Relax* einen weltweiten Nr. 1-Hit, der allerdings von der BBC nicht gesendet wird. Der Grund: Ihr Video gilt als obszön. Sie haben erreicht, was sie wollten: Sie sind ein Skandal und ein Erfolg. Ihr Schwulsein gehört zum Image, wie ihr plakativer Umgang mit Sexualität. Auch *Two Tribes* und *Power of Love* gelangen noch 1984 in die Charts, das Debüt-Doppelalbum *Welcome to the Pleasuredome* verkauft sich über achtmillionenmal. Auf der ersten Welttournee lernt er seinen deutschen Lebenspartner und späteren Manager Wolfgang Kuhle kennen. 1987 trennt sich Johnson von *Frankie Goes To Hollywood* und startet eine Solokarriere. 1989 veröffentlicht er das Album *Blast* sowie die Singles *Love Train* und *Americanos*. Im November 1991, sein neues Album *Dreams That Money Can't Buy* ist gerade auf dem Markt, erfährt Johnson von seiner HIV-Infektion. In der Folge hört er mit der Musik auf und beginnt seine Memoiren zu schreiben. *A Bone in My Flute* erscheint schließlich 1994 und wird in Großbritannien ein Bestseller. Im Jahr zuvor hat er durch ein Interview mit der *Times* erstmals die Öffentlichkeit über seine HIV-Erkrankung informiert und ein weltweites Presseecho ausgelöst. Mit seinem Lied *Legendary Children* (1994) zollt Johnson schwulen Persönlichkeiten Tribut, die ihn in seinem Leben beeinflusst haben. Nach dem Ende seiner Musikkarriere widmet sich Johnson erfolgreich der Malerei.

Johnson, Philip
US-amerikanischer Architekt
8.7.1906 Cleveland/Ohio

1979 widmet ihm das Nachrichtenmagazin *Time* die Titelstory. Der Anlass ist sein Entwurf für den New Yorker Hauptsitz des Telefonkonzerns AT & T an der Madison Avenue. Noch bevor das Gebäude 1984 fertiggestellt wird, ist es längst zu einer Ikone der Postmoderne in der Baukunst geworden. Wie kaum ein anderer verkörpert Johnson ein Jahrhundert der US-Baukultur. 1932 veröffentlicht er gemeinsam mit Henry-Russell Hitchcock *The International Style* und fungiert als Kurator für das New York Museum of Modern Art für die gleichnamige Ausstellung. Damit fassen sie erstmals zusammen, was an moderner Architektur in Europa entstanden war. Als Verehrer der reinen ästhetischen Form hat er sich bereits 1932 in Deutschland für die Inszenierung von Menschenmassen und Macht begeistert („All die blonden, jungen Männer in schwarzem Leder!"). In seiner Heimat engagiert er sich in rechtsextremistischen Splittergruppen – ein Engagement, das er später bitter bereut. Von 1940 bis 1943 studiert er bei Marcel Breuer und Walter Gropius in Harvard Architektur. Für beide hat er nur wenig Respekt. Seine zentrale Figur zu dieser Zeit ist Mies van der Rohe, der ihm auch zu seinem ersten Bauauftrag, einem Wohnhaus in der Cambridge Ash Street, verhilft. 1947 dankt er ihm dafür mit einer Monografie und einer Ausstellung im Museum of Modern Art. 1948/49 beginnt er mit dem Bau seines weitgehend aus Glas bestehenden Wohnhauses in New Canaan (Connecticut), das seinen Ideen von entgrenztem Wohnen inmitten der Natur entspricht. Im Laufe der nächsten Jahrzehnte entsteht auf diesem weitläufigen Gelände ein Architekturpark, der zugleich zu einem Dokument für den Werdegang Johnsons wird. Immer wieder ändert er seine Stilrichtung und wird zum Wegbereiter für den International Style, die Postmoderne oder den Dekonstruktivismus in der Architektur. Gleichzeitig wird er zum Sinnbild der US-amerikanischen Wolkenkratzer-Bauweise. Neben vielen belanglosen Bürobauten („Ich bin Hure und werde für Hochhäuser wirklich gut bezahlt.") überrascht er seine Kritiker immer wieder mit innovativen Entwürfen, etwa der Synagoge Kneses Tifereth in Port Chester oder dem Atomreaktor Rehovot in Israel. Für das Areal am Berliner Checkpoint Charlie baut er 1995/96 einen „total altmodischen" Bürokomplex, der Philip-Johnson-Haus genannt wird. Anlässlich seines 90. Geburtstages 1996 präsentiert Johnson seinen Tribut an die *gay community*: Den Entwurf einer Kathedrale für die größte schwul-lesbische Gemeinde in den USA, die Dallas Church. Das Gebäude mit 2500 Sitzplätzen soll vom Eingang in Wellen in die Höhe wachsen und in seiner Gesamthöhe manch gotische Kathedrale überragen: „Wir wollen, dass Sie durch die Eingangstüre treten und tot umfallen. [...] Sie wird größer als Notre-Dame und als mein größter Erfolg in die Geschichte eingehen." Johnson lebt in einem Glashaus in Connecticut, das er einst als Examensarbeit entworfen hatte.

- Franz Schulz: *Philip Johnson*, 1996; Peter Blake: *Philip Johnson*, 1996

Jolie, Angelina (eigentlich Angelina Jolie Voight)

US-amerikanische Schauspielerin
4.6.1975 Los Angeles/Kalifornien

Als die Tochter des Schauspielers Jon Voight und der Schauspielerin Marcheline Bertrand 2000 für ihre Darstellung einer supercoolen Soziopathin in James Mangolds *Girl Interrupted* (dt. *Durchgeknallt*) den Oscar für die beste weibliche Nebenrolle erhält und ihr Gesicht die Titelblätter von *Elle* bis *Rolling Stone* ziert, ist ihr Ruf als Bad Girl des Hollywood-Kinos gefestigt. Ihre Hauptrolle als Cyber-Domina Lara Croft in *Tomb Raider*, der 2000 gedreht wird, passt zu ihrem Image. Als eine eigenwillige und starke Frau präsentiert sie sich auch im realen Leben. Ihre erste Ehe mit dem britischen Schauspieler Jonny Lee Miller hielt 19 Monate. Zur Heirat erscheint sie in Lederhosen und T-Shirt, auf dem sie den Namen ihres Bräutigams mit Blut geschrieben hat. Im Mai 2000 heiratet sie ihren Kollegen Billy Bob Thornton. Gleichwohl hat sie auch weiterhin offenherzige Affären mit Frauen: „I'm the person most likely to sleep with my female fans." 2004 lässt sie sich scheiden. Ihr Debüt gibt sie mit sieben Jahren in einem Film ihres Vaters, mit 12 Jahren nimmt sie Unterricht am Lee Strasberg Theatre Institute. Ihren Durchbruch hat sie in dem TV-Film *Gia* (1998) als bisexuelles, koksendes Supermodel ☞Gia Marie Carangi. Die Rollen schwieriger Mädchen bleiben ihr auch in ihren neueren Kinofilmen erhalten, wie in *Playing by Heart* (1999) und der Komödie *Pushing Tin* (2000).

- weitere Filme (Auswahl): Original Sin, 2001; Beyond Borders, 2003; Taking Lives, 2004; Sky Captain and the World of Tomorrow, 2004; Alexander, 2004; Mr. and Mr. Smith, 2004.

Jonigk, Thomas
deutscher Schriftsteller und Dramatiker
1966 Eckernförde

Nach seinem Studium der Mediävistik, Neuen deutschen Literatur und Theaterwissenschaft in Berlin gründet Jonigk gemeinsam mit dem Regisseur Stefan Bachmann die freie Gruppe

Theater *Affekt*, die in den wenigen Jahren ihres Bestehens für Aufsehen in der Theaterszene sorgt. 1994 tritt er erstmals als Dramatiker an die Öffentlichkeit. Innerhalb weniger Monate werden seine Stücke *Von blutroten Sonnen, die am Himmelszelt sinken* sowie *Rottweiler* und *Du sollst mir Enkel schenken* mit großem Erfolg uraufgeführt. Jonigk wird 1995 von der Kritikerjury der Fachzeitschrift *Theater heute* zum „Nachwuchsdramatiker des Jahres" gekürt, seine Dramen u.a. in Frankreich, in den USA, den Niederlande und Philippinen nachgespielt. Insbesondere das neo-absurde Familiendrama *Du sollst mir Enkel schenken* um einen schwulen Sohn und seine ihn zur Heirat drängende Mutter erlebt zahlreiche Inszenierungen. Bei den Mühlheimer Theatertagen 1995 wird Jonigk für dieses Stück mit dem Förderpreis ausgezeichnet. Von 1997 bis 1999 ist er Chefdramaturg und Regisseur am Schauspielhaus Wien. Neben Hörspielen (*Machtübernahme*, *Vaterfrühling*) veröffentlicht er 1999 seinen Debütroman *Jupiter* über einen Fall von sexueller Gewalt unter Schwulen. Mit einem Auszug aus dem Roman, der vor allem durch seine distanzierte und drastische Beschreibung provoziert, beteiligt sich Jonigk beim Ingeborg-Bachmann-Wettbewerb und erntet dafür hämische Kritik. 2001 wird sein erstes Opernlibretto ☞*Heliogabal* mit der Musik von Matthias Pintscher bei den Salzburger Festspielen uraufgeführt. Weniger bekannt ist Jonigks Debüt als Filmschauspieler, nämlich in der Parodie *Drei Drachen vom Grill* der Teufelsberg Produktion (siehe ☞Ades Zabel).

- weitere Stücke: *Täter*, 1999; *Triumph der Schauspielkunst*, 2000; *Die Elexiere des Teufels*, 2001

Joop, Wolfgang

deutscher Modemacher
18.11.1944 Potsdam

Der gebürtige Potsdamer zieht 1954 nach Braunschweig und beginnt dort nach dem Abitur ein Studium der Werbepsychologie. Das bricht er ebenso ab wie jenes der Kunsterziehung. 1970 nimmt er eher zufällig an einem Modewettbewerb der Zeitschrift *Constanze* teil, gewinnt auf Anhieb mehrere Preise und wird Moderedakteur bei der Hamburger Frauenzeitschrift *Neue Mode*. 1978 präsentiert er seine erste eigene Pelzkollektion, 1982 die erste Prêt-à-porter-Damenkollektion unter dem Markennamen JOOP!, den er kontinuierlich ausbaut. 1985 folgt die erste Herrenkonfektion. Die Angebotspalette wird u.a. um Parfüm, Schuhe, Brillen und Schmuck erweitert. In den 90er Jahren schafft er den internationalen Durchbruch und zählt neben ☞Karl Lagerfeld zu den bedeutendsten Designern der Bundesrepublik. 1998 verkauft Joop für 150 Millionen DM zunächst 95% seiner Firma an die Hamburger Wünsche AG, später zieht er sich ganz aus dem Unternehmen zurück. 2003 präsentiert er die erste Kollektion seiner neuen Firma Wunderkind. 2003 debütiert er als Romancier mit dem autobiografischen Buch *Im Wolfspelz* (2003) über einen schwulen Modemacher in New York und seine Beziehungen zu Männern. Zuvor hatte er bereits ein Kochbuch mit Lieblingsrezepten (*Hectic Cuisine*, 2002) sowie eine Übersicht seiner Modezeichnungen (*Stillstand des Flüchtigen*, 2002) veröffentlicht. In Oskar Roehlers *Suck My Dick* (2001) versucht er sich als Schauspieler und mimt einen Psychotherapeuten. Aus einer Ehe mit Karin Benatzky gehen zwei Kinder hervor. Joop, der sich 1996 in einem Interview erstmals selbst als bisexuell bezeichnet, lässt 2003 die Welt wissen, dass er neu verliebt ist: in den 27 Jahre jüngeren Valeri aus Georgien. Zuvor hatte Joop über 25 Jahre mit seinem PR-Berater und Geschäftsführer Edwin Lemberg zusammengelebt.

Julien, Isaac

britischer Filmemacher und Künstler
1960 London

Filmstudium an der St. Martin's School of Art. Einen Studienplatz an der National Film and Television School London lehnt er ab, um bei der ersten öffentlich finanzierten schwarzen Video- und Filminitiative Sankofa mitzuarbeiten. Ab 1983 entstehen Video- und Kurzfilme und Aufsätze, die sich mit Fragen der Konstruktion von Sexualität, Gender und der Ökonomie des Begehrens sowie mit den Wechselbeziehungen zwischen den Konzepten von „Nation" und „Narration" sowie schwuler und schwarzer Identität beschäftigen. Seine künstlerischen Strategien entwickelt Julien innerhalb unterschiedlicher medialer und auch theoretischer Formate, die von Fernsehproduktionen, Dokumentar- und Spielfilmen über Musikvideos und Videoinstallationen bis zur Produktion von Essays und Texten im Bereich von Cultural Studies reichen. Isaac Juliens filmisches und theoretisches Werk übt wesentlichen Einfluss auf postkoloniale Diskurse aus und trägt zur Bildung von Queer Theory und Repräsentationskritik bei. 2001 wird Julien für den Turner Prize, den renommiertesten Kunstpreis Großbritanniens nominiert. Erster internationaler Erfolg mit *Looking for Langston* (1989) über den homosexuellen schwarzen Dichter Langston Hughes. Erster Kinospielfilm *Young Soul Rebels* (1991) über eine Clique schwuler Jugendlicher in London.

- weitere Filme: *Black and White in Colour* (TV-Serie), 1992; *The Attendant*, 1992; *The Darker Side of Black*, 1993; *Williams on Limbaugh*, 1995; *Frantz Fanon: Black Skin, White Mask*, 1996; *Three*, 1999; *Baadasssss Cinema*, 2002

Julius II. **(eigentlich Giuliano della Rovere)**

Papst
5.12.1443 Albissola bei Savona – 21.2.1513 Rom

Bereits als Kardinal Giuliano della Rovere hat er drei Töchter gezeugt und sich den Spitznamen „Il Terribile" erworben. Zeitgenossen beschreiben ihn als gutaussehend, aber auch trinkfest, großspurig, gotteslästerlich, als Syphilis-Kranken und Päderasten. Immer wieder wirft man ihm den Missbrauch von jungen Männern vor. Der Fall eines jungen Deutschen wird gar in Reimform verewigt: „Nach Rom ein hübscher Deutscher kam/doch zurück kehrt' er als Frau, nicht als Mann." Das Papstamt verschafft sich Julius 1503 durch Bestechung. Nun kann er ganz seinen Genüssen frönen: viel Sex und gutes Essen. Auch in der Fastenzeit wird reichlich aufgetischt, etwa Kaviar, Flundern und Garnelen. Durch eine päpstliche Bulle verordnet er 1510 die Einrichtung eines Bordells. Theologische Fragen und sein kirchliches Amt interessieren ihn kaum. Kaiser Maximilian urteilt über ihn: „Julius ist ein dem Trunk ergebener und bösartiger Papst." Gleichwohl: er engagiert ☞Michelangelo Buonarotti, um die Decke der Sixtinischen Kapelle auszumalen. Ein weiteres Interesse gilt dem Krieg. Unter Missachtung des kanonischen Rechts reitet er in voller Rüstung an der Spitze des päpstlichen Heeres in die Schlacht. Beim Versuch, die Stadt Mirandola von den Franzosen zurückzuerobern, wird ihm und seinem Pferd das Glatteis auf dem zugefrorenen Graben zum Verhängnis, und er stürzt. Doch beharrlich zwängt er sich dann eben zu Fuß durch eine Bresche durch die Stadtmauer. Gegen 1508 ist der Körper Julius II. von der Syphilis bereits soweit zerfressen, dass ein Zeremonienmeister Besucher davon abhalten muss, dem Papst wie sonst üblich die Füße zu küssen.

Julius III. (eigentlich Giovanni Maria del Monte)

Papst
10.9.1487 Rom – 23.3.1555 ebd.

In der Anklageschrift gegen Papst Julius III. wirft man ihm vor, „einen Unschuldigen als Geliebten" missbraucht und ihn zum Kardinal gemacht zu haben. Tatsächlich vergeht er sich sexuell sowohl an seinem unehelichen Sohn Bertuccino als auch an dem Adoptivsohn Innocente, den er als 15-Jährigen in den Straßen von Parma aufsammelt. Während seiner Zeit als päpstlicher Legat in Bologna müssen ihm die Jungen als Lustknaben gefügig sein, als Dank ernennt er sie zu Kardinälen – sehr zum Ärger der übrigen Kardinäle. Als Papst (ab 1550) widmet sich Julius den Freuden des Lebens; er veranstaltet prunkvolle Feste, liebt das Theater und die Jagd. Die Sache mit den Kardinalsernennungen behält er bei. Junge, hübsche Männer hebt er in das Amt und schaut ihnen anschließend bei eigens veranstalteten Orgien beim Analverkehr zu. Der Ruf des Julius findet schließlich Niederschlag in der Literatur. Kardinal della Casa widmet ihm sein *Loblied auf die Sodomie* und der erotische Schriftsteller Aretino gelangt in die Gunst des Papstes. Er entgeht der Ernennung zum Kardinal nur knapp: ihm sollte die Ehre für seine Verdienste um die Zotigkeit zuteil werden.

K

Kändler, Friedhelm

deutscher Schriftsteller
7.11.1950 Hannover

Eigensinniger Hannoveraner Autor und Theaterkünstler. Der studierte Pädagoge kommt über die Arbeit mit einer Rockband zum Schreiben: Sprachspielerische Kurzszenen, Chansontexte, Bühnenstücke, Gedichte. Seine Arbeit fasst Kändler unter dem Begriff „WoWo" (im Gegensatz zu Dada) zusammen, um auf dumme Fragen, welcher Stilrichtung sein Werk zuzurechnen sei, endlich eine Antwort zu haben. Lange Jahre ist nur wenigen Künstlern gestattet, sein Werk aufzuführen, etwa der Diseuse Alix Dudel, dem Varietékünstler Markus Jeroch oder dem Chansonier ☞Jo van Nelsen. Inzwischen werden seine Texte immer häufiger von Theatergruppen als Bühnenstücke umgesetzt, desgleichen sein erstes Stück, ein absurd-groteskes Ehedrama, *Es klingelt* (1981). 1999 erscheint sein Erzählgedicht *Kröhlmann* im Stile Wilhelm Buschs über das Liebesleid eines alternden Schwulen. Im gleichen Jahr wird Kändlers Mozart-Bearbeitung *König des Glücks* (*Il re pastore*) mit Edson Cordero in der Hauptrolle bei den Wiener Festwochen uraufgeführt.

- *Wildkind. Ein Fortsetzungsmärchen* (Band I, 1992, Band II, 1993); *WoWo* (1995) und *WoWo Zwo* (1996)

Kahlo, Frida
(eigentlich Magdalena Carmen Frieda Kahlo y Calderon)

mexikanische Malerin
6.7.1907 Coyoacán/Mexiko – 13.7.1954 ebd.

Frida Kahlos Vater Guillermo ist Maler und Fotograf deutsch-jüdischer Abstammung; er und seine Familie stammen aus Baden-Baden. Auch wenn sie es selbst besser weiß, behauptet sie dennoch von sich, im Jahre 1910 geboren zu sein, dem Jahr der „Mexican Revolution": Ihr Leben sollte mit dem modernen Mexiko beginnen. Aufgrund eines tragischen Busunglücks wird der Gymnasiastin im Alter von 18 Jahren von einer Stahlstange das Becken durchbohrt, so dass sie fortan ihr Leben weitgehend liegend und in einem Ganzkörpergips- bzw. Stahlkorsett zubringen muss. Die Folge der zahllosen Brüche und schwersten Unterleibsverletzungen sind 32 Operationen in 29 Jahren.

Unmittelbar nach dem Unglück entdeckt sie für sich das Malen; eine Tätigkeit, die sie auch im Bett liegend ausführen kann und mit der sie ihr Schicksal zu bewältigen sucht. Die Bilder, größtenteils symbolisch überladene Selbstporträts, werden so zum Ausdruck ihrer seelischen und körperlichen Qualen. 1929 heiratet sie den doppelt so alten Künstler Diego Rivera, der durch seine politisch revolutionären Wandbilder bereits weltweit bekannt geworden war. Die leidenschaftliche Liebe ist belastet durch die zahlreichen Affären von Diego mit seinen Modellen und Kunstschülerinnen, aber auch mit Kahlos Schwester. Schließlich beansprucht Frida Kahlo die gleiche sexuelle Freiheit für sich und hat unverhohlen Affären vor allem mit Frauen, wie der mexikanischen Sängerin ☞Chavela Vargas. Die überzeugte Kommunistin Kahlo verdreht aber auch dem von Stalin verstoßenen Revolutionär Trotzki den Kopf, als er von 1937 bis 1939 bei ihr und ihrem Mann Unterschlupf findet. Die Beziehung zu Diego Rivera ist schwierig, 1939 lässt sich das Paar scheiden, um im Jahr darauf erneut zu heiraten. Ihr Ehemann bleibt ein wichtiger Bestandteil in ihrem Leben. Erst 1953 hat Kahlo ihre erste Einzelausstellung in ihrer Heimat. Da sie ans Bett gefesselt ist, lässt sie sich kurzerhand darin liegend zur Eröffnung bringen. „Frida Kahlo ist", so urteilt Diego Rivera, „die erste Frau in der Geschichte der Kunst, die mit absoluter und schonungsloser Aufrichtigkeit die allgemeinen und besonderen Themen behandelt, die ausschließlich Frauen betreffen." Kurz vor ihrem Tod schreibt Frida Kahlo in ihr Tagebuch: „Ich hoffe, froh zu sterben, und ich hoffe, niemals wiederzukommen." Sie stirbt 1954 an einer Lungenembolie. Ihr Wohnhaus wird 1959 zu einem Museum. 1984 erklärt die mexikanische Regierung die Werke von Frida Kahlo zum nationalen Erbe, und es setzt eine regelrechte Andenkenindustrie ein, die ihre Kunst und den Kult um die Malerin vermarktet. 2002 dreht Julie Taymor den biografischen Spielfilm *Frida* mit Salma Hayek als Frida Kahlo.

- *Jetzt, wo Du mich verlässt, liebe ich Dich mehr denn je – Briefe und andere Schriften*, 2004
- Hayden Herrera: *Frida Kahlo: Malerin der Schmerzen, Rebellin gegen das Unabänderliche*, 1997; Linde Salber: *Frida Kahlo*, 1997; Andrea Kettenmann: *Frida Kahlo. Leid und Leidenschaft*, 1992; Martha Zamora: *Frida Kahlo: Aufschrei der Seele*, 1991; Bárbara Mujica: *Meine Schwester Frida*, 2002

Kahrs, Johannes
deutscher Politiker
15.9.1963 Bremen

Der SPD-Politiker aus dem Hamburger Wahlkreis Mitte wird 1998 erstmals in den Bundestag gewählt. Seine Karriere innerhalb der Partei hatte er nach seinem Eintritt 1981 als Kreis- und Landesvorstand der Jusos begonnen. 1992 bis 1998 ist er Mitglied der Bezirksversammlung Hamburg-Mitte und Vorsitzender des Jugendhilfeausschusses Hamburg-Mitte. Sein öffentliches Coming-out vollzieht der Schlager- und Donald-Duck-Fan Kahrs 1999 im Rahmen eines Porträts der Zeitschrift *Stern*.

Kane, Sarah
britische Dramatikerin
3.2.1971 Essex – 20.2.1999 London

Sarah Kane entstammt einer religiösen Familie. Dadurch besitzt sie eine umfassende Kenntnis der Bibel wie auch der christlichen Morallehre. Später, als sie ihren Glauben verloren hatte, bezeichnet sie ihre jugendliche Religiosität als „geistgefüllten, wiedergeborenen Irrsinn." Sie glaube zwar an Gott, nicht aber an den Lebensstil, den die christliche Religion abfordere. In einem Interview erklärt sie, dass sie sich von der Religion abgewandt habe, da sie Sex haben wolle. Erst nach ihrem Tod wurde klar, dass sie damit lesbischen Sex gemeint hatte. Als Jugendliche ist sie Fan des Fußballclubs *Manchester United* und hat Kontakt zu lokalen Theatergruppen und inszeniert Tschechow und ☞Shakespeare. Sie geht an die Bristol University, mit dem Ziel Schauspielerin zu werden, und führt das Leben eines Bohémiens. 1995 wird ihr erstes Stück *Blasted* (dt. *Zerbombt*) um Vergewaltigung, Verstümmelung, Blendung, Kannibalismus und Mord am Royal Court Theater in London uraufgeführt und löst wegen der expliziten Darstellung von physischer und seelischer Grausamkeit einen beispiellosen Skandal aus. In den folgenden vier Jahren entstehen vier weitere Stücke, die vor allem posthum europaweit aufgeführt und schnell zu einer festen Konstante der zeitgenössischen Dramatik werden. Kane reist in dieser Zeit durch Frankreich und Deutschland, betreut tagsüber Theaterworkshops und schreibt nachts an ihren weitgehend handlungslosen, stark reduzierten Stücken. Als sie die stärker auftretenden Depressionen nicht mehr erträgt, sucht sie Hilfe im Maudleys Hospital London. „Ich halte Depressionen nicht zwangsläufig für ungesund. Für mich äußert sich darin eine vollkommen realistische Wahrnehmung der Umwelt. Wahrscheinlich muss man sein Empfindungsvermögen bis zu einem gewissen Grad abstumpfen. Andernfalls ist man chronisch gesund in einer kranken Gesellschaft." Die Besserung ist nur von kurzer Dauer. Nach Fertigstellung ihres Stücks *4.48 Psychosis* wird sie wegen eines Suizidversuchs in eine psychiatrische Klinik eingeliefert. Die 28-Jährige benutzt einen unbewachten Moment, um ihr Leben zu beenden.

- weitere Stücke: *Phaedra's Love*, 1996 (dt. *Phädras Liebe*); *Crave*, 1998 (dt. *Verlangen*); *Cleansed*, 1998 (dt. *Gesäubert*)
- Graham Saunders: *Love Me or Kill Me: Sarah Kane and the Theatre of Extremes*, 2002

Kauch, Michael
Diplom-Volkswirt und Politiker
4.5.1967 Dortmund

Bereits während seines Studiums der Wirtschafts- und Sozialwissenschaften an der Universität Dortmund wird Michael Kauch Mitglied der FDP sowie der Jungen Liberalen, deren stellvertretender Kreisvorsitzender er 1990 in Dortmund wird. Von 1993 bis 1995 ist er stellvertretender und von 1995 bis 1999 Bundesvorsitzender dieser FDP-Jugendorganisation. Von 1995 bis 2001 ist er Mitglied im Bundesvorstand der FDP, ab 1998 Kreisvorsitzender der FDP Dortmund. 2003 zieht er als Nachrücker für den verstorbenen Jürgen Möllemann als Abgeordneter in den Deutschen Bundestag ein und wird Mitglied im Ausschuss für Umwelt, Naturschutz und Reaktorsicherheit sowie stellvertretendes Mitglied im Ausschuss für Gesundheit und soziale Sicherung. Sein Coming-out auf politischer Ebene hat er 1993 in einer Pressemitteilung zu seinem Amtsantritt als stellvertretender Bundesvorsitzender der JuLis. Er ist einer der wenigen offen schwulen Fraktionsmitglieder seiner Partei.

Kaufman, Moisés

US-amerikanischer Dramatiker und Filmemacher
21.11.1963 Caracas/Venezuela

Aufgewachsen in Venezuela, Umzug nach New York 1987, wo er an der New York University Kurse für experimentelles Theater belegt. 1999 wählt ihn die venezuelische Künstlervereinigung Casa del Artista für seine Arbeit bei der Experimentaltheatergruppe *Thespis* in Caracas zum „Künstler des Jahres". Gründer und künstlerischer Leiter des *Tectonic Theater Project* in New York, für das er u.a. *Gross Indecency: The Three Trials of* ☞*Oscar Wilde* (1997; dt. *Unzucht – Die drei Prozesse des Oscar Wilde*) und das auf Interviews basierende Stück *Laramie Project* über die Misshandlung und Ermordung des schwulen Studenten Matthew Shepard durch zwei junge Männer 1998 schreibt. 2002 gibt Kaufman sein Debüt als Filmregisseur mit der Verfilmung dieses Theaterstücks. 2003 inszeniert er in New York die Uraufführung von Doug Wrights *I Am My Own Woman* über ☞Charlotte von Mahlsdorf, das mit dem Pulitzerpreis ausgezeichnet wird.

Kavafis, Konstantinos

griechischer Dichter
29.4.1863 Alexandria – 29.4.1933 ebd.

Kavafis verbringt nach dem Tod seines Vaters die Kindheit und frühe Jugend in London und von 1880 bis 1885 in Konstantinopel. Danach lebt er bis zu seinem Tode in Alexandria. Mit 29

Jahren nimmt er eine feste Stellung im Ministerium für Wasserwirtschaft an, die er bis zur Pension behält. Die Auslandsaufenthalte ermöglichen ihm, zu den byzantinischen Traditionen auch die westliche Literatur kennenzulernen. Da er seine Jugend meist auf fremdem Boden verbringt, ist es nicht verwunderlich, dass seine Schreibweise der griechischen Sprache altertümliche und ungebräuchliche Formulierungen aufweist, was jedoch seinem Werk eine seltene Würde und Eindringlichkeit verleiht. Seine Dichtung, die historische Stoffe und persönliche Empfindungen zum Thema hat, bemüht sich nicht um vollkommene Formschönheit, sondern vermittelt durch ihre sprachliche und formale Einfachheit tiefen Ernst und direkte Anteilnahme. Kavafis gilt unumstritten als Wegbereiter der modernen griechischen Lyrik. Zu Lebzeiten hat er nie ein Buch mit seinen Gedichten zusammengestellt, sondern sie lediglich auf einzelne Blätter drucken lassen, die er großzügig an Freunde und Verehrer verteilt. Größtenteils posthum veröffentlicht werden die zahlreichen Liebesgedichte, in denen Kavafis direkt und unverschlüsselt seine Sehnsüchte, seine flüchtigen sexuellen Begegnungen, seine Momente der Verliebtheit und der Einsamkeit festhält.

- *Um zu bleiben. Liebesgedichte*, 1989; *Die vier Wände meines Zimmers*, 1994; *Das Gesamtwerk*, 1997
- John Liddell: *Cavafy. A Critical Biography*, 1974

Kerkeling, Hape (Hans Peter)

deutscher Entertainer
9.12.1964 Recklinghausen

Sohn einer Floristin und eines Tischlers. Die Mutter stirbt, als Hape Kerkeling acht Jahre alt ist. Er wächst danach bei den Großeltern auf. Mit 16 Jahren bereitet er sich gezielt auf eine Laufbahn als Entertainer vor und versucht Funk- und Fernsehanstalten mit Tonbändern und Videoaufnahmen auf sich aufmerksam zu machen. Nach ersten Auftritten im Kabarettbereich beginnt er, nach dem Abitur 1984, als TV-Entertainer für Radio Bremen, den WDR und den Bayrischen Rundfunk zu arbeiten. Erster TV-Auftritt in der Sendung *Sprungbrett Theater* des WDR-Regionalfernsehens. 1985/86 moderiert er die Nonsens Musik-Show *Känguruh*. Es folgt u.a. die TV-Show *Hape's Happening* (1988), außerdem moderiert er 1989-91 die deutsche Endausscheidung für den Grand Prix d'Eurovision. Der große Durchbruch gelingt mit der medienkritischen Comedy-Show *Total Normal*, die er zusammen mit seinem Lebensgefährten Angelo Colagrossi und dem Musiker Achim Hagemann schreibt. Subversiv und naiv interviewt er Prominente und Größen der Medienwelt und führt das Fernsehmedium mit eigenen Mitteln ad absurdum. Für die Show wird er mit dem Adolf-Grimme-Preis, dem Bambi, dem Bayrischen Filmpreis und der Bronzenen Rose von Montreux ausgezeichnet. Im Dezember 1990 wird Kerkeling in der RTL-Sendung *Der heiße Stuhl* von ☞Rosa von Praunheim geoutet. „Es ging weiter wie gehabt und hat niemanden interessiert. Jeder, der mit mir gearbeitet hatte, wusste das sowieso", erklärt er 1993 in einem Interview. 1995 revidiert er ein wenig: „Schwul zu sein ist einer großen Fernsehkarriere wohl doch nicht so hilfreich." Für RTL produziert er die wenig erfolgreiche Comedy-Show *Cheese*, die an ihr Vorbild *Total Normal* nicht heranreicht. Auch seine WDR-Shows *Warmumsherz* (1995) und *Zappenduster* (1996/97) werden nach der ersten Staffel nicht fortgesetzt. Zu aller Überraschung gelangt er mit seinen Singles *Das ganze Leben ist ein Quiz* und *Hurz!* in die Charts. Nach seinem ersten Kinofilm *Kein Pardon* (Hauptrolle, Co-Regie und Co-Autor Hape Kerkeling, 1992) folgen Fernsehspiele in ähnlicher Mehrfachfunktion als Autor und Hauptdarsteller, so *Club Las Piranja* (1995) und *Willi und die Winzors* (1996). 1999 TV-Comeback mit der Show *Darüber lacht die Welt*. Gemeinsam mit Colagrossi, der dann auch Regie führt, schreibt er die Filmkomödie *Samba in Mettmann*, die 2004 in die Kinos kommt.

- Buchveröffentlichungen: *Hannilein & Co.*, 1988; *Cheese*, 1993
- CDs: *Vorsicht Telefon!*, 1993; *Erwarten Se Nix*, 1991; *Kein Pardon*, 1995; *Junge, Junge ...*, 2000; *Die 70 Min. Show*, 2003

Kern, Peter

österreichischer Schauspieler und Filmemacher
13.2.1949 Wien

„Ich stamme aus einer Wiener Proletarierfamilie: Mein Vater war Kommunist, meine Mutter Jüdin. Ich bin Österreicher und schwul, das sind Attribute, die mir das Leben geschenkt hat, und es hat eine Weile gedauert, damit fertigzuwerden." In seiner Kindheit ist er Sänger bei den Wiener Sängerknaben. Nach Beendigung der Schule macht er eine kaufmännische Ausbildung und besucht anschließend eine Schauspielschule. Erste Engagements in Wiener Kellerbühnen, erste große Rolle in einer Tourproduktion des Musicals *Hair*. Es folgen Theaterrollen an verschiedenen Bühnen Österreichs und der Bundesrepublik, u.a. arbeitet er mit Ruth Drexel, Werner Schroeter, Peter Zadek, Christoph Schlingensief und Hans Brenner zusammen. Mitglied der Künstlergruppe um ☞Rainer Werner Fassbinder, u.a. spielt er in *Mutter Küsters Fahrt zum Himmel* und *Faustrecht der Freiheit*. Eigene Regiearbeiten u.a. an den Opern- und Schauspielhäusern in Wien, Düsseldorf und München. Insgesamt wirkt er in mehr als 50 Spiel- und Fernsehfilmen mit. Für seine Rollen in Hans-Jürgen Syberbergs *Hitler*, in Wim Wenders' *Falsche Bewegung* und in Walter Bockmayers *Flammende Herzen* erhält er jeweils den Bundesfilmpreis in Gold. Darüber hinaus dreht er auch eigene Filme, meist in Personalunion als Autor, Regisseur und Produzent. Spielfilmdebüt 1986 mit *Eine Handvoll Vergnügen – Crazy Boys* über ein Striplokal in Hamburg. Es folgen u.a. das Stricherdrama *Gossenkind* (1991), das halbdokumentarische Porträt *Domenica* (1993), sein Porträt ☞*Hans Eppendorfer – Suche nach Leben* (1998), der halbdokumentarische Film *Knutschen Kuschen Jubilieren* (1997) über eine Gruppe älterer Stammbesucher eines Schwulenlokals in Kerns derzeitiger Heimatstadt Düsseldorf. Seine Dickleibigkeit macht der schwergewichtige Peter Kern zum Thema seines Buches *Jeder kriegt sein Fett ab – Abspecken in 30 Speisen* (1996) und mit *Ein fetter Film* (1992).

- weitere Filme (Auswahl): *Hamlet – This Is Your Family*, 2001; *Fifty-Fifty*, 2001; *Haider lebt – 1. April 2001*, 2002

Kertbeny, Karl Maria

deutsch-ungarischer Schriftsteller
24.2.1824 Wien – 23.1.1882 Budapest

Bereits seit seinem 16. Lebensjahr will Karl Maria Kertbeny sich mit dem Wesen des mann-männlichen Lebens beschäftigt haben. Hervorgegangen sind daraus eine Reihe sexualpolitischer Schriften, die sich vor allem gegen den preußischen Antihomosexuellenparagrafen 143 wenden. Eine eigene Theorie entwickelt er dabei nicht. Durch einen Briefwechsel mit ☞Karl Heinrich Ulrichs in seinen Absichten unterstützt, bemüht sich Kertbeny, der Homosexualität den Makel von Sünde, Krankheit und Verbrechen zu nehmen. Seine besondere Leistung dabei ist allerdings eine aus heutiger Sicht fast banale: Kertbeny kreiert in seinen Schriften den Begriff der „Homosexualität", den es bis dahin noch nicht gegeben hatte. Seine semiprofessionelle Beschäftigung damit hält Kertbeny weitgehend geheim. In seinem offiziellen Leben arbeitet er, meist am Rande des materiellen Elends, für verschiedene deutschsprachige Zeitungen und Zeitschriften und als Übersetzer ungarischer Literatur ins Deutsche. Die Zahl seiner Artikel ist unüberschaubar, hinzu kommen etwa ein Dutzend Bücher mit Plaudereien über seine Begegnungen mit berühmten Zeitgenossen, etwa Heinrich Heine, ☞George Sand und Franz Liszt. Er betätigt sich aber auch als Buchhändler in Budapest, Angestellter in einer Wiener Weinexporthandlung und Handelsvertreter für die Weinbrand- und Likörfabrik Underberg. Zuletzt lebt er in seiner Wahlheimat Budapest von einer Art staatlicher Rente in Anerkennung seiner Übersetzer- und Mittlertätigkeit für die ungarische Kultur. Er stirbt nach schwerer Krankheit vermutlich an den Folgen einer Syphilis.

- Jean-Claude Féray/Manfred Herzer: „(Homo-)Sexualwissenschaft und Politik im 19. Jahrhundert: Karl Maria Kertbeny". In: *Sexualwissenschaft und Sexualpolitik*. R. Gindorf und E.J. Haeberle, 1990

Kessler, Harry Graf

deutscher Diplomat, Mäzen und Autor
23.5.1868 Paris – 30.11.1937 Lyon

Als Sohn eines deutschen Bankiers wächst Kessler standesgemäß in exklusiven Internaten in Deutschland und England auf. Jurastudium in Bonn und Leipzig. Seine halbherzig aufgenommene Karriere im diplomatischen Dienst gibt er bald wieder auf, um sich als Bohemien und weltläufiger *homme de lettre* ganz seinen Interessen für die Kunst und das Gesellschaftsleben zu widmen. Kessler gilt als Verkörperung der Fin-de-siècle-Stimmung dieser Zeit. Zu seinem großen Freundes- und Bekanntenkreis gehören neben Politikern aus dem In- und Ausland Künstler wie Max Beckmann, Max Reinhardt, ☞Jean Cocteau, Bertolt Brecht und George Bernard Shaw; als Kulturpolitiker in Weimar bzw. als privater Mäzen fördert er den Impressionismus und Jugendstil in der Kunst, später kritische Künstler wie George Grosz und John Heartfield. Kessler holt den belgischen Architekten und Designer Henry van de Velde an die Kunstschule nach Weimar, die Keimzelle des späteren Bauhauses, und ist Mitbegründer und Financier der Kunstzeitschrift *Pan*. Er ist außerdem maßgeblich an der buchkünstlerischen Gestaltung der Klassiker-Edition des Insel-Verlages beteiligt und gründet später seine eigene Cranach-Presse für bibliophile Buchausgaben. Mit Hugo von Hofmannsthal schreibt er das Libretto zur Oper *Der Rosenkavalier* und *Josephslegende* (1914), einem Ballett für Sergej Diaghilew. 1914 zieht er als preußischer Reserveoffizier bei den Garde-Ulanen als kaisertreuer Monarchist und glühender Patriot in den Ersten Weltkrieg. Dort jedoch ändert sich sein Weltbild radikal, und er engagiert sich danach für die Republik, bzw. für den Völkerbund und als Pazifist. Zeitweilig sympathisiert er sogar mit der extremen Linken. Er wird kurzzeitig als wenig erfolgreicher deutscher Botschafter in Genf eingesetzt sowie als offizieller deutscher Verbindungsmann bei der Genfer Völkerbundversammlung. Als sein literarisches Hauptwerk gelten, neben der Biografie seines Freundes Walter Rathenau, die fast lebenslang geschriebenen, auf 15.000 Seiten angewachsenen, von 1880 bis zu seinem Tod im französischen Exil geführten Tagebücher – eine einmalige Chronik des deutschen politischen und kulturellen Lebens aus dem ersten Drittel des 20. Jahrhunderts. Sie sind Teil seiner öffentlichen Selbstinszenierung als Dandy und Gentleman und beinhalten daher so gut wie keine Hinweise auf seine versteckt gelebte Homosexualität. Seine erste homosexuelle Liebeserfahrung macht er wahrscheinlich während seines Wehrdiensts. Einer seiner späteren Liebhaber ist der 19 Jahre jüngere Rennradfahrer Gaston Collin, von dem sich einige Liebesbriefe an Kessler erhalten haben. Vermutlich unerwidert bleibt Graf Kesslers Liebe zu seinem Potsdamer Regimentskameraden Otto Freiherr von Dungern, der 1909 eine Affäre mit Kronprinzessin Cecilie eingeht. Die innige Freundschaft zwsichen Graf Kessler und „meinem lieben kleinen Dungern" zerbricht erst, als Dungern sich den Nationalsozialisten anschließt.

- *Gesichter und Zeiten. Erinnerungen*, 1962; *Tagebücher 1918-1937*, 1979; *Gesammelte Schriften in drei Bänden*, 1988
- Peter Grupp: *Harry Graf Kessler. 1868-1937*, 1995; Gerhard Neumann: *Harry Graf Kessler. Ein Wegbereiter der Moderne*, 1997

Keszler, Gery

österreichischer Partyveranstalter
27.7.1963 Mödling/Niederösterreich

Gery Keszler absolviert eine Ausbildung an der Höheren Technischen Bundeslehranstalt für Feinmechanik in Mödling, doch bereits nach einem halben Jahr im Beruf regt sich in ihm der Wunsch nach geografischer und persönlicher Veränderung. Keszler reist nach Australien und Südost-Asien und verdient seinen Lebensunterhalt u.a. als Opalschürfer und Zirkuskoch. Zurück in Österreich lässt er sich Mitte der 80er Jahre zum Make-up- und Hair-Stylisten ausbilden und verlegt 1987 seinen Wohnsitz nach Paris. Dort arbeitet er für namhafte französische Modezeitschriften und internationale Modeschöpfer als Make-up-Artist. 1992 entwickelt er die Idee einer Aids-Benefiz-Gala und im Jahr darauf geht der „Life Ball" zum ersten Mal im Wiener Rathaus über die Bühne. Der außergewöhnliche Erfolg des Events zur Aufbringung finanzieller Mittel für HIV-positive und an Aids erkrankte Menschen veranlasst den Organisator 1995 zur endgültigen Rückkehr nach Wien, um sich beruflich schließlich ganz der Organisation des „Life Ball" zu widmen.

Keynes, John Maynard

englischer Wirtschaftstheoretiker
5.6.1883 Cambridge – 12.4.1946 Firle/Sussex

Keynes' Homosexualität ist zentral zum Verständnis des Nationalökonomen und Konjunkturtheoretikers, da er durch sie immer wieder zur kritischen Distanz gegenüber vielen Konventionen gezwungen wird. Studium am Eton und King's College, Cambridge. Dort macht er auch seine ersten homosexuellen Erfahrungen. Zwei Jahre Arbeit im India Office, danach als Dozent an der Universität Cambridge. Mitglied des Bloomsbury-Kreises um ☞Virginia Woolf, Lytton Strachey und ☞E.M. Forster. Dort lernt er auch den Maler ☞Grant Duncan kennen, mit dem er 1908 eine Beziehung eingeht. Zuvor hat Keynes, der sich selbst als hässlich und daher nicht begehrenswert empfindet, Schwierigkeiten, seine Homosexualität mit Selbstverständlichkeit und für sich beglückend auszuleben. 1906-08 im Innenministerium tätig, ab 1915 Berater im britischen Schatzamt. 1919 Teilnahme an den Friedensverhandlungen von Versailles als Chefunterhändler des britischen Finanzministeriums, ein für ihn tief deprimierendes und einschneidendes Erlebnis, weil er die Zerstörung der deutschen Industrie durch astronomische Reparationszahlungen, statt das geschlagene Deutschland für den Wiederaufbau Europas zu nutzen, für den falschen Weg hält. Er tritt von seinem Posten zurück und schreibt innerhalb weniger Monate *The Economic Consequences of the Peace* (1920, dt. *Die wirtschaftlichen Folgen des Friedensvertrages*), eine vernichtende Kritik der wirtschaftlichen Bestimmungen des Versailler Vertrages. Das mit brillantem Stil und beißendem Witz verfasste Buch macht ihn schlagartig berühmt und ist sein folgenreichstes Werk, prägt es doch die Haltung der Westalliierten am Ende des Zweiten Weltkrieges und ermöglicht so den Wiederaufstieg Westeuropas nach 1945. Sein Plan für eine internationale monetäre Neuordnung der Währungsstabilität, *Proposals for an International Clearing Union* (1943), wird auf der Konferenz von Bretton Woods zwar von der US-Regierung abgelehnt, jedoch bei der Errichtung der Europäischen Währungsunion herangezogen. Als sein wichtigstes Grundsatzwerk gilt *The General Theory of Employment, Interest and Money* (1936, dt. *Allgemeine Theorie der Beschäftigung, des Zinses und des Geldes*). Später Versicherungs- und Investment-Manager. Seine späteren zahlreichen Affären, die z.T. sehr offenkundig sind, haben niemals juristische Konsequenzen, vermutlich, weil Keynes über sehr einflussreiche familiäre wie berufliche Kontakte verfügt. 1925 heiratet er die Ballerina Lydia Lopokova. Die Ehe bleibt kinderlos. Mit seiner finanziellen Hilfe gründet sie das Vic-Wells-Ballett.

- Robert Skidelsky: *John Maynard Keynes*, 1983; Charles H. Hession: *John Maynard Keynes. A Personal Biography*, 1984; Jeffrey Escoffier: *John Maynard Keynes*, 1995

Kier, Udo

deutscher Schauspieler

14.10.1944 Köln-Mülheim

Drei Jahre arbeitet der junge Udo Kier in seinem erlernten Beruf als Großhandelskaufmann in der Werkzeugbranche, doch gibt es längst andere berufliche Pläne. Das nebenbei als Model auf Herrenmodenmessen verdiente und gesparte Geld reicht, um mit 19 Jahren nach London zu ziehen und dort eine Schauspielschule zu besuchen. Hatte er bei einem Urlaubsaufenthalt in Cannes bereits als Schüler Erfolg bei ☞Jean Marais und ☞Arndt von Bohlen und Halbach, so lernt er in London ☞Luchino Visconti kennen. 1967 erste Filmrolle in *Road to St. Tropez*, 1969 folgt *Hexen bis aufs Blut gequält*. Ersten internationalen Ruhm erlangt er jedoch mit den beiden ☞Warhol-Produktionen *Carne per Frankenstein* und *Dracula vuole vivere* (Regie Paul Morrissey). Nach Filmen mit Regisseuren des Neuen Deutschen Films, u.a. Robert van Ackeren und ☞Rainer Werner Fassbinder (*Lola*, *Die Dritte Generation*, *Lili Marleen*) spielt er in den 80er Jahren immer wieder kleinere und größere Rollen bei jungen, innovativen Filmemachern: ☞Gus van Sant (*My Own Private Idaho*, *Even Cowgirls Get The Blues*), Lars van Trier (*Medea, Europa, Breaking the Waves*) und Christoph Schlingensief (*Terror 2000, Das deutsche Kettensägenmassaker*). In den 90er Jahren beginnt Kiers kontinuierliche Karriere in Hollywood, wo man den „typischen Deutschen" mit seinem leichten Akzent zumeist als *supporting actor* und zunehmend auch in tragenden Rollen einsetzt, wie in *The Legend of Pinocchio* (1996), *Barb Wire* (1996), *Prinz Eisenherz* (1997), *Blade* (1997), *The Mighty* (1998), *End of Days* (1999). Model in Madonnas erotischem Fotoband *Sex* (1993) und als Darsteller in ihren Videos *Erotica* und *Deeper and Deeper*. Ab Mitte der 90er Jahre eigene Kurzfilme und Videos, Versuch einer zweiten Karriere als Sänger. 1999 erster eigener Kinofilm als Regisseur *Broken Cookies*.

- *Blue Hotel. Footprints*, 1991

- Filme (Auswahl): *Spermula*, 1976; *Berlin Alexanderplatz*, 1980; *Bolwieser*, 1977; *Die Insel der blutigen Plantage*, 1982; *Verführung: Die grausame Frau*, 1985; *Nur über meine Leiche*, 1995; *Die 120 Tage von Bottrop*, 1997; *Armageddon*, 1998; *Shadow of the Vampire*, 2000; *Dancer in the Dark*, 2000; *Die Blutgräfin*, 2000; *The 8th Day*, 2001; *Auf Herz und Nieren*, 2001; *Die Gottesanbeterin*, 2001; *Dogwil*, 2002; *Sawtooth*, 2004; *Dracula*, 2004; *Manderlay*, 2005

King, Billie Jean

US-amerikanische Tennisspielerin

22.11.1943 Long Beach/Kalifornien

King, bis zum Erscheinen ☞Martina Navratilovas die erfolgreichste Tennisspielerin aller Zeiten, gewinnt während ihrer Karriere nahezu alle großen Damenturniere – darunter vier Titel bei den U.S. Open und sechs Einzeltitel in Wimbledon. 1973 gewinnt sie in Houston vor mehr als 30.000 Zuschauern – dem größten Publikum, das bis dahin jemals einem Tennismatch beigewohnt hatte – das legendäre „Gemischte Einzel" gegen ihren männlichen Herausforderer Bobby Riggs, den ausgesprochen frauenfeindlichen Wimbledon-Sieger von 1939, und etabliert damit das Frauentennis endgültig als anerkannte Sportart. Nicht minder erfolgreich ist King 1981 in einem Prozess, den ihre frühere Friseurin, Sekretärin und Liebhaberin Marilyn Barnett nach der Trennung gegen sie anstrengt: Der Richter verwirft deren Forderung nach Unterhaltszahlungen. King, laut *Sunday Times* die „einflussreichste feministische Figur im weiblichen Nachkriegs-Sport", zieht sich 1979 aus ihrer aktiven Laufbahn zurück. „Ich habe jahrelang mit meiner Sexualität gerungen. In den Siebzigern hatten wir alle wahnsinnig viel Angst vorm Coming-out. Heutzutage ist es aber anders. Coming-out ist wichtig, da die Wahrheit immer eine Befreiung ist", sagt King bei einer Pressekonferenz der Virginia Slims Legends Tour am 26. April 1997.

● *Billie Jean*, 1982

Klein, Calvin

US-amerikanischer Modedesigner
9.11.1942 Bronx/New York

Sohn ungarisch-jüdischer Einwanderer. Besuch der High School of Art and Design und des Fashion Institute of Technology. Klein ist zunächst bei einer konservativen Mantel-Firma beschäftigt, entwirft aber bereits in seiner Freizeit eine erste eigene Kollektion mit Damenmode. 1967 gründet er mit seinem Jugendfreund Barry Schwartz eine eigene Firma. Durch einen Zufall gerät der Einkäufer der renommierten Kaufhauskette *Bonwitt Teller* in sein Atelier. Klein hat anschließend seinen ersten Großauftrag und wird gewissermaßen über Nacht bekannt. Entscheidend wird jedoch die Erweiterung seines Geschäftsbereiches um Parfüm, eine Jeans-Kollektion und schließlich die Herren-Unterwäsche. Dank ☞Bruce Webers fotografischem Einsatz und deutlicher Homoerotik in dessen Werbebildern kultiviert ☞Calvin Klein den Designer-Schlüpfer für Männer, die er vor allem mit Rapper Marky Mark als Unterhosen-Model an den Mann bringt. Als Marky Mark durch homophobe Sprüche in die Schlagzeilen gerät, wird sein Vertrag gekündigt. Seit Ende der 80er Jahre ist die Kurzbezeichung *Calvins* bereits umgangssprachlich in den USA für Männerunterwäsche und vor allem in schwuler Literatur als Begriff gebräuchlich. Während sein Geschäftserfolg wächst, geht seine erste Ehe mit Jayne Centre in die Brüche – nicht zuletzt, weil Klein sich inzwischen der Ambivalenz seiner Sexualität bewusst geworden ist und mehr und mehr homosexuelle Affären hat. Männer, vor allem bodygestylte Models und jede Menge und Sorten von Drogen findet er u.a. in der legendären New Yorker Discothek *Studio 54*, zu deren Stammgästen er zählt. Er leidet jedoch an der Promiskuität der Schwulen und verliert sein Herz (und auch Geld) an meist heterosexuelle Callboys und gutaussehende Models. ☞Andy Warhol, mit dem er befreundet ist, berichtet in seinen Tagebüchern von Kleins entwürdigendem Abstieg in den Drogenkonsum und seinen Affären mit käuflichen Pornostars und männlichen Edel-Prostituierten. Ein 65-Millionen-Dollar-Kredit seines Freundes ☞David Geffen rettet das marode Unternehmen vor dem Niedergang. 1983 lernt er das Ex-Ralph Lauren-Model Kelly Rector kennen, die danach in seinem Unternehmen als Design-Assistentin arbeitet. Nach einer erfolgreichen Entziehungskur heiratet er sie 1986 – zur Überraschung vor allem seiner schwulen Freunde. 1996 wird auch diese Ehe geschieden. Mit „ck" bringt Calvin Klein 1996 das erste „androgyne" Parfüm für Männer wie Frauen auf den Markt. Es wird in kürzester Zeit zum meistverkauften Duft der Welt. Er engagiert sich geschäftlich jedoch auch weiterhin in seiner ursprünglichen Domäne: 1997 eröffnet er in Paris seine erste Boutique im Mutterland der Mode.

● Steven Gaines/Sharon Churcher: *Obsession. The Lives and Times of Calvin Klein*, 1994

Kleiser, Randal

US-amerikanischer Filmregisseur und Schauspieler
20.7.1946 Philadelphia/Pennsylvania

Randal Kleiser gehört zu den erfolgreichen Routiniers in Hollywood mit Gespür für den großen Publikumsgeschmack. Ihm verdankt Hollywood Kassenerfolge wie sein Spielfilmdebüt *Grease* (1978), *The Blue Lagoon*, 1980 (dt. *Die blaue Lagune*) und *Liebling, jetzt haben wir ein Riesenbaby* (1992). Ausgebildet wird er an der USC Film School in Los Angeles, wo er erste Kurzfilme dreht. Für den Kurzfilm *Freiheit* (1996) seines Collegefreundes George Lucas wird er zum Darsteller: Er spielt einen Deutschen, der bei der Flucht aus der DDR an der Berliner Mauer erschossen wird. Nach Abschluss des Studiums arbeitet Kleiser hauptsächlich fürs Fernsehen, u.a. zeichnet er als Regisseur für die Serien *Starsky & Hutch* und *Marcus Welby, M.D.* verantwortlich. *It's My Party* (1995), ein Filmdrama über einen aidskranken schwulen Mann, der sich mit einem großen Fest von seinen Freunden, der Familie und dem Lebenspartner verabschiedet und sich danach das Leben nimmt, basiert auf persönlichen Erfahrungen Kleisers als schwuler Mann in Zeiten von Aids und ist – ganz gegen seine bis dahin gedrehten Filme – eine sehr persönliche Arbeit jenseits des Mainstreamkinos.

● weitere Filme (Auswahl): als Regisseur: *Shadow of Doubt*, 1998; *Vanilla Gorilla*, 2001; *Murder on the Hudson*, 2004. Als Schauspieler: *Cannes Man*, 1996; *Susan's Plan*, 1998; *Crazy in Alabama*, 1999; *The Circuit*, 2001

Klotz, Sibyll-Anka

deutsche Politikerin
4.3.1961 Berlin

Aufgewachsen bei ihrer Großmutter in Magdeburg. Nach der Scheidung der Eltern zieht sie mit Mutter und Oma nach Berlin. Studium der Philosophie an der Humboldt-Universität, sie promoviert über „August Bebel, die Frau und der Sozialismus". Sie heiratet und bringt als 23-Jährige eine Tochter zur Welt. Mit dem Studium feministischer Theorien folgt auch bald die Emanzipation in sexueller Hinsicht. Sie trennt sich von ihrem Ehemann, lebt fortan lesbisch und hat damit viele ihrer Ziele erreicht: „Ich bin von niemandem und nichts abhängig, lebe in

einer guten Beziehung und habe eine Tochter, mit der ich gut klar komme." Die wissenschaftliche Mitarbeiterin an der Charité in Berlin (Bereich Soziale Gerontologie) ist bis 1989 Mitglied der SED. Nach ihrem Austritt wird sie zu den Mitbegründerinnen des Unabhängigen Frauenverbandes (UFV). 1991 zieht sie auf einer gemeinsamen Liste der Grünen und des UFV ins Berliner Abgeordnetenhaus ein. 1992 und 1995-97 ist sie Fraktionsvorsitzende von Bündnis 90/Die Grünen, bei der Wahl 1995 Spitzenkandidatin. Seit 1995 lebt sie mit ihrer Freundin und ihrer Tochter in einem gemeinsamen Haushalt in Berlin-Kreuzberg.

König, Ralf

deutscher Comiczeichner
8.8.1960 Soest/Westfalen

Nach einer abgeschlossenen Schreinerlehre studiert König von 1981 bis 1986 an der Staatlichen Kunstakademie Düsseldorf. Das legendäre schwule Festival Homolulu 1979 in Frankfurt/Main gibt ihm die Initialzündung, seine als Schüler entdeckte Liebe zum Zeichnen zu professionalisieren – und sich zugleich ganz bewusst und ausschließlich auf schwule Themen zu konzentrieren. Ab 1979 veröffentlicht er erste Arbeiten in der Nürnberger Schwulenzeitschrift *Rosa Flieder*, später werden seine Comics in Stadtzeitschriften, Satire- und Comicmagazinen und ab 1989 im Nachfolger-Magazin des *Rosa Flieder*, in *Magnus* abgedruckt. Hier erscheinen die Geschichten von *Konrad und Paul*, die 1993 und 1994 gesammelt publiziert werden. Seine ersten Buchveröffentlichungen (*SchwulComix I-IV*, 1981-1986) werden in Auswahl unter den Titeln *Zitronenröllchen* (1990), *Sylvester-Tuntenball* (1991) und *Sahneschnittchen* (1992) neu aufgelegt. Darin beobachtet König selbstironisch mit einem treffsicheren, aber auch liebevollen Blick für das Groteske und Peinlich-Lächerliche das Lebens- und Liebesverhalten der schwulen Subkultur. „Viele meiner Geschichten wären ohne die dicken Knollennasen einfach obszön." Mit seinen Comicromanen *Lysistrata* (1987) und *Der bewegte Mann* (1987) bzw. der Fortsetzung *Pretty Baby* (1988) erobert er auch das heterosexuelle Publikum und avanciert zum wohl erfolgreichsten, in viele Sprachen übersetzten deutschen Comiczeichner. Seine Comics werden Vorlagen für Theaterstücke, Puppentheater (*Kondom des Grauens*, 1992, Regie Claus Vinçon) und nicht zuletzt Kinoverfilmungen. *Der bewegte Mann* (1994, Regie Sönke Wortmann) wird einer der erfolgreichsten deutschen Filme der 90er Jahre (Bundesfilmpreis und Goldene Leinwand mit Sternchen). 1995 folgt *Das Kondom des Grauens* (Regie Martin Walz, mit ☞Udo Samel als Luigi Makkaroni), der jedoch die hohen Erwartungen nicht erfüllt. Mehrfach werden die Indizierung seiner Comics bei der Bundesprüfstelle für jugendgefährdende Schriften (erfolglos) beantragt, insbesondere der Comicroman *Dicke Dödel 1: Bullenklöten* (1992). So etwa 1995 vom Bayerischen Landesjugendamt, das die Indizierung des Buches fordert, „um eine massive Desorientierung von Kindern und Jugendlichen zu vermeiden". Denn nicht nur würde „in zotigen Alltagsdialogen" eine „auf Sexualgenuss zentrierte Gedankenwelt nachdrücklich präsentiert" werden, sondern auch „wiederholt diskriminierende Äußerungen gegen Heterosexualität vorgebracht". König wird für sein zeichnerisches Werk mehrfach ausgezeichnet, u.a. 1988 mit der Internationalen Comicauszeichnung Joop-Klepzeiker-Preis, Amsterdam, 1990 beim Salon Européen de la Bande Dessinée, Grenoble als „Bester Deutscher Comic-Zeichner", 1992 mit dem Max und Moritz-Preis als bester deutschsprachiger Comic-Künstler und beim Saló del Comic de Barcelona als bester internationaler Comiczeichner. Seine Bücher wurden bislang in ein Dutzend Sprachen übersetzt und sind in mehr als 17 Ländern mit einer weltweiten Gesamtauflage von ca. 5 Millionen Exemplaren erschienen. 2001 wird vom Regisseur Francesco Bellmont *Lysistrata* als aufwändiger Sandalenfilm adaptiert. Im gleichen Jahr entsteht mit *Wie die Karnickel* der erste Spielfilm nach einem Originaldrehbuch von König. Regie führt Sven Unterwaldt, Jr.

- *Macho Comix*, 1984; *Safere Zeiten*, 1988; *Beach Boys*, 1989; *Lysistrata*, 1987; mit ☞Detlev Meyer *Heiße Herzen. Liebeslesebuch*, 1990; *Konrad und Paul. Band 1-3*, 1993-97; *Jago*, 1998, *Super Paradise*, 1999; *Poppers! Rimming! Tittentrim!*, 2001, *Wie die Karnickel*, 2002; *Sie dürfen sich jetzt küssen*, 2003; *Suck my Duck!*, 2004; *Roy & Al*, 2004
- Joachim Bartholomae (Hg.): *Mal mir mal 'nen Schwulen. Das Buch zu Ralf König*, 1996

Kokula, Ilse

deutsche Soziologin
13.1.1944 Sagan/Schlesien

Prof. Dr. Kokula gilt als eine Koryphäe der deutschen Lesben- und Frauenbewegung. Von 1985 bis 1986 ist sie als Professorin für soziale Geschichte und Sozialisation lesbischer Frauen an der Universität Utrecht in den Niederlanden tätig und arbeitet danach im Referat für gleichgeschlechtliche Lebensweisen des Berliner Senats mit. In zahlreichen Veröffentlichungen und als Ausstellungsorganisatorin bezieht die streitbare Aktivistin als lesbische Vordenkerin seit 1972 Stellung zu brisanten feministischen/lesbischen Themen.

- *„Wir leiden nicht mehr, sondern sind gelitten": Lesbisch leben in Deutschland (Hg.), 1987; Jahre des Glücks, Jahre des Leids, Gespräche mit älteren lesbischen Frauen*, 1990

Koljada, Nikolai
russischer Dramatiker
1957 Kasachstan

Ab 1973 vierjährige Ausbildung an der Theaterschule Jekaterinenburg (ehemals Swerdlowsk), danach sieben Jahre als Schauspieler am örtlichen Akademischen Schauspieltheater engagiert. Ab 1983 Fernstudium der Literatur am Moskauer Gorki-Literaturinstitut. 1987 wird sein erstes Theaterstück *Igra v fanty* (dt. *Pfänderspiel*, deutsche Erstaufführung 1993 in Potsdam) uraufgeführt und innerhalb eines Jahres an mehr als 90 Theatern in der ehemaligen Sowjetunion inszeniert. 1991/1992 Gaststipendium der Akademie Schloss Solitude in Stuttgart. Dort erscheint auch eine Auswahl aus einem längeren autobiografischen Prosatext, *Der gedemütigte jüdische Knabe* (1993), in dem er sich auch mit seiner schwulen Identität auseinandersetzt. Im Rahmen dieses Deutschlandaufenthaltes lernt er den Berliner Theaterstudenten Alexander Kahl kennen, mit dem er eine Theateragentur für deutsch-russischen Kulturaustausch gründet und der seine Stücke ins Deutsche übersetzt. Innerhalb weniger Jahre schreibt Koljada mehr als 30 Stücke, die sich fast ausschließlich mit dem gesellschaftlichen Alltag in der ehemaligen UdSSR und im heutigen Russland auseinandersetzen. In Russland gehört er zu den erfolgreichsten Bühnenautoren des Landes; seine Arbeiten sind weltweit in zehn Sprachen übersetzt. Besondere Aufmerksamkeit erlangt er mit dem Stück *Rogatka* (dt. *Die Schleuder*), uraufgeführt 1989 in San Diego, deutschsprachige Erstaufführung in Essen. Koljada schildert die Beziehung zwischen dem Studenten Anton und dem alkoholkranken Rollstuhlfahrer Ilja.

Kollwitz, Käthe
deutsche Grafikerin und Bildhauerin
8.7.1876 Königsberg – 22.4.1945 Moritzburg bei Dresden

Mit ihren sozialkritischen Radierungen, Lithografien und Holzschnitten erobert sich Kollwitz einen herausragenden Platz innerhalb der deutschen Grafikgeschichte. Bereits 1894 tritt sie mit der Lithografien- und Radierfolge *Ein Weberaufstand* ins Bewusstsein der Öffentlichkeit, mit dem Zyklus *Bauernkrieg* (1907) und den Holzschnitten *Krieg und Proletariat* (1922-25) schafft sie eindrucksvolle Dokumente des menschlichen Elends und der Not der Arbeiterklasse. Kollwitz, die 1891 heiratet, engagiert sich zeitlebens stark gegen soziale Missstände und den aufkommenden Nationalsozialismus. Nach dem Tod ihres Sohnes Peter im Ersten Weltkrieg wandelt sich Käthe Kollwitz von einer Sozialrevolutionärin zur Pazifistin. Ihre späteren Arbeiten zeigen immer wieder Mütter, die ihre Kinder vor dem Krieg schützen wollen. Die angesehene Künstlerin, die von 1885 bis 1890 in Berlin, Königsberg und München studiert und in Frankreich und Italien arbeitet, bevor sie 1928 mit der Leitung des Meisterateliers für Grafik an der Akademie Berlin betraut wird, wird nach der Machtübernahme der Nazis umgehend mit einem inoffiziellen Ausstellungsverbot belegt und ihrer Lehrämter enthoben. Ungeachtet aller Restriktionen setzt Kollwitz die Arbeit an ihrem umfangreichen Werk fort, von dem vor allem die sensiblen Kohlezeichnungen, oft mit dem Motiv Mutter und Kind, bis heute hohen Bekanntheitsgrad genießen. Die Mutter zweier Söhne macht aus ihrer Zuneigung zum eigenen Geschlecht nie einen Hehl: „Mitunter waren es Frauen, die ich liebte. [...] dass, wenn auch die Hinneigung zum männlichen Geschlecht die vorherrschende war, ich doch wiederholt auch eine Hinneigung zum eigenen Geschlecht empfunden habe, die ich mir meist erst später richtig zu deuten verstand. Ich glaube auch, dass Bisexualität für künstlerisches Tun fast notwendige Grundlage ist."

- *Ich will wirken in dieser Zeit*, 1962; *Ich sah die Welt mit liebevollen Blicken. Ein Leben in Selbstzeugnissen*, 1968
- Otto Nagel: *Käthe Kollwitz*, 1963

Koltès, Bernard Marie
französischer Dramatiker
19.4.1948 Metz – 15.4.1989 Paris

Regieausbildung an der École du Théâtre National de Strasbourg, danach arbeitet er als Regisseur und Autor für Theater und den Rundfunk. Gleich sein erstes Hörspiel (*L'heritage*, 1972, dt. *Die Erbschaft*) wird von France Culture mit Maria Casarès produziert. Ab 1973 lebt Koltès in Paris, unterbrochen lediglich durch längere Aufenthalte in Afrika und Lateinamerika, die – neben dem Film – seine Stücke entscheidend prägen. Sein erstes produziertes Stück ist *La nuit juste avant les forêts* (1976, dt. *Die Nacht kurz vor den Wäldern*), das in Paris uraufgeführt wird. Seine international steile Karriere als Dramatiker hängt unmittelbar mit seinem Freund, dem Regisseur ☞Patrice Chéreau, zusammen, der einige seiner Stücke inszeniert, z.T. sogar uraufführt: *Combat de nègre et de chiens* (1979, dt. *Kampf des Negers und der Hunde*), *Dans la solitude des champs de coton* (1987, dt. *In der Einsamkeit der Baumwollfelder*) und dadurch bekannt macht. Die Dramen leben maßgeblich durch ihre Sprachgewalt. Wie auch in seinen beiden aus dem Nachlass veröffentlichten mehr genialischen denn tatsächlich literarisch überzeugenden Romanen *La fuite a cheval très loin dans la ville* (1984, dt. *Flucht zu Pferd bis ans Ende der Stadt*) und *Prologue* (1991) herrscht in den Stücken eine fast gänzlich von Männern dominierte, raue und mitunter mythisch durchtränkte Welt. Die bisweilen homoerotisch aufgeladenen Handlungen selbst sind spärlich, eher fragmentarisch, die Personen bleiben geheimnisvoll und rätselhaft. Sein letztes Stück *Roberto Zucco*, 1990 uraufgeführt von Peter Stein an der Schaubühne Berlin, basiert auf der realen Gestalt eines französischen Mörders. Das Interesse für diesen Stoff wird bei Koltès durch Fotos ausgelöst, die den Mörder nach einem Ausbruchsversuch nur noch mit einem Slip bekleidet auf dem Dach des Gefängnisses zeigen. Koltès stirbt an den Folgen von Aids.

- *Tabataba*, 1986; *Le retour au désert*, 1988 (dt. *Rückkehr in die Wüste*)

Kowalewskaja, Sofia
russische Mathematikerin und Schriftstellerin
15.1.1850 Moskau – 10.2.1891 Stockholm

Kowalewskaja, die als Kind und junges Mädchen aufgrund ihres Geschlechts von mehreren Schulen abgewiesen wird, bevor sie eine ihrer Hochbegabung adäquate Ausbildung erhält, heiratet 1868, um einen Pass zu bekommen. Danach studiert sie in Berlin und Göttingen, wo sie 1884 promoviert. Kurz danach beginnt sie an der Stockholmer Universität zu unterrichten und wird fünf Jahre später als eine der ersten Frauen im mathematisch-naturwissenschaftlichen Bereich zur Professorin berufen. Zu dieser Zeit hatte sie bereits mit ihrer bahnbrechenden Arbeit am „Caucy-Kowalewskaja-Lehrsatz der Differentialgleichung" internationales Ansehen erlangt. Für ihr Werk erhält Kowalewskaja zahlreiche Auszeichnungen, u.a. den von der Französischen Akademie für herausragende Leistungen auf dem Gebiet der Mathematik verliehenen Prix Bordin im Jahre 1888. Auch auf literarischem Gebiet macht sie sich einen Namen: Unter dem Pseudonym Tanja Rerevski veröffentlicht sie eine Reihe in Russland sehr populärer Erzählungen; gemeinsam mit ihrer späteren Geliebten, der Herzogin von Cajanello, schreibt sie mehrere Romane.

- *Jugenderinnerungen*, 1897/1968
- Anna Maria Stuby: *„Sofia Kowaleskaja: Prinzessin der Naturwissenschaften. Ein Beitrag zur Entheroisierung"* In: *Feministische Studien*, 1/1985

Kowalski, Jochen
deutscher Opern- und Konzertsänger
30.1.1954 Wachow/Mark Brandenburg

Der Fleischermeistersohn arbeitet bereits direkt nach seinem Abitur bei der Deutschen Staatsoper Berlin, jedoch zunächst nur als Requisiteur. Studium an der Berliner Musikhochschule Hanns Eisler 1977-83. Seit 1981 arbeitet er mit der Gesangspädagogin Marianne Fischer-Kupfer, die seine Begabung für das Altfach entdeckt und fördert. Ihr Ehemann, der Regisseur Harry Kupfer, setzt Kowalski noch während der Studienzeit in den *Meistersingern von Nürnberg* ein. 1983 Debüt als Ensemblemitglied an der Komischen Oper Berlin. Den internationalen Durchbruch erzielt er mit der Titelpartie in Händels *Giustino* (1984). Es folgen Gastspiele in Wien, London, Amsterdam, Salzburg und Madrid. Ist er zu Beginn seiner Karriere noch in der Lage, zwischen Tenor- und Alt-Register zu wechseln, ist die Zweitstimme des Tenors inzwischen gänzlich verschwunden. Anders als sein sängerisches Vorbild Fritz Wunderlich erreicht Kowalski jedoch seine Stimmlage nicht durch Falsettieren, sondern es ist seine Naturstimme. Daher lehnt er eigentlich die Bezeichnung Countertenor für sich ab. Derzeit gibt es in Deutschland keinen Opernsänger mit vergleichbarer Stimmlage. Neben Rollen in diversen Barockopern (wo Kowalski ursprünglich für Kastraten geschriebene Partien singt), versucht er immer wieder mit Ausflügen in den Bereich der Salonmusik und der Berliner Chansons die musikalischen Grenzen zu sprengen.

Kozin, Vadim
russischer Sänger
3.4.1903 Moskau – 1994

Bis zum 1. Mai 1944 ist Vadim Kozin einer der bekanntesten Sänger der Sowjetunion und zudem offen schwul; ein Frauenschwarm, der vor allem mit melancholischen Liebesliedern zum Star geworden und zusammen mit ☞Marlene Dietrich und ☞Maurice Chevalier aufgetreten war. Der gefeierte Künstler wird aber an jenem 1. Mai 1944 von höchster Stelle zum „Feind des Volkes" erklärt, in seiner Heimatstadt Moskau verhaftet und in das Arbeitslager Magadan verschleppt. Der Grund ist nicht eindeutig gesichert. Wahrscheinlich ist Kozin in Ungnade gefallen, weil er sich kurz zuvor geweigert hatte, ein Stalin verherrlichendes Lied aufzuführen. Vielleicht aber hat auch Kozins Homosexualität eine Rolle gespielt, die ab 1933 in der Sowjetunion kriminalisiert ist. Erst 1956 kommt Kozin aus dem Lager wieder frei, bleibt aber weiterhin verbannt. Bis zu seinem Tod bemüht er sich um Rehabilitation und um eine Rückkehr nach Moskau – erfolglos. Der Chansonnier stirbt verarmt und vergessen. ☞Marc Almond erinnert auf seinem Album *Heart on Snow* (2003) an den Dissidenten, indem er mit *Always and Everywhere (I Will Follow You)* eine englische Version eines Kozin-Liedes aufnimmt.

Kramer, Larry
US-amerikanischer Dramatiker und Aids-Aktivist
25.6.1935 Bridgeport/Connecticut

Bachelor of Arts-Abschluss in Yale 1957. Zunächst als Filmautor und -produzent für die William Morris Agency und Columbia Pictures tätig. Eines seiner ersten Drehbücher, die Filmadaption von D.H. Lawrences *Women in Love* (1969), die er auch selbst produziert, wird für den Oscar nominiert. 1978 erscheint sein erster Roman *Faggots*, ein satirischer Blick auf das sexdominierte promiske Leben in Manhattan und auf Fire Island der 70er Jahre. Das Buch wird ein Verkaufserfolg und auch von der allgemeinen Presse sehr positiv wahrgenommen. Mit Beginn der Aids-Krise wird Kramer zu einer der treibenden Kräfte der Aids-Bewegung. 1981 zusammen u.a. mit ☞Edmund White Mitbegründer der weltweit ersten Aidshilfe-Organisation Gay Men's Health Crisis (GMHC) und 1988 von ACT UP (Aids Coalition to Unleash Power). Offensiv und energisch prangert Kramer das promiske Sexleben der Schwulen an und fordert eine konsequente Schließung aller Saunen und Darkrooms als mögliche Infektionsorte. Infolge dieser grundlegenden Auseinandersetzung wird Kramer von der GMHC ausgeschlossen. Sein erstes, mehrfach ausgezeichnetes Theaterstück *The Normal Heart*

(1985), entstanden aus seiner eigenen Betroffenheit als HIV-Positiver und als Reflex auf seine Aids- und schwulenpolitische Arbeit, beschreibt die politischen Erfahrungen in den ersten Jahren der Krankheit. Es wird mit über 600 Produktionen ein internationaler Erfolg. Die mit Barbra Streisand (Regie und Produktion) lange vorbereitete Verfilmung wird 1996 endgültig von ihr abgesagt. Direkt an *The Normal Heart* knüpft das Stück *The Destiny of Me* (1992) an, eine eher persönliche Auseinandersetzung mit dem Leben mit Aids. Seine Erfahrungen schildert er in Form einer polemisch-politischen Streitschrift in *Reports from the Holocaust: The Making of an Aids Activist* (1989). 1995 zieht er sich von seiner politischen Arbeit zurück. Er lebt in New York mit seinem Lebensgefährten, dem Architekten David Webster.

Kraushaar, Elmar

deutscher Journalist und Publizist
11.8.1950 Niederurff/Nordhessen

Studium der Germanistik und Romanistik (Magisterabschluss mit einer Arbeit über ☞Klaus Mann). 1977 gibt Kraushaar im Verlag rosa Winkel die Anthologie *Schwule Lyrik – Schwule Prosa* mit Texten junger deutscher Autoren heraus; es ist die erste Sammlung dieser Art der neuen deutschen Schwulenbewegung. Ab 1978 gehört Kraushaar für einige Zeit dem Kollektiv des Verlags an und arbeitet auch als Mitglied des Kollektivs des Berliner Lokals Schwarzes Café, wo er ☞Matthias Frings kennen lernt. Mit ihm gemeinsam entsteht *Männer. Liebe. Ein Handbuch für Schwule und alle, die es werden wollen* (1982). Im Jahr darauf folgt ein weiteres gemeinsames Buch, *Heiße Jahre*, ein Lesebuch zur Pubertät. Als Alleinautor veröffentlicht Kraushaar u.a. *Rote Lippen* über den deutschen Schlager (1983), *Schwule Listen* (1994), *Der Mann von nebenan. Schwule Männer, schwules Leben* (1997), als Herausgeber *Hundert Jahre schwul (1997). Seit Gründung der tageszeitung* 1979 schreibt Kraushaar dort vor allem über schwule Themen und Schlager. 1986 wird Kraushaar der erste bezahlte Redakteur der Berliner Schwulenzeitschrift *Siegessäule*; zuvor hatte er bereits als Autor für die *Schwuchtel* und die *Berliner Schwulenzeitung* gearbeitet, Von 1987 bis 1990 ist er Chef vom Dienst der *tageszeitung*, ab 1990 Reporter und Nachrichtenredakteur von RIAS TV Berlin (ab 1992 Deutsche Welle TV). 2004 erscheint mit *Der homosexuelle Mann* ... eine Sammlung mit Glossen, die zwischen 1985 und 2003 in der *Siegessäule*, der *taz* und *magnus* erschienen sind.

Kröhnke, Friedrich

deutscher Schriftsteller
12.3.1956 Darmstadt

Kröhnke, Sohn eines Apothekers und einer Schriftstellerin, wird 1972 zusammen mit seinem Zwillingsbruder wegen „Rädelsführung" bei Schülerunruhen des Gymnasiums verwiesen. Nach dem Abitur Studium der Geschichte, Romanistik und Germanistik in Köln und Bochum, Promotion 1981. Von 1982 bis 1984 ist er mit zwei Brüdern Herausgeber der Literaturzeitschrift *Wanderbühne*. Zeitweilig arbeitet er als wissenschaftlicher Angestellter in Köln. Die Erfahrungen dort schlagen sich im Roman *Was gibt es heute bei der Polizei?* (1989) nieder. Obsessives Suchen und Finden junger Burschen ist die Triebfeder seines Lebens und Schreibens. Er erfährt die Dinge der Welt gruppiert um diese Suche: das geteilte und wiedervereinigte Berlin (wie in der *Emil und die Detektive*-Variation *Grundeis*, 1990 und der Ost-West-Liebesgeschichte *P 14*), Asien, Schwimmbäder (*Aqualand*, 1996), Flughäfen, Bahnhöfe und Polizeiwachen. 1999 erscheint sein autobiografischer Roman *Die Attersee-Krankheit*.

- *Ratten-Roman*, 1986; *Knabenkönig mit halber Stelle*. Erzählungen, 1988; *Dieser Berliner Sommer*. Erzählungen, 1994; *Murnau*, 2001; *Ciao Vaschek*, 2003

Kroymann, Maren

deutsche Schauspielerin, Sängerin und Kabarettistin
19.7.1950 Walsrode

Der Zeitpunkt ist günstig gewählt: Im September 1993, die Serie *O Gott, Herr Pfarrer* (mit ihr als Pfarrersgattin Claudia Wiegandt) hat sie einem breiten Fernsehpublikum bekannt gemacht, outet sich Maren Kroymann gemeinsam mit ihrer damaligen Lebensgefährtin, der Schauspielerin ☞Susanne Evers, im *Stern*: „Weil die, die es sich leisten können, es tun sollten, damit es alltäglich, normal wird." Die unbestritten attraktivste Lesbe im deutschen Show-Biz kann es sich leisten, auch wenn es seit ihrem öffentlichen Bekenntnis zunehmend schwieriger für die temperamentvolle Rotblonde mit dem Hang zum „Para-Seriösen" (Kroymann über Kroymann) wird, differenzierte und anspruchsvolle Rollen zu bekommen. Die Tochter aus besserem Hause, aufgewachsen im schwäbischen Tübingen, ist eine Frau der leisen, ironischen Töne, die es allerdings auch glänzend versteht, in den Kabarettsendungen *Nachtschwester Kroymann* und *Nachschlag* den Leuten mit Schmackes auf die Füße zu treten. Vielleicht oder gerade deshalb liegt ihr das gemischt-geschlechtliche Publikum im wahrsten Sinne zu Füßen: bei ihrem Soloprogramm *Auf du und du mit dem Stöckelschuh* genauso wie bei ihrem Auftritt als Moderatorin bei lesbisch-schwulen Veranstaltungen. 2000 kehrt sie mit ihrem Soloprogramm *Gebrauchte Lieder* zurück auf die Theaterbühne. Ab 2001 spielt sie eine Hauptrolle in der TV-Serie *Mein Leben und ich*. 2000 erhält Maren Kroymann den Berliner Frauenpreis.

Krupp, Friedrich Alfred

deutscher Großindustrieller
17.2.1854 Essen – 22.11.1902 ebd.

Von klein auf leidet der Sohn des Firmengründers Alfred Krupp an Asthma und Gelenkrheumatismus. Der schwächliche und kränkliche Nachkomme scheint das genaue Gegenteil des tatkräftigen Betreibers des wohl wichtigsten deutschen Stahlunternehmens zu sein. Der Firmenslogan „Hart wie Kruppstahl" will auf den Sohn nicht wirklich passen. Ein wissenschaftliches Universitätsstudium, das Krupp sich leidenschaftlich wünscht, wird ihm verboten. Stattdessen soll er die Papiere des Vaters durcharbeiten, das bereite ihn viel mehr darauf vor, später den Konzern zu übernehmen. Als es dann endlich soweit ist, überrascht er mit bis dahin kaum erahntem wirtschaftlichen Geschick. Er baut die Firma zur weltweit größten Stahlfabrik seiner Zeit auf. 42.000 seiner Angestellten und Arbeiter sind in den 1890er Jahren an der Aufrüstung Deutschlands beteiligt. Krupp beliefert Freund und Feind mit immer besseren Panzerplatten und perfektioniert zugleich die Waffen zu ihrer Zerstörung. Auf Wunsch des Kaisers Wilhelm II., mit dem er engen Kontakt pflegt, wird Krupp von 1893 bis 1898 fraktionsloser Abgeordneter im Reichstag, ohne sich dort jemals zu Wort zu melden. Auch im Familiären erfüllt er alle Erwartungen: Er heiratet Margarethe von Ende und wird Vater zweier Kinder. Immer wieder entflieht er aber dieser Welt in Richtung Neapel und Capri, um dort zum einen die Lebewesen der Tiefsee zu erkunden – er fördert deshalb auch großzügig das Meeresforschungsinstitut in Neapel, geht mit seinen Yachten *Maja* und *Puritan* selber auf Forschungsfahrt und entdeckt dabei 27 Arten unbekannter Meereswürmer. Zum anderen hat er sich, abgelegen an der südlichen Steilküste Capris, eine Villa im neogotischen Stil erbauen lassen, wo er ungestört seinen homosexuellen Neigungen nachgehen kann. Als sich in Deutschland Gerüchte verbreiten, Deutschlands mächtigster und reichster Industrieller feiere auf der Insel Orgien mit einheimischen Jünglingen, ist der Skandal perfekt. Zunächst schreibt im Oktober 1902 die Neapler Zeitung *La Propaganda* über Alfred Friedrich Krupps Vorliebe für Jünglinge. Kurz darauf erscheinen in der französischen, englischen und US-amerikanischen Presse Meldungen, die italienische Regierung habe Krupp aufgefordert, Capri zu verlassen. Obwohl diese Behauptungen widerrufen werden, sorgen sie in Deutschland für Verwirrung. Als die durch anonyme Briefe verstörte Ehefrau Kaiser Wilhelm II. um Rat fragt, ist dieser mit der Situation völlig überfordert und befiehlt Krupp, die Ehefrau in eine Nervenheilanstalt einzuweisen, was dieser auch prompt erledigt. Am 15. November 1902 wagt die sozialdemokratische Zeitung *Vorwärts* die Behauptung: „Herr Krupp huldigte mit den jungen Männern der Insel dem homosexuellen Verkehr". Die Pressekampagne ist nicht mehr aufzuhalten. Krupps Bitte um Audienz wird vom Kaiser nicht erfüllt. Tags darauf wird Krupp tot aufgefunden. Die offizielle Todesursache lautet Gehirnschlag, vermutet wird jedoch, dass es sich um einen Freitod handelt. Eine Obduktion der Leiche findet nicht statt.

- Hanns-Bruno Kammertöns: *Der letzte Krupp. Arndt von Bohlen und Halbach. Das Ende einer Dynastie*, 2001

Kuehl, Sheila James

US-amerikanische Schauspielerin und Politikerin
9.9.1941 Tulsa/Oklahoma

Die junge vielversprechende Schauspielerin steht Mitte der 50er Jahre am Beginn einer glanzvollen Karriere: Ihr überwältigender Erfolg als Zelda in der US-amerikanischen *Dobie Gillis Show* hatte die Produzenten bereits zur Entwicklung einer eigens für sie geschriebenen Serie inspiriert, da wird offenbar, was nicht sein darf: Zelda ist lesbisch und leugnet es nicht! Kuehl, deren schauspielerische Laufbahn damit beendet ist, nimmt die Herausforderung an und geht in die Politik. Mit beachtlichem Erfolg – 1994 wird sie als erste offen lesbische Abgeordnete in das kalifornische Parlament gewählt: „Ein Platz am Tisch – einfach präsent zu sein – wird die Verhältnisse verändern."

Kühnen, Michael

deutscher Neonazi
21.6.1955 – 25.4.1991 Kassel

Kühnen, einziges Kind wohlhabender Eltern, studiert nach Besuch einer Klosterschule an der Bundeswehrhochschule. 1977 muss er jedoch wegen seiner Aktivitäten in der NPD den Dienst quittieren. In Hamburg gründet er die *Aktionsfront Nationaler Sozialisten (ANS)*, eine der ersten offen rechtsextremistisch auftretenden Gruppen zu dieser Zeit. 1979 wird er zum ersten Male wegen Aufstachelung zum Rassenhass und wegen Gewaltverherrlichung vor Gericht gestellt und zu einer vierjährigen Freiheitsstrafe verurteilt. Insgesamt laufen zu diesem Zeitpunkt bereits annähernd 20 Ermittlungsverfahren gegen ihn. 1985 wird der selbsternannte „Führer der Bewegung" erneut wegen neonazistischer Hetze verurteilt. Er entwickelt sich jedoch damit zu einem Idol und Helden der Neonazi-Szene, der die zahlreichen, versprengten Gruppen unter dem Dach der neuen Organisation ANS/NA, einer Zusammenlegung der *Aktionsfront Nationaler Sozialisten* und *Nationale Aktivisten*, zu bündeln versteht. So tritt er beispielsweise 1989 als Wahlkampfleiter der *Nationalen Sammlung* im hessischen Langen an, um aus der Kleinstadt die „erste ausländerfreie Stadt Deutschlands" zu machen. Im September 1986 tritt Kühnen „aus dem aktiven politischen Kampf" zurück, nachdem sich innerhalb seiner Organisation antihomosexuelle Stimmen verstärkt hatten. Von einem befreundeten, ebenfalls schwulen Nationalsozialisten, Michel Caignet, lässt er von Paris aus seine 60seitige Schrift *Nationalsozialismus und Homosexualität* verbreiten, in der er zu dem Schluss kommt, dass die (männliche) Homosexualität „weit davon entfernt ist, eine perverse Entartung zu sein – tatsächlich erst die Kultur- und Staatswerdung der Gattung Mensch ermöglicht". Gewidmet ist die Schrift „dem Blutzeugen unserer Bewegung Johannes Bügner". Dieser war im Mai 1981 im Rahmen einer Hetzkampagne gegen „verdächtige Kameraden" wegen seines Schwulseins ermordet worden. 1989 übernimmt Kühnen noch einmal uneingeschränkt die Führungsposition der FAP und sucht vor allem in der ehemaligen DDR nach neuen Anhängern. 1990 gründet er in Bremen eine neue Organisation, die „Deutsche Alternative", als bundesweite Partei. Im April 1991 wird er in Thüringen vorübergehend festgenommen, weil er ein Auto ohne die nötige Pflichtversicherung gefahren hatte. Nach seiner Überstellung in die Justizvollzugsanstalt Kassel wird der Haftbefehl aufgrund des fortgeschrittenen Stadiums seiner Aids-Erkrankung aufgehoben, der er zwei Wochen danach erliegt.

Kushner, Tony
US-amerikanischer Dramatiker
16.7.1956 Manhattan/New York

Der in Lake Charles/Louisiana aufgewachsene Kushner studiert an der Columbia und der New York University und wird Mitarbeiter der Zeitschrift *American Theatre*. Sein erstes Stück *A Bright Room Called Day*, in dem er Parallelen zwischen Ronald Reagan und Adolf Hitler zieht, kommt 1984 nach Reagans Wiederwahl zur Uraufführung (dt. Erstaufführung 1997). Es folgen Adaptionen u.a. von Corneilles *Illusions* und Goethes *Stella*. Im Mai 1991 wird am Eureka Theatre in San Francisco *Angels in America. Part One: The Millenium Approaches* (dt. *Engel in Amerika. Teil eins: Die Jahrtausendwende naht*) uraufgeführt. Die beiden Stücke werden 2003 vom US-amerikanischen TV-Sender HBO als sechsstündiges Fernsehereignis verfilmt. 1993 folgt am Walter Kerr Theatre die Broadway-Inszenierung, die mit dem Pulitzer-Preis 1993 und vier Tony Awards ausgezeichnet wird. Sein Breitenerfolg bringt sogar das Modekaufhaus The Gap auf die Idee, ihn als Model für Werbeplakate einzusetzen. Der zweite Teil (*Perestroika*) folgt im November 1993. *Angels in America* wird zu einem weltweiten Erfolg und zählt inzwischen zum Kanon der US-Dramatik: Allein im deutschsprachigen Raum entstehen mehr als 30 Inszenierungen. In *Engel in Amerika*, Untertitel *Schwule Variationen über gesellschaftliche Themen*, verbindet Kushner seine Beschäftigung mit dem jüdischen wie dem mormonischen Glauben mit der politischen Stimmung der Reagan-Ära und der Situation Homosexueller im Zeitalter von Aids. Der Stoff wird 2003 als TV-Dreiteiler adaptiert. 1995 wird *Slawen!* uraufgeführt, eine Szenenfolge über Korruption, Umweltverseuchung und den Niedergang des Sozialismus. In *Homebody/Kabul* (2002) setzt er sich mit Afghanistan auseinander. 2004 entsteht das Musical *Caroline, or Change*, zu dem Jeanine Tesori die Musik liefert.

- *Thinking about the Longstanding Problems of Virtue and Happiness*, 1995; *Brundibar*, 2003; *Wrestling with Zion: Progressive Jewish-American Responses to the Israeli-Palestinian Conflict*, 2003; *Save Your Democratic Citizen Soul!*, 2003

- James Fisher: *The Theatre of Tony Kushner. Living Past Hope*, 2002; Robert Vorlicky (ed.): *Tony Kushner in Conversation*, 2003

Kuzmin, Michail (eigentlich Mikhail Alekseyevich Kuzmin)
russischer Schriftsteller und Komponist
18.10.1875 (n.a.A. 1872) Saratov – 1.3.1936 Leningrad

Kuzmin ist nicht nur eine der wichtigsten Figuren der homosexuellen Literatur Russlands, von ihm stammt auch der vermutlich erste schwule Roman in russischer Sprache, *Kril'ya* (1906, dt. *Flügel*), über die Liebe eines jungen Mannes aus der Provinz zu einem älteren Städter, die erst bei einem zufälligen Wiedersehen auf einer Reise ihre Erfüllung findet. Kuzmins Roman wird heftig angegriffen, Leo Trotzki bezeichnet ihn als „dekadent, bourgeois und für die sowjetische Gesellschaft unnütz". Ab 1891 studiert Kuzmin zunächst zusammen mit Nikolai Rimsky-Korsakov im St. Petersburger Konservatorium Musik und schließt das auf sieben Jahre angelegte Studium bereits innerhalb von drei Jahren ab. Parallel dazu lernt er fließend deutsch und italienisch. Mehr und mehr wendet er sich nun der Literatur zu. Zu seinem Werk gehören neben symbolistischen Gedichten Prosa und eine Reihe von Theaterstücken, u.a. das schwule Drama *Istoriia rytsaria d'Alessio* (1905). Seine erste Liebe noch zu Schulzeiten ist ein Freund seiner Kindheit, ☞Georgi Vasilyevich Chicherin, der wie er selbst die eigene Homosexualität sehr früh akzeptiert. 1904 führt ihn Chicherin in den stark von Schwulen und Dandys besuchten Künstlerkreis um Sergei Diaghilew ein. Chicherin wird 1918 von Lenin zum Außenminister ernannt. Kuzmins späterer Geliebter Vsevulod Knjazew erschießt sich 1913. Im gleichen Jahr lernt er jedoch bereits seinen neuen Lebensgefährten, den litauischen Schriftsteller Jurij Jurkun, kennen. Das Glück dieser Beziehung, die bis zu Kuzmins Tod hält, ist Thema seines Gedichtzyklusses *Nacht und Gespräch* (1914). Zwei Jahre leben sie zusammen im Haus von Jurkuns Mutter, zeitweilig zusammen mit Jurkuns Ehefrau Olga Arbenina. Kuzmin stirbt 1936 61-jährig und entgeht damit einer zu erwartenden Verhaftung und Verschleppung in ein sibirisches Arbeitslager, wie es vielen anderen sowjetischen Homosexuellen zu dieser Zeit geschieht. So auch Jurij Jurkun. Die erste offizielle Homosexuellenorganisation in Russland benennt sich 1991 nach Kuzmins Roman *Kril'ya*.

- John E. Malmstad/Nikolay A. Bogomolov: *Mikhail Kuzmin: A Life in Art*, 1999

L

Lagerfeld, Karl

deutscher Modemacher
10.9.1938 (n.a.A. 1933) Hamburg

Lagerfeld, Sohn eines Hamburger Fabrikanten (der u.a. die *Glücksklee*-Dosenmilch herstellt), zählt zu den erfolgreichsten und produktivsten Designern unserer Zeit. Er produziert für jede Saison bis zu zehn Kollektionen, u.a. Pelze für Fendi, Haute Couture für Chanel. Seit 1996 auch für das Versandkaufhaus Quelle; daneben gestaltet er Schuhe, Unterwäsche, Porzellan, Uhren, Brillen, Accessoires, Bühnenkostüme, Stoffe und Tapeten, illustriert Bücher und betätigt sich als Innenausstatter (u.a. Hotel Vier Jahreszeiten Berlin-Grunewald). Er kreiert eigene Parfümdüfte für ☞Elizabeth Arden, u.a. „Cloé", „Lagerfeld" und „Photo". Für letzteres werden ihm 1990 vier Mode-Oscars verliehen: für das beste Produkt, beste Lancierung, beste Werbung, besten TV-Spot. Das Parfüm wird 1989 gleichzeitig mit seiner ersten Fotoausstellung präsentiert. Der erste Fotoband (*Karl Lagerfeld, Fotograf*) ist zugleich eine Hommage an seinen langjährigen Lebensgefährten Jacques de Bascher, der 1989 38-jährig an den Folgen von Aids verstirbt. Das erste Foto des Bandes zeigt ihn und trägt den Titel *Sic fuit*, frei nach Ovid, „So stand es im Buch des Schicksals"; das letzte Bild ist ein Selbstporträt Lagerfelds. Danach folgen inszenierte Fotoromane mit prominenten Starmodels, u.a. *Claudia Schiffer* (1995), *Off the Record* (1994), *Faust* (1996), *Escape from Circumstances* (2000) und *Big Nudes* (2004). Seit den 80er Jahren Aufstieg zum redseligen, umtriebigen Medienstar mit unverwechselbarem Outfit (Lagerfeld-Zopf, Armani-Anzüge und – wegen seiner Kurzsichtigkeit – Sonnenbrille sowie Fächer).
1954 als 16-Jähriger erster Preis für eine Mantelskizze beim Wettbewerb des Internationalen Wollsekretariats. Fünf Jahre Art-Director bei Jean Patou, 1963 bis 1983 Chefdesigner bei Cloé und ab 1965 auch bei Fendi. Er übernimmt 1983 die Leitung des Hauses Chanel und führt es binnen weniger Jahre wieder zu Weltruhm. Ab 1984 erste Kollektionen unter eigenem Namen, seit 1988 eine eigene Kaufhauslinie, „KL by Lagerfeld", im Auftrag des deutschen Textilgiganten Klaus Steilmann, die inzwischen weltweit vermarktet wird. Entdecker und Förderer zahlreicher Models, u.a. von Claudia Schiffer und Nadja Auermann. Wohnsitze u.a. in Hamburg, Paris, Monte Carlo. Er lebt seit vielen Jahren nach eigener Auskunft asexuell. Nach einer Radikal-Abspeckkur veröffentlicht er 2002 das Buch *Die 3D-Diät*. 2003 enthüllt die *Bild am Sonntag*, dass sich Lagerfeld offiziell fünf Jahre jünger gemacht habe. Das kirchliche Taufregister Hamburg verzeichnet den 10. September 1933 und nicht 1938 als Geburtsdatum.

- mit Anna Piaggi: *A Fashion Journal*, 1986

Lagerlöf, Selma Ottilia Lovisa

schwedische Schriftstellerin
20.11.1858 Gut Mårbacka/Värmland – 16.3.1940 ebd.

Gleich ihr Romanerstling ist ein überwältigender literarischer Erfolg: *Gösta Berlings saga* (1891, dt. *Gösta Berling*) erzählt von der Welt des Eisenhandels, der Holzwirtschaft und der Herrenhöfe im schwedischen Värmland – einer Gegend, in der Lagerlöf selbst aufwächst. Nachdem sie als Lehrerin in verschiedenen Orten Schwedens tätig gewesen war und ausgedehnte Reisen in den Orient unternommen hatte, kauft sie 1909 das verschuldete väterliche Gut zurück – im gleichen Jahr, in dem sie als erste Frau den Nobelpreis für Literatur erhält. Weltruhm erlangte Lagerlöf, die 1914 als erstes weibliches Mitglied an die schwedische Akademie berufen wird, bereits einige Jahre zuvor mit ihrem Erzählband *Kristuslegender* (1904, dt. *Christuslegenden*) und dem Kinderbuch *Nils Holgerssons underbara resa genom sverige* (1906, dt. *Die wunderbare Reise des kleinen Nils Holgersson*), das in 30 Sprachen übersetzt wird. Lagerlöfs umfangreiches Werk durchzieht eine originäre Mischung aus trockenem Humor und einer tiefen Sehnsucht nach Glück und Idyll. Weniger bekannt als ihre Werke ist Lagerlöfs jahrzehntelange Lebensgemeinschaft mit der noch weniger bekannten Autorin Sophie Elkan. Lagerlöf engagiert sich für das Frauenwahlrecht und plädiert für bessere Arbeitsmöglichkeiten von Frauen. Im Ersten Weltkrieg setzt sie sich für Flüchtlingskinder ein. Das Angebot, sich als Abgeordnete des schwedischen Parlaments zur Wahl zu stellen, lehnt sie jedoch zweimal ab.

Lambert, Lothar

deutscher Filmemacher und Maler
24.7.1944 Rudolstadt/Thüringen

Lambert kommt während einer Kriegsevakuierung bei Verwandten in Thüringen auf die Welt; als er drei Jahre alt ist, zieht die Familie nach West-Berlin. Er studiert Publizistik, Theaterwissenschaft und Germanistik, experimentiert bereits früh mit Super8-Filmen und setzt beispielsweise seine Lieblingsschlager in Musikclips um. Nach dem Hochschulabschluss volontiert er bei der *Segeberger Zeitung*, kehrt nach Berlin zurück und wird Mitarbeiter der Tageszeitung *Der Abend*, später arbeitet er als Filmkritiker unter diversen Pseudonymen für eine ganze Reihe Berliner Medien. Zunächst in Co-Regie entstehen die ersten Filme. Sämtlich mit Laiendarstellern aus dem Freundeskreis besetzt, mit wenig Etat realisiert, erzählt er darin komisch-tragische Geschichten von Lust und Frust der „kleinen Leute von nebenan", die die gesellschaftlich gesetzten sexuellen Grenzen ignorieren. Die Besetzungslisten, zumal der früheren Arbeiten, lesen sich wie ein Who's Who des Undergrounds. U.a. haben ☞Rainer Werner Fassbinder, Brigitte Mira, Jim Jarmusch, Ingrid Caven, Dieter Schidor und ☞Klaus Nomi Gastrollen übernommen. Lambert, der später meist zugleich für Buch, Regie und Schnitt verantwortlich zeichnet, übernimmt zudem auch meist eine Hauptrolle. Häufig sind dies Schwule, Transen oder Transvestiten. Mit zunehmendem Erfolg werden einige Filme vom *NDR* produziert (u.a. *Paso Doble*, 1983; *Gestatten, Bestatter*, 1986). Er spielt auch in Filmen anderer Regisseure (u.a. *Eine Tunte zum Dessert*, 1992 von Dagmar Beiersdorf; *Happy Weekend*, 1996 von Ed Herzog), arbeitet zeitweilig als Regisseur für die Serie *Gute Zeiten, schlechte Zeiten* und präsentiert sich ab den 90er Jahren zudem als Maler.

- Regiearbeiten (Auswahl): *Ex und hopp*, 1972; *1 Berlin-Harlem*, 1974; *Faux Pas de Deux*, 1976; *Tiergarten*, 1979; *Die Alptraumfrau*, 1980; *Drama in Blond*, 1984; *Der sexte Sinn*, 1984; *Die Liebeswüste*, 1986; *Du Elvis, ich Monroe*, 1989; *In Hassliebe Lola*, 1994; *Und Gott erschuf das Make-Up*, 1998; *Verdammt in alle Eitelkeit*, 2000; *Ich bin, Gott sei Dank, beim Film*, 2003

Lamberts van der Schuyr, Hendrickgen
niederländische Soldatin
1614 Amsterdam – ca. 1669 ebd.

Der Fall der Hendrickgen Lamberts van der Schuyr ist dank der ausführlichen Fallstudie des niederländischen Arztes Nicolaas Tulp in seinem *Observationum Medicarum libri tres* (1641) als einer der prominentesten Fälle des Pseudohermaphrodismus in die Medizingeschichte eingegangen. Der 27-Jährigen wird 1641 in Amsterdam der Prozess gemacht. Beschuldigt wird sie, zunächst als Frau, später als Mann verkleidet, Beziehungen zu Frauen unterhalten zu haben. Außerdem soll sie zwei Jahre lang unter dem Statthalter Friedrich Heinrich als Soldat gedient und dann offenbar wieder ausschließlich Frauenkleider getragen haben. Tatsächlich hat sie in einer festen Beziehung zu der 42-jährigen Witwe und Mutter von sechs Kindern, Trijntje Barents, gelebt. Zunächst tragen beide ausschließlich Frauenbekleidung, dann beschließt van der Schuyr, wieder Männerkleidung zu tragen. Beim Verhör bemerkt Barents, dass sich daraufhin die sexuelle Beziehung merklich verbessert habe. Wahrscheinlich aufgrund eines psychologischen Effekts, weil das Verhältnis nun mehr einer „richtigen" homosexuellen Beziehung ist. „Zuweilen wohl zwei- oder dreimal in der Nacht" habe van der Schuyr sie „fleischlich erkannt, … auf die gleiche Weise wie ihr verstorbener Mann, ja manchmal noch heftiger". Tatsächlich wollen Hebammen, die die Angeklagte zu untersuchen hatten, zwischen den Schamlippen beim Blasenausgang ein hartes Teil gefunden haben, das wie ein Penis eines Knaben geformt gewesen und sogar etwas dicker gewesen sei. Bei einer Berührung habe sich dieser „Penis" allerdings sofort zurückgezogen. Weil sie allerdings auch nachweislich menstruiert, schließen Wissenschaftler den Fall testikulärer Feminisierung aus. Das Gericht zumindest sieht sie als Frau und verurteilt sie wegen „Tribadie", also homosexuellem Sexualverkehr zwischen Frauen.

Lampe, Friedo (eigentlich Christian Moritz Friedrich Lampe)
deutscher Schriftsteller
4.12.1899 Bremen – 2.5.1945 Berlin-Klein Machnow

Der Sohn einer wohlhabenden Kaufmannsfamilie studiert Germanistik und Kunstgeschichte in Heidelberg, München und Freiburg und arbeitet nach seiner Promotion als Redakteur bei *Schünemanns Monatsheften* in Bremen. 1931 absolviert er in Stettin eine Ausbildung zum Bibliothekar. Ab 1932 arbeitet er in dem Beruf in Hamburg. Sein existenzialistischer Erstlingsroman *Am Rande der Nacht* wird 1933 nach wenigen Wochen bereits wieder eingestampft. Den Nazis waren vor allem die Szenen zwischen einem homosexuellen Ringer und seinem jüngeren Gegner ein Dorn im Auge. Aber auch Lampes literarischer Stil – beinahe impressionistische Momentaufnahmen einer Nacht im spätsommerlichen Bremen zwischen Hafen und Varieté-Theater – ist mit seinem kühl-distanzierten, melancholischen Blick im Nazi-Deutschland nicht gefragt. 1937 wird sein zweiter Roman *Septembergewitter* veröffentlicht, jedoch zu spät für das Weihnachtsgeschäft und er kann sich deshalb auf dem Buchmarkt nicht behaupten. Seine gerade gedruckte Novellensammlung *Von Tür zu Tür* geht kurz vor der Auslieferung in Leipzig bei einem Bombenangriff in Flammen auf. Lampe, der mit dem Maler Peter Voß zusammenlebt, gibt seinen ursprünglichen Entschluss, Berufsschriftsteller zu werden, bald frustriert auf und arbeitet als Lektor u.a. für den Rowohlt Verlag. Den Krieg überlebt er; wegen eine Gehbehinderung infolge einer Knochentuberkulose muss er nicht an die Front, später aber dann doch zum Volkssturm. Wenige Tage vor Kriegsende wird er bei einer Zivilkontrolle von einer sowjetischen Militärpatrouille als verdächtige Person auf der Stelle erschossen. Abgemagert wie er ist, ähnelt er kaum mehr seinem Passphoto und wird deshalb von den Soldaten für einen flüchtigen SS-Mann mit falschen Papieren gehalten. 1955 wird sein schmales Werk in einer Gesamtausgabe veröffentlicht, *Am Rande der Nacht* erscheint allerdings nur um die schwulen Passagen reduziert. Erst 1999 erscheint eine rekonstruierte vollständige Fassung.

Lane, Nathan (eigentlich Joseph Lane)
US-amerikanischer Schauspieler
3.2.1956 Jersey City/New Jersey

Ob als Michelle Pfeiffers schwuler Freund in *Frankie and Johnny* (1991), als schwuler musicalvernarrter Priester in *Jeffrey* (1995) oder im Fummel in *The Birdcage* (1996) – wenn Nathan Lane im Film schwule Rollen übernimmt, sind sie eher komischer Natur. Seine komödiantische Ader hat ihn zunächst auf der Bühne erfolgreich gemacht – bei Off-Broadway-Produktionen (*Waiting for Godot*, *Measure for Measure*) ebenso wie bei großen Broadway-Musicals wie *Guys and Dolls*, *Fidd-*

ler on the Roof, A Funny Thing Happened on the Way to the Forum und *The Producers*, wofür er einen Tony erhält. Er spielt auch in der Neuverfilmung von *The Producers* (2005). In New York spielt er in den Erstaufführungen von ☞Terrence McNallys schwulen Dramen *Lips Together, Teeth Apart* und *The Lisbon Traviata*. Wird er beim Film zunächst noch in Nebenrollen besetzt (etwa in *Addams Family Values*, 1993), ist er inzwischen in die obere Schauspielerliga aufgestiegen. An der Seite von Bette Midler spielt er in *Isn't She Great* (2000), Hauptrollen hat er außerdem u.a. in *Mouse Hunt* (1997) und Kenneth Branaghs *Love's Labour's Lost* (2000).

- weitere Filme (Auswahl): *Austin Powers in Goldmember*, 2002; *Nicholas Nickelby*, 2002; *Win a Date with Tad Hamilton!*, 2004

lang, k.d. (eigentlich Kathy Dawn Lang)

kanadische Musikerin
2.11.1961 Edmonton

„Elvis is back – she is beautiful!" haucht Madonna Anfang der 90er Jahre verzückt. Deutsche Lesben mit einem Faible für Folk horchen schon Ende der 80er Jahre auf, als k.d.s klare, samtene Stimme im Duett mit Roy Orbison *Crying* aus den Lautsprechern schmachtet. Mit 14 hatte sie ihren ersten Song geschrieben: ein Liebeslied für ihre Lehrerin. Mit dem Album *Absolute Torch and Twang*, für das k.d. lang 1989 den Country-Grammy erhält, und *Ingenue* (1992) schwappt die Begeisterungswelle endgültig nach Europa über. Das 714-Seelendorf Edmonton ist stolz auf ihre berühmteste Einwohnerin: „Home of k.d. lang" stand zeitweilig auf dem Ortsschild, bis einem Farmer der Zorn ausbricht, denn lang hatte sich bei der Tierschutzorganisation PETA für vegetarische Ernährung engagiert: „Eat meat, dyke!" schmiert er daraufhin auf das Schild. k.d. lang bestätigt die hoffnungsvollen Gerüchte über ihre Homosexualität, und unzählige hingerissene Lesben drängeln sich auf ihrer Deutschlandtournee im Herbst 1992, um einen sehnsüchtigen Blick auf die dunkelhaarige, smarte Schönheit zu erhaschen, die im Jahr zuvor schon in Percy Adlons *Salmonberries* auf der Kinoleinwand eine äußerst gute Figur gemacht hatte. Und als k.d. 1993 den Grammy für die beste Pop-Sängerin des Jahres erhält, ist das Glück perkfekt: *Constant Craving*, ihr Mega-Hit, animiert bis heute die Fangemeinde in aller Welt zum meist erfolglosen Nachsingen. k.d. lang, die sich selbst als lesbische Musikerin in der zweiten Generation – nach Meg Christian und Heather Bishop – versteht, pendelt zwischen Vancouver und Los Angeles und bemüht sich, ihre Privatsphäre ein wenig mehr zu wahren, nachdem ihre vermeintliche Beziehung mit ☞Martina Navratilova immer wieder für Schlagzeilen gesorgt hatte. „Ein gutes Album", sagt k.d. über ihre Arbeit, „muss so sein, dass du beim Anhören ficken, kochen, und autofahren kannst. Dann ist es für mich ein gelungenes Album". Auch *All You Can Eat* (1995) ist in dieser Hinsicht gelungen. 1997 veröffentlicht die erklärte Nichtraucherin *Drag*, ein Konzeptalbum über das Rauchen – von *My Last Cigarette* bis *Don't Smoke in Bed*. Sie lebt seit 1995 mit der Musikerin Leisha Hailey, deren Band *The Murmurs* sie auch produziert. 1999 übernimmt sie eine Nebenrolle als FBI-Agentin in *The Eye of the Beholder*.

- CD: *Shadowland*, 1988; *Invincible Summer*, 2000; *Live by Request*, 2001
- Victoria Starr: *k.d. lang – all you get is me*, 1994; William Robertson: *k.d. lang – Carrying the Torch*, 1992; Judy Francesconi: *All Access – A k.d. lang Photography Book*, 1997; Rose Collis: *k.d. lang*, 1998

Laughton, Charles

britisch-amerikanischer Schauspieler
1.7.1899 Scarborough/North Yorkshire – 15.12.1962 Hollywood

Laughton, Sohn eines Hoteliers, erlernt zunächst auch das Hotelgewerbe in London. Als Soldat wird er im Ersten Weltkrieg bei einem deutschen Gasangriff vergiftet. Ab 1918 Arbeit im elterlichen Hotel und erste Auftritte bei Amateur-Theatern. 1925/26 Besuch der Royal Academy of Dramatic Art in London. 1928 Filmdebüt in Kurzfilmen H.G. Wells'. 1929 lernt er die Schauspielerin Elsa Lanchaster kennen, die er später heiratet. 1932 Bühnendebüt am Broadway, daraufhin Vertrag mit der Paramount und ab 1933 erfolgreiche Hollywood-Karriere, mit Filmen wie *The Private Life of Henry VIII.* (1933), *Mutiny on the Bounty* (1935), parallel zur Filmarbeit in England. 1937 gemeinsam mit Erich Pommer Gründung der Filmproduktionsfirma Mayflower Pictures, die allerdings nur drei Filme produziert. 1934 endgültige Übersiedlung in die USA, ab 1950 US-amerikanischer Staatsbürger. *The Night of the Hunter* (1955, dt. *Die Nacht des Jägers*) bleibt sein einziger, künstlerisch sehr erfolgreicher Versuch, ins Regiefach zu wechseln. Erst im zweiten Ehejahr erfährt Laughtons Gattin von seiner Homosexualität, als Laughton von einem ehemaligen Liebhaber erpresst wird. Die Ehe wird aufrechterhalten, das Paar arrangiert sich. Lediglich das Sofa, auf dem Laughton sich heimlich mit Liebhabern vergnügt hatte, will die Gattin aus der Wohung geschafft wissen. Laughton hat regelmäßig langandauernde Beziehungen zu Männern, teilweise mehrere gleichzeitig. 1941 lernt er den Schauspieler David Roberts kennen, mit dem er über 20 Jahre liiert ist und der bei seinem Begräbnis auch einer der Sargträger ist. Die letzten beiden Lebensjahre verbringt Laughton mit dem weitaus jüngeren Geliebten Bruce Ashe, einem Fotomodell, mit dem der passionierte Hobbygärtner Hongkong und Japan bereist. Bereits während der Dreharbeiten zu seinem letzten Film *Advice and Consent* (1962, dt. *Sturm über Washington*) ist ihm und seinem Regisseur Otto Preminger bekannt, dass er an Knochenkrebs leidet, woran er letztlich auch verstirbt. Ein mit ☞Christopher Isherwood als Drehbuchautor geplanter Film über ☞Sokrates wird nicht mehr realisiert.

- weitere Rollen in: *The Hunchback of Notre Dame*, 1939 (dt. *Der Glöckner von Notre Dame*); *The Suspect*, 1944 (dt. *Unter Verdacht*); *The Paradin Case*, 1947; *Witness for the Prosecution*, 1957 (dt. *Zeugin der Anklage*)
- Simon Callow: *Charles Laughton. A Difficult Actor*, 1989; Andreas Miessler: *Charles Laughton – Seine Filme, sein Leben*, 1990

Lawrence, Gertrude
US-amerikanische Schauspielerin
4.7.1898 London – 6.9.1952 New York City

Lawrence ist in den 20er und 30er Jahren einer der ganz großen Stars in Musicals, Theater- und Filmkomödien dies- und jenseits des Atlantiks. Gemeinsam mit ihrer Freundin und Kollegin ☞Beatrice Lillie zieht sie 1924 nach New York, wo sie an der Seite von ☞Noël Coward schnell zu Ruhm gelangt und bald als emsiges Mitglied der prominenten Damenzirkel für Aufruhr unter den New Yorker und Hollywooder Lesben sorgt. Lawrence, die eine Zeitlang mit der Schriftstellerin ☞Daphne Du Maurier liiert ist, heiratet 1940 – eine Ehe, zu der ihre langjährige Gefährtin Lillie lapidar bemerkt: „Armer Richard. Er glaubt, er hat Miss Gertrude Lawrence geheiratet. Bald wird er dahinterkommen, dass es *Myth* Lawrence ist." Einen ihrer größten Erfolge feiert Lawrence in der Filmversion von ☞Tennessee Williams' *The Glass Menagerie* (1950, dt. *Die Glasmenagerie*). Das Leben der extravaganten Schauspielerin wird 1968 unter Verzicht auf jegliche Anspielung auf Lawrences Homosexualität mit Julie Andrews in der Hauptrolle verfilmt (*Star!*).

- *Stage Door Canteen*, 1943 (dt. *Die Kantine zum Bühneneingang*); *A Star Danced – Autobiographie*, 1945

Leavitt, David
US-amerikanischer Schriftsteller
23.6.1961 Pittsburgh/Pennsylvania

Aufgewachsen in Palo Alto, Kalifornien, Studium an der Yale University, New Haven. Er arbeitet zunächst 1983-84 als Lektor im Verlag Viking Penguin, New York. Gleich mit seinen beiden ersten Erzählungen, *Territory* und *Out here*, veröffentlicht im *New Yorker*, macht er auf sich aufmerksam. Sie bilden zusammen mit sieben anderen den Band *Family Dancing* (1984, dt. *Familientanz*), für den er für den PEN/Faulkner Award und den National Book Critics' Circle Award nominiert wird. Sein Roman *The Lost Language of Cranes* (1986, dt. *Die Verlorene Sprache der Kräne*, 1992 verfilmt durch Nigel Finch) wird ein internationaler Erfolg. Auch seine beiden nachfolgenden Veröffentlichungen, der Erzählband *A Place I've Never Been* (1990, dt. *Alt genug, um fremd zu gehen*) und der Roman *Equal Affections* (1989, dt. *Alles was uns fehlt*), verbinden schwule Themen mit jenen der US-amerikanischen Mittelklasse. Die Kritiken sind nun nach der überschwänglichen Begeisterung zu Anfang verhalten und enttäuscht. Ein Drehbuch für ☞John Schlesinger, das Aids-Drama *The Midday Sun*, wird nicht realisiert.
Leavitt verlässt die USA und lebt als Stipendiat der Simon Guggenheim Foundation einige Zeit in Barcelona, danach in Italien. 1993 erscheint der Roman *While England Sleeps*, mit dem er zum ersten Male einen historischen Hintergrund wählt, den spanischen Bürgerkrieg und das Arbeitermilieu im England der 30er Jahre. ☞Stephen Spender klagt wegen Plagiats. Nachweislich hat Leavitt Spenders autobiografische Aufzeichnungen *World Within World* für seinen Roman herangezogen, ohne im Roman darauf hinzuweisen oder um Erlaubnis gefragt zu haben. Der Verlag muss die Auslieferung des Romans stoppen, und Leavitt veröffentlicht eine überarbeitete Ausgabe. 1997 erscheint der Erzählband *Arkansas*; der dort enthaltene Text *The Term Paper Artist*, ein satirisches Selbstporträt des Autors und Abrechnung mit der New Yorker Verlags- und Medienbranche, war als Vorabdruck für das *Esquire* vorgesehen und wird – angeblich aus Rücksicht auf die Anzeigenkunden – kurzfristig vor Drucklegung wieder aus dem Magazin genommen. Leavitt ist lange Zeit mit dem Autor Gary Glickman liiert. Gemeinsam mit seinem Lebensgefährten, dem Autor Mark Mitchell, gibt er 1994 *The Penguin Book of Gay Short Stories* heraus. Ebenfalls gemeinsam entsteht der Essayband *Italian Pleasures* (1996) mit Aufsätzen über das Land, Leben, Leute und Literatur ihrer Wahlheimat Italien. Sie leben in Rom und East Hampton/New York. Eine Biografie ☞E.M. Forsters ist Leavitts seit längerer Zeit größtes Projekt. Leavitt unterrichtet an der University of Florida. Sein Roman *The Page Turner* (1999, dt. *Nachtmusik mit einem Fremden*) wird 2002 von Ventura Pons unter dem Titel *Food of Love* verfilmt.

- *The Page Turner*, 1997; *Pages Passed from Hand to Hand: The Hidden Tradition of Homosexual Literature in English from 1748 to 1914* (mit Mark Mitchell), 1998; *Arkansas*, 1998; *Martin Baumann*, 2001; *The Marble Quilt*, 2001; *Florence: A Delicate Case*, 2002; *The Body of Jonah Boyd*, 2004

LeGallienne, Eva
britische Theaterschauspielerin und Theaterdirektorin
11.1.1899 London – 3.6.1991 Weston/Connecticut

Als Tochter eines britischen Literaturkritikers und einer dänischen Journalistin wächst sie in Paris auf und gibt mit 15 in London ihr Schauspieldebüt. Ein Jahr später kommt sie nach New York, wo sie kurz darauf mit ihrer Hauptrolle in Ferenc Molnàrs Stück *Liliom* zu einer der gefeiertsten Theaterschauspielerinnen aufsteigt. Daneben gründet und leitet sie zwei eigene Theater: 1926 das Civic Repertory Theatre in New York – das erste amerikanische Repertorie-Theater überhaupt –, das sie 1932 nach 30 Produktionen infolge der Weltwirtschaftskrise schließen muss. 1946 gründete sie dann das American Repertory Theatre (ART), ein Tourneetheater. LeGallienne, die jahrelang mit ☞Alla Nazimova und ☞Mercedes de Acosta liiert ist, geht relativ offen mit ihrer Homosexualität um, da sie bis zum Alter von 56 Jahren, als sie erstmalig in einem Film auftritt, nie in die Verlegenheit kommt, im verlogenen Hollywood der 50er Jahre die Geliebte eines Mannes spielen zu müssen. Ronald Reagan verleiht ihr 1986 mit der National Medal of Arts die höchste künstlerische Auszeichnung der USA.

- *Prince of Players*, 1955 (dt. *König der Schauspieler*); *The Devil's Disciple*, 1959 (dt. *Der Teufelsschüler*)

Leibovitz, Annie (eigentlich Anna-Lou Leibovitz)
US-amerikanische Fotografin
2.10.1949 Westbury/Connecticut

Nach ihrem Malereistudium in San Francisco arbeitet Leibovitz von 1973 bis 1983 als Cheffotografin des amerikanischen Musikmagazins *Rolling Stone*, seitdem als Porträtfotografin von *Vanity Fair*. Ihre Prominenten-Porträts, darunter das legendäre Foto des nackten Ex-Beatles John Lennon, wenige Stunden vor seiner Ermordung aufgenommen, machen die in der New Yorker Schwulen- und Lesbenbewegung engagierte Fotografin weltberühmt. 1991 wird ihre Arbeit erstmals in einer Museumsausstellung in der National Portrait Gallery in Washington präsentiert. In Deutschland sind vor allem ihre Werbefotografien für American Express bekannt, die wie ihre sonstigen aufwändig und originell in Szene gesetzten Prominentenporträts ausgefallen inszeniert sind. 1995 wird sie in Hamburg mit einer großen Einzelausstellung gewürdigt. Seit den 70er Jahren lebt sie in einem Penthouse in New Yorker Stadtviertel Chelsea Tür an Tür in einer Beziehung mit der 17 Jahre älteren ☞Susan Sontag. 2001 bringt die 52-Jährige eine Tochter zur Welt. Das Gerücht, der Samenspender sei David Rieff, Sontags leiblicher Sohn, weist sie zurück. „Ich war in einer Samenbank; der Spender ist anonym."

---

de Lempicka, Tamara
polnische Malerin
16.5.1898 Warschau – 18.3.1980 Guernavaca bei Mexico City

Tamara Gorska heiratet mit 20 Jahren den jungen Anwalt und Botschaftsangestellten Tadeusz Laempicki und lebt mit ihm in St. Petersburg. 1918 fliehen sie vor der Russischen Revolution nach Paris. Nach der Geburt ihrer Tochter Kizette nimmt Tamara de Lempicka Malereiunterricht bei Maurice Denis und André Lhote und besucht die Académie de la Grande Chaumière. Ihren künstlerischen Durchbruch erreicht sie im Jahr 1925 in Paris mit ihren Porträts von Mitgliedern der Hautevolee. Angelegt in kalten Farben und vor formal gebrochener Großstadtkulisse kombiniert sie Elemente von Kubismus und Neuer Sachlichkeit zu einem unverwechselbaren Stil und zeigt ein Abbild der mondänen Pariser Welt zwischen den Weltkriegen. In den zum Teil von kunsthistorischen Vorbildern angeregten Kompositionen zeigt de Lempicka oft androgyn wirkende, exhibitionistisch sich präsentierende Personen und schafft so ein neues Frauenbild. Aber auch durch ihr Leben verkörpert de Lempicka ein neues Frauenbild. Sie liebt den Luxus und hat Affären gleichermaßen mit Männern wie mit Frauen, was ihr Ehemann nicht erträgt und ihn 1928 veranlasst, die Scheidung zu beantragen. Eine ihrer ersten lesbischen Affären hat sie mit ihrem wohlhabenden Modell Ira Perrot, die sie zu sich nach Italien einlädt. Dort entdeckt de Lempicka die Malerei von ☞Sandro Botticelli und Antonello da Messina für sich und erkundet die lesbische Szene. Unter anderem wird sie Teil des Zirkels um Violette Trefusis, der Geliebten von ☞Vita Sackville-West und ☞Colette. 1933 beginnt sie eine Affäre mit der Nachtclubsängerin Suzy Solidar, die sich zu einer jahrzehntelang andauernden Freundschaft entwickelt. Nach Kriegsausbruch 1939 emigriert sie mit ihrem zweiten Ehemann Baron Raoul Huffner in die USA und etabliert sich dort erneut als Künstlerin und Mitglied der High Society von Hollywood und New York. Als Domizil suchen sie sich den früheren Wohnsitz des Regisseurs King Vidor in Beverly Hills aus. Erst in den 50er Jahren gerät ihre Art Kunst aus der Mode. Sie versucht sich in neuen Stilen, doch mit geringem Erfolg. In den 70er Jahren wird ihr Frühwerk neu entdeckt und beispielsweise in der Werbung und Popkultur aufgegriffen. Zu den berühmtesten Sammlern der Werke de Lempickas zählen Madonna und Jack Nicholson.

- Laura Claridge: *Tamara de Lempicka. Ein Leben für Dekor und Dekadenz*, 2002.

Lenya, Lotte
(eigentlich Karoline Wilhelmine Charlotte Blamauer)

österreichische Sängerin und Schauspielerin
18.10.1898 Wien – 27.11.1981 New York City

Sie ist die ewige Seeräuber-Jenny. 1928 spielt sie diese Figur in der Uraufführung der *Dreigroschenoper* in Berlin und wird damit über Nacht berühmt. Über ihren Tod hinaus verbindet man ihren Namen stets mit dieser Rolle. Die gebürtige Wienerin, genannt Linnerl, Tochter eines alkoholkranken Fiakers und einer Wäscherin, flieht als 15-Jährige aus dem verarmten Elternhaus und beginnt ihre Bühnenlaufbahn als Tänzerin. Ihre Ballettstunden finanziert sie sich als Näherin in einer Hutfabrik und Prostituierte. Von 1916-20 ist sie als Statistin beim Zürcher Stadttheater engagiert, dann geht sie nach Berlin und arbeitet zunächst als Haushaltshilfe in der Familie des Dramatikers Georg Kaiser. Dort lernt sie 1923 den Komponisten Kurt Weill kennen und heiratet ihn 1925. Die Ehe dauert, unterbrochen durch eine Scheidung und Wiederheirat, bis zu Weills Tod. Doch lässt sich Lotte Lenya durch die Heirat nicht in ihrem nymphomanischen Liebesdrang einschränken. Das Paar hat eine unproblematische Einstellung zum Sex und Lotte Lenya alle Freiheit. Sie hat regelmäßig Affären mit anderen Männern, aber auch mit Frauen. Nach Weills Tod heiratet sie noch dreimal, ausnahmslos Homosexuelle. Weill und Lenya sind ein perfektes Künstlerpaar, sie seine beste Interpretin. Sie spielt nicht nur in seiner *Dreigroschenoper*, sondern auch in *Aufstieg und Fall der Stadt Mahagony* und *Happy End*. 1933 singt sie in Paris seine *Sieben Todsünden*, im gleichen Jahr emigriert das Paar in die USA. Dort fasst sie am Theater Fuß und findet als Schauspielerin und Sängerin ein breites Betätigungsfeld. Nach schwierigen Phasen feiert sie in den 50er Jahren mit *The Threepenny Opera* am Broadway ein spektakuläres Comeback. Sieben Jahre spielt sie en suite wieder die Seeräuber-Jenny.

- *The Ultimate Lotte Lenya Collection* (CDs), 1998
- Donald Spoto: *Die Seeräuber-Jenny. Das bewegte Leben der Lotte Lenya*, 1990; Jens Rosteck: *Zwei auf einer Insel – Lotte Lenya und Kurt Weill*, 1999; Lys Symonette/Kim H. Kowalke (Hg.): *Sprich leise, wenn du Liebe sagst. Der Briefwechsel Kurt Weill – Lotte Lenya*, 2000

Leonard (eigentlich Carlo Schenker)

Schweizer Schlagersänger
3.1.1964 Seedorf

Mit 20 Jahren verwirklicht der Werbekaufmann seinen Kindheitstraum und finanziert sich seine erste Single *Einfach davon träumen*, der allerdings der Erfolg versagt bleibt. Bis zum Plattenvertrag und ersten Album *Reise in die Zärtlichkeit* ist der Weg noch schwierig, danach folgt mit seinen eingängigen, im Vergleich zu vielen anderen anspruchsvoll produzierten Schlagern Hit auf Hit. Die Bilanz nach den ersten 15 Jahren: rund 12 Alben und 35 Single-Veröffentlichungen, mehr als 350 TV-Auftritte. 1997 gewinnt er bei den Deutschen Schlagerfestspielen mit *Wo Liebe fehlt*; 1998 wird ihm der Medienpreis Prix Wahlo als erfolgreichster Interpret der Schweiz im Ausland verliehen. Seine seit 1998 im Schweizer Fernsehen ausgestrahlte Schlagershow hat einen durchschnittlichen Marktanteil von 40%. Im Mai 2000 wagt der Frauenschwarm den mutigen Schritt und bekennt sich im Rahmen eines Fernsehinterviews zu seinem Schwulsein. Er löst damit nicht nur in seinem Heimatland großes Presseecho aus. Seine Liebe zu Männern habe er erst mit 22 Jahren für sich entdeckt. „Ich bin der Meinung, dass die Sexualität so ziemlich der letzte Faktor sein sollte, der darüber entscheidet, ob ein Mensch nun sympathisch und liebenswert ist oder nicht." 2003 liefert er mit *Manchmal braucht die Wahrheit Zeit* das Lied zum Coming-out.

- CDs (Auswahl): *Jetzt oder nie*, 1996; *Zwischen Lachen und Weinen*, 1997; *Träume sind immer dabei*, 1998; *Deshalb bin ich hier*, 1999; *Rhythmus der Nacht*, 2001; *Nimm meine Liebe*, 2002

Leonardo da Vinci

italienischer Künstler und Wissenschaftler
15.4.1452 Empoli – 2.5.1519 Amboise

Unehelicher Sohn eines florentinischen Notars und eines Bauermädchens. Wächst in der Familie des Vaters auf. Mit 15 Jahren wird er Lehrling in der Werkstatt des Künstlers Andrea del Verrocchio in Florenz, ab 1472 ist er als Maler-Mitglied in der St. Lukas-Gilde beschäftigt. Zur künstlerischen Tätigkeit als Maler (u.a. *Mona Lisa* und *Das letzte Abendmahl*) und Bildhauer widmet er sich nun auch verstärkt technischen und wissenschaftlichen Studien und entwickelt sich so zu einem der vielseitigsten Allround-Genies und zum Inbegriff des Renaissance-Menschen. 1482 holt ihn der Mäzen Herzog Ludovico Sforza nach Mailand, dort bleibt er bis zur Eroberung der Stadt 1499 durch die Franzosen. Er betätigt sich als Ingenieur, Anatom, Erfinder, Städteplaner und entwirft militärische Festungsanlagen und Kriegsmaschinen. Beginnt mit der Niederschrift seiner *Notizbücher*, die auf mehr als 40 Bände anwachsen und z.T. rückwärts und in Spiegelschrift niedergeschrieben sind. Danach in Rom, wo er dem berüchtigten päpstlichen General Cesare Borgia als Militäringenieur dient. Ab 1503 wieder in Florenz, danach in Mailand. Die letzten Jahre seines Lebens verbringt er auf Einladung Franz I. auf einem Landsitz in Cloux an der Loire. Im April 1476 wird Leonardo da Vinci durch einen anonymen Brief an den Magistrat von Florenz als Homosexueller denunziert. Er soll sich gemeinsam mit vier weiteren Männern an dem halbwüchsigen Prostituierten Jacopo Saltarelli vergangen haben. Das Gespött der Öffentlichkeit und die ausführliche Befragung über sein Sexualleben, dem er sich unterziehen muss, verursachen eine langanhaltende Demütigung. Die Anklage kann keine Beweise erbringen, und er wird freigesprochen. Wenige Wochen später wird er erneut homosexueller Vergehen beschuldigt und Verhören unterzogen. Die Anschuldigungen können diesmal nicht ausgeräumt werden, ihm wird jedoch Straferlass erteilt. Danach stürzt sich Leonardo da Vinci in die Arbeit und versucht bei seinen sexuellen Aktivitäten größtmögliche Geheimhaltung zu wahren. Mit seinem Assistenten Giacomo Caprotti soll er über 30 Jahre eine Beziehung unterhalten haben. Über seine homosexuellen Neigungen verfasst Leonardo selbst keine nachweisbaren Zeugnisse, jedoch Abschätziges über den heterosexuellen Akt: „Der Geschlechtsakt und die Körperteile, mit denen er ausgeführt wird, sind so schauderhaft, dass die Spezies Mensch ihre Menschenwürde verlieren würde, gäbe es nicht die Schönheit und die Ausschmückungen des Künstlers und die Befreiung des Geistes." Zeitgenössische Autoren hingegen (etwa der Künstlerbiograf Giorgio Vasari und der Schriftsteller Gian Paolo Lomazzo) schreiben offen über seine Homosexualität. Sigmund Freud nimmt Leonardos Kindheit als Grundlage zu einer psychologischen Studie über die Homosexualität (*Eine Kindheitserinnerung des Leonardo da Vinci*).

- Kenneth Clarke: *Leonardo da Vinci*, 1986; K.R. Eissler: *Leonardo da Vinci. Psychoanalytische Notizen zu einem Rätsel*, 1992; Serge Bramly: *Leonardo da Vinci. Eine Biographie*, 1995; Frank Zöllner: *Leonardo da Vinci 1452-1519. Sämtliche Gemälde und Zeichnungen*, 2003

Liberace (eigentlich Wladziu Valentino Liberace)

US-amerikanischer Pianist
16.5.1919 West Allis/Wisconsin – 4.2.1987 Las Vegas

Die amerikanische Variante von Richard Clayderman: kitschig verpoppte Piano-Klassik, dargeboten in überbordend ausgestatteten Shows. Liberace lässt sich mit einem Rolls Royce auf die Bühne fahren, entsteigt ihm im meterlangen weißen Hermelin, die Hände mit dicken Brillantringen bestückt. Dem als Wladziu (polnisch für Walter) Valentino Liberace geborenen Sohn eines italienischen Orchestermusikers und einer polnischen Mutter wird dank eines Stipendiums eine klassische Musikausbildung zuteil. Bereits mit 14 Jahren debütiert er als Solist beim Chicago Symphony Orchestra. Ab 1940 verdient er allerdings sein Geld als Barpianist, u.a. auch im Persian Room des Plaza Hotels New York. 1947 kehrt er dorthin wieder zurück: mit einem eigenen, überdimensionierten Flügel, auf dem ein leuchtender Kandelaber steht. Dieser wird im Laufe seiner steilen Karriere zum unverzichtbaren Utensil seiner pompösen Glamourshows. Liberace wird u.a. mit zwei Emmy Awards ausgezeichnet, erhält sechs goldene Schallplatten, gleich zwei Sterne auf dem Hollywood Walk of Fame – und einen Eintrag in das Guinessbuch der Weltrekorde: Als bestbezahlter Musiker und Pianist. Der Liebling vor allem älterer Damen, der sich gerne als „Mr. Showmanship" bezeichnen lässt, verstirbt an den Folgen von Aids. Drei Monate zuvor hat er seinen letzten öffentlichen Auftritt in der New Yorker Radio City Music Hall. Sein eigenwillig und pompös ausgestattetes Wohnhaus in Las Vegas wird zu einem Museum umgestaltet, in dem seine Sammlungen mit Juwelen, seltenen und historischen Klavieren, seine Rolls Royces und Bühnenkostüme zu besichtigen sind. Sein Vermögen wird auf seinen Wunsch in eine eigens eingerichtete Stiftung für Kunststipendien eingebracht. Als 1956 die Londoner Tageszeitung *Daily Mirror* über Liberace schreibt, er sei „das vollendete Geschlecht, zugleich männlich, weiblich und geschlechtslos. Eine Summe von allem, was er, sie und es sich schon immer wünschten", klagt der Entertainer auf Schmerzensgeld und gewinnt den Prozess: Der *Daily Mirror* muss 240.000 Dollar zahlen. Er seinerseits wird 1982 zu einer Unterhaltszahlung in Höhe von 95.000 Dollar verklagt: für seinen ehemaligen Chauffeur und Lebensgefährten Scott Thorson. Dieser hatte ursprünglich 113 Million Dollar gefordert.

Lillie, Beatrice

kanadische Schauspielerin
29.5.1894 Toronto – 20.1.1989

Während ihrer 50-jährigen Bühnen- und später auch Filmkarriere erarbeitet sich Lillie den Ruf als „komischste Frau" der Welt. Die Markenzeichen der jungenhaften Schauspielerin mit dem ungezügelten Temperament sind kurze Haare, Kappe und ein legendärer ironischer Sarkasmus. Lillie, die in über 40 Bühnenshows auftritt und 1926 ihr Filmdebüt mit einer komischen Glanznummer in *Exit Smiling* (dt. *Abgang lächelnd*) gibt, wird durch ihre Heirat mit 24 Jahren zur Lady Peel. In Hollywood ist sie zeitweilig mit ihren Schauspielerkolleginnen ☞Eva LeGallienne, ☞Judith Anderson und ☞Katharine Cornell liiert.

Limahl (eigentlich Chris Hamill)

britischer Popsänger
19.12.1958 Wigan/England

Der soulbegeisterte Teenager geht nach London, um Musiker zu werden. Er schlägt sich als Barmann und Friseur durch. Der erste Versuch einer Solokarriere unter seinem bürgerlichen Namen ist ebenso erfolglos wie die Zusammenarbeit mit insgesamt drei verschiedenen Bands, darunter dem gemeinsam mit Mike Nolan von *Bucks Fizz* gegründeten Projekt *Brooks*. 1981 gibt er ein Zeitungsinserat auf: „Bin 22, talentiert, gutaussehend, einfallsreich, kann Songs schreiben und suche Musiker, die so sind wie ich". Die Band *Art Noveau* engagiert ihn darauf als Leadsänger, und die fünf werden als *Kajagoogoo* zu Teenie-Stars. Mit *Too Shy* gelingt ihnen ein Welthit. Mindestens ebenso erfolgreich wie als Songwriter ist Limahl als modischer Trendsetter: Seine Frisur – struppiges, mit Babyöl gestyltes, blondiertes sowie schwarz gefärbtes Haar – wird nachhaltig kopiert und gehört zu den großen modischen Sünden der 80er Jahre. Das neue Image passt der Urgruppe jedoch wenig. Sie feuern Chris Hamill alias Limahl (ein Anagramm seines Familiennamens). Gerüchten zufolge ist der wahre Grund, weil er mit dem offen schwulen BBC-DJ Paul Gambaccini zusammenlebt und sie dadurch einen Imageschaden für sich selbst befürchten. Die beiden hatten sich in der Londoner Schwulendisco Heaven kennen gelernt; Gambaccini hatte daraufhin durch eine Sendung maßgeblich zum Durchbruch der Band beigetragen. Nach dem Rauswurf beginnt Limahl 1983 eine Solokarriere. Die erste Single wird *Only for Love*. Der Produzent Giorgio Moroder macht ihn 1984 zum Interpreten des Titelsongs *Neverending Story* für die Michael-Ende-Verfilmung *Die unendliche Geschichte*, im gleichen Jahr folgt die erste LP *Don't Suppose*. Der eher belanglose Popsound mit viel Elektronik und dezenten Disco-Anleihen findet sein Publikum, das Album *Colour All My Days* (1986) hingegen weniger. Nach einigen Jahren produziert er schließlich die Musik anderer Künstler, darunter Kim Wilde, Liv'n Joy und Peter André. 2000 knüpft Limahl an frühere Musicalerfahrungen an und spielt in London in *What a Feeling!*.

Linck, Catharina Margaretha

deutsche Wanderpredigerin, Schneiderin und Musketier
1694 – 13.10.1721 Halberstadt

Catharina Margaretha Linck ist die letzte Frau, die in Europa wegen der so genannten Unzucht zwischen Frauen hingerichtet wurde. Seit ihrem 15. Lebensjahr verkleidet sie sich immer wieder als Mann, sie versucht sich zuerst glücklos als Missionar einer radikalpietistischen Sekte, wechselt dann zwischen katholischem und lutherischem Glauben. Im Alter von 20 Jahren heuert sie für mehrere Jahre unter dem Namen Anastasius Lagrantinus Beuerlein als Musketier im Spanischen Erbfolgekrieg an. Um wie die Männer im Stehen urinieren zu können, fertigt sie eine Art Röhre aus Leder an und geht so auch bei ihren Kameraden als Mann durch. 1717 heiratet die als Bleicherin und Schneiderin in Halberstadt Tätige unter dem Namen Anastasius Lagrantinus Rosenstengel ihre 18 Jahre junge Braut Catharina Mühlhahn, der sie ihr wahres Geschlecht aber nicht verrät. Nach ein paar Monaten entdeckt die Braut schließlich doch das Geheimnis ihres gewalttätigen „Ehemannes" und flieht zurück zu ihrer Mutter, die die Behörden alarmiert. Der enttarnten Betrügerin wird der Prozess gemacht, in dem auch ein „von Leder gemachtes ausgestopftes männliches Glied" ausnehmend gewürdigt wird. Auf diese Weise kann Linck mit Prostituierten und einsamen Witwen Geschlechtsverkehr haben; mit einem Mann hingegen hatte sie nach eigener Aussage zeitlebens nie Sex. Catharina Margaretha Linck behauptet im Prozess, dass ihre Ehefrau sehr wohl um ihre wahre Identität gewusst hatte. Diese bestätigt, dass sie einmal den Lederpenis in den Mund genommen habe, was die Richter in eine juristische Zwickmühle bringt: Oralverkehr ist ein Verbrechen, aber auch dann, wenn es nie zu einer Ejakulation kommen kann? Für „unnatürliche Beziehungen" zwischen Frauen sehen weder das Gesetz noch die Bibel eindeutige Strafen vor. Der preußische König Friedrich Wilhelm I. persönlich verurteilt die Angeklagte dennoch nach einem langwierigen Rechtsstreit zum Tode durch Enthaupten. Catharina Mühlhahn kommt mit drei Jahren Gefängnis davon.

- Angela Steidele: *In Männerkleidern. Das verwegene Leben der Catharina Margaretha Linck alias Anastasius Lagrantinus Rosenstengel, hingerichtet 1721*, 2004

Lindner, Patrick (eigentlich Friedrich Günther Raab)

deutscher Schlagersänger und Moderator
27.9.1960 München-Sendling

Seine Eltern betreiben ursprünglich ein Gasthaus, später ein Transportunternehmen. Die Kindheit ist überschattet von der Gewalttätigkeit des Vaters. Mit 15 Jahren verlässt Lindner deshalb sein Elternhaus und beginnt eine Lehre als Koch. Er arbeitet in diesem Beruf im Münchner Flughafen Riem, in der Kantine einer Versicherungsfirma und später im Nobelhotel *Bayrischer Hof*. In seiner Freizeit spielt er beim Laientheater Würmtaler Volkskunstbühne. Die Texterin Irma Holder entdeckt ihn als Sänger, und 1989 hat er beim Grand Prix der Volksmusik seinen ersten großen Erfolg: Er gewinnt den Wettbewerb mit seinem Lied *Die kloane Tür zum Paradies*. Der ehemalige Redakteur des Bayrischen Rundfunks, Joachim Hendl, wird sein Manager und baut ihn zum Volksmusikstar mit dem Image des idealen Schwiegersohns auf. Dass Hendl auch sein Lebenspartner ist, wird in der Öffentlichkeit verschwiegen. Seinen Eltern offenbart er 24-jährig seine Homosexualität, die sich daraufhin von ihrem Sohn abwenden. Während er später sich wieder mit der

Mutter versöhnt, bleibt das Verhältnis zum Vater gestört. In den nächsten Jahren etabliert sich Lindner in der Volksmusikszene und erhält für seine Aufnahmen mehrere Platin- und Goldene Schallplatten. Außerdem moderiert er eigene Musikshows im ARD. Lindner lernt den Direktions-Assistenten des Kölner Hotels Maritim ☞Michael Link kennen. Sie werden ein Paar, und Link wird sein Manager. 1997 erfolgt ein künstlerischer Wechsel. Lindner kehrt dem Volkstümlichen den Rücken und singt nun Schlager. Im Mai 1999 haben Link und Lindner ihr lange vorbereitetes offizielles Coming-out durch ein Interview in der Zeitschrift *Amica*; ausschlaggebend ist die Adoption des russischen Heimkindes Daniel. „Ich bin froh, dass das Versteckspielen vorbei ist und ich keine Geschichten mehr über mich erfinden muss", sagt Lindner 2000 in einem Interview. Das spektakuläre Coming-out beeinträchtigt die Karriere Lindners nur bedingt. Seine Teilnahme an der deutschen Vorentscheidung zum Grand Prix d'Eurovision 1999 mit *Ein bißchen Sonne, ein bißchen Regen* verläuft zwar wenig erfolgreich, dafür ist dank der Offenheit seine Glaubwürdigkeit enorm gestiegen. Die Rolle des fürsorglichen Vaters verschafft ihm ein zusätzliches positives Image. Nur konsequent ist, dass er 2000 *Mamma mia*, die ARD-Show zum Muttertag moderiert. 2002 erscheint das autobiografische Kinderbuch von Michael Link *Komm, ich zeige Dir meine Eltern*.

- CDs (Auswahl): *Meine Lieder streicheln dich*, 1995; *Herzlich Willkommen in meinem Leben*, 1996; *Himmelweit*, 1998; *Danke für die kleinen Träume*, 1999; *Stark genug*, 1999; *Mamma mia*, 2001; *Halleluja – auf das Leben*, 2003; *Ganz privat*, 2004

Link, Michael
deutscher Hotelkaufmann und Musikmanager
29.3.1967 Hagen

Michael Link, Sohn eines Gastwirtehepaares, verlässt nach der 12. Klasse die Schule und seinen Geburtsort Hagen, um die Hotelfachschule in Altötting zu besuchen. Danach absolviert er eine Ausbildung zum Hotelkaufmann im Breidenbacher Hof in Düsseldorf, wo er nach Abschluss weiterhin beschäftigt bleibt. 24-jährig wird er Direktionsassistent im Maritim Hotel in Köln. Dort lernt er 1992 seinen späteren Lebensgefährten, den Schlagersänger ☞Patrick Lindner, kennen. Im Jahr darauf beschließen sie, auch beruflich gemeinsame Wege zu gehen, und Link wird Patrick Lindners Manager und arbeitet auch redaktionell an den TV-Sendungen des Sängers mit. 2001 veröffentlicht Link sein erstes Kinderbuch *Komm, ich zeige Dir meine Eltern*, das die Lebenssituation ihres Adoptivkindes Daniel mit zwei schwulen Vätern zum Thema hat. 2003 folgt das autobiografische Buch *Abenteuer Adoption oder ein Lebenstraum wird wahr*, in dem Link den langwierigen Prozess der Adoption sowie die Erfahrungen im Zusammenleben und die Folgen von Lindners Coming-out beschreibt.

Little Richard (eigentlich Richard Wayne Penniman)
US-amerikanischer Musiker
5.12.1935 Macon/Georgia

Aufgewachsen in einer großen Predigerfamilie als eines von zwölf Kindern im Schwarzenghetto von Macon. Mitglied im Kirchenchor. Die Begegnung mit Dr. Nobillio, einem Stadtpropheten, weckt in ihm den Wunsch, auf der Bühne zu stehen. Mit 13 Jahren Abbruch der Schule und Mitglied in Doctor Hudson's Medicine Show, wo er u.a. singend Schlangenöl anpreist. Erste Band und erste Tour durch die Südstaaten, auf der er mehr und mehr Bekanntschaft mit der Tunten- und Schwulenszene macht. Als Junge hat er seinen ersten sexuellen Kontakt mit einem Gleisarbeiter aus der Nachbarschaft, den er in späteren Jahren für seine homosexuellen Neigungen verantwortlich macht. Selbst als vielfacher Plattenmillionär lebt Little Richard seine sexuellen Bedürfnisse fast ausschließlich auf Klappen aus. 1952 wird sein Vater von einem Betrunkenen erschossen; der 19-Jährige muss nun allein für die Familie sorgen. Die Konzerte werden zwar weiterhin bestens besucht, die Platten jedoch verkaufen sich schleppend. Erst als Little Richard bei den Aufnahmen selbst Klavier spielt und seine Bühnenpräsenz halbwegs sich auf die Platten bannen lässt, werden seine Songs schlagartig zu Hits: *Tutti Frutti* (1955), *Lucille* (1957), *Good Golly Miss Molly* (1958). Seine Auftritte werden zu hysterischen Massenveranstaltungen, er selbst wütet berserkerhaft auf der Bühne mit 30 cm hoher Haartolle und grellen Glitzerkostümen. Auf dem Höhepunkt seiner Karriere glaubt er, ein göttliches Zeichen vernommen zu haben, und beginnt ein neues Leben in Armut, Demut und als Bibelverkäufer. Seine Ehe mit einer Evangelistin jedoch bezeichnet er selbst später als Farce: „Ich hätte nicht einmal geheiratet, wenn ich Diamanten als Fußnägel und Rubine als Augäpfel hätte. Ich war ein furchtbarer Ehemann und musste immer an jemand anders denken, irgendeinen Jimmy oder Johnny." 1962 Comeback in Großbritannien, zunächst als Gospelsänger, sehr schnell jedoch Rückkehr zum Rock ,n' Roll. In den 70er Jahren Drogensucht. Der Bruder stirbt an einer Herzattacke infolge Kokaingenusses. Daraufhin erneut starke Hinwendung zur Kirche. Ein neuerlicher Comeback-Versuch 1986 mit dem Album *Lifetime Friend* scheitert.

- Charles White: *The Life And Times of Little Richard*, 1985

Littmann, Corny

deutscher Schauspieler und Theaterleiter
21.11.1952 Münster

1976 hat der damalige Psychologiestudent Littmann seinen ersten Bühnenauftritt: als Ensemblemitglied der freien Theatergruppe Brühwarm in einer Revue mit Themen der zeitgenössischen Schwulenbewegung. Bis 1979 bleibt er Brühwarm verbunden. 1982 gründet er das Tourneetheater Familie Schmidt, dem sich später auch ☞Ernie Reinhardt anschließt. Bis 1988 entstehen sechs Theaterstücke mit Musik, u.a. *Aufrecht, deutsch, homosexuell* und *Happy Kadaver*. 1996 wird das erste Programm der Familie Schmidt, *Wetten, das ist Frau Witten!*, noch einmal neu inszeniert. Seit 1979 ist Littmann bei den Grünen engagiert. Bei der Bundestagswahl 1980 ist er deren Hamburger Spitzenkandidat. Im gleichen Jahr enthüllt er mit einer spektakulären Aktion, dass die Hamburger Polizei auf örtlichen Klappen durch Spionspiegel Homosexuelle beobachtet und polizeilich registriert. Von 1982-85 beteiligt sich Littmann an der Leitung der freien Theatergruppen auf dem Hamburger Kampnagel-Gelände, 1990 wird er Vorstandsmitglied des Trägervereins. 1988 eröffnet er als künstlerischer Leiter mit drei weiteren Gesellschaftern das Schmidt-Theater auf St. Pauli und leitet damit die kulturelle Wiederbelebung der Reeperbahn ein. Im Eröffnungsstück *Sag bitte und ich sing* wirken auch ☞Georgette Dee, ☞Terry Truck und ☞Ernie Reinhardt mit. 1991 eröffnet Littmann in direkter Nachbarschaft das größere Schmidts Tivoli. Zwischen 1990 und 1993 ist er (neben Jutta Wübbe als Marlene Jaschke und Ernie Reinhardt als Lilo Wanders) in mehr als 30 Folgen als schwuler Herr Schmidt in der *Schmidt-Mitternachtsshow* zu sehen. Diese Fernsehshow, produziert vom Norddeutschen Rundfunk, wird von mehreren dritten Programmen übernommen und 1991 mit dem Adolf-Grimme-Preis in Silber ausgezeichnet. 1995 folgt die *Neue Schmidtshow* gemeinsam mit Georgette Dee. Als Darsteller in Hausproduktionen des Schmidts Tivoli bzw. Schmidt-Theaters wirkt Littmann u.a. in *Marlene Jaschke ist Carmen* (1991), *Beiß mich – Ich will das Leben spüren* (1992), *OSCAR – die Kinorevue* (1997) und *Das Geheimnis der Irma Vep* (1997) mit. 1993 gibt er mit dem Musical *Cabaret* sein Debüt als Regisseur. 2003 wird Littmann Präsident des Fußballclubs 1. FC St. Pauli, jedoch nicht, „um das Thema Schwulsein und Fußball in irgendeiner Weise öffentlich weiter nach vorne zu bringen [...] Ich muss offen gestehen, wenn ich selbst Profifußballer wäre und gleichgeschlechtliche Neigungen hätte, dann würde ich das nicht offen vor mir hertragen".

Livingston, Jennie

US-amerikanische Filmemacherin
24.2.1962 Los Angeles

Nachdem sie ihr Kunststudium in Yale mit Auszeichnung abgeschlossen hat, reist Livingston als Fotografin durch Europa und die USA. 1985 zieht sie nach New York, um dort, enttäuscht „von der Stille des Mediums Fotografie", Film zu studieren. Ihr erster großer Dokumentarfilm *Paris Is Burning* (1990), eine spritzige Studie der New Yorker Drag Queen-Szene und der Tuntenbälle in Harlem, avanciert binnen kürzester Zeit zum Kultfilm und heimst zahlreiche Preise ein, u.a. 1991 den Großen Preis der Jury beim angesehenen Sundance Festival sowie den Teddy Award bei den Berliner Filmfestspielen.

Long, Robert (eigentlich Jan Gerrit Bob Levermann)

niederländischer Sänger, Schauspieler, Komponist, Textdichter
20.10.1943 Utrecht

Als 20-Jähriger steht er gemeinsam mit Freunden erstmals unter dem Bandnamen *The Yelping Jackals* auf der Bühne seiner Heimatstadt. Erste nationale Erfolge feiert Robert Long ab 1967 mit der Band *Unit Gloria*. Zu dieser Zeit ändert er seinen Namen Levermann in Long. 1971 startet er seine Solokarriere mit englischsprachigen Songs – ohne sonderlichen Erfolg. So versucht er es 1974 mit seiner LP *Vroeger Of Later* (dt. *Früher oder später*) mit Liedern in niederländischer Sprache, in denen er sich kritisch gegen Heuchelei, bürgerliche Verbote und kirchliche Gebote wendet. Gleichzeitig wird die Platte zu seinem offenen Bekenntnis zur eigenen Homosexualität. Allein in den Niederlanden wird das Album mehr als 500.000mal verkauft. 1979 erscheint seine erste deutschsprachige LP *Über kurz oder lang*, die den bis dahin unbekannten Liedermacher in die Charts bringt. Es folgen die Alben *Homo Sapiens* (1981), *Tag, kleiner Junge* (1984) und *Hinter dem Horizont* (1996). 1987 verlässt Long sein Heimatland und zieht nach Menaggio am Comer See. In den Folgejahren arbeitet er als Moderator einer niederländischen TV-Dokumentarserie über die Ursprünge des Niederländischen und als Romancier (*Wat Wil Je Nou*, 1988). Sein Album *Hartstocht* sorgt in der BRD wegen seines offenherzig-erotischen Covers für Aufsehen, so dass die deutsche Ausgabe *Leidenschaft* (1988) umgehend ein unverfängliches Covermotiv erhält. Gemeinsam mit seinem Lebensgefährten, dem Autor und Regisseur Dimitri Frenkel, schreibt er 1988 das Musical *Tschechow*, das in Heilbronn uraufgeführt wird. Für seine breitgefächerte Arbeit als Textdichter und Komponist benutzt er u.a. die Pseudonyme Bob Revel und Tom Hak.

- weitere CD-Veröffentlichungen (Auswahl): *Liedjes mit de Krullentijd*, 1989; *Voor mijn vrienden*, 1992; *In die dagen*, 1994; *Nu*, 1996; *Lang genoeg jong*, 1999; *Brand!*, 2002

Lorde, Audre

US-amerikanische Lyrikerin und Aktivistin
18.2.1934 New York City – 20.11.1992 St. Croix/Virgin Islands

Sie versteht es, den Bedürfnissen, Ängsten und auch dem Zorn unzähliger Menschen eine Stimme zu geben: Audre Lorde ist Afro-Amerikanerin, lesbische Feministin, Lyrikerin und Schriftstellerin – und eine schier unerschöpfliche Quelle an Lebenswillen und Energie. In ihrem umfangreichen literarischen und essayistischen Werk widmet sie sich dem Kampf gegen Rassismus, Sexismus und Homophobie. Die Mutter zweier Kinder macht als erste offen lesbische afro-amerikanische Dichterin zahlreichen schwarzen Frauen Mut, zu ihrer Identität zu stehen. Nach einer von Armut geprägten Kindheit in Harlem studiert Lorde in Mexiko und New York Bibliothekswissenschaften und arbeitet mehrere Jahre in verschiedenen Bibliotheken, bevor sie sich immer mehr dem Schreiben widmet. 1962 heiratet sie den Weißen Ed Rollins, die Ehe hält acht Jahre, Lorde wird zweifache Mutter. Später reflektiert sie die Ehe folgendermaßen: „Als schwarze lesbische Mutter in einer gemischten Ehe gab es immer etwas an meiner Person, das andere immer vor den Kopf stieß. Da gab es stets ganz bequeme Vorurteile, wie ich zu sein hatte." Bereits in ihrem ersten Lyrikband *The First Cities* (1968) fokussiert sie den Blick messerscharf auf ihre Realität als schwarze lesbische Frau. Lorde, die für ihr Werk zahlreiche Auszeichnungen erhält, an verschiedenen Universitäten lehrt und auf Lese- und Vortragsreisen durch die ganze Welt unterwegs ist, verbringt seit 1984 jährlich mehrere Wochen in Berlin. Durch ihre Ausstrahlung und Bedeutung spielt sie eine entscheidende Rolle bei der Entstehung der Schwarzenbewegung in Deutschland. Ebenfalls in Berlin beginnt sie eine alternative Krebstherapie und begreift ihre Krankheit als politische Herausforderung. Sie verbringt ihre letzten Lebensjahre mit ihrer Gefährtin, der Aktivistin Gloria Joseph, auf St. Croix, Virgin Islands.

- *Auf Leben und Tod. Krebstagebuch*, 1984; *Zami: Eine Mythobiographie*, 1986; *Lichtflut – Essays*, 1988

Louganis, Greg (eigentlich Gregory Efthinios Louganis)

US-amerikanischer Sportler
29.1.1960 El Cajo/Kalifornien

Der Sohn eines 16-jährigen Samoa-Indianers und einer gleichaltrigen Schwedin wird mit acht Monaten zur Adoption freigegeben. Sein Pflegevater, ein griechischer Einwanderer, misshandelt ihn. Weil er Legastheniker ist und stottert, wird er von den Lehrern gehänselt, die Mitschüler beschimpfen ihn als „Nigger". Mit acht Jahren beginnt er zu trinken, mit zwölf unternimmt er einen Freitodversuch. Erst der Erfolg beim Sport, schreibt Louganis in seiner Autobiografie *Breaking the Surface* (1995, 1997 für einen US-Fernsehsender verfilmt), habe ihm den Lebensmut zurückgegeben. Fünfmal wird er zwischen 1976 und 1988 Weltmeister; bei den Olympischen Spielen 1984 und 1988 wird der Kunst- und Turmspringer jeweils zweimal mit Gold ausgezeichnet. Anlässlich der Gay Games 1994 in New York bekennt er sich erstmals öffentlich zu seiner Homosexualität. Im Februar 1995 berichtet er erstmals im Rahmen eines Interviews von seiner HIV-Infektion. Er habe sich bei seinem Lebensgefährten und Manager infiziert. Seitdem engagiert sich der US-Sportstar Louganis im Kampf für die Gleichberechtigung für Schwule und Lesben. Maßgeblich sorgt er dafür, dass in Cobb County, einem Landstrich bei Atlanta, während der Olympiade 1996 nicht wie geplant die Volleyball-Wettbewerbe ausgetragen werden, weil die Bevölkerung dort nachweislich absolut homosexuellenfeindlich sei. Er nimmt die Verleihung des Robert J. Kane-Awards des US-amerikanischen Olympia-Komitees zum Anlass, seinen Protest dagegen öffentlich zu verkünden. Insgesamt erringt Louganis in seiner Sportlerkarriere vier Olympia-Goldmedaillen, sechs Weltmeisterschaftstitel und 47 US-Meisterschaften. 1984 wird ihm der Sullivan Award für den besten US-amerikanischen Athleten verliehen. Nach Ende seiner Sportlerkarriere beginnt Louganis eine zweite Karriere als Tänzer und Schauspieler (u.a. in der Off-Broadway-Produktion der Aids-Komödie *Jeffrey* von Paul Rudnick) und als Züchter von Rassehunden. In der April-Ausgabe 1997 des schwul-lesbischen Magazins *Out* antwortet Louganis auf die Frage, wie sein Traummann aussehe: „Ich weiß, es wird ganz bizarr klingen, aber ich finde Robin Williams furchtbar sexy. Er ist intelligent und lustig, hat Grips und ... eine behaarte Brust. Das gefällt mir." Zu der Buchpremiere im schwul-lesbischen Buchladen A Different Light in San Francisco kommen über 2000 Menschen – unter ihnen auch Robin Williams, der sich nach vorne drängelt, den Sportler heftig umarmt und kokett sagt: „Hier bin ich, dein Traummann!" Dann haut er ab und kauft nicht einmal ein Exemplar.

Lowell, Amy

US-amerikanische Lyrikerin
9.2.1874 Brookline/Massachusetts – 12.5.1925 ebd.

Aufgewachsen in einer prominenten, wohlhabenden Familie, pflegt Lowell ein geruhsames, ihrem Stande entsprechendes Dasein ohne große Aufregungen, bis sie 1912 die Lyrik für sich entdeckt – und zugleich die Schauspielerin Ada Dwyer Russell kennen und lieben lernt. Von da an ist Lowells Leben von umfangreichen Aktivitäten erfüllt. Sie etabliert einen anspruchsvollen, etwas exzentrischen literarischen Salon und begeistert sich – gemeinsam mit Ezra Pound – für den Imaginismus. Mit ihrer exaltierten, draufgängerischen Art brüskiert und begeistert die rundliche Frau mit der Vorliebe für eine gute Zigarre viele ihrer Zeitgenossen, gleichwohl gilt Lowell als einflussreiche Vermittlerin zahlreicher innovativer Gedanken und Strömungen. Für ihren Gedichtband *What's O'Clock* erhält sie 1926 den Pulitzer-Preis. Lowells Werke, die z.T. Gedichte über Frauenbeziehungen enthalten (*Pictures of the Floating World*, 1919), wurden bislang nicht ins Deutsche übersetzt.

Ludwig II.

bayrischer König
25.8.1845 Schloss Nymphenburg bei München – 13.6.1886 Starnberger See

Ludwig II. ist Sohn des Königs Maximilian II. und selbst König von Bayern von 1864 bis 1886. Er setzt die von Ludwig I. begründete Tradition der Kunstförderung durch die bayrischen Könige in exzessivem Maße fort. U.a. wird er Mäzen des Komponisten Richard Wagner und betätigt sich als Bauherr einer ganzen Reihe fantastischer Schlösser, die er sich in Stilen vergangener Jahrhunderte an einsamen Plätzen erbauen lässt (Herrenchiemsee; Linderhof). Das berühmteste, Schloss Neuschwanstein, wird Vorbild für das Schloss Schneewittchens in Disneyworld. Die Baukosten drängen Ludwig II., der sich als Nachfolger Louis XIV. und seines absolutistischen Königtums sieht, in den finanziellen Ruin. Bismarck soll den König durch eine beträchtliche Geldsumme dazu veranlasst haben, nach Ausrufung des Deutschen Reiches 1871 dem Kaisertum der preußischen Hohenzollern zuzustimmen. Die letzten Jahre seines Lebens ist Ludwig II. der politischen Pflichten müde und lässt sich auch körperlich mehr und mehr gehen. Er wird schließlich entmündigt und dankt 1886 ab. Wenige Tage darauf ertrinkt er unter nicht geklärten Umständen im Starnberger See. ☞Klaus Mann interpretiert den Tod in seiner Novelle *Vergittertes Fenster*. Spätestens nachdem Ludwig II. die lange aufgeschobene Hochzeit mit seiner Cousine Sophie 1867 endgültig absagt, beginnen die Gerüchte um seine Homosexualität sich zu verstärken. Genauere Hinweise, inwieweit verschiedene Männer seine Liebe beantwortet haben, fehlen zumeist. Den seinerzeit gefeierten Wiener Schauspieler Joseph Kainz lässt er sich für Privatvorstellungen ins Schloss holen und unternimmt mit ihm verschiedene Reisen. Mit Sicherheit auch sexueller Natur ist das Verhältnis zu dem Stallmeister Richard Hornig, der mit seiner burschikosen, bäuerlichen Art dem männlichen Idealbild Ludwigs II. entspricht. Zeitweilig ist Hornig der einzige Mensch, der wirklichen Zugang zum König hat, weshalb er innerhalb der politischen Kreise in München als der „heimliche Kanzler Bayerns" bezeichnet wird. Das Leben Ludwigs II. dient als Vorlage für verschiedene Verfilmungen, u.a. von Helmut Käutner (1955), ☞Luchino Visconti (1972) und Hans-Jürgen Syberberg (1972). 2000 wird das Musical *Ludwig II. – Sehnsucht nach dem Paradies* von Franz Hummel und Stephan Barbarino uraufgeführt, für das in Füssen ein Theater mit Blick auf Neuschwanstein errichtet wird.

● Siegfried Obermayer (Hg.): *Das Geheime Tagebuch des König Ludwigs II. von Bayern*, 1986; Eduard Hanslik/Jürgen Wagner: *Ludwig II., König von Bayern (1845-1886). Internationale Bibliographie zu Leben und Wirkung*, 1986; Franz Herre: *Ludwig II. – Bayerns Märchenkönig. Wahrheit und Legende*, 1994

Lunacek, Ulrike

österreichische Politikerin, Dolmetscherin und Journalistin
26.5.1957 Krems/Donau

Die Grünen-Politikerin ist die erste offen lesbisch lebende Abgeordnete des Nationalrats in Österreich. Die ausgebildete Englisch- und Spanischdolmetscherin war seit ihrer Studienzeit in der Frauen- und Lesbenarbeit engagiert und hatte unter anderem das autonome Frauenhaus in Innsbruck mit aufgebaut. Zu ihren vielfältigen Engagements gehört seit 1994 ihre Arbeit als Obfrau des Vereins Frauensolidarität – Entwicklungspolitische Initiativen für Frauen, als Vorsitzende des Österreichischen Lesben- und Schwulenforums (ÖLSF, 1994-96) und als Journalistin und Pressereferentin des Österreichischen Informationsdienstes für Entwicklungspolitik (ÖIE, heute Südwind-Agentur, 1989-1995), für den sie 1994 als Delegierte zur UN-Konferenz für Bevölkerung und Entwicklung nach Kairo fährt. Bei der UN-Weltkonferenz in Peking 1995 koordiniert sie die Pressearbeit der österreichischen NGO-Plattform. 1995 kandidiert Ulrike Lunacek erstmals für die Grünen, von 1996 bis 1998 ist sie Bundesgeschäftsführerin der Partei. Ab 1999 ist sie Nationalratsabgeordnete der Grünen und zuständig für Außen- und Entwicklungspolitik sowie für die rechtliche und gesellschaftliche Gleichstellung von Lesben, Schwulen, Bisexuellen und Transgender-Personen. Seit Beginn ihrer politischen Tätigkeit bei den Grünen hatte Ulrike Lunacek gemeinsam mit anderen Lesben, Schwulen und Transgender-Personen in mittlerweile sechs der neun österreichischen Bundesländer „Grüne andersrum"-Gruppen aufgebaut, deren erste Erfolge die Einrichtung einer Antidiskriminierungsstelle in Wien sowie zahlreiche Resolutionen zur Gleichstellung in österreichischen Städten sind. „Mein Nationalratsmandat verstehe ich als Signal für eine offene Gesellschaft, in der es normal ist, anders zu sein; eine Gesellschaft, in der alle Menschen – ganz gleich welcher sexueller Orientierung oder Identität oder welcher ethnischer Zugehörigkeit – das Recht haben, frei und ohne Zwang ihre Form des Lebens und Liebens zu wählen und ohne Angst auszuüben."

Lynes, George Platt

US-amerikanischer Fotograf

15.4.1907 – 6.12.1955 New York City

Bei einem längeren Aufenthalt in Paris lernt Lynes u.a. ☞André Gide, ☞Jean Cocteau und ☞Gertrude Stein kennen, die auch zu seinen ersten Modellen gehören. Die Fotografie erlernt er ab 1927 als Autodidakt, 1933 entschließt er sich, sie professionell zu betreiben und eröffnet in New York ein Studio, wo er bald zu einem erfolgreichen Modefotografen u.a. für *Harpers Bazaar* und *Vogue* aufsteigt. Außerdem arbeitet er für das American Ballet, die Air Force und später im Auftrag von Filmstudios in Hollywood. Ab Ende der 40er Jahre jedoch kann er finanziell nicht mehr an die großen Erfolge seiner Karriere anschließen und muss 1951 mit seinem Studio Konkurs anmelden. Die letzen vier Jahre seines Lebens verbringt er schwer an Krebs erkrankt sehr zurückgezogen. Zuletzt vernichtet er fast all seine Modefotos, wohl auch als Reaktion auf die nicht immer geliebte Branche. Es überleben jedoch seine Prominentenporträts, die ihn ursprünglich bekannt gemacht haben (u.a. von Igor Strawinsky, ☞Thomas Mann und Aldous Huxley), aber auch seine zeitlebens verfolgte Aktfotografie. In ihr setzt er sich mit den durch Zensur begrenzten Möglichkeiten der Aktdarstellung auseinander, indem er u.a. auf mythologische Darstellungen zurückgreift. Obgleich nur wenige seiner Fotografien explizit homosexuelle Motive beinhalten, zählt Lynes zu den wichtigsten Männeraktfotografen seines Jahrzehnts und gilt als Ahnherr homoerotischer Bild-Ästhetik. Veröffentlichen kann er die Bilder in den USA jedoch nicht; 1950 überlässt er jedoch einige Fotografien der Schweizer Homosexuellenzeitschrift *Der Kreis* zum Abdruck. Aus Angst vor Restriktionen wählt er aber ein Pseudonym. Eine große Anzahl homoerotischer Aktfotos, z.T. mit sehr explizit sexuellen Motiven, gelangen in den Besitz des Sexualforschers Alfred Kinsey, der sie für sein Institut aufkauft. Zeitweilig teilt Lynes sein Atelier mit dem ebenfalls homosexuellen Maler ☞Marsden Hartley, der neben dem Maler Paul Cadmus und dem britischen Fotografen ☞Cecil Beaton zu seinem engeren Freundeskreis gehört.

- *George Platt Lynes*; hg. von Peter Weiermair, 1989; *George Platt Lynes Photographien aus der Sammlung des Kinsey Insitute*, 1994

M

Mabley, Jackie „Moms" (eigentlich Loretta Mary Aiken)

US-amerikanische Komödiantin

19.3.1897 Brevard/North Carolina – 23.5.1975 White Plains/New York

Mit 14 Jahren rennt Mabley ihrer Armut davon – und hinein in eine glanzvolle Karriere als eine der gefeiertsten schwarzen Entertainerinnen ihrer Zeit. Nach ein paar harten Jahren wird sie mit ihren offenherzigen Stand-up-Comedy-Darbietungen vor einem meist schwarzen Publikum zum Star des legendären Harlemer Cotton Clubs und des Club Harlem in Atlantic City, wo sie an der Seite von Jazz-Größen wie Count Basie und Duke Ellington auftritt. Als einer der ersten schwarzen Entertainerinnen gelingt es ihr, in späteren Jahren mit ihren Auftritten in Kultfernsehsendungen wie der *Johnny Carson Show* dem breiten US-amerikanischen Publikum bekannt zu werden. Mabley, deren beste Rolle die einer männerfressenden, älteren Frau ist, bezeichnet sich selbst als Lesbe. In ihren Shows macht sie sich vorrangig über Sexprotze lustig, um hintergründig auf die Überlegenheit des vermeintlich schwachen Geschlechts zu verweisen.

Maccarone, Angelina

deutsche Drehbuchautorin und Regisseurin

1965 Köln

Die Wahlhamburgerin studiert Germanistik und Amerikanistik, schreibt nebenbei Songtexte für Udo Lindenberg und die Band *ROH* und fertigt 1992 das Treatment zu ihrem ersten Fernsehfilm *Kommt Mausi raus?*. 1996 strahlt die ARD die Coming-out-Komödie aus, die zu einem der beliebtesten Lesbenfilme Deutschlands wird. Auch mit ihrem zweiten explizit lesbischen Fernsehfilm *Alles wird gut* (1998), der Geschichte einer arbeitslosen Lebenskünstlerin und ihrer karrieresüchtigen Exfreundin, enttäuscht sie ihre Fans nicht und wird auch hierfür mit diversen Preisen ausgezeichnet. 1997 dreht sie *Helgoland, Babylon* (*NDR*-Titel *Ein Engel schlägt zurück*) über eine tragisch verlaufende Frauenfreundschaft. „Egal über welches Thema ich schreibe, mein Standpunkt bleibt ein ‚lesbischer'. Mich fasziniert die Absurdität der Norm in allen Schattierungen, auch über die sexuelle Orientierung hinaus. Und selbst da gibt es ja weitaus mehr als nur homo oder hetero." Seit 1999 ist sie Dozentin im Fach Regie an der Deutschen Film-Akademie Berlin.

- weitere Drehbücher (Auswahl): *Alles wegen Robert de Niro* (Regie Helmut Förnbacher), 1996; *Orbit*, 2003; *X-Max Zombies*, 2003

Mackay, John Henry

deutscher Schriftsteller

6.2.1864 Greenock/Schottland – 21.5.1933 Berlin

Mackay kommt als Zweijähriger nach Deutschland und lebt in verschiedenen Ländern Europas, bevor er sich endgültig 1892 in Berlin niederlässt. In seinem Werk, das im Wilhelminischen

Deutschland aufgrund der Sozialistengesetze z.T. verboten ist, verbindet sich Max Stirners Anarchismus (*Max Stirner, Biographie*, 1898) mit dem sozialen Anliegen der Naturalisten, z.B. in den Romanen *Die Anarchisten* (1891), der in sieben Sprachen übersetzt wird, und *Der Schwimmer* (1901) sowie der Novelle *Staatsanwalt Sierlin* (1928). Die *Gesammelten Werke* erscheinen 1911 in acht Bänden. Arno Holz porträtiert Mackay im Drama *Socialaristokraten* (1896). Einige von Mackays Gedichten werden von Richard Strauß, Alban Berg und Eugen d'Albert vertont. 1913 erscheint in Paris die Gesamtausgabe der *Bücher der namenlosen Liebe*. In sechs, in sich geschlossenen kurzen Bänden versucht Mackay unter dem Pseudonym Sagitta eine Art literarisches Plädoyer für die Knabenliebe. Die von ☞Magnus Hirschfeld und dem Wissenschaftlich-humanitären Komitee propagierte These vom „Dritten Geschlecht" will Mackay/Sagitta nicht akzeptieren. Er kategorisiert Homosexuelle in zwei Gruppen: die mann-männliche Liebe, bei der einem Partner stets die Rolle des „Weibes" zugeordnet werden könne, und die Liebe zwischen Knaben und Mann. Mackay verlegt diese Bücher selbst und organisiert auch mittels Deckadressen den Vertrieb. Als die Knabenliebe zum Jahreswechsel 1907/1908 zu einem tagespolitischen Thema wird, schreibt Mackay das sechste Buch seiner *Bücher der namenlosen Liebe* mit dem Titel *Gehör! – Nur einen Augenblick … ein Schrei*. Unterstützt von seinem Verleger Benedict Friedlaender verschickt er 3340 Exemplare an Zeitungen und Büchereien sowie an 1200 Vorsteher von evangelischen Jünglingsvereinen. Die Folge: Zwei geistliche Empfänger klagen wegen Beleidigung. Am 12. März 1908 werden sowohl diese Flugschrift als auch die bereits erschienenen Bände Sagittas beschlagnahmt. Im Vorwort zur Gesamtausgabe schreibt Mackay 1913: „Wenn ich die Briefe wieder lese, die mir aus diesen Kreisen (von verschwindenden Ausnahmen abgesehen) als Antwort eingingen, stehe ich verständnislos vor dieser Flut niedriger Beschimpfungen, maßlosen Hasses und sinnloser Wut, wie vor einem Unbegreiflichen."

- *Die Bücher der namenlosen Liebe*, 1913/1979; *Die Anarchisten. Kulturgemälde aus dem Ende des XIX. Jahrhunderts*, 1891/1992
- K. H. Z. Solneman: *Der Bahnbrecher John Henry Mackay. Sein Leben und sein Werk*, 1979; Hubert Kennedy: *Anarchist der Liebe. John Henry Mackay als Sagitta*, 1990

Mahlsdorf, Charlotte von (eigentlich Lothar Berfelde)

deutsche Museumsleiterin und Restauratorin
18.3.1928 Berlin-Mahlsdorf – 30.4.2002 Berlin

Zu Zeiten der DDR gehört Charlotte von Mahlsdorf zu den bekanntesten Schwulen des Landes. In Mahlsdorf, am Rande Berlins, setzt der Transvestit Lothar Berfelde alias Charlotte in jahrzehntelanger Arbeit ein Gutshaus instand, das er mit den Erträgen lebenslanger Sammelleidenschaft und Restaurierungsbemühungen zu einem Gründerzeitmuseum umgestaltet. Die Sammlung umfasst komplette Zimmereinrichtungen, zahlreiche Trichtergrammophone, Haushaltsgeräte und eine vollständige historische Kneipeneinrichtung der Jahrhundertwende. Inoffiziell fungiert das Museum auch als Homosexuellentreffpunkt. Für den „Einsatz zur Rettung von Kulturgut" wird Charlotte von Mahlsdorf 1992 das Bundesverdienstkreuz überreicht. Im gleichen Jahr entsteht ein semidokumentarischer Spielfilm von ☞Rosa von Praunheim, der parallel zur gleichnamigen Autobiografie *Ich bin meine eigene Frau* gedreht wird. Das Buch wird in mehrere Sprachen übersetzt. 1997 zieht Charlotte von Mahlsdorf nach langwierigen Verkaufsverhandlungen mit den Berliner Behörden mit einem Teil der Sammlung nach Örebrolän in Schweden. Im gleichen Jahr wird bekannt, dass Charlotte von Mahlsdorf sich von 1971 bis 1976 auf „freiwilliger Basis" bei der DDR-Staatssicherheit als IM „Park" hatte verpflichten lassen. Die Zusammenarbeit wird jedoch wegen „unbefriedigender Leistungen" abgebrochen. Das eigentliche Gründerzeitmuseum in Berlin-Mahlsdorf bleibt durch den Verkauf erhalten und weiterhin öffentlich zugänglich. Der Dramatiker Doug Wright erhält 2004 für sein erfolgreiches Broadway-Musical *I Am My Own Wife,* basierend auf Interviews, die er mit Charlotte von Mahlsdorf geführt hat, den Pulitzer Preis.

- *Ich bin meine eigene Frau*, 1992; *Ab durch die Mitte. Ein Spaziergang durch Berlin*, 1994; *Farewell*. CD, 1996

Mandlikova, Hana

tschechische Tennisspielerin
2.10.1968 Brno/Tschechische Republik

Nach zwei verlorenen Finalspielen 1993 und 1997 gelingt es ihr 1998 schließlich doch: Hana Mandlikova ist Siegerin in Wimbledon. 1999 zieht sie sich von dem Profitennis zurück und arbeitet als Trainerin. Liiert ist sie mit der Spielerin und zeitweiligen Weltranglisten-Ersten Jana Novotna. Als diese beim Wimbledon-Finale mit Nathalie Tauziat als Gewinnerin hervorgeht, sagt Novotna bei der Siegerehrung: „Diesen Triumph widme ich Hana Mandlikova. Ohne sie hätte ich das niemals geschafft."

Mann, Erika

deutsche Schriftstellerin und Kabarettistin
9.11.1905 München – 27.8.1969 Zürich

Als Tochter des Schriftstellers ☞Thomas Mann steht Erika, genau wie ihr ein Jahr jüngerer und homosexueller Bruder ☞Klaus, lange im Schatten ihres überaus erfolgreichen Vaters. Erika Mann arbeitet zunächst als Schauspielerin, u.a. 1925 in dem Stück *Anja und Esther* ihres Bruders, wo sie zusammen mit ihrer Geliebten Pamela Wedekind ein lesbisches Paar darstellt. Nach einer dreijährigen Zweckehe mit dem

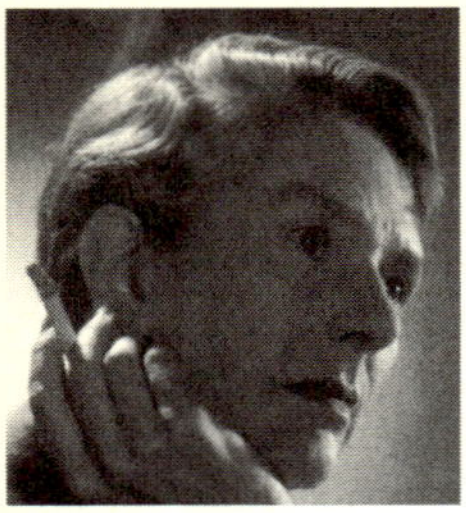

Schauspieler ☞Gustaf Gründgens gründet sie 1932 zusammen mit ihrer Freundin ☞Therese Giehse in München das Kabarett Die Pfeffermühle, das mit scharf antifaschistischen Texten von ihr und ihrem Bruder arbeitet. Im Jahr darauf müssen Mann und Giehse in die Schweiz emigrieren, noch im gleichen Jahr wird dort Die Pfeffermühle wiedereröffnet und gastiert in vielen Ländern Europas als erfolgreichstes Exilkabarett. Einen weiteren Umzug nach New York im Jahr 1937 übersteht das Kabarett nicht mehr. Nachdem sie in der Zwischenzeit den Dichter ☞W.H. Auden geheiratet hatte, um einen englischen Pass zu bekommen, bleibt Erika Mann in den USA, wo sie während des Zweiten Weltkrieges als Korrespondentin arbeitet und vehement gegen den Nationalsozialismus eintritt. 1938 publiziert sie dort ihren Bestseller *School for Barbarians* (dt. *Zehn Millionen Kinder – Die Erziehung der Jugend im Dritten Reich*, 1986). Mann ist auch als Kinderbuchautorin erfolgreich (*Stoffel fliegt übers Meer*, 1932); ihr wird die amerikanische Staatsbürgerschaft verweigert. 1952, drei Jahre nach dem Freitod ihres Bruders Klaus, zieht sie mit ihren Eltern wieder in die Schweiz zurück, wo sie sich nach dem Tod ihres Vaters im Jahre 1955 des literarischen Nachlasses von Bruder und Vater annimmt. Die Schriftstellerin, die bis zuletzt politisch aktiv ist, aber im Gegensatz zu ihrem Bruder erst spät ihre Homosexualität auslebt – 1944 brüskiert sie ihre Familie, als sie ihre Geliebte, die Kriegskorrespondentin Betty Knox, zur Silvesterfeier mit ins Elternhaus bringt –, stirbt im Alter von 64 Jahren an den Folgen einer Gehirntumoroperation. ☞Andrea Weiss und ☞Wieland Speck drehen 2001 den Film *Escape to Life* über Erika und Klaus Mann.

- *The Lights Go Down*, Roman, 1940; *Mein Vater, der Zauberer*, hg. von Irmela von der Lühe und Uwe Naumann, 1996; *Blitze überm Ozean. Aufsätze, Reden, Reportagen*, 2000; *Wenn die Lichter ausgehen. Geschichten aus dem Dritte Reich*, 2005
- Irmela von der Lühe: *Erika Mann. Eine Biographie*, 1994; Armin Strohmeyr: *Klaus und Erika Mann*, 2000; Andrea Weiss: *Flucht ins Leben. Die Erika und Klaus Mann-Story*, 2000; *Wenn die Lichter ausgehen. Geschichten aus dem Dritte Reich*, 2005

Mann, Golo (eigentlich Angelus Gottfried Mann)
deutscher Historiker und Publizist
27.3.1909 München – 7.4.1994 Leverkusen

Sohn des Schriftstellers ☞Thomas Mann, mit dem er 1933 nach seiner Promotion über Hegel bei Karl Jaspers in die Emigration geht. In den USA zeitweilig als Geschichtsprofessor beschäftigt, später zurück in Deutschland von 1958 bis 1959 und 1960 bis 1964 Gastprofessuren in Münster bzw. Stuttgart. Die erste wichtige Veröffentlichung wird die Monografie über den homosexuellen Politiker, Schriftsteller und Gegner Napoleons, *Friedrich von Gentz* (1948); ein vielbeachteter Auflagenerfolg ist seine *Deutsche Geschichte des 19. und 20. Jahrhunderts* (1959). Seine *Wallenstein-Biografie* (1971) wird 1978 zu einem mehrteiligen Fernsehspiel bearbeitet. Immer wieder äußert er sich zu aktuellen politischen Fragen und löst heftigen Widerspruch damit aus. So unterstützt er die Ostpolitik Willy Brandts, plädiert dafür, in den Terroristenprozessen der 70er Jahre ausschließlich Pflichtverteidiger einzusetzen, ist für eine Begrenzung der Asylbewerber und bezeichnet die Begründer der Frankfurter Schule, Theodor W. Adorno und Max Horkheimer als „Lumpen". In seinen *Erinnerungen und Gedanken. Eine Jugend in Deutschland* (1986) geht er kaum auf seine Familie ein, sondern präsentiert sich vor allem als wacher politischer Beobachter. Privat-intime Erkenntnisse sind ebensowenig zu finden. Die letzten Jahre vor seinem Tod verlebt er in der Familie seines Adoptivsohnes Knut Beck-Mann in Leverkusen. Erst kurz vor seinem Tod äußert er sich in einem Zeitschifteninterview zu seinen homosexuellen Neigungen, die er jedoch aus Angst nie ausgelebt habe: „Ich hab' mich nicht oft verliebt. Ich hab' es sehr oft für mich behalten, das war vielleicht ein Fehler. Es war ja auch verboten, selbst in Amerika, und man musste schon ein bisschen achtgeben." Golo Mann wird mehrfach für seine Arbeit ausgezeichnet, u.a. 1968 mit dem Büchner-Preis, 1969 mit dem Gottfried-Keller-Preis, 1985 mit dem Goethe-Preis. Golo Mann leidet sein Leben lang darunter, stets im Schatten des Vaters zu stehen. In einem Brief an den Literaturkritiker Marcel Reich-Ranicki schreibt der greise Golo Mann: „I want to be myself and not the son." Er verfügt testamentarisch, auf dem Kilchberger Friedhof so weit wie möglich vom Grab der Eltern beigesetzt zu werden.

Mann, Klaus
deutscher Schriftsteller
18.11.1906 München – 21.5.1949 Cannes

Sohn des Schriftstellers ☞Thomas Mann. Schreibt bereits als Schüler erste Gedichte und Novellen, geht 1925 als Theaterkritiker nach Berlin. Mit seiner Schwester ☞Erika, Pamela Wedekind und ☞Gustaf Gründgens gründet er ein Theaterensemble. Die Inszenierungen seiner eigenen Stücke, dem lesbischen Drama *Anja und Esther* (1925) und *Revue zu vieren* (1927) erregen Aufsehen. 1929 geht er mit Erika Mann auf Weltreise, die sie

sich durch Vorträge und Reportagen finanzieren und in ihrem gemeinsamen Buch *Rundherum* (1929) dokumentieren. Bereits 1932 verfasst Klaus Mann seine erste Autobiografie *Kind dieser Zeit*; 1942 folgt *Der Wendepunkt*. 1933 Emigration, zunächst nach Paris, dann Amsterdam, später in die USA. Veröffentlicht den Schlüsselroman *Mephisto* (1936) über seinen ehemaligen Schwager und Freund Gustaf Gründgens, der inzwischen Theaterkarriere im NS-Regime gemacht hat. Nach dem Krieg will zunächst kein Verlag diesen Roman neu auflegen; die Neuausgabe 1968 wird dann auch prompt von den Erben Gründgens' gerichtlich verboten. In Amsterdam gibt Mann die Zeitschrift *Sammlung* heraus (1933-35) und engagiert sich innerhalb des PEN-Clubs und bei verschiedenen Schriftstellerkongressen sowie durch Aufsätze gegen die Nationalsozialisten. Die Erfahrungen des Exils verarbeitet er in den Romanen *Treffpunkt im Unendlichen* (1932), *Flucht in den Norden* (1934) und *Der Vulkan* (1939). Ottokar Kunze verfilmt den Roman mit deutscher Starbesetzung u.a. ☞Udo Samel und Nina Hoss 1998. In den USA wird er 1942 in die Army einberufen, wo er u.a. am Feldzug in Italien und Nordafrika teilnimmt. Ab 1943 US-Staatsbürger, 1945 Mitarbeiter der US-Armeezeitung *Stars and Stripes*, in deren Auftrag er Österreich und Deutschland besucht. Nach der Entlassung aus dem Armeedienst Rückkehr nach Deutschland, ohne festen Wohnsitz. Er lebt u.a. in Rom, Amsterdam, New York und Kalifornien. Politisch, künstlerisch und persönlich enttäuscht, verfällt er in Depressionen und nimmt sich in einem Hotelzimmer in Cannes mit einer Überdosis Schlaftabletten das Leben. Anders als sein Vater Thomas und sein Bruder Golo lebt Klaus Mann seine homosexuelle Neigung immer offen aus. In seinem Roman *Der fromme Tanz* (1925) schildert er seine Erfahrungen in der schwulen Subkultur Berlins; auch in späteren Romanen hat er immer wieder homosexuelle Figuren als zentrale Helden oder zumindest Randfiguren dargestellt, sei es ☞Alexander der Große in *Alexander. Roman der Utopie* (1929), den Komponisten ☞Peter Tschaikowski in *Symphonie Pathétique* (1935), ☞König Ludwig II. von Bayern in der Novelle *Vergittertes Fenster* (1937) oder das schwule Liebespaar Kikjou und Martin im Emigrantenroman *Der Vulkan* (1939). Immer wieder verbinden sich jedoch Homosexualität und Todessehnsucht und spiegeln dabei seinen eigenen Gemütszustand wider. Die meiste Zeit seines Lebens ist Klaus Mann stark drogenabhängig, seine Beziehungen zu Männern sind meist sehr flüchtig oder verlaufen unglücklich. Der Schriftsteller René Crevel erwidert seine Liebe nicht, sein Jugendfreund Ricki Hallgarten nimmt sich 1932 das Leben. Auch die Beziehung zu dem amerikanischen Journalisten Thomas Quinn Curtiss, den er 1937 kennen lernt, währt nicht lange.

- *Die Tagebücher 1931-1949*, 1995; *Escape to Life*, 1939; *André Gide und die Krise des modernen Denkens*, 1943

- Gerhard Härle: *Männerweiblichkeit. Zur Homosexualität bei Klaus und Thomas Mann*, 1988; Uwe Naumann: *Klaus Mann*, 1984; Stefan Zynda: *Sexualität bei Klaus Mann*,1986; Frederic Kroll: *Klaus-Mann-Schriftenreihe*, 1976-96; Uwe Naumann (Hg.): *„Ruhe gibt es nicht, bis zum Schluß." Klaus Mann (1906-1949), Bilder und Dokumente*, 1999; Nicole Schaenzler: *Klaus Mann. Eine Biographie*, 1999; Armin Strohmeyr: *Klaus Mann*, 2000

Mann, Thomas

deutscher Schriftsteller
6.6.1875 Lübeck – 12.8.1955 Kilchberg/Zürich

Nach dem Tod seines Vaters, eines Senators, und der Auflösung der väterlichen Getreidefirma zieht Thomas Mann nach München. Kurze Zeit journalistische Mitarbeit beim Satireblatt *Simplicissimus*. Erste Novellen (*Der kleine Herr Friedemann*, 1898; *Tristan*, 1903) und Romane (*Buddenbrooks*, 1901; *Bekenntnisse des Hochstaplers Felix Krull*, 1911). In den Jahren des Kaiserreichs an Politik nicht interessiert, schlägt sich Mann 1914, für viele überraschend, auf die Seite der nationalkonservativen Verteidiger des Krieges, 1922 Hinwendung zur Repulik. Seine antifaschistische Publizistik zwingt ihn 1933 ins Exil, zunächst nach Südfrankreich, dann in die Schweiz. Hier entsteht sein biblischer Roman *Joseph und seine Brüder* (1933-43). 1936 offizielle Ausbürgerung aus dem Deutschen Reich. Übersiedlung in die USA, wo er sich weiterhin publizistisch gegen den Nationalsozialismus einsetzt. Ab 1939 Professur an der Universität von Princeton. 1952 Rückkehr nach Europa, verlebt die letzten Jahre seines Lebens in seinem Haus in Zürich. Thomas Mann gilt als einer der bedeutendsten deutschen Schriftsteller des 20. Jhs., der sich die realistische Erzähltradition durch vielfach ironische Brechungen neu erschließt und erweitert. Zu einem Leitthema wird der Konflikt zwischen Bürger- und Künstlertum. 1929 erhält er den Nobelpreis für Literatur.

Kurz vor seinem Tode enthüllt Thomas Mann, dass seine erste Liebe dem Schulfreund Armin Martens gegolten habe, dem er in der Novelle *Tonio Kröger* (1903) ein literarisches Denkmal setzt. Eine spätere Liebe, der Maler Paul Ehrenberg, erscheint im Roman *Doktor Faustus* (1947) als bisexueller Musiker Rudi Schwerdtfeger. Thomas Mann erlebt seine homosexuellen Neigungen stets nur als Schwäche, Krankheit und Versagen. Ein Makel, dem er mit Selbstzucht und Triebunterdrückung entgegenwirkt. Seine Ehe mit Katia Pringsheim ist eher kameradschaftlicher denn leidenschaftlicher Natur. Dennoch gehen aus dieser Bindung sechs Kinder hervor, drei davon ebenfalls homosexuell: ☞Erika, ☞Golo und ☞Klaus Mann. Am deutlichsten verarbeitet Thomas Mann seine gleichgeschlechtlichen Empfindungen in der Künstlernovelle *Tod in Venedig* (1912). Die neuere Literaturwissenschaft jedoch hat in fast all seinen literarischen Arbeiten homoerotische Tendenzen ausgemacht. In seinen penibel geführten Tagebüchern, die erst posthum ediert werden durften, schreibt Mann sehr offen von seinen sexuellen Fantasien und dankt auch seiner Ehefrau für Toleranz und Verständnis. Gleichwohl verstört ihn die offen gelebte Homosexualität seines Sohnes Klaus. Während er die gleichgeschlechtliche Liebe in Essays etwa über ☞Platen, ☞Michelangelo und den Alten Fritz verteidigt, äußert er sich in *Die Ehe im Übergang* (1925) abwertend über die Homosexualität: „Es ist kein Segen bei ihr als der der Schönheit, und das ist ein Todessegen. Ihr fehlt der Segen der Natur und des Lebens – das möge ihr Stolz sein, ein allerschwermütigster Stolz, aber sie ist gerichtet damit, verworfen, gezeichnet mit dem Zeichen der Hoffnungslosigkeit und des Widersinns."

- *Betrachtungen eines Unpolitischen*, 1918; *Der Zauberberg*, 1918; *Der Erwählte*, 1951

- Marcel Reich-Ranicki: *Thomas Mann und die Seinen*, 1990; Gerhard Härle: *Männerweiblichkeit. Zur Homosexualität bei Klaus und Thomas Mann*, 1988; Karl Werner Böhm: *Zwischen Unzucht und Verlangen. Thomas Mann und das Stigma Homosexualität*, 1991; Marianne Krüll: *Im Netz der Zauberer. Eine Geschichte der Familie Mann*, 1993; Donald A. Prater: *Thomas Mann. Deutscher und Weltbürger. Eine Biographie*, 1995; Klaus Harprecht: *Thomas Mann. Eine Biographie*, 1996; Anthony Heilbut: *Thomas Mann. Eros and Literature*, 1996; Heinrich Bresler: *Unterwegs zur Familie Mann. Begegnungen, Gespräche, Interviews*, 2001

Mansfield, Katherine
(eigentlich Katherine Mansfield Beauchamp)

britische Schriftstellerin
14.10.1888 Wellington/Neuseeland – 9.1.1923 Fontainebleau/Frankreich

Mansfield gilt als Wegbereiterin der englischen Short Story; in ihren handlungsarmen, aber detailreichen Erzählungen liegt das Gewicht auf der Darstellung innerer Zustände und Veränderungen. Mansfield besucht von 1903 bis1906 ein Londoner College und kehrt danach wieder in ihre neuseeländische Heimat zurück. Nach einer drei Jahre dauernden Liebschaft mit der um neun Jahre älteren Malerin Edith Bendall siedelt Mansfield 1909 endgültig nach London über, um kurz darauf G. Bowden zu heiraten, den sie am gleichen Tag wieder verlässt. Ab 1912 lebt sie mit dem Literaturkritiker – und ihrem späteren Ehemann – J.M. Murry zusammen, verkehrt aber weiterhin in lesbischen Lokalen. Erst in ihren letzten Lebensjahren gelingt Mansfield der literarische Durchbruch; ihr Erzählbände *The Garden Party* (1922, dt. *Das Gartenfest und andere Geschichten*) und *The Dove's Nest* (1923, dt. *Das Taubennest*) machen sie international bekannt.

- C. Tomalin: *Katherine Mansfield*, 1990

Mapplethorpe, Robert

US-amerikanischer Fotograf
4.11.1947 New York City – 9.3.1989 ebd.

Wie kaum ein zweiter Fotograf hat Robert Mapplethorpe durch seine perfektionistischen, stets an die klassische Bildhauerei erinnernden Arbeiten die Männeraktfotografie beeinflusst und erweitert. Mapplethorpes Körperkult und unverstellter homosexueller Blick versetzt nicht zuletzt auch der Umsetzung und Darstellung schwuler Ästhetik entscheidende Impulse. Seine Aktbilder vollkommener, und daher fast schon wieder unnatürlich erscheinender Männerkörper werden in einer großen Zahl zu Bildikonen schwulen Begehrens. 1963-70 Kunststudium am Pratt Institute, New York. Beziehung zur Rocksängerin Patti Smith. Erst während des Studiums Hinwendung zur Fotografie und erste Kontakte innerhalb der schwulen Subkultur. Ab 1969 Verarbeitung schwuler Pornohefte in seinen Collagen und Assemblagen. Seine Beziehungen zu John McKendry, Kurator am Metropolitan Museum of Art, und zu Sam Wagstaff, Sammler und Kurator an verschiedenen Museen, verschaffen Mapplethorpe sowohl die finanziellen Mittel als auch die entscheidenden Verbindungen zur Kunstszene. Neben seinen drastischen, stilisierten Aufnahmen homosexueller Akte und Aufnahmen der S/M-Szene avanciert er zu einem gefragten Porträtisten. Seine Aktbilder schwarzer Models bringen ihm den Vorwurf des sexuellen Rassismus ein. 1989 wird in Chicago die Wanderausstellung „The Perfect Moment" kurzfristig abgesagt. Hauptangriffspunkt ist ein 13teiliger Zyklus mit Männern bei sadomasochistischen Aktivitäten. Der nationalen Kunstförderungsinstitution National Endowment of the Arts wird vorgeworfen, obszöne und anstößige Werke zu fördern. Der republikanische Senator Jesse Helmes fordert ein Gesetz, dass solche Kunst (u.a. solche mit Darstellungen von Sadomasochismus und Homoerotik) künftig nicht mehr staatlich finanziert werden soll. Der verantwortliche Direktor des Contemporary Arts Center Cincinnati wird wegen Obszönität vor Gericht gestellt, aber letztlich freigesprochen. In den letzten beiden Lebensjahren wendet sich Mapplethorpe verstärkt der Farbfotografie zu; ein umfangreicher Zyklus mit Blumenstilleben entsteht. Der Eröffnung der Retrospektive im Whitney Museum New York am 27. Juli

1988, dem Höhepunkt seiner Karriere, kann Mapplethorpe nur für kurze Zeit und unter großen Schmerzen beiwohnen. Zwei Wochen später verstirbt er an den Folgen von Aids.

- *Ten By Ten*, 1988; *Robert Mapplethorpe – Die große Monographie*. Mark Holbourn und Dimitri Levas (Hg.), 1992; *Altars*, 1995
- Jack Fritscher: *Mapplethorpe – Assault with a Deadly Camera*, 1994; Patricia Morrisroe: *Robert Mapplethorpe*, 1996

Mara, Célia

brasilianische Musikerin
27.7.1961 Pedra Azul

Geboren in einer Kleinstadt im Norden von Minas Gerais, wächst Célia Mara mit den Rhythmen Afro-Brasiliens und den schwermütigen Melodien ihrer Heimat auf. Ihre Passion ist von Anfang an die Musik – und die Frauen. Als 14-Jährige interpretiert sie auf lokalen Festivals Musica Popular Brasileira, darunter Songs von Caetano Veloso, Jõao Bosco und Gilberto Gil. Ihr Idol ist die einzigartige Elis Regina. Als 16-Jährige steht sie schon mit ihren eigenen Kompositionen auf der Bühne – sie ist die erste Frau des Vale do Jequitinhonha, die auf einem überregionalen Festival auftritt. Mit 18 Jahren zieht es sie nach Belo Horizonte, Brasiliens geheime Musikmetropole, wo sie ihr erstes eigenes Konzertprogramm präsentiert: eine Fusion ruraler und urbaner Musikkonzepte. Politisch aktiv, ist Mara Sprachrohr sozialer Bewegungen, sie engagiert sich an Universitäten und in Gewerkschaften. Ihre Musik bringt sie nach Rio de Janeiro, Salvador de Bahia und São Paulo, wo sie ihre erste Single aufnimmt. Sie hat Auftritte in nationalen TV-Shows, eine Karriere beginnt sich abzuzeichnen. Doch Célia Mara sucht das Abenteuer – 1990 wird sie für ein Jazzfestival in der Schweiz engagiert, wo sie vorläufig bleibt. Später zieht sie nach Salzburg, ab 1994 nach Wien. 1997 gründet sie die Jazzband *PotênciaX* und veröffentlicht die CD *Hot Couture do Samba*. 1999 erscheint die Benefiz-CD *Necessàrio* zugunsten der von ihr gegründeten österreichischen Initiative help4favelas, welche ein Mädchenausbildungsprojekt in Rio de Janeiro unterstützt. 2000 wird sie zur besten World-Music-Künstlerin Österreichs gewählt. 2002 schreibt sie den Soundtrack zum Dokumentarfilm *Die Königinnen vom Salgueiro haben relative Bürgerrechte*, welcher als beste Videoproduktion am Black International Cinema 2003 ausgezeichnet wird. 2003 wird sie gemeinsam mit ihrer Partnerin Silvia Santangelo Jura mit dem Herta-Pammer-Preis für innovative entwicklungspolitische Bildungsarbeit ausgezeichnet. Seit 2000 beschäftigt sich Célia Mara intensiv mit elektronischer Musikbearbeitung. Die sozial engagierte Musikerin lebt offen lesbisch und setzt sich unter anderem auch gegen Rassismus, Sexismus und Diskriminierung von Lesben und Schwulen ein.

Marais, Jean (eigentlich Jean Alfred Villain-Marais)

französischer Schauspieler und Künstler
11.12.1913 Cherbourg/Manche – 8.11.1999 Paris

Sohn eines Tierarztes. In seinen Memoiren *Histoire de ma vie* (1975) beschreibt er seine Kindheit als wenig glücklich und überschattet von traumatischen Erlebnissen, die ihn prägen: die frühe Trennung der Eltern, die wiederholt wegen ihrer Kleptomanie verurteilte Mutter, schulische Misserfolge und die sexuelle Verführung durch einen Freund der Mutter. Seinen ursprünglichen Berufswunsch, Kunstmaler, kann Marais nicht verwirklichen, da er die Aufnahmeprüfung an der Akademie der Schönen Künste in Paris nicht besteht. Er übernimmt zunächst Gelegenheitsjobs, u.a. Golflehrer und Retoucheur bei einem Fotografen. Er nimmt Schauspielunterricht, u.a. bei Charles Dullin, der als Initiator des modernen Regietheaters gilt. Ab 1933 etabliert sich Marais als Theater- und Filmschauspieler, u.a. in Filmen von Marcel L'Herbier (*L'Épervier*, 1933; *Nuits en feu*, 1937). Im Juli 1937 lernt er ☞Jean Cocteau kennen, mit dem er für einige Jahre eine enge Beziehung eingeht und mit dem ihn bis zu dessen Tod eine enge Freundschaft verbindet. Cocteau schreibt eigens für Marais Theaterstücke (*Oedipe re, Les chevaliers de la table ronde*) und Filmrollen (*La Belle et la bête*, 1946; *Orphée*, 1950). Mit ihnen erlangt Marais internationale Anerkennung. Sowohl Cocteaus Liebesgedichte (dt. *Ich war im Paradies*, 1988) als auch seine Briefe an Marais (*Lettres à Jean Marais*, 1987, dt. 1991) werden publiziert. 1939-40 ist Marais kurzzeitig im Kriegsdienst, kehrt jedoch bald wieder ans Theater zurück. 1944 zieht er mit einer Inszenierung von *Andromache* den Zorn der deutschen Besatzungsmacht auf sich und geht in den Untergrund zur Resistance, wo er sich der Panzerdivision von Jacques Leclerc anschließt. Nach dem Krieg setzt er seine Filmkarriere fort, zunächst mit Cocteau, ab den 50er Jahren, u.a. mit *Der Graf von Monte Christo* (1953) und der *Fantomas*-Serie (1964), zunehmend in Abenteuerfilmen. Ab Ende der 60er Jahre wendet er sich verstärkt wieder dem Theater zu und betätigt sich als Schauspieler, Regisseur, Ausstatter und Choreograf. Zum Film kehrt er erst 1986 für Willy Rameaus *Le Lien de parenté* und 1996 für Bernardo Bertoluccis *Stealing Beauty* zurück. Parallel zu seiner schauspielerischen Tätigkeit baut Marais eine zweite Karriere als Künstler auf und betätigt sich als Maler, Töpfer und Textil- und Möbeldesigner. Neben seiner Autobiografie (dt. *Spiegel meiner Erinnerungen*, 1975) verfasst er ein Ballett (*L'Apprenti fakir*, 1957) und ein illustriertes Märchenbuch (1978). Mit der Text- und Szenenmontage *Cocteau-Marais* (1983) gelingt ihm eine sowohl in Deutschland als auch in Frankreich gefeierte Hommage an seinen Freund und Förderer.

Marbury, Bessie
US-amerikanische Theateragentin
19.6.1856 New York City – 22.1.1933 ebd.

1890 gründet Marbury ihre eigene Theateragentur in New York, um von da an in kürzester Zeit zur einflussreichen Doyenne des Broadway aufzusteigen. Als Agentin betreut sie nahezu sämtliche führenden Bühnenautoren ihrer Zeit – darunter George Bernard Shaw, Georges Feydeau und ☞Mercedes de Acosta. Bereits 1887 war Marbury mit ihrer Lebensgefährtin, der Schauspielerin ☞Elsie de Wolfe, zusammengezogen, später kommt Anne Morgan als intime Freundin hinzu. Gemeinsam geben die „Drei Grazien", wie sie genannt werden, rauschende Partys in der Villa Trianon, die dafür sorgen, dass lesbische Haushalte fortan als „in" gelten. Ihren weitreichenden Einfluss und ihre gesellschaftliche und geschäftliche Prominenz nutzt Marbury, um sich einerseits aktiv in der Demokratischen Partei zu engagieren und andererseits notleidende KünstlerInnen – z.B. ☞Oscar Wilde – zu unterstützen.

Marçal, Maria-Mercè
katalanische Dichterin
13.11.1952 Barcelona – 5.7.1998 ebd.

Aufgewachsen in einem kleinen Dorf in der katalanischen Provinz kommt sie als Zehnjährige in ein Nonneninternat in der Provinzhauptstadt Lérida. Ab 1969 lebt sie in Barcelona; bald gehört die Studentin der Klassischen Philologie zu den Aktivisten im politischen und kulturellen Widerstand gegen das Franco-Regime. Über einen Kreis christlicher Intellektueller lernt sie den experimentellen Lyriker und Mitbegründer der Avantgardegruppe *Dau al Set*, Joan Brossa, kennen, den sie schließlich heiratet. Ihr Bemühen als Dichterin ist es, die katalanische Lyrik des 19. und beginnenden 20. Jhs. wiederzubeleben. Sie schreibt deshalb ihre Gedichte in katalanischer Sprache und gründet mit Freunden und ihrem Mann den Verlag Llibres del Mall, wo u.a. das Gesamtwerk von Salvador Esperiu erscheint, aber auch ihre eigenen Lyrikbände *Cau de Llunes* (1977) und *Bruxia de dol* (1979). Einige ihrer Texte werden später von Liedermacherinnen vertont. Trotz ihres Ruhmes als Lyrikerin, Literaturwissenschaftlerin und Feministin unterrichtet sie parallel in einem Arbeitervorort an einem Gymnasium katalanische Sprache. 1982 erscheint ihr dritter Gedichtband *Sal oberta*, in dem sie ihre Mutterschaft behandelt, erstmals thematisiert sie in *Terra de mai* die Frauenliebe. In den nachfolgenden Lyriksammlungen *La germana, L'estrangera* (1985) und *Llengua abolida* (1989) spricht sie in ihren Liebesgedichten stets Frauen an. 1994, inzwischen herrschen in Spanien liberalere Verhältnisse, veröffentlicht sie ihren Roman *La passió segons ☞Renée Vivien*, in dem sie der Biografie der bekannten lesbischen Dichterin des Fin de siècle das Leben einer katalanischen Schriftstellerin der 80er Jahre gegenüberstellt. Die lange hinausgezögerte Veröffentlichung wird von vielen als ihr öffentliches Coming-out gedeutet, gleichwohl ist zu diesem Zeitpunkt ihre Beziehung zu der Anthropologin Fina Birués ein offenes Geheimnis.

Marcus, Jürgen (eigentlich Jürgen Beume)

deutscher Schlagersänger
6.6.1948 Herne

Ausbildung als Maschinenschlosser. Mit sechzehn Jahren gründet er seine erste Band, *The Crashers*, die sich später in *The Gentlemen* umbenennt. 1967 gewinnt er den ersten Platz bei einem europäischen Nachwuchsfestival in Brüssel. 1969 wirkt er als Darsteller des Claude in der deutschen Fassung des Musicals *Hair* mit. Dort entdeckt ihn der deutsche Musikproduzent Jack White, der ihm fast sämtliche Hits schreibt, mit Texten zumeist von Fred Jay; u.a. *Eine neue Liebe ist wie ein neues Leben* (1972), *Ein Festival der Liebe* (1973), *Ein Lied zieht hinaus in die Welt* (1975). Marcus wird mit diesen Titeln zu einem der populärsten deutschen Schlagersänger der 70er Jahre. An diese Verkaufserfolge kann er in den 80er Jahren (u.a. mit *Das Lied vom Glücklichsein*, 1982 und *Schau was die Liebe ändern kann*, 1989) nicht mehr anschließen. 1991 Coming-out in einem Interview mit der *Bild am Sonntag*. Seine erste homosexuelle Erfahrung habe er mit einem Ensemblemitglied bei *Hair* erlebt. Plattenproduzenten hätten ihm später gedroht, sein schwules Doppelleben an die Öffentlichkeit zu bringen, wenn er nicht die Verträge wunschgemäß unterschreibe. Seit Mitte der 90er Jahre tritt der in München lebende Marcus wiederholt als offen schwuler Sänger in Talkshows und bei schwulen Veranstaltungen auf.

Markland, Bridge

deutsche Performancekünstlerin
17.2.1961 Berlin

Mit ihren Drag-King-Performances wird Markland in den 90er Jahren als Vorreiterin dieser Sparte zum Medienthema. Ausgehend von der Tradition des deutschen Grotesk- und Ausdruckstanzes der 10er und 20er Jahre mit den Vorbildern Valeska Gert und ☞Anita Berber hat sich Markland ihre eigenen Darstellungsformen entwickelt. Nach einer Ausbildung zur Gymnastiklehrerin hat sie zunächst Tanzunterricht genommen, anschließend ein Studium der Contact Improvisation und New Dance abgeschlossen und sich in den USA in einem Body-Mind-Center unterrichten lassen. Seit 1984 tritt sie mit ihren eigenen Kurzperformances, aber auch abendfüllenden Stücken auf. Mit glattrasiertem Schädel als „neutraler Ausgangssituation" wechselt und spielt sie in ihren Stücken wie *bridgeland zwei* (1996) und *in the box* (1999) mit den Geschlechtern, vermischt Erotikshow und Tanz mit Comedy und Schauspiel. 1999 gründet sie ihre Trash-Comedy-Gruppe *BH-Neutral*. Daneben betätigt sich die in Berlin lebende Künstlerin auch als Foto- und Aktmodell und als Schriftstellerin. 2000 erscheint *Portraits*, eine Fotosammlung von Bridge Markland in ihren unterschiedlichsten Rollen und Bühnenidentitäten. Mit *Stripped* debütiert sie 2000 als Erzählerin. Gabrielle Baur porträtiert sie 2002 in dem Dokumentarfilm *Venus Boyz*.

Marlowe, Christopher

englischer Dramatiker und Lyriker
6.2.1564 Canterbury – 30.5.1593 Deptford

Sohn eines Schuhmachers. Dank eines Stipendiums kann er jedoch in Cambridge studieren und schließt mit dem Magister der schönen Künste ab. Mit 25 Jahren steht er als Schauspieler und Dramatiker bereits auf der Höhe seines künstlerischen Ruhms. Ein Ruhm allerdings, der durch sein ausschweifendes Leben ziemlich befleckt wird. Nicht nur, dass Marlowe sich in düsteren Spelunken des Theaterviertels herumtreibt, ein berüchtigter Säufer und Spieler ist. Gotteslästerlich äußert sich der überzeugte Atheist obendrein. Jesus habe den Tod weit mehr verdient als Barrabas, Moses sei nichts weiter als ein elender Trickbetrüger, Jesus habe ein sexuelles Liebesverhältnis mit Johannes gepflegt, und das Neue Testament sei katastrophal schlecht geschrieben. Marlowe soll sich wegen Blasphemie vor einem Gericht verantworten, doch dazu kommt es nicht mehr. Gerade 30-jährig stirbt er bei einer Prügelei in einem Wirtshaus in Deptford bei London. „Und so widerfuhr es in dieser Schlägerei, dass der besagte Frizar in Verteidigung seines Lebens mit dem Degen Christopher Marlowe auf der Stelle eine tödliche Wunde über dem rechten Auge zwei Zoll tief und einen Zoll lang zufügte", heißt es in einem Polizeiprotokoll, „an welcher der vorerwähnte Marlowe augenblicklich und unverzüglich verstarb". Frizar, der den tödlichen Hieb versetzt, steht im Dienst der Geheimpolizei wie einst auch Marlowe selbst. Er wird wenige Monate nach der Tat freigesprochen. Nicht allein deshalb gibt es Gerüchte, Marlowe sei im Auftrag des Geheimdienstes ermordet worden. Nach seinem Tode vermehren sich zudem die Gerüchte um seine Homosexualität sowie die Theorie, der Mörder könnte der Rivale um einen Geliebten gewesen sein. Als Dramatiker führt Marlow den harten, reimlosen Blankvers ein und widersetzt sich damit den modischen Reimen seiner Zeitgenossen wie ☞William Shakespeare und Ben Johnson. Auf sein Drama *The Jew of Malta* (1589) reagiert Shakespeare mit *Der Kaufmann von Venedig*. Sein *Doctor Faustus* (ca. 1592), basierend auf einem deutschen Volksbuch, kehrt in Übersetzung in das Ursprungsland zurück und ist später eine entscheidende Anregung für Goethes Bearbeitung des Stoffes. Zwar gibt es auch in seinen anderen Stücken (wie *The Massacre at Paris*, 1590) und Dichtungen (*Hero and Leander*) auffällig viele homoerotische Szenen, in seinem Drama *Edward II.* (1594, 1941 neu bearbeitet von Bertolt Brecht) jedoch rückt die Liebe des Königs ☞Edward II. zu Gaveston ganz in den Mittelpunkt, und es kommt zum Konflikt zwischen politischer Pflicht und Liebe.

- *Sämtliche Dramen*: Hg. von Wolfgang Schlüter, 1999
- Paul H. Kochner: *Christopher Marlowe: A Study of His Thought, Learning and Character*, 1946; Judith Cook: *The Slicing Edge of Death – Who Killed Christopher Marlowe?*, 1994

Marti, Madeleine

Schweizer Publizistin und Aktivistin
12.7.1957 Baden

Bereits während ihres Studiums der Germanistik, Allgemeinen Geschichte und Literaturkritik in Zürich, Berlin, Hamburg und Marburg, ist Madeleine Marti in verschiedensten Bereichen der Lesben- und Frauenbewegung aktiv. 1980-1982 arbeitet sie in der Redaktion der Zeitschrift *Lesbenfront* mit, 1983-1996 ist sie Mitorganisatorin des Frauenzentrums in Baden. 1987 gehört sie zu den Initiatorinnen des Sappho-Vereins zur Förderung von Frauenforschungsprojekten, insbesondere der Lesbenforschung, mit dem sie 1993 das 2. Symposium deutschsprachiger Lesbenforschung in Boldern/Zürich organisiert. Die Publikation dazu erscheint 1994: *Querfeldein – Beiträge zur Lesbenforschung*. 1989-1993 arbeitet Marti als geschäftsführende Sekretärin des Vereins Feministische Wissenschaft Schweiz. Ihre grundlegende Promotionsarbeit über die Darstellung lesbischer Frauen in der deutschsprachigen Literatur seit 1945 erscheint 1991 als Buch unter dem Titel *Hinterlegte Botschaften*. In der Folge erhält die Schweizerin Lehraufträge in Innsbruck und Giessen zu Lesben und Literatur. Als Mitherausgeberin zusammen mit ihrer Freundin Arianne Ulmi verantwortet sie die Anthologie *Sappho küßt Europa. Geschichten von Lesben aus 20 Ländern* (1997). Sie ist in bildungs- und gleichstellungspolitischen Kommissionen im Kanton Aargau tätig, arbeitet als Kursleiterin in der beruflichen

Weiterbildung, gründet 1996 ihre Firma Kopfwerken (Schulung und Beratung) und publiziert als Mitautorin das Buch *Kurs auf Genderkompetenz. Ein Leitfaden zur geschlechterbewussten Didaktik in der Erwachsenenbildung* (2000).

Martineau, Jacques

französischer Drehbuchautor und Regisseur
8.7.1963 Montpellier

Martineau verfolgt in seiner Ausbildung zwei große persönliche Leidenschaften – die Literatur und die Musik. Weil er aber zur rechten Zeit den richtigen Mann kennen lernt, widmet er sich zuletzt ganz dem Film. Sein Studium der Literatur schließt er mit einer Promotion über Honoré de Balzac ab; parallel dazu vollzieht er eine Gesangsausbildung am Konservatorium in Boulogne-Billancourt. Nach drei Kurzfilmen schreibt er das Buch zu seinem ersten Langfilm, dem Aids-Filmmusical *Jeanne et le garçon formidable* (1997), der 1998 im Wettbewerb der Berliner Filmfestspiele läuft. Während der Arbeit an diesem Projekt stellt ihm die Frau des Komponisten den Filmcutter Olivier Castel (geb. 23.2.1962 Lyon) vor. Schließlich führen Martineau und Castel gemeinsam Regie und sind auch privat fortan ein Paar. 1999 entsteht ihr Spielfilm *Drôle de Felix* über eine Reise eines HIV-positiven Schwulen quer durch Frankreich. Er wird mit dem Teddy als bester lesbisch-schwuler Film der Filmfestspiele 2000 ausgezeichnet. 2002 folgt *Ma vraie vie à Rouen* (dt. *Mein wahres Leben in der Provinz*), ein fiktives Videotagebuch eines heranwachsenden Schwulen.

Martinez, Conchita

spanische Tennisspielerin
16.4.1972 Monzon

1989 schafft es Conchita Martinez in die Top Ten der Championsleague und hält sich fast durchgehend während der Zeit ihrer Profikarriere auf einem der vorderen Plätze. Sie gilt damit als die erfolgreichste Spielerin Spaniens und ist 1994 die erste Spanierin, die in Wimbledon das Einzel gewinnt. Seit ihrer frühesten Kindheit spielt sie Tennis; mit 12 Jahren besucht sie ein Ausbildungszentrum für begabte Sportler in Barcelona. Mit 15 Jahren wird sie von dem Niederländer Eric Van Hampen entdeckt und zu einer Tennis-Akademie in der Schweiz gebracht. Zu ihren zahlreichen Siegen gehören das German Open 1998 und 2000, U.S. Hardcourts 1993 und 1994. 1998 gewinnt sie beim Italian Open das 500. Spiel ihrer Karriere. Ihre Preissumme allein 1999 beträgt rund 8 Millionen Dollar. Ihr Privatleben hält sie weitgehend bedeckt. Ihre Affären mit Frauen sind zwar bekannt, aber ihrer Meinung nach kein Thema für die Presse. „Ich war noch nie in einen Mann verliebt. Das vermisse ich sicherlich nicht", lässt sie die *BILD* wissen. Liiert ist sie mit einer Ex-Kollegin, der Tennisspielerin Gigi Fernandez. Wissen darf man allerdings, dass ihre Lieblingshobbys neben Kino, Beachvolleyball und Fußball ausgiebige Streifzüge mit ihrer Harley Davidson sind.

Maupin, Armistead

US-amerikanischer Schriftsteller
13.5.1944 Washington DC

Aufgewachsen in North Carolina, Jurastudium an der University of North Carolina. Während des Vietnamkrieges als *communications officer* im Einsatz, kommt er 1970 als einer der letzten GIs aus Kambodscha zurück. Mitorganisator der Cat Lai Commune, einer Organisation von Vietnam-Veteranen, die nach Südostasien zurückkehren, um dort im Rahmen eines Wiederaufbauprogrammes für Unterkünfte von Kriegsopfern zu sorgen. Für seine Verdienste wird Maupin mit einer Presidental Commendation im Weißen Haus ausgezeichnet. Reporter für *News and Courier* in Charleston, South Carolina; ab 1971 als Journalist bei *Associated Press* in der Dependance in San Francisco. Er kündigt jedoch bereits nach fünf Monaten und übernimmt Gelegenheitsarbeiten (Anzeigenverkäufer, Postbote, Schreibkraft). 1976 startet seine Serie *Tales of the City* im *San Francisco Chronicle*, ein Fortsetzungsroman über die Einwohner eines Hauses mit der (fiktiven) Adresse 28 Barbary Lane, die in ihrer Zusammensetzung das multikulturelle, lesbisch-schwul dominierte Bild der Stadt widerspiegeln. Maupin verarbeitet die Zeitungsfolgen zu fünf Romanen, die die Form – kurze Szenen, witzige, geistreiche Dialoge, Schlusspointe bzw. Cliffhanger – beibehalten: *Tales of the City* (1981), *Further Tales of the City (1982), More Tales of the City* (1983), *Babycakes* (1984), *Significant Others* (1987) und *Sure of You* (1989). Weltauflage aller sechs Bände weit über eine Million Exemplare. Band 1 (1993) und Band 2 (1997) werden jeweils mit Hilfe der BBC als TV-Mini-Serie verfilmt. Weiterhin journalistische Tätigkeit, u.a. für ☞*The New York Times* und Andy Warhols *Interview*. Dialogautor für *Beach Blanket Babylon*, das in San Francisco bislang am längsten gespielte Bühnenstück, außerdem für eine Produktion der San Francisco Opera von Offenbachs *La Pericole* (1976). 1992 erscheint sein erster Roman seit Abschluss der Hexalogie, *Maybe the Moon* (dt. *Die Kleine*, 1994), ein Schlüsselroman über die kleinwüchsige Tamara De Treaux, die in Spielbergs *E.T.* in das Kostüm des Außerirdischen geschlüpft war. In einer Nebenhandlung beschreibt Maupin satirisch das Doppelleben eines schwulen Hollywoodstars, hinter dem sich leicht erkennbar Maupins ehemaliger Geliebter ☞Rock Hudson verbirgt. Im *Night Listener* (dt. *Der nächtliche Lauscher*, 2002) schildert er die Trennung von seinem langjährigen Lebensgefährten Terry Anderson und die Brief- und Telefonfreundschaft zu einem vermeintlich sexuell missbrauchten, aidskranken Jungen. Für Rob Epsteins und ☞Jeff Friedmans Dokumentarfilm *The Celluloid Closet* (1996) fungiert Maupin als Autor und Interviewpartner.

● Patrick Gale: *Armistead Maupin*, 1999

Du Maurier, Dame Daphne

britische Schriftstellerin
13.5.1907 London – 19.4.1989 Cornwall

Mit *Rebecca* veröffentlicht sie 1938 ihren wohl wichtigsten Roman; zum einen, weil er durch die Verfilmung Alfred Hitchcocks zu einem Welterfolg wird, zum anderen, weil sie darin mit der Figur der Haushälterin Mrs. Denvers zumindest ansatzweise eine lesbische Figur zu schaffen wagt. Mrs. Denvers ist in diesem Roman in ihre verstorbene Herrin bis zur Besessenheit verliebt. Eine Liebe, die sie letztlich auch in den Tod treibt. *Rebecca* ist nicht ihr einziger Roman, der als Vorlage für einen Film dient. Auch *Jamaica Inn* (1936), *Frenchman's Creek* (1942) und *My Cousin Rachel* (1951) werden für die Leinwand adaptiert. Hitchcocks *Die Vögel* basiert auf einer ihrer Kurzgeschichten. 1969 wird sie für ihr literarisches Werk geadelt. Dame Daphne du Maurier heiratet den Leutnant-General Sir Frederick „Boy" Browing und bekommt von ihm drei Kinder, sie hat aber weiterhin mehrere Liebesbeziehungen zu Frauen. Ihre Liebesbriefe werden 1993 in Margaret Forsters Buch *Daphne du Maurier: The Secret Life of the Renowned Storyteller* veröffentlicht. Du Maurier selbst erzählt in ihrer Autobiografie *Enchanted Cornwall*, die 1992 posthum erscheint, dass sie ihre erste lesbische Erfahrung mit einer Lehrerin gemacht habe, die sie liebevoll Ferdy nennt. Ihr Leben lang habe sie sich hin- und hergerissen gefühlt zwischen „Kairo" (der Heterosexualität) und „Venedig" (dem Lesbischsein). Du Maurier, die 1932 heiratet und in den Jahren darauf zwei Töchter und einen Sohn zur Welt bringt, kämpft im Gegensatz zu ihren Schwestern zeitlebens gegen ihre lesbischen Neigungen an. Von ihr stammt der berühmte Ausdruck „Der Junge in der Schachtel", ein Synonym für unterdrückte und verdrängte lesbische Neigungen. Nach dem Ende des Zweiten Weltkrieges und dem Zerbrechen ihrer Ehe beginnt Du Maurier, ihre diesbezüglichen Wünsche auszuleben – u.a. mit der Schauspielerin ☞Gertrude Lawrence. Nach deren Tod 1952 leidet sie zunehmend unter Depressionen, die Anfang 1989 dazu führen, dass sie jegliche Nahrungsaufnahme verweigert und kurz darauf im Schlaf stirbt. Nach ihrem Tod wird Daphne du Maurier ihrem letzten Willen zufolge eingeäschert und die Asche in der Nähe ihres Wohnhauses in Cornwall an den Klippen verstreut.

● Richard Kelly: *Daphne du Maurier*, 1987; Judith Cook: *Daphne: The Life of Daphne du Maurier*, 1991; Martyn Shallcross: The Private World of Daphne du Maurier, 1992

Mayer, Hans

deutscher Literaturwissenschaftler und Schriftsteller
19.3.1907 Köln – 19.5.2001 Tübingen

Entstammt einer großbürgerlichen, deutsch-jüdischen Familie. Studium der Staats- und Rechtswissenschaften, der Philosophie und Geschichte in Köln, Berlin und Bonn. 1930 Promotion über ein staatsrechtliches Thema, danach Vorbereitungen zur Habilitation. Nach Bestehen der Großen Juristischen Staatsprüfung wird er 1933 aus dem Staatsdienst entlassen und emigriert zunächst nach Frankreich, danach in die Schweiz. 1935-39 am New Yorker Institut für Sozialforschung und 1936-39 am Hochschul-Institut für Internationale Studien in Genf beschäftigt. 1938 wird ihm die deutsche Staatsbürgerschaft aberkannt. Im Oktober 1945 Rückkehr nach Deutschland. 1946-48 Chefredakteur des Hessischen Rundfunks, 1947-48 Dozent für Soziologie an der Akademie der Arbeit in Frankfurt/Main. 1948 übersiedelt Mayer in die sowjetische Besatzungszone und wird Ordinarius für Kultursoziologie und Literaturgeschichte an der Universität Leipzig und Direktor des Instituts für deutsche Literaturgeschichte. Als „Kommunist ohne Parteibuch", wie er sich damals bezeichnet, gerät er in das Spannungsverhältnis zwischen sozialistischer Utopie und Wirklichkeit. Man wirft ihm vor, die bundesrepublikanische Literatur zu überschätzen und die sozialistische nicht ausreichend parteilich darzustellen. Auch seine 1962 im Westen publizierten *Ansichten zur Literatur unserer Zeit* erregen Anstoß. Bei einem Besuch in der Bundesrepublik im September 1963 kehrt er nicht mehr in die DDR zurück. Erst 1986 besucht er auf Einladung der Ost-Berliner Akademie der Künste erstmals wieder die DDR. 1992 teilt ihm der sächsische Wissenschaftsminister mit, dass er seine einstige Privatbibliothek, die er 1963 zurücklassen musste, zurückerhalten soll. 1965 übernimmt Mayer den Lehrstuhl für Germanistik an der TU Hannover und wird 1973 emeritiert. Gastprofessuren führen ihn u.a. an die Columbia-University in New York, ans Collège de France wie auch nach Japan, England, Frankreich und Italien. Die Universität Tübingen ernennt ihn 1975 zum Honorarprofessor. Mayer wird vielfach für sein essayistisches und literaturkritisches Werk ausgezeichnet, u.a. mit dem Nationalpreis der DDR III. Klasse (1955), dem Heinrich-Böll-Preis (1980), dem Großen Bundesverdienstkreuz mit Stern und Schulterband (1987), den Ernst-Bloch-Preis (1988), dem österreichischen Ehrenzeichen für Wissenschaft und Kunst (1990) und als Offizier des Ordre des Arts et Lettres (1993). Neben seinen literaturwissenschaftlichen Publikationen, u.a. zu ☞Thomas Mann, Georg Büchner, Bertolt Brecht, Johann Wolfgang von Goethe und zur deutschen Literaturkritik und -geschichte, beschäftigt sich Mayer auch mit der Musik und veröffentlicht u.a. zu Wagner seine *Versuche über die Oper* (1981). Mit *Außenseiter* (1975) erreicht er erstmals Aufmerksamkeit und eine breitere Öffentlichkeit. In diesem literaturwissenschaftlichen Essay analysiert er die Darstellung gesellschaftlicher Außenseiter wie Juden und Frauen. Das Kapitel „Sodom" ist der Homosexualität in der Literatur gewidmet, eine bis heute grundlegende Arbeit zu diesem Thema. Mayer veröffentlicht mehrere autobiografische Werke, so die Erinnerungen an die DDR, *Der Turm von Babel* (1989) und seine zweibändigen Lebenserinnerungen *Ein Deutscher auf Widerruf* (1992 und 1994).

- *Georg Büchner und seine Zeit*, 1946; *Deutsche Literatur und Weltliteratur, Reden und Aufsätze*, 1957; *Richard Wagner, Mitwelt und Nachwelt*, 1978; *Geliebte Literatur. Frankfurter Vorlesungen*, 1987; *Wendezeiten*, 1993; *Brecht und Beckett*, 1995; *Erinnerung an Brecht*, 1996; *Reisen nach Jerusalem*, 1997; *Bürgerliche Endzeit*, 2000

McCullers, Carson (eigentlich Lula Carson Smith)

US-amerikanische Schriftstellerin
19.2.1917 Columbus/Georgia – 29.9.1967 Nyack/New York

Bereits mit ihrem ersten Roman *The Heart is a Lonely Hunter* (1940, dt. *Das Herz ist ein einsamer Jäger*) sichert sich die erst 23-jährige McCullers, die ursprünglich eine Karriere als Konzertpianistin angestrebt hatte, einen festen Platz in der amerikanischen Gegenwartsliteratur. Auch in ihrem nächsten Roma,n *Reflections in a Golden Eye* (1941, dt. *Spiegelbild im goldenen Auge*, verfilmt 1966 von John Huston) über einen schwulen Offizier, gestaltet sie mit klarer, zarter Sprache und tiefem Einfühlungsvermögen ihre zwischen Einsamkeit und tiefen Leidenschaften zerrissenen Südstaatencharaktere – analog zu ihren eigenen Lebenserfahrungen. McCullers, die zeitlebens kränkelt und unter Alkoholproblemen und unglücklichen Liebesbeziehungen zu Frauen leidet, lernt 1940 über ☞Erika und ☞Klaus Mann ☞Annemarie Schwarzenbach kennen, die große, unerwiderte Liebe ihres Lebens, der sie *Reflexions in a Golden Eye* widmet. 1937 heiratet McCullers den Kadetten Reeves McCullers, lässt sich 1940 von ihm scheiden, um ihn 1945 nach seiner Rückkehr aus dem Krieg erneut zu ehelichen. Aber die Ehe ist schwierig; 1953 nimmt sich Reeves im Delirium das Leben.

- *Clocks without Hands*, 1961; *The Ballad of the Sad Café*, 1951; *Sweet as a Pickle, Clean as a Pig*, 1964
- O. Evans: *Carson McCullers*, 1966; Virginia Spencer Carr: *The Lonely Hunter. A Biography*, 1985; *apropos: Carson McCullers*, 1997

McDermid, Val
(eigentlich Valerie Lesley Campbell McDermid)

schottische Schriftstellerin
5.6.1955 Kirkcaldy

Val McDermid arbeitet 14 Jahre lang als Journalistin in Glasgow und Manchester. 1987 veröffentlicht sie ihren ersten lesbischen Krimi *Report for Murder* (1987, dt. *Die Reportage*) und beschließt 1991, sich ganz dem Schreiben von Romanen zu widmen. Mit ihrem Debüt etabliert sie die unfreiwillige Hobbydetektivin Lindsay Gordon als Serienfigur. In einer anderen Buchserie steht mit Kate Rannigan eine weitere lesbische Detektivin im Mittelpunkt. Ihre Bücher sind in mehrere Sprachen übersetzt und erreichen Bestsellerauflagen. 1995 erhält sie für *The Mermaids Singing* (dt. *Das Lied der Sirenen*) den Gold Dagger Award. 2002 wird ihr Roman *Wire in the Blood* (dt. *Schlussblende*) Vorlage für eine TV-Serie. Die in Kirkcaldy an der Ostküste Schottlands geborene und dort aufgewachsene McDermid lebt mit ihrer langjährigen Lebensgefährtin Brigid, einer Rechtsanwältin, und ihrem Sohn sowie einer Katze in der Nähe von Manchester. Für den Erfolg der Frauenkrimis hat Val McDermid eine einfache Erklärung: „Frauen schreiben die besseren Krimis, weil sie schon als Mädchen lernen, auf Umwegen zum Ziel zu kommen. Männer denken vielleicht logischer als Frauen, aber auch linearer. Frauen gehen verschlungene Wege."

McDonald, Horse

schottische Songwriterin
22.11.1958 Newport

Ihren richtigen Vornamen, den sie für eine Strafe ihrer Eltern hält, legt sie mit 14 Jahren ab und verschweigt ihn konsequent: „Ich war jung und mochte weder mich noch meinen Namen sehr. Ich fühlte mich anders all die anderen um mich herum. Es war mir damals nicht bewusst, aber indem ich mir einen neuen Namen gab, habe ich eine Fluchtmöglichkeit gefunden, mir ein Alter Ego geschaffen, das mir durch die harten Zeiten geholfen hat." Mit zehn Jahren bekommt sie ihre erste Gitarre geschenkt, bis zum ersten Album dauert es allerdings noch eine Weile. In den 90er Jahren produziert sie unter dem Namen Horse die erfolgreichen Alben *The Same Sky* (1990) und *God's Home Movie* (1993), die sich durch kraftvollen und leidenschaftlichen Gesang sowie durch eine große Bandbreite – zwischen einfühlsamen Balladen und eingängigem Ohrwurm-Pop – auszeichnen. Beide Platten, aber auch der Singlehit *The Speed of the Beat of My Heart*, platzieren sich sowohl in den deutschen Charts als auch in den UK-Top 40. Insbesondere der Song *... And She Smiled* wird in Deutschland äußerst bekannt, da ihn ☞Bettina Böttinger als Intromelodie ihrer Talkshow *B.trifft* einsetzt. 1995 veröffentlicht Horse McDonald mit *Both Sides* noch ein weiteres Album, danach wird es für einige Jahre still um sie. Erst 2002 startet sie mit *Hindsight ... It's a Wonderful Thing* ein Comeback, 2003 erscheint das Album *Only All of Me*. Ihre Partnerin Susan Kelso, mit der sie seit 1987 zusammenlebt, hat 2001 die gemeinsame Tochter Esme zur Welt gebracht.

McKellen, Sir Ian

britischer Schauspieler
25.5.1939 (a.Q. 1935) Burnley/England

Schauspielausbildung in Cambridge. Verschiedene Engagements in Provinztheatern. Ab 1964 in London, dort erste größere Erfolge in West End-Produktionen und im National Theatre am Old Vic (in *Hamlet* und *Richard II.*). Vier Jahre lang ist er Ensemblemitglied der Royal Shakespeare Company, danach Gründungsmitglied der Actors' Company. 1979 spielt McKellen am Royal Court Theatre die Rolle des schwulen Max in Martin Shermans KZ-Drama *Bent*. Die erfolgreiche Produktion wird schließlich von einem West End-Theater übernommen und bringt McKellen den ersten von bisher insgesamt vier Olivier Awards. Für seine Rolle des Salieri in der New Yorker *Amadeus*-Produktion erhält er einen Tony. 1991 wird er für seinen Beitrag für das britische Theater geadelt. Er ist zu diesem Zeitpunkt der erste offen Homosexuelle, dem diese Ehrung zuteil wird. Innerhalb der britischen Schwulenbewegung debattiert man, ob McKellen diese Auszeichnung, die ihm auf Empfehlung der konservativen Thatcher-Regierung zuerkannt wird, annehmen oder aus Protest gegen deren homosexuellenfeindliche Politik ablehnen sollte. Als Reaktion auf die Debatte erklären sich 18 britische schwule Künstler in einer gemeinsamen, aufsehenerregenden Stellungnahme mit McKellen solidarisch und bezeichnen die Verleihung des Adelstitels als einen „bedeutenden Meilenstein" in der Geschichte der Schwulenbewegung. Zu den Unterzeichnern gehören der Filmregisseur ☞John Schlesinger, die Schauspieler ☞Stephen Fry und Anthony Sher und der Musical-Produzent Cameron Mackintosh (*Cats*). Erstmals spricht McKellen in einem BBC-Interview öffentlich von seinem Schwulsein, als Reaktion auf die Antihomosexuellengesetzgebung der Clause 28 in Großbritannien. Seitdem tut sich McKellen immer wieder als Sprecher des eher bürgerlich-konservativen Teils der britischen Schwulen- und Aidsbewegung und als Gegenpart zu Gruppierungen wie Outrage! und ACT UP hervor. 1991 lädt ihn der britische Premierminister John Major zu sich in die Downing Street No. 10, gewissermaßen als Vertreter der gesamten homosexuellen Bevölkerung Großbritanniens, um mit ihm über die Situation und Probleme der Homosexuellen in Großbritannien zu sprechen, weil er sich „schlecht informiert" fühle und deren Forderungen kennen lernen wolle. Wichtigste Filme: *A Touch of Love* (1969), *Priest of Love* (1981), *Scandal* (1989), das Aids-Drama *And the Band Played on* (1993), *The Shadow* (1994). Für seine Adaption von *Richard III.*, (Regie, Drehbuch und Hauptrolle Ian McKellen), wird er mehrfach ausgezeichnet. 1997 spielt er in der Verfilmung von Martin Shermans *Bent*, einem Film über eine schwule Liebe im KZ. Für seine Darstellung des Hollywood-Regisseurs ☞James Whale in *Gods and Monsters* (1998) wird er für einen Oscar als bester Darsteller nominiert. 2001-2003 spielt er in der Verfilmung von J.R.R. Tolkiens *Herr der Ringe* die Rolle des Gandalf. 1981 erscheint seine Autobiografie *The South Bank*. In einem Interview 2001 gesteht er, die Bibeln in Hotelzimmern zu zensieren und die Seite aus dem 3. Buch Mose herauszureißen, auf der Homosexualität als Sünde dargestellt wird. Danach könne er besser einschlafen. 2003 äußert sich McKellen in einem Interview mittlerweile genervt über seine Rolle als schwule Ikone: „Seit meinem Coming-out bekomme ich jede Menge Rollen und meine Karriere startet richtig durch. Ich will aber ein ruhiges Leben. Ich mache mein Coming-out rückgängig. Dann unterscheidet mich nichts von den Unmengen anderer Homo-Schauspieler."

- *Scandal*, 1989; *Last Action Hero*, 1993; *Amy Foster*, 1997; *Apt Pupil* (1998, dt. *Der Musterschüler*); *X-Men*, 2000
- Joy Leslie Gibson: *Ian McKellen. A Biography*, 1990

McNally, Terrence

US-amerikanischer Dramatiker
3.11.1939 Saint Petersburg/Florida

Bereits in seiner ersten Broadway-Komödie *And Things That Go Bump in the Night* (1965) über eine exzentrische Familie, die im selbstgewählten Exil in ihrem Keller lebt, führt McNally zwei schwule Charaktere ein, was zu dieser Zeit nicht unbedingt selbstverständlich ist. Die Kritiken sind z.T. vernichtend; McNally wird vor allem als Epigone ☞Edward Albees abgetan. Mit ihm ist McNally zuvor sechs Jahre liiert gewesen; das Paar hat sich jedoch längst getrennt, als McNally an diesem Stück arbeitet. Frustriert zieht er sich erst einmal vom Theater zurück und arbeitet eineinhalb Jahre als Redakteur der Zeitschrift *Columbia College Today*. In den 70er Jahren hingegen gelingt ihm schließlich eine ganze Reihe erfolgreicher Stücke. Den Durchbruch schafft er mit *The Ritz* (1975). Diese Komödie um zwei heterosexuelle Männer, die auf der Flucht vor der Mafia in einer schwulen Sauna in New York Unterschlupf finden, wird eine Sensation: Zum erstenmal wird schwule Subkultur auf einer Broadway-Bühne dargestellt. *The Ritz* wird ein großer Publikumserfolg und 1976 – mit stark verändertem Drehbuch – von Richard Lester verfilmt. Tony-Award für sein Musicallibretto für *The Kiss of the Spiderwoman*; mehrere Theaterpreise erhält er auch für seine Komödie *Love! Valour! Compassion!* (dt. *Liebe! Stärke! Mitgefühl!*) um schwule Lieben und Beziehungen und das Leben mit Aids (Uraufführung 1994, deutschsprachige Erstaufführung 1996 in Hamburg; verfilmt 1996). Bereits zuvor verschiedentliche Auseinandersetzung mit schwulem Leben im Zeitalter von Aids, u.a. das schwule Beziehungsdrama *The Lisbon Traviata* (1985), das TV-Drama *André Mother* (1988) und die Komödie *Lips Together, Teeth Apart* (1991). Weltweit nachgespielt wird sein Drama um die Operndiva Maria Callas, *Masterclass* (1996), für das er seinen zweiten Tony Award für das beste Stück erhält. Im Juni 1997 hat das Musical *Ragtime* in Los Angeles Premiere, für das McNally das Libretto, basierend auf E.L. Doctorows Roman, schreibt. Sein Drama *Corpus Christi* (1998), das den Leidensweg Christi nachzeichnet und dabei die Jüngerschaft Jesu als Schwulengemeinschaft interpretiert, löst bei der Uraufführung in New York Proteste aus. Nach der deutschen Erstaufführung 1999 in Heilbronn gibt es Bombendrohungen durch christliche Fundamentalisten. 2000 Uraufführung des Broadway-Musicals *The Visit* basierend auf Friedrich Dürrenmatts *Der Besuch der alten Dame*. Im gleichen Jahr schreibt er zudem die Libretti zur Oper *Dead Man Walking* und zum Musical *Full Monty*.

McNichol, Kristy (eigentlich Christine Ann McNichol)

US-amerikanische Schauspielerin
11.9.1962 Los Angeles/Kalifornien

Mit sieben Jahren hat sie ihren ersten Filmauftritt: in einem Werbespot für Kraft Käse; bald darauf lächelt sie für McDonald's in die Kamera. Als Letitia „Buddy" Lawrence in der 94-teiligen TV-Serie *Family* (1976, dt. *Eine amerikanische Familie*) wird sie in den 70er Jahren zum Star – und zum Idol vieler Lesben, wahrscheinlich auch, weil bereits früh viele Gerüchte über ihre vermeintliche Homosexualität kursieren. Zweimal erhält sie für diese Rolle einen Emmy Award. 1978 beginnt sie gemeinsam mit ihrem Bruder Jimmy eine zweite Karriere als Sängerin. Die Single *He's So Fine* schafft es bis Platz 70 der US-Charts. Mit dem harmlosen Sommercamp-Film *Little Darlings* (1979, dt. *Kleine Biester*) spielt sie Seite an Seite mit Tatum O'Neal und Matt Dillon, und eine Kinokarriere bahnt sich an. Sie dreht 1981 *The Night the Lights Went Out* und im Jahr darauf *White Dog* unter der Regie von Samuel Fuller. Dann wird es still um sie. Grund ist ein Nervenzusammenbruch, den sie 1982 erleidet. Abgesehen von einigen wenigen unbedeutenden Film- und TV-Rollen, u.a. in *Starsky und Hutch* sowie in zwei Folgen als Nachbarin der *Golden Girls*, scheint ihre Schauspielkarriere beendet; sie verdient ihren Lebensunterhalt vor allem als Friseuse. 1992 startet sie ein Comeback in der Sitcom *Empty Nest*, doch die Dreharbeiten muss sie aufgrund ihrer Depression abbrechen; sie zieht sich mit ihrer Lebensgefährtin nach San Fernando Valley zurück.

McQueen, Alexander

britischer Modemacher
1970 London

Entstammt einer vielköpfigen Arbeiterfamilie im Londoner East-End. Mit sechzehn Jahren verlässt McQueen die Schule und beginnt eine Lehre bei einem Nobelschneider. Kurzzeitig ist er als Kostümbildner am Theater, bei einem japanischen Modedesigner und dem italienischen Designer Romeo Gigli beschäftigt. Die St. Martin's School of Design schließt er mit einem Master of Arts ab. Mit düster-skandalträchtigen Modeshows, für die er seine Models z.B. in Frischhaltefolie packt oder als blutverschmierte Vergewaltigungsopfer schminkt, erarbeitet er sich den Ruf als *enfant terrible* und rotzfrecher Provokateur der Modebranche. 1996 wird der Meisterschneider überraschend als Chefdesigner des Pariser Haute Couture-Hauses Givenchy berufen. Erfolgreiches Debüt im Januar 1997 mit einer Kollektion, bei der sich Theatralisches und Extravagantes mischen und er höchste handwerkliche Fähigkeiten demonstriert. In der Öffentlichkeit zelebriert McQueen das Image des Proletariers mit schlechten Zähnen und ohne Abitur: Er trinkt Bier aus Dosen, knöpft sein Hemd nicht zu und verunsichert die Branche mit lästerlich-schamlosen Äußerungen. Sich selbst bezeichnet er als „fette Schwuchtel". „Mich interessieren Klamotten einen Scheißdreck. Wichtig sind für mich die Leute, die die Sachen tragen. Es geht mehr um Ästhetik", erklärt er im März 1997 in einem Interview. „Die Mehrheit der Bevölkerung hat Probleme, die Gefühle anderer Menschen zu verstehen, deren Art zu denken oder deren Lebenseinstellung zu akzeptieren." Die Realität zu spiegeln, die alltägliche Gewalt wie auch z.B. die Homophobie, seien für ihn die Beweggründe, sich auf seine Weise auf das Haute-Couture-Geschäft einzulassen und provozierend zu verstören.

Mead, Margaret

US-amerikanische Ethnologin
16.12.1901 Philadelphia/Pennsylvania – 15.11.1978 New York City

Meads eigene Tochter ist es, die in den 1984 erschienenen Erinnerungen über ihre Eltern den intimen Charakter der Beziehung ihrer Mutter zu deren Kollegin ☞Ruth Benedict hervorhebt. Mead selber, die viermal verheiratet war, hält sich in dieser Hinsicht eher bedeckt. Zusammen mit Benedict gehört Mead zu den Begründerinnen der Kultur- und Persönlichkeitsforschung. Nach ihrem Studium untersucht sie in z.T. jahrelangen Feldforschungen auf Samoa und Neuguinea die Sozialisation junger Mädchen und das sexuelle Verhalten von Jugendlichen und Erwachsenen. Eine ausgedehnte Forschungsreise führt sie auch nach Bali, wo sie in ihrer Arbeit von dem deutschen Künstler und Kulturwissenschaftler ☞Walter Spies unterstützt wird. Mead, deren Kritik an der Rolle der Frau in der amerikanischen Gesellschaft maßgeblichen Einfluss auf die internationale Frauenbewegung hat, arbeitet ab 1954 als Professorin an der Columbia-Universität in New York. Sie erforscht sieben Südseekulturen und veröffentlicht rund 40 Bücher, die Hälfte als eigenständige Publikationen.

- *Male and Female*, 1949 (dt. *Mann und Weib*); *Blackberry Winter – Autobiographie*, 1972 (dt. *Brombeerblüten im Winter. Ein befreites Leben*, 1978)

Melville, Herman

US-amerikanischer Schriftsteller
1.8.1819 New York City – 28.9.1891 ebd.

Aufgewachsen in ärmlichen Verhältnissen in einer calvinistischen Familie. Der Vater, schottisch-irischer Abstammung und Importeur französischer Textilien und Galanteriewaren, geht 1830 bankrott, wird geisteskrank und verstirbt zwei Jahre später. Herman Melville arbeitet zunächst als Verkäufer, Lehre und Farmergehilfe und beginnt ein Studium des Ingenieurs- und Vermessungswesens. 1839 entschließt er sich, zur See zu gehen. Er heuert zunächst auf einem Postschiff an, später fährt er mit Walfängern in den Südpazifik und erlebt die Brutalität der Seefahrt. 1842 desertiert er während eines Aufenthalts auf den Marquesas-Inseln und lebt eine Zeitlang unter den Eingeborenen Polynesiens. 1844 Rückkehr nach Boston, wo er nach intensiver Lektüre und Recherche beginnt, seine Erlebnisse und Erfahrungen zu Romanen zu verarbeiten. Mit den Südseebüchern *Typee* (1846, dt. *Taipi*), *Omoo* (1847) und *White Jacket* (1850, dt. *Weißjacke*) wird er über Nacht als der „Mann, der unter Kannibalen gelebt hatte", berühmt. Der Erfolg ermutigt ihn, sich weiterhin ganz der Schriftstellerei zu widmen. Sein nächster Roman, *Moby Dick* (1851), geschrieben unter dem Einfluss seines Freundes und Schriftstellerkollegen Nathaniel Hawthorne, zählt zu den wichtigsten Werken der US-amerikanischen Literatur. Doch aufgrund seiner komplexen Psychologie und Sprache wird dieser, wie auch der nachfolgende Roman *Pierre* (1852), von der Kritik wie vom Publikum nicht angenommen, was ihn in starke finanzielle Bedrängnisse bringt. Melville, der 1847 geheiratet hatte und vier Kinder zeugte, kann die Familie nicht mehr ernähren. Er hält sich eine Weile mit Vortragsreisen über Wasser, verkauft schließlich seine Farm in der Nähe von Pittsfield und kehrt nach New York zurück. Hier tritt er1866 resigniert eine Stelle beim Hafenzoll an. 1888 veröffentlicht er noch einmal einen Gedichtband, und kurz vor seinem Tod, einen Privatdruck in Auflage von 25 Exemplaren. Als er stirbt, ist er wieder nahezu unbekannt. Erst in den 30er Jahren wird das Werk Melvilles wiederentdeckt und erstmals seine literarische Bedeutung gewürdigt. Auch die im Gesamtwerk immer wieder zu beobachtenden homoerotischen Subtexte werden erst von der neueren Literaturwissenschaft, vor allem den Homostudien, erforscht. Seine Romane und Erzählungen dienen vielfach als Vorlage für Theaterbearbeitungen, Musicals und vor allem Verfilmungen. Während im Allgemeinen die homoerotischen Untertöne übersehen oder negiert werden, heben der Komponist ☞Benjamin Britten und sein Librettist ☞E.M. Forster diese in der Opernbearbeitung der posthum veröffentlichten Erzählung *Billy Budd* (1924) hervor.

- Daniel Göske (Hg.): *Herman Melville. Ein Leben – Briefe und Tagebücher*, 2004
- Newton Arvin: *Herman Melville. A Critical Biography*, 1950; Robert K. Martin: *Hero, Stranger, and Captain. Male Friendship, Social Critique and Literary Form in the Sea Novels of Herman Melville*, 1986; Michael Rogin: *Subversive Genealogy. The Politics and Art of Herman Melville*, 1983

Mercury, Freddie (eigentlich Frederick Bulsara)

britischer Popmusiker persischer Herkunft
5.9.1946 Sansibar/Ostafrika – 24.11.1991 London

Bevor Mercury 1959 mit seinen Eltern nach Großbritannien übersiedelt, lebt er einige Jahre bei Verwandten in Indien und Arabien. Während seines Kunststudiums in London steigt er in die Rockband *Smile* von Brian May und Roger Taylor ein, aus der sich die Heavy-Glam-Gruppe *Queen* entwickelt. Die Doppeldeutung des Bandnamens (Queen = Königin, bzw. Tunte) bekommt durch Mercurys exzentrische Auftritte bald einen unverkennbaren Sinn. Als sein wichtigstes Vorbild in dieser Hinsicht benennt er Liza Minnelli. Mit *Keep Yourself Alive* landet *Queen* 1973 ihren ersten Singlehit, 1974 folgt *Killer Queen*,

1975 *Bohemian Rhapsody*. In drei Jahrzehnten produzieren sie ca. 20 Alben und verkaufen über 135 Millionen Schallplatten ihrer unverkennbaren Melange aus Pop und Pomp, Bombast und Heavy-Rock, opernhafter Theatralik und ausgefeilter Technik. Mercury dominiert als Leadsänger mit seiner unverkennbaren Stimme, aber auch mit seinem Macho-Image das optische wie stimmliche Erscheinungsbild der Band. Sein Hang zu Verkleidungsexzessen und opernhaftem Schwulst findet einen Höhepunkt in seinem Soloalbum *Barcelona* (1988) mit der spanischen Primadonna Montserrat Caballé. Mercurys Homosexualität ist kein Geheimnis, sondern er lebt sie offen aus. In Deutschland liebt er insbesondere die Münchner Lederszene. Für das Video zu *I want to break free* schlüpft die gesamte Band in Fummel. Geht er mit seinem Schwulsein weitgehend offen um, so hält er hingegen seine HIV-Infektion geheim. Erst am Tage vor seinem Tod wird die Aids-Erkrankung offiziell bekanntgegeben. Posthum erscheint das Album *Made In Heaven* (1996), an dem Mercury noch bis zuletzt gearbeitet hat. Ein Gedenkkonzert im Londoner Wembley-Stadion 1992, u.a. mit ☞George Michael, Annie Lennox und David Bowie, gerät zu einem der größten Rockkonzerte des Jahrzehnts. Der Erlös fließt in den eigens dafür gegründeten Mercury Phoenix Trust, eine weltweit agierende Aids-Hilfsorganisation. 1996 wird in Montreux, seinem letzten Wohnsitz, eine Statue zu seinem Gedenken enthüllt. London hat zuvor die Aufstellung des Kunstwerkes abgelehnt.

- *Queen*-Alben (Auswahl): *A Night at the Opera*, 1975; *The Game*, 1980; *Flash Gordon*. Soundtrack, 1980; *The Works*, 1984; *The Miracle*, 1989
- Freddie Mercury: *Mr. Bad Guy*, 1985
- Jim Hutton/Tim Wasphott: *Freddie Mercury und ich*, 1995

Meyer, Detlev

deutscher Schriftsteller
12.2.1950 Berlin – 30.10.1999 ebd.

Aufgewachsen in Berlin, Studium der Bibliotheks- und Informationswissenschaften in Berlin und Cleveland/Ohio. Arbeitet als Bibliothekar u.a. in Kanada sowie als Entwicklungshelfer in Jamaika. 1981 erste Buchveröffentlichung, der Gedichtband *Heute Nacht im Dschungel*, in dem er in locker-witzigem, selbstironischem Parlando-Ton das schwule Leben in der Subkultur Berlins kommentiert. Hier wie auch in den nachfolgenden Lyrikbänden (*Stehen Männer an den Grachten*, 1990; *Versprechen eines Wundertäters*, 1993) finden sich immer wieder Rückgriffe auf klassische Vorbilder und Formen (etwa Friedrich Rückert und Stefan George). Zentrales Werk ist die dreiteilige *Biographie der Bestürzung* (*Im Dampfbad greift nach mir ein Engel*, 1985; *David steigt aufs Riesenrad*, 1987; *Ein letzter Dank den Leichtathleten*, 1989), drei in der Form locker gestaltete Erzählungen um die Figur des Schriftstellers Detlev Dorn, in denen selbstbewusst und humorvoll schwules Leben und Lieben literarisch gestaltet werden. Die Trilogie, auch von der allgemeinen Presse begeistert aufgenommen, zählt zu den zentralen literarischen Arbeiten deutschsprachiger schwuler Literatur nach 1945. Der Band *Ein letzter Dank den Leichtathleten* ist eine der ersten literarischen Auseinandersetzungen deutschsprachiger AutorInnen mit dem Thema Aids. Eine Auswahl seiner feuilletonistischen und glossierenden Arbeiten, zumeist für die Schwulenzeitschriften *Magnus* und *Siegessäule* sowie die Zeitschrift *Stern*, werden 1996 im Band *Die PC-Hure und der Sultan* zusammengefasst. Posthum erscheint 2001 sein Kindheitsroman *Sonnenkind*.

- *Heiße Herzen*, 1990, mit ☞Ralf König; *Teure Freunde*. Zehn Porträts, 1993; *In meiner Seele ist schon Herbst*, 1995; *Sind Sie das, Fräulein Riefenstahl?*, 1998

Meyer-Hanno, Andreas

deutscher Schwulenaktivist
18.2.1932 Berlin

Als Kind einer jüdischen Pianistin und eines Schauspielers erlebt Meyer-Hanno die Auswirkungen des Antisemitismus. Nach dem Abitur 1949 Studium der Musik- und Theaterwissenschaft, Promotion 1956. Bis 1959 ist er Regieassistent in Wuppertal, danach Regisseur. In 20 Berufsjahren entstehen über 100 Operninszenierungen. 1965-1972 Oberspielleiter am Staatstheater Karlsruhe, 1972-1976 am Staatstheater Braunschweig. Von 1976 bis 1992 ist er Leiter der szenischen Ausbildung an der Opernabteilung der Frankfurter Musikhochschule, danach Gastdozent. Seit 1973 ist er innerhalb der Schwulenbewegung aktiv. Zehn Jahre lang gehört er zum Kern der schwulen Theatergruppe *Die Maintöchter*. 1991 Gründung der gemeinnützigen *Hannchen-Mehrzweck-Stiftung für homosexuelle Selbsthilfe*, die er mit 100.000 DM Grundkapital aus eigenen Mitteln anschiebt und nach seiner Pensionierung auf 875.000 DM erhöht. 1993 wird ihm die Römer-Plakette der Stadt Frankfurt/Main verliehen, im gleichen Jahr der Preis Rosa Courage für sein schwules

Lebenswerk. In *Der Einstein des Sex* (1999), ☞Rosa von Praunheims Film über ☞Magnus Hirschfeld, übernimmt Meyer-Hanno die Rolle des Sozialdemokraten August Bebel.

Meyerinck, Hubert von

deutscher Schauspieler
23.8.1896 Potsdam – 13.5.1971 Hamburg

Zwar bildet ihn Max Reinhardt zum Charakterschauspieler aus, letztlich spielt er dann doch meist nur Knallchargen. Mit glattpolierter Glatze und feistem Grinsen umkreist sein Rollenspektrum zumeist den Typus des blasierten Preußen: mal Hochstapler, mal arroganter Baron oder aufgeplusterter Beamter. Die Sprache steif, die Haltung beinahe militärisch-akkurat – der Offiziersberuf des Vaters scheint da Spuren hinterlassen zu haben. So alberte und chargierte er sich als komisches und nicht selten recht tuntiges Original durch die deutsche Filmkomödie der 40er bis 70er Jahre, von *Münchhausen* (1943) und *Das Mädchen Rosemarie* (1958) zum *Spukschloß im Spessart* (1960) und *Wenn die tollen Tanten kommen* (1970). „Er war immer grotesk auf Volldampf. Er turnte Ausdruck. Er strampelte Mitteilung mimisch. Er konnte umwerfend komisch sein, aber eigentlich immer nur im Überdruck", schreibt der Kritiker Friedrich Luft 1971 in seinem Nachruf. Seine Freunde nennen ihn liebevoll Hubsi, und seine Memoiren betitelt er ebenso liebevoll *Meine berühmten Freundinnen* (1967), auch wenn nicht wenige davon Männer sind.

Meysel, Inge
deutsche Schauspielerin
30.5.1910 Berlin – 10.7.2004 Hamburg

Die „Mutter der Nation" verkörpert in zahllosen Fernsehspielen und Theaterstücken die einfache Frau von der Straße, die sich, oft in der Rolle der energisch-liebevollen Mutter oder später auch rüstigen Großmutter, vehement mit Witz und Schlagfertigkeit gegen die „feinen Leute" zu behaupten weiß. Nach ihrer Ausbildung und einem ersten Engagement am Schauspielhaus Leipzig 1933 von den Nazis aufgrund ihrer jüdischen Abstammung mit einem Auftrittsverbot belegt, gelingt Meysel gleich nach Kriegsende der künstlerische Durchbruch. Auf mehrere Theaterengagements folgt 1949 in *Liebe 47* ihre erste Filmrolle. In den folgenden Jahren arbeitet Meysel mit den renommiertesten deutschen Regisseuren, darunter Helmut Käutner

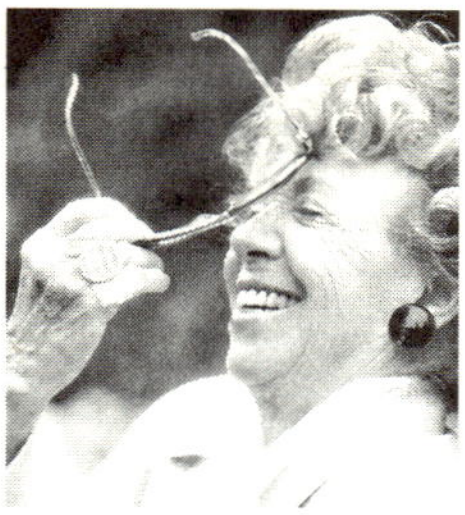

und Wolfgang Liebeneiner, zusammen, bevor sie sich ab 1962 hauptsächlich der Fernseharbeit zuwendet. Rollen wie die Putzfrau Ada Harris, die sie in mehreren erfolgreichen Fernsehspielen verkörpert (*Ada Harris will ins Parlament*, 1984), und ihr Auftritt als Portiersfrau im Theaterstück *Fenster zum Flur* (1959) festigen ihren Ruhm als eine der populärsten deutschen Schauspielerinnen. Sie verkörpert die Hauptrolle in der deutschsprachigen Erstaufführung des damals umstrittenen Theaterstücks *Schwester George muss sterben*. Den homosexuellen Teil der Nation erfreut sie, nebst zahlreiche Auftritte bei Solidaritätsveranstaltungen zugunsten der Aids-Hilfe („Meine Freunde sind überwiegend homosexuelle Männer. Weil sie empfindsamer sind und sensibler"), 1987 mit ihrem freimütigen Bekenntnis, zu Frauen immer schon eine größere Nähe empfunden zu haben: „Männer waren gestrichen, bis 21. Aber da hatte ich schon längst eine Liebesbeziehung zu einer Frau. [...] Ich glaube, dass viele Frauen [...] merken, dass ihr Zärtlichkeitsbedürfnis durch eine Frau besser ausgefüllt wird."

- *Frei heraus – mein Leben*, 1991; mit M. Pacher: *Die verborgenen Jahre: Die nichtautorisierte Biographie*, 1991

Michael, George (eigentlich Georgios Kyriacos Panayiotou)

britischer Popmusiker
25.6.1963 Fincley/Middlesex

Der als Georgios Panayiotou geborene George Michael lernt auf der Bushey Meads Comprehensive School den gleichaltrigen Andrew Ridgeley kennen. 1979 gründen sie die Ska-Band *The Executive*; 1981 werden sie zum Duo *Wham!*. Ihre zweite Single *Young Guns* (*Go For It*, 1982) aus dem Debütalbum *Fantastic*, entwickelt sich zu dem ersten ihrer zahlreichen internationalen Top Ten-Hits. 1986 trennen sich Michael und Ridgeley. George Michael beginnt anschließend eine Solokarriere. Seine erste Single, *I Want Your Sex* (1987), wird aufgrund des sexuellen Inhalts und des angeblich pornografischen Videos von der BBC boykottiert. Stilistisch entwickelt sich Michael vom Disco-Dance-Pop von *Wham!* zum Latinlover mit romantischen Soulballaden. Gemeinsam mit ☞Elton John singt er beim „Live Aid"-Konzert zum Gedenken an ☞Freddie Mercury im Londoner Wembley-Stadion 1985 *Don't Let the Sun Go down on Me*. 1992 wechselt er zu Sony und liefert 1996 ein Comeback mit dem Album *Older*, mit dem er seinen musikalischen Imagewechsel vom Schmusepop zum Disco Funk festigt. Seit dem Aidstod 1993 seines ersten Lebensgefährten, Anselmo Feleppa, einem brasilianischen Designer, mehren sich die Gerüchte um seine Homosexualität in der Presse. 1996 lernt er seinen neuen Lebenspartner Kenny Goss kennen. Am 7.4.1998 wird George Michael von einem verdeckt arbeitenden Polizisten auf einer öffentlichen Toilette eines Parks in Beverly Hills festgenommen. Der Vorwurf: Erregung öffentlichen Ärgernisses. Der Polizist hatte bewusst eine Anmache provoziert, Michael aber erst verhaftet, nachdem der sein Geschlechtsteil entblößt hat. Gegen Kaution in Höhe von 500 Dollar kommt er frei. Vier Tage nach dem Skandal gibt er CNN ein freimütiges Interview, in dem er sich zu seiner Homosexualität bekennt. Er schäme sich, seine Sexualität „so dumm, leichtsinnig und schwach" zur Schau gestellt zu haben. Den Vorfall verarbeitet er ironisch im Video zu seinem Song *Outside* (1999). Michael wird bei seiner Gerichtsverhandlung zu 819 Dollar Strafe, 80 Stunden sozialen Dienst und einem Besuch beim Psychiater verurteilt. Auf seinem Album *Patience* (2004) widmet er den Song *Please Send Me Someone* seinem verstorbenen Freund Anselmo Feleppa. „Ich schrieb es etwa sechs Monate, bevor ich Kenny traf. Ich wusste, dass ich jemand anderen kennen lernen würde, und zog die besten und positivsten Aspekte aus Trauer und Verlust. Ich gab mich sehr offen und positiv, als ich Kenny kennen gerlernt habe. Mit ihm erlebe ich endlich die wahre Liebe. Ich hatte bis dahin nicht immer ein glückliches Händchen bei meiner Partnerwahl."

- mit Wham!: *Make It Big*, 1984
- *Faith*, 1987; *Listen Without Prejudice: Vol. 1*, 1990; *Older*, 1993; *Ladies & Gentlemen*, 1998; *Songs from the Last Century*, 1999;

Michelangelo Buonarroti

italienischer Künstler

6.3.1475 Caprese – 18.2.1564 Rom

Michelangelo betätigt sich als Maler, Bildhauer, Dichter und Architekt und verkörpert als Universalgenie die ausgehende Renaissance. Mit 13 Jahren beginnt er seine Ausbildung als Bildhauer in der Werkstatt des Florentiner Künstlers Domenico Ghirlandaio und kann von 1490 bis 1492 als Gast im Hause Lorenzos de Medici seine Fähigkeiten und Kunstkenntnisse weiter ausbilden. Die dort entstandenen frühen Reliefarbeiten zeugen von der Auseinandersetzung mit dem Werk des homosexuellen Bildhauers Donatello (ca. 1386-1466) und der griechischen Antike. Seine Karriere und seine eigene künstlerische Entfaltung entwickeln sich aus der Spannung zwischen der Kunststadt Florenz und dem kirchenpolitischen Zentrum Rom. Im Auftrag des Vatikans fertigt er u.a. das Grabmal für Papst Julius II. (1505-1545), das Deckengemälde und die Altarwand in der Sixtinischen Kapelle (1536-1541), gestaltet den Capitolsplatz und ist am Bau des Petersdoms beteiligt. Zu seinen berühmtesten Plastiken gehören die *Pietà* sowie die in Florenz aufgestellte Aktstatue des *David*, der zu einer Ikone schwuler Kunst wird. Die Faszination, die männliche Schönheit auf Michelangelo ausübt, lässt sich künstlerisch umgesetzt in Form von Aktdarstellungen von Sklaven am Julius-Grabmal, aber auch im Deckengemälde der Sixtinischen Kapelle entdecken. Noch zu Lebzeiten Michelangelos wird die fehlende „irdische Scham" (Aretino) kritisiert, und ein Schüler Michelangelos muss die Nackten übermalen. El Greco will sogar die gesamte Decke neu bemalen lassen. Michelangelos literarisches Werk besteht aus über 300 Sonetten, die zumeist jungen Männern gewidmet sind und deren Liebe und Schönheit feiern. Besondere Bedeutung kommt hierbei dem Adligen Tommaso dei Cavalieri zu, den Michelangelo 1532 kennen lernt und dem er bis zu seinem Tod verbunden bleibt. Cavalieri hält ihm in der Sterbestunde die Hand. Ihm schickt Michelangelo als Zeichen der Liebe immer wieder Zeichnungen, darunter auch jene des Adlers (Michelangelo), der den schönen Ganymed entführt. Überliefert sind auch die Briefe Michelangelos an Cavalieri.

- Helmut Grimm: *Das Leben des Michelangelo*, 1995

Mikesch, Elfi

österreichische Kamerafrau und Regisseurin

31.5.1940 Judenburg

Nach ihrer Lehre als Fotografin zieht die Tochter eines Filmvorführers 1965 nach Hamburg und Berlin und entwirft 1968 zusammen mit ☞Rosa von Praunheim den ersten deutschen Fotoroman *Oh Muvie*. 1977 beginnt Mikesch als Kamerafrau zu arbeiten. Heute gehört sie zu den Besten ihres Metiers. Mikeschs Arbeitsgebiet sind die Randzonen, wo die Welt verzerrt erscheint und die Normalität aus dem Lot geraten ist. Die individuelle Handschrift ihrer Kameraführung hat eine erstaunliche Anzahl von bekannten deutschen Filmen geprägt, wenngleich Mikeschs Anteil, u.a. bei der Zusammenarbeit mit ☞Werner Schroeter (*Malina*, 1991), Rosa von Praunheim (bei dessen Filmen sie fast immer als Kamerafrau fungierte) und ☞Monika Treut (*Die Jungfrauenmaschine*, 1988), wie üblich in diesem Beruf oftmals übersehen wird. Mikesch arbeitet selbst als Regisseurin (*Verführung: Die grausame Frau*, 1985, zusammen mit Monika Treut) und erhält für ihr Schaffen mehrere Preise, u.a. den Bundesfilmpreis 1989. Sie ist verpartnert mit der Filmemacherin Lili Grothe.

- *Execution – A Study of Mary*, 1979; *Macumba*, 1981; *Das Frühstück der Hyäne*, 1982; *Marocain*, 1989; *Gefährliche Orte*, 1995; *KA-HEY ... Ich grüsse Dich*, 1999; *Verrückt bleiben, verliebt bleiben*, 1997; *Die Markus Family*, 2000

Milk, Harvey

US-amerikanischer Politiker

22.5.1930 Woodmere/New York – 27.11.1978 San Francisco

Milk wächst als Enkel jüdischer Einwanderer in New York auf. 1955-59 Militärdienst bei der US-Marine, danach Lehrer für Mathematik und Geschichte, anschließend wird er Bankkaufmann. In San Francisco arbeitet er in der Bürgerrechts- und Schwulenbewegung. Seine bürgerliche Karriere prädestiniert ihn zur Karriere als Realpolitiker. Dreimal (1973, 1975 und 1977) kandidiert er bei den Stadtratswahlen. Beim dritten Anlauf schafft er es mit äußerst hohem Stimmanteil. Milk wird am 8.11.1977 als erster offen Schwuler als Distriktsabgeordneter in das Stadtparlament von San Francisco gewählt. Zu seinen WählerInnen gehören nicht nur Schwule und Lesben (schon vor seinem Sieg ist er der inoffizielle „Bürgermeister der Castro Street", also des Homosexuellenviertels von San Francisco), sondern auch andere Minoritäten: Einwanderer, sozial Schwache, Alte und Sozialhilfeempfänger. Beim traditionellen Empfang nach der Wahl, wo sich die frischgewählten „Supervisors" mit ihren Ehepartnern der Bevölkerung öffentlich vorstellen, zeigt sich Milk stolz mit seinem Lebensgefährten Scott Smith. Seine Wahl wird zur nationalen Sensation. Doch nur wenige Wochen später wird er in der City Hall – zusammen mit dem Bürgermeister George Moscone – von dem rechten Abgeordneten Dan White, der kurz davorsteht, seinen Sitz zu verlieren, in einem Racheakt erschossen. Beim spontanen Trauermarsch nehmen über 50.000 Menschen teil. White wird wegen angeblich eingeschränkter Zurechnungsfähigkeit – er selbst gibt als Grund seinen exzessiven Konsum von „Fast food" an – nur zu sieben Jahren und acht Monaten Haft verurteilt. Das milde Urteil führt zu schweren Straßenschlachten in San Francisco, weil es als Geringschätzung homosexuellen Lebens verstanden wird. Zwei Jahre nach seiner Haftentlassung nimmt sich White das Leben. Zu Ehren Milks, dessen Leistungen für die Homosexuellenbewegung der USA von historischer Bedeutung sind, wird ein Platz im Castro-Viertel sowie eine homosexuelle Bildungseinrichtung in San Francisco nach ihm benannt, ebenso die erste lesbisch-schwule Schule in New York. Robert Epstein und Richard Schmiechen verarbeiten das Leben Milks zu dem 1985 als bester Dokumentarfilm mit einem Oscar ausgezeichneten *The Times of Harvey Milk*. 1994 wird das Musical *The Harvey Milk Show* in Atlanta uraufgeführt, 1995 die Oper *Harvey Milk* von Steward Wallace und Michael Kories. Die Pläne, ☞Randy Shilts' akribische Buchdokumentation *The Mayor of Castro Street* (dt. *Im Namen der Hoffnung*, 1993) als Großprojekt zu verfilmen, sind gescheitert. U.a. waren zeitweilig Oliver Stone und ☞Gus van Sant als Regisseure im Gespräch.

Millay, Edna St. Vincent

US-amerikanische Lyrikerin und Dramatikerin
22.2.1882 Rockland/Maine – 19.10.1950 Steepletop/New York

Millay zählt zu den bekanntesten und auch kommerziell erfolgreichsten Lyrikerinnen ihrer Zeit. Mit Hilfe eines Stipendiums, das sie dem Erfolg ihrer ersten Gedichte zu verdanken hat, kann sie das Vassar College besuchen und zieht dann nach Greenwich Village, wo sie u.a. als Journalistin und Schauspielerin arbeitet. Millay, die sich, obwohl später verheiratet, immer wieder auch zu Frauen hingezogen fühlt – u.a. ist sie eine Zeitlang mit der Künstlerin ☞Thelma Wood liiert – verarbeitet in ihrem bekanntesten Theaterstück *The Lamp and the Bell* (um 1922) ihre eigenen lesbischen Erfahrungen. Viele ihrer Liebesgedichte sind Frauen gewidmet. Zunehmend unter Alkoholproblemen leidend, verbringt sie die letzten Lebensjahre sehr zurückgezogen.

Millett, Kate (eigentlich Katherine Murray Millett)

US-amerikanische Schriftstellerin
14.9.1934 St. Paul/Minnesota

Mit ihrer Doktorarbeit über die Ziele und Strategien der Frauenbewegung *Sexual Politics*, die 1970 in Buchform veröffentlicht wird, katapultiert sich Kate Millett ins Licht der Öffentlichkeit. Die These, dass das Private politisch sei, bestimmt fortan das Leben der Professorin für Englisch, Philosophie und Soziologie, welche in Oxford und New York studiert hat. Neben ihrer akademischen Tätigkeit wendet sie sich der Malerei und Bildhauerei zu und entwirft Möbel im Pop Art-Stil. Millett, die 1965 den japanischen Bildhauer Fumio Yoshimura geheiratet hatte, bekennt sich im Laufe der erregten Diskussionen über *Sexual Politics* zu ihrer Homosexualität und verarbeitet in ihren folgenden literarischen Arbeiten zunehmend autobiografische Erfahrungen. *Sita* (1975) und *The Basement: Meditations on a Human Sacrifice* (1980, dt. *Im Basement*) erzählen von den niederdrückenden Schwierigkeiten lesbischer Beziehungen. In der depressiven Grundstimmung ihrer Werke spiegeln sich Milletts psychische Probleme wieder; nach mehreren Aufenthalten in Nervenkliniken beschließt sie 1980, auf die weitere Einnahme von Psychopharmaka zu verzichten. Ihre wiedergewonnene Kraft zeigt sich in *The Loony-Bin Trip* (1990, dt. *Der Klapsmühlentrip*), einer brillanten Analyse des gesellschaftlichen Umgangs mit psychisch Kranken. Sie lebt als Farmerin in Poughkeepsie/New York.

Ming-liang, Tsai
taiwanesischer Filmregisseur
27.10.1957 Kuching/Malaysia

Tsai Ming-liang gehört zur zweiten Generation der so genannten Neuen Taiwanesischen Welle. In Malaysia geboren und aufgewachsen, kommt er erst im Alter von 20 Jahren zum Studium an der Theater- und Filmfakultät der Universität Taiwan in die Heimat seines Vaters. Er arbeitet als Theaterregisseur und -produzent und als Dramatiker (*A Wardrobe in the Room*) sowie als Autor von Daily Soaps und Regisseur von Fernsehspielen und Dokumentationen. Nach mehreren Drehbüchern debütiert er 1992 mit *Rebels of the Neon Gods* als Filmregisseur. Seine Filme, die er mit einem festen Darstellerensemble verwirklicht, zeichnen sich durch formale Strenge, Dialogarmut und einen ökonomischen Umgang mit Dekors und Requisiten aus. Die Charaktere und Beziehungen stehen im Zeichen der Entfremdung. Ihre Gesten der Sehnsucht und Annäherung sind unbeholfen, oft transportieren sie unerfülltes, unerwidertes homosexuelles Begehren; am deutlichsten in *He Lui* (1996, dt. *Der Fluss*), der in einer ungewollten sexuellen Begegnung zwischen Vater und Sohn in einer schwulen Sauna gipfelt.

- weitere Filme (Auswahl): *Vive L'Amour*, 1994; *The Hole*, 1998 (dt. *Der letzte Tanz*); *Ni na bian ji dian*, 2001 (international: *What Time Is It There?*); *The Skywalk Is Gone*, 2002; *Bu jian bu san*, 2003 (international: *Good-bye, Dragon Inn*)

Minna, Christina
US-amerikanische Sängerin

1993 streift ein englischer Produzent und Songwriter durch die Lesbenszene von L.A., um Frauen zu finden, die seiner Vorstellung von „sexy Frauen, die sexy Songs für Frauen singen", entsprechen. Als besonders sexy fällt ihm Minna auf, die von sich selbst behauptet, dass Gott sie dazu vorgesehen hat, Frauen, insbesondere die Fotografin Wendy Jill York, zu lieben. Kurz darauf ist das Quartett mit Linn Pompey und zwei Hetero-Damen komplett, und *Fem 2 Fem*, die erste Lipstick-Lesben-Band der Welt, war geboren. Das Debüt-Album *Woman to Woman* sorgt für gelinde Aufregung, jedoch mehr durch die strapslastigen Bühnenshows inklusive Zungenküsse als durch die Qualität der Songs. Mit zwei Singles gelangen sie immerhin in die US-Top 40 Billboard Dance Charts. 1995 folgt das zweite Album *Animus*, aber da ist der Stern des Quartetts bereits wieder im Sinken begriffen.

Mishima, Yukio (eigentlich Kimitake Hiraoka)
japanischer Schriftsteller
14.1.1925 Tokio – 25.11.1970 ebd.

Der Vater ist ein kleiner Bürokrat und Verehrer Hitlers; die Mutter spielt im Haushalt kaum eine Rolle, die harte Erziehung übernimmt die herrschsüchtige Schwiegermutter, die den Sohn bis zum 12. Lebensjahr in ihrem abgedunkelten Krankenzimmer beinahe wie einen Gefangenen hält. Mishima entwickelt sich zu einem schwächlichen, kränkelnden jungen Mann, der von sado-masochistischen Fieberphantasien verfolgt wird. Seinen ersten Orgasmus habe er beim Anblick eines Bildes des gefesselten und mit Pfeilen durchbohrten St. Sebastian erlebt, schreibt Mishima in seinem autobiografischen Bekenntnisroman *Geständnis einer Maske* (1949), seine erste, international gefeierte Romanveröffentlichung. Um seine schriftstellerische Tätigkeit vor dem kunstfeindlichen Vater zu verbergen, nimmt er den Künstlernamen Yukio Mishima an. Später legt er darauf wert, dass die Schriftzeichen dieses Namens auch als „Geheimnisvoller Teufel, vom Tode behext" gelesen werden können. Vom Kriegsdienst wird er aus gesundheitlichen Gründen freigestellt, was für Mishima eine persönliche Schmach darstellt. Er arbeitet stattdessen in einer Flugzeugwerft. Nach dem Krieg auf Drängen des Vaters Jurastudium. Die angesehene Stellung im Finanzministerium kündigt er bald wieder, um sich ganz der Literatur zu widmen. Neben Kurzgeschichten, Theaterstücken (u.a. *Madame de Sade*, 1966) entsteht ein umfangreiches Romanwerk (u.a. die Tetralogie *Das Meer der Fruchtbarkeit*, dt. 1985-88). Trotz seiner offen bekundeten und u.a. bei Reisen nach New York, Rio und Paris exzessiv ausgelebten Homosexualität heiratet Mishima und zeugt zwei Kinder. Die als Schande und Makel empfundene körperliche Schwächlichkeit seiner Jugend kompensiert der erwachsene Mishima durch fanatisch ausgeübtes Bodybuilding und verschiedene Kampfsportarten. Er versteht sich politisch als japanischer Nationalist und gründet den „Schildbund", eine aus rechtsradikalen Kaisertreuen bestehende Privatarmee. Mit ihr versucht er 1970 einen Putsch, bei dem er den General der japanischen Streitkräfte in Tokio gefangen nimmt und in einer vom Balkon aus gehaltenen flammenden Rede ein Soldatenregiment zur Rückkehr zum alten Kaiserkult bewegen will. Der Putsch misslingt, Mishima schlitzt sich nach altem Seppuku-Ritual mit einem Schwert aus dem 17. Jh. den Bauch auf und lässt sich von einem Gefolgsmann, seinem 25-jährigen Gefährten und wahrscheinlich auch Liebhaber Masakatsu Morita, köpfen, der sich daraufhin seinerseits tötet. Der Roman *Das verratene Meer* dient ☞Hans Werner Henze als Vorlage für seine gleichnamige Oper (1990), Paul Schraders Film *Mishima* (1985) basiert auf dessen autobiografischen Romanen und Episoden aus seinem Leben. 2000 wird mit viel Wirbel am Theater Brandenburg Mishimas Stück *Mein Freund Hitler*, das Hitler und SA-Chef ☞Ernst Röhm in einer homoerotischen Beziehung darstellt, von Claude-Oliver Rudolph erstmals in Deutschland inszeniert.

● Henry Scott Stokes: *Yukio Mishima. Leben und Tod*, 1986; ☞Marguerite Yourcenar: *Mishima oder die Vision der Leere*, 1988

Mizrahi, Isaac

US-amerikanischer Modemacher
14.10.1961 Brooklyn/New York

Seine ersten Kleidungsstücke entwirft er als 13-Jähriger für seine Mutter. Deren Bibel verschönert er mit Modeskizzen. Im Alter von 14 Jahren geht er auf eigenen Wunsch auf die High School of Performing Arts in Manhattan, um Theater zu studieren, und nimmt zudem an Abendkursen an der Parsons School of Design teil. Nach Abschluss der Schule geht er zunächst bei Perry Ellis in die Lehre, wechselt zu Jeffrey Banks, um schließlich bei ☞Calvin Klein zu arbeiten. Als er sich 1987 mit einer eigenen Firma selbstständig macht, gehört diese binnen weniger Jahre zur ersten Liga der amerikanischen Modeindustrie, Isaac Mizrahi wird zum Star und gern gesehenen Gast auf Partys. Auf der Höhe seines Glamourruhms dreht Douglas Keeve 1996 einen Dokumentarfilm über ihn. *Unzipped* begleitet den jüdischen Designer ein halbes Jahr bei der Entstehung einer neuen Kollektion und gibt Mizrahi ausreichend Möglichkeiten, sich als quirligen, leicht tuntigen, überdrehten und eloquenten Selbstdarsteller zu profilieren. Seine offenkundigen schauspielerischen Fähigkeiten hatten ihm auch Gastrollen in Kinofilmen wie *Ein Concierge zum Verlieben* (1993) und Woody Allens *Celebrity* (1998) eingebracht. Für seine Mitarbeit im Kampf gegen Aids wird Mizrahi 1995 der National Leadership Award for Community Service verliehen.

Mnouchkine, Ariane

französische Regisseurin
3.3.1939 Boulogne-sur-Seine

Das Psychologiestudium hat sie erfolgreich abgeschlossen, doch Mnouchkine schlägt danach beruflich einen ganz anderen Weg ein: Sie geht zum Theater und gründet 1964 sogar ein eigenes, das Théâtre du Soleil, untergebracht in der Cartoucherie, einer ehemaligen Munitionsfabrik in Vincennes am Rande von Paris. Die Theaterkooperative (gleiches Gehalt für alle) gelangt mit aufwändigen, über mehrere Monate hinweg erarbeiteten und politisch engagierten Projekten, die Artistik und Commedia dell'arte-Elemente ebenso mit einbeziehen wie das Volks- und Marionettentheater, schnell zu weltweitem Ansehen. Mnouchkine reist mit ihrem Ensemble zu Gastspielen auf allen Kontinenten. Ihre Revolutionsspektakel *1798* (1970) und *1793* (1973) begründen den Ruhm, ihre ☞Klaus Mann-Adaption *Mephisto* (1979) wird später von anderen Bühnen nachgespielt. Ab 1981 beginnt sie einen groß angelegten Shakespeare-Zyklus, den sie gestalterisch im fernen Osten ansiedelt. Es folgt ein ebenso monumentales Atriden-Projekt. Ihr politisches Engagement beweist sie immer wieder mit Stücken über Indien, Kambodscha oder Algerien, die in Zusammenarbeit mit ihrer Lebensgefährtin, der Autorin Hélène Cixous entstehen (u.a. *L'Histoire terrible mais inachevée de Norodom Sihanouk, Roi du Cambodge,* 1985; *L'Indiade ou l'Inde de leurs rêves,* 1987; *La Ville parjure ou le réveil des Erinyes,* 1994; *Tambours sur la Digue*, 1999). Mnouchkine erhält 2000 für diese Inszenierung einen Molière, den französischen Theaterpreis, als beste Regisseurin. 1999 wird ihr der Große Preis der Stadt Paris verliehen. Zweimal wagt sie ihr spektakelhaftes Theater auch auf die Leinwand zu übertragen: 1974 mit der Verfilmung ihres Revolutionsstücks *1798* und 1977 mit dem biografischen Spielfilm *Molière*.

● Josette Féral (Hg.): *Ariane Mnouchkine & das Théâtre du Soleil*, 2002

Moby (eigentlicht Richard Melville Hall)

US-amerikanischer Popmusiker
11.9.1965 New York City

Seinen Künstlernamen verdankt er seinem direkten Vorfahren, dem Schriftsteller ☞Herman Melville und dessen Roman *Moby Dick*. Bereits seine Eltern nennen ihn so. Er wächst in Connecticut auf, der Vater stirbt bei einem Autounfall, als Moby erst zwei Jahre alt ist. Im Alter von zehn Jahren beginnt er, Gitarre zu spielen. Ab seinem 20. Lebensjahr spielt er unter unterschiedlichen Namen in mehreren Bands. Seine ersten Single-Veröffentlichungen gelten als Meilensteine der frühen Rave-Szene. Sein *Twin Peaks*-Sample *Go* wird in Großbritannien ein Top-Ten-Hit; 1995 erscheint mit *Everything Is Wrong* sein erstes Album. Er wendet sich von seinen Dance-Wurzeln ab und kehrt zum Hardcore, Trash und Punkrock seiner ersten Musikerjahre zurück. Es erscheint das Album *Animal Right* und parallel unter dem Pseudonym Voodoo Child die Platte *The End of Everything*. 1997 folgt *I Like to Score*, eine Zusammenstellung seiner bisherigen Beiträge zu Filmsoundtracks. Das Album *Play* (1999), bei dem der Soundtüftler wieder eine musikalische Wandlung unternimmt, integriert Trip Hop-, Downbeat- und Ambient-Elemente. Die Singleauskoppelung *Why Does My Heart Feel So Bad?* wird ein weltweiter Charterfolg. Moby gilt als streitbarer Umweltschützer, gläubiger Christ, vehementer Antialkoholiker und militanter Drogengegner. Er bezeichnet sich selbst als Veganer und als bisexuell. „Ich glaube kaum, dass ich später mal in den Himmel kommen werde. Zuviel Analsex, verstehen Sie?"

- *Play*, 2000; *18*, 2002; *Animal Right*, 2003

Moix, Terenci (eigentlich Ramón Moix i Messeguer)
spanischer Schriftsteller
5.1.1942 Barcelona – 2.4.2003 ebd.

Nach der Handelsschule entflieht Moix dem repressiven Klima der franquistisch-katholischen Gesellschaft Spaniens und lebt einige Zeit in Paris und London. Die Erfahrung dort verarbeitet er später in der dreiteiligen Autobiografie *El peso de la paja*. Bereits 1969, noch zu Lebzeiten Francos, schreibt er mit *El dia que va morir Marilyn* (1970) einen Schlüsselroman seiner Generation, in dem er die geistige Enge seines Landes skizziert. Der „katalanische ☞Truman Capote" (Manuel Vázques Montalbán) lebt bereits zu Zeiten Francos offen schwul und reflektiert in seinen Büchern immer wieder die eigene Sexualität. Dies macht ihn zu einem Vorkämpfer für die spanische und katalanische Homosexuellenbewegung. Er engagiert sich beispielsweise für die rechtliche Gleichstellung homosexueller Partnerschaften und wehrt sich öffentlich gegen die homophobe Haltung des Vatikans und Fidel Castros. Neben sozialkritischen Werken schreibt er Reisebücher, filmhistorische Werke und historische Romane, die sein Interesse für die klassischen Stätten der Antike widerspiegeln. Vor allem Ägypten ist immer wieder Schauplatz seiner Bestsellerromane (u.a. *Mundo macho*, 1971; *Nuestra Virgen de los Mártires*, 1983; *El amargo de la belleza*, 1996; *El arpista ciego*, 2002). Sein erfolgreichstes Werk *No digas que fue un sueño* (1986, dt. *Der Traum der Kleopatra*) wird in Spanien und Lateinamerika mehr als 1,6 Millionen Mal verkauft und macht Moix zu einem der meistgelesenen spanischen Erzähler der Gegenwart. 1986 erhält er für den Roman den Planeta-Preis, die höchstdotierte spanische Literatur-Auszeichnung. Als Moix einem Lungenleiden erliegt, begleiten über 10 000 Personen den Trauerzug durch die Innenstadt von Barcelona. Seinem Wunsch entsprechend wird seine Asche im Tal der Könige in Ägypten beigesetzt.

Molko, Brian
US-amerikanisch-britischer Rockmusiker
10.12.1972 Brüssel

Durch die Karriere seines US-amerikanischen Vaters, eines Bankers, zieht die Familie während Brian Molkos Kindheit und Jugend ständig um: von Belgien in den Libanon, von Liberia nach Luxemburg, wo er den größten Teil seiner Schulzeit verbringt. 17-jährig geht er nach London, um gegen den Willen der Eltern Theaterwissenschaft am Goldsmith's College zu studieren. „Im College war ich verunsichert, weil ich nicht wusste, mag ich lieber Jungs oder Mädchen. Bis ich die Lösung hatte: Ich bin bisexuell. Damit verwirrte ich meine Partner. Es war schwer für sie." Auch für seine Eltern, für die bereits seine Entscheidung für einen künstlerischen Beruf eine Katastrophe darstellt. Noch mehr aber irritiert sie die optische Veränderung ihres Sohnes. Er lackiert sich die Fingernägel und trägt Eyeliner und Fummel. „Das ist keine Fassade, das ist ein Teil von mir. Ich zeige Aspekte der weiblichen Ästhetik. Ich fühle mich wohl in Frauenkleidern. Auch wenn ich ungeschminkt und als Mann rumlaufe, trage ich Hosen und Pullis, die für Frauen gemacht worden sind. Frauen haben alle modischen Freiheiten, Männer nicht. Das ist schlimm." In London begegnet Molko 1994 in der U-Bahn-Station South Kensington zufällig wieder dem schwulen Schweden Stefan Olsdal, den er aus seiner Schule in Luxemburg kennt. Zusammen mit dem Percussionisten Steve Hewett gründen sie die Band *Placebo*. 1996 erscheint ihr Debütalbum mit Anleihen an den Progressive Rock der 70er Jahre, Punk und Glam Rock. Molko ist Frontmann, Sänger und Autor der literarisch anspruchsvollen, bisweilen rätselhaften Songtexte. Die Singleauskoppelung *Nancy Boy* schafft es auf Anhieb auf Platz 4 der britischen Charts. Homosexualität wird auch in späteren Songs immer wieder thematisiert, so etwa in *Burger Queen*, *My Sweet Prince* und *Ask for Answers*. 1998 wirkt *Placebo* als Band in der Glam-Rock-Hommage *Velvet Goldmine* des Regisseurs ☞Todd Haynes mit und liefert auch Songs für den Soundtrack.

- weitere Alben von *Placebo*: *Without You I'm Nothing*, 1998; *Black Market Music*, 2000; *Sleeping with Ghosts*, 2003

Monnier, Adrienne

französische Buchhändlerin und Verlegerin
26.4.1892 Paris – 18.6.1955 ebd.

Mit 23 Jahren verwirklicht die gutem Essen und Geselligkeit zugeneigte Tochter eines Postbeamten ihren Kindheitstraum und eröffnet in der Pariser Rue de l'Odéon eine Buchhandlung. Zusammen mit dem gegenüberliegenden Buchladen ihrer Kollegin und jahrzehntelangen Lebensgefährtin ☞Sylvia Beach entwickelt sich „La Maison des Amis des Livres" zum legendären Treffpunkt von SchriftstellerInnen und KünstlerInnen aus aller Welt. Monnier und Beach engagieren sich stark für die kulturellen Beziehungen zwischen einheimischen und ausländischen KünstlerInnen und Intellektuellen; Monnier organisiert Lesungen und Ausstellungen in ihrer Buchhandlung und macht sich mit der Herausgabe mehrerer Zeitschriften und der französischen Übersetzung von James Joyces *Ulysses*, das 1922 von

Sylvia Beach erstmalig veröffentlicht wird, auch als Verlegerin einen Namen. Neben zahlreichen Zeitungsartikeln publiziert sie auch zwei eigene literarische Werke, einen Gedichtband und eine Prosasammlung. Monnier, die nach der räumlichen Trennung von Beach längere Zeit mit der deutschen Fotografin ☞Gisèle Freund zusammenlebt, gelingt es, während der Besatzungszeit ihre Buchhandlung weiterzuführen, ohne mit den Nazis kollaborieren zu müssen. 1955 verübt sie, unter extremen Ohrgeräuschen leidend, Selbstmord.

- *La Figure – Gedichte*, 1923

Montgomery, Bernard Law

britischer Feldmarschall
17.11.1887 London – 24.3.1976 Isington Mill

Der Sohn eines Geistlichen nordirischer Abstammung und einer Pfarrerstochter wächst zunächst in Tasmanien auf. 1901 kehrt er zurück nach England und absolviert die St. Pauls Schule. Danach tritt er der Royal Army bei und besucht die Militärakademie Sandhurst. Im Ersten Weltkrieg ist er Frontoffizier. Ab 1918 ist er als Truppen- und Stabsoffizier viel im Ausland (Palästina, Ägypten, Indien, Irland und Australien) tätig. 1939 leitet er als Kommandeur die 3. Division in Südengland, die er 1940 auch in Frankreich und Dünkirchen führt. 1941 übernimmt er als Oberbefehlshaber das Südkommando in England. Ein Anruf aus dem Kriegsministerium am 8. August 1942 ist der Startschuss für eine der ungewöhnlichsten militärischen Karrieren im Zweiten Weltkrieg. Bernard L. Montgomery, ein Unbekannter aus der zweiten Reihe, übernimmt das Oberkommando der 8. Armee in Nordafrika. Montgomery gelingt es durch psychologische Betreuung der eigenen Männer, einfallsreiche Täuschungsmanöver und logistisches Organisationstalent, von jenem Tag an Hitlers Wehrmacht von Niederlage zu Niederlage zu treiben. Er leitet bei El Alamein in Ägypten die Wende des Zweiten Weltkriegs ein. „Soldatengeneral" nennen ihn bald die ihm Untergebenen. Er scheint einer von ihnen zu sein – ein General zum Anfassen. Zum Zeichen seiner Verbundenheit mit den eigenen Männern trägt er das einfache Barrett, die Mütze der Panzerfahrer, an das er sein Generalsabzeichen heftet. Der medienversessene General schafft sich damit selbst ein Image, das nicht nur bei seinen Männern, sondern auch bei der Presse gut ankommt und ihn in der Heimat berühmt macht. Doch hinter der glatten Fassade „... sehnte er sich nach der Liebe anderer Menschen, aber wenn er sie hatte, konnte er nicht damit umgehen", erinnert sich Nigel Hamilton, Vertrauter und Biograf Montgomerys, an den Privatmann. Wärme und Zärtlichkeit – Montgomery sucht und findet sie einzig im Krieg, in der Nähe seiner jungen Adjutanten, die ihn bewundern und zu ihm aufsehen. Seine Ehe mit Betty Carver war Montgomery mehr aus praktischen Erwägungen denn aus tiefempfundener Liebe eingegangen. Als er im April 1945 auf seinem Siegeszug durch Deutschland die Nachricht vom Tode eines seiner Adjutanten, John Poston, erhält, gerät er in eine tiefe Krise: Poston, der seit El Alamein an seiner Seite ist, war bei einem Erkundungsgang in den Wäldern der Lüneburger Heide ums Leben gekommen. Auf Montgomerys Wunsch wird der Leichnam ins Hauptquartier geschafft, und er kümmert sich persönlich um die Beisetzung. Montgomery, der die ganzen Jahre über im Krieg nie Emotionen gezeigt hatte, bricht am Grab Postons mit einem Heulkrampf zusammen. 1949 wird er Stellvertretender Oberster Alliierter Befehlshaber in Europa. 1958 scheidet er aus der Armee aus und veröffentlicht seine Memoiren, in denen er General Dwight D. Eisenhower als „zweitklassigen Soldaten, der die Strategie des Normandie-Feldzuges nie richtig verstanden hat" deklassiert und mit dieser Äußerung für Aufsehen sorgt. Als 1967 in Großbritannien die Änderung des Antihomosexuellengesetzes debattiert wird, äußert sich Montgomery: „Solche Dinge mögen vielleicht von Franzosen toleriert werden, wir aber sind britisch. Gott sei Dank!" Er spricht sich vor dem House of Lords gegen eine Legalisierung von homosexuellem Sex aus. Dies käme einem Freibrief für widernatürliche Handlungen gleich. 30 Jahre später toleriert Großbritannien sogar offen Schwule in der Armee und posthum aufgefundene Briefe aus dem Besitz Montgomerys belegen zahlreiche Liebschaften mit jungen Männern und seine besondere Vorliebe für halbwüchsige Jungen, die er „my sons" nennt.

- Nigel Hamilton: *Monty. The Man behind the Legend*, 1987; Nigel Hamilton: *The Full Monty*, 2001

Morgenstern, Ralph (eigentlich Ralph Nolting)

deutscher Schauspieler und Moderator
3.10.1956 Mühlheim a. d. Ruhr

Die Alkoholkrankheit seines Vaters überschattet seine Kindheit und Jugend in Mühlheim an der Ruhr. Seine Karriere ist eng mit weiteren Stars der lesbisch-schwulen Künstlerszene Kölns verknüpft. Als 18-Jähriger war er wegen der Liebe zu einem Mann in die Rheinmetropole gezogen. Durch ihn lernt er Zeus B., den Frontsänger der Rockband *Birth Control* kennen, der zugleich eine weitere Band namens *Gina X* produziert. Ab 1975 wirkt er bei einer Reihe von Experimentalfilmen von Hinrich Sickenberger mit und präsentiert sich auf den Kunstmessen in Köln und Basel als Peformancekünstler. Dort wird Morgenstern Backgroundsänger und wirkt zwischen 1978 und 1983 bei drei LPs mit. Trash-Stücke von ☞Walter Bockmayer wie *Sissi – Teufelsjahre einer Kaiserin* und *Cleopatra oder Der Fluch der Tempelhuren* machen ihn zur Szenediva und über die Grenzen der Stadt hinaus bekannt. Gemeinsam mit ☞Hella von Sinnen moderiert er für RTL aus Bockmayers Kellertheater die *Filmdosenshow* und arbeitet nun verstärkt auch fürs Fernsehen. Für den WDR moderiert er die Talkshow *Klatschmohn*, die schließlich als *Kaffeeklatsch*, produziert von ☞Alfred Bioleks Pro GmbH, vom ZDF übernommen wird. Der Sender nimmt ab 2000 zusätzlich die Promi-Klatsch-Show *Blond am Sonntag* ins Programm. Kinoerfahrung sammelt er in Helmer von Lützelburgs *Im Himmel ist die Hölle los* (1983) und in Walter Bockmayers Filmversion seiner Parodie *Geierwally*. 2000 spielt er in dem Thriller *I Love You, Baby*. Ob als Comedy-Darsteller (wie in seiner Sitcom *Schöne Aussichten*, 1999) oder in ☞Hape Kerkelings *Gisbert* (1998) oder als Moderator der schwul-lesbischen Karnevalsveranstaltung Rosa Sitzung – Morgensterns Image ist das des schrillen, offen schwulen Entertainers, der seine Mütze niemals vom Kopf nimmt. Seine Theaterkarriere tritt dabei eher in den Hintergrund. Von 1991 bis 1998 ist er Mitglied im Ensemble des Kölner Schauspielhauses. Für Schlagzeilen sorgt er, als er sich 1999 mit seinem Lebensgefährten Oliver in Key West symbolisch in einer Kapelle trauen lässt.

Morrissey (eigentlich Steven Patrick Morrissey)

britischer Popmusiker
22.5.1959 Manchester

Gemeinsam mit John Marr gründet Steven Patrick Morrissey (der sich nur nach seinem Nachnamen nennt) 1982 die Alternativ-Rock-Band *The Smiths*. Ihre erste Single *Hand in Glove* (März 1983) gelangt in die Independent-Charts, mit *This Charming Man* sind sie Ende 1983 in Großbritannien erstmals in den Top 30 vertreten. Ihre Musik ist geprägt von Marrs Gitarrenspiel und Morrisseys geheimnisvoll-poetischen, intellektuellen Texten; seine dandyhaften Auftritte bringen ihm die Bezeichnung „Oscar Wilde des Rock" ein. 1987 löst sich die Band auf, und Morrissey begibt sich auf Solopfade. 1988 erscheint die erste Single *Suedehead* und das Album *Viva Hate*, und 1990 *Bona Drag*. Die Alben *Your Arsenal (1992) und Beethoven Was Deaf* (1993) nutzt er als Experimentierpodium für unterschiedliche Musikstile. Mit *Vauxhall and I* (1994) und *Maladjusted* (1997) kehrt er zum Brit-Pop zurück. Erst 2004, nach jahrelangen Querelen mit seiner Plattenfirma, veröffentlicht Morrissey mit *You Are the Quarry* ein neues Soloalbum. Seit Ende der 90er Jahre lebt Morrrissey in Los Angeles, nachdem sein Song *National Front Disco* missverstanden, er des Rassismus bezichtigt und in seinem Heimatland geschmäht worden ist. Morrissey pflegt zunächst das Image des Vegetariers und völlig Asexuellen. Seinen Sex hole er sich allabendlich bei Live-Auftritten, verkündet er 1990. Seine homosexuellen Gefühle erklärt er zur Privatsache und forciert sein Verwirrspiel um sexuelle Identität. „Ich finde es äußerst langweilig, dass in unserer Gesellschaft so viel Wert auf Sexualität gelegt wird. Ich finde die ganze Idee von Sexualität überflüssig. Begriffe wie Heterosexualität, Bisexualität, Homosexualität kann ich nicht akzeptieren. Sie sind nur Vorsilben, die dem Wort ‚Sexualität' vorangesetzt werden. Es ist daraus zu folgern, dass es große Unterschiede zwischen den Menschen gibt, und das stimmt nicht. Eigentlich brauchen alle Menschen genau das Gleiche. Ich kann Heterosexualität auf keinen Fall anerkennen. Sie existiert nicht, und ich bin davon überzeugt, Homosexualität existiert auch nicht." Gleichwohl tauchen in seinen Songs immer wieder homoerotische Themen oder Textpassagen auf, ob in seinem Song *Piccadilly Palare* über Stricher oder den Liebesliedern *He Knows I'd Love to See Him* und *Still Ill*. Auf *You Are the Quarry* singt er selbstironisch „The woman of my dreams / she never came along, / the woman of my dreams well / there never was one."

● Mick Middles: *The Smiths – Die authentische Biographie*, 1989; Johnny Rogan: *Morrissey & Marr. The Severed Alliance*, 1993; David Bret: *Morrissey. Landscapes of the Mind*, 1995; Mark Simpson: *Saint Morrissey*, 2003

Mosse, George L. (eigentlich Gerhard Lachmann Mosse)
deutsch-US-amerikanischer Historiker
20.9.1908 Berlin – 21.1.1999 Madison/Wisconsin

Der Enkel des großen Zeitungsverlegers Rudolf Mosse, der eines der ersten europäischen Zeitungsimperien aufgebaut hat, emigriert 1939 mit seiner Familie aus Deutschland, nachdem die Nationalsozialisten den Mosse-Verlag zerschlagen haben. In den USA wird George L. Mosse zunächst Universitätslehrer in Iowa und unterrichtet von 1955 bis zu seiner Emeritierung 1986 an der Universität in Madison. Parallel lehrt er auch an der hebräischen Universität in Jerusalem. Er etabliert sich als vielgeachteter Historiker mit Schwerpunkt NS-Geschichte, Nationalismus und Rassismus. Mit einem feinen Sensorium für politisch-historische Wirkungszusammenhänge untersucht er die Bedeutung des Kultischen in der Politik, der Feiern, Feste und Rituale sowie der Medien. 1978 publiziert er sein Standardwerk *Nationalisierung der Massen*, später *Nationalismus und Sexualität* (1986), in dem er sich betont auch mit der Homosexualität im NS-Regime auseinandersetzt. Übersteigerte Männlichkeit, also das moralische Verbot, als Mann weibliche Gefühle zu zeigen, sieht er darin als eine entscheidende Voraussetzung für die Etablierung totalitärer, vor allem faschistischer Systeme. 1996 erscheint seine Studie *The Image of Man. The Creation of Modern Masculinity* (dt. *Das Bild des Mannes*, 1997), in der er die Konstruktion der modernen Männlichkeit untersuchte. 1997 hält der publikumsnahe Schriftsteller, undoktrinäre Antifaschist und linksliberale Weltbürger die Eröffnungsrede zur Ausstellung *Goodbye to Berlin? 100 Jahre Schwulenbewegung* in Berlin. 1998 wird ihm die Ehrendoktorwürde der Universität Gesamthochschule Siegen verliehen. Posthum erscheint seine Autobiografie *Aus großem Hause. Erinnerungen eines deutsch-jüdischen Historikers* (2003).

- *Gefallen für das Vaterland*, 1993
- Irene Runge und Uwe Stelbrink: *„Ich bleibe Emigrant". Gespräche mit George L. Mosse*, 1991

Mouron (eigentlich Christine Mouron)

französische Chansonette
4.9.1954 Marseille

Mit zwölf Jahren beginnt Mouron, die Tochter eines Opernsängers, Liedtexte zu schreiben und hegt den Wunsch, in die Fußstapfen ihrer Vorbilder Barbara und Jacques Brel zu treten. Zunächst Sängerin der erfolgreichen französischen Musiktruppe *Le Big Bazar* um Michel Fugain, die mühelos auch das legendäre Olympia in Paris füllen. Mouron, „Petit Clown" der Band, trifft 1986 auf Romain Didier, der von ihren Texten begeistert ist und für sie komponiert. Dies ist der Startschuss für ihre Solokarriere. Erste Auftritte absolviert sie in der schwulen Kleinkunst-Bar *Piano Zinc* in Paris, danach im Théâtre de l'ortour (1987), beim Festival du Printemps de Bourges (1987 und 1989). Eine Tournee führt sie u.a. nach Lausanne, Kairo und Warschau. 1987 erscheint ihre erste Solo-CD, 1990 folgt *A l'état brut*. 1987-90 arbeitet sie bei der Radiosendung *L'oreille en coin* von France Inter mit. Für die TV-Produktion ☞*Piaf, une breve rencontre* (1992) leiht sie ihre Stimme. Alfredo Arias engagiert sie 1992/93 für die Revue *Fous des Folies* in den „Folies Bergères". 1995 trifft sie im *Piano Zinc* auf ☞Georgette Dee und ihren Pianisten ☞Terry Truck, die sie in Deutschland bekannt machen. Auf deren Plattenlabel viellieb records erscheint 1996 die CD *Mouron d'amour* unter der musikalischen Leitung von Truck. 2001 folgt *Bleu/Noir/Rouge*. 1988/89 spielt Mouron in *Diva gut*, einer Gemeinschaftsproduktion mit Georgette Dee, ☞Cora Frost, Terry Truck und Popette Betancor.

Müller, Fahrid

deutscher Politiker
6.4.1962 Kairo

Fahrid Müller, bis 1994 als Verkaufsmanager von Stadtmagazinen und danach als Manager im Nationalmarketing der deutschen Privatradiosender tätig, ist seit 1997 das erste offen schwule Mitglied in der Hamburgischen Bürgerschaft als Abgeordneter der GAL-Bündnis90/Die Grünen. Bis zu seiner Wahl ist er Sprecher der Landesarbeitsgemeinschaft SchwuLesben-Politik und Vorstandsmitglied im Kreisverband Hamburg-Mitte. Seit 1999 ist er Sprecher der Bundesarbeitsgemeinschaft Schwulenpolitik von Bündnis90/Die Grünen. Er gehört zu den Initiatoren der „Hamburger Ehe", der ersten deutschen kommunalen standesamtlichen Eintragung lesbischer und schwuler Lebensgemeinschaften. Als eine seiner besonderen Leistungen sieht der GAL-Sprecher für Wirtschafts-, Medien- und Lesben-/ Schwulenpolitik seinen Einsatz für die bundesweit liberalste Regelung beim Aufenthalt ausländischer PartnerInnen binationaler lesbisch/schwuler Lebensgemeinschaften in Hamburg.

Müller, Nicole
Schweizer Schriftstellerin
1962 Basel

Müller zählt zu den wenigen zeitgenössischen deutschsprachigen Schriftstellerinnen, die in ihren Büchern explizit lesbische Themen verarbeiten. Nach einer abgebrochenen Lehre als Taschenmacherin und einem unvollendeten Studium lebt sie vorübergehend in Paris, wo sie als Hilfslehrerin und Übersetzerin tätig ist und nebenbei für eine Biografie über die lesbische Schriftstellerin ☞Annemarie Schwarzenbach recherchiert: *L'ange inconsolable* (1989, dt. *Der untröstliche Engel*). Müllers Debütroman *Denn das ist das Schreckliche an der Liebe* (1992) erzählt in vitaler und frischer Sprache die Geschichte einer Liebe zwischen zwei Frauen und stößt bei der Kritik auf einhelliges Lob. Mittlerweile hat Müller mehrere Auszeichnungen für ihre literarische Arbeit erhalten. Sie arbeitet zudem als Journalistin und Werbeleiterin.

- *Mehr am 15. September*, 1995; *Kaufen! Ein Warenhausroman*, 2004

Müntefering, Mirjam
deutsche Schriftstellerin und Fernsehjournalistin
29.1.1969 Sundern/Sauerland

Dass ihr Vater Franz Müntefering einer der bekanntesten deutschen SPD-Politiker ist, hat es ihr sicherlich nicht leichtgemacht, unbefangen als Schriftstellerin wahrgenommen zu werden. Als 1998 – ein Jahr nach Abschluss ihres Studiums der Germanistik und der Theater-, Film- und Fernsehwissenschaft – ihr lesbischer Beziehungsroman *Ada sucht Eva* erscheint, interessiert dies dann auch die Boulevardpresse. Inzwischen hat sich die Verehrerin von Barbra Streisand und Hunden, insbesondere ihres Spaniels Lotte, als Autorin etabliert. Ihr Schwerpunkt liegt dabei neben Prosa zu lesbischen Themen vor allem in der Jugendliteratur. Seit 1999 ist sie zudem als Fernsehjournalistin für den Kinderkanal von ARD/ZDF tätig. 1998 wurde ihr Theaterstück *Das Experiment* uraufgeführt. Seit Herbst 2000 betreibt Mirjam Müntefering auch eine eigene Hundeschule und veröffentlicht zur Eröffnung ein Hundefachbuch für Jugendliche (*Hund ist in. Das Hundebuch für die neue Generation*).

- *Flug ins Apricot*, 1999; *Katta@Frauenknast.de*, 2000; *Apricot im Herzen*, 2001; *Die schönen Mütter anderer Töchter*, 2001; *Ein Stück meines Herzens*, 2001; *Das Gegenteil von Schokolade*, 2003; *Wenn es dunkel ist, gibt es uns nicht*, 2004

Müren, Zeki

türkischer Schlagersänger und Schauspieler
26.9.1931 – 24.9.1996 Istanbul

Seine Verehrer nennen ihn stolz „General". Unter diesem Ehrentitel komponiert Zeki Müren mehr als 100 Lieder und nimmt 50 LPs auf. Als er 1996 stirbt, gilt der Schlagersänger als einer der erfolgreichsten und berühmtesten Künstler der Türkei. Zehntausende nehmen an der Beisetzung in der Stadt Bursa teil, Trauerbekundungen kommen aus allen politischen Bereichen, und der Staatspräsident Süleyman Demirel verkündet: „Er war mein Freund." Die parteiübergreifende Trauer quer durch alle Gesellschaftsschichten überrascht zunächst, denn Müren ist unverkennbar schwul und tritt stets in auffallender Frauenkleidung, in hochhackigen Schuhen oder im Minirock auf. Seine Homosexualität ist kein Geheimnis, doch andererseits auch kein Thema. Müren liegt es fern, sich für die Rechte der Homosexuellen in der Türkei einzusetzen. In seinen 16 Filmen spielt Müren immer wieder starke Kerle, die um ihre Frauen kämpfen. Seine Wunschrolle kann er sich nicht mehr erfüllen: Eine Neuverfilmung von Tarzan – mit sich als Jane. Mürens Tod ist beinahe wie inszeniert. Aus Anlass seines 65. Geburtstages widmet ihm der staatliche Radio- und Fernsehsender TRT eine mehrteilige Biografie unter dem Titel *Die Sonne, die nie untergeht*. Kurz nachdem eine Ehrung gedreht worden war – der Intendant schenkt ihm das Mikrophon, vor dem er vor 45 Jahren in den TRT-Studios aufgetreten war –, bricht Müren mit einer Herzattacke zusammen und stirbt. In das laufende Programm des Senders wird der Schriftzug „Die Sonne ist untergegangen" eingeblendet.

Mullally, Megan

US-amerikanische Schauspielerin
12.11.1958 Los Angeles

Ihre Mutter Martha war Model, ihr Vater Carter, Jr. ein Vertragsschauspieler der Paramount Studios. Megan Mullally beabsichtigt zunächst, in die Fußstapfen des Vaters zu treten. Bereits während der Schulzeit nimmt sie Ballettunterricht und tritt als Solistin beim Oklahoma City's Ballet auf. In den Sommerferien nimmt sie an einem Ausbildungsprogramm der George Balanchine's School of American Ballet in New York City teil. Nach der Highschool beginnt sie ein Schauspielstudium an der Northwestern University, wechselt dann aber zu englischer Literatur, um zuletzt dann doch bei diversen Uni-Musicalproduktionen auf der Bühne zu stehen. Vom Erfolg ermutigt, verlässt sie die Universität und zieht 1985 nach Los Angeles, ist aber dort als Schauspielerin lange Zeit wenig erfolgreich. Dies ändert sich, als sie 1994 in Tommy Tunes Broadway-Remake des Musicals *Grease* (an der Seite von ☞Rosie O'Donnell) und im Jahr darauf in *How To Succeed In Business* (an der Seite von Matthew Broderick) mitwirkt. Sie erhält nun Rollen in eher unbedeutenden Kinofilmen (*Last Resort*, dt. *Club Sandwich*, 1986; *Anywhere But Here*, dt. *Überall, nur nicht hier*, 1999; Speaking of Sex, 2001), in Fernsehfilmen (*The Children Nobody Wanted*, dt. *Der junge Adoptiv-Vater*, 1981; *Rainbow Drive*, 1990) und TV-Serien (*R.N. Rachel Gunn*; *Fish Police*, beide 1992). Berühmt aber wird sie durch ihre Rolle als aufgetakelte Millionärsgattin der schwulen Kultserie *Will & Grace* (ab 2000). Sie ist außerdem Leadsängerin der Band *The Supreme Music Program*. Seit 2003 ist sie mit dem Schauspieler Nick Offerman verheiratet, sie selbst bezeichnet sich als bisexuell. Die Gay and Lesbian Alliance Against Defamation (GLAAD) verleiht ihr 2004 den Golden Gate Award für ihren Beitrag im Kampf gegen Homophobie und ihr Engagement für GLAAD, die Human Rights Campaign und das L.A. Gay & Lesbian Center. Dreimal in Folge erhält sie für ihre Leistungen in *Will & Grace* den Screen Actors Guild Award, 2000 den Emmy-Award als beste Nebendarstellerin in einer Comedy-Serie.

Muñoz, Enoé Margarita Uranga

mexikanische Politikerin

1963

Die Abgeordnete im Stadtparlament von Mexico City ist die erste offen lesbische Politikerin Lateinamerikas. Unterstützt von den meisten linken Basisorganisationen und Frauen- und Menschenrechtsgruppen wird die parteiunabhängige Politikerin 2001 für die Democracia Social (PDS) ins Amt gewählt. Ihre Eltern gehören der zapatistischen Front an. Die Mutter kommt deshalb ins Gefängnis, der Vater wird zwangsweise nach Kuba ausgebürgert. Muñoz wächst bei ihren beiden Großmüttern auf. Ihre erste politische Rede hält sie mit elf Jahren. Während des Soziologiestudiums wird sie Gewerkschaftsvertreterin der Angestellten der Universität. Sie macht Frauen- und Menschenrechte zu ihren Hauptthemen, was bei ihren Gewerkschaftskollegen nicht nur auf Gegenliebe stößt. Um ihr zu schaden, macht man ihre Homosexualität öffentlich. Noch über 15 Jahre später, inzwischen Direktorin der Gleichberechtigungsstelle und Präsidentin der Menschenrechtskommission im Parlament, wird sie deshalb regelmäßig auf der Straße bespuckt und kann nicht ohne Bodyguard aus dem Haus gehen. Als Ikone der Homosexuellenbewegung will sie jedoch nicht gelten und verweigert lesbische Stereotype. „Meine Lebensform verletzt Etikette. Ich trinke nicht, ich rauche nicht, bin langweilig, bin weder Butch noch Femme."

Murdoch, Dame Iris

irische Schriftstellerin

15.7.1919 Dublin – 8.2.1999 London

Iris Murdoch ist stolz darauf, von einer distinguierten protestantischen irischen Familie abzustammen und keine Engländerin zu sein. Dadurch ist sie stets gefangen zwischen zwei Welten, ohne in einer von ihnen wirklich zu Hause zu sein. Sie studiert klassische Philologie in Oxford und Philosophie im Somerville College Cambridge, das nur Frauen zugänglich ist. Im Zweiten Weltkrieg arbeitet sie für das britische Schatzamt und für die Flüchtlingshilfe der Vereinten Nationen. Nach Kriegsende unterrichtet sie Philosophie in London und Oxford und wendet sich erst spät dem Schreiben zu. Ihr erster Roman *Under the Net*, der in Ich-Form aus der Sicht eines Mannes erzählt ist, veröffentlicht sie im Alter von 35 Jahren. Neben philosophischen Arbeiten folgen 26 weitere Romane. Sie wird Ehrenmitglied der American Academy of Arts and Letters und 1987 von Elizabeth II. für ihr literarisches Schaffen in den Adelsstand erhoben. 1978 erhält sie den Booker Prize für den Roman *The Sea, The Sea*. 1956 heiratet sie den Universitätsdozenten und angesehenen Literaturkritiker John Bayley. Ihre Ehe ist, wie ein Biograf anmerkt, „unkonventionell": Bayley ist an ihr sexuell nur wenig interessiert, Murdoch hingegen hat wesentlich mehr Interesse an Frauen und sehr zahlreichen, meist jungen Männern, darunter auch an dem seinerzeit noch unbekannten Elias Canetti. Gleichwohl hält die Ehe mit Bayley bis zu ihrem Tod. 1997 wird bei Iris Murdoch die Alzheimerskrankheit diagnostiziert. John Bayley kümmert sich um sie, solange es ihm möglich ist, im eigenen kleinen Haus. Im Februar 1999 stirbt sie, nur drei Wochen nachdem sie in ein spezielles Pflegeheim, das Vale House, verlegt worden war. 2001 dreht Richard Eyre die Filmbiografie *Iris* (mit Kate Winslet und Judi Dench als junge bzw. alte Iris Murdoch), basierend auf Bayleys persönlichen Erinnerungen *Iris. A Memoir* (1998) sowie *Elegy for Iris* (2000).

- Peter J. Conradi: *Iris Murdoch. Ein Leben*, 2002; Gillian Dooley: *Conversations with Iris Murdoch*, 2003

Murnau, Friedrich Wilhelm
(eigentlich Friedrich Wilhelm Plumpe)

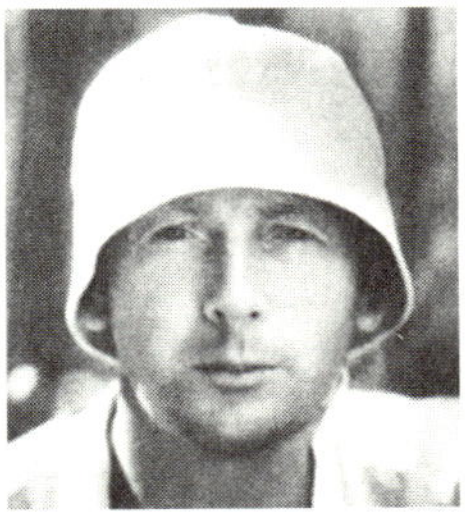

deutscher Filmregisseur

28.12.1888 Bielefeld – 11.3.1930 Santa Barbara/Kalifornien

Murnau, Sohn eines Textilfabrikanten, gibt sein Kunstgeschichtsstudium auf, um stattdessen die Max-Reinhard-Schauspielschule zu besuchen. Ab 1909 benutzt er das Pseudonym Murnau nach jenem Ort in Oberbayern, den er auf einer Reise mit seinem Freund Hans Ehrenbaum-Degele besucht. 1913 gehört er zum Ensemble der Reinhard-Bühnen, wird bald darauf aber als

Soldat eingezogen. In der Schweiz wird er interniert, spielt während dieser Zeit Theater und schreibt ein Filmmanuskript. Nach Kriegsende kehrt er nach Berlin zurück und dreht 1919 seinen ersten Film *Der Knabe in Blau*. Es folgt der dreiteilige *Satanas*. Hier arbeitet er erstmals mit dem für seine Filme stilprägenden Kameramann Karl Freund zusammen wie auch mit dem Schauspieler Conradt Veidt. Mit *Der Bucklige und die Tänzerin* (1920) beginnt die Zusammenarbeit mit dem Drehbuchautor Carl Mayer. Nach diesen Fantasy-Filmen folgen jene Gruselstreifen, die ihn über Deutschland hinaus berühmt machen. *Schloß Vogelöd* (1921) gilt noch als Experimentierfeld für die filmische Umsetzung von Angst und Grauen, mit *Nosferatu. Eine Symphonie des Grauens* führt er dies zur Meisterschaft aus. Es folgen eine Reihe Dramen und literarische Adaptionen wie *Der letzte Mann* (1924) mit Emil Jannings, *Tartüff* (1925) und *Faust* (1925/26). Der kommerzielle Erfolg bleibt jedoch aus. Dennoch ruft Hollywood, und Murnau dreht 1926/27 mit *Sunrise* seinen ersten amerikanischen Film, für den er mit einem Oscar ausgezeichnet, vom Publikum aber weitgehend ignoriert wird. Die nächsten Filme werden deshalb vom Studio nachträglich bearbeitet. *Four Devils* (1928/29) wird ein Happy-End beschieden und nachträglich eine Tonspur angelegt, desgleichen geschieht bei *Our Daily Bread* (1929/30), von dessen Regie Murnau während der Dreharbeiten entbunden wird. Enttäuscht kehrt er nach Berlin zurück; die UFA will ihn dort jedoch nicht unter Vertrag nehmen. 1929 reist er mit dem Dokumentarfilmer Robert Flaherty nach Tahiti, um das Leben der Inselbewohner zu filmen. Die Zusammenarbeit scheitert jedoch an den unterschiedlichen Auffassungen, und Murnau dreht auf eigene Kosten die naive Liebesgeschichte *Tabu* (1930/31). Hochverschuldet kehrt er nach Hollywood zurück. Die Paramount-Studios bieten ihm überraschend einen Zehn-Jahres-Vertrag an. Eine Woche vor der Uraufführung von *Tabu* kommt Murnau bei einem Autounfall ums Leben. Murnaus Homosexualität ist lange Zeit von Filmhistorikern wie auch von seinen Erben verdrängt und negiert worden. Gesichert ist aber unter anderem die längere Beziehung zu dem Maler und Ethnologen ☞Walter Spies, der sich dem Abhängigkeitsverhältnis 1923 entzieht, in dem er auf einem Frachtschiff anheuert. Auch Murnaus Mitgliedschaft im Verein der Eigenen, der durch ☞Adolf Brand initiierten Abspaltung von ☞Hirschfelds Wissenschaftlich-humanitären Komitee ist belegt. In der Vereinszeitschrift *Der Eigene* erschien 1931 auch eine Anzeige zu Murnaus Tod.

● Lotte H. Eissner: *Murnau. Der Klassiker des deutschen Films*, 1967; Fred Gehler/ Ulrich Kasten: *Friedrich Wilhelm Murnau*, 1990; Fritz Göttler u.a.: *Friedrich Wilhelm Murnau* (Reihe Film 43), 1990

Murray, Natalia Danesi

italienische Radiojournalistin

1902

Die Tochter der Herausgeberin der bekannten italienischen Zeitschrift *La Donna* folgt in den 30er Jahren ihrem amerikanischen Ehemann nach New York und beginnt dort, als Journalistin für einen italienischen Sender zu arbeiten. 1940 lernt Danesi Murray, deren eigene Radiosendungen während des Zweiten Weltkrieges als „Stimme Amerikas in Italien" gelten, die zehn Jahre ältere Journalistin ☞Janet Flanner kennen, mit der sie bis zu Flanners Tod im Jahre 1978 zusammenbleibt. Von 1951 an leitet Danesi Murray das New Yorker Büro eines Mailänder Verlages, während Flanner als Korrespondentin durch die ganze Welt reist. Obwohl die beiden Frauen im Verlauf ihrer fast vierzig Jahre dauernden Liebesbeziehung nur kurze Zeit zusammenleben und sich vielfach auf verschiedenen Kontinenten aufhalten, bleibt ihre Beziehung stets intensiv, wie Flanners Briefe, von Danesi Murray kommentiert und herausgegeben, eindrucksvoll dokumentieren (*Darlinghissima – Letters to a Friend*, 1985, dt. *Darlinghissima, Briefe an eine Freundin*).

● William Murray: *Janet, My Motehr, and Me: A Memoir of Growing up with Janet Flanner and Natalia Danesi Murray*, 2000

N

Nader, George

US-amerikanischer Schauspieler

19.10.1923 (a.Q. 1921) Pasadena/Kalifornien – 4.2.2002 Woodland Hills/ Kalifornien

Der deutschstämmige Nader – der Großvater, ein von Nader, war zur Jahrhundertwende vom Rheinland nach Chicago ausgewandert – ist in einer wohlhabenden Familie aufgewachsen. Der Berufswunsch Schauspieler steht schon früh fest. Nader nimmt Schauspielunterricht und macht erste Erfahrungen auf Provinzbühnen und mit Kleinrollen beim Fernsehen. *Monsoon* (1952, dt. *Monsun*) mit Filmpartnerin Ursula Thiess wird seine erste Hollywood-Produktion. In Deutschland wird Nader in den 60er Jahren vor allem durch die Rolle des FBI-Agenten Jerry Cotton bekannt. Nader und sein Lebensgefährte Mark Miller gehören zum engsten Freundeskreis von ☞Rock Hudson, dessen Liebhaber er zeitweilig ist. Nach Hudsons Tod erzählt Nader in einem Interview über diese Zeit: „Von allen anderen fühlten wir uns als Homosexuelle abgelehnt, aber wir akzeptierten uns gegenseitig und genügten uns selbst. Wir drei hatten eine enge Bindung zueinander und hielten unter allen Umständen zusammen." Hudson macht ihn zum Haupterben seines Vermögens. Nader lebt bis zu seinem Tod zusammen mit seinem Lebenspartner Mark Miller auf Hawaii und arbeitet als Schriftsteller, vor allem von Science-Fiction-Romanen. Der erste, *Chrome*, ist 1978 erschienen und hat auch homosexuelle Aspekte in der Handlung. Einen Roman über Schwule in Hollywood hat er zur posthumen Veröffentlichung bestimmt.

Nagel, Ivan

deutscher Kritiker und Dramaturg

28.6.1931 Budapest

Mit gefälschten Papieren kann das jüdische Kind Ivan in den 30er Jahren in einem Versteck eines Kinderheims in Budapest überleben. Nagel emigriert in die Schweiz und beginnt sein Studium, das er in Frankfurt/Main fortsetzt, wo ihm aber als Staatenloser die Ausweisung droht. Nach Beendigung der Ausbildung arbeitet er als Kritiker und Dramaturg in München. Von 1972 bis 1979 leitet er das Schauspielhaus Hamburg. Von 1981 bis 1983 lebt er in Berlin, danach gründet er das Festival Theater der Welt und wird Chef des Stuttgarter Schauspiels. Ab 1988 ist er Professor für Ästhetik und Darstellende Kunst in Berlin. Seinen Ruf als Autor und Autorität des deutschen Theaterlebens erweitert er mit dem Buch *Autonomie und Gnade. Über Mozarts Opern* (1985) und mit Veröffentlichungen über die Bildende Kunst des 19. Jhs. 2000 wird ihm der Moses-Mendelssohn-Preis für sein Engagement für Toleranz und Verständigung zwischen Völkern und gesellschaftlichen Gruppen überreicht. In seiner Dankesrede macht er auch seine Erfahrungen als Homosexueller zum Thema: „Mit 23 Jahren entdeckte ich zu meinem großen Glück und Unglück, was Liebe ist. Aber was für mich Liebe war, hieß in Deutschland ‚Unzucht zwischen Männern', strafbar mit mehreren Jahren Gefängnis. Ich spreche über nichts Privates; denn was im Strafgesetzbuch steht, ist nicht privat – genauso wenig, wie Liebe als ‚Rassenschande' unter den Nürnberger Gesetzen privat sein durfte. Vor Gericht stand ich nur einmal, mit 24. Nicht weil ich in bösen Zeiten gut lügen gelernt hätte, sondern weil jeder Gerichtssaal so inspirierend fürs Lügen wirkt, wurde ich freigesprochen."

- Veröffentlichungen (Auswahl): *Kortner, Zadek, Stein*, 1989; *Der Künstler als Kuppler*, 1997; *Gedankengänge als Lebensläufe*, 1998; *Streitschriften. Politik, Kulturpolitik, Theaterpolitik 1957-2001*, 2001; *Das Falschwörterbuch*, 2004

Nannini, Gianna

italienische Musikerin
14.6.1956 Siena

Kaum eine aus der riesigen deutschen Lesbenfangemeinde versteht zwar, was die Dame da eigentlich singt, aber das macht nichts: Gianna Nannini ist seit vielen Jahren eine der größten Ikonen der weiblichen Rockmusik. Nanninis Vorliebe für androgyne Kleidung und schwarze Lederhosen, ihre brüchige, raue Stimme, die kraftvollen, manchmal wütenden Texte – auf so was hatten die Lesben schon immer gewartet. 1980 ist es dann soweit: Mit der Singleauskopplung *America* landet die italienische Rockröhre ihren ersten Hit im deutschsprachigen Raum. Der Text – eine Masturbationsfantasie – führt allerdings in ihrem Heimatland zu einer öffentlichen Moraldiskussion, die die Sängerin als Herausforderung nimmt – schließlich handeln die meisten ihrer Lieder vom Kampf der Frauen um ihre ganz persönliche und explizit auch sexuelle Freiheit. Nannini, die ein Klavierstudium in Lucca absolviert hat, tritt bereits 1976 mit ihrer Debüt-LP *Gianna Nannini* an die Öffentlichkeit, mit *Latin Lovers* gelingt ihr sechs Jahre später der internationale Durchbruch, gefolgt von *Profumo* (1986) und *Malafemmina* (1988). Nannini, die 1994 für ihre Doktorarbeit in Philologie und Philosophie mit der Auszeichung „summa cum laude" bedacht wird, ist seit Jahren auf ausgedehnten Tourneen und nahezu allen wichtigen Solidaritätskonzerten in Europa zu hören und zu sehen. Die überaus erfolgreiche Musikerin ist in der Gunst des lesbischen Publikums noch gestiegen, seit sie 1983 ein lange schwelendes Gerücht bestätigte: Die Frau mit der Reibeisenstimme steht auch auf Frauen! „Es gibt Phasen, da interessiere ich mich mehr für Frauen, und Phasen, da sind es eher Männer. [...] Früher stand ich auf sehr männliche Männer und sehr weibliche Frauen. Heute sind es eher androgyne Typen. Mich interessieren immer mehr Menschen, Individuen, nicht Geschlechter." Den Begriff Bisexualität hält sie für veraltet. „Auch eine Frau kann ein Mann sein."

- CDs: *Dispetto*, 1995; *Aria*, 2002; *Perle*, 2004
- T. De Santis: *Nannini*, 1991 (dt. *Gianna Nannini*)

Nava, Michael

US-amerikanischer Krimiautor und Rechtsanwalt
16.9.1954 Stockton/Kalifornien

Nava wächst in Sacramento auf, studiert am Colorado College Geschichte und wechselt zur Stanford University, um Jura zu studieren. Von 1981 an arbeitet er als Rechtsanwalt. Bereits 1976 lernt er seinen ersten Lebensgefährten Bill Weinberger kennen, mit dem er nach Los Angeles zieht und bis zum Ende der Beziehung 1989 zusammenlebt. Nava arbeitet zunächst in einer Kanzlei und von 1986 bis 1995 am Obersten Bundesgericht des Staates Kalifornien. Nebenbei schreibt Nava an seinen gesellschaftskritischen Kriminalromanen. Den ersten, *The Little Death* (dt. *Der kleine Tod*, 1994), veröffentlicht er 1986. Held seiner Serie ist der in Los Angeles beheimatete, schwule, mexikanisch-stämmige Anwalt Henry Rios. „Das erste, was man in amerikanischen Autorenschulen lernt, ist: Schreiben über das, was du kennst. Nun, ich bin Anwalt, meine Vorfahren stammen aus Mexiko, ich habe lange in Los Angeles gelebt und ich bin schwul." Mit seinem neuen Lebensgefährten Andrew Ferrero zieht Nava nach San Francisco, um dort eine eigene Anwaltskanzlei zu eröffnen und auch weiterhin Krimis zu schreiben. Ingesamt sieben Bände seiner Henry-Rios-Serie erscheinen und werden allesamt mit dem Lambda Literary Award ausgezeichnet.

- (Auswahl): *Goldenboy*, 1988 (dt. *Goldjunge*, 1995); (ed.) *Finale. Short Stories of Mystery and Suspense*, 1989; *How Town*, 1990 (dt. *In einer Stadt so nett*, 1996); *The Hidden Law*, 1992 (dt. *Das innere Gesetz*, 1997); (mit Robert Dawidoff) *Created Equal: Why Gay Rights Matter to America*, 1994; *The Burning Plain*, 1997 (dt. *Verbrannte Erde*, 1999); *The Death of Friends*, 1996 (dt. *Todes Nähe*, 1998); *Unlived Lives*, 1999; *Rag and Bone*, 2002

Navarre, Yves

französischer Schriftsteller
24.9.1940 Condom/Gascogne – 24.1.1994 Paris

Bereits in seiner Jugend sei es für ihn klar gewesen, Schriftsteller zu werden, schreibt Yves Navarre über sich. Schreiben sei stets die ursprüngliche Ausdrucksform seiner Person gewesen: „Ich habe mich immer in meinen Texten realisiert." Als 1971 sein erster Roman *Lady Black*, die Geschichte eines Transvestiten, erscheint, ist dies bereits sein achtzehntes Romanmanuskript. *Lady Black* wird zu einem Skandalerfolg; die Veröffentlichung fällt zusammen mit dem von großer Medienaufmerksamkeit begleiteten Auftreten der ersten französischen Schwulengruppen. Navarre fühlt sich zwar der Schwulenbewegung nahe, doch will er nicht als deren Sprachrohr missbraucht werden. Er verwahrt sich dagegen, „homosexueller Autor" genannt zu werden; er sei Autor und homosexuell. Eine Gruppe der „Front Homosexuel d'Action Révolutionnaire" besetzt 1971 die Wohnung des durch den literarischen Erfolg verdächtig gewordenen Autors. Navarre ist als Autor bemerkenswert produktiv. Es erscheinen mehr als 20 Romane und ein Dutzend Theaterstücke. Zum einen beschäftigt er sich immer wieder mit Familienstrukturen (er selbst stammt aus einer großbürgerlichen Familie), zum anderen schreibt er Romane über schwule Liebesbeziehungen (z.B. *Les Loukoum*, 1973, dt. 1986). In *Le jardin d'acclimatation* (1980, dt. *Vorbeugender Eingriff*, 1988) laufen diese beiden Stränge zusammen. Für diesen engagierten Roman über einen schwulen jungen Mann, dessen Familie ihn hirnchirurgisch von seiner Homosexualität heilen lassen will, erhält Navarre 1980 den Prix Goncourt, den bedeutendsten französischen Literaturpreis. Dennoch fühlt sich Navarre von der Literaturszene nicht genügend beachtet und ins Ghetto des Schwulenschriftstellers abgeschoben. 1989 kündigt er anlässlich der Aids-Konferenz in Montreal an, Frankreich zu verlassen, und siedelt nach Kanada über. 1990 erscheint dort *La terrasse des audiences au moment de l'adieu*, seine Abrechnung mit dem Pariser Literaturbetrieb. 1992 Rückkehr nach Paris, wo er 1994 den Freitod wählt.

- *Le petit galopin de nos corps*, 1977; *Biographie 1 und Biographie 2*, 1993; *Hôtel Styx*, 1989; *Ce sont amis que vent emporte*, 1991

Navratilova, Martina

US-amerikanische Tennisspielerin tschechischer Herkunft
18.10.1956 Prag

Der Welt berühmteste Lesbe ist – Tennisspielerin. 167 Einzeltitel gewinnt Martina Navratilova im Laufe ihrer langen Karriere – darunter neun Siege in Wimbledon (1978-79, 82-87 und 90), zweimal bei den French Open, dreimal bei den Australian Open, viermal bei den US-Open –, die Siegesliste der drahtigen Blondine mit dem öffentlich ausgeschlachteten Liebesleben ist schier atemberaubend. Schon 1975 erringt sie den „Federation Cup", damals noch für ihr Geburtsland, die Tschechoslowakei, sieben Jahre später erneut, diesmal für die USA, wohin sie mit 18 Jahren ausgewandert ist. Ihr Aufstieg an die Tennisweltspitze ist anfänglich von bösartigen Attacken seitens der Medien begleitet. Als Gegenstand des beispiellosen öffentlichen Interesses steht Martina Navratilova jahrelang als lesbische Identifikationsfigur im Rampenlicht und erringt damit mehr oder minder unfreiwillig unschätzbare Verdienste im Kampf um die Sichtbarmachung und Anerkennung lesbischer Frauen. 1981 outet ein New Yorker Journalist, dem Navratilova ihre Romanze mit der Schriftstellerin ☞Rita Mae Brown anvertraut hatte, die Sportlerin. Statt sich zu verstecken, geht sie in die Offensive – bis hin zur öffentlichen Trauungszeremonie mit ihrer damaligen Lebensgefährtin, der ehemaligen Schönheitskönigin Judy Nelson. Als die Beziehung in die Brüche geht, erstreitet sich Judy Nelson vor Gericht eine Abfindung. Ein paar Jahre später sorgt Navratilova wiederum für Schlagzeilen, als sie die Transsexuelle Renee Richards als Trainerin anstellt, die ihrerseits vor ihrer operativen Geschlechtsumwandlung Sieger der Herrenmeisterschaften der US-Junioren gewesen war. Navratilova, die 1993 als erste Frau einen internationalen Wettbewerb in Shorts bestreitet, opponiert im gleichen Jahr heftig und erfolgreich gegen die Antihomosexuellengesetzgebung in Colorado – mit Erfolg: Die Drohung, ihre Schirmherrschaft über die Skigebiete von Aspen zurückzuziehen, erfüllt ihren Zweck. Seit ihrem Rückzug von der Profikarriere nutzt Navratilova ihre kritische und zornige Stimme, um sich verstärkt in der Schwulen- und Lesbenbewegung zu engagieren: „Ich sage: Kämpft und kommt raus, damit unsere Namen ein Gesicht bekommen." Navratilova lebt mit ihrer Partnerin, diversen Hunden und Pferden in Aspen/Colorado.

- mit G. Vecsey: *Martina*, 1991 (dt. *So bin ich*); mit Liz Nickles: *Breaking Point*, 1997

Nazimova, Alla

russische Schauspielerin und Filmproduzentin
22.5.(a.Q. 4.6.)1879 Yalta/Krim – 13.7.1945 Los Angeles

Nach ihrem Musikstudium am St. Petersburger Konservatorium ist Nazimova bereits eine bekannte Violinistin, als sie mit neunzehn Jahren auf einer Moskauer Bühne ihr Schauspieldebüt gibt. Nach ihrer Emigration nach New York steigt sie am Broadway rasch zur begehrtesten Ibsen-Interpretin auf. Die dunkelhaarige Schönheit mit der feurigen Ausstrahlung, die u.a. mit der Dramatikerin ☞Mercedes de Acosta und der Schauspielerin ☞Eva LeGallienne liiert ist, folgt 1916 dem Ruf nach Hollywood (*War Brides*, 1917, dt. *Kriegsbräute*). Ihr überwältigender Erfolg ermöglicht der „Frau der tausend Stimmungen" den Bau einer monumentalen Villa am Sunset-Boulevard, die sich bald als berühmt-berüchtigter Treff der Hollywooder Prominenz etabliert. In den 20er Jahren beginnt Nazimova selbst Filme zu produzieren: ☞Oscar Wildes *Salomé* (1923), ein stilisierter Stummfilm, ist nach dem Urteil der Kritik allerdings ein totaler Reinfall. Nach dem finanziellen Ruin durch weitere misslungene Projekte wendet Nazimova sich wieder der Schauspielerei zu. 1944 triumphiert sie ein letztes Mal in der Verfilmung von ☞Thornton Wilders *The Bridge of San Luis Rey* (dt. *Die Brücke von San Luis Rey*).

- Gavin Lambert: *Nazimova*, 1997

Ndegéocello, Me'Shell

US-amerikanische Musikerin
29.8.1969 Berlin

Aufgewachsen in Washington DC, zieht die ausgebildete Bassistin Anfang der 90er Jahre nach New York, wo 1993 ihr erstes Album *Plantation Lullabies* erscheint, das in der Presse als „die Zukunft des Funk" gefeiert und mit zahlreichen Auszeichnungen, u.a. vier Grammy-Nominierungen, geehrt wird. Ndegéocello – deren Name auf Swahili „frei wie ein Vogel" bedeutet, „N-day-gay-o-chello" ausgesprochen wird und damit bereits auf ihre Geschlechtsidentität verweist – hat sich mit ihren lyrisch-provokativen Texten, geschmeidigen Melodien und eindringlichem Sprechgesang als eine der wichtigsten schwarzen Rapperinnen profiliert. Die Songs in *Peace Beyond Passion* (1996) handeln von Rassismus, Drogen, Sex und Gewalt – insbesondere die spektakuläre Hitsingle *Leviticus: Faggot*. Die Mutter einer Tochter und überzeugte Muslimin outet sich 1996 als Lesbe und erfreut vor allem ihre muslimischen Mitschwestern mit einem offenherzigen Bekenntnis: „Es ist hart – während des Ramadan sollst du eigentlich noch nicht einmal an Sex denken. Aber ich will Sex haben, und ich bin lesbisch, und trotzdem kann ich eine gute Muslimin sein, auch wenn manche Leute da anderer Meinung sind." Die schwierige Trennung von ihrer langjährigen Lebenspartnerin, der Choreografin Winifried Harris, verarbeitet sie auf dem Album *Bitter* (1999).

- CDs (Auswahl): *Peace beyond Passion*, 1996; *Bitter*, 1999; *Cookie: The Anthropological Mixtape*, 2002; *Comfort Women*, 2003; *Good Intentions*, 2004

Near, Holly

US-amerikanische Musikerin
6.6.1949 Ukiah/Kalifornien

Mit sieben Jahren steht der Sprößling einer hochmusikalischen Familie erstmals singend auf der Bühne, als Teenager ist sie bereits in einer beachtlichen Anzahl von Filmen und Fernsehshows aufgetreten – den vorläufigen Höhepunkt markiert ihre Rolle im Broadway-Musical *Hair* Ende der 60er Jahre. Kurz darauf erwacht Nears politisches Bewusstsein – ihr Antikriegsengagement drückt sich auch in ihren populären Folksongs aus. Unzufrieden mit den eingeschränkten Entfaltungsmöglichkeiten, die ihr der Plattenvertrag mit einer führenden Musikgesellschaft auferlegt, gründet Near kurzentschlossen ihr eigenes Label „Redwood Records". Ihr erstes Album *Hang in There* (1973), dessen Songs auch lesbische Themen beinhalten, wird ein Renner wie auch die nachfolgenden Alben. Nears Song *Singing for Our Lives* wird in den 80er Jahren zur Hymne der US-amerikanischen Lesben- und Schwulenbewegung. Near, die Anfang der 90er Jahre ihr lesbisches Publikum mit einem neuerlichen Coming-out als Bisexuelle verblüfft, trägt entscheidenden Anteil an der Eroberung der bis dahin durch Männer besetzten Domäne der Rock-Musik durch fähige Musikerinnen in aller Welt.

- *You Can Know All I Am*, 1976; *Imagine My Surprise*, 1978; *Journeys*, 1984

Nelsen, Jo van (eigentlich Jochen Bickert)

deutscher Chansonnier, Schauspieler und Moderator
28.8.1968 Bad Homburg vor der Höhe

Noch während seiner Schulzeit präsentiert van Nelsen sein erstes Solo-Chanson-Programm. Nach dem Abitur beginnt er eine Buchhändlerausbildung, hospitiert am Frankfurter Schauspiel und stellt 1989 im Gallus-Theater Frankfurt/Main seinen Chansonabend *La nuit en rose* vor. Im gleichen Jahr gelangt van Nelsen als Gastsänger der Gruppe *Culture Beat* mit dem Dancefloor-Titel *Der Erdbeermund* international in die Charts (Neuaufnahme 2000). Es folgen weitere Soloprogramme mit vorwiegend klassischen Chansons der 20er und 30er Jahre (u.a. *Lauter Lügen*, 1990; *Es leuchten die Sterne*, 1994), die deutsche Nachkriegsrevue *Küß mich unterm Gummibaum* (1991) und eine Hommage an Hildegard Knef (*Ich will*, 1994, als CD 1995). Für die mit der Band *Die Schwindler* eingespielte CD *Im Dunkel der Nacht* (1992) wird er mit dem Ralph-Benatzky-Chansonpreis ausgezeichnet. 1996 entwickelt er gemeinsam mit ☞Friedhelm Kändler das Programm *In aller Heimlichkeit* ausschließlich mit Texten und Chansons des Hannoveraner Autors. Für sein Programm *Kitsch! – Lieder und Texte entlang der deutschen Schmerzgrenze* wird er 1998 mit dem Kabarettpreis St. Ingberter Pfanne ausgezeichnet, außerdem mit dem Wilhelmshavener Knurrhahn. 1999 Premiere des Programms *Und Tschüs! – Die erste Abschiedstournee*. Seit 1992 betätigt sich van Nelsen neben Lesungen und Moderationen auch als Schaupieler (u.a. 1992 in *Eine Starke Blondine* nach ☞Dorothy Parker und in Per Olov Enquists *Die Nacht der Tribaden*, 1993, beide in den „mainzer kammerspielen"). 1993 spielt er in *Nachtrunden*, einem Fernsehfilm des Hessischen Rundfunks.

- *„Heimat"* in: *Ein Ort, überall. 18 Erfindungen von Heimat*, 1994

Neumeier, John

US-amerikanischer Choreograf, Tänzer und Ballettdirektor
24.2.1942 Milwaukee/Wisconsin

Nach einer ersten Tanzausbildung und dem Studium der Fächer Literatur- und Theaterwissenschaft und Englisch kommt Neumeier 1962 nach Europa zunächst zur Royal Ballet School London und 1962/63 zum Unterricht bei Vera Volkova nach Kopenhagen. Erstes Engagement in der Companie von Sybil Shearer (1960-62), ab 1963 bei John Cranko am Stuttgarter Staatstheater, wo er mittlere Solorollen tanzt und mit ersten Choreografien auf sich aufmerksam macht. 1969 wird er Ballettdirektor in Frankfurt/Main, wo er eine eigene Truppe aufbaut, die ihm 1973 fast geschlossen nach Hamburg folgt, wo er an der Hamburgischen Staatsoper als Ballettdirektor engagiert wird. Hier führt er die Compagnie und sich selbst mit mehr als 100 eigenen Choreografien binnen kurzer Zeit zu Weltruf. Höhepunkte sind Neuinterpretationen klassischer Werke (*Schwanensee*, 1976; *Le sacre du printemps*, 1977). Seit den 80er Jahren widmet er sich verstärkt großen Stoffen der Weltliteratur und der Musikgeschichte (*Endstation Sehnsucht*, 1983; *Othello*, 1985; *Medea*, 1990). 1978 eröffnet er eine Ballettschule, seit 1989 sind Compagnie und Schule im „Ballettzentrum Hamburg – John Neumeier" untergebracht. In seiner Hamburger Wohnung besitzt Neumeier eine der größten Privatsammlungen von Tanzmemorabilia aller Art und eine mehr als 10.000 Bände umfassende Fachbibliothek.

Niederbühl, Thomas

deutscher Homosexuellenaktivist und Politiker
27.3.1961 Bruchsal

Nach seinem Studium der katholischen Theologie, Germanistik und Philosophie in Heidelberg macht Niederbühl 1989 sein erstes Staatsexamen. Aufgrund seiner offen gelebten Homosexualität wird ihm jedoch die kirchliche Lehrerlaubnis entzogen, was einem Ausbildungsverbot gleichkommt. Niederbühl entschließt sich zu einem Aufbaustudium der Literaturkritik. Seit 1991 Geschäftsführer der Münchner Aids-Hilfe e.V. Sein Engagement in der Schwulenpolitik der bayrischen Landeshauptstadt führt zur Gründung der Rosa Liste, der ersten schwul-lesbischen WählerInnen-Initiative auf Bezirksebene in der Bundesrepublik. Von 1990-1996 ist Niederbühl mit der Rosa Liste im Bezirksausschuss Isarvorstadt. Am 2.5.1996 wird er bei der Kommunalwahl in München mit 1,8 Prozent (ca. 10.000 Stimmen) als erster offen schwuler Stadtrat einer schwul-lesbischen WählerInnen-Initiative in Europa gewählt. 2001 lässt er die Partnerschaft mit seinem langjährigen Lebensgefährten, dem Goldschmied Heinz Bänziger, amtlich registrieren.

Nightingale, Florence

britische Krankenschwester
12.5.1820 Florenz – 13.8.1910 London

Mit 17 vernimmt die aus der Oberschicht stammende Nightingale die Stimme des Herrn, der ihr aufträgt, ihr Leben dem Dienst am Menschen zu widmen. Allerdings braucht die junge Frau aus großbürgerlichen Verhältnissen dann noch neun Jahre, um die Rolle, die ihr in diesem Sinne zugedacht war, genauer zu bestimmen – neun Jahre, die sie dazu nutzt, ihre Liebe zu Frauen, insbesondere zu ihrer Tante Mai Smith und danach ihrer Cousine Marianne Nicholson, zu entdecken. 1846 beschließt sie, sich am Salisbury Hospital zur Krankenschwester ausbilden zu lassen, um sich in kürzester Zeit zu einer Expertin auf dem Gebiet der öffentlichen Gesundheit zu entwickeln. 1854, während des Krimkrieges, wird die tatkräftige Reformerin schließlich aufgrund ihres unermüdlichen Einsatzes für die verwundeten Soldaten zu jeder Tages- und Nachtzeit als „Die Lady mit der Lampe" berühmt und kehrt als Nationalheldin nach England zurück. Nightingale, die den Rest ihres Lebens der Gesundheitsfürsorge und der Ausbildung von Krankenschwestern widmet, wird 1907 vom König als erster Frau der Order of Merit verliehen. Rund 200 Bücher und Berichte über soziale Fragen – etwa den Welthunger, die Heeresverwaltung, den Krankenhausbau, das Gesundheitssystem und die Kindererziehung – stammen aus ihrer Feder. Die von ihr gegründete School of Nursing wird vorbildlich für die moderne Krankenpflegeausbildung.

Nijinski, Waslaw (andere Schreibweise: Vaclaw)

russischer Tänzer und Choreograf
28.2.1890 (a.Q. 12.3.1890, 12.3.1888 bzw. 17.9.1889) Kiew – 11.4.1950 London

Sohn einer Tänzerfamilie, geht bereits mit drei Jahren auf Tournee. 1907 Abschlussprüfung an der Kaiserlichen Ballettschule in St. Petersburg und Engagement als Solotänzer am Kaiserlichen Russischen Ballett. 1908 lernt er den 30-jährigen Prinzen Pavel Dmitriewitsch Lwow kennen, seine erste homosexuelle Erfahrung. Lwow, enttäuscht über Nijinskis kleinen Penis, beginnt sich mit ihm zu langweilen und vermittelt ihm die erste heterosexuelle Erfahrung mit einer Prostituierten – für Nijinski ein traumatisches Erlebnis. Lwow stellt ihn dem offen homosexuell lebenden, 20 Jahre älteren Choreografen Sergej Diaghilew vor, der Nijinski beruflich wie privat so eng wie möglich an sich bindet. In Diaghilews „Ballets Russes" tanzt er seine legendären Rollen in *Le sacre du printemps, Petruschka und L'après-midi d'un faune*. Weil er in der Schlussszene dort eine Masturbation simuliert, droht die Polizei mit einem Verbot. Nijinski weigert sich jedoch, die Choreografie zu ändern, und die Vorstellungen verlaufen ungestört. Statt Diaghilews Drängen nach einer homosexuellen Dreierbeziehung nachzugeben, heiratet Nijinski 1913 während einer Tournee die Gräfin Romola de Pulszki, die, wie andere Frauen auch, ihn heftig umworben hatte. Aus der Ehe gehen zwei Kinder hervor. Diaghilew fühlt sich verstoßen und entlässt den Tänzer aus seinem Ensemble. Nijinski gründet eine eigene Tanzgruppe, mit der er in Großbritannien und in den USA auftritt, jedoch ist er nach wenigen Monaten bereits bankrott. Während des Ersten Weltkrieges wird er als vermeintlicher russischer Spion bis 1916 inhaftiert. Nijinski ist dem Tauziehen um seine Person – neben seiner Ehefrau werben sowohl die Herzogin von Durcal als auch erneut Diaghilew um seine Gunst – nicht gewachsen. 1919 erleidet er auf einer Tournee einen Nervenzusammenbruch und gibt den Tanz auf. Den größten Teil seines restlichen Lebens verbringt er, von Depressionen und Verfolgungswahn geplagt, in einer Nervenklinik in der Schweiz.

- *Ich bin ein Philosoph, der fühlt. Tagebuch 1918*, 1996
- Peter Ostwald: *Ich bin Gott. Waslaw Nijinski – Leben und Wahnsinn*, 1997

Nilsen, Dennis

britischer Serienmörder und Polizist
23.11.1945 Fraserburgh

Der Klempner, der von den Mietern eines Hauses im Norden Londons wegen verstopfter Rohre gerufen wird, findet gleich das Problem: Fleischstücke, die jemand in die Toilette gespült hatte. Als dazwischen allerdings auch Fingerknochen auftauchen, alarmiert er die Polizei. Nur kurze Zeit später wird Dennis Nilsen verhaftet, und er gesteht, zwei Männer ermordet zu haben. In seiner Wohnung finden sich Plastiktüten mit weiteren Leichenteilen. Erst bei den Verhören eröffnet sich die Dimension von Nilsens Taten. Am 4. November 1983 gesteht er 15 Morde und fünf Mordversuche und wird für 6 Morde und 2 Mordversuche zu lebenslanger Haft verurteilt. Bereits im Vorfeld bezeichnet sich Nilsen mit gewissem Stolz als „Englands größter Serienmörder". Nach der Scheidung der Mutter von ihrem alkoholkranken Ehemann wächst Nilsen bei den Großeltern auf. Als der über alles geliebte Großvater stirbt, ist Nilsen sieben Jahre alt. Der Abschied vom Leichnam wird für den kleinen Dennis zu einem traumatischen Erlebnis, das eine große Leere in ihm hinterlässt und zum emotionalen Tod führt. 1961 geht Nilsen zur Armee, wo er sich zum Koch ausbilden lässt. Nach der Entlassung aus der Armee 1972 wird er Polizist, gibt den Beruf aber bald wieder auf und arbeitet für einen Wachschutz. Zuletzt verdient er seinen Unterhalt als Mitarbeiter der Manpower Services Commission des britischen Arbeitsamtes. Engere Freundschaften kann Nilsen nicht aufbauen, er lehnt sie sogar kategorisch ab. Es gelingt ihm erst wieder mit dem 10 Jahre jüngeren David Gallichan, mit dem er von 1975 an in einer WG zusammenlebt, allerdings keine sexuelle Beziehung hat. Als der Mitbewohner 1977 London verlässt, bleibt Nilsen verbittert zurück. Die psychiatrischen Sachverständigen während des Prozesses sehen diese Trennung als den Auslöser für die nun einsetzende Mordserie. Das erste Opfer ist im November 1978 ein irischer Arbeiter, den er zum Übernachten zu sich nach Hause einlädt. Nach der Tat entkleidet er die Opfer, wäscht die Leichen und versteckt sie zunächst unter den Dielen in seiner Wohnung. Später vergräbt oder verbrennt er sie.

- Brian Masters: *Killing for Company: The Case of Dennis Nilsen*, 1985; Aring, Theodor: „Der Serienmörder Dennis Nilsen" in: *Polizei-Digest*, 1985 (Heft 3)

Nin, Anaïs

US-amerikanische Schriftstellerin
21.2.1903 Neuilly/Paris – 14.1.1977 Los Angeles

Bereits in ihrer Jugend rebelliert Nin heftig gegen die gesellschaftlichen Verhältnisse, bricht deshalb die Schule ab und arbeitet zunächst als Model und Tänzerin. Ab 1916 lebt sie abwechselnd in Paris und den USA, wo sie bald der Mittelpunkt eines vielseitigen Künstlerkreises wird und u.a. Henry Miller, ihren späteren Lebensgefährten, kennen lernt. Nins Kurzgeschichten und Romane, die den Einfluss Joyces und der Freudschen Psychoanalyse widerspiegeln, setzen sich in fast surrealistischer Sprache mit Inzest, Einsamkeit und Identitätsproblemen auseinander (*The House of Incest*, 1936, dt. *Das Haus des Inzests*). Bekannt wird Nin vor allem durch ihre zehnbändigen Tagebücher (1966-83), ein hochrangiges kunst- und kulturgeschichtliches Werk, in dem zahlreiche Zusammenhänge des geistigen Lebens im 20. Jh. erhellt werden, sowie durch ihre intellektuell-(homo)erotischen Arbeiten *Delta of Venus* (1977, dt. *Das Delta der Venus*) und *Henry, June and me* (posthum 1986, dt. *Henry, June und ich*), in der Nin ihre sexuelle Dreiecksbeziehung zu Henry Miller und dessen Frau June schildert.

Nössler, Regina

deutsche Autorin
15.8.1964 Althundem/Sauerland

Aufgewachsen in Herten, Studium der Germanistik, Film- und Fernsehwissenschaft in Bochum. Die in Berlin und Bochum lebende Autorin erhält für ihren Pubertätsroman *Wahrheit oder Pflicht* (1998) von der Presse breite Zustimmung. Mit ihrer ersten Buchveröffentlichung, dem Roman *Strafe muss sein* (1994), hat sich Regina Nössler allerdings bereits ein ganz anderes Genre erobert: die lesbische Erotikliteratur. 1996 folgt der ebenfalls erfolgreiche Erzählband *Wie Elvira ihre Sexkrise verlor*. 1998, 2000, 2002 und 2004 ist sie Mitherausgeberin der Anthologie *Mein lesbisches Auge*.

- Blut, 1997; Eifersüchtig durch den Winter, 2001; *Alltag tötet*, 2003

Nomi, Klaus (eigentlich Klaus Sperber)

deutscher Sänger
6.8.1945 (a.Q. 1944 bzw. 1947) Berlin – 6.9.1983 New York City

Keine drei Jahre dauert die außergewöhnliche Karriere Klaus Nomis. Gerade als er im Begriff ist, mit seiner musikalischen Verschmelzung von Pop und Klassik den Sprung zum Weltruhm zu schaffen, erliegt er 1983 in New York der damals noch kaum bekannten Krankheit Aids. Bis dahin hatte man ca. 600 Tote gezählt. Nomi ist einer der ersten Prominenten, der an der Seuche verstirbt. Als Klaus Sperber absolviert er in seiner Heimatstadt zunächst eine Konditorlehre. Einige Semester studiert

er an der Musikhochschule, danach erhält er jedoch kein Engagement an einem Opernhaus. Später gibt er zwar an, er habe an der Deutschen Oper Berlin gesungen, tatsächlich aber verdient er sich lediglich als Straßensänger vor dem Opernhaus sein Geld. 1972 zieht er nach New York und arbeitet in einer Patisserie. 1976 lernt er bei seinen Bemühungen, sich sängerisch und künstlerisch weiterzubilden, den Gesangslehrer Ira Siff kennen, der später Karriere als Vera Galupe-Borszsch in der Opern-Drag Queen-Gruppe *La Gran Scena Opera Company* macht. Siff erkennt zwar Nomis außerordentliche Fähigkeit zum Falsettgesang, rät ihm aber, sich für die Tenorstimme zu entscheiden, weil an hochsingenden Männern zu dieser Zeit noch überhaupt kein Bedarf bestand. Seine exzentrische Künstlernatur lebt Nomi eine Zeitlang noch in anderen Projekten aus, etwa als Loreley in Charles Ludlams Wagner-Parodie *Der Ring Gott Farblonjet* (1977). Im Jahr darauf entwickelt Nomi gemeinsam mit dem Tänzer Boy Adrian eigene Bühnennummern, die sie in der von dem schwulen Künstler David McDermott organisierten New Wave Vaudeville Show erstmals präsentieren. Sperber ändert seinen Nachnamen in Nomi (ein Anagramm seiner Lieblingszeitschrift, dem Cyber-Punk-Science-Fiction-Blatt *OMNI*), entwirft für sich ein bizarres, Roboter- und extraterrestrisches Outfit und singt mit seiner Mezzosopran-Stimme Arien und Punksongs von Nina Hagen. Eine Zufallsbegegnung verschafft ihm die Bekanntschaft mit David Bowie, der ihn zur *Saturday Night Live Show* der NBC mitschleppt. Nomi wird über Nacht ein Star. Der Künstler Kenny Scharf entwirft für ihn nun die Kostüme. Nomi wird als neuer Star der jungen New Wave-Szene zu Auftritten eingeladen und findet sich in einer gemeinsamen Familie mit anderen Jungstars wie Madonna, Jean-Michel Basquiat und ☞Keith Haring wieder. Ausgerechnet die französische Dependance der Plattenfirma RCA nimmt Nomi schließlich unter Vertrag und investiert viel Geld in die Produktion und Promotion des ersten Albums *Simple Man*. Die zweite LP *Encore* erscheint bereits posthum. Auf ihr findet sich auch der *Cold Song* aus Henry Purcells Semioper *King Arthur*, eines der vielen unverwechselbaren Highlights aus dem schmalen Werk Nomis. Der Musiker Eberhard Schoener, der Nomi im Dezember 1981 in seiner europaweit übertragenen TV-Show *Klassik-Rock-Nacht* erstmals in Deutschland als Star präsentiert, veröffentlicht 1997 eine CD-Einspielung seiner Kurzoper *Cold Genius*, in der er die letzten Stunden Nomis vor seinem Tode thematisiert. Andrew Horn erinnert 2004 mit dem Dokumentarfilm *The Nomi Song* an den exzentrischen Sänger.

Novarro, Ramon (eigentlich Ramón Gil Samaniego)

mexikanischer Filmschauspieler
6.2.1899 Durango/Mexiko – 20.10.1968 North Hollywood

Nach dem Tod ☞Rudolph Valentinos 1926, seines zeitweiligen Geliebten, tritt Ramon Novarro das Erbe des „Latin Lovers" Hollywoods an, als dessen Konkurrent er gezielt aufgebaut worden war. Höhepunkt seiner Stummfilm-Karriere wird Fred Niblos Monumentalfilm *Ben Hur* (1925). Ramon Novarro wird als ältestes von 14 Kindern geboren. Er studiert Musik und nimmt Gesangsunterricht. Um 1916 flieht er mit den Eltern vor der Revolution in Mexiko in die USA. Dort schlägt er sich u.a. als Klavierlehrer und Barsänger durch. Bisweilen arbeitet er mit seiner Schwester als Tänzer beim Film. In Valentinos berühmter Tangoszene in *The Four Horsemen* sind sie im Hintergrund zu sehen. Erst als er die Autorin Mary O'Hara kennen lernt und sie ein Gespräch mit dem Regisseur Rex Ingram vermittelt, erhält Ramón Gil Samaniego einen festen Vertrag und einen Künstlernamen: Ramon Novarro. Eigentlich sollte der Nachname Navarro (als Hommage an den Filmkomponisten David M. Navarro) lauten, der Sekretärin in Ingrams Büro unterläuft allerdings ein Tippfehler. Beträgt Novarros Wochenlohn bei *The Prisoner of Zenda* (1922) noch 125 Dollar, steigt er nach dem Wechsel zu MGM von 500 auf zuletzt 10.000 Dollar. Seine Stummfilmkarriere schließt er mit Filmen wie *Lovers?* (1927), *The Student Prince in Old Heidelberg* (1927) und *Forbidden Hours* (1928) ab. Mit Aufkommen des Tonfilms sinkt Novarros Stern. Ende der 40er Jahre feiert er ein kurzes Comeback mit Filmen wie *We Were Strangers* (1949), *The Outriders* (1950) und *Heller in Pink Tights* (1960). Im Oktober 1968 wird er von dem Brüderpaar Paul and Tom Ferguson, die zusammen als Callboys Novarro besucht hatten, brutal in seiner Wohnung erschlagen – angeblich mit einem schwarzen Art-Déco-Dildo, den ihm einst Valentino geschenkt haben soll. In den Polizeiakten wird dieses Corpus deliciti allerdings nicht erwähnt.

- weitere Filme (Auswahl): *The Goat*, 1918; *Mr. Barnes of New York*, 1922; *Thy Name is Woman*, 1924; *Across to Singapore*, 1928; *In Gay Madrid*, 1930; *Call of the Flesh*, 1930; *Mata Hari*, 1931; *Son of India*, 1931; *The Cat and the Fiddle*, 1934; *La Comédie du bonheur*, 1940; *La virgen que forjo una patria*, 1942
- André Soares: *Beyond Paradise: The Life of Ramon Novarro*, 2003

Nurejew, Rudolf

russisch-österreichischer Tänzer, Choreograf und Ballettdirektor
17.3.1938 Razdolnaya – 6.1.1993 Paris

Nurejew, Sohn eines Politoffiziers tartarischer Abstammung, kommt bei einer Fahrt in der Transsibirischen Eisenbahn auf die Welt. Mit elf Jahren nimmt er Ballettunterricht. Allerdings gelingt ihm erst 1954, nachdem er sich einige Jahre mit Volkstanzvorführungen und als Tanzlehrer in Arbeiterkollektiven durchgeschlagen hatte, die Aufnahme in die Ballettschule der Oper in Ufa. 1958 ist er bereits Solist beim Kirow-Ballett. 1961 setzt er sich unter großem Aufsehen bei einer Tournee in Paris ab und beginnt seinen weltweiten Siegeszug als wohl spektakulärster Tänzer der zweiten Hälfte dieses Jahrhunderts. In den 60er und 70er Jahren setzt er neue Maßstäbe für den Männertanz im westlichen Ballett, meist an der Seite der 20 Jahre älteren Primaballerina Margot Fonteyn. 1965 übernimmt er die erste eigenständige Choreografie eines zeitgenössischen Balletts, ☞Hans Werner Henzes *Tancredi e cantilena* an der Wiener Staatsoper. Furore macht er auch mit drei legendären ☞Nijinski-Rollen, *Le Spectre de la Rose*, *Petruschka* und *L'après-midi d'un faune*. Ab 1975, mit der Premiere von Rudi van Dantzigs *Blown in a Gentle Wind* in Amsterdam, beginnen sich die kritischen Stimmen zu häufen; für die Kritik ist Nurejew aus den Prinzen-Rollen herausgealtert. Gewissermaßen als Antwort darauf taucht er 1992 unerwartet als böse Fee Carabosse in einer *Dornröschen*-Inszenierung an der Deutschen Staatsoper Berlin auf. Als Ballettchef der Pariser Oper (1983-89) ist er wenig erfolgreich; auch versucht er sich als Dirigent und Filmschauspieler (u.a. in *Exposed*, 1982, *Cinderella,* 1986, und in Ken Russells Spielfilm über ☞Rudolph Valentino, 1977). Sein letzter öffentlicher Auftritt findet 1992 zur Premiere seines Balletts *La Bajadère* in Paris statt, wo ihm Jack Lang den Kulturorden *Commandeur des Arts et des Lettres* des französischen Staates überreicht. Bereits 1988 war er zum Mitglied der Ehrenlegion ernannt worden. Nurejew ist bereits schwerst an den Folgen von Aids erkrankt und leitet die Choreografie von seinem Bett hinter den Kulissen aus. Seit 1981 ist Nurejew österreichischer Staatsbürger, er lebt jedoch zumeist in Paris bzw. auf seinem Schloss in Monte Carlo. Insgesamt verfügt er über sieben Wohnsitze. Mit seinem 2003 erschienenen autobiografischen Roman *Der Tänzer* setzt der irische Schriftsteller Colum McCann Rudolf Nurejew ein Denkmal.

- *An Autobiography with Pictures*, 1963

- Peter Watson: *Nurejew. Die Biographie*, 1995; Otis Stuart: *Nurejew. Die Biographie*, 1996; Diane Solway: *Nurejev. His Life*, 1998

O

O'Connor, Sinéad

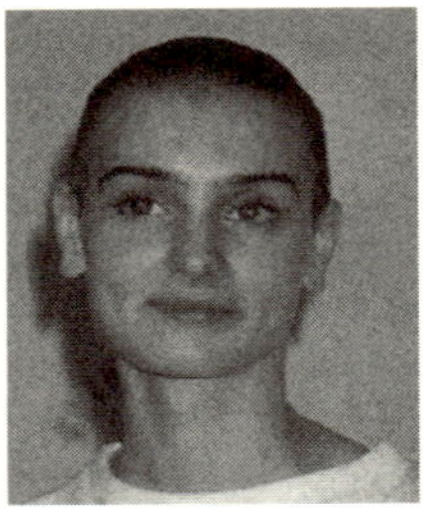

irische Sängerin
8.12.1966 Glenageary

O'Connor entstammt einer kinderreichen Familie, in der ihr nur wenig Aufmerksamkeit und Liebe zuteil werden. Mit acht Jahren wird sie beim Ladendiebstahl erwischt und kommt in ein Kinderheim. Mit 14 Jahren hat sie ihren ersten öffentlichen Auftritt: Bei der Hochzeit eines Lehrers singt sie Streisands *Evergreen*. Man lobt sie für ihre Stimme, was O'Connor beflügelt und ihr Antrieb gibt, nach Dublin abzuhauen, um dort Musik zu studieren. Mit 15 schreibt sie den Song *Take My Hand*, der von der Gruppe *Tua Nua* aufgenommen wird, mit 18 beginnt sie mit ihrer akustischen Gitarre Songs von Bob Dylan und anderen in Pubs zu singen. Ihren Lebensunterhalt verdient sie gleichzeitig auch als Kiss-O-Gram-Girl. In Dublin tritt sie der Band *Ton Ton Macoute* bei, wo sie vom U 2-Gitarristen *The Edge* entdeckt wird. Er lädt sie ein, auf seinem Soloalbum zu singen. Daraufhin erhält sie selbst einen Plattenvertrag und veröffentlicht 1987 ihr Debütalbum *The Lion and the Cobra*. Ihre Single *Madinka* stürmt die britischen Charts, glatzköpfig tritt sie in *Top of the Pops* auf und verunsichert mit ihrer todernsten Performance die Kids. 1990 veröffentlicht sie ihre Coverversion von Princes *Nothing Compares 2 U* und hat ihren ersten Welthit. Das Album *I Do Not Want What I Haven't Got* (1990) verkauft sich weltweit über sechs Millionen mal. Ihre Karriere in den USA erleidet einen Knick, als sie sich bei einem Konzert weigert, auf die Bühne zu gehen, weil zuvor die amerikanische Nationalhymne gespielt wurde. Daraufhin werden ihre Konzerte boykottiert, ihre Platten öffentlich verbrannt, Frank Sinatra droht ihr „in den Hintern zu treten". Bei einem Aufritt in der NBC-Sendung *Saturday Night Live* zerreißt sie vor laufender Kamera ein Foto des Papstes und ruft die Zuschauer auf, „den Kampf gegen den wirklichen Feind aufzunehmen." Im April 1999 wird sie im Rahmen einer Wallfahrt in Lourdes von der Lateinisch-Tridentinischen Kirche zur Priesterin namens Mutter Bernadette Maria geweiht, allerdings wird diese Weihe vom Vatikan nicht anerkannt. Dem Papst schreibt sie, dass Gott auch eine weibliche Seite habe. „Ich bitte Sie inständig, sich doch einmal zu überlegen, wie viel Sie zur Rettung der Welt beitragen könnten, wenn Sie Ihr Herz sowohl Gott der Mutter als auch Gott dem Vater öffnen würden." Für das Zerreißen des Papstfotos entschuldigt sie sich. In der Juli-Ausgabe 2000 des lesbischen Magazins *Curve* spricht O'Connor erstmals über ihre Liebe zu Frauen. „Mein ganzes Leben lang habe ich mich mit Typen getroffen, weil ich mich mit meinem Lesbischsein nicht wirklich wohl fühlte." Ein Jahr später erklärt sie ihre lesbische Phase für beendet und heiratet heimlich Nick Sommerlad, Mitarbeiter der Nachrichtenagentur Press Association.

- weitere CDs: *Universal Mother*, 1994; *Faith and Courage*, 2000
- Dermott Hayes: *Sinéad O'Connor. So anders*, 1991; Jimmy Guterman: *Sinéad O'Connor. Ihr Leben und ihre Musik*, 1991

O'Donnell, Rosie (eigentlich Rosanne Teresa O'Donnell)

US-amerikanische Schauspielerin und TV-Moderatorin
21.3.1962 Commack, Long Island/New York

Rosie O'Donnell entstammt einer irischen Auswandererfamilie. Als die Mutter stirbt, ist Rosie gerade zehn Jahre alt. „Von da an saß ich 24 Stunden am Tag vor dem Fernseher." Mit 18 Jahren fliegt sie aus dem College, jobbt u.a. in einem Versandhaus, als Moderatorin bei einem Musiksender und beginnt, in Stand-Up-Comedy-Clubs aufzutreten. Dort wird sie als Talent entdeckt. In Filmen spielt O'Donnell, die auch die enge Freundin von Madonna und Besitzerin einer großen Spielzeugsammlung ist (insbesondere von McDonald's Happy-Meal-Toys), lediglich Nebenrollen (u.a. *Eine Klasse für sich*, 1992; *Schlaflos in Seattle*, 1993). Als Fernsehstar feiert sie jedoch bereits 1986 mit der *Rosie O'Donnell-Show* ihren Durchbruch. 2001 erhält sie für ihre überaus erfolgreiche tägliche Talkshow (Werbeeinnahmen pro Jahr 180 Millionen Dollar) den Emmy. Bei der Verleihung dankt sie ihrer Lebensgefährtin Kelli Carpenter und verkündet vor der Kamera, dass sie sie liebe. Mit dem öffentlichen Coming-out beginnt das bis dahin existierende Image der witzigen, netten, braven und durch und durch bürgerlichen Rosie O'Donnell zu bröckeln. Auf das Sauberfrau-Image hatte u.a. die US-Tochter des Verlagshauses Gruner + Jahr gesetzt, das mit der Talkmasterin einen Vertrag geschlossen hatte, um das defizitäre Hausfrauenmagazin *McCall's* unter dem Namen *Rosie* wiederzubeleben. O'Donnell investiert ihren Namen und sechs Millionen Dollar im Gegenzug für eine leitende Beraterfunktion. Ihre TV-Show gibt sie „aus Langeweile" auf. Mit neuer Punkfrisur zieht sie wieder auf Comedy-Tournee und mit nicht mehr jugendfreiem Humor durch die Clubs. *Rosie* wird nach nur 18 Monaten wegen sinkender Verkaufszahlen eingestellt. Weil sich O'Donnell bereits vorher aus dem Magazin zurückgezogen hatte, wirft ihr Dan Brewster, Chef Gruner + Jahr USA, Vertragsbruch vor und verklagt sie auf 100 Millionen Dollar Schadenersatz. O'Donnell will wiederum Geld wegen Rufschädigung. Das Gericht lehnt 2003 beide Klagen ab. Weil ihre Familie durch Alkoholismus und Krebs erblich vorbelastet sei, will sie selbst keinen Nachwuchs bekommen. Sie adoptiert drei Kinder, ein weiteres bringt 1999 ihre Lebensgefährtin Kelli Carpenter zur Welt. 2002 erscheint ihre Autobiografie *Find Me*. Gemeinsam mit ihrer Partnerin gründet sie 2004 das lesbisch-schwule Reiseunternehmen Family Vacations, das sich insbesondere um Angebote für homosexuelle Paare mit Kindern kümmert.

- Patrick Spreng: *Everything Rosie: The Ultimate Guide for Rosie O'Donnell Fans*, 1998

O'Hara, Scott

US-amerikanischer Pornostar und Autor
16.10.1961 – 18.2.1998 San Francisco

1983 dreht er seinen ersten Pornofilm und ist bald einer der großen Stars der Branche. 1986 wird bei ihm ein Kaposi-Sarkom diagnostiziert, und er beendet seine Karriere. O'Hara wird von seinen wohlhabenden Eltern finanziell unterstützt und kann sich seiner zweiten Karriere als Schriftsteller widmen. Er schreibt erotische Erzählungen, die u.a. in John Prestons *The Flesh & the Word* erscheinen, und ist andererseits engagierter Aids-Aktivist und Sprecher in Sachen HIV und Sexualität, liefert regelmäßig Beiträge für das Positivenmagazin POZ und gründet die Zeitschrift *Steam*, die sich den Themen Sex und Gesellschaft widmet. Sein Musical *Ex-Lovers* wird in seiner Heimatstadt San Francisco mit mäßigem Erfolg uraufgeführt. Wesentlich mehr Aufsehen hingegen erregt seine 1997 veröffentlichte Autobiografie *Autopornograhy*.

O'Montis, Paul (eigentlich Paul Wendel)

deutscher Kabarettist
3.4.1894 Budapest – 17.7.1940 Sachsenhausen

Aufgewachsen in Hannover kommt O'Montis, damals noch Paul Wendel, 1924 nach Berlin, wo er erste Theatererfahrungen auf verschiedenen Kabarettbühnen sammelt. Erstmals von der Presse wahrgenommen wird er 1926 bei seinem Auftritt in Friedrich Hollaenders Revue *Laterna Magica*. Mit Ulk- und Nonsensschlagern und mondän-karikaturistischen Couplets erarbeitet er sich ein eigenes stimmliches Profil. Er wird regelmäßiger Gast der großen Berliner Kabarettbühnen wie der *Scala* und des *Wintergartens* sowie beim Rundfunk. 1927 wird er für die Schallplatte entdeckt; insgesamt 70 Aufnahmen realisiert er für die Firma Odeon gemeinsam mit dem Tanzorchester Dajos Béla. 1926 wechselt er zur Deutschen Grammophon und deren

Orchester Paul Godwin. Aus seiner Homosexualität macht O'Montis nie ein Geheimnis, was ihm schließlich zum Verhängnis wird. Mit der Machtergreifung durch die Nationalsozialisten ist seine Karriere beendet. Er emigriert nach Wien, wo er bis 1938 unbehelligt leben und arbeiten kann. Mit dem Anschluss Österreichs muss er wiederum fliehen. Er geht nach Prag, wird dort aber nach der Okkupation der Tschechoslowakei verhaftet und in ein Konzentrationslager gesteckt. 1940 wird er ins KZ Sachsenhausen verlegt, wo er sich erhängt.

- (CD): *Ich bin verrückt nach Hilde!, 1997*

Oestergaard, Heinz

deutscher Modeschöpfer
15.8.1916 Berlin – 10.5.2003 Bad Reichenhall

Der an einer privaten Kunsthochschule ausgebildete Zeichner und gelernte Konfektionsschneider eröffnet 1946 seinen ersten Modesalon in Berlin und gilt mit 30 Jahren als Deutschlands jüngster Modeschöpfer und der erste mit internationalem Rang. Außerdem gehört er zu den wichtigsten Ausstattern des deutschen Nachkriegsfilms und entwirft Kostüme u.a. für Zarah Leander, Romy Schneider und Maria Schell. Als einer der ersten der Branche setzt Oestergaard auch seinen Namen für andere Produkte wie Strümpfe und Parfüm ein. Über Jahrzehnte versorgt er die deutsche Frau mit edlem Chic, Mode mit Weltniveau zum Preis von Stangenware. Denn nicht Exklusivität, sondern Masse ist sein Ziel. Bereits in den 50er Jahren entwirft er für große Unternehmen Kollektionen für die Massenanfertigung. 1967 gibt er sein Berliner Unternehmen auf und gründet in München das Studio für kreatives Design. Als Modeberater des Fürther Großversandhauses *Quelle* (1967-1985) sorgt er für die Demokratisierung der Mode: Ein Hauch von Paris für jede Hausfrau. In den 70er Jahren beginnt Oestergaard sich intensiv mit Arbeitskleidung zu beschäftigen und gestaltet u.a. die Uniformen für den Straßendienst des ADAC, die Berliner Polizei und die russische Handelsmarine. Von 1978 bis 1986 hat er einen Lehrauftrag für Mode und Design an der Fachhochschule Pforzheim. 1985 zieht sich Oestergaard aus der Modebranche zurück und entwirft nun Gläser, Möbel und Teppiche für internationale Firmen.

- Christine Waidenschlager: *Heinz Oestergaard. Mode für Millionen*, 1992

Oesterle-Schwerin, Jutta

deutsche Politikerin
25.2.1941 Jerusalem

Erste offen lesbische Abgeordnete im Deutschen Bundestag (1987-1990), zahlreiche Bundestags-Initiativen für Lesben und Schwule. 1988 will der Bundestagspräsident Philipp Jenninger der Abgeordneten verbieten, die Worte „Lesben" und „Schwule" in ihren Anträgen zu verwenden, da sie „... nicht als Bestandteil der Hochsprache [...] anerkannt werden." Oesterle-Schwerin nimmt den Fehdehandschuh auf und schreibt zurück: „Es sind nicht die Worte, an denen Sie [...] sich stören, sondern eine bestimmte Lebensform, die abgelehnt wird [...]. Wenn die Bezeichnungen ‚Lesbe' und ‚schwul' für den Bundestag nicht gut genug sind, wie ungemein schlecht muss es dann erst sein, als Lesbe oder als Schwuler zu leben?" Die Auseinandersetzung um die schlimmen Worte überdauert drei BundestagspräsidentInnen. Oesterle-Schwerin setzt sie auch dann noch fort, als sie nicht mehr Abgeordnete ist, sondern als wissenschaftliche Mitarbeiterin im Bundestag arbeitet. 1991 hat sie damit Erfolg. Seitdem ist die Verwendung der Begriffe „lesbisch" und „schwul" im Bundestag selbstverständlich. Der Homoehe steht die Feministin von Anfang an skeptisch gegenüber und hält es für einen Trugschluss, dass diese die Akzeptanz von Lesben oder Schwulen erhöhen würde: „Bleiben Schwarze für ihre Feinde nicht auch dann ‚Neger', wenn sie ihre Nasen operieren lassen und ihr Kraushaar glätten? Und wie wirksam war die Assimilation der Juden?" 1994 nimmt Jutta Oesterle-Schwerin Abstand von der ihrer Meinung nach von außen aufoktroyierten Zusammengehörigkeit von Lesben und Schwulen. Ihr *taz*-Artikel „Lesben sind keine Homos" führt zu lebhaften Diskussionen. 1995 gründet sie zusammen mit anderen die feministische Partei DIE FRAUEN. „Für mich ist Lesbischsein nicht nur Neigung, sondern die konsequenteste Form der Verweigerung gegenüber einer Gesellschaftsordnung, in der Frauen im besten Fall als Nummer zwei gelten."

Org, Luci van (eigentlich Ina-Lucia van Org)

deutsche Sängerin und Schauspielerin
1.9.1971 Berlin

1994 entdecken die deutschen Medien das Modethema der Girlie Power, erheben Heike Makatsch zum neuen Idol frecher Weiblichkeit – und die Berliner Band *Lucilectric* liefert mit ihrem Song *Mädchen* den Soundtrack dazu. Über eine Million mal wird die CD in Deutschland, den Niederlanden, Österreich und der Schweiz verkauft. Einen vergleichbaren Nachfolgehit schafft die Band jedoch nicht. *Hey Süßer* schafft es immerhin auf Platz 33 der deutschen Verkaufs-Charts. 1999 löst *Lucilectric* sich auf, und Frontfrau Luci van Org, die ihre Karriere als Backgroundsängerin für Juliane Werding, Heinz Rudolf Kunze und Karl Dall begann und inzwischen auch als Radiomoderatorin und als Fernsehschauspielerin arbeitet, zieht vorübergehend nach Irland. Zurück kommt sie 2000 mit dem Soloalbum *Firesidesongs* und einem neuen Image: als erotische, laszive Sängerin, die sich auf der Bühne in Latexkostümen räkelt. 2003 präsentiert sie ihr neues Bandprojekt *Das Haus von Luci*. Seit 1998 spricht Luci van Org offen über ihre Bisexualität.

Ortiz-Taylor, Sheila
US-amerikanische Autorin
25.9.1939 Los Angeles/Kalifornien

In ihrem Elternhaus herrschen einfache Verhältnisse, aber eine fast multikulturelle Mischung: Der Vater ist Deutsch-Amerikaner, die Mutter hat mexikanische Vorfahren. In gewisser Weise als Tribut an ihre mexikanische Großmutter trägt Sheila Taylor ab 1981 zusätzlich auch deren Nachnamen Ortiz. Was sie von ihr an Erfahrungen, Geschichten und Menschenkenntnis lernt, lässt sie in ihre Bücher einfließen. Ihr bekanntestes ist *Faultline* (1982, dt. *300 Kaninchen, zwei Frauen und ein Erdbeben*, 1996) sowie die Fortsetzung *Southbound* (1990). Erzählt wird hier die – zum Teil autobiografische – Geschichte von Arden Bendow, die sich in die ältere Alice Wicks verliebt. Ihr Leben entwickelt sich zu einem Alltagschaos mit sechs Kindern, einem schwulen Balletttänzer und Babysitter sowie einer Horde gefräßiger Kaninchen. Aus einer Ehe hat Ortiz-Taylor zwei Töchter. Heute lebt sie mit ihrer Partnerin Joy Lewis in der Nähe von Tallahassee/Florida, und unterrichtet Creative Writing an der Florida State University. In ihrem Roman *Spring Forward/ Fall Back* (1985) entwickelt sie ihre Vorstellung der gewählten Familie: Heterosexuelle, Männer und Frauen, Lesben und Schwule, Chicanas, Weiße und Schwarze, die in einer übergreifenden Gemeinschaft miteinander leben. Mit *Slow Dancing at Miss Polly's* (1989) präsentiert sie sich erstmals als Lyrikerin. In Zusammenarbeit mit ihrer Schwester entsteht 1996 das autobiografische Buch *Imaginary Parents*.

Orton, Joe (eigentlich John Kingsley Orton)

britischer Dramatiker
1.1.1933 Leicester – 9.8.1967 London

Im Alter von 16 Jahren verlässt Joe Orton die Schule und beginnt zwei Jahre später ein Schauspielstudium an der Royal Academy of Dramatic Arts. Dort lernt er 1951 auch seinen späteren Lebensgefährten Kenneth Halliwell kennen. Orton leidet unter seiner proletarischen Herkunft und seiner geringen kulturellen Bildung. Durch Halliwell erhält er Zugang zur Literatur- und Kunstgeschichte und wird in seinen literarischen Ambitionen bestärkt. Gemeinsam verunstalten sie Bücher aus der öffentlichen Bibliothek mit Collagen aus Pornofotos und Totenkopfbildern, was Orton eine sechsmonatige Gefängnisstrafe einbringt. 1964 wird Ortons erstes Stück, *The Ruffian on the Stair*, als Radiohörspiel gesendet und sein erstes abendfüllendes Theaterstück, *Entertaining Mr Sloane* (dt. *Seid nett zu Mr. Sloane*, verfilmt 1969), im West End uraufgeführt. Diese von schwarzem Humor geprägte Boulevard-Komödie kreist um das Thema (homo)sexueller Obsession und Perversion, welches auch spätere Werke Ortons beherrscht. Zwei Jahre später folgt *Loot* (dt. *Beute*). Seine Fernsehstücke, *The Good and Faithful Servant* und *Funeral Games*, werden 1967 und 1968 posthum gesendet. Sein letztes Stück *What the Butler Saw* (dt. *Was der Butler sah*) kommt erst 1969 zur Aufführung. Ein von den Beatles in Auftrag gegebenes Drehbuch *Up against It* wird jedoch nicht realisiert. Seine Romane *Between Us Girls* und *Head to Toe*, die er zu Beginn seiner Karriere geschrieben hatte und seinerzeit von den Verlagen abgelehnt wurden, werden nun posthum veröffentlicht. Ist zu Beginn ihrer Beziehung der ältere Lebensgefährte Halliwell noch wichtiger Lehrer für Orton, so wechselt die Rolle nach Ortons zunehmendem beruflichen Erfolg. Halliwells eigene literarische Versuche haben keine Resonanz; Orton unterstützt seinen Partner allerdings nicht und trägt durch seinen promisken Lebenswandel dazu bei, dass sich Halliwell ausgenutzt fühlt. In der Nacht des 9. August 1967 erschlägt der pathologisch eifersüchtige Halliwell Orton in der gemeinsamen

Wohnung und nimmt sich nach der Tat das Leben. Stephen Frears verfilmt die Lebensgeschichte der beiden 1986 unter dem Titel *Prick up Your Ears* (dt. *Das stürmische Leben des Joe Orton*), basierend auf den im gleichen Jahr in Buchform herausgegebenen Tagebüchern *The Orton Diaries*.

Oscar, Paul (eigentlich Páll Óskar Hjálmtýsson)

isländischer Sänger
16.3.1970 Reykjavik

Mit sechs Jahren steht er bereits auf der Bühne – in einem Kindertheater und bei einem Knabenchor. Mit sieben Jahren nimmt er seine erste Platte auf. Seitdem wirkt Paul Oscar in vielen isländischen Theater-, Musical- und Musikproduktionen mit. 1990 wird er als Frank ‚n' Furter in der *Rocky Horror Show* zu einer nationalen Berühmtheit und zum Mädchenschwarm, obgleich er da auch schon eher überschwenglich, denn verkrampft mit seinem Schwulsein umgeht. Er tritt in Dragshows auf und arbeitet als Radio-DJ. Bei einem New York-Aufenthalt trifft er zwei Mitglieder der isländischen Band *Ham*, die ihm bei seinen Plänen zu einer Solokarriere helfen wollen. 1995 erscheint das erste Album *Palli* mit jazzigen Balladen, 1996 *Seif* im Easy-Listening- und Techno-Dance-Sound. 1997 kommt der große Auftritt des leidenschaftlichen Grand Prix d'Eurovision-Fans. Er geht – als erster offen schwuler Künstler beim Grand Prix überhaupt – für Island mit seinem Song *Minn Hinsti Dans* an den Start. Er landet auf Platz 20, sein spektakulärer Auftritt in schwarzer Lackhose auf weißem Ledersofa bleibt aber ein unvergessenes Ereignis. Wenige Jahre später gehört er zu den erfolgreichsten Popstars seines Landes.

- weitere CDs: Páll Óskar & Milljónaeringarnir: *Milljón á Mann*, 1994; Páll Oskar og Casino: *Sterero*, 1998; *Deep inside*, 2000; *Rendez-Vous*, 2002

Ottinger, Ulrike
deutsche Filmemacherin und Fotografin
6.6.1942 Konstanz

Auch zwanzig Jahre nach ihren Anfängen als experimentelle Undergroundkünstlerin hat sich die Berliner Regisseurin, die mit den visionären Spielfilmen *Freak Orlando* (1981), *Dorian Gray im Spiegel der Boulevard-Presse* (1984), *Johanna D'Arc of Mongolia* (1989) und den Dokumentarfilmen *China. Die Künste – Der Alltag* (1985) und *Taiga* (1992) auch große internationale Beachtung findet, ihre ungewöhnliche Sichtweise auf das Skurrile im Alltäglichen bewahrt. Ottingers Filme stehen für ein unkonventionelles, kostüm- und bilderreiches Kino der Attraktionen, in dem sich die Grenzen zwischen Realität und Fiktion verwischen. Großes Gewicht liegt dabei auf der Auseinandersetzung mit Machtverhältnissen und Minoritäten und dem spielerischen Umgang mit Androgynität, Homo- und Transsexualität: „Man kann nie etwas Neues, einen Ausweg aus Sackgassen finden, wenn man nicht anfängt, mit Möglichkeiten zu spielen."

- weitere Filme: *Laokoon & Söhne*, 1972/73; *Die Betörung der blauen Matrosen*, 1975; *Madame X. Eine absolute Herrscherin*, 1977; *Bildnis einer Trinkerin*, 1979; *Superbia – Der Stolz*, 1986; *Exil Shanghai*, 1997; *Countdown*, 1998; *Südostpassage*, 2002; *Zwölf Stühle*, 2004

Ozon, François

französischer Regisseur
15.11.1967 Paris

Seine erste Filme realisiert Ozon als junger Erwachsener mit der Super8-Kamera seines Vaters. Das Budget dieser rund 30 Filme liegt meist unter 300 Francs. „Meine Familie, Freunde, Geliebte waren die Darsteller; so habe ich gelernt, Geschichten ohne Worte unter Minimalbedingungen zu erfinden." Er schließt ein Studium der Filmwissenschaften ab und geht auf die angesehene Filmhochschule FEMIS. In dichter Folge dreht er Super8-Filme, Videos, 16-mm- und schließlich 35-mm-Filme. Mit seinem ersten Spielfilm *Sitcom* (1998) debütiert er in Cannes, *Les Amants Criminels* (1999) zeigt er auf dem Filmfestival Venedig und seine Verfilmung eines Stücks von ☞Rainer Werner Fassbinder *Tropfen auf heiße Steine* (2000) über ein schwules Dreiecksverhältnis wird zu einem Kritikererfolg bei den Berliner Filmfestspielen und erhält den Teddy Award als bester lesbisch-schwuler Film. In *Sous le sable* (2001, dt. *Unter dem Sand*) zeigt Charlotte Rampling eine der besten Leistungen ihrer Karriere, das Krimimusical *8 Femmes* (2002, dt. *Acht Frauen*) versammelt ein großartiges weibliches Star-Ensemble (von Catherine Deneuve und Fanny Ardent bis Emmanuelle Béart) und wird zu einem großen Publikumserfolg.

- weitere Filme (Auswahl): *La petite mort*, 1995 (dt. *Der kleine Tod*); *Une robe d'été*, 1996 (dt. *Das Sommerkleid*); *Regarde la mer*, 1997; *Swimming Pool*, 2003

P

Paglia, Camille

US-amerikanische Humanwissenschaftlerin

2.4.1947 Endicott/New York

Als 1991 in den USA die wuchtige Streitschrift *Sexual Personae – Art and Decadence from Nefertiti to Emily Dickinson* (dt. *Die Masken der Sexualität*) erscheint, bricht (nicht nur) unter Feministinnen ein beispielloser Sturm der Empörung los. Die italienischstämmige Professorin aus Philadelphia, die für ihr Werk mehr als zehn Jahre lang einen Verlag gesucht hatte, scheint mit ihren provokanten Thesen über die Geschlechter der Frauenbewegung hart in den Rücken zu fallen. Laut Paglia ist die Menschheitsgeschichte eine Orgie von Sex und Gewalt, bevölkert von triebgesteuerten AkteurInnen, die sich stets hinter ihren sexuellen Masken verstecken. Männliches und weibliches Verhalten sei nicht von der Sozialisation, sondern der Biologie diktiert, vom ewigen Unterschied zwischen Männern und Frauen, der eine kulturelle Angleichung unmöglich macht. Die vornehmlich von Männern geschriebene Kulturgeschichte erscheine als permanenter Verdrängungskrieg gegen die heidnisch ungebändigte Sexualität, der Feminismus als törichter Versuch, Sexualität zu domestizieren. Gleichzeitig seien schwule Männer, vom Fortpflanzungstrieb ausgenommen, die Garanten der kulturellen Entwicklung, in Paglias Augen gewissermaßen sogar die Krone der Schöpfung („Schwule suchen vielleicht Sex ohne Gefühle; Lesben finden sich aber oft mit Gefühlen ohne Sex"). Paglias höhnische und giftige Tiraden gegen die schlaffen Bewegungsschwestern („Schauen Sie sich doch diese jämmerlichen alternativen Frauen-Studienprogramme an …") treiben vielen Lesben die Schamesröte ins Gesicht, zumal die publicity-süchtige Dame selbst dem eigenen Geschlecht zugeneigt ist und keine Gelegenheit ungenutzt lässt, sich öffentlich abfällig über den lesbischen Lebensstil zu äußern. Vielleicht, weil keine Frau mit ihr ins Bett will? „Ich bezeichne mich jetzt als bisexuell, früher hätte ich gesagt, dass ich lesbisch bin. Aber ich fand keine Frau, die mit mir schlafen wollte. Frauen wollen keinen Sex. Sie wollen zusammen sein, über ihre Mütter reden, Volleyball spielen und schmusen, schmusen, schmusen."

- *Sex, Art and Culture in America*, 1992 (dt. *Der Krieg der Geschlechter – Sex, Kunst und die Medienkultur in den USA*); *Vamps & Tramps: New Essays*, 1994

Palucca, Gret (eigentlich Margarete Paluka)

deutsche Tänzerin

8.1.1902 München – 22.3.1993 Dresden

Sie will tanzen, aber nicht „hübsch und lieblich", wie man es ihr beim Ballettunterricht beibringt. Deshalb beschränkt sich Gret Palucca auf ein autodidaktisches Training, widmet sich dem Rollschuhtanz und der Akrobatik, was ihr eine einmalige Gelenkigkeit, Elastizität und Sprungkraft verschafft. Schließlich trifft sie 1920 auf die Ausdruckstänzerin Mary Wigman, wird deren Schülerin und ist ab 1923 Mitglied der ersten Wigman-Tanzgruppe. Sehr bald gelingt Gret Palucca eine Karriere als Solotänzerin, und sie wird als Meisterin der modernen Improvisation gefeiert. Parallel eröffnet sie 1925 in Dresden die Palucca-Schule, später folgen Dependancen in Berlin und Stuttgart. Ihre Lehrtätigkeit, die sie sieben Jahrzehnte lang ausübt, sichert ihr bei all den Turbulenzen ihres Lebens ein solides Fundament und festes Einkommen. 1924 heiratet sie den Industriellensohn Fritz Bienert, von dem sie sich 1930 scheiden lässt, aber in Freundschaft verbunden bleibt. Durch dessen Schwester, Studentin am Bauhaus Dessau, erhält sie Kontakt zu den dortigen Künstlern. Ihre Tänze dienen u.a. Wassily Kandinsky, Paul Klee und Otto Feininger als künstlerische Anregung. Nach dem Krieg lernt sie eine Kinderärztin kennen, mit der sie über 20 Jahre zusammenlebt. Ihr Privatleben hält sie jedoch soweit wie möglich geheim. 1936 nimmt sie als „deutscheste Tänzerin" an der Eröffnungszeremonie der Olympischen Spiele in Berlin teil, drei Jahre später aber wird der so genannten „Halbjüdin" Auftrittsverbot im Rahmen staatlicher und NS-Veranstaltungen erteilt. 1939 wird ihre Schule als „artfremd" geschlossen. Palucca bleibt aber Mitglied der Fachschaft Kunst in der Reichstheaterkammer und widmet sich ausschließlich ihrer Tanztätigkeit. Beim Bombenangriff 1945 auf Dresden verliert Palucca ihre Wohn- und Arbeitsräume sowie ihren gesamten Besitz. Die Schule wird aber noch im selben Jahr neu eröffnet. Nach dem Krieg unternimmt sie Tourneen durch alle vier Besatzungszonen Deutschlands. Am 1. April 1949 wird die Palucca-Schule in Dresden verstaatlicht. 1950 ist sie Gründungsmitglied der Deutschen Akademie der Künste in Berlin (DDR) und wird 1965-1970 deren Vizepräsidentin. Am 3. Januar 1951 absolviert sie ihren letzten Soloauftritt zum 75. Geburtstag von Wilhelm Pieck in Berlin. 1980 erhält sie den Vaterländischen Verdienstorden in Gold, 1981 den Orden Stern der Völkerfreundschaft, 1983 den Nationalpreis der DDR für Kunst und Literatur 1. Klasse, 1992 das Große Verdienstkreuz mit Stern und Schulterband der Bundesrepublik Deutschland. Gret Palucca wurde auf eigenen Wunsch in Kloster auf der Insel Hiddensee beigesetzt.

- Ralf Stabel: *Tanz, Palucca! Die Verkörperung einer Leidenschaft*, 2001

Pankratz, Helga

österreichische Autorin und Aktivistin

6.2.1959 Wiener Neustadt

Wie kaum eine andere Frau hatte Helga Pankratz die lesbisch-schwule Bewegung Österreichs geprägt und mitgestaltet. Nicht zuletzt deshalb wurde ihr 2000 der erstmals vergebene Gay and Lesbian Award (G.A.L.A.) der HOSI Linz verliehen und damit insbesondere ihre Vernetzungsarbeit innerhalb der lesbisch-schwulen Szene gewürdigt. „Die unter hohem zeitlichen und materiellen Einsatz gesetzten Aktivitäten machen Helga Pankratz zu einem Vorbild in der Lesben- und Schwulenbewegung Österreichs und zu einer würdigen Preisträgerin des G.A.L.A. 2000", stellt die siebenköpfige Jury einstimmig fest. Bereits im Gründungsjahr 1980 ist Helga Pankratz mit der HOSI

Wien in Kontakt und gründet 1981 in der bis dahin rein schwulen Organisation eine Lesbengruppe. Von 1981 bis 1983 ist sie Lesbensekretärin der HOSI, von 1983 bis 1985 Referentin der von ihr mitbegründeten lesbisch-schwulen Jugendgruppe und von 2000 bis 2003 ist sie Obfrau des Vereins. Als Journalistin arbeitet sie für unterschiedlichste Medien. Seit den 80er Jahren liefert sie u.a. regelmäßig Beiträge für die *Lambda Nachrichten*, darunter seit 1990 ihre Kolumne *Aus lesbischer Sicht*. Eine Auswahl dieser Glossen und Kommentare erscheinen 2002 gesammelt in einem Band gleichen Titels. Ab 1998 ist sie Redakteurin des feministischen Magazins *an.schläge*. Als Künstlerin und Kulturarbeiterin ist sie seit 2002 Mitherausgeberin der Dialekt-Literaturzeitschrift *Morgenschtean.* Sie schreibt mit Literaturpreisen ausgezeichnete, in zahlreichen Anthologien und Literaturzeitschriften veröffentlichte literarische Texte, u.a. veröffentlicht sie in Österreich den Gedichtband *Ein Moment Leben* (1989) sowie die Erzählbände *long distance* (1995) und *Amore?* (1998). Seit 2001 ist sie Vorstandsmitglied der Initiative Minderheiten, einer Plattform sämtlicher Minderheitengruppen Österreichs, und widmet sich verstärkt der Bildung minoritärer Allianzen über die Grenzen der jeweils eigenen Subkultur(en) hinaus.

Paris, Bob
US-amerikanischer Bodybuilder
14.12.1959

In dem Bodybuilding-Magazin *Ironman* bekennt sich das *Playgirl*-Model und der Profi-Bodybuilder Bob Paris – u.a. als Mr. Universe und Mr. America ausgezeichnet – für die Sportszene überraschend zu seiner Homosexualität. Ein bis dahin einmaliger Fall. Der Status als schwule Identifikationsfigur verstärkt sich weiter, als er 1989 in einer Zeremonie Rod Jackson, ebenfalls Bodybuilding-Profi, heiratet und beide offiziell den Doppelnamen Jackson-Paris annehmen. Die Geschichte ihres Kennenlernens, ihrer Liebe und Partnerschaft halten sie in ihrer gemeinsamen Autobiografie *Straight from the Heart – A Love Story* (1995) fest. Innerhalb der Debatte um die Anerkennung der gleichgeschlechtlichen Partnerschaften in den USA werden Jackson-Paris zum schwulen Vorzeigepaar, das sich zudem in Talkshows, Interviews, Vorträgen für Coming-out-Hilfe, Gleichberechtigung, Aids-Aufklärung und nicht zuletzt die Möglichkeit einer schwulen Ehe einsetzt. Zusammen gründen sie die auf Spenden aufgebaute „Be True to Yourself"-Foundation, die sich speziell um jugendliche Schwule und Lesben kümmert. Als ideal-athletisches Paar werden sie von ☞Herb Ritts, Tom Bianchi und David LaChapelle immer wieder als Models eingesetzt, u.a. für einzig ihnen gewidmete Bildbände (*Duo* von Ritts, *Bob & Rod* von Bianchi), aber auch für Werbezwecke, etwa ein Anzeigenmotiv der Jeansfirma *Diesel*, das sie als küssendes Matrosenpaar zeigt. In *Straight From the Heart* beschreiben sie sowohl ihr eigenes Coming-out als auch die Entwicklung ihrer langjährigen Beziehung. Bereits1995 jedoch beginnt die Beziehung des „ideal gay couple" (*The Advocate*) unter Eindruck des ständigen öffentlichen Lebens zu kriseln. Am 18. Juli 1996 verkünden Rod und Bob Jackson-Paris das Ende ihrer siebenjährigen Ehe.

- *Bob Paris' Guide to Achieving the Ultimative Look*, 1991; *Gorilla Suit: My Adventures in Bodybuilding*, 1997

Parmar, Pratibha

britische Regisseurin indischer Herkunft
11.2.1955 Nairobi

Die Gewinnerin des Frameline Award von 1993 zählt zu den engagiertesten lesbischen Filmemacherinnen der Gegenwart. Seit 1986 arbeitet die in London lebende Parmar kontinuierlich an Dokumentationen über soziale und politische Reizthemen, wie z.B. schwarze Lesben (*Emergence,* 1986), Aids (*Reframing Aids*, 1988) oder Rassismus und Diskriminierung asiatischer Lesben (*Khush*, 1991). *Warrior Marks* (1993), in Zusammenarbeit mit der schwarzen Schriftstellerin ☞Alice Walker entstanden, greift in mutiger und sensibler Weise das Thema der immer noch praktizierten Klitorisbeschneidung auf. Parmars Filme zeigen das, was im alltäglichen Kampf von Frauen und Lesben um Anerkennung und manchmal auch pures Überleben oftmals aus dem Blickwinkel verschwindet: tief verwurzelte Traditionen und unterschiedliche kulturelle Dispositionen, die nur durch eingehende Reflexion überdacht und aufgebrochen werden können. Ihr Film *Jodie* (1996) ist eine mit lesbischem Blick erzählte, ironische Dokumentation und Hommage an die Schauspielerin ☞Jodie Foster.

- weitere Filme (Auswahl): *Wavelength*, 1997; *The Righteous Babes*, 1998; *Sita Gita*, 2000

Parnok, Sophia
russische Dichterin
30.7.(a.Q. 11.8.) 1885 Taganrog – 26.8.1933 Moskau

Sie gilt als die erste offen lesbische Dichterin ihres Landes. Als Tochter einer jüdischen Akademikerfamilie schreibt sie im Alter von sechs Jahren ihre ersten Gedichte. Nach der Beendigung des Gymnasiums reist sie mit ihrer Geliebten, einer Schauspielerin, durch Europa. Geldmangel zwingt sie jedoch, im Frühjahr 1906 überstürzt zurückzukehren. Im Jahr darauf heiratet sie den Dichter Wladimir Wolkenstein, der ihr ein enger Freund und literarischer Berater ist und der ihr Lesbischsein toleriert. Gemeinsam ziehen sie nach St. Petersburg. Statt der erwarteten Unabhängigkeit lähmt die Heirat sie jedoch in ihrem Privatleben wie in der Kreativität. 1909 entschließt sie sich, trotz der daraus resultierenden gesellschaftlichen Ablehnung und des finanziellen Ruins, zur Scheidung. Zurück in Moskau verdient sie sich ihren Lebensunterhalt als Journalistin und Opernlibrettistin und schreibt wieder Gedichte. Ab 1906 erscheinen erste Texte in Zeitschriften, 1916 veröffentlicht sie – direkt im Anschluss an ihre Trennung von ihrer zeitweiligen Geliebten, der Dichterin ☞Marina Zwetajewa (1892-1941), ihren ersten Band *Stichotworenija*. Ihre literarische Entwicklung geht nur schleppend voran. Einerseits ist Parnok gesundheitlich stark beeinträchtigt, u.a. durch die Basedowsche Krankheit. Zum anderen fehlen ihr die finanzielle Grundlage und der Ehrgeiz. In der russischen literarischen Welt sieht sie für sich keinen Platz. Dies ändert sich, als sie ihren lesbischen Empfindungen unverstellt Ausdruck verleiht und ihre Liebe als Motor und Inspirationsquelle zu nutzen wagt. Ab 1916 lebt sie mit der Moskauer Schauspielerin Ludmila Jerarskaja zusammen, mit der sie die Jahre des Bürgerkrieges in Sudak auf der Krim verbringt. Während dieser Zeit findet sie zum russisch-orthodoxen Glauben, der ihr künftiges Schaffen prägt. 1922 kehren sie nach Moskau zurück. In den folgenden Jahren unter den neuen politischen Verhältnissen hat sie zunehmend Schwierigkeiten, ihre mit religiöser wie lesbischer Thematik durchsetzten Gedichte zu veröffentlichen. Nach 1928 fällt ihre Arbeit gänzlich der Zensur zum Opfer. Sie verarmt, lebt isoliert und ist zeitweilig obdachlos. Ihre Arbeiten aus dieser späten Phase, rund ein Drittel ihres Gesamtwerkes, werden erst 1979 in einer amerikanischen Edition veröffentlicht. Ihrer letzten großen Liebe, der Physikerin Nina Wedenejewa, widmet sie mehrere Zyklen. Auf dem Sterbebett flüstert sie ihrer Geliebten noch vier Zeilen eines Abschiedsgedichtes zu, dann erliegt sie einem Herzversagen.

- *Rosy Pierii*, 1922; *Losa*, 1923; *Musyka*, 1926; *Wpolgolsa*, 1928; *Sobranie stichotworenii*, 1979

Pasolini, Pier Paolo

italienischer Filmemacher und Schriftsteller

5.3.1922 Bologna – 2.11.1975 Ostia

Pasolini wächst in verschiedenen Städten Friauls auf, studiert an der Universität Bologna und wird Lehrer. Seine ersten Veröffentlichungen, Lyrik und Tagebuchberichte, schreibt er z.T. im Friauler Dialekt. 1949 wird der bekennende Marxist wegen seiner Homosexualität aus der Kommunistischen Partei entlassen. 1950 zieht er nach Rom, wo er zunächst unter sehr ärmlichen Bedingungen in einem Vorort lebt. Dort findet er den Stoff für die Romane *Ragazzi di Vita* (1955), *Una vita violenta* (1959, verfilmt 1962) und *Il sogno di una cosa* (1962), mit denen erstmals in der italienischen Literatur dem *dolce vita* der römischen Boheme das von Gewalttätigkeit und sozialer Desorientierung geprägte Leben in den Vorstädten entgegengestellt wird. Mehr geschätzt wird er zunächst jedoch für seine Lyrik wie *Le ceneri di Gramsci* (1957, dt. *Gramscis Asche*) und seine kulturkritischen Essays. 1968 entsteht sein erstes Theaterstück, *Orgia*. Bereits 1961 debütiert Pasolini mit *Accatone* als Filmregisseur. Es folgen u.a. *Mamma Roma* (1962) und seine Verfilmung des Evangeliums nach Matthäus, *Il Vangelo Secondo Matteo* (1964), die er dem von ihm verehrten Papst Johannes XXIII. widmet. Homosexuelle Themen, Figuren und Handlungen lassen sich u.a. in *Teorema* (1968, basierend auf seinem gleichnamigen Roman) und seiner Version der *120 Tage von Sodom*, seinem letzten Film, finden. Diese Auseinandersetzung mit den Fantasien des Marquis de Sade und mit Mussolinis Salò-Republik wird von der italienischen Filmzensur wegen seiner drastischen Darstellung sexueller Perversionen zunächst verboten und kann erst im November 1975 in Paris uraufgeführt werden. Pasolini wird auf einem abgelegenen Platz in Ostia von einem Strichjungen erschlagen und mit dem Auto mehrfach überfahren. Es bleibt ungeklärt, ob es sich um einen Akt der Notwehr des Strichers oder, wie vermutet worden war, um einen Auftragsmord politischer Gegner Pasolinis handelt. *Ragazzi di Vita* ist zwar der erste veröffentlichte Roman Pasolinis, aber bereits einige Jahre zuvor, 1948/49, arbeitet er an „zwei Romanen über die Freundschaft" – *Amado Mio* und *Unkeusche Handlungen*, in denen er vor allem seine ersten homosexuellen Lieben verarbeitet. Als Grundlage dienen ihm seine Tagebücher, die so genannten „Roten Hefte", die er bis 1947 geführt hatte und in denen er seine Zeit als Dorfschullehrer im Heimatort seiner Mutter in der Region Friaul beschreibt. Kaum ein größerer Kontrast innerhalb seines literarischen Werkes ist denkbar als zwischen den anrührenden, traurig-schönen Schilderungen in *Amado Mio* (1982, dt. 1992) und dem ebenfalls unvollendeten und nachgelassenen groß angelegten Roman *Petrolio* (1994), in dem er ausgedehnte Schilderungen – homo-, wie heterosexueller – Sexszenen fern jeglicher Romantisierung und schamhafter Zurückhaltung einarbeitet; so heftig und überdeutlich, dass sich sein italienischer Verlag Einaudi erst nach langem Ringen zu einer Veröffentlichung entschließen kann. Der Ruf nach Verbot dieser „Pornografie" begleitet das Erscheinen von *Petrolio*.

- Nico Naldini: *Pier Paolo Pasolini. Eine Biographie*, 1991; Enzo Siciliano: *Pasolini. Leben und Werk*, 1994

Paulin, Thierry

französischer Travestiedarsteller und Serienmörder
28.11.1963 Fort-de-France/Martinique – 16.4.1989 Fresnes

Zwischen 1984 und 1987 setzt das „Monster von Montmartre" die Pariser Bevölkerung in Angst und Schrecken. 21 alte Frauen werden überfallen, gefesselt und ermordet. Im Dezember 1987 werden der 21-jährige Schwarze Thierry Paulin und sein zwei Jahre jüngerer Liebhaber Jean-Thierry Mathurin als Täter verhaftet. Zusammen hatten sie Rentnerinnen beim Einkauf beobachtet, folgen ihnen nach Hause und überwältigen sie beim Öffnen der Wohnungstür. Der meist blondierte Paulin betätigt sich zudem als Dealer und Scheckbetrüger. Er ist im Pariser Nachtleben als Drag Queen unterwegs und arbeitet u.a. in dem Travestietheater Paradis Latin. Gemeinsam mit Mathurin träumt er davon, ein eigenes Cabaret zu eröffnen. Er stirbt im Gefängnishospital von Fresnes an Aids, noch bevor der Prozess gegen ihn eröffnet ist. Claire Denis nimmt den Fall als Vorlage für ihren Spielfilm *J'ai pas sommeil*, 1994 (dt. *Ich kann nicht schlafen*).

Peltzer, Otto

deutscher Journalist, Sportler und Trainer
8.3.1900 Ellernbrook-Drage – 11.8.1970 Eutin

1926 ist Otto Peltzers großes Jahr. Am 3. Juli stellt er mit 01:51,6 Minuten über 800 Meter einen neuen Weltrekord auf, und am 11. Dezember besiegt er über 1500 Meter den als „Wunderläufer" gefeierten Finnen Paavo Nurmi und bricht damit einen weiteren Weltrekord. Peltzer verschafft der Weimarer Republik im internationalen Sport wieder Respekt und wird einer der wenigen internationalen Sportstars dieses Jahrzehnts. Zwischen 1922 und 1934 hatte Peltzer bereits 15 Mal den Titel Deutscher Meister errungen und elf Mal einen deutschen Rekord verbessert. Er ist so bekannt, dass er sogar einen Werbevertrag mit einer Kaffee-Rösterei erhält. Seine Eigenheit, bei fast jedem Lauf durch seine Nervosität einen Fehlstart zu provozieren, bringt ihm den Spitznamen „Otto der Seltsame" ein. Nach der Machtübernahme durch die Nationalsozialisten wird der promovierte Läufer und Mitglied der Berliner Studentenverbindung Verein Deutscher Studenten (VDSt) wegen seiner Homosexualität unter Druck gesetzt und darf für Deutschland nicht mehr an Wettkämpfen teilnehmen. 1933 tritt er in die NSDAP und die SS ein und hofft auf einen Posten bei der Reichsjugendführung von Baldur von Schirach als Reichssportkommissar. Er arbeitet als Redakteur für die *Reichswacht*, um „die Jugend auf die Bedeutung der Rassenhygiene hinzuweisen" und plädiert in seiner mit summa cum laude bewerteten Dissertation für „die zwangsmäßige Unfruchtbarmachung geistig Minderwertiger und somit Entarteter" und deren „Absonderung in Arbeitskolonien". Seine Anbiederung an das Regime bleibt ohne den erhofften Erfolg. 1935 wird er wegen Verstoßes gegen den Antihomosexuellenparagrafen 175 verurteilt, verbringt einige Jahre im Exil in Schweden und wird nach seiner Rückkehr 1941 ins KZ Mauthausen gebracht. Als Homosexueller gebrandmarkt, werden nach dem Krieg seine Bemühungen um die Position des Leichtathletik-Bundestrainers sowie des Rektors der Sporthochschule Köln vereitelt. Gebrochen wandert Peltzer nach Indien aus, wo er sich als Staatstrainer Verdienste im Aufbau des Nachwuchssports erlangt. 1955 erscheint sein biografischer Roman *Umkämpftes Leben*. 1970 stirbt der fast vergessene Peltzer auf dem Nachhauseweg vom Sportplatz. Die Öffentlichkeit nimmt von seinem Tod kaum Notiz. Erst 1998 erinnert sich der Deutsche Leichtathletik-Verband (DLV) an den Rekordläufer und stiftet eine Otto-Peltzer-Medaille.

- Volker Kluge: *Otto, der Seltsame: Die Einsamkeit eines Mittelstreckenläufers. Otto Peltzer (1900 bis 1970)*, 2000

Percillier, Nathalie

französische Filmemacherin
11.5.1960 Paris

Aufgewachsen in der französischen Provinz sowie in Paris entdeckt die damals 16-jährige Tochter eines Architekten zum ersten Male die Liebe zu einer Frau. Die Folge: Sie engagiert sich alsbald in einer radikallesbischen Gruppe. Später zieht die Liebe sie nach Marburg, 1980 landet sie schließlich in Berlin, wo sie als Stewardess, Taxifahrerin und Journalistin jobbt. 1988 erhält sie einen Platz an der Hochschule der Künste im Studiengang Video, 1992 wechselt sie an die Deutsche Film- und Fernseh-Akademie Berlin. Erste Kurzfilme entstehen: 1989 *Abgrundgeschichte*, 1990 *Tapetengemüt*, 1993 *Frau Boldück und das weiße Ferkel*. Skurrile kleine Geschichten mit experimentellem Charakter. Dann lernt sie die 1962 geborene Filmstudentin Lily Besilly kennen, und es entsteht eine Liebes- und Arbeitsgemeinschaft. Für ihre lesbische Komödie *Heldinnen der Liebe* (1996) erhält das in Berlin-Prenzlauer Berg lebende Paar bei den Berliner Filmfestspielen den Teddy Award für den besten lesbisch-schwulen Kurzfilm. Und selbst in Frankreich, der Schweiz und in Spanien sind sie mit diesem erfolgreich. *Hartes Brot*, ihr erster Film im 35mm-Format und uraufgeführt 2000, wird erneut mit dem Teddy Award ausgezeichnet, aber auch mit anderen Förderpreisen wie dem des Kunstfestes Schwerin. 1995 haben Percillier und Besilly ihre eigene Produktionsfirma mit dem Namen Heldinnenfilm gegründet. 2003 dreht Percillier den Kurzfilm *Utes Ende*, der im Wettbewerb der Berliner Filmfestspiele uraufgeführt wird.

Perkins, Anthony

US-amerikanischer Schauspieler
4.4.1932 New York City – 12.9.1992 Hollywood

Die Rolle des Norman Bates verfolgt ihn sein Leben lang wie ein Fluch. Viermal wird aus Anthony Perkins der schizophrene Mann mit Mutterkomplex. In *Psycho III* führt er dann auch erstmals selbst Regie. Der wirre, leise, ängstliche Psychopath: Darauf beschränkt sich nach dem sensationellen Erfolg mit Hitchcocks *Psycho* (1960) meist sein Rollenspektrum. Dieses Klischee seiner Selbst reproduziert der aus einer Schauspielerfamilie stammende Perkins auch in seinem vorletzten Film, in Petra Haffters kläglicher Ruth Rendell-Verfilmung *Der Mann nebenan* (1991). Seine Karriere beginnt vielversprechend nach dem Besuch des Rollins College in Winter Park/Florida und einem Geschichtsstudium an der New Yorker Columbia University mit Bühnenerfolgen am Broadway. Filmdebüt in ☞George Cukors *Theaterfieber* (1953). Für seine Darstellung eines Quäker-Sohnes in William Wylers *Friendly Persuasion* wird er 1956 für den Oscar als bester Nebendarsteller nominiert. Doch diese schauspielerische Leistung wird wie seine Hauptrolle in Orson Welles Kafka-Verfilmung *Der Prozeß* (1962) und über 30 weiteren Kinofilmrollen überschattet von der Legende *Psycho*. Seit Anfang der 70er Jahre verstärkt TV-Arbeit in Europa und den USA sowie häufige Rückkehr zum Theater (1960 im Musical *Greenwillow*, 1977 in ☞Peter Shaffers *Equus*). Seine Aids-Erkrankung wie seine Homosexualität hält Perkins bis wenige Jahre vor seinem Tod geheim. Nach einer Psychotherapie sei er von seinen homosexuellen Neigungen geheilt worden und habe so mit 39 Jahren eine enge Beziehung zu einer Frau beginnen können. Im Alter von 60 Jahren verstirbt Perkins „friedlich im Beisein der Ehefrau und des Sohnes", wie es in einer offiziellen Mitteilung der Familie heißt. Kurz vor seinem Tod wendet sich Perkins an die Öffentlichkeit: „Es gibt viele, die die Krankheit für eine Rache Gottes halten, aber ich glaube, sie ist gesandt worden, um die Menschen zu lehren, wie man liebt, einander versteht und jeder für den anderen Mitleid hat. Ich habe mehr über Liebe, Selbstlosigkeit und menschliches Verstehen gelernt von jenen, die ich bei diesem großen Abenteuer in der Welt von Aids getroffen habe, als in der halsabschneiderischen, von Konkurrenz geprägten Welt, in der ich mein Leben verbrachte."

● Ronald Bergan: *Anthony Perkins. A Haunted Life*, 1994; Charles Winecoff: *Split Image. The Life of Anthony Perkins. Biography*, 1996

Perry, Janice
US-amerikanische Kabarettistin
25.10.1955 Burlington/Vermont

Ihre erste Solo-Performance hat Janice Perry 1981 bei der National Organization of Women in Sarasota/Florida 1981 mit einem einzigen, selbstgeschriebenen Song: einem Liebeslied für Lois Lane, der Freundin Supermans. Innerhalb kurzer Zeit wird Janice Perry zu verschiedenen US-Festivals und bald auch zu Gastspielen nach Europa eingeladen. Seit 1982 tourt Perry mit eigenen Shows in Rundfunk und Fernsehen (USA, Großbritannien), wie auch mit One-Woman-Cabaret-Shows in den USA und Europa. Als Privatmensch wie als Bühnenfigur ist sie offen lesbisch. In ihren Shows setzt sie sich ironisch und *politically incorrect* mit Sex in jeglicher Erscheinungsform, insbesondere der homosexuellen, mit Frauenrollen in der Gesellschaft, dem Psychowahn und dem alltäglichen Sexismus auseinander. Zu ihren bisherigen Solo-Performances gehören *Janice Perry AKA Gal* (1982); *Have You Heard Of This?* (1984); *It's Not TV* (1986); *What! A Woman!* (1988); *World Power Sex Control* (1990); *Queen Lear* (1993); *Devil With a Blue Dress* (1995) und *Out From Underground* (1997). Sie ist Sängerin einer Heavy-Metal-Band, Dozentin für Performance an verschiedenen Colleges und Universitäten, arbeitet als Komponistin und Sängerin einer A-Capella-Gruppe, inszeniert verschiedene ☞Shakespeare-Stücke, dreht diverse Comedy-Kurzfilme fürs britische und US-amerikanische Fernsehen, schreibt und spielt eine Radio Comedy. Literarische Beiträge in verschiedenen Anthologien (u.a. in Roz Warren (ed.): *The Best Contemporary Women's Humor*, 1994 und Anne Palin (ed.): *Creme de la Femme*, 1997). Bislang dreimal wird sie mit einem Stipendium des Vermont Council of the Arts ausgezeichnet und bislang einmal zu „Vermont's Best Dressed Woman" gewählt.

Perry, Linda
US-amerikanische Rockmusikerin
15.4.1965 Springfield/Massachusetts

Ein einziges Lied macht sie und ihre damalige Band *4 Non Blondes* über Nacht berühmt: *What's Up?* mit seinen dreist im Studio zusammengeschnipselten Tonhöhensprüngen im Gesang und zeittypisch harten Gitarren wird 1993 weltweit ein Hit. Zehn Wochen steht die Single einsam an der Spitze der deutschen Verkaufs-Charts. Das Album *Bigger, Better, Faster, More!* hingegen ist weniger erfolgreich. Sängerin Linda Perry verlässt die Band und versucht eine Solokarriere. Doch auch ihr erstes pianobetontes Folkrock-Album *In Flight* (1996) verkauft sich schleppend. Eine Zeit lang ist sie lediglich als Backgroundsängerin u.a. bei den Tourneen von *Jethro Tull* und Sheryl Crow zu hören. Danach zieht sie sich von der eigenen künstlerischen Arbeit zurück, baut sich in Los Angeles ein Studio auf und gründet ihre eigene Plattenfirma Rockstar. Als eine ihrer ersten Geschäftstätigkeiten produziert sie allerdings einen Film: *Pink as the Day She Was Born*. Der Heldin des Films – Alicia Moore alias Pink – verhilft sie als Autorin und Produzentin zu einer der erstaunlichsten Popkarrieren Anfang des neuen Jahrtausends. Unter anderem schreibt und produziert Perry den weltweiten Top-10-Hit *Get the Party Started* und das Album *M!ssundaztood* (2001). Daneben liefert sie aber auch Songmaterial u.a. für Christina Aguilera (*Stripped*, 2002) und Courtney Love. Ihren Grundsatz, nur für Frauen zu arbeiten, bricht sie bei Robbie Williams. „Er hat dieses Riesenego, aber er ist auch sehr unsicher. Wir haben da viel gemeinsam." Ihr Lesbischsein hat Linda Perry auch schon zu Zeiten von *4 Non Blondes* nicht verleugnet: „Was meine Sexualität angeht, habe ich nie meine Klappe gehalten. Alle wussten, dass ich Lesbe bin. Immerhin: Bei meinem Auftritt in der David-Letterman-Talkshow stand DYKE auf meinem T-Shirt!"

Peyrefitte, Roger

französischer Schriftsteller und Diplomat
17.8.1907 Castres/Tarn – 5.11.2000 Paris

Nach einer exzellenten Schul- und Universitätsausbildung erwirbt sich Peyrefitte, Sohn eines südfranzösischen Gutsbesitzers, das Diplom der Ecole libre des sciences politiques in Paris und legt dort 1930 das Diplomatenexamen ab. Er arbeitet u.a. in der französischen Gesandtschaft in Athen und in der Kulturabteilung des Quai d'Orsay. 1945 muss er wegen angeblicher homosexueller Verfehlungen den auswärtigen Dienst quittieren. Peyrefitte, der aus seiner Homosexualität kein Geheimnis macht, klagt und gewinnt 1960 den Prozess. Der Staat muss das Gehalt eines Gesandtschaftsrates nachzahlen. Peyrefitte nimmt jedoch keinen diplomatischen Posten mehr an, zumal er sich bereits seit 1944 als Schriftsteller hatte etablieren können. In seinem autobiografisch gefärbten Roman *Les amitiés particulières* (1944, dt. *Heimliche Freundschaften*; verfilmt von Jean Delannoy) erzählt er von homosexuellen Freundschaften in einem Jesuiteninternat. In seinen zweibändigen Memoiren *Les ambassades* (1951, dt. *Diplomaten*) und *La fin des ambassades* (1953, dt. *Diplomatische Missionen*) plaudert er Intimitäten aus seiner Diplomatenzeit aus. Peyrefitte zufolge ist ein Großteil der französischen Oberschicht heimlich oder offen homosexuell. Mit seinen Romanen *Les clefs de Saint Pierre* (1955, dt. *Die Schlüssel von Sankt Peter*), *Jeunes proies* (1956, *Junge Beute*) sowie mit seinem im Pariser Herrenmagazin *Lui* veröffentlichten Artikel *Excès homo* (1976) schreibt er über Homosexualität innerhalb der katholischen Kirche. In seinem *Lui*-Aufsatz übt er harsche Kritik an der Sozialethik des Vatikans und schreibt von einem angeblichen homosexuellen Vorleben des Papstes Paul VI. Skandalträchtig sind Peyrefittes Romane fast immer, im Falle von *Les americains* (1968) fühlt sich ☞Marlene Dietrich beleidigt und verklagt den Autor erfolgreich zu 20.000 DM Schadenersatz. Peyrefitte hatte von der Schauspielerin behauptet, sie ändere je nach PR-Bedürfnissen ihre politische Gesinnung. Peyrefitte offenbart in seinen Romanen sein eigenes Privatleben, etwa in autobiografischen Romanen über seine Homosexualität: *Notre amour* (1968, dt. *Die unmögliche Liebe*), *L'enfant de coeur* (1978, *Herzbube*). Hier schildert er seine Beziehung zu dem 26-jährigen Alain-Philippe, für dessen luxuriösen Lebenswandel Peyrefitte schließlich sogar gezwungen ist, seine umfangreiche erotische Bibliothek und seine Sammlung erotischer Kunstwerke zu verkaufen. Peyrefittes anerkanntestes und weltweit erfolgreichstes Werk ist seine dreibändige Romanbiografie über ☞Alexander den Großen (1977-81).

- *Die Söhne des Lichts*, 1961; *Die Juden*, 1965; *Paris ist eine Hure*, 1970

Phettberg, Hermes (eigentlich Josef Fenz)

österreichischer TV-Moderator und Autor
5.10.1952 Hollabrunn

Katholisch, schwul, masochistisch. Mit diesen drei Adjektiven ist Hermes Phettbergs Lebensweg und -gestaltung weitreichend charakterisiert. Der Angestellte einer Raiffeisenbank tritt für zwei Jahre ins Stift Klosterneuburg und wird über den zweiten Bildungsweg Pastoralassistent der Erzdiözese Wien. Dann aber kommt ihm sein Geschlechtsleben dazwischen. Als man ihn auf den diversen Wiener Klappen erwischt, wird er 1981 entlassen. Er widmet sich sadomasochistischer Aktionskunst und immer mehr der Zunahme seines Leibesumfangs. Weil er offiziell nicht mehr von der Kanzel predigen darf, erscheint ab 1992 in der *Wiener Stadtzeitung Hermes Phettbergs Predigtdienst* (gesammelt 1995 als Buch). Phettberg wird zur Underground-Kultfigur. Im Wiener „Sparverein"-Theater moderiert er eigenwillige Talkshows, in denen es viel mehr um seine (sexuellen) Vorlieben geht denn um die Gäste. Das ORF beginnt die Shows aufzuzeichnen. Phettberg wird zunächst in Österreich, dann auch in Deutschland zu einem vielbeachteten Außenseiter der Talkshow-Kultur. 1997 räumt Phettberg, der nichts mehr hasst als Körperpflege und Ordnung, unter großer Aufmerksamkeit der Medien seine Wohnung auf und lässt mehrere Transporterladungen Müll hinausschaffen. 2003 erhält er mit *Beichtphatter Phettberg* eine neue TV-Talkshow.

- *Predigtdienst*, 1995; *Frucade oder Eierlikör*, 1996; mit Fritz Ostermayer: *Hermes Phettberg räumt seine Wohnung zamm*, 1995
- Klaus Kamolz: *Hermes Phettberg. Die Krücke als Zepter*, 1996

Phranc (eigentlich Susan Beth Gottlieb)

US-amerikanische Folksängerin
28.8.1957 Santa Monica/Kalifornien

Nach einer idyllischen Kindheit in Mar Vista/Kalifornien erzählt sie mit 17 Jahren ihren Eltern von ihrer Homosexualität, verlässt die High School, zieht nach San Francisco und findet in der Punkerszene eine erste Heimat. „Ich war sehr aufgeregt und begeistert davon, denn zuvor hatte ich mich noch nie mit einer anderen Gruppe identifiziert. Diese Leute waren alle in meinem Alter, kreativ und außergewöhnlich." 1978 geht sie nach Los Angeles und spielt in der Band *Nervous Gender*, im Jahr darauf wechselt sie zu einer Gothic-Reggae-Band namens *Catholic Discipline*, in der sie Gitarre spielt. Sie schließt mit ihrer Punk-Phase ab und wechselt zur Folkmusik. Ihre erste Plattenproduktion finanziert sie sich als Schwimmlehrerin und Tupperware-Verkäuferin. 1985 erscheint schließlich das Debüt *Folksinger*, auf der sich Textzeilen finden wie „Take off your swastika … I'm a jewish lesbian". Die in Los Angeles beheimatete Phranc gilt als eine der ersten offen lesbischen Musikerinnen in den USA, die auch lesbische Texte in ihren Songs präsentiert. In den Folgejahren tourt sie fast ununterbrochen und steht u.a. mit *The Smiths, Violent Femmes, The Dead Kennedys, Hüsker Dü* und *The Pogues* gemeinsam auf der Bühne. 1989 erscheint ihr Album *I Enjoy Being a Girl* (u.a. mit ihrer Liebeserklärung an ☞Martina Navratilova, *M-A-R-T-I-N-A*, 1991), das Album *Positively Phranc* (mit dem Song ☞*Gertrude Stein*) sowie einer Hommage an ☞Billy Tipton.

- weitere CDs: *The Phranc Seven Inch*, 1994; *Goofy Foot*, 1995; *Milkman*, 1998

Piaf, Edith (eigentlich Edith Giovanna Gassion)
französische Sängerin
19.12.1915 Belleville – 11.10.1963 Paris

Der aus ärmlichen Verhältnissen stammende „Spatz von Paris" erhält 1935 sein erstes Engagement in einem Nachtclub, nachdem dessen Besitzer die kleine Dunkelhaarige auf der Straße hatte singen hören. Elf Jahre später ist Piaf die Königin des französischen Chansons – ihre mit unvergleichlich trauriger Stimme interpretierten Lieder, darunter *La vie en rose*, *Milord* und *Non, je ne regrette rien* werden zu Welterfolgen. Piaf, die Ende der 40er Jahre eine leidenschaftliche Liebschaft mit ☞Marlene Dietrich unterhält, beginnt in späteren Jahren selbst Chansontalente,

z.B. Charles Aznavour und Gilbert Bécaud, zu entdecken und zu fördern.

- *Les plus grands succès*, 1963
- Margaret Crosland: *Piaf*, 1986; Joelle Monserrat: *Edith Piaf – Non, je ne regrette rien*, 1992; Bernard Marchois (ed.): *Piaf – Emportée par la foule*, 1993

Pierre & Gilles (Pseudonyme)

französische Künstler
Roche-sur-Yon bzw. Le Havre

Ihre Geburtsnamen halten sie ebenso geheim wie ihr Alter. Als sich die beiden 1976 auf einer Party des japanischen Modemachers Kenzo kennen lernen, hatte Pierre in Genf Fotografie studiert und Gilles in Le Havre die Kunsthochschule besucht. Seit 1977 leben und arbeiten sie zusammen. Im gleichen Jahr wird die erste Gemeinschaftsarbeit von der Zeitschrift *Façade* veröffentlicht. Die kunstvoll arrangierten, häufig sehr homoerotischen Fotos von Pierre – schwülstig-süßliche Arrangements mit Anleihen an Kitschpostkarten und Heiligenbildchen – werden anschließend von Gilles malerisch nachbearbeitet. 1978 Entwurf der Einladungskarte für eine Modenschau von Thierry Mugler. Danach folgen weitere Aufträge des Modemachers. Reisen nach Indien, Marokko, Sri Lanka. Die Einflüsse spiegeln sich in späteren Arbeiten wider. Erste Covergestaltungen u.a. für *Playboy* und *Marie-Claire*, ab 1980 auch für das französische Schwulenmagazin *Gai Pied*; in Deutschland für *Männer aktuell*, das Magazin der *Frankfurter Allgemeinen Zeitung* und *Tempo*. Plattencover für Amanda Lear, Marie France, später für ☞Marc Almond, Deee Lite, ☞Boy George, Erasure und Khaled. Ab 1983 Einzelausstellungen u.a. im Musée d'Art Contemporain, Paris (1984), Retrospektive in der japanischen Ginza Gallery (1985) und im Musée d'Art Contemporain, Lausanne (1993). Zu ihren prominenten Modellen gehören u.a. Nina

Hagen, Jeff Stryker und Paloma Picasso. 2000 dreht der Regisseur Mark Hoy den Dokumentarfilm *Pierre et Gilles: Love Stories* über das Künstlerpaar.

- Bernard Macadé/Dan Cameron (Hg.): *Pierre & Gilles. Das komplette Werk 1976-1996*, 1997

Plant, Richard (eigentlich Richard Plaut)

US-amerikanischer Germanist und Autor
22.7.1919 Frankfurt/Main – 3.3.1998 New York City

Als Jude, Sozialist und Homosexueller ist Richard Plaut dreifach gefährdet und emigriert bereits 1933 in die Schweiz und 1938 schließlich in die USA. Als Journalist u.a. für ☞Klaus Manns Zeitschrift *Decision* und *Der Aufbau*, aber auch Autor von Kriminalromanen und Kinderbüchern hält er sich in der ersten Zeit über Wasser, bis er schließlich 1942 als Texter in der psychologischen Kriegsführung gegen Hitler-Deutschland eine erste Anstellung findet. Mit der Einbürgerung in die USA ändert er seinen Familiennamen von Plaut in Plant. Nachdem sein autobiografischer Roman *The Dragon in the Forest* (1948) wenig beachtet wird, gibt er seine schriftstellerischen Pläne auf und wird Professor für deutsche Literatur am New York City College. Neben germanistischen Arbeiten verfasst er u.a. das Libretto zur Oper *Lizzie Borden* (1965). 1986 erscheint sein Buch *The Pink Triangle* (dt. *Rosa Winkel. Der Krieg der Nazis gegen die Homosexuellen*, 1991), eine der ersten historischen Untersuchungen zu diesem Thema.

- Andreas Sternweiler (Hg.): *Frankfurt, Basel, New York: Richard Plant*, 1996

Plate, Peter

deutscher Popmusiker
1.7.1967 Neu Dehli

Als 1998 Peter Plate mit der Sängerin AnNa R. als Rosenstolz am deutschen Vorentscheid zum Eurovision Song Contest teilnimmt, ist er der erste offen schwule Künstler bei diesem Wettbewerb. Zwar trägt erwartungsgemäß Guildo Horn den Sieg davon, Rosenstolz gelangen aber mit ihrem Titel *Herzensschöner* erstmals in die Single-Charts und schaffen so den großen Durchbruch. Plate entstammt einer Diplomatenfamilie und ist in Australien, Hamburg und Goslar aufgewachsen. Nach seinem Zivildienst in Braunschweig und dem Studium der Sozialpädagogik geht er nach Berlin, wo er AnNa R. kennen lernt. Als Rosenstolz entwickeln sie ein musikalisches Konzept mit deutschen Texten und Kompositionen zwischen Schlager, Chanson und Dancefloor. Obgleich Rosenstolz ihre Wurzeln und eine große Fangruppe in der lesbisch-schwulen Szene haben, gibt es bis auf das von Plate gesungene *Ich und mein Prinz* (1999) noch kein explizit schwules Lied. Im gleichen Jahr veröffentlichen sie mit *Ich will!* ein Terzett mit ☞Hella von Sinnen, das sich für die Homo-Ehe engagiert. Co-Autor des Liedes ist Plates Lebensgefährte Ulf Leo Sommer, der seit dem Album *Zucker* (1999) verstärkt am Projekt als Produzent und Autor beteiligt ist. Gemeinsam schreiben und produzieren sie auch Songs u.a. für Kim Fisher, Sharon Adey und die *No Angels*. 2002 lassen Sommer und Plate nach 12 Jahren Beziehung die Partnerschaft standesamtlich eintragen. 1997 erscheint ihr Buch *Lieb mich, wenn du kannst, nimm mich, nimm mich ganz* mit autobiografischen Notizen und Songtexten.

- CDs: *Soubrette werd' ich nie*, 1992; *Nur einmal noch*, 1994; *Mittwoch is' er fällig*, 1995; *Objekt der Begierde*, 1996; *Die Schlampen sind müde*, 1997; *Raritäten*, 1997; *Alles Gute*, 1998; *Zuckerschlampen live*, 1999; *Kassengift*, 2000; *Macht: Liebe*, 2002; *Herz*, 2004

Platen-Hallermünde, August Graf von

deutscher Dichter
24.10.1796 Ansbach – 5.12.1835 Syrakus

„Bist du nicht gewohnt vor Allen/Als der Einsamkeit Geweihter/Ohne Fußpfad und Begleiter/Durch den stillen Forst zu wallen?" Als Graf August von Platen-Hallermünde diese Verse schreibt, ist er 22 Jahre alt und weiß schon zu genau, dass auch der Rest seines Lebens nicht viel Freude für ihn bereithalten wird. Denn wirkliches Glück würde er nur in den liebenden Armen eines Mannes finden, und dies scheint ihm unerreichbar. Der Abkömmling einer verarmten Adelsfamilie und Sohn eines Oberforstmeisters lebt nach seiner Erziehung in einer bayerischen Kadettenanstalt einige Jahre als Page und Unterleutnant in Diensten des bayerischen Königshauses. 1815 zieht er in den Krieg gegen Frankreich, quittiert jedoch den Dienst und beginnt ein breitgefächertes Studium. Der „der Einsamkeit Geweihte" verbringt seine Tage und Nächte allein in der Welt der Bücher. 1824 findet er eine Anstellung als Bibliothekar und unternimmt eine erste Italienreise, wo er vermutlich seine ersten homosexuellen Erfahrungen macht. Der Kampf zwischen eigener Natur und bürgerlicher Moral ist aussichtslos, aber Platen nimmt ihn auf, und vor allem: Er beschreibt ihn – so ausführlich und selbstergründend wie sonst noch kein anderer Schriftsteller in deutscher Sprache. „Platen war ein Revolutionär. Platen hat zum ersten Mal in der Literatur die Geschichte der Empfindungen eines normalen Homosexuellen entworfen; er hat die kompliziertesten Metren der Lyrik – ähnlich wie ☞Sappho – in den Ton natürlicher Sinnlichkeit verwandelt", schreibt Schriftsteller ☞Hubert Fichte fast 150 Jahre nach August Platens Tod und führt damit die (Wieder-)Entdeckung Platens für eine homosexuelle Leserschaft und die Rehabilitierung an. Oden und Hymnen nach antikem Vorbild, aber auch die persische Ghasele hat Platen in deutscher Sprache neu erschaffen. Die einen qualifizieren sein Werk als das blutleere Kunsthandwerk eines Formkünstlers ab, für andere erscheinen diese starren Versvorschriften als sein Weg, das innere Chaos zu bändigen und zu ordnen. Doch selbst wenn er sich den Normen etwa eines Sonetts unterwirft: Das Leiden des Einsamen, die Sehnsucht des unglücklich Liebenden, das Verlangen nach Schönheit und Leben spricht dennoch, unüberhörbar, aus diesen Versen, auch in seinem wohl bekanntesten Gedicht *Tristan*. Wo Heinrich Heine (1797-1856) versucht, die Romantik mit Ironie zu überwinden, tut dies Platen mit überhöhtem Pathos. Aber nicht nur diese Außenseiterrolle in der deutschen Literatur des 19. Jhs. verbindet die beiden. Heine und Platen liefern sich einen heftigen, literarisch ausgefochtenen Streit, der weit unter die Gürtellinie zielt. Konkurrenzneid ist der Auslöser für diesen 1829 entfesselten Literaturskandal, bei dem sich Heine in seiner Reiseschilderung *Die Bäder von Lucca* (1828) als homophob und Platen im *Romantischen Ödipus* (1829) als Antisemit bloßstellen. Platen kommt 39-jährig auf der Flucht vor der Cholera auf Sizilien jämmerlich zu Tode – die Folge überhöhten Medikamentenkonsums. Auch nach seinem Tod bleibt Platen im literarischen Abseits, verstärkt auch durch Goethes Verdikt, seiner Dichtung fehle es an Liebe. Dieses Missverständnis wird erst in den letzten Jahrzehnten durch maßgebliche schwule Literaturwissenschaftler ausgeräumt. Und nicht von ungefähr trägt eine der Universität Siegen angeschlossene Stiftung zur Förderung literaturwissenschaftlicher Arbeiten im Themenumfeld Homosexualität den Namen August von Platens.

- *Tagebücher*. Auswahl und Nachwort von Rüdiger Görner, 1968; *Wer die Schönheit angeschaut mit Augen. Ein Lesebuch*, 1996
- Christian Mücke (Hg.): *„... bleibe ich doch wunderbar unglüklich." August von Platens Aufenthalt in Würzburg 1818-1819 und seine Liebe zu Adrast. Tagebücher, Gedichte, Briefe*, 1993; Peter Bumm: *August Graf von Platen. Eine Biographie*, 1990

Platon

griechischer Philosoph

427 v. Chr. Athen – 347 v. Chr. ebd.

Platon stammt aus einer vornehmen Athener Familie und strebt zunächst eine politische Laufbahn an. Durch Sokrates' Einfluss, dessen Schüler er von 407-400 v. Chr. ist, wendet er sich der Literatur und der Philosophie zu. Nach dessen Tod reist Platon u.a. nach Megara und Syrakus zu Dionysios I. Dort entwickelt sich eine enge Freundschaft, wahrscheinlich auch Beziehung zu

Dion, dem Neffen des Tyrannen, weswegen ihn Dionysios der Stadt verweist. Auf Umwegen kehrt Platon wieder zurück nach Athen. Unterwegs wird Platon gefangengenommen, als Sklave verkauft und wieder befreit. 387 Gründung der eigenen Philosophieschule als wissenschaftliche Forschungs-, Lehr- und Lebensgemeinschaft in einem dem Helden Akademos gewidmeten Park, daher „Akademie" genannt. Sein Versuch, in Syrakus gemeinsam mit Dionysios I. einen Idealstaat zu verwirklichen, scheitert. Seine Philosophie legt Platon in verschiedenen Prosaschriften, meist in Gesprächsform nieder. In *Phaidros* etwa zeigt er den Weg der Seele zur Ideenschau über die Liebe. Im Mittelpunkt steht die Lehre von den Ideen, die – ewig, unveränderlich und den Sinnen nicht zugänglich – Urformen der sinnlich erfahrbaren Dinge der Welt darstellen. Der Mensch kann das wahrhaft Gute und Schöne nur erkennen, wenn er sich von den diesseitigen Wünschen und Erscheinungen löst und die Denkkraft der Seele siegen lässt. In *Symposion* (dt. *Das Gastmahl*, ca. 380 v. Chr.) diskutiert er das Wesen des Eros und entwickelt dabei seine Theorie der reinen, sublimierten (platonischen) Liebe als höchstes anzustrebendes Ziel. In der Diskussion um die mann-männliche und homosexuelle Liebe wird *Das Gastmahl* später immer wieder herangezogen, ☞Johann Joachim Winckelmann greift sie in seiner Neuformulierung der klassizistischen Ästhetik auf, im 19. Jh. ☞J. A. Symonds> und ☞Edward Carpenter, im 20. Jh. Heinrich Hössli, ☞E.M. Forster und ☞André Gide (in *Corydon*).

Pool, Léa

Schweizer Filmemacherin

8.9.1950 Genf

Pool, in Genf geboren und in Lausanne aufgewachsen, verlässt 1975 sehr spontan die Schweiz und wandert nach Kanada aus, um sich dem Film zuzuwenden. Nach ihrem Filmstudium unterrichtet sie zunächst an der University of Quebec. Nach mehreren Kurz- und Videofilmen, Serienbeiträgen und Dokumentationen fürs Fernsehen kann sie 1984 mit *La Femme de l'Hotel* (dt. *Die Frau im Hotel*) ihren ersten Spielfilm drehen. 1986 folgt *Anne Trister* über eine lesbische Beziehung, der ein internationaler Erfolg wird. Auch die nachfolgenden Spielfilmprojekte *Emporte-Moi* (1998) und *Lost and Delirious* (2000) widmen sich lesbischen Erfahrungswelten. „Mir geht es in einem Film vor allem darum, Gefühle mitzuteilen und nicht eine Geschichte zu erzählen. Filme sind für mich das, was für andere Leute Koffer sind: Man braucht sie für die Reise. Filme sind mein Reisegepäck im Leben. Sie helfen mir, mich besser zu verstehen, sie ermöglichen mir, in Beziehung mit mir selber zu treten." Daneben entstehen weiterhin TV-Projekte wie beispielsweise 1995 die Dokumentationsserie *Women – A True Story*, die sie konzeptioniert und auch bei zwei Folgen als Regisseurin realisiert.

- weitere Filme (Auswahl): *Strass Cafe*, 1977; *Eva en Transit*, 1981; *La Demoiselle sauvage*, 1991; *Movements du Désir, Gabrielle Roy*, 1998; *The Blue Butterfly*, 2004

Porter, Cole

US-amerikanischer Komponist und Texter
9.6.1892 (a.Q. 1893) Peru/Indiana – 15.10.1964 Santa Monica/Kalifornien

Der aus wohlhabendem Elternhaus stammende Porter studiert Musik und Jura an den Universitäten von Harvard und Yale. Während des Ersten Weltkrieges als Soldat in Frankreich. Dort begegnet er Linda Lee Thomas, die er 1919 heiratet. Das folgende Jahrzehnt verbringt das Ehepaar auf ausgedehnten Reisen durch Europa. Porter kehrt nur gelegentlich in die USA zu Produktionen seiner Shows zurück. Zeitweilig wird er von seinem engen, ebenfalls homosexuellen Freund Monty Wooley begleitet. In seinen Songs, für die Porter sowohl die Musik als auch den Text verfasst, beschreitet er immer wieder die Grenzen des noch Machbaren, was sexuelle bzw. homosexuelle Ein- und Mehrdeutigkeiten betrifft. Vielfach gelingt es ihm, durch diskrete Andeutungen oder einschlägige Signalwörter entsprechende Subtexte zu transportieren. Songs wie *Love for Sale* und *My Heart Belongs to Daddy* waren trotz ihrer Bekanntund Beliebtheit lange Zeit von US-Radiosendern nicht gespielt. 1936 schreibt Porter die Musik zum Hollywood-Musical *Born to Dance*, einem der ersten Filme dieser Art. Im Jahr darauf verletzt er sich bei einem Reitunfall beide Beine. In den folgenden Jahren muss er sich 35 Operationen unterziehen, um eine vollständige Amputation zu umgehen. Ist seine erste Lebenshälfte davon überschattet, aus Karrieregründen seine Homosexualität soweit wie möglich zu verheimlichen, ist es später der Zustand der Invalidität, der sein Leben kennzeichnet. Zunächst erträgt Porter die Schmerzen noch stoisch, später beeinträchtigen sie zunehmend seine Psyche. Gerüchten zufolge sei so die sadomasochistische Tendenz seiner Beziehung zu dem Schauspieler Jack Cassidy zu erklären. Ingesamt verfasst Porter die Musik zu 24 Musicals (u.a. *Gay Divorcee*, 1932; *Anything Goes*, 1934; *Kiss Me Kate*, 1948; *Can-Can*, 1953; *Silk Stockings*, 1958) sowie zu acht Filmen. Viele seiner Songs werden Evergreens und Jazz-Standards, u.a. *I've Got You Under My Skin* (1936), *Ev'ry Time We Say Goodbye* (1944) und *True Love* (1956). 1990 entsteht das Album *Red Hot & Blue*, eine Compilation mit Cover-Versionen seiner Songs, eingespielt von Rock- und PopsängerInnen, das erste Album einer ganzen Reihe von Fundraising-Alben zugunsten der Aids-Hilfen.

- Robert Kimball (ed.): *The Complete Lyrics of Cole Porter*, 1983; Charles Schwartz: *Cole Porter. A Biography*, 1977; David Grafton: *Red, Hot & Rich! An Oral History of Cole Porter*, 1987; Joseph Morella/George Mazzei: *Genius and Lust. The Creativity and Sexuality of Cole Porter and Noel Coward*, 1995

Potgieter, Louis Hendrik

südafrikanischer Tänzer
4.4.1951 Pretoria – 1993 Kapstadt

Seine Ausbildung (zunächst ein Jahr Kunstgrafik, dann Tanz bei der dortigen Pact Ballett Company) erhält Louis Hendrik Potgieter noch in seiner Heimatstadt Johannesburg. 1975 verlässt er Südafrika, um in Europa Karriere als Tänzer zu machen. Er erhält Engagements am Ulmer Stadttheater, am Theater St. Gallen und schließlich am Gärtnerplatztheater in München. Dort entdeckt ihn 1979 der Münchner Musikproduzent Ralph Siegel und engagiert ihn für eine eigens für die deutsche Vorentscheidung zum Grand Prix d'Eurovision zusammengestellte Band namens *Dschinghis Khan*. Potgieters Aufgabe ist es, als Tänzer optischer Mittelpunkt des Auftritts zu werden und tanzend den durch die Steppe reitenden Mongolen darzustellen. Die Gruppe *Dschinghis Khan* und ihr gleichnamiges Lied landen beim Contest in Jerusalem zwar nur auf Platz 4, der Song aber wird ein weltweiter Erfolg. Wochenlang hält sich der Titel in den Charts von Australien, Portugal, den Niederlanden, der Schweiz und Skandinavien. Als erstes deutschsprachiges Lied schafft es *Dschinghis Khan* an die Spitze der japanischen und – weitaus bemerkenswerter – auch der israelischen Hitparade. Ralph Siegel und sein Texter Bernd Meinunger produzieren insgesamt vier Alben mit *Dschinghis Khan*, auf denen so ziemlich alles besungen wird, was abenteuerlich oder berühmt ist: Karl Mays Hadschi Halef Omar und die Loreley, Billy the Kid, Tut Ench Amun und James Bond, Mata Hari genauso wie Kaspar Hauser und Käpt'n Nemo. Selbst Rübezahl und Pablo Picasso bekommen ihr eigenes Lied. Am Ende war man bei Klabautermännern und schunkelfreudigen, karnevalstauglichen Mitklatschnummern angekommen. Der letzte Versuch, die Truppe in ihrer ursprünglichen Formation am Leben zu erhalten, scheitert 1985 mit der Single *Mexico*, die anlässlich der Fußball-Weltmeisterschaft aufgenommen wurde und Vorbote für das Album *Rund um die Welt* sein sollte. Das Album erscheint jedoch nicht mehr. Das Musical *Corrida*, das Siegel für seine Truppe geschrieben hatte und das in München uraufgeführt werden sollte, wird zwar noch auf Vinyl gepresst, gelangt aber nicht mehr auf die Bühne. 1986 versucht Potgieter mit zum Teil neuer Besetzung und dem abgeänderten Namen *Dschinghis Khan Family* bei der deutschen Vorentscheidung zum Grand Prix ein Revival einzuläuten, was allerdings fehlschlägt. Auch sein neues Bandprojekt *Savage* hat keinen Erfolg. Er geht zurück in seine Heimat und arbeitet in Pretoria als Hotelmanager. Er stirbt an den Folgen von Aids und wird in Johannesburg beigesetzt.

Power, Tyrone Edmund

US-amerikanischer Schauspieler
5.5.1913 Cincinnati/Ohio – 15.11.1958 Madrid

Entstammt einer großen Schauspielerfamilie. Schauspielausbildung an der Shakespearean Drama School; erste professionelle Bühnenrolle in *The Merchant of Venice* in Chicago. Zieht 1935 nach New York, Broadway-Debüt 1936. Seine Erfolge verhelfen ihm zu einem Vertrag mit 20th Century Fox. Ab 1936 Filmkarriere in Hollywood. Durchbruch mit seinem dritten Fox-Film, *Lloyds of London* (1936). Danach vor allem als romantischer Held eingesetzt, darunter viele Mantel- und Degenfilme (u.a. *The Mark of Zorro*, 1940; *Blood and Sand*, 1940). Ab Mitte der 40er Jahre verstärkt dramatische Rollen (*The Razor's Edge*, 1946; *Witness for the Prosecution*, 1958). Während seiner Filmkarriere kehrt Power immer wieder als Schauspieler ans Theater zurück. Stirbt während der Dreharbeiten zu King Vidors *Solomon and Sheba* an einem Herzinfarkt. Während seiner New Yorker Broadway-Zeit lernt Power Robin Thomas kennen, den Stiefsohn John Barrymores. Die Beziehung dauert bis zu Powers Wegzug nach Hollywood. Dort heiratet er sehr überstürzt die Schauspielerin Annabella; die Ehe wird 1948 wieder geschieden. Danach geht Power noch zweimal eine Ehe ein. Aus den Ehen gehen die Kinder Tyrone III. (dessen Patenonkel ☞Rock Hudson wird) und die Tochter Romina hervor, die später als italienische Schlagersängerin Karriere macht. Kürzere Liebesaffären hat Power mit dem Schauspieler Errol Flynn und dem Musicaltexter Lorenz Hart (*The Boys From Syracuse*), eine längere Beziehung mit einem unbekannten Schauspielkollegen bei 20th Century Fox.

● Fred Lawrence Guiles: *Tyrone Power – The Last Idol*, 1970; Hector Arce: *The Secret Life of Tyrone Power*, 1991

Praunheim, Rosa von
(eigentlich Holger Bernhard Bruno Mischwitzky)

deutscher Filmemacher
25.11.1942 Riga

Sohn eines Ingenieurs und aufgewachsen in Teltow bei Berlin, später im Rheinland und Frankfurt/Main. Anfang der 60er Jahre benennt er sich nach dem Frankfurter Stadtteil um in Rosa von Praunheim. Verlässt das Gymnasium noch vor der Mittleren Reife und studiert an der Werkkunstschule Offenbach, später an der Hochschule für Bildende Kunst Berlin (West). Versucht sich als Galerist, wendet sich ab 1967 dem Film zu. 1968 kurzzeitig Assistent des schwulen Experimentalfilmers Gregory Markopoulos. Erste eigene Filmarbeiten (*Rosa Arbeiter auf goldener Straße*, 1967; *Schwestern der Revolution*, 1969), z.T. in Zusammenarbeit mit ☞Werner Schroeter. Es erscheinen die Buchpublikationen *Männer, Rauschgift und Tod – die Leidenschaften des Rosa von Praunheim* (1967) und der gemeinsam mit ☞Elfi Mikesch gestaltete Fotoroman *Oh Muvie* (1968). Der erste längere Film, das Fernsehspiel *Die Bettwurst* (1970), wird ein kleiner Überraschungserfolg, an den von Praunheim mit der Fortsetzung *Berliner Bettwurst* (1973) jedoch nicht anknüpfen kann. Aufsehenerregender ist der dokumentarische Spielfilm *Nicht der Homosexuelle ist pervers, sondern die Situation, in der er lebt* (1970, zusammen mit ☞Martin Dannecker). Die ARD zeigt ihn 1973, der Bayerische Rundfunk schaltet sich jedoch von der Ausstrahlung aus. Teilweise ausgelöst durch die zahlreichen Diskussionen über diesen Film bilden sich einige Gruppen der neuen deutschen Schwulenbewegung. Durch den Medienrummel gilt Rosa von Praunheim als einer der bekanntesten bekennenden Schwulen der Bundesrepublik, der in den folgenden Jahren durch neuerliche Skandale und Diskussionen immer wieder von sich reden macht. Seine politischen Haltungen und Aktionen werden von der Schwulenbewegung häufig sehr kritisch betrachtet, teilweise heftig diskutiert. Gleichwohl gilt von Praunheim noch bis Anfang der 90er Jahre innerhalb der allgemeinen Medien als der führende Kopf und Sprecher der bundesdeutschen Schwulen. Seine besondere Affinität zu älteren Damen führt u.a. zu den Filmen *Unsere Leichen leben noch* (1981) und *Rote Liebe* (1980/81) und zur Verlobung mit Evelyn Künneke, die 1974 in seinem Film *Axel von Auersperg* einen Erzbischof spielt. Das ZDF zeigt das Fernsehspiel erst nach einer Kürzung von 30 Minuten. Für *Horror Vacui* (1984) und *Anita – Tänze des Lasters* (1988) entdeckt er Lotti Huber. Über sie dreht er 1990 den halbdokumentarischen Film *Affengeil – eine Reise durch Lottis Leben*. Auf den Einbruch von Aids reagiert von Praunheim 1986 mit der Satire *Ein Virus kennt keine Moral*. Zum Start seiner dokumentarischen Aids-Trilogie (*Schweigen = Tod*, 1989; *Positiv*, 1990; *Feuer unterm Arsch*, 1990) veröffentlicht Praunheim einen Aufsatz im Nachrichtenmagazin *Der Spiegel*, in dem er den Aids-Hilfen Untätigkeit und Selbstgefälligkeit, den Schwulen pauschal unsafes Sexualverhalten vorwirft. Auch mit seiner Outing-Kampagne 1990 (☞Hape Kerkeling, ☞Alfred Biolek) verstärkt von Praunheim die Schar seiner Kritiker in den eigenen Reihen und wird andererseits von den Medien als Skandaleur instrumentalisiert.

- *50 Jahre pervers. Die sentimentalen Memoiren des Rosa von Praunheim*, 1993; *Mein Armloch, Gedichte*, 2002
- Filme (Auswahl): *Stadt der verlorenen Seelen*, 1985; *Ich bin meine eigene Frau*, 1992; *Neurosia – 50 Jahre pervers*, 1995; *Der Einstein des Sex*, 1999; *Tunten lügen nicht*, 2002; *Kühe, vom Nebel geschwängert*, 2002

Preusse, Georg (alias Mary Morgan)

deutscher Travestiekünstler und Schauspieler
25.8.1950 Ankum bei Osnabrück

Der gelernte Radio- und Fernsehtechniker und studierte Informatiker beginnt Mitte der 70er Jahre als Sänger und Travestiekünstler durch Nachtlokale zu tingeln. 1978 gelingt ihm gemeinsam mit Robert Kohler der Durchbruch als *Mary & Gordy*. Bis 1987 folgen Fernsehshows und ausgedehnte, erfolgreiche Tourneen. Kohler zieht sich aus gesundheitlichen Gründen aus dem Showgeschäft für einige Zeit zurück. Kohlers Solo-Comeback bleibt wenig erfolgreich. Er stirbt 1995 an den Folgen von Aids in Berlin, offiziell jedoch an Krebs im Kreise der Familie in seiner Heimat am Bodensee. Preusse hingegen gelingt eine erfolgreiche Solokarriere als Mary. 1991/92 erhält er in der ARD eine eigene TV-Show; für die Marmeladenmarke *Zentis* tritt er im Mary-Kostüm im Werbefernsehen auf. Parallel zur Karriere als Travestiekünstler spielt Preusse seit 1988 klassische Theaterrollen, so in Dürrenmatts *Achterloo* (Zürich, 1988), als Zaza im Musical *Ein Käfig voller Narren* (1992) bzw. in Jean Poirets Dramenvorlage *Der Narrenkäfig* (1997) sowie als Conferencier im Musical *Cabaret* (1993). Preusse lebt in Berlin gemeinsam mit seinem Schweizer Lebensgefährten und Manager Jack Amsler, den er 2003 in der Schweiz heiratet. „Wir haben es gemacht, weil es seine Mutter wollte [...] Ich hätte in der Schweiz keine Rechte gehabt, wenn ihm was passiert wäre."

- CD: *Mein Körper ist mein Kapital*, 1991

Proll, Astrid

deutsche RAF-Terroristin und Bildredakteurin
29.5.1947

Anfang der 70er Jahre ist das RAF-Mitglied Astrid Proll eine der meistgesuchten Personen der Bundesrepublik. Nach schrecklichen Jahren im Internat, in das die Eltern sie abgeschoben haben und wo sie wegen ihres Lesbischseins drangsaliert wird, lernt sie Anfang der 60er Jahre durch ihren älteren Bruder Thorwald Proll Andreas Baader kennen. Durch ihn gerät sie in das RAF-Umfeld und findet dort eine Heimat, die Gruppe ist für sie „Existenz, Religion, Familie." Doch Ende der 60er ist die RAF für sie inzwischen eine „Unterdrückungsmaschine". Mit dem Leben im Untergrund sind alle persönlichen Freiheiten dahin, auch die sexuellen. 1971 wird sie bei einer Polizeikontrolle im Frankfurter Westend gefasst und sitzt bis 1974 wegen angeblichem Mordversuchs in Untersuchungshaft. Ihr Prozess 1974 wird wegen „akuter Kollapsgefahr" ausgesetzt; kurz darauf gelingt ihr die Flucht, und sie taucht in Großbritannien unter. Sie heiratet und wird zu der britischen Staatsbürgerin Anna Puttick mit gefälschten deutschen Papieren, lernt in einer Autowerkstatt den Beruf einer Mechanikerin und arbeitet als eine der ersten Frauen in der britischen Autoindustrie am Fließband. 1975 lernt sie in der Londoner Frauenszene ihre spätere Lebensgefährtin Joanna Ryan kennen. 1978 wird sie in London festgenommen und in Deutschland wegen Banküberfall und Urkundenfälschung zu fünfeinhalb Jahren Haft auf Bewährung verurteilt. Im Falle des Mordversuchs wird sie freigesprochen. Sie arbeitet danach als Bildredakteurin u.a. für die Zeitschrift *Tempo*, später für die *Wochenpost* und gehört zu den Mitentdeckerinnen des Fotografen ☞Wolfgang Tillmans. 1998 erscheint ihre Abrechnung mit ihrer RAF-Vergangenheit *Hans und Grete*.

- Ulrike Edschmid: *Frau mit Waffe*, 1996

Proust, Marcel

französischer Schriftsteller
10.7.1871 Auteuil – 18.11.1922 Paris

Der dem Großbürgertum entstammende Proust fühlt sich früh zum Schreiben berufen und erarbeitet sich die klassische und moderne französische Dichtung. Gegen den Anspruch der Philosophie objektiver Erkenntnis will er die subjektive Erfahrung der Wirklichkeit wiedergeben. Dichtung ist für ihn weder naturalistisches Experiment noch realistische, objektive Spiegelung der Welt. Proust fordert von der Literatur vielmehr, dass sie das vom Blickpunkt des Dichters aus gesehene Bild der Welt und Gesellschaft nachzeichne. Der Prosaband *Les plaisirs et les jours* (1896, *Tage der Freuden*) zeigt schon die für die späteren Werke wichtigen Themen: die Zeit als verändernde Kraft, spontane Erinnerung, durch die ein Bereich der Vergangenheit aus dem Unterbewusstsein ins Bewusstsein gehoben wird. Der unvollendete Roman *Jean Santeuil* (1952) und der Essay *Contre Sainte-Beuve* (1954) münden in das Hauptwerk, den siebenbändigen, in der Ich-Form geschriebenen Roman *A la recherche du temps perdu* (1913-1927, dt. *Auf der Suche nach der verlorenen Zeit*). Dieses mit vielen autobiografischen Elementen durchsetzte, voluminöse Werk erzählt vom Leben in der Pariser Gesellschaft in der Zeit vor dem Ersten Weltkrieg. Auch homosexuelle Handlungsstränge finden sich in diesem 3.000 Seiten umfassenden Gesellschaftspanorama. Neben der offenkundig homosexuellen Figur des Baron de Charlus, der im Band *Sodom und Gomorrha* eine tragende Funktion erhält, ist es besonders der Charakter der Albertine, der in der Literaturwissenschaft besondere Beachtung findet, da sich hinter dieser weiblichen Figur letztlich die Erfahrungen Prousts mit einem Mann verbergen sollen. Diese Form der Camouflage ist inzwischen als Albertine-Komplex in die Literaturgeschichte eingegangen. Tatsächlich ist Proust bis ca. 1906 nicht bekennend homosexuell, obgleich seine Affären mit Männern nicht unbekannt sind. 1897 hegt der Kolumnist Jean Lorrain im Rahmen einer Besprechung von Prousts Gedichten und Erzählungen Zweifel an der Männlichkeit des Autors. Proust fordert den Rezensenten zum Pistolenduell heraus, das tatsächlich stattfindet, bei dem aber niemand verletzt wird. Prousts Beziehungen zu Frauen beschränken sich weitgehend auf rein sexuelle Affären, wobei er ältere, verheiratete Frauen (zumal von Freunden) der Einfachheit halber vorzieht. Tiefere emotionale Bindungen hat er zu Männern, etwa zu dem Komponisten und Musiker Reynaldo Hahn, mit dem er zwei Jahre liiert ist. Später verliebt er sich in den 16-jährigen Lucien Daudet. Eine weitere große Liebe ist Alfred Agostinelli, den er zunächst als Chauffeur, danach als Sekretär einstellt. Weil Agostinelli eigentlich heterosexuell ist, lässt sich Proust auf eine schwierige ménage à trois mit Agonistellis Lebensgefährtin Anna ein. Proust überschüttet seinen Geliebten mit Liebesgaben und finanziert ihm auch auf seinen Wunsch eine Fliegerausbildung. Bei seinem ersten Alleinflug stürzt Agostinelli nur wenige hundert Meter von der Küste ins Meer und ertrinkt. Ein weiterer Liebhaber ist Jacques Bizet, Sohn des Komponisten Georges Bizet. Als ein Diener des Herzogs von Rohan namens Albert le Cuziat sich gewissermaßen selbständig macht und im ehemaligen Pariser Hotel Marigny ein Freudenhaus für Männerliebhaber eröffnet, unterstützt Proust freizügig den jungen Geschäftsmann und stiftet für das neue Etablissement diverse Möbel und Teppiche aus dem Nachlass seiner Eltern.

● Claude Mauriac: *Marcel Proust*, 1958; J. E. Rivers: *Proust & the Art of Love. The Aesthetics of Sexuality in the Life, Times & Art of Marcel Proust*, 1980; Renate Wiggershausen (Hg.): *Proust. Leben und Werk in Texten*, 1992; Jeanine Huas: *L'Homosexualité au temps de Proust*, 1992; Philippe Michel-Thiriet: *Das Marcel Proust-Lexikon*, 1992; Ronald Hayman: *Marcel Proust. Die Geschichte seines Lebens*, 2000; Karlheinrich Biermann: *Marcel Proust*, 2005

Pütz, Claudia

deutsche Schriftstellerin
14.5.1958 Düren

Nach dem Besuch einer Nonnenschule mit zweifelhaftem Erfolg arbeitet Pütz fast acht Jahre lang als Bahnhofswärterin und holt nebenbei das Abitur auf der Abendschule nach. Auf ein abgebrochenes Germanistik- und Philosophiestudium folgt 1987 der Beginn der schriftstellerischen Tätigkeit, im Jahr darauf erscheint der vielbeachtete erste Erzählband *Morphinblaue Engel*. Heute lebt Pütz, die für ihre unkonventionelle, dem Dadaismus verwandte Arbeit mehrfach ausgezeichnet wird und zahlreiche Stipendien erhält, mit ihrer Lebensgefährtin, der Bildhauerin Katharina Eckart, und zwei Hündinnen in Bonn, wo sie die Objekt-Literaturzeitschrift *Pips* herausgibt. 1998 ist im deutschen Fernsehen die erste gemeinsame Drehbucharbeit der beiden Frauen zu sehen: Die Verfilmung der lesbischen Beziehungskomödie *Das Hochzeitsgeschenk*. 2002 wird der TV-Film *Wie angelt man sich einen Müllmann?* realisiert.

● *Moderne Gladiatoren*, Erzählungen, 1988

Puig, Manuel

argentinischer Schriftsteller
28.12.1932 General Villages/Provinz Buenos Aires – 22.7.1990 Cuernavaca/Mexiko

Die Titel vieler seiner Bücher wie *Pubis angelical* (1979, dt. *Die Engel von Hollywood*), *La traición de Rita Hayworth* (1968, dt. *Verraten von Rita Hayworth*, 1976) und die Lebenswelt seiner Protagonisten verbindet ein Motiv: die Sehnsucht nach Zelluloid-Kitsch, die Flucht in die Traumwelten Hollywoods. Puigs Charaktere fliehen aus der Armut ihres Lebens und finden im Kino jene Farben, Träume und überschäumende Gefühle, zu denen sie im wahren Leben niemals gelangen. Auch Puigs erfolgreichstes Buch – das er auch als vielgespieltes Drama bearbeitet und das 1985 von Hector Babenco verfilmt wird –, *Der Kuß der Spinnenfrau* (1976, dt. 1979), gehört in diese Reihe. Ein Schwuler und ein politischer Revolutionär, die gemeinsam in einer Gefängniszelle einsitzen, klammern sich an nacherzählte Filmgeschichten, beziehen daraus die nötige tägliche Energie, um den Druck von außen zu überstehen. Puig hatte nach dem Studium der Philosophie und Architektur in Rom die Filmhochschule besucht. Aus einem Drehbuch entsteht 1968 der Roman *Verraten von Rita Hayworth*, dem sieben weitere folgen. Die Romane *Sangue de amor correspondido* (1982, dt. *Herzblut erwiderter Liebe*) und *Boquitas Pintadas* (1969, dt. *Der schönste Tango der Welt*, 1975) lehnen sich in der Form an die populären Radionovelas an. Einige seiner Bücher können in Argentinien nicht erscheinen. Nach der Machtübernahme durch Péron 1973 verlässt Puig das Land und geht zunächst nach Mexiko, später nach New York und Brasilien.

Pusch, Luise F.
deutsche Sprachwissenschaftlerin
14.1.1944 Gütersloh

Luise F. Pusch beschäftigt sich als eine der wichtigsten zeitgenössischen Sprachwissenschaftlerinnen seit 1979 hauptsächlich mit dem Forschungsschwerpunkt „Feministische Linguistik". Die angesehene Professorin für Sprachwissenschaft, die als freie Publizistin, Wissenschaftlerin und Herausgeberin tätig ist, zeichnet sich in ihren vielseitigen Arbeiten durch eine für dieses Metier seltene allgemeinverständliche Sprache aus. Neben diversen Büchern und Aufsätzen zur Grammatik des Deutschen, Englischen, Italienischen und Lateinischen gibt Pusch verschiedene Bände mit Frauenporträts sowie den jährlich erscheinenden Kalender *Berühmte Frauen* heraus. Die erfrischend kritische Stimme im schwerfälligen akademischen Betrieb lebt offen lesbisch in Hannover.

- *Das Deutsche als Männersprache. Aufsätze und Glossen zur feministischen Linguistik*, 1984; *Schwestern berühmter Männer*, 1985; *Töchter berühmter Männer*, 1988; *Alle Männer werden Schwestern*, 1990; *Vom anderen Stern*, 1999; *Die Frau ist nicht der Rede wert*, 1999

R

Raddatz, Fritz Joachim
deutscher Schriftsteller und Literaturkritiker
3.9.1931 Berlin

Raddatz, Sohn eines Direktors der UFA-Filmstudios, studiert an der Humboldt-Universität in Berlin (Ost) Germanistik, Theaterwissenschaft, Kunstgeschichte und Amerikanistik. Er arbeitet bis 1958 als stellvertretender Cheflektor beim DDR-Verlag Volk und Welt und wechselt zum Kindler Verlag nach München. Von 1960 bis 1969 ist er stellvertretender Leiter des Rowohlt

Verlags in Reinbek bei Hamburg. Parallel zur Verlagsarbeit unterrichtet er an verschiedenen Hochschulen, so ab 1968 an der TU Hannover, wo er 1971 habilitiert und heute eine Honorarprofessur für Neuere Deutsche Literatur innehat. 1977 bis 1985 ist Raddatz Feuilletonchef der Hamburger Wochenzeitung *Die Zeit* und baut seine Stellung als namhaften Kritiker innerhalb der deutschen Literaturszene aus. 1985 muss er aus diesem Amt ausscheiden, bleibt dem Blatt jedoch als Kulturkorrespondent erhalten. Er ist Herausgeber u.a. des Werkes von Walter Mehring als auch der (als sehr fahrlässig ediert kritisierten) Werkausgabe Kurt Tucholskys. Neben biografischen Arbeiten (u.a. zu Karl Marx, Kurt Tucholsky und Heinrich Heine) veröffentlicht Raddatz mehrere Bände mit Essays (gesammelt u.a. in *Die Nachgeborenen*, 1980, *Lebenfresser,* 1996), in denen er sich auch explizit mit homosexuellen Autoren, etwa ☞James Baldwin, ☞Hubert Fichte oder ☞Hans Henny Jahnn, auseinandersetzt. 1996 wirkt er in der TV-Dokumentation zu Homosexualität und Literatur *Es ist ein großes Geschrei über Sodom* von Michael Gleich und Holger Preuße mit. 1984 debütiert er mit der Erzählung *Kuhauge* auch als literarischer Schriftsteller. Seine Arbeiten werden von der deutschen Kritik z.T. vernichtend besprochen, in Frankreich hingegen recht freundlich aufgenommen. Es folgen die autobiografisch gefärbten Romane *Der Wolkentrinker* (1987), *Die Abtreibung* (1991) und *Gestörte Balance* (1996.) Er wird u.a. mit dem Adolf-Grimme-Preis und dem Orden *Officier de l'ordre des arts et des lettres* ausgezeichnet. In seiner Autobiografie *Unruhestifter* (2003) lässt Raddatz selbstverliebt, bisweilen schonungslos gegenüber seinen Wegbegleitern wie Gräfin Maria Dönhoff, Rudolf Augstein und *Zeit*-Chefredakteur Theo Sommer sein Leben Revue passieren und prahlt u.a. mit einer Liebesnacht mit dem Tänzer ☞Rudolf Nurejew in dessen Luxussuite zwischen Orchideenkörben und Obstschalen.

- *„Lieber Fritz". Briefe an Fritz J. Raddatz 1959-1990*, 1991; *Männerängste in der Literatur. Frau oder Kunst*, 1993; *Süchtig nach Kunst. Bekenntnisse zur Figuration*, 1995; *Gestörte Balance*, 1996; *Lebenfresser*, 1996; *Taubenherz und Geierschnabel. Heinrich Heine*, 1997; *Ich habe dich anders gedacht*, 2001; *Gottfried Benn. Leben – niederer Wahn*, 2001

Radszuweit, Friedrich
deutscher Verleger und Schwulenaktivist
15.4.1876 Klein-Stobingen/Ostpreußen – 15.3.1932 Berlin

1901 macht sich Radszuweit in Berlin mit einem Betrieb für Damenkonfektion und einer Boutique selbständig. Er hat zwar schon Kontakt zur Schwulenbewegung, sein aktives Engagement beginnt jedoch erst mit dem Jahre 1919. 1922 wird er zum Vorsitzenden der Berliner Vereinigung der Freunde und Freundinnen gewählt, die der 1920 gegründeten Dachorganisation Deutscher Freundschafts-Verband angeschlossen war. Er benennt den Zusammenschluss im Mai 1922 um in Bund für Menschenrecht (BfM) und baut ihn zu einer homosexuellen Massenorganisation mit zeitweilig mehr als 48.000 Mitgliedern aus. Sein Führungsstil ist straff und duldet keinen Widerspruch. Seine Kritiker und Gegner finden sich vor allem innerhalb der Mitarbeiter der Verbandszeitschrift *Freundschaft*, so dass es ihm sehr gelegen kommt, als das Blatt durch die Folgen der Inflation eingestellt werden muss. 1923 gründet er die *Blätter für Menschenrechte*; die Anteilseigner des herausgebenden Orplid-Verlages sind Mitglieder, bald jedoch ist Radszuweit Alleininhaber. Bereits 1924 erweitert er sein Verlagsangebot: Es erscheint das Lesbenblatt *Die Freundin*, die literarisch orientierte Zeitschrift *Insel* und ab 1925 die Wochenschrift *Das Freundschaftsblatt* sowie *Das 3. Geschlecht*, das sich an den „ordentlichen Transvestiten" wendet. Nach seinem Tod übernimmt sein Lebensgefährte Martin Budsko-Radszuweit die Verlagsgeschäfte und auch einen Teil der politischen Verantwortung und Arbeit *im* Bund für Menschenrecht

---

Rainey, Gertrude „Ma" **(eigentlich Gertrude Pidgett)**
US-amerikanische Bluessängerin
26.4.1886 Columbus/Georgia – 22.12.1939 ebd.

Neben Bessie Smith gilt die Afroamerikanerin Gertrude „Ma" Rainey als eine der besten klassischen Bluessängerinnen der 20er Jahre. Da ihre Eltern ebenfalls im Showgeschäft arbeiten, tritt Rainey bereits mit 14 Jahren selbst als Sängerin und Tänzerin in Vaudeville-Theatern auf. 1904 heiratet sie zwar den Musiker William „Pa" Rainey, hat aber weiterhin Liebhaberinnen. Sie spricht sogar recht offen über ihre Vorlieben für Frauen und Männerkleidung. Mit dem Blues *Prove It On Me* macht sie dies sogar zum Thema eines Liedes. („Went out last night with a crowd of my friends/They must have been women, 'cause I don't like no men.") Die homosexuellen Affären ihres Gatten besingt sie in *Sissy Blues*. Gemeinsam reist das Paar mit verschiedenen Musikensembles quer durch den Süden Amerikas. Während einer Tour besucht sie in Chicago eine „unzüchtige" Frauenparty und wird dort verhaftet. Am nächsten Morgen erscheint Bessie Smith und erwirkt gegen Zahlung von 1000 Dollar Kaution ihre Freilassung. 1923 beginnt Rainey mit Plattenaufnahmen für Paramount Records. Zu diesem Zeitpunkt ist sie bereits 38 Jahre und kann auf fast 25 Jahre Bühnenerfahrung blicken, ihre Plattenkarriere sollte allerdings viel kürzer ausfallen. Nur fünf Jahre später, nach fast 100 Aufnahmen, unter denen sie Klassiker wie *C.C. Rider*, *Jelly Bean Blues* und *Ma Rainey's Black Bottom Blues* befinden, war ihre Plattenkarriere bereits wieder beendet. Als sich in den 30er Jahren der Blues stark verändert und Showtruppen in ausgefallenen Kostümen sowie Bluesfrauen nicht mehr gefragt sind, werden kaum noch Platten produziert und auch die Zahl der Auftritte lässt nach. Als clevere Geschäftsfrau hatte sie jedoch Rücklagen gebildet, von denen sie in ihrer Geburtsstadt Columbus zwei Theater kauft und betreibt. Posthum wird sie 1983 von der Blues Foundation Hall of Fame für ihr Lebenswerk geehrt und 1990 in die Rock and Roll Hall of Fame für ihren Einfluss auf den Blues aufgenommen. 1994 erscheint eine US-Briefmarke, die sie als „Mutter des Blues" ehrt.

- *Blame It on the Blues*, 1923

Rauschenberg, Robert **(eigentlich Milton Rauschenberg)**

US-amerikanischer Künstler
22.10.1925 Port Arthur/Texas

Ab 1942 Militärdienst bei der US-Marine, wo er als Techniker in neuropsychiatrischen Krankenhausabteilungen arbeitet. 1946-47 setzt er sein vor dem Krieg am Kansas City Art Institute begonnenes Kunststudium in Paris fort, 1948-50 wechselt er zum Black Mountain College in North Carolina. Rauschenberg ist einer der ersten US-amerikanischen Künstler, die sich mit der Minimal-Malerei beschäftigen. Lange Zeit arbeitet er mit dem schwulen Künstlerpaar John Cage (Komponist von Minimal-Musik) und Merce Cunningham (Choreograf) zusammen. Ihrem Beispiel folgend, integriert Rauschenberg Bestände der Außenwelt in seine Arbeiten und überlässt dem Zufall eine fundamentale Rolle im kreativen Prozess. Ab Mitte der 50er Jahre entstehen die ersten, innovativen „combine paintings": Assemblagen aus mit Farbe bespritzten Bildern, Fotografien und Kunstobjekten, in denen er sämtliche herkömmlichen Vorstellungen von der Natur der Kunst und ihrer Entstehung in Frage stellt. 1952 ist er mit John Cage am vermutlich ersten Happening der Kunstgeschichte beteiligt, später schreibt er auch Theaterstücke, in denen er selbst auftritt. Zwischen 1955 und 1965 ist er als Manager, Bühnenbildner und technischer Direktor für die Merce Cunningham Dance Company tätig. 1985 startet er das internationale Kulturaustauschprogramm *Rauschenberg Overseas Culture Interchange*, eine Welttournee seiner Arbeiten und solcher, die eigens für den jeweiligen Ausstellungsort geschaffen werden. Das Projekt ist dem Weltfrieden gewidmet und ist u.a. in Mexiko, Tibet, Malaysia und Kuba zu sehen. Endstation der Tournee ist eine große Retrospektive 1991 in der National Art Gallery in Washington. 1954 lernt Rauschenberg ☞Jasper Johns kennen, mit dem er eine sechsjährige Lebens- und Arbeitsgemeinschaft eingeht. Zusammen mit ihrem engen Freund ☞Andy Warhol gehören sie zu den wichtigsten Vertretern der Pop Art. „Es war eigentlich etwas ganz Neues in der Kunstszene, dass die zwei bekanntesten und talentiertesten Kerle eine Liebesbeziehung miteinander hatten", erklärt Rauschenberg Jahre später in einem Interview.

- *Robert Rauschenberg im Gespräch mit Barbara Rose*, 1989; Mary Lynn Kotz: *Rauschenberg. Art and Life*, 1990; *ROCI – Rauschenberg Overseas Culture Interchange*, 1991

Ravenhill, Mark
britischer Dramatiker
1966 Haywards Heath

Neben Enda Walsh, Martin Crimp und ☞Sarah Kane zählt Mark Ravenhill zu den wichtigsten Vertretern des englischen Gegenwartstheaters der späten 90er Jahre. Nach seinem Studium der Theaterwissenschaft an der Bristol University 1984-1987 ist Ravenhill zunächst als Chefdramaturg für die Paines Plough Theatre Company tätig, danach widmet er sich ganz dem Schreiben. 1996 wird er mit seinem ersten abendfüllenden Stück *Shopping and Fucking* über schwule Dealer und Stricher mit einem Schlag international bekannt. Die deutschsprachige Erstaufführung findet 1998 unter der Regie von Thomas Ostermeier am Deutschen Theater statt. Die Produktion wird zum Theatertreffen Berlin eingeladen und *Shoppen und Ficken* in der Kritikerumfrage von *Theater heute* zum besten ausländischen Stück des Jahres gewählt. Rüde, grotesk und tragisch geht es zu in dem Erstlingswerk. Witzig und lakonisch fängt er das Lebensgefühl der 90er ein und spiegelt „unsere rastlose, obszöne neue Welt der Spielhöllen, des manischen Konsums, der Drogen, Ex-und-hopp-Affären und Persönlichkeitsstörungen – ebenso wie die darunter verborgene Sehnsucht nach Zuneigung" (*The Times*) wider. Ähnlich provokant sind seine nachfolgenden Stücke wie seine Reminiszenz an ☞Oscar Wilde, *The Baby or The Importance of Being Someone* (1998) über Homosexualität und Tod sowie *Gestochen scharfe Polaroids* (1999) und *Faust Is Dead* (2002). Ein Kritiker bringt dieses Stück auf die Formel: „Post-Tarantino-Theater made in Great Britain: 80 Minuten, 1x Fellatio, 1x Ficken, 1x Mord, 1x Selbstmord, diverse Chöre und dazwischen Philosophie." Die Komödie *Mother Clap's Molly House* (2001) ist inspiriert von Rictor Nortons Buch *Mother Clap's Molly House: The Gay Subculture in England 1700-1830* (1992).

Rebroff, Ivan (eigentlich Hans-Rolf Rippert)
deutscher Sänger, Schauspieler und Moderator
31.7.1931 Berlin-Spandau

Studium und Gesangsausbildung an der Staatlichen Musikhochschule in Hamburg. Sein Künstlername Rebroff ist einem Sänger des Moskauer Bolschoi-Theaters entlehnt, der für ihn während dieser Zeit Vorbild ist. 1954 wird der Bass-Bariton mit 4 1/2 Oktaven Stimmumfang in den Chor der Schwarzmeer-Kosaken aufgenommen. 1959 gewinnt Rebroff den ersten Preis im Internationalen Musikwettbewerb in München und beginnt seine Karriere als Solist. 1960 wird er an die Oper in Gelsenkirchen engagiert, von 1963 bis 1969 an den Städtischen Bühnen in Frankfurt/Main. Anschließend ist er in Paris, wo er 1969 mit der Rolle des Milchmanns Tevje im Musical *Anatevka* den internationalen Durchbruch schafft. Knapp 1500mal spielt er diese Rolle allein im Pariser Olympia. Bis 1981 ist er fast tausendmal in dieser Rolle zu sehen. Populär wird er hingegen vor allem durch seine Interpretationen russischer Folklore. Insgesamt erhält er für seine Plattenaufnahmen mehr als 30 Goldene Schallplatten. In den 80er Jahren erhält Rebroff die griechische Staatsangehörigkeit. Wohnsitze hat er in Griechenland und auf Burg Weilstein im Taunus. 1986 erhält er für seine Verdienste um die Völkerverständigung das Bundesverdienstkreuz.

Redl, Alfred
österreichischer Militär
14.3.1864 Lemberg – 25.5.1913 Wien

Der Sohn aus einer kinderreichen und armen Eisenbahnerfamilie schafft es durch Fleiß und Intelligenz, in die Militärschule der österreichisch-ungarischen Armee aufgenommen zu werden. Seine Karriere verläuft steil nach oben: Er wird Major in Galizien, Oberstleutnant in Wien und wird schließlich beauftragt, den militärischen Abwehr- und Kundschafterdienst auszubauen. Redl jedoch ist selbst ab 1902 als Spion Russlands eingesetzt, um sein ursprünglich kärgliches Einkommen für seinen eher luxuriösen Lebenswandel aufzustocken. Außerdem benötigt er Geld, um die militärische Ausbildung des Leutnants Stefan Horninka zu finanzieren, in den er sich verliebt hat. Am 24. Mai 1913 wird Redl von seinen eigenen Kollegen bei der Spionageabwehr enttarnt, als er in einem Postamt zwei Umschläge mit Geldzahlungen der Russen abholen will. In seinem Hotelzimmer wird Redl zur Rede gestellt; man überlässt ihm eine Pistole, damit er standesgerecht Selbstmord begehen kann. Nach seinem Tod findet man in seinem Zimmer reichlich Indizien auch für das zweite Geheimnis seines Lebens neben der Doppelspionage: männliche Aktfotos und parfümierte Briefe von Männern. Redls Verrat wird als einer der Hauptgründe für Österreichs Niederlage im Ersten Weltkrieg eingeschätzt und wird in der Diskussion um die Gleichberechtigung Homosexueller immer wieder als Negativbeispiel zitiert. Selbst noch 1950 führt ein Untersuchungsbericht des US-Senats Redl als Beweis dafür an, dass Homosexuelle beim Militär ein Sicherheitsrisiko darstellten. Der Prager Journalist Egon Erwin Kisch verfasst 1924 ein Buch über Redl, *Der Fall des Generalstabs-Oberst Redl*, das bereits viermal als Vorlage für einen Film gedient hat, zuletzt für Istvan Szabòs *Oberst Redl* (1985) mit Klaus Maria Brandauer in der Titelrolle.

- Georg Markus: *Der Fall Redl*, 1986

Reed, Lou (eigentlich Louis Firbank Reed)
US-amerikanischer Rockmusiker
2.3.1942 New York City

Mit dreizehn Jahren ist ihm bewusst, dass er homosexuell ist. „Ich hasste es. Es war so belastend", sagt er 1979 in einem

Interview. Mit 17 wird Lou Reed von seinen Eltern zu Elektroschockbehandlungen geschickt, in der Hoffnung, damit ihren Sohn von seinen homosexuellen Neigungen zu befreien. Gelungen ist ihnen dies nur teilweise. Reeds sexuelle Identität ist zeitlebens sehr schwankend und wird in den 70er Jahren Teil seines Images. Als Protegé ☞Andy Warhols schafft der Songwriter es zum Star, mit der Band *Velvet Underground* und seinem Song *Walk on the Wild Side* zum Charterfolg. Reed besingt sadomasochistische Neigungen und Drogenexzesse, verehrt Transvestiten und Transsexuelle, hat unterschiedliche Männerbeziehungen und feiert ausschweifende, von der Klatschpresse lüstern dokumentierte Sexorgien. Aus einem exklusiven schwulen Bordell in New York wird er hinauskomplimentiert, weil seine extravaganten Wünsche angeblich die Möglichkeiten sprengen. In verschiedenen S/M-Clubs hat er Hausverbot, weil er die Rechnungen nicht zahlt. Gleichwohl versucht er sich nach seiner Heirat mit Sylvia Morales 1980 mit eher mäßigem Erfolg auch als bürgerlicher Ehemann. Den Tod zweier enger Freunde verarbeitet er auf dem Konzeptalbum *Magic and Loss* (1992), auf *Songs for Drella* (1989) nimmt er musikalisch Abschied von seinem wichtigen Lebensbegleiter Andy Warhol. Gemeinsam mit ☞Robert Wilson schreibt er für das Thalia Theater in Hamburg die Rockopern *Time Rocker* (1998) und *POEtry* (2000).

- CDs (Auswahl): *Transformer*, 1972; *Berlin*, 1973; *Walk on the Wild Side*, 1977; *Rock'n Roll Diary*, 1980; *Set The Twilight Reeling*, 1996; *Perfect Night*, 1998; *Ecstasy*, 2000
- *Pass thru Fire. The Collected Lyrics*, 2000, *The Raven*, 2003; *Animal Serenade*, 2004
- Victor Bockris: *Lou Reed. Walk on the Wild Side. Ein sado-masochistisches Leben*, 1995

Reimann, Aribert

deutscher Komponist und Pianist
4.3.1936 Berlin

Reimann wächst in einer musikalischen Familie auf: Der Vater ist Organist und Chorleiter, die Mutter Konzert- und Oratoriensängerin und Professorin an der Berliner Hochschule für Musik. Dort studiert 1955-59 auch Reimann, u.a. bei Boris Blacher und Otto Rausch. Reimann beginnt seine Karriere als Pianist vor allem als Begleiter u.a. von Elisabeth Grümmer und Dietrich Fischer-Dieskau. Das kompositorische Frühwerk besteht vor allem aus lyrisch verhaltenen Vokal- und Kammermusiken in Nachfolge des späten Webern. Ab den 60er Jahren beschäftigt sich Reimann zunehmend mit Oper und erreicht mit diesen Arbeiten internationale Anerkennung. Neben ☞Hans Werner Henze ist er der meistgespielte international renommierte zeitgenössische deutsche Komponist. Zu seinen wichtigsten Bühnenwerken, die meist literarische Werke zur Vorlage haben, gehören *Ein Traumspiel* (1965), *Lear* (1978), *Gespenstersonate* (1984), *Das Schloß* (1992) und *Bernarda Albas Haus* (2000). Bis 1982 ist er Professor für Interpretation moderner Musik an der Musikhochschule Hamburg, seither lehrt er an der Hochschule der Künste in Berlin. Zu seinen Auszeichnungen gehören der Musikpreis der Stiftung Prince Pierre von Monaco (1986), Bachpreis Hamburg (1987), der Frankfurter Musikpreis (1991) und der Berliner Kunstpreis (2002). 1995 wird ihm das Große Verdienstkreuz mit Stern der Bundesrepublik Deutschland verliehen.

Reinhardt, Ernie

deutscher Schauspieler
22.9.1955 Celle

Aufgewachsen in der Lüneburger Heide. Sein in Hamburg begonnenes Studium des Bibliothekswesens bricht er ab. Ab 1980 ist Reinhardt als Schauspieler in freien (schwulen) Theatergruppen aktiv, so bei den *Spalding-Sisters* (mit Gunter Schmidt), *Transitiv* (mit Claus Plänkers und Rita Bastardo) sowie dem *Hamburger Tuntenchor*. 1982 kommt Reinhardt zur kabarettistischen Theatergruppe *Familie Schmidt – aufrecht, deutsch, homosexuell* von ☞Corny Littmann und Gunter Schmidt, die damit (in Nachfolge der Truppe *Brühwarm*) völliges Neuland in Deutschland mit dieser Art von selbstbewusst schwulem und politisch engagiertem Theater betreten und nachhaltigen Eindruck und Einfluss auf die Schwulenszene wie auf die langsam entstehende schwule Kultur der 80er Jahre ausüben. Nach dem Ausscheiden von Gunter Schmidt entstehen insgesamt sechs weitere Theaterstücke mit wechselnden Partnern (u.a. ☞Georgette Dee und ☞Terry Truck), die in ausführlichen Tourneen gezeigt werden. *Familie Schmidt* wird auch Namensgeber des Schmidt-Theaters, das ein Signal zur kulturellen Neubelebung der Hamburger Reeperbahn setzt. Reinhardt ist bis 1995 Mitinhaber und Mitbetreiber des Theaters, zu dem später auch das benachbarte Schmidts Tivoli hinzukommt. Zu den ersten legendären Eigenproduktionen gehört auch die *Schmidt Mitternachtsshow*, die für das NDR-Fernsehen live produziert wird und wegen des offenherzigen Umgangs mit der Homosexualität für Aufsehen, aber auch Skandal sorgt. Dort fungiert Ernie Reinhardt in der Rolle der Kunstfigur Lilo Wanders als Co-Moderator und erlangt bundesweite Popularität. Den ersten Auftritt als Wanders hat Reinhardt jedoch bereits im „Volksstück mit Musik" *Blaue Jungs* (1989/90). Von Juni 1994 bis Dezember 2004 moderiert Reinhardt/Wanders das Sexualitätsmagazin *Wa(h)re Liebe* des privaten TV-Senders VOX sowie auch verschiedene Varieté-Programme und Benefizveranstaltungen zugunsten von Aids-Projekten und im Rahmen schwuler Veranstaltungen. Zudem veröffentlicht Lilo Wanders ihre Autobiografie (*Tja, meine Lieben*, 1996) und zwei Singles (*Gern hätt ich den Mann geküßt*, 1996; *1000 nackte Männer*, 2000) und ist einzige Darstellerin des Kurzfilms *Angesichts ihrer fatalen Veranlagung scheidet Lilo Wanders freiwillig aus dem Leben* (1994, Regie Jörg Fockele). Weitere Filmrollen: in *Die Ratte* (1992, Regie Klaus Lemke), *This is always* (Anfang der 80er, Regie Robert Berghoff), *Alice und der Colifragor* (1995, Regie Jörg Fockele) sowie eine Gastrolle als Königin Silvia in der TV-Serie *Großstadtrevier* (1994). 1990 musikalisches Kabarettsolo mit *Ausziehn! Ausziehn!* (als CD 1991), *Lands End* (1994, als CD 1995). 1995 folgt das Musikprogramm *Wahre Lügen*. Verschiedene Rollen in Produktionen von Schmidts Tivoli, u.a. in Terry Trucks Vampirmusical *Beiß mich!* und als Fräulein Schneider in *Cabaret*. Ernie Reinhardt lebt mit Frau und Mann und drei Kindern in Hamburg.

- „Briefe aus Deauville an den Verleger" in: *Ein Ort, Überall. 18 Erfindungen von Heimat*, 1994

Reinig, Christa
deutsche Schriftstellerin
6.8.1926 Berlin

Die Arbeitertochter macht während des Krieges eine Blumenbinderlehre und ist danach als Bauarbeiterin tätig, um in den Besitz der Lebensmittelkarte für Schwerarbeiter zu kommen. 1953 holt sie ihr Abitur auf der Arbeiter- und Bauernfakultät nach, studiert dann Kunstgeschichte und Archäologie und wird 1958 wissenschaftliche Museumsassistentin. Ihre ersten Gedichte werden bereits 1948 in der satirischen DDR-Zeitschrift *Eulenspiegel* veröffentlicht. Später publiziert Reinig ausschließlich im Westen, 1960 erscheint dort ihr erster Gedichtband *Die Steine von Finisterre*, drei Jahre später erhält sie den Bremer Literaturpreis. Nach der Verleihung kehrt die unbequeme Lyrikerin nicht nach Ostberlin zurück und lebt seither zurückgezogen in München. Mit der radikalen Eindeutigkeit in *Entmannung* (1976), ihrem zweiten Roman, in dem Reinig die Frauen auffordert, die Axt zu gebrauchen und den Mann zu töten, beginnt ihr literarischer Einstieg in den bundesrepublikanischen Feminismus. Seither befassen sich alle ihre Werke mit der kritischen Sicht auf die Stellung der Frau (und Lesbe) am Rande der männlichen Welt. Sie veröffentlicht außerdem Hörspiele (u.a. *Tenakeh*, 1965; *Das Aquarium*, 1967) und das Kinderbuch *Hantipanti* (1972). Ihr Gedichtband *Müßiggang ist aller Liebe Anfang* (1979) ist eine Liebeserklärung an ihre Lebensgefährtin, der sie über genau ein Jahr hinweg jeden Tag einen Vierzeiler widmet.

- *Prüfung des Lächelns*, 1980; *Der Wolf und die Witwen*, 1980; *Nobody und andere Geschichten*, 1989; *Simsalabim*, 1999

Reiser, Rio (eigentlich Ralph Christian Möbius)

deutscher Rockmusiker
9.1.1950 Berlin – 20.8.1996 Fresenhagen/Nordfriesland

Angeblich wird Rio als Baby von russischen Soldaten in einem Bombentrichter gefunden und in ein Waisenhaus gebracht. 1957 wird er vom Berliner Ehepaar Braun-Möbius adoptiert und Ralph Christian Möbius genannt. 1966 schmeißt Reiser für seine gemeinsam mit seinen beiden Brüdern gegründete Band *Die Galaxis* seine Fotografenlehre hin. Eine gemeinsam erarbeitete Rockoper, die am Berliner Theater des Westens mit großem Aufwand uraufgeführt wird, verspricht den großen Durchbruch. Das Projekt aber stürzt kläglich ab. Immerhin sind zur Premiere Ringo Starr, Charlie Watts, Ray Davies und Pete Townsend erschienen. Legendär jedoch wird Reiser mit seiner Anarcho-Rockband *Ton Steine Scherben*, die aus seinem *Hoffmann's Comic Theater* hervorgegangen ist. 1970 erscheint die erste Single *Macht kaputt, was euch kaputt macht*, ein Credo und bald schon Slogan für die Hausbesetzer- und Alternativszene in Deutschland. 1985 löst sich die Band auf, und Reiser beginnt eine Solokarriere. Mit dem selbstironischen Lied *König von Deutschland* gelingt ihm ein überraschenderweise chartstauglicher Schlager – später schreibt er einige Liedtexte für Marianne Rosenberg und wird dafür mit dem Ralph-Benatzky-Preis ausgezeichnet –, der ihm plötzlich die Einladung zur ZDF-Hitparade und Interviews mit Frauenmagazinen und Boulevardzeitungen einbringt. Dort jedoch will man von seiner selbstbewusst gelebten und vorgetragenen Homosexualität nichts wissen und druckt solche Interviewpassagen nicht – vermeintlich, um ihn zu schützen. Seine längste Beziehung hat Reiser mit dem heutigen Südostasienwissenschaftler Misha Schöneberg, der 1981 zur Band stößt und bis 1990 Reisers

Partner ist. Für die erste deutsche Schwulentheatertruppe *Brühwarm* um ☞Ernie Reinhardt und ☞Corny Littmann schreibt Reiser bereits in den 70er Jahren die Songs. Seinen Künstlernamen hatte Reiser nach Karl Philipp Moritz' psychologischem Roman *Anton Reiser* gewählt. Der politisch engagierte Reiser unterstützt zunächst die Grünen und wechselt dann zur PDS, zahlt aber nie seine Mitgliedsbeiträge. Er stirbt in dem gemeinsam mit seinen Musikern bewohnten Haus im friesischen Niebüll-Fresenhagen an inneren Blutungen.

- Soloalben (Auswahl): ***, 1990; *Rio I*, 1996; *Am Piano I*, 1998; *Am Piano II*, 1999; *Live in Berlin (DDR)*, 1988 [1999]
- mit Hannes Eyber: *König von Deutschland. Von Ton Steine Scherben in die Hitparaden, Autobiographie*, 1994

Renault, Mary (eigentlich Eileen Mary Challans)

britische Schriftstellerin
4.9.1905 London – 13.12.1983 Kapstadt

Die ausgebildete Krankenschwester beginnt während des Zweiten Weltkrieges zu schreiben, zunächst in der Hauptsache heterosexuelle Liebesschmonzetten. In den 50er Jahren wendet sie sich der Entwicklung homosexueller Thematiken und Charaktere zu. *The Charioteer* (1959) erzählt vom Coming-out eines jungen Soldaten während des Krieges. Renault braucht sechs Jahre, um einen Verleger für das waghalsige Werk zu finden; fortan verlegt sie ihre Romanhandlungen ins alte Griechenland, um homosexuelle Beziehungen auch für Verleger und Leserschaft akzeptabel erscheinen zu lassen. Mit *The Persian Boy* (1974, dt. *Ein Weltreich zu erobern: der Roman Alexanders des Großen*) etabliert sich Renault schließlich als eine der bekanntesten Autorinnen historischer Romane. Renault, in deren Arbeiten zwar viele schwule, aber kaum lesbische Charaktere auftauchen, lebt mehr als fünfzig Jahre mit ihrer Geliebten Julie Mullard zusammen.

- Peter Wolfe: *Mary Renault*, 1969; Bernard Dick: *The Hellenism of Mary Renault*, 1972

Renn, Ludwig
(eigentlich Arnold Friedrich Vieth von Golßenau)
deutscher Schriftsteller
22.4.1889 Dresden – 21.7.1979 Berlin

Der letzte Spross eines alten sächsischen Adelsgeschlechts beginnt nach dem Abitur 1911 eine Offizierslaufbahn. Zu Beginn des Ersten Weltkriegs ist er Regimentsadjutant. 1920 scheidet er als Hauptmann aus der Truppe aus und studiert in Göttingen und München Jura, Wirtschaftswissenschaft und Russisch. 1928 veröffentlicht er mit *Krieg*, eine Art Fronttagebuch aus dem Ersten Weltkrieg, sein erstes Buch, das ihn sogleich weit über Deutschland hinaus bekannt macht und neben Erich Maria Remarques *Im Westen nichts Neues* als einer der großen Antikriegsromane des 20. Jhs. gilt. Renn wird Mitglied der Kommunistischen Partei und ist bis 1932 Sekretär des Bundes proletarisch-revolutionärer Schriftsteller sowie Herausgeber der Zeitschrift *Linkskurve*. 1932 reist er durch die Sowjetunion; seine Erfahrungen veröffentlicht er unter dem Titel *Russlandfahrten*, was ihm zwei Monate Untersuchungshaft wegen „literarischen Hochverrats" einbringt. In der Nacht des Reichstagsbrandes wird er, wie viele andere Kommunisten, auch erneut festgenommen und diesmal für mehr als zwei Jahre wegen „Vorbereitung zum Hochverrat" inhaftiert. Nach seiner Entlassung 1936 flieht er in die Schweiz. Hier entsteht der Roman *Vor großen Wandlungen*, der eng an das eigene Leben angelehnt ist. Renn porträtiert sich in der Figur des homosexuellen Hadrian von Herb, den er dem ebenfalls homosexuellen SA-Führer ☞Ernst Röhm gegenüberstellt. Renn schließt sich der 11. Internationalen Brigade im Spanischen Bürgerkrieg an, wird 1939 kurzzeitig in Frankreich interniert und emigriert nach Mexiko. An der Universität von Morelia übernimmt er eine Professur für europäische Geschichte und Sprachen. 1941 gründet er die Bewegung Freies Deutschland, in der sich in Lateinamerika lebende, antinazistische deutsche Emigranten organisieren. Im mexikanischen Exil entsteht *Adel im Untergang*, das erste Buch seiner unmittelbar autobiografischen Werke, die 1980 mit *Anstöße in meinem Leben* enden. 1947 Rückkehr nach Europa. Renn lässt sich in der DDR nieder und wird SED-Mitglied. Sein Geliebter darf nicht mit einreisen. Aufgrund seiner kritischen Haltung und wohl auch wegen seiner Homosexualität wird Renn ins kulturpolitische Abseits gestellt: Er wird Professor für Anthropologie und Direktor des Kulturwissenschaftlichen Institutes der Technischen Hochschule Dresden. Selbstbewusst zeigt sich Renn bei den wenigen offiziellen Anlässen, zu denen er geladen wird, wie etwa ein Empfang des Politbüros, zusammen mit seinem neuen Lebensgefährten. Von 1969 bis 1975 ist der zweimalige DDR-Nationalpreisträger Ehrenpräsident der ostdeutschen Akademie der Künste. Den letzten Lebensabschnitt verbringt er resigniert und zurückgezogen und tritt lediglich noch als Autor von harmlosen Jungenromanen wie *Trini* (1954) und *Herniu und Arnim* (1958) in Erscheinung.

Reve, Gerard (eigentlich Gerard Kornelis van het Reve)
niederländischer Schriftsteller
14.12.1923 Amsterdam

Ursprünglich will Reve Grafiker werden und kommt über den Journalismus zur Literatur. In seinen ersten Veröffentlichungen gestaltet er novellistisch Probleme von Heranwachsenden (u.a. *De Avende*, 1947, dt. *Die Abende*, 1986). Als provozierend und entsprechend aufsehenerregend angesehen werden seine

Romane *Op weg naar het einde* (1963), in dem er sich zu seiner Homosexualität bekennt, und *Nader tot U* (1965, dt. *Näher zu dir*, 1970), in dem er sein erotisches Verhältnis zu Gott formuliert. Gott in Gestalt eines Esels lässt die Bücher des Ich-Erzählers hochloben und bietet sich zum Geschlechtsverkehr an. Der Prozess wegen Gotteslästerung zieht sich vom Erscheinen 1966 bis 1968 hin und endet mit einem Freispruch. Reve, geschickter Selbstdarsteller und Medienvirtuose, nutzt den Wirbel und festigt seinen Rang als einer der bedeutendsten wie bekanntesten niederländischen Gegenwartsautoren und Klassiker zu Lebzeiten. 1974 produziert er gar fürs niederländische Fernsehen die *Große Gerard Reve Show*. Auch in den kommenden Jahren bleibt Reve seiner Rolle als Skandaleur treu; homosexuelle Themen finden sich immer wieder in seinen Romanen. Bereits in den 60er Jahren hatte er in einer öffentlichen Zeremonie seinen Lebensgefährten „geheiratet". Gleichzeitig aber entzieht sich Reve einer Vereinnahmung durch die Schwulenbewegung. Emanzipationsgedanken sind mit seinem Werk und seinem öffentlichen Auftreten nicht verbunden. Eine Einladung etwa zu einem Kongress homosexueller Autoren in Rotterdam 1988 lehnt er entsprechend harsch ab. Zu seinen bekanntesten und erfolgreichsten Romanen gehört *De vierde Man* (1981, dt. *Der vierte Mann*, 1993), ein mit magischen Einsprengseln versehener Krimi, den Paul Verhoeven 1983 verfilmt.

- *De ondergang van de familie Boslowits*, 1950; *Vier pleidooien*, 1971; *De taal der liefde*, 1972; *Lieve jongens*, 1973

Rexhausen, Felix

deutscher Schriftsteller und Satiriker
31.12.1932 Köln – 6.2.1992 Hamburg

Aufgewachsen in Leipzig und Hamburg, Studium der Wirtschafts- und Sozialwissenschaften, Promotion 1959. Ab 1961 arbeitet er als Journalist, anfangs als Redakteur beim Westdeutschen Rundfunk, später beim Kölner Stadtanzeiger und beim Spiegel. 1966 erscheint sein satirischer Roman *Das Lavendelschwert – Dokumente einer homosexuellen Revolution* über einen Aufstand von 20.000 Schwulen gegen die homophobe CDU/CSU-Regierung in Bonn. Die schwulen Buchläden in Edinburgh und Köln benennen sich nach diesem Romantitel. 1968 gibt er seine Festanstellung auf und arbeitet seitdem als „Selbstständiger Gewerbetreibender (Textherstellung)", also freier Schriftsteller. Unter dem Pseudonym Stefan David kommt 1969 in dem für die Veröffentlichung von pornografischer bzw. der Pornografie verdächtigter Literatur berühmt-berüchtigten Verlag Olympia Press sein Roman *Berührungen* heraus. Diese autobiografischen Skizzen befriedigen allerdings weniger die Erwartungen an Ein-Hand-Literatur, sondern liefern ein Panorama schwulen Lebens und den Aufbruch in die neue (sexuelle) Freiheit dieser Zeit. Seine Satiren über Deutschland, die Deutschen und ihre Sexualität veröffentlicht er weit gestreut in Zeitungen und Zeitschriften bzw. in Buchform (u.a. *Mit deutscher Tinte. Briefe und Ansprachen für alle Wechselfälle des Lebens*,1965; *Die Sache. 21 Variationen*, 1968). Gleichzeitig schreibt er für schwule Publikationen (insbesondere die Zeitschrift *Du & Ich*) Glossen und Kommentare. Für die Anthologie *Vorletzte Worte* mit eigenen Nachrufen deutscher Autoren verfasst er 1970 den Nekrolog „Auf seinem Leichenstein wünschte er unter dem Namen die Feststellung: ‚So viele Träume'. Er galt als Satiriker. Er ist tot." Der Bundesverband lesbischer und schwuler Journalisten bennent seinen jährlich vergebenen Journalistenpreis nach Rexhausen.

- *Gedichte an Büllbül*, 1968; *so und so. 30 x 30 Geschichten*, 1976; *Die Lavendeltreppe. Verschwiegene Lyrik der Völker*, 1979; *Die Märchenklappe. Allerlei Zwischenmännlichkeiten*, 1982; *Der heutige Homosexuelle und Weihnachten. Großer Umfragebogen*, 1987; *Die deutsche Weihnacht*, 1989

Rhein, Eduard

deutscher Journalist, Schriftsteller, Erfinder und Ingenieur
23.8.1900 Königswinter/Rhein – 15.4.1993 Cannes

Rhein gilt nicht nur als eine der wichtigsten Persönlichkeiten der bundesdeutschen Presselandschaft der 50er Jahre, sondern – betrachtet man allein die Verkaufszahlen – zu den erfolgreichsten Schriftstellern dieses Jahrzehnts. Die Gesamtauflage seiner Bücher beträgt mehr als 50 Millionen Exemplare. Zudem hat er mit seinen Erfindungen im Bereich der Unterhaltungselektronik entscheidende Weichen gestellt. Der Diplom-Physiker Rhein arbeitet zunächst zwei Jahre bei der AEG in Berlin, später als Referent beim Zentralverband der Deutschen Elektroindustrie. Bereits in den 20er Jahren veröffentlicht er seine ersten Romane, wie den Krimi *Das mechanische Gehirn* (1928). Ab 1929 ist er Redakteur beim Ullstein-Verlag, wo er mit seinen populärwissenschaftlichen Büchern wie *Du und die Elektrizität* Auflagen von über 600.000 Exemplaren erzielt. Parallel widmet sich Rhein jedoch weiteren technischen und wissenschaftlichen Forschungen. Er erfindet u.a. einen Schnell-Einschalter für Radios, der später auch bei Fernsehgeräten verwendet wird, baut während des Zweiten Weltkrieges das Radargerät FK 1 und schreibt zwischenzeitlich das Libretto für die Künneke-Operette *Traumland*. 1946 geht er zum Verlag Axel C. Springer, der ihn beauftragt, eine Fernsehprogrammzeitschrift zu konzipieren: Rhein entwickelt die *Hör zu*, die mit einer Spitzenauflage von 4,5 Millionen Exemplaren 1965 die größte Zeitschrift dieser Art in Europa ist. Weil ihm das nicht genug ist, schreibt er unter Pseudonymen wie Hans-Ulrich Horster, Klaus Hellmer und Adrian Hülsen auch die in *Hör zu* abgedruckten Fortsetzungsromane mit Titeln wie *Suchkind 312* (1955), *Ein Student ging vorbei* (1959) und *Ehe-Institut Aurora* (1961), die z.T. verfilmt werden. Er kreiert das *Hör zu*-Maskottchen Mecki und schreibt die entsprechenden Kinderbücher dazu, insgesamt 14 Stück. Seine eigenen homosexuellen Vorlieben finden hingegen Eingang in seine „Novellen aus der Welt der anderen", schwule Kitschromanzen wie *Romeo und Julius* und *Verdammt nochmal, ich liebe dich*, die er unter dem Namen Claude Borell veröffentlicht. 1965 wird er von Axel Springer „zwangspensioniert", wahrscheinlich, vermutet Rhein, weil er sich innerhalb des Verlagshauses eine zu große Macht erarbeitet hatte. Er verliert allerdings seine wissenschaftlich-technischen Interessen nicht aus den Augen. Zu seinen Erfindungen gehören u.a. das Füllschriftverfahren, die enge Rillenpressung bei Schallplatten, die den Durchbruch zur Langspielplatte ermöglicht. Außerdem setzt sich Rhein – gegen den Widerstand der Rundfunkanstalten – für den Ausbau der UKW-Programme und den Stereoempfang und gegen die „Schleichwerbung" ein. Diese Wortschöpfung stammt von Rhein selbst. 1977 ruft er eine mit 10 Millionen DM Grundkapital ausgestattete Eduard-Rhein-Stiftung ins Leben, die u.a. den wissenschaftlichen Nachwuchs fördern und Verdienste um den Aufbau von Rundfunk und Fernsehen honorieren soll. 1986 erhält Rhein das Große Bundesverdienstkreuz mit Stern; für seine Verdienste um die Berliner Funkausstellung wird er 1986 zum Professor e.h. ernannt.

● *Der Mann des Jahrhunderts*, 1991

Rich, Adrienne
US-amerikanische Lyrikerin
16.5.1929 Baltimore/Maryland

In den vierzig Jahren ihrer literarischen Karriere wandelt Rich sich von der folgsamen Dichterin in der Tradition ☞W. H. Audens zu einer radikalfeministischen, lesbischen Poetin. Bereits mit ihrem ersten Gedichtband *A Change of the World* (1951) hatte Rich den Yale Younger Poets Prize gewonnen, in der Folge wendet sie sich zunehmend modernen, revolutionären Inhalten und experimentellen Formen zu, in denen sie eine ungewöhnlich kraftvolle weibliche Sicht auf Konventionen und Regeln transportiert. Rich, die aus einer frühen Ehe drei Kinder hat und seit Jahren mit der Schriftstellerin Michelle Cliff zusammenlebt, befasst sich ab 1976 vermehrt mit feministischer Theorie und trägt mit ihren eigenen Essays stark zur Entwicklung neuer Ansätze bei. In ihrem Essay *Compulsory Heterosexuality and Lesbian Existence* (1981, dt. *Zwangsheterosexualität und lesbische Existenz*) prägt sie einen Begriff für die Allmacht heterosexueller Normen in der modernen Gesellschaft.

● *The Dream of a Common Language*, 1978 (dt. *Der Traum einer gemeinsamen Sprache*)

Richardson, Tony
britischer Film- und Theaterregisseur
5.6.1928 Shipley/Yorkshire – 14.11.1991 Los Angeles

Bereits als Student in Oxford macht Tony Richardson als Bühnenregisseur Furore und wagt sich gleich an große Stoffe wie *Peer Gynt* und *Romeo und Julia*. Mit 28 Jahren inszeniert er die Uraufführung von John Osbornes *Blick zurück im Zorn* am Londoner Royal Court Theatre, ein Stück, das wie der Regisseur und seine gleichgesinnten Künstlerkollegen zornig gegen das Establishment revoltiert. Richardson gehört neben John Schlesinger zu den prominenten Regisseuren der englischen Free-Cinema-Bewegung. Mit der Verfilmung von *Blick zurück im Zorn* (1959) und *Die Einsamkeit des Langstreckenläufers* (1962) hebt sich Richardson von den sonstigen eher brav geratenen britischen Filmen dieser Zeit ab. „Kitchen Sink Dramas" (Spülsteinfilme) nennt man abschätzig diese realistischen Alltagsgeschichten über brave Bürger ohne Chancen, Arbeitslose und Schwule wie in *A Taste of Honey* (1961, dt. *Bitterer Honig*). Internationalen Erfolg bringt Schlesinger die John-Fielding-Verfilmung *Tom Jones* (1962) und *Der Angriff der leichten Brigade* (1968) mit seiner damaligen Ehefrau Vanessa Redgrave, deren Vater Sir Michael Redgrave wie Richardson ebenfalls bisexuell ist. Aus der Ehe gehen zwei Kinder hervor. Joely und Natasha Richardson. Beide Töchter werden Schauspielerinnen. *Tom Jones* verschafft Richardson erste Regieaufträge in Hollywood, u.a. *Tod in Hollywood* (1965). Er lässt sich in Los Angeles nieder, zu seinem dortigen schwulen Freundeskreis gehören die britischen Exilanten ☞Christopher Isherwood und ☞David Hockney. In Frankreich dreht er *Mademoiselle* (1965) nach einem Drehbuch von ☞Jean Genet. Bei den Dreharbeiten zu *Grenzpatrouille* (1980) war Richardson bereits von seiner Aids-Erkrankung gezeichnet. Die Premiere seines letzten Filmes *Operation Blue Sky* (1990) erlebt er nicht mehr. Seine Tochter Natasha veröffentlicht 1993 die erst nach dem Tode des Vaters aufgefundenen biografischen Aufzeichnungen *The Long Distance Runner: A Memoir*.

● weitere Filme (Auswahl): *Kelly, der Bandit*, 1969; *Empfindliches Gleichgewicht*, 1973; *Eine todsichere Sache*, 1974; *Hotel New Hampshire*, 1984; *Penalty Phase – Tage der Entscheidung*, 1986; *Das Phantom der Oper*, 1990

● Don Radovich: *Tony Richardson: A Bio-Bibliography*, 1995; James M. Welsh/John C. Tibbetts (ed.): *The Cinema of Tony Richardson: Essays and Interviews*, 1999

Richter, Sviatoslav Teofilovich
ukrainischer Pianist
20.3.1915 Zhitomir/Ukraine – 1.9.1997 Moskau

Richters Vater, ein Komponist und Organist aus deutsch-slawischer Familie, hatte es nach Schitomir und Odessa in der Ukraine verschlagen. Früh kommt der junge Richter dadurch mit der Welt der Oper und der Konzertsaalklassik in Kontakt. Nach den Anfängen in der Provinz landet Richter als 22-Jähriger in Moskau und schafft mühelos die Aufnahme in die Klasse von Heinrich Neuhaus am Moskauer Konservatorium. Gemeinsam mit Kollegen wie Emil Gilels wird er in die Feinheiten der interpretatorischen Praxis eingeführt. Er befreundet sich mit Mstislaw Rostropowitsch und Sergej Prokowjew, dessen 6. Sonate er 1942 zur Uraufführung bringt. Schnell zum Star der sowjetischen Konzerthallen avanciert, gestattet ihm jedoch die Kulturpolitik des Kalten Krieges nicht, aus der UdSSR auszureisen, insbesondere da sich Richters Mutter nach dem Zweiten Weltkrieg nach Deutschland abgesetzt hatte. Dem Westen ist Sviatoslav Richter lange Zeit nur als Gerücht bekannt: als ein phänomenaler Pianist mit unbeirrbarem Formbewusstsein, fulminanter Technik und ausgewogenem Ton. Nach und nach gelingen Aufnahmen über den eisernen Vorhang und bereits seine frühen Veröffentlichungen werden zu Referenzaufnahmen. Erst 1960 kann er eine erste Tournee durch Skandinavien und die USA antreten und seine Erfolge international ausbauen. Das Leben unter dem Sowjetregime hat für Richter nachhaltige psychische Folgen. Die Angst, wegen seiner Homosexualität verurteilt werden zu können, verursacht ihm lebenslang heftige Depressionen. Bisweilen rührt er monatelang das Klavier nicht an und ist selbstmordgefährdet. Ein erfülltes schwules Leben gelingt ihm trotz äußerst diskret gehaltener kurzer Liebesaffären auch im Westen nicht. Er entscheidet sich vielmehr für ein gemeinsames Leben mit der zehn Jahre älteren Sopranistin Nina Dorliak, die ihm eine mütterliche Freundin ist und eine lebensnotwendige heterosexuelle Fassade ermöglicht.

- Walentina Tschemberdschi: *Sviatoslav Richter. Eine Reise durch Sibirien*, 1992; John Hunt: *Sviatoslav Richter: Pianist of the Century*, 1999

Ridley, Philip
britischer Schriftsteller
29.12.1964 London

Der in London lebende Maler und Schriftsteller hatte bereits mehrere Kinderbücher (wie *Krindlekrax*, 1991) und Kurzgeschichten (*Flamingoes in Orbit*, 1990) und seinen Roman *In the Eyes of Mr. Fury* (1989, dt. *Wer hat Angst vorm schwarzen Mann*, 1991) veröffentlicht, als er mit seinem ersten Drama *Der Disney-Killer* (Uraufführung 1991 in London) durchschlagenden Erfolg erzielt. 1992 folgt *Die schnellste Uhr im Universum* über einen schwulen Narziss, der zum wiederholten Male seinen 19. Geburtstag feiert. Nach einigen Kurzfilmen (*Visiting Break*, 1987; *The Universe of Dernot Finn*, 1989) und dem Drehbuch zu *Die Krays* (1990) macht Ridley 1991 seinen ersten abendfüllenden Spielfilm *Reflecting Skin* (dt. *Der Schrei in der Stille*). Auch hier bleibt er innerhalb seines Kosmos': eindrucksvolle, poetische, aber auch abstruse und apokalyptische Bilder, die bisweilen ins Surreale reichen, unbewältigte Kindheitstraumata und latente bis ausgelebte Homosexualität. Sein zweiter Film *The Passion of Darkly Noon* (1996) wird zu einem künstlerischen wie finanziellen Misserfolg.

Ripploh, Frank
deutscher Filmemacher und Schauspieler
2.9.1949 Rheine – 24.6.2002

Als Frank Ripploh 1980 mit einem kleinen Budget seinen ersten Spielfilm *Taxi zum Klo* realisiert, ahnt keiner, welche Wellen diese unverfroren schwule, schmuddelige, von lockerer Hand inszenierte Komödie auslösen würde. *Taxi zum Klo* wird ein Meilenstein des deutschen Schwulenfilms, als bester Erstlingsfilm

beim Filmfest in Saarbrücken mit dem Max-Ophüls-Preis ausgezeichnet und vor allem in den USA mit über vier Millionen Zuschauern ein überraschender Erfolg. Aus dem West-Berliner Deutschlehrer Ripploh war über Nacht ein respektabler Filmemacher und Schauspieler mit internationalem Ruf geworden. Ripploh hatte sich 1978 im Rahmen der Titelgeschichte „Ich bin schwul" im Magazin *Stern* zusammen mit 681 anderen zu seiner Homosexualität bekannt, damit ein Disziplinarverfahren gegen ihn ausgelöst und seine Verbeamtung als Lehrer gefährdet. Nach diesem spektakulären Coming-out wechselt er zwangsweise den Beruf und schreibt das Drehbuch zu *Taxi zum Klo* und erzählt in einer ironisch-satirischen Szenenfolge aus dem schwulen Großstadtalltag die Geschichte des Berliner Lehrers Frank (Frank Ripploh) und dessen Beziehung zu Bernd (Bernd Broderup). Seine ersten Leinwandauftritte hat Ripploh 1974 als Äbtissin in ☞Rosa von Praunheims *Axel von Auersperg* und als „griechische Gott-Tunte" in Tabea Blumenscheins und ☞Ulrike Ottingers *Die Betörung der blauen Matrosen* (1975). Beide Male firmiert er unter seinem Tuntennamen Peggy von Schnottgenberg. Seine Spielfilme nach *Taxi zum Klo – Miko – Aus der Gosse zu den Sternen* (1986) und *Taxi nach Kairo* (1987) – reichen kommerziell wie künstlerisch an sein Debüt nicht heran. Weitere Projekte scheitern an fehlender Filmförderung. „Mein Problem", sagt Ripploh in einem Interview 1991, „war zeitlebens, dass ich viele parallele Talente habe und mir versagt blieb, meinen Schwerpunkt zu finden." Das kaufmännische Talent habe er von seinem Vater geerbt, einem Getränkegroßhändler. „Ich bin Produzent, Autor, Regisseur, Filmverkäufer und heute eben Pornograf." Statt auf Spielfilme verlegt sich Ripploh auf die Produktion von Pornos und betreibt „Europas einzigen Gaywrestling-Videoversand" (Eigenwerbung).

Ritts, Herb
US-amerikanischer Fotograf
1952 Los Angeles/Kalifornien – 26.12.2003 ebd.

Ritts, der ursprünglich Wirtschaftswissenschaft studiert, schlittert eher zufällig in seine steile Karriere als Mode-, Werbe- und Prominentenfotograf hinein. Zu seinen Models für seine kontrastreiche Schwarz-Weiß-Fotografie gehören u.a. Sylvester Stallone, Brigitte Nielsen, Diana Ross und John Huston, aber auch der schwule Tänzer Bill T. Jones und der Turmspringer ☞Greg Louganis sowie ☞k.d. lang und Cindy Crawford als sich küssendes Paar auf einem Friseurstuhl. Er hatte sich in Los Angeles als Möbeldesigner und -hersteller niedergelassen und für einen

jungen befreundeten Schauspieler – Richard Gere – einige Porträtfotos gemacht. Als dieser sechs Monate später seine erste Filmrolle bekommt, werden sie überraschenderweise in *Elle*, *Vogue* und *Esquire* veröffentlicht, was Ritts zahlreiche Aufträge als Fotograf in Zeitschriften wie *Vogue*, *Vanity Fair*, *GQ* und *Rolling Stone* einbringt. Außerdem gestaltet er Werbekampagnen für verschiedene Bekleidungshersteller wie The Gap und Armani und dreht Werbeclips für *Levi's* und *Chanel*. Seine sicherlich nachhaltigste Anzeigenkampagne gelingt ihm mit der Unterhosenwerbung für ☞Calvin Klein, für die er den Rapper Marky Mark einsetzt und, ausgehend von der schwulen Szene, damit einen weltweiten Designer-Underwear-Trend schafft. Als einer der ersten Modefotografen bezieht sich der offen schwule Ritts ganz gezielt auf seine Erfahrungen aus der Männeraktfotografie und spricht durch die mehr als unterschwellige Homoerotik gezielt auch schwule Käuferschichten an. Ab Mitte der 80er Jahre dreht Ritts regelmäßig Musikvideos u.a. zu Chris Isaaks *Wicked Games*, Madonnas *Cherish*, Shakiras *Underneath Your Clothes* und Jennifer Lopez' *Ain't It Funny*. 1996 wird ihm im Boston Museum of Fine Art eine Retrospektive auf seine fotografischen Arbeiten der vergangenen 15 Jahre gewidmet. Ritts, der längere Zeit HIV-positiv ist, stirbt an einer nicht aidsbezogenen Lungenentzündung. Bis zu seinem Tode lebt er mit seinem Lebenspartner, dem „entertainment attorney" Erik Hyman, zusammen.

● *Pictures*, 1989; *Notorious*, 1993; *Work*, 1996

Robinson, Tom

englischer Rockmusiker
1.6.1950 Cambrigde

Nach Internatsjahren in einem Heim für „Jungen mit Anpassungsschwierigkeiten" gründet Tom Robinson 1973 seine erste Band *Cafe Society*. Unterstützt wird er dabei vom offen schwulen Bandmitglied der *Kinks*, Ray Davies, der die Cabaret-Folkband für sein eigenes Label engagiert. Das Unternehmen floppt. Erst 1977 landet die *Tom Robinson Band* mit *2-4-6-8 Motorway* einen Single-Erfolg, dem 1978 die erste (und zugleich erfolgreichste) LP *Power in the Darkness* folgt. Das Bekenntnislied *Glad to Be Gay* sorgt nicht nur für Medienaufmerksamkeit, sondern entwickelt sich zur Schwulenhymne der späten 70er Jahre. Die nachfolgenden Veröffentlichungen können allerdings an diesen frühen Erfolg nicht mehr anschließen. Seit 1982 ist Robinson nur noch solo unterwegs. Anfang der 80er Jahre lebt er für einige Zeit in Deutschland, weil er „deutsche Autos, deutsches Essen und deutsche Jungs" besonders möge. In Hamburg entsteht die LP *North By Northwest* (1982). Aber weder dieses, noch die Nachfolgealben können sich in den Charts plazieren. 1988 trennt er sich nach 15 Jahren von seinem Lebensgefährten und geht danach eine Bindung mit einer Frau ein. Dennoch versucht er 1994 ein Comeback – u.a. wieder mit der Schwulenhymne *Glad to Be Gay*.

Röhm, Ernst

deutscher SA-Führer und NS-Politiker
28.11.1887 München – 30.6.1934 ebd.

Der Reichswehr-Hauptmann und Freikorpskämpfer ist Teilnehmer am missglückten Hitlerputsch von 1923, wofür er zu Festungshaft auf Bewährung verurteilt und aus der von ihm mitbegründeten Schwarzen Reichswehr ausgeschlossen wird. 1924/25 leitet er die ebenfalls von ihm ins Leben gerufene Sturmabteilung (SA), den Wehrverband der NSDAP. 1931 wird er zum Stabschef dieser Parteimiliz ernannt. Unter Röhm wächst die SA zur größten Massenorganisation und zum wichtigsten Terrorinstrument der NSDAP an und hat maßgeblichen Anteil an der Machtübernahme 1933. Als Reichsminister, zu dem er im Dezember 1933 ernannt wird, will Röhm seine durch Eingliederung anderer paramilitärischer Verbände auf fast vier Millionen Mitglieder angewachsene SA zu einem Volksheer ausbauen. Hierbei nutzt er die Hoffnungen der überwiegend kleinbürgerlichen Mitglieder auf eine „zweite Revolution", die die antikapitalistischen Versprechen der NSDAP einlösen werde. So wird Röhm führenden Wirtschaftskreisen verdächtig, bedroht mit der SA das militärische Monopol der Reichswehr und gilt als Konkurrent Hitlers. Wirtschafts-, Partei- und Reichswehrführer suggerieren angebliche Putschabsichten und liquidieren am 30.6.1934 außer Röhm weitere führende SA-Politiker, u.a. Kurt von Schleicher. Röhm wird in Bad Wiessee angeblich nach einer homosexuellen Orgie von Hitler aus dem Bett geholt und verhaftet. Zwei Tage später wird er von SS-Leuten erschossen, nachdem er sich geweigert hatte, sich selbst das Leben zu nehmen. Insgesamt werden in dieser so genannten Nacht der langen Messer 85 Männer ermordet. Die NS-Medien begründen die Morde als Vergeltungsaktion für den angeblich geplanten Putsch der SA. Die nachträglich per Gesetz und Reichsgerichtsbeschluss für rechtens erklärte Mordaktion („Staatsnotstand") bewirkt das Einverständnis der Reichswehr mit der Übernahme der Reichspräsidentenschaft durch Hitler, festigt Hitlers Stellung und erbringt eine Machtverschiebung zugunsten der SS. Herausgestellt wird in den Berichten stets die „unglückliche Veranlagung" Röhms, ein „Einschreiten zur rücksichtslosen Aufräumung dieser Pestbeule" (Hitler) sei unumgänglich gewesen. Röhms Vertraute werden als „krankhafte Individuen" bezeichnet. Goebbels hebt in der Presse hervor, dass Hitler sehr erschüttert gewesen sei, als er von Röhms Homosexualität erfahren habe. Tatsächlich aber ist dies Hitler, wie auch vielen anderen innerhalb der Parteiführung, lange schon bekannt. Auch verkehrt Röhm recht offen in der homosexuellen Szene Berlins. Bereits 1931 wird Röhm durch die Links-Presse der Homosexualität bezichtigt. ☞Adolf Brand kommentiert diese Bloßstellung in *Der Eigene* als richtig. Denn wenn sich jemand der NSDAP anschließe, habe „mit dem Augenblick [...] auch sein eigenes Liebesleben aufgehört, eine Privatsache zu sein. Wenn die nationalsozialistische Partei die homosexuelle Bewegung öffentlich bekämpft, dann darf sich diese Partei, die in ihrer Presse jede homosexuelle Betätigung so gern für eine Schweinerei erklärt, auch nicht wundern, wenn man jetzt aus Anlass des Falles Röhm ohne jede Zimperlichkeit einmal feststellt, wie stark der homosexuelle Verkehr gerade in ihren eigenen Reihen selber verbreitet ist."

- Heinz Höhne: *Mordsache Röhm*, 1984; Otto Gritschneider: *Der Führer hat Sie zum Tode verurteilt ... Hitlers „Röhm-Putsch" – Morde vor Gericht*, 1993

Roggenkamp, Viola

deutsche Journalistin
1948 Hamburg

Viola Roggenkamp stammt aus einer jüdisch-deutschen Familie. Sie studiert Psychologie, Philosophie und Musik, unternimmt lange Reisen und lebt mehrere Jahre in Ländern Asiens und in Israel. Sie ist eine der renommiertesten Publizistinnen deutscher Sprache und schreibt unter anderem für *Die Zeit*, *Emma*, *taz* und die *Jüdische Allgemeine Wochenzeitung* insbesondere zu den Themen Psychoanalyse, Feminismus und deutsch-jüdische Beziehungen. Sie ist Mitglied im Kuratorium des Feministischen Instituts der Heinrich-Böll-Stiftung und lebt in Hamburg. 1996 veröffentlicht sie mit *Von mir soll sie das haben?* ein Buch über das Mutter-Tochter-Verhältnis lesbischer Frauen. 2004 folgt das Pendant *Mein Vater und ich – lesbische Frauen erzählen von dem ersten Mann in ihrem Leben*. Ebenfalls 2004 liefert sie ihr Debüt als Romanautorin. *Familienleben* erzählt die Geschichte einer Hamburger jüdisch-deutschen Familie im Jahr 1967 und ist zugleich Zeitbild und ein Entwicklungsroman über die 13-jährige Ich-Erzählerin.

- weitere Veröffentlichungen (Auswahl): *Tu mir eine Liebe. Meine Mamme. Jüdische Frauen und Männer in Deutschland sprechen über ihre Mutter*, 2002; *Frau ohne Kind*, 2004

Rohr, Patrick

Schweizer TV-Moderator und Journalist
1967

Aufgewachsen im Glarnerland sammelt Patrick Rohr bereits als Schüler erste journalistische Erfahrungen u.a. bei den *Glarner Nachrichten*. Er volontiert bei *Radio Rottu* und wechselt zum Schweizer Fernsehen. Er arbeitet zunächst für die Sendung *Schweiz aktuell*, übernimmt 1999 als Redaktionsleiter und Moderator die Politikdiskussionssendung *Arena* und wird damit zu einem der bekanntesten Fernsehgesichter des Schweizer Fernsehens. 2002 wechselt er zum Infotainment-Magazin *Quer* des *SF DRS*. Im Juli 2001 kommt er einem Outing durch die Boulevardzeitung *Blick* zuvor und gibt dem Blatt stattdessen ein Interview, in dem er sich zu seinem Schwulsein bekennt. „Ich fand diese Offensivstrategie schlauer, als irgendetwas verstecken zu wollen, für das ich mich nicht zu schämen brauche."

Roosevelt, Eleanor

US-amerikanische Politikerin
11.10.1884 New York City – 7.11.1962 ebd.

Eleanor Roosevelt ist zweifellos die einflussreichste Frau ihrer Zeit und die erste Ehefrau eines amerikanischen Präsidenten, die aktiv in die Weltpolitik eingreift. 1905 heiratet die Nichte Theodor Roosevelts ihren Cousin Franklin Delano Roosevelt, dem sie innerhalb der nächsten zehn Jahre sechs Kinder gebärt. Als Franklin D. Roosevelt, der 1921 an Kinderlähmung erkrankt und den Rest seines Lebens im Rollstuhl verbringt, 1933 zum amerikanischen Präsidenten gewählt wird, beginnt die bisherige Hausfrau und Mutter, sich ebenfalls in der Politik zu engagieren. Sie reist durchs Land, um Stimmungsbilder aus der Bevölkerung zu sammeln und für ihren Mann aufzubereiten. Außerdem wird sie Mitglied in zahlreichen Komitees und Gremien, die sich für das Frauenwahlrecht und die Verbesserung der Stellung der Frau einsetzen. 1933 gibt sie die erste Pressekonferenz, die je von einer Präsidentengattin abgehalten wird, um sich danach weit über ihre traditionellen repräsentativen Pflichten hinaus für die Rechte der Frauen, soziale Minderheiten und die Friedensbewegung einzusetzen. 1941 wird sie zur Assistentin des Verteidigungsministers berufen und beginnt mit ausgedehnten Truppenbesuchen in den USA, England und auf den pazifischen Inseln während des Zweiten Weltkrieges. Nach F. D. Roosevelts Tod im Jahre 1945 wird sie von Präsident Truman in die Generalversammlung der Vereinten Nationen berufen, von 1945 bis 1961 steht sie der UN-Kommission für Menschenrechte vor. Während der 50er Jahre fungiert sie als eine der Führerinnen des liberalen Flügels der Demokratischen Partei, und 1961 wird sie erneut in die UN-Generalversammlung berufen. Kurz vor ihrem Tod wird die energische „First Lady of the World" zur meistbewunderten Frau Amerikas gewählt. Eleanor Roosevelt ist ihrem Gatten zunächst eine treue Ehefrau – bis sie von dessen Affäre mit seiner Privatsekretärin erfährt. Aus der Ehe wird eine platonische, freundschaftliche Arbeitsbeziehung. Eleanor Roosevelt baut indessen einen Kreis von – häufig lesbischen – Freundinnen aus der Frauenbewegung auf. Besonders wichtig wird das Paar Nancy „Nan" Cook und Marion Dickermann, mit denen sie zuletzt eine Art Dreierbeziehung lebt. Sie bauen 1924 ein gemeinsames Haus auf einem Grundstück aus dem Besitz Roosevelts im New Yorker Vorort Hyde Park. Eleanor Roosevelt lässt in die Wäschestücke ihre gemeinsamen Initialien ENM sticken und in die Möbel gravieren. In der Nähe des Anwesens eröffnen sie 1927 eine Möbelfabrik, die als Ausbildungstätte für die arbeitslose Landbevölkerung fungiert. Als 1932 Franklin D. Roosevelt zum Präsidenten der USA gewählt wird, kehrt Eeanor als First Lady ins Weiße Haus ein und übernimmt repräsentative Pflichten. Die Nachrichtenagentur AP stellt ihr eigens eine persönliche Korrespondentin zur Seite: die offen lesbische Journalistin Lorena Hickock, die Eleanor Roosevelts Geliebte wird. Eine Reihe von leidenschaftlichen Liebesbriefen, die dieses offene Geheimnis belegen, lagern heute in der Franklin Delano Roosevelt Bibliothek, wo sie der Öffentlichkeit zugänglich sind. 1998 werden sie von Rodger Streitmatter unter dem Titel *Empty Without You* veröffentlicht.

- *The Autobiography of Eleanor Roosevelt*, 1992
- Lorena A. Hickock: *Eleanor Roosevelt: Reluctant First Lady*, 1962; Blanche Wiesen Cook: *Eleanor Roosevelt. Volume I, 1884-1933*, 1993; Blanche Wiesen Cook: *The Defining Years, 1933-1938*, 2000

de Rossi, Portia (eigentlich Amanda Marie Rodgers)

australische Schauspielerin
31.1.1973 Melbourne

Aus ihrem ursprünglichen Berufswunsch ist nichts geworden. Zwar hat sie an der Universität von Melbourne Jura studiert, dann aber wird sie nach einem Auftritt in einem Werbespot von einem Castingchef entdeckt und bekommt 1994 ihre erste, wenn auch kleine Filmrolle an der Seite von Hugh Grant in *Verführung der Sirenen*. Juristin ist sie dann doch geworden, wenn auch nur in der Fernsehserie *Ally McBeal* (ab 1997), in der sie die Anwältin Nelle Porter spielt. In Deutschland macht de Rossi zunächst durch ihre Rollen in *Scream 2* (1997) und in *Stigmata* (1999) auf sich aufmerksam. In den USA ist ihr Gesicht zudem durch ihren Werbevertrag mit dem Unternehmen L'Oréal bekannt. Lange Zeit kursieren zwei Gerüchte über Portia de Rossi. Ob sie tatsächlich nur im Stehen isst, ist ungeklärt. Den Spekulationen über ihr angebliches Lesbischsein hingegen setzt sie 2002 selbst ein Ende und heiratet an ihrem Geburtstag Francesca Gregorini, die Stieftochter von Ringo Starr. Zuvor war sie zeitweilig mit der Schauspielerin und Drehbuchautorin ☞Guinevere Turner liiert.

- weitere Filme (Auswahl): *Too Something*, 1995; *The Woman in the Moon*, 1995; *Perfect Assassins*, 1998; *American Intellectuals*, 1999; *Who is Cletis Tout?*, 2001; *Two Girls from Leemore, 2001; The Glow*, 2001

Rozema, Patricia

kanadische Filmemacherin
1958 Ontario

Nach ihrem Studium der Philosophie und englischen Literatur arbeitet Rozema zunächst für Fernsehsender in Chicago und

New York und danach als Associate Producer der CBC-Nachrichtensendung *The Journal* in Toronto. 1985 absolviert sie einen Abendkurs über Filmproduktion und dreht ihren ersten Kurzfilm (*Passion: A Letter in 16mm*), mit dem sie den zweiten Preis beim Chicago International Film Festival gewinnt. Danach wird sie Regieassistentin bei David Cronenbergs Film *The Fly*. Gleich mit ihrem ersten Spielfilm *I've Heard the Mermaids Singing* (1987, dt. *Gesang der Meerjungfrauen*), uraufgeführt beim Filmfestival in Cannes, wird die Tochter niederländischer Einwanderer international bekannt. Ihr zweiter Film *The White Room* (1990) erzählt ein modernes Märchen über Themen wie Feminismus und obsessiven Voyeurismus. 1991 ist sie zusammen mit fünf anderen Regisseuren an dem Episodenfilm *Montréal vu par…* beteiligt. In *When Night Is Falling* erzählt sie eine komplexe Liebesbeziehung zwischen zwei Frauen. Für ihren Kurzfilm *Bach Cello Suite Nr. 6: Six Gestures* (1997) mit dem Cellisten Yo Yo Ma wird sie mit der Goldenen Rose von Montreux und einem Emmy Award ausgezeichnet. 1999 verfilmt sie mit Frances O'Connor in der Hauptrolle Jane Austens autobiografischen Roman *Mansfield Park*, der in den USA wegen der lesbischen Untertöne in die Kritik gerät. Ihr entscheidendes Kinoerlebnis, so Rozema, habe sie bei Ingmar Bergmans *Persona* und *Von Angesicht zu Angesicht* gehabt: „Damals habe ich entdeckt, dass man ganz persönliche Filme machen kann. Mit meinen eigenen Filmen versuche ich, mein Publikum zu überraschen. Bestätigung oder Zustimmung pur interessieren mich nicht. Ich möchte Gedanken und Meinungen anregen." Über ihr Privatleben lässt sie nur wenig erfahren. „Meine Sexualität ist nur ein Aspekt von mir. Wenn man schon über eine Beziehung nachdenkt, warum muss sie dann damit zu tun haben, was ich im Bett mache?"

- *Feast of Love*, 2001

Rüling, Anna (eigentlich Theo Anna Sprüngli)
deutsche Homosexuellenaktivistin
15.8.1880 Hamburg – 8.5.1953 Delmenhorst

Bei der Jahresversammlung des von ☞Magnus Hirschfeld mitbegründeten Wissenschaftlich-Humanitären Komitees im Berliner Hotel Prinz Albrecht am 8. Oktober 1904 versucht erstmals eine Frau den Kampf der Frauenbewegung mit jenem der schwul-lesbischen Bewegung zu verbinden. Die Rede von Anna Rüling *Welches Interesse hat die Frauenbewegung an der Lösung des homosexuellen Problems?* ist jedoch nicht nur ein Plädoyer für eine Zusammenarbeit beider Bewegungen, sondern zugleich auch ein öffentliches Coming-out der Rednerin. Ihre bemerkenswerte Ansprache endet mit einer großen Hoffnung: „Die Frauenbewegung und die Bewegung für das Recht der Homosexuellen sind lange einen dunklen Weg gegangen, auf denen sich ihnen zahllose Hindernisse entgegen stellten. (….) Nicht heute oder morgen, aber in einer nicht all zu fernen Zukunft werden Frauenbewegung und Uranier ihre Fahnen am Ziele aufpflanzen!" Anna Rühling gilt seitdem als die erste deutsche lesbische Aktivistin überhaupt. Ihre Rede hat im Wortlaut überlebt und wird sogar von ☞Simone de Beauvoir in *Le Deuxième Sexe* (1949, dt. *Das andere Geschlecht*) zitiert. Die näheren Umstände über Rülings Leben sind jedoch weitgehend unbekannt. 1906 veröffentlicht sie eine Sammlung mit Kurzgeschichten.

- Christiane Leidinger: „Theo A[nna] Sprüngli (1880-1953) alias Anna Rüling/Th. Rüling/Th. A. Rüling – Erste biographische Mosaiksteine zu einer zwiespältigen Ahnin lesbischer herstory" in: *Mitteilungen der Magnus-Hirschfeld-Gesellschaft. Nr.35/36*, Dezember 2003

Rule, Jane
kanadische Schriftstellerin US-amerikanischer Herkunft
28.3.1931 Plainfield/New Jersey

Im Alter von 25 Jahren wandert Rule nach Vancouver aus, um an der dortigen Universität Englisch zu unterrichten. 1964 erscheint ihr erster Roman *Desert of the Heart*, eine tragikomische Liebesgeschichte zwischen einer Lesbe und einer bisexuellen Frau. Rule nimmt durch ihren offenen Umgang mit (ihrer eigenen) Homosexualität und ihre zahlreichen literarischen sowie wissenschaftlichen Publikationen zu diesem Thema eine führende Position innerhalb der kanadischen Lesbenbewegung ein. *Lesbian Images* (1976, dt. *Bilder und Schatten*), eine Sammlung von Biografien lesbischer Schriftstellerinnen, zählt zu den Klassikern der Frauenliteratur. Durch ☞Donna Deitchs erfolgreiche Verfilmung von *Desert of the Heart* (dt. *Desert Hearts*) wird Rule 1985 auch über die Grenzen des amerikanischen Kontinents hinaus bekannt.

- *This Is Not for You*, 1970; *The Young in One Another's Arms*, 1977; *Outlander*, 1981; *Memory Board*, 1987; *After the Fire*, 1989

RuPaul (eigentlich RuPaul Andre Charles)

US-amerikanischer Travestiekünstler und Popsänger
1960 (a.Q. 1964) San Diego

Seit den frühen 80er Jahren erprobt der in San Diego als RuPaul Andre Charles aufgewachsene Popsänger, Schauspieler und Selbstdarsteller in diversen Musikformationen immer wieder sein sängerisches wie darstellerisches Talent. Nach und nach etabliert RuPaul eine Kunstfigur, die sich selbstironisch zu einer Ikone der Popkultur, Drag Queen-Bewegung wie der schwulen Subkultur stilisiert. RuPaul verbreitet dabei androgynen Glamour und amazonenhafte Feminität, und dies bei einer Körpergröße von 2,13 m (inklusive Highheels). Die erste LP *Sex Freak* (1985) bleibt ein Szenehit. Die 1992 veröffentlichten Songs *Supermodel* und *House of Love* hingegen schaffen den Sprung in die Charts und sind der Beginn einer Discostarkarriere, die auch den europäischen Kontinent erreicht. Das *Supermodel of the World*, so der Albumtitel 1993, wird tatsächlich bestbezahltes Model für Modeschauen und für eine Werbekampagne der kanadischen Kosmetikfirma „M.A.C." Neben Gastrollen in Musikvideos, u.a. von *B-52's*, Diana Ross und Robert Palmer, spielt RuPaul in über einem Dutzend Undergroundfilmen (*Starbooty I-III* von John Witherspoon, verschiedenen Filmen von Wayne Hollowell, u.a. *American Porn Star*, *Connie Francis Story*, *Psycho Bitch*) sowie Gastrollen in diversen Hollywood-Produktionen, so etwa *Crooklyn* von Spike Lee, *The Brady Bunch Movie* von Betty Thomas und *To Wong Foo, Thanks For Everything, Julie Newmar* von Keeban Kidron. 1995 übernimmt er in der Aids-Komödie *Red Ribbon Blues* (Regie Charles Winkler) erstmals eine Filmrolle ganz ohne Fummel und Perücke. Jamie Babbit besetzt ihn 1999 als Trainer in einem Homosexuellen-Umerziehungslager in der Komödie *But I'm a Cheerleader* (dt. *Weil ich ein Mädchen bin*). RuPaul betätigt sich auch als DJ beim New Yorker Dance Music Sender WKTU und VJ bei *RuPaul's Party Show* des Videosenders VH1.

- *Lettin It All Hang Out. An Autobiography*, 1995; CD: *Foxy Lady*, 1996

Russo, Vito
US-amerikanischer Filmhistoriker
1946 New York City – 7.11.1990 ebd.

Der Name Vito Russos ist vor allem verbunden mit seinem Buch *The Celluloid Closet. Homosexuality in the Movies* (1981, Neuausgabe 1987, dt. 1990), das immer noch als ein Standard- und Grundlagenwerk zum Thema gilt. Nach seinem Filmstudium an der New York University beginnt Russo mit seinen Recherchen. Die Ergebnisse stellt er in Vorträgen an über 200 Universitäten, Museen und Filmfestivals rund um die Welt vor. Die Umsetzung in einen Dokumentarfilm ist bereits zu seinen Lebzeiten von seinen engen Freunden, den Filmemachern Robert Epstein und ☞Jeffrey Friedman, angeregt worden, kann jedoch erst 1995/96 umgesetzt werden. Zur Finanzierung trägt maßgeblich die Schauspielerin ☞Lily Tomlin bei, für die Russo Material für ihre Bühnenshows geschrieben hatte. Russo arbeitet als Filmkritiker u.a. für die US-Zeitschriften *Film Comment*, *Moviegoer* und das lesbisch-schwule Magazin *The Advocate*. Seit den 70er Jahren ist Russo aktiv in der Schwulenbewegung der USA engagiert, zunächst in der *Gay Activists Alliance*. 1983 ist er Co-Moderator des lesbisch-schwulen TV-Programms *Our Time* im New Yorker Kabelnetz, 1985 Mitbegründer der Gay and Lesbian Alliance Against Defamation (GLAAD). 1986 verstirbt sein Lebensgefährte Jeffrey Sevcik an den Folgen von Aids. In dem Oscar-prämierten Dokumentarfilm *Common Threads: Stories from the Quilt* (1989) von Epstein/Friedman spricht er über seine Trauer und den Umgang mit dem Sterben. Bis zu seinem eigenen Tod infolge von Aids ist Russo vor allem in verschiedenen Aids-Organisationen wie ACT UP (Aids Coaliton to Unleash Power) aktiv.

S

Sackville-West, Vita (eigentlich Victoria Mary Sackville-West)

britische Schriftstellerin
9.3.1892 Knole Castle/Kent – 2.6.1962 Sissinghurst Castle

Die Enkelin einer spanischen Zigeunertänzerin schreibt neben Reiseberichten und Naturlyrik vor allem Gesellschaftsromane über die englische Aristokratie, angelehnt an die eigene Familiengeschichte: *The Edwardians* (1930, dt. *Schloß Chevron*) und *No Signposts in the Sea* (1963, dt. *Weg ohne Weiser*) werden in viele Sprachen übersetzt. Sackville-West ist mit dem homosexuellen Diplomaten Harald Nicholson, mit dem sie lange Zeit in Persien lebt, verheiratet; ihre eigentliche Liebe gilt jedoch Frauen, vor allem ihrer Jugendliebe und langjährigen Partnerin Violet Trefusis: „Ich habe dir gesagt, dass ich Angst vor dir habe. Das ist wahr. Ich will mich nicht schon wieder in dich verlieben ... Aber wenn du mich wirklich willst, werde ich für dich da sein, immer und überall." In den 20er Jahren ist Sackville-West, die fest daran glaubt, dass „viel mehr Menschen meines Typs existieren, als unter dem heutigen System der Scheinheiligkeit allgemein zugegeben wird", mit der Schriftstellerin ☞Virginia Woolf und danach mit deren älterer Schwester, der Malerin Vanessa Bell, liiert. Die Liebe zu der zehn Jahre jüngeren Virginia Woolf währt fünf Jahre, während denen sie etwa ein Dutzend Mal miteinander schliefen. Dies war vermutlich die einzige körperliche lesbische Bindung Woolfs.
Die Mutter zweier Söhne, von der Woolf gekränkt behauptet, sie habe es „mit jeder wildgewordenen Heringsköchin" getrieben, verkleidet sich gerne, vorzugsweise als Mann. Woolfs legendärer Roman *Orlando* (1928) stellt ein verschlüsseltes Porträt ihrer charismatischen Geliebten dar. Wahre, tief empfundene Leidenschaft erlebt Sackville-West allerdings auch mit Woolf nicht. „In Dir ist etwas, das nicht mitschwingt [...] etwas Zurückgehaltenes, Stummgemachtes", schreibt Virginia Woolf ihr in einem Brief, was Sackville-West in eine psychische Krise stößt, da sie sich erkannt fühlt. Im fortschreitenden Alter wird Sackville-West depressiv, verfällt dem Alkohol und stirbt schießlich an Krebs.

- *Pepita*, 1937 (dt. *Die Tänzerin und die Lady*); *„Geliebtes Wesen ..." Briefe von Vita Sackville-West und Virginia Woolf*, 1995
- V. Glendinning: *Vita*, 1983 (dt. *Vita Sackville-West: Eine Biographie*); V. Trefusis: *Violet to Vita*, 1989 (dt. *Trunken von deiner Schönheit*

Violet Trefusis an Vita Sackville-West); S. Amrain: *So geheim und vertraut: Virginia Woolf und Vita Sackville-West*, 1994

Sagalle, Jonathan (andere Schreibweise: Jonathan Segal)
israelischer Schauspieler
23.4.1959 Toronto

Aufgewachsen in Haifa. 1977 steht er für den Fernsehfilm *The Man with the Power* zum ersten Mal vor der Kamera. Kaum 18-jährig wird er für die israelische Teenager-Serie *Leon Popsicle* (dt. *Eis am Stiel*) entdeckt; insgesamt spielt er bis 1984 in sieben Folgen die Rolle des Bobby. Danach steigt Sagalle aus der weltweit, insbesondere auch in Deutschland sehr erfolgreichen Filmreihe aus. Mit seinem Lebensgefährten, dem Regisseur Amos Guttmann, dreht er den Spielfilm *Nagua* über die Identitätskrise eines schwulen Regisseurs. Der Film soll 1984 beim Filmfestival in Montreal gezeigt werden, wogegen die israelische Regierung protestiert. Der Film sei wegen seiner Thematik nicht repräsentativ für die Kultur Israels. 1986 dreht Sagalle noch einmal drei Folgen *Eis am Stiel*, um mit der Gage den Film *Baba It*, die Beziehungsgeschichte zweier schwuler Schriftsteller, finanzieren zu können. In den 90er Jahren wendet sich Sagalle verstärkt dem Theater zu. Er wird festes Ensemblemitglied des Hambia National Theatre in Tel Aviv, und schreibt und inszeniert selbst Stücke, u.a. *Lea Goes out on the Streets* (1993) und *Cockroach* (1994). Seine für die israelische Wochenzeitung *Rosh Ehad* entstandenen Kurzgeschichten *Hugo Asparagus* werden zu einem Drehbuch verarbeitet. Sagalle gehört ab 1998 zeitweilig zum Autorenteam der israelisch-palästinenischen Version der *Sesamstraße*. Nach zwei Kurzfilmen führt er 1998 bei *Kesher Ir* (internationaler Titel *Urban Feel*) erstmals bei einem Spielfilm Regie. Wichtige Rollen als Filmschauspieler hat er u.a. in *Schindlers Liste* (1993) und *Deadly Outbreak* (1996).

Sagan, Leontine

österreichische Regisseurin
13.2.1889 Budapest – 20.5.1974 Pretoria

Sagan wird in Wien von Max Reinhardt als Bühnenregisseurin ausgebildet und gibt später selbst an dessen Schule Unterricht in Regie. Ihr erster, überaus erfolgreicher Film *Mädchen in Uniform* (1931), eine Adaption des von ihr vorher auch im Theater inszenierten Stückes *Gestern und heute* handelt von einer lesbischen Internatsliebe und gilt heute als *der* Klassiker des lesbischen Kinos schlechthin. Nach einem weiteren Kinofilm verlegt sich Sagan wieder auf Theaterregie in England, Rhodesien und Südafrika, wo sie das südafrikanische Nationaltheater mitbegründet.

Saint-Laurent, Yves

französischer Modemacher
1.8.1936 Oran/Algerien

Bereits als Schüler gewinnt er mit einer Skizze für ein Cocktailkleid einen Wettbewerb des internationalen Wollsekretariats. 1954 Besuch der Schule des Chambre Syndicale de la Haute Couture. 1955 wird ihm Christian Dior vorgestellt, der ihn gleich engagiert. Innerhalb weniger Monate arbeitet sich Saint-Laurent an die Spitze des Hauses vor und übernimmt die Leitung. Bei der Präsentation seiner ersten eigenen Kollektion als Chef lernt er seinen späteren Lebens- und Geschäftspartner Pierre Bergé kennen. Erst 1991 spricht er erstmals in einem Interview mit Le Figaro öffentlich über seine Homosexualität. Ihre gesellschaftliche Ächtung habe ihm schon als Kind das Leben zur Hölle gemacht. 1960, mitten im Erfolgsrausch, Einberufung zum Militärdienst. Er verbringt 2 1/2 Monate im Pariser Armeekrankenhaus mit Depressionen, die den Rest seines Lebens immer wieder seine Karriere und seinen Gesundheitszustand stark beeinflussen und belasten werden. Nach der Entlassung und Regeneration soll er von der Dior-Zentrale in die Filiale nach London versetzt werden. Saint-Laurent zieht die Konsequenzen und eröffnet mit seinem Lebenspartner Bergé, der zwischenzeitlich Chef der Pariser Oper und später Herausgeber des Schwulenmagazins *Têtu* wird, und mit finanzieller Hilfe eines US-amerikanischen Investors ein eigenes Couturehaus in Paris. Erste Kollektion 1962. Schließt sich dem allgemeinen Trend der Prêt-à-Porter an und eröffnet in Paris die Boutique Saint-Laurent Rive Gauche mit preiswerter Mode. In den 60er Jahren ist er immer wieder Trendsetter, lässt sich von Bildern Mondrians inspirieren, führt die Pop Art in die Mode ein, entwickelt den Transparent-Look und den Damensmoking. 1985 ruft er die zweite Minirockwelle aus. Als einer der ersten erkannten Saint-Laurent und Bergé die Möglichkeiten der Vermarktung des Markennamens. 1971 wirbt Saint-Laurent, nur mit seiner typischen Hornbrille bekleidet, für sein eigenes Parfüm. Das Foto macht Werbegeschichte, das Parfüm YSL wird zum Welterfolg. Es folgen Make-up und Körperserien und andere Parfüms (Opium, Jazz). 1990 macht das Haus 85% seines Umsatzes mit Accessoires und Parfümerieprodukten. 1989 wird die YSL-Gruppe an der Börse eingeführt; die Aktien sind sofort um das 250fache überzeichnet. Entwirft Ausstattungen für Theateraufführungen, Ballette und Filme. 1983 Retrospektive seiner Arbeit im Metropolitan Museum New York, 1985 in Peking und Moskau, 1990 in Tokio. 1998 entwirft Yves Saint-Laurent die Kleidung für die Funktionäre und Mitarbeiter der Fußball-Weltmeisterschaft in Frankreich. 1985 überreicht ihm Staatspräsident François Mitterand die Insignien eines Ritters der Ehrenlegion. Ebenfalls 1985 Mode-Oscar für sein Gesamtwerk als größter Couturier. 2002 nimmt er mit einer Retrospektive im Centre Pompidou Paris offiziell Abschied von der Haute Couture. „Wir sind in einer Welt der Unordnung und der Dekadenz. Dieser Kampf für die Eleganz und die Schönheit hat mich sehr traurig gemacht", begründet er sein Karriereende

- Laurence Benaïn: *Yves Saint-Laurent*, 1993; Alice Bawsthorne: *Yves Saint-Laurent. Biography*, 1996; Deavid Teboul: *Ives Saint-Laurent. 5 avenue Marceau, 75116 Paris*, France, 2002

Salomé (eigentlich Wolfgang Ludwig Cihlarz)

deutscher Künstler
24.8.1954 Karlsruhe

1974-1980 Studium an der Hochschule der Künste, Berlin; Meisterschüler von K.H. Hödicke. 1977 Mitbegründer der Galerie am Moritzplatz, Berlin (gemeinsam u.a. mit seinem Liebhaber und Künstlerkollegen ☞Rainer Fetting). 1980 künstlerische Zusammenarbeit mit Luciano Castelli. Es entsteht das Hörspiel *The Boys in the Band-Memory* (Radio Basel). Schallplatten und Auftritte mit der Band *Die geilen Tiere*. Seine erste Einzelausstellung 1977 in Berlin gilt als die Geburtsstunde der „Jungen Wilden". Weitere Ausstellungen u.a. 1984 Kassel (Kunstverein), 1988 Chicago (Walter Bischoff Gallery), 1995 Berlin (Haus am Waldsee), Teilnahme an der documenta 7, Kassel 1982 und Biennale, Venedig 1982. Er zieht 1972 nach Berlin, engagiert sich dort innerhalb der Homosexuellen Aktion Westberlin (HAW) und legt sich den Namen Salomé zu. Durchbruch als neoexpressionistischer Maler 1980 in der Gruppenausstellung Heftige Malerei im Berliner Haus am Waldsee. Internationaler Erfolg in der Kunstszene, vor allem in den USA, als „Junger Wilder". Seit den späten 70er Jahren thematisieren seine Bilder schwulen Sex, Transvestitismus, Sado-Masochismus und die schwule Lebenswelt. Er malt Duschszenen und erotische Momentaufnahmen mit nackten Männern und Schwimmern sowie sich selbst in provokativen Selbstporträts in Stöckelschuhen und Strapsen. 1979 entstehen seine *Klappen-Bilder*, 1988 die ☞*Gloeden-Serie*. Immer wieder dominieren in seinem Gesamtwerk Selbstporträts im Reflex von Egozentrik, Exhibitionismus und Narzißmus. Ende der 80er Jahre, unter Einfluss ausgedehnter Asienreisen, entstehen Sumo-Ringer und Landschafts- und Naturbilder, vor allem Seerosenteiche. 2000 wird seine Regenbogenstele für den Berliner schwulen Kiez am Nollendorfplatz präsentiert.

- *Salomé by Salomé*, 1992

Salzgeber, Manfred

deutscher Filmverleiher und Filmaktivist
10.1.1943 Lodz – 12.8.1994 Berlin

Früh entdeckt der in Stuttgart aufgewachsene Manfred Salzgeber seine Leidenschaft fürs Kino. In Berlin beginnt er eine Buchhändlerlehre und wird ab 1963 Mitarbeiter bei den Freunden der Deutschen Kinemathek Berlin und Mitbegründer des Programmkinos Arsenal und des Internationalen Forums des Jungen Films der Berliner Filmfestspiele. 1971 eröffnet er sein eigenes Programmkino in Berlin, das Bali, dem später noch zwei weitere folgen. Die Stammheim-Affäre 1977 wird für ihn der endgültige Auslöser, die Bundesrepublik zu verlassen. Er übersiedelt nach Amsterdam, wird Filmkritiker und Mitarbeiter bei verschiedenen internationalen Filmfestivals. 1980 kehrt er nach Berlin zurück und übernimmt die Leitung des Panorama-Programmes der Berliner Filmfestspiele, wo fortan schwerpunktmäßig Filme zu lesbisch-schwulen Themen gezeigt werden. Als für den ersten US-Film zu Aids, Arthur J. Bressans *Buddies*, kein Verleih zu finden ist, gründet Salzgeber die Edition Salzgeber. In den Folgejahren baut er ein Programm mit mehr als 200 Filmen zur Homosexualität und zu Aids auf. Er ist Initiator des lesbisch-schwulen Filmpreises der Berliner Filmfestspiele, dem Teddy Award, und versucht außerdem die Vernetzung schwullesbischer Filmschaffender in die Wege zu leiten.

Samel, Udo

deutscher Schauspieler und Regisseur
25.6.1953 Eitelsbach/Trier

Samel erhält während seiner Internatszeit eine umfangreiche musikalische Ausbildung (Fagott, Klavier, Gesang, Komposition) und studiert zunächst Slawistik und Philosophie in Frankfurt/

Main. 1974 wechselt er auf die dortige Schauspielschule. Erstes Gastengagement am Staatstheater Darmstadt 1976, von 1978 bis 1992 gehört er zum Ensemble der Berliner Schaubühne. Mit seinen Rollen u.a. in den Inszenierungen von Botho Strauß' *Groß und Klein* (1978) und *Kalldewey, Farce* (1982), Aischylos' *Orestie* (1980) und ☞Jean Genets *Die Neger* (1983) etabliert sich Samel als einer der besten Schauspieler auf deutschen Bühnen. Parallel zu seiner Theaterkarriere, die er als Gastschauspieler u.a. bei Produktionen der Salzburger Festspiele und am Wiener Burgtheater fortsetzt, spielt Samel seit Mitte der 80er Jahre auch zunehmend in TV- und Kinofilmen. Für seine Rolle als Franz Schubert in *Mit meinen heißen Tränen* (1986) erhält er einen Grimme-Preis. Weitere Filmrollen u.a.: *Kaspar Hauser* (1992), *71 Fragmente einer Chronologie des Zufalls* (1995), 1996 in der ☞Ralf König-Verfilmung *Das Kondom des Grauens*, 1999 in der ☞Klaus Mann-Verfilmung *Der Vulkan*. *Die Klavierspielerin*, 2001; *Silentium*, 2004. 1996 gelingt ihm mit *Wozzek* in Weimar ein gefeiertes Debüt als Opernregisseur, dem 1997 *Don Pasquale* in Bremen folgt.

Sampson, Deborah

US-amerikanische Soldatin
17.12.1760 Plympton/Massachusetts – 29.4.1827 Sharon/Massachusetts

Unter dem Namen Robert Shirtliff schmuggelt sich Sampson am 20.5.1782 in die Armee ein, um während des Unabhängigkeitskrieges als Soldat zu dienen. In ihrer männlichen Verkleidung hat sie immer wieder Verhältnisse mit anderen Frauen, eine mündet schließlich in einer Ehe: Nach dem Krieg lässt Sampson alias Shirtliff sich an die Grenze nach Ohio versetzen, befreit dort eine junge Weiße aus indianischer Gefangenschaft und heiratet sie. Nachdem ihr wahres Geschlecht durch einen Zufall entdeckt wird, entlässt man die verdiente Soldatin am 25.10.1783 ehrenhaft aus der Armee. Bis zum Lebensende erhält sie eine stattliche Pension.

- Jill Canon: *Heroines of the American Revolution*, 1995

Sand, George **(eigentlich Amandine-Lucie-Aurore Dupin)**

französische Schriftstellerin
1.7.1804 Paris – 7.6.1876 Nohant/Indre

Sand, deren Vorliebe für Männerkleidung immer wieder Anlass zu Tratsch und Spekulationen gibt, ist eine der glühendsten Verfechterinnen der Gleichberechtigung der Frau und der freien Liebe (*Indiana*, 1832; *Lélia*, 1833). Nachdem sie sich nach neunjähriger Ehe von ihrem Mann getrennt hatte, lebt sie in Paris als Schriftstellerin und Journalistin ein für ihre Zeit außerordentlich freizügiges Leben. Mit ihrem öffentlichen Bekenntnis, romantische Beziehungen zu Frauen zu unterhalten – wie z.B. zur bekannten Schauspielerin Marie Dorval –, bringt Sand das von den Revolutionswirren geschüttelte Frankreich nur noch mehr durcheinander. Die ehemalige Geliebte von so bekannten Persönlichkeiten wie Alfred de Musset und Chopin, die immer wieder mit der skandalumwitterten Dichterin und Schauspielerin Adah Isaacs Menken gesehen wird, zieht sich nach Jahren des politischen und sozialen Engagements enttäuscht von den Ergebnissen der französischen Revolution auf Schloss Nohant zurück, wo sie sich auf das Schreiben erfolgreicher Heimatromane wie *La mare au diable* (1846) konzentriert.

- André Maurois: *Dunkle Sehnsucht – Das Leben der George Sand*, 1957; Armin Strohmeyr: *George Sand*, 2004

Sander, Jil **(eigentlich Heidemarie Siline Sander)**
deutsche Modedesignerin
7.11.1943 Wesselburen

Die erfolgreichste deutsche Modedesignerin ist zunächst Moderedakteurin der Zeitschrift *Petra* und bekommt die Chance, für Hoechst eine Trevira-Kollektion zu entwickeln. Bald darauf schon eröffnet sie 1968 im Alter von 25 Jahren ihre erste Boutique in der Hamburger Milchstraße. Von da aus tritt Sanders „Vision von purem Design" in Gestalt strenger, puristischer Damenkollektionen ihren Siegeszug um die ganze Welt an. 1997 versucht die Modedesignerin, deren Gesicht seit Jahren auf Plakatwänden in ganz Deutschland zu sehen ist, sich erstmals mit einer Herrenkollektion zu etablieren, worauf ihr Kollege ☞Wolfgang Joop spöttisch bemerkt: „Ich kann mir nicht vorstellen, wie

eine Frau Männermode machen will, in deren Firma sich niemand für Männer interessiert." Sanders Interesse an Frauen gilt trotz der strikten Abschottung ihres Privatlebens – „ich möchte meine private Sphäre wahren ... Allerdings gibt es bei mir auch überhaupt nichts, was ich verbergen müßte" – als offenes Geheimnis. 1999 verkauft sie 75% der Stammaktien ihrer AG für rund 200 Million DM an das Modehaus Prada. Die Zusammenarbeit gestaltet sich schwierig. Nach einem Streit mit Prada-Chef Patrizio Bertelli zieht sich Jul Sander 2000 ganz aus der Branche zurück. Ihr Rückzug aus dem Wirtschaftsbetrieb der Jil Sander AG hat auch private Gründe: Sie will sich mehr um ihre erkrankte Lebensgefährtin kümmern. 2003 kündigt Sander ihre Rückkehr an und präsentiert in Mailand ihre erste Kollektion nach drei Jahren Pause. Jil Sander erhält für ihre Leistungen als Modeschöpferin das Bundesverdienstkreuz. Der Verein zur Wahrung der Deutschen Sprache hingegen zeichnet sie als „Sprachpanscherin des Jahres" aus. Grund dafür ist Sanders kreativer Sprachgebrauch. „Mein Leben ist eine giving story. Ich habe verstanden, dass man contemporary sein muss. Meine Idee war, die hand-tailored-Geschichte mit neuen Technologien zu verbinden. Und für den Erfolg war mein coordinated concept entscheidend, die Idee, dass man viele Teile einer collection miteinander combinen muss."

Sandmann, Gertrude

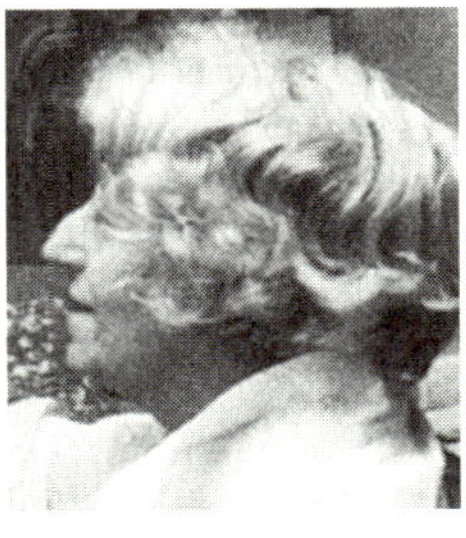

deutsche Malerin
16.10.1893 Berlin – 6.1.1981 ebd.

Sandmann wird als Tochter einer wohlhabenden, jüdischen Kaufmannsfamilie in Berlin geboren. Sie studiert bei Otto Kopp in München und nimmt Privatunterricht bei ☞Käthe Kollwitz. Sie hält sich eine Zeitlang in Paris auf. Während des Faschismus wird sie als Jüdin mit Arbeitsverbot belegt, kann jedoch nicht mehr emigrieren, sondern wird nach einem fingierten Selbstmord von ihrer Freundin Hedwig Koslowski versteckt. Nach dem Krieg bezieht sie eine Atelierswohnung in Schöneberg, wo sie bis zu ihrem Lebensende mit ihrer neuen Lebensgefährtin Tamara Streck zusammenlebt. Bis zu Tamaras Tod 1979 sind die beiden unzertrennlich; geradezu spartanisch leben sie von Wiedergutmachungsgeldern und dem geringen Lohn, den Tamara für ihre Arbeit als Kraftfahrerin verdient, sowie von der Unterstützung durch die Familie Kollwitz. Gemeinsam mit anderen bekannten Künstlerinnen wie ☞Hannah Höch und Kollwitz gehört Sandmann nach dem Ersten Weltkrieg dem Verein Berliner Künstlerinnen an und tritt vehement für die Förderung weiblicher Kunstschaffender ein. In einem Interview sagt sie: „Ich habe bisher, weil ich Lesbierin bin, weder privat noch beruflich Schwierigkeiten gehabt. Als bildende Künstlerin ist man gleicherweise unabhängig, man ist niemandem über das Privatleben Rechenschaft schuldig. Die Künstler-Kollegen zeigen sowieso meist mehr Toleranz für ihre Mitmenschen, als es sonst üblich ist, und bei den anderen hat das heitere Künstlervölkchen ‚ein Stück Narrenfreiheit'".

- *Was ich über meine Zeichnungen sagen kann*, 1974
- Claudia Schoppman: „‚Finden sie mich oder finden sie mich nicht' – Gertrude Sandmann" in: *Zeit der Maskierung*, 1993; Marcella Schmidt: „Gertrude Sandmann (1893-1981)" in: *Eldorado – Ausstellungskatalog*, 1984

Sanoussi-Bliss, Pierre

deutscher Schauspieler und Regisseur
17.8.1962 Berlin

Nach einer Lehre als Koch absolviert der in Ost-Berlin aufgewachsene Sanoussi-Bliss eine Ausbildung an der Hochschule für Schauspielkunst Ernst Busch in Berlin. 1987-1990 festes Engagement am Staatsschauspiel Dresden. Danach arbeitet er freischaffend als Schauspieler vor allem für Film und Fernsehen, u.a. 1996 in Sönke Wortmanns *Das Superweib* und 1997 in Doris Dörries *Bin ich schön?*. Einem breiteren Publikum wird er ab 1997 durch seine Rolle des Kriminalassistenten Axel Richter in der ZDF-Krimiserie *Der Alte* bekannt. 1999 realisiert er mit *Zurück auf Los* seinen ersten eigenen Spielfilm über eine Clique schwuler Männer im Nachwende-Berlin als Autor, Regisseur und Hauptdarsteller. Die von ihm selbst gespielte Hauptfigur Sam geht auf seine Rolle als schwuler, schwarzer, HIV-positiver Orpheo in Doris Dörries *Keiner liebt mich* (1995) zurück. Die Regisseurin ist in Sanoussi-Bliss' Film in einer Gastrolle als Zahnärztin zu sehen, ihr erster Auftritt als Schauspielerin überhaupt. An seinem 40. Geburtstag heiratet Sanoussi-Bliss seinen langjährigen Lebenspartner, den Grafiker Till Kaposti. 2004 eröffnet der Schauspieler in Berlin seine Bar *Bliss* in Berlin-Mitte.

Sant, Gus van

US-amerikanischer Regisseur, Fotograf und Musiker
24.7.1952 Louisville/Kentucky

Seit den frühen 80er Jahren dreht Gus van Sant Filme. Nach einer Reihe Kurzfilme erhält er für *Mala Noche* (1987) – eine

schwarz-weiß gedrehte Geschichte über einen Stricher – erstmals größere Aufmerksamkeit und gewinnt den Teddy Award als bester schwuler Film der Berliner Filmfestspiele. Es folgen die Drogengeschichte *Drugstore Cowboy* (mit Matt Dillon) und das Stricherdrama *My Own Private Idaho*. Seine Verfilmung des New-Age-Kultromans von Kurt Vonnegut *Even Cowgirls Get the Blues* wird 1992 in Cannes uraufgeführt und fällt durch. Auch nach einem neuen Schnitt bleibt der Erfolg aus. Van Sant dreht nun publikumssichere Mainstreamfilme, die Komödie *To Die For* mit Nicole Kidman und *Good Will Hunting* mit Robin Williams und Matt Damon, für den er für neun Oscars nominiert wird. „Schwul zu sein war stets ein Teil meiner beruflichen Identität. Künstlerisch aber identifiziere ich mich nicht in dieser Weise mit meinem Schwulsein, wie es etwa ☞Derek Jarman tat. Er war sicherlich der schwulste Regisseur, den man sich vorstellen kann. Ich würde gern so sein wie er, aber ich bin es nun mal nicht. Ich bin kein Intellektueller." Lange Zeit hat van Sant eine eigene Band, als Reminiszenz an seine Musikerjahre dreht er Videos u.a. für David Bowie, ☞Elton John, ☞Tracy Chapman und *Red Hot Chili Peppers*. Ein weiteres Talent hat van Sant in der Fotografie entdeckt. 1995 erscheint sein Band *108 Portraits*, 1997 sein erster Roman *pink*, eine Satire über das Filmgeschäft.

- weitere Filme (Auswahl): *Psycho*, 1998; *Finding Forrester*, 2000; *Gerry*, 2002; *Elephant*, 2003; *Last Days*, 2005

Santing, Mathilde

niederländische Musikerin
24.10.1958 Amsterdam

Ihre glasklare Stimme lässt seit vielen Jahren ihr Publikum, ob männlich, ob weiblich, in Verzückung geraten. Zu Beginn ihrer Laufbahn tritt sie zwar nur mit ihrer kleinen Rhythmus-Maschine auf die Bühne, aber dennoch gelingt es ihr dank ihrer unvergleichlich fließenden Stimme, der sanften Melodien und der ruhigen und doch überaus charismatischen Bühnenpräsenz, von Anbeginn an ganze Konzertsäle zu füllen. Zahlreiche Songs der Kultsängerin der 80er Jahre werden zu Ohrwürmern (*Downtown, I've Grown Accustomed to Her Face, The Gentleman Is a Dope*). Mathilde, einst stets im Knaben-Konfirmanden-Outfit und blondem Burschenhaarschnitt präsent, macht heutzutage in deutlich femininerer Kleidung eine ebenso gute Figur – und sie ist gewiss eine der wenigen Künstlerinnen, die ihre üppige Körperfülle aufs beste zu präsentieren wissen. Längst ist Santing nicht mehr nur ein Insidertip: Das Eröffnungskonzert der alljährlich stattfindenden Open-air-Sommerkonzertreihe im Amsterdamer Vondel-Park wird seit geraumer Zeit von ihr bestritten.

- CDs: *Carried Away*, 1991; *Ballads*, 1994; *Water under the Bridge*, 1985; *Breast and Brow*, 1989; *Out of this Dream*, 1986

Sappho

griechische Lyrikerin
um 610 v. Ch. Skala Eressos/Lesbos – um 560 v. Ch. ebd.

Noch heute kichern junge Mädchen verschämt im Unterricht, wenn der Name Sappho erwähnt wird. Die jungen Mädchen, die von der adeligen Dichterin seinerzeit auf der griechischen Insel Lesbos in Poetik unterrichtet werden, haben vermutlich noch mehr Spaß dabei. Von dieser Tätigkeit und ihren leidenschaftlichen Gefühlen für ihre Schülerinnen erzählen Sapphos Gedichte, die in äolischem Dialekt und einfacher Sprache verfasst werden. Sappho ist schon zu Lebzeiten eine legendäre Gestalt: Ihre Arbeiten beeinflussen die wichtigsten Dichter des Altertums, z.B. Catull und Horaz. ☞Platon bezeichnet sie als die „zehnte Muse", und nach ihr wird die „sapphische Strophe" benannt. Und woher die Bezeichnungen „sapphische Liebe" und „lesbisch" sich ableiten, dürfte nun klar sein: „Schöne Frauen, meine Gefühle für euch werden niemals schwanken ..." Über das Leben Sapphos ist wenig bekannt. Selbst das Todesjahr ist unsicher. Vermutlich war sie verheiratet und hatte eine Tochter namens Kleis. Überlebt hat ihre Lyrik u.a. auf Papyrus, das als Grabbeigaben im 19. Jh. in Ägypten gefunden wurde.

- J. Schikel (Hg.): *Sappho. Strophen und Verse*, 1995; Eva Demski: *Das Meer hört mit 1000 Ohren, Sappho und die Insel Lesbos*, 1995

Sarton, May

US-amerikanische Schriftstellerin und Lyrikerin belgischer Herkunft
3.5.1912 Wondelgem/Belgien – 16.7.1995 York/Maine

1916 kommt Sarton mit ihren Eltern in die USA und erhält 1924 die US-amerikanische Staatsbürgerschaft. Als Erwachsene lebt sie sehr zurückgezogen und öffentlichkeitsscheu. „Die radikalen Lesben verlangen, dass auch ich radikal bin. Aber das bin ich halt nicht", sagt sie in einem Interview für die *Paris Review*. Die meisten Schwulen und Lesben kennen aber ihren Roman *Mrs. Stevens Hears the Mermaids Singing* (1965, dt. *Mrs. Stevens hört die Meerjungfrauen singen*, 1980) über eine 70-jährige Dichterin, die Männer und Frauen geliebt hat und sich mit ihrem Gärtner anfreundet, der ihr gesteht, selbst homosexuell zu sein. Nach der Veröffentlichung von *Mermaids* verliert Sarton ihre Stelle als Dozentin, da Rückschlüsse auf das Privatleben der Autorin gemacht werden. Ihr letzter Roman *The Education of Harriet Hatfield* (1990) handelt von einer 60-jährigen Frau, die einen feministischen Buchladen in Boston aufmacht und versucht, die Kluft zwischen Schwulen, Lesben und Heteros zu überbrücken. Wenn diese Geschichte auch ziemlich harmlos klingt, ist es vielen Eltern im Bundesstaat New Hampshire zuviel: Sie haben es auf den Index setzen lassen. Sartons Oeuvre umfasst mehr als 26 Werke: Gedichte, Romane, Sachbücher, Autobiografien, Kinderbücher und Drehbücher.

- *I Knew A Phoenix: Sketches for an Autobiography*, 1959; *The Small Room*, 1961; *Plant Dreaming Deep: An Autobiography*, 1968; *A Rekkoning*, 1978 (dt. *Eine Abrechnung*, 1885); *The Magnificent Spinster*, 1985
- Marita Simpson und Martha Wheelock (Hrsg .): *May Sarton. A Self-Portrait*, 1986; Margot Peters. *May Sarton: A Biography*, 1997

Savage, Dan

US-amerikanischer Autor und Kolumnist
1964 Chicago/Illinois

Savage ist Mitherausgeber der US-amerikanischen Wochenzeitschrift *The Stranger* und Journalist u.a. für das *National Public Radio*, *The New York Times* und *Rolling Stone*, aber vor allem bekannt als Autor der Sexkolumne *Savage Love*. Sie erscheint seit 1991 weltweit in mehr als 40 Zeitschriften und Zeitungen, insbesondere in den USA und Kanada, darunter in *Village Voice* und *San Francisco Weekly*. Als offen schwuler Mann gibt er dort einer weitgehend heterosexuellen Leserschaft Auskunft über „Lecken für Jungs, Blasen für Mädchen, Analverkehr für jedermann" (Savage). „Schließlich", so Savage, „wissen Schwule mehr über Sex als Heteros, haben mehr Sex als Heteros und haben besseren Sex als Heteros." 1989 lernt Savage in einer Bar in seiner Heimatstadt Seattle seinen Lebensgefährten, den DJ Terry Miller, kennen. 1998 adoptieren sie gemeinsam ein neugeborenes Kind, Daryl Jude Pierce. Die Mutter Melissa, ein obdachloses Mädchen, hatte sich das schwule Paar aus 80 Bewerbern, die ihr über eine Adoptionsvermittlungsstelle vorgeschlagen wurden, ausgewählt. In seinem Buch *The Kid. What Happened after My Boyfriend and I Decided to Go Get Pregnant* (1999) berichtet Savage von diesem Abenteuer.

- Buchveröffentlichungen: *Savage Love: Straight Answers from America's Most Popular Sex Columnist*, 1998 (dt. *Aus purer Lust*, 2000); *Skipping Towards Gomorrah: The Seven Deadly Sins and the Pursuit of Happiness in America*, 2002

Scheel, Cornelia

deutsche Publizistin und Managerin
28.3.1963 München

Ihre Verwandtschaftsverhältnisse haben sie bekannt gemacht: Cornelia Scheel ist die Adoptivtocher des Altbundespräsidenten Walter Scheel, die leibliche Tochter seiner Frau Mildred und seit 1991 die Frau der bekanntesten deutschen Lesbe, der Schauspielerin und Entertainerin ☞Hella von Sinnen. Fast jedenfalls, denn die Heiratsklage von Scheel und von Sinnen vor dem Bundesverfassungsgericht 1992 ist leider erfolglos. Mit 15 entdeckt Scheel ihre Liebe zu Frauen – insbesondere zu ihrer Reitlehrerin – und wird prompt von ihrer Mutter in flagranti im Bett erwischt. Nach dem großen Aufruhr, der auf dieses einschneidende Erlebnis folgt, versucht Scheel danach mehr oder minder erfolgreich, mit Männern, in der Hauptsache aber für ihre Arbeit bei der von ihrer Mutter gegründeten Krebshilfe zu leben, bis sie 1989 auf der Funkausstellung in Berlin Hella von Sinnen kennen lernt. Aus der zunächst heimlichen Affäre wird nach einigem Hin und Her endlich die große Liebe. Scheel arbeitet eng mit von Sinnen zusammen und ist an mehreren erfolgreichen Soloprogrammen ihrer Lebenspartnerin als Co-Autorin und -Regisseurin beteiligt.

Schenk, Christina

deutsche Politikerin und Diplom-Physikerin
8.7.1952 Ilmenau/Thüringen

Nach einem 1976 abgeschlossenen Physikstudium an der Humboldt-Universität Berlin arbeitet Christina Schenk bis 1989 als wissenschaftliche Mitarbeiterin an der Akademie der Wissenschaften der DDR. 1989 nimmt sie ein postgraduales Studium der Soziologie auf, das mit einer Aspirantur an der Humboldt-Universität zur Situation lesbischer Frauen in der DDR einhergeht, 1990 jedoch im Zuge der Vereinigung beider deutscher Staaten abgewickelt wird. 1994 beginnt Schenk ein Fernstudium der Politologie und der Sozialen Verhaltenswissenschaften in Hagen. Von 1973 bis 1981 ist sie Mitglied der SED. Nach ihrem Austritt bleibt sie parteilos. Ab 1984 ist sie in der Oppositionsbewegung der DDR unter dem Dach der evangelischen Kirche (Lesbengruppe Berlin) aktiv. 1989 gehört sie zu den Mitbegründerinnen des Unabhängigen Frauenverbandes (UFV). Als deren Vertreterin sitzt sie mit am Zentralen Runden Tisch und ist Leiterin der Arbeitsgruppe „Gleichstellung von Frau und Mann". Bei der Bundestagswahl 1990 ist Schenk Spitzenkandidatin des UFV/Liste der BürgerInnenbewegungen. 1994 kandidiert sie auf der Offenen Liste der PDS zur Bundestagswahl, Landesliste Sachsen, ist frauenpolitische Sprecherin der Bundestagsgruppe der PDS und Leiterin des Arbeitskreises Feministische Politik. Sie ist die einzige Abgeordnete des Deutschen Bundestages, die offiziell beim Stichwort Familienstand als in „lesbischer Lebensgemeinschaft lebend" geführt wird. Die leidenschaftliche Mountain-Bike-Fahrerin ist Mitglied des Kuratoriums der Volksuni e.V., der Frauenredaktion des Argument-Verlages und der Gesellschaft für Sexualwissenschaft e.V..

- „Lesbische Existenz in der DDR – ein Rückblick mit Aussichten" iln: Agnes Joester/Ines Schönigh (Hg.): *So nah und doch so fern*, 1992; „Lesbians and their Emancipation in the German Democratic Republic: Past and Future" in: *Gender Politics and Post Communism*, 1993

Scherer, Hans

deutscher Journalist und Autor
24.1.1938 Trier – 10.6.1998 Berlin

Nach einem Volontariat bei der *Trierischen Landeszeitung* übernimmt Hans Scherer 1968 die Redaktion der Zeitschrift *Düsseldorfer Hefte*. 1970-1973 Feuilletonredakteur der *Nürnberger Zeitung*. Danach Redakteur der *Frankfurter Allgemeinen Zeitung* und zeitweilig Paris-Korrespondent des Blattes. Seine vielbeachteten Reisereportagen, die immer auch den schwulen Blick auf das Gesehene und Erlebte erkennen lassen, sind in Buchform u.a. in *Lauter Zwischenstationen* (1989), *Tanzen zwischen den Krisen* (1991) und *Stopover* (1995) veröffentlicht. Für diesen letztgenannten Band wird er 1996 mit dem „Preis der Bergbahnen Innsbruck für Reisejournalismus" ausgezeichnet. 1997 erscheint sein autobiografischer Roman *Remeurs Sünden*, eine schwule *éducation sentimentale*, die von der ersten Penetration auf Norderney bis zu den Klappen in Paris über Bordellzimmer bis hin zu einer Scat-Party in Amsterdam führt.

Schernikau, Ronald M.

deutscher Schriftsteller
11.7.1960 Magdeburg – 20.10.1991 Berlin

Er ist gerade 20 Jahre alt, als sein erfolgreicher Erstling *kleinstadtnovelle* (1980) erscheint; ein literarisch ambitioniertes Stück über das Coming-out eines Schülers in der Provinz. Geboren war Schernikau in Magdeburg, aufgewachsen in Lehrte bei Hannover. Die DDR prägt jedoch weiterhin seine Sozialisation. Er sei mit DDR-Kinderbüchern und Ost-Fernsehen großgeworden. Folgerichtig geht er drei Jahre lang als Stipendiat ans Johannes-R.-Becher-Institut für Literatur nach Leipzig. Seine Erfahrungen beschreibt er in seinem Buch *die tage in L. darüber, dass die ddr und die brd sich niemals verständigen können, geschweige denn mittels ihrer literatur*. Das Buch erscheint 1989 in einem West-Verlag. Im Osten, so meint er selbst, wäre

es wohl nie gedruckt worden. Dennoch hält Schernikau am Kommunismus fest und an der Idee des Sozialismus auf deutschem Boden: Konsequenterweise siedelt er am 1. September 1989 offiziell in die DDR nach Ost-Berlin über. Auf dem letzten DDR-Schriftstellerkongress im März 1990 warnt er vor dem kapitalistischen Westdeutschland: „Meine Damen und Herren. Sie wissen noch nichts von dem Maß an Unterwerfung, die der Westen jedem einzelnen seiner Bewohner abverlangt. Am 9. November hat in Deutschland die Konterrevolution gesiegt. Ich glaube nicht, dass man ohne diese Erkenntnis in der Zukunft wird Bücher schreiben können." Schernikau wird von den meisten ausgebuht. 1991 stirbt Schernikau an den Folgen von Aids. Sein monumentaler Roman *legende* wird erst 1999 nach jahrelangen Bemühungen durch die Erben publiziert. Auch sein Stück *Die Schönheit*, uraufgeführt 1987 von einem Tuntenensemble im West-Berliner Schwulenzentrum SchwuZ, ist bislang nicht neu für die Bühne entdeckt worden.

- *Dann hätten wir noch eine Chance. Briefwechsel mit Peter Hacks. Texte aus dem Nachlaß*, 1992

Schiller, Greta

US-amerikanische Regisseurin
21.12.1954 Detroit

Schiller zählt zu den erfolgreichsten unabhängigen Filmemacherinnen der jüngsten Filmgeschichte. Die mehrfach ausgezeichnete Regisseurin erhält bereits für ihre erste Regiearbeit *Before Stonewall*, einer Dokumentation der US-amerikanischen Schwulen- und Lesbenbewegung, 1984 einen Emmy für den besten Dokumentarfilm und wird in der Kategorie „Beste Regisseurin" nominiert. Auch die beiden folgenden Dokumentarfilme über die Geschichte amerikanischer Jazzmusikerinnen, *Maxine Sullivan: Love to Be in Love, International Sweethearts* (1986) und *Tiny & Ruby: Hell Divin' Women* (1988) werden mehrfach ausgezeichnet. Zusammen mit ihrer Partnerin, der Autorin und Filmemacherin ☞Andrea Weiss, gründet Schiller 1984 die in New York und London ansässige Filmgesellschaft Jezebel Productions.

- *Paris Was a Woman* (Dokumentarfilm), 1995 (dt. *Paris war eine Frau*); *The Man Who Drove with Mandela*, 1998

Schlesinger, John Richard

britischer Film- und Theaterregisseur
16.2.1926 London – 25.7.2003 Palm Springs/Kalifornien

Schauspielerfahrungen während seiner Militärzeit im Zweiten Weltkrieg. Er arbeitet zunächst für das Fernsehen, bevor er mit *A King of Loving* (1962) sein Filmdebüt gibt. Es folgen *Billy Liar* (1963) und *Darling* (1965), die Julie Christie den Weg zum Welterfolg ebnen. Nach der missglückten Thomas Hardy-Adaption *Far from the Madding Crowd* (1967) Übersiedlung in die USA. Fortan arbeitet er abwechselnd in den USA und in Großbritannien. Mit *Midnight Cowboy*, der Oscar-prämierten Geschichte einer Freundschaft zwischen einem Stricher (Jon Voight) und einem behinderten Mann (Dustin Hoffman), erster großer Erfolg bei Publikum und Kritik. In den USA wird der Film erst ab 21 Jahren freigegeben. Auch sein nächster Film *Sunday, Bloody Sunday* (1971) mit Glenda Jackson und Peter Finch wird ein Meilenstein in der schwulen Filmgeschichte. Zum ersten Mal küssen sich in einem britischen Film zwei Männer. 1986 dreht er die TV-Produktion *An Englishman Abroad* mit Alan Bates über den homosexuellen Spion Guy Burgess, dessen Lebensgeschichte u.a. auch Vorlage für Marek Kanievskas *Another Country* (1984) ist. Nach dem wenig erfolgreichen *The Day of the Locust* (1975) inszeniert er 1976 den kassenträchtigen Thriller *The Marathon Man*. Es folgen u.a. *Madame Sousatzka* mit Shirley McLaine (1988) und *Pacific Heights* (1990). Seine jüngsten Projekte reichen künstlerisch kaum noch an seine großen Erfolge heran und werden mehrheitlich Flops (*The Innocent*, nach dem Roman von Ian McEwan, 1991 und *Eye for an Eye*, 1994, dt. *Auge um Auge*). Das Angebot des US-Dramatikers ☞Larry Kramer, sein Stück *The Normal Heart* zu verfilmen, lehnt Schlesinger ab. Er selbst lässt sich mit *The Midday Sun* von ☞David Leavitt einen eigenen Stoff für einen Aids-Film entwickeln, der jedoch bislang nicht realisiert wird, ebenso wenig wie seine Filmadaption des Andrew Lloyd Webber-Musicals *Aspects of Love*. In Nigel Finchs Verfilmung des Leavitt-Romans *The Lost Language of Cranes* ist Schlesinger in einer Gastrolle zu sehen. 2000 kommt seine Komödie *The Next Best Thing* mit Madonna und ☞Rupert Everett als schwuler Vater in die Kinos. Am 25. Juli 2003 lässt sein Lebensgefährte der vergangenen 30 Jahre, der Fotograf Michael Childers, im Desert Regional Medical Center von Palm Springs die Maschinen abschalten, die Schlesinger zuletzt noch am Leben gehalten haben.

Schmitz, Sybille

deutsche Schauspielerin
2.2.1909 Düren – 13.4.1955 München

Als sich Sybille Schmitz 1955, verarmt, drogenabhängig und nach längerem Aufenthalt in einer Nervenheilanstalt, das Leben nimmt, ist sie als Schauspielerin fast vergessen. Mit ihrem Image und ihrer Ausstrahlung der rätselhaft Fremden und Verlorenen passte die gefeierte Filmdiva der 30er und 40er Jahre nicht zur optimistischen Oberflächlichkeit des deutschen Nachkriegsfilms. „Ich wurde scheinbar tot geboren und in einen Sarg gelegt. Erst die Hammerschläge, die ihn schlossen, erweckten mich zum Leben", sagt sie in einem Interview und beschreibt damit zugleich ein wenig ihre Aura von Einsamkeit und Unnahbarkeit. Gegen spärliche Gagen spielt sie in ihren letzten Lebensjahren in Zimmertheatern, die wenigen Filmangebote lehnt sie meist ab und bald gilt sie in der Branche als „schwierig". Ihren Abstieg und Freitod nimmt ☞Rainer Werner Fassbinder als Grundlage für *Die Sehnsucht der Veronika Voss* (1982) und setzt ihr so ein filmisches Denkmal. Ihre Kindheit verbringt die Konditorstochter Sybille Schmitz zu einem großen Teil in einer Ursulinen-Klosterschule. Nach der Schauspielschule in Köln debütiert sie 1927 am Deutschen Theater in Berlin. Ihren ersten Filmauftritt hat sie im SPD-Parteifilm *Freie Fahrt* als junge Arbeiterfrau. Carl Theodor Dreyer besetzt sie in *Vampyr* (1931-32). Ihre erste Starrolle hat sie neben Hans Albers in *F.P. 1 antwortet nicht* (1932). In den Folgejahren erarbeitet sie sich mit der Darstellung von meist eleganten, hintergründigen Frauen, u.a. in *Ein idealer Gatte* (1935) und *Abschiedswalzer* (1934), einen festen Stand beim deutschen Film. Die Nazis verhängen Mitte der 30er Jahre Auflagen gegen sie und wollen sie in Propagandastreifen einsetzen. 1937-38 kommt es zu einem generellen Spielverbot, das durch die Intervention von ☞Gustaf Gründgens wieder gelockert wird. Danach spielt sie in einigen propagandistischen Spielfilmen wie *Wetterleuchten um Barbara*, *Es leuchten die Sterne* und *Trenck, der Pandur*. Zu ihren letzten Filmauftritten gehören *Illusion in Moll* (1952) und *Das Haus an der Küste* (1953). Zwar ist Sybille Schmitz mit dem Drehbuchautor Harald G. Petersson verheiratet, doch kursierten bereits Anfang der 30er Jahre Gerüchte über ihre lesbischen Liebschaften. Géza von Cziffra berichtet in seiner Sittengeschichte des deutschen Films *Es war eine rauschende Ballnacht* von der Ehefrau eines Düsseldorfer Großindustriellen, die sich regelmäßig zu intimen Treffen mit Schmitz im Berliner Hotel Kaiserhof verabredete. 1949 entwickelt sich aus ihrer Freundschaft zu Beate von Molo, Prinzipalin des Atelier-Theaters in München-Schwabing, eine heftige Liebe. „Schon bei meiner ersten Begegnung war ich fasziniert von ihr", erzählt Beate von Molo dem

Biografen von Sybille Schmitz. „Sie war schön, charmant, elegant, intelligent und voller Humor. Gleich am ersten Tag schenkte sie mir eine große Flasche Parfüm und einen teuren Schal. Ich wusste gar nicht, wie mir geschah." Später beginnt Schmitz unter dem Verhältnis zu leiden. Nach einem Selbstmordversuch gibt sie dem behandelnden Psychiater zu Protokoll, sie sei „nicht schwul", vielmehr stehe sie unter dem schlechten Einfluss von Beate von Molo und deren Frauenclique. Ihren Mann hat sie zu diesem Zeitpunkt bereits an eine andere Frau, die Kusine von Beate von Molo, verloren. Ihre Geliebte setzt sich zwar sehr für Sybille Schmitz' Karriere ein, dirigiert aber auch ihr Privatleben und überfordert sie offenbar auch in sexueller Hinsicht. 1952 zerbricht ihre Beziehung am zunehmenden Alkoholismus der Schauspielerin.

- Friedemann Beyer: *Schöner als der Tod. Das Leben der Sybille Schmitz*, 1998

Schoppmann, Claudia

deutsche Historikerin und Autorin
17.2.1958 Stuttgart

„Hätte ich nicht so einen schlechten, konservativen Geschichtsunterricht in der Schule gehabt, in dem vor allem die Nazizeit fast völlig vernachlässigt wurde, hätte ich mich wohl kaum so für Geschichte interessiert", mutmaßt Claudia Schoppmann heute. Folgerichtig beginnt sie Germanistik und Geschichte zu studieren, zunächst in Münster und ab 1979 in Berlin (West), wohin es sie nicht zuletzt der Frauen wegen zieht. Hier lebt sie seit einigen Jahren in einem Lesbenwohnprojekt. Tabuthemen und bislang Unerforschtes sind bis heute eine besondere Herausforderung für sie. „Jede Minderheit muss ihre Vergangenheit kennen, um auch in der Gegenwart verantwortlich handeln zu können. Diese Geschichte möchte ich transparent machen, ohne Lesben per se zu Opfern der Geschichte zu erklären", meint Schoppmann, deren Interesse besonders den Biografien lesbischer Frauen gilt. 1990 promoviert sie über die geschlechtsspezifische Bekämpfung der Homosexualität im „Dritten Reich" und veröffentlicht seitdem mehrere Bücher zur NS-Zeit, zu Exil und jüdischer Geschichte. 1997 erhält sie den Osnabrücker Rosa Courage-Preis für ihren Beitrag zur Sichtbarmachung von Lesben und das Bewahren der „Schwestern von gestern" vor dem Vergessenwerden.

- *Nationalsozialistische Sexualpolitik und weibliche Homosexualität*, 1986/1997; *Zeit der Maskierung. Lebensgeschichten lesbischer Frauen im „Dritten Reich"*, 1993; *Verbotene Verhältnisse. Frauenliebe 1938-1945*; 1999

Schroeter, Werner

deutscher Theater- und Filmregisseur
7.4.1945 Georgenthal/Thüringen

Einen Teil seiner Jugend verbringt Schroeter in Neapel; die Verbindung zu dieser Stadt drückt sich in dem Gastarbeiterdrama *Neapolitanische Geschwister* (1978) aus, einem seiner erfolgreichsten Filme, u.a. mit dem Adolf-Grimme-Preis ausgezeichnet. Nach drei Semestern Studium der Psychologie Aufnahmeprüfung an der Filmhochschule in München, die er jedoch nach wenigen Wochen bereits wieder verlässt. Arbeitet zeitweilig als Filmkritiker. Erste autodidaktische Erfahrungen mit Experimentalfilmen. Lernt 1968 ☞Rosa von Praunheim kennen, mit dem er in den nächsten Jahren zusammenarbeitet. Er kauft sich eine 16mm-Kamera. Mit den ersten Arbeiten in diesem Format hat er auf dem Hamburger Filmfestival 1969 großen Erfolg, ☞R.W. Fassbinder bezeichnet ihn als den „wichtigsten, spannendsten, entscheidendsten sowie entschiedensten Regisseur des alternativen Kinos". Im gleichen Jahr gewinnt er mit *Eika Katappa* in Mannheim den Joseph von Sternberg-Preis, der eine TV-Ausstrahlung zur Folge hat. Fast alle weiteren Filmarbeiten werden nun vom Fernsehen co-produziert, allerdings findet erst *Neapolitanische Geschwister* den Weg in die Kinos.
Thematisch und stilistisch sind Schroeters Filme zumeist dominiert von seiner Leidenschaft für die Oper, die sich bis zu den jüngsten Theater- und Filmarbeiten verfolgen lässt (*Callas Porträt*, 1969; *Der Rosenkönig*, 1984-86). In den 80er Jahren entstehen weitgehend Dokumentarfilme; parallel zur Filmarbeit inszeniert Schroeter für Theater und Oper in u.a. Düsseldorf, Bremen, Hamburg, Kassel, Berlin, Köln und Bochum und erarbeitet sich den Ruf als einer der umstrittensten deutschen Regisseure dieser Dekade. 1995 missglückt die deutschsprachige Erstaufführung von ☞Tony Kushners *Engel in Amerika* am Hamburger Schauspielhaus. 1997 wird ihm beim Filmfestival von Locarno aus Anlass der Uraufführung seines Dokumentarfilmes *Poussières d'amour – Abfallprodukte der Liebe* der „Pardo d'onore" für sein filmisches Gesamtwerk verliehen.

- Filme (Auswahl): *Weiße Reise*, 1979; *Tag der Idioten*, 1981; *Mahina*, 1990; *Die Königin – Marianne Hoppe*, 1999; *Deux*, 2002
- Peter W. Janssen/Wolfram Schütte (Hg.): *Werner Schroeter*, 1980; Sabina Dhein: *Werner Schroeter*, 1991

Schuchardt, Helga

deutsche Politikerin
2.8.1939 Hannover

„Es ist das Normalste der Welt, mit einer Frau zusammenzuleben, so wie zwei Männer zusammenleben oder ein Mann und eine Frau ..." Diese wohltuenden Worte spricht im August 1992 eine ranghohe deutsche Politikerin aus: Helga Schuchardt, ihrerzeit Ministerin für Wissenschaft und Kunst in Niedersachsen, hat genug vom Versteckspiel. Die Feministin ist von 1972 bis 1983 Mitglied des Bundestags, bis 1982 als Vertreterin der FDP, danach parteilos. Mit dem Wechsel nach Hamburg, wo sie zur Kultursenatorin berufen wird, übernimmt Schuchardt 1983 die damalige Pressereferentin Inge Volk, aus der alsbald ihre Lebensgefährtin wird. 1987 scheidet sie aus ihrem Amt aus und gründet mit Volk eine Agentur für Kulturveranstaltungen, bis sie 1990 zur Ministerin nach Hannover berufen wird, wo sie mit Inge Volk zusammenzieht.

Schulman, Sarah

US-amerikanische Schriftstellerin und Aids-Aktivistin
28.7.1958 New York City

Schulmans zornige und kritische Romane über Randgruppen der Gesellschaft werden in viele Sprachen übersetzt und erhalten zahlreiche Auszeichnungen. Das politische Engagement der New Yorkerin hat eine zentrale Bedeutung für ihre literarische und journalistische Arbeit. Seit 1987 Mitglied von ACT UP, ist sie zudem Mitinitiatorin des New York Lesbian and Gay Experimental Festival und Aktionistin der Lesbian Avengers. Seit 1983 konzentriert sich Schulman hauptsächlich auf das Thema Aids, ihre entschiedene Infragestellung der „Aids-Hysterie" unter Lesben ist bei ihren Lesereisen immer wieder Anlass für erregte und fruchtbare Diskussionen. Ab 2000 schreibt sie auch für die Bühne. So wird u.a. 2003 ihr Stück *Carson McCullers* in New York uraufgeführt, und es entsteht eine musikalische Adaption ihres *Schimmer*.

- *After Delores*, 1988 (dt. *Ohne Delores*); *People in Trouble*, 1990 (dt. *Leben am Rand*); *Empathy*, 1992 (dt. *Einfühlung*); *Rat Bohemia*, 1995 (dt. *Boheme der Ratten*); *Schimmer*, dt. 2001

Schumacher, Joel

US-amerikanischer Filmregisseur
29.8.1939 New York City

Aufgewachsen in New York City, Studium an der Parsons School of Design. Er entstammt ärmlichen Verhältnissen und verliert früh die Eltern. Bereits als Kind sammelt er Erfahrungen mit Alkohol und Drogen. Erst mit über 50 Jahren wird er clean und trocken. Seine Karriere in der Unterhaltungsindustrie beginnt als Art-Director für TV-Spots, später entwirft er Kostüme u.a. für Woody Allens Filme *Sleeper* und *Interiors* und schreibt Drehbücher u.a. für die Schwulenklamotte *Car Wash*. Der Fernsehfilm *The Virginia Hill Story* wird sein Regiedebüt, *The Incredible Shrinking Woman* mit ☞Lily Tomlin sein erster Kinofilm. In den Folgejahren etabliert sich Schumacher als einer der erfolgreichsten Regisseure der USA. Zu seinen Arbeiten gehören Kassenhits wie *St. Elmo's Fire* (1985), *The Lost Boys* (1987), *Flatliners* (1990), *8 mm* (1998), die Verfilmungen der John Grisham-Romane *The Client* (1994) und *A Time to Kill* (dt. *The Jury*). *Batman Forever* wird 1995 der größte Kassenerfolg des Jahres. 1999 inszeniert er mit *Flawless* (dt. *Makellos*) ein witziges Drama um die schwierige Beziehung zwischen einem heterosexuellen Ex-Cop (Robert De Niro) und einer Drag Queen (Philip Seymour Hoffmann).

- weitere Filme (Auswahl): *Tigerland*, 2000; *Bad Company*, 2002; *Phone Book*, 2002; *Veronica Guerin*, 2003; *The Phantom of the Opera*, 2004

Schwarzenbach, Annemarie

Schweizer Schriftstellerin
23.5.1908 Zürich – 15.11.1942 Sils

Trotz der poetischen Kraft ihrer literarischen und journalistischen Arbeiten ist es eher ihr außergewöhnlicher, tragischer Lebensweg, der die lange vergessene Autorin seit einiger Zeit wieder ins Blickfeld der Öffentlichkeit geraten lässt. Nach einer behüteten Kindheit in äußerst wohlhabenden Verhältnissen studiert Schwarzenbach ab 1927 in Zürich und Paris Geschichte, bevor sie Anfang der 30er Jahre in München und Berlin als Journalistin arbeitet. In diese Zeit fallen auch ihre ersten literarischen Arbeiten (wie der verschlüsselt homoerotische Roman *Freunde um Bernhard*, 1931), ihr antifaschistisches Engagement sowie die Freundschaft mit ☞Erika und ☞Klaus Mann – und der Beginn einer lebenslangen, unerwiderten Liebe zu Erika. Schwarzenbach, die sich in der *Lyrischen Novelle* (1933) als eine der ersten ihrer Zeit verschlüsselt zu ihrer Homosexualität bekennt, leidet in den folgenden Jahren zunehmend unter Depressionen und schwerem Drogenmissbrauch. Als Schriftstellerin zwar überaus produktiv, aber relativ erfolglos, arbeitet sie mehrere Jahre lang als Reisejournalistin (*Winter in Vorderasien. Tagebuch einer Reise*, 1934) und hält sich über längere Zeit immer wieder in den USA, Afrika und Kleinasien auf. Nach einigen Selbstmordversuchen, mehreren unglücklichen Liebesbeziehungen und einer ebenso unglücklichen Heirat mit dem Homosexuellen Diplomaten Claude Clarac kehrt Schwarzenbach 1942 wieder in die Schweiz zurück, wo sie nach einem Sturz vom Fahrrad im Alter von 34 Jahren stirbt. Ihr Werk wird seit den 90er Jahren neu entdeckt und ediert.

- Roger Perret (Hg.): *Bei diesem Regen. Erzählungen*, 1996; Roger Perret (Hg.): *Jenseits von New York. Ausgewählte Reportagen, Feuilletons und Fotografien aus den USA 1936-1938*, 1997; *Alle Wege sind offen. Die Reise nach Afghanistan 1939/1940*, 2001
- ☞Nicole Müller/D. Grente: *Der untröstliche Engel. Das ruhelose Leben der Annemarie Schwarzenbach*, 1995; Areti Georgiadu: *„Das Leben zerfetzt sich in tausend Stücke". Annemarie Schwarzenbach, eine Biographie*, 1995

Schwarzkopf, Klaus

deutscher Schauspieler

18.12.1922 Neuruppin – 21.6.1991 Bochum

Im Laufe seiner erfolgreichen Karriere spielt er weit über 250 Fernsehrollen, in anspruchsvollen Literaturverfilmungen wie in eher gefälligen Vorabendserien (etwa in *Praxis Bülowbogen*). Seine größte Popularität verdankt er allerdings seiner Rolle als Kommissar Finke in *Tatort* (1972-1978). Als Synchronsprecher leiht er u.a. Peter Falk in der US-Krimiserie *Columbo* seine Stimme. Wegen seiner Kleinwüchsigkeit – die Folge einer Wirbelsäulenerkrankung während seiner Kindheit- glaubt der junge Schwarzkopf zunächst nicht, als Schauspieler berufliche Chancen zu bekommen, und schlägt zunächst eine Beamtenlaufbahn ein. Bis Kriegsende ist er als Regierungsinspektor eingesetzt. Zum ersten Mal als Schauspieler hervorgetreten ist er am Berliner Schlosspark-Theater, wo er nach abgeschlossener Schauspielausbildung (1943/44 und 1946/47) unter Boleslaw Barlog debütiert. Es folgen Engagements am Hessischen Staatstheater Wiesbaden, Landestheater Hannover und Staatsschauspiel in München. Seinen letzten Auftritt hat er in der ZDF-Produktion *Der große Bellheim*. Am Ende der sechswöchigen Dreharbeiten hat er vor laufender Kamera einen Zusammenbruch und stirbt bald darauf. Zwar gibt es zu Lebzeiten immer wieder Gerüchte über seine Homosexualität, Schwarzkopf jedoch hält sein Privatleben völlig bedeckt. Erst mit seinem Tod berichten auch große Tageszeitungen über sein Doppelleben und nennen den ehemaligen Tänzer und Regisseur Hubertus Moeller als seinen langjährigen Lebensgefährten.

Scott, Randolph (eigentlich George Randolph Crane Scott)

US-amerikanischer Schauspieler

21.1.1898 Orange/Virginia – 2.3.1987 Bel Air/Kalifornien

Besuch einer Privatschule und des Georgia Institute of Technology in Atlanta. Er arbeitet als Ingenieur, als er plötzlich erkrankt. Sein Arzt empfiehlt ihm, zur Genesung und des besseren Klimas wegen nach Westen zu gehen. Er nimmt Schauspielunterricht an der University of North Carolina, Chapel Hill, zieht nach Kalifornien und gehört eine Zeit zum Ensemble des Pasadena Community Playhouse. Erste Kleinstrollen im Film 1928 (Debüt in John G. Blystones *Sharp Shooters*), die erste Hauptrolle in *Hot Saturday* (1931/32), Seite an Seite mit Cary Grant, als dessen Sprachtrainer er engagiert worden war und mit dem er einige Jahre in einer offenen Lebensgemeinschaft verbringt. In den offizielleren Biografien ist stets von einer Not-Wohngemeinschaft der beiden finanziell zu diesem Zeitpunkt noch nicht sehr erfolgreichen Schauspieler die Rede. Gemeinsam spielen sie auch in *My Favorite Wife* (1940). Die Beziehung zerbricht, sie bleiben jedoch lebenslang eng befreundet. Zuvor ist Scott der Geliebte des Filmproduzenten Howard Hughes, den er auf einem Golfplatz kennen gelernt hatte. Scott, durch sein Elternhaus bereits sehr wohlhabend, vermehrt sein Vermögen durch eine Heirat. Ab 1949 Imagewandel zum Westernhelden (*Ride Lonesome*, 1959; *Comanche Station* 1960; *Ride the High Country/Guns in the Afternoon*, 1962). Insgesamt spielt er in annähernd 100 Komödien, Musicals und Western. In den späten 60er Jahren zieht sich Scott aus dem Filmgeschäft zurück und investiert erfolgreich in Öl und Immobilien.

Sedaris, David

US-amerikanischer Autor

1956 Johnson City/New York

Sedaris, Sohn griechischer Einwanderer, ist Theaterautor, Rundfunkkommentator und Erzähler. Stoff für seine satirisch-ironischen Bücher wie *Naked* (1998, dt. *Nackt*) und *Me Talk Pretty One Day* (2001, dt. *Ich ein Tag sprechen hübsch*) ist vor allem seine eigene Biografie – seien es sein erster Aufenthalt in einem Nudisten-Camping-Park oder ein Aushilfsjob als Weihnachtself im Kaufhaus Macy's. Immer wieder deckt er mit scharfem Blick dabei die Absurditäten und Katastrophen eines ganz banalen Alltags auf. David Sedaris war seinem Lebensgefährten, dem Maler Hugh Hamrick, nach Frankreich gefolgt und lebt in Paris bzw. in der Normandie. „I think it's harder if you're gay to just be known as a writer instead of being known as a gay writer. But personally I would rather be known as a writer rather than be segregated to that little corner of the bookstore."

- weitere Veröffentlichungen: *Barrel Fever*, 1995 (dt. Fuselfieber, 2000); *Holidays on Ice*, 1998; *Santaland Diaries & Seasons Greetings: 2 Plays*, 1998; *The Book of Liz*, 2002; *Dress Your Family in Corduroy and Denim*, 2004

Sedlmayr, Walter (eigentlich Walter Richard Johann)

deutscher Schauspieler

6.1.1926 München – 14.7.1990 ebd.

Nach der Oberschule Besuch des Priesterseminars in Freising. Während des Zweiten Weltkrieges als Flakhelfer eingesetzt. 1945 erste Beschäftigung als Sprecher bei Radio München, dem Vorläufer des Bayrischen Rundfunks sowie als Regieassistent

an den Münchner Kammerspielen. Zwei Jahrzehnte ist er als Kleindarsteller am Theater und beim Film beschäftigt, darunter in zwei Dutzend Heimatfilmen. In den 60er Jahren versucht er sich kurzzeitig als TV-Regisseur und Autor von Fernsehspielen. Durchbruch als seriöser Filmschauspieler in Hans-Jürgen Sybergs *Theodor Hirneis oder Wie man ehemaliger Hofkoch wird* (1972) über den Leibkoch ☞König Ludwigs II. Sedlmayr wird für diese Darstellung mit dem Bundesfilmpreis ausgezeichnet. Es folgen Filme mit ☞Rainer Werner Fassbinder und schließlich zahlreiche Fernsehserien, die ihn zu einem populären, volkstümlichen Schauspieler werden lassen: u.a. *Kottnick und Erben* (1974), *Spannagl & Sohn* (1975) und *Polizeiinspektion 1*, für die er ab 1976 in 130 Folgen spielt. 1989 eröffnet er sein Restaurant „Zum Sedlmayr". Das Lokal betreibt er gemeinsam mit seinem Freund und „Ziehsohn" genannten Wolfgang Werlé, der zuvor ein schwules Lokal wieder schließen musste, weil die Polizei den dortigen Darkroom beanstandet hatte. Werlé ist zeitweilig sein Liebhaber, später organisiert er für Sedlmayr Strichjungen, aber auch Antiquitäten, die aus Einbrüchen stammen. Werner Dahms, Sedlmayrs Privatsekretär und Chauffeur, findet die Leiche des durch Hammerschläge ermordeten Schauspielers in dessen Bett gefesselt liegen. Die Ermittlungen der Polizei erstrecken sich über zwei Jahre, bis zuletzt Werlé und sein Halbbruder Manfred Lauber als Mörder festgenommen werden. Währenddessen wird das Sexualleben in einer für die bundesrepublikanische Geschichte bis dahin einmaligen Schlammschlacht von den Boulevardmedien an die Öffentlichkeit gezerrt. Vor allem Sedlmayrs regelmäßiger Kontakt zu Strichjungen und Callboys sowie seine angebliche Vorliebe für sado-masochistische Sexualpraktiken sorgen für Schlagzeilen. Die Ermittlungen der Münchner Polizei geraten dabei zu einer riesigen, langanhaltenden Razzia innerhalb der Münchner Schwulen- und Stricherszene, bei der angeblich mehr als 100 ehemalige Sexualpartner Sedlmayrs ausfindig gemacht und verhört werden. Kurze Zeit nach dem Mord wird das von Schwulen in der Ost-Berliner Mainzer Straße besetzte Tuntenhaus kurzfristig in „Walter-Sedlmayr-Haus" umbenannt. Jo Baier nimmt Sedlmayrs Lebensdrama zur Vorlage für seinen Fernsehfilm *Wambo* (2000) mit Jürgen Tarrach in der Titelrolle.

Shaffer, Peter
britischer Dramatiker
15.5.1926 Liverpool – 6.11.2001 London

Vor seiner schriftstellerisch-dramatischen Arbeit ist Shaffer zunächst im Kohlebergbau (1944-47), in der New York Public Library und als Literatur- und Musikkritiker tätig. Sein erster Bühnenerfolg gelingt ihm mit *Five Finger Exercise* (1958). Hier, wie auch in den nachfolgenden Stücken *Black Comedy* (1965, dt. *Komödie im Dunkeln*) und *Equus* (1973, verfilmt 1977), arbeitet Shaffer mit homoerotischen Motiven und wird damit zu einem der klassischen britischen Autoren des „closeted drama", Theaterstücken also, in denen es zwar um schwule Figuren und Themen geht, Homosexualität aber nie deutlich ausgesprochen wird. Shaffer tut dies nur einmal explizit, in *White Liars* (1967), in dem er die Beziehung eines älteren Mannes zu einem jüngeren thematisiert. Shaffers größter Erfolg ist *Amadeus* (1979), über den Mozart-Rivalen Salieri (1984 verfilmt). Für das Drehbuch wird Shaffer mit dem Oscar ausgezeichnet. Für andere Stücke erhält er verschiedene Theaterpreise, u.a. den Evening Standard Award for Best Comedy für *Love and Lovage* (1988, dt. *Laura und Lotte*).

Shaiman, Marc
US-amerikanischer Filmkomponist
22.10.1959 Newark/New York

Marc Shaiman beginnt seine Karriere als Arrangeur für Bette Midler und die TV-Sendung *Saturday Night Live*. Für das Fernsehen schreibt er u.a. die Musik für die Oscar-Verleihungen der Jahre 1989-1991 und *The Tracey Ullman Show*. Am Broadway macht er sich als Gesangsarrangeur für *Leader of the Pack* und Bette Midlers *Divine Madness* einen Namen. Den größten Teil seines Werkes machen jedoch die Filmkompositionen aus. U.a. zu *Harry und Sally* (1989), *Addams Family* (1991), *Sister Act* (1992), *Eine Frage der Ehre* (1992), *In & Out* (1997) und *South Park: Bigger, Longer and Uncut* (1999). Für die Musik zu *An American President* (1995), *Der Club der Teufelinnen* (1996) und den Song *A Wink and a Smile* aus *Schlaflos in Seattle* (1993) wird er jeweils für den Oscar nominiert. Gemeinsam mit seinem Lebensgefährten, dem Librettisten und Theaterdirektor Scott Wittman, schreibt er die Musicalversion von ☞John Waters' Filmkomödie *Hairspray* (2002), die u.a. mit einem Tony für die beste Musik ausgezeichnet wird. Bei der Fernseh-Live-Übertragung der Preisverleihung sorgt das Paar, das zu diesem Zeitpunkt bereits 25 Jahre zusammenlebt, für eine Überraschung: Shaiman erklärt vor laufender Kamera: „Es ist uns zwar nicht erlaubt, einander zu heiraten, aber ich möchte dir sagen, dass ich dich liebe und den Rest meines Lebens mit dir zusammen verbringen möchte." Anschließend küssen sich die beiden Männer – und das Publikum im Saal applaudiert.

Shakespeare, William
englischer Dramatiker
getauft 26.4.1564 Stratford-upon-Avon – 23.4.1616 ebd.

Als Sohn eines Bürgermeisters und wohlhabenden Handschuhmachers kommt er um 1587 nach London und avanciert dort zu einem der erfolgreichsten Schauspieler, Regisseure und Dramatiker seiner Zeit. Als Mitbesitzer des Globe Theatre und des Blackfriar's Theatre und geschickter Geschäftsmann erlangt er

Wohlstand und Ansehen. Über sein Leben bis 1592 ist wenig bekannt; Forscher vermuten, dass er als Lehrer oder Wanderschauspieler beschäftigt ist. Seine erste Veröffentlichung ist die Verserzählung *Venus und Adonis* (1593), die ganz dem Stil der Renaissancedichtung entspricht. In London etabliert er sich in der Theaterszene und kann sich von seinem erworbenen Vermögen 1597 in seiner Heimatstadt Grundbesitz kaufen. Die Chronologie seines dramatischen Schaffens ist umstritten, ebenso seine Autorenschaft. Immer wieder wird bezweifelt, ob der Schauspieler Shakespeare mit dem Dramatiker Shakespeare identisch sei. U.a. werden seine Werke dem Philosophen ☞Francis Bacon, dem Dramatiker ☞Christopher Marlowe und dem Earl of Rutland zugeschrieben, jedoch nie stichhaltig nachgewiesen. Neben zwei großen Historienzyklen (u.a. *King Henry VI.*, *King Richard III.* und *King Henry V.*) entstehen romantische Komödien (*A Midsummer Night's Dream*), eine Reihe klassischer Tragödien (*Coriolanus*, *Julius Caesar*, *Romeo and Juliet*) und Romanzen (*The Tempest*, *Winter's Tale*). In den Verwechslungskomödien (*As You Like it*, *Twelfth Night or What You Will*) sind Geschlechtertausch und Elemente der Travestie vorzufinden. Vermutlich zwischen 1592 und 1594 entstehen die 154 Sonette, Shakespeares einziges Werk, in denen ein lyrisches Ich spricht. 126 dieser Gedichte sind an einen schönen jungen Mann gerichtet, der unverhohlen erotisch angesprochen wird. Bei dem Angebeteten handelt es sich vermutlich um Henry Wriothesly, Graf von Southampton. Andere Vermutungen konzentrieren sich auf einen jungen Schauspieler in Shakespeares Theatertruppe. 1582 heiratet Shakespeare die acht Jahre ältere Anne Hathaway, mit der er drei Kinder hat. Ab 1611 zieht sich Shakespeare mehr und mehr aus dem Theater zurück und verlegt seinen Hauptwohnsitz nach Stratford, wo er sich Grundstücksgeschäften widmet. Nach dem Verkauf seiner Geschäftsanteile an den Theatern und durch Verleihung eines Wappens ist er angesehen und wohlhabend. Er stirbt 1616 am 23. April, der wahrscheinlich auch sein Geburtstag ist. Ein 2002 wiederentdecktes, ca. 1590 entstandenes Porträt soll Shakespeares Gönner, den Herzog von Southampton, darstellen – mit Ohrringen, Lippenstift und Rouge, langen Haaren und femininer Haltung. Experten sehen darin einen Beleg, dass es sich hier um die in den Sonetten angebetete „Lady in Black" handelt.

● Samuel Schoenbaum: *William Shakespeare. A Documentary Life*, 1975; Alan Posener: *William Shakespeare*, 1995

Shepard, Matthew

US-amerikanischer Student

1.12.1976 – 11.10.1998 Laramie/Wyoming

Aaron McKinney und Russell Henderson locken den gleichaltrigen schwulen Studenten an der University of Wyoming Matthew Shepard aus einer Bar und entführen ihn in ihrem Auto zu einem abgelegenen Feldweg. Dort schlagen sie ihm mit einer Handfeuerwaffe den Schädel ein, fügen ihm Brandwunden zu und fesseln ihn an einen Zaun. 18 Stunden später wird Shepard stark unterkühlt und schwerst verletzt gefunden. Fünf Tage später stirbt er an den Folgen der Misshandlungen. Nach Bekanntwerden des Verbrechens kommt es zu spontanen Trauerzügen und Demonstrationen. Ein gewaltfreier Protestzug in New York gegen antihomosexuelle Gewalt wird von der Polizei auseinandergeprügelt. Der Mord löst in den USA eine hitzig geführte Debatte über „hate crimes", Gewaltverbrechen aus Hass aus. US-Präsident Bill Clinton drängt dabei vergeblich den Kongress zu einer Gesetzesverschärfung. Beim Prozess gegen die beiden Mörder kommt es zu Demonstrationen sowohl von der Lesben- und Schwulenbewegung als auch von fundamentalistischen christlichen Gruppen, die Schilder mit Aufschriften wie „Matthew in die Hölle!" hochhalten. Bei einer Demonstration am 14. Oktober 1998 in Washington DC halten u.a. ☞Ellen DeGeneres und der offen schwule Abgeordnete Barney Frank sowie Senator Edward Kennedy Ansprachen. Fünf Tage später findet in New York eine ähnliche Demonstration statt, bei der von der Polizei über 100 Teilnehmer festgenommen werden. ☞Melissa Etheridge setzt sich in ihrem Song *Scarecrow* mit dem Mord an Shepard auseinander. 1990 gibt ☞Elton John ein Benefizkonzert zugunsten der neugegründeten Matthew Shepard Foundation gegen antihomosexuelle Gewalt. Die Geschichte wird Stoff mehrerer Theaterprojekte, Dokumentar- und Spielfilme, u.a. *The Laramie Project* von Moisés Kaufmann (2002) und *Anatomy of a Hate Crime* von Tim Hunter (2000).

Shilts, Randy

US-amerikanischer Journalist

8.8.1951 Davenport/Iowa – 17.2.1994 Guerneville/Kalifornien

Shilts berichtet seit Bekanntwerden der Epidemie für seine Zeitung, die *San Francisco Chronicle*, über Aids. 1987 veröffentlicht er sein Buch *And the Band Played On* (dt. *... und das Leben geht weiter*, 1989; 1993 verfilmt durch Roger Spottiswood) über das Versagen der US-amerikanischen Gesundheitsbehörden in den ersten Jahren der Seuche. Shilts gehört in diesen ersten Jahren der Aids-Krise zu jenen, die darauf drängen, als unumgängliche Präventionsmaßnahme sämtliche Schwulensaunen zu schließen, was ihm in seiner Heimatstadt San Francisco herbe Kritik einbringt. Auch seine genau recherchierte Geschichte des offen schwulen Bezirksbürgermeisters von San Francisco, ☞Harvey Milk (*The Mayor of Castro Street*, 1982), soll Vorlage zu einem Spielfilm werden. Bislang jedoch ist das Projekt mehrfach gescheitert. Shilts hält seine Aids-Erkrankung bis zuletzt geheim, um seine Arbeit als Journalist nicht dem Vorwurf der Befangenheit auszusetzen. Kurz vor seinem Tode 1993 erscheint *Conduct Unbecoming* über Lesben und Schwule im Militär, das zu einem TV-Film verarbeitet werden soll.

Silbermann, Alphons

deutscher Soziologe, Kommunikationswissenschaftler und Schriftsteller
11.8.1909 Köln – 4.3.2000 ebd.

Ist Silbermann bis 1989 lediglich Soziologen und Kommunikationswissenschaftlern ein Begriff, so ändert sich dies schlagartig, als seine Autobiografie *Verwandlungen* erscheint und der betagte Selbstdarsteller und *homme de lettre* ein gern gesehener Gast in Talkshows wird – nicht zuletzt, weil er mit kauzigem Charme auch über seine Homosexualität spricht. Parallel zu seinem Jura- und Soziologiestudium absolviert der aus einer wohlhabenden jüdischen Kaufmannsfamilie stammende Silbermann ein Zweitstudium in Musik. Nach seiner Promotion 1934 verlässt er Deutschland und landet über Holland und Paris schließlich in Australien, wo er in Sydney ein kleines Hamburger-Fastfood-Imperium aufbaut. 1938 wird er Musiklektor am State Conservatorium of Music in Sydney, Anfang der 50er Jahre geht er nach Paris, wo er einen Forschungsauftrag des französischen Rundfunks erhalten hatte. 1954 organisiert er den ersten Weltkongress zu soziologischen Aspekten der Musik beim Rundfunk. Erst 1970 kehrt er in seine Heimatstadt Köln zurück, unterrichtet an der Musikhochschule und am Institut für Soziologie, deren Abteilung Massenkommunikation er zu internationaler Anerkennung führt. Sein Interesse für Musik findet Ausdruck in musiksoziologischen Abhandlungen wie *Wovon lebt die Musik* (1957) und seiner biografischen Studie *Das imaginäre Tagebuch des Herrn Jacques Offenbach* (1960). Erst in den 80er Jahren widmet sich Silbermann zunehmend dem deutsch-jüdischen Verhältnis und dem Antisemitismus (*Der ungeliebte Jude*, 1981; *Was ist jüdischer Geist?*, 1984).

Sillge, Ursula
deutsche Aktivistin
7.1.1946 Thüringen

Zur erweiterten Oberschule nicht zugelassen, lernt Sillge in der Landwirtschaft und qualifiziert sich nach Tätigkeiten wie Lehrausbilderin und Redakteurin bis zur Diplom-Agrar-Ingenieurin. An der Universität verliebt sie sich in eine Frau. Sie sucht Informationen, MitstreiterInnen und eine Freundin. 1976 bekommt sie zunächst ein Kind, aber schon 1978 organisiert sie das erste republikweite Lesbentreffen der DDR. Neben Tätigkeiten in der Wohnungswirtschaft bzw. als Protokollantin am Gericht engagiert sie sich für die Interessen von Lesben und Schwulen in einem Dutzend Institutionen und findet dabei nicht nur Gleichgesinnte, sondern auch ihre Lebensgefährtin. Rechtswissenschaft zu studieren wird ihr verwehrt, aber nach vierjährigem Warten und Nachhaken ist ein Fernstudium der Soziologie an der Karl-Marx-Universität möglich. Die Bewerbungen um eine Arbeitsstelle werden in dieser Zeit alle zurückgeschickt, die Aufnahme in den Schriftstellerverband verweigert und die Bemühungen zu promovieren mittels Vorwänden abgelehnt. Es ist auch Sillge zu verdanken, dass 1984 an der Humboldt-Universität zu Berlin zahlreiche ProfessorInnen in eine interdisziplinäre Arbeitsgruppe Homosexualität unter der Leitung des Prorektors für Gesellschaftswissenschaften berufen werden, dass ein Buch zum Thema Homosexualität in der DDR erscheinen darf, dass die NVA ihre Kaderrichtlinien ändert und dass insgesamt drei Tagungen zu psychosozialen Problemen der Homosexualität stattfinden. An der Gründung des Sonntagsclubs, dessen Veranstaltungen im Februar 1986 beginnen, ist Sillge maßgeblich beteiligt. Sie gehört 1987 in Budapest zu den GründerInnen der osteuropäischen Regionalkonferenz der International Lesbian and Gay Association. Mit Hartnäckigkeit und Schwejkscher List erreicht sie 1988 eine Aspirantur und promoviert 1991 zu Lesben und ihrer Emanzipation in der DDR. Seit 1991 ist sie geschäftsführende Mitarbeiterin im Lila Archiv, in dem das Augenmerk der Situation von Frauen und Männern in der Gesellschaft gilt, wobei Lesben und Schwule gebührende Aufmerksamkeit finden.

- *Un-Sichtbare Frauen*, 1991

Silver, Nicky
US-amerikanischer Dramatiker
1960 Philadelphia/Pennsylvania

Entstammt einer jüdischen Mittelklasse-Familie. Mit 17 Jahren nach New York, Studiengang „Experimentelles Theater" an der New York University, u.a. bei Charles Ludlam. Arbeitet für den Lebensunterhalt als Verkäufer von Herrenoberbekleidung und als Kellner. Autor greller, comicstripartiger Komödien mit surrealen Handlungsverläufen um Homosexualität, Fettleibigkeit, Kannibalismus, Sexualität und Perversion in verschiedenster Ausrichtung und der Beschreibung von psychologischen Problemen in der Tradition von ☞Tennessee Williams und Neil Simon. 1991 Durchbruch als Dramatiker mit *Fat Men in Skirts* (dt. *Fette Männer im Rock*, deutschsprachige Erstaufführung 1997). Auch die Nachfolgestücke, die Aids-Farce *Pterodactyls* (1993), *The Food Chain* (1995, dt. *Hackordnung*), *Raised in Captivity* (1995, dt. *Zwillingsbrut*), *Die Altruisten*, 1998, und *The Maiden's Prayer* (dt. *Jungfräuliche Gebete*, 1998) sind erfolgreich und werden mehrfach ausgezeichnet. Seit 1996 werden seine Stücke auch in deutschsprachigen Ländern vielfach inszeniert.

Sinnen, Hella von (eigentlich Hella Kemper)

deutsche Schauspielerin und Entertainerin
2.2.1959 Gummersbach

Hella von Sinnen ist garantiert der erste (und meist auch einzige) Name, der deutschen BürgerInnen einfällt, wenn sie nach prominenten Lesben gefragt werden. Hella von Sinnen, Komikerin, Entertainerin, Kabarettistin und Schauspielerin, ist dick, lesbisch, schrill, offensiv und nimmt kein Blatt vor den Mund – eine absolute Ausnahmeerscheinung in der deutschen Fernseh- und Kabarettszene. Nachdem es von Sinnen trotz mehrfacher Versuche nicht gelungen war, auf einer Schauspielschule aufgenommen zu werden, beginnt sie an der Kölner Uni ein Studium der Theater-, Film- und Fernsehwissenschaft und zugleich eine autodidaktische Schauspielausbildung, zunächst an der Studiobühne der Uni, bis sie zusammen mit dem schwulen Schauspieler ☞Dirk Bach die Kabarett-Comedy-Gruppe *Die Stinkmäuse* gründet. Nach dem Abbruch des Studiums widmet sich von Sinnen (O-Ton: „Ich habe ein Talent, mit Menschen zu kommunizieren.") Soloauftritten als „Putzfrau Schmitz" und später u.a. der Theatergruppe *Sprungbrett*, bis sie 1988 von RTL für die Fernsehshow *Alles nichts, oder?* engagiert wird. Mit Hella von Sinnen als schrillster Ulknudel der Nation wird die Sendung ein Publikumsrenner – wie auch das ebenfalls von ihr moderierte Weibermagazin *Weiber von Sinnen* –, bis der Quotenterror fünf Jahre später das Aus bringt. Statt auf dem Bildschirm ist von Sinnen seither vorrangig in satirischen Soloprogrammen auf deutschen Theaterbühnen zu sehen. Das Multitalent, das seine Homosexualität niemals verleugnet hat, ist schon in jungen Jahren in der Frauenbewegung aktiv und sorgt 1992 für europaweites Aufsehen, als sie gemeinsam mit ihrer Lebenspartnerin ☞Cornelia Scheel und 250 weiteren lesbisch-schwulen Paaren öffentlich das Aufgebot bestellt. Leider erfolglos – die Klage wird vom Bundesverfassungsgericht abgeschmettert. Aber, wie Cornelia Scheel zu sagen pflegt: „Reg dich nicht auf. Du bist doch Hella von Sinnen!". Verschiedene Versuche, erneut eine eigene Fernsehshow zu erhalten, sind bislang gescheitert; ein Comedy-Projekt für RTL wird eingestellt, andere Konzepte nicht verwirklicht. Seither ist Hella von Sinnen im Fernsehen zumeist in Gastrollen, Talkshows und als Entertainerin zu erleben. 1995 hat ihre Solo-Kabarett-Show *Ich bremse auch für Männer!* Premiere, mit der sie durch Deutschland, Österreich und die Schweiz tourt und die auch als CD veröffentlicht wird. Außerdem gehört Hella von Sinnen zu den InitiatorInnen der lesbisch-schwulen Karnevalsveranstaltung Rosa Sitzung. 1996 stellt sich von Sinnen auch erstmals mit einer eigenen Ausstellung (*Zu Risiken und Nebenwirkungen fragen Sie Ihren Arzt oder Hella von Sinnen*) vor – ironisch-satirisch zusammengestellte und betextete Videoprints von Fernsehbildern. Ihr TV-Comeback, *Kinder bei Sinnen*, eine Kinder-Talkshow, setzt RTL 2002 nach wenigen Folgen ab.

- *Ich bin's von Sinnen!*, 1992

Sintenis, Renée

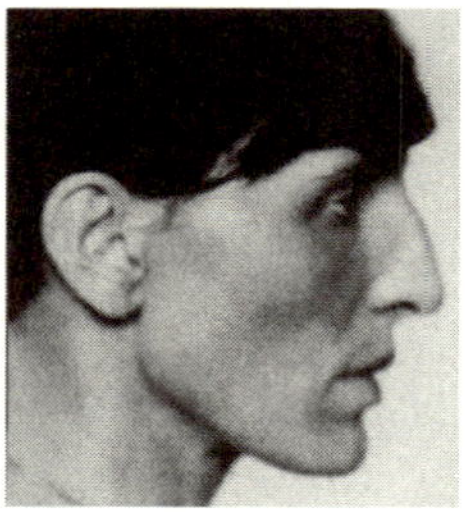

deutsche Bildhauerin und Grafikerin
20.3.1888 Glatz/Schlesien – 22.4.1965 Berlin

Sintenis, eine der erfolgreichsten Bildhauerinnen ihrer Zeit, wird nach dem Studium an der Berliner Kunstgewerbeschule 1931 in die Preußische Akademie der Künste aufgenommen, muss diese aber auf Druck der Nationalsozialisten hin drei Jahre später wieder verlassen. Erst nach Ende des Krieges finden Sintenis' Arbeiten, vor allem ihre Tierplastiken, wieder breite Anerkennung. Sie wird in verschiedene Lehrämter berufen und erhält zahlreiche Auszeichnungen, darunter 1948 den Kunstpreis der Stadt Berlin, 1952 den Orden „Pour le Mérite" und im Jahr darauf das Große Bundesverdienstkreuz. Ihr wohl bekanntestes Werk ist die Vorlage zu jener Bärenplastik, die seit 1951 als Goldener und Silberner Bär an die PreisträgerInnen der Berliner Filmfestspiele überreicht wird. Als Bildhauerin schafft Sintenis nur wenige weibliche Akte, als Grafikerin hingegen sind Frauen ein immer wiederkehrendes Motiv, etwa in der Mappe „Badende Mädchen" und den Radierungen zu ☞Sappho. Mehrere Jahrzente lang lebt Sintenis mit ihrer Haushälterin und späteren Nachlassverwalterin Magdalena Goldmann zusammen, die heute neben ihr begraben liegt.

Sitwell, Dame Edith

englische Autorin und Exzentrikerin
7.9.1887 Scarborough – 9.12.1964 London

Ihre Entdeckung im deutschsprachigen Raum kam spät, Ende der 80er Jahre des 20. Jhs. Da erscheint ihr Buch *Englische Exzentriker* mit Porträts von sonderbaren wie liebenswerten

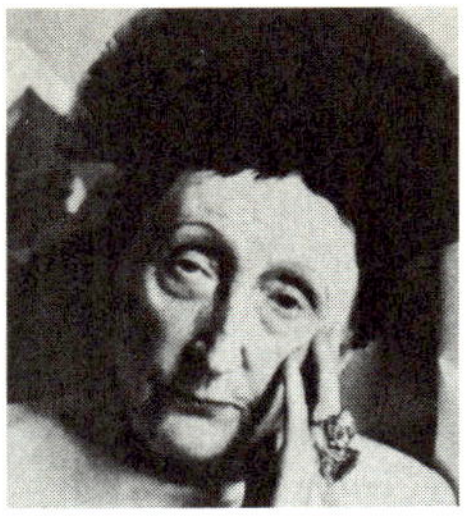

Menschen aus ihrem persönlichen Umfeld, etwa Squire Mutton, der neben Pferden auch schon mal einen Braunbären reitet und als Gegenmittel für einen Schluckauf sein eigenes Nachthemd entzündet. Oder Lord Rokeby, der kaum je seine Badewanne verlässt, und wenn doch, so braucht er eigentlich keine Kleidung, denn ein gewaltiger Bart bedeckt seine Blöße wenigstens von vorne. Nach und nach wurden auch weitere Bücher von Dame Edith Sitwell übersetzt und sie selbst auch als Schriftstellerin und nicht nur als Exzentrikerin berühmt. Zu Beginn des Ersten Weltkrieges hatte die von ihren Eltern ungeliebte Tochter gemeinsam mit ihrer Gouvernante Helen Rootham das Elternhaus verlassen. In London verdient sie sich ihren Lebensunterhalt mit einer Stelle in einer Pensionskasse. Gleichzeitig stürzt sie sich in das intellektuelle Leben der Stadt. Mit dem Bloomsbury-Kreis um ☞Virginia Woolf wird sie allerdings nicht recht warm. In den 20er Jahren hat Sitwell gemeinsam mit ihren Brüdern einen eigenen einflussreichen literarischen Zirkel. Sie etabliert sich als Herausgeberin der Avantgarde-Zeitschrift *Wheels*, und 1915 erscheint ihr erster, vom französischen Symbolismus geprägter Gedichtband *The Mother and Other Poems*. Wie alle ihre Werke wird er zwiespältig aufgenommen. William Walton vertont ihre Gedichte *Façade* und bringt sie mit ihr zusammen zur Aufführung. Er musiziert, sie rezitiert durch eine Art Megaphon. Die Zuschauerreaktionen sind tumultartig. Der Künstlerin rät man, sich hinter der Bühne zu verstecken, bis sich das Publikum zerstreut habe. Als sie 1950 in New York den Monolog der Lady Macbeth zum Besten gibt, müssen einige Männer aus dem Saal getragen werden. 1932 zieht sie zusammen mit der bereits schwer an Krebs erkrankten Gefährtin Rootham nach Paris, wo diese 1938 stirbt. Während ihrer Pariser Zeit schreibt Sitwell vornehmlich Prosa, u.a. den historischen Roman *I Live under a Black Sun* (1937), und verkehrt in den literarischen Salons der Stadt, so bei ☞Gertrude Stein, ☞Natalie Barney, ☞Sylvia Beach und ☞Adrienne Monnier. Die vermögende lesbische ☞Bryher wird eine enge Freundin, bis zu ihrem Lebensende erhält Sitwell von ihr finanzielle Unterstützung. Als Brotarbeit schreibt Sitwell neben ihren literarischen Arbeiten u.a. Biografien der Königinnen Victoria of England (1936) und Elizabeth I. (1946) sowie des englischen Dichters Alexander Pope (1930). In den 40er Jahren ist sie als avantgardistische Lyrikerin anerkannt und wird beispielsweise zu Lesungen in die USA eingeladen. Ihre Exzentrizität allerdings, die ihr öffentliches Bild zu einem großen Teil auch ausmacht, pflegt sie weiterhin. Die 1,83 Meter große Sitwell ist nicht zuletzt durch ihr kunstvolles Äußeres (exotische Kopfbedeckungen, aufwändige Kleider und Schmuckstücke von fast barbarischer Größe) eine auffällige Erscheinung. Zu ihren Freunden gehören Dylan Thomas und Aldous Huxley, vor allem aber homosexuelle Männer, darunter ihr Bruder Osbert, Ronald Firbank, Wilfred Owen, ☞Cecil Beaton, Alvaro Guevara, ☞Stephen Spender, ☞W. H. Auden und James Purdy. Einmal verliebt sie sich in einen Mann, den Maler Pavel Tschelitschew, doch auch der ist schwul. Ihr letztes Poem *The Outcasts* (1962) ist ein Aufruf zur Reformierung der britischen antihomosexuellen Gesetzgebung. 1954 wird Edith Sitwell zur „Dame Commander of the British Empire" ernannt. Ihre Autobiografie *Taken Care of* (dt. *Mein exzentrisches Leben*, 1989) ist gerade im Druck, als sie 1964 stirbt.

● Elizabeth Salter/Allanah Harper: *Edith Sitwell: Fire of the Mind*, 1976; John Lehmann: *A Nest of Tigers: The Sitwells in Their Times*, 1968; John Pearson: *The Sitwells: A Family's Biography*, 1980; Geoffrey Elborn: *Edith Sitwell: A Biography*, 1981; Victoria Glendinning: *Edith Sitwell: A Unicorn among Lions*, 1981

Sivel, Henri Théodore

ca. 1838 Sauve – 15.4.1875 Indien

französischer Ballonfahrer

Er zählt zwar zu den wichtigsten Pionieren der Luftfahrt und dennoch ist über sein Leben kaum mehr bekannt als sein spektakulärer Tod. 1875 gelingen dem Ballonfahrer gemeinsam mit seinem Lebensgefährten Joseph Croce-Spinelli und dem Meteorologen Gaston Tissandier zwei spektakuläre Flüge: ein 23-stündiger Non-Stop-Flug sowie eine Fahrt über Indien in ihrem Ballon *Le Zenith* zum Zweck spektroskopischer Untersuchungen in einer Höhe von 8600 Metern – ein für lange Zeit unübertroffener Höhenrekord. Tissandier überlebt. Sivel und sein Geliebter kommen jedoch durch den Sauerstoffmangel ums Leben. Aus Unwissenheit hatten sie unterschätzt, wie dünn die Luft in dieser Höhe sein würde, und sind bewusstlos, noch bevor sie auf ihre mitgenommene Sauerstoffreserve zurückgreifen können. Ihre Leichname werden auf dem Pariser Friedhof Père Lachaise beigesetzt. Das Grabmal zeigt sie nackt, nur von einem Tuch leicht bedeckt nebeneinander liegend und sich die Hände haltend.

Skin (eigentlich Deborah Anne Dyer)

britische Musikerin

3.9.1967 Jamaica

Skunk (Stinktier) und Anansie (ein Fabelwesen aus der Südsee) stehen bei der Namensgebung der britischen Band *Skunk Anansie* Pate, die 1994 startet, um der Welt zu beweisen, dass Crossover noch lange nicht tot ist. Im Mittelpunkt aller Aktivitäten steht die gelernte Dekorateurin und bisexuelle Skin. Die glatzköpfige schwarze Sängerin ist charismatische Frontfrau und Sprecherin der Band zugleich. Textlich und musikalisch werden starke Geschütze aufgefahren. Politik, Rassen- und Geschlechterdiskriminierung sind fester Bestandteil des Themenspektrums der Songs. Nach drei erfolgreichen Alben, acht Hit-Singles und weltweit vier Millionen verkaufter CDs geben *Skunk*

Anansie am 18. April 2001 ihre Auflösung bekannt. Skin zieht eines Mannes wegen nach Südfrankreich, lässt sich die Haare wachsen und widmet sich fortan ihrer Solokarriere. 2003 veröffentlicht sie das Album *Fleshwounds*, auf dem sie drei gescheiterte Beziehungen verarbeitet – mit Ausnahme der zuvor beendeten zu einer Geliebten, „weil es mit ihr so schön war."

- CD-Veröffentlichungen von *Skunk Anansie*: *Paranoid and Sunburnt*, 1995; *Stoosh*, 1996; *Post Orgasmic Chill*, 1999

Smith, Bessie (eigentlich Elizabeth Smith)

US-amerikanische Sängerin
15.4.1894 Chattanooga/Tennessee – 26.9.1937 Clarksdale/Missouri

Die ehemalige Straßensängerin erhält 1912 ihr erstes Engagement bei einer Zeltshow, der auch u.a. ☞Ma Rainey angehört, um sich einige Jahre später mit einer eigenen Revue selbständig zu machen. Von Smiths erster Schallplattenaufnahme *Down Hearted Blues* (1923) verkaufen sich innerhalb eines halben Jahres fast 800.0000 Stück; von da an verzaubert die schwarze Sängerin mit der harten, bitteren Stimme ein Millionenpublikum in den gesamten Staaten, das bei ihren Tourneen oft jedes Lied mit einem „Amen!" begleitet. Legendär wird u.a. ihre Interpretation des *St. Louis Blues*. 1930 beginnt mit dem Wechsel zu aktuelleren Songs Smiths künstlerischer Abstieg, der mit starken Alkohol- und Drogenproblemen einhergeht. Smiths exzessives Leben ist von zahllosen Liebschaften mit Männern und immer wieder Frauen geprägt, u.a. war die „Kaiserin des Blues" zeitweilig mit der Nichte ihres Mannes liiert. Sie kommt bei einem Autounfall ums Leben.

Smyth, Dame Ethel
britische Komponistin
23.4.1858 Sidcup/Essex – 8.5.1944 Woking/Surrey

Gegen den Willen ihrer Eltern geht die 19-Jährige nach Leipzig, um am dortigen Konservatorium Musik zu studieren. Als eine der ersten weiblichen Komponistinnen wird sie später international bekannt. Nach ersten kammermusikalischen Werken wendet Smyth sich großen Chor- und Orchesterwerken zu, insbesondere der Oper. Ihre erste Oper *Fantasio* wird 1889 in Weimar uraufgeführt. In England, wo Smyth sich ab 1910 aktiv an der Suffragettenbewegung beteiligt, gründet sie ein eigenes Frauenorchester mit angeschlossenem Chor und widmet der Frauenbewegung die Hymne *March of the Women* (1911). Zu Smyths umfangreichem Werk zählen neben Orchester- und Kammermusikstücken zahlreiche Lieder und sechs Opern, u.a. *The Wreckers* (1906) und *The Boatswain's Mate* (1916). Die exzentrische Komponistin, die schon früh ihre leidenschaftlichen Gefühle für Frauen entdeckt hatte, sieht in der Schriftstellerin ☞Virginia Woolf, die sie im Alter von 71 kennen lernt (und die Smyth ihrerseits liebevoll als „Riesenkrabbe" bezeichnet), ihre große Liebe.

- C. St. John: *Ethel Smyth – A Biography*, 1959

Sokrates
griechischer Philosoph
469 (a.Q. 470) Athen – ca. 399 v. Chr. ebd.

Sohn des Bildhauers Sophronicus und der Hebamme Phaenarete. Mit Sokrates, der selbst seine Lehre niemals schriftlich niedergelegt hat, beginnt eine neue Epoche der griechischen und damit auch europäischen Philosophie. Informationen über sein Leben sind lediglich durch Zeugnisse von ☞Platon, Xenophon, Aristoteles, Aischines und, in karikierender Komödienform, durch Aristophanes bekannt. Demnach ist Sokrates bereits in jungen Jahren sehr belesen und bevorzugter Schüler und wohl auch Geliebter des Philosophen Archelaus. Er nimmt während des Peloponnesischen Krieges (431-404 v. Chr.) an verschiedenen Feldzügen teil. In Platons *Phaidros* und *Symposion* wird Sokrates' Konzept der Liebe erläutert. Sie liegt für ihn in der erotischen Passion eines älteren Mannes zu einem jüngeren Knaben, wobei jedoch sexuelle Aspekte grundsätzlich ausgeschlossen sind. Vielmehr scheint für Sokrates in der Schönheit des Knaben die philosophische Schönheit auf. Somit führt die Liebe in der Verbindung des Guten, Schönen und Wahren zur Sittlichkeit und Erkenntnis. Im Jahr 399 wird Sokrates wegen Verführung der Jugend und Einführung neuer Götter zum Tode durch den Schierlingsbecher verurteilt.

- Herbert Spiegelberg (ed.): *The Socratic Enigma*, 1964

Solanas, Valerie
US-amerikanische Radikalfeministin
Mai 1936 Atlantic City/New Jersey – 1989 San Francisco

Am 3. Juni 1968 um 16 Uhr 15 betritt eine grimmige Frau die „Factory", ☞Andy Warhols riesiges Loft in New York, zieht eine 32er Baretta aus einer Papiertüte und streckt den Künstler mit drei Schüssen nieder. Das ist das vorläufige Ende von Warhols exzessivem Künstlerleben und zugleich der tragische Höhepunkt einer lebenslangen Suche der Täterin nach Anerkennung und Akzeptanz. Solanas, die als Kind von ihrem Vater sexuell missbraucht wird, schließt an der Universität von Maryland ein Psychologiestudium erfolgreich ab, bevor sie nach New York zieht, wo sie sich mit Gelegenheitsprostitution und Schnorren durchschlägt. Getrieben von einer lodernden Wut auf die Welt und die Männer insbesondere, benutzt Solanas ihren messerscharfen Verstand, um als Gründerin, Vorsitzende und dummerweise auch einziges Mitglied der „SCUM – Society for Cutting Up Men" radikalfeministische Thesen und Gedanken unters Volk zu bringen, vorrangig in Gestalt des von ihr erstellten *S.C.U.M.-Manifesto* (1968, dt. *Manifest der Gesellschaft zur Vernichtung der Männer*): „Den Mann ein Tier zu nennen, heißt ihm schmeicheln. Er ist eine Maschine, ein Gummipeter auf zwei Beinen." Durch eine Bekannte erhält Solanas Eintritt in die legendäre Künstlerclique um Warhol und überlässt dem von ihr sehr bewunderten Künstler ihr Theaterstück-Manuskript *Up Your Ass* zu Produktionszwecken. Warhols anfängliche Begeisterung für die junge Frau schwindet jedoch rasch – nachdem Solanas mehrfach durch unkontrollierte Wutausbrüche aufgefallen war, lassen er und seine Entourage sie links liegen. Bis Solanas sich rächt. Gleich nach der Tat stellt sie sich der Polizei. Auf der eilig einberufenen Pressekonferenz gibt sie als Antwort auf die Frage nach ihrem Motiv: „Ich habe eine Menge schwerwiegender Gründe. Lesen Sie mein Manifest, und Sie werden wissen, wer ich bin." Tatsächlich hatte Solanas bisher ihr Manifest per Hand vervielfältigt und auf der Straße verkauft. Der New Yorker Verleger der Olympia Press, eines inzwischen legendären Verlages für zumeist der Pornografie verdächtigten Literatur wie z.B. von ☞Jean Genet, wird auf Solanas aufmerksam und kauft ihr die Buchrechte ab. Es erscheint schließlich in z.T. hohen Auflagen, wird in viele Sprachen übersetzt und gilt noch heute als ein grundlegendes Werk des Feminismus. Solanas freilich hat vom Erfolg ihrer Schrift finanziell keine Teilhabe. Die überzeugte Lesbe (etwaige Sexualpartnerinnen werden allerdings nie ausfindig gemacht) wird zu drei Jahren Haft in einem Krankenhaus für Geisteskranke verurteilt. Nach ihrer Entlassung ist Solanas die meiste Zeit ohne festen Wohnsitz; 1989 stirbt sie in einem Obdachlosenheim in San Francisco an Lungenentzündung. Ihre Lebensgeschichte wird 1996 unter dem Titel *I Shot Andy Warhol* von Mary Harrons mit Lily Taylor in der Hauptrolle verfilmt.

Solano, Solita (eigentlich Sarah Wilkinson)

US-amerikanische Journalistin und Schriftstellerin
1888 Troy/New York – Nov. 1975 Orgeval/Frankreich

Zusammen mit ihrer Freundin, der Journalistin ☞Janet Flanner, gehört Solano zum engsten Kreis der Pariser KünstlerInnenszene der 20er und 30er Jahre. Solano, die Flanner nach der Trennung von ihrem Ehemann gegen Ende des Ersten Weltkrieges in New York kennen gelernt hatte, arbeitet zunächst als Theaterkritikerin für die *New York Tribune*, dann für *National Geographic*. Nach einer Recherchereise durch Südeuropa und den Orient lassen sich die beiden Frauen 1921 in Paris nieder, wo Solano für verschiedene amerikanische Zeitungen tätig ist. Solanos erster Roman *The Uncertain Feasts* (1924) stößt auf sehr positive Resonanz, die sie mit ihren beiden folgenden Werken nicht wieder erreichen kann. Solano, die auch Lyrik veröffentlicht (*Statue in a Field*, 1934) wendet sich in der Folge wieder verstärkt ihrer journalistischen Arbeit zu. Gegen Ende des Zweiten Weltkrieges kehren Flanner und Solano vorübergehend gemeinsam in die USA zurück. Nachdem sich die Beziehung der beiden zu lösen beginnt, zieht Solano wieder nach Frankreich, um den Rest ihres Lebens mit ihrer neuen Lebensgefährtin Elizabeth Jenks Clark in ihrem Haus in Südfrankreich zu verbringen.

Sollorz, Michael

deutscher Schriftsteller
7.2.1962 Berlin

Eigenen Angaben zufolge entwickelt sich seine künstlerische Karriere vom Dachdecker zum Zirkusarbeiter und Zootierpfleger zum Schriftsteller. Neben journalistischen Arbeiten und Hörspielen folgt 1991 das Drehbuch zu *Banale Tage*, einem der letzten DEFA-Produktionen. Nach *Paul und andere … Geschichten aus'm Osten* (1992) folgt 1994 der erste Roman *Abel und Joe*. In seinem Roman *Orakel* (1996) entwirft er das Porträt Berlins als einer sich im Umbruch befindlichen (schwulen) Metropole, samt ihrer Widersprüche und Schattenseiten. Thematisch durchzieht sein Gesamtwerk die Auseinandersetzung mit der niedergegangenen DDR, melancholische Liebeserfahrungen und subjektivistische, bisweilen surreal anmutende Erfahrungen und Wahrnehmungen der Großstadt und der schwulen Subkultur. Sollorz lebt in Berlin-Friedrichshain.

- *Deutscher Meister im Seitensprung*, 1997; (mit Martin E. Kautter): *Benjamins Tagebuch*, 2000; *Herrengedeck*, 2002

Somerville, Jimmy

britischer Popmusiker
22.6.1961 Glasgow

Bäckerlehre, danach Gelegenheitsjobs. Er beteiligt sich an einem Dokumentarfilmprojekt seiner Schwulen- und Lesbengruppe und schreibt dafür einen Song. Bei dieser Arbeit lernt er Steve Bronski und Larry Steinbachek kennen, mit denen zusammen er 1984 die Band *Bronski Beat* gründet. Ihre Debütsingle *Smalltown Boy* schafft es bis Platz 3 der britischen Charts. Es folgen weitere erfolgreiche Songs zu schwulen Themen im Elektro-Pop-

Stil, die von Somervilles Falsettstimme geprägt sind. Um dem schnellen Ruhm zu entgehen und sich mehr für die schwule Bewegung in England engagieren zu können, trennt er sich von *Bronski Beat* und gründet mit seinem Lebensgefährten Richard Coles *The Communards*. Auch hier stehen in der leicht konsumierbaren und charttauglichen Musik wieder politisch engagierte Texte im Vordergrund. Ihre erste Single *You Are My World* (1986) wird von der BBC auf den Index gesetzt, weil Somerville es als ein Liebeslied an einen Jungen bezeichnet hatte. Nach drei Jahren löst Somerville die international erfolgreiche Band wieder auf und verstärkt seine Mitarbeit bei ACT UP London und bei den Aktionen gegen das antihomosexuelle Gesetz Clause 28. In einem Interview 1989 outet er ☞Neil Tennant und Chris Lowe von den *Pet Shop Boys*: „Sie benutzen bewusst ihren schwulen Background und die schwule Szene für ihre Karriere, aber sie geben den Schwulen nicht mehr als ein bisschen Popmusik. Wir brauchen allerdings mehr Unterstützung als ein paar Disco-Hits." Somerville setzt seine Musikkarriere als Solist fort; in den USA, wohin er zeitweilig seinen Wohnsitz verlegt hatte, kann er sich als offen schwuler Popmusiker jedoch nicht durchsetzen. 1993 u.a. mit ☞Isaac Julien Mitbegründer der schwulen Filmproduktionsfirma Normal Films, die 1994 mit *Postcards from America* nach einer literarischen Vorlage von David Wojnarowicz ihren ersten Spielfilm präsentiert. 1997 meldet sich Somerville mit der Single *Safe in These Arms* und dem Album *Ginger Beer* musikalisch zurück im Popgeschäft.

- *Bronski Beat*: *The Age of Consent*, 1984
- *The Communards*: *The Communards*, 1986; *Red*, 1987
- Jimmy Somerville: *Read My Lips*, 1989; *Manage the Damage*, 1999; *Home Again*, 2004

Sondheim, Stephen (eigentlich Stephan Joshua Sonderham)

US-amerikanischer Komponist
22.3.1930 New York City

Nach der Scheidung seiner Eltern wächst Sondheim auf einer Farm in Pennsylvania auf, in direkter Nachbarschaft zu dem Musicalautor Oscar Hammerstein II. Durch ihn lernt Sondheim, der seit seinem 7. Lebensjahr Klavierunterricht erhält und sich autodidaktisch als Musicaltexter und -komponist versucht, die nötigen Grundkenntnisse über Struktur von Songs und Bühnenstücken. Sondheim arbeitet später zunächst als Drehbuchautor in Hollywood für die TV-Serie *Topper*. Während dieser Zeit lernt er den schwulen Drehbuch- und Theaterautor Arthur Laurents (u.a. *Rope*, dt. *Cocktail für eine Leiche*) kennen, der gerade mit ☞Leonard Bernstein an einer *Romeo und Julia*-Adaption zusammenarbeitet. Über diese Beziehung kommt Sondheim zu seinem ersten Auftrag als Songtexter, nämlich für Bernsteins *West Side Story* (1957). Aufgrund des Erfolges wird er für *Gypsy* (1963, Musik Jule Styne) engagiert. Mit der Komödie *A Funny Thing Happened on the Way to the Forum* (1962, dt. *Zustände wie im alten Rom*; verfilmt 1966 von Richard Lester) schreibt Sondheim sein erstes eigenes Musical (Musik und Songtexte) und landet einen Broadway-Hit, der ihm sechs Tony Awards einbringt. Es folgen u.a. *Company* (1970) und *Follies* (1971), ausgezeichnet mit sieben Tonys, u a. für das beste musikalische Werk. *Losing My Mind* wird einer von vielen Sondheim-Songs aus seinem Werk, die zu Klassikern des Genres werden und vielfache Interpretationen erfahren (z.B. durch Liza Minnelli und den *Pet Shop Boys*). Mit *A Little Night Music* (1973) nach Ingmar Bergmans Film *Lächeln einer Sommernacht* beginnt Sondheim die Grenzen hin zur Oper zu überschreiten; mit *Into the Woods* (1987), einem satirischen Verwirrspiel auf Basis der Grimmschen Märchen als Vorlage, setzt Sondheim seinen Weg als innovativer und die klassische Musicalform sprengender Komponist und Texter fort. Für den Song *Sooner or Later*, den er neben anderen für Madonna und den Film *Dick Tracy* schreibt, wird er 1990 mit einem Oscar ausgezeichnet.

- weitere Musicals (Auswahl): *Pacific Ouvertures*, 1976; *Reds*, 1981; *Sunday in the Park with George*, 1984; *Into the Woods*, 1987; *Assassins*, 1993; *Merrily We Roll Along*, 1994; *Anyone Can Whistle*, 1995; *Passion*, 1995; *Getting Away with Murder*, 1996; *Saturday Night*, 1997; *Moving On*, 2000
- Craig Zadan: *Sondheim & Co*, 1974; Martin Gottfried: *Stephen Sondheim*, 1993; Meryle Secrest: *Stephen Sondheim: A Life*, 1998

Sontag, Susan (eigentlich Susan Lee Rosenblatt)

US-amerikanische Schriftstellerin und Essayistin
28.1.1933 (n.a.A. 16.1.1933) New York City

Susan Sontag gilt als eine der vielseitigsten und brillantesten KulturtheoretikerInnen unseres Jahrhunderts. In zahlreichen, in verschiedenen avantgardistischen Kunst- und Literaturzeitschriften veröffentlichten Essays beschäftigt sich die einstige Dozentin für Philosophie und Englisch seit 1962 mit nahezu allen wichtigen Problemen unserer Zeit – so auch mit den aktuellsten Trends in Kunst, Literatur und Kultur wie z.B. abstrakter Malerei und Pornografie. Sontag, der es bereits als literarisch ambitioniertem Teenager gelingt, von ☞Thomas Mann zum Tee eingeladen zu werden, studiert in Berkeley, Chicago und Harvard, nach ihrem Magister im Jahre 1954/55 auch in Paris und Oxford. Nach einer kurzen akademischen Laufbahn beginnt sie im Alter von 28 Jahren ihre literarische Karriere, für die sie mehrfach ausgezeichnet wird (*The Benefactor*, 1963, dt. *Der Wohltäter*). Neben Essays, Romanen und Kurzgeschichten verfasst sie auch Filmdrehbücher und führt selbst Regie (*Duett for Cannibals*, 1969, dt. *Duett für Kannibalen*). Internationale Berühmtheit erlangt Sontag 1964 mit ihrem Essay *Notes on Camp* (dt. *Anmerkungen zu Camp*), der die neue Sensibilität in der Gegenwartskunst reflektiert. Camp, so Sontags vieldiskutierter ungewöhnlicher Ansatz, stellt den Triumph des Stils über den Inhalt, des Ästhetischen über das Moralische, der Ironie über die Tragödie dar. In weiteren, vielbeachteten Aufsätzen wendet sich die kritische Autorin gegen jegliche Form der Interpretation, die sie als Zerstörung eines Kunstwerks versteht. Großes Aufsehen verursacht auch ihre 1975 unter dem Titel *Fascinating Fascism* veröffentlichte Studie über Leni Riefenstahl, in der Sontag die faschistische Substanz der vielgelobten Riefenstahl-Arbeiten und die Affinität Schwuler zur Nazikunst drastisch herausarbeitet. 1976 an Brustkrebs erkrankt, setzt sie nach ihrer Gesundung ihre Erkenntnisse über die figurative Sprache von Krankheit in der bahnbrechenden Analyse *Illness as Metaphor* (1978, dt. *Krankheit als Metapher*) und 1989 in *Aids and Its Metaphors* (dt. *Aids und seine Metaphern*) überaus wirkungsvoll dazu ein, die Imagination der Erkrankten von unnötigen Angstvorstellungen zu befreien. 1992 gelingt es Sontag, erstmalig mit einer belletristischen Arbeit – *The Vulcano Lover* (dt. *Der Liebhaber des Vulkans*) – die amerikanischen Bestsellerlisten zu erobern. Der öffentlichen Person Sontag, die mit ihren brillanten Arbeiten unaufhörlich verkrustete Denkstrukturen sprengt, fehlt, wie der Schriftsteller ☞Armistead Maupin meint, eigentlich nur noch eins zur Vollendung des Ruhms: das öffentliche Bekenntnis, lesbisch zu sein und seit Jahren mit der Fotografin ☞Annie Leibovitz zusammenzuleben. 2000 ist es denn auch soweit, und Susan Sontag äußert sich in einem Interview mit *The New Yorker* über ihre Liebe zu Frauen. Für ihr pazifistisches Engagement u.a. in Sarajevo erhält sie 2003 den Friedenspreis des Deutschen Buchhandels.

- *Against Interpretation*, 1966 (dt. *Kunst und Antikunst*); *Woman* (mit A. Leibowitz), 1999; *The Volcano Lover*, 1993; *Reading the Pain of Others* (1993, dt. *Das Leiden anderer betrachten*); *In America*, 2000; *Where the Stress Fall: Essays*, 2001
- Carl Rollyson u.a.: *Susan Sontag: The Making of an Icon*, 2000

Speck, Wieland

deutscher Filmemacher und Festivalleiter
28.7.1951 Müllheim/Baden

Aufgewachsen in Freiburg/Breisgau geht Speck 1973 zum Studium (Theaterwissenschaft, Ethnologie und Germanistik) nach Berlin. 1975 ist er Mitbegründer des Männerverlages „mann-o-mann", in dem verschiedene Zeitschriften und Publikationen der Männerbewegung und der erste Männerkalender veröffentlicht werden. Er übersetzt, realisiert und spielt auch selbst in dem Theaterstück *Halt mich bis zum Morgen*. Von 1976 bis 1979 ist er Theaterleiter der Berliner Kinos *Tali* und *Off-Off*, in denen er insbesondere auch schwule Filme präsentiert. 1980 entsteht der erste eigene: *David, Montgomery und ich*, den er z.T. in San Francisco dreht, wo er von 1979 bis 1981 am San Francisco Art Institute Film studiert. Neben Videos für Nina Hagen (1981) entstehen u.a. *Das Geräusch rascher Erlösung* (1983) und 1985 der erste abendfüllende Spielfilm *Westler*, eine Berliner Ost-West-Liebesgeschichte zweier schwuler Männer. Der Film wird nach der Fernsehausstrahlung von der Kritik und dem Publikum äußerst positiv aufgenommen und anschließend auf zahlreichen Festivals weltweit gezeigt. Ab 1982 unterstützt er ☞Manfred Salzgeber bei der Organisation der Sektion „Panorama" der Berliner Filmfestspiele, dem traditionellen Ort für lesbisch-schwule Filme auf der Berlinale. 1992 wird er Leiter des "Panorama". 1990 dreht Speck Videos zu den *Gay Games Vancouver* und in Berlin *CSD – Der Film*. 1991 entsteht im Auftrag der Deutschen Aids-Hilfe eine Reihe von Safer-Sex-Spots, die vor allem im Nachspann von Pornovideos eingesetzt werden. Eine Auswahl seiner Kurzfilme fasst Speck 1993 zu dem Programm *Unter Männern* zusammen. Gemeinsam mit ☞Andrea Weiss entsteht 2000 *Escape to Life – Die ☞Klaus und Erika Mann-Story*.

- „Von Draußen und Drinnen". In: *Ein Ort, überall. 18 Erfindungen von Heimat*, 1994

Spender, Stephen

britischer Schriftsteller
28.2.1909 London – 9.7.1995 ebd.

1929 verbringt der aus großbürgerlichen Verhältnissen stammende Spender einige Monate in Hamburg, 1930 in Berlin gemeinsam mit seinen Freunden ☞W.H. Auden und ☞Christopher Isherwood. Diese Reise hat immensen Einfluss auf

seinen künstlerischen Werdegang, aber auch in seiner Selbstfindung als Homosexueller. Die Erlebnisse und Eindrücke verarbeitet er 1929 zu dem autobiografischen Roman *The Temple*, der allerdings erst 1988, überarbeitet, erscheint (dt. *Der Tempel*, 1991). Zurück in London verschafft er sich als ehrgeiziger Lyriker bald Zutritt zur literarischen Elite und zum Bloomsbury-Kreis. Gemeinsam mit Auden gründet er während der Studienzeit in Oxford eine marxistische Dichtergruppe. Sein Lebensgefährte Jimmy Younger, ein Arbeitersohn, engagiert sich als Kommunist im Spanischen Bürgerkrieg, und Spender verbringt selbst einige Monate dort. Die in Spenders Tagebüchern ausführlich dokumentierten Erfahrungen verwendet ☞David Leavitt 1993 für seinen Roman *While England Sleeps*. Spender klagt erfolgreich gegen diese nicht genehmigte Adaption.
Unter dem Eindruck der Erlebnisse in Spanien wendet er sich wieder vom Kommunismus ab. Gemeinsam mit Arthur Koestler, ☞André Gide und Ignazio Silone legt er diese Abkehr in *The God That Failed* (1950) dar. 1936 Heirat mit Agnes Marie Inez Pearn, 1941 mit der Pianistin Natasha Litvin. Nach dem Krieg ausgedehnte Reisen u.a. nach Deutschland und durch die USA, z.T. mit W.H. Auden und Christopher Isherwood. Er arbeitet für die UNESCO und ist Universitätsdozent in den USA und Großbritannien. Seine Gedichte (*Ruins and Visions*, 1942 und *The Generous Days*, 1971) zeigen Einflüsse von Yeats, Elliot und Rilke. Er übersetzt u.a. Schiller, Goethe, Toller und Rilke ins Englische, begründet mehrere Zeitschriften (*Horizon*, *Encounter*) und schreibt Versdramen, Essays und Kurzgeschichten.

- *Journals 1939-1983*, 1992; *Welt in der Welt. Eine Autobiographie*, 1992; *Deutschland in Ruinen. Ein Bericht*, 1995

Spies, Walter
deutscher Maler, Musiker, Komponist, Ethnologe
15.9.1895 Moskau – 19.1.1942 vor der Küste Sumatras

Sohn eines deutschen, lange Jahre in Russland tätigen Kaufmanns und Vizekonsuls. Hier lernt Spies u.a. Rachmaninoff und Scriabin kennen. Schulausbildung in Dresden. Wird 1917 in Moskau verhaftet und im Ural interniert. 1918 Flucht mit der Familie nach Deutschland. Wohnsitz in Dresden. Beteiligung an einer Ausstellung der Novembergruppe. Freundschaft mit Otto Dix und Oskar Kokoschka. Umzug nach Berlin. Der Filmregisseur ☞Friedrich Wilhelm Murnau wird sein Lebensgefährte. Spies beschäftigt sich verstärkt mit Musik, lernt u.a. Busoni, Krenek und Hindemith kennen. Um sich aus der zunehmend bedrängenderen finanziellen Abhängigkeitsbeziehung zu Murnau zu lösen, heuert Spies 1923 in Hamburg als Matrose auf einem Frachtschiff in Richtung Batavia (Jakarta) an. Dort arbeitet er zunächst als Bar-Pianist, dann im Kasino des niederländischen Militärs, bis ihn Sultan Hamengku Buwono VIII. als Kapellmeister des fürstlichen Symphonieorchesters engagiert. Spies studiert die einheimische Gamelan-Musik und entwickelt für sie eine eigene Notenschrift. Der Fürst von Ubud, Cokorde Gede Raka Sukawati, lädt ihn nach Bali ein, wo sich Spies 1927 in einer Bambushütte niederlässt. In den folgenden Jahren ausgedehnte ethnologische, geologische Untersuchungen und Studien der Flora und Fauna. Er studiert die einheimische traditionelle Kunst und beginnt als erster, sie für ein Museum zu sammeln. Es entstehen die wichtigsten, stark von der balinesischen Kunst beeinflussten malerischen Arbeiten. Für Reisende aus Europa wird Spies zu einem wichtigen Vermittler zwischen den Kulturen; u.a. für Charlie Chaplin, die Ethnologin ☞Margaret Mead und die Schriftstellerin Vicki Baum, die auf der Insel ihren Roman *Liebe und Tod auf Bali* schreibt. Victor von Plessen unterstützt er bei den Dreharbeiten zu *Insel der Dämonen*. Er engagiert sich in der 1936 gegründeten Künstlervereinigung *Pita Maha*, deren Ziel es ist, den einheimischen Künstlern zu helfen, ihre künstlerische Qualität und Originalität zu bewahren und sich nicht einem flüchtigen Touristengeschmack auszuliefern. 1938 beginnt die niederländische Kolonialregierung in Niederländisch-Indien eine Kampagne gegen Homosexuelle. Wie andere Männer auch, hatte Spies auf Bali, wo mann-männliche Beziehungen keinen besonderen Anstoß erregen, ein privates, sexuelles Paradies gefunden. Er wird mit anderen europäischen Homosexuellen wegen sexuellen Missbrauchs Minderjähriger zu einem Jahr Gefängnis verurteilt. 1939 Rückkehr aus der Haft nach Bali. Als Reaktion des deutschen Überfalls auf die Niederlande wird Spies erneut, diesmal wegen seiner deutschen Staatsangehörigkeit, verhaftet und lebt von 1940 bis 1942 in Lagern auf Java und Sumatra. Zusammen mit 411 Zivilinternierten soll er auf dem Frachtschiff *Van Imhoff* nach Ceylon transportiert werden, um die Befreiung der Deutschen durch die japanische Armee zu verhindern. Das Schiff unter niederländischer Flagge wird von japanischen Jagdbombern beschossen und sinkt.

- mit Berryl de Zoete: *Dance and Drama in Bali*, 1952
- Hans Rhodius: *Walter Spies. Maler und Musiker auf Bali 1895-1942*, 1965

Spitzeder, Adele
deutsche Bankerin und Großbetrügerin
1832 Berlin – 27.10.1895 München

Adele Spitzeder verlebt ihre Kindheit in München, tingelt als wenig erfolgreiche Schauspielerin durch Deutschland und kehrt schließlich in ihre Heimatstadt zurück, um ein Geldinstitut zu gründen: die Dachauer Bank. Die Idee war Spitzeder gekommen, als sie stellungs- und mittellos zusammen mit einer Geliebten im Münchner Hotel Munkert wohnt. In ihrer Not leiht sie sich von einem Holzhändler 100 Gulden, dem sie eine Verzinsung von 10 Prozent pro Monat verspricht, üblich waren 2 bis 3 Prozent jährlich. Der Clou des Handels besteht darin, dass Spitzeder die Zinsen für zwei Monate, also 20 Gulden, dem Holzhändler sofort auf die Hand auszahlt – Konditionen, die keine andere Bank bieten kann. Das „Zinswunder" spricht sich schnell herum, und Spitzeder kann sich vor Geldeinzahlungen kaum mehr retten. Trotz Warnungen durch die Behörden vertrauen die Bürger Adele Spitzeder ihr Geld an. Insbesondere die einfachen Leute feiern sie als „Wohltäterin der Menschheit". Das schnell angewachsene Bankguthaben wird jedoch von Spitzeder großzügig zur Finanzierung ihres exklusiven Lebensstils ausgegeben. Sie kauft zwölf Mietshäuser in bester Lage, gründet das *Münchner Tagblatt* und errichtet eine gut gehende Volksküche in der Nähe des Hofbräuhauses. In ihrer Villa lässt sie sich von livrierten Hausangestellten bedienen und beschenkt ihre Geliebte Rosa Ehinger mit kostbarem Schmuck. Wenn sie mit ihrer vierspännigen Kutsche vor der Geschäftszentrale vorfährt, wird sie von ihren Kunden mit Jubelrufen empfangen. Obgleich es streng verboten ist, die Kutsche des Königs zu überholen, lässt sie ihre Pferde antreiben, um diese Majestätsbeleidigung auszuführen. Als der königliche Kutscher sich diesen Affront lautstark verbietet, erhält er die kurze Antwort, die zum geflügelten Wort wird: „Wer ko, der ko" (Wer es kann, der kann es). Als sich 1873 60 Gläubiger zusammentun und ihr Geld einfordern, ist Adele Spitzeder bankrott. Am 12. November 1873 wird sie von 21 Polizisten verhaftet. Nach Abzug der beträchtlichen Vermögenswerte ergibt sich bei 30 860 Gläubigern eine Überschuldung von 8 125 758 Gulden. Der Staatsanwalt wirft ihr „Massenraub" vor, tatsächlich hat sie ganze bayrische Gemeinden in den Ruin getrieben. Viele nehmen sich aus Verzweiflung deshalb das Leben. Das Gericht verurteilt sie zu drei Jahren und 10 Monaten Haft. Nach ihrer Entlassung bleibt sie in München und wird Komponistin. Peer Raben verfilmt die Geschichte der *Adele Spitzeder* (1972) mit Ruth Drexel in der Titelrolle.

Springfield, Dusty (eigentlich Mary Isobel Catherine O'Brian)

britische Sängerin

16.4.1939 Hampstead bei London – 2.3.1999 Henley-on-Thames

Die ehemalige Verkäuferin von Schallplatten und Hausrat schließt sich 1958 der Gesangsgruppe *The Lana Sisters* an, zwei Jahre später gründet sie mit ihrem Bruder Tom und dessen Freund Tim Field das Folktrio *The Springfields* und singt in rüschigen Petticoats Country- und Westernsongs. Sie wagt eine Solokarriere und wechselt dazu zur weichen Welle des Motown-Soul-Sound, singt so gut, dass viele sie für eine Schwarze halten und hat mit diesem Konzept internationalen Erfolg. 1964 veröffentlicht sie ihr erstes Soloalbum *A Girl Called Dusty*. Es folgen Hits wie *I Close My Eyes and Count to Ten* (1965), *You Don't Have to Say You Love Me* (1966) und *The Look of Love* (1967). Dusty Springfield ist auf der Höhe ihres Erfolges, aber sie wird bei Auftritten immer unzuverlässiger, ihre Stimme unsicherer. Das Lampenfieber kompensiert sie durch Overdressing zwischen Kitsch und Künstlichkeit: grelles Make-up, riesige Wimpern und Beehive-Frisuren – ein ideales Vorbild für Drag Queens. 1975 ist ihr Ruhm verblasst, sie passt nicht mehr in die musikalische Landschaft des Jahrzehnts. Gerüchte über ihr Lesbischsein machen es zudem schwer, wieder Fuß zu fassen. Comebackversuche scheitern. In einem Interview mit dem Londoner *Evening Standard* 1970 macht sie Andeutungen, bisexuell zu sein. Drei Jahre später, bei einem Gespräch mit der *Los Angeles Free Press* wird sie deutlicher: „I go from men to women. I don't give a shit. I can't love a man. To go to bed with, is fantastic, but to *love* a man. That's not my prime ambition. They frighten me." 1987 wird sie von den *Pet Shop Boys* wiederentdeckt, die ihr mit *What Have I Done To Deserve This?* einen Hit produzieren und ihrer Karriere wieder zu Auftrieb verhelfen. Sie dreht selbstironische Werbespots für Orangensaft, nimmt u.a. 1995 das Album *A Very Fine Love* auf. Bereits im Jahr davor stellen Ärzte bei Ihr Brustkrebs fest. Die Behandlung zehrt ihr Vermögen auf, schließlich verkauft sie alle Rechte an ihren Songs (angeblich für rund 18 Millionen DM), um damit die bestmögliche Behandlung finanzieren zu können. Ihre Managerin und Freundin Vicki Wickham („Übrigens bin ich lesbisch.") überbringt ihr im Krankenhaus den von der Queen verliehenen „Order of the British Empire." Nach ihrem Tod äußern sich erstmals ehemalige Liebhaberinnen, z.B. Songwriterin Carole Pope, öffentlich über ihre Beziehungen zu Dusty Springfield.

- LPs und CDs (Auswahl): *Dusty in Memphis*, 1969; *A Brand New Me*, 1970; *Cameo*, 1973; *Begins Again*, 1978; *Living without Your Love*, 1979; *White Heat*, 1982; *Reputation*, 1990
- Penny Valentine/Vicki Wickham: *Dancing with Demons. The Authorized Biography of Dusty Springfield*, 2002

Sprinkle, Annie (eigentlich Ellen Steinberg)

US-amerikanische Performerin

23.7.1954 Los Angeles/Kalifornien

Die ehemals schüchterne Tochter eines jüdischen Lehrerehepaares gelangt während ihrer jahrzehntelangen Karriere als Pornodarstellerin in über 150 Filmen, Hure und Performerin nach und nach zu einer spirituellen Form von Sinnlichkeit. Nachdem sie in den 80er Jahren mit ihren spektakulären „Post Porn Modernist"-Shows, in denen sie dem Publikum mittels Spekulum einen tiefen Einblick in ihren Gebärmutterhals offenbart und ihre beachtlichen Brüste zum Kaiserwalzer hüpfen lässt, in den USA und Europa für eine Sensation sorgt, liegt der Schwerpunkt der Multi-Media-Hure und laut eigenem Bekenntnis frischgebackenen Lesbe nun auf Selbsterfahrungs-Workshops und der Vorführung tantrischer Orgasmen.

- Filme (Auswahl): *Jack'n Jill*, 1979; *Deep Inside Annie Sprinkle*, 1981; *My Father Is Coming*, 1990 (Regie: ☞Monika Treut)

de Staël, Madame
(eigentlich Anna Louise Germaine Baronne de Staël-Holstein)

französische Schriftstellerin
22.4.1766 Paris – 14.7.1817 ebd.

Die lebenslustige Baronin mit ihrem exzessiven Lebensstil ist eine der wichtigsten Denkerinnen ihrer Zeit. Nach ihrer Heirat im Alter von 20 Jahren unterhält sie um 1800 den führenden Pariser Salon und wird 1802 von Napoleon zur Emigration in die Schweiz gezwungen. Auf zahlreichen Reisen durch ganz Europa lernt de Staël u.a. Goethe, Schiller und die Gebrüder Schlegel kennen und vermittelt die entscheidenden Impulse für die französische Romantik. Ihr Hauptwerk *De l'Allemagne* (1810, dt. *Deutschland*) prägt das Image von Deutschland als einem verträumten Land der Dichter und Denker. Mit *Corinne ou l'Italie* (1807, dt. *Corinna oder Italien*) und weiteren Frauenromanen bringt de Staël zudem die geistige und erotische Emanzipation der Frau kräftig voran – und handelt fleißig selbst danach: Zahlreiche männliche wie weibliche Geliebte säumen ihren Weg.

- *Delphine*, 1804
- Christopher Herold: *Madame de Staël: Dichterin und Geliebte*, 1982

Staffel, Tim
deutscher Schriftsteller und Dramatiker
1965 Kassel

Mit knappen, kunstlosen Sätzen erzählt Staffel in seinem temporeichen Endzeitroman *Terrordrom* (1998) von einem fiktiven, von Gewalt, Konsumterror und Obszönität geprägten Berlin an der Schwelle zum 21. Jh. als einem Schauplatz sozialer Tumulte, gegen die staatliche Sicherheitsmaßnahmen schon lange nicht mehr greifen. Staffel, der seit 1993 in Berlin lebt und in Gießen bei Andrzej Wirth Angewandte Theaterwissenschaft studiert, gelingt mit diesem Romandebüt ein durchschlagender Erfolg. Im gleichen Jahr noch inszeniert Frank Castorf an der Volksbühne Berlin die Uraufführung der Theaterfassung, und Staffel wird zum Ingeborg-Bachmann-Wettbewerb eingeladen. 2000 erscheint sein Nachfolgeroman *Heimweh*, 2002 *Rauhfaser* über

eine schwule Beziehung. Seine Lesungen gestaltet Staffel häufig als Performances und arbeitet dabei mit den Musikern Spin-O, SMAT und der Band *Madonna Hip Hop Massaker* zusammen. Seine literarische Laufbahn beginnt Staffel als Dramatiker. Bereits 1993 wird am Theater am Turm Frankfurt/Main *Truppen* uraufgeführt, 1994 *Stadt der Krieger* in Oberhausen.

- weitere Stücke: *Moby Dick*, 1996; *Du bist nicht Elvis*, 1998; *Werther in New York*, 2000; *Titanic* (2001 am Staatstheater Mainz); *Jeanne d'Arc – Die Jungfrau*, 2001; *Hausarrest*, 2002; *Von Cowboys und Elfen*, 2003

Stanwyck, Barbara (eigentlich Ruby Stevens)

US-amerikanische Schauspielerin
16.7.1907 Brooklyn/New York – 20.1.1990 Santa Monica/Kalifornien

Barbara Stanwyck, die ihre Karriere mit 15 als Revuetänzerin bei Ziegfeld begonnen hatte, spielt in über 80 Filmen, u.a. in *This is My Affair* (1937, dt. *Unter vier Augen*) und *Titanic* (1953, dt. *Untergang der Titanic*), die Rolle der starken, selbstsicheren Frau und begeistert mit ihrer sinnlichen Ausstrahlung Männer wie Frauen gleichermaßen. In ihrem Privatleben allerdings ist Stanwyck weniger souverän; ihre 1928 geschlossene Ehe mit dem Komiker Frank Fay gerät mit den Jahren zu einer psychischen und physischen Folter, da Fay zunehmend unter Alkoholproblemen leidet und zu Gewalt neigt. Stanwyck, die eng mit der Schauspielerin Joan Crawford befreundet ist, schottet ihr Privatleben, vor allem ihre Homosexualität, strikt ab. Dennoch gilt sie neben der ☞Garbo als Hollywoods berühmteste versteckte Lesbe. In den 60er Jahren beginnt Stanwyck hauptsächlich für das Fernsehen zu arbeiten; 1982 erhält sie für ihr Gesamtwerk den Oscar.

Stefan, Verena
Schweizer Schriftstellerin
3.10.1947 Bern

Von Beruf Krankengymnastin, studiert Stefan in Berlin Soziologie, bevor sie 1975 mit *Häutungen* eines der wichtigsten Bücher der im Aufbruch befindlichen neuen Frauengeneration schreibt, das bei seinem Erscheinen heftige, kontroverse Diskussionen auslöst. Über Mund-zu-Mund-Propaganda erreicht *Häutungen*, in dem die Autorin entschieden für lesbische Beziehungen als Alternative eintritt, Auflagen in schwindelerregender Höhe und sichert damit der Frauenliteratur einen festen Platz in deutschen Buchhandlungen. Stefan zieht sich zunächst mit ihrer Freundin, der Malerin Antonia Werney, auf einen schleswig-holsteinischen Bauernhof zurück, um weiter in ihrem bürgerlichen Beruf und als Übersetzerin zu arbeiten, und siedelt später nach München über. Mit dem Erlös ihres Buches unterstützt sie verschiedene feministische Buch- und Frauenprojekte.

- *Es ist reich gewesen. Bericht vom Sterben meiner Mutter*, 1993

Stein, Gertrude

US-amerikanische Schriftstellerin
3.2.1874 Allegheny/Pennsylvania – 27.7.1946 Paris

Bereits zu Lebzeiten eine Legende, genießt die charismatische Gestalt Gertrude Stein heute den Ruf als die bekannteste Lesbe aller Zeiten und Urmutter der lesbischen Intellektuellen. Stein wächst, nachdem sie einen Großteil ihrer Kindheit in Paris und Wien verbracht hatte, als jüngstes und fünftes Kind eines wohlhabenden Geschäftsmannes in Oakland auf. Mit 17 zur Vollwaise geworden, studiert sie zunächst bis 1897 Psychologie am Radcliffe College und später in Baltimore Medizin. 1903 zieht Stein, die bereits in jungen Jahren entschlossen war, Schriftstellerin zu werden, gemeinsam mit ihrem Bruder Leo, einem Kunstkritiker, nach Paris, wo die beiden sich bis 1912 eine Wohnung teilen. Leidenschaftlich an der Kunst interessiert, beginnen die Geschwister, junge, kubistische Künstler, darunter Picasso, Matisse und Braque, zu fördern und ihre Arbeiten zu sammeln, während sich ihre Wohnung zugleich als magisches Zentrum der künstlerischen Elite jener Zeit etabliert. 1907 begegnet Stein ☞Alice B. Toklas, wie sie selbst US-Amerikanerin jüdischer Herkunft, mit der sie den Rest ihres Lebens verbringen und als das berühmteste Lesbenpaar aller Zeiten in die Geschichte eingehen wird. Toklas, klein, dunkel und mit einem auffallenden Damenbart ausgestattet, schreibt in ihren Memoiren, sie habe die große, füllige und sehr männlich wirkende Stein sofort als Genie erkannt. Stein selbst allerdings ist lange Zeit der Meinung, dass das Genie männlichen Geschlechts sei. Das lange Ausbleiben ihres schriftstellerischen Erfolges scheint sie zunächst in dieser Annahme zu bestätigen. Stein, deren erstes, noch klassisch erzählendes Buch *Three Lives* 1909 (dt. *Drei Leben*) im Selbstverlag erscheint, wendet sich unter dem Einfluss des Kubismus der Aufgabe zu, die Welt ihrem Empfinden nach sprachlich und klanglich zu reproduzieren – durch Verdrehungen der Grammatik und Syntax, Wortwiederholungen, fortwährenden Wechsel der Pronomen und bewusste Monotonie. Nach und nach nimmt ihr revolutionärer Prosastil derart abstrakte Formen an, dass er von den meisten Leuten nicht mehr verstanden wird. Erst 1934 gelingt Stein der Durchbruch – bezeichnenderweise mit der flüssig und unterhaltsam geschriebenen Biografie *The Autobiography of Alice B. Toklas* (dt. *Autobiographie von Alice B. Toklas*). Im Alter von 58 Jahren erhält Stein so ihren ersten Buchvertrag und die Anerkennung, für die sie zeitlebens gearbeitet hatte. In der Folge werden auch ihre von Toklas im selbstgegründeten Verlag Plain Editions herausgegebenen, komplizierteren Werke bekannt – und heftig umstritten. Geniale Dichtkunst oder dilletantischer Wortschrott, die Frage beschäftigt Literaturkritiker bis heute. Steins literarische Salons, Treffpunkt der künstlerischen Avantgarde in den 20er und 30er Jahren, finden mit dem Ausbruch des Zweiten Weltkrieges ein jähes Ende. Die Kriegszeit verbringen die beiden Frauen mit ihrem Königspudel Basket auf ihrem Landhaus in Südfrankreich, um später wieder nach Paris zurückzukehren, wo Stein kurz darauf einem Krebsleiden erliegt. Ihre umfangreiche Kunstsammlung wird vom New Yorker Museum of Modern Art angekauft; Toklas, mittellos zurückgeblieben, verbringt den Rest ihres Lebens damit, Steins literarischen Nachlass zu verwalten.

- *Tender Buttons*, 1914 (dt. *Zarte Knöpfe*, 1979); *The Making of Americans*, 1925 (dt. *Die Machart von Amerikanern*); *Lectures in America*, 1935 (dt. *Was ist englische Literatur*); *Everybody's Autobiography*, 1937 (dt. *Jedermanns Autobiographie*); *Ida*, 1941
- Elizabeth Sprigge: *Gertrude Stein. Her Life and Work*, 1957; Richard Bridgeman: *Gertrude Stein in Pieces*, 1970; Diana Souhami: *Gertrude und Alice. Gertrude Stein und Alice B. Toklas. Zwei Leben – eine Biographie*, 1994

Steinhöfel, Andreas

deutscher Schriftsteller
1962 Battenberg

1990 kommt dem studierten Amerikanisten und Medienwissenschaftler ein Kinderroman in die Hände, dessen moralischer

Zeigefinger und antiquierte Didaktik ihn erzürnt. Und Steinhöfel probiert, ob er es besser kann. 1991 erscheint das Resultat *Dirk und ich*. Nun folgen in steter Regelmäßigkeit weitere Kinder- und Jugendbücher, die langanhaltend Erfolg haben. *Paul Vier und die Schröders* (1992) wird von C. Schwarz-Grünberg verfilmt, die Filmrechte an dem Kinderkrimi *Beschützer der Diebe* (1994) sind ebenso vergeben wie an seinem bislang wichtigsten Buch, dem Jugendroman *Die Mitte der Welt* (1998). Für dieses Buch über einen schwulen Jungen und seine ungewöhnlichen Familienverhältnisse wird Steinhöfel 1999 mit dem Jugendbuchpreis Buxtehuder Bulle ausgezeichnet. 2001 folgt mit *Defender. Geschichten aus der Mitte der Welt* ein Band mit Erzählungen, die im Kosmos dieses Romans spielen.

- *Glatte Fläche*, 1993; *Glitzerkatze und Stinkmaus*, 1994; *1:0 für Sven und Renan*, 1995; *O Patria Mia*, 1996; mit A. Tuckermann: *DavidTage MonaNächte*, 1999; *Wo bist du nur?*, 2000; *Dirk und ich*, 2002; *Der mechanische Prinz*, 2003

Stenten, Marlene

deutsche Schriftstellerin

23.1.1935 Aachen

In ihrer ersten literarischen Veröffentlichung, dem Roman *Großer Gelbkopf* (1971), verhüllt die ausgebildete Buchhändlerin Marlene Stenten ihr eigenes Lesbischsein noch, indem sie einen schwulen Mann zur zentralen Figur macht: Ein Lehrer verlässt seine Familie und geht zu seinem Geliebten nach Schweden. In ihrem zweiten Roman *Puppe Else* (1976) schreibt sie schließlich unverstellt über die Frauenliebe. Doch der Luchterhand Verlag, der zuvor auch ihren Erzählungsband *Baby* (1974) publiziert hat, lehnt das Manuskript ab. Kurzerhand gründet Stenten mit ihrer Freundin Irmgard Dalinghaus den Selbstverlag Sudelbuch. Dort erscheinen auch die Erzählungssammlungen *Die Brünne* (1981) und *Salomé 89* (1983), die zum Teil Vorstudien für den dritten, stark autobiografischen Roman *Albinia. Monotonie für eine Weggegangene* (1986) darstellen. Darin schildert die heute am Bodensee lebende Stenten ihre Liebesbeziehung zu einer feministischen Schriftstellerin.

Steuben, Friedrich Wilhelm von **(eigentlich Friedrich Wilhelm Ludolf Gerhard Augustin von Steuben)**

Preußischer Militär

17.9.1730 Magdeburg – 28.11.1794 Steuben/New York

Geboren in der Festung zu Magdeburg ist von Steuben bereits mit 17 Jahren Soldat, wird 1758 Adjutant im Stab ☞Friedrichs des Großen und ist 1764 bis 1775 Hofmarschall beim Fürsten von Hohenzollern-Hechingen und danach Oberst in Baden. Aus nicht geklärten Gründen quittiert von Steuben den Dienst. Später deutet er an, er habe einen „Fehltritt" begangen. Die Gerüchte über seine Homosexualität nehmen zu. Weil er nun nicht mehr unter dem Schutz des Königshauses steht, reist er nach Frankreich, um einer strafrechtlichen Verfolgung wegen „Unzucht mit jungen Männern" zu entgehen. In Paris lernt er Benjamin Franklin kennen, der einen Militärexperten für den amerikanischen Unabhängigkeitskrieg sucht. Von Steuben sieht seine Chance und setzt 1777 über – gemeinsam mit seinem 17-jährigen Sekretär. George Washington überträgt ihm die Führung der Streitkräfte. Seine Erfahrungen, die er im Generalstab der preußischen Armee gesammelt hatte, u.a. seine Studien der ihm bis dahin unbekannten Strategien der englischen und französischen Armeen, führen zu seinem umfangreichen Wissen, das er benötigt, um aus den tapferen US-amerikanischen Freiheitskämpfern eine schlagkräftige Armee zu formen, die sonst der gedrillten britischen Infanterie auf Dauer nicht hätten standhalten können. Im März 1784 wird Friedrich Wilhelm Baron von Steuben US-amerikanischer Staatsbürger. Er stirbt in der nach ihm benannten Stadt Steuben im Bundesstaat New York. Seinen Besitz vermacht er seinen ehemaligen Adjutanten William North und Benjamin Walker. Die US-amerikanische Nation ehrt ihn mit einem Heldengrab im Steuben County. Die Inschrift auf seiner Bronzetafel lautet: „Indispensable to the Achievement of American Independence". Alljährlich wird mit der berühmten Steubenparade in New York und Philadelphia an den „Architekten des amerikanischen Sieges" erinnert.

Stipe, Michael

US-amerikanischer Rockmusiker und Filmproduzent

4.1.1960 Decatur/Georgia

Seine 1980 gegründete Band wird gerne als „größte Rock ,n' Roll Band der Welt" apostrophiert. Die melodischen Songs, anspruchsvollen Texte und die unverkennbare Stimme ihres Leadsängers Michael Stipe haben *R.E.M.* (die Abkürzung für *Rapid Eye Movement*) zu einem Status verholfen, aus dem heraus sie jedes neue Album auf Anhieb mehrere Millionen Mal verkaufen. Nach *Green* (1988) etablieren sie sich durch die beiden nachfolgenden Alben *Out of Time* (1991) und *Automatic for the People* (1992) als Megaseller. Insbesondere Stipes sehr persönliche Lieder, *Losing My Religion* und *Shiny Happy People*, werden Single-Hits. Stipe verleugnet sein Schwulsein zwar nicht, aber thematisiert es nicht gerne. „Ich finde, Etiketten sind was für Konservendosen. Ich weiß, es gibt Leute, die fühlen sich gut, wenn sie sich als hetero-, homo-, bi-, oder transsexuell bezeichnen. Ich fühle mich mit keiner dieser Kategorien wohl." Das Thema der sexuellen Grenzüberschreitung in der Hochphase des Glam Rock der 70er Jahre hat ihn auch an Todd Haynes' Spielfilmprojekt *Velvet Goldmine* interessiert, deshalb fungiert Stipe als Co-Produzent und musikalischer Berater. „Ich liebe es, wie alle tradierten Vorstellungen von Geschlechtern und Sexualität mit einem Mal eingerissen wurden. Eine Zeit lang waren alle Grenzen verwischt, und dieses Homo/Hetero/Bi-Denken wurde in Frage gestellt. Es war überflüssig, sich zu fragen, bist du oder bist du nicht, weil jeder alles war, was er gerade sein wollte." Weitere Erfahrungen als Filmproduzent mit eigener Firma macht er 1999 mit *The Limey* und *Being John Malkovitch*. 1999 liefert *R.E.M.* für Milos Formans *Man on the Moon* den Soundtrack. Im Zuge von PR-Interviews zur Veröffentlichung des *R.E.M.*-Albums *Reveal* (2001) erzählt er dem *Time*-Magazin von seiner bis dahin dreijährigen Beziehung zu seinem Lebenspartner, was von der Klatschpresse als offizielles Coming-out verstanden und kolportiert wird. „Ich bin irgendwo zwischen hetero und homo. Und das wollen andere nicht hören – dass es viele Schattierungen von Sexualität gibt, passt den meisten nicht."

Stümke, Hans-Georg

deutscher Historiker und Schwulenaktivist
16.9.1941 Königsberg – 29.9.2002 Berlin

Nach einer Ausbildung zum Wetterbeobachter als Zivilangestellter bei der Bundeswehr holt der Sohn einer aus Ostpreußen stammenden Familie auf dem zweiten Bildungsweg das Abitur nach. Einer seiner Mitschüler ist der spätere Bundeskanzler Gerhard Schröder. Nach seinem Studium wird Stümke Historiker und Lehrer und engagiert sich zunächst beim Kommunistischen Bund, später bei den Grünen und ab Ende der 80er Jahre beim Lesben- und Schwulenverband Deutschland (LSVD). Wichtiger Impuls, die Geschichte der Homosexuellen aufzuarbeiten, wird eine Reise nach New York 1978, wo er zum ersten Mal mit dem Stonewall-Aufstand von 1969 konfrontiert wird. Gemeinsam mit Rudi Finkler schreibt er das Buch *Rosa Winkel, rosa Listen: Homosexuelle und ‚gesundes Volksempfinden' von Auschwitz bis heute* (1981), in dem erstmals fundiert der Naziterror gegen Homosexuelle dokumentiert wird. 1989 legt er mit *Homosexuelle in Deutschland* eine umfassendere Geschichte der Homosexualität des Landes vor. Unter dem Pseudonym Elvira Klöppelschuh hingegen erscheint mit *Elvira auf Gran Canaria* (1994) ein satirischer Reiseroman über das Leben im schwulen Urlaubsparadies. 1998 folgt das Sachbuch über Schwule im Alter *Älter werden wir umsonst*.

Stutz, Jakob

Schweizer Volksdichter
27.11.1801 Isikon- 14.8.1877 Bäretswil

Durch seine Gedichte, Erzählungen und Schriften schafft Jakob Stutz die erste relevante sozialgeschichtliche und volkskundliche Quelle des Zürcher Oberlandes. Er hatte Sitten und Gebräuche beschrieben und Stimmungen, Sorgen und Freuden der Landbevölkerung unverfälscht in deren Sprache geschildert. Seine Gedichte finden sich in Schullesebüchern der Schweiz und Anthologien volkstümlicher Literatur. 2002 wird im Kanton ein Jakob-Stutz-Wanderweg eröffnet, der den Spuren des Dichters folgt. Sein 200. Geburtstag wird vom Rat der Gemeinde Bäretswil, wo Stutz begraben liegt, jedoch bewusst nicht begangen. Seine Grabstätte ist längst geräumt, einen Gedenkstein gibt es nicht. Der Grund: Stutz war zu Lebzeiten wegen angeblicher pädophiler Vergehen verurteilt worden. Mehrfach verliert er wegen seiner Homosexualität seine Stellung. Zunächst muss er sich als Hirtenjunge, Knecht und Heimweber seinen Lebensunterhalt verdienen, bis seine Begabung erkannt und er als Lehrer an der Zürcher Blinden- und Taubstummenschule angestellt wird. Zu dieser Zeit beginnt er auch sich als Schriftsteller zu betätigen. Die Ereignisse des Ustertages 1830, der die politische Wende zum modernen Kantonswesen zur Folge hatte, macht er zum Thema seines erfolgreichen Theaterstücks *Der Brand von Uster*. Die Lehrerstelle in Zürich wie auch eine weitere in Schwellbrunn im Kanton Appenzell Ausserhoden verliert er wegen Verurteilungen aufgrund seiner Homosexualität. Insgesamt wird er viermal vor Gericht gestellt. Nach diesem Rauswurf zieht er sich nach Sterneberg zurück, wo er regelmäßig einen Kreis junger Dichter empfängt und sich als Erwachsenenbildner und Sozialreformer engagiert. Hier entsteht auch seine Autobiografie *Sieben Mal sieben Leben*. 1856 wird Stutz erneut verhaftet und vor Gericht gestellt. Sieben junge Männer zwischen 21 und 29 Jahren hatten sich Stutz als Liebhaber angedient, um ihn danach zu erpressen. Als er die Zahlung verweigert, zeigen sie ihn an. Die Zeugenaussagen sind widersprüchlich, doch weil Stutz schon mehrfach wegen „widernatürlicher Wollust" straffällig geworden war, wird er „wegen Erregung öffentlichen Ärgernisses durch unzüchtige Handlungen unter erschwerenden Umständen" verurteilt.

Sylvester (eigentlich Sylvester James Hurd)

US-amerikanischer Popmusiker
1946 (a.Q. 1948) Los Angeles – 16.12.1988 San Francisco

Bereits mit acht Jahren beginnt der farbige Sänger seine Karriere. Seiner ausgeprägten Falsettstimme wegen ist er ein geschätzter Gospelsänger. Als junger Mann kommt er während der auslaufenden Flower-Power-Ära von Los Angeles nach San Francisco, wo er zunächst durch Auftritte als Entertainer mit Piano, in Musikrevuen und Travestieshows eine regionale Berühmtheit wird, vor allem mit seiner Drag Queen-Gruppe *The Cockettes*. 1973 nimmt er für Fantasy Records seine ersten Platten auf. Den weltweiten Durchbruch schafft er jedoch erst Jahre später bei Megatone. Dort erscheint 1978 seine LP *Sylvester*, die den Disco-Soul chartfähig macht und Musikgeschichte wird. Die Single *You Make Me Feel* (*Mighty Real*) steigt 1979 erstmals in die Top 40 der US-Charts und bleibt dort ganze 36 Wochen. Seine energiegeladene Disco-Musik und die eindrucksvolle Stimme beeinflussen die spätere Hi NRG-Welle und inspiriert *Bronski Beat*. Mit seinen gewagten Glitzer-Outfits und Highheels bringt er modische Elemente der Drag Queen-Szene in das Musikbusiness und setzt optische Maßstäbe für die Disco-Ära. Er ist neben ☞Klaus Nomi und ☞Rock Hudson einer der ersten prominenten Persönlichkeiten, die an Aids verstorben sind.

Symonds, John Addington

englischer Schriftsteller und Homosexuellenaktivist
5.10.1840 Bristol – 19.4.1893 Rom

Bereits in sehr frühem Alter erkennt Symonds seine Homosexualität; in seinen Memoiren beschreibt er erotische Träume aus seiner Kinderzeit, in denen er von nackten Seemännern umgeben ist, obgleich er zu diesem Zeitpunkt noch niemals einen nackten Mann gesehen hatte. Als Student entdeckt Symonds ☞Platon für sich und begeistert sich an den Idealen der griechischen Päderastie und platonischen Liebe zwischen Mann und Knaben. Homosexuelle Gefühle sind für ihn nur romantisiert und sublimiert denkbar. Der Zwiespalt zwischen platonischen und sexuellen Männerbeziehungen tritt schließlich während seiner Schulzeit zutage, als er erfährt, dass der dortige Rektor Dr. Vaugham ein Verhältnis mit einem Schüler hat. Symonds stellt ihn bloß, was die Entlassung des Rektors zur Folge hat. Viele Freunde, die von Symonds' eigenen homoerotischen Empfindungen wissen, verstehen sein Verhalten nicht und distanzieren sich von ihm. In den nachfolgenden Jahren hat Symonds einige enge Freundschaften, meist mit Schuljungs, die jedoch über das Küssen und Nackt-Nebeneinander-Schlafen nicht hinausgehen. Erst im Alter von 41 hat er die erste, tiefergehende homosexuelle Beziehung mit einem Mann, dem venezianischen Gondoliere Angelo Fusati. Viele dicht aufeinanderfolgende Ereignisse ermöglichen Veränderungen in Symonds' Haltung und Wesen. Entscheidend ist der Tod des Vaters, wie auch Symonds' lebenslange Lungenerkrankung, wegen der er seine Universitätskarriere abbrechen muss und sich nun ganz der Literatur widmen kann. Er veröffentlicht u.a. eine größere Arbeit über Dante, übersetzt ☞Michelangelos Sonette und reist nach Sizilien und Griechenland. Eher zufällig ist er auf die Schriften ☞Karl Heinrich Ulrichs' gestoßen, mit dem er ebenso in ausgedehnte Korrespondenz tritt, wie mit dem noch unbekannten ☞Walt Whitman und ☞Edward Carpenter, einem anderen englischen Vorkämpfer der Homosexuellenbewegung. Die Abhandlung *A Problem in Greek Ethics* (1883), eine verklärende Schrift zur griechischen Päderastie, entsteht unter dem Leseeindruck Ulrichs'. 1891 lernen sie sich bei einer Reise Symonds' nach Italien persönlich kennen. In *A Problem in Modern Ethics* (1891) fordert er die Straffreiheit für gleichgeschlechtlich Empfindende und ein Ende ihrer moralischen Verurteilung. Beide Schriften erscheinen lediglich als Privatdruck in Kleinstauflagen von 10 bzw. 50 Exemplaren. Er beginnt eine Zusammenarbeit mit dem englischen Sexualwissenschaftler Havelock Ellis (1859-1939), für dessen Buch *Sexual Inversion* er ein Kapitel schreibt. Es erscheint erst nach seinem Tode. Seine Verwandten untersagen dabei, dass Symonds' Name und Biografie in der englischen Ausgabe des Buches verwendet werden. 1889 beginnt Symonds seine Memoiren zu schreiben, den Bericht über ein gequältes, wenig freudiges Leben voller persönlicher Enttäuschungen. In 18 Monaten verfasst er mehrere 1000 Seiten und schildert dabei vor allem auch seinen Prozess der homosexuellen Selbstfindung und der langsam sich entwickelnden Erkenntnis, dass er mit seinen Gefühlen nicht alleine auf der Welt ist. Das Manuskript bleibt bis 1976 in der British Library unter Verschluss und wird erst 1984, stark gekürzt, publiziert.

- *Renaissance in Italy*, 7 Bde, 1875-1886; *The Life of Michelangelo Buonarroti*, 2 Bde., 1893; Phyllis Grosskurth (Hg.), *Memoirs, 1984*
- Phyllis Grosskurth: *The Woeful Victorian: A Biography of John Addington Symonds*, 1974; Rainer Guldin: *Verbrüderung. J. A. Symonds, E. Carpenter, E.M. Forster*, 1991

Szymanowski, Karol

polnischer Komponist
6.10.1882 Tymoszówka/Ukraine – 29.3.1937 Lausanne

Der adlige Szymanowski studiert ab 1901 in Warschau Musik. Seinen internationalen Durchbruch als Komponist erlebt er 1911 durch Aufführungen seiner 2. Symphonie in Wien, Leipzig und Berlin. Bereits wiederholt war Szymanowski nach Italien gereist, am eindrucksvollsten für ihn sind die Aufenthalte in Taormina auf Sizilien im Frühjahr 1911 und 1914. Bei diesem Besuch der Insel, wo er wahrscheinlich auch auf den deutschen Adligen und Fotografen ☞Baron Wilhelm von Gloeden trifft, erlebt er seine homosexuelle Selbstfindung. Sein Freund, der Pianist Arthur Rubinstein, schildert Szymanowskis Begeisterung und Veränderung in seiner Autobiografie: „Er war jetzt manifest homosexuell und eröffnete mir das auch mit funkelnden Augen." Während der Russischen Revolution 1918/19 wird das Gut der Eltern zerstört, und Szymanowski verbringt einige Zeit in Elisabethgrad. Da er dort nicht komponieren kann, beginnt er einen Roman niederzuschreiben, mit dem er Ordnung in seine Gedanken zur Homosexualität zu bringen gedenkt. Der Roman ist lediglich für sich selbst und enge Freunde bestimmt. In Elisabethgrad verliebt er sich in den 16-jährigen Russen Boris Kochno (1903-1990), dem er das in der Form eines sokratischen Gesprächs verfasste Kapitel *Das Gastmahl* ins Russische übersetzt. Das Gesamtmanuskript des

Romans verbrennt 1939 in Warschau in der Wohnung seines Vetters, lediglich dieses übertragene Kapitel hat sich erhalten. Es wird im Nachlass des Ballettänzers und Choreografen Sergej Diaghilew gefunden, dessen Geliebter Kochno später geworden war. Sein Taormina-Erlebnis verarbeitet Szymanowski indirekt in seiner Oper um den Dionysos-Kult, *König Roger* (uraufgeführt 1926 in Warschau). Der französische Schriftsteller Dominique Fernandez bezeichnet in seiner Kulturgeschichte der Homosexualität, *Der Raub des Ganymed*, dieses Werk als die einzige Oper, „die die Homosexualität außerhalb ihres gesellschaftlichen und psychologischen Umfeldes preist, wie eine Flucht aus den menschlichen Grenzen, ein Drang, mit der Weite des Kosmos zu verschmelzen."

T

Tawada, Yoko

japanische Schriftstellerin
23.3.1960 Tokio

Um Germanistik zu studieren, kommt die in Japan geborene und aufgewachsene Tawada Mitte der 80er Jahre nach Hamburg. Sie ist dort geblieben, und seit einigen Jahren schreibt sie, deren Werke ab 1987 zunächst in Deutschland erscheinen und aus dem unveröffentlichten Manuskript ins Deutsche übersetzt werden, abwechselnd in japanisch und deutsch. 1997 veröffentlicht sie ihr erstes Theaterstück *Wie der Wind im Ei* (Uraufführung in Graz, 1997), 1995 erscheint die Neufassung des Stückes *Die Kranichmaske, die bei Nacht strahlt*. Die überaus produktive Autorin, die für ihre außergewöhnliche sprachliche Gelassenheit und präzise Beobachtungsgabe zahlreiche Preise und Auszeichnungen erhält – darunter 1993 den wichtigsten japanischen Literaturpreis Akutagawa-Sho, und den Chamisso-Preis 1996 – macht um sich selbst, ihre Werke und ihr Lesbischsein wenig Aufhebens.

- *Nur da wo du bist da ist nichts*, Gedichte/Prosaerzählung, 1987; *Tintenfisch auf Reisen, 3 Geschichten*, 1994; *Talisman*, 1996; *Aber die Mandarinen müssen heute abend noch geraubt werden. Poetische Texte*, 1997; *Verwandlungen. Tübinger Poetik-Vorlesung*, 1998; *Orpheus oder Izanagi*, 1998; *Opium für Ovid. Ein Kopfkissenbuch von 22 Frauen*, 2000; *Überseezungen. Literarische Essays*, 2002; *Das nackte Auge*, 2004

Téchiné, André

französischer Filmemacher
13.3.1943 Valence d'Agen

Während der Blütezeit der Nouvelle Vague in Frankreich arbeitet Techiné 1964-67 bei der Zeitschrift *Cahiers du Cinéma*, dem Zentralorgan des neuen französischen Kinos. Durch eine Regieassistenz bei Jacques Rivette entdeckt Techiné die Liebe zum Theater und inszeniert ab 1970 an kleinen Bühnen. Er wendet sich schließlich dem Film zu, schreibt Drehbücher, wie beispielsweise zu Liliane de Kermadecs Film *Aloise* (1975), nimmt einen Lehrauftrag an der Pariser Filmhochschule an und dreht erste eigene Filme. *Pauline s'en va* (1971, dt. *Paulina haut ab*) wird sein Debüt. Ab den 90er Jahren erzählt Techiné immer wieder auch schwule Geschichten in seinen Filmen. In *Je t'embrasse* (1991, dt. *Ich küsse nicht*) steht ein junger Stricher im Zentrum, in *Les roseaux sauvages* (1993, dt. *Wilde Herzen*) verliebt sich in einem französischen Dorf zur Zeit des Algerienkriegs ein Junge in seinen Mitschüler.

- weitere Filme (Auswahl): *Barocco*, 1975; *Le lieu du crime*, 1986 (dt. *Schauplatz des Verbrechens*); *Les Voleurs*, 1986 (dt. *Diebe der Nacht*); *Les Innocents*, 1987 (dt. *Die Unschuldigen*); *Ma Saison preferée*, 1992 (dt. *Meine liebste Jahreszeit*); *Alice et Martin*, 1997; *Loin*, 2000 (dt. *Weit weg*); *Les Égarés*, 2003

Teena, Brandon (eigentlich Teena Brandon)

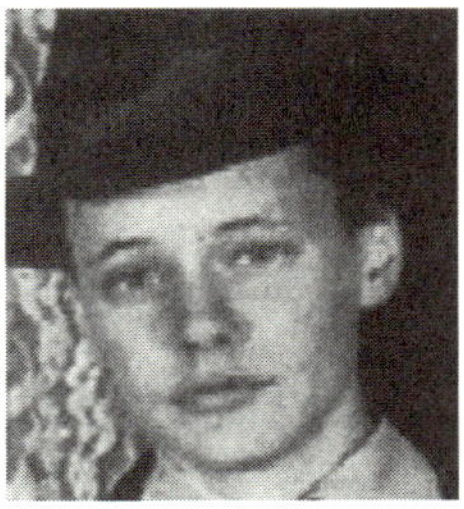

US-amerikanische(r) Kleinkriminelle(r)
12.12.1972 Lincoln/Nebraska – 30.12.1993 Falls City/Nebraska

In einem abgelegenen Farmhaus in der Nähe von Falls City begehen zwei junge Ex-Sträflinge in der Nacht vor Silvester einen mehrfachen kaltblütigen Mord. Unter den Opfern ist der 21-jährige Brandon Teena, der sich erst seit kurzem im Ort aufhält. Die polizeilichen Ermittlungen aber ergeben, dass es sich dabei keineswegs um einen Mann handelt, sondern um eine Frau namens Teena Brandon. Sie fühlt sich als Mann und lebt danach, trägt Männerkleidung und flirtet erfolgreich mit Frauen. Lange gelingt es Brandon, seine/ihre Identität zu verheimlichen. Er/sie schlägt sich mit kleineren Diebstählen und Scheckkartenbetrügereien durch. Als die Freunde John Lotter und Thomas Nissen hinter das Geheimnis kommen, rächen sie sich und vergewaltigen zunächst Brandon Teena, zwei Tage später ermorden sie ihn/sie, um eine Anzeige wegen Vergewaltigung zu verhindern. Der Mordfall wird durch seine Dramatik und besonderen Umstände zu einem Medienereignis, Brandon Teena zu einer Ikone von Lesben und Transsexuellen. Neben zahlreichen TV-Featuren und Buchveröffentlichungen widmen sich 1998 Susan Muska und Gréta Ólafsdóttir mit ihrem Dokumentarfilm *The Brandon Teena Story* dem Thema. 1999 verfilmt Kimberley Peirce den Stoff. Für ihre Leistung in *Boys Don't Cry* wird Hauptdarstellerin Hilary Swank 2000 mit einem Oscar ausgezeichnet.

- Aphrodite Jones: *All She Wanted*, 1996 (dt. *Boys Don't Cry. Die wahre Geschichte der Teena Brandon*, 2000)

Tennant, Neil
britischer Popmusiker
10.7.1954 Gosforth/Northumberland

1981 gründet Tennant, bis dahin Redakteur der britischen Musikzeitschrift *Smash Hits* gemeinsam mit Chris Lowe die Band *Pet Shop Boys*. Nach zwei Jahren Vorbereitung nehmen sie gemeinsam mit dem Disco-Produzenten Bobby „O" Orlando die Single *West End Girls* (1984) auf. Die Platte floppt in Großbritannien, wird jedoch in Frankreich und Belgien ein Verkaufserfolg. Sie beginnen danach ihre jahrelange Zusammenarbeit mit dem schwulen Musikproduzenten Tom Watkins, der auch *Take That* und anderen Männerbands zum Erfolg verholfen hatte. Das erste Album *Opportunities* (1985) wird freundlich aufgenommen, das von Stephen Hague produzierte Remake von *West End Girls* (1986) bringt dann den erhofften Durchbruch. Mit ihren folgenden Alben (*Actually*, 1987; *Introspective*, 1988; *Behaviour*, 1990; *Very*, 1993) prägen die *Pet Shop Boys* stilistisch die Elektronic-Disco-Musik der 80er und 90er Jahre. Mit *Bilingual* (1996) gelingt es dem Duo mittels südamerikanischer Rhythmik und Salsa-Elementen sich vom Gros der elektronischen Musik abzusetzen und sich entscheidend weiterzuentwickeln. Als Produzenten von ☞Dusty Springfield (*Nothing Has Been Proved*) und Liza Minnelli (*Losing My Mind*) verhelfen sie den beiden Sängerinnen zu Charterfolgen. Erstmals eindeutige Texte zur Homosexualität und zu Aids auf dem Album *Actually*, u.a. *Dreaming of the Queen*, *Can You Forgive Her*. Mit dem Remake des *Village People*-Hits *Go West* knüpfen die *Pet Shop Boys* bewusst an die Tradition dieser schwulen Pophymne an. Tennant äußert sich erstmals 1995 in einem Interview zu seiner Homosexualität. ☞Jimmy Somerville hatte der Band zwei Jahre zuvor öffentlich vorgeworfen, zwar von der schwulen Popkultur zu profitieren, aber der *gay community* außer ein paar Discosongs nichts zurückzugeben. Gemeinsam mit dem Theater- und Drehbuchautor Jonathan Harvey (*Beautiful Thing*) schreibt er das schwule Disco-Musical *Closer to Heaven*, das 2001 in London uraufgeführt wird. Auch einen Film haben Tennant und Lowe schon über sich gedreht (*Pet Shop Boys*, 1988; Regie Jack Bond). Aber dieser inspirationslose Endlosclip ist zurecht in der Versenkung verschwunden. 2004 schreiben die *Pet Shop Boys* im Auftrag des Institute of Contemporary Arts London eine neue Filmmusik zu ☞Sergej Eisensteins Stummfilm *Panzerkreuzer Potemkim*.

- Pet Shop Boys: *Bilingual*, 1996; *Nightlife*, 1999
- Chris Heath: *Pet Shop Boys, Literally*, 1990

Tewksbury, Mark
kanadischer Sportler
7.2.1968 Calgary

Bei den Olympischen Spielen in Seoul 1988 holt er in der 4 x 100 Meter-Freistil-Staffel Silber, in Barcelona 1992 in der gleichen Disziplin Bronze und die Goldmedaille für 100 Meter Rückenschwimmen. In seiner kanadischen Heimat wird er nach seiner Rückkehr als Nationalheld gefeiert. Danach aber beendet der kanadische Sportler seine Profikarriere, schließt in Australien sein Studium in Politikwissenschaft ab und wagt nun erst, sich öffentlich zu seiner Homosexualität zu äußern. „Ich konnte einfach nicht mehr mit den Lügen leben." Andererseits hatte er erfahren, wie homophob es im Spitzensport zugeht. „Es war widerlich zu erleben, wie Sportler und Funktionäre bei den Olympischen Spielen von Seoul über den schwulen Turmspringer Greg Louganis gesprochen haben. ‚Greg loose arse' wurde er genannt", erinnert sich Tewksbury in einem Interview. „Ich habe mich damals von Greg ferngehalten, um ja nicht auch für schwul gehalten zu werden." Mitentscheidend für sein Comingout ist seine Beziehung zu dem Berliner Schauspieler Benjamin Kiss, mit dem er dreieinhalb Jahre zusammen ist und der ihn dabei unterstützt. Tewksbury inszeniert später sein Comingout als One-Man-Show, in der er über sich und sein verstecktes Leben als Homosexueller erzählt. Die Veranstaltung findet nicht nur in den kanadischen, sondern auch US-amerikanischen Medien große Resonanz. 2002 wird er Botschafter Montréals für die Bewerbung um die Gay Games 2006. Hauptberuflich arbeitet er als Fernsehmoderator und Vortragsredner.

Thomas, Martha Carey
US-amerikanische Pädagogin
2.1.1857 Baltimore/Maryland – 2.12.1935 Philadelphia/Pennsylvania

Schon als Kind weiß die spätere Schlüsselfigur in der Geschichte des amerikanischen Bildungssystems, dass sie weder heiraten noch eine gewöhnliche Lehrerin werden wird. Gegen den Widerstand ihres Vaters besucht sie das College und geht danach mit ihrer Gefährtin Mamie Gwinn nach Zürich, wo sie ihr Studium schließlich mit dem Doktortitel beendet. Nach der Rückkehr mit Gwinn in die USA wird Thomas Dekanin am neugegründeten Women's College of Bryn Mawr und 1894 – unter dem Einfluss ihrer wohlhabenden Zweitgeliebten Mary Garrett – zu dessen Präsidentin. Während der 28 Jahre, die Thomas dem College vorsteht, bringt sie die Gleichberechtigung im Erziehungswesen um Riesenschritte voran. Beharrlich ihrer Überzeugung folgend, dass Mädchen genausogut wie Jungen lernen können, verwendet sie Garretts Millionen darauf, technische und medizinische Fachschulen für Frauen zu gründen, hervorragende LehrerInnen zu verpflichten und Stipendien für ärmere Schülerinnen einzurichten. Thomas, der es dank eines ausgeklügelten Zeitplans gelingt, ihren beiden Geliebten gleichviel Aufmerksamkeit zuteil werden zu lassen, ebnet mit ihrem Engagement der breiten Masse US-amerikanischer Frauen den Weg zu einer adäquaten Ausbildung und akademischen Karriere.

Thompson, Dorothy
US-amerikanische Journalistin
9.7.1894 Lancaster/New York – 30.1.1961 Lissabon

Nach ihrem Studium an der Syracuse University arbeitet Thompson mehrere Jahre für die Women's Suffrage Party, um danach nach Wien überzusiedeln, wo sie als Auslandskorrespondentin tätig ist. Die im Laufe ihres turbulenten Lebens dreimal verheiratete Thompson geht 1924 als Berichterstatterin nach Berlin, wo sie den zukünftigen Literaturnobelpreisträger Sinclair Lewis kennen lernt, den sie 1928 heiratet. In Wien beginnt Thompson 1932 eine leidenschaftliche Affäre mit der deutschen Schriftstellerin ☞Christa Winsloe, die drei Jahre später zu Ende geht. Die mittlerweile sehr erfolgreiche Journalistin kehrt nach Europa zurück, um dort über den wachsenden Faschismus kritisch Bericht zu erstatten. Thompson, die ihre lesbischen Neigungen zeitlebens zu bekämpfen versucht, schildert in ihren Tagebüchern und Notizen zahlreiche erotische und sexuelle Beziehungen zu Frauen, die nach dem Bruch mit Winsloe allerdings ein Ende finden.

Thürmer-Rohr, Christina

deutsche feministische Theoretikerin und Musikerin
17.11.1936 Arnswalde (heute Choszczno) Pommern/Polen

1941 fällt Thürmer-Rohrs Vater, ein evangelischer Pfarrer, in Russland. 1942 siedelt sie mit Mutter und Schwester nach Westfalen um und wohnt von 1945-1956 in der evangelischen Krankenanstalt Bethel bei Bielefeld. Bereits 1953-1956 ist sie als Orgelschülerin regelmäßige Hilfsorganistin in der Zionskirche Bethel. Sie studiert zuerst Germanistik und Romanistik an der Uni Freiburg und Gesang an der Musikhochschule Freiburg. Es folgt ein Studium der Psychologie und Philosophie an der Uni Freiburg und in Heidelberg. Ab 1972 ist sie Professorin an der PH Berlin, Institut für Sozialpädagogik. Im gleichen Jahr wird ihr Sohn Til Thürmer geboren. 1976 gründet sie den Studienschwerpunkt Frauenforschung an der PH Berlin. Von 1978-1983 singt und spielt sie in den Rockbands *Johanna Revolta* und *Außerhalb* Piano und Synthesizer. 1983 nimmt sie mit *Außerhalb – Rock experimentell* eine Schallplatte auf. Ab 1980 ist sie Professorin an der TU Berlin, Studienschwerpunkt Frauenforschung/Feministische Forschung im Fachbereich Erziehungswissenschaften. Thürmer-Rohr macht sich vor allem einen Namen durch ihre zahlreichen Publikationen zur feministischen Forschung und Kritik wie z.B. *Vagabundinnen*, das 1987 zum theoretischen Kultbuch avanciert, *Mittäterschaft und Entdeckungslust*, das kontroverse Debatten in der Frauenbewegung auslöst, und *Verlorene Narrenfreiheit*. Neben ihrer wissenschaftlichen Arbeit beschäftigt sie sich kontinuierlich mit klassischer und experimenteller Musik an der Orgel und am Klavier. Seit 1993 hat sie wieder zahlreiche Auftritte als Musikerin, und zwar mit ihrer Lebensgefährtin, der Pianistin und langjähriger Abgeordneten im Schweizer Bundesparlament, Laura Galatti. Ihre gemeinsamen Projekte sind u.a. *Die Kunst der Fuge von J.S. Bach, Fassung für zwei Klaviere* und *Dialogisches Denken – Text und experimentelle Musik für zwei Klaviere*.

Tiffany-Burlingham, Dorothy

US-amerikanische Kinderanalytikerin
11.10.1891 New York City – 19.11.1979 London

Als die Tochter eines New Yorker Juwelenhändlers und engagierte Frauenrechtlerin 1925 mit ihren Kindern nach Wien reist, um ihren asthmakranken Sohn Sigmund Freud vorzustellen, verändert sich ihr Leben gewaltig. Die Bekanntschaft mit der Kinderanalytikerin und Tochter Freuds, ☞Anna, führt zu einer lebenslangen Liebesbeziehung. Tiffany-Burlingham zieht schließlich mitsamt den vier Kindern in das Freudsche Haus ein. Während des Krieges vorübergehend getrennt, leben die beiden Frauen danach in England, wo sie die bekannte Hampstead Nurseries, ein Kinderheim mit angeschlossenem Lehrinstitut für Kinderanalytikerinnen, gründen. Freud und Tiffany-Burlingham, die sich mittlerweile ebenfalls als Kinderanalytikerin etabliert hat, verbringen in ihren letzten Lebensjahren viel Zeit in ihrem irischen Landhaus, ohne sich aus der Arbeit in der Klinik zurückzuziehen oder die zahlreichen Vortragsreisen in aller Welt aufzugeben.

Tilden, William (eigentlich William Tatem Tilden II)

US-amerikanischer Tennisspieler
10.2.1893 Philadelphia/Pennsylvania – 5.6.1953 Los Angeles

William Tilden gilt als einer der besten Tennisspieler der Welt. Fünf Mal wird er Weltmeister; 1920, 1921 und 1930 gewinnt er als erster US-Amerikaner in Wimbledon und ist seinerzeit der einzige Spieler, der in die Phalanx der französischen Tennisgrößen, die die „vier Musketiere" genannt werden, René Lacoste, Jean Borotra, Henri Cochet und Jacques Brugnon einzubrechen vermag. Tildens Spitzname wird „Big Bill". Seine Profikarriere beginnt er 1911, bereits zwei Jahre später gewinnt er erstmals die US-Open und verteidigt diesen Titel durchgehend bis 1925. Tildens Homosexualität ist in der Tenniswelt ein offenes Geheimnis, ebenso seine Vorliebe für minderjährige Jungen. So erscheint bereits am 17. März 1922 in *The Denver Times* eine Karikatur von Tilden. Sie zeigt ihn bei einer Unterrichtsstunde mit einem Knaben. Die Bildunterschrift lautet: „Tilden has taken a keen interest in the boy." 1946 wird Tilden wegen Verführung eines Minderjährigen verurteilt, obgleich der jugendliche Stricher vor Gericht aussagt, den sexuellen Handlungen zugestimmt zu haben. Tilden wird zu einem Jahr Haft verurteilt. Nach sieben Monaten wird er vorzeitig entlassen. 1949 wird er erneut verurteilt, diesmal wegen einer sexuellen Begegnung mit einem 16-jährigen Tramper. Als Tilden nach zehn Monaten Gefängnis wieder auf freien Fuß kommt, ist seine Reputation dahin. Auch als Geschäftsmann hat er kein Glück. Sein Vermögen verliert Tilden zu einem großen Teil durch Investitionen in Broadway-Produktionen. Er versucht sich auch als

Schauspieler und Autor. Seine Romane und Theaterstücke werden kaum beachtet, erfolgreicher hingegen sind seine Tennis-Bücher. Ungeachtet seines tiefen Falls wird Tilden 1950, unmittelbar nach seiner zweiten Haftentlassung, bei einer Umfrage von Associated Press zum größten Tennisspieler der ersten Hälfte des 20. Jahrhunderts gewählt.

- Veröffentlichungen (Auswahl): *The Phantom Drive and Other Tennis Stories*, 1924; *They All Want Something*, 1926 (Theaterstück); *How to Play Better Tennis*, 1950 (dt. *Tilden lehrt Tennis*, 1950)

Tillmans, Wolfgang
deutscher Fotograf
1968 Remscheid

Mit Porträts und in Perfektion gestaltete Momentaufnahmen aus der Pop-, Techno- und Clubszene, die er in Zeitschriften wie *i-d, Prinz, Tempo, The Face* und *Spex* veröffentlicht, macht sich Tillmans schnell einen Namen als Dokumentarist seiner Generation, der mit authentischen, bisweilen poetischen, aber auch drastischen Aufnahmen das Lebensgefühl und die Stimmungen einfängt. „Ich möchte wiedergeben, wie ich die Welt sehe", sagt er über sein Grundverständnis. Dazu gehören alltägliche Situationen aus seinem Privatleben, Fotos seines Lebensgefährten und Aufnahmen aus der schwulen Subkultur selbstverständlich mit dazu. Seit 2000 wendet sich Tillmans zunehmend auch abstrakten Sujets zu. Von 1987-1990 lebt er in Hamburg, danach Studium am Bournemouth & Poole College of Art and Design, später mehrjährige Aufenthalte in London und New York. Dort lernt er 1995 den Künstlerkollegen Jochen Klein kennen, seinen Lebensgefährten bis zu dessen Aids-Erkrankung 1997. Erste Einzelausstellungen ab 1988. 2000 erhält er den renommierten britischen Turner-Preis.

- *Burg*, 1999; *Aufsicht*, 2002
- Burkhard Riemschneider (Hg.): *Wolfgang Tillmans*, 1995

Tipton, Billy **(eigentlich Dorothy Lucille Tipton)**

US-amerikanische(r) Jazzmusiker(in)
29.12.1914 Oklahoma City/Oklahoma – 1.2.1989 Spokane/Washington

Mit 19 Jahren beschließt Dorothy, künftig Billy zu sein. Der Busen wird mit einer Bandage plattgedrückt, die Haare gekürzt, Hut, Anzug und Suspensorium sorgen optisch für den männlichen Eindruck – für den Rest seines/ihres Lebens, 56 Jahre lang. Neben der Mutter und sehr wenigen Freunden weiß nur die erste Ehefrau von Billys eigentlichem Geschlecht, die vier späteren Gattinnen hingegen schon nicht mehr. Insgesamt drei Jungs adoptiert er/sie in diesen Ehen und ist ein aufmerksamer Vater der Kinder. Das Geheimnis bleibt bis zu Billy Tiptons Tod bewahrt und erregt nach der Entdeckung in den USA großes Aufsehen. Es entstehen Theaterstücke, eine Oper und Broadway-Produktionen über Billy Tipton. Fünf junge Musikerinnen gründen ihr/ihm zu Ehren das *Billy Tipton Memorial Saxophone Quartet*. Erst im nachhinein fällt vielen Mitmusikern und Freunden auf, dass Tipton stets allein zur Toilette ging und dass das Becken für einen Mann verhältnismäßig breit gebaut war. Aber wie als Musikerin, so war Tipton auch als Billy nahezu perfekt. Bereits als junge Frau spielte Dorothy Saxophon und träumt von einer Karriere als Bandleaderin. Doch Jazz in den 30er Jahren in den USA ist Männersache, zumal im heimischen Oklahoma. Als Billy Tipton geht dieser Traum dann doch in Erfüllung. Die wenigen Tonaufnahmen, die sich erhalten haben, zeigen sie/ihn als gewieften, aber wenig anspruchsvollen Entertainer zwischen Schlager und Jazz. In den späteren Jahren, nachdem das Tingeltangelleben zu anstrengend geworden ist, arbeitet Tipton in einer Konzertagentur in Spokane/Washington. Jackie Kay nimmt Tiptons Geschichte zur Grundlage für ihren Roman *Trumpet* (1998, dt. *Die Trompeterin*, 1999).

- Diane W. Middlebrook: *Suits Me. The Double Life of Billy Tipton*, 1998 (dt. *Er war eine Frau. Das Doppelleben des Jazzmusikers Billy Tipton*, 1999)

Tobias, Herbert
deutscher Fotograf
14.12.1924 Dessau – 17.8.1982 Hamburg

Herbert Tobias zählt zu den herausragenden deutschen Fotografen der 50er und frühen 60er Jahre. Bereits um 1952 entstehen unverhohlen homoerotische Männerakte. Mit dieser Aktfotografie prägt er in den 70er Jahren das Erscheinungsbild des Schwulenmagazins *Him/Applaus*. Tobias betätigt sich darüber hinaus als Dokumentarist von Stadtlandschaften, wie das Nachkriegs-Berlin bzw. Frankfurt/Main und das Paris der 50er Jahre. In Berlin avanciert er zu einem der begehrtesten Modefotografen. Viele seiner Aufnahmen verhehlen weder den Hang zum Kitsch, zum reinen Gefühl, noch die eigenen Sehnsüchte, die unverstellt in den Bildern zu erkennen sind. Er formt damit eine poetische und erzählende Bildsprache in der Schwarz-Weiß-Fotografie. Nach einer Lehre als Landvermesser beim Katasteramt in Höxter wird Herbert Tobias zum Kriegsdienst an die Ost- und Westfront eingezogen. Er desertiert und kommt in amerikanische Gefangenschaft. 1945 kehrt er nach Hause zurück und besucht ab 1947 eine Schauspielschule in Siegburg. 1948 erhält er das erste Engagement bei einem Tourneetheater, das nach der Währungsreform finanziell zusammenbricht. Mit zwei Schauspielern tingelt er als „Intimes Theater" im Heidelberger Raum. Dort lernt er seine erste große Liebe, den US-Amerikaner Dick, Zivilangestellter der Besatzungsmacht, kennen. Das Paar wird denunziert; Dick muss zurück in die USA. Sie treffen sich jedoch wieder in Paris, wo Dick ein Studium aufnimmt.

Tobias arbeitet als Helfer in der Dunkelkammer des Fotografen Maywald – und beginnt selbst zu fotografieren. Seine Bilder gelangen zur *Vogue*-Redaktion und werden – für ihn überraschend – veröffentlicht. Doch dann wird Tobias „wegen öffentlichen Ärgernisses" und „Widerstand gegen die Staatsgewalt" (ein Handgemenge mit einem Polizisten in Zivil) festgenommen und nach Deutschland abgeschoben. Der steile Karrierestart setzt sich allerdings hier fort. Er gewinnt den Titelseiten-Wettbewerb der *Frankfurter Illustrierten* und veröffentlicht fortan in allen großen Zeitschriften. Er zieht von Berlin nach Hamburg, um sich dem Establishment, zu dem er inzwischen gehört, zu entziehen und seinem eigenen neuen Selbstverständnis als links-politischer Mensch gerecht zu werden. Immer häufiger versucht er sich in anderen künstlerischen Sparten. Er führt Regie bei Schallplattenaufnahmen (u.a. Stefan Zweigs *24 Stunden aus dem Leben einer Dame* mit Lil Dagover und Valeska Gert), plant eine Gesangskarriere und beginnt zu schreiben. Bild- und Textelemente werden mehr und mehr zu künstlerischen Einheiten. Im Eigenverlag veröffentlicht er Bildserien (z.B. *Marlene*, *Chansons in Bildern von Kerlen*, *Chant d'amour* nach ☞Jean Genet). Künstlerisch ist er jedoch Mitte der 60er Jahre zum Stillstand gekommen; Tobias lebt von seiner Legende und von ungeliebten, aber finanziell notwendigen Aufträgen für Homosexuellenzeitschriften.

- *Photographien*, 1987; *Bilder der Sehnsucht. Photographien 1951-1960*, 1994

Todorov, Dimitri

deutscher Kaufmann und Werkzeugmacher
1947 Graz

Mit 17 Jahren wird der in München aufgewachsene Todorov das erste Mal wegen krimineller Aktivitäten inhaftiert. Für drei Jugendstrafen sitzt er insgesamt fünf Jahre in Haft. Am 4. August 1971 überfallen der gerade 24-Jährige mit seinem Komplizen Hans-Georg Rammelmayer als erste Geiselgangster Deutschlands eine Münchner Bank, halten die Angestellten und Kunden in Schach und stellen der Polizei ihre Forderungen: zwei Millionen Mark, ein Fluchtfahrzeug und freier Abzug. Selbst 30 Jahre danach ist es für das Sondereinsatzkommando der Münchner Polizei ein derart außergewöhnlicher Fall, dass er immer noch als Paradebeispiel im Lehrunterricht durchexerziert wird. Die Verhandlungen der Geiselnehmer ziehen sich über Stunden hin, Tausende von Schaulustigen blockieren inzwischen die Münchner Innenstadt. Während Todorov und Rammelmayer auf ihr Lösegeld warten, sind in einer Kiesgrube Scharfschützen dabei, sich einzuschießen. Franz Josef Strauß persönlich soll sein Jagdgewehr angeboten haben, um die beiden Gangster damit niederzustrecken. Kurz vor Mitternacht kommt es schließlich zum großen Showdown, als Rammelmayer mit einer Geisel das Fluchtauto besteigen möchte. Die Polizei eröffnet das Feuer, der Geiselnehmer wird tödlich verletzt. Im Gefecht erschießt er jedoch die neben ihm sitzende Frau. Todorov hält sich noch in der Bank auf, stellt sich und wird wegen versuchten Mordes zu einer lebenslangen Haftstrafe verurteilt. Die Entscheidung des Richters ist umstritten. Todorov habe für seinen toten Komplizen mitbüßen müssen, schreiben kritische Prozessbeobachter. 22 Jahre bleibt Todorov in Haft; alle Anträge auf vorzeitige Entlassung werden abgeschmettert. Während dieser Zeit holt er sein Abitur nach und liest sich durch die Weltliteratur. „Meine Welt war ein Gewebe von Philosophie, Literatur, Gittern und Homosexualität", schreibt Todorov in seinem 2002 veröffentlichten Buch *22 Jahre Knast. Autobiografie eines Lebenslänglichen*. Im Knast lernt er einen zu 15 Jahren verurteilten schwarzamerikanischen Soldaten kennen, mit dem er 13 Jahre lang bis zu dessen Entlassung eine Beziehung führt. 1993 kommt Todorov frei, ein Drogendelikt bringt ihn 1998 erneut hinter Gitter. Ab Mai 2000 ist er erneut auf Bewährung frei.

Toklas, Alice B.

US-amerikanische Schriftstellerin
30.4.1877 San Francisco – 7.3.1967 Paris

Zusammen mit ihrer Lebensgefährtin, der Schriftstellerin ☞Gertrude Stein, ist Toklas als das bedeutendste Lesbenpaar aller Zeiten in die Geschichte eingegangen. Toklas, einziges Kind wohlhabender jüdischer Eltern, studiert zunächst in Washington Musik, um sich dann aber bis zu deren Tode um ihre krebskranke Mutter zu kümmern. Mit einer entfernten Verwandten Gertrude Steins befreundet, hört Toklas auf diesem Wege erstmals von den legendären Pariser Salons der Schriftstellerin und macht sich 1907 nach Paris auf. Die Begegnung mit Stein erweist sich als schicksalshaft; die beiden Frauen bleiben mehr als vierzig Jahre lang, bis zu Steins Tod, unzertrennlich. Stein und Toklas, die ihre Beziehung niemals verhehlen, gründen ihr gemeinsames Leben auf einer strikten Rollenverteilung. Ehefrau Toklas dient Stein ein Leben lang als Muse, Haushälterin und ab 1934 auch als Verlegerin: Nachdem sie Steins Enttäuschung über die endlose Reihe von Ablehnungen nicht mehr ertragen kann, gründet sie den Verlag Plain Editions, in dem Steins Werke fortan erscheinen. Viele von Steins Arbeiten sind Huldigungen an ihre oftmals als „Schatten" bezeichnete Geliebte – u.a. das Gedicht „A Rose is a Rose is a Rose ...", das ohne seine aufschlussreiche Schlusszeile „She is my rose" zu ihrer bekanntesten Arbeit werden sollte. Nach Steins Tod an Krebs im Jahre 1946 bleibt Toklas mittellos zurück, da Steins Familie deren Erbschaft für sich beansprucht. Dem letzten Willen ihrer Geliebten entsprechend, verbringt sie die folgenden zwei Jahrzehnte damit, Steins nachgelassene Manuskripte zu veröffentlichen. In dieser Zeit schreibt Toklas selbst mehrere Bücher, darunter ein Kochbuch sowie die Memoiren *What Is Remembered* (1963). Sie wird neben Gertrude Stein auf dem Père Lachaise in Paris begraben.

- *Aromas and Flavour of Past*, 1958; Edward Burns (ed.): *Staying Alone. Letters of Alice B. Toklas*, 1974
- Diana Souhami: *Gertrude und Alice. Gertrude Stein und Alice B. Toklas. Zwei Leben – eine Biographie*, 1994

Tolar, Günter

österreichischer Fernsehmoderator und Autor
9.7.1939 Wels

Studium der Germanistik und Musik (Lehrfach), lebt seit 1957 in Wien. Tolar betätigt sich als Schauspieler, Kabarettist, Fernsehredakteur, zeitweilig Ressortleiter im ORF-Fernsehen. Er moderiert dort u.a. die Unterhaltungssendungen *Wer 3x lügt, Rätselbox* und *Made in Austria*. Dokumentarbeiträge und Konzeptionen von Spiel- und Rätselsendungen. Aus dem Zusammenhang seiner Sendungen entstehen zahlreiche Buchveröffentlichungen. 1993 innerhalb der österreichischen Medien mit großer Resonanz aufgenommenes Coming-out nach dem Aids-Tod seines Lebensgefährten. Die Geschichte ihrer Beziehung und das Sterben des Freundes erzählt er in seinem autobiografischen Roman *Sein Mann. Liebe, Aids und Tod* (1993). Es folgt im gleichen Jahr der Roman um ein tragisches homosexuelles Schicksal auf dem Lande *Wer hat die Karten gemischt?* und 1998 sein Aids-Roman *Zur Hölle mit mir!*. Gründung der privat organisierten Organisation *Positiv Leben* zur finanziellen Unterstützung HIV-Positiver und Aids-Erkrankter in Notlagen. Kolumnen zur schwulen Emanzipation in verschiedenen österreichischen Zeitschriften der Schwulenbewegung.

Tomlin, Lily (eigentlich Mary Jean Tomlin)
US-amerikanische Schauspielerin
1.9.1939 Highland Park/Michigan

Die von Kindheit an kinobesessene Tomlin will ursprünglich Medizin studieren, ergattert aber 1966 durch Zufall einen Job in einer Fernsehshow: Sie jobbt als Sekretärin des verantwortlichen Casting Directors. Zu diesem Zeitpunkt hatte Tomlin allerdings bereits Bühnenerfahrung als Stand-up-Comedienne gesammelt. In der *Gary Moore Show* hat sie ihren ersten TV-Auftritt als Entertainerin. 1969 gelangt sie über ihre Rolle als

Telefonistin Ernestine in der Fernsehserie *Rowan and Martin's Laugh-In* zu nationaler Prominenz. Ihr Talent als Komödiantin hat sich Tomlin dann auch während ihrer späteren Karriere als Alleinunterhalterin und „ernsthafte" Filmschauspielerin bewahrt, die 1975 mit Robert Altmans *Nashville* beginnt. Die Oscar-Nominierung für die beste Nebenrolle als „Linnea" ist bis heute kennzeichnend für Tomlins Werdegang: Sie kann sich nie richtig als Hollywood-Star etablieren. Abonniert auf die Rolle der traurig-verhärmten Mittvierzigerin, verkörpert die reservierte Schauspielerin u.a. in *Blue in the Face* (1996) das weibliche Pendant des ewigen Verlierers. Neben zahlreichen dramatischen wie komödiantischen Fernsehrollen konzentriert sich Tomlin in den 70er und 80er Jahren auf ihre Karriere als Bühnenentertainerin, in der sie in männliche wie weibliche Rollen schlüpft. Texte hierzu steuert u.a. ihr enger Freund, der Schriftsteller ☞Armistead Maupin bei. Tomlin revanchiert sich, indem sie für Maupins Filmdokumentation über die Darstellung von Schwulen und Lesben in Hollywood, *The Celluloid Closet*, ihre Stimme dem Off-Kommentator leiht. Tomlin engagiert sich bereits im Vorfeld dieses Projektes auf Basis des gleichnamigen Buches von ☞Vito Russo, indem sie in San Francisco eine Fundraising-Party zur Produktion des Films organisiert und moderiert. Tomlins Solo-Bühnenshows werden von ihrer Lebensgefährtin Jane Wagner produziert und teilweise auch geschrieben. Wagner führt auch Regie in Tomlins künstlerisch wie finanziell größtem Flop, dem Spielfilm *Moment by Moment* (1972, mit John Travolta). Ähnlich enttäuschend gerät ☞Joel Schumachers Satire *The Incredible Shrinking Woman* (1981). Nachdem Tomlins Solo *The Search of Signs for Intelligent Life in the Universe* sich zu einem Broadway-Hit entwickelt hatte, verfilmt ihre langjährige Lebenspartnerin Jane Wagner diese One-Woman-Show 1991 zu einer zweistündigen Filmkomödie.

- weitere Filmrollen: *Big Business*, 1988 (dt. *Zwei mal Zwei*); *Shadows and Fog*, 1992 (dt. *Schatten und Nebel*); *Short Cuts*, 1993; *And the Band Played On*, 1993 (dt. *Und das Leben geht weiter*), *The Beverly Hillbillies*, 1993; *Blue in the Face*, 1995; *Tea with Mussolini*, 1999; *Orange County*, 2002; *I Heart Huckabee's*, 2004; *A Confederacy of Dunces*, 2004

Tondelli, Pier Vittorio
italienischer Schriftsteller
14.11.1955 Conreggio/Reggio Emilia – 16.12.1991 Bologna

Sein Erstlingswerk – der Kurzgeschichtenband *Altri libertini* (1980, dt. *Andere Freiheiten*), den Tondelli lieber „Episodenroman" nennt – wird bereits 20 Tage nach Erscheinen wegen der offenen Darstellung von Sexualität, Verdauungsvorgängen, Drogensucht und ihrer Begleiterscheinungen beschlagnahmt und befindet sich zu diesem Zeitpunkt bereits in der dritten Auflage. Tondellis Provokation funktioniert, und er findet eine adäquate Ausdrucksform jenseits des Poetischen für sich. Aufgewachsen in der Provinz Reggio Emilia studiert Tondelli in Bologna u.a. bei Umberto Eco und Gianni Celati. Seine literarischen Fähigkeiten werden zwar früh erkannt, doch nach seinem Studium betätigt er sich zunächst als Journalist (u.a. für *Corriera della sera*, *L'Espresso* und *La Nazione*) und entwickelt Mitte der 80er Jahre den Literaturworkshop Laboratorio „Under 25", bei dem junge Schriftsteller ihren eigenen Stil jenseits literarischer Vorbilder finden sollen. Tondelli wird so zur Identifikationsfigur für die junge Generation nach Italo Calvino und Umberto Eco. Seine eigene schriftstellerische Karriere setzt er 1985 mit dem Roman *Rimini* fort. Ebenfalls ins Deutsche übersetzt wird sein Roman *Camere separate* (1989, dt. *Getrennte Räume*). Hier, wie in den meisten Arbeiten seines umfangreichen literarischen Werkes, finden sich starke schwule Charaktere, die Tondelli zumeist aber in einen gesamtgesellschaftlichen Kontext stellt. Die Sicht auf heterosexuelle Paare ist dabei häufig geprägt von einem Grundgefühl der Opposition, während die schwule Liebe als ein Ineinanderverschmelzen gesehen wird. „Das Anderssein besteht nicht so sehr in der sexuellen Orientierung oder der Wahl des Partners ... Das Anderssein ist für mich etwas sehr viel Intimeres, und es hat für mich etwas mit der Wahl eines künstlerischen Lebens zu tun." Tondelli stirbt 1991 an den Folgen von Aids.

- weitere Veröffentlichungen (Auswahl): *Pao Pao*, 1982; *Biglietti agli amici*, 1986; *Un weekend postmoderno. Cronache dagli anni Ottanta*, 1990; *L'abbandono. Racconti dagli anni ottanta*, 1993; *Dinner Party* (Theaterstück), 1994

- Roberto Carnero: *Lo spazio emozionale. Guida alla lettura dell'opera di Pier Vittorio Tondelli*, 1998; Elena Buia: *Verso casa. Viaggio nella narrativa di Pier Vittorio Tondelli*, 1999; Antonio Spadaro: *Pier Vittorio Tondelli. Attraversare l'attesa*, 1999; Caro Pier: *I lettori di Tondelli: ritratto di una generazione*, 2002; Enrico Minardi: *Pier Vittorio Tondelli*, 2003

Trenet, Charles

französischer Chansonnier und Komponist
18.5.1913 Narbonne – 18.2.2001 Paris-Créteil

Der Sohn eines Notars macht bereits in jungen Jahren Erfahrungen auf Theaterbühnen und geht mit 20 Jahren nach Paris, wo er zusammen mit dem Schweizer Pianisten Johnny Hess in einem Jazzclub am Montparnasse auftritt. Der Militärdienst trennt das Duo. Nachdem Trenet einen Ariernachweis bis in die vierte Generation geliefert hat – angeblich, um sich gegen den Vorwurf zu wehren, er sei jüdischer Abstammung –, tritt er nach der Besetzung Frankreichs vor deutschen Soldaten in Uniform in den *Folies-Bergères* auf und singt u.a. bei einem Gala-Abend in der Deutschen Botschaft. Nach der Befreiung wird er dafür heftig angefeindet, und man nennt ihn einen „collabo", einen Kollaborateur. Trenet verlässt Europa fluchtartig in Richtung USA. Erst nachdem er sich dort einen Namen als „Botschafter des französischen Chansons" erarbeitet und sich zu Hause die Wogen der „Säuberung" geglättet und alte Kollaborateure und alte Résistants wieder zueinander gefunden hatten, um gemeinsam gegen den Kommunismus zu kämpfen, kehrt Trenet zurück. In seinen neuen Liedern lässt er, eine Novität im französischen Chanson, US-amerikanischen Swingsound einfließen. Nach seiner Rückkehr kann er nahtlos an die frühen Erfolge anknüpfen. Trenets Chansons, die sich durch witzige und vielfach doppeldeutige Texte auszeichnen, sind oft von seiner südfranzösischen Heimat inspiriert, so auch der Welterfolg *La mer* (1942), von dem es weltweit über 4000 Aufnahmen gibt. Auch *Le soleil et la lune* (1946) und *L'âme des poètes* (1951) werden zu Welthits. Trenet pflegt intensive Freundschaften u.a. mit ☞Jean Cocteau und ☞André Gide und ist bei seinen Auftritten stets von einer Schar gut aussehender Männer umgeben. Ein offizielles Coming-out hat er nicht, aber er macht aus seinem schwulen Privatleben keinen Hehl. In den 60er Jahren allerdings wird seine Homosexualität gerichtsnotorisch, und Trenet hat als Folge ein lang anhaltendes Karrieretief. Sein früherer Geliebter, ein 19-jähriger Koch und Chauffeur, zerrt ihn 1963 wegen Missbrauchs Minderjähriger vor Gericht. Volljährig wurde man zu dieser Zeit mit 21 Jahren. Trenet kommt mit einer kurzen Gefängnis- und einer hohen Geldstrafe davon. Aber die Öffentlichkeit verstößt ihn. Erst in den 70er Jahren taucht er wieder auf. Und beginnt seinen dritten – und letzten – triumphalen Aufstieg in Frankreich. Auf dieser letzten Wegstrecke sammelt er die höchsten Orden der Republik und füllt die renommiertesten Konzerthallen Frankreichs. Seine Geburtsstadt Narbonne benennt die Straße vor seinem Elternhaus nach ihm und ändert sogar die Nummerierung, damit Trenet seine Glücksnummer 13 an die Hausfassade heften kann. Trenet wird im Laufe seiner Karriere mit allen großen französischen Kulturorden ausgezeichnet, eine einzige nationale Anerkennung bleibt ihm verwehrt: Die Académie Française – die Versammlung der „Unsterblichen" – lehnt ihn ab.

Treut, Monika

deutsche Filmemacherin
6.4.1954 Mönchengladbach

Ihr Studium der Literatur- und Kunstwissenschaften schließt Treut 1982 mit einer Doktorarbeit über Sacher-Masochs Roman über den Marquis de Sade *Venus im Pelz* ab, die 1984 unter dem Titel *Die grausame Frau* in Buchform erscheint. Der darauf basierende Film *Verführung: Die grausame Frau*, der 1985 in Zusammenarbeit mit der Kamerafrau und Regisseurin ☞Elfi Mikesch entsteht, begründet Treuts Ruf als eine der interessantesten zeitgenössischen deutschen Filmemacherinnen. Treut, die 1984 mit Mikesch die Filmproduktion „Hyäne" gründet, ist seither mit zahlreichen weiteren Videodokumentationen, Dokumentar- und Spielfilmen, die oftmals den freizügigen Umgang mit Sexualität in jeglicher Form beinhalten (*Die Jungfrauenmaschine*, 1988; *My Father Is Coming*, 1990; der Dokumentarfilm *Female Misbehaviour*, 1983-92, u.a. mit ☞Camille Paglia und ☞Annie Sprinkle), bekannt geworden. Die engagierte Medienarbeiterin, die für internationale Film- und Kunstzeitschriften schreibt, lebt in Hamburg und New York.

- *Didn't Do It for Love*, 1997; *Gendernauts*, 1999; *Kriegerin des Lichts*, 2002

Troche, Rose
US-amerikanische Filmemacherin
30.5.1964 Chicago/Illinois

Mit ihrem Regiedebüt *Go Fish* (1994), einem stilistisch ausgefeilten und zu diesem Zeitpunkt ungewohnt selbstbewussten Lesbendrama, bei dem sie auch für Drehbuch, Schnitt und Produktion verantwortlich zeichnet, wird Rose Troche schlagartig bekannt. *Go Fish* erhält zahlreiche internationale Auszeichnungen, darunter auch den Teddy Award der Berliner Filmfestspiele. Zuvor hatte sie lediglich das zehnminütige Video *Gabriella on the Half Shell* gedreht. Trotz der Festivalerfolge dauert es noch vier Jahre, bis Troche einen neuen Film realisieren kann. In London dreht sie ihre lesbisch-schwule Beziehungskomödie *Bedrooms and Hallways* (dt. *Kreuz und Queer*), mit Simon Callow und Hugo Weaving prominent besetzt. Der Film verliert allerdings aufgrund seiner bewusst gesuchten Nähe zum Mainstream an Subversivität und Originalität gegenüber ihrem Erstling, und ein ebenbürtiger Erfolg bleibt versagt. Ab 2001 widmet sie sich der Regie von TV-Serien, u.a. inszeniert sie Episoden von *Six Feet Under* (2001) und *Touching Evil* (2004). Außerdem kreiert sie die erse lesbische Fernsehserie der Welt *The L Word* (2004).

- (mit Guinevere Turner): *Go Fish* (Drehbuch), 1995; *The Safety of Objects*, 2001

Troubridge, Una Lady
britische Zeichnerin
8.3.1887 – 24.9.1963 Rom

Bis zu ihrer Begegnung mit ☞Radclyffe Hall, mit der sie den Rest ihres Lebens verbringen wird, führt die talentierte Zeichnerin das standesgemäße Leben einer reichen verheirateten Frau und Mutter einer Tochter. Bereits während der folgenden ausgedehnten Reisen mit Hall beginnt Troubridge damit, sämtliche Werke ihrer Geliebten zu redigieren und zu korrigieren. Troubridge, deren wichtiger Beitrag zum Entstehen der Bücher nirgends erwähnt wird, leidet ab Mitte der 30er Jahre zunehmend unter gesundheitlichen Problemen. Während Hall sich, wie schon zu Beginn der Beziehung, ab 1931 eine zweite Geliebte zulegt, weist Troubridge alle Annäherungsversuche anderer Frauen ab. Nach Halls Tod im Jahre 1943 widmet sie sich ausschließlich dem literarischen Nachlass ihrer verstorbenen Lebensgefährtin. 1949 zieht Troubridge, die als Alleinerbin Halls finanziell abgesichert ist, nach Florenz, später nach Rom.

Truck, Terry (eigentlich Terry Crabtree)

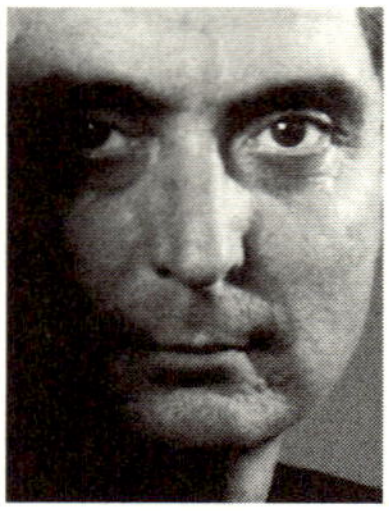

britischer Pianist und Songwriter
7.5.1955 in Rochdale

Geboren in der Nähe von Manchester erlernt er bereits im Alter von sieben Jahren das Klavierspiel. Er studiert Musik, Klavier, Komposition und Dirigieren an der Universität von Hull/England. Ende der 80er Jahre arbeitet er in London mit verschiedenen Theatergruppen. Dort trifft er in einer schwulen WG auf den deutschen Sänger ☞Georgette Dee, und zusammen erarbeiten sie 1981 ihr erstes gemeinsames Programm *Black Butterfly!*. Weil Terry der bürgerliche Name Crabtree bei einer Bühnenkarriere nicht sonderlich hilfreich erscheint, wählt er sich den Künstlernamen Truck. „Irgendein verrückter Amerikaner hatte gerade gewettet, dass Charles und Dianas erster Sohn Truck heißen würde, und ich fand die Idee von einem zukünftigen King Truck hübsch und habe es sofort geklaut." Truck und Dee werden zu einem festen Duo. Bis zu ihrer künstlerischen Trennung 2002 gastieren sie quer durch Europa und etablieren sich als eines der erfolgreichsten Chansonprojekte in Deutschland. Daneben ist Truck u.a. musikalischer Direktor der *Schmidt Mitternachtsshow* (NDR). 1990 komponiert er für das Tivoli Theater in Hamburg das Musical *Beiß mich!*. 1994 gründet er zusammen mit Georgette Dee das Schallplattenlabel Viellieb Rekords, das sich hauptsächlich dem deutschsprachigen Chanson widmet. 1995 trifft er in Paris die Sängerin ☞Mouron, mit der er fortan künstlerisch zusammenarbeitet. 1998 erscheint seine erste Solo-Klavier-CD *Nocturnes*, 2003 mit *Alone/Not Alone* sein erstes Soloalbum als Songwriter. Während seiner Londoner Zeit lebt Truck als schwuler Mann. Später lernt er seine spätere Ehefrau Vivi kennen. „Mir war klar, ich will die Beziehung zu dieser Frau. Trotzdem wollte ich mich öffentlich weiter als schwuler Mann zeigen, nicht als Bisexueller, nicht als einer, der sich nicht entscheiden kann." Nach der Geburt seines Sohnes entschließt er sich, „meine Identität als schwuler Mann stark zurückzunehmen. Das war hart, aber notwendig."

Tschaikowski, Peter Iljitsch

russischer Komponist
7.5. (a.Q. 25.4.) 1840 Kamsko-Wotkinsk –
6.11. (a.Q. 25.10.) 1893 St. Petersburg

Nach dem Besuch der Rechtsschule in St. Petersburg ab 1859 in der Justizbehörde. Ab 1863 widmet er sich ganz der Musik und wird Schüler von Anton Rubinstein (1829-1894). 1866-78 Dozent am Moskauer Konservatorium. Der Großteil seines kompositorischen Schaffens (insgesamt sieben Sinfonien, zehn Opern, darunter *Eugen Onegin*, 1879 und *Pique Dame*, 1890 sowie Ballettmusiken wie *Schwanensee*, 1877 und *Der Nußknacker*, 1893) entsteht in den Jahren 1869-75. Seine Musik orientiert sich an westeuropäischen Einflüssen, ohne ihren russischen Nationalcharakter zu verleugnen. Tschaikowski neigt zeitlebens zu Depressionen, z.T. sicherlich auch bedingt durch seine homosexuellen Neigungen, die er als quälend empfindet.
In seinen Tagebüchern umschreibt er sie durch das Kürzel „Z", auch in seinen Briefen an den ebenfalls homosexuellen Bruder Modest wagt er sie kaum beim Namen zu nennen. Seine Beziehungen zu Männern, wie zu seinem Schüler Wladimir Schilowsky, hält er streng geheim. 1877 geht er mit Antonia Miljubkowa, einer seiner Schülerinnen am Konservatorium, die sich in ihn verliebt hatte und die ihn trotz seiner Homosexualität heiraten wollte, die Ehe ein. Berichten von Zeitgenossen zufolge ist sie recht einfältig und schlicht und neigt bereits zu diesem Zeitpunkt zu Wahnvorstellungen. Bereits drei Monate nach der Hochzeit kann Tschaikowski ihre Gegenwart nicht mehr ertragen. Verschiedene Versuche, eine Scheidung zu ermöglichen, misslingen. Auch als sie sich mit immer neuen Männern einlässt und von ihnen Kinder bekommt, trennt er sich nicht von ihr, wohl auch aus Angst, sie könnte seine Geheimnisse ausplaudern. Er sorgt bis zu seinem Tode für sie. Drei Jahre danach wird sie in eine Irrenanstalt gebracht, wo sie 1917 stirbt. Die zweite wichtige Frau in seinem Leben ist die musikbegeisterte Nadeschda Filaterowna von Meck, die ihn 14 Jahre lang finanziell unterstützt und mit der er in engstem brieflichen Kontakt steht. Sie vermeiden es jedoch, sich jemals persönlich kennenzulernen. Im Oktober 1893 dirigiert Tschaikowski die Uraufführung seiner 6. Symphonie (*Pathétique*), die meist als fatalistisches, autobiografisches Werk gedeutet wird. ☞Klaus Mann nimmt sie als Leitfaden in seinem Tschaikowski-Roman *Symphonie Pathétique* (1935). Die Ursache für Tschaikowskis überraschenden Tod ist weitgehend ungeklärt. Eine Version behauptet, er habe sich (wissentlich) durch ein Glas ungekochtes Wasser mit der Cholera infiziert. In einer anderen Version geht man davon aus, Tschaikowskis Verhältnis zum Neffen des Herzogs von Stenbock-Fermor sei dem einflussreichen Adligen zu Ohren gekommen, worauf er sich direkt an den Zaren Alexander III. gewendet habe. Tschaikowski sei daraufhin zum Selbstmord durch Gift gezwungen worden, um einer schamvollen Verhandlung und Verurteilung zu entgehen.

- *Die Tagebücher*, 1992
- David Brown: *Tschaikovsky Remembered*, 1993; Nina Berberova: *Tschaikowsky – eine Biographie*, 1994; David Brown: *Tchaikovsky. The Final Years, 1885-1893*, 1995; Alexander Poznansky: *Tchaikovsky. The Quest for the Inner Man*, 1995

Turing, Alan
britischer Mathematiker
23.6.1912 Paddington/London – 7.6.1954 Wilmslow/Cheshire

Seit seiner 1937 erschienenen Arbeit *On Computable Numbers*, in der er das Prinzip des abstrakten Universalrechners entwickelt, gilt Alan Mathison Turing als der Erfinder des Computers. Er legt auch die Grundlagen für das heute „Künstliche Intelligenz" genannte Forschungsgebiet. Während des Zweiten Weltkrieges stellt sich Turing in den Dienst seines Landes. Er ist der Kopf jener Forschungsgruppe, der es in Bletchley Park gelingt, die Chiffriermaschinen der deutschen Wehrmacht namens „Enigma" zu entschlüsseln und so den Funkverkehr im Echtzeitbetrieb abhören zu können. Um den stets sich ändernden Code zu knacken, so errechnet Turing, hätte ein einzelner Mann 42 000 Jahre arbeiten müssen. Die Bedeutung dieser Errungenschaft und ihre Folgen für das weitere Kriegsgeschehen wird erst in den 80er Jahren in seinem Ausmaß bekannt.
Turings Fall beginnt 1952. Er hatte sich nicht an das Gentleman's Agreement gehalten, wonach homosexuelle Handlungen geduldet sind, so lange nicht darüber geredet wird. Als ihn ein Liebhaber beraubt, zeigt er diesen an und gibt damit seine gleichgeschlechtlichen Handlungen offen und naiv zu. Statt ihn ins Gefängnis zu stecken, bietet man ihm an, ihn von seiner Homosexualität zu heilen. Als er allerdings aufgrund der Hormontherapie impotent wird und ihm Brüste zu wachsen beginnen, nimmt er sich mittels eines mit Zyankali vergifteten Apfels das Leben. Sein Entwurf für eine schachspielende Maschine bleibt unvollendet. Die Lebensgeschichte Turings dient als Vorlage für das Bühnenstück *Breaking the Code* von Hugh Whitmore und für die Erzählung *Alan Turing* von Rolf Hochhuth (1987).

- Andrew Hodges: *Alan Turing, Enigma*, 1989

Turner, Guinevere
US-amerikanische Schauspielerin und Drehbuchautorin
23.5.1968 Boston/Massachusetts

Ihr Leinwanddebüt gibt Guinevere in dem lesbischen Independent-Erfolg *Go Fish* (1994), an dessen Drehbuch sie auch beteiligt ist. Danach ist sie immer wieder, insbesondere bei lesbisch-schwulen Filmprojekten, als Schauspielerin zu sehen, u.a. in *Kiss Me, Guido* (1987), *Chasing Amy* (1997), *The Watermelon Woman* (1997), *Preaching to the Perverted* (1997), *Latin Boys Go to Hell* (1998) und *The Fluffer* (2001). Gemeinsam mit Regisseurin Mary Harron schreibt sie die Adaption des Bret-Eastin-Ellis-Romans *American Psycho* (2000), der Neil LaBute-Verfilmung von Jerzy Kosinskis Roman *Pinball & Blind Date* (2004) sowie die Drehbücher ihres eigenen Kurzfilms *Spare Me* (2001), der lesbischen TV-Serie *The L Word* (2004) und *The Ballad of Bettie Page*, einer Filmbiografie der 50er-Jahre Pin-Up-Legende. „Mit zehn versuchte ich wie ein Junge zu sein, um zum Fischen gehen zu können und nicht Geschirr spülen zu müssen. Mit 15 heulte ich wegen eines gebrochenen Fingernagels und toupierte mir die Haare, bis es wehtat. Mit 21 wünschte ich mir nichts sehnlicher, als als Lesbe ernst genommen zu werden, verpasste mir einen Kurzhaarschnitt und versuchte, butch zu laufen. Mit 24 machte ich einen Film, der meinen Ruf als Lesbe endgültig festigte, und nun bin ich ein Vollweib mit der Seele eines Fernfahrers." Zeitweilig ist sie mit der Schauspielerin ☞Portia de Rossi liiert.

U

Uecker, Georg

deutscher Schauspieler und Moderator
6.11.1962 München

Das Studium der Theater-, Film- und Fernsehwissenschaft sowie der Schauspielunterricht führen ihn nach Köln, wo er an Kölner Theatern seine ersten Engagements hat. Bekannt wird er allerdings in seiner Rolle als Carsten Flöter in der ARD-Serie *Die Lindenstraße*, in der er seit 1986 zum Ensemble gehört. Es ist die erste schwule Hauptrolle in einer deutschen Serie und sorgt in den Anfangsjahren immer wieder für Aufsehen. Ab 1995 ist Uecker Redakteur und Produzent der ZDF-Sendung *Kaffeeklatsch* mit ☞Ralph Morgenstern. Als Mitarbeiter der Kölner TV-Produktionsfirma Pro GmbH entwickelt er gemeinsam mit ☞David Wilms das schwule Fernsehmagazin *AndersTrend* und moderiert auch die erste Ausgabe 1999. Einige Jahre ist er Mitorganisator und Mitwirkender der lesbisch-schwulen Karnevalsveranstaltung Rosa Sitzung. Neben lesbisch-schwulen Veranstaltungen moderiert Uecker regelmäßig auch Grand Prix d'Eurovision-Partys, schließlich ist er bekennender Eurovision-Fan seit dem Jahre 1973. Seinen ursprünglichen Berufswunsch hat er allerdings bislang nicht erfüllt. Als Kind träumte er nämlich davon, einen Kaufmannsladen zu führen, später wollte er Popstar werden.

Ulrichs, Karl Heinrich

deutscher Jurist und Schriftsteller
28.8.1825 Aurich – 14.7.1895 Aquila

Ulrichs, Jurist und Schriftsteller aus Hannover, ist der wahrscheinlich wichtigste Pionier der frühen Homosexuellenbewegung. Am 29. August 1867 hält Ulrichs eine für die deutsche Schwulengeschichte denkwürdige Rede beim Deutschen Juristentag in München. Denn zum ersten Male fordert ein Homosexueller öffentlich für sich und seinesgleichen eine rechtliche und moralische Gleichstellung in der Gesellschaft. Ein zweiter Versuch, diese Resolution schriftlich einzubringen, wird 1868 zurückgewiesen. Was diese heldenhafte Aktion um so bemerkenswerter macht: Ulrichs, der mit dieser Verlesung seiner Resolution gegen den preußischen Antihomosexuellenparagrafen seine Berufsehre aufs Spiel setzt, ist ein völliger Einzelkämpfer, der von einer Organisation oder gar Bewegung der Homosexuellen träumt, die es jedoch noch nicht gibt. Diese entsteht erst 30 Jahre später in Berlin mit der Begründung des Wissenschaftlich-humanitären Komitees durch den Sexualwissenschaftler ☞Magnus Hirschfeld. Völlig auf sich allein gestellt, durchleidet und durchschreitet Ulrichs sämtliche Stufen der homosexuellen Selbsterkenntnis und des Coming-outs und versucht auf mutige, selbstentschlossene Art, dem *Räthsel der mannmännlichen Liebe* auf die Spur zu kommen, um so das Verständnis der Mitmenschen zu erlangen. Ein erster Schritt in die Öffentlichkeit ist 1862 ein Schreiben an die Schwester, die er um „gefällige Zirkulation" der Zeilen im Familienkreise bittet. Der Brief ist ein Bekenntnis: „Der liebe Gott hat mir die Liebe in derselben Richtung gegeben, in der er sie den Weibern giebt, d.i. auf Männer gerichtet." Für Ulrichs ist klar, dass diese Liebe weder krankhaft sei noch ein Verbrechen, nicht durch Verführung entsteht oder falsche Erziehung. Denn da es seine Gefühle sind, muss es seine Natur sein. Und die Natur ist rein und gut. Ulrichs studiert in Göttingen und Berlin Rechtswissenschaft und ist zunächst als Amtsassessor im Hannoverschen Verwaltungs- und Justizdienst tätig. 1854 scheidet er dort freiwillig aus dem Dienst aus, um einem Disziplinarverfahren wegen seiner Homosexualität zuvorzukommen. Er lebt wieder einige Zeit bei seiner Mutter und nimmt schließlich erneut das Studium auf, diesmal in Frankfurt/ Main zur Poetik, zur germanischen Mythologie und zum öffentlichen Recht. In dieser Zeit beginnt er auch die Ergebnisse seiner ganz privaten Forschung zu publizieren. Zunächst noch unter dem Pseudonym „Numa Numantius", und mit sich selbst als Gegenstand der Untersuchung versucht er zu erklären, weshalb Männer sich anderen Männern liebend zugetan fühlen können. Anfänglich vermutet er einen „passiven animalischen Magnetismus", den Männer auf ihn ausüben. Später, als er Literatur über Hermaphrodismus studiert hat, entwickelt er eine weitere Theorie. Die Richtung sexueller Anziehung sei niemals einheitlich und werde nicht vom Körper, sondern von der Seele bestimmt. Weil in den ersten Lebenswochen eines Embryos die Geschlechtsorgane noch nicht eindeutig entwickelt sind, vermutet Ulrichs, dass in dieser Phase noch alle beiden Möglichkeiten der Entwicklung – männlich oder weiblich – offen seien, oder aber in Ausnahmefällen sogar beide gleichzeitig, nämlich Hermaphroditen. 1880 verlässt Ulrichs Deutschland und findet in Italien eine neue Heimat, zunächst in Aquila (Abruzzen), ab 1883 in Neapel. Seinen Lebensunterhalt verdient er sich als Sprachlehrer, außerdem gibt er eine Zeitschrift heraus, die er vollständig in lateinischer Sprache schreibt und die zum Ziel haben soll, Latein als internationale Sprache wiederzubeleben. Ulrichs stirbt an einer Nierenentzündung und wird in Aquila neben dem Grab der Familie seines Förderers und Gönners, des Marquis Niccolò Persichetti, bestattet. 1998 wird in München ein Platz in der Nähe des Schwulenzentrums SUB nach Ulrichs benannt.

- *Forschungen über das Räthsel der mannmännlichen Liebe*, Nachdruck 1995
- Hubert Kennedy: *Karl Heinrich Ulrichs. Sein Leben und sein Werk*, 1990; Volkmar Sigusch: *Der erste Schwule der Weltgeschichte*, 2000

V

Vachon, Christine

US-amerikanische Filmproduzentin
1.1.1962 New York City

Als man ihr 1994 den Frameline Award für außergewöhnliche Leistungen in lesbisch-schwuler Medienarbeit und 1996 den Muse Award der New Yorker Vereinigung *Women in Film and Television* überreicht, ehrt man die Produzentin vor allen Dingen für ihre kontinuierliche und erfolgreiche Arbeit im Bereich lesbisch-schwuler Filme. Die wichtigen Independent-Filme dieser Sparte seit Anfang der 90er Jahre sind Christine Vachon zu verdanken. Dazu gehören ☞Todd Haynes' Filme *Poison* und *Safe*, Tom Kalins *Swoon*, Steve McLeans *Postcards from America*, ☞Rose Troches *Go Fish* sowie *I Shot Andy Warhol* über das Leben von ☞Valerie Solanas und Nigel Finchs *Stonewall*. Gemeinsam mit ihrer Partnerin Pamela Koffler produzierte sie mit der 1996 gegründeten Firma Killer Films bislang u.a. die Schwulenkomödie *Kiss Me Guido*, die Lebensgeschichte von ☞Brandon Teena, *Boys Don't Cry*, Todd Haynes' *Velvet Goldmine* und *Far from Heaven* sowie das Regiedebüt der Fotografin Cindy Sherman, *Office Killer*. Ihre Erfahrungen mit dem Filmgeschäft fasst sie in ihrem Bestseller *Shooting to Kill: How an Independent Producer Blasts Through the Barriers to Make Movies That Matter* (1998) zusammen.

Valentino, Rudolph (eigentlich Rodolfo Alfonzo Raffaele Pierre Filibert Guglielmi di Valentina d'Antongulla)

italienisch-amerikanischer Schauspieler
6.5.1895 Castellaneta/Italien – 23.8.1926 New York City

Besuch von Internaten in Italien. 1913 Emigration in die USA. Gelegenheitsjobs als Tellerwäscher, Gärtner, Straßenhändler, Tanzlehrer und Eintänzer in Nachtclubs. Erster Kontakt mit der Filmbranche 1914 als Tanzkomparse und als Statist für D.W. Griffith (*The Battle of the Sexes*) und bei den Universal Studios. 1921 setzt die Drehbuchautorin June Mathis seine Besetzung in *The Four Horsemen of the Apocalypse* durch. Beginn seiner steilen Karriere als Film-Latin Lover und romantischer Frauenschwarm. George Melfords *The Sheik* (1921, dt. *Der Scheich*) macht ihn zum Millionär und bildet den Grundstein für seinen Ruf als eine der ersten großen Hollywood-Legenden. Für seine weiteren Filme, u.a. *Moran of the Lady Letty* (1922, dt. *Das Piratenschiff*), *Beyond the Rocks* (1922), *The Eagle* (1925) und *Son of the Sheik*, erhält er jeweils Millionengagen. Obwohl der in Luxus badende, sich mit Nerzen, Seidenschals und anderen extravaganten Kleidungsstücken gewandende Valentino von der Presse als effeminierter „Pink Powder Puff" diffamiert wird und sich ehemalige Liebhaber aus zurückliegenden ärmeren Zeiten mit Enthüllungsgeschichten an die Öffentlichkeit wenden, bleibt sein Status als Frauenheld unberührt. Die Paramount organisiert dennoch zwei hollywood-typische Scheinehen, die beide nur wenige Wochen andauern, u.a. mit der lesbischen Schauspielerin Natasha Rambova. Eine dritte, mit der Schauspielerin Pola Negri, wird nicht mehr realisiert. Zu seinen Liebhabern gehört der Schauspieler ☞Ramon Novarro (1899-1968), der ironischerweise von seiner Produktionsfirma als konkurrierender Film-Latin Lover zu Valentino aufgebaut wird (*Ben Hur*, 1926; *The Student Prince in Old Heidelberg*, 1927). Als Valentino 1926 infolge einer Herzklappenentzündung gerade 31-jährig stirbt, wird das Krankenhaus von Tausenden weiblicher Fans umlagert, der Aufbahrungsort zur Pilgerstätte. Bei der Beisetzungsfeier soll es Hunderte ohnmächtiger Frauen gegeben, zahlreiche Anhängerinnen sollen sich aus Verzweiflung das Leben genommen haben. Lewis Allen dreht 1951 den biografischen Spielfilm *Valentino* mit Anthony Dexter; Ken Russell folgt 1976 mit ☞Rudolf Nurejew in der Titelrolle.

- *How Can You Keep Fit*, 1923; *My Private Diary*, 1929
- Renate Berger: *Rodolfo Valentino. Biographie*, 2003

Vargas, Chavela

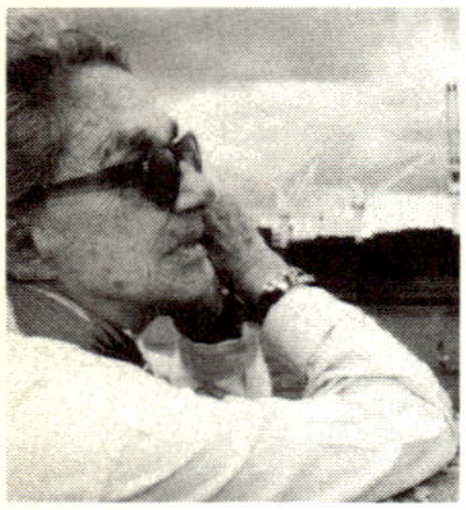

mexikanische Sängerin
17.4.1919 Guerrero/Costa Rica

Das Kind armer Rancheros wächst in einem kleinen Ort an der Küste Costa Ricas auf. Mit drei Jahren übersteht sie eine Polio-Erkrankung, mit 6 Jahren erlernt sie den Umgang mit Waffen. Als 14-Jährige verlässt sie ihre Eltern, geht nach Mexiko und schlägt sich als Straßensängerin durch. Ihre indianischen Gesichtszüge verhelfen ihr zu kleinen Rollen in der dortigen Filmindustrie. Über die Sommermonate arbeitet sie als Sängerin in Veracruz, dem Urlaubsort der mexikanischen Schickeria. Dort lernt sie die Malerin ☞Frida Kahlo kennen und wird ihre Geliebte. „Eines Tages musste ich sie verlassen, wir beide wussten das. Aber in meinem Herzen ist sie die einzige große, wahre Liebe geblieben", sagt Chavela Vargas rückblickend. 2002 steuert sie für Julie Taymors Filmbiografie *Frida* Lieder zum Soundtrack bei. Vargas' Gesangskarriere entwickelt sich rasant. Die Rancher-Komponisten Agustin Lara und José Alfredo Jiménez schreiben für die ausdrucksstarke Sängerin. Einen Kuba-Besuch verlängert sie auf zwei Jahre und bringt von dort den Bolero *La Macorina* mit, zu dessen Text von Alfonso Camin sie selbst die Musik schreibt. *La Macorina* wird zur Hymne aller unglücklich Verliebten, zur Erkennungsmelodie der Vargas und zum Kampfeslied der salvadorianischen Guerilla, obwohl Vargas selbst den bewaffneten Kampf ablehnt.
Chavela Vargas lebt das intensive Leben eines Stars – mit Affären, Alkohol-Exzessen und verschwenderischem Reichtum. „Ich kaufte mir am Freitag ein Auto und war schon am Montag wieder völlig pleite; ich betrank mich, sang auf den Straßen und kam dadurch zu spät zu den Auftritten. Ich trank den Tequila Mexikos – über 45.000 Liter. Ich habe nichts davon übrig gelassen." Nach dem Absturz gelingt ihr Anfang der 90er Jahre ein Comeback. Werner Herzog engagiert sie für seinen Film *Schrei der Steine*, ☞Pedro Almodóvar holt sie 1992 nach Spanien, wo sie in seinen Filmen *Kika* (1993) und *Mein blühendes Geheimnis* (1995) mitwirkt. Spanien verleiht ihr den höchsten Orden, den Gran Cruz de la Orden Isabel La Católica. 2002 erhält sie einen Grammy: „Der Grammy ist nichts wert. Ich weiß, dass das verwirrend klingen mag – aber von einem Grammy kann ich mir nichts kaufen."

Veidt, Conradt (eigentlich Hans Walter Conradt Veidt)

deutscher Schauspieler
22.1.1893 Berlin – 3.4.1943 Hollywood

1913 nimmt Veidt an Max Reinhardts Theaterschule seine Schauspielausbildung auf und wird in kleineren Rollen eingesetzt. 1914 wird er zum Militärdienst eingezogen und 1916 für das Fronttheater freigestellt. Bis 1923 ist er an Berliner Theatern engagiert und startet dann seine Karriere beim Film. In den melodramatischen Sittenfilmen Richard Oswalds spielt er zerrissene Sensibelchen und elegante Negativhelden und erprobt dabei seine expressive Gebärdensprache, die ihn zum Idealdarsteller des expressionistischen Films macht. Robert Wienes *Das Cabinett des Dr. Caligari* macht ihn und seine stilbildende Spielweise weltberühmt. 1919 dreht Richard Oswald in Zusammenarbeit mit ☞Magnus Hirschfeld *Anders als die Andern* (den ersten deutschen schwulen Film), in dem er einen Geiger spielt, der wegen seiner Homosexualität erpresst wird. Mit Filmen wie *Das indische Grabmal* (1921), *Das Wachsfigurenkabinett* (1923) und *Der Geiger von Florenz* (1925) gehört er neben Emil Jannings zu den bestbezahlten Schauspielern in Deutschland. Zwischen 1927 und 1929 dreht er vier Filme in Hollywood (u.a. *The Man Who Laughs*, 1927/28). 1933 Emigration nach England, wo er erneut zum Star aufsteigt. 1934 übernimmt er die Titelrolle in Lothar Mendes' *Jew Süss*. 1938 erhält er die britische Staatsangehörigkeit, ab 1940 lebt er in Hollywood, wo er sich gegen die Nationalsozialisten engagiert. Eine seiner letzten Rollen spielt er in *Casablanca* (1942) – den Nazi-Major Strasser. Über Veidts Homosexualität sind keine autobiografischen Zeugnisse überliefert, allerdings Berichte und Hinweise von Zeitzeugen, wie etwa ☞Christopher Isherwood, der ihn aus der Berliner Schwulenszene und von einem Tuntenball 1929 kennt.

- Daniela Sannwaldt: *Conradt Veidt*, 1984; Wolfgang Jacobsen: *Conradt Veidt. Lebensbilder*, 1993

Veigel, Werner

deutscher Nachrichtensprecher
9.11.1928 Den Haag – 2.5.1995 Hamburg

Veigel wächst zweisprachig als Kind deutscher Einwanderer in Holland auf. Nach dem Krieg erste Erfahrungen als Nachrichtensprecher beim niederländischen Rundfunk in Hilversum. 1954 kommt er als Rundfunksprecher zum NDR nach Hamburg. 1966 Beginn seiner Laufbahn als Nachrichtensprecher der *Tagesschau*. Nach dem Tod Karl-Heinz Köpckes wird er Chefsprecher. Bis 1989 außerdem Moderator von Kulturhörfunksendungen beim NDR. 1995 Coming-out in einem Interview des *Stern*, in dem er sowohl über seinen Gehirntumor als auch über seinen Partner Carlheinz Faust spricht, mit dem er seit 1955 zusammenlebt. Neben Wilhelm Wieben gehört er nun zu den bekanntesten offen schwulen Nachrichtensprechern im deutschen Fernsehen.

Verlaine, Paul

französischer Schriftsteller
30.3.1844 Metz – 8.1.1896 Paris

Der Offizierssohn Verlaine gilt als einer der großen französischen Schriftsteller des 19. Jhs. und neben Baudelaire, Rimbaud und Mallarmé als wichtigster Stilbildner des Symbolismus. In Paris versucht er, sich zunächst mit der bürgerlichen Existenz eines kleinen Präfekturalbeamten zu arrangieren und heiratet 1870 Mathilde Mauté. Im Jahr darauf begegnet er dem 16-jährigen ebenfalls dichtenden Arthur Rimbaud (1854-1894), dem er ganz und gar verfällt. Verlaine verlässt Frau und Kind und reist mit seinem Geliebten durch Belgien und Holland. Immer wieder kommt es zu heftigen Auseinandersetzungen, Trennungen und 1873 sogar zu einem ernsthaften tätlichen Angriff: Verlaine verletzt Rimbaud durch einen Pistolenschuss und wird daraufhin zu 18 Monaten Gefängnis verurteilt. Rimbaud gibt die Dichtkunst ganz und gar auf und geht als Abenteurer, Waffenhändler und Handelsagent nach Indien, Arabien, Ägypten und Abessinien. Verlaine, der seine sexuellen Erfahrungen mit Rimbaud u.a. in dem Gedichtzyklus *Hombres* verarbeitet, verfällt mehr und mehr dem Alkohol und bekommt sein Leben kaum in den Griff. Seine Liebesverhältnisse gelten künftig entweder dämonischen Jünglingen oder mutterhaften Frauen. 1879 verliebt er sich in einen 19-jährigen Bauernsohn namens Lucien Létinois, der ihn finanziell ausnimmt. Verlaine zahlt ihm eine exquisite Ausbildung in London. Als Lucien sich dort in ein Mädchen verliebt, holt er ihn zurück, kauft seiner Familie ein Bauernhaus in Frankreich und hofft auf ein gemeinsames, romantisches Leben auf dem Lande. Lucien jedoch geht zum Militär und Verlaine in den Bankrott. Als Lucien 1883 an Typhus stirbt, lässt Verlaine ihn in ein jungfräulich weißes Tuch gehüllt begraben und versucht seine Trauer durch Herumvagabundieren und exzessive homosexuelle Affären zu vergessen. Seine Freundschaft zu dem jungen Pariser Künstler und Schriftsteller F.A. Cazal bleibt platonisch. Die letzten Jahre seines Lebens gerät Verlaine in die Fänge zweier alternder Prostituierter, Philomène Boudin und Eugénie Krantz, die ihm seine Sehnsucht nach masochistisch-verderbtem Sex stillen und ihm dafür Gedichte abzwängen, die sie an Redaktionen und Verleger verkaufen. Als Verlaine schließlich stirbt, kümmert sich Eugénie Krantz wie eine Witwe um die Beisetzung. Eine Zeitlang lebt sie gut dank einem lebhaften Handel mit gefälschten Erinnerungsstücken, bis auch sie sich zu Tode getrunken hat.

● *Männer/Hombres*, 1986; *La Trilogie Erotique*, 1989

Versace, Gianni

italienischer Modemacher
2.12.1946 Reggio di Calabria – 15.7.1997 Miami/Florida

Studium der Architektur. Mitarbeit im Schneidergeschäft der Mutter. 1972 Umzug nach Mailand und Beschäftigung als Designer von *Genny*, *Callaghan* und *Complice*. 1978 macht sich Versace selbständig. Sein Markenzeichen wird ein Medusenhaupt. Erstes Aufsehen erregt er mit ungewöhnlichen Materialmixturen (wie Seide/Jute; Leder/Crêpe de Chine). Als erster bringt er Jeans auf den Laufsteg. Leuchtende Farben und auffallende Muster prägen seine Mode. Als erster Modeschöpfer der Welt darf er 1985 im Victoria and Albert Museum London eine Kollektion vorstellen. Für sein kreatives Werk wird er vielfach ausgezeichnet, aber auch mit dem Crystal Apple Award, Los Angeles für sein Engagement im Kampf gegen Aids. Seit den 80ern übernimmt er regelmäßig die Ausstattungen für Theater, Oper und Ballett. Neben seinen Kollektionen für Damen, Herren und Kinder tragen inzwischen auch Parfüms, Accessoires und sogar Fliesen seinen Namen. Besonderen Anteil nimmt Versace an der Homoerotisierung der Männermode. Seine großformatigen Männerkataloge lässt er regelmäßig von ☞Bruce Weber fotografieren, wobei jedoch die zu vermarktende Unter- bzw. Oberbekleidung zunehmend zugunsten der reinen Aktfotografie in den Hintergrund tritt. In seinem Buch *Mann ohne Krawatte* erläutert Versace sein Verständnis von männlicher Schönheit, deren Ideal er vor allem in der griechisch-römischen Klassik sieht. Er selbst ist Besitzer einer umfangreichen Sammlung antiker und französischer Antiquitäten, die sich in seinem Palazzo in Mailand bzw. in Como befinden. Der in seiner Präsentation offen vorgeführten Homoerotik entspricht sein diskreter, aber ebenso offener Umgang mit seiner eigenen Homosexualität. Sein langjähriger Lebensgefährte Antonio d'Amico ist als hochrangiger Designer im Hause Versace beschäftigt. Das Versace-Mode-Imperium in Mailand (Jahresumsatz 1996 845 Millionen Mark) liegt ganz in der Hand der Familie: Bruder Santos ist Geschäftsführer, unterstützt von Schwester Donatella. Deren US-amerikanischer Ehemann Paul Beck leitet die Herrenlinie. Seit Mitte der 80er Jahre bringt Versace mehrere Zweitlinien auf den Markt, u.a. *Versus, Instante, Signatur, Versace Jeans*. Am 15. Juli 1997 wird Versace vor seiner Villa in Miami Beach von dem 27 Jahre alten schwulen Callboy und Serienmörder Andrew Phillip Cunanan erschossen, der zu diesem Zeitpunkt zu den meistgesuchten Kriminellen des FBI gehört. Zehn Tage später nimmt sich Cunanan das Leben. Der Mord erregt ein weltweites Medienspektakel, nicht zuletzt aufgrund der Homosexualität von Opfer und Täter. Bereits wenige Stunden nach der Tat sind drei Biografien über den Mörder in Auftrag gegeben, u.a. an den britischen Krimiautor Wensly Clarkson. Auf der Trauerfeier für Versace in Mailand erscheinen u.a. Prinzessin Diana, Naomi Campbell und ☞Karl Lagerfeld. ☞Elton John, der eng mit Versace befreundet war und Bühnenmusik zu seinen Modeschauen komponiert hatte, singt zusammen mit Sting den Psalm 23.

- *Mann ohne Krawatte*, 1995; *Rock & Royalty*, 1997
- *Versace: Magier der Mode*, 1997

Vidal, Gore (eigentlich Eugene Luther Gore Vidal, Jr.)

US-amerikanischer Schriftsteller
3.10.1925 West Point/New York

Gore Vidal ist eine Ausnahmeerscheinung in der Literatur des 20. Jahrhunderts: ein Intellektueller und Dandy, der in der High Society zu Hause ist, sich mit Präsidenten bzw. deren Gattinnen zum Kaffeeklatsch trifft, sich bisweilen als Schauspieler verdingt (u.a. in Fellinis *Roma*) und sich vorzugsweise als schandmäuliger Salonlöwe gibt. Der dickleibige historische Romane (*Julian*, 1964; *Lincoln*, 1984) und Drehbücher (*Ben Hur*, 1959) schreibt, der unter dem Pseudonym Edgar Box Krimis veröffentlicht, aber auch Romane wie die verfilmte Transsexuellen-Satire *Myra Breckinridge* (1968). Zudem profiliert er sich in mehr als einem Dutzend Bänden als tiefsinniger und spitzfindiger Essayist zu Fragen der Literatur und Politik. Zweimal, 1960 und 1982, tritt er, der scharfe und zugleich amüsante Sozialkritiker, selbst im Wahlkampf als Kongresskandidat der Demokratischen Partei an. Sein Slogan: „You'll get more with Gore". Und ganz nebenbei macht er aus seinem Schwulsein keinen Hehl, im Gegenteil, unaufdringlich ist es ein sichtbarer Teil seines Lebens und seiner Literatur.

Gore Vidal gelangt durch die Familie in die *upper class*. Der Großvater ist der US-Senator T.P. Gore, sein Vater Direktor einer Fluggesellschaft, der ehemalige US-Vizepräsident Al Gore ist sein Cousin. Seine früh geschiedene Mutter heiratet in zweiter Ehe den Stiefvater von Jackie Kennedy-Onassis – was Gore Vidal mitten in die Ostküsten-Aristokratie katapultiert. „☞Truman Capote hat mit einigem Erfolg versucht, in die Welt hineinzukommen, aus der ich herauszukommen versuchte", bekennt Vidal. Um sich von seiner Familie zu distanzieren, legt er 14-jährig seinen Vornamen Eugene ab und nimmt stattdessen den Nachnamen seines Großvaters zum Vornamen. Vidals erste große Liebe gilt Jimmy Trimble, einem Mitschüler an der St. Alban's School for Boys in Washington. Als Trimble 19-jährig im März 1945 bei Kämpfen in Iowa ums Leben kommt, dauert ihre Beziehung bereits sechs Jahre. „Von nun an war ich die überlebende Hälfte dessen, was einst ein Ganzes gewesen war", schreibt Vidal in seiner Autobiografie *Palimpsest* (1995), „und ich gab es auf, weiterhin danach zu suchen." Der Tod von Jimmy Trimble verändert Vidals Lebenseinstellung völlig. An eine Beziehung, in der Liebe und Sex gleichermaßen möglich sind, glaubt er fortan nicht mehr, und er gibt sich mit kurzen, anonymen sexuellen Affären zufrieden. Als Vidal Mitte 20 ist, lernt er Howard Austen, seinen Lebensgefährten der darauf folgenden vier Jahrzehnte, kennen. Die Voraussetzung für diese Bindung fasst Vidal in knappe, deutliche Worte: „Kein Sex!" Seit 1972 leben sie weitgehend in ihrer Villa im italienischen Ravello. Jimmy Trimble, der Ikone seiner Jugend und seiner Liebe, hatte Vidal mit *The City and the Pillar* ein literarisches Denkmal gesetzt, das sich erst durch die Autobiografie *Palimpsest* entschlüsselt. In diesem 1948 erschienenen Roman (deutscher Titel *Geschlossener Kreis*), der „J.T. gewidmet" ist, wagt Vidal eine imaginäre – und tragische – Fortentwicklung der Liebesbeziehung. *Geschlossener Kreis* ist Vidals dritter Roman und gilt als „der erste bedeutende Homosexuellenroman Amerikas" (☞Tennessee Williams). 1948 ist ein Coming-out-Roman noch ein wirklicher Skandal und Grund für eine Ächtung durch die Medienöffentlichkeit. So weigern sich etwa *New York Times*, *Newsweek* und *Time* für viele Jahre, Vidals Romane und Theaterstücke zu besprechen.

Viett, Inge

deutsche RAF-Aktivistin
12.1.1943 Sternwarde

1983 taucht die per Haftbefehl gesuchte RAF-Aktivistin Inge Viett unter dem Namen Eva Maria Schnell in der DDR unter, wo sie fortan ein unauffälliges Dasein führt – fast jedenfalls, denn die Nachbarin Inge Schiffke weiß gleich, dass mit der Blondine etwas nicht stimmt: „Dass sie eine Schlampe war, habe ich schon nach einer Woche gemerkt. Dann kriegten wir auch noch mit, dass sie lesbisch war – und jetzt auch noch Terroristin!

Mein Gott, was ist aus diesem Haus geworden!" Mit dem Fall der Mauer ist dann die trügerische Sicherheit – und die langjährige Liebesbeziehung Vietts zu einer Schuldirektorin – gänzlich vorbei: Viett wird, wie eine ganze Reihe anderer ehemaliger RAF-Genossen, die sich in der DDR eine neue Existenz aufgebaut hatten, aufgespürt und 1992 wegen versuchten Mordes an einem französischen Polizisten zu dreizehn Jahren Haft verurteilt. Die gelernte Kindergärtnerin, die gemeinsam mit anderen AktivistInnen in Berlin die „Bewegung 2. Juni" gegründet hatte, war bereits 1972 und 1976 festgenommen worden, beide Male kurz darauf geflohen und hatte sich 1979 dem bewaffneten Kampf der RAF angeschlossen. Im Januar 1997 wird Viett vorzeitig aus der Haft entlassen, da sie sich inzwischen von der RAF losgesagt hatte. Volker Schlöndorff nimmt ihre Autobiografie zur Vorlage für seinen Spielfilm *Die Stille nach dem Schuß*. Inge Viett geht nach der Uraufführung juristisch gegen ihn vor, da sie sich falsch dargestellt sieht. Sie hatte ursprünglich dem Regisseur die Rechte an ihrer Lebensgeschichte überlassen, während der Arbeit am Drehbuch jedoch wieder entzogen. 1999 dreht Kristina Konrad mit *Große Freiheit – Kleine Freiheit* einen Dokumentarfilm über Vietts RAF-Vergangenheit.

● *Nie war ich furchtloser*, 1997

Visconti, Luchino

italienischer Regisseur
2.11.1906 Mailand – 17.3.1976 Rom

Sohn aus adligem und reichem Elternhaus; der Vater ist Herzog und Nachfahre Karls des Großen, die Mutter Millionenerbin des italienischen Pharmakonzerns Erba. Visconti besucht eine Kavalleristenschule und will zunächst Rennpferdtrainer werden. In Paris lernt er ☞Coco Chanel kennen, die ihn mit dem Regisseur Jean Renoir bekanntmacht. Renoir beeinflusst ihn künstlerisch und politisch. Visconti bekennt sich zum Marxismus, ohne aber tatsächlich in letzter Konsequenz in die Kommunistische Partei einzutreten. Erste eigene Regiearbeit ist *Ossessione* (1942), einem klassischen Beispiel des italienischen Neorealismus, wie auch die nachfolgenden *Senso* (1954) und *Rocco e i suoi fratelli* (1960, dt. *Rocco und seine Brüder*). Danach beginnt seine Periode ausladender und epischer, international co-produzierter Gesellschaftsdramen (wie *Il Gattopardo*, 1963, dt. *Der Leopard*). Mit besonderem Blick für männliche Schönheit ebnet er in seinen Filmen immer wieder jungen Schauspielern den Weg zum internationalen Erfolg, etwa ☞Alain Delon, Helmut Berger, ☞Dirk Bogarde (in der Verfilmung von ☞Thomas Manns Novelle *Tod in Venedig*). Die Arbeit für das Theater, und später verstärkt auch für die Oper, verliert Visconti nie aus den Augen. Er gründet eine eigene Theatertruppe, die er selbst finanziert und für die er u.a. Stücke von ☞Tennessee Williams, ☞Jean Cocteau und Jean-Paul Sartre inszeniert. 1946 lernt er den noch unbekannten Bühnenbildner und Schauspieler Franco Zeffirelli kennen, der für lange Zeit sein Lebensgefährte wird und den er finanziell wie beruflich fördert. 1966 übernimmt der Schauspieler Helmut Berger diese Position. Visconti macht ihn mit *Metti, una sera a cena* (1970, dt. *Die Verdammten*), *Ludwig II.* (1972) und *Gruppo di famiglia in un interno* (1974, dt. *Gewalt und Leidenschaft*) zum Star.

● Geoffrey Nowell-Smith: *Luchino Visconti*, 1973; Peter W. Janssen/Wolfram Schütte (Hg.): *Luchino Visconti*, 1975

Vivien, Renée (eigentlich Pauline Tarn)
britische Lyrikerin
11.6.1877 Paddington – 18.11.1909 Paris

Bereits als Kind verbringt Vivien, die aus wohlhabenden englischen Verhältnissen stammt, mehrere Jahre in einem Pariser Internat. Mit 21 zieht sie für immer in die französische Metropole, um kurz darauf ☞Natalie Barney kennen zu lernen, die das große lyrische Talent ihrer Freundin entdeckt und fördert. Viviens Werk umfasst neben einer Anzahl von Gedichtbänden – u.a. *Etudes et Preludes* (1901) – auch eine Übersetzung der Werke ☞Sapphos ins Französische. Die Begeisterung für das Vermächtnis der griechischen Dichterin führt 1904 dazu, dass Vivien und Barney nach Lesbos reisen, um dort alte sapphische Traditionen wiederzubeleben. Nach der Rückkehr und der Trennung von Barney gewinnen die selbstzerstörerischen Tendenzen in Viviens Leben am Ende die Oberhand – sie stirbt letztendlich an den Folgen von Alkoholismus und Magersucht.

● *Une femme m'apparut*, 1904 (dt. *Mir erschien eine Frau*)

Vohrer, Alfred
deutscher Regisseur
29.12.1914 Stuttgart – 3.2.1986 München

Sein Name ist zwar dem breiten Publikum meist nicht bekannt, seine Filme hingegen sicherlich. Von ihm stammen nicht nur einige der erfolgreichsten Karl-May-Verfilmungen (*Unter Geiern*, 1964; *Old Shurehand*, 1965), sondern auch die bekanntesten der Edgar-Wallace-Serie (u.a. *Das Gasthaus an der Themse*, 1962; *Der Zinker*, 1963; *Das indische Tuch*, 1963 und *Der Hexer*, 1963). Zur Regie kommt Vohrer über Umwege. Er hat zunächst im Sinn, vor und nicht hinter der Kamera zu stehen. Nach dem Besuch der Realschule nimmt er Schauspiel- und Gesangsunterricht und wird Mitglied des Württembergischen Staatstheaters in Stuttgart. 1941 verliert er als Frontsoldat in Russland seinen rechten Arm und kann zurück in die Heimat. Er wird Volontär bei der Ufa-Filmproduktion und arbeitet bis Kriegsende als Regieassistent von Harald Braun und Alfred Braun. In den ersten Jahren der Nachkriegszeit arbeitet Vohrer aus Mangel an

Möglichkeiten zunächst beim Rundfunk, von 1946 bis 1948 als Oberspielleiter bei Radio Stuttgart. Ab 1949 findet er als Synchronregisseur ein neues Betätigungsfeld. Er zieht nach Berlin-Dahlem, wo er gemeinsam mit seinem Lebensgefährten lebt. 1953 wird Vohrer Teilhaber der Synchronfirma Ultra-Film GmbH. Annähernd 1000 Filme werden dort unter seiner Leitung synchronisiert, darunter Filme wie *Die Faust im Nacken* (1954) und *Die Brücke am Kwai* (1959). Vohrers Firma möchte sich nun auch in der Filmproduktion versuchen. Sein erstes Drehbuch *Zum Leben verdammt* wird allerdings nicht realisiert. Erst 1958, als man versucht, mit *Schmutziger Engel* auf der aktuellen Welle der Halbstarken-Filme mitzuschwimmen, kann Vohrer sich erstmals als Filmregisseur beweisen. 1960 dreht er für den Berliner Produzenten Artur Brauner *Bis daß das Geld Euch scheidet* und lernt über diesen Weg dessen Produktionsleiter Horst Wendlandt kennen. Dieser wird Produktionschef der Rialto-Film und holt Vohrer für die Edgar-Wallace-Verfilmung von *Die toten Augen von London*, den ersten von insgesamt 14 Filmen aus der Reihe. Vohrer entwickelt dabei einen eigenen europäischen Inszenierungsstil für Thriller, die später beispielsweise Quentin Tarantino stark beeinflussen und diesen 2004 bei der Europapremiere seines *Kill Bill, Vol. 2* in Berlin in den Saal rufen lassen: *„Alfred Vohrer is a genius!"*. Als der Erfolg der Wallace-Adaptionen nachlässt, dreht Vohrer weiterhin Auftragsarbeiten, die in erster Linie wirtschaftlichen und weniger künstlerischen Anforderungen genügen sollen, Krimis genauso wie Sexkomödien. In den 70er Jahren macht er mit sechs Verfilmungen von Romanen Johannes Mario Simmels auf sich aufmerksam. Zunehmend arbeitet er fürs Fernsehen, u.a. führt er Regie bei Serien wie *Die Schwarzwaldklinik*, *Derrick*, *Das Traumschiff*, *Weiß-blaue Geschichten* und *Der Alte*. Für diese Krimiserie soll er auch 1986 wieder eine Folge produzieren, erliegt aber vorher in einem Münchner Hotel einem Herzversagen.

Volcano, Del LaGrace

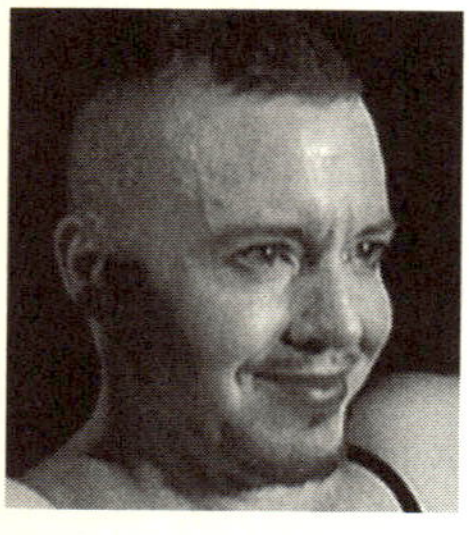

US-amerikanischer Fotograf und Filmemacher
26.7.1957 Kalifornien

Die aus kleinbürgerlicher Familie stammende Della Grace studiert am San Francisco Art Institute Fotografie. Sie wird Stammgast in der S/M-Barszene von San Francisco, nachdem sie sich von ihrer vielbewunderten Haarpracht und damit ihrer alten Identität getrennt hat. Sie arbeitet u.a. als Theaterfotografin und Fototechnikerin und ist „zur Erholung Prostituierte". 1982 zieht sie nach London und wird „lesbische Separatistin". Ihren Masters Degree erwirbt sie an der University of Derby. Grace hat die traditionellen Vorstellungen von Porträtfotografie vollkommen umgekrempelt. Wenn sie ihre sexuellen Träume von ihren Modellen offenbaren lässt, verkleinert sie die Kluft zwischen Pornografie und Dokumentation, nicht ohne eine Spur Humor. „Die Stärke meiner Bilder ist die Stärke, die ich in den Modellen spüre. Meine Wertschätzung der jeweiligen Person drückt sich darin aus." Ihre Modelle sind „gender outlaws" – Menschen, die sich über die bestehenden Normen der Geschlechter hinwegsetzen. Grenzen zwischen den Geschlechtern gibt es für Grace nicht mehr. Er/sie ist Teil der *transgender*-Bewegung und nimmt auch konsequenterweise männliche Hormone, so dass er/sie mittlerweile auf seinen/ihren Kinnbart stolz sein kann, der die Mädchenlocken von einst ersetzt. Die Tyrannei des Entweder-Oder will er/sie niederreißen, die verbotenen Mechanismen der Erotik und damit das, was wir in uns selbst fürchten, freilegen. Mit ihrer/m Geliebten Simo Maronati bringt die Performance-Künstlerin den Sex vom Schlafzimmer ins Studio und erfindet für sich die Bezeichnung „hermaphrodyke". 1995 heiratet er/sie seinen/ihren besten schwulen Freund Johnny Volcano und nennt sich seitdem Del LaGrace Volcano. Er lebt in London.

- *Love Bites*, 1991; *Della Grace – Photographs*, 1996; *Love Bites Back*, 1999; *Sublime Mutations*, 2000

W

Waddell, Tom (eigentlich Thomas Joseph Michael Flubacher)

US-amerikanischer Sportler
1.11.1937 Paterson/New Jersey – 11.7.1987 San Francisco

In vielerlei Hinsicht hat Waddell Sportgeschichte geschrieben. Er kommt – als ältestes Mitglied der US-Olympiamannschaft von 1968 – im Zehnkampf auf den 6. Platz. Zusammen mit seinem Lebensgefährten Charles Deaton wird er 1976 in der Rubrik „Couples" im *People*-Magazin porträtiert. Sie sind das erste schwule Paar, das dort vorgestellt worden war. Zudem ist Waddell Mitbegründer der Gay Games. Bereits als Teenager verlässt Tom seine Familie und lässt sich von der Varietékünstler-Familie Waddell adoptieren. Sie fördern sein sportliches wie künstlerisches Talent, doch kann sich Tom Waddell nicht entscheiden, eine Karriere als Tänzer ernsthaft zu verfolgen. Er besucht eine medizinische Hochschule und beschäftigt sich insbesondere mit dem Forschungsschwerpunkt sexuell übertragbarer Krankheiten. Als überzeugter Pazifist und Aktivist der Bürgerrechtsbewegung nimmt er nicht am Vietnam-Krieg teil und trainiert stattdessen auf einem Armeesportfeld für die Olympischen Spiele in Mexico City. Das sportliche Erlebnis dort inspiriert ihn zu den Gay Olympics (die nach Einspruch des Olympischen Komitees in Gay Games umbenannt werden mussten). Waddell nimmt aktiv an den ersten Gay Games 1982 in San Francisco und den zweiten Spielen 1986 teil. Zu diesem Zeitpunkt ist er allerdings schon schwer an Aids erkrankt. 1983 gelingt es ihm noch, sich einen großen Wunsch zu erfüllen: ein gemeinsames Kind mit seiner lesbischen Freundin. Waddell stirbt 1987 an den Folgen von Aids.

Waldoff, Claire (eigentlich Klara Wortmann)

deutsche Chanteuse
21.10.1884 Gelsenkirchen – 22.1.1957 Bayerisch Gmain

„Singen und schnauzehalten, das geht nicht", schreibt ☞Christa Reinig 1982 über die Berliner „Jöre mit Herz und Schnauze", und es geht wirklich nicht: Wo immer die einstige Schauspielerin in den späten 20er und frühen 30er Jahren ihre frechen Lieder herausposaunt, liegt ihr das Publikum zu Füßen. Waldoffs Sprachwitz und ihre energische Stimme machen ihre aufmüpfigen Chansons, die den kleinen Leuten in den engen Mietskasernen gewidmet waren, zu Gassenhauern – und führen Mitte der 30er Jahre dazu, dass sie von den Nazis zur unerwünschten Person erklärt wird. Waldoff, die auch gerne in den von ihr oft frequentierten Berliner Damenklubs auftritt, hatte nach dem Besuch des ersten deutschen Mädchengymnasiums ursprünglich Medizin studieren wollen, ist aber aus Geldmangel 1903 zum Theater gegangen. Fünf Jahre später erhält sie die Chance, erstmalig als Kabarettistin aufzutreten. Als ihr anvisierter Auftritt in Männerkleidern von der Polizei verboten wird, tritt sie kurzerhand als Diseuse im Abendkleid auf – und wird schlagartig berühmt. Als Liebling des Proletariats beglückt sie ihr hingerissenes Publikum bei zahlreichen Auftritten, oftmals auch bei Solidaritätsveranstaltungen zugunsten der Arbeiter, und auf zig Schallplatten mit erfrischend-kritischen Texten wie „Wozu sind die Männa schon groß zu jebrauchen, ja wat könnse schon jroß! Essen, trinken und rauchen ... Ja sagen Sie selba, ham wir det nötich?". Ihr privater Salon in Berlin ist Treffpunkt auch ihrer Vielzahl lesbischer Freundinnen. In einigen ihrer Chansons thematisiert Waldoff ihre Liebe zu Frauen, etwa in *Hannelore*. Während des Dritten Reichs sind ihre Auftritte im Funk und Film nicht erwünscht, auch, weil ihr Lied *Hermann heest er ...!* bereits eine volkstümlich-satirische Umdichtung auf Hermann Göring erfahren hatte. Die meisten Manager und Theaterdirektoren wagen es daher nicht mehr, sie zu engagieren. Bis 1943 tritt sie weiter auf. Seit 1939 lebt sie mit ihrer Lebensgefährtin Olga von Roeder, mit der sie über vier Jahrzehnte lang liiert ist, zurückgezogen in Bayrisch-Gmain in Oberbayern. Der Versuch, nach 1945 an die früheren Erfolge anzuknüpfen, scheitert jedoch. Ihr Repertoire aber (etwa *Wegen Emil seine unanständige Lust; Wer schmeißt denn da mit Lehm?; Warum liebt der Wladimir gerade mir*), für das sie teilweise auch selbst die Texte geschrieben hatte, wird ab den 80er Jahren neu entdeckt und etabliert sich zum Standardprogramm vieler Chanteusen und Diseusen.

- *Weeste noch? Aus meinen Erinnerungen*, 1953
- ‚Claudia Schoppmann: „‚Rrrraus mit den Männern aus'm Reichstag!' – Claire Waldoff". In: *Zeit der Maskierung*, 1993; Helga Beumann: *Claire Waldoff – Wer schmeißt denn da mit Lehm?*, 1994; Maegie Koreen: *Immer feste druff. Das freche Leben der Kabarettkönigin Claire Waldoff*, 1977

Walker, Alice

US-amerikanische Schriftstellerin
9.2.1944 Eatonton/Georgia

Nach einem Unfall in ihrer Kindheit, bei dem ihr Bruder ihr ein Auge ausgeschossen hatte, studiert Walker mit einem Behindertenstipendium zunächst in Atlanta, dann in New York, wo sie 1966 ihren Bachelor of Arts ablegt. Erste schriftstellerische Versuche unternimmt sie bereits während des Studiums, daneben beginnt sie sich verstärkt in der Bürgerrechtsbewegung zu engagieren. Nach ihrem Umzug nach Mississippi heiratet Walker 1967 einen jüdischen Rechtsanwalt. Mitte der 70er Jahre kehrt Walker mit ihrer kleinen Tochter nach New York zurück, wo sie sich als freie Schriftstellerin und Redakteurin der feministischen Zeitschrift Ms niederlässt. Ihr Lebenslauf als schwarze Frau im weißen Amerika, das Engagement in der Bürgerrechts- und Frauenbewegung und die theoretische Auseinandersetzung mit Ursachen und Formen von Rassismus bilden den Hintergrund und den Stoff für Walkers literarische Arbeit. Die wohl bekannteste Vertreterin des schwarzen Feminismus wird vor allem mit ihren Romanen *Meridian* (1976) und *The Color Purple* (1982, dt. *Die Farbe Lila*, 1986 von Steven Spielberg verfilmt) bekannt. Die spezifischen Lebensbedingungen schwarzer Frauen sind bis heute Thema ihrer in der Fachwelt kontrovers diskutierten, äußerst populären Werke. *Possessing the Secret of Joy* (1992, dt. *Sie hüten das Geheimnis des Glücks*) zeigt, dass die unreflektierte Rückkehr zu den afrikanischen Wurzeln kein Patentrezept für die individuelle und gesellschaftliche Emanzipation sein kann. Walker, die für *The Color Purple* 1983 mit dem Pulitzer-Preis ausgezeichnet wird, schreibt in ihren neueren Arbeiten (*Warrior Marks*, 1993, zusammen mit ☞Pratibha Parmar, dt. *Narben oder die Beschneidung der weiblichen Sexualität*) in bemerkenswerter Offenheit über ihre Liebe zu Frauen.

- weitere Veröffentlichungen (Auswahl): *In Search of Our Mother's Gardens: Womanist Prose*, 2001; *Sent by Earth*, 2001; *Absolute Trust in the Goodness of the Earth*, 2003; *A Poem Traveled down my Arm*, 2003; *Meridian*, 2003; *Now Is the Time to Open Your Heart*, 2004
- Maria Lauret: *Alice Walker*, 2000

Walker, Dr. Mary Edwards
US-amerikanische Ärztin
26.11.1832 Oswego/New York – 21.2.1919 ebd.

Die einzigen Zugeständnisse an das zu ihrer Zeit gesetzlich verlangte feminine Äußere sind ihre in Locken gelegten Haare, die meist unter einem Hut verborgen werden. Ansonsten trägt die amerikanische Ärztin betont männliche Kleidung, und das nicht nur während ihrer Freizeit, sondern auch am Arbeitsplatz. Walker wird, nachdem sie mehrfach aufgrund dieses Vergehens verhaftet worden war, eine der ersten weiblichen Journalisten der Nation und gründet später die Frauenkolonie Adamless Eden. 1865 wird sie von Präsident Johnson für ihre engagierte Arbeit während des Bürgerkrieges mit der Ehrenmedaille des Kongresses ausgezeichnet.
- C. Snyder: *Dr. Mary Walker – The Little Lady in Pants*, 1974

Walter, Jürgen (eigentlich Walter Pipping)

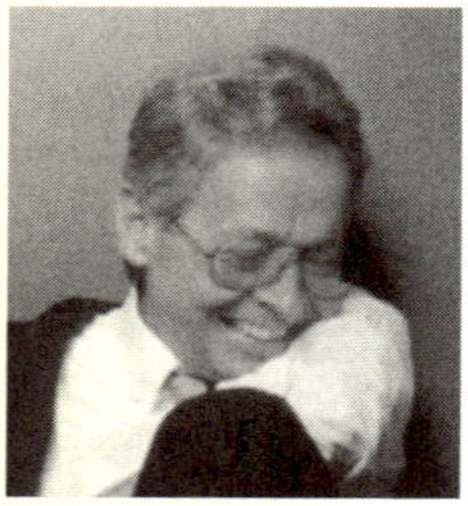

deutscher Sänger
7.12.1943 Fraureuth/Thüringen

Nach einem Studium der Romanistik in Berlin widmet sich Walter ganz seiner Karriere als Chansonnier. 1976 gelingt ihm in der DDR mit *Schallala – Schallali* der erste Hit. In den nachfolgenden Jahren entwickelt er sich zu einem festen Bestandteil der DDR-Schlagerszene, zumeist als Interpret von Liedern (u.a. *Je t'aime; Wo ich hergekommen bin; Ab geht die Post*) im Grenzbereich zwischen anspruchsvollerem Chanson und Unterhaltungsschlager. Er betätigt sich auch als Fernsehmoderator, u.a. der Show *Ein Kessel Buntes*. Er gilt als einer der wenigen Persönlichkeiten des öffentlichen Lebens der DDR, deren Homosexualität bekannt ist. Nach 1989 tritt Walter auch gelegentlich bei lesbisch-schwulen Veranstaltungen auf.

Warhol, Andy (eigentlich Andrew Warhola)
US-amerikanischer Künstler
6.8.1928 Pittsburgh/Pennsylvania – 22.2.1987 New York City

Der Sohn einer slowakischen Einwandererfamilie belegt ab 1942 Kunstseminare am Carnegie Institute of Technology, studiert ab 1945 Bilddesign und arbeitet als Schaufensterdekorateur. Ab 1949 Arbeit als Werbegrafiker und Illustrator u.a. für *Harper's Bazaar* und Tiffany's. Er ändert seinen Taufnamen Andrew Warhola in Andy Warhol. 1952 erste Auszeichnungen für sein Grafik-Design. Bis Ende 1957 entsteht eine Reihe erotischer Zeichnungen von Männern. 1960 entdeckt Warhol die Alltagsikonen der Popkultur als Motive für sich und malt Coca-Cola-Flaschen und Comicstripfiguren, später Dollarnoten und Campbell's Suppendosen. Ab 1962 Porträts von Prominenten, zu den ersten gehören Warren Beatty, Elvis Presley und Marilyn Monroe. Ab 1963 dreht er die ersten Filme mit 16mm-Kamera (*Sleep*) und zieht in das Atelier in der East 47th Street 231, das später unter dem Namen „Factory" bekannt wird. Mit der Teilnahme an der New Yorker Weltausstellung 1964 und der ersten Ausstellung in Europa (in der Galerie Ileana Sonnabend in Paris) lenkt er die internationale Öffentlichkeit auf sich. Er trifft auf ☞Joe Dallesandro und Candy Darling, die zu Stars in seinen Filmen werden (*Flesh*, 1968; *Trash*, 1969). 1967 produziert Warhol die erste Platte der Rock 'n' Roll-Band *The Velvet Underground*. Ab 1969 führt Paul Morrissey Regie bei allen Warhol-Filmen, so bei *Andy Warhol's Frankenstein* und *Andy Warhol's Dracula* (beide 1974) mit ☞Udo Kier. Seine Factory beschäftigt inzwischen mehr als 20 Mitarbeiter; Warhol beherrscht die Vermarktung seiner Bilder, zumeist Siebdruck-Porträts, wie der eigenen Person bestens. Seine weißblonde Perücke wird das Markenzeichen dieser Gallionsfigur der Pop Art, längst gehört er zu den bekanntesten Künstlern des 20. Jhs. überhaupt. Sein Tagebuch, das er täglich telefonisch einer Sekretärin diktiert, listet akribisch alle kulturellen und gesellschaftlichen Ereignisse auf, meist mehrere pro Abend, die Warhol besucht, nicht zuletzt, um auf Kundenfang für Auftragsporträts zu gehen. Am 3. Juni 1969 wird Warhol Opfer eines Attentats der radikalen Feministin ☞Valerie Solanas, das er nur knapp überlebt. Er stirbt 1987 an einem Herzinfarkt im Schlaf nach einer Gallensteinoperation. 1989 wird von Sotheby's in einem zehntägigen Auktionsmarathon sein Nachlass, bestehend aus mehr als 10.000 ausgewählten Objekten, versteigert. Warhol hatte bei Einkaufsbummeln durch Galerien, Flohmärkte und Trödelgeschäfte Kunst (von Munch, ☞Hockney, Picasso) und Kitsch (etwa eine Sammlung volkstümlicher Keksdosen), Alltagsgegenstände und Gebrauchskunst zusammengekauft, die nach und nach ganze Lagerhallen mit noch unausgepackten Kisten und Paketen füllen. Auch in der eigenen Wohnung waren nur noch die Küche und das Schlafzimmer bewohnbar. Der Erlös, über 42 Millionen DM, fließt in die Kunstförderungsstiftung „Andy Warhol Foundation for the Visual Arts".

- *Das Tagebuch*. Hg. von P. Hackett, 1989; *Die Philosophie des Andy Warhol von A bis B und zurück*, 1991; *Andy Warhol Retrospektive*. Hg. von K. McShine, 1989
- Victor Bockris: *Andy Warhol*, 1991

Warner, Sylvia Townsend

britische Schriftstellerin
6.12.1893 Harrow-on-the-Hill – 1.5.1978 Dorset

Die Lehrerstochter studiert zunächst Musik, bevor sie sich nach dem Erfolg ihres ersten Romans *Lolly Willowes* (1926) gänzlich aufs Schreiben verlegt. Die folgenden Werke reichen zwar nicht mehr an den Erfolg des Erstlings heran, bescheren ihr aber ausreichende Einkünfte, um ihr ein einigermaßen komfortables Leben mit ihrer Lebenspartnerin, der Lyrikerin und Antiquitätenhändlerin ☞Valentine Ackland, zu ermöglichen. In späteren Jahren arbeitet Warner hauptsächlich an ☞Proust-Übersetzungen und Biografien; ihr literarisches Werk gerät mehr und mehr in den Hintergrund. Nach Acklands Tod im Jahre 1969 findet die 78-Jährige in einer Nachbarin ihre letzte Lebenspartnerin.

- Mr. Fortunes Naggot, 1927 (dt. *Mister Fortunes letztes Paradies*); *One Thing Leading to Another, Stories*, 1984

Waters, John

US-amerikanischer Filmregisseur
22.4.1946 Baltimore/Maryland

Seine Kindheit und Jugend verbringt John Waters in einer glücklichen katholischen Mittelklasse-Familie (der Vater verkauft Feuerwehrgeräte), wenn auch ein wenig anders als andere Kinder: Statt Räuber und Gendarm zu spielen, inszeniert er lieber fingierte Autounfälle. Während der Schulzeit entstehen die ersten Super8-Filme. Seine großen Vorbilder *The Wizard of Oz*, ☞R.W. Fassbinder und Russ Meyer lassen sich allerdings erst in den späteren Filmen entdecken. Die erste aufwändigere Produktion wird *Eat Your Makeup* (1968). Als Darsteller mit dabei ist Waters' Freund Glenn Milstead, der bald schon als ☞Divine Weltkarriere machen wird. Mit einem Budget von gerade einmal 2.000 Dollar entsteht 1970 *Mondo Trash* – Waters' erster kleiner Erfolg. Mit *Pink Flamingos* (1972) findet er seinen eigenwilligen Hang zum schlechten Geschmack und dafür auch ein breites Publikum. Trash, Travestie, Teenage-Traumata und satirische Geschmacklosigkeiten prägen auch *Female Trouble* (1974) und vor allem *Polyester* (1981), den Waters in „Odorama" (mit ekligen Geruchsrubbelstreifen für das Publikum) dreht. Mit der Hommage an eine TV-Dance-Show der 60er Jahre (*Hairspray*, 1988, mit Johnny Depp), dem 50er-Jahre-Musical *Cry Baby* (1990) und der Serienmörder-Parodie *Serial Mom* (1994) verliert Waters zunehmend seine filmischen Stärken: den subversiven, rücksichtslosen Blick auf kleinbürgerliche US-Verhältnisse und die gezielte Verletzung von Normen und Tabus. Weitere Filme: *Pecker*, 1998, *Cecil B. Demented*, 2000.

- *Abartig. Meine Obsessionen*, 1989
- John G. Ives: *John Waters*, 1992; Robert L. Pela: *Filthy: The Life and Times of John Waters*, 2000

Waters, Sarah

britische Schriftstellerin
1966 Neyland/Pembrokeshire

Während ihres Studiums der englischen Literatur an der Universität Canterbury beschäftigt sich Sarah Waters mit lesbischen historischen Romanen. Mit ihrem 1998 erschienenen Debütroman *Tipping the Velvet* (ein viktorianischer umgangssprachlicher Ausdruck für Cunnilingus) liefert sie selbst einen Beitrag für dieses Genre. 2002 wird das Buch (deutscher Titel *Die Muschelöffnerin*, 2002) von Andrew Davies für das britische Fernsehen verfilmt. Für *Tipping the Velvet* wie auch für ihre nachfolgenden Romane wird Waters immer wieder mit Preisen ausgezeichnet. Für *Affinity* (1999, dt. *Selinas Geister*, 2002) erhält sie beispielsweise den Somerset Maugham Award for Lesbian and Gay Fiction und den American Library Association's Gay, Lesbian, Bisexual, and Transgendered Book Award for 2001. Für *Fingersmith* (dt. *Solange du lügst*, 2003) erhält sie den CWA Historical Dagger Prize for Historical Crime Fiction. 2003 wird sie beim British Book Award als „Author of the Year" ausgezeichnet. Neben ihrer Tätigkeit als Romanautorin veröffentlicht sie Aufsätze zu Themen im Bereich Gender, (Homo)Sexualität und Geschichte.

Weber, Bruce

US-amerikanischer Fotograf und Filmemacher
29.3.1946 Greensburgh/Pennsylvania

Nach dem Besuch der Hun School in Princeton macht er sein Examen an der Denison University in Ohio. Danach besucht er die Kunst- und Filmakademie der Universität New York und die Schule für Sozialwissenschaften in New York City. Hier beschließt er, sich künftig der Fotografie zu widmen, angeregt durch seine Freundin, die Fotografin Diane Arbus. Weber entwickelt sich zu einem international anerkannten Fotografen und Filmregisseur. Seine Fotos, insbesondere seine zahlreichen Porträts von Stars sowie Modeaufnahmen, erscheinen in nahezu allen wichtigen und großen Magazinen weltweit. U.a. für ☞Calvin Klein und Ralph Lauren liefert er unverhohlen homoerotische Werbefotografien, die den männlichen Körper feiern. Das Victoria and Albert Museum in London und die Stadt Paris haben Dauerausstellungen seiner Sammlungen eingerichtet. Ein weiterer Schwerpunkt seiner Arbeit ist die Aktfotografie, in der er selbstbewusst seine Liebe für Männer zum Ausdruck bringt. Eine Serie von fünf Kurzfilmen, die er für einen italienischen Bekleidungshersteller geschrieben und gedreht hat, bringt ihm 1986 in Cannes den Preis für den besten Werbespot. Seine ersten beiden Dokumentarfilme *Broken Noses* (über Boxer) und *Let's Get Lost* (über den Jazztrompeter Chet Baker) werden in den Jahren 1988 und 1989 jeweils mit dem Preis der International Documentary Association für die beste Dokumentation ausgezeichnet. *Let's Get Lost* wird 1989 zudem für den Oscar als bester Dokumentarfilm nominiert. Ab 1991 dreht er Musikvideos u.a. für Chris Isaak und die *Pet Shop Boys*. Sein Dokumentarfilm *Chop Suey* (2000) ist ein autobiografischer Rückblick auf vier gemeinsame Jahre mit dem jungen Nachwuchsringer Peter Johnson, den er als Model entdeckt und der durch die Arbeit mit Weber zu einem Star der Branche aufsteigt. 2003 entsteht *A Letter to True*, in dem er seine besondere Liebe zu Hunden thematisiert.

- Veröffentlichungen (Auswahl): *Arnold Newman in Florida*, 1987; *Bear Pond*, 1990; *Hotel Room With a View*, 1992; *Barry Bonds*, 1994; *Branded Youth and Other Stories*, 1997; *The Chop Suey Club*, 1999; *All-American: Family Albums*, 2003

Weininger, Otto

österreichischer Philosoph
3.4.1880 Wien – 4.10.1903 ebd.

Otto Weininger erscheint seinen Zeitgenossen als früh vollendetes Genie. Er beherrscht viele Fremdsprachen und verfügt über eine umfassende, wenn auch eklektizistische und von Vorurteilen geprägte geistes- und naturwissenschaftliche Bildung. Im Alter von 23 Jahren schreibt er eine 600 Seiten starke „prinzipielle Untersuchung“, eine stark erweiterte Version seiner Dissertation *Geschlecht und Charakter*, mit der er ein für alle Mal die Geschlechterfrage lösen will. Er entwickelt darin eine philosophisch-psychologische Theorie der Geschlechter, in deren Zentrum die wahrscheinlich von Sigmund Freud übernommene These der menschlichen Bisexualität steht. Es gäbe weder Männer noch Frauen, sondern lediglich eine weibliche (W) und eine männliche Substanz (M), welche beide in unterschiedlichen Mischungsverhältnissen aufträten. Er folgert daraus: „W ist nichts als Sexualität, M ist sexuell und noch etwas darüber.“ Die Frau bestehe deshalb aus nichts als Fortpflanzungstrieb oder Brunst, was sie zur Mutter oder Prostituierten prädestiniere. Weiningers Buch, das zunächst *Amor und Psyche* heißen sollte, ist die „schärfste, abschätzigste Beurteilung des weiblichen Geschlechts, die theoretisch überhaupt jemals formuliert“ worden sei, so seine Lehrer an der philosophischen Fakultät Friedrich Jodl und Lorenz Müllner, bei denen er dissertiert. Für die Buchausgabe hatte er seine Doktorarbeit zudem um ein Kapitel über den Charakter des Juden erweitert. Trotz seiner jüdischen Abstammung (mit 22 Jahren ist Weininger aus dem Judentum ausgetreten) beweist sich Weininger darin als äußerst antisemitisch. Den Erfolg des Buches – in 20 Jahren erscheinen 25 Auflagen – erlebt Weininger nicht mehr. Im Jahr des Erscheinens nimmt er sich 23-jährig in Beethovens Sterbehaus das Leben und stilisiert sich damit endgültig zum Mythos. Sein Werk beeinflusst nachhaltig die österreichische Geistesgeschichte (Karl Kraus, Elias Canetti, Robert Musil und ☞Ludwig Wittgenstein) und wurde von den Nationalsozialisten zur Legitimierung ihres Antisemitismus benutzt. Der extreme Frauenhass beruht zum Teil vermutlich auf Weiningers eigener Homosexualität, die nach seinem Tod schnell bekannt wurde und den Verkauf des Buches zudem anheizte. Homosexuelle, also „weibische Männer“, sieht Weininger als Folge falscher Mischungsverhältnisse von weiblichen und männlichen Substanzen. „Das ganze Gecken- oder Gicklertum geht, ebenso wie zum Teile die Frauenemanzipation, auf die jetzige Vermehrung dieser Zwittergeschöpfe zurück; das ist alles mehr als bloße Mode.“ Paulus Manker verfilmt 1990 Joshua Sobols Theaterstück *Weiningers Nacht* über die letzten Stunden im Leben Otto Weiningers.

- *Über die letzten Dinge*, 1904
- Emil Lucka: *Otto Weininger. Sein Werk und seine Persönlichkeit*, 1920; Jacques Le Rider: *Der Fall Otto Weininger*, 1990

Weirauch, Anna Elisabet

deutsche Schriftstellerin
7.8.1887 Galatz/Rumänien – 21.12.1970 Berlin

Die Tochter des Gründers der rumänischen Staatsbank zieht 1893 mit ihrer Mutter, einer Schriftstellerin, nach Berlin, wo sie nach ihrer Ausbildung zur Schauspielerin zunächst am Staatstheater engagiert wird. Nebenbei beginnt Weirauch, Theaterstücke und später auch Romane zu schreiben. Nach der Veröffentlichung ihres ersten Werkes, *Die kleine Dagmar* (1918), gibt sie die schauspielerische Tätigkeit ganz auf, um sich fortan ausschließlich ihrer literarischen Arbeit zu widmen, in der hauptsächlich zeitgenössische Frauenschicksale im Vordergrund stehen. Als eine der wenigen Autorinnen der 20er Jahre greift Weirauch

offen das Thema der lesbischen Liebe auf; ihre zwischen 1919 und 1931 entstandene Roman-Trilogie *Der Skorpion* zählt heute zu den Klassikern der lesbischen Literatur.

- ☞Claudia Schoppmann: *„Der Skorpion". Frauenliebe in der Weimarer Republik*, 1986/1991

Weiss, Andrea
US-amerikanische Autorin und Filmemacherin
1956 Pennsylvania

Nach ihrem Doktorstudium der Philosophie unterrichtet Weiss mehrere Jahre lang in verschiedenen US-amerikanischen Städten Film und Geschichte, bevor sie zusammen mit ihrer Partnerin ☞Greta Schiller die Filmgesellschaft Jezebel Productions gründet, deren erste Produktion *Before Stonewall* (1985) über die frühe Geschichte der lesbisch-schwulen Bewegung gleich mehrere Auszeichnungen, darunter zwei Emmys, gewinnt. Auch die von Andrea Weiss als Produzentin bzw. Co-Regisseurin verantworteten poetisch erzählten Dokumentarfilme, darunter *International Sweethearts of Rhythm* (1986) über eine Frauen-Jazzband während des Zweiten Weltkriegs, das Porträt zweier Jazzmusikerinnen, *Tiny & Ruby: Hell Divin' Women* (1988) und die Dokumentation über Künstlerinnen im Paris der 20er Jahre, *Paris Was a Woman* (1995), erhalten zahlreiche Auszeichnungen. Weiss, die heute in London lebt und neben ihren Film- und Buchprojekten Dokumentarfilm unterrichtet, macht sich auch mit ihren film- und kunsthistorischen Essays und Büchern (*Vampires and Violets. Lesbians in the Cinema*, 1992, dt. *Vampires & Violets. Frauenliebe und Kino*, 1995) und der Buchfassung von *Paris Was A Woman* (1996) einen Namen. Kritisch hingegen wird ihre Dokumentation über die Darstellung von Lesben und Schwulen im Film, *A Bit of Scarlet* (1996), aufgenommen. 2001 dreht sie gemeinsam mit ☞Wieland Speck *Escape to Life – Die Erika und Klaus Mann-Story*.

Westerwelle, Guido
deutscher Jurist und Politiker
27.12.1961 Bad Honnef

Der Sohn eines Rechtsanwaltes legt 1991 seine zweite juristische Staatsprüfung ab und promoviert 1994 an der Fernuniversität Hagen. Im gleichen Jahr lässt er sich als selbstständiger Rechtsanwalt in Bonn nieder. Seit 1980 ist Westerwelle Mitglied der FDP. Er gehört zu den Mitbegründern der Jungen Liberalen (Julis) und ist von 1983 bis 1988 deren Bundesvorsitzender. 1988 wechselt er in den Bundesvorstand der FDP und übernimmt 1993 den Kreisvorsitz der Partei in Bonn. 1994 wird der von FDP-Chef Klaus Kinkel für dieses Amt vorgeschlagene Westerwelle auf einem Sonderparteitag in Gera zum Generalsekretär der FDP gewählt. In seiner Antrittsrede kündigt er an, künftig besonderes Gewicht auf die programmatische Arbeit der Partei zu legen, sie für jüngere Wähler wieder attraktiv machen zu wollen, und stuft die FDP zugleich als „Partei der Leistungsbereiten" ein. 1995 wird gegen Westerwelle ein Ermittlungsverfahren wegen des Verdachts der Beihilfe zur Steuerverkürzung eingeleitet – er soll als 21-Jähriger seinem Vater ein Schwarzkonto eingerichtet haben –, die Ermittlungen werden jedoch wieder eingestellt. Sein Ruf als Hoffnungsträger und Symbol des „liberalen Neuanfangs" scheint jedoch dennoch für kurze Zeit angekratzt. Westerwelles Homosexualität ist auch außerhalb Bonns ein offenes Geheimnis, jedoch – wie in solchen Fällen üblich – kein öffentliches Thema. Im Wahljahr 1994 stellt sich Westerwelle immerhin erstmals auch schwulen Medien als Interviewpartner zur Verfügung, wenn auch mit recht zurückhaltenden Stellungnahmen. Ab 1996 ist er Mitglied des Deutschen Bundestages. 1997 betätigt sich der Hobbysportler und Sammler zeitgenössischer Grafik als Fotomodell für einen Herrenausstatter und führt „Mode für Besserverdienende", u.a. von Vivienne Westwood, vor. Sein Honorar stiftet er der Deutschen Aids-Hilfe. 1998 wird er bei einer Umfrage als der bestgekleidete Politiker Deutschlands gekürt. Ab 2001 ist er Bundesvorsitzender der FDP und bei der Bundestagswahl 2002 der erste Kanzlerkandidat seiner Partei. Im Juli 2004 präsentiert sich Westerwelle erstmals öffentlich mit seinem Lebensgefährten Michael Mronz, Geschäftsführer des Aachener Reitturniers CHIO. „Für mich ist mein Leben völlig selbstverständlich. Ich lebe es selbstbewusst und kann von mir sagen, ich habe nie eine Kulisse geschoben", erklärt Westerwelle in einem *Spiegel*-Interview.

- *Das Parteienrecht und die politischen Jugendorganisationen*, 1994; *Neuland. Die Zukunft des deutschen Liberalismus*, 1999

Whale, James
britischer Filmregisseur
22.7.1896 Dudley – 29.5.1957 Hollywood/Kalifornien

Arbeitet zunächst als Designer, Schauspieler und Regisseur im englischen Theater. Hollywood bietet ihm eine Filmversion seiner hoch gelobten Londoner Inszenierung von R.C. Sheriffs *Journey's End* (1930) an. Es folgt die Co-Regie gemeinsam mit Howard Hughes in *Hell's Angels* (1930) und *Waterloo Bridge* (1931). Sein phänomenal erfolgreicher *Frankenstein* (1931)

zählt heute zu den Klassikern des Horrorfilms. Whales besonderer Beitrag zu diesem Genre liegt in einer Verkehrung der Perspektive des Schreckens, indem er sich für die Psychologie der dämonischen Gestalten interessiert, und an seinem, wie er es formuliert, „perversen Humor". Es folgen *The Old Dark House* (1932), *The Invisible Man* (1933) und *The Bride of Frankenstein* (1935). Später Hinwendung auch zu anderen Filmgenres wie Musical (*Showboat*, 1936), Kriegsfilm (*The Road Back*, 1937), Situationskomödie und Mantel- und Degenfilm (*The Man in the Iron Mask*, 1939). Nach zwei filmischen Misserfolgen, wahrscheinlich aber auch wegen seiner Homosexualität, entlässt ihn das Columbia-Filmstudio, und Whale zieht sich 1942 völlig aus dem Filmgeschäft zurück, um als Maler zu arbeiten. Er stirbt nach einem mysteriösen Sturz in seinem Swimmingpool. Seine Homosexualität hatte Whale in Hollywood bedeckt gehalten, aus Angst vor Repressionen und einem Karriereknick. Er lebt mehr als zwanzig Jahre mit dem Produzenten David Lewis zusammen; Trennung 1953, als sich Whale einen jungen Franzosen als so genannten „Sekretär" ins Haus holt. Der US-Schriftsteller Christopher Bram setzt in seinem Roman *The Father of Frankenstein* 1996 Whale ein literarisches Denkmal. Das Buch wird 1998 unter dem Titel *Gods and Monsters* verfilmt und mit dem Oscar für das beste Drehbuch ausgezeichnet. Die Hauptrolle übernimmt ☞Ian McKellen.

- Stephan Bourne: *James Whale: Hollywood's Gay Auteur*, 1998; James Burtis/ Kevin Brownlow: *James Whale*, 1998; Mark Gattis: *James Whale – A Biography*, 1995

White, Edmund **(eigentlich Edmund Valentin White III.)**

US-amerikanischer Schriftsteller
13.1.1940 Cincinnati/Ohio

Als 1982 sein autobiografischer Roman *A Boy's Own Story* (dt. *Selbstbildnis eines Jünglings*) über seine Kindheit und Jugend in den USA der 50er Jahre erscheint, erklärt ihn *Le Monde* zum größten US-amerikanischen Schriftsteller seit ☞Henry James. Der zweite Band seiner auf drei Bände konzipierten literarisierten Lebenserinnerungen – *The Beautiful Room Is Empty* (1988, dt. *Und das schöne Zimmer ist leer*, 1991) – schildert die 60er Jahre in Greenwich Village bis zum Tag des Stonewall-Aufstands, der dritte Band, *The Farewell Symphony* (1997, dt. *Die Abschiedssymphonie*, 2000), reicht bis in die Gegenwart. Weitaus bekannter macht ihn jedoch sein Sexratgeber *The Joy of Gay Sex* (1977, zusammen mit Dr. Charles Silverstein, dt. *Die Freuden der Schwulen*). Sein Roman *Forgetting Elena* (1973) ist zwar kein Verkaufserfolg, wird dafür allerdings von Vladimir Nabokov, den White neben ☞Christopher Isherwood zu seinen großen Vorbildern und Lehrern zählt, lobend rezensiert. Für seinen ersten homoerotischen Roman *Nocturnes for the King of Naples* (1978, dt. *Notturno für den König von Neapel*, 1981) fällt es White aufgrund der offen homosexuellen Thematik zunächst schwer, einen Verlag zu finden. White gehört 1980 zu den Gründungsmitgliedern des Violet Quill, einer New Yorker Vereinigung schwuler Schriftsteller, unter ihnen auch Andrew Holleran, Robert Ferro, George Whitmore und Felice Picano. 1983 geht er als Korrespondent der US-amerikanischen *Vogue* nach Paris. Hier entsteht sein Roman *Caracole* (1985), und er vertieft sein Interesse an der europäischen Literatur und Kultur. 1990 erhält White eine Professur für französische Literatur an der Brown University in Rhode Island und arbeitet an einer umfangreichen Biografie ☞Jean Genets, die 1993 erscheint. 1985 wird White HIV-positiv getestet. Er ist Mitbegründer der Gay Men's Health Crisis in New York; literarisch setzt er sich mit Aids in dem Erzählungsband *The Darker Proof* (1988, zusammen mit Adam Mars-Jones, dt. *Nicht anders als das Feuer*) auseinander. Als Essayist widmet sich White Schriftstellerkollegen (wie ☞Christopher Isherwood, ☞William S. Burroughs, ☞Tennessee Williams, ☞Truman Capote) und verfolgt kritisch die Entwicklung des schwulen Lebens, der schwulen Kultur und Politik.

- *Staaten der Sehnsucht. Reisen durch Gay America*, 1982; *Die brennende Bibliothek. Essays*, 1996; *Bei lebendigem Leibe*, 1997; *The Married Man*, 2000; (ed.) *Loss withing Loss: Artists in the Age of AIDS*, 2001; *The Flaneur: A Stroll through the Paradoxe of Paris*, 2001; *Our Paris. Sketches from Memory*, 2002; *Fanny: A Fiction*, 2004
- Stephen Barber: *Edmund White: The Burning World. The Authorized Biography*, 1999; Keith Fleming. *Original Youth. The Real Story of Edmund White's Boyhood*, 2003

White, Patrick **(eigentlich Patrick Victor Martindale)**
australischer Schriftsteller
25.5.1912 London – 30.9.1990 Sydney

„Ich kann mich nicht erinnern, dass mich mein sexuelles Außenseitertum sehr aus der Bahn geworfen hat. Ich pflegte meine sexuellen Neigungen schon ziemlich früh. In meinem Fall gab es nicht die Qual der Entscheidung, diesen oder jenen Weg zu wählen. Ich wurde gewählt, und sehr bald akzeptierte ich

meine Homosexualität." White kommt bei einer Englandreise seiner australischen Eltern zur Welt. Seine Kindheit verbringt er weitgehend in einem Internat in England, sein Studium absolviert er als typischer Upper-Middle-Class-Angehöriger in Cambridge. Früh beginnt er zu schreiben; zunächst religiöse Versdramen, die er alleine im Gartenhaus seiner Eltern rezitiert haben will. Im Zweiten Weltkrieg war er bei der Royal Air Force u.a. in Nordafrika und im Nahen Osten eingesetzt. 1948 kehrt er vom Militärdienst nach Australien zurück – gemeinsam mit seinem griechischen Lebensgefährten Manoly Lascares, den er im Mittleren Osten kennen gelernt hatte. Zwei Themenkreisen widmet sich White in seinem schriftstellerischen Werk immer wieder: den Kriegserfahrungen und der literarischen Erkundung des australischen Kontinents und dessen Mythen. Immer wieder beschäftigt er sich mit der Idee der Transzendenz, dem Wunsch, aus dem engen Korsett der gesellschaftlichen Formen, Normen und Zwänge auszubrechen, gleichzeitig aber auch die sexuelle Einordnung in männlich oder weiblich in Frage zu stellen. In *The Twyborn Affair* (1979, dt. 1986) etwa lässt er durch den dramaturgischen Trick der Wiedergeburt seine Hauptperson alle Formen der Geschlechterzugehörigkeit und sexuellen Orientierung durchspielen. 1973 erhält er als erster australischer und gleichermaßen erster offen schwuler Schriftsteller den Nobelpreis für Literatur.

- *Riders in the Chariot*, 1961 (dt. *Die im feurigen Wagen*, 1969); *The Vivisector*, 1970 (dt. *Der Maler*, 1972); *Flaws in the Glass. Autobiography*, 1981 (dt. *Risse im Spiegel*, 1994)
- David Marr: *Patrick White. A Life*, 1992

Whitman, Walt

US-amerikanischer Dichter

31.5.1819 West Hills bei Huntington – 26.3.1892 Camden/New Jersey

Aufgewachsen in Brooklyn und auf Long Island. Seine Mutter begeistert ihn früh für die Ziele und Ideen der Quäker. Er arbeitet als Drucker, Lehrer und Journalist und setzt sich in seinen Publikationen für die Verwirklichung konservativer, demokratischer Werte ein. Sein Engagement wird durch seine Erlebnisse im Bürgerkrieg noch gestärkt. Sein literarisches Werk kristallisiert sich in dem sowohl von ☞Shakespeare, Homer und Volksgedichten beeinflussten Lyrikband *Leaves of Grass* (dt. *Grashalme*), an dem er sein halbes Leben lang arbeitet und den er immer wieder ergänzt und verändert. Erscheint die erste Ausgabe 1855 im Selbstverlag, gerade mal 95 Seiten stark, umfasst die 10. Ausgabe im Todesjahr 1892 mehrere Hundert Poeme.

Mehr als vielen Literaturwissenschaftlern und Patrioten lieb sein mag, lässt sich darin Whitmans Liebe zu Männern nicht nur zwischen den Zeilen lesen: Er spricht sein homosexuelles Begehren unumwunden mit der ihm typischen expressiven Sprachgewalt aus. In seinen Tagebüchern berichtet er weniger poetisch verschnörkelt von seinen Vorlieben für junge, kernige Kerle. Sämtliche Affären und Begegnungen führt er knapp, aber mit buchhalterischer Genauigkeit auf: „George Finch – Yankee Boy – gutaussehender, großer, gelockter, schwarzäugiger Bursche – Alter circa 23 oder 24 – schlank – die Hose in die Stiefel gesteckt – eine Kappe mit dem Schirm nach hinten." Diese Aufzeichnungen werden lange verschwiegen und nur ungern und entsprechend spät publiziert, gilt doch Whitman als jener Dichter, der wie kein anderer mit den amerikanischen Tugenden identifiziert wird: Bodenständigkeit, Tapferkeit, Vaterlandstreue, Ehrlichkeit – dafür steht Whitman und all dies besingt er in seinen Gedichten – und nicht zuletzt immer wieder die Demokratie („Widersteht viel, gehorcht wenig"). Er stellt die bürgerlichen Normen in Frage und kämpft nachdrücklich gegen sie an. Er träumt von einer Gesellschaft, in der jedes Individuum das Recht zur eigenständigen Gestaltung seines Lebens genießt, einer Gesellschaft, die allerdings auch frei von sexualmoralischen Zwängen ist. Neben kurzen Abenteuern durchlebt Whitman drei große Lieben, Fred Vaugham, Peter Doyle und Harry Stafford, mit denen er jeweils mehrere Jahre verbringt. Zwar nagen an Whitman immer wieder Selbstzweifel, sogar nach fünf Jahren Beziehung mit dem Straßenbahnfahrer Peter Doyle stellt er die Richtigkeit dieser Liebe noch in Frage und chiffriert gar dessen Namen im Tagebuch mit dem Zahlencode 16.4. (den alphabetischen Nummern seiner Initialen). Die Verse der *Grashalme* jedoch werden von Ausgabe zu Ausgabe homoerotischer. Immer wieder schildert er badende Jünglinge, kraftstrotzende, muskulöse Handwerker, stramme Soldaten, von der Sonne braungebrannte Prärieboys in all ihrer sinnlichen Körperlichkeit. Die Kameradschaft, die Whitman beschreibt, ist mit Kumpelhaftigkeit keineswegs zu verwechseln. Das eindeutig zweideutige dieser männlichen Erotik bleibt trotz geschickter Verschlüsselung nicht unbemerkt. Einige Male sind die *Grashalme* von Verboten bedroht. Weil ein Minister die Gedichte für unanständig hält, verliert Whitman gar eine Stellung im Innenministerium. Heute gilt Whitmans Werk als Meilenstein der US-amerikanischen Literaturgeschichte und der modernen Poesie, das u.a. die Lyrik ☞Allen Ginsbergs, ☞Federico García Lorcas und Fernando Pessoas beeinflusst. Nach seinem Tod werden die Buchausgaben immer wieder um „Stellen" bereinigt; selbst die Vita wird gefälscht und dem Männerliebhaber eine Mulattin in New Orleans angedichtet, mit der er angeblich mehrere Kinder gezeugt haben soll.

- Charley Shiverly (ed.): *Calamus Lover. Walt Whitman's Working Class Camerados*, 1987; Gary Wilson Allen: *The Solitary Singer*, 1985; Jimmie Killingsworth: *Whitman's Poetry of the Body. Sexuality, Politics, and the Text*, 1989

Wilde, Dolly (eigentlich Dolly Lerne Wilde)
britische Bohèmienne
11.7.1895 – April 1941 London

Als Einzige in ihrer Familie behält die Nichte ☞Oscar Wildes trotz des Skandals um ihren Onkel den Nachnamen bei und weiß den schlechten Ruf sogar für sich einzusetzen. Sie ist zwar literarisch talentiert, höchst belesen, redegewandt und geistvoll (und deshalb auch ein gern gesehener Gast in Salons), doch bringt sie zeitlebens außer zahllosen Briefen keinerlei Werke zu Papier. Sie selber nennt sich gern „Oscaria" und pflegt in Anspielung auf ihren Onkel zu sagen: „Ich bin ein besserer Oscar als er selber." Als 20-Jährige kommt sie nach Paris und lernt 1924 dort ihre zeitweilige Geliebte ☞Natalie Barney kennen, die bei der umtriebigen und zugleich innerlich einsamen Dolly Wilde überraschend viel Geduld und Rücksichtnahme zeigt. Barney zahlt ihre Krankenhausaufenthalte und Entziehungskuren und schickt ihr nach Selbstmordversuchen die Haushälterin zur Bewachung. Im April 1941 wird Dolly Wilde mit blau angelaufenem Gesicht tot auf dem Boden liegend aufgefunden. Ob es sich um Mord, Freitod, eine Drogenüberdosis oder ein Herzversagen handelt, lässt der Leichenbeschauer offen. In ihrem Testament hat sie Nathalie Barney als Alleinerbin eingesetzt.

- Joan Schenkar: *Truly Wilde: The Unsettling Story of Dolly Wilde, Oscar's Unusual Niece*, 2000

Wilde, Oscar (eigentlich Oscar Fingal O'Flahertie Wills Wilde)

irischer Schriftsteller
16.10.1854 Dublin – 30.11.1900 Paris

Am 18. Februar 1895 schreitet der Marquess von Queensbury zur Tat, um den Liebhaber seines Sohnes Lord Alfred Douglas gesellschaftlich zu vernichten. Er überreicht dem Portier in Wildes Club eine Visitenkarte, welche dieser beim nächsten Besuch Wildes zehn Tage später aushändigt. Auf der Karte liest er: „To Oscar Wilde, posing Somdomite". Die Handschrift war undeutlich, vor Gericht streitet man sich später, ob es *ponce* (Knabenschänder) oder *posing as* (posieren als) geheißen habe. Es bleibt allerdings der kleine Rechtschreibfehler in „Somdomite" und die große Beleidigung. Anstatt aber die Karte einfach zu vernichten und zu vergessen, stellt Wilde, angestachelt durch seinen Liebhaber Lord Douglas, einen Strafantrag wegen Beleidigung und löst so drei aufeinander folgende Prozesse aus. Wilde zieht zwar im Laufe des Prozesses die Klage zurück, nachdem Queensburys Verteidiger Strichjungen in den Zeugenstand zu rufen ankündigt, die Details aus Wildes Sexualleben berichten könnten. Queensbury jedoch wird freigesprochen und Wilde selbst am 5. April 1895 verhaftet, wegen „unzüchtiger Handlungen mit männlichen Personen" angeklagt und schließlich verurteilt. Die Verhandlung gerät zu einem Skandalprozess, der von der Weltöffentlichkeit mit Spannung verfolgt wird und letztlich mindestens genauso viel zu Wildes Ruhm und Nachleben beiträgt wie sein schriftstellerisches Werk. Nicht zuletzt, weil er das Sprechen über Homosexualität, die Emanzipationsbemühungen wie die Diskussion über die Bestrafung gleichgeschlechtlicher Liebe nachhaltig beeinflusst und verändert.
An der Universität Oxford kommt der junge Wilde mit den Ideen des Ästhetizismus in Berührung. Wenige Jahre später, er hat lediglich einige Gedichte veröffentlicht, gilt er, dank seiner Vielzahl von Vorträgen in extravaganter Kleidung, als weit über London hinaus bekannter Dandy und einer der führenden Vertreter des englischen Ästhetizismus. Der Kult der Ästhetizisten im Allgemeinen und Oscar Wilde im Besonderen werden immer häufiger zur Zielscheibe des Spotts und der Satire. Ein Höhepunkt ist die Operette von Gilbert & Sullivan *Patience; or Bunthorne's Bride*, in der Wilde karikiert wird.
Man lädt ihn zu einer Vortragsreise in die USA ein, um so den Erfolg des Bühnenstückes zu fördern. Wilde ist geschmeichelt, zumal das Geld lockt, und spricht über die Geschichte des Ästhetizismus in England, über Inneneinrichtung und Mode gleichermaßen. Zurück in Europa bemüht er sich, eine neue berufliche Position zu finden. Große Pläne, wie eine ausgedehnte Vortragstournee u.a. nach Australien, erfüllen sich nicht. Auch sein erstes Stück, *Vera, or the Nihilists* (1883, dt. *Vera oder die Nihilisten*), uraufgeführt in New York, wird nicht der erwartete Erfolg. Von 1887 bis 1889 übernimmt Wilde daher die Redaktion der Frauenzeitschrift *Woman's World*. Bereits 1884 hatte er einen weiteren Schritt zum bodenständigeren, bürgerlicheren Leben gemacht: Er heiratet Constance Lloyd. Zwei Kinder, Cyril und Vyvyan, gehen aus dieser Ehe hervor. 1888 erscheint der erste Band seiner Märchen, *The Happy Prince, and other Tales*, die bereits viele homoerotische Themen und Bezüge aufweisen. Wesentlich expliziter hingegen ist sein Essay *The Portrait of Mr. W.H.*, der 1889 in der Juliausgabe des *Blackwood's Edinburgh Magazine* erscheint. In diesem in Dialogform geschriebenen Aufsatz versucht Wilde die Identität jenes jungen Schauspielers zu belegen, dem ☞Shakespeare seine Sonette gewidmet hat. Was an Ideen und Themen in den Erzählungen und Märchen bereits anklingt, wird im *Bildnis des Dorian Gray*, seinem wahrscheinlich populärsten und auch einzigen längeren Prosawerk, zusammengeführt. Der geistreiche, zynische Lord Henry Wotton preist den

bedingungslosen Ästhetizismus und stilisiert das Leben selbst zum Kunstwerk. Er verführt den faszinierend schönen, 20 Jahre jungen Dorian Gray zum rücksichtslosen Hedonismus. Der Wunsch nach ewiger Jugend kann durch einen faustischen Pakt in Erfüllung gehen: Statt seiner altert ein Porträt, das Basil Hallward von ihm gemalt hat. Die Geschichte des Dorian Gray ist zudem Grundlage für mehrere Opern und Musicals, Ballett- und Theaterbearbeitungen und mehr als ein halbes Dutzend Verfilmungen. Die erste, in der Regie des Dänen Axel Strøm, entsteht bereits 1910. Erfolg als Dramatiker hat er mit seinem in französischer Sprache geschriebenen Einakter *Salomé*, in dem er eine schwüle, sinnliche Atmosphäre heraufbeschwört. Wesentlich durchschlagender jedoch sind seine vier Gesellschaftskomödien, die zwischen 1892 und 1895 entstehen. Immer wieder geht es um Adlige, vermögende Menschen besseren Standes, ihre erstarrten und z.T. verlogenen Lebensformen, die Heuchelei – und die Kunst der Konversation. Wilde entlarvt die Scheinmoral dieser Gesellschaft, allerdings stets im geordneten Maße. Erst mit *The Importance of Being Earnest* (1894), seinem dauerhaftesten Bühnenerfolg, spielt Wilde seinen frivolen Witz und seinen Spott ganz aus. Der Plot der Komödie basiert auf dem Wortspiel von „Ernest" (dem männlichen Vornamen) und „earnest" (ernsthaft), einem wesentlichen Zug der viktorianischen Geisteshaltung. Um sich vor gesellschaftlichen Verpflichtungen drücken zu können, erfindet die Hauptfigur Algernon einen Freund namens Bunburry, dem er angeblich immer wieder Krankenbesuche abstattet. Ein wenig erinnert diese Komödienkonstruktion an das tatsächliche Doppelleben, das der Ehemann und Familienvater Wilde zu dieser Zeit führt. Er verkehrt nicht nur mit Strichern, sondern war mit dem Lord Alfred Bruce Douglas eine enge Liebesbeziehung eingegangen. Wilde hatte den um 16 Jahre jüngeren Douglas, den er liebevoll „Bosie" nennt, Anfang 1891 kennen gelernt. Wilde ist den Launen seines verzogenen Liebhabers ausgeliefert, der sich von ihm aushalten lässt, ihn finanziell und geistig ruiniert und ihn zu guter Letzt, als es zum Prozess kommt, verleugnet. Verhandelt wird im Gerichtssaal nicht nur der eigentliche Akt der Sodomie, sondern die angebliche Verführung eines Aristokraten-Sohnes durch einen gewöhnlichen Bürgerlichen. Wilde hatte die Standes- und Klassenschranken missachtet, sich gleichermaßen sexuell mit Arbeitern und Männern der Unterklasse eingelassen, und vor allem: Er tat dies alles nicht mit der erforderlichen Diskretion. Am 25. Mai 1895 wird Wilde zur Höchststrafe – zwei Jahre Zuchthaus mit Zwangsarbeit – verurteilt. Im Gefängnis schreibt Wilde *De Profundis*, einen langen Brief an Lord Alfred Douglas, in dem er sich mit seinem Leiden an ihrer Beziehung wie mit der homophoben Gesellschaft auseinandersetzt. Gleich nach seiner Entlassung verlässt Oscar Wilde England in Richtung Frankreich. Seine Ehefrau Constance, die während der gesamten Haftzeit zu ihm hält, sieht er nicht wieder. Sie stirbt am 7. April 1896 in Genua. Die Vormundschaft für seine beiden Kinder wird ihm entzogen. Er trifft sich zwar unmittelbar nach seiner Entlassung mit Lord Alfred Douglas, doch die Freundschaft bleibt zerrüttet. Wilde beendet die im Gefängnis begonnene und 109 Strophen umfassende *The Ballad of Reading Gaol* (1900, dt. *Ballade vom Zuchthaus zu Reading*). Nach monatelangen rastlosen Reisen und einer Ohrenoperation im Pariser Hôtel d'Alsace stirbt er finanziell ruiniert. Erst 100 Jahre nach der Verurteilung wird Oscar Wilde zumindest gesellschaftlich rehabilitiert und erhält in Westminster Abbey einen Platz in der Poets' Corner. Zu seinem 98. Todestag wird von Kulturminister Chris Smith eine Bronzestatue in London City eingeweiht.

- Rupert Hart-Davis (ed.): *Selected Letters of Oscar Wilde*, 1987
- Richard Ellmann: *Oscar Wilde*, 1988 (dt. 1991); Alan Sinfield: *The Wilde Century. Effiminacy, Oscar Wilde and the Queer Moment*, 1994; Neil Bartlett: *Who Was That Man?*, 1988

Wilder, Thornton

US-amerikanischer Dramatiker und Erzähler
17.4.1897 Madison/Wisconsin – 7.12.1975 New Haven/Connecticut

Aufgewachsen in einer frommen puritanischen Familie, verlebt er mehrere Jahre seiner Kindheit in China, wo sein Vater Generalkonsul ist. Er bleibt jedoch der europäisch-abendländischen Kultur verpflichtet. Wilder meldet sich freiwillig im Ersten Weltkrieg zum Militär und wird wegen seiner schlechten Augen der Küstenwache zugeteilt. Nach dem Krieg schließt er sein Studium mit dem Titel eines Bachelor of Arts ab und begibt sich auf ausgedehnte Reisen nach Europa. Er wird Englischlehrer in New Jersey und später Literaturdozent an der Universität Chicago. Seine literarische Laufbahn beginnt er mit Romanen, die im christlichen Glauben verwurzelt sind. Sein Debüt gib er mit *Die Cabala* (1926). Seinen Durchbruch zum weltweiten Ruhm schafft er mit seinem zweiten Roman *The Bridge of San Luis Rey* (1927), der zweimal verfilmt und für den er mit dem Pulitzer-Preis bedacht wird. Diese Auszeichnung erhält er noch weitere Male (für seine Romane *The Eighth Day*, dt. *Der achte Schöpfungstag*, 1967 und *Theophilus North*, 1974, verfilmt 1988) sowie u.a. 1957 den Friedenspreis des Deutschen Buchhandels. Nach dem religiös inspirierten Frühwerk wendet er sich später mit *Die Iden des März* (1948) eher geistesgeschichtlichen Themen zu. Einem größeren Publikum bekannt wird Wilder durch seine über 20 Dramen, insbesondere *Our Town* (1939, dt. *Unsere kleine Stadt*) und *The Skin of Our Teeth* (1942, dt. *Wir sind noch einmal davongekommen*), die beide zu Klassikern des US-Dramas zählen. Am Zweiten Weltkrieg nimmt er als Abwehroffizier teil. 1950 wird ihm eine Professur an der Harvard University angeboten, 1952 ist er Leiter der US-amerikanischen Delegation bei der UNESCO-Konferenz in Venedig. Wilder hat zeitlebens seine Homosexualität nur versteckt gelebt und in seinem literarischen Werk niemals zum Thema gemacht. Trotz aller Diskretion bleibt seine homosexuelle Neigung jedoch nicht verborgen. Der kommunistische Romancier Mike Gold nutzt sie 1930 in einem schmähenden Artikel gegen Wilder in *The New Republic*. Zu seinen Liebhabern gehört der ehemalige Englischprofessor und spätere Tätowierer Samuel M. Steward, der unter dem Namen Phil Andros Karriere als Autor schwuler pornografischer Literatur macht.

Williams, John (eigentlich John Towner Williams)

US-amerikanischer Filmkomponist
8.2.1932 Long Island, New York

Williams ist einer der weltweit erfolgreichsten Filmkomponisten. Zu seinen wichtigsten Arbeiten gehören die Soundtracks zu den *Indiana Jones*- und *Harry Potter*-Filmen, *Valley of the Dolls* (1967), *Close Encounters of the Third Kind* (1977), *Superman* (1979), *The Witches of Eastwick* (1987), *Nixon* (1995), *Amistad* (1997), *JFK* (1991), *Hook* (1991), *Saving Private Ryan* (1998) und *Minority Report* (2002). Mehr als 40 Mal wird er für einen Oscar nominiert; er gewinnt ihn u.a. für *Fiddler on the Roof* (1971), *Jaws* (1975), *Star Wars* (1977), *E.T. – The Extra Terrestrial* (1982) und *Schindler's List* (1995). Neben diesen Arbeiten für den Film hat er auch verschiedene Orchesterwerke geschrieben. Von 1980 bis 1993 ist Williams Chefdirigent des Boston Pops Orchestra. Im Juni 2000 wird er als erster Filmkomponist in die Hollywood Bowl Hall of Fame aufgenommen. Williams, der in Los Angeles aufgewachsen ist, hatte an der UCLA Komposition studiert. Nach seinem Militärdienst in der Air Force kehrt er nach New York zurück, um ein Klavierstudium an der Juilliard School of Music aufzunehmen. Er arbeitet als Jazzpianist, bevor er nach Los Angeles zurückkehrt, um dort seine Karriere in den Filmstudios zu beginnen. Ende der 70er Jahre hatte sich Williams gemeinsam mit anderen Künstlern als Reaktion auf die antihomosexuellen Kampagnen der fundamentalistischen Anita Bryant zu seiner Homosexualität bekannt.

Williams, Tennessee (eigentlich Thomas Lanier Williams)
US-amerikanischer Dramatiker und Schriftsteller
26.3.1911 Columbus/Mississippi – 25.2.1983 New York City

Drei Stücke, in denen seine außergewöhnliche Begabung für analytische Dialoge, die psychologische Sezierung der selbstzerstörerischen Neigungen seiner Figuren und ihre Flucht in

Traumwelten und Lügengespinste am besten zum Einsatz kommen, haben ihn nicht nur zu einem der prominentesten Dramatiker der USA gemacht, sondern seinen weltweiten Ruhm begründet: *The Glass Menagerie* (1945, dt. *Die Glasmenagerie*, für das er den New York Drama Critic's Circle Award erhält), *A Streetcar Named Desire (1947, dt. Endstation Sehnsucht*) und *Cat on a Hot Tin Roof* (dt. *Die Katze auf dem heißen Blechdach*, uraufgeführt 1955 in New York und mit dem Pulitzer-Preis ausgezeichnet). In seinen Dramen verarbeitet Williams kaum verhüllt die eigene Familiengeschichte und seine privaten Krisen: der Alkoholikervater, der sich aus dem Staub gemacht hatte, die tyrannische und bemitleidenswerte Mutter, die seelisch verstörte und verkrüppelte Schwester, die keinen Ehemann findet, und seine Schwierigkeiten, mit der eigenen Homosexualität umzugehen. In *Suddenly Last Summer* (dt. *Plötzlich letzten Sommer,* uraufgeführt 1958 und 1959 mit ☞Montgomery Clift und Elizabeth Taylor verfilmt) ist es der Millionärssohn Sebastian, der in Spanien seiner Leidenschaft für junge Knaben frönt und schließlich aus Rache an der sexuellen Ausbeutung von ihnen zu Tode gehetzt und im wahrsten Sinne des Wortes zerfleischt wird. In *Vieux Carré* (1977) stellt Williams sich selbst als jungen Autor dar. In der Enge einer billigen Pension im französischen Viertel von New Orleans, dem Vieux Carré, erkennt der junge Schriftsteller durch einen schwulen Maler seine eigene Homosexualität. Je älter er wird, desto unbefangener, geradezu mitteilungssüchtig bezüglich seines sexuellen Lebens zeigt sich Williams. In seinen bekenntnishaften *Memoirs* (1972, dt. *Memoiren*) berichtet er vor allem schonungslos über seine Tabletten- und Drogenabhängigkeit und die „glatten, entzückend prallen Hinterbacken" diverser Männer seiner ausgiebig geschilderten sexuellen Eskapaden. Auch in seinem Roman *Moise and the World of Reason* (1975, dt. *Moise und die Welt der Vernunft*) über einen schwulen scheiternden Romancier, der seine beiden Beziehungen Revue passieren lässt, ist vor allem als Dokument einer Selbsttherapie zu lesen. In der *Chronik einer Nacht* fasst Tennessee Williams einen Prozess der homosexuellen Ich-Findung zusammen.
Williams, Sohn eines Handelsreisenden für Schuhe, wird vor allem von seiner puritanischen und alles dominierenden Mutter erzogen. Der Junge ist introvertiert und eigenbrödlerisch. Die Nachbarkinder nennen ihn Sissy, sein Vater ruft ihn Miss Nancy. 1929 beginnt er ein Studium an der University of Missouri, das er jedoch unterbricht, um tagsüber in einer Schuhfabrik zu arbeiten und am Abend seiner literarischen Tätigkeit nachzugehen. Nach einem Nervenzusammenbruch setzt er jedoch

das Studium an der Washington University in St. Louis und an der University of Iowa fort. Er zieht nach New Orleans, ändert seinen Vornamen in Tennessee und beginnt seine Karriere als Dramatiker. 1963 stirbt sein langjähriger Lebensgefährte Frank Merlo. Williams verkraftet den Tod nicht und stürzt in eine tiefe Lebenskrise. Er ist unfähig zu schreiben und verfällt dem Kaffeegenuss, dem Alkohol und Drogen. Nach einem erneuten Nervenzusammenbruch wird er in stationäre psychiatrische Behandlung gegeben. Erst in den 70er Jahren ist er fähig, seine literarische Tätigkeit erneut aufzunehmen. Später bezeichnet Williams diese Trauerjahre als „my stoned age". 1983 wird er tot in seiner Suite im New Yorker Hotel Elyse aufgefunden. Er war am Plastikverschluss einer kindersicher verschlossenen Pillenflasche erstickt, die er mit den Zähnen zu öffnen versucht hatte. Ein bis dahin unbekanntes frühes Theaterstück Williams' gelangt 1997 durch die Anstrengungen der Schauspielerin Vanessa Redgrave an die Öffentlichkeit und soll im Frühjahr 1998 durch den schwulen Musical- und Theaterregisseur Trevor Nunn uraufgeführt werden. *Not about Nightingales*, geschrieben 1938, spielt in einem Männergefängnis und hat z.T. schwule Beziehungen zum Thema. Dies soll auch der Grund sein, weshalb Williams damals weder Verleger noch Theaterdirektoren für das Manuskript begeistern kann. Redgrave ist durch einen Hinweis in einer Williams-Biografie auf die Existenz des Stückes gestoßen und bittet die Freundin und Nachlassverwalterin des Schriftstellers, Maria St. Juste, um Freigabe des Textes. Die inzwischen verstorbene St. Juste überlässt der Schauspielerin das Typoskript und die Aufführungsrechte.

● Lyle Leverich: *Tom – The Unknown Tennessee Williams*, 1996; Bruce Smith: *Costly Performances. Tennessee Williams: The Last Stage*, 1990

Wilms, David

deutscher Schauspieler, Moderator und Redakteur
10.10.1963 Fröndenberg/Westfalen

Als Schauspieler steht er immer wieder vor der Kamera – in Soaps wie *Unter Uns*, *Jede Menge Leben* und *Gute Zeiten – schlechte Zeiten*, als Theo Klages, der zeitweilige Lebensgefährte von Carsten Flöter alias ☞Georg Uecker in *Die Lindenstraße*, als Moderator der Kinder-Gameshow *Super Toy Club* und *Star News* bei SuperRTL –, im gleichen Maße betätigt sich der staatlich geprüfte Erzieher und ausgebildete Schauspieler auch hinter der Kamera, so als Redakteur von Ralph Morgensterns Kaffeeklatsch. In Berlin ist er bis zu dessen Einstellung an der Moderation und Produktion des schwulen TV-Magazins *ANDERSrum* beim lokalen Sender FAB beteiligt; für die Kölner Pro GmbH entwickelt er das Konzept weiter. Daraus ergeben sich 1999 die Sendungen *anders TREND* (RTL) und *ANDERSrum* (WDR). Wilms ist engagierter Tierrechtler und bei der Tierschutzorganisation PeTa aktiv.

Wilson, Robert

US-amerikanischer Theaterregisseur und Designer
4.10.1941 Waco/Texas

Mit seinen rätselhaften, oft surrealen Bilderwelten, die vor allem durch spartanische, akribisch durchgestylte Ausstattung und ausgeklügelte Lichtregie Wirkung erzeugen, hat sich Wilson ab den 70er Jahren als einer der originellsten und wichtigsten Theatermacher dieser Jahrzehnte etabliert. Seine bisweilen monumentalen Bildfolgen verzichten auf die klassische Dramaturgie und unterliegen einer strengen Geometrisierung sowohl der Requisiten als auch der Schauspielerbewegungen. Als entscheidenden Hintergrund für seine Theaterästhetik nennt er seine in der Jugend überwundene Sprachbehinderung sowie seine Auseinandersetzung mit einem damals elfjährigen taubstummen schwarzen Jungen, den er 1968 adoptiert. Nach einem Studium der Innenarchitektur am Pratt Institute in Brooklyn findet 1967 seine erste Soloperformance *Baby Blood* statt, 1969 ist die Uraufführung des vierstündigen Werkes *The Life and Times of Sigmund Freud* in New York. Erster Welterfolg 1970 mit *Deafman Glance*. 1976 entsteht in Zusammenarbeit mit dem Minimal Music-Komponisten Philip Glass die Fünfstunden-Oper *Einstein on the Beach*. 1979 arbeitet er zum ersten Mal mit einem deutschen Theater zusammen: *Death Destruction & Detroit* hat an der Berliner Schaubühne Premiere. Ab 1981 Arbeit an *CIVILwarS*, das 1994 zu den Olympischen Spielen vollständig gezeigt werden soll. Die sechs Teile der Inszenierung sollen zuvor separat u.a. in Frankreich, Japan und den USA inszeniert werden. Das Projekt bleibt jedoch ein Fragment. Die mehr als 12-stündige komplette Vorstellung kommt nicht zustande. 1984 inszeniert er mit der Barockoper *Médée* in Lyon erstmals ein bereits vorliegendes Stück. In den Folgejahren entstehen weltweit Inszenierungen u.a. von Heiner Müllers *Hamletmaschine* und *Quartett*, Puccinis *Madame Butterfly* oder Marguerite Duras' *La Maladie de la Mort*, die er in gleicher Version in anderen Ländern ebenfalls auf die Bühne bringt. Hauptquartier seiner globalen Tätigkeiten ist das 1992 gegründete Watermill Center, untergebracht in einem ehemaligen Forschungslabor der Western Union in Long Island. Für das Hamburger Thalia-Theater kreiert er die Musicals *The Black Rider* (1990, Musik Tom Waits, Texte ☞William S. Burroughs), *Alice* (1992, Musik Tom Waits), *Time Rocker* (1996, Musik ☞Lou Reed), *POEetry* (2000, Musik ebenfalls Lou Reed).

● Stefan Brecht: *The Theatre of Visions*, 1978; Holm Keller: *Robert Wilson*, 1997; Franco Quadrina: *Robert Wilson* 1997; Mihail Moldoveanu: *Komposition, Licht und Farbe in Robert Wilsons neuem Theater*, 2001

Winckelmann, Johann Joachim

deutscher Archäologe, Kunsthistoriker und Autor
9.12.1717 Stendal – 8.6.1768 Trieste

Der aus einfachen Verhältnissen stammende Sohn eines Schusters wird durch seine Schriften über die Kunst der Antike einer der einflussreichsten Autoren für das 18. und 19. Jh. und gilt als Wiederentdecker der griechischen Kunst und damit geistiger Begründer des Klassizismus sowie der klassischen Archäologie. Nach einem Studium der Theologie und einigen Jahren als Dorfpfarrer und Lehrer kommt Winckelmann 1748 nach Dresden, wo er sich als Bibliothekar des Grafen Heinrich von Bürgen ganz dem Studium der Antike widmet. Hier entstehen seine *Gedanken über die Nachahmung der griechischen Werke in der Malerei und Bildhauerkunst* (1755), in denen er die griechische Kunst in ihrer „edlen Einfalt und stillen Größe" als Ausdruck schlichter Menschlichkeit der zeitgenössischen Kunst als Vorbild hinstellt. Nach seinem Übertritt zum Katholizismus geht er 1755 nach Rom, wo er bald zum Vertrauten einflussreicher Kardinäle und schließlich Präsident der päpstlichen Altertümerverwaltung wird. Das Ergebnis seiner Studien in den zahlreichen Antikensammlungen Roms wird sein Hauptwerk, die *Geschichte der Kunst des Altertums* (1764), die erste historische Darstellung der Entwicklung der antiken Kunst. Das Neue an Winckelmanns Beschreibung liegt darin, dass er sich ein Werk nicht nur bei weitem gründlicher ansieht, als andere es getan haben, sondern dass er sich auch bei seinem Anblick an Geschichte, Mythologie und Dichtung gemahnt fühlt. Damit hebt er die Distanz auf, die den Betrachter vom Werk scheidet, und „erlebt" es, statt es bloß zu betrachten. Der „Torso" ist ihm kein Kunstgegenstand mehr, sondern ein beseelter Körper, dessen „Botschaft" er verkündet. Winckelmanns Homosexualität ist unter Zeitgenossen ein offenes Geheimnis und auch Anlass zu Spötteleien. Als der Restaurator Giovanni Battista Casanova eines Tages bei ihm unangemeldet eintritt und ihn bei einer kompromittierenden Szene mit einem halbwüchsigen Jungen überrascht, erklärt Winckelmann, er habe diese für ihn ungewohnte sexuelle Praxis wegen ihres altgriechischen Ursprungs ausprobieren wollen. Seine Schrift *Abhandlung von der Fähigkeit der Empfindung des Schönen in der Kunst, und dem Unterrichte in derselben* (1771), eine Typologie des Kunstliebhabers, widmet er Friedrich Reinhold von Berg, in den er sich 1762 in Rom verliebt hatte. Die Aufgeschlossenheit gegenüber dem Schönen, so Winckelmann, sei vor allem eine Eigenschaft der Jugend. Der Kunstfreund wird meist ein junger Mann sein – aber nicht so jung, dass ihn seine Sinne die weibliche Schönheit der männlichen vorziehen ließen. Am 8. Juni 1768 wird Johann Joachim Winckelmann in einer Pension in Trieste, wo er sich für eine Woche einquartiert hatte, von dem 38-jährigen, bereits vorbestraften Koch Francesco Arcangeli erstochen. Nach seiner Verhaftung erklärt er, der Fremde habe seine Gesellschaft gesucht und nicht genug bekommen können. Wahrscheinlich jedoch hatte ihn Winckelmanns Münzsammlung zu einem Raubmord animiert. Arcangeli wird am 21. Juli 1768 auf der Piazza Grande von Trieste lebend gerädert.

● Wolfgang Leppmann: *Winckelmann. Ein Leben für Apoll*, 1996

Wings, Mary

US-amerikanische Schriftstellerin
1949 Chicago/Illinois

Mit den bisher drei spritzigen Kriminalromanen um ihre kerlige Detektivin Emma Victor hat Wings sich als eine der bekanntesten lesbischen Krimiautorinnen in den USA und Deutschland etabliert. Wings' erster Emma-Victor-Krimi *She Came Too Late* (dt. *Sie kam zu spät*) erscheint 1987 und beschert ihr gleich den englischen Best Novel of the Year Award; der Roman *Divine Victim* wird 1994 mit dem Lambda Literary Award ausgezeichnet. Wings, die auch als Comiczeichnerin und Filmemacherin arbeitet, ist Mitorganisatorin des San Franciscoer lesbischschwulen Filmfestivals Frameline.

Winkler, Josef

österreichischer Schriftsteller
3.3.1953 Kamering/Kärnten

Der gemeinsame Freitod zweier sich liebender Jungen 1976 in seinem Kärntner Heimatdorf wird für Josef Winkler zum Auslöser für seinen ersten Roman *Menschenkind* (1979). Auch er ist ein Außenseiter inmitten dieser archaischen dörflichen Struktur und sieht sich folgerichtig der Verachtung und Isolation ausgesetzt. Immer wieder beschwört er in seinen Romanen grausame und schonungslose Bilder des Todes, der Sexualität und der Gewalt, beschreibt er die Boshaftigkeit des Landlebens und die Verlogenheit der katholischen Kirche. Seine Romane, blasphemisch-wütend, pflegen eine zwanghafte Schreibweise, die litaneihaft und detailversessen mit Vorliebe das schreckliche und elende Bild der Welt ausmalt. In den ersten vier seiner Romane umkreist er immer wieder die Geschichte seines Dorfes. Für *Friedhof der bitteren Orangen* (1990) sammelt er in Süditalien Geschichten vom Tod und in Rom Erfahrungen mit Strichern, Fixern und Pennern. In *Domra* (1996) schildert er wiederum exzessiv die Verbrennungsrituale am Ganges und die Knaben, die dort bei den Scheiterhaufen leben, arbeiten und spielen. Für seine literarischen Arbeiten wird der ehemalige Verwaltungsangestellte bei Molkereien und Verlagen u.a. beim Ingeborg-Bachmann-Wettbewerb (1979) und mit dem Kranichsteiner Literaturpreis (1990) ausgezeichnet.

- *Der Ackermann aus Kärnten*, 1980; *Das Zöglingsheft des* ☞*Jean Genet*, 1994; *Domra. Am Ufer der Ganges*, 1996; *Wenn es soweit ist*, 1998; *Natura morte*, 2001
- Dirk Linck: *Halbweib und Maskenbildner. Subjektivität und schwule Erfahrung im Werk Josef Winklers*, 1993

Winsloe, Christa

deutsche Schriftstellerin
23.12.1888 Darmstadt – 10.6.1944 nahe Cluny/Frankreich

Die Erlebnisse einer Mitschülerin Winsloes in einem Potsdamer Internat sind die Vorlage für das Theaterstück *Gestern und Heute*, das als *Mädchen in Uniform* (1931) verfilmt wird, der erste deutsche Film mit explizit lesbischer Thematik. Winsloe, die einer armen Offiziersfamilie entstammt und die lange Jahre als Bildhauerin tätig ist, verlegt sich nach ihrer Heirat mit dem ungarischen Zuckerbaron Hartvany zunehmend aufs Schreiben. In Wien lernt sie die amerikanische Journalistin ☞Dorothy Thompson, Ehefrau des Schriftstellers und späteren Nobelpreisträgers Sinclair Lewis, kennen, mit der sie nach ihrer Scheidung ab 1933 in Amerika zusammenlebt. 1934 erscheint mit *Das Mädchen Manuela* ihre Romanfassung des Internatsstoffes in einem Exilverlag. Sowohl ihr Stück als auch die Verfilmung sind bereits von den Nazis verboten. 1935 kehrt Winsloe nach Europa zurück und lässt sich gemeinsam mit ihrer neuen Lebensgefährtin Simone Gentet in Südfrankreich nieder, wo sie aktiv im Widerstand gegen das Naziregime arbeitet und einer Reihe von Verfolgten zur Flucht verhilft. Winsloe und Gentet werden 1944 in einem Waldstück bei Cluny unter mysteriösen Umständen erschossen aufgefunden. Der mutmaßliche Mörder wird freigesprochen.

- ‚Claudia Schoppmann: „Christa Winsloe" in: *Im Fluchtgepäck die Sprache. Deutschsprachige Schriftstellerinnen im Exil*, 1995

Winterson, Jeanette

britische Schriftstellerin
27.8.1959 Manchester

1985 erscheint ein autobiografischer Debütroman in einem kleinen britischen Verlag, der vom bigotten Kleinstadtleben in Lancaster, einer Gruppe radikaler Christen und dem Coming-out einer Junglesbe handelt. *Oranges Are Not the Only Fruit* (dt. *Orangen sind nicht die einzige Frucht*, TV-Verfilmung 1990) erhält den begehrten Whitebread-Preis für den besten Erstling der Saison, und die 25-jährige Autorin wird über Nacht zum Star der englischen Literaturszene. Die großen Buchhandelsketten nehmen das Werk in ihr Sortiment auf, und die BBC dreht daraus eine überaus erfolgreiche Fernsehserie. Seither hat sich die Newcomerin, die mit 15 von zu Hause abgehauen war und in Oxford studiert, sich mit einer Reihe Romane und Essays als ernstzunehmende Autorin etabliert. „Permanent in eine Schublade geschoben zu werden tut mir nicht gut. Deshalb sage ich immer: Ich bin eine Schriftstellerin, die lesbisch ist, und keine lesbische Schriftstellerin", sagt Winterson in einem *Advocate*-Interview 1997. Seit 1989 ist sie mit der Professorin Peggy Reynolds zusammen und lebt mit ihr auf dem Land.

- *Boating for Beginners*, 1985; *The Passion*, 1987 (dt. *Verlangen*); *Sexing the Cherry*, 1989; *Written on the Body*, 1992 (dt. *Auf den Körper geschrieben*); *Art and Lies*, 1994; *Art Objects*, 1996; *Gut Symmetries*, 1997 (dt. *Das Schwesternuniversum*, 1997); *The World and Other Places*, 1998 (dt. *In dieser Welt und anderswo*, 2000); *The Powerbook*, 2000
- Christopher Pressler: *So Far So Linear: Reponses to the Work of Jeanette Winterson*, 2000

Wirz, Mario

deutscher Schriftsteller
3.12.1956 Marburg/Lahn

Auch wenn der ausgebildete Schauspieler bis 1992 bereits Lyrikbände in kleineren Verlagen sowie Boulevard- und Kinderstücke geschrieben (und z.T. auch selbst inszeniert) hatte: Seine literarische Anerkennung setzt erst mit seinem „nächtlichen Bericht" *Es ist spät, ich kann nicht atmen* ein, einem autobiografischen Bericht, Analyse des eigenen schwulen Selbsthasses, metapherngeschwängerte Reflexion über die Sozialisation als Homosexueller und die Gegenwart als HIV-Positiver. In den gleichen thematischen Kontext einzuordnen ist sein Lyrikband *Ich rufe die Wölfe* (1993) und die Fortschreibung seiner autobiografischen Prosa, *Biographie eines lebendigen Tages* (1994). Der Umgang mit Aids und die eigene Befindlichkeit als „Berufspositiver" ist auch Thema des Briefwechsels mit ☞Rosa von Praunheim, *Folge dem Fieber und tanze* (1995). Es folgen die Gedichtbände *Das Herz dieser Stunde* (1997) und *Sieben Leben hat die Wochen* (2003) sowie 1999 der Erzählband *Umarmungen am Ende der Nacht*. 1990 Autorenstipendium für Kinder- und Jugendliteratur der Stiftung Preußische Seehandlung; 1991 Arbeitsstipendium des Senats von Berlin, 1991 Förderpreis für Lyrik des P.E.N.-Clubs Liechtenstein, 1993 Stipendium der Kulturförderung Amsterdam. Mario Wirz ist nach eigenen Angaben „seit 20 Jahren in einer Liebesgeschichte – alle, Höllenkapitel! Immer noch den einen liebend und in ihn verliebt, immer wieder."

Wittgenstein, Ludwig
(eigentlich Ludwig Josef Johann Wittgenstein)
österreichischer Philosoph
26.4.1889 Wien – 29.4.1951 Cambridge

Wittgenstein ist einer der bedeutendsten Philosophen des 20. Jhs. – und vielleicht der einflussreichste. Zu seinen Lebzeiten erscheinen nur einige wenige seiner Werke: neben seiner populärsten Veröffentlichung *Tractatus logico-philosophicus* (1921) sein kleines *Wörterbuch für Volksschulen* (1926) und zwei Aufsätze. Seine umfangreichen philosophischen Arbeiten nach dem *Tractatus* zirkulieren zunächst in Manuskriptform und werden erst nach seinem Tod herausgegeben.
Wittgenstein ist das jüngste Kind einer österreichischen Industriellenfamilie. Er wird zunächst zu Hause unterrichtet. Erst in den letzten drei Jahren vor dem Abitur besucht er eine öffentliche Schule. Anschließend studiert er Ingenieurwissenschaft in Berlin und später auch in Manchester. Bei seinen technischen Versuchen (z.B. mit Flugdrachen) stößt er auf Grundlagenprobleme der Mathematik und wendet sich an Bertrand Russell. Dies wird für ihn die entscheidende Berührung mit der Philosophie. Ende 1911 geht Wittgenstein nach Cambridge, um bei Russell Logik und Philosophie zu studieren. Bald hat er den Ruf, einer der brillantesten jungen Philosophen in Cambridge zu sein. Zu seinem dortigen Freundeskreis gehört auch der Ökonom ☞John Maynard Keynes. Wittgensteins Leben ist geprägt durch asketische Selbstkasteiung, indirekte Selbsttötungsversuche, Selbstekel und Selbstbezichtigung und tief sitzende Schuldgefühle. Ursache hiervon sind vor allem seine verdrängten homosexuellen Neigungen, wie sich aus den posthum publizierten so genannten *Geheimen Tagebüchern* (1991) erschließt. Intensive homoerotische Beziehungen hat Wittgenstein u.a. mit Ben Richards und dem Studenten Francis Skinner. Mit letzterem hat Wittgenstein mit großer Wahrscheinlichkeit auch Sex. 1912 bei einer Abendgesellschaft im Hause Russell lernt er den jungen englischen Mathematikstudenten und späteren Juristen David Pinsent kennen. Dieser wird zum engen Freund des einsamkeitssüchtigen Wittgenstein. Mit dem Ausbruch des Ersten Weltkriegs finden sich die Freunde auf entgegengesetzten Seiten der Front. Wittgenstein nimmt als Freiwilliger am Ersten Weltkrieg teil und gerät in italienische Gefangenschaft. Aus ihrem in Briefen und Tagebüchern herbeigesehnten Wiedersehen in der neutralen Schweiz soll nichts werden. Im Juli 1918 kommt Pinsent bei einem Aufklärungsflug ums Leben. Der *Tractatus* ist seinem Andenken gewidmet. 1919 kehrt Wittgenstein nach Wien zurück und ändert sein Leben radikal: Sein Vermögen überlässt er den Geschwistern und wird Volksschullehrer in Niederösterreich. Nach einigen Jahren gibt er den Lehrberuf auf und beschäftigt sich mit Architektur. Anfang 1929 geht Wittgenstein abermals nach Cambridge. Er promoviert mit dem *Tractatus* als Dissertation und lehrt einige Zeit als Research Fellow. Sein Stil ist gänzlich ungewohnt: Er unterrichtet nur sei-

ne eigene Philosophie, sei es Sprachphilosophie, Ästhetik, Philosophie der Psychologie oder der Mathematik. Während dieser Zeit diktiert er seinen Schülern das *Blaue Buch* und das *Braune Buch* (beide 1958). Es folgen Aufenthalte in Norwegen, Irland und ab 1949 in den USA. Wenige Wochen vor seinem Tod durch Krebs beginnt Wittgenstein, an neuen Manuskripten zu arbeiten, den *Bemerkungen über die Farben* (1977) und *Über Gewissheit* (1969).

- Ray Monk: *Wittgenstein. Das Handwerk des Genies*, 1992; William W. Bartley: *Wittgenstein, ein Leben*, 1993; Justus Noll: *Ludwig Wittgenstein und David Pinsent*, 1998

Wittig, Monique

französische Schriftstellerin

13.7.1935 Dannemarie/Haut Rhin – 3.1.2003 Tucson/Arizona

Mit ihrem ersten Roman *L'Opoponax* (1964, dt. *Opoponax*, 1966), von Marguerite Duras als „brillantes Werk" bezeichnet, hat Monique Wittig ein bemerkenswertes Debüt in der französischen Literatur und wird zu den AutorInnen des *nouveau roman* gezählt. Das Buch erhält den Prix Médicis und wird in zahlreiche Sprachen übersetzt. Mit *Les Guérillères* (1969, dt. *Die Verschwörung der Balkis*, 1980) verfolgt Wittig ihren innovativen literarischen Weg weiter. Gleichzeitig ist dieses Buch wichtiger Teil der Geschichte der Frauenbewegung, in der sie von Anfang an engagiert ist. So gehört sie zu den neun Frauen, die 1970 Blumen und Spruchband für die Unbekannte Frau des Unbekannten Soldaten an dessen Grab unter dem Triumphbogen niederlegen. Sie ist 1971 auch am Entstehen der ersten Lesbengruppe in Frankreich, den Gouines Rouges, beteiligt. *Le corps lesbien* (1974, dt. *Aus deinen zehntausend Augen, Sappho*, 1977) und *Brouillion pour un dictionnaire des amantes* (1976, in Zusammenarbeit mit Sande Zeig, dt. *Lesbische Völker*, 1983) werden literarische Schlüsselwerke für Feministinnen und Lesben in der ganzen Welt. Für Wittig ist die Fiktion nicht von der Theorie zu trennen, und die Theorie nicht von der Aktion. Sie ist die erste französische Schriftstellerin, die Lesbianismus in den Mittelpunkt ihres Schreibens und Denkens stellt. In dem Satz „Lesben sind keine Frauen" (*La pensée straight*, 1980) fasst sie zusammen: Der Lesbianismus ist ein Bruch mit dem politischen System der Heterosexualität. Wittig wendet sich in ihrem literarischen Werk wie in ihren theoretischen Analysen gegen jegliche Feminität wie feminines Schreiben und sonstige femininen Strömungen sowie gegen Essentialismus und Naturalismus. Ihre wichtigsten Essays sind in *The Straight Mind* (1992) zusammengefasst und haben maßgebenden Einfluss auf die aktuelle *gender*-Diskussion und Differenztheorie. Zahlreiche Studien über ihre Arbeiten sind in den USA veröffentlicht. Außer Erzählungen, Essays und Hörspielen sind ihr Roman *Virgile, non* (1985) und ihr Theaterstück *Voyage sans fin* (1985) hervorzuheben. *Lambda Book Review* bezeichnet Wittig 1990 als die „meist diskutierte und am wenigsten gelesene" aller lesbischen Autorinnen. Für die lesbische Filmromanze *The Girl* (2000) von Sande Zeig liefert Wittig das Drehbuch. Ab den 70er Jahren lebt Monique Wittig in den USA, wo sie bis zu ihrem Tod an der Universität von Tucson/Arizona als Professorin für Französische Literatur und Feministische Wissenschaften tätig ist.

Wöhler, Gustav Peter

deutscher Schauspieler und Sänger

31.7.1956

Nicht nur für Hamburger Theatergänger ist Gustav Peter Wöhler ein vertrautes Gesicht In Fernsehserien wie *SK Kölsch* (1997-2004), *Alles außer Mord* (1995-1997) oder *Drei mit Herz* (2002), in Fernsehfilmen wie *Die Staatskanzlei* (1989) oder *Das Wunder von Lengede* (2003) und in Kinoproduktionen wie *Der Zimmerspringbrunnen* (2001) oder Doris Dörries Filmen *Bin ich schön?* (1998) und *Erleuchtung garantiert* (1999) etabliert sich Wöhler als ein viel beschäftigter Darsteller. Der in Bielefeld aufgewachsene und in Hamburg lebende Schauspieler erhält seine Ausbildung an der Westfälischen Schauspielschule Bochum, und wird Ensemblemitglied u.a. am Schauspielhaus Bochum, Schauspielhaus Hamburg und an den Münchener Kammerspielen. Ende der 90er Jahre ist der Schauspieler Gustav Peter Wöhler zudem aber auch zu seinen Wurzeln zurückgekehrt: als Sänger mit eigener Band und Lieblingsliedern aus Pop, Rock, Blues und Soul. „Ich hab kein Problem damit, dass die Leute wissen, dass ich schwul bin oder dass ich schon mal im Darkroom war. Es ist für mich deshalb auch nichts Besonderes. Ich bin jemand, der gerne mit der Türe ins Haus fällt. Ich sage lieber gleich, wo der Hase langläuft, als dass irgendwann mal jemand kommt und sagt ‚Ich habe aber gehört, dass Sie dies und das machen…'"

- weitere Filme (Auswahl): *The Long Hello and Short Goodbye*, 1998; *Absolute Giganten*, 1999; *Invincible*, 2001; *Tattoo*, 2002

Wohlbrück, Adolf

österreichischer Schauspieler

19.11.1896 Wien – 9.8.1967 Garatshausen/Starnberger See

Sohn des Hamburger Zirkusclowns Adolf II. Wohlbrück. Besuch einer Klosterschule bei Wien, Gymnasium in Berlin, danach Schauspielschule bei Max Reinhardt. Erstes Engagement am Deutschen Theater Berlin. Im Ersten Weltkrieg gerät er als Leutnant in französische Gefangenschaft. Nach Kriegsende Fortsetzung der Theaterkarriere in München, Dresden, Düsseldorf und ab 1930 in Berlin. Filmdebüt 1915 in Richard Löwenbeins *Marionetten*. Ab 1931 Filmkarriere: als Johann Strauß in *Walzerkrieg*

(1933), als „begehrtester Junggeselle Londons" in *Viktor und Viktoria* von Reinhard Schünzel, 1934 in *Maskerade* von Willi Forst. Wahrscheinlich wegen seiner jüdischen Abstammung 1936 Emigration über Frankreich und die USA nach England. Ab 1947 britischer Staatsbürger. Unterstützt im Exil jüdische Schauspieler und ihre Familien in Deutschland. Er filmt nun unter dem Namen Anton Walbrook. Erster britischer Film: *Victoria the Great* (1937). Es folgen u.a. *The Red Shoes* (1948), *L'affaire Maurizius* (1953/54), *Lola Montès* (1955) und *Saint Joan* (1957). Im deutschen Nachkriegsfilm ist Wohlbrück kaum mehr auf der Leinwand zu sehen. Ab 1951 Theatergastspiele in der Bundesrepublik, zunächst bei ☞Gustaf Gründgens am Düsseldorfer Schauspielhaus. 1967 Filmband in Gold für langjähriges und hervorragendes Wirken im deutschen Film. Mit Beginn des Tonfilms und nachdem er durch einen dünnen Oberlippenbart (angeblich die Idee eines Produzenten) sich optisch zum weltgewandten Dandy entwickelt hatte, ist Wohlbrück einer der größten Frauenschwärme des deutschen Films. Nach seinem Tode bemühen sich die Erben, alle Hinweise auf seine Homosexualität zu vernichten. Einer seiner zeitweiligen Liebhaber ist der Berliner Schauspieler Kurt von Ruffin (1901-1996).

de Wolfe, Elsie

US-amerikanische Innenarchitektin
20.12.1865 New York City – 12.7.1950 Paris

Um die Jahrhundertwende beginnt die ehemalige Schauspielerin sich als Avantgarde-Innenausstatterin einen Namen zu machen. Betuchte Prominenz aus New York, Palm Beach, Cannes und Nizza zählt zu ihrer stetig wachsenden Kundschaft. De Wolfe, die von 1897 an mehr als zwanzig Jahre lang mit der Theateragentin ☞Bessie Marbury zusammenlebt, rauschende Feste gibt und aktiv in der Suffragettenbewegung mitarbeitet, versetzt 1926 die internationale High Society in höchstes Erstaunen, als sie sich durch eine überraschende Heirat zur Lady Mendl macht. Mit ihrem alternden Ehemann und ihrer neuen Geliebten zieht sie nach Los Angeles, wo sie die Villen der Neureichen Hollywoods verschönert, 1943 nach New York, um dort als Redakteurin einer Propagandazeitschrift zu arbeiten. Als Lady Mendl versucht de Wolfe erfolglos, ihre Homosexualität zu vertuschen. Ihre dummdreiste Frage auf einer Party: „Was ist eine Lesbe? Kann mir irgend jemand erklären, was sie tut?" sorgt 1926 in New Yorker Filmkreisen für große Heiterkeit.

Wolff (eigentlich Holger Zill)

deutscher Pornodarsteller
6.7.1968 Düsseldorf

Während seiner Schulzeit macht er erste Erfahrungen als Fotomodell bei Modeproduktionen; 1986 zieht er nach Berlin und schlägt sich mit Gelegenheitsjobs durch. Der Versuch, einen Studienplatz an der Hochschule der Künste zu ergattern, scheitert. Um den Aids-Tod eines Freundes zu verarbeiten, geht Holger Zill für einige Monate nach New York. 1992 entschließt er sich, für längere Zeit in den USA zu bleiben, und landet recht bald in der Pornometropole Los Angeles. Vom Anstreicher und Lackierer für die Villen der Hollywoodstars führt sein Weg direkt zur Sexindustrie. Innerhalb weniger Jahre wird er dort unter dem Namen Wolff zu einem der wenigen deutschen Pornostars, die zu diesem Zeitpunkt Karriere machen, und spielt in mehr als 50 Videos mit. Er dreht u.a. mit Chi Chi LaRue (*Seeds of Love*, 1994; *Boot Black*, 1994), mit John Rutherford (*Working Stiff*, 1994; *The Big Score*, 1995) sowie in *The Wild Ones* (1994) unter der Regie von Durk Dehner, seinem zeitweiligen Lebenspartner. 1996 wird Wolff, der ohne Aufenthaltsgenehmigung in den USA lebt, von den US-Behörden festgenommen und in die Bundesrepublik abgeschoben. 1998 erscheint seine erfolgreiche Autobiografie *Wolff – Ein Pornostar packt aus*, 1999 der Fotoband *Wolff*, für den fünf Fotografinnen und Fotografen ihn porträtieren. 2001 erscheint sein Romandebüt *Die Verführung von Engeln* über die Beziehung zweier Callboys in Amsterdam.

Wolff, Charlotte

deutsche Ärztin und Psychologin
30.9.1897 Riesenburg/Westpreußen – 12.9.1986 London

Wolff, das weibliche Pendant zu ☞Magnus Hirschfeld, schafft mit ihren Publikationen, vor allem *Love Between Women* (1971, dt. *Psychologie der lesbischen Liebe*) und *Bisexuality* (1977, dt. Bisexualität) bedeutende Standardwerke der psychologischen Literatur. Nach ihrer in Danzig verbrachten Schulzeit studiert die Tochter jüdischer Eltern zunächst in Freiburg, dann in Berlin Medizin. Dort lernt Wolff, die zeitlebens lesbische Liebesbeziehungen hat, ihre erste Freundin kennen. Nach Abschluss des Studiums ist sie mehrere Jahre als Schwangerenfürsorgerin im Auftrag der Krankenkasse tätig, bevor das zunehmend antisemitische Klima sie 1933 dazu zwingt, Deutschland zu verlassen. Nach einem vorübergehenden Aufenthalt in Paris siedelt

Wolff 1936 nach London über, wo sie die Kunst der psychologischen Handanalyse, die sie in Paris erlernt hatte, perfektioniert und zu ihrem Beruf macht. Ihre Studie, in der sie die Hände von Affen mit denen von Menschen vergleicht, erregt Aufsehen und bringt ihr die Ehrenmitgliedschaft in der „British Psychological Society" ein. Erst 1950 wird ihre deutsche Ärztinnenausbildung anerkannt, zeitgleich erscheint Wolffs erstes psychologisches Hauptwerk: *The Hand in Psychological Analysis* (dt. *Die Hand in der Psychoanalyse*). Durch ihre ein Jahr später eröffnete Arztpraxis endlich finanziell abgesichert, widmet Wolff sich mehr und mehr der psychologischen Erforschung von Bi- und weiblicher Homosexualität. Bis zu ihrem Tod entstehen zahlreiche weitere Publikationen, u.a. der autobiografische Lesbenroman *An Older Love* (1976, dt. *Flickwerk*) und die Autobiografie *Hindsight* (1980, dt. *Augenblicke verändern uns mehr als die Zeit*). Kurz vor ihrem Tod stellt sie ihre große Biografie des Sexualreformers Magnus Hirschfeld fertig.

Wollstonecraft, Mary

britische Schriftstellerin, Feministin und Pädagogin
27.4.1759 London – 10.9.1797 ebd.

Mit 16 lernt Mary Wollstonecraft die Frau ihres Lebens kennen – Fanny Blood. Eine intensive Liebe verbindet die beiden, gemeinsam eröffnen sie eine Privatschule – bis Fanny 1784 heiratet und ein Jahr später bei der Geburt ihres ersten Kindes stirbt. Wollstonecraft stürzt sich nach diesem Schicksalsschlag in die politische Arbeit, vorrangig den Kampf um die Gleichberechtigung der Frau. Ihre Streitschrift *Thoughts on the Education of Daughters* (1787) verschafft ihr Einlass in den erlauchten Kreis radikaler Vordenker wie dem amerikanischen Revolutionär Thomas Paine und dem Philosophen William Godwin. Ihre feministische Antwort auf die französische Revolution, *A Vindication of the Rights of Women*, zählt zu den grundlegenden Werken in der Geschichte der Frauenrechte. 1792 geht Wollstonecraft als Revolutionsbeobachterin nach Paris, wo sie ihre aus der Affäre mit dem amerikanischen Geschäftsmann Gilbert Imlay stammende erste Tochter Fanny (!) zur Welt bringt und vom Kindesvater sitzengelassen wird. Aus Verzweifelung unternimmt sie zwei Selbsttötungsversuche. Nach ihrer Rückkehr nach London heiratet sie 1797 den Philosophen und Schriftsteller William Godwin. Wollstonecraft stirbt kurz nach der Geburt ihrer zweiten Tochter Mary an Kindbettfieber. Diese Tochter wird später als Mary Shelley, Verfasserin des Romans *Frankenstein*, weltberühmt.

Wood, Thelma

US-amerikanische Bildhauerin und Silverpoint-Künstlerin
3.7.1901 St. Louis/Missouri – 10.12.1970 Connecticut

Als Tochter einer wohlhabenden Familie zieht Wood nach einem abgebrochenen Studium an der Washingtoner Universität nach Paris, wo sie sich nach und nach von der Bildhauerei ab- und der Silverpointkunst zuwendet. Wenngleich sich ihre Zeichnungen, die hauptsächlich Tier- und Pflanzenmotive zum Gegenstand haben, sehr gut verkaufen, bleibt die künstlerische Anerkennung aus. Nach einer leidenschaftlichen und zermürbenden Beziehung mit der Schriftstellerin ☞Djuna Barnes, die sie Anfang der 20er Jahre kennen gelernt hatte, lebt Wood von 1927 bis 1930 wieder in New York und danach in Connecticut, wo sie zwei jeweils Jahrzehnte überdauernde Frauenbeziehungen hat. Wood stirbt nach langem Leiden an Rückenmarkkrebs. In ihrem Kultroman *Nightwood* (1936, dt. *Nachtgewächs*) verarbeitet Djuna Barnes ihre quälende Liebesbeziehung mit Thelma Wood und die daran anschließende schmerzhafte Trennung.

Woolf, Virginia

britische Schriftstellerin
25.1.1882 London – 28.3.1941 Lewes/Sussex

Woolf entstammt einer wohlhabenden intellektuellen Familie und genießt eine typisch viktorianische Kindheit. Ihr Vater Leslie Stephans ist selbst Agnostiker und bringt seinen Kindern bei, unabhängig zu sein. Virginia verbringt den Großteil ihrer Kindheit in der großen Bibliothek ihres Vaters. Nach dem Tod ihrer Mutter 1885 zieht sie sich noch mehr zurück. Virginia erleidet einen Nervenzusammenbruch, als der Vater 1904 stirbt, von dem sie sich nur langsam erholt. Nach ihrer Genesung zieht sie mit ihren Geschwistern Vanessa, Toby und Adrian aus der wohlhabenden Gegend Kensington in das ärmere Viertel Bloomsbury. Auch die offizielle Literaturgeschichte kann nicht umhin, Woolfs ausgeprägte Hinwendung zum eigenen Geschlecht zur Kenntnis zu nehmen. Unter der in Nachschlagewerken gern verwendeten Umschreibung „Frauenfreundschaften" verbirgt sich jedoch eine ganze Anzahl von intensiven, jedoch platonischen Liebesbeziehungen der hochangesehenen Autorin, etwa zu Madge Vaughn, Violet Dickinson, Katherine Mansfield und Ethel Smyth, wie Woolfs umfangreiche Briefe und Tagebücher bezeugen. Sie hat, wie sie es selbst ausdrückt, eine snobistische Schwäche für die Damen der Aristokratie und liebt Reisen, Partys und Klatsch. Als Mitbegründerin des Verlages Hogarth Press gehört Woolf zusammen mit den schwulen Schriftstellern Lytton Strachey und ☞E.M. Forster der legendären Bloomsbury Group an. Mit ihrer revolutionären Technik, innere Monologe, Träume und Erinnerungen parallel zum zeitlichen Geschehen darzustellen, wird Woolf weit über englische Literaturkreise hinaus bekannt (*To the Lighthouse*, 1927, dt. *Die Fahrt zum Leuchtturm*; *Mrs. Dalloway*, 1925, dt. *Eine Frau von fünfzig Jahren*, verfilmt 1997 von der lesbischen Regisseurin ☞Marleen Gorris). Woolfs wahrscheinlich populärstes Werk *Orlando* (1928) stellt ein verschlüsseltes Porträt ihrer adeligen Geliebten, der Schriftstellerin ☞Vita Sackville-West, dar. Mit ihr hatte sie vermutliche die einzigen sexuellen Erfahrungen mit einer Frau. Ihre latente Furcht, geisteskrank zu werden, treibt Woolf im Alter von 59 Jahren zum Selbstmord. Am 28. März 1941 füllt sie sich die Taschen mit Steinen, läuft in den Fluss Ouse hinein und ertrinkt. Erst drei Wochen später wird ihre Leiche viele Kilometer flussabwärts ans Ufer gespült.

- *The Voyage Out*, 1915; *Night and Day*, 1919; *A Room of One's Own*, 1929; *The Waves*, 1931
- Joan Russel Noble (Hg.): *Erinnerungen an Virginia Woolf*; Quentin Bell: *Virginia Woolf. Eine Biographie*, 1982; Hermione Lee: *Virginia Woolf. Ein Leben*, 1999; Quentin Bell: *Virginia Woolf. Eine Biografie*, 2000; Susanne Amrain: *So geheim und vertraut. Virginia Woolf und Vita Sackville-West*, 2001

Wowereit, Klaus

Berliner Politiker und Regierender Bürgermeister
1.10.1953 Berlin

Wowereit ist das fünfte und jüngste Kind einer Berliner Putzfrau und der einzige aus seiner Familie, der es zu Abitur und Studium bringt. Nach seinem Jurastudium wird er 1979 Bezirksverordneter in Berlin-Tempelhof, später Regierungsrat zur Anstellung beim Berliner Senator für Inneres sowie Bildungsstadtrat (1984-1995). Mit 31 Jahren ist er damit der seinerzeit jüngste Dezernent in Berlin. Gleichzeitig beginnt Wowereit eine Karriere innerhalb der SPD. Er wird 1981 Fraktionsvorsitzender der SPD Tempelhof. Im Juni 2001 kündigt die Berliner SPD die Koalition mit der CDU auf, und der Fraktionsvorsitzende der Sozialdemokraten Klaus Wowereit wird am 6. Juni bei einer Parteiversammlung zum Kandidaten für das Amt des Regierenden Bürgermeisters bestimmt. In seiner Rede informiert Wowereit mit dem Satz „Ich bin schwul, und das ist auch gut so" die Parteigenossen über seine Homosexualität. „Die Tragweite dieser Worte ist mir erst nach der gelungenen Wahl bewusst geworden. Konservative Kreise behaupteten, das sei ein PR-Gag meiner Partei – eine völlig abstruse Auslegung. Ich habe mich vorher nie speziell um die Emanzipation von Schwulen gekümmert. Ich bin eigentlich ein Finanzspezialist." Als Regierender Bürgermeister des nunmehr SPD-PDS-regierten Berlins ist er damit der erste schwule Spitzenpolitiker Deutschlands und damit schlagartig auch über Deutschlands Grenzen hinaus berühmt. Er ist nach seinem Pariser Amtskollegen ☞Bertrand Delanoë der zweite offen schwule Bürgermeister einer europäischen Hauptstadt. Anders als Delanoë aber lebt der Hobbykoch, Puccini- und *Lindenstraßen*-Fan Wowereit seine Homosexualität sehr offen, äußert sich in Interviews zu homosexuellen Fragen, besucht lesbisch-schwule Festivitäten wie beispielsweise den CSD und tritt bei öffentlichen und offiziellen Anlässen gemeinsam mit seinem Lebensgefährten, dem Arzt Jörg Kubicki, auf.

Wuornos, Aileen

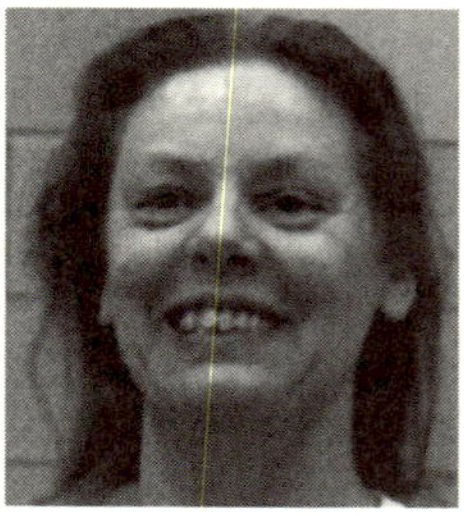

US-amerikanische Prostituierte und Serienmörderin
29.2.1956 – 9.10.2002 Florida State Prison/Raiford

Zwischen Dezember 1989 und November 1990 werden in Florida die Leichen von sechs Männern gefunden. Sie wurden ausgeraubt, erschossen und anschließend entlang des Highway I-95 in den Wäldern versteckt. Der Täter hatte sich dabei keine Mühe gemacht, die Spuren zu verwischen. Im Januar 1991 wird die Prostituierte Aileen Wuornos zusammen mit ihrer Freundin Tyra J. Moore als mutmaßliche Täterin festgenommen. In den Verhören gibt sie die Taten zu, behauptet aber, stets aus Notwehr gehandelt zu haben, da die Männer sie hätten vergewaltigen wollen. Sechs Tötungen aus Notwehr innerhalb weniger Monate sind den Geschworenen allerdings nur schwer glaubhaft zu machen. Das rüde Verhalten während der Verhandlungen, ihre Vorstrafen wegen Tätlichkeiten, Raubüberfällen und Scheckbetrugs sowie ihre freimütigen Offenbarungen zu ihrem lesbischen Leben bringen Aileen Wuornos bei den Geschworenen zudem nicht unbedingt Wohlwollen ein. Bei dem spektakulären Prozess zum ersten Mord wird sie zum Tode verurteilt. In der Öffentlichkeit erhält Wuornos den Namen „Monster". Der Vertreter der Anklage beschreibt Wuornos vom ersten Verhandlungstag an als „lesbische, mörderische Rächerin", die Beschuldigte habe „wie eine Spinne an der Straße auf ihre Opfer gelauert – Männer". Dass ihr Opfer Richard Mallony bereits wegen brutaler Vergewaltigung im Gefängnis gesessen hatte, wird beim Prozess bewusst verschwiegen – ebenso Untersuchungsergebnisse einer amerikanischen Studie, nach denen Prostituierte durchschnittlich 33 Mal pro Jahr vergewaltigt werden. Dass Wuornos, die im Alter von 14 nach fortgesetztem Missbrauch durch ihren eigenen Großvater schwanger geworden war, psychisch krank ist, kommt ebenfalls nicht zur Sprache. Das Video ihrer ersten polizeilichen Vernehmungen wird den Geschworenen in einer extrem gekürzten Fassung vorgespielt. Jede Erwähnung der Notwehrsituationen war herausgeschnitten worden, so dass die Geschworenen bei der Hauptverhandlung den Eindruck haben müssen, dass Wuornos sich das Motiv erst im Nachhinein ausgedacht habe. 2001 verzichtet Aileen Wuornos auf weitere Berufungen, bekennt sich schuldig im Sinne der Anklage, gibt einen weiteren Mord zu und verlangt für sich die Todesstrafe. Von Anfang an haben Sachverständige starke Zweifel an ihrer Zurechnungsfähigkeit. Die Bischöfe von Florida fordern den Gouverneur auf, die Todesstrafe in lebenslange Haft umzuwandeln. Doch dieser, John Ellis Bush, Bruder von Präsident George W. Bush, ordnet die Hinrichtung durch eine Giftspritze an. Kurz vor ihrer Hinrichtung wird sie 15 Minuten von einem Psychiater untersucht, der zu dem Schluss kommt, dass sie gesund genug sei, um zu sterben. Wuornos' letzte Worte lauten, dass sie nun zu Jesus gehe, „am 6. Juni wie im Film *Independence Day* mit dem großen Mutterschiff und allem Drum und Dran", aber wieder zurückkommen werde. Die Geschichte von Amerikas prominentester Serienmörderin wird mehrfach Thema eines Films, u.a. der Dokumentationen *Aileen Wuornos: The Selling of a Serial Killer* (1992, Regie Nick Broomfield) und *Overkill – The Aileen Wuornos Story* (1992, Regie Peter Levin). Patty Jenkins dreht mit *Monster* (2003) und Charlize Theron in der Hauptrolle einen Spielfilm über Wuornos Leben. 2001 wird die Oper *Wuornos* von der lesbischen Komponistin Carla Lucera in San Francisco uraufgeführt.

Wust, Lilly
deutsche Hausfrau
1.11.1914 Berlin

Der 21.8.1944 ist der schrecklichste Tag in ihrem Leben. An diesem Tag wird ihre große Liebe von der Gestapo abgeholt und ins KZ gebracht. Die große Liebe heißt Felice Schragenheim, genannt Jaguar, ist 23 Jahre alt und Jüdin. Und die Frau, die hilflos zusehen muss, wie sie verschleppt wird, heißt Lilly Wust, ist 31 Jahre alt, verheiratet mit einem antisemitischen Bankangestellten und Mutter von vier Kindern. Aimée, so ihr Spitzname, und Jaguar lernen sich 1942 in einem Berliner Ku'damm-Café kennen, und es ist Liebe auf den ersten Blick. Vier Monate später zieht Felice bei Lilly ein, die sich kurz darauf von ihrem Mann scheiden lässt. Nur etwas mehr als ein Jahr währt das gemeinsame Leben der beiden Frauen, aber die Liebe ist nicht zu Ende, als Felice verschleppt wird – zahlreiche Briefe, die Felice nie erreichen, zeugen davon. Wust, die als Mutterkreuzträgerin von Strafe verschont wird, forscht lange Zeit nach Jaguars Aufenthaltsort, die vermutlich auf einem Fußmarsch vom KZ Groß-Rosen nach Bergen-Belsen umkommt. 1981 erhält sie das Bundesverdienstkreuz, weil sie außer Felice noch drei weitere Jüdinnen bis zum Ende des Krieges in ihrer Wohnung versteckt gehalten hatte. Die Geschichte dieser außergewöhnlichen Liebe erscheint 1994 als erfolgreicher Roman und wird 1997 in Berlin mit Maria Schrader und Juliane Köhler in den Hauptrollen verfilmt. 1999 wird Lilly Wust von der Gedenkstätte Yad Vashem in Jerusalem mit dem Ehrentitel „Gerechte unter den Völkern" ausgezeichnet.

● Erica Fischer: *Aimée und Jaguar*, 1994

Y

Young, Will (eigentlich William Robert Young)

britischer Popsänger
20.1.1979 Hungerford

Als sich seine Debütsingle *Anything Is Possible* in Großbritannien 2002 in der ersten Woche 1,2 Millionen Mal verkauft, bricht er den seit 1984 von der Gruppe *Band Aid* (*Do They Know It's Christmas*) gehaltenen Rekord für die meistverkaufte Single Großbritanniens. In Folge landet er drei Nummer-Eins-Hits in den UK-Charts. Young, der einen Zwillingsbruder hat, wird als Gewinner der britischen TV-Casting-Show *Pop Idol* innerhalb weniger Wochen zum Star (zweiter im Wettbewerb wurde Gareth Gates). Dabei hatte Young bereits schon einmal einen ähnlichen Wettbewerb gewonnen, allerdings ohne den erhofften Erfolg. Als Student der politischen Wissenschaften in Exeter, der seine Zeit aber lieber mit Leichtathletik und Musikmachen statt Studieren verbringt, bewirbt er sich bei einem Talentwettbewerb des TV-Senders *ITV* und gewinnt einen Platz in einer Boyband. Das Projekt scheitert aber. Mit seinem ersten Album *From Now on* (2002) kann sich Will Young auch in anderen europäischen Ländern in den Charts behaupten. 2003 folgt das Album *Friday's Child*. Während der Wochen des öffentlichen Castings für *Pop Idol* hatte sich Young nicht zu seiner Homosexualität geäußert. Erst nach dem Sieg, offensichtlich aufgrund eines angekündigten Outings durch die Medien und ehemalige Geliebte, sieht er sich zu einer Erklärung genötigt: „Mein Coming-out ist keine große Sache, nur ein Teil meiner selbst. Für mich ist es normal und kein Grund, sich zu schämen. Ich bin sicher, das überrascht die wenigsten, auch wenn ich mich immer um Diskretion bemüht habe."

● *On Camera, Off Duty* (Fotoband), 2003

Yourcenar, Marguerite
(eigentlich Marguerite de Crayencourt)

französische Schriftstellerin
8.6.1903 Brüssel – 18.12.1987 Mount Desert Island/Maine

In großbürgerlichen Verhältnissen aufgewachsen, genießt Yourcenar, deren Mutter bei ihrer Geburt gestorben war, eine

klassische Erziehung und unternimmt in der Obhut ihres Vaters bereits als Kind ausgedehnte Reisen durch die ganze Welt. In den 30er Jahren pendelt sie zwischen Paris und Griechenland; in dieser Zeit veröffentlicht sie neun Bücher, die ihr einige Anerkennung einbringen. 1937 lernt sie ihre große Liebe, die US-amerikanische Übersetzerin ☞Grace Frick kennen. Yourcenar folgt Frick nach New York und Connecticut, bis die beiden Frauen sich 1949 schließlich auf Mount Desert Island in Maine in einem Bauernhaus niederlassen. Yourcenar, die während des Zweiten Weltkrieges in New York französische Literatur unterrichtet, gelingt der literarische Durchbruch 1951 mit *Memoires d'Hadrian* (dt. *Ich zähmte die Wölfin*), einer fiktiven Biografie des ☞Kaisers Hadrian, an dessen Übersetzung ihre Lebensgefährtin mehr als zehn Jahre arbeitet. Der Roman *L'Oeuvre au Noir* (1967, dt. *Die schwarze Flamme*) um den Renaissance-Helden Zenon wird von der 68er Generation trotz seines hochliterarischen Stils zum Kultbuch erkoren. 1980, ein Jahr nach dem Krebstod Fricks, wird Yourcenar als erstes weibliches Mitglied in die altehrwürdige „Académie francaise" aufgenommen. In ihrer Autobiografie *Le labyrinthe du monde* (1974-1988, 3 Bd., dt. *Gedenkbilder, Lebensquellen* und *Was ist die Ewigkeit*) setzt die sensible Schriftstellerin sich akribisch mit den historischen und sozialen Bedingungen der eigenen Familiengeschichte und ihren homosexuellen Familienmitgliedern auseinander. Auch *Alexis ou le Traité du vain combat* (1929, dt. *Alexis oder der vergebliche Kampf*) und der von Volker Schlöndorff verfilmte Roman *Le Coup de Grâce* (1939, *Der Fangschuß*, 1968) haben eine homosexuelle Thematik.

- *Orientalische Erzählungen*, 1964; *Die schwarze Flamme*, 1969; *Mishima oder Die Vision der Leere*, 1985; *Eine Münze in neun Händen*, 1987
- Josyane Savigneau: *Marguerite Yourcenar. Die Erfingung eines Lebens*, 1990

Z

Zabel, Ades

deutscher Schauspieler und Entertainer
26.9.1963 Berlin-Spandau

Bereits zur Schulzeit entstehen schräge Super8-Spielfilme, die thematisch schon alles vorwegnehmen, was ab Ende der 80er Jahre in den aufwändigeren 16mm-Filmen und insbesondere den Bühnenshows zu Leitmotiven wird: der gewöhnliche Trash des Alltags, ob beim Fernsehen, in der Mode oder in der Musik, der ironisch-böse, aber auch zugleich liebevolle Blick auf die kleinbürgerliche und proletarische Welt. 1980 entsteht der 35minütige *Sinnfilm* (u.a. mit Ogar Grafe und Robert Schneider), der auch zur Geburtsstunde der Teufelsberg Film Produktion wird. Als Vorbild für die Namensgebung fungiert Paramount Pictures in Hollywood. In den folgenden zehn Jahren entstehen 14 weitere Filme, u.a. *Edith Schröder – eine deutsche Hausfrau* (1981), *Zyklopenuschi* (1984) und drei Folgen von *Drei Drachen vom Grill*, eine Persiflage der ARD-Vorabendserie *Drei Damen vom Grill*, u.a. mit Thomas Goerke, Achim Staudte und ☞Thomas Jonigk. 1987 startet mit *Grabe mal nach Rosenthal* eine neue Ära der Teufelsberg Produktion: Stark von Improvisation, Live- und Playback-Musiknummern und derb-klamaukigem Humor getragene Bühnenshows, u.a. *Transen im Transit über'n Transit*, 1988 und die Kaufhaus-Show *Langer Samstag oder 389 bitte Hörer auflegen ...*, in der Zabel seine Erfahrungen als Auszubildender im Kaufhaus des Westens verarbeitet. Ab 1992 entstehen insgesamt neun Folgen von *Edith & Hotte*, eine Hommage an das proletarische Leben im Berliner Bezirk Neukölln. Der am 5.1.2000 verstorbene Olaf Wriedt (alias Hotte) ist im Stück wie im Leben der Lebensgefährte Zabels (alias Edith). In *Ades Zabel – Ich bin euch allen ja so dankbar* (1995) zieht der inzwischen auch als Soloentertainer und Moderator wirkende Zabel eine Zwischenbilanz seines künstlerischen Wirkens. Seit 1999 ist Ades Zabel verstärkt auch als DJ tätig. 2003 ist er Hauptdarsteller und Co-Autor der Tunten-Trash-Produktion *Mutti – Der Film*.

Ziegler, Alexander

Schweizer Schriftsteller
8.3.1944 Zürich – 11.8.1987 ebd.

Besuch des Max-Reinhardt-Seminars in Wien, erste Engagements an bundesdeutschen und Schweizer Bühnen. Schauspielerischer Durchbruch 1964 mit der Rolle des Moritz Stiefel in Frank Wedekinds *Frühlings Erwachen* in Wien und mit der Hauptrolle in der US-amerikanischen TV-Serie *Boys and Girls*. Wegen „Verführung eines Minderjährigen" sitzt der Schauspieler zweieinhalb Jahre im Gefängnis. Seine Erfahrungen verarbeitet er zu engagierten Plädoyers für einen menschlicheren Strafvollzug und Umgang in der Psychiatrie sowie gegen die Diskriminierung Homosexueller u.a. in seinen Theaterstücken *Zel-*

lengeflüster (1970) und *Happy-end* (1971), die in kurzer Folge von mehr als 20 Theatern im deutschsprachigen Raum inszeniert werden, und in *Labyrinth – Report eines Außenseiters* (1970) und dem autobiografischen Roman *Die Konsequenz* (1974). Die TV-Ausstrahlung 1973 der Verfilmung durch Wolfgang Petersen führt zu einem Skandal: Der Bayerische Rundfunk schaltet sich aus dem ARD-Programm aus und zeigt dafür einen Heimatfilm. Die Reaktionen zu Buch und Film dokumentieren Wolfgang Petersen und Ulrich Greiwe in *Die Resonanz* (1978). Seine weiteren Romane mit homosexuellen Themen (*Eines Mannes Liebe*, 1980 und *Die Zärtlichen*, 1982) sind jedoch längst nicht mehr so erfolgreich und zeichnen sich vor allem durch sprachliche Trivialität und vordergründige, moralisierende Aufklärung aus. Zehn Jahre lang leitet er als Chefredakteur das deutsche Schwulenmagazin *Du & Ich*. In der Affäre um den der Homosexualität bezichtigten Bundeswehrgeneral Wolfgang Kießling 1984 versucht Ziegler mit einem angeblichen Tonband-Interview mit einem Stricher noch einmal Aufsehen zu erregen. In seinem letzten Buch *Ich bekenne* entschuldigt er sich für diesen Vorfall. Ziegler stirbt durch eine vermutlich absichtliche Überdosis an Tabletten im Zürcher Kammertheater Stok, wo er die Hauptrolle in seinem wenig erfolgreichen Stück *Kokain* spielt.

Zimmer Bradley, Marion

US-amerikanische Schriftstellerin

3.6.1930 Albany/New York – 25.9.99 Berkeley/Kalifornien

Begonnen hat Zimmer Bradley, eine der produktivsten Autorinnen unserer Zeit, mit Science-Fiction-Romanen über den Planeten Darkover – u.a. *Darkover Landfall* (1972, dt. *Landung auf Darkover*) –, einer Serie, die bis heute mehr als 30 Werke umfasst. Mit *The Mists of Avalon* (1982, dt. *Die Nebel von Avalon*) gelingt ihr der Sprung in die Belletristik-Bestsellerlisten, in denen sich das Buch über mehrere Jahre hinweg hält. Zimmer Bradleys Werk, das z.T. unter männlichem Pseudonym veröffentlicht wird, umfasst neben Fantasy- und Science-Fiction-Romanen auch zahlreiche Kurzgeschichten, Liebesromane – darunter einige, die explizit von Lesben handeln (*I Am a Lesbian*, 1962; *No Adam for Eve*, 1966) –, Sachbücher und Mainstreamliteratur wie *The Catch Trap* (1979, dt. *Trapez*), ein Roman über eine homosexuelle Beziehung im Artistenmilieu. Zimmer Bradleys großer Erfolg erklärt sich teilweise auch daraus, dass sie in ihrer Arbeit immer wieder herausragende Frauengestalten porträtiert und utopische Modelle für unkonventionelle Gesellschaftsstrukturen und Geschlechterrollen inszeniert; so sind z.B. in den Darkover-Werken lesbische Hochzeiten eine Selbstverständlichkeit, in ihren Amazonen-Romanen (*Thendara House*, 1983, dt. *Gildenhaus Thendara*) agieren Frauen, die jeder Abhängigkeit von einem Mann abgeschworen haben.

- *Lady of Avalon*, 1997

Zwetajewa, Marina Iwanowna

russische Lyrikerin

26.9.1892 Moskau – 30.8.1941 Jelabuga

Neben Anna Achmatowa gilt Zwetajewa als die bedeutendste russische Dichterin des 20. Jhs. Ihre sprachgewaltige, vom Symbolismus geprägte Lyrik ist eine kunstvolle Synthese aus Tradition und Moderne. Zwetajewa, die 1912 heiratet und drei Kinder zur Welt bringt, beginnt 1914 eine zwei Jahre dauernde Liebesbeziehung mit der Dichterin ☞Sophia Parnok; diese elementare Erfahrung findet sich verschlüsselt in ihrem Gedichtzyklus *Podruga* (1915, dt. Freundin) wieder. Weitere stürmische Liebschaften mit Frauen ziehen sich durch Zwetajewas gesamtes, ebenso stürmisches Leben, ohne ihre stabile Ehe ernsthaft zu gefährden. 1922 folgt Zwetajewa, die sich sehr für die Revolution engagiert hatte, ihrem Mann ins Exil, zunächst nach Prag, dann bis 1939 nach Paris, wo Zwetajewa aktiv am öffentlichen künstlerischen Leben teilnimmt und u.a. eine intensive Brieffreundschaft mit Rainer Maria Rilke unterhält. Kurz nach ihrer Rückkehr nach Moskau wird ihre ältere Tochter interniert und ihr Mann erschossen, zwei Jahre später folgt die Evakuierung Zwetajewas vor den anrückenden deutschen Truppen. Ohne Perspektive und unter schweren Depressionen leidend, nimmt sich Zwetajewa in der Tartarischen Republik durch Erhängen das Leben.

- *Phönix*, 1924; *Mon frère feminin*, 1985 (dt. *Mein weiblicher Bruder. Brief an eine Amazone*); *Auf eigenen Wegen, Tagebuchprosa*, 1987
- Elaine Feinstein: *A Captive Lion. The Life of Marina Tsvetaeva*, 1987

Die AutorInnen

Karen-Susan Fessel, * 15.12.1964 in Lübeck, aufgewachsen in Meppen/Ems. Studium der Theaterwissenschaften, Germanistik und Romanistik in Berlin, seit 1992 freiberufliche Schriftstellerin. Veröffentlichungen (Auswahl): *Bilder von ihr* (Roman, 1996), *Bis ich sie finde* (Roman, 2002), *Ein Stern namens Mama* (Kinderbuch, 1999), *Steingesicht* (Jugendbuch, 2001), *Und wenn schon!* (Jugendbuch, 2002), *Unter meinen Händen* (Roman, 2004).
Für ihre schriftstellerische Arbeit erhielt Karen-Susan Fessel zahlreiche Auszeichnungen und Stipendien. Mit dem Kinderbuch *Lametta am Himmel* erscheint 2004 ihre 16. Buchveröffentlichung.

Axel Schock, * 11. 9. 1965 in Neckarbischofsheim, aufgewachsen in Sinsheim/Elsenz. Studium der Literaturwissenschaft, Theaterwissenschaft und Publizistik in Berlin. Lebt und arbeitet als freier Journalist und Publizist in Berlin und Braunschweig. Zahlreiche Buchveröffentlchungen. Im Querverlag sind u.a. erschienen: *Das Queer Quiz Buch* (1996), *Die Cazzo-Story. Pornostars, made in Germany* (2000), *Out im Kino. Das lesbisch-schwule Filmlexikon* (mit Manuela Kay, 2003). Weitere Veröffentlichungen u.a.: *Der schwule Sprachführer* (1996, mit Ulf Meyer), *Die Bibliothek von Sodom. Das Buch der schwulen Bücher* (1998), *Die acapickels drücken sich aus* (2000), (Hg.) *Der schöne Mann ist tot* (2003).

Register

H

I

J

O

O

P

R

Fotohinweise

Abbott, Berenice, Intercord; Achtenberg, Roberta, Sammlung Karen-Susan Fessel, Aeschbacher, Kurt, SF DRS; Akerman, Chantal, Ray Murray; Albee, Edward, Sammlung Axel Schock; Alexander der Große, Sammlung Axel Schock; Aliti, Angelika, Archiv; Almodóvar, Pedro, Ray Murray; Almond, Marc, Mercury; Andersen, Hans Christian, Sammlung Axel Schock; Anderson, Dame Judith, Intercord; Ardolino, Emile, Ray Murray; Arnold, Monty, Sammlung Axel Schock; Arzner, Dorothy, Intercord; Atatürk, Kemal Mustafa, Sammlung Axel Schock; Auden, Wystan Hughes, Horst, Schirmer/Mosel; Augspurg, Anita, Archiv für Kunst und Geschichte, Berlin; Bach, Dirk, RTL; Bacon, Francis, Sammlung Axel Schock; Bacon, Sir Francis, Sammlung Axel Schock; Baldiga, Jürgen, Jürgen Baldiga; Baldwin, James, Kenn Duncan; Bang, Herman, Sammlung Axel Schock; Bankhead, Tallulah, Pressefoto für Thunder Below, 1932, Irving Lippman; Barber, Samuel, Sammlung Axel Schock; Bard, Alexander, Sammlung Axel Schock; Barker, Clive, Ray Murray; Barnes, Djuna, Intercord; Barney, Natalie Clifford, Collection Jean Challon; Barron, Thom, Cazzo; Barrymore, Drew, Monarchy Enterprises; Bartsch, Jürgen, Hans Jürgen Kartenberg; Baumann, Helmut, Sammlung Axel Schock; Beach, Sylvia, Stefan Moses, Berlinieton University Library; Bearse, Amanda, Sammlung Axel Schock; Beck, Volker, Sammlung Axel Schock; Bell, Andy, Intercord; Bendow, Wilhelm, Stadtarchiv Einbeck; Benedict, Ruth, Sammlung Axel Schock; Berger, Helmut, NDR; Berkes, Ulrich, Ronalld M. Schernikau; Bernhard, Sandra, Intercord; Bernstein, Leonard, Sammlung Axel Schock; Berr, Annette, Smoke Records; Beust, Ole von, CDU Hamburg; Bielfeldt, Rainer, Friedrun Reinhold; Biolek, Alfred, WDR; Böttinger, Bettina, WDR; Bogarde, Dirk, Pressefoto für Sommer der Verfluchten, 1960; Bohlen und Halbach, Arndt von, Hoffmann und Campe Verlag; Bowles, Paul, Goldmann; Boy George, Sammlung Axel Schock; Brand, Adolf, M. Herzer; Breitbach, Joseph, Stiftung Joseph Breitbach; Bright, Susie, Phyllis Christopher; Britten, Benjamin, Archiv für Kunst und Geschichte, Berlin; Bronnen, Arnolt, ORB; Brown, Rita Mae, Rowohlt Verlag; Brunst, Klaudia, Martin Muser; Bryher, Sammlung Axel Schock; Brynntrup, Michael, Sammlung Axel Schock; Buchholz, Horst, Privatarchiv Myriam Bru; Bührmann, Traude, Ingrid Gans; Bulthaupt, Axel, MDR; Burchill, Julie, Goldmann Verlag; Burroughs, William S., Lina Berlucci/Photo Selection; Burton, Sir Richard Francis, Sammlung Axel Schock; Busch, Eva, Albrecht Knaus Verlag; Busi, Aldo, Querverlag; Butler, Judith, Lars Schöne; Byron, Lord, Sammlung Axel Schock; Cadinot, Jean Daniel, Sammlung Axel Schock; Calamity Jane, Intercord; Capote, Truman, Sammlung Axel Schock; Carrington, Dora, Mark gertler, 1912; Carson, Rachel, Sammlung Axel Schock; Carstairs, Joe, Rütten & Loening; Cather, Willa, Historical Pictures Services; Chanel, Coco, Sammlung Axel Schock; Chapman, Tracy, Elektra/Wea; Chéreau, Patrice, Polyfilm; Cheung, Leslie, Pandora Film; Clift, Montgomery, Sammlung Axel Schock; Cocteau, Jean, Germaine Krull/Editions Marion-Valentine; Colette, Sidonie-Gabrielle, Intercord; Corigliano, John, Columbia University; Cornwell, Patricia, Goldmann; Coward, Noël, Noel Coward Estate; Crisp, Quentin, Sammlung Axel Schock; Cruse, Howard, Howard Cruse; Cukor, George Dewey, Ray Murray; Dahmer, Jeffrey, AP/Wide World Photos; Daniels, Laurent, Sammlung Axel Schock; de Acosta, Mercedes, Daphne Verlag; de Rossi, Portia, Sammlung Axel Schock; de Staël, Madame, Sammlung Axel Schock; Dean, James, Sanford Roth, 1955; Dee, Georgette, Schmidt's Tivoli; Delanoë, Bertrand, Sammlung Axel Schock; Diakovska, Lucy, BMG; Dickinson, Emily, Intercord; Dietrich, Marlene, Nicolaische Verlagsbuchhandlung; DiFranco, Ani, Indigo Records; Dijk, Lutz van, Rowohlt Verlag; Divine, Greg Gorman; Domian, Jürgen, WDR; Doolittle, Hilda, Beinecke Library/Yale University; Dreher, Sarah, Argument Verlag; Drops, Charla, Sammlung Axel Schock; Duncker, Patricia, Berlin Verlg; Eisenstein, Sergej Michailowitsch, Ray Murray; Eisermann, André, Kiepenheuer & Witsch; Eller, Cássia, Sammlung Axel Schock; Epiney, Sven, SF DRS; Erasmus von Rotterdam, Desiderius, Sammlung Axel Schock; Etheridge, Melissa, Universal Records; Eulenburg und Hertefeld, Sammlung Axel Schock; Everett, Rupert, Sammlung Axel Schock; Evers, Susanne, ARD; Fabergé, Peter Carl, Fabergé Co./ New York; Fairbrass, Richard, BMG Berlin; Fancy, Universal Records; Fassbinder, Egmont, Querverlag; Fassbinder, Rainer Werner, MunichPress - Stephanie Reisp; Feinberg, Leslie, Verlag Krug & Schadenberg; Fichte, Hubert, Erica Loos/Schiller Nationalmuseum Marbach am Neckar; Fierstein, Harvey, Sammlung Axel Schock; Fischbacher, Siegfried, Zyx Music; Fischer, Tim, WDR; Flanner, Janet, Sammlung Axel Schock; Folkerts, Ulrike, WDR; Forrest, Katherine V., Argument Verlag; Foster, Jodie, Sammlung Axel Schock; Foucault, Michel, Intercord; Fox, Samantha, Sammlung Axel Schock; Franck, Katharina, Sammlung Axel Schock; Frank, Martin, Sammlung Axel Schock; Freitag, Thomas, Stephan Pflug; Freund, Gisèle, Sammlung Axel Schock; Friedlaender, Benedict, Manfred Herzer; Friedrich II. von Preußen, Sammlung Axel Schock; Frings, Matthias, VOX; Frost, Cora, Benno Kraehahn; Gagarin, Juri Alexejewitsch, Sammlung Axel Schock; Garbo, Greta, Pressefoto für Die Kameliendame, 1936; García Lorca, Federico, Suhrkamp; Garland, Judy, Sammlung Axel Schock; Gateley, Stephen, Universal; Gaultier, Jean-Paul, R. Winkler; Gaynor, Janet, Intercord; Genet, Jean, ZDF - Ehlert; Gide, André, Sigi Zang; Giehse, Therese, Erika- und Klaus-Mann-Archiv, Handschriftenabt. der Stadtbib. München; Gielgud, Sir John, Ray Murray; Gildo, Rex, Pilz-Music; Ginsberg, Allen, Axel Schock; Gittings, Barbara, Querverlag; Glen, Marla, Vogue; Gloeden, Baron Wilhelm von, Benedikt Taschen; Gmünder, Bruno, Gmünder Verlag; Goldin, Nan, Zweitausendeins; Goldt, Max, Sammlung Axel Schock; Grant, Duncan, Richard Prince; Gründgens, Gustaf, Deutsche Kinemathek, Berlin; Günderode, Karoline von, Bildarchiv Preußischer Kulturbesitz; Haarmann, Fritz, Historisches Museum Hannover; Hadrian, Sammlung Axel Schock; Hagedorn, Erwin, MDR; Hahnemann, Helga, MDR; Haines, William, Ray Murray; Halford, Rob, Sony; Hammarskjöld, Dag, Sammlung Axel Schock; Haring, Keith,

FILMWELT München; Hark, Sabine, Ilona Pache; Hasse, O.E., Schwules Museum Berlin; Hawkins, Sophie B., Sony; Heche, Anne, Sammlung Axel Schock; Heide, Michael von der, BMG; Heinrich von Preußen, Prinz, Sammlung Axel Schock; Heldt, Werner, Kurt Heldt; Henn, Boris Constantin, AndersTrend; Henze, Hans Werner, S.Fischer; Hermanns, Thomas, Pro7; Heymann, Lida Gustava, Bayerisches Staatsarchiv München; Highsmith, Patricia, Sammlung Axel Schock; Hirschfeld, Magnus, Berlinische Galerie, Altmann-Reich-Archiv; Hockney, David, Sammlung Axel Schock; Höch, Hannah, Stefan Moses, Berlinische Galerie, Hannah-Höch-Archiv; Hössli, Heinrich, Verlag rosa Winkel GmbH; Holiday, Billie, Collection of Ole Brask; Holiday, Tony, Polydor; Hoover, J. Edgar, Sammlung Axel Schock; Hoppe, Marianne, Kongo-Express; Horowitz, Vladimir, Universal; Hudson, Rock, Sammlung Axel Schock; Hunter, Alberta, Sammlung Axel Schock; Ian, Janis, Sammlung Axel Schock; Isherwood, Christopher William Bradshaw, Faber & Faber/London; Ivory, James, Ray Murray; Jahnn, Hans Henny, Intercord; Jarman, Derek, Sammlung Axel Schock; John, Elton, Terry O'Neill, Mercury; Jolie, Angelina, Sammlung Axel Schock; Joop, Wolfgang, NDR; Kändler, Friedhelm, A Prill; Kahlo, Frida, Sammlung Axel Schock; Kauch, Michael, Sammlung Axel Schock; Kavafis, Konstantinos, Konstantinos Kavafis; Kerkeling, Hape, RTL; Kertbeny, Karl Maria, Berlin Museum; Keynes, John Maynard, Popperfoto, London; Klein, Calvin, Horst, Schirmer/Mosel; Klotz, Sibyll-Anka, Sammlung Axel Schock; König, Ralf, Verlag MännerschwarmSkript; Kröhnke, Friedrich, Reinhard Lorenz; Kroymann, Maren, Bar jeder Vernunft; Krupp, Friedrich Alfred, Ullstein Bilderdienst Berlin; Lagerfeld, Karl, Steidl; lang, k.d., Sammlung Axel Schock; Laughton, Charles, Popperfoto, London; Lenya, Lotte, Bearfamily; Leonard, MDR; Leonardo da Vinci, Sammlung Axel Schock; Liberace, Sammlung Axel Schock; Limahl, Sammlung Axel Schock; Lindner, Patrick, Polydor; Littmann, Corny, Friedrun Reinhold; Lorde, Audre, Third World Newsreel; Louganis, Greg, Intercord; Lowell, Amy, Sammlung Axel Schock; Ludwig II., Joseph Albert; Lunacek, Ulrike, Sammlung Axel Schock; Mahlsdorf, Charlotte von, edition diá; Mann, Erika, ringpress-Voglmann/Filmaufbau/Europa; Mann, Golo, Schweizerisches Literaturarchiv, Bern; Mann, Klaus, edition spangenberg; Mann, Thomas, Sammlung Axel Schock; Mapplethorpe, Robert, Selbstbildnis, 1980/Gina Kehayoff Verlag; Mara, Célia, Sammlung Axel Schock; Marcus, Jürgen, SET/BMG; Markland, Bridge, Konkursbuchverlag; Marti, Madeleine, Querverlag; Martinez, Conchita, Sammlung Axel Schock; Maupin, Armistead, David Perry; McDermid, Val, Goldmann Verlag; McDonald, Horse, Sammlung Axel Schock; McKellen, Sir Ian, Ray Murray; McNichol, Kristy, Sammlung Axel Schock; Mercury, Freddy, Parlaphone; Meyer, Detlev, Michael Taubenheim; Meyer-Hanno, Andreas, Martin E. Kautter; Meyerinck, Hubert von, Dittmar Renner/Econ; Meysel, Inge, Quadriga; Michael, George, Virgin Records; Milk, Harvey, Querverlag; Millett, Kate, arte; Mishima, Yukio, Sammlung Axel Schock; Mizrahi, Isaac, Sammlung Axel Schock; Moby, V2 Records; Monnier, Adrienne, Stefan Moses, Berlinieton University Library; Montgomery, Bernard Law, Sammlung Axel Schock; Morgenstern, Ralph, Sammlung Axel Schock; Morrissey, Mercury; Mouron, Burkhard Peter; Müller, Fahrid, Sammlung Axel Schock; Müntefering, Mirjam, Sammlung Axel Schock; Müren, Zeki, Sammlung Axel Schock; Mullally, Megan, Pro7; Murdoch, Dame Iris, Iris Murdoch Society; Murnau, Friedrich Wilhelm, Stiftung Deutsche Kinemathek; Nannini, Gianna, EMI; Nava, Michael, Sammlung Axel Schock; Navratilova, Martina, VOX; Nazimova, Alla, Intercord; Ndegéocello, Me'Shell, Warner Music; Near, Holly, Sammlung Axel Schock; Nelsen, Jo van, Norbert Thormann; Niederbühl, Thomas, Sammlung Axel Schock; Nightingale, Florence, Sammlung Axel Schock; Nijinski, Waslaw, Popperfoto, London; Nilsen, Dennis, Polizeifoto der Londoner Polizei / Rowohlt Taschenbuch Verlag; Nin, Anaïs, Sammlung Axel Schock; Nössler, Regina, Querverlag; Nomi, Klaus, RCA; Novarro, Ramon, Motion Picture and Television Archive; Nurejew, Rudolf, Snowdon; O'Connor, Sinéad, EMI Electrola; O'Donnell, Rosie, Sammlung Axel Schock; O'Montis, Paul, Schwules Museum Berlin; Oestergaard, Heinz, dpa, 1970; Oesterle-Schwerin, Jutta, J.H. Darchinger IFJ; Org, Luci van, Sammlung Axel Schock; Orton, Joe, Penguin Books Ltd. England; Oscar, Paul, JAPIS; Ozon, Francois, Sammlung Axel Schock; Pankratz, Helga, HOSI Wien; Parmar, Pratibha, Jill Posener; Pasolini, Pier Paolo, Piper Verlag München; Percillier, Nathalie, Sammlung Axel Schock; Perkins, Anthony, Sammlung Axel Schock; Perry, Janice, Sammlung Axel Schock; Phettberg, Hermes, ORF; Phranc, Sammlung Axel Schock; Piaf, Edith, Ullstein Buchverlage GmbH; Pierre & Gilles, Benedikt Taschen; Plate, Peter, Polydor; Platen-Hallermünde, August Graf von, Sammlung Axel Schock; Platon, Sammlung Axel Schock; Porter, Cole, Harenberg Verlag; Potgieter, Louis Hendrik, Sammlung Ulf Meyer; Power, Tyrone Edmund, Sammlung Axel Schock; Praunheim, Rosa von, Kiepenheuer & Witsch; Preusse, Georg, Verlag Das Neue Berlin; Proust, Marcel, Otto/Fotofolio; Pütz, Claudia, Anette Berns; Raddatz, Fritz Joachim, ZDF - Ehlert; Rauschenberg, Robert, Sammlung Axel Schock; Reed, Lou, Sammlung Axel Schock; Reimann, Aribert, NDR; Reinhardt, Ernie, Sammlung Axel Schock; Reiser, Rio, Sony Music Columbia; Renault, Mary, Intercord; Reve, Gerard, Vincent Mentzel/Suhrkamp; Ripploh, Frank, Jugendfilm; Ritts, Herb, Sammlung Axel Schock; Robinson, Tom, Jane Houghton; Roggenkamp, Viola, Arche; Rohr, Patrick, SF DRS; Roosevelt, Eleanor, Sammlung Axel Schock; Rozema, Patricia, Sammlung Axel Schock; RuPaul, edel; Sackville-West, Vita, The Illustrated London News; Sagan, Leontine, Ullstein; Saint-Laurent, Yves, R. Winkler; Salomé, Jochen Littkeman; Salzgeber, Manfred, Sammlung Axel Schock; Samel, Udo, Sammlung Axel Schock; Sampson, Deborah, Sammlung Axel Schock; Sand, George, Sammlung Axel Schock; Sander, Jil, R. Winkler; Sandmann, Gertrude, Ullstein; Sant, Gus van, Kinowelt; Santing, Mathilde, Gerrit Stallinga; Sappho, Intercord; Schenk, Christina, Sammlung Axel Schock; Schernikau, Ronald M., Sammlung Axel Schock; Schiller, Greta, Ray Murray; Schlesinger, John Richard, Sammlung Axel Schock; Schoppmann, Claudia, Querverlag; Schroeter, Werner, Ray Murray; Schulman, Sarah, Sammlung Axel Schock; Schwarzenbach, Annemarie, Marianne Breslauer,

1938; Sedlmayr, Walter, NDR; Shakespeare, William, Sammlung Axel Schock; Shilts, Randy, Werner Krüger/Gustav Lübbe Verlag; Silbermann, Alphons, Sammlung Axel Schock; Sinnen, Hella von, Agentur Hella von Sinnen; Sintenis, Renée, Hugo Erfurth, um 1935; Sitwell, Dame Edith, Cecil Beaton; Skin, EMI Records; Smith, Bessie, Michael Ochs Archives; Sollorz, Michael, Verlag MännerschwarmSkript; Somerville, Jimmy, Metrnome; Sondheim, Stephen, Sammlung Axel Schock; Sontag, Susan, WDR; Speck, Wieland, Sammlung Axel Schock; Spender, Stephen, Jerry Bauer; Sprinkle, Annie, Filmweltverleih GmbH; Staffel, Tim, Sammlung Axel Schock; Stanwyck, Barbara, Ray Murray; Stein, Gertrude, tb; Steinhöfel, Andreas, Carlsen Verlag; Steuben, Friedrich Wilhelm von, Sammlung Axel Schock; Stipe, Michael, Warner Music; Szymanowski, Karol, Verlag rosa Winkel GmbH; Teena, Brandon, Sammlung Axel Schock; Thürmer-Rohr, Christina, Christel Borchers; Tipton, Billy, Sammlung Axel Schock; Toklas, Alice B., Sammlung Axel Schock; Tolar, Günter, ORF; Tomlin, Lily, IMPULS; Treut, Monika, Ray Murray; Truck, Terry, Sammlung Axel Schock; Tschaikowski, Peter Iljitsch, Sammlung Axel Schock; Uecker, Georg, ARD; Ulrichs, Karl Heinrich, aus: Jahrbuch für sexuelle Zwischenstufen, Leipzig; Valentino, Rudolph, Pressefoto für A Sainted Devil, 1924; Vargas, Chavela, Sammlung Axel Schock; Veidt, Conradt, Hans-Michael Bock; Verlaine, Paul, Intercord; Versace, Gianni, R. Winkler; Vidal, Gore, arte; Visconti, Luchino, Horst, Schirmer/Mosel; Volcano, Del LaGrace, Edy Ferguson; Waldoff, Claire, EMI Electrola GmbH; Walker, Alice, JPM; Walter, Jürgen, Christopher Makos, 1986; Warhol, Andy, Intercord; Waters, John, Sammlung Axel Schock; Waters, Sarah, Sammlung Axel Schock; Weininger, Otto, Verlag Wilhelm Braumüller; Weirauch, Anna Elisabet, Ullstein; Westerwelle, Guido, Pressestelle/FDP; Whale, James, Ray Murray; White, Edmund, Thomas Victor; White, Patrick, Claassen Verlag; Whitman, Walt, Library of Congress; Wilde, Oscar, Sammlung Axel Schock; Wilder, Thornton, Sammlung Axel Schock; Williams, John, Warner Music; Williams, Tennessee, Ray Murray; Wilms, David, Sammlung Axel Schock; Wilson, Robert, Fischer Taschenbuch Verlag; Winckelmann, Johann Joachim, Sammlung Axel Schock; Wings, Mary, Intercord; Winkler, Josef, Verlag Droschl; Winsloe, Christa, Renate von Gebhardt; Winterson, Jeanette, Intercord; Wirz, Mario, Aufbau Verlag Berlin; Wittgenstein, Ludwig, Sammlung Axel Schock; Wöhler, Gustav Peter, WDR; Wohlbrück, Adolf, Stiftung Deutsche Kinemathek; Wolff, Querverlag; Woolf, Virginia, The Illustrated London News; Wuornos, Aileen, e-m-s; Young, Will, BMG; Yourcenar, Marguerite, Lutfi Oszkök/Photo Archiv Carl Hanser Verlag; Ziegler, Alexander, Photopress, Zürich;

Trotz größter Sorgfalt konnten die UrheberInnen des Bildmaterials nicht in allen Fällen ermittelt bzw. ausfindig gemacht werden. Es wird gegebenenfalls um Mitteilung gebeten.